《全宋诗》重出考辨（上）

陈小辉 著

本书受教育部人文社会科学研究项目
【金石文献、方志及其他地方文献与《全宋诗》的补正研究】
（20YJA751003）及中山大学新华学院教职工科研启动基金重点项目
【《全宋诗》重出考辨】（2017ZD003）资助

江西教育出版社
·南昌·

赣版权登字-02-2023-139
版权所有 侵权必究

图书在版编目（CIP）数据

《全宋诗》重出考辨：全二册 / 陈小辉著. -- 南昌：江西教育出版社，2025.4
　ISBN 978-7-5705-3513-2

Ⅰ.①全… Ⅱ.①陈… Ⅲ.①宋诗 - 诗集 Ⅳ.
①I222.744

中国版本图书馆CIP数据核字（2022）第253616号

《全宋诗》重出考辨（全二册）
《QUAN SONG SHI》CHONGCHU KAOBIAN（QUAN ER CE）

陈小辉　著

江西教育出版社出版
（南昌市学府大道299号　邮编：330038）

出 品 人：熊　炽
策划编辑：陈　骥
特约编辑：高　磊
责任编辑：方　超
装帧设计：纸上 / 光亚平工作室

各地新华书店经销
江西赣版印务有限公司印刷
720 毫米 ×1015 毫米　16 开本　69.25 印张　1050 千字
2025 年 4 月第 1 版　2025 年 4 月第 1 次印刷

ISBN 978-7-5705-3513-2
定价：268.00 元

赣教版图书如有印装质量问题，请向我社调换　电话：0791-86710427
总编室电话：0791-86705643　　　编辑部电话：0791-86705903
投稿邮箱：JXJYCBS@163.com　　网址：http://www.jxeph.com

目 录

上 册

第一章 《全宋诗》重出类型及原因分析 / 1

一 《全宋诗》重出类型 / 3
    （一）按重合率分
    （二）按重出次数分
    （三）按重出诗歌的时代来划分
    （四）按重出对象分

二 《全宋诗》重出原因分析 / 15
    （一）文献讹误
    （二）编纂者的失误

第二章 北宋诗人重出诗歌考辨 / 41

第一册（8人）/ 42
    王 元　石仲元　张孝隆　宋 白　刁 衎　李建中　钱 熙　陈世卿

第二册（9人）/ 47
    王禹偁　罗处约　宋 涛　钱惟演　丁 谓　姚 铉　刘元载妻　刘 筠　季 咸

第三册（13人）/ 55
    释希昼　释惠崇　章得象　吕夷简　释重显　黄 晞　解 旦　吴遵路　范仲淹　张 先　晏 殊　宋 咸　滕宗谅

第四册（5人）/ 68
    孙 沔　宋 庠　阮 逸　宋 祁　叶清臣

第五册（5人）／77
　　梅尧臣　释本逸　张　谟　苏舜元　周　古

第六册（2人）／87
　　张方平　湛　俞

第七册（8人）／88
　　程师孟　张宗永　沈　邈　张　俞　张伯玉　韩　绛　李师中　陆　经

第八册（5人）／96
　　陶　弼　杨　蟠　陈　襄　韩　维　文　同

第九册（5人）／105
　　刘　敞　王　珪　司马光　许　抗　滕元发

第十册（3人）／116
　　王安石　冯　京　郑　獬

第十一册（9人）／126
　　刘　攽　释法演　释悟真　范纯仁　刘公弼　张　思　王安国　徐　积
　　罗　适

第十二册（16人）／141
　　吕　陶　石齐老　杨　杰　苏　氏　刘　挚　沈　括　蒋之奇　齐　谌
　　袁　毂　焦千之　王　令　刘　恕　卢　秉　李清臣　释净端　陈　轩

第十三册（5人）／156
　　王安礼　郭祥正　曾　黯　曾　布　魏　泰

第十四册（5人）／165
　　苏　轼　释仲殊　张景修　许　将　查应辰

第十五册（3人）／179
　　朱长文　苏　辙　舒　亶

第十六册（3人）／185
　　释道潜　孔平仲　张商英

第十七册（3人）／194
　　李之仪　黄大临　黄庭坚

第十八册 (9人) / 203
　　罗　畸　曾　肇　朱　服　赵令松　刘　弇　秦　观　米　芾　仵　磐
　　许彦国

第十九册 (8人) / 215
　　李　复　贺　铸　陈师道　晁补之　游　酢　杨　时　黄　璞　阮　阅

第二十册 (10人) / 229
　　张　耒　潘大临　王　实　宋　肇　释慧懃　陈　瓘　崔　鶠　郭三益
　　孙　实　李　廌

第二十一册 (5人) / 240
　　晁说之　晁冲之　邹　浩　毛　滂　李　新

第二十二册 (16人) / 250
　　司马槱　刘正夫　洪　朋　洪　刍　洪　炎　饶　节　苏　庠　释祖可
　　赵　期　陈　遘　吴　开　谢　逸　赵鼎臣　夏　倪　袁　植　唐　绩

第二十三册 (2人) / 264
　　唐　庚　释德洪

第二十四册 (13人) / 270
　　葛胜仲　曾　纡　曾　开　谢　薖　徐　俯　李　彭　王安中　刘卞功
　　张　扩　章　清　叶梦得　卢　襄　苏元老

第二十五册 (4人) / 284
　　李　光　张　宰　韩　驹　王庭珪

第二十六册 (2人) / 298
　　宋徽宗　周紫芝

第二十七册 (3人) / 303
　　释法具　李正民　李　纲

第二十八册 (4人) / 307
　　朱淑真　吕本中　陈　渊　赵　鼎

第二十九册 (6人) / 316
　　李　邴　曾　幾　郭　印　沈与求　左　纬　李　宏

第三十册 (5人) / 328
　　王　洋　郑刚中　释道行　李弥逊　释宗杲

第三十一册 (7人) / 335
　　陈与义　折彦质　林季仲　叶南仲　曹　纬　释鼎需　李若水

第三十二册 (7人) / 345
　　黄　泳　潘良贵　张　炜　张　嵲　张　邵　张　祁　陈成之

第三十三册 (4人) / 353
　　朱　翌　吴　说　胡　寅　沈长卿

第三十四册 (9人) / 359
　　王　铚　李　巂　建炎民谣　刘子翚　仲　并　晁公武　胡　铨　冯时行　释慧远

第三章　南宋诗人重出诗歌考辨 / 375

第三十五册 (8人) / 376
　　吴　芾　许志仁　程敦厚　史　浩　赵　琥　宋高宗　李　石　释仲安

第三十六册 (1人) / 392
　　王十朋

第三十七册 (9人) / 400
　　陈俊卿　林光朝　巩　丰　林　宪　李　焘　陈中孚　向　滈　何锡汝　洪　适

第三十八册 (7人) / 407
　　周麟之　汪应辰　韩元吉　赵彦端　查　籥　李　吕　姜特立

第三十九册 (1人) / 412
　　陆　游

第四十一册 (2人) / 422
　　范成大　杨万里

第四十三册 (6人) / 431
　　周必大　欧阳鈇　来　梓　尤　袤　宋孝宗　唐人鑑

4　　《全宋诗》重出考辨

第四十四册 (2人) / 435
　　项安世　朱　熹

第四十五册 (6人) / 445
　　张孝祥　刘　翰　沈端节　张　栻　陈　造　周承勋

第四十六册 (5人) / 457
　　许及之　虞　俦　陈　谠　袁　采　蔡元定

第四十七册 (6人) / 461
　　徐似道　廖行之　陈傅良　楼　钥　杨冠卿　胡　泳

第四十八册 (5人) / 467
　　陆九渊　辛弃疾　曾　丰　刘　甲　陈　亮

第四十九册 (3人) / 472
　　赵　蕃　张玉臣　李商叟

第五十册 (17人) / 476
　　吴　璋　彭　蠡　宋光宗　黄樵仲　张　埏　苏大璋　叶　适　冯伯规
　　刘　琰　陈　藻　永嘉四灵　孙元卿　朱端常　鲍　氏　吕　皓　郑克己
　　张　镃

第五十一册 (8人) / 494
　　孙应时　刘　过　敖陶孙　高似孙　姜　夔　葛天民　危　稹　王居安

第五十二册 (3人) / 502
　　韩　淲　王大受　徐　侨

第五十三册 (2人) / 504
　　虞刚简　释居简

第五十四册 (11人) / 506
　　戴复古　赵时习　杜　耒　李　兼　周文璞　释道冲　韩　松　郑　硕
　　周师成　释梵琮　苏　泂

第五十五册 (9人) / 525
　　高　翥　华　岳　范应铃　黄顺之　赵汝淳　洪咨夔　郑清之　林干之
　　释师范

第五十六册 (11人) / 534
薛师石　魏了翁　王宗道　黄梦得　赵善璙　叶绍翁　释净真　张尧同
徐良弼　杜　范　岳　珂

第五十七册 (4人) / 544
释慧开　陈大用　张　珪　阳　枋

第五十八册 (2人) / 547
刘克庄　陈　起

第五十九册 (10人) / 551
刘子寰　林逢子　许　棐　释元肇　林汝砺　姚　镛　张　侃　徐经孙
陈　琰　李　篯

第六十册 (6人) / 562
白玉蟾　释心月　周　弼　吴　潜　徐宝之　萧元之

第六十一册 (7人) / 571
叶　茵　郑　起　方　岳　赵宰父　释智朋　杨　栋　释绍嵩

第六十二册 (5人) / 578
王　谌　赵汝腾　俞　桂　施　枢　李　迪

第六十三册 (6人) / 585
释斯植　翁逢龙　刘次春　释文珦　吴势卿　胡仲弓

第六十四册 (4人) / 592
厉文翁　陈　著　徐集孙　林　洪

第六十五册 (4人) / 596
释绍昙　舒岳祥　陈必复　陈　杰

第六十六册 (3人) / 601
龚　开　谢枋得　方　回

第六十七册 (3人) / 605
邓　林　方一夔　刘辰翁

第六十八册 (4人) / 608
董嗣杲　方逢振　文天祥　释原妙

第六十九册 (7人) / 615
　　史卫卿　方　凤　连文凤　熊　瑞　林景熙　戴表元　丘　葵

第七十册 (4人) / 620
　　汪元量　聂守真　谢　翱　黎廷瑞

第七十一册 (3人) / 623
　　缪　鉴　王　袤　程　端

第七十二册 (6人) / 624
　　鲜于能　胡致能　王克逊　刘霆午　何昌弼　蔡　槃

下　册

第四章　《全宋诗》与《全唐诗补编》《全元诗》同名诗人比较分析 / 633

一　《全宋诗》与《全唐诗补编》同名诗人比较分析 / 634
　　（一）《全唐诗补编》正确，《全宋诗》误收
　　（二）《全宋诗》正确，《全唐诗补编》误收
　　（三）存疑类
　　（四）唐末宋初时人，《全唐诗补编》及《全宋诗》皆收

二　《全宋诗》与《全元诗》同名诗人比较分析 / 654
　　（一）《全宋诗》正确，《全元诗》误收
　　（二）《全元诗》正确，《全宋诗》误收
　　（三）《全宋诗》与《全元诗》皆误收
　　（四）存疑类
　　（五）宋末元初时人，《全宋诗》与《全元诗》皆收

第五章 《全宋诗》重出总目 / 741

第一册 (62人) / 742

幸夤逊　朱　存　李　涛　陈　抟　释延寿　孙光宪　杨克让　紫衣师
郭廷谓　王士元　释赞宁　杨徽之　周　渭　李　昉　罗　颖　杨文郁
廖　融　王　元　丰禅师　石仲元　梁周翰　乐　史　张孝隆　李　韶
孙　迈　李　度　卢多逊　张　泊　李九龄　黄夷简　宋　白　钱　俨
毕士安　滕　白　郭　震　贺　亢　宋太宗　田　锡　刘昌言　张齐贤
王化基　王嗣宗　释洪寿　刁　衎　李建中　张　咏　李　沆　曾致尧
古成之　钱昭度　钱惟治　向敏中　张　度　王　砺　晁　迥　潘　阆
张　秉　钱　熙　郑文宝　陈世卿　王世则　王　操

第二册 (42人) / 751

王禹偁　张　维　范　讽　姚　鋐　路　振　王　旭　赵　复　罗处约
冯　拯　程　宿　宋　涛　彭应求　赵　湘　魏　野　钱若水　孙　何
任　玠　寇　准　王钦若　钱惟演　张孝和　王　曙　陈尧佐　陈尧咨
郭崇仁　释遵式　梅　询　张士逊　杨允元　李　堪　丁　谓　姚　铉
钱　昆　林　逋　安鸿渐　刘元载妻　刘　筠　刁　湛　韩　亿　唐　肃
王　随　季　咸

第三册 (62人) / 758

杨　亿　杨　备　释希昼　释保暹　释简长　释惟凤　释惠崇　释宇昭
陈　庚　张保雝　郭昭著　张师锡　释智圆　王　曾　章得象　杜　衍
李　绚　穆　修　钱惟济　吕夷简　苏　为　释重显　蒋　堂　张　铸
毕　田　胥　偃　陆　轸　晁宗悫　王　周　夏　竦　释惟政　史　温
黄　晞　解　旦　吴遵路　程　琳　齐　唐　范仲淹　唐　异　释昙颖
邵　焕　胡　僧　掌禹锡　张　先　晏　殊　宋　绶　滕宗谅　太上隐者
令狐挺　王　益　李熙辅　曹文姬　任　生　石延年　谢　绛　刁　约
王　初　宋　咸　梅　挚　张　揆　张　揅　李　先

第四册 (12人) / 771

胡　宿　王　琪　孙　沔　宋　庠　狄遵度　阮　逸　丘　濬　宋　祁
曾公亮　叶清臣　周　铨　李　淑

第五册 (13人) / 774

梅尧臣　吴季野　王　绎　释慧南　释本逸　释守道　富　弼　张　瑛
刘　述　陈　起　周　古　唐　询　苏舜元

8　　《全宋诗》重出考辨

第六册 (11人) / 777

文彦博　欧阳修　王　拱　张方平　苏舜钦　韩琦　赵抃　范镇
周贯　湛俞　俞希孟

第七册 (38人) / 781

李觏　苏洵　董传　元绛　程师孟　张宗永　沈邈　张唐卿
宋仁宗　唐介　祖无择　何约　毛维瞻　邵雍　吴中复　郭獬
释元净　张俞　曹希蕴　张伯玉　蔡襄　韩绛　石声之　陈峤
福建士人　李绚　李师中　姚嗣宗　陆经　李珣　章询　鲁交
邵亢　刘贽　王崇　句龙纬　宋球　陈孚

第八册 (17人) / 787

陈舜俞　陶弼　释法宝　王益柔　陈偁　杨蟠　胡楚材　周敦颐
陈襄　韩维　宋禧　李周　徐融　文同　吕公著　黄庶
曾巩

第九册 (19人) / 791

刘敞　王珪　司马光　鲜于侁　宋敏求　韩缜　王皙　许抗
张公庠　朱明之　李山甫　胡幽贞　张徽　张载　王陶　谢景初
孙永　滕元发　释法泉

第十册 (16人) / 798

苏颂　崔唐臣　潘兴嗣　钱公辅　吴充　张伯端　王安石　陈辅
冯京　谢景温　张经　鲁某　赵世延　郑獬　强至　陆珪

第十一册 (27人) / 803

刘攽　李观　吴处厚　周镛　王无咎　刘孝孙　傅尧俞　释法演
释守端　释悟真　俞紫芝　王临　杨绘　邓润甫　范纯仁　刘公弼
张思　李中　黄好谦　王观　杨则之　沈遘　王安国　孔宗翰
徐积　胡宗愈　罗适

第十二册 (39人) / 808

吕陶　朱诗　赵文昌　石齐老　杨杰　苏氏　李古　释显忠
刘文毅　黄曦　刘挚　晏幾道　孔夷　韩晋卿　沈括　蒋之奇
郎几　李鹏　王介　齐谌　袁毂　焦千之　李孝伯　王令
释义青　程颢　沈辽　刘恕　卢秉　释了元　李清臣　释净端
刘季孙　程颐　丰稷　徐守信　陈轩　颜复　黄廉

第十三册 (21人) / 814

韦骧　冯山　王安礼　钱藻　王钦臣　赵屼　李逢　林希
林邵　郭祥正　章惇　曾黯　毛杭　杜常　奚球　洪浩父
马存　曾布　魏泰　释圆玑　蔡确

第十四册 (13人) / 817

苏轼　张舜民　王巩　童传　释来复　释仲殊　陈少章　陈丕
张冕　张景修　查应辰　刘谊　陈良

第十五册 (12人) / 823

孔文仲　吕希哲　朱长文　苏辙　赵挺之　方惟深　李深　薛昌朝
李之纯　王从之　孔武仲　舒亶

第十六册 (15人) / 825

彭汝砺　萧辟　张贲　刘纯臣　许遵　李顾　张亶　释道潜
孔平仲　释祖镜　张商英　黄裳　李通儒　俞括　孙迪

第十七册 (15人) / 828

李之仪　贾朝奉　关澥　觉禅师　何执中　张会宗　黄大临　黄庭坚
黄叔达　张举　王崇拯　张轸　方泽　李秉彝　释灵源

第十八册 (30人) / 833

吕大临　朱彦　徐辅　徐铎　林槩　李元膺　吕南公　曾肇
毕仲游　李孝博　朱服　赵令松　刘弇　王绅　李元辅　秦观
李公麟　钱师孟　邵叶　刘祕　刘跂　范周　孙勴　米芾
华镇　仵磐　李愿　喻陟　赵逢　许彦国

第十九册 (18人) / 838

李复　贺铸　毛注　杨询　陈师道　晁补之　释道宁　僧某
游酢　杨时　释元易　广禅师　黄璞　李熙载　黄伯厚　阎孝忠
阮阅　吴可

第二十册 (21人) / 842

张耒　周邦彦　潘大临　张璪　高翔　王实　宋肇　释慧懃
释普融　陈瓘　崔鶠　释惟清　杨允　李回　何颉之　赵企
许梁　郭三益　孙实　李鹰　蔡肇

第二十一册 (17人) / 847

晁说之　郑常　释子淳　晁冲之　邹浩　毛滂　高道华　卞育

　　　　王　涤　苏　坚　郭　思　李　新　高　荷　晁咏之　冤亭卞　僧　某
　　　　释梵言

第二十二册 (52人) / 850
　　　　王　绎　赵令畤　张元仲　秦　觏　鲍慎由　周行己　司马樾　司马械
　　　　刘正夫　张彦修　郭　正　徐　鹗　释克勤　洪　朋　洪　刍　蔡居厚
　　　　林　迪　饶　节　苏　庠　释祖可　何正平　释蕴常　普融知藏　毛伯英
　　　　李昭玘　赵　期　张茂先　张　惇　章　凭　张如远　释清远　僧　某
　　　　谢　孚　陈　遘　洪　炎　周知微　吴　开　释本才　释　銮　邢居实
　　　　谢　逸　赵鼎臣　韩　浩　程　迈　释觉先　米友仁　吕天策　夏　倪
　　　　袁　植　李邦彦　唐　绩　严　武

第二十三册 (9人) / 857
　　　　唐　庚　释德洪　吕颐浩　廖　刚　释思慧　袁　谦　苏　过　许景衡
　　　　罗从彦

第二十四册 (34人) / 859
　　　　葛胜仲　释大通　释　广　李　时　周子雍　曾　纡　释文琏　张　固
　　　　王　孳　曾　开　徐　存　王　叡　殊胜院僧　谢　薖　李　鄠　徐　俯
　　　　李　彭　王安中　翟汝文　储惇叙　刘卞功　张　扩　释怀深　释宗印
　　　　陈公辅　释绍隆　章　清　赵　通　刘　氏　毛　友　李先辅　叶梦得
　　　　卢　襄　苏元老

第二十五册 (17人) / 863
　　　　程　俱　李　光　释妙喜　释守珣　汪　藻　王　珩　张　宰　吴表臣
　　　　左　誉　马永卿　钱　绅　韩　驹　赵善伦　释法如　王庭珪　石　懋
　　　　陈　克

第二十六册 (5人) / 867
　　　　孙　觌　李　质　释文准弟子　宋徽宗　周紫芝

第二十七册 (13人) / 869
　　　　朱胜非　释法具　李正民　黄　宣　郑之才　李　纲　胡舜陟　释士珪
　　　　喻汝砺　张　纲　刘　涛　张　斛　张　广

第二十八册 (11人) / 874
　　　　朱淑真　张　守　吕本中　释显万　释法忠　富直柔　陈　楠　郭允升
　　　　释冲邈　陈　渊　赵　鼎

目　录　　11

第二十九册 (21人) / 876

李邴　向子諲　释元素　释淘　释祖珍　释法泰　释安民　释梵思　释明辩　曾幾　郭印　沈与求　王阗　谢彦　左纬　刘才邵　释道闲　释善悟　释祖觉　赵鼎之　李宏

第三十册 (13人) / 880

王洋　郑刚中　洪皓　张于文　释道行　李弥逊　释宗杲　释昙贲　释了朴　陈纯　陆蒙老　李长明　释法升

第三十一册 (23人) / 883

陈与义　周莘　折彦质　苏籀　邓肃　释正觉　张元干　张毂　胡珵　林季仲　邵彪　叶南仲　曹纬　张九成　杨璇　释鼎需　释守净　释道谦　释法宝　释祖元　释了演　李祁　李若水

第三十二册 (20人) / 887

王之道　黄泳　释景元　潘良贵　释道颜　张炜　晁谦之　严有翼　邵棠　李谊　李处权　释宗印　张嵲　张邵　张祁　余淳礼　陈成之　释晓莹　释慧空　欧阳澈

第三十三册 (28人) / 893

朱松　刘子羽　沈大廉　释宗琏　张隐　朱翌　李传正　何麒　康与之　释有规　小邹道人　王珩　胡寅　李颙　刘锜　曹勋　张宪　李炳　俞处俊　史才　鲁訔　吴说　释法空　郭世模　沈长卿　施宜生　李衡　刘章

第三十四册 (27人) / 901

王铚　陈觉　建炎民谣　韦谦　释仲皎　刘子翚　詹慥　苏籕　李黼　仲并　晁公武　范季随父　赵善晤　胡铨　岳飞　毛国英　挂笠道人　许顗　冯时行　释昙华　王之望　释慧远　何麟　张登　孟大武　曾惇　葛立方

第三十五册 (23人) / 906

吴芾　余某　陈棣　郑弼　释云　许志仁　廖颙　季南寿　程敦厚　郑厚　彭大年　史浩　赵琥　胡拂道　李弼　张子文　宋高宗　释师一　李石　释师体　释仲安　黄昇　方翥

第三十六册 (7人) / 911

黄公度　释宝印　李靓　胡仔　刘仪凤　吴曾　王十朋

第三十七册 （36人）/ 914
林之奇　刘望之　王秬　释安永　张维　陈俊卿　徐珩　林光朝
蔡清臣　高衮明　吕愿中　张昭远　连久道　林宪　李焘　芮煜
吴皇后　胡彦国　李鼎　叶仪凤　吴沆　李浩　释道枢　陈天麟
苏邦　黄朴　陈中孚　向滈　方希觉　王灼　邓深　何熙志
何锡汝　赵夔　黄某　洪适

第三十八册 （34人）/ 919
周麟之　汪应辰　释咸杰　韩元吉　周因　释昙密　释南雅　李南寿
范崇　赵彦端　释德光　赵公硕　林桷　查籥　萧德藻　叶衡
李吕　刘季裴　朱昱　释坚璧　李流谦　洪迈　程大昌　甄龙友
赵雁　范端臣　郭见义　姜特立　赵钺夫　陈仲谔　曾逮　潘柽
刘应时　曾季貍

第三十九册 （1人）/ 928
陆游

第四十一册 （1人）/ 930
范成大

第四十二册 （1人）/ 931
杨万里

第四十三册 （24人）/ 933
周必大　欧阳铁　来梓　王仲宁　吴居仁　刘孝匙　尤袤　宋孝宗
胡元质　王益　梁介　李远　黄维之　熊克　史尧弼　喻良能
陈栖筠　唐人鑑　石𥐢　江文叔　李洪　石斗文　史浚　刘刚

第四十四册 （2人）/ 936
项安世　朱熹

第四十五册 （16人）/ 939
徐逸　林外　黄铢　李辅　释法空　张孝祥　释崇岳　刘翰
沈端节　陆九龄　高公泗　赵端行　张栻　陈造　周承勋　郭明复

第四十六册 （18人）/ 942
许及之　张良臣　虞俦　傅大询　霍篪　游少游　李唐卿　杨方
陈谠　袁采　薛季宣　周孚　王质　蔡元定　徐安国　梁安世
傅伯寿　罗愿

第四十七册 (24人) / 945

林亦之　释祖先　章　甫　徐似道　李　揆　胡长卿　刘志行　吴　环
吕祖谦　廖行之　陈傅良　吕祖俭　李　丙　楼　钥　王　信　张孝伯
林用中　滕　岑　杨冠卿　胡　泳　释达观　黄　度　释允韶　赵善括

第四十八册 (19人) / 948

王　炎　崔敦诗　陆九渊　醉道人　袁说友　辛弃疾　林光宗　杨　简
赵善扛　沈伯达　游九言　曾　丰　释德辉　刘　甲　刘光祖　陈　亮
詹体仁　傅伯成　释师观

第四十九册 (6人) / 952

赵　蕃　张王臣　李商叟　游次公　释惟谨　马之纯

第五十册 (56人) / 953

刘　爚　李　訦　陈　映　吴　璋　杨炎正　章　森　陈孔硕　赵师侠
彭　蠡　王　偶　杨　冠　径山寺僧　宋光宗　张　縯　李　谊　李　壄
吕存中　王　阮　巩　丰　张　釜　熊以宁　安　丙　赵汝佞　黄樵仲
刘　褎　张　挺　苏大璋　叶　适　饶延年　冯伯规　赵鸣铎　黄　卓
刘　琰　陈　藻　释如琰　许　源　宋思远　徐　照　翁　卷　孙元卿
朱端常　鲍　壡　陈　铭　龙　旦　王用亨　范子长　吕　皓　郑克己
张　氏　许　尚　淳熙太学生　董道辅　陈　善　宗室某　曾　极　张　镃

第五十一册 (32人) / 961

李诚之　孙应时　刘　过　敖陶孙　陈文蔚　吴柔胜　高似孙　徐大受
张元观　叶　时　赵汝谈　林　嶔　姜　夔　葛天民　释普洽　陈　洪
李　锡　任希夷　湖州士子　蔡　渊　易祓妻　张履信　曹彦约　危　稹
朱申首　王居安　缪　瑜　林宗放　何汝樵　郑括苍　淳熙太学生　蔡　沆

第五十二册 (7人) / 965

周　南　李　壁　释如净　韩　淲　王大受　程　准　徐　侨

第五十三册 (24人) / 967

朱　申　林　迪　陈与行　曾　焕　李　寰　徐　玑　杨皇后　杨　娃
释慧性　刘学箕　周端臣　钱文子　虞刚简　高　某　释居简　路德章
史弥忠　游九功　赵希濬　赵希昼　赵希鹄　刘　宰　吕声之　詹师文

第五十四册 (31人) / 973

戴复古　张　弋　赵时习　杜　耒　杜子更　蔡　沈　释文礼　李　兼

赵由济　周文璞　宋宁宗　李献可　许应龙　释道冲　徐敏子　史定之
张　祈　韩　松　郑　硕　黄　枢　周师成　赵　某　释梵琮　赵师秀
苏　洞　李　琎　李道传　许　奕　刘正之　赵善湘　陈　宓

第五十五册 (30人) / 978
高　翥　释法薰　徐文卿　陈洵直　赵汝镱　郑性之　高　载　刘　镇
陈　褒　陈　俞　王　遂　倪　思　朱子仪　华　岳　章　㰚　卓　田
范应铃　黄顺之　赵彦彬　赵立夫　赵汝淳　留元刚　洪咨夔　郑清之
林干之　吴　机　方信孺　释师范　广利寺僧　李　韶

第五十六册 (37人) / 982
薛师石　真德秀　魏了翁　邹登龙　李　遇　梁　佐　王宗道　张自明
吴　泳　黄梦得　杨　志　赵善璙　吕　殊　刘厚南　郑斯立　戴　栩
李　刘　叶绍翁　宋自适　孙惟信　释净真　释普济　张尧同　沈　说
张尧干　叶　述　林　棐　李宗勉　林自知　杜北山　史公亮　王大烈
李　华　李知孝　徐良弼　杜　范　岳　珂

第五十七册 (24人) / 986
程公许　翁元龙　吴昌裔　释慧开　蔡　格　陈大用　王　迈　陈　郁
李方子　史弥应　赵汝迕　戴师古　赵汝回　赵时韶　释智愚　杜　丰
释永颐　赵　葵　陈师服　张　珪　笃世南　湖州士子　曾由基　阳　枋

第五十八册 (3人) / 990
刘克庄　陈　起　张明中

第五十九册 (39人) / 992
刘元刚　林观过　赵崇滋　刘子寰　冯取洽　康南翁　林逢子　赵　戣
盛世忠　蔡　模　何　基　许　棐　释元肇　徐鹿卿　戴　昺　黄　棐
李翔高　林汝砺　陈梦庚　余　晦　徐　敏　李义山　姜应龙　吴惟信
姚　镛　张　侃　马宋英　赵东师　徐经孙　严　羽　严　参　上官良史
林希逸　赵崇渊　陈　琰　彭　粞　严　粲　李　龏　毛　珝

第六十册 (20人) / 998
白玉蟾　释心月　周　弼　赵汝唫　朱承祖　吴　潜　赵希迈　李　涛
徐宝之　洪梦炎　罗大经　马光祖　葛绍体　萧元之　陈　埙　陈　柏
刘　屋　王　柏　赵崇嶓　史嵩之

第六十一册 (13人) / 1002
释了惠　江万里　江　鉌　叶　茵　郑　起　方　岳　赵宰父　释普度

释智朋　杨　栋　赵孟淳　释绍嵩　赵孟坚

第六十二册 (24人) / 1005

李曾伯　黄　载　王学可　王　谌　曾原一　宋自逊　赵汝腾　释妙伦
赵希逢　林尚仁　释惟一　施清臣　洪扬祖　俞　桂　朱继芳　张至龙
施　枢　潘　牥　张　榘　宋理宗　张道洽　李伯玉　严嘉谋　李　迪

第六十三册 (23人) / 1010

释可湘　释斯植　翁逢龙　唐　康　刘　申　蒋廷玉　刘次春　张志道
陈仁玉　吴汝弌　释文珦　赵希梦　郑觉民　张汝锴　利　登　吴势卿
冯去非　胡仲弓　胡仲参　盛世忠　叶　采　方　岳　薛　嵎

第六十四册 (22人) / 1014

柴　望　潘　玙　厉文翁　陈　羽　家铉翁　贾似道　曹　邍　顾　逢
方蒙仲　王义山　陈　著　徐集孙　张　显　章　采　章　粲　王亚夫
韩似山　林　洪　吴锡畴　车若水　王　庭　姚　勉

第六十五册 (15人) / 1017

许月卿　释祖钦　释普宁　李彭老　苏　某　蔡元厉　释绍昙　陈　存
舒岳祥　郑　协　曾渊子　王执礼　黄文雷　陈必复　陈　杰

第六十六册 (10人) / 1020

陆梦发　熊　某　松庵道人　释如珙　马廷鸾　龚　开　释绍珏　吴大有
谢枋得　方　回

第六十七册 (20人) / 1021

牟　巘　陈允平　何应龙　宝祐时人　堃　大　杜汝能　钱舜选　邓　林
郑士洪　谢　雨　王　琪　赵　祎　方一夔　林千之　刘　济　刘汝春
陈则翁　释月礀　赵崇源　刘辰翁

第六十八册 (19人) / 1024

张伯子　董嗣杲　潘从大　钱　选　方逢振　何昭德　士人某　王沂孙
陈天瑞　李　炳　史唐卿　陈虞之　吕徽之　文天祥　陈　某　宝祐士人
释原妙　艾可翁　赵　文

第六十九册 (18人) / 1027

史卫卿　蔡必荐　范晞文　彭九成　刘　壎　方　凤　连文凤　郑思肖
林一龙　熊　瑞　邵桂子　熊　朝　林景熙　释云岫　黄　庚　梁　栋
戴表元　丘　葵

第七十册 (25人) / 1031

杨　发	刘应李	赵必璩	彭九万	洪光基	汪元量	王清惠	林　昉
聂守真	仇　远	邓　牧	白　珽	谢　翱	罗太瘦	艾性夫	陈自新
黄　宏	赵东山	王安之	赵泽祖	潘献可	朱少游	潇湘渔父	柯　芝
黎廷瑞

第七十一册 (39人) / 1033

缪　鉴	刘　边	傅宣山	郊庙朝会歌辞	刘　删	石道士	王　衮
无名氏	无名氏	从　朗	村寺僧	郑　魁	林　杰	杨　轩	张宗尹
廖　齐	朱定国	孙　山	无名氏	刘禹锡	无名氏	无名氏	陈天锡
无名氏	王　驾	许存我	无名氏	释惟茂	徐　忻	李　荣	蔡光启
无名氏	程　端	崔仰之	李　简	无名氏	郭明甫	无名氏	无名氏

第七十二册 (243人) / 1042

许民表	李公异	鲜于能	胡致能	无名氏	曾子公	毛　达	无名氏
崔　仰	许表时	石　仙	高　华	蔡　昆	无名氏	林　颊	毕公信
无名氏	卢明甫	李善美	释无本	无名氏	东方某	秦　密	释　某
李左史	胡器之	杜子更	王克逊	刘西园	雍　某	赵史君	崔　觐
关士容	李安期	李时可	释惠琎	释南越	张祠部	季昭史	张　榮
释　琎	邵清甫	任　斯	谢子才	李　庭	冯艾子	林龙远	李春伯
黄中厚	杨　修	无名氏	张　頔	张　碧	吴　僧	刘遂初	□　革
易士达	陈亦梅	释　辉	徐月溪	吴永济	姚西岩	杨巽斋	陈石斋
释子兰	无名氏	潘郑台	无名氏	张无咎	云　隐	徐　伉	薛　然
释莹彻	李方敬	唐　观	石逢龙	林逋叟	卢寿老	无名氏	李　商
白元鉴	刘霆午	胡　理	范　协	王大受	陈良孙	杨　氏	张　掞
何昌弼	袁　瓘	薛廷玉	薛　秉	吴涧所	曹亨伯	谢隽伯	周光岳
陈叔信	朱升之	张　金	徐德辉	陶　金	杜柬之	梁佐厚	谢无竞
林石田	彭应寿	张国衡	丁正持	房　灏	董天吉	王宗贤	高　氏
无名氏	无名氏	姚中一	无名氏	李龙高	傅梦得	周晞稷	谢安国
王翊龙	陈振甫	张　简	赵东阁	何橘潭	拾　遗	何麟瑞	章桂发
良史伟长	无名氏	舒道纪	范心远	林锡翁	陈元英	余杭令	曾　邉
章云心	石建见	聂铁峰	赵承禧	无名氏	陈德翁	□　韫	魏麟一
郑上村	陶应霤	无名氏	虞子万	鲍鳌川	武　夷	皇甫□	郑　隼
徐太玉	和　请	释朋来	周野斋	周　某	黄樵逸	朱省斋	潘景良
童　童	周尹潜	陈正善	冉居常	张德容	刘　弼	蓝　乔	葛　某

刘 华	张叔敏	阜 民	卢 刚	释昭辑	冯 戴	狄 燠	于本大
王 隐	释景云	释尚颜	石亨之	释志芝	释 朋	内院官	释兴肇
释清尚	龚 复	吕 量	阎钦爱	邵梅溪	甘邦俊	洛浦道士	无名氏
罗处纯	释道章	傅文翁	辛好礼	章藻之	李 氏	邱道源	赵 源
林景清	止 翁	徐文澜	丁 带	释绍瑶	李公晦	江南剑客	松庵道人
金 洰	李 咸	徐秋云	朴 通	徐钓者	郝 显	苏 顿	张 监
袁 正	哀 谦	吴 杭	无名氏	李伯先	马 某	□公才	黄 蛾
吴复斋	郭之义	范一飞	黄少师女	□治中	郭 某	释元昉	梁 白
杨 徵	黄均瑞	许 杭	赵永言	李 枥	史昌卿	虞 亿	徐献可
葛秋崖	蔡 槃	杨 氏					

参考书目 / 1067

后记 / 1085

第一章

《全宋诗》重出类型及原因分析

北京大学古文献研究所编纂的《全宋诗》共72册，收诗人约9206人，录诗25万余首，作为一代诗歌总集，可谓超迈前人，堪称独步。是书爬罗剔抉，搜罗宏富。无论是名家巨制，还是残篇断简，全部汇萃于斯。其价值正如钱仲联先生所言："将俾海内外研究者以丰硕可信之文献，使宋诗之光芒辐射于九垓。洵为盛世之鸿业，传之于万祀而不朽。"[①] 然而，由于该书卷帙浩繁，出之众人，故在编纂过程中难免存在一些瑕疵，其中漏收、误收、重收问题亦有不少。在这些方面，学界已做了不少辑佚、补正的工作。相关书籍有陈新等人《全宋诗订补》、张如安《〈全宋诗〉订补稿》、汤华泉《全宋诗辑补》、朱腾云《〈全宋诗〉重出误收研究》，单篇辑佚及补正文章更是几百余篇。

本书在此基础上，利用北京大学中文系所开发的全宋诗分析系统，发现《全宋诗》重出现象严重。经初步统计，重出诗歌大约有三千组，重出残句大约五百则，以上统计剔除了《全宋诗》与《全唐诗》两收诗人（指的是唐末宋初时代的诗人）的重出诗句及《全宋诗》与《全元诗》两收诗人（指的是宋末元初时代的诗人）重出诗句。本书涉及的重出诗歌共有1103首，重出残句为195则。

---

① 钱仲联：《〈全宋诗〉序》，载傅璇琮等主编《全宋诗》第1册，北京大学出版社，1991，第4页。

一 《全宋诗》重出类型

历代纂修的大型书籍，包括史书、诗文总集、类书、丛书等，书成后难免存在各种舛误错讹，其中重出误收亦为常见。对此，历代学者亦多有论述。如宋代陈叔方即指出："史书非出一手，故其间多异同，亦有一事而重见者。如武后问狄仁杰荐宰相语，《仁杰传》所载已详，《张柬之传》中复有之。"① 史家李心传亦评论道："自昔著书，首尾多不相照，虽《资治通鉴》亦或未免此病，大抵编集非出一手故也。……朱文公《通鉴纲目》条贯至善，今草本行于世者，于唐肃宗朝直脱二年之事，亦由门人缀辑，前后不相顾也。又自唐武德八年以后至于天祐之季，甲子并差。考求其故，盖《通鉴》以岁名书之，而文公门人大抵多忽史学，不熟岁名，故有此误。余因诸生有问，亦为正之矣。"②

对于诗文总集的重出复见，学者们亦多有提及。宋彭叔夏即指出《文苑英华》："凡诗赋杂文等多重出，而颇有异同，盖编《文苑》时非出一手故也。又二百六十一卷，诸本并有两卷，其篇数虽合总目，而诗多重复或全异者。如周贺十二首，重者三；温庭筠十五首，重者五；杜牧九首，皆不同；许浑十四首，前卷阙其九。今合为一卷，去其重复，注异同为一作。"③ 周必大在《文苑英华序》中亦指出："(《英华》)虽秘阁有本，然舛误不可读。……惟是原修书时历年颇多，非出一手，丛脞重复，首尾衡决，一诗或析为二，二诗或合为一，姓氏差误，先后颠倒，不可胜计。"④

大型诗文集的重出，以《全唐诗》重出最为典型。清编《全唐诗》共收诗49403首，句1555条，作者2873人，总九百卷，可谓工程浩大。但由于该书编纂时间不足两年，参与编纂人员仅有彭定求等十人，以如此人力、时间，编纂如此宏大工程，故难免错讹。王仲闻先生及傅璇琮先生即指出该书在五个

---

① 陈叔方：《颍川语小》卷上，清刻守山阁丛书本。
② 李心传：《建炎以来朝野杂记》卷十，清武英殿聚珍版丛书本。
③ 彭叔夏：《文苑英华辨证》卷十，清武英殿聚珍版丛书本。
④ 曾枣庄、刘琳主编：《全宋文》第230册，上海辞书出版社、安徽教育出版社，2006，第184页。

方面存在较大问题,其中第二点即是"作品作家重出"。《全唐诗》的重出误收经现代学者陈尚君、陶敏、佟培基等人的努力,已基本得到解决。佟培基《全唐诗重出误收考》一书指出《全唐诗》重出误收之诗有 6858 首,句 178 则,涉及诗人 906 人。

北大所编《全宋诗》重出误收现象亦比较严重,朱腾云《〈全宋诗〉重出误收研究》一书指出,《全宋诗》重出误收诗达 9877 首之多。该书把《全宋诗》重出误收分类为：一、姓名讹误,又包括同姓名讹误、同姓讹误、同名歧误、同字歧误、形讹歧误、音讹歧误等十种类型;二、亲朋讹误,又包括祖孙歧误、父子歧误、叔侄歧误、兄弟歧误、师生歧误、朋友歧误、同门歧误等十种类型;三、诗句诗题丛脞讹误,又包括诗题讹为作者、作者讹为诗题、地名讹为作者、诗歌本事讹误、一诗部分重出、律诗截为绝句、零章残句重见全诗等七种类型;四、其他讹误,又包括奉酬之作歧为原主、无名氏诗重出、补遗诗重出、误题写者为作者等四种类型。

本书在此基础上,把《全宋诗》重出分为以下四大类型:第一、整诗重出,部分重出,单句重出;第二、二重出,三重出,多重出;第三、与前代诗重出,与同代诗重出,与后代诗重出;第四、与自己诗重出,与他人诗重出。

（一）按重合率分

诗歌重出,按重出字句多少,即重合率来分,可以分为以下三种类型:整诗重出,部分重出,单句重出。

整诗重出,指的是重出诗歌内容完全或者基本相同。这种类型的重出,是《全宋诗》最主要的重出类型。如《全宋诗》第 11 册 7698 页徐积《贫仙》"莫怪先生身上贫,眼看外物似浮云。房中除却琴棋后,更有门前鹤一群",此诗即与第 21 册 13726 页晁说之《节孝处士徐先生》内容完全相同。还有些重出诗甚至连题目都是一样的,如第 27 册 17585 页李纲《种荔枝核有感》"荔子欲传种,他年养老饕。试将千颗植,已喜寸萌高。岂耐雪霜苦,空惭浇灌劳。何殊茂陵客,藏核种蟠桃",此诗即与第 31 册 20114 页李若水《种荔枝核有感》

内容及题目完全相同。

还有些诗内容基本相同，只个别或小部分诗句不同，亦可称之为整诗重出。如第 2 册 856 页宋涛《题白云岩》"白云岩在白云间，岩下千山与万山。莫向公卿容易道，恐伊来此一生闲"，此诗与第 27 册 17927 页刘涛《五峰岩》只两字不同，"白云岩在白云间"，刘涛诗作"五峰岩在白云间"。再如第 1 册 511 页李建中《杭州望湖楼》"小艇闲撑处，湖天景物微。春波无限绿，白鸟自由飞。落日孤汀远，轻烟古寺稀。时携一壶酒，恋到晚凉归"，此诗与第 3 册 1626 页苏为《湖州作》内容基本相同，只"落日孤汀远，轻烟古寺稀"苏为诗作"柳色浓垂岸，山光冷照衣"。

部分重出，指的是重出诗歌内容部分相同。如第 50 册 31193 页苏大璋《瑞香花》："芳蕤何蒨绚，尤物真旖旎。五叶映雕阑，三桠骈粉蕊。妍分春月魂，香彻肌骨髓。"此诗重出见第 31 册 19630 页苏籀《题僧寮白瑞芗一首》："芳蕤何蒨绚，尤物真旖旎。五叶映雕栏，三桠骈粉蕊。妍分春月魄，香彻肌骨髓。壁观艳成魔，鹤林神作祟。岂特梅可簪，殊胜麝多忌。野菖与戎葵，犹堪解其秽。"

但这种情况大多数是绝句与整诗重出，如第 62 册 39273 页李迪《萍》："泥滓根萌浅，风波性质轻。晚来堆岸曲，犹得护蛙鸣。"实出自第 7 册 4315 页李觏《萍》："尽日看流萍，谁原造化情。可怜无用物，偏解及时生。泥滓根萌浅，风波性质轻。晚来堆岸曲，犹得护蛙鸣。"又如第 12 册 8026 页蒋之奇《菖蒲涧》："拨破红尘入紫烟，五羊坛上访神仙。人间自觉无闲地，城里谁知有洞天。"实出自第 1 册 584 页古成之《五仙观二首》其一："拨破浮尘入紫烟，五羊坛上访神仙。人间自觉无闲地，城里谁知有洞天。竹叶影繁笼药圃，桃花香煖映芝田。吟余池畔聊欹枕，风雨萧萧吹白莲。"

单句重出，单句指的是零章残句，这些零章残句基本上都是《全宋诗》编者据他书辑佚时辑得。单句重出又可分为单句与单句重出及单句重见全诗两种类型。单句与单句重出，比如第 25 册 16650 页韩驹《句》"连山横截展一臂，为我障断西南夷"，又作第 38 册 23847 页蹇驹《句》。又第 16 册 11008 页张商英《句》"每闻回列进，不觉寸心忙"，又见第 13 册 9030 页章惇《句》。单句重见全诗，比如第 25 册 16649 页韩驹《句》"车骑拥西畴"，实出自第 25 册 16628 页韩驹《某顷知黄州墨卿为州司录今八年矣邂逅临川送别二首》其一："自罢黄州守，殊方任转流。宁论九年谪，已判一生休。此士真材杰，诸公定挽留。倪归存老病，车骑拥西畴。"又第 25 册 16650 页韩驹《句》"月中有女曾分种，世上无花敢斗香"，实出自第 55 册 34399 页华岳《岩桂》："西风吹老碧莲房，万窾风流拆麝囊。谩与篱花争晓色，肯教盆蕙压秋芳。月中有女曾分种，世上无花敢斗香。要识仙根迥然别，一枝开傍郒家墙。"

（二）按重出次数分

重出诗，一般重出两次，这是绝大多情况。但也有重出三次及三次以上的，我们把重出三次的诗叫三重出，三次以上的叫多重出。三重出的诗亦有不少，如第 7 册 4870 页李师中《咏松》："半依岩岫倚云端，独上亭亭耐岁寒。一事颇为清节累，秦时曾作大夫官。"又重见第 50 册 31023 页李訦《咏松》及第 51 册 31685 页李诚之《咏松》。又如第 11 册 7539 页王安国《送客至西陵作》："若耶溪畔醉秋风，猎猎船旗照水红。后夜钱塘酒楼上，梦魂应绕浙江东。"又重见于第 9 册 6241 页宋敏求《送客西陵》及第 11 册 7330 页吴处厚《送客西陵》。

三重出以上的为多重出，这类诗亦有一些。如第 10 册 6730 页王安石《龙泉寺石井二首》其一："山腰石有千年润，海眼泉无一日干。天下苍生待霖雨，不知龙向此中蟠。"又见第 60 册 37679 页白玉蟾《龙井》、第 10 册 6793 页陈辅《山居》其二、第 68 册 43120 页文天祥《题古碉》。又如第 25 册 16876 页王庭珪《绯桃》："衣裁相缬态纤秾，犹在瑶池午醉中。嫌近清明时节冷，趁渠新火一番红。"又见第 62 册 39026 页施清臣《绯桃》、第 38 册 24245 页曾季貍《桃花》、第 59 册 37412 页李龏《绯桃》其二。值得注意的是，多重出的诗一般为佛子偈颂，诗僧们往往喜欢引用或者改动别人诗句进行说法或示偈，故而很容易造成诗歌重出。如第 1 册 509 页释洪寿《闻堕薪有省作偈》："扑落非他物，纵横不是尘。山河及大地，全露法王身。"又重见于第 17 册 11731 页黄庭坚《寿禅师悟道颂》、第 30 册 19372 页释宗杲《偈颂一百六十首》其一○六、第 31 册 20052 页释了演《偈颂十一首》其二。又如第 21 册 14270 页释梵言《偈三首》其一："吾心似秋月，碧潭清浩洁。无物堪比伦，教我如何说。"此诗又重见于第 55 册 34807 页广利寺僧《中秋》、第 29 册 18452 页释祖珍《偈三十五首》其一七、《全唐诗》第 23 册 9069 页寒山《诗三百三首》。

目前发现，重出次数最多为七次，此诗为《全唐诗》第 23 册 9137 页庞蕴《杂诗》其六："十方同聚会，个个学无为。此是选佛场，心空及第归。"又见《全宋诗》第 24 册 16124 页释怀深《偈一百二十首》其一百、第 36 册 22515 页黄公度《谒守净禅师》、第 19 册 12960 页释元易《偈二首》其一、第 38 册 23732 页释南雅《偈颂七首》其七、第 45 册 27818 页释崇岳《偈颂一百二十三首》其五三、第 65 册 40788 页释绍昙《偈颂十九首》其一五。

（三）按重出诗歌的时代来划分

重出诗，按重出诗歌的时代来分，又可分为与隋代及隋前诗重出、与唐代诗重出、与同代诗重出、与元代诗重出、与明清诗重出。

与隋代及隋前诗重出，如第 43 册 26867 页宋孝宗《赐赵士忠二首》其一："职事烦填委，文墨分消散。驰翰未暇食，日昃不知晏。沈迷簿书领，回回自昏乱。释此出西城，登高且游观。方塘含白水，中有凫与雁。安得肃肃羽，从尔游波澜。"此诗重见于晋代傅玄《杂诗》。第 43 册 26867 页宋孝宗《赐赵士忠二首》其二："志士惜日短，愁人知夜长。摄衣步前庭，仰观南雁翔。淳景随形运，流响归空房。清风何飘飘，微月出西方。繁星依青天，列宿自成行。蝉鸣高树间，野鸟号东厢。纤云时仿佛，渥露沾我裳。良时无停景，北斗忽低昂。常恐寒节至，凝气结为霜。落叶随风摧，一绝如流光。"此诗重见于汉代刘桢《杂诗》。又比如第 3 册 1832 页释惟政《送僧偈》："山中何所有，岭上多白云。只可自怡悦，不堪持赠君。"重见于南朝陶弘景《诏问山中何所有赋诗以答》。第 29 册 18463 页释法泰《偈七首》其六："空手把锄头，步行骑水牛。人从桥上过，桥流水不流。"重见于南朝傅大士《法身颂》。

与唐代诗重出，《全宋诗》与唐代诗人重出诗比较多，重出诗歌比较多的诗人有李白、杜甫、白居易、张籍、贾岛。其与李白重出的诗句有9首，杜甫7首，张籍8首，贾岛6首，与白居易重出最多，达15首。分别是：白居易《三月三日》与苏舜元《题海昌安国寺》重出、白居易《寄陆补阙》与苏舜钦《寄陆同年》重出、白居易《云居寺孤桐》与刘敞《桐花》重出、白居易《把酒思闲事二首》与曾幾《把酒思闲事二首》重出、白居易《晚春酒醒寻梦得》与曾幾《晚春酒醒寻梦得》重出、白居易《花前有感兼呈崔相公刘郎中》与仲并《花前有感兼呈崔相公刘郎中》重出、白居易《听歌》与宋高宗《崇恩显义院五首》其四重出、白居易《自咏》与宋高宗《诗二首》其一重出、白居易《竹楼宿》与宋高宗《题刘松年竹楼说听图》重出、白居易《读老子》与宋高宗《题唐郑虔山居说听图》重出、白居易《新妇石》与王十朋《石夫人》重出、白居易《夜调琴忆崔少卿》与宋孝宗《题周文矩合乐士女图》重出、白居易《夜宿江浦闻元八改官因寄此什》与赵师秀《夜宿江浦闻元八改官寄此》重出，这些重出诗基本全为白居易诗；又司马光《句》"初时被目为迂叟，近日蒙呼作隐人"，实出自白居易《迂叟》。

另外，唐代殷尧藩集中有七首诗与宋代王柏诗重出，这些诗皆当为宋代王柏诗，可参陶敏《〈全唐诗·殷尧藩集〉考辨》。

与同代诗重出，这种类型重出数量最多。重出诗句达20至29首的诗人有陈与义、白玉蟾、晁补之、戴复古、郑獬、杨时、王十朋、曾幾、王禹偁、欧阳修、苏辙、司马光、曹勋、曹彦约、宋祁、秦观、项安世、刘敞、郭祥正、陈师道、林之奇，共21人；重出诗句达30至38首的诗人有张载、赵湘、宋高宗、胡仲弓、邵雍、袁说友、杨简、杨修、韩驹，共9人；重出诗句达40至46首的诗人有杨备、施枢、韩维、陈造、朱熹、刘敞、杨万里、方岳、梅尧臣，共9人；重出诗句达51至55首的诗人有杨亿、刘学箕、宋太宗、张耒、王珪，共5人；重出诗句达60至68首的诗人有刘克庄、王安石、黄庭坚、陆游4人，郊庙朝会歌辞系列组诗亦有60余首重出；重出诗句达81至87首的诗人有苏轼、释士珪、释道颜、朱松、洪迈，共5人。

这些重出诗，有些为父子重出，如苏轼与苏过互见诗有 5 首；有些为兄弟重出，如苏轼与苏辙互见诗有 5 首，刘攽与刘敞互见诗有 18 首；有些为师生重出，如曾幾与陆游互见诗有 8 首；有些为朋友重出，如陈师道与张耒重出诗有 8 首，王安石与王令互见诗有 7 首。

这些重出诗，还有些是因为所据书籍为伪作而产生。如曹勋《松隐集》卷二四（即旧抄本的第十四卷）实为伪作，《全宋诗》编者据此将这些诗收录即产生重出，其中曹勋与杨万里重出的有 10 首，曹勋与方岳重出的有 8 首，曹勋与许月卿重出的有 6 首，曹勋与林景熙重出的有 2 首，曹勋与文天祥重出的有 1 首，可参吴鸥《关于杨万里诗集的补遗》一文。又如宋陈思《两宋名贤小集》卷二三八收录的刘学箕《方是闲居士小稿》亦实为伪书，据此收录即产生重出，其中刘学箕与施枢互见诗有 37 首，刘学箕与陈允平互见诗有 9 首，刘学箕与胡仲参互见诗有 2 首。又如《两宋名贤小集》卷一五六所收洪迈《野处类稿》亦为伪书，该书系抄录朱松《韦斋集》卷一、卷二中的诗歌而成，《全宋诗》编者据此收录亦会产生重出，其中朱松与洪迈互见诗达 83 首，可参曾维刚等著《洪迈〈野处类稿〉辨伪》一文。

这些重出诗，还有些是因为所据书籍有讹误而产生。如《两宋名贤小集》卷三六一收录的杨修《六朝遗事杂咏》，此杨修实为杨修之，杨修之即杨备，《全宋诗》据此收录即会产生重出，事实上，杨修与杨备互见诗即有 38 首。又如因金履祥《濂洛风雅》所收诗歌署名脱落，其中杨时的 15 首诗被误辑于张载名下，可参王建生《〈濂洛风雅〉问题举隅》一文。又如宋祝穆《古今事文类聚》前集将杨万里的 11 首诗误置于赵彦端名下而产生重出。又如《江湖后集》卷一二将方岳 26 首诗误置于胡仲弓名下等等。

这些重出诗，还有些是因为《永乐大典》辑本有误而产生，这种类型的重出可谓是《全宋诗》中最常见的重出。如王禹偁与王之道互见诗有 7 首，刘克庄与项安世互见诗有 19 首，曹彦约与杨简互见诗有 25 首，袁说友与陈造互见诗有 35 首。因这些人的诗集，如王之道《相山集》、项安世《平庵悔稿》、曹彦约《昌谷集》、袁说友《东塘集》皆是清四库馆臣从《永乐大典》辑得而致误。

这些重出诗，还有些是因为《全宋诗》编者的各种失误而产生，有的是因为失于统核而致误，如宋太宗与自己重出诗有53首。还有的是因为理解错讹而致误，如刘克庄与彭耜互见诗有16首，这些重出诗都是《全宋诗》编者据《锦绣万花谷》后集收录，因这些诗下皆注曰"出南岳"，《全宋诗》编者将"南岳"误理解为"南岳先生"彭耜，其实指的是刘克庄的《南岳稿》，故而产生错误，可参《〈全宋诗〉杂考（二）》。又如，《全宋诗》编者据宋赜藏主《古尊宿语录》卷四七《东林和尚云门庵主颂古》收录释道颜诗80首，这些诗全部与释士珪诗重出，因《全宋诗》编者将《东林和尚云门庵主颂古》所指"东林和尚"误理解为释道颜而致误，其实"东林和尚"指的是释士珪，可参《〈全宋诗〉所收僧诗致误原因探析》一文。

与元代诗重出，《全宋诗》与元代诗人重出的诗并没有《全宋诗》与唐代诗人重出的诗多，重出诗主要集中于元代王圭、吴师道、萨都剌、贡奎、廼贤、陈孚、李纯甫、曹伯启诸人名下。

这些重出诗，有些是《全宋诗》误收，有些是《全元诗》误收。如宋代王珪名下《和敬叔弟七月十二夜胡伯恭园池对月即事之作》《挽贡南漪三首》《挽董澜溪二首》《挽胡信芳上舍二首》《挽吴止水》《挽潘昌朝》《挽吴大社》《挽钱公起》《挽董儒仲二首》《莫京甫知事有台椽之辟赋诗识别二首》《胡则大学正满秩趋京赋诗为赠》《访别成献甫经历时新拜西台御史之命二首》《次胡则大赋雪韵》《又次韵》《刘损斋主簿见示游广教和刘朔斋诗次韵》《送汪叔志赴平江州同知》等诗，实皆为误收元代王圭诗，可参王传龙等著《王珪〈华阳集〉的误收、辑佚与流传》一文。《全宋诗》编者据清陈蔚《齐山岩洞志》所收苏舜钦《重过齐山清溪》《过池阳游齐山洞》，即为误收元代吴师道《重过齐山清溪》《过池阳游齐山洞》，此两诗见吴师道《礼部集》。《全宋诗》编者据曾几《茶山集》卷一收曾几《相马图呈杜勉斋左司》，为误收元代曹伯启《相马图呈杜勉斋左司》，又《全宋诗》编者据明谢肇淛《北河纪余》卷一收入文天祥《太白楼（其一）》，实亦为误收元代曹伯启《济州登太白楼怀郑从之御史二首（其一）》。

还有些是《全元诗》误收的，如元代杨维桢《答詹翰林同》实为宋代丘葵《御史马伯庸与达鲁花赤征币不出》，又元代吴镇《梅花道人遗墨》卷上所载《陈贤良隐居》实为误收宋代张尧同《嘉禾百咏·陈贤良隐居》。

与明清诗重出，《全宋诗》与明清诗重出的情况相对较少，但亦有一些。有些是《全宋诗》有误，如苏轼集中误收明人诗，苏轼《潮中观月》实乃明代张绅《湖中玩月》，苏轼《雨中邀李范庵过天竺寺作二首》实乃明代吴宽《雨中与李贞伯沈尚伦诸友过隆福寺》和《僧舍对竹》，苏轼《端砚诗》《安老亭》实为明代吴宽《饮于乔家以端砚联句毕复拾余韵》《安老亭图》，可参阮堂明《〈全宋诗〉苏轼卷辨正辑补》。又如陈著《本堂集》中误收明代陈献章诗，陈著名下《新正过沙堤》《至直学士院樊伯挚家》《次韵答樊伯挚》《闻樊桂卿初归自镜湖寄之》《樊学士送菊次韵答之》《答直学士院见访》《次韵答樊伯挚见拉钓》等诗，实为明代陈献章《新年（其三）》《至陈冕家》《寄容一之》《闻林缉熙初归自平湖寄之》《吴明府送菊次韵答之》《答梅绣衣见访》《次韵答伯饶见拉出钓》。还有些《全宋诗》不误的，如明代王绂《题静乐轩（四首）》实为宋代吕徽之《春景》《夏景》《秋景》《冬景》四诗，等等。

（四）按重出对象分

按重出对象分，主要有两类：一类为重见自己名下，与本人重出；一类为重见他人名下，与他人重出。

与本人重出，在《全宋诗》中比较突出。造成与本人诗歌重出，有的是因为同一人名下同一首诗歌被收录两次或两次以上。如白玉蟾《蓝琴士赠梅竹酬以诗》《奏章归》《江亭夜坐》《立春》《雁阵》《华阳吟（其一七）》即分别与白玉蟾《琴》《步虚》《诗一首》《元旦在鹤林偶作》《归雁亭》《洞虚堂》重出。又如释文珦《题听松亭》《效陶四首用葛秋岩韵（其三）》《访山家》《泽国幽居夏日杂题（其二）》《竹居》《荒径（其一）》《荒径（其二）》《晚泊》《春晓寻山家》《静处》即分别与释文珦《听松》《效陶秋岩韵》《访山家》《端居》《竹居》《荒径》《幽径》《江上（其一）》《春晓寻山家》《静处》重出。这些重出诗，一般都是《全宋诗》编者在据他书辑佚时产生。还有的是因为失于统核而产生，如上文所提的宋太宗名下与自己重出的53首诗。另外，值得注意的是，《全宋诗》编者据他书辑佚所收的单句亦大多都重见本集，如第11册7320页刘攽《句》其七重见于刘攽《送刘四畋二首》其二、第11册7320页刘攽《句》其十一重见于刘攽《泛舟》、第11册7320页刘攽《句》其十五重见于刘攽《和裴库部十二韵》。又如陈师道名下单句其三、其六、其七、其八、其十皆重见于陈师道本人诗歌中。又如苏轼名下其三至其十六单句皆为误收，这14首单句实际上亦皆见于苏轼本人诗歌之中。

　　造成与本人诗歌重出，还有的是因为同一人被误收两次，甚至多次。有的是称呼相同，误作两人，实为同一人；有的是称呼不同，但实为同一人。第一类，称呼相同实为同一人的，如第24册与第32册两释宗印、第33册与第45册两释法空、第50册与第51册两淳熙太学生、第51册与第57册两湖州士子、第52册与第72册两王大受、第54册与第72册两杜子更、第59册与第63册两盛世忠、第66册与第72册两松庵道人。第二类，称呼不同但实为同一人，如第2册林逋与第72册林逋叟、第4册丘濬与第72册邱道源、第7册鲁交与第10册鲁某、第7册奚球与第13册宋球、第7册童传与第14册董传、第12册刘文毅与第18册刘祕、第14册张景修与第72册张祠部、第17册觉禅师与第29册释祖觉、第19册广禅师与第24册释广、第19册李熙载与第72册李伯先、第21册卞育与第21册冤亭卞、第21册僧某与第26册释文准弟子、第22册张如远与第37册张昭远、第22册张元仲与第63册张汝锴、第23册袁谦与第72册哀谦、第24册刘卞功与第33册小邾道人、第24册张扩与第27册张广、第24册殊胜院僧与第30册释法升、第24册李彭与第72册李商、第24册赵遹与第72册赵史君、第24册毛友与第72册毛达、第25册释妙喜与第30册释宗杲、第27册李纲与第72册李左史、第27册张斛与第72册张德容、第30册张于文与第35册张子文、第31册周莘与第72册周尹潜、第35册季南寿与第38册李南寿、第37册刘望之与第72册刘西园、第37册方希觉与第72册东方某、第38册赵公硕与第72册余杭令、第43册来梓与第

55册朱子仪、第45册赵端行与第60册赵希迈、第45册周承勋与第72册周睎稷、第47册张孝伯与第68册张伯子、第50册张氏与第54册张弋、第50册宗室某与第54册赵某、第51册高似孙与第72册高氏、第51册葛天民与第72册释义铦、第51册朱申首与第53册朱申、第53册高某与第55册高载、第54册周文璞与第72册周野斋、第54册陈宓与第57册陈师服、第55册林干之与第67册林千之、第55册黄顺之与第72册黄樵逸、第56册林自知与第59册林观过、第56册杜北山与第67册杜汝能、第57册李方子与第72册李公晦、第57册赵汝回与第72册赵东阁、第59册上官良史与第72册良史伟长、第60册白玉蟾与第72册葛某、第60册朱承祖与第72册朱省斋、第62册王学可与第64册王亚夫、第63册翁逢龙与第72册石逢龙、第63册刘次春与第67册刘汝春、第63册赵希梦与第70册赵东山、第66册熊某与第69册熊朝、第66册吴大有与第67册挚大、第67册何应龙与第72册何橘潭、第67册宝祐时人与第68册宝祐士人、第70册林昉与第72册林石田，等等。

与他人重出，主要是与亲朋好友重出为多，包括父子、兄弟、叔侄、师生、同门、朋友、同事之间重出等等。

祖孙重出的如：戴复古名下《小畦》《有感》与从孙戴昺《小畦》《有感》诗重出，马之纯《青溪二首（其一）》《汝南湾》与孙马光祖《青溪》《汝南湾》重出，史浩《次韵唐太博重过西湖》与其孙史定之《同唐太傅重过西湖》重出，史浩《雪消得寒字》《和九日赐宴琼林苑》与其孙史嵩之《雪后》《宴琼林苑》重出。

父子重出的如：晏殊《七夕》与其子晏幾道《七夕》重出，刁湛《题方干旧隐》与其子刁约《方氏清芬阁》，苏坚《清江曲》与其子苏庠《清江曲》其一重出，葛胜仲《省习堂偶题》《次韵刘无言山中五绝句敢请诸僚和之》与其子葛立方《省习堂偶题》《次韵刘无言寿山中五绝句敢请诸僚和之》重出，张祁《答周邦彦觅茶》《田蕳杂歌》与其子张孝祥《以茶芽焦坑送周德友德友来索赐茶仆无之也》《大麦行》重出，吕皓《别荆州诸友》《题青溪神女祠次东坡韵》《峨眉亭》与其子吕殊《别荆州诸友》《题清溪神女祠》《峨眉亭》重出。

兄弟重出的如：王琪《秋日白鹭亭向夕有感》与从兄王珪《白鹭亭》重出，陈尧佐《唐施肩吾山居有感》与其弟陈尧咨《施肩吾宅》重出，宋庠《春晦寓目》《休日》与其弟宋祁《春晖寓目二首（其一）》《归沐》重出。张揆《宿灵岩寺》与其弟张掞《留题灵岩寺》重出，洪朋《云溪院》与其弟洪炎《云溪院》重出，谢薖《三益斋》《洗墨池》《春闺》与其从兄谢逸《三益斋诗》《右军墨池》《春词（其三）》重出，胡仲参《寄黄云心》《寄懒庵》《寄梅矔》与其弟胡仲弓《寄黄云心》《寄懒庵》《寄梅矔》重出，王安石《梦长》与其弟王安礼《梦长》重出，王安石《杭州呈胜之》与其弟王安国《杭州呈胜之》重出，孔文仲《早行》与其弟孔平仲《早行》重出，孔文仲《次韵瀛倅邓慎思见寄》与其弟孔武仲《次韵瀛倅邓慎思见寄》重出，孔平仲《翠微亭》与其兄孔武仲《翠微亭》重出，史浩《下水庵晓望偶题》《和竹里》与从弟史浚《偶作》《竹村居》重出。另外，苏轼与其弟苏辙、晁说之与从弟晁冲之、刘敞与其弟刘攽重出的诗都有不少，分别为5首、9首、16首。

叔侄重出的有：梅询《华亭道中》《送蒙寺丞赴郡》《诗一首》与其侄梅尧臣《过华亭》《送蒙寺丞赴鄞州》《寄题鄞州白雪楼》重出，宋高宗《赐僧守璋二首》与其侄宋孝宗《赐圆觉寺僧德信》重出，史才《送别任龙图》《雪窦飞雪亭》与其侄史浩《次韵任龙图留别》《题雪窦飞雪亭》重出，史浩《次韵孙季和东湖二诗（其一）》《弥坚小圃小春见梅》与其侄史弥应《过东吴》《小春见梅》重出，史浩《次韵馆中秋香（其一）》与其侄史弥忠《秋桂》重出。

师生重出的有：张载《克己复礼》与其弟子吕大临《克己》重出，林亦之《别林黄中帅湖南》与其弟子陈藻《别林黄中帅湖南》重出，程颐《秋日偶成》与其弟子朱熹《秋日成诗》重出，朱熹《登定王台》《次敬夫登定王台韵》《自东湖至列岫得二小诗（其二）》与其弟子林用中《敬夫用定王台韵赋诗因复次韵》《十三晨起雪晴前言果验用定王台韵赋诗》《七日发岳麓道中寻梅不获至十日遇雪赋此》重出，欧阳修《和陆子履再游城西李园》《奉使道中寄坦师》《送致政朱郎中》《鹃》与其弟子王安石《次韵再游城西李园》《奉使道中寄育王山长老常坦》《送致政朱郎中东归》《鸱》重出，欧阳修《芙蓉花二首》其一与其弟子苏轼《王伯敭所藏赵昌花四首·芙蓉》重出，苏轼《次韵子由题憩寂图后》与其弟子黄庭坚《文与可尝云老僧墨竹一派近在湖州吾竹虽不及石似过之此一卷公案不可无鲁直正句因次韵》重出，苏轼《山坡陀行》与其弟子晁补之《山坡陀辞》重出，苏轼《入馆》《黄州春日杂书四绝之四》《忆黄州梅花五绝之一》《暮归》与其弟子张耒《秋日有作寓直散骑舍》《杂诗（其二）》《杂诗（其一）》《暮归》重出，另外，曾幾与其弟子陆游重出诗亦较多，共有 7 首。

同门重出的有：游酢《归雁》《感事》《在颍昌寄中立二首》与杨时《归雁》《感事》《寄游定夫二首》重出。苏轼门下弟子互出诗歌较多，黄庭坚《次韵中玉水仙花二首（其一）》《刘邦直送早梅水仙花四首（其三）》《戏效禅月作远公咏》与李之仪《水仙花二绝（其二）》《水仙花二绝（其一）》《与晋卿相别忽复春深得书见邀》重出。黄庭坚《寄题钦之草堂》《白鹤观》与秦观《寄题傅钦之草堂》《白鹤观》重出。黄庭坚《宿钱塘尉廨》与陈师道《宿钱塘尉廨》重出，黄庭坚《塞上曲》与张耒《塞猎》重出。陈师道《中秋夜东刹赠仁公》《梅花七绝》与张耒《中秋夜东刹赠仁公》《梅花十首（其一、其二、其三、其四、其六、其八、其九）》重出。秦观《春日杂兴十首（其三、其七、其八、其九）》《答曾存之》与张耒《春日杂兴四首》《次韵答存之》重出，秦观《和蔡天启赠文潜之什》与晁补之《用文潜馆中韵赠蔡学正天启》重出。李之仪《中隐庵次赵德孺韵》《次韵东坡还自岭南》《卢泉之水次韵晁尧民赠张隐人》《壁间所挂山水图》与李廌《中隐庵和赵孺韵》《次韵东坡还自岭南》《卢泉之水次韵晁克民赠隐人》《壁间所挂山水图》重出，等等。

二 《全宋诗》重出原因分析

《全宋诗》重出原因复杂，朱腾云《〈全宋诗〉重出误收研究》一书将其分为三大类：第一类来源错误，又包括底本缺陷及文献两歧；第二类为编纂新误，又包括未细检文献、未认真复核、文献查考不足及自违体例；第三类为其他因素，又包括体例重出、集句诗重出及联句诗重出。本书主要把《全宋诗》重出原因分为两大类，即文献讹误及编者自身之误。

（一）文献讹误

文献讹误，是指《全宋诗》编者所据文献有误而造成重出，大多为客观原因。文献讹误又可分为本集有误及他书有误。

本集有误是指作者本人的诗集不可靠，因误收他人之作，而造成重出。本集不可靠又有几种情况，

第一类是本集为伪作。如上文所提的曹勋《松隐集》卷二四，《两宋名贤小集》卷二三八收录的刘学箕《方是闲居士小稿》，以及《两宋名贤小集》卷一五六所收洪迈《野处类稿》，皆为伪书。另外，清朱秉鉴辑编的《詹元善先生遗集》亦为伪书，该书收詹体仁诗9首，这9首诗实全为他人之作，该书又收詹恺诗10首，其中9首亦皆为他人之作，可参李一飞《宋集小考三题》一文；林之奇《拙斋文集》卷三亦为伪书，该卷共收29首诗，此29首诗实皆为他人之作，可参王开春《林之奇诗辨伪——兼论〈拙斋文集〉的版本源流》一文。

第二类是本集混入他人之作，因该类诗集多为后人所编而致误。如游酢《游廌山先生集》为清乾隆游氏重刊，该书即误收了熊克、杨时、朱熹等人之作；陈著《本堂先生文集》为光绪四明陈氏据樊氏家藏抄本校刻，该书误收明代陈献章多首诗作；又《蔡氏九儒书》为蔡元定十五世孙蔡有鹍汇辑而成，该书收了蔡元定、及其长子蔡渊、孙蔡模诸人诗作，但该书亦误收了朱熹、真德秀等人之作；又如游九言《默斋遗稿》为后人掇拾而成，该书误收朱熹多首诗作。诗集为后人所编，特别值得注意的一种情况是，该作者的原集已佚，其现存诗文集乃四库馆臣据《永乐大典》编成，因四库馆臣的失误，或者是《永乐大典》的错讹，而造成重出误收，这种情况在《全宋诗》重出现象中比较常见。比如赵鼎臣《竹隐畸士集》即为四库馆臣从《永乐大典》辑得，该集误收了赵钦夫《盘斋》《冰斋》两首诗，查《永乐大典》可知，《盘斋》《冰斋》此两诗下实署名赵君鼎，四库馆臣误以赵君鼎为赵鼎臣，其实赵君鼎为赵钦夫（字君鼎）。又如赵湘《南阳集》亦为四库馆臣从《永乐大典》中辑得，该书误收韩维诗27首，

大概是因为韩维诗集亦称《南阳集》而被四库馆臣误辑。又如王珪《华阳集》亦为四库馆臣自《永乐大典》中重新辑出，该书误收现象也比较严重，清代学者劳格已指出该书有29首诗作为误收，其中误收了元人王圭诗作23首，可参王传龙、王一方《王珪〈华阳集〉的误收、辑佚与流传》一文。又如王之道《相山集》，亦为《永乐大典》辑本，该书误收了王禹偁7首诗作、司马光1首诗作、吕本中1首诗作。又如孙应时《烛湖集》与他人重出之诗有6首，此6首诗皆为《烛湖集》误收。又如张嵲《紫微集》误收张孝祥6首诗作。仲并《浮山集》误收陈渊8首诗作。袁说友《东塘集》误收陈造诗作35首之多，等等。

另外，值得一提的是，还有些诗文集因失于统核，前后重收该诗人之作而造成重出。如刘敞《公是集》卷六收其《曲水台竹间默坐》，该诗重见于《公是集》卷一一《曲水台》；刘敞《公是集》卷一四收其《种萱》，该诗重见于《公是集》卷二七《萱花》。邵雍《伊川击壤集》卷一二收其《心耳吟》，该诗重见于《伊川击壤集》卷一七《乾坤吟》其一；邵雍《伊川击壤集》卷一九收其《洛阳春吟》其七，该诗重见于《伊川击壤集》卷八《问春》其二。陈师道《后山居士文集》卷一收其《次韵郑彦能题端禅师丈室》，该诗重见于其《后山居士文集》卷六《和寇十一晚登白门》。释德洪《石门文字禅》卷一四收其《和人春日三首》其二，该诗重见于《石门文字禅》卷一四《湘山偶书》。吴芾《湖山集》卷九收其《寄朝宗二首》其二，该诗重见于其《湖山集》卷一〇《寄朝宗海棠》。项安世《平庵悔稿》卷三收其《次韵杨金判潜室中竹枝》，该诗重见于其《平庵悔稿》卷四《次韵杨金判室中竹枝》。陈著《本堂文集》卷一八收其《东隐退永固龄叟留之慈云西堂》，该诗重见于其《本堂文集》卷二三《闻丹山主僧德周欲退慈云主僧龄叟留此作》；陈著《本堂文集》卷一九收其《次弟观与雪航韵》，该诗重见于其《本堂文集》卷二三《次韵前人似前人》。白玉蟾《海琼玉蟾先生文集》卷五收其《华阳吟》其一七，该诗重见于《海琼玉蟾先生文集》卷五《洞虚堂》，等等。

他书有误，指因他书不可靠，《全宋诗》编者据此辑佚而产生的重出。所据他书主要包括类书、诗文总集、地理方志、诗话笔记等几大类。

1. 类书

类书主要包括《全芳备祖》《锦绣万花谷》《永乐大典》等书。

《全芳备祖》

《全芳备祖》是南宋陈景沂编辑的一部大型植物专题类书，分前后两集，前集27卷，后集31卷，共58卷。该书辑集了大量的诗歌和词作，为后世重要的辑佚工具书，《全宋诗》更是将其作为补遗的重要来源本。但该书所辑录诗歌亦存在较大错讹，须谨慎使用。刘蔚《〈全芳备祖〉文献疏失举正》一文发现了《全芳备祖》70余处作者误署，她认为陈景沂在编选作品时态度不严谨，甚至有故意造伪的迹象。其手段之一便是选取著名诗人的作品，署以他人之名。如将陆游的作品张冠李戴，就有40多处。除陆游外，梅尧臣、欧阳修、王安石、苏轼、黄庭坚、苏辙、张耒、杨万里、朱熹等人的作品也是《全芳备祖》篡改的重要对象。刘蔚发现的这些错讹有很大一部分沿袭到《全宋诗》中。

《全芳备祖》误署名，大多是将宋人诗误置其他宋人名下，尤以断句误署为多。如刘蔚所言，其中将陆游的诗作截取误署他人名下非常之多，如《全宋诗》第2册979页据《全芳备祖》前集卷一收录的孙何《句》"美人与月正同色，客子折梅空断肠"，实出自第39册24417页陆游《丁酉上元三首》其二："鼓吹连天沸五门，灯山万炬动黄昏。美人与月正同色，客子折梅空断魂。宝马暗尘思辇路，钓船孤火梦江村。古来漫道新知乐，此意何由可共论。"第2册810页据前集卷一收录的王禹偁《句》"春回积雪殊冰里，香动荒山野水滨。带月一枝斜弄影，背风千片远随人"，实出自第39册24448页陆游《浣花赏梅》："老子人间自在身，插梅不惜损乌巾。春回积雪层冰里，香动荒山野水滨。带月一枝低弄影，背风千片远随人。石家楼上贪吹笛，肯放朝朝玉树新。"第9册6291页据前集卷一四收录的张载《句》"归燕羁鸿共断魂，荻花枫叶泊孤村"，实出自陆游《雨中泊赵屯有感》。第41册26061页据前集卷一五收录的范成大《句》"快晴似为酴醾计，急雨还妨燕子飞"，实出自陆游《雨晴游洞宫山天庆观坐间复雨》。第18册12156页据前集卷二〇收录的秦观《句》"槿篱护药才通径，竹笕通泉白遍村"，实出自陆游《出县》。第19册12752页据后集卷二收录的陈师道《句》"磊落金盘荐糟蟹，纤柔玉指破霜柑"，实出自陆游《夜饮即事》。第18册12156页据后集卷一二收录的秦观《句》"泥新乌栋初巢燕，萍匝荒池已集蜻"，实出自陆游《小饮房园》。第7册4719页据后集卷一三收录的张俞《句》"生涯自笑惟诗在，旋种芭蕉听雨声"，实出自陆游《忆昔》。第24册16222页据后集卷二一收录的卢襄《句》"麦秋天气朝朝变，蚕月人家处处忙"，实出自陆游《小园四首》其二。

另外，《全芳备祖》误署名，还有的将唐人诗误置宋人名下，如《全宋诗》第12册8003页据《全芳备祖》前集卷九收录的孔夷《句》"砌下梨花一堆雪"，实出自《全唐诗》第16册5971页杜牧《初冬夜饮》："淮阳多病偶求欢，客袖侵霜与烛盘。砌下梨花一堆雪，明年谁此凭阑干。"第45册27845页据前集卷一二收录的刘翰《句》"青山经雨菊花尽，白鸟下滩芦叶尽"，实出自《全唐诗》第18册6789页刘沧《江城晚望》："一望江城思有余，遥分野径入樵渔。青山经雨菊花尽，白鸟下滩芦叶疏。静听潮声寒木杪，远看风色暮帆舒。秋期又涉潼关路，不得年年向此居。"据后集卷八收录的赵企《樱桃》实为唐代韦庄《白樱桃》。

《锦绣万花谷》

《锦绣万花谷》为南宋人所编大型类书，但未署作者名，分前集、后集、续集各四十卷，又有别集三十卷，此书亦为《全宋诗》最重要的辑佚来源之一。但此书大部分内容为书坊纂集，错讹亦多，应值得注意。比如，有的将唐人诗误置宋人名下，《全宋诗》第1册261页据《锦绣万花谷》前集卷二四辑佚的张洎《句》"眼昏书字大，耳重觉声高"，实出自《全唐诗》第12册4318页张籍《咏怀》："老去多悲事，非唯见二毛。眼昏书字大，耳重觉声高。望月偏增思，寻山易发劳。都无作官意，赖得在闲曹。"《全宋诗》第1册631页据后集卷三辑佚的潘阆《夏》"野花成子落，江燕引雏飞。暗草薰苔径，晴杨拂石几"，实出自《全唐诗》第4册1162页殷遥《春晚山行》："寂历青山晚，山行趣不稀。野花成子落，江燕引雏飞。暗草薰苔径，晴杨扫石几。俗人犹语此，余亦转忘归。"又《全宋诗》据前集卷二五辑佚的洪刍《田家谣》实为唐代聂夷中《田家二首》其一。《全宋诗》据前集卷二六辑佚的卢多逊《哀挽诗》实为唐人卢延让《哭李郢端公》，等等。

有的将宋人诗误置其他宋人名下，这类错讹更多。如《全宋诗》第2册1072页据《锦绣万花谷》前集卷七收录的钱惟演《句》"平河千里经春雪，广陌三条尽日风"，实出自第2册1274页刘筠《柳絮》："半减依依学转蓬，班骓无奈恣西东。平沙千里经春雪，广陌三条尽日风。北斗城高连蠛蠓，甘泉树密蔽青葱。汉家旧苑眠应足，岂觉黄金万缕空。"第8册5052页据前集卷五收录的杨蟠《句》"两州城郭青烟起，千里江山白鹭飞"，实出自第18册12278页米芾《甘露寺》："六代萧萧木叶稀，楼高北固落残晖。两州城郭青烟起，千里江山白鹭飞。海近云涛惊夜梦，天低月露湿秋衣。使君肯负时平乐，长倒金钟尽醉归。"第25册16649页据前集卷三收录的韩驹《句》"饥肠不贮酒，冻粟自生春"，实出自第28册18126页吕本中《宿田舍》："饥肠不贮酒，冻粟自生肤。旅枕三年梦，荒村一事无。不愁风折木，时有火添炉。尚想崔夫子，冬来体更臞。"又，据后集卷二四收录的任希夷《小亭》实为秦观《春日五首》其一诗，等等。

还有的漏署名，如第71册45080页据《锦绣万花谷》后集卷二七收录的无名氏《句》"浮云有意藏山顶，流水无声入稻田。古木微风时起籁，诸峰落日尽藏烟"，实出自苏辙《游庐山山阳七咏·白鹤观》。又，第71册45080页据后集卷二七收录的无名氏佚题诗"山行似觉鸟声殊，渐近神仙简寂居。门外长溪容净足，山腰苦笋耿盘蔬。乔崧定有藏丹处，大石仍存拜斗余。弟子苍髯年八十，养生世世授遗书"，实为苏辙《游庐山山阳七咏·简寂观》。

《永乐大典》

《永乐大典》是明永乐年间由皇帝朱棣先后命解缙和姚广孝主持编纂的一部集中国古代典籍于大成的超级类书，现散落于世界各地，仅存800余卷，不足原书的百分之四。但该书收录了许多明清后散佚的宋代诗歌作品，乾隆年间，四库馆臣即从中辑录了130余种宋人别集，还有1种宋诗总集、1种宋元诗总集。《全宋诗》的编纂亦充分利用了此书，并颇有收获。但是，《永乐大典》

亦有不少错讹之处，值得引起重视。

　　陈恒舒《〈永乐大典〉所涉宋诗资料丛考》一文对《永乐大典》的错讹已做初步探讨。大概有三类，第一种是因人名相近而误，如《全宋诗》据《永乐大典》卷二八一二所辑吴居仁《咏梅》，实为吕本中《东莱先生诗集》卷一二《墨梅》诗，吕本中字居仁，《永乐大典》将其讹误为吴居仁。又如《全宋诗》据《永乐大典》卷五三四五引《潮州府图经志》所收唐康《潮阳尉郑太玉梦至泉侧饮之甚甘明日得之东山上作梦泉记令余作诗为赋此篇》，实为唐庚《唐先生文集》卷一《梦泉》诗，亦当是因人名相近而误。第二类是遗漏作者名，《全宋诗》据《永乐大典》卷七七〇一所辑洪适《送刘元忠学士还南京》，此诗下实未标明作者、出处，《全宋诗》编者据《永乐大典》此诗前一首洪适《次韵南京道中》，以为也引自洪适《盘洲集》，故而产生错误，其实此诗为梅尧臣《送刘元忠学士还南京》。又如《全宋诗》据《永乐大典》卷七二一四所辑杨简《明堂侍祠十绝》，此诗下实亦未标明作者、出处，《全宋诗》编者据《永乐大典》此诗前一首杨简《明堂礼成诗》，以为也引自杨简《杨慈湖集》，故而产生错误，此诗实为王庭《明堂侍祠十绝》。第三类是因诗集名相同相近而误，如署名林希逸的《近闻诸山例关堂石门老偶煮黄精以诗为寄次韵以戏之》，《全宋诗》编者据《永乐大典》卷八五二六引林希逸《竹溪集》收入，该诗其实为李弥逊《竹溪先生文集》卷一九之《近闻诸山例关堂石门老偶煮黄精以诗为寄次韵以戏之》，大概是因为两人诗集名相类似而误。

　　《永乐大典》之误一般为转引其他诗文集及其他志书时产生，如《全宋诗》编者据《永乐大典》卷七二三六引韦骧《钱塘韦骧集》所收韦骧《过笠泽三贤堂诗三首》，实为卢襄《登三贤堂》。《全宋诗》编者据《永乐大典》引陈天麟《陈季陵集》所收陈天麟《题南金慎独斋》《访张元明山斋》《题王季恭蓬斋》等六诗实皆为周紫芝诗，见其《太仓稊米集》。宣城人陈天麟为周紫芝弟子，周紫芝诗集最早版本为其刊刻，这可能是周紫芝诗混入陈天麟集中的原因。又《永乐大典》转引其他志书时亦多有讹误，如《全宋诗》编者据《永乐大典》卷一四三八〇引《邵阳志》所收沈伯达《先寄邢子友》，实为陈与义《先寄邢子友》，据《永乐大典》卷五七六九引《古罗志》所收朱服《汨罗吊屈原》，实为陆游《屈平庙》，据《永乐大典》卷七二三五引《琼台郡志》所收陈说《尊贤堂》，实为陈正善《尊贤堂》。

2. 诗文总集类

诗文总集类主要包括《江湖后集》《诗渊》《宋诗拾遗》《吴都文粹》《濂洛风雅》《圣宋名贤五百家播芳大全文粹》《宋艺圃集》《石仓历代诗选》等书。

《江湖后集》

《江湖后集》是一部宋人诗歌总集，共二十四卷，乃四库馆臣从《永乐大典》中辑得。此书与其他《永乐大典》辑本一样存在许多错讹，包括漏辑、重辑、误辑等种种情况。值得注意的是，是书有些误辑亦被沿袭到《全宋诗》之中。如《全宋诗》据《江湖后集》卷一六收入释永颐《吕晋叔著作遗新茶》，释永颐乃南宋理宗时人，他与北宋吕夏卿（字缙叔）不可能有交往，此诗实为梅尧臣诗，见其《宛陵集》卷五二。《全宋诗》据《江湖后集》卷七所收赵汝回《纵游》，实为陆游《纵游》，见其《剑南诗稿》卷六四。又《全宋诗》据《江湖后集》卷一〇张炜《芝田小诗》所收《题净众壶隐》《鞦韆（其一）》《题村居（其二）》，分别为释绍嵩《题净众壶隐》、俞桂《秋千》、叶茵《村居》。《全宋诗》据《江湖后集》卷二〇所收李龏《倚栏》《山崦早梅》《遣兴三首》，实为周弼《天津桥》、周弼《山崦早梅》、吴汝式《遣兴》。又《全宋诗》据《江湖后集》卷一三所收王谌《张守送酒次敬字韵作诗谢之游北山》《寄王仲衡尚书》《苕溪舟次》《嘉熙戊戌季春一日画溪吟客王子信为亚愚诗禅上人作渔父词七首》，实为陈造《游北山》、陈造《寄王仲衡尚书》、释斯植《苕溪舟次》、薛嵎《渔父词七首》。又《全宋诗》据《江湖后集》卷一二所辑胡仲弓佚诗中，《杂兴》三首、《春日杂兴》十五首、《暑中杂兴》八首实皆为方岳诗，见其《秋崖集》。又胡仲弓《郊行同张宰》实为赵汝鐩《郊行同张宰》，见其《野谷诗稿》卷六。又胡仲弓《耕田》实为叶茵《鲈乡道院》，见其《顺适堂吟稿续集》，等等。

《诗渊》

《诗渊》是一部沿袭南宋以来流行的"分门纂类"体例编次的诗歌总集。

它收诗五万多首，保存了汉魏六朝到明朝初年这一千六百多年间大量散佚了的作品。孔凡礼辑《全宋词补辑》及陈尚君辑《全唐诗补编》都从此书收获颇丰，《全宋诗》于此书采掇亦多。但该书亦存在极多错讹，吴企明《从唐诗载录看〈诗渊〉的价值与弊病》一文指出，该书在收录唐人诗歌时存在搞错朝代、脱漏姓名、写错姓名、脱漏文字、诗歌重收等几大弊病。其实，以上这些弊病在该书收录的宋人诗歌中亦存在，而且这些弊病大多沿袭到了《全宋诗》之中。

如搞错朝代，《全宋诗》据《诗渊》所收《马嵬》，下题作者为"宋僧无本"，其实此僧人无本当为唐代人。《全宋诗》据《诗渊》所收《题武夷》，下题作者为"宋佥宪赵宗吉"，其实赵宗吉（即赵承禧）当为元人。

脱漏姓名的，《全宋诗》据《诗渊》所收无名氏《题清隐堂》，其实该诗为张镃《许道士房》。《全宋诗》据《诗渊》所收《游洞霄宫》其四，此诗题下实未署名，《全宋诗》编者认为该诗当是承前一诗韩淲《游洞霄宫》其三省名，故误辑在韩淲名下，其实该诗为孙元卿诗。《全宋诗》据《诗渊》所收《寄刘潜夫》，此诗题下亦未署名，《全宋诗》编者认为该诗当是承前一诗张弋《寄赵紫芝》省名，故误辑在张弋名下，其实该诗为戴复古诗。

写错姓名的，如《全宋诗》第33册20759页据《诗渊》所收朱松《樊江观梅》："莫笑山翁老据鞍，探梅今夕到江干。半滩流水浸残月，一夜清霜催晓寒。倚醉更教重秉烛，怕愁元自怯凭栏。谁知携客芳华日，曾费缠头锦百端。"该诗其实为陆游《樊江观梅》，此诗与陆游诗《夜宴赏海棠醉书》正互相照应，参第39册24455页《夜宴赏海棠醉书》："……醉夸落纸诗千首，歌费缠头锦百端。深院不闻传夜漏，忽惊蜡泪已堆盘。"据陆游《樊江观梅》自注"成都合江园芳华楼下梅最盛"，陆游此诗当作于成都，而朱松生平未至蜀，故此诗当为陆游所作。又如《全宋诗》据《诗渊》所收许梁《书郭子度壁》，此许梁实为许棐。《全宋诗》据《诗渊》所收董嗣杲诗《李花二首》其二，该诗其实为司马光《李花》诗。《全宋诗》据《诗渊》所收黄公度《岳阳楼》，该诗其实为王十朋《岳阳楼》。

脱漏文字的，《全宋诗》据《诗渊》所收董天吉《送任浙东廉使》《送经历庞世安》，前诗诗题其实为《送侍其总管任浙东廉使》，脱去"侍其总管"四字，后诗诗题其实为《送万户府经历庞世安》，脱去"万户府"三字。

《诗渊》例于同一诗人若干首相连的诗题下具上"前人"二字，或例于同一诗人之若干首同题诗下具上"又"字。但是《诗渊》并不能完全遵守此书写体例，常出现许多失误。《全宋诗》据《诗渊》所收《赠九华李丹士》，该诗题下署"宋前人"，此诗前一诗为徐玑《赠李丹士》，按例此诗亦当为徐玑作，其实此诗为徐照诗，见汲古阁景宋钞本《芳兰轩集》。又《全宋诗》据《诗渊》所收《长春花》，该诗题下署"前人"，此诗前一诗为董嗣杲诗，按例此诗亦当为董嗣杲作，但其实此诗当为朱淑真诗，见《新注朱淑真断肠诗集》后集卷五。

值得指出的是，《全宋诗》编者从《诗渊》辑录宋人佚诗造成了大量重出。如《全宋诗》据《诗渊》所收吴惟信《赠隐者》《寄倪升之》《竹其一》《古寺其二》四诗，皆与蔡槃诗重出。《全宋诗》据《诗渊》所收许志仁《系冠船蓬自戏》《和宝月弹桃源春晓》《谢张学士惠灵寿杖》《天竺道中》《雁荡道中》《湖上吟》《折杨柳》《采莲吟》等十七首诗，全部与他人诗歌重出，等等。

《宋诗拾遗》

《宋诗拾遗》旧题元陈世隆编，共二十三卷，收诗一千四百九十三首，是一部宋诗总集。但经王媛考证，此书实为清人伪作，参其《陈世隆〈宋诗拾遗〉辨伪》一文。《全宋诗》据以补辑宋诗，造成不少错误。比如，有的因人名相近而误，如《全宋诗》据《宋诗拾遗》卷一四所收陈叔信《游龙隐岩》两诗实为张叔信(张埏)《龙隐洞》《龙隐岩》。《桂林石刻》一书谓此两诗下有落款云："番阳银峰张埏叔信庆元戊午季春上澣，偶因暇日，携家寻胜，岩洞固多，此尤冠绝，岂非神剜地设者耶？聊书二绝，以纪其异。同游乡隽余俨季庄,汪迈养浩。"[①]故可知此两诗定为张埏（叔信）作。又如黄璞《题玉泉》讹误为黄朴《玉泉》，陈亨伯（即陈遘）《贵州》讹误为曹亨伯《浔州行部》，蒋廷玉《叶梦麟往惟扬》讹误为薛廷玉《扬州送别》，梁佐《高山堂》讹误为梁佐厚《高山堂》等。还

---

① 杜海军辑校：《桂林石刻总集辑校》，中华书局，2013，第267页。

有的兄弟相误,如将晁说之《题韦偃双松老僧图》讹误为晁咏之《题韦偃双松老僧图》,将陆九渊《与僧净璋》讹误为陆九龄《与僧净璋》。还有的将和诗讹为原作,如霍篪《飞步亭》实为杨万里和霍篪太守之诗《盱眙军东山飞步亭和太守霍和卿韵》。还有的为误收其他朝代的诗作,如王实《古意》实为元人王义山《古意二首》其一,郭崇仁《闻高阳路警报》实为明代乔世宁《闻河西警报》,郭昭著《塞上曲》实为明代张四维《塞上曲》,等等。

《吴都文粹》

《吴都文粹》十卷,载吴郡(今苏州)遗文,题苏台郑虎臣集。孙星衍认为"此书全依《吴郡志》录写诗文,疑是坊贾所作,非虎臣原书"。钱熙祚亦曾说:"偶检郑虎臣《吴都文粹》,讶其篇目不出《范志》所录,因取以相校,删节处若合符节,乃知《文粹》全书并从范氏剌取。"[①] 此书抄录范成大《吴郡志》而成,颇有讹误。如《吴郡志》卷四九载林希《叠嶂楼有怀吴门朱伯原》,《吴都文粹》卷一〇却作朱长文(即朱伯原)《叠嶂楼有怀吴门》,这是将题中人名讹为作者。另外,《吴都文粹》在抄录《吴郡志》时,往往将前后排列之诗的作者搞混,如《吴郡志》卷一四前后收有王铚《王文孺臞庵》、向子諲《题王文孺臞庵》、沈与求《臞庵》、程敦厚《王文孺臞庵》诸诗,但《吴都文粹》卷一〇在抄录此四首诗时却将王铚《王文孺臞庵》及向子諲《题王文孺臞庵》归到沈与求名下,将沈与求《臞庵》归到程敦厚名下。又如《吴郡志》卷一六前后收有丁谓《虎丘》、梅询《虎丘》、范仲淹《苏州十咏·虎丘山》此三诗,但《吴都文粹》卷四在抄录此三首诗时却将梅询《虎丘》归到丁谓名下,将范仲淹《苏州十咏·虎丘山》归到梅询名下。《全宋诗》在利用此书时亦往往承袭其误,比如以上诸误亦多在《全宋诗》中出现。

《濂洛风雅》

《濂洛风雅》是南宋金履祥编著的宋代理学家诗歌总集,它荟萃了周(周敦颐)、二程(程颢程颐)、朱(朱熹)一派共48位理学家的诗歌。《濂洛风

---

① 余嘉锡著,戴维标点:《四库提要辨证》,湖南教育出版社,2009,第1361页。

雅》一书署名脱落问题严重，因署名脱落，就造成了一连串的诗歌归属到上一位作者的名下。王建生《〈濂洛风雅〉问题举隅》一文已指出，因此问题，该书共造成 15 位诗人的 48 首诗歌被归到别人的名下。这些错讹大多被《全宋诗》编者所承袭，如杨时的《合云寺书事三首》至《闲居书事》共 13 首诗歌因漏署名而被误辑到张载名下，又吕祖谦名下的《春日七首（其一、其二、其三、其六、其七）》《晚春二首（其一）》《晚望》《游丝》《题刘氏绿映亭二首》《登八咏楼有感》共 11 首诗歌因漏署名而被误辑到张栻名下，又刘子翚名下《负暄》《种菜》《新凉》三诗因漏署名而被误辑到朱松名下，等等。

《圣宋名贤五百家播芳大全文粹》

《圣宋名贤五百家播芳大全文粹》是由南宋人魏齐贤、叶棻编纂的一部宋人总集，按文体分为表、启、制辞、奏状、奏札、封事、生辰赋颂诗、碑、铭、赞、箴、颂、题跋等三十三类。该书卷八七韩驹《上陈右司生辰诗》诗后的《上辛太尉生辰诗》《上丘漕使生辰诗》《上鲜于使君生辰诗》《上钟太守生辰诗》《上赵倅生辰诗》《上何太宰生辰诗二首》《上卢运使生辰诗》《上富枢密生辰诗》《上陈龙图生辰诗》《上太师公相生辰诗十首》《上蔡太师生辰诗》等三十余首诗皆漏署名，结果被《全宋诗》编者认为，这些诗皆是承韩驹《上陈右司生辰诗》省名，而被误置入韩驹名下。

《宋艺圃集》

《宋艺圃集》为明代李蓘所编的一部宋代诗歌选集，共收 280 余位宋代诗人诗。此书亦颇为《全宋诗》编者所利用。但该书亦有一些错讹之处。如《全宋诗》据《宋艺圃集》卷二二所收释简长《赠浩律师》实为释居简《赠皓律师》，又《全宋诗》据《宋艺圃集》卷一二收许顗（字彦周）《秋雨》《紫骝马》实为许彦国《秋雨叹》《紫骝马》，以上诸诗大概都是因人名相近而混。

《石仓历代诗选》

《石仓历代诗选》是明代曹学佺所选编历代之诗，上起古初，下迄于明。选宋诗 6722 首，涉及 193 位诗人，计 107 卷。因明代对宋诗选本的不重视，是书不仅作家姓名字号讹误，连诗作都有大量删改、漏抄的现象。如《石仓历代诗选·宋诗选》收有苏轼诗160首，漏抄两句以上的诗，却有29首之多，单就《与客游道场和山得鸟字》一首，就漏抄了11句，参许建昆《曹学佺〈石仓十二代诗选〉再探》一文。《全宋诗》编者利用此书辑得不少宋人佚诗，但是亦有一些讹误之处。如《全宋诗》编者据《石仓历代诗选》卷二二七所收释净端《答陆蒙老韵》实为陆蒙老《赴官晋陵别端禅师》。又《全宋诗》编者据《石仓历代诗选》卷二一一所收徐经孙《赠曾司户》《和黎丞梅关岭》《丙戌新春偶成》《小英石峰》《送太庾黎丞》《杂兴》《月夜赴郡会归鞭转不成寐触事感怀》实皆为徐鹿卿诗，见其《徐清正公存稿》卷六。

3. 地理方志类

地理方志类主要指《舆地纪胜》《方舆胜览》等全国性的总志和地方性的州郡府县志。

《舆地纪胜》

《舆地纪胜》是南宋中期王象之编纂的一部地理总志，成书于嘉定、宝庆间，共二百卷。因该书保存许多宋代诗歌，故成为《全宋诗》辑佚的重要渊薮。但该书亦存在许多错讹，且大部分被沿袭到《全宋诗》之中。

比如，字句讹误，因《舆地纪胜》引用诗文属摘抄性质，抄错、抄漏、诗句不全的情况非常之多。如《全宋诗》编者据《舆地纪胜》卷二六《江南西路·隆昌府》收入洪朋《句》"好在龙沙黄，俄入鸾江碧"（第22册14472页），此句实为"台边好在龙沙黄，台前俄失鸾冈碧"，全诗见洪朋《同徐师川登秋屏阁观雪》。《全宋诗》编者据《舆地纪胜》卷四五《淮南西路·庐州》收入刘攽《句》"秋高千里月，暮景一帆风"（第11册7320页），此句实为"高秋千里月，暮景一帆风"，全诗见刘攽《送刘四畋二首》其二。

抄录不全，如《全宋诗》编者据《舆地纪胜》卷四〇《淮南东路·泰州》收入曾致尧《句》"更无尘土当轩起，只有松萝绕槛生"（第1册581页），全诗见曾致尧《清风楼》："楼号清风颇觉清，水壶冰室漫传名。并无尘土当轩起，只有松萝绕槛生。秋似玉霜凝户牖，夜宜素月照檐楹。我来涤虑搜吟坐，惟恐冬冬暮鼓声。"①（《全宋诗》失收此诗）《全宋诗》编者据《舆地纪胜》卷二八《江南西路·袁州》收入王钦若《句》"春渍苔纹沿石塔，月含松韵杂琴声"（第2册1047页），全诗见王钦若《楼霞阁》："水秀山灵萍实城，城中幽趣每关情。安期几到寻棋侣，方朔真藏隐宦名。春渍苔纹沿石塌，月含松韵杂吟声。犹拘玉陛空怀想，须蹑虹梯先问程。"②（《全宋诗》失收此诗）《全宋诗》据《舆地纪胜》卷一〇二《广南东路·梅州》收录古某《句》"仙客有灵千古在，洞门无钥四时开"（第72册45132页），全诗见古革《题南里石》："山花山草别尘埃，几度寻幽订约来。仙客有灵千古在，洞门无钥四时开。"③（《全宋诗》失收此诗）

作者讹误，此类错误亦比较普遍，有的为形近而误，《全宋诗》编者据《舆地纪胜》卷七《两浙西路·镇江府》收入鲜于能《句》"金山一拳石，石髻出溟涨"（第72册45104页），此句实出自鲜于侁《扬州》："金山一拳石，出髻如溟涨。天外辨两潮，江南分列嶂。"（第9册6231页）

有的为音近而误，《全宋诗》据《舆地纪胜》卷二二《江南东路·池州》收程师孟《句》"昨夜清溪明月里，想君灵魄未消沉"（第7册4391页），此句实出自陈师孟《弄水亭》："新看滕阁旧游句，又见池亭弄水吟。千古才华少人敌，一生风韵为情深。向时行乐秾桃恨，此处重阳对菊心。昨夜清溪明月里，想君灵魄未消沉。"（第32册20356页）《全宋诗》编者据《舆地纪胜》卷一四五《成都府路·简州》收入程敦临《简州》其实当为程端临诗。

有的为字号混淆，《全宋诗》编者据《舆地纪胜》卷四八《淮南西路·和州》收入许表时《项羽庙》，其实该诗当为许彦国《咏项籍庙二首》其二。许彦国字表民，疑《舆地纪胜》将许表民讹为许表时。《全宋诗》据《舆地纪胜》卷一九《江南东路·宁国府》收入曾子公《水西寺》，其实该诗当为曾纡《宣州水西作》。曾纡字公衮，疑曾子公为曾公衮之讹误。

---

① 崔华、张万寿撰：(康熙)《扬州府志》卷一八，康熙二十四年刻本。
② 严嵩纂修：(正德)《袁州府志》卷一二《艺文三·诗》，《天一阁藏明代方志选刊》（第49册），上海古籍书店，1963。
③ 陈永正主编：《全粤诗》（第1册），岭南美术出版社，2008，第511页。

有的为父子讹误，《全宋诗》据《舆地纪胜》卷一二七《广南西路·吉阳军》收入胡泳《句》"阁下大书三姓字，海南惟见两翁还"（第47册29653页），此句实出自其父胡铨《哭赵公鼎》："以身去国故求死，抗疏犯颜今独难。阁下特书三姓在，海南惟见两翁还。一丘孤冢寄琼岛，千古高名屹太山。天地只因悭一老，中原何日复三关。"（第34册21577页）

有的为兄弟讹误，《全宋诗》编者据《舆地纪胜》卷一六七《潼川府路·富顺监》收入韩缜《句》"唐蒙谕巴蜀，通道至𢖩僰。列郡徼西南，夷居半岩壁"（第9册6248页），实为其兄韩绛《送周知监》其一。

有的为抄错引书作者，《舆地纪胜》卷二六《江南西路·隆兴府》引《类苑》收入吕夷简《句》："江涵帝子翚飞阁，山际真君鹤驭天。"（第3册1625页）但江少虞《事实类苑》卷三八实将此句归入宋绶名下，《舆地纪胜》抄错作者。

有的为所据版本不同之故，《全宋诗》编者据《舆地纪胜》卷一六六《潼川府路·长宁军》收解旦《句》"便作武陵溪上看，春来何处不开花"（第3册1839页），但《全宋诗》编者据《舆地纪胜》卷一六六《潼川路·长宁军》又将此句归入龙旦名下。《全宋诗》编者据《舆地纪胜》卷一五一《成都府路·永康军》收入韩驹《句》"连山横截展一臂，为我障断西南夷"（第25册16650页），但《全宋诗》编者据《舆地纪胜》卷一五一《成都府路·永康军》又将此句归入蹇驹名下。《全宋诗》编者据同一本书将同一诗句分系两人名下，盖所据《舆地纪胜》版本不同之故。

诗题讹为作者，《全宋诗》编者据《舆地纪胜》卷一八三《利州路·兴元府》收入章森《句》"渝舞气豪传汉俗，丙鱼味美敌吴乡"（第50册31039页），此实为刘筠《章南郑》诗，这是将诗题讹为作者。

方志

方志是详细记载一地的地理、沿革、风俗、教育、物产、人物、名胜、古迹以及诗文、著作等的史志。主要有全国性的总志和地方性的州郡府县志两类。有些方志保存了大量的地方诗文，是宋诗辑佚的渊薮。《全宋诗》在编纂的过程中亦利用了诸多方志。但是方志亦存在许多错讹，需谨慎使用。值得注意的是，有些错讹亦被沿袭到了《全宋诗》之中。

写错姓名，有些因形近而误，如《全宋诗》编者据乾隆《砀山县志》卷一四收李咸《游均庆寺》，其实为季咸《均庆寺》。《全宋诗》编者据康熙《九江府志》卷一二收叶述《毛希元隐居庐山卧龙瀑》，其实为叶适《毛希元隐居庐山卧龙瀑》。有些因音同而误，如《全宋诗》编者据乾隆《桐庐县志》卷一三收朱昱《竞秀阁二首》其一，实为朱翌《竞秀阁》，《全宋诗》编者据光绪《湖南通志》卷一五收赵永言《紫麟峰》，实为赵永年（即赵令松）《游紫麟峰》。还有些为字号混淆的，如《全宋诗》编者据康熙《常州府志》卷三二收罗处纯《泛太湖》，实为罗处约《题太湖》，罗处约字思纯，《常州府志》将其讹误为罗处纯，大概是字号混淆。还有的姓名脱字，如《全宋诗》编者据康熙《扬州府志》卷三一所收杨冠《上扬州太守》，实为杨冠卿《填维扬》，杨冠卿讹为杨冠，当是脱去"卿"字。

脱漏姓名，《全宋诗》编者据元至正《无锡县志》卷四收《偃松》，此诗题下实未署名，《全宋诗》编者认为该诗当是承前诗焦千之《秀峰轩》省名，故误辑在焦千之名下，其实该诗为释道章诗。《全宋诗》编者据《景定建康志》卷四六收《清凉广惠禅寺二首》其二，此诗题下亦未署名，《全宋诗》编者认为该诗当是承前诗马之纯《清凉广惠禅寺》其一省名，故误辑在马之纯名下，其实该诗为杨万里诗。又《全宋诗》编者据雍正《江西通志》卷一五二收《庐山栖贤寺》，此诗题下实未署名，《全宋诗》编者认为该诗当是承前诗邓林《白鹤观》省名，故误辑在邓林名下，其实该诗为毛珝诗。

脱漏文字，《全宋诗》编者据明许国诚《京口三山志》卷四收张商英《头陀岩》"半间□室安禅地，盖代功名不易磨。白□老龙归海去，岩中留得老头陀"（第16册11004页），该诗脱去两字，其实该两字当为"石"和"蟒"。《全宋诗》编者据《泉州府志》卷五四收黄宗旦《句》"就中喜有龙门客，跃出洪波只待雷"（第2册1251页），该诗漏掉了前两句，其实全诗为黄宗旦《早春》："一半晴川碧水开,葆光池上雨初回。就中喜有龙门客,跃出洪波只待雷。"①《全宋诗》编者据同治《连州志》卷七收严武《上郡守》,该诗漏收第二联和第三联,其实全诗为严武《献郡守》:"一阵春风散晓霞,使君千骑拥高牙。仁风已播一千里,和气潜周十万家。政事清明冰和雪,文章秀丽锦添花。太平天子加崇宠,见说瀛洲已草麻。"②

其他讹误,《全宋诗》编者据道光《夔州府志》卷三六收梁介《登卧龙山送酒》实为王十朋《梁彭州与客登卧龙山送酒二尊》,这是方志将诗题中的"梁彭州(即梁介)"误为作者。《全宋诗》编者据乾隆《柳州府志》卷三八收钱师孟《真仙岩二首》实为齐谌《和刘谊老君岩韵》,该诗曾刻于真仙岩摩崖,末署:"元丰六年七月一日,内殿承制权知融州军州事钱师孟立石。"③这是方志将立石人钱师孟讹为作者。又《全宋诗》编者据明周复俊《全蜀艺文志》卷一七收《中秋对月用昌黎先生赠张功曹韵》,该诗题下署"前人",此诗前一诗为宋肇《晚晴》,按例此诗亦当为宋肇作,但其实此诗为王十朋《中秋对月用昌黎赠张功曹韵呈同官》,这是方志失于体例。

4. 诗话笔记类

诗话

诗话是评论诗歌、诗人、诗派,记录诗人言行事迹的一种著作。中国古代诗话著作众多,因这类著作保存了较多的古人诗歌,往往成为辑佚的渊薮。《全宋诗》的辑佚亦使用许多诗话类著作,如《诗话总龟》《苕溪渔隐丛话》《玉壶清话》《碧溪诗话》《竹坡诗话》《西江诗话》《诗人玉屑》《后村诗话》《西清诗话》《竹庄诗话》《紫微诗话》《冷斋夜话》《娱书堂诗话》《扪虱新话》《庚溪诗话》《环溪诗话》《温公续诗话》《归田诗话》《吴礼部诗话》等。但这类著作有时记录传闻,失于考证,或者辗转抄录,亦有不可靠及张冠李戴之处。如《全宋诗》编者据宋阮阅《诗话总龟》前集卷四七引《青琐诗话》收入陈纯《句》"莫辞终夕看,

---

① 吴裕仁修:(嘉庆)《惠安县志》卷三三,民国二十五年铅印本。
② 陈永正主编:《全粤诗》(第1册),岭南美术出版社,2008,第506页。
③ 陆增祥:《八琼室金石补正》,文物出版社,1985,第607页。

动是隔年期"（第 30 册 19433 页），实出自王禹偁《中秋月》："何处见清辉，登楼正午时。莫辞终夕看，动是隔年期。冷湿流萤草，光凝宿鹤枝。不禁鸡唱晓，轻别下天涯。"（第 2 册 694 页）《全宋诗》编者据宋周紫芝《竹坡诗话》收入滕元发《句》"野色更无山隔断，天光直与水相连"（第 9 册 6301 页），实出自郑獬《月波楼》："古壕凿出明月背，楼角飞来兔影中。野色更无山隔断，天光直与水相通。溪藏画舫青纹接，人住荷花碧玉丛。谁把金鱼破清暑，晚云深处待归风。"（第 10 册 6864 页）有的为兄弟混淆，如《全宋诗》编者据宋胡仔《苕溪渔隐丛话》前集卷三〇引《王直方诗话》收入刘攽《澄心堂纸》实出自其兄刘敞《去年得澄心堂纸甚惜之辄为一轴邀永叔诸君各赋一篇仍各自书藏以为玩故先以七言题其首》，当时欧阳修、韩维、梅尧臣等人应刘敞之邀都参与了唱和，见欧阳修《和刘原父澄心纸》、韩维《奉同原甫赋澄心堂纸》、梅尧臣《依韵和永叔澄心堂纸答刘原甫》诸作，这些唱和诗可证此诗必为刘敞诗。有的为父子混淆，如《全宋诗》编者据宋何汶《竹庄诗话》卷一七收入苏坚《清江曲》，实为其子苏庠《清江曲》。还有的脱漏姓名，如《全宋诗》编者据《庚溪诗话》卷下收入无名氏《题丹阳玉乳泉壁》，实为左纬《送别》。

笔记

笔记属于野史类史学体裁。笔记意谓随笔记录，其形式多样，书写灵活，诸如见闻杂录、考订辨证之类，皆可归入。中国古代笔记类著作众多，这类著作亦保存了一些古人诗歌，故被《全宋诗》编者所利用，如《齐东野语》《武林旧事》《癸辛杂识》《鹤林玉露》《爱日斋丛钞》《豹隐纪谈》《墨客挥犀》《青箱杂记》《避暑录话》《能改斋漫录》《青琐高议》《墨庄漫录》《山房随笔》《密斋笔记》《老学庵笔记》《容斋随笔》等著作。但笔记类著作与诗话类著作一样，存在传闻不确、考订不严的毛病，亦需谨慎使用。如有的搞错作者，《全宋诗》编者据宋罗大经《鹤林玉露》乙编卷四收入冯京《句》"尘埃掉臂离长陌，琴酒和云入旧山"（第 10 册 6797 页），实出自王安石《寄石鼓寺陈伯庸》："鲸海无风白日闲，天门当面险难攀。尘埃掉臂离长陌，琴酒和云入旧山。仁义未饶轩冕贵，功名莫信鬼神悭。郭东一点英雄气，时伴君心夜斗间。"（第 10 册

6670页)。《全宋诗》编者据宋谢采伯《密斋笔记》卷三收入陈公辅《州宅》《蓬莱阁归醉》实皆为张伯玉诗。《全宋诗》编者据宋叶寘《爱日斋丛钞》卷三收入胡铨《诗一首》,实为王庭珪《读韩文公猛虎行》。有的字句有异,《全宋诗》编者据《癸辛杂识》别集卷上收入方回《句》"糟姜三盏酒,柏烛一瓯茶"(第66册41910页),此句见方回《癸未至节以病晚起走笔戏书纪事排闷十首》,但该诗作"糟姜三盏酒,柏烛一炉香"。又如《全宋诗》编者据宋吴曾《能改斋漫录》卷七收入吕本中《句》"莫言衲子篮无底,盛得山南骨董归"(第28册18265页),全诗见韩驹《送海常化士》其一:"好去凌空锡杖飞,凤林关外道场稀。莫言衲子篮无底,盛取江南骨董归。"(第25册16616页)出自其《陵阳集》卷三,但"盛得山南骨董归"作"盛取江南骨董归",字句略有不同。

(二) 编纂者的失误

编纂者的失误,指的是《全宋诗》编者由于粗心疏忽等个人原因而造成的错误。

1. 粗心疏忽之误,大多都是因为失于比勘,没有进行认真核查而造成的错误。

一人两处,《全宋诗》中一人两处的现象比较多,如上文所提的,《全宋诗》收两释宗印、两释法空、两淳熙太学生、两湖州士子、两王大受、两杜子更、两盛世忠、两松庵道人等,其实皆为同一人。《全宋诗》中还有的人因为用字号、官名、籍贯等来称呼而造成同一人两处。如刘祕(字文毅)即刘文毅,丘濬(字道源)即邱道源,李熙载(字伯先)即李伯先,张汝锴(字俞仲)即张元仲(一作俞仲),张斛(字德容)即张德容,周莘(字尹潜)即周尹潜,赵希迈(字端行)即赵端行,周承勋(字晞稷)即周晞稷,张孝伯(字伯子)即张伯子,陈宓(字师复)即陈师服,林观过(字自知)即林自知,李方子(字公晦)即李公晦,王学可(字亚夫)即王亚夫,张灏(字子文)即张子文,赵希梦(字东山)即赵东山,钱宏(字文子)即钱文子,胡槻(字伯圜)即槻伯圜。赵汝回(号东阁)即赵东阁,周文璞(号野斋)即周野斋,杜汝能(号北山)

即杜北山，朱承祖（号省斋）即朱省斋，何应龙（号橘潭）即何橘潭，林昉（号石田）即林石田。张景修（官终祠部郎中）即张祠部。卞育（冤亭人）即冤亭卞。释宗杲（法名妙喜）即释妙喜，葛天民（法名义铦）即释义铦。另外，《全宋诗》所收姓名不详的并以"某氏"署名的人其实亦多有本主，如鲁某即鲁交、僧某即释文准弟子、张氏即张弋、宗室某即赵某、高氏即高似孙、高某即高载、熊某即熊朝、葛某即白玉蟾。又，《全宋诗》所收无名氏亦多有本主，如第71册收无名氏《赠日本僧寂照礼天台山》，此无名氏即王砺。第71册收无名氏《黄山》，此无名氏即朱彦。第71册收无名氏《题丹阳玉乳泉壁》，此无名氏即左纬。第72册收无名氏《裴公亭》，此无名氏即钱若水。第72册收无名氏《玉笥山萧子云宅》，此无名氏即黄庭坚。

辑佚诗句重出，《全宋诗》编者在据他书辑佚时所收诗句因没有与作者本人诗歌进行比勘而造成的重出，这种现象在《全宋诗》中亦比较常见。如《全宋诗》编者据明笪继良《铅书》卷五所收梅尧臣《答绍元老示太玄图》即为梅尧臣《答鹅湖长老绍元示太玄图》，后诗见《全宋诗》第5册3161页。如《全宋诗》编者据嘉庆《邛州直隶州志》卷四四收入范镇《寓大邑游仙寺》即为范镇《游昭觉寺》，后诗见《全宋诗》第6册4254页。如《全宋诗》编者据《锦绣万花谷》前集卷二二所收王禹偁《句》"青云随步登华榭，红雪飘香入杏园"（第2册811页），实出自王禹偁《赠状元先辈孙仅》。又《全宋诗》编者据《翰苑新书》后集卷一九所收丁谓《句》"帝奖甘露醴，天宴碧霞浆"（第2册1169页），实出自丁谓《酒》。这种残句重见于全诗的现象比较多，如上文所提及的陈师道名下残句其三、其六、其七、其八、其十皆重见于陈师道本人诗歌中，又如苏轼名下其三至其十六残句皆重见于苏轼本人诗歌之中。

看错抄错，《全宋诗》中看错抄错的情况亦时或有之。有的抄错作者，如《全宋诗》编者据宋绍嵩《亚愚江浙纪行集句诗》卷一收入李彭《句》"兹意与谁传"（第24册15969页），该书卷下实署名为李嶷，此句见唐代李嶷《林园秋夜作》。《全宋诗》编者据宋绍嵩《亚愚江浙纪行集句诗》卷七收入徐良弼《句》"青春不再汝知乎"（第56册35249页），该书卷下实署名为余良弼，此句见余良弼《教子诗》。《全宋诗》编者据《舆地纪胜》卷三七《淮南东路·扬州》收入刘攽《句》"芜城此地远人寰,尽借江南万叠山"(第11册7320页),该书卷下实署名为刘敞,此句见刘敞《游平山堂寄欧阳永叔内翰》。《全宋诗》编者据乾隆《萧山县志》卷三六收入蔡清臣《广惠寺》,该书卷下实署名为叶清臣,此诗见叶清臣《题溪口广慈寺》。

有的漏看作者,《全宋诗》编者在漏看作者时往往将该诗置入该诗前一诗作者的名下,从而造成重出。如《全宋诗》编者据宋李庚《天台续集》卷中收入《崇教寺筠轩》,此诗前一首诗为左誉《涤虑轩》诗,《全宋诗》编者不慎漏看《崇教寺筠轩》作者名,故将该诗亦归入左誉名下,其实该书卷《崇教寺筠轩》诗下实署名为罗适。又如《全宋诗》编者据《永乐大典》卷九八六引《拙轩集》收入张侃《偶成》《有作》,此两诗实为冯山诗,亦是这种情况。

有的将一首诗分为多首诗,如宋陈景沂《全芳备祖》后集卷四所收张耒《句》"清霜夜漠漠,佳食晓累累。鹄壳攒修干,金华耀暖曦",《全宋诗》编者将其拆成两句,分别见张耒《句》其九"清霜夜漠漠,佳食晓累累"及张耒《句》其十"鹄壳攒修干,金华耀暖曦"(第9册5946页),张耒此首诗实出自刘攽《寄橙与献臣》,《全芳备祖》亦有误。

2. 臆断之误

承前诗省名之讹。《全宋诗》编者在据类书、诗文总集及其他文献辑佚时,当几首诗排列在一块,如遇其中某一首诗没有署名,《全宋诗》编者一般都认为该诗要么承前诗省名,要么承后诗省名。这种臆断在《全宋诗》编纂中造成了大量错讹,值得引起注意。如《全宋诗》编者据嘉靖《淳安县志》卷一七收入高公泗《峡塾讲中庸第二章》,其实该书此诗下并未署名,《全宋诗》编者认为该诗承前诗高公泗《港口野步怀归》省名,故将此诗亦归入高公泗名下,此判断当有误,其实此诗为方逢振《峡塾讲中庸第二章诗》,见方逢振《蛟峰文集》卷八。又《全宋诗》编者据宋刘克庄《后村千家诗》卷二收入赵葵《初夏》其二,其实该书此诗下并未署名,仅署一"又"字,《全宋诗》编者认为该诗亦当为此诗前一诗作者赵葵所作,此判断当有误,其实此诗为杨万里《闲居初夏午睡起二绝句》其一，见杨万里《诚斋集》卷三《江湖集》。又如《全宋诗》编者据明周复俊《全蜀艺文志》卷一七收入宋肇《中秋对月用昌黎先生赠张功曹韵》，其实该书此诗下并未署名，仅署"前人"两字，《全宋诗》编者认为该诗亦当为此诗前一诗作者宋肇所作，此判断当有误，其实此诗为王十朋《中秋对月用昌黎赠张功曹韵呈同官》，见王十朋《梅溪先生后集》卷一三。《全宋诗》编者在据《诗渊》进行辑佚时，此类问题尤多，如《全宋诗》编者据影印《诗渊》第1册第45页收入丁谓《玉佩》，此诗下并未署名，但《全宋诗》编者认为该诗当是承前诗省名，故误辑入丁谓名下，其实此诗为刘过《游郭希吕石洞二十咏·韬玉》。又《全宋诗》编者据影印《诗渊》第4册第2334页收入方蒙仲《咏西岭梅花》，亦是这种情况，此诗实为陈与义《咏西岭梅花》，等等。

承后诗省名之讹，如《全宋诗》编者据宋陈景沂《全芳备祖》前集卷一收入曾布《句》其一，其实该书此诗下并未署名，《全宋诗》编者认为该诗承后诗曾布《句》其二省名，故将此诗亦归入曾布名下，此判断当有误，其实此诗句出自陈傅良《和孟皋老梅韵》其一，见陈傅良《止斋先生文集》卷一。又《全宋诗》编者在据《锦绣万花谷》进行辑佚时，此类问题尤多，如《全宋诗》编者据《锦绣万花谷》前集卷二六收入魏泰《赠韦公》，其实该书此诗下并未署名，《全宋诗》编者认为该诗承后诗魏泰《挽王平甫二首》其一省名，故将此诗亦归入魏泰名下，此判断当有误，其实此诗句出自唐刘禹锡《伤韦宾客》。《全宋诗》编者据《锦绣万花谷》后集卷三八收入陈亮《咏梅》两首，亦是这种情况，此两诗实为陆游的《浣花赏梅》《蜀苑赏梅》，等等。

3. 理解错误

理解错误，主要有人名混淆及错解原文两大类。

人名混淆，指的是因错解字号别称而造成的讹误。有的混淆字号，如宋袁文《瓮牖闲评》卷四收有李方叔《句》其二，《全宋诗》编者认为此李方叔为李正民（字方叔），其实此李方叔为李廌（字方叔），该诗句见李廌《题峻极下院列岫亭诗》其二。又宋祝穆《古今事文类聚》后集卷四一收有刘潜夫《诘猫》，《全宋诗》编者认为此刘潜夫为刘琰（字潜夫），其实此刘潜夫为刘克庄（字潜夫)。又《永乐大典》卷一四五三六引《江湖集》收有静斋《玉树谣》,《全宋诗》编者认为此静斋为刘扈(号静斋),其实此静斋为赵汝淳(号静斋)。有的混淆官爵,如《舆地纪胜》卷九〇《广南东路·韶州府》收有朱舍人《题南华寺》诗,《全宋诗》编者认为此朱舍人为朱服(曾官中书舍人),其实此朱舍人当为朱翌(曾官中书舍人)。元《群书通要》癸集收有陈福公《句》"海国民皆兴礼义,潢池盗已息干戈"(第37册23048页),《全宋诗》编者认为此陈福公为陈俊卿(曾封福国公),其实此陈福公当为陈康伯(曾封福国公),此诗句出自陈康伯《送叶守》。有的混淆谥号,如宋史铸《百菊集谱》卷四收有韩忠献公《重九席上观金铃菊》《和崔象之紫菊》两诗,《全宋诗》编者认为此韩忠献公为韩亿(谥忠献),其实此韩忠献公当为韩琦(谥忠献)。有的将文集名讹为字号,如宋陈景沂《全芳备祖》前集卷二二收有苏双溪《瑞香花》《蘼芜》两诗,《全宋诗》编者认为此苏双溪为苏大璋(号双溪),其实此苏双溪为苏籀,苏籀有《双溪集》存世。又《锦绣万花谷》后集收有出自"南岳"的十六首诗,《全宋诗》编者将"南岳"误理解为彭耜(号南岳先生),其实指的是刘克庄的《南岳稿》。还有的因字号近似而致误,如《舆地纪胜》卷二六《江南西路·隆兴府》收有洪玉父《云溪院》,洪玉父即洪炎(字玉父),《全宋诗》编者误入洪朋(字龟父)名下。

错解原文,大概有将著者讹为诗篇作者,误读标点,误判指代,将题画者讹为作者,其他误解等几类。

将著者讹为本主,如《全宋诗》编者据陈郁《藏一话腴》外编卷上收有陈郁《赋薛侯》《天赐白》,其实此两诗为周邦彦所作,已见《全宋诗》周邦彦名下。陈郁《藏一话腴》外编卷上:"周邦彦,字美成,自号清真。二百年来,以乐府独步。贵人、学士、市侩、妓女知美成词为可爱。……至于诗歌,自经史中流出,当时诸名家如晁、张,皆自叹以为不及。姑以一二篇言之,如《薛侯马》云……如《天赐白》云……。"[1]据上述文献可知,《赋薛侯》《天赐白》两诗显为周邦

---

[1] 陈郁:《藏一话腴》外编卷上,民国《豫章丛书》本。

彦所作，归陈郁名下有误。

误读标点，如《全宋诗》编者据《碧岩诗集》七言绝句卷附收有朱申首《和金表叔中秋夜题月》，其实此诗为朱申作，已见《全宋诗》朱申名下。金朋说《碧岩诗集》七言绝句卷《中秋夜偕朱表侄题月》附："朱即朱公申，首村人，亦有和诗。后公登丁未进士，朱登庚戌进士。"① 据上述文献可知，《全宋诗》编者当是将"朱即朱公申，首村人，亦有和诗"误读成"朱即朱公申首，村人，亦有和诗"，故而发生误据。

误判指代，如《全宋诗》编者据宋黄彻《䂬溪诗话》卷九收有司马光《句》"初时被目为迂叟，近日蒙呼作隐人"（第9册6226页），其实此句出自唐代白居易《迂叟》。宋黄彻《䂬溪诗话》卷九："温公自称迂叟，香山居士亦尝以自号，其诗云：'初时被目为迂叟，近日蒙呼作隐人。'司马岂慕其洛居有闲适之乐耶？"② 据上述文献，"其诗云"之"其"字当指香山居士（即白居易），非指温公（即司马光）也，《全宋诗》编者误判。

《全宋诗》编者据宋阮阅《诗话总龟》前集卷四六引《闲居诗话》收有富弼《句》"昔年曾作潇湘客，憔悴东秦归不得。西轩忽见有溪山，如何却忍楚山隔。读书误人四十年，有时醉把阑干拍"（第5册3371页），其实此诗为刘概作，已见《全宋诗》刘概《府舍西轩作》。

宋阮阅《诗话总龟》前集卷四六引《闲居诗话》："刘概字伯节，青社人，有气节，及第为幕僚，一任不得志，弃官隐居。富丞相器重之。有诗云'昔年曾作潇湘客……'"③ 据上述文献，"有诗云"当指刘概，非指富丞相（即富弼）也，《全宋诗》编者误判。据诗意"读书误人四十年，有时醉把阑干拍"，此诗显然不是一生仕途顺利、官至丞相的富弼所作。

将题画者讹为作者，如《全宋诗》编者据宋岳珂《宝真斋法书赞》卷三收入宋孝宗《柑橘》，其实此诗为郭祥正《城东延福禅院避暑五首》其四，见其《青

---
① 金朋说：《碧岩诗集》，国家图书馆藏清抄本。
② 黄彻：《䂬溪诗话》卷九，清知不足斋丛书本。
③ 阮阅：《诗话总龟》，人民文学出版社，1987，第437页。

山集》卷二八。宋岳珂《宝真斋法书赞》卷三载此诗题为"孝宗皇帝柑橘诗扇面御书",这并不能说明"柑橘诗"即为孝宗所作,他不过只是书写了这首诗而已。《宝真斋法书赞》卷三还有"光宗皇帝待月诗御书"、"光宗皇帝杜甫诗联御书"、"宁宗皇帝卷耳篇御书"等,都只是说明他们书写了这些诗作。又《全宋诗》编者据明汪砢玉《珊瑚网》卷二九收入宋高宗《题李唐画赐王都提举并赐长寿酒》,其实此诗为唐代权德舆《敕赐长寿酒因口号以赠》。明汪砢玉《珊瑚网》卷二九此诗题实为"高宗题李唐画赐王都提举并赐长寿酒",这也只是说明这首诗为宋高宗所书写,并没有肯定这首诗为宋高宗所作。《全宋诗》编者在据《宝真斋法书赞》《珊瑚网》《式古堂书画汇考》等书法文献进行辑佚时,多发生此类错误。仅宋高宗名下就有二三十首诗为重出误收,皆是此类错误。

其他误解,如《全宋诗》编者据宋吕本中《紫微诗话》收入夏倪《句》"天寒霜雪繁,游子有所之"(第 22 册 14969 页),其实此诗句出自唐代杜甫《赤谷》。吕本中《紫微诗话》:"夏均父倪文词富赡,侪辈少及。尝以'天寒霜雪繁,游子有所之'为韵,作十诗留别饶德操,不愧前人作也。"[①]据上述文献可知,《紫微诗话》只谓夏倪曾经以"天寒霜雪繁,游子有所之"为韵作诗,并未言此诗句为其所作,盖《全宋诗》编者误判。

[①] 何文焕辑:《历代诗话·紫微诗话》,中华书局,1981,第 361 页。

第二章

北宋诗人重出诗歌考辨

第一册

王元

《听琴》

拂尘开素匣，有客独伤时。古调俗不乐，正声君自知。寒泉出涧涩，老桧倚风悲。纵有来听者，谁堪继子期。

见《全宋诗》卷一五王元，《全宋诗》编者据《诗话总龟》前集卷一一引《雅言系述》收入。此诗又见《全唐诗》卷七六二王元，题同，内容全同。此诗又见《全元诗》第68册第97页王元，题同，仅"拂尘"作"拂琴"、"有客独伤时"作"何事独颦眉"几字异，《全元诗》编者据《元诗选癸集》戊集下收入。

按：此诗最早本事见于《诗话总龟》前集卷一〇引《郡阁雅谈》记载："王元字文元，桂林人，苦吟风月，终于贫病。妻黄氏，共持雅操，每遇得句，中夜必先起然烛，供具纸笔，元甚重之。有《听琴》诗曰……"《诗话总龟》前集卷一〇又谓："廖融，字元素。隐于衡山，与逸人任鹄、王正己、凌蟾、王元皆一时名士，为诗相善。"廖融为唐末宋初时人，故王元亦大概为唐末宋初时人。《全元诗》误收王元此作。

又《听琴》诗前四句见《全唐诗》卷七七八王玄名下，王运熙等撰《中国文学批评通史》一书认为王玄应就是王元，宋人避讳改玄为元。

又《全唐诗补编》据《吟窗杂录》卷十四正字王玄《诗中旨格》收入唐代虚中《听琴》残句"古调俗不乐，正声君自知"，此实出自王元《听琴》诗，亦为误收。

又《全唐诗补编》据《吟窗杂录》卷十四正字王玄《诗中旨格》收虚中《送雁》及《喜友人及第》两残句。虚中《送雁》实出自唐代齐己《归雁》。虚中《喜友人及第》又重见《全唐诗》何仲举名下《句》（《全唐诗》据《五代史补》收入）。

石仲元

《句》其二

石压木斜出，岸悬花倒生。

见《全宋诗》卷一五石仲元，《全宋诗》编者据清程可则康熙《桂林府志》收入。此句又见《全宋诗》卷三七三六石道士《句》其一，仅"木"作"笋"、"岸"作"崖"几字异，《全宋诗》编者据《青琐高议》前集卷九收入。

按：宋曾慥《类说》作石道士诗，参《类说》卷四十六："有石道士诗云'石压笋斜出，岸（崖）悬花倒生'。后刺史入观中，怒其不扫治庭宇，挞之。"① 又宋刘斧《青琐高议》亦作石道士诗，参《青琐高议》前集卷九："时衡州天庆观主石道士有《春月泛舟》诗云：'石压笋斜出，崖悬花倒生。'后刺史入观，怒其不扫庭宇，挞之。"② 然而魏庆之《诗人玉屑》卷三引《青琐高议》，又宋阮阅《诗话总龟》前集卷一九《纪实门下》引《青琐高议》却作蒋道士诗，此两书恐有误。但清汪森《粤西丛载》谓此诗句为石仲元诗，参《粤西丛载》卷十一："石仲元，桂人，号桂华子，七星山道士也。负能诗名。世传其警句，如'石压木斜出，岸悬花倒生'之类甚多。"③ 又清郑方坤《五代诗话》引《粤西通志》、

---

① 曾慥编纂，王汝涛校注：《类说校注》，福建人民出版社，1996，第1390页。
② 刘斧撰，施林良校点：《历代笔记小说大观：青琐高议》，上海古籍出版社，2012，第60页。
③ 汪森编，黄振中等校：《粤西丛载校注》，广西民族出版社，2007，第472页。

清厉鹗《宋诗纪事》引《桂林府志》皆作石仲元诗。综上来看，石道士与石仲元可能为同一人。又此诗句见释清《颂》："诸佛出身处，东山水上行。石压笋斜出，岸悬花倒生。"①《全宋诗》编者据宋释普济《五灯会元》卷二〇收入。

张孝隆

《题义门胡氏华林书院》

烟霞缥缈锁仙乡，万卷诗书一草堂。孝义声华辉北阙，门闾显赫耀南方。千寻瀑布侵肌冷，四季闲花扑鼻香。胜事人间无敌处，王公诗版砌虹梁。

见《全宋诗》卷一七张孝隆，《全宋诗》编者据《甘竹胡氏十修族谱》收入。此诗又见《全宋诗》卷三七八二梁白，题为"题徐氏金湖书院"，仅"显赫耀"作"烜赫照"、"胜事"作"正是"几字异，《全宋诗》编者据清王维新同治《义宁州志》卷三四收入。

按：金湖书院不见清前文献记载，仅见于清《义宁州志》。《全宋诗》编者据清王维新同治《义宁州志》卷三四收有宋人梁白、杨徽、冯拯《题徐氏金湖书院》诗三首，而这三首诗与张孝隆、宋白、刁衎《题义门胡氏华林书院》正相重出。华林书院在华林山，为宋雍熙中光禄寺丞胡仲尧建，宋人王禹偁《小畜集》及杨亿《武夷新集》对此皆有提及。又冯拯《题徐氏金湖书院》乃割裂刁衎《题义门胡氏华林书院》而成，故梁白、杨徽、冯拯《题徐氏金湖书院》诗三首恐当皆为伪作。

宋白

《题义门胡氏华林书院》

君家仙馆带村塘，气象清鲜雅趣长。千里客来如海纳，一楼书静透山光。门闾旌表芝泥贵，科篇联翩桂籍香。帝里词人多景慕，谩题

---

① 傅璇琮等主编：《全宋诗》第33册，北京大学出版社，1998，第20797页。

诗句满修篁。

见《全宋诗》卷二〇宋白,《全宋诗》编者据宣统《甘竹胡氏十修族谱》收入。此诗又见《全宋诗》卷三七八二杨徵,题为"题徐氏金湖书院",仅"村塘"作"林塘"、"鲜雅"作"新志"、"海纳"作"海若"等几字异,《全宋诗》编者据同治《义宁州志》卷三四收入。

按:考证同上。

刁衎

《题义门胡氏华林书院》

沙井地多异,华林景最幽。溪声常到枕,山色正含秋。树密苔封径,庭虚月满楼。清瘫光累世,高义集名流。孝弟家风贵,儿孙学业优。皇恩特表重,朝达咏匾留。精溢千钟禄,荣过万户侯。宦途惭未息,何日遂经游。

见《全宋诗》卷四七刁衎,《全宋诗》据宣统《甘竹胡氏十修族谱》收入。

按:《全宋诗》编者据同治《义宁州志》卷三四又收有冯拯《题徐氏金湖书院》:"古艾地多胜,修宁景最幽。溪声常到枕,山色正含秋。树密苔封径,庭虚月满楼。清辉光累世,高义藉名流。"[1] 此诗乃割裂刁衎《题义门胡氏华林书院》而成,恐当为伪作,考证同上。

李建中

王岚《〈全宋诗〉册一及册六补正札记》一文指出李建中《句》其三"故宫芳草在,往事暮江流"与李维《句》其二重出,此似为李维句。除此之外,李建中名下还有如下一诗与他人重出:

《杭州望湖楼》

小艇闲撑处,湖天景物微。春波无限绿,白鸟自由飞。落日孤汀

---

[1] 傅璇琮等主编:《全宋诗》第2册,北京大学出版社,1991,第852页。

远,轻烟古寺稀。时携一壶酒,恋到晚凉归。

见《全宋诗》卷四七李建中,《全宋诗》编者据《玉壶清话》卷一收入。此诗又见《全宋诗》卷一四六苏为,题为"湖州作",仅"落日孤汀远,轻烟古寺稀"作"柳色浓垂岸,山光冷照衣"等几字异,《全宋诗》编者据《青箱杂记》卷五收入。

按:此诗归属存疑。宋曾慥《类说》卷五五、宋释文莹《玉壶清话》卷一、宋阮阅《诗话总龟》前集卷一五诸书将此诗归之李建中名下。而宋曾慥《类说》卷五三、宋江少虞《事实类苑》卷三六、宋阮阅《诗话总龟》前集卷一二、宋王象之《舆地纪胜》卷四诸书却将此诗归之苏为名下。

钱熙

《龙首山》

残年仍置闰,五日恰逢春。携酒客独尝,敲门僧不嗔。双松如拱立,万井自横陈。精舍故盘礴,元规尘上人。

见《全宋诗》卷五八钱熙,《全宋诗》编者据清怀荫布乾隆《泉州府志》卷六收入。此诗又见《全宋诗》卷二九四四杨志,题为"石涧龙首山",仅"客独尝"作"各独赏"、"双松"作"双榕"、"自横"作"故横"等几字异,《全宋诗》编者据清李拔乾隆《福宁府志》卷四一收入。

按:万历《福宁州志》卷十三、《大明一统名胜志·辽东名胜志》卷九皆将此诗归入杨志名下,疑此诗为杨志所做。

陈世卿

《游黄杨岩》

朔风夜号空,于隅几枝木。深山自春色,芳草不凋绿。朋来得进游,招提藏翠麓。新酒赤如丹,竹萌肥胜肉。一醉出门去,缺月挂修竹。归路沙溪浅,危桥溅寒玉。夜过渭滨居,门庭应不俗。对座寂无言,泉声如击筑。宗明更可人,相邀勤秉烛。开缄得捷音,豺狼俱面北。回棹今可矣，赏心嗟未足。西去有奇岩，祥云覆华屋。箕踞列千人，未充空洞腹。更约林宗俱，来伴白云宿。

见《全宋诗》卷五八陈世卿，《全宋诗》编者据明陈能嘉靖《延平府志》卷二〇收入。此诗又见《全宋诗》卷一七七七邓肃，题为"过黄杨岩"，仅"于隅"作"于嵎"、"进游"作"佳游"、"溅"作"践"、"应不"作"故不"等几字异，《全宋诗》编者据《栟榈先生文集》卷一〇收入。

按：明黄仲昭《八闽通志》卷八三亦将此诗归入邓肃名下。邓肃《栟榈先生文集》现存明正德罗珊刻本，此诗见明刊本卷十。且诗中语"箕踞列千人，未充空洞腹"与邓肃《黄杨岩》"箕踞胡床挥麈尾，万指未充空洞腹"类似。又《邓肃年谱》谓此诗作于建炎二年（1128），诗中语"开缄得捷音，豺狼俱面北"，当指叶浓投降事[①]。史载建州卒叶浓建炎二年六月作乱，相继攻陷古田、福州等地，后该年十二月招安投降，不久被杀。邓肃建炎二年十月离家避乱作《玉山避寇》，建炎二年冬归家作《过黄杨岩》谓叛平，此皆与史实相合，故此诗当为邓肃诗。

第二册

王禹偁

陈新等《全宋诗订补》、张如安《〈全宋诗〉订补稿》、陈恒舒《宋诗辑考杂议》、张焕玲《〈全宋诗〉及〈全宋诗订补〉辨证补遗》、朱腾云《〈全宋诗〉重出误收研究》已指出王禹偁名下《洞庭山》《伍子胥庙》《新月》《赠省钦》《次韵和朗公见赠》《赠朗上人》《朗上人见访复谒不遇留刺而还有诗见谢依韵和答》《宁公新拜首座因赠》《寄赞宁上人》《赠赞宁大师》《吴王墓》《即席送许制之曹南省兄》《苏州寒食日送人归觐》《送罗著作两浙按狱》《咏石榴花》皆为重出诗歌，又王禹偁名下佚句，包括《句》其一二、其二四、其二七、其二九皆属误辑当

[①] 王兆鹏、王可喜、方星移：《两宋词人丛考》，凤凰出版社，2007，第271页。

删。除此之外，王禹偁名下还有如下一些诗句与他人重出：

1.《和庐州通判李学士见寄》其二

　　金銮失职下蓬瀛，也向淮边领郡城。堆案簿书为俗吏，满楼山色负吟情。庐江地近音尘断，何逊诗来格调清。未得樽前一开口，可怜心绪独摇旌。

见《全宋诗》卷六六，《全宋诗》编者据《小畜集》卷一〇收入。此诗又见《全宋诗》卷九一〇许遵，题为"庐州"，仅"樽"作"尊"一字异，《全宋诗》编者据宋王象之《舆地纪胜》卷四五《淮南西路·庐州》收入。

按：此为王禹偁诗，乃王禹偁至道二年贬谪滁州时所作[①]。"金銮失职下蓬瀛，也向淮边领郡城"，即指其在翰林学士、礼部员外郎、知制诰任上因坐轻肆而贬为知滁州事。该诗第一首有句"北门西掖久妨贤，出入丹墀近八年"，亦即指王禹偁从端拱元年（988）诏任右拾遗一职到至道元年（995）贬职离京正好八年之事。

2.《松江亭二首》其二

　　中郎亭树据江乡，雅称诗翁赋醉章。莼菜鲈鱼好时节，晚风斜日旧烟光。一杯有味功名小，万事无心岁月长。安得便抛尘网去，钓舟闲倚画栏旁。

见《全宋诗》卷七一，《全宋诗》编者据宋范成大《吴郡志》卷一八收入。此诗又见《全宋诗》卷一一九一陈瓘，题为"吴江鲈乡亭"，仅"亭树"作"台榭"、"醉章"作"卒章"、"晚风"作"秋风"几字异，《全宋诗》编者据宋范成大《吴郡志》卷一四收入。

按：此为陈瓘诗。松江亭在吴江县东吴淞江口，唐时建。鲈乡亭在吴江县长桥上，得名于陈文惠公尧佐《吴江》诗"秋风斜日鲈鱼乡"，屯田郎中林肇为令时乃作亭江上以鲈乡名之。据此诗"莼菜鲈鱼好时节，晚风斜日旧烟光"，诗当是咏鲈乡亭，并非咏松江亭。"中郎亭树"，即指屯田郎中林肇建亭事。王

---

① 徐规：《王禹偁事迹著作编年》，中国社会科学出版社，1982，第158页。

禹偁名下"松江亭二首（其一）"诗亦当是陈瓘所作，此诗"南指闽山犹万里，远人归兴正无涯"，已指明该诗作者当为闽人，陈瓘为南剑州沙县（今属福建）人，而王禹偁为济州巨野（今山东巨野）人。据宋龚明之《中吴纪闻》卷五："陈文惠公留题松陵诗，其末有'秋风斜日鲈鱼乡'之句。屯田郎林肇为吴江日，作亭江上，因以'鲈乡'名之。了翁（即陈瓘）初主吴江簿，尝为赋诗云：'中郎亭榭据江乡，雅称诗翁赋卒章……'"① 亦可知此诗当为陈瓘诗。

3.《再泛吴江》

　　二年为吏住江滨，重到江头照病身。满眼碧波输野鸟，一蓑疏雨属渔人。随船晓月孤轮白，入座晴山数点春。张翰精灵还笑我，绿袍依旧惹埃尘。

见《全宋诗》卷六三，《全宋诗》编者据《小畜集》卷七收入。此诗又见《全宋诗》卷一一九一陈瓘，题为"垂虹亭"，仅"二年为吏住江"作"三年为吏住东"、"晴山"作"群山"、"精灵还"作"英灵应"几字异，《全宋诗》编者据明钱榖《吴都文粹续集》卷三六收入。

按：此为王禹偁诗，乃其雍熙三年(986)在长洲任上作②。宋范成大《(绍定)吴郡志》卷一八、宋佚名《锦绣万花谷》后集卷五、宋郑虎臣《吴都文粹》卷五皆著录为王禹偁诗。诗句"二年为吏住江滨，重到江头照病身"，正与其雍熙二年诗《泛吴松江》相照应，参其《泛吴松江》："苇篷疏薄漏斜阳，半日孤吟未过江。唯有鹭鹚知我意，时时翘足对船窗。"③ 又据张其凡等编《陈瓘年谱》，陈瓘并未有多年为吏吴江（指苏州）的经历，故此诗当非其所作。

4.《句》其二一

　　春残叶密花枝少，睡起茶亲酒盏疏。

见《全宋诗》卷七一，《全宋诗》编者据宋惠洪《冷斋夜话》卷二收入。

按：此句非残句也，可参王安石《晚春》："春残叶密花枝少，睡起茶多酒

---

① 龚明之著，孙菊园校点：《中吴纪闻》，上海古籍出版社，1986，第 106 页。
② 徐规：《王禹偁事迹著作编年》，中国社会科学出版社，1982，第 65 页。
③ 傅璇琮等主编：《全宋诗》第 2 册，北京大学出版社，1991，第 695 页。

盏疏。斜倚屏风搔首坐,满簪华发一床书。"①《冷斋夜话》谓此诗系王禹偁诗,又或谓此诗为卢秉诗。汤江浩《北宋临川王氏家族及文学考论:以王安石为中心》一书谓此诗为王安石诗的可能性更大②。

5.《句》

莫辞终夕看,动是隔年期。

见《全宋诗》卷一七二六陈纯,《全宋诗》编者据宋阮阅《诗话总龟》前集卷四七引《青琐诗话》收入。

按:此非陈纯句,实出自王禹偁《中秋月》:"何处见清辉,登楼正午时。莫辞终夕看,动是隔年期。冷湿流萤草,光凝宿鹤枝。不禁鸡唱晓,轻别下天涯。"(诗见王禹偁《小畜集》卷七)③宋祝穆《古今事文类聚》前集卷一一、宋蒲积中《岁时杂咏》卷三二、宋吕祖谦《宋文鉴》卷二二等书皆将此诗归入王禹偁名下。又,《诗话总龟》卷四五云:"王源令纯举中秋月诗,纯言一联云'莫辞终夕看,动是隔年期'。"这并不能说明此句诗为陈纯所作,当是陈纯引用他人诗句。

罗处约

《题太湖》

三万六千顷,湖侵海内田。逢山方得地,见月始知天。南国吞将尽,东溟势欲连。何当洒为雨,无处不丰年。

见《全宋诗》卷七四,《全宋诗》编者据宋吕祖谦《宋文鉴》卷二二收入。此诗又见《全宋诗》卷三七七六罗处纯,题为"泛太湖",内容全同,《全宋诗》编者据清于琨康熙《常州府志》卷三二收入。

按:宋吕祖谦《宋文鉴》卷二二、宋祝穆《古今事文类聚》前集卷一七、宋谢维新编《古今合璧事类备要》前集卷八、明李蓘《宋艺圃集》卷二诸书皆将此诗归入罗处约名下。又嘉靖《浙江通志》卷四、明王鏊《姑苏志》卷

---

① 傅璇琮等主编:《全宋诗》第 10 册,北京大学出版社,1998,第 6778 页。
② 汤江浩:《北宋临川王氏家族及文学考论:以王安石为中心》,人民文学出版社,2005,第 309 页。
③ 傅璇琮等主编:《全宋诗》第 2 册,北京大学出版社,1991,第 694 页。

一〇、清冯桂芬同治《苏州府志》卷八等地方志亦将此诗归入罗处约名下。又罗处约字思纯，疑清于琨康熙《常州府志》卷三二将罗思纯（处约）讹误为罗处纯，又罗处纯此人未见文献记载，故此诗当为罗处约诗。

宋涛

《题白云岩》

白云岩在白云间，岩下千山与万山。莫向公卿容易道，恐伊来此一生闲。

见《全宋诗》卷七四宋涛，《全宋诗》编者据民国苏镜潭《南安县志》卷四八收入。此诗又见《全宋诗》卷一五八一刘涛，题为"五峰岩"，仅"白云"作"五峰"几字异，《全宋诗》编者据《永乐大典》卷九七六五收入。

按：明《永乐大典》引《泉州府志》、明何乔远编撰《闽书》卷九《泉州府·南安县二》、清怀荫布修乾隆《泉州府志》卷七、清陆心源《宋诗纪事补遗》卷三二引《泉州府志》、清南安县人陈国仕辑录《丰州集稿》皆将此诗归入刘涛名下，疑民国苏镜潭《南安县志》有误，此诗当为刘涛诗。

钱惟演

张如安《〈全宋诗〉订补稿》指出《全宋诗》编者所辑钱惟演名下断句其三〇、其三四分别出自刘筠《休沐端居有怀希圣少卿学士》及释可士《送禅友》，故此两联断句当删。又王岚《西昆诗人重出诗考》一文也指出，钱惟演诗《灯夕寄献内翰虢略公》与钱惟济诗重出，该诗当为钱惟演诗；且钱惟演名下断句其二八、其二九、其三二、其三三、其三五又见刘筠名下，王岚认为这些诗句更有可能为刘筠句，钱惟演名下此五首断句当删归存目。除此之外，钱惟演名下还有如下一些诗句与他人重出：

1.《成都》

武侯千载有遗灵，盘石刀痕尚未平。巴妇自饶丹穴富，汉庭还责碧琴征。雨经蜀市应和酒，琴到临邛别寄情。知有忠臣能叱驭，不论云栈更峥嵘。

见《全宋诗》卷九四,《全宋诗》编者据《西昆酬唱集》卷上收入。此诗又见《全宋诗》卷七四七钱勰,题同,仅"遗灵"作"余灵"、"责"作"负"几字异,《全宋诗》编者据明周复俊《全蜀艺文志》卷五收入。

按:此为钱惟演诗,出自《西昆酬唱集》,参与此次唱和的还有刘筠、杨亿。宋方回《瀛奎律髓》卷三将此诗归于钱惟演名下,四库本《全蜀艺文志》此诗下亦署名为钱思公(即钱惟演)。刘琳、王晓波点校的《全蜀艺文志》已据《西昆酬唱集》、四库本《全蜀艺文志》将作者钱勰改为钱惟演①。

2.《句》其三一

平河千里经春雪,广陌三条尽日风。

见《全宋诗》卷九五,《全宋诗》编者据宋《锦绣万花谷》前集卷七收入。

按:此非钱惟演句,乃出自刘筠《柳絮》:"半减依依学转蓬,班骓无奈恣西东。平沙千里经春雪,广陌三条尽日风。北斗城高连蠛蠓,甘泉树密蔽青葱。汉家旧苑眠应足,岂觉黄金万缕空。"(《全宋诗》编者据《西昆酬唱集》卷下收入)②

丁谓

陈新等《全宋诗订补》、张如安《〈全宋诗〉订补稿》、朱腾云《〈全宋诗〉重出误收研究》已指出丁谓名下《柳》其一为重出诗,又丁谓名下《句》其五、其二六、其二七、其三〇、其三一、其三二为误辑当删。又丁谓《玉佩》与刘过《游郭希吕石洞二十咏·韬玉》重出,参下文刘过诗重出考辨。除此之外,丁谓名下还有如下诗句与他人重出:

《句》其二二

帝奖甘露醴,天宴碧霞浆。

见《全宋诗》卷一〇二丁谓,《全宋诗》编者据宋《翰苑新书》后集卷一九收入。

---

① 杨慎编,刘琳、王晓波点校:《全蜀艺文志》,线装书局,2003,第112页。
② 傅璇琮等主编:《全宋诗》第2册,北京大学出版社,1991,第1274页。

按：此非丁谓佚句，实出自丁谓《酒》："渌蚁含柔旨，清醇泛烈芳。帝樽甘露醴，天宴碧霞浆。千酿富难敌，万钱酬亦当。宜遵三爵礼，莫羡百壶章。"（《全宋诗》编者据影印《诗渊》第1册第96页收入）[①]

姚铉

《冷泉亭》

水石一栏杆，僧归四山静。携琴谱涧泉，月浸夜深冷。

见《全宋诗》卷一〇三姚铉，《全宋诗》编者据清孙治《灵隐寺志》卷八收入。此诗又见《全宋诗》卷二七二九张履信，题同，内容全同，《全宋诗》编者据宋潜说友《咸淳临安志》卷二三收入。

按：宋施谔《淳祐临安志》卷八、宋潜说友《咸淳临安志》卷二三、成化《杭州府志》卷六及雍正《浙江通志》卷四〇诸书皆将此诗归入张履信名下，而清孙治《灵隐寺志》后出，故此诗恐非姚铉诗，当为张履信诗。

刘元载妻

《早梅》

南枝向暖北枝寒，一种春风有两般。凭仗高楼莫吹笛，大家留取倚阑干。

见《全宋诗》卷一〇九刘元载妻，《全宋诗》编者据《诗话总龟》前集卷一〇收入。此诗又见《全宋诗》卷二〇四释从瑾，题为"颂古三十八首（其三八）"，仅"一种春风有"作"何事春风作"、"阑干"作"阑看"几字异，《全宋诗》编者据《续藏经·雪庵从瑾禅师颂古集》收入。此诗又见《全宋诗》卷二七八一释慧性，题为"颂古七首（其一）"，仅"凭仗"作"寄语"几字异，《全宋诗》编者据《无明慧性禅师语录》收入。

按：此诗归属存疑。宋吴曾《能改斋漫录》卷三、宋吴开《优古堂诗话》

[①] 傅璇琮等主编：《全宋诗》第2册，北京大学出版社，1998，第1152页。

两书引《青琐集》及宋祝穆《古今事文类聚》后集卷二八、宋潘自牧《记纂渊海》卷九三、宋陈景沂撰《全芳备祖》前集卷四、宋胡仔《苕溪渔隐丛话》后集卷四、明陈耀文《天中记》卷五二诸书皆引《青琐摭遗》谓此诗是高髻大袖二妇人倚栏而题。《御定全唐诗》卷八六三盖据此归之观梅女仙名下。宋阮阅撰《诗话总龟》卷一〇、明徐伯龄《蟬精隽》卷一六、《御定全唐诗》卷八〇一诸书皆将此诗归之刘元载妻名下。明曹学佺《蜀中广记》卷二五又将此诗归之张笑桃名下。此诗又见释从瑾及释慧性名下，当是佛子偈颂辗转引用。

刘筠

《句》其五

渝舞气豪传汉俗，丙鱼味美敌吴乡。

见《全宋诗》卷一一二刘筠，《全宋诗》编者据宋阮阅《诗话总龟》前集卷一三引《诗史》收入。此诗又见《全宋诗》卷二六四九章森，内容全同，《全宋诗》编者据宋王象之《舆地纪胜》卷一八三《利州路·兴元府》收入。

按：此为刘筠诗句。《舆地纪胜》卷一八三引《皇朝类苑》云谓此诗句"章南郑（即章森）作"，查《皇朝类苑》卷三十七"钱惟演刘筠警句"下有"章南郑云'渝舞气豪传汉俗，丙鱼味美敌吴乡'"。其实，"章南郑"当为此诗句的题目，并非指作者，《舆地纪胜》作者不察，误诗题为作者。

季咸

《均庆寺》

一方灵迹两峰间，左右芒山与砀山。胜地昔曾钟王气，高僧谁此掩禅关。翚飞巍殿烟瓴碧，翠削层崖苔藓斑。千古英雄无处问，岭头依旧白云闲。

见《全宋诗》卷一一四季咸，《全宋诗》编者据元陈世隆《宋诗拾遗》卷九收入。此诗又见《全宋诗》卷三七七八李咸诗，题为"游均庆寺"，仅"禅关"作"柴关"一字异，《全宋诗》编者据清刘王瑷乾隆《砀山县志》卷一四收入。

按：嘉靖《永城县志》卷六、崇祯《砀山县志》皆将此诗归入李咸名下，疑此诗非季咸所作。

第三册

释希昼

《留题承旨宋侍郎林亭》

翰苑营嘉致，到来山意深。会茶多野客，啼竹半沙禽。雪溜悬危石，棋灯射远林。言诗素非苦，虚答侍臣心。

见《全宋诗》卷一二五，《全宋诗》编者据宋陈起《增广圣宋高僧诗选》前集收入。此诗又见《全唐诗补编》续拾第四九唐代虚中名下，题为"赠天昕禅老"，内容全同，乃编者依据《诗渊》第1册第384页辑得。

按：元方回《瀛奎律髓》卷三五、《宋诗纪事》卷九一皆将此诗归入释希昼名下。但明曹学佺辑《石仓十二代诗选》将此诗归入释宇昭名下。据诗"翰苑营嘉致"云云，此诗当非赠天昕禅老僧人之作，此诗所赠对象当是身居翰苑之官员。《诗渊》甚不可靠，《全唐诗补编》误收。

释惠崇

《〈全宋诗〉杂考（一）》、《〈全宋诗〉杂考（三）》、陈新等《全宋诗订补》、朱腾云《〈全宋诗〉重出误收研究》已指出释惠崇名下断句大多与他人重出，除此之外还有以下一些断句重出：

1.《句》其三五

扇声犹泛暑，井气忽生秋。

见《全宋诗》卷一二六释惠崇，《全宋诗》编者据宋吴处厚《青箱杂记》卷九收入。

按：此诗句并非佚句，实出自释惠崇《晚夏夜简程至》："中夕坐清簟，繁星时复流。扇声微变暑，井气忽生秋。为客方经楚，思乡欲上楼。云山殊未返，相顾两悠悠。"①

2.《句》其四五

　　松风吹发乱，岩溜溅棋寒。

《句》其七一

　　主宾先知晓，盆池别见天。

此两句诗见《全宋诗》卷一二六释惠崇，《全宋诗》编者据宋吴处厚《青箱杂记》卷九收入。此两句诗又见《全宋诗》卷一五廖融，内容全同，《全宋诗》编者据《锦绣万花谷》前集卷二五收入。

按：以上两句诗宋江少虞《皇朝事实类苑》卷三五、宋阮阅《诗话总龟》卷一二诸书皆作释惠崇诗。查四库本《锦绣万花谷》前集卷二五，此两句诗下实未署名，《全宋诗》编者认为此两句诗承后诗省名，后诗为廖融"古寺寻僧饭，寒岩衣鹿裘"，此当为误判。其实此两句诗应当是承前诗省名，此两句诗前面的诗为释惠崇"鹤传沧海信，僧和白云篇"。

章得象

张如安《〈全宋诗〉订补稿》一书指出章得象名下《句》"千寻练挂双流瀑"实出自章得象《题山宫法安院》其一。又朱腾云博士论文《〈全宋诗〉重出误收研究》指出章得象《题山宫法安院》其二实为章凭《题山宫法安院》。除此之外，章得象名下还有以下一些诗句与他人重出：

1.《句》其二

　　天面长虹一鉴痕，直通南北两山春。（苏公堤）

此诗见《全宋诗》卷一四三章得象，乃《全宋诗》编者依据《舆地纪胜》卷二五《江南东路·南康军》辑得。此诗又见《全宋诗》卷七八〇章惇《句》其一，内容全同，乃《全宋诗》编者依据《舆地纪胜》卷二《两浙西路·临安

---

① 傅璇琮等主编：《全宋诗》第 3 册，北京大学出版社，1991，第 1465 页。

府》辑得。

按：宋施谔《淳祐临安志》卷一〇、宋祝穆《方舆胜览》卷一、宋周密《武林旧事》卷五、明田汝成《西湖游览志》卷二诸书皆将此诗归入章惇名下。又苏公堤在杭州西湖，《舆地纪胜》卷二五《江南东路·南康军》却收有此诗，不免令人生疑（因南康军辖星子、都昌、建昌，属江南东路，在今江西），查《舆地纪胜》卷二五《江南东路·南康军》并未著录章得象名下此诗句。综上判断，此诗当为章惇所作，非章得象诗。

2.《句》其三

　　唯有梅花报春早，雪中传信过江干。（望安亭）

此诗见《全宋诗》卷一四三章得象，乃《全宋诗》编者依据《舆地纪胜》卷九三《广南东路·南雄州》辑得。此诗又见《全宋诗》卷一六三齐唐《句》其九，内容全同，乃《全宋诗》编者依据《舆地纪胜》卷九三《广南东路·南雄州》辑得。

按：《全宋诗》编者依据同一本书将此诗分系两人名下，不知何故。复核李勇先校点本《舆地纪胜》，此诗实归入章得象名下[①]，将此诗归入齐唐名下实为误辑。明李贤等《大明一统志》卷八〇亦将此诗归入章得象名下。

吕夷简

张如安《〈全宋诗〉订补稿》一书指出吕夷简《无题》实为吕希哲《绝句》诗。朱腾云博士论文《〈全宋诗〉重出误收研究》也指出释文礼《颂古五十三首》其五一实为吕夷简《天花寺》。除此之外，吕夷简诗卷下还存在以下诗句与他人重出：

《句》其五

　　江涵帝子翚飞阁，山际真君鹤驭天。

此诗见《全宋诗》卷一四六吕夷简，乃《全宋诗》编者依据《舆地纪胜》

[①] 王象之著，李勇先校点：《舆地纪胜校点》，四川大学出版社，2005，第3225页。

卷二六《江南西路·隆兴府》辑得。此诗又见《全宋诗》卷一七四宋绶《句》其五，内容全同，乃《全宋诗》编者依据宋阮阅《诗话总龟》前集卷一二引《谈苑》辑得。

按：宋吴曾《能改斋漫录》卷八、宋吴开《优古堂诗话》、宋阮阅《诗话总龟》卷一二、宋胡仔《苕溪渔隐丛话》后集卷二〇诸书皆将此句置入宋绶名下。《舆地纪胜》卷二六《江南西路·隆兴府》引《类苑》将此诗句置入吕夷简名下，但宋江少虞《事实类苑》卷三七实将此句亦归入宋绶名下，故《舆地纪胜》当有误，此诗句当为宋绶作。

释重显

陈新等《全宋诗订补》一书指出黄庭坚名下《禅句二首》其二实为释重显《玄沙和尚》。张如安《〈全宋诗〉订补稿》亦指出释延寿《同于秘丞赋瀑泉》实为释重显《同于秘丞赋瀑泉》。除此之外，释重显名下还有如下诸诗与他人重出：

1.《迷悟相返》

霏霏梅雨洒危层，五月山房冷似冰。莫谓乾坤乖大信，未明心地是炎蒸。

见《全宋诗》卷一四七释重显，《全宋诗》编者据《祖英集》卷上收入。此诗又见《全宋诗》卷二九五一释普济，题为"偈颂六十五首（其三四）"，内容全同，《全宋诗》编者据《庆元府大慈名山教忠报国禅寺语录》收入。

按：此诗当为北宋释重显作。明瞿汝稷《指月录》卷二三亦将此诗归入释重显名下。又释重显《祖英集》今存宋刊本，《四部丛刊续编》之《祖英集》即据铁琴铜剑楼藏宋刊本影印，该诗见宋刊本《祖英集》卷上。南宋释普济名下此诗应是佛子偈颂辗转引用。

2.《送僧之石梁》

万卉流芳，不知春力。岩畔涧下，麋红皴碧。乘兴复谁同，孤踪远雠敌。君不见五百圣者导雄机，灵峰晦育深无极。寒山老，寒山老，随沉迹，迢迢此去须寻觅。花落花开独望时，记取白云抱幽石。

见《全宋诗》卷一四七释重显,《全宋诗》编者据《祖英集》卷上收入。此诗又见《全宋诗》卷一三五六许景衡,题同,仅"导"作"道"、"晦育"作"晦盲"几字异,《全宋诗》编者据《横塘集》卷二收入。

按:此诗当为释重显诗,该诗见宋刊本《祖英集》卷上。而今存许景衡《横塘集》乃四库馆臣据《永乐大典》辑出,这可能是造成误收他人之作的原因。

3.《为道日损》

三分光阴二早过,灵台一点不揩磨。贪生逐日区区去,唤不回头争奈何。

见《全宋诗》卷一四八释重显,《全宋诗》编者据《祖英集》卷下收入。此诗又见《全宋诗》卷一七五释义怀,题为"书屏句",仅"贪生逐日区区"作"区区逐日贪生"、"争"作"怎"几字异,《全宋诗》编者据清吴宝璋《七十二峰足征集》卷八一收入。此诗又见《全宋诗》卷一七九九释守净,题为"偈二十七首(其二四)",内容全同,《全宋诗》编者据《续古尊宿语要》卷五《此庵净禅师语录》收入。此诗又见《全宋诗》卷二九一七释师范,题为"偈颂七十六首(其一七)",内容全同,《全宋诗》据《无准师范禅师语录》卷二收入。

按:宋释惠洪《禅林僧宝传》卷一一、宋阮阅《诗话总龟》后集卷四四、宋胡仔《苕溪渔隐丛话》前集卷五七、元代释觉岸《释氏稽古略》卷四、明吴之鲸《武林梵志》卷九诸书皆将此诗归入释重显名下。又该诗见宋刊本《祖英集》卷下,且释重显生年要早于释义怀、释守净、释师范诸人,故此诗当为释重显诗。释义怀、释守净、释师范三人名下此诗当是佛子偈颂辗转引用。

黄晞

《寄李先生》

久不见泰伯,中心频损和。近闻束书卷,更卜好山阿。学古成儒癖,敦风荡俗讹。周公法已矣,原宪事如何。……乡里名光也,朝廷礼后么。年来鱼信至,怪我客蹉跎。

见《全宋诗》卷一六二黄晞,《全宋诗》编者据宋李觏《盱江外集》卷三收入。

此诗又见《全宋诗》卷六七八黄曦，题同，仅"使屡"作"傻屡"异，《全宋诗》编者据宋李觏《直讲李先生文集·外集》卷三收入。

按：查中华书局本《李觏集》外集卷三，此诗实为黄晞诗，非黄曦也①。李觏与黄晞多有唱和，黄晞《寄李先生》诗中"李先生"即指李觏，李觏集中亦有一首《寄黄晞》诗。

解旦

《句》

便作武陵溪上看，春来何处不开花。

见《全宋诗》卷一六二解旦，《全宋诗》编者据《舆地纪胜》卷一六六《潼川府路·长宁军》收入。又见《全宋诗》卷二六七五龙旦《句》，内容全同，《全宋诗》编者据宋王象之《舆地纪胜》卷一六六《潼川路·长宁军》收入。

按：《全宋诗》编者据同一本书将此句分系两人名下，盖所据《舆地纪胜》版本不同之故。李勇先校点之《舆地纪胜》，据粤雅堂本，将此句作者定为解旦②。但明周复俊《全蜀艺文志》卷二三亦谓此句为龙旦作，参该书卷二三《联句咏小桃源》："门前碧醴一溪斜，仿佛逃秦处士家。便作武陵溪上看，春来何处不开花。"题下署"龙旦"，"仿佛逃秦处士家"下注"石东震"。此句又见宋刘仲达《小桃源用张师夔韵》："桑麻遍野荫横斜，茅舍人烟四五家。便作武陵溪上看，春来何处不开花。"（《全宋诗》编者据《长宁县志》卷一〇收入）③

吴遵路

《经照湖方干旧居》

磻溪垂钓者，终得展其才。何事先生隐，不逢明主来。泉声秋雨歇，月色夜云开。对此空惆怅，吟魂早晚回。

---

① 李觏：《李觏集》，中华书局，1981，第484页。
② 王象之著，李勇先校点：《舆地纪胜校点》，四川大学出版社，2005，第5043页。
③ 傅璇琮等主编：《全宋诗》第48册，北京大学出版社，1998，第29878页。

见《全宋诗》卷一六三吴遵路,《全宋诗》编者据宋孔延之《会稽掇英总集》卷三收入。此诗又见《全宋诗》卷一四二释智圆,题同,内容全同,《全宋诗》编者据《闲居编》卷五一收入。

按：此诗见释智圆《闲居编》卷五一。《闲居编》无单本传世,惟见《续藏经》。《全宋诗》录诗十五卷,即以上海涵芬楼影印日本大正《续藏经》本为底本录入。此书前有吴遵路《闲居编序》,如此诗为吴遵路诗,似不当录入《闲居编》,据此来看,此诗为释智圆作可能性更大。

范仲淹

陈新等《全宋诗订补》指出范仲淹名下《春日游湖》《钓台诗》《苏州十咏·洞庭山》与范晞文诗《湖上》、张保雝《题钓台》、王禹偁《洞庭山》重出,第一首为范晞文诗,另外两首皆为范仲淹诗。张如安《〈全宋诗〉订补稿》也指出《全宋诗》编者所辑录范仲淹名下断句其一实为王令《忆润州葛使君》中的诗句,属误辑当删。又朱腾云博士论文《〈全宋诗〉重出误收研究》指出范仲淹名下《赠广宣大师》实为唐曹松《赠广宣大师》。除此之外,范仲淹名下还有以下诸诗与他人重出：

1.《青郊》

青郊鸣锦雉,绿水漾金鳞。愿得郢中客,共歌台上春。

见《全宋诗》卷一六六,《全宋诗》编者据《范文正公集》卷三收入。此诗又见《全宋诗》卷三〇一六释智愚,题为"颂古一百首(其六八)",仅"愿得"作"安得"一字异,乃《全宋诗》编者据《虚堂智愚禅师语录》卷五收入。

按：范仲淹所著《范文正公集》现存北宋刊本,今藏中国国家图书馆[①],此诗亦载北宋刊《范文正公文集》卷四。据此来看,此诗当为范仲淹作。释智愚名下此诗当是佛子偈颂辗转引用。

---

① 傅璇琮等主编：《中国古代诗文名著提要(宋代卷)》,河北教育出版社,2009,第37页。

2.《赴桐庐郡淮上遇风三首》其一

圣宋非强楚，清淮异汨罗。平生仗忠信，尽室任风波。舟楫颠危甚，蛟鼍出没多。斜阳幸无事，沽酒听渔歌。

见《全宋诗》卷一六六，《全宋诗》编者据《范文正公集》卷三收入。此诗又见《全宋诗》卷三五四唐介，题为"谪官渡淮舟中遇风欲覆舟而作"，仅"强楚"作"狂楚"、"尽室"作"今日"、"蛟鼍"作"鼍鼋"几字异，《全宋诗》编者据《诗话总龟》前集卷三引《云斋广录》收入。

按：宋李献民《云斋广录》卷二、宋曾慥《类说》卷一八、宋祝穆《古今事文类聚》前集卷一七、明彭大翼《山堂肆考》卷二一都将此诗归入唐介名下。而宋董棻《严陵集》卷三、宋吕祖谦《宋文鉴》卷二二诸书又将此诗归入范仲淹名下，且此诗又见北宋刊《范文正公文集》卷五，此诗似为范仲淹所作。又明黄瑜《双槐岁钞》卷一亦谓此诗非唐介所作，当为范仲淹诗。

3.《苏州十咏·虎丘山》

昔见虎耽耽，今为佛子岩。云寒不出寺，剑静未离潭。幽步萝垂径，高禅雪闭庵。吴都十万户，烟瓦亘西南。

见《全宋诗》卷一六七，《全宋诗》编者据《范文正公集》卷四收入。此诗又见《全宋诗》卷九九梅询诗，题为"吴王墓"，仅"剑静未"作"剑净求"、"垂径"作"随径"、"西南"作"东南"等几字异，《全宋诗》编者据宋郑虎臣《吴都文粹》卷四收入。

按：此诗当为范仲淹诗。宋范成大《吴郡志》卷一六、明曹学佺《石仓历代诗选》卷一三〇、清陈焯《宋元诗会》卷八、清厉鹗《宋诗纪事》卷八诸书皆将此诗归入范仲淹名下。元盛如梓谓范仲淹此诗曾刻石，参四库本元盛如梓《庶斋老学丛谈》卷中下："虎邱二诗：'久尘黄阁侍威颜，忽拥高牙出帝关。玉佩乍辞文石陛，锦衣重到武邱山。仙飙时旁潺湲起，珍羽多从杳霭间。官大宠深难得暇，林泉忆旧是偷闲。''昔见虎耽耽，今为佛子岩。云寒不出寺，剑净未离潭。幽步萝垂径，寒泉雪闭庵。吴都十万户，烟瓦亘东南。'七言丁谓，五言范文正公，皆有石刻，不惟二诗自有高下，然人品志趣皆见之矣。"又《吴都文粹》乃依《吴郡志》录写诗文，今此诗在此两书署名不同，疑《吴都文粹》有误。参孙星衍《平津馆鉴藏书籍记》卷三云："《吴都文粹》十卷，旧写本。题苏台郑虎臣集，前后无序跋。《四库全书》本作九卷。此书全依《吴郡志》录写诗文，疑是坊贾所作，非虎臣原书。"钱熙祚《吴郡志校勘记序》云："偶检郑虎臣《吴都文粹》，讶其篇目不出《范志》所录，因取以相校，删节处若合符节。"①

4.《移丹阳郡先游茅山作》

丹阳太守意何如，先谒茅卿始下车。展节事君三黜后，收心奉道五旬初。偶寻灵草逢芝圃，欲叩真关借玉书。不更从人问通塞，天教吏隐接山居。

见《全宋诗》卷一六七，《全宋诗》编者据《范文正公集》卷四收入。此诗又见《全宋诗》卷五七七王安石，题为"将赴南徐任游茅山有作"，仅"何如"作"如何"、"旬初"作"旬余"、"偶寻灵草"作"回寻灵药"、"不更"作"不用"、"山居"作"仙居"几字异，《全宋诗》编者据明王僖征弘治《句容县志》卷八收入。

按：据"展节事君三黜后，收心奉道五旬初"，该诗当是作者五十岁初知丹阳时所作。王安石并不曾知丹阳。王安石五十岁时正在宰相任上大力推行新法。据宋人楼钥编《范文正公年谱》："（景祐）四年丁丑，年四十九岁。十二月壬辰，公徙知润州。"②该诗当是范仲淹所作。

5.《答梅圣俞灵乌赋》

危言迁谪向江湖，放意云山道岂孤。忠信平生心自许，吉凶何恤赋灵乌。

见《全宋诗》卷一六九，《全宋诗》编者据《永乐大典》卷二三四六收入。此诗又见《全宋诗》卷八七五李深，题为"题范文正公祠堂（其二）"，内容全同，《全宋诗》编者据宋王象之《舆地纪胜》卷三三《江南东路·饶州》收入。

---

① 余嘉锡著，戴维标点：《四库提要辨证》，湖南教育出版社，2009，第1361页。
② 范仲淹著，李勇先点校：《范仲淹全集》，四川大学出版社，2007，第886页。

按：《范文正公集》并未收录范仲淹此诗。"吉凶何恤赋灵乌"指范仲淹收到好友梅尧臣《灵乌赋》后即回写同题《灵乌赋》事。据该诗口气而言，当为后人赞颂之作，故恐非范仲淹诗，当为李深诗。

张先

朱腾云博士论文《〈全宋诗〉重出误收研究》指出张先《润州甘露寺》实为沈括《润州甘露寺》。又方健《〈全宋诗〉证误举例》一文指出滕宗谅《赠妓兜娘》实为张先《赠妓兜娘》。除此之外，张先名下还有如下一诗与他人重出：

《醉眠亭》

松陵江畔客，筑室从何年。世俗徒纷纷，不知李子贤。在彼既不知，不如醉且眠。声名衮衮谁知命，醉非爱酒眠非病。长江浑浑无古今，群山回合来相应。呼奴沽酒不可迟，买鱼斫脍烦老妻。何必纫绳系飞兔，百年长短空自知。直将裈虱视天地，冥冥支枕穷四时。九衢足尘土，朱门多是非。秋风老莼鲈，扁舟何日归。

见《全宋诗》卷一七〇张先，《全宋诗》编者据《安陆集》收入。此诗又见《全宋诗》卷六二七王观，题同，仅"相应"作"相映"、"脍"作"鲙"、"裈虱"作"褌虱"几字异，《全宋诗》编者据宋杨潜《绍熙云间志》卷下收入。

按：此诗当为王观诗。宋杨潜《绍熙云间志》卷下、元代《至元嘉禾志》卷二九皆将此诗归之王观名下。而张先《安陆集》乃清四库馆臣据清代葛鸣阳辑本收入，因宋杨潜《绍熙云间志》卷下、元代徐硕《至元嘉禾志》卷二九两书王观此诗前皆为张先《醉眠亭》（醉翁家有醉眠亭），疑葛鸣阳误辑此诗于张先名下。

晏殊

张如安《〈全宋诗〉订补稿》已指出《全宋诗》编者所辑录晏殊名下断句其一四、其四二、其五六、其五九皆属误辑当删。刘蔚《〈全宋诗〉误收二则》一文也指出《全宋诗》编者所辑录晏殊《社日》乃唐韦应物《社日寄崔都水及诸弟群属》诗，故晏殊名下此诗当删。又朱腾云博士论文《〈全宋诗〉重出误收研究》指出晏殊《句》其一、其三七与晏敦复《句》其一、其二重出，此皆为晏殊句；又晏殊《句》其三五与蔡沈《句》其二重出，此当为晏殊句；又晏殊《句》其一四出自王珪《赠司空侍中晏元献公挽词二首》其一。除此之外，晏殊名下还有以下诸诗句与他人重出：

1.《赠会稽道士》

藐姑容化三阴馆，句漏砂封六乙泥。五练夜穷青玉枕，七明晨采碧云梯。冠霞高把浮丘袂，握体深藏鬼谷奚。知有山西驻龄药，何妨相赠一刀圭。

见《全宋诗》卷一七一，《全宋诗》编者据宋孔延之《会稽掇英总集》卷一二收入。此诗又见《全宋诗》卷二七三文彦博诗，题为"赠会稽尊师"，仅"句漏"作"勾漏"、"青玉枕"作"苍玉几"、"把浮"作"挹浮"、"握体"作"握髓"、"鬼谷奚"作"鬼谷溪"、"山西驻龄"作"西山驻灵"等几字异，《全宋诗》编者据《文潞公文集》卷三收入。

按：此诗当为文彦博诗。邹志方《〈会稽掇英总集〉点校》一书亦认为《赠会稽道士》并非晏殊所作，而是文彦博所作[①]。

2.《七夕》

云幕无多斗柄移，鹊慵乌慢得桥迟。若教精卫填河汉，一水还应有尽时。

见《全宋诗》卷一七一，《全宋诗》编者据宋陈元靓《岁时广记》卷二六收入。此诗又见《全宋诗》卷六八五晏幾道，题同，仅"幕无多"作"幙无波"几字异，《全宋诗》编者据宋谢维新《古今合璧事类备要》前集卷一七收入。

按：宋谢维新《古今合璧事类备要》前集卷一七、宋祝穆《古今事文类聚》前集卷一〇、明顾起元《说略》卷三〇诸书皆将此诗归入晏幾道名下，又祝穆为南宋时人，而陈元靓为宋末元初时人，故此诗为晏幾道所作可能性更大。

---

① 邹志方：《〈会稽掇英总集〉点校》，人民出版社，2006，第173页。

3.《紫竹花》

长夏幽居景不穷,花开芳砌翠成丛。窗南高卧追凉际,时有微香逗晚风。

见《全宋诗》卷一七三,《全宋诗》编者据清俞琰《咏物诗选》卷七收入。此诗又见《全宋诗》卷三七五三杨巽斋,仅"花开"作"花间"一字异,《全宋诗》编者据《全芳备祖》前集卷二七收入。

按:《全芳备祖》乃南宋人陈景沂所编,此诗署名作杨监丞,而《咏物诗选》乃清人俞琰所编,此诗恐非晏殊所作。清汪灏《御定佩文斋广群芳谱》卷四六亦将此诗归入杨监丞名下。张如安先生谓杨监丞似当为杨寊,见《建炎以来朝野杂记》甲集卷九《状元年三十以下数》、《古今事文类聚》前集卷二六《杂著·状元年三十以下者》有"杨监丞寊"。《全宋诗》编者认为杨监丞当为杨巽斋,因为《全芳备祖》收录杨巽斋的诗常署"杨巽斋""巽斋杨监丞"。

4.《句》其二七

若更花解语,却解使人愁。

见《全宋诗》卷一七三,《全宋诗》编者据宋陈景沂《全芳备祖》前集卷二六收入。

按:查陈景沂《全芳备祖》前集卷二六,"若更花解语"实为"若教花有语"。此恐非晏殊佚句,全诗见陈师道《萱草》:"唤作忘忧草,相看万事休。若教花有语,却解使人愁。"(《全宋诗》编者据陈师道《后山居士文集》卷二收入)[①]

5.《句》其五一

青帝回风初习习,黄人捧日故迟迟。

见《全宋诗》卷一七三,《全宋诗》编者据宋高似孙《纬略》卷八收入。

按:此句恐非晏殊诗,乃出自宋祁《春帖子词·皇帝阁十二首》其六:"苍龙东阙转春旗,綷羽林梢最早知。青帝回风还习习,黄人捧日故迟迟。"(《全宋诗》编者据宋祁《景文集》卷二四收入)[②]

[①] 傅璇琮等主编:《全宋诗》第19册,北京大学出版社,1998,第12666页。

[②] 傅璇琮等主编:《全宋诗》第4册,北京大学出版社,1991,第2577页。

6.《句》其五四

澹澹梳妆薄薄文。

见《全宋诗》卷一七三,《全宋诗》编者据《后村千家诗》卷一六收入。

按:《分门纂类唐宋时贤千家诗选校证》引此句作"淡淡梳妆薄薄衣",该书此句下有注云:"衣,栋亭本作'文',《全宋诗》依宛委别藏本作'脂'。"① 又晏殊有词《浣溪沙》其六:"淡淡梳妆薄薄衣。天仙模样好容仪。旧欢前事入颦眉。闲役梦魂孤烛暗,恨无消息画帘垂。且留双泪说相思。"② 故此句实出晏殊《浣溪沙》其六,该词句误辑当删。

宋咸

《句》其三

岂是嫦娥月里香。

见《全宋诗》卷一七七宋咸,《全宋诗》编者据宋李龏《梅花衲》收入。

按:此非佚句,实出自宋咸《桂》:"多应谯国山边种,岂是嫦娥月里香。愿为儿孙积阴德,东堂时占一枝芳。"(《全宋诗》编者据《锦绣万花谷》后集卷三八收入)③ 又宋陈景沂《全芳备祖》前集卷一三将此诗收入朱贯之名下,此朱贯之当为宋贯之(即宋咸,字贯之)之讹。

滕宗谅

朱腾云博士论文《〈全宋诗〉重出误收研究》指出唐代吕岩《赠滕宗谅》实为滕宗谅《赠回道士》诗。又方健《〈全宋诗〉证误举例》一文指出滕宗谅《赠妓兜娘》实为张先《赠妓兜娘》。除此之外,滕宗谅名下还有如下一诗与他人重出:

《寄会稽范希文》

江山千里接仁封,都在东南秀气中。借问玉皇香案吏,蓬莱何似

---

① 刘克庄编,李更等校证:《分门纂类唐宋时贤千家诗选校证》,人民文学出版社,2002,第386页。
② 张草纫笺注:《二晏词笺注》,上海古籍出版社,1986,第25页。
③ 傅璇琮等主编:《全宋诗》第3册,北京大学出版社,1991,第2029页。

水晶宫。

见《全宋诗》卷一七四滕宗谅,《全宋诗》编者据宋孔延之《会稽掇英总集》卷一收入。此诗又见《全宋诗》卷五一八滕元发,题为"寄越州范希文太守",仅"仁封"作"仁风"、"借问"作"为问"几字异,《全宋诗》编者据宋吴曾《能改斋漫录》卷九收入。

按:据诗题《寄会稽范希文》《寄越州范希文太守》,该诗当是寄给范仲淹之作,当时范仲淹应为越州太守,因范仲淹知越州在 1039 年至 1040 年期间,故该诗亦当作于此时期。滕宗谅生于 991 年,写此诗时已近五十岁,其时正知湖州。而滕元发生于 1020 年,1039 年间其人还未中进士(滕元发 1053 年举进士),他根本不可能与范仲淹有交往,故此诗当为滕宗谅诗,非滕元发所作。《能改斋漫录》卷九:"范文正守越,滕元发守湖,滕寄诗云:'江山千里接仁风,都在东南秀气中。为问玉皇香案吏,蓬莱何似水晶宫。'"[1] 滕元发出守湖州在元丰七年(1084),此时范仲淹早已过世,他不可能寄诗给范仲淹。其实,范文正守越时,滕宗谅正好守湖,参张方平《湖州新建州学记》:"宝元二年,上命尚书祠部员外郎滕君守吴兴郡……越明年夏四月,敕书先至,锡名州学。"[2] 故《能改斋漫录》卷九有误。

第四册

孙沔

《句》

新治甬上居,闲逸安暮齿。

见《全宋诗》卷一八七孙沔,《全宋诗》编者据宋罗濬《宝庆四明志》卷八收入。

---

[1] 吴曾:《能改斋漫录》,中华书局,1960,第 271 页。
[2] 曾枣庄、刘琳主编:《全宋文》第 38 册,上海辞书出版社、安徽教育出版社,2006,第 152 页。

按：此非孙沔句，实出自蔡襄《会亭遇资政孙公赴阙公致仕已七年时召归将有西鄙之任》："志节虽落落，不能无谤毁。壮年自雄豪，末路遽颠委。众口方丛嘈，即欲置之死。公尝为大臣，沉冤不辨理。恭惟仁宗圣，散地而后已。新治甬上居，闲逸安暮齿。恭惟今天子，继照明鉴是……"① 可参宋楼钥《跋陈进道所藏杜祁公诗》："蔡君谟（蔡襄）诗《会亭遇资政孙公赴阙公致仕已七年时召归将有西鄙之任》有云：'新治甬上居，闲逸安暮齿。'以是知亦尝居于四明。"②

宋庠

陈新等《全宋诗订补》已指出宋庠《小园四首》与陆游《小园四首》重出，此为陆游诗。张如安《〈全宋诗〉订补稿》指出宋庠《句》"筒分细细泉"实出自陆游《慈云院东阁小憩》，宋庠《句》"冰萼琼华次第开"疑出自韩维《明叔昆仲特惠梅花聊赋小诗三篇为谢》其三。李更《〈全宋诗〉刘克庄诗补正及相关问题》一文也指出刘克庄《耳鼻六言二首》其二与宋庠《撚鼻》重出，此为刘克庄诗。又宋庠《春晦寓目》《休日》《次韵范纯仁和郭昌朝寺丞见寄二首》分别与宋祁《春晖寓目二首》其一、宋祁《归沐》、范纯仁《和郭昌朝寺丞见寄二首》重出，参本书相关章节考辨。除此之外，宋庠名下还有如下诸诗与他人重出。

1.《柳嘲竹》

好在碧檀栾，丛低度岁寒。何堪裁凤律，只好制鱼竿。拂水烟梢润，含风钿叶攒。芳阴聊奉庇，君试仰天看。

见《全宋诗》卷一九二宋庠，《全宋诗》编者据《元宪集》卷六收入。此诗又见《全宋诗》卷一二二杨亿，题为"柳噪竹"，仅"檀栾"作"坛湾"、"丛低"作"丛底"等几字异，《全宋诗》编者据宋刘克庄《后村千家诗》卷一一收入。

按：据杨亿《竹答柳》："我自虚心者，君能百尺芳。未闻凌雪秀，唯解刺

---

① 傅璇琮等主编：《全宋诗》第 7 册，北京大学出版社，1998，第 4775 页。
② 曾枣庄、刘琳主编：《全宋文》第 264 册，上海辞书出版社、安徽教育出版社，2006，第 238 页。

天长。叶密招禽宿，皮枯任蠹藏。他年丹穴凤，恐不集垂杨。"①此诗与杨亿《柳噪竹》一问一答，显为同一组诗。又《竹答柳》不见宋庠名下，故此诗恐非宋庠作，似为杨亿诗。

2.《世事》

世事悠悠未遽央，虚名真意两相忘。休夸失马曾归塞，未省牵牛解服箱。四客高风轻楚汉，五君新咏弃山王。秋来数有渔樵梦，多在箕峰颍水旁。

见《全宋诗》卷一九九宋庠，《全宋诗》编者据《元宪集》卷十三收入。又见《全宋诗》卷一二二杨亿，题为"书怀寄刘五"，仅"风轻"作"风惊"、"数有"作"安有"、"水旁"作"水傍"几字异，《全宋诗》编者据元方回《瀛奎律髓》卷六收入。

按：宋陈思《两宋名贤小集》卷四、元方回《瀛奎律髓》卷六、明李蓘《宋艺圃集》卷一诸书皆将此诗置入杨亿名下。又宋庠原集已散佚，其现存《元宪集》乃清四库馆臣从《永乐大典》辑得，这很有可能误辑他人之诗。故此诗非宋庠所作，当为杨亿诗。

3.《句》其二

草平天一色，风暖燕双高。

见《全宋诗》卷二〇一宋庠，《全宋诗》编者据宋高似孙《纬略》卷一收入。

按：宋佚名《锦绣万花谷》前集卷三亦将此诗句归入宋庠名下。但宋祁《春晚写望》、李之仪《临江仙》其二亦皆包含此句。参宋祁《春晚写望》："不觉春芳晏，翻成客望劳。草平天一色，风暖燕双高。击毂争轻憾，书旗衔缥醪。随宜歌白纻，都士半云袍。"②李之仪《临江仙》其二："九十日春都过了，寻常偶到江皋。水容山态两相饶。草平天一色，风暖燕双高。酒病厌厌何计那，飞红更送无聊。莺声犹似耳边娇。难回巫峡梦，空恨武陵桃。"③（此词又与李流

---

① 傅璇琮等主编：《全宋诗》第 3 册，北京大学出版社，1991，第 1418 页。
② 傅璇琮等主编：《全宋诗》第 4 册，北京大学出版社，1991，第 2586 页。
③ 唐圭璋等主编：《全宋词》，中州古籍出版社，1996，第 239 页。

谦《临江仙》重出）

阮逸

《和范公同章推官登承天寺竹阁》

  竹石寒相倚，云窗晓共开。闲身方外去，幽意静中来。坠响风随籁，移阴日上苔。迟留秋更夜，待月露盈杯。

  见《全宋诗》卷二〇三阮逸，《全宋诗》编者据宋董棻《严陵集》卷三收入。此诗又见《全宋诗》卷二六七刘述，题为"题竹阁"，仅"竹石"作"竹阁"、"晓"作"晚"、"坠响"作"声响"等几字异，《全宋诗》编者据清吴世荣光绪《严州府志》卷四收入。

  按：此诗为阮逸诗。诗题《和范公同章推官登承天寺竹阁》，范公指范仲淹，章推官指章岷。该诗作于宋仁宗景祐元年（1034），时范仲淹谪守睦州，该诗为游承天寺时所作。章岷《陪范公登承天寺竹阁》诗为首唱，范仲淹和之《和章岷推官同登承天寺竹阁》，阮逸又和之《和范公同章推官登承天寺竹阁》。参章岷《陪范公登承天寺竹阁》："古寺依山起，幽轩对竹开。翠阴当昼合，凉气逼人来。夜影疏排月，秋鞭瘦竹苔。双旌容托乘，此地举茶杯。"[①]范仲淹《和章岷推官同登承天寺竹阁》："僧阁倚寒竹，幽襟聊一开。清风曾未足，明月可重来。晚意烟垂草，秋姿露滴苔。佳宾何以伫，云瑟与霞杯。"[②]刘述于仁宗景祐元年刚中进士，似不可能参与此次唱和活动。

宋祁

  陈新等《全宋诗订补》已指出宋祁《小酌感春邀坐客并赋》与宋祁《小酌感春邀坐客并赋》重出。张如安《〈全宋诗〉订补稿》也指出宋祁《句》其一三、其一五、其一六、其二一、其二二皆属误辑当删。《北京大学中国古文献研究中心集刊（第12辑）》载《〈全宋诗〉杂考（四）》一文也指出梅尧臣

[①] 傅璇琮等主编：《全宋诗》第4册，北京大学出版社，1991，第2314页。
[②] 傅璇琮等主编：《全宋诗》第3册，北京大学出版社，1991，第1892页。

名下《陪谢紫微晚泛》《中秋新霁壕水初满自城东隅泛舟回谢公命赋》与宋祁名下《陪谢紫微晚泛》《中秋新霁壕水初满自城东隅泛舟回谢公命赋》诗相重，此两诗当为梅尧臣诗。又宋业春《张耒诗文真伪考辨》一文指出宋祁《黄葵》与张耒《黄葵》重出，此为张耒作。又汤江浩《北宋临川王氏家族及文学考论：以王安石为中心》一书指出王安石《嘲叔孙通》与宋祁《咏叔孙通》重出，此为宋祁诗。又朱腾云博士论文《〈全宋诗〉重出误收研究》指出宋祁《寄题元华书斋》与宋祁《比日》重出、宋祁《病免》与宋祁《俊上人游山》重出、宋祁《咏茶䕷》实出自宋祁《酴醾》、宋祁《种竹》实出自刘敞《劝思弟于南轩种竹》；宋祁《送赵御史仲礼之任南台并柬兼善达公经历元载王公用道孔公二御史》与元人宋沂《送赵御史仲礼之任南台并柬兼善达公经历元载王公用道孔公二御史》重出，此为宋沂诗；宋祁《夕坐》与胡宿《春晚郊野》重出，此诗归属存疑。又宋祁名下《寿州十咏·望仙亭》《夏日陪提刑彭学士登周襄王故城》与梅尧臣《和寿州宋待制九题·望仙亭》《夏日陪提刑彭学士登周襄王故城》重出，参本书相关章节考辨。除此之外，宋祁名下还有如下诸诗与他人重出：

1.《岁丰》

皇天降丰年，本忧贫士食。贫士无良畴，安能得稼穑。工佣输富家，日落长叹息。为供豪者粮，役尽匹夫力。天地莫施恩，施恩强有得。

见《全宋诗》卷二〇六，《全宋诗》编者据《景文集》卷七收入。

按：此诗又见《御定全唐诗》卷六〇五邵谒名下，内容几乎全同。《全唐诗》今收邵谒诗32首，此32首诗一般认为是"胡宾王本人以温庭筠所榜之诗编辑而成"[①]，胡宾王是五代入宋时人，其生卒年皆早于宋祁。又宋祁原集已佚，今存《景文集》乃四库馆臣据《永乐大典》辑出，故此诗非宋祁所作，当为邵谒诗。

2.《风雨》

昨夜东风急，疏窗荐雨入。溪南梅正花，狼藉随尘沙。皓皓多易

---

① 龙思谋：《邵谒诗事考辨》，《韶关学院学报》2007年第11期。

汗，不得同春葩。春葩能有几，纷纷入桃李。时哉小兴衰，人生犹物理。明发檐沉声，鸟雀喧新晴。老农脱被襦，一犁原上耕。

见《全宋诗》卷二〇六，《全宋诗》编者据《景文集》卷七收入。此诗又见《全宋诗》卷三一八六叶茵，题同，仅"易汗"作"易污"、"同春葩"作"全春华"、"春葩能"作"春华能"几字异，《全宋诗》编者据《顺适堂吟稿》丙集收入。

按：宋陈起编《江湖小集》卷四〇、清曹庭栋《宋百家诗存》卷一二诸书皆将此诗归入叶茵名下，又《全宋诗》所收《顺适堂吟稿》乃据汲古阁景宋钞《南宋六十家小集》为底本著录。而宋祁原集已佚，今存《景文集》乃四库馆臣据《永乐大典》辑出，故此诗非宋祁所作，当为叶茵诗。

3.《咏菊》

寿客若为情，风流友曲生。殿秋安晚节，为隐被香名。曼衍南阳种，凄凉楚泽英。见山应自语，今古几渊明。

见《全宋诗》卷二一一，《全宋诗》编者据《景文集》卷一二收入。此诗又见《全宋诗》卷三一八八叶茵，题为"菊"，内容全同，《全宋诗》编者据《顺适堂吟稿》戊集收入。

按：宋陈起编《江湖小集》卷四二、清曹庭栋《宋百家诗存》卷一二诸书皆将此诗归入叶茵名下。又从版本学角度看(参上诗考证)，此诗亦当为叶茵诗。

4.《春晖寓目二首》其一

春序倏云晚，高台芳意多。花成风地缬，鸟作暝林歌。树气薰繁幄，池文叠细波。夹城归骑散，烟絮遍铜驼。

见《全宋诗》卷二〇九，《全宋诗》编者据《景文集》卷一〇收入。此诗又见《全宋诗》卷一九一宋庠，题为"春晦寓目"，仅"池文"作"池纹"一字异，《全宋诗》编者据《元宪集》卷五收入。

按：宋蒲积中《古今岁时杂咏》卷一九亦将此诗归入宋祁名下，又宋祁此诗题下实有两首五律，另一首不见宋庠名下，故此诗疑非宋庠作，似当为宋庠弟弟宋祁之作。

5.《渡湘江》

　　春过湘江渡,真观八景图。云藏岳麓寺,江入洞庭湖。晴日花争发,丰年酒易沽。长沙十万户,游女似京都。

　　见《全宋诗》卷二一一,《全宋诗》编者据《景文集》卷十二收入。此诗又见《全宋诗》卷一八四六张祁,题同,仅"湘江"作"潇湘"一字异,《全宋诗》编者据元方回《瀛奎律髓》卷三四收入。

　　按:宋陈思编《两宋名贤小集》卷二四、明李蓘编《宋艺圃集》卷二、清陈焯《宋元诗会》卷一二诸书皆将此诗置入宋祁名下,元方回《瀛奎律髓》卷四九、明杨慎《升庵诗话》卷一二、清厉鹗《宋诗纪事》卷四八却将此诗归入张祁名下。又宋祁原集已佚,其现存《景文集》乃清四库馆臣从《永乐大典》辑得,但查《永乐大典》,此诗见卷之五七七〇,署名张总得,即张祁(号总得翁),故四库馆臣辑佚有误,此诗作者似为张祁。

6.《归沐》

　　弥旬出沐道山头,傲虎萧萧避世游。枉是胸中存垒块,可能皮里有阳秋。驾车款段惭乡品,托乘鸱夷笑客愁。曲突不黔宾坐冷,时闻庭雀一啁啾。

　　见《全宋诗》卷二一二,《全宋诗》编者据《景文集》卷一三收入。此诗又见《全宋诗》卷一九七宋庠,题为"休日",仅"避世"作"避俊"、"存垒块"作"无块垒"、"不黔"作"无烟"几字异,《全宋诗》编者据《元宪集》卷十一收入。

　　按:宋祁及宋庠原集皆已佚,现存《景文集》及《元宪集》都是清四库馆臣从《永乐大典》辑得。但查《永乐大典》,此诗见卷之一九六三六卷,置入宋祁《景文集》名下,故此诗当为宋祁作,非宋庠诗。

7.《朝阳》

　　膈膊鸡声夜向晨,东方飞景到云林。帘帏已是曈曈晓,庭户全无瞳瞳阴。可是梧桐长得地,也应葵藿久倾心。日边早晚来环赐,见说清光注意深。

见《全宋诗》卷二一二,《全宋诗》编者据《景文集》卷一三收入。此诗又见《全宋诗》卷二五六〇王炎,题为"吕待制所居八咏·朝阳",仅"也应"作"也知"一字异,《全宋诗》编者据《双溪类稿》卷二收入。

按:王炎此诗题下共有八首诗,分咏半隐、舒啸、缓步、月台、藤洞、岁寒、朝阳、醉松诸景,显为同一组诗,故此诗非宋祁所作,当为王炎诗。

8.《山橙花》

故乡寒食荼蘼发,百合香浓邸舍深。漂泊江南春过尽,山橙仿佛慰人心。

见《全宋诗》卷二二三,《全宋诗》编者据《景文集》卷二四收入。此诗又见《全宋诗》卷八五九苏辙,题为"山橙花口号",仅"百合香浓邸舍"作"百和香浓村巷"、"过尽"作"欲尽"几字异,《全宋诗》编者据《栾城集》卷一一收入。

按:此诗归属存疑。宋陈景沂《全芳备祖》前集卷二七、宋陈思《两宋名贤小集》卷二四诸书皆将此诗置入宋祁名下。

9.《七月六日绝句》

积雨古墙生绿衣,幽花点点弄秋姿。黄昏楼角看新月,还是年年牛女时。

见《全宋诗》卷二二四宋祁,《全宋诗》编者据《景文集拾遗》卷六引《古今岁时杂咏》收入。此诗又见《全宋诗》卷一一七三张耒,题为"七月六日二首(其二)",内容仅"古墙"作"空阶"、"幽花"作"幽幽"、"年年"作"去年"几字异,《全宋诗》编者据张耒《柯山集》卷二一收入。

按:此诗当为张耒所作。张耒《七月六日二首》其一"月落暗虫啼不休,五更白露晓悠悠。西风是处将摇落,可但梧桐独报秋"。这两首诗皆写看月对秋之感,显为同时之作。宋蒲积中《岁时杂咏》卷二七此诗并未署名,《景文集拾遗》编者清人孙星华认为该诗当是承前诗省名(前诗为宋祁诗),此判断当有误。

10.《句》其一

　　风花飞有态,烟絮坠无痕。

见《全宋诗》卷一八六胡宿诗,《全宋诗》编者据宋胡仔《苕溪渔隐丛话》后集卷三六收入。

　　按:宋胡仔谓此诗句出自胡宿,但宋祁《春郊晓望》、李之仪《临江仙·登凌歊台感怀》皆包含此诗句。参宋祁《春郊晓望》:"睡足犹欹枕,欢沉即掩樽。风花飞有态,烟絮坠无痕。野色兼山远,溪流涨雨浑。渊明有归意,惟是对桐孙。"① 李之仪《临江仙·登凌歊台感怀》:"偶向凌歊台上望,春光已过三分。江山重叠倍销魂。风花飞有态,烟絮坠无痕。已是年来伤感甚,那堪旧恨仍存。清愁满眼共谁论,却应台下草,不解忆王孙。"②

叶清臣

《题溪口广慈寺》

　　云中江树冷萧萧,溪上僧归倚画桡。谁为秋风乘兴去,松窗先听富阳潮。

见《全宋诗》卷二二六叶清臣,《全宋诗》编者据宋孔延之《会稽掇英总集》卷九收入。此诗又见《全宋诗》卷二〇五三蔡清臣,题为"广惠寺",仅"江树"作"老树"一字异,《全宋诗》编者据清黄钰乾隆《萧山县志》卷三六收入。

　　按:嘉靖《萧山县志》卷六、万历《萧山县志》卷六、康熙《萧山县志》卷四、万历《绍兴府志》卷二一、清嵇曾筠监修《浙江通志》卷二三一诸书皆将此诗归入叶清臣名下。《宋诗纪事补遗》卷四六据《萧山县志》将此诗归入蔡清臣名下。查清黄钰修乾隆《萧山县志》卷三六,此诗亦归入叶清臣名下,盖《全宋诗》编者沿袭了《宋诗纪事补遗》之误。《全宋诗》只收蔡清臣此一诗,其人其诗皆当删却。

---

① 傅璇琮等主编:《全宋诗》第4册,北京大学出版社,1991,第2379页。
② 唐圭璋等主编:《全宋词》,中州古籍出版社,1996,第243页。

第五册

梅尧臣

陈新等《全宋诗订补》已指出《全宋诗》编者所辑录梅尧臣《答绍元老示太玄图》与梅尧臣《答鹅湖长老绍元示太玄图》诗重出，前诗误辑当删；又梅尧臣《依韵和公仪龙图招诸公观舞及画三首》其三与晏幾道《公仪招观画》重出，此当为梅尧臣诗。张如安《〈全宋诗〉订补稿》一书也指出《全宋诗》编者所辑录梅尧臣《早梅》诗乃唐人熊皦《早梅》诗，该诗属误辑当删；《全宋诗》编者所辑录梅尧臣名下句"亚夫金鼓从天落，韩信旌旗背水陈"又见梅询《送夏子乔招讨西夏》诗中。又张如安《〈全宋诗〉疏失分类偶举》一文指出梅尧臣《和昙颖师四明十题》诗与释昙颖《四明十题》诗重出，此诗亦当为梅尧臣诗。《北京大学中国古文献研究中心集刊（第12辑）》载《〈全宋诗〉杂考（四）》一文也指出梅尧臣《陪谢紫微晚泛》《中秋新霁壕水初满自城东隅泛舟回谢公命赋》与宋祁《陪谢紫微晚泛》《中秋新霁壕水初满自城东隅泛舟回谢公命赋》诗相重，此两诗当为梅尧臣诗。王岚《〈全宋诗·欧阳修诗〉补正》一文也指出梅尧臣《送吴照邻都官还江南》与欧阳修诗重出，此诗归属存疑。又寿涌《考〈临川先生文集·补遗〉误收梅尧臣诗二首》一文指出，梅尧臣名下《送王郎中知江阴》《和才叔岸傍古庙》两诗与王安石诗重出，此两首诗皆当为梅尧臣诗。又汤江浩《北宋临川王氏家族及文学考论：以王安石为中心》一书指出，王安石名下《江邻几邀观三馆书画》《汝瘿和王仲仪》《三月十日韩子华招饮归城》与梅尧臣诗重出，前两诗当为梅尧臣诗，后一诗归属存疑。又钱锺书《宋诗选注》指出梅尧臣诗《考试毕登铨楼》与刘攽《考试毕登铨楼》重出，此当为梅尧臣诗。又王开春《林之奇诗辨伪——兼论〈拙斋文集〉的版本源流》亦指出林之奇《送葛都官南归》实为梅尧臣《送葛都官南归》。又朱腾云博士论文《〈全宋诗〉重出误收研究》指出梅询《诗一首》实出自梅尧臣《寄题鄂州白雪楼》、梅尧臣《自急流口至长芦江入金陵》实为唐杜牧《金陵》诗、杨轩《一日曲》实为梅尧臣《一日曲》。除此之外，梅尧臣名下还有如下诸诗与他人重出：

1.《夏日陪提刑彭学士登周襄王故城》

聊随汉使者，一上周王城。片雨北郊晦，残阳西岭明。野禽呼自别，香草问无名。谁复黍离咏，但兴箕颍情。

见《全宋诗》卷二四一梅尧臣，《全宋诗》编者据《梅尧臣集编年校注》卷一〇收入。此诗又见《全宋诗》卷二一一宋祁，题同，仅"黍离咏"作"歌离黍"、"但"作"惟"几字异，《全宋诗》编者据宋祁《景文集》卷一二收入。

按：此诗为梅尧臣诗。诗见四库本梅尧臣《宛陵集》卷七。《梅尧臣集编年校注》将此诗系于康定元年（1040），彭学士为彭乘，时梅尧臣为襄城县令[①]，故有机会陪彭乘登周襄王故城。元方回《瀛奎律髓》卷三亦将此诗归入梅尧臣名下。又梅尧臣集现存明正统本、明万历本，四库全书著录明万历本[②]，而宋祁现存《景文集》乃清四库馆臣据《永乐大典》辑出，从版本学角度看，此诗亦当为梅尧臣诗。

2.《和寿州宋待制九题·望仙亭》

尝闻淮南王，鸡犬从此去。至今山头石，马迹尚有处。使君辞从官，终日绝尘虑。望望云汉间，想见宾天驭。

见《全宋诗》卷二四三梅尧臣，《全宋诗》编者据《梅尧臣集编年校注》卷一二收入。此诗又见《全宋诗》卷二〇四宋祁，题为"寿州十咏·望仙亭"，仅"使君"作"使臣"一字异，《全宋诗》编者据宋祁《景文集》卷五收入。

按：此为梅尧臣诗。诗见四库本梅尧臣《宛陵集》卷九。《梅尧臣集编年校注》将此诗系于庆历二年（1042），时梅尧臣在监湖州税任上，宋待制即指宋祁[③]，此为和宋祁《寿州十咏》诗作之一。据该诗"使君辞从官，终日绝尘虑"云云，此诗当为梅尧臣的和作，"使君"即称美宋祁，时宋祁知寿州。

3.《过华亭》

晴云唳鹤几千只，隔水野梅三四株。欲问陆机当日宅，而今何处

[①] 梅尧臣著，朱东润校注：《梅尧臣集编年校注》，上海古籍出版社，1980，第157页。
[②] 傅璇琮等主编：《中国古代诗文名著提要（宋代卷）》，河北教育出版社，2009，第52页。
[③] 梅尧臣著，朱东润校注：《梅尧臣集编年校注》，上海古籍出版社，1980，第208页。

不荒芜。

见《全宋诗》卷二四五梅尧臣,《全宋诗》编者据《梅尧臣集编年校注》卷一四收入。此诗又见《全宋诗》卷九九梅询,题为"华亭道中",仅"嘹鹤几千只"作"唳鹤几千里"几字异,《全宋诗》编者据《舆地纪胜》卷三《两浙西路·嘉兴府》收入。

按:此诗当为梅尧臣诗,诗见四库本梅尧臣《宛陵集》卷一〇。华亭在松江(今上海)。宋杨潜《绍熙云间志》卷下、元徐硕《至元嘉禾志》卷二八、明顾清正德《松江府志》卷一六、明李贤《大明一统志》卷九诸书皆将此诗归于梅尧臣名下。《梅尧臣集编年校注》将此诗系于庆历四年,时梅尧臣在湖州任[①]。《宛陵集》卷一〇此诗后的第二首诗为《逢谢师直》,该诗云"昔岁南阳道中别,今向华亭水上逢",正可证《过华亭》当为梅尧臣诗。

4.《送蒙寺丞赴郓州》

郓国当时唱,犹传白雪真。问今非昔日,和者几何人。客自射飞雁,渔能供跃鳞。芳洲堕马处,吾祖汉名臣。

见《全宋诗》卷二四九梅尧臣,《全宋诗》编者据《梅尧臣集编年校注》卷一八收入。此诗又见《全宋诗》卷九九梅询,题为"送蒙寺丞赴郡",仅收前四句,《全宋诗》编者据《舆地纪胜》卷八四《京西南路·郓州》收入。

按:见四库本梅尧臣《宛陵集》卷一二,同卷还有一首《再送蒙寺丞赴郓州》,显系同时之作。而梅询现存诗中并未著录《再送蒙寺丞赴郓州》,此诗当为梅尧臣诗。《梅尧臣集编年校注》将此诗系于庆历八年[②]。

5.《浮来山》

秦鬼驱卵沙,聚结无苍翠。谁云海上移,能与潮浮至。洞嘘蛟鼍腥,庙画风雷异。云母今有无,庶为仙药饵。

见《全宋诗》卷二四九梅尧臣,《全宋诗》编者据《梅尧臣集编年校注》卷一八收入。此诗又见《全宋诗》卷三〇一四赵时韶,题同,内容全同,《全

[①] 梅尧臣著,朱东润校注:《梅尧臣集编年校注》,上海古籍出版社,1980,第232页。
[②] 梅尧臣著,朱东润校注:《梅尧臣集编年校注》,上海古籍出版社,1980,第495页。

宋诗》编者据影印《诗渊》第3册第2085页收入。

按：见四库本梅尧臣《宛陵集》卷三四，此当为梅尧臣诗，梅诗下有自注云："旧说此山产云母"。明柳瑛《（成化）中都志》卷八亦将此诗归入梅尧臣名下。

6.《寄题梵才大士台州安隐堂》

巢禽托静林，潜鱼恋深壑。岂不能自安，翔泳得所乐。达士远纷华，于兹守冲漠。堂前鸣松风，堂后馥花萼。好鸟时一呼，澄明望寥廓。诗兴犹不忘，禅心讵云著。所以得自然，宁必万缘缚。未能与之游，怀慕徒有作。

见《全宋诗》卷二四三梅尧臣，《全宋诗》编者据《梅尧臣集编年校注》卷一二收入。此诗又见《全宋诗》卷三一八九郑起，题同，仅"花萼"作"花药"一字异，《全宋诗》编者据影印《诗渊》第3册第1588页收入。

按：此诗为梅尧臣诗，诗见四库本梅尧臣《宛陵集》卷八。梵才大士即释长吉，台州临海人。他与范仲淹、宋祁、皇甫泌都有交往，梅尧臣集中与其唱和诗作尤多，如《送梵才吉上人归天台》《寄天台梵才上人》《淮南遇梵才吉上人因悼谢南阳畴昔之游》等诗。郑起活动于南宋理宗时，他与梵才大士不可能有交往。查影印《诗渊》第3册第1588页，该诗并未署作者名，《全宋诗》编者认为此诗当系承前诗省名（前诗《吴江三高祠堂》为郑起诗），该判断当有误。

7.《寄题杭州广公法喜堂》

淘青研朱画屋梁，黄漆柏障连曲房。日晖月色不须照，了了自可窥毫芒。夕阴花敛似欲病，飞鸟不惊乌帽郎。深山穷谷谩幽僻，喜得吴侬是药囊。

见《全宋诗》卷二五三梅尧臣，据《梅尧臣集编年校注》卷二二收入。此诗又见《全宋诗》卷三一八九郑起，题为"寄题杭州广法善堂"，仅"淘青"作"淘清"一字异，《全宋诗》编者据影印《诗渊》第3册第1588页收入。

按：此诗为梅尧臣诗，诗见四库本梅尧臣《宛陵集》卷一六。法喜堂乃杭州宝月修广师所居之室，当时若王安石、曾巩、蔡襄、郑獬等名公皆为题诗。参宋释契嵩《法喜堂诗叙》："好事者刻《法喜堂诗》将传，而净源上人预其编次，以其事谓潜子曰：'幸子志之也。'夫法喜堂，乃宝月广师所居之室也。君子善其以法喜自处，故作诗而称之也……辛丑（1061）仲冬八日潜子序题。"[①] 郑起活动于南宋理宗时，他不可能参与此次题诗活动。查影印《诗渊》第3册第1588页，该诗并未署作者名，《全宋诗》编者认为此诗与《寄题梵才大士台州安隐堂》皆当是承前诗省名（前诗《吴江三高祠堂》为郑起诗），该判断当有误。

8.《李康靖少傅夫人挽词二首》

九月秋风急，三川苦雾迷。卜邙新隧启，度巩短箫齐。宝剑知终合，灵蟾已陨西。松门来会葬，车马几千蹄。（其一）

板舆曾至郑，灵輀此归周。行哭人增慕，凝茄月正秋。九原开袝穴，故土覆新丘。岁晏寒松下，茅苫孝子留。（其二）

见《全宋诗》卷二五三梅尧臣，《全宋诗》编者据《梅尧臣集编年校注》卷二二收入。此诗又见《全宋诗》卷二三四八喻良能，题为"挽李靖少傅夫人"，仅"秋风"作"秋光"、"三川"作"山川"、"行哭人增慕"作"霭霭云将夕"、"凝茄"作"亭亭"几字异，《全宋诗》编者据《香山集》卷七收入。

按：诗见四库本梅尧臣《宛陵集》卷一六。此为梅尧臣诗，李康靖为李若谷，其人字子渊，以太子少傅致仕，卒谥康靖。《梅尧臣集编年校注》将此诗系于皇祐四年[②]。又梅尧臣集现存宋嘉定十六年残帙（今《中华再造善本》收录），即存卷一三至一八、卷三七至六〇[③]，梅尧臣此诗见《宛陵集》卷十六，源于宋刻。而喻良能现存《香山集》乃清四库馆臣据《永乐大典》辑出，这就有可能造成误收他人之作。

9.《代书寄鸭脚子于都下亲友》

予指老无力，不能苦多书。书苟过百字，便觉筋宁拘。京都多豪英，往往处石渠。作书未可周，寄声亦已疏。后园有嘉果，远赠当鲤鱼。中虽闻尺素，加餐意何如。

[①] 曾枣庄、刘琳主编：《全宋文》第36册，上海辞书出版社、安徽教育出版社，2006，第180页。
[②] 梅尧臣著，朱东润校注：《梅尧臣集编年校注》，上海古籍出版社，1980，第636页。
[③] 傅璇琮等主编：《中国古代诗文名著提要（宋代卷）》，河北教育出版社，2009，第52页。

见《全宋诗》卷二五五梅尧臣,《全宋诗》编者据《梅尧臣集编年校注》卷二四收入。又见《全宋诗》卷四六九刘敞,题同,仅"处石"作"在石"、"未可"作"不可"等几字异,《全宋诗》编者据刘敞《公是集》卷九收入。

按:此当为梅尧臣诗,诗见四库本刘敞《公是集》卷九,又见四库本梅尧臣《宛陵集》卷四二。鸭脚子即银杏,都下亲友当指欧阳修等人,欧阳修收到银杏后有答谢诗,参欧阳修《梅圣俞寄银杏》,梅尧臣收到欧阳修诗后,又作《依韵酬永叔示予银杏》酬答。这些唱和诗皆作于至和元年及至和二年间[①]。

10.《四月三日张十遗牡丹二朵》

已过谷雨十六日,犹见牡丹开浅红。曾不争先及春早,能陪芍药到薰风。

见《全宋诗》卷二五六梅尧臣,《全宋诗》编者据《梅尧臣集编年校注》卷二五收入。此诗又见《全宋诗》卷一九八二宋高宗,题为"题马麟画册",仅"春早"作"开早"、"到薰"作"倒薰"几字异,《全宋诗》编者据明汪砢玉《珊瑚网》卷四四收入。此诗又见《全宋诗》卷二六五三宋光宗,题为"题徐崇嗣没骨牡丹图",仅"开浅"作"斗浅"、"春早"作"开早"几字异,《全宋诗》编者据清卞永誉《式古堂书画汇考》卷三三收入。

按:诗见四库本梅尧臣《宛陵集》卷四四。宋蒲积中《岁时杂咏》卷四四亦将此诗归入梅尧臣名下,此当为梅尧臣诗。作宋高宗及宋光宗诗是将题诗于画者误为作者。

11.《自咏》

闭户无还往,端居废礼容。花为贫富焰,燕是旧过从。持展对人蜡,绽衣看妇缝。非同叔夜傲,切莫怪疏慵。

见《全宋诗》卷二五六梅尧臣,《全宋诗》编者据《梅尧臣集编年校注》卷二五收入。此诗又见《全宋诗》卷一八〇胡宿,题为"自咏(其二)",内容全同,《全宋诗》编者据胡宿《文恭集》卷二收入。

---

① 吴大顺:《欧梅唱和与欧梅诗派研究》,陕西人民出版社,2008,第248页。

按：诗见四库本梅尧臣《宛陵集》卷四三。又梅尧臣集现存宋嘉定十六年残帙（今《中华再造善本》收录），即存卷一三至一八、卷三七至六〇，梅尧臣此诗见《宛陵集》卷四三，源于宋刻。而胡宿现存《文恭集》乃清四库馆臣据《永乐大典》辑出，从版本学角度看，此诗亦当为梅尧臣诗。

12.《送刘元忠学士还南京》

昔见相公登瀛洲，今见公子为校雠。鲲鹏变化三十载，我生安得不白头。君前拜恩父前庆，暂向南都乘顺流。南都留守颇为喜，将吏入贺靴声遒。酒异银瓮羊腐炙，上下和煦移凉秋。归来却上柳堤路，西风健马控花虬。

见《全宋诗》卷二五八梅尧臣，《全宋诗》编者据《梅尧臣集编年校注》卷二七收入。此诗又见《全宋诗》卷二〇八六洪适，题同，仅"乘顺流"作"秉顺流"一字异，《全宋诗》编者据《永乐大典》卷七七〇一引《盘洲集》收入。

按：此诗为梅尧臣诗，诗见四库本梅尧臣《宛陵集》卷五四。刘元忠即刘瑾，乃刘沆子，卒于1086年，为北宋时人，他与南宋洪适（生于1117年）不可能有交往。《梅尧臣集编年校注》将此诗系于嘉祐二年①。《〈永乐大典〉所涉宋诗资料丛考》一文谓："《永乐大典》卷七七〇一引此诗并未标明作者、出处，乃《全宋诗》编者从前一首诗《次韵南京道中》，以为引自洪适《盘洲集》。"②

13.《元忠示胡人下程图》

单于猎罢卧锦红，解鞍休骑荒碛中。苍驹騊駼六十匹，隐谷映坡分尾鬃。九驼五牛羊颇倍，沙草晚牧生寒风。……素绡六幅笔何巧，胡瑰尽妙谁能通。今日都城有别识，别识共许刘元忠。

见《全宋诗》卷二五七梅尧臣，《全宋诗》编者据《梅尧臣集编年校注》卷二六收入。此诗又见《全宋诗》卷一五三六周紫芝，题为"元忠作胡人下程图"，仅"指五"作"只五"、"宁争"作"能争"、"土山"作"上山"、"胡瑰"

---

① 梅尧臣著，朱东润校注：《梅尧臣集编年校注》，上海古籍出版社，1980，第967页。
② 陈恒舒：《〈永乐大典〉所涉宋诗资料丛考》，载《北京大学中国古文献研究中心集刊（第6辑）》，北京大学出版社，2007，第100页。

作"胡环"几字异,《全宋诗》编者据清厉鹗《宋诗纪事》卷四六引宋孙绍远《声画集》收入。

按:此诗为梅尧臣诗,诗见四库本梅尧臣《宛陵集》卷五〇。元忠即刘瑾,梅尧臣集中还有多首与其唱和之作,如《刘元忠遗金橘》《观刘元忠小鬟舞》《送刘元忠学士归陈州省亲》等诗。因刘瑾卒于1086年,他与周紫芝(生于1082年)不可能有交往,故此诗定非周紫芝诗。《全宋诗》编者在此诗下加按语云:"诗见影印文渊阁《四库全书·声画集》卷二,无署名。编次前为梅尧臣,后为苏轼,时代都在周紫芝前。不知《宋诗纪事》据何定为周作?姑入附录存疑。"

14.《吕晋叔著作遗新茶》

四叶及王游,共家原坂岭。岁摘建溪春,争先取晴景。大窠有壮液,所发必奇颖。一朝团焙成,价与黄金逞。吕侯得乡人,分赠我已幸。其赠几何多,六色十五饼。每饼包青蒻,红签缠素苘。屑之云雪轻,啜已神魄惺。会待嘉客来,侑谈当昼永。

见《全宋诗》卷二五八梅尧臣,《全宋诗》编者据《梅尧臣集编年校注》卷二七收入。此诗又见《全宋诗》卷三〇二一释永颐,题同,仅"嘉客"作"佳客"一字异,《全宋诗》编者据宋陈起《江湖后集》卷一六收入。

按:诗见四库本梅尧臣《宛陵集》卷五二。夏敬观校注此诗亦认为该诗当作"吕缙叔著作遗新茶"[①]。吕缙叔即吕夏卿,其人为福建晋江人,生活于北宋仁宗至神宗时期。该诗云"岁摘建溪春""吕侯得乡人,分赠我已幸",这与吕夏卿身份亦合。释永颐乃南宋理宗时人,他与吕夏卿不可能有交往,故此诗定非其所作,乃梅尧臣诗。

15.《寄桂州张谏议和永叔》

桂林太守几时行,泛汴桃花浪已腾。目极云阴低远树,夜寒风急乱春灯。巢鸣翡翠愁无限,水宿鸳鸯冷不胜。阳朔山前好峰岭,为公怜爱万千层。

---

① 梅尧臣著,朱东润校注:《梅尧臣集编年校注》,上海古籍出版社,1980,第944页。

见《全宋诗》卷二五八梅尧臣，《全宋诗》编者据《梅尧臣集编年校注》卷二七收入。此诗又见《全宋诗》卷八三九王巩诗，题同，内容全同，《全宋诗》编者据元陈世隆《宋诗拾遗》卷七收入。

按：此诗当为梅尧臣诗，诗见四库本梅尧臣《宛陵集》卷五二。《梅尧臣集编年校注》将此诗系于嘉祐二年[①]。永叔即欧阳修，张谏议为张子宪。四库本《续资治通鉴长编》卷一八五载，嘉祐二年，"先是光禄卿张子宪迁右谏议大夫，知桂州。子宪被疾久未行，而御史吴中复劾其稽留。"《北宋三槐王氏家族研究》一书认为此诗当为王巩所作，张谏议为张颉，其人于元丰三年知桂州[②]。此判断当有误，熙宁五年欧阳修即已逝世，王巩不可能在元丰三年间与其唱和。

16.《鸡冠花》

秋至天地闭，百芳变枯草。爱尔得雄名，宛然出陈宝。未甘阶墀陋，肯与时节老。赤玉刻缜栗，丹芝谢雕槁。鲜鲜云叶卷，粲粲兔翁好。由来名实副，何必荣华早。郡看先春花，浮浪难自保。

见《全宋诗》卷二六二梅尧臣，《全宋诗》编者据宋陈景沂《全芳备祖》前集卷二六收入。此诗又见《全宋诗》卷四六四刘敞，题同，仅"地闭"作"地间"、"雕槁"作"凋槁"、"郡看"作"君看"几字异，《全宋诗》编者据《公是集》卷四收入。

按：此诗为刘敞诗，见四库本刘敞《公是集》卷四。据程杰、王三毛点校《全芳备祖》，此诗日藏刻本、八千卷楼本《全芳备祖》均未注出处，碧琳琅馆本《全芳备祖》作梅尧臣诗，乃是承前诗而添[③]，当有误。

释本逸

《偈三首》其二

寒原耕种罢，牵犊负薪归。此夜一炉火，浑家身上衣。

[①] 梅尧臣著，朱东润校注：《梅尧臣集编年校注》，上海古籍出版社，1980，第936页。
[②] 李贵录：《北宋三槐王氏家族研究》，齐鲁书社，2004，第210页。
[③] 陈景沂著，程杰、王三毛点校：《全芳备祖》，浙江古籍出版社，2014，第551页。

见《全宋诗》卷二六四,《全宋诗》编者据《五灯会元》卷一六收入。此诗又见《全唐诗补编》续拾卷四九刘昭禹名下,题为"田家",仅"寒原"作"高原"、"此夜"作"深夜"几字异,编者据《竹庄诗话》卷二〇引《禁脔》收入。

按：释子偈颂经常辗转引用他人诗作,疑此诗当为唐人刘昭禹诗。

张谟

《句》

佳岭花光纷似雪,荔江波色绿于苔。

见《全宋诗》卷二六六张谟,《全宋诗》编者据《舆地纪胜》卷一〇三《广南西路·静江府》收入。

按：宋王象之《舆地纪胜》卷一〇三谓此残句出自张谟《送向综通判桂州》,宋潘自牧撰《记纂渊海》卷一五亦谓此残句为张谟诗。《全宋诗》编者据元陈世隆《宋诗拾遗》卷一二录有《送向综通判桂州》全诗,参《送向综通判桂州》:"百里常淹展骥材,除书远自九天来。绿油车上扬旌去,画鹢舟中叠鼓催。桂岭花光纷似雪,荔江波渌如苔。讼庭尘满无留事,惟伴登临燕席开。"①但作者署为张镆,清厉鹗《宋诗纪事》亦引《粤西诗载》亦谓此诗为张镆作。因宋人王象之及宋人潘自牧皆谓此诗作者为张谟,"张镆"可能是"张谟"之讹误。

苏舜元

《句》

断香浮缺月,古像守昏灯。

见《全宋诗》卷二七二苏舜元,《全宋诗》编者据宋张耒《明道杂志》收入。

按：此并非佚句,已见苏舜元《丙子仲冬紫阁寺联句》："白石太古水,苍厓六月冰。昏明咫尺变,身世逗留增。……庭树巢金爵,樵儿弄玉绳。断香浮缺月,古像守昏灯。……依然忍回首,愁绝下崚嶒。"②《全宋诗》编者据宋苏

---

① 傅璇琮等主编：《全宋诗》第 18 册,北京大学出版社,1998,第 11783 页。
② 傅璇琮等主编：《全宋诗》第 6 册,北京大学出版社,1998,第 3927 页。

舜钦《苏学士集》卷五收入）

周古

《赠胡侍郎荣归》

　　尝水茫茫怅别情，悲风吹树作离声。酒倾银罂临江卧，潮落沙汀带月明。千里绿烟芳草合，一天红雨落花轻。老怀对景成三叹，不觉潸然泪两倾。

　　见《全宋诗》卷二六七周古，《全宋诗》编者据《胡正惠公集》附录收入。此诗又见《全宋诗》卷二一〇周因，题为"送枢密相公楼仲晖归田"，仅"尝水茫茫怅"作"云水茫茫惨"、"江卧"作"江浒"、"红雨"作"□雨"、"老怀"作"老予"几字异，《全宋诗》编者据民国《永康楼氏宗谱》卷三〇收入。

　　按：此诗归属存疑。但民国陈祯修《文安县志》补遗又将此诗归入徐常名下，题为《送叶梦得公归缙云金台赠别诗》。

第六册

张方平

　　陈新等《全宋诗订补》一书指出张方平名下《句》："谨言浑不畏，忍事又何妨。"实出自张齐贤《自警诗》。胡建升、杨茜《苏辙佚诗辨伪》一文也指出苏辙《初春游李太尉宅东池》实为张方平《初春游李太尉宅东池》。又朱腾云博士论文《〈全宋诗〉重出误收研究》指出赵孟坚《江楼迟客》实为张方平《江楼迟客》，王洋《病眼》实为张方平《病眼》，韩元吉《送郭诚思归华下》实为张方平《送郭诚思归华下》。除此之外，张方平名下还有以下诸诗与他人重出：

《句》其一

　　红尘三尺险，中有是非波。

　　见《全宋诗》卷三〇八张方平，乃《全宋诗》编者依据宋阮阅《诗话总龟》

前集卷一三引《诗史》辑得。

按:此非张方平诗,此两句实出自潘阆《阙下留别孙丁二学士归旧山》:"名利路万辙,我来意如何。红尘三尺深,中有是非波。波翻几潜没,来者犹更过。归去感知泪,永洒青松柯。"[①](《全宋诗》编者依据潘阆《逍遥集》辑得)宋叶廷珪《海录碎事》卷一五亦引此两句作潘阆诗。

湛俞

《句》其二

人在蓬壶颊白玉,地连兜率布黄金。

见《全宋诗》卷三四七湛俞,《全宋诗》编者据《舆地纪胜》卷一二八《福建路·福州》收入。此句又见《全宋诗》卷一二七七湛执中《句》,内容全同,《全宋诗》编者据《舆地纪胜》卷一二八《福建路·福州》收入。

按:《全宋诗》编者据同一书将此诗句分属两人名下,未知何故。查《舆地纪胜》卷一二八《福建路·福州》此句下实署名为"湛执中",既非"湛俞(字仲谟)",亦非"湛执中"。但清郑杰、陈衍辑录《闽诗录》丙集卷五据《舆地纪胜》亦将此诗归于湛执中名下。

第七册

程师孟

《句》其七

昨夜清溪明月里,想君灵魄未消沉。

见《全宋诗》卷三五四程师孟,《全宋诗》编者据《舆地纪胜》卷二二《江南东路·池州》收入。

按:此恐非程师孟句,全诗见陈师孟《弄水亭》:"新看滕阁旧游句,又见

---

① 傅璇琮等主编:《全宋诗》第 1 册,北京大学出版社,1991,第 619 页。

池亭弄水吟。千古才华少人敌，一生风韵为情深。向时行乐秾桃恨，此处重阳对菊心。昨夜清溪明月里，想君灵魄未消沉。"[1]（《全宋诗》编者据明王崇嘉靖《池州府志》卷八收入）

张宗永

1.《题陈相别业》

乔松翠竹绝纤埃，门对南山尽日开。应是主人贪报国，功成名遂不归来。

见《全宋诗》卷三五四张宗永，《全宋诗》编者据宋彭乘《墨客挥犀》卷九收入。此诗又见《全宋诗》卷三七三七张宗尹，题为"题陈相鄠杜别业壁"，内容全同，《全宋诗》编者据《诗话总龟》前集卷一五引《倦游录》收入。

按：南宋胡次焱谓此诗实为张宗尹作，参其《赠从弟东宇东行序》一文："张宗尹为长安令，失陈相意，赋别业诗以解之。"[2]据宋彭乘《墨客挥犀》卷九："张宗永，华州人，倜傥不羁，善为诗。宝元中，以职官知建安县。时郑州陈相尹京兆，宗永尝以事失公意。公有别业在鄠杜县间。宗永知公好绝句诗，乘闲诣之，于舍壁大书二韵云：'乔松翠竹绝纤埃，门对南山尽日开。应是主人贪报国，功成名遂不归来。'庄督录以闻。公览而善之，待之如初。宗永尝有诗云：'大书文字隄防老，剩买峰峦准备闲。'嘉句甚多，往往脍炙人口。"[3]《诗话总龟》前集卷一五引《倦游录》："张宗尹为长安令，时郑州陈相尹京兆。宗尹尝以事忤公意。公有别业在鄠杜间，宗尹书一绝于壁云：'乔松翠竹绝纤埃，门对南山尽日开。应是主人贪报国，功成名遂不归来。'有人录以告，公览而善之，待之如初。宗尹尝有诗云：'大书文字隄防老，剩买田园准备闲。'"[4]《墨客挥犀》卷九与《诗话总龟》前集卷一五所载大同小异，又宋江少虞《事实类苑》引《倦游杂录》

---

[1] 傅璇琮等主编：《全宋诗》第32册，北京大学出版社，1998，第20356页。
[2] 曾枣庄、刘琳主编：《全宋文》第356册，上海辞书出版社、安徽教育出版社，2006，第121页。
[3] 彭乘：《墨客挥犀》，中华书局，2002，第383页.
[4] 阮阅：《诗话总龟》，人民文学出版社，1987，第175页。

将此诗归入张宗永名下，故张宗永与张宗尹其实当为同一人，相应地《全宋诗》也应将此两人合并为一人。不过此人究竟是名宗永，还是名宗尹，恐一时无法确定。

2.《句》

　　　　大书文字隄防老，剩买峰峦准备闲。

　　见《全宋诗》卷三五四张宗永，《全宋诗》编者据宋彭乘《墨客挥犀》卷九收入。此句又见《全宋诗》卷三七三七张宗尹，仅"峰峦"作"田园"几字异，《全宋诗》编者据《诗话总龟》前集卷一五引《倦游录》收入。

　　按：考证同上。

沈邈

《诗一首》

　　　　背郭千峰起，涵空一水泓。风帆人共远，潮屿岁重耕。

　　见《全宋诗》卷三五四沈邈，《全宋诗》编者据《舆地纪胜》卷一二八《福建路·福州》收入。

　　按：此非沈邈诗，实出自蔡襄《题福州释迦院幽幽亭》："路尽得佳赏，川原何净明。周围地形壮，洒落世尘清。背郭千峰起，涵空一水横。风帆人共远，潮屿岁重耕。……唱篇知寡和，君世负诗名。"[1]据蔡襄该诗自序云："东阳沈子山(沈邈)，前此十年为侯官县。政休乘间，颇自娱于登临之适，得院之东北隅地，方数丈，诛草茅而列树石，时哦游于其所，因命曰峻青台。今复为郡太守，其僧曰：'吾使君傥一来，执事者可暴露乎？'并台作亭，以除风雨。子山（沈邈）至其下，又名之曰幽幽亭。邀予题榜以揭之，遂作诗，以赋山川之美，而序以纪其始焉。"蔡襄《题福州释迦院幽幽亭》诗实为应沈邈之邀而作，故此诗定非沈邈诗，当为蔡襄所作。

---

① 傅璇琮等主编：《全宋诗》第 7 册，北京大学出版社，1998，第 4793 页。

张俞

陈新等《全宋诗订补》一书指出张俞《句》其十实出自陆游《忆昔》。《北京大学中国古文献研究中心集刊（第 5 辑）》载《〈全宋诗〉杂考（一）》一文指出李回《题妓帕》实为张俞《题汉州妓项帕罗》。阮常明《〈全宋诗〉误收唐人诗新考》一文指出张俞名下《游灵岩》实为唐戴叔伦《题净居寺》。又朱腾云博士论文《〈全宋诗〉重出误收研究》指出张俞《翠微寺》实为唐骊山游人《题故翠微宫》诗。除此之外，张俞名下还有以下一些诗歌与他人重出：

1.《题西山临江亭》

南北逢除日，天涯有去舟。蛮城和雨闭，峡水带春流。不负新年感，惟多故国愁。宁无贺新酒，徒此事羁囚。

见《全宋诗》卷三八二张俞，乃《全宋诗》编者依据清张琴同治《增修万县志》卷三六辑得。此诗又见《全宋诗》卷三一七一赵崇嶓，题为"除日万州临江亭"，仅仅"南北"作"南浦"、"惟多"作"唯多"几字异，乃《全宋诗》编者据宋蒲积中《古今岁时杂咏》卷四二辑得。

按：《全宋诗》编者依据宋王象之《舆地纪胜》卷一七七《夔州路·万州》辑得张俞《除日万州临江亭》："南浦逢除日，天涯有去舟。蛮城和雨闭，峡水带春流。"[①] 此诗实为张俞《题西山临江亭》前四句。明曹学佺《蜀中广记》卷二三《名胜记》"万县"条亦将此诗归入张俞名下。临江亭在四川万县，又赵崇嶓居江西南丰，不曾在四川万县宦游，据此来看，此诗恐非赵崇嶓诗，当为张俞之作。

2.《岁穷雨夜独卧山斋》

岁晏云深谁与游，岩房终夜雨如秋。不知海上三山梦，何似人间万户侯。

见《全宋诗》卷三八二张俞，乃《全宋诗》编者依据《古今岁时杂咏》卷四二辑得。此诗又见《全宋诗》卷七八〇章惇，题同，内容全同，乃《全宋诗》

---

① 傅璇琮等主编：《全宋诗》第 7 册，北京大学出版社，1998，第 4716 页。

编者依据《永乐大典》卷二五三九辑得。

按：《古今岁时杂咏》卷四二此诗题下实未署名，《全宋诗》编者认为该诗当是承前诗省名，前诗为张俞《除夜宿黄沙馆书怀》，此判断恐有误，此诗当为章惇诗。

张伯玉

朱腾云博士论文《〈全宋诗〉重出误收研究》指出陈公辅《州宅》诗实为张伯玉《州宅》。方健《〈全宋诗〉证误举例》一文指出吴充《岁日书事》实为张伯玉《正旦呈诸僚友》诗。此外，张伯玉名下还有以下一些诗句与他人重出：

1.《蓬莱阁醉归》

蓬莱阁上醉归时，犹索芳樽步步随。啼鸟似来留翠佩，旁人笑为整花枝。腰闲半鞢黄金印，头上斜欹白接䍦。拍手向他宾从道，使君未老莫扶持。

见《全宋诗》卷三八四张伯玉，乃《全宋诗》编者依据宋孔延之《会稽掇英集》卷一辑得。此诗又见《全宋诗》卷一四〇五陈公辅，题为"蓬莱阁归醉"，内容全同，乃《全宋诗》编者依据宋谢采伯《密斋笔记》卷三辑得。

按：宋史铸注王十朋《蓬莱阁赋》亦引此诗作张伯玉诗，万历《绍兴府志》卷三亦将此诗归之于张伯玉名下。又蓬莱阁在越州，张伯玉曾知越州，诗云"使君"正与其身份相合。且《全宋诗》编者依据宋谢采伯《密斋笔记》卷三辑得陈公辅《州宅》诗亦实为张伯玉《州宅》诗，据此来看，此诗非陈公辅作，当为张伯玉诗。

2.《清明日》

每年每遇清明节，把酒寻花特地忙。今日江城衰病起，佛前新火一鑪香。

见《全宋诗》卷三八四张伯玉，乃《全宋诗》编者依据宋孔延之《会稽掇英总集》卷一五辑得。此诗又见《全宋诗》卷五一八孙永，题为"清明"，仅仅"江城"作"江头"、"佛前"作"神前"、"一鑪"作"一炉"几字异，乃《全宋诗》

编者依据《古今岁时杂咏》卷一五辑得。

按:此诗归属存疑。《宋诗纪事》卷一六引《古今岁时杂咏》作孙永诗,《宋诗纪事补遗》卷一七作张伯玉诗。

3.《沪渎》

泛泛松江水,迢迢笠泽通。万年知禹力,灌溉有余功。

见《全宋诗》卷三八四张伯玉,乃《全宋诗》编者依据宋王象之《舆地纪胜》卷三《两浙西路·嘉兴府》辑得。此诗又见《全宋诗》卷二六七七许尚,题为"华亭百咏·沪渎",内容全同,乃《全宋诗》编者依据元徐硕《至元嘉禾志》卷二八辑得。

按:朱腾云博士论文《〈全宋诗〉重出误收研究》谓《华亭百咏》较可靠,此诗当为许尚诗,恐非[①]。李更《小议地方志所存诗文资料的把握与使用——从〈华亭百咏〉说起》一文谓此诗归属存疑[②]。

韩绛

《送周知监》其一

唐家谕巴蜀,通道至邛僰。列郡徼西南,夷居半岩壁。

见《全宋诗》卷三九四韩绛,《全宋诗》编者据宋《锦绣万花谷》续集卷一三收入。此诗又见《全宋诗》卷五一四韩缜,题为"《句》其二(《送周知监》)",仅"家"作"蒙"一字异,《全宋诗》编者据《舆地纪胜》卷一六七《潼川府路·富顺监》收入。

按:宋祝穆《方舆胜览》卷六十五"富顺监"将此诗置于韩子华(韩绛)名下,疑《舆地纪胜》有误,此诗非韩缜诗,当为韩绛诗。

李师中

《〈全宋诗〉杂考(二)》一文指出李师中《龙隐岩》实为方信孺《题龙隐

[①] 朱腾云:《〈全宋诗〉重出误收研究》,河南大学 2011 年博士论文,第 297 页。
[②] 沈迪云主编:《地方文献论文集——萧山·地方文献国际学术研讨会》,三晋出版社,2010,第 91 页。

岩》。朱腾云博士论文《〈全宋诗〉重出误收研究》指出李师中《中隐岩》其二实为吕愿中《假守睢阳吕愿中叔恭机宜祥符刘襄子思通守鄱阳朱良弼国辅经属建安陈廷杰朝彦因祈晴乘兴游中隐岩留题以记胜游》。除此之外，李师中名下还有如下诗句与他人重出：

1.《咏松》

　　半依岩岫倚云端，独上亭亭耐岁寒。一事颇为清节累，秦时曾作大夫官。

见《全宋诗》卷三九七李师中，《全宋诗》编者据宋罗大经《鹤林玉露》卷五收入。此诗又见《全宋诗》卷二六四八李訦，题同，仅"独上"作"独立"一字异，《全宋诗》编者据《鹤林玉露》甲编卷五收入。此诗又见《全宋诗》卷二六九一李诚之，题同，仅"独上"作"独立"一字异，《全宋诗》编者据宋罗大经《鹤林玉露》甲编卷五收入。

按：查《鹤林玉露》卷五："秦朝松封大夫，陈朝石封三品。李诚之《咏松》云：'半依岩岫倚云端，独上亭亭耐岁寒。一事颇为清节累，秦时曾作大夫官。'"[①] 此诗实为李诚之诗。因李师中与李訦皆字诚之，而与李诚之（字茂钦）相混，故《全宋诗》编者据同一书将此诗归入三人名下。但《鹤林玉露》引用文献一般不直呼其名，作李诚之（字茂钦）诗似不太可靠。又《宋诗纪事》卷十三据《鹤林玉露》卷五将此诗归入李师中名下，此诗归属存疑。

2.《句》其九

　　山如仁者静，风似圣之清。

见《全宋诗》卷三九七李师中，《全宋诗》编者据宋魏庆之《诗人玉屑》卷七收入。

按：南宋杨万里《诚斋诗话》谓此句李师中作（《诗人玉屑》卷七亦是引《诚斋诗话》），但此句又见北宋彭汝砺《和通判承议》："水边人不到，吾与子同行。始见游鱼乐，时闻幽鸟声。山如仁者静，风是圣之清。拟买扁舟去，江湖老此

---

① 罗大经撰，孙雪霄校点：《鹤林玉露》，上海古籍出版社，2012，第55页。

生。"①（《全宋诗》编者据《鄱阳集》卷八收入）宋佚名《北山诗话》亦谓此诗句为彭汝砺诗。

陆经

1.《化成岩》

交臂寻幽岁已残，瘦藤枯石重跻攀。忽逢晴洞龙开室，冷瞰寒溪玉绕山。猿鸟窥人知旧识，藤萝引径入无间。游车自向红尘去，日暮老僧催闭关。

见《全宋诗》卷三九八陆经，《全宋诗》编者据明严嵩正德《袁州府志》卷一二收入。此诗又见《全宋诗》卷六一七李观，题同，仅"晴洞"作"阴洞"、"冷瞰"作"下瞰"等几字异，《全宋诗》编者据乾隆《袁州府志》卷三六收入。

按：此诗归属存疑。康熙《袁州府志》卷一八、嘉庆《袁州府志》卷三六、同治《袁州府志》卷九诸书皆将此诗归入李观名下。

2.《句》其一

寄语瀛洲未归客，醉翁今已作仙翁。

见《全宋诗》卷三九八陆经，《全宋诗》编者据宋叶梦得《避暑录话》卷上收入。

按：此非陆经句，实出自欧阳修《郡斋书事寄子履》："使君居处似山中，吏散焚香一室空。雨过紫苔惟鸟迹，夜凉苍桧起天风。白醪酒嫩迎秋熟，红枣林繁喜岁丰。寄语瀛洲未归客，醉翁今已作仙翁。"②查叶梦得《避暑录话》卷上："欧阳文忠公……在郡不复事事，每以闲适饮酒为乐。时陆子履知颍州，公客也，颍且其（欧阳修）所卜居，尝以诗寄之，颇道其意，末云：'寄语瀛洲未归客，醉翁今已作仙翁。'此虽戏言，然神仙非老氏说乎？"③亦谓此诗为欧阳修作，盖《全宋诗》编者误判。据宋王阮《庐山太平宫一首》诗序："公（欧阳修）喜，

---

① 傅璇琮等主编：《全宋诗》第16册，北京大学出版社，1998，第10567页。
② 傅璇琮等主编：《全宋诗》第6册，北京大学出版社，1998，第3716页。
③ 叶梦得：《避暑录话》，中华书局，1985，第6页。

寄陆子履,有'醉翁今已作仙翁'之句。某非其人也,敬赋短章,折衷于真君云。"[1]亦可知此诗实为欧阳修诗。

第八册

陶弼

陈新等《全宋诗订补》一书指出陶弼《芡》与陶弼《鸡头》重出,朱熹《山茶》实为陶弼《山茶花二首》其二,欧阳修《诗一首》实为陶弼《紫薇花》。朱腾云博士论文《〈全宋诗〉重出误收研究》指出章惇《赠陶辰州》二首实为陶弼《赠章使君》及《沅州》,又陶弼《宾州二首》其一实为秦密《迁江纪实》。除此之外,陶弼名下还存在以下一些诗句与他人重出:

1.《全州》

　　南北东西几万峰,郡城如在画屏中。何人截断湘妃竹,半蘸秋江作钓筒。

见《全宋诗》卷四〇七陶弼,乃《全宋诗》编者依据《舆地纪胜》卷六八《荆湖南路·全州》辑得。此诗又见《全宋诗》卷三七六〇陶金,题为"过全州",仅仅"画屏"作"画图"、"截断"作"裁断"几字异,乃《全宋诗》编者依据《宋诗拾遗》卷十七辑得。

按:宋祝穆《方舆胜览》卷二六、宋潘自牧《记纂渊海》卷一三、元刘应李《大元混一方舆胜览》卷下诸书皆将此诗归入陶弼名下。清汪森《粤西诗文载》卷二二将此诗归入陶金名下。因《宋诗拾遗》乃清人伪作,可参王媛《陈世隆〈宋诗拾遗〉辨伪》,又《粤西诗文载》后出,此诗非陶金作,当为陶弼诗。

2.《过苍梧》

　　近海江声急,孤舟下杳冥。峡泉飞暴雨,滩石走群星。水有潇湘色,猿同巴蜀听。令人思舜德,一望九嶷青。

---

[1] 傅璇琮等主编:《全宋诗》第50册,北京大学出版社,1998,第31145页。

见《全宋诗》卷四〇七陶弼,乃《全宋诗》编者依据《永乐大典》卷二三四三辑得。此诗又见《全宋诗》卷一二九八谢孚,题为"苍梧即事",仅仅"近海"作"近岸"、"九嶷"作"九疑"几字异,乃《全宋诗》编者依据元陈世隆《宋诗拾遗》卷一〇辑得。

按:此诗归属存疑。清李调元《全五代诗》卷六一、清谢启昆《广西通志》卷一二二、清汪森《粤西诗文载》卷一〇、《宋诗纪事》卷八二引《粤西诗载》诸书皆将此诗归入谢孚名下,但明《寰宇通志》卷一〇九谓此诗为元代傅汝砺作。

杨蟠

朱腾云博士论文《〈全宋诗〉重出误收研究》指出王令《约僧宿北山庵先寄平甫》实为杨蟠《约冲晦宿东山禅寺精舍先寄》。李成晴《〈全宋诗〉重收诗考辨》一文也指出杨蟠《镇江》实出自米芾《望海楼》,杨蟠《杂题》诗实出自杨杰《游北山》。除此之外,杨蟠名下还有如下诸诗与他人重出:

1.《虹桥》

两岸履声云外合,三州帆影月边归。栏干独立秋风早,岂待鲈鱼始拂衣。

见《全宋诗》卷四〇九杨蟠,《全宋诗》编者据宋王象之《舆地纪胜》卷五《两浙西路·平江府》收入。

按:此诗句又见刘跂《吴江长桥》:"路隔银潢鸟倦飞,行人恐犯女星机。长虹出浪无冬夏,老蜃浮空半是非。两岸履声云内合,三州帆影月边归。栏干独立秋风早,岂待鲈鱼始拂衣。"[1]《全宋诗》编者据影印《诗渊》第3册第2033页收入)明王鏊《姑苏志》卷二〇及明钱穀《吴都文粹续集》卷三六皆将此诗归入刘跂名下,疑此诗非杨蟠作。

2.《春日独游南园》

天净鸟飞远,路幽花自香。春风吹草木,野水满池塘。事去青山

---

[1] 傅璇琮等主编:《全宋诗》第18册,北京大学出版社,1998,第12214页。

在，人闲白日长。兴来搔短发，此意久难忘。

见《全宋诗》卷四〇九杨蟠，《全宋诗》编者据宋吕祖谦《宋文鉴》卷二三收入。此诗又见《全宋诗》卷二一一〇李吕，题为"遣兴"，仅"短发"作"白发"、"此意"作"微意"几字异，《全宋诗》编者据《澹轩集》卷二收入。

按：宋佚名《锦绣万花谷》前集卷三、清陈焯《宋元诗会》卷二四皆将此诗置入杨蟠名下。又宋释绍嵩《山居即事》其一八引"事去青山在"作杨蟠句。且李吕原集已佚，其现存《澹轩集》乃清四库馆臣据《永乐大典》辑得，据此来看，此诗非李吕诗，当为杨蟠诗。

3.《句》其四

两州城郭青烟起，千里江山白鹭飞。

见《全宋诗》卷四〇九杨蟠，《全宋诗》编者据《锦绣万花谷》前集卷五收入。

按：此诗非杨蟠句，实出自米芾《甘露寺》："六代萧萧木叶稀，楼高北固落残晖。两州城郭青烟起，千里江山白鹭飞。海近云涛惊夜梦，天低月露湿秋衣。使君肯负时平乐，长倒金钟尽醉归。"①（《全宋诗》编者据《宝晋英光集》补遗收入）宋祝穆《方舆胜览》卷三、明曹学佺《石仓历代诗选》卷一四六、明李贤等《大明一统志》卷一一诸书皆将此诗归入米芾名下。

4.《句》其五

三峡江声流笔下，六朝山影满樽前。

见《全宋诗》卷四〇九杨蟠，《全宋诗》编者据《锦绣万花谷》前集卷五收入。

按：此诗非杨蟠句，实出自米芾《望海楼》："云间铁瓮近青天，缥缈飞楼百尺连。三峡江声流笔底，六朝帆影落尊前。几番画角催红日，无事沧洲起白烟。忽忆赏心何处是，春风秋月两茫然。"②（《全宋诗》编者据《宝晋英光集》补遗收入）宋祝穆《方舆胜览》卷三、宋王象之《舆地纪胜》卷七、明曹学佺编《石仓历代诗选》卷一四六、明李贤等《大明一统志》卷一一、明李蓘编《宋艺圃集》卷一四、明杨慎《升庵集》卷五六诸书皆将此诗归入米芾名下。

---

① 傅璇琮等主编：《全宋诗》第 18 册，北京大学出版社，1998，第 12278 页。
② 傅璇琮等主编：《全宋诗》第 18 册，北京大学出版社，1998，第 12278 页。

陈襄

朱腾云博士论文《〈全宋诗〉重出误收研究》指出谢雨《三井庙》实为陈襄《寄谢三井山祷雨二首》，无名氏《金华山人》实为陈襄《金华山人》。张如安《〈全宋诗〉订补稿》一书指出陈襄名下《句》"西风斜日鲈鱼香"实出自陈尧佐《吴江》诗。又陈襄《冬至日独游吉祥寺》三首与苏轼《冬至日独游吉祥寺》《吉祥寺僧求阁名》《后十余日复至》重出，参本书相关章节考证。除此之外，陈襄名下还有如下诸诗与他人重出：

1.《观海》

　　天柱支南极，蓬山压巨鳌。云崩石道险，潮落海门高。客馆闻鼍鼓，秋风忆蟹螯。倚栏望乡墅，千里楚江皋。

见《全宋诗》卷四一三陈襄，《全宋诗》编者据《古灵先生文集》卷四收入。此诗又见《全宋诗》卷三九三蔡襄，题为"游灵峰院龙龛山"，仅"倚栏"作"凭栏"、"乡墅"作"乡树"几字异，《全宋诗》编者据《蔡忠惠诗集全编》卷下之上收入。

按：此诗归属存疑。宋梁克家《淳熙三山志》卷三五、宋王象之《舆地纪胜》卷一二八等书皆将此诗归入蔡襄名下，而万历《福州府志》卷二、明黄仲昭《八闽通志》卷七五诸书却将此诗归入陈襄名下。

2.《李侍郎修路》

　　路余百里两山间，水驿山程总不安。谁把千金平滑磴，免教一叶委惊滩。行人感叹何时已，贤守功名百世看。次第吾闽都似掌，却嗤蜀道号泥盘。

见《全宋诗》卷四一六陈襄，《全宋诗》编者据宋王象之《舆地纪胜》卷一二九《福建路·建宁府》收入。此诗又见《全宋诗》卷二八七〇陈褎，仅"滑磴"作"滑蹬"一字不同，《全宋诗》编者据宋王象之《舆地纪胜》卷一二九《福建路·建宁府》收入。

按：《全宋诗》编者据同一书将此诗分系两人名下，不知何故。查李勇先校点之《舆地纪胜》，此诗实系于陈衮名下①，《全宋诗》作"陈褎"，恐非。又康熙《建宁府志》卷之四二收宋代李訧《修驿路记》，该文亦将此诗归于陈衮名下，参李訧《修驿路记》："仆来建且一年，津步告覆舟者不一，虽屡禁止戒谕，而人心奔逐莫遏。一日，有过客今奏院陈公衮诗见访云：'路余百里两山间，水驿山程总不安……。'"②

韩维

陈新等《全宋诗订补》一书指出韩维《句》其四实出自谢朓《和徐都曹出新亭渚》。又《全宋诗》编者已指出韩维名下《答圣俞设脍示客》《和彦猷在华亭赋十题依韵·柘湖》等二十八首诗与赵湘名下诸诗重出，这些诗皆当为韩维诗。又张如安《〈全宋诗〉订补稿》指出韩维名《句》其二实出自韩维《和安国天钵拈香》。又韩维《早登襄城之龙山呈曼叔》《与林大夫谢灵寿杖》分别与刘敞《早发襄城之龙山呈曼叔》、朱翌《与林大夫谢灵寿杖》重出，参本书相关章节考证。除此之外，韩维名下还有以下诸诗与他人重出：

1.《谒孔先生》

月出高树枝，影动酒樽处。树深月色薄，稍以灯火助。主人喜我过，斟酌亦云屡。于时幸无累，所谈非近务。凉风自远生，清景澹吾虑。方期西山秋，历览陪杖屦。

见《全宋诗》卷四一七韩维，《全宋诗》编者根据《南阳集》卷一收入。这首诗又重见于《全宋诗》卷二〇二狄遵度，题同，仅"远生"作"远至"、"澹吾"作"淡吾"几字异，《全宋诗》编者根据明李蓘《宋艺圃集》卷一二收入。

按：孔先生为孔旼（字宁极），为韩维友人，两人关系密切。参宋范公偁《过庭录》："持国（指韩维）守许，孔居郊，常具车马邀致郡治之养真庵，同衾促膝，快论人间事，久而复归。"③韩维集中有多首与其唱和之作，如《送孔先生还山》

---

① 王象之著，李勇先校点：《舆地纪胜校点》，四川大学出版社，2005，第4094页。
② 张琦等修，南平市地方志编纂委员会整理：《康熙建宁府志》，福建省地图出版社，2018，第775页。
③ 吴文治主编：《宋诗话全编（第三册）》，江苏古籍出版社，1998，第3303页。

《孔先生以仙长老山水略录见约同游作诗答之》《和十侄喜象之来饮兼简龙阳孔先生》等诗。且宋吕祖谦《宋文鉴》卷一七亦将此诗归入韩维名下。据此来看，此诗当为韩维诗。

2.《江亭晚眺》

　　　　日下崦嵫外，秋生沅砀间。清江无限好，白马不胜闲。雨过云收族，天空月上弯。归鞍侵调角，回首六朝山。

见《全宋诗》卷四二三韩维，《全宋诗》编者根据《南阳集》卷七收入。这首诗又重见于《全宋诗》卷五五二王安石，题同，"白马"作"白鸟"、"族"作"岭"等几字异，《全宋诗》编者根据《临川先生文集》卷一五收入。

按：此诗当为王安石诗。宋李壁《王荆公诗注》卷二四、南宋龙舒本《王文公文集》卷六七、明嘉靖何迁本《临川先生文集》卷十五皆收录此诗。又《御定佩文斋咏物诗选》卷二〇、《御制佩文韵府》卷十五之一、《御选宋金元明四朝诗》卷三六、《宋诗钞》卷一九诸书皆将此诗置入王安石名下。且韩维《南阳集》今仅存明清抄本，四库本《南阳集》载馆臣跋语云："其集刊版久佚，藏书家转相缮录，讹脱颇多，第三十卷与附录一卷尤颠舛参差，几不可读。盖（宋代）沈晦作跋之时，已云文字舛驳，不可是正。今流传又四五百载，其愈谬也固宜矣。"①

3.《初春吏隐堂作》

　　　　微风稍破冻，芳萌亦吐林。百鸟感春阳，钩辀弄其音。……人生本虚静，垢浊无自侵。忽为外物牵，至性不可寻。于焉得所监，一洗尘中心。

见《全宋诗》卷四一七韩维，《全宋诗》编者根据《南阳集》卷一收入。这首诗又重见于《全宋诗》卷一九三三胡铨，题为"吏隐堂"，仅"稍破"作"稍披"一字异，《全宋诗》编者根据《永乐大典》卷七二三九收入。

按：此诗归属存疑。

---

① 纪昀总纂：《四库全书总目提要》，河北人民出版社，2000，第3969页。

4.《雪》

屏翳驱云结夜阴，素华飘堕恶氛沉。色欺曹国麻衣浅，寒入荆王翠被深。天上明河银作水，海中仙树玉成林。日高独拥鹴裘卧，谁乞长安取酒金。

见《全宋诗》卷四二三韩维，《全宋诗》编者根据《南阳集》卷七收入。这首诗又重见于《全宋诗》卷一八二胡宿，题同，仅"华飘堕"作"花飘坠"、"成林"作"为林"几字异，《全宋诗》编者根据《文恭集》卷四收入。

按：明李蓘《宋艺圃集》卷一、清王士禛《带经堂诗话》卷九皆将此诗归入宋胡宿名下。又金元好问《唐诗鼓吹》卷八将此诗置入唐末胡宿名下，但一般认为此胡宿实为宋胡宿，四库馆臣对此已有辨证，参《文恭集》提要："金元好问选《唐诗鼓吹》，误编入宿诗二十余首，说者遂以为唐末之人，爵里未详。今考好问所录诸诗，大半在《文恭集》内。"① 陈尚君《〈全唐诗〉误收诗考》亦认为《唐诗鼓吹》有误，此胡宿实为宋人胡文恭。据此来看，此诗当非韩维诗，作胡宿诗似更可靠。

5.《题余山人壁》

一室闭香林，萧然物外心。棋声敲月重，屐齿印苔深。竹径茶烟细，山园锻树阴。会当逃世网，尘事缔朋簪。

见《全宋诗》卷四二三韩维，《全宋诗》编者根据《南阳集》卷七收入。这首诗又重见于《全宋诗》卷一八〇胡宿，题为"余山人居"，仅"香林"作"春林"、"竹径"作"竹阁"、"尘事"作"来此"几字异，《全宋诗》编者根据《文恭集》卷二收入。

按：陈新等编《全宋诗订补》一书谓此诗归属难定②。但宋佚名《锦绣万花谷》前集卷二五、宋陈景沂《全芳备祖》后集卷十二（程杰、王三毛点校本）皆引"棋声敲月重，屐齿印苔深"作韩维句，又明彭大翼《山堂肆考》卷二〇三、清编《御定渊鉴类函》卷四一〇皆引"屐齿印苔深"作韩维句，且胡宿原集已佚，其现

---

① 纪昀总纂：《四库全书总目提要》，河北人民出版社，2000，第3935页。
② 陈新等：《全宋诗订补》，大象出版社，2005，第104页。

存《文恭集》乃清四库馆臣从《永乐大典》辑得，故此诗非胡宿诗，当为韩维诗。

6.《水阁》

约略横云岛，栏干瞰玉渊。雨汀翘睡鹭，风树咽嘶蝉。绿发莓苔地，红衣菡萏天。夜深三弄笛，月在钓鱼船。

见《全宋诗》卷四二三韩维，《全宋诗》编者根据《南阳集》卷七收入。这首诗又重见于《全宋诗》卷一八〇胡宿，题为"水馆"，仅"约略"作"略彴"、"夜深"作"夜凉"几字异，《全宋诗》编者根据《文恭集》卷二收入。

按：宋陈景沂《全芳备祖》后集卷一二（程杰、王三毛点校本）引"绿发莓苔地，红衣菡萏天"作韩维诗。且胡宿原集已佚，其现存《文恭集》乃清四库馆臣从《永乐大典》辑得，故此诗非胡宿所作，当为韩维诗。

7.《润州》

雄风摇碧绿，画角吊黄昏。一带分江记，双峰点海门。

见《全宋诗》卷四三〇韩维，《全宋诗》编者根据宋《锦绣万花谷》前集卷五收入。

按：此诗句又见胡宿《文恭集》卷二《登润州城》："城壁起山根，楼梯易黯魂。雄风摇碧浸，画角吊黄昏。一带分江纪，双峰点海门。东方瞻宰树，秋色暝前村。"[1]但宋祝穆《方舆胜览》卷三、宋王象之《舆地纪胜》卷七、明李贤等《大明一统志》卷十一、明张莱《京口三山志》卷一诸书皆引"一带分江记，双峰点海门"置入韩维名下，又胡宿原集已佚，其现存《文恭集》乃清四库馆臣从《永乐大典》辑得，故胡宿《登润州城》实可能为韩维诗。

8.《金山寺》

宝势中流起，香园此布金。鸽栖秋殿冷，龙伏夜潭深。水鸟衔生食，江神听梵音。

见《全宋诗》卷四三〇韩维，《全宋诗》编者根据宋王象之《舆地纪胜》卷七《两浙西路·镇江府》收入。

---

[1] 傅璇琮等主编：《全宋诗》第4册，北京大学出版社，1991，第2071页。

按:此诗句又见胡宿《文恭集》卷二《金山寺》:"宝势中流起,香园此布金。鸽栖金殿冷,龙伏夜潭深。水鸟衔生食,江神听梵音。上方聊送目,天幕杳森阴。"[1]明张莱《京口三山志》卷四、明陈仁锡《无梦园初集》干集一皆将此诗句置入韩维名下。又胡宿原集已佚,其现存《文恭集》乃清四库馆臣从《永乐大典》辑得,故胡宿《金山寺》实亦有可能为韩维诗。

文同

陈新等《全宋诗订补》一书指出文同《句》其三实出自晁补之《赠文潜甥杨克一学文与可画竹求诗》。王开春《林之奇诗辨伪——兼论〈拙斋文集〉的版本源流》一文也指出林之奇名下《属疾梧轩》《新晴山月》《村居》分别为文同名下《属疾梧轩》《新晴山月》《村居》诗。朱腾云博士论文《〈全宋诗〉重出误收研究》也指出强至《送知府吴龙图》实为文同《送知府吴龙图》,李石《过永寿县》实为文同《过永寿县》,袁说友《善颂堂》实为文同《江原张景通善颂堂》。除此之外,文同名下还有如下诸诗与他人重出:

1.《彭山县君居》

公馆静寥寥,园亭景物饶。溪光明短彴,树影荫危谯。山鸟忽双下,池鱼时一跳。主人王事简,文酒日逍遥。

见《全宋诗》卷四三八文同,《全宋诗》编者据《丹渊集》卷八收入。此诗又见《全宋诗》卷一九八七李石,题为"天彭行县",内容全同,《全宋诗》编者据《方舟集》卷三收入。

按:宋祝穆《方舆胜览》卷五三、明周复俊《全蜀艺文志》卷五、清陈焯撰《宋元诗会》卷一七诸书皆将此诗置入文同名下。又文同《丹渊集》今存明万历本,《全宋诗》所收文同诗即以明万历三十八年吴一标刻《陈眉公先生订正丹渊集》为底本著录。而李石原集已佚,其现存《方舟集》乃清四库馆臣据《永乐大典》辑得。综上判断,此诗当为文同诗。

---

[1] 傅璇琮等主编:《全宋诗》第4册,北京大学出版社,1991,第2067页。

2.《游石门诗》

凌城走马过花村，先玩玉盆到石门。细想张良烧断处，岩前伫立欲销魂。

见《全宋诗》卷四五一文同，《全宋诗》编者据清光朝魁道光《褒城县志》卷八收入。此诗又见《全宋诗》卷二六五九安丙，题为"游石门"，仅"凌城"作"凌晨"、"到"作"次"、"岩前"作"岩间"等几字异，《全宋诗》编者据清陆增祥《八琼室金石补正》卷二〇收入。

按：此诗当为安丙诗。参蔡东洲、胡宁著《安丙研究》："顺治《汉中府志》卷六作《玉盆》，道光《褒城县志》卷八作《游石门诗》，皆以之为北宋文同之作，其源于王象之《舆地纪胜》卷一八三有云：'白玉盆，在褒水中，大石光白，其中窾然可实五斗。文与可刻诗其上。'与可，文同之字。北京大学古籍所整理的《全宋诗》和胡问涛《文同全集编年校注》以《玉盆》为题收载之。据陶喻之先生依据拓片认定，此诗实系安丙之作。诗刻在兴元府褒城县北石门道上。"①

第九册

刘敞

陈新等《全宋诗订补》指出刘敞《种萱》与刘敞《萱花》诗重出，又刘敞名下《句》其八乃出自刘敞诗《榴花洞》。张如安《〈全宋诗〉订补稿》一书也指出刘敞名下《笋》《自恩平还题嵩台宋隆馆》与他人诗重出，当皆非其诗；又刘敞名下《句》其十出自刘敛《寄橙与献臣》、刘敞名下《句》其十五出自苏轼《中秋月寄子由三首》其二。周小山《〈全宋诗〉重出误收诗丛考》一文指出刘敞名下《诗一首》实出自刘敞《读杂说小书》。曹海花《〈全宋诗〉重出举例》一文也指出刘敞《曲水台竹间默坐》与刘敞《曲水台》诗重出。《北京大学中国古文献研究中心集刊（第7辑）》载《〈全宋诗·欧阳修诗〉补正》

---

① 蔡东洲、胡宁：《安丙研究》，巴蜀书社，2004，第258页。

一文已指出欧阳修名下《戏刘原甫》与刘敞《戏作二首》重出，此当为欧阳修诗。又朱腾云博士论文《〈全宋诗〉重出误收研究》指出刘敞《樱桃》实出自刘敞《樱桃花开留徐二饮》，刘敞《芍药》实出自刘敞排律《芍药》，刘敞《句》其一一又见刘攽《黄橙寄黄翁》，宋祁《种竹》实出自刘敞《劝思弟于南轩种竹》，刘敞《桐花》诗实为唐白居易《云居寺孤桐》。又王开春《林之奇诗辨伪——兼论〈拙斋文集〉的版本源流》亦指出林之奇《示张直温》《朝乘》实为刘敞《示张直温》《朝乘》。又刘敞名下多诗与刘攽诗重出，参下文刘攽重出考辨。又梅尧臣《鸡冠花》实为刘敞《鸡冠花》，刘敞《代书寄鸭脚子于都下亲友》实为梅尧臣《代书寄鸭脚子于都下亲友》，刘敞《桃花三首》其三实为释道潜《次韵伯言明发登西楼望桃花》其二诗，参本书相关章节考证。除此之外，刘敞集中还有如下一些诗句与他人重出：

1.《今古路》

出门道路多，纵横不可测。我今欲远行，须问曾行客……勉哉自勉哉，前去难云适。不获见杨朱，万古凝愁魄。

见《全宋诗》卷四六六，《全宋诗》编者据刘敞《公是集》卷六收入。此诗又见《全宋诗》卷五一二司马光，题为"今古路行"，仅"不可"作"不我"、"借问"作"咨问"、"今何往"作"君何往"等几字异，《全宋诗》编者据陈本《司马文正公传家集》卷五收入。

按：此诗归属存疑。宋吕祖谦《宋文鉴》卷一六作刘敞诗。但宋祝穆《古今事文类聚续集》卷三及宋陈思《两宋名贤小集》卷六四皆将此诗归入刘攽名下。

2.《早发襄城之龙山呈曼叔》

乌啼斋前树，促驾吾当西。朝从良友别，夕赴幽人期。方以会合喜，敢曰道路疲。予懵昧时利，百事弃不为。惟有好贤心，未愧缁衣诗。

见《全宋诗》卷四七五刘敞，《全宋诗》编者据刘敞《公是集》卷一五收入。此诗又见《全宋诗》卷四一八韩维，题为"早登襄城之龙山呈曼叔"，内容全同，《全宋诗》编者据韩维《南阳集》卷二收入。

按：此诗乃韩维诗，曼叔即孙永，他与韩维同里，韩维集中与其唱和之作达三四十首之多。该诗作于庆历六年（1046），时孙永任汝州襄城尉，韩维自许昌前去拜访，韩维诗《同曼叔游菩提寺》《同曼叔游高阳山》《和曼叔灵树相别》《朝发灵树寄曼叔师厚》《发襄城寄曼叔》当皆为此时唱和之作[①]。

3.《乏酒》

摇落偏悲客，清寒易中人。寂寥那自守，淡泊亦殊真。浮俗仍皆醉，虚谈浪饮醇。高歌傲燕市，忽忆重千钧。

见《全宋诗》卷四七九刘敞，《全宋诗》编者据刘敞《公是集》卷一九收入。此诗又见《全宋诗》卷二三四七喻良能，题同，内容全同，《全宋诗》编者据喻良能《香山集》卷六收入。

按：《香山集》卷六此诗前一首诗为《重九会饮爱山堂》："闲居爱重九，赊酒对黄花。"即言其无酒事，这与《乏酒》诗正相照应，故此诗似当为喻良能诗。

4.《答钟元达觅藕栽二首》

红妆翠盖出污涂，水面风吹醉欲扶。自是凌波有仙种，文君莫讶茂陵姝。（其一）

渐点青钱浮水面，犹将素节混泥沙。送君百顷风潭上，莫笑元非十丈花。（其二）

见《全宋诗》卷四八八刘敞，《全宋诗》编者据刘敞《公是集》卷二八收入。此诗又见《全宋诗》卷二八〇六刘宰，题同，仅"元非"作"原非"一字异，《全宋诗》编者据刘宰《漫塘集》卷一收入。

按：钟元达即钟颖，刘宰集中还有多首与其唱和之作，参刘宰《送钟元达赴余杭》《送钟元达倅濠》。钟颖生于1160年，逝于1233年，为南宋时人，而刘敞逝于1068年，为北宋时人，故两人当无交往，此诗当为刘宰诗。

5.《迎春花》

华省当时绿鬓郎，金樽美酒醉红芳。今日对花不成饮，春愁已与

[①] 邵梅：《韩绛韩维事迹著作编年》，杭州师范大学2011年硕士论文，第18页。

草俱长。

见《全宋诗》卷四九〇刘敞，《全宋诗》编者据宋陈景沂《全芳备祖》前集卷二〇收入。此诗又见《全宋诗》卷四九六王珪，题为"失题（其一）"，内容全同，《全宋诗》编者据王珪《华阳集》卷一七收入。

按：此诗为王珪诗。四库本宋陈景沂《全芳备祖》前集卷二〇此诗下并未署名，《全宋诗》编者认为该诗当是承前诗省名（前诗为刘敞诗），此判断当有误。据程杰、王三毛点校《全芳备祖》，此诗实署名为王岐公，王岐公即王珪，其人曾封岐国公[①]。

6.《句》其六

城角日高人寂寞，小庭行遍拾桐花。

见《全宋诗》卷四九〇刘敞，《全宋诗》编者据宋陈景沂《全芳备祖》前集卷一九收入。

按："人寂寞"实为"人寂寂"。据程杰、王三毛点校《全芳备祖》，此句八千卷楼本、碧琳琅馆本、汲古阁本、四库本《全芳备祖》均署作刘原父（即刘敞），而日藏刻本《全芳备祖》署作刘圻父，因《全芳备祖》辑刘圻父诗多条，校注者判断此句亦当为刘圻父（即刘子寰）诗[②]，此判断实正确无误。其实，此句乃出自刘子寰《建宁郡斋》："鸣禽依约似山家，只欠园林好物华。城角日高春寂寂，小庭行遍拾桐花。"[③]

王珪

《全宋诗》编者指出王珪《句》其五又见郑獬《春尽二首》之二。陈新等《全宋诗订补》指出《全宋诗》编者所辑王珪《句》其一、《句》其七皆属误辑当删。张如安《〈全宋诗〉订补稿》也指出，《全宋诗》编者据《岁时广记》辑得王曾《皇帝阁立春帖子》诗一首及十二联残句，这十二联残句皆出自王珪帖子

[①] 陈景沂著，程杰、王三毛点校：《全芳备祖》，浙江古籍出版社，2014，第451页。
[②] 陈景沂著，程杰、王三毛点校：《全芳备祖》，浙江古籍出版社，2014，第419页。
[③] 傅璇琮等主编：《全宋诗》第59册，北京大学出版社，1998，第36812页。

词，王曾《皇帝阁立春帖子》亦与王珪诗《立春内中帖子词皇帝阁》相同，王曾名下这些诗皆当删去，当属误辑。张如安《〈全宋诗〉订补稿》一书又指出《全宋诗》编者所辑王珪《句》其二亦属误辑当删；刘敞名下的《迎春花》与王珪《失题》其一重出，此当为王珪诗。又宋业春《张耒诗文真伪考辨》一文指出王珪名下《登海州楼》《登悬瓠城感吴季子》《金陵怀古二首（其二）》与张耒诗《登海州城楼》《登悬瓠城感吴李事》《金陵怀古》重出，此三诗当皆为张耒诗。又浦江清《花蕊夫人宫词考证》一文指出唐花蕊夫人名下《宫词》与王珪《宫词》三二至六七重出，此36首诗皆当为王珪诗。又王传龙等《王珪〈华阳集〉的误收、辑佚与流传》一文已指出王安石《李花》实出自王珪《和梅圣俞感李花》，王安石《次韵王禹玉平戎庆捷》《和金陵怀古》实为王珪《依韵和蔡枢密岷洮恢复部落迎降》《金陵怀古二首（其一）》，郑獬《寄程公辟》《送程公辟给事出守会稽兼集贤殿修撰》《奉诏赴琼林苑燕饯太尉潞国文公出镇西都》《送公辟给事自青州致政归吴中》实为王珪《寄公辟》《送程公辟给事出守会稽兼集贤殿修撰》《奉诏赴琼林苑燕饯太尉潞国文公出镇西都》《送公辟给事自州致政归吴中》，又王珪名下《和敬叔弟七月十二夜胡伯恭园池对月即事之作》《挽贡南漪三首》《挽董澜溪二首》《挽胡信芳上舍二首》《挽吴止水》《挽潘昌朝》《挽吴大社》《挽钱公起》《挽董儒仲二首》《莫京甫知事有台椽之辟赋诗识别二首》《胡则大学正满秩趋京赋诗为赠》《访别成献甫经历时新拜西台御史之命二首》《次胡则大赋雪韵》《又次韵》《刘损斋主簿见示游广教和刘朔斋诗次韵》《送汪叔志赴平江州同知》皆为元代王圭诗。除此之外，王珪名下还有如下一些诗句与他人重出：

1.《白鹭亭》

白鹭敞西轩，栋宇穷爽垲。……清兴虽自发，苦嗜亦吾累。鱼龙凭夜涛，四面忽滂湃。安得犀灯然，煌煌发水怪。

见《全宋诗》卷四九一，《全宋诗》编者据《华阳集》卷一收入。此诗又见《全宋诗》卷一八七王琪，题为"秋日白鹭亭向夕有感"，仅"栋宇"作"檐宇"、"联环"作"连环"、"汀鹤"作"汀鹭"等几字异，《全宋诗》编者据《漫园小稿》收入。

按：此诗为王琪诗。宋吕祖谦《宋文鉴》卷一五、宋陈思《两宋名贤小集》卷五七、宋王象之《舆地纪胜》卷一七、宋周应合《景定建康志》卷二二、清陈焯《宋元诗会》卷一五、清厉鹗《宋诗纪事》卷一一诸书皆将此诗归入王琪名下。而王珪《华阳集》乃清四库馆臣从《永乐大典》辑成，这就有可能造成误收他人之作。又刘敞有《和王待制新作白鹭亭（在金陵）七言十韵》，王待制疑即为王琪，王琪字君玉，王珪从兄。其人曾以龙图阁待制知润州，徙知江宁。该白鹭亭诗似当为王琪徙知江宁时作。

2.《皇帝冬至御大庆殿举第一盏酒奏庆云之曲》

乾坤顺夷，皇有嘉德。爰施庆云，承日五色。轮囷下垂，万物皆饰。维天祚休，长被无极。

见《全宋诗》卷四九一，《全宋诗》编者据《华阳集》卷一收入。此诗又见《全宋诗》卷三七三三郊庙朝会歌辞，题为"熙宁中朝会三首·皇帝初举酒用《庆云》"。仅"下垂"作"下乘"、"维天"作"惟天"、"长被"作"长彼"几字异，《全宋诗》编者据《宋史》卷一三八《乐志第一三》收入。

按：宋代郊庙朝会歌辞共一千六百余首，这些歌辞皆未署作者名姓，但一般由皇帝亲撰或分命大臣与两制儒馆之士撰述，此诗乃熙宁三年冬撰，时王珪拜参知政事，当有可能出自其手。

3.《皇帝冬至御大庆殿举第二盏酒奏嘉禾之曲》

太平之符，昭发众瑞。爰有嘉禾，异陇合穗。大田如云，既获既刈。野人愉愉，不亦有岁。

见《全宋诗》卷四九一，《全宋诗》编者据《华阳集》卷一收入。此诗又见《全宋诗》卷三七三五郊庙朝会歌辞，题为"朝会·其二"，仅"异陇"作"异垅"一字异，《全宋诗》编者据《宋会要辑稿》乐七之八收入。

按：此诗见于四库本王珪《华阳集》卷六。作于治平四年（1067），当为王珪所作。

司马光

陈新等《全宋诗订补》指出《全宋诗》编者所辑司马光名下《句》其二、其三、其一〇、其一一皆属误辑当删。张如安《〈全宋诗〉订补稿》也指出司马光名下《留别东郡诸僚友》与梅挚《留别东郡诸僚友》诗重出，此当为司马光诗。《北京大学中国古文献研究中心集刊（第7辑）》载王岚《〈全宋诗·欧阳修诗〉补正》一文指出司马光名下《次韵谢杜祁公借观五老图》与欧阳修《借观五老诗次韵为谢》重出，此当为欧阳修诗。《北京大学中国古文献研究中心集刊（第8辑）》载《全宋诗册一及册六补正》指出司马光名下《又和秋怀》与范镇《秋怀答司马君实》诗重出，此当为司马光诗。金程宇《东亚汉文化圈中的〈日本刀歌〉》一文指出司马光诗《和君倚日本刀歌》与欧阳修《日本刀歌》重出，此诗作司马光诗较可靠。又李裕民《〈全宋诗〉辨误》一文也指出范纯仁名下《望日示康广宏》与司马光《望日示康广宏》诗重出，此诗当为司马光诗。

又朱腾云《〈全宋诗〉重出误收研究》博士论文指出司马光《赠邵尧夫》与司马光《别一章改韵同五诗呈尧夫》重出，司马光《又和秋怀》实为范镇《秋怀答司马君实》，文彦博《宿独乐园诘朝将归》实是司马光《其夕宿独乐园诘朝将归赋诗》。又司马光《今古路行》与刘敞《今古路》重出，司马光《和潞公行及白马寺得留守相公书云名园例惜好花以候同赏诗二章》与范纯仁《文潞公谢事归洛二首》重出，参本书相关章节考辨。除此之外，司马光名下还有以下诸诗与他人重出：

1.《题杨中正供奉洗心堂》

阀阅盛山西，朱门飐载衣。雅知名教乐，深笑宴游非。一室琴书隘，三年园圃稀。异时论事业，肯复让轻肥。

见《全宋诗》卷五〇三，《全宋诗》编者据司马光《温国文正司马公文集》卷七收入。此诗又见《全宋诗》卷一三一七吕天策，题为"为杨中正供奉题"，内容全同，《全宋诗》编者据《永乐大典》卷七二四〇收入。

按：司马光诗下自注"崇勋之孙"，指杨中正为杨崇勋孙。《四部丛刊初编》

所收司马光《温国文正公文集》为影宋绍兴二年刘峤刻本，该本卷一至卷四、卷七七至卷八〇原阙，此八卷配明弘治十八年卢雍抄本补齐①。司马光此诗见四部丛刊《温国文正公文集》卷七，源于宋刻。从版本学角度看，此诗当为司马光诗。

2.《送兴宗之丹阳》

赤日裂后土，万家如烘炉。君行何事役，似为贫所驱。埃尘稍去眼，云景日萧疏。扁舟乘长风，倏忽变三吴。六年羁旅倦，一旦谁扫除。慎勿忘回首，浩荡江山娱。

见《全宋诗》卷四九九司马光，《全宋诗》编者据司马光《温国文正司马公文集》卷三收入。此诗又见《全宋诗》卷六〇二刘攽，题作"送邵兴宗之丹阳"，仅"后土"作"石土"、"云景"作"雪景"、"倏忽变"作"倏忽遍"几字异，《全宋诗》编者据刘攽《彭城集》卷五收入。

按：此诗当为司马光诗。邵兴宗即邵亢，司马光集中与其唱和之作有十余首之多，而刘攽集中只有此首诗涉及邵亢。《司马温公集编年笺注》谓此诗乃皇祐三年司马光试馆阁校勘、同知太常礼院时作②。又，刘攽原集已佚，其现存集子乃清四库馆臣据《永乐大典》辑出，而司马光集传承有序，从版本学角度看，此诗为司马光诗亦较可靠。

3.《李花》

嘉李繁相倚，园林淡泊春。齐纨剪衣薄，吴纻下机新。色与晴光乱，香和露气匀。望中皆玉树，环堵不为贫。

见《全宋诗》卷五〇四司马光，《全宋诗》编者据司马光《温国文正司马公文集》卷八收入。此诗又见《全宋诗》卷三五七三董嗣杲，题为"李花二首（其二）"，内容全同，《全宋诗》编者据影印《诗渊》第2册第1173页收入。

按：此为司马光诗，诗见四库本司马光《传家集》卷十一。司马光诗下自注"得韵同前"，查《传家集》卷十一这首诗前一首司马光《小园晚饮》，亦正

---

① 傅璇琮等主编：《中国古代诗文名著提要（宋代卷）》，河北教育出版社，2009，第102页。
② 李之亮笺注：《司马温公集编年笺注》，巴蜀书社，2009，第120页。

是押上平十一真韵。宋陈景沂《全芳备祖》前集卷九、宋陈思《两宋名贤小集》卷四四及宋祝穆《古今事文类聚》后集卷三一皆谓此诗乃司马光诗。又司马光此诗见四部丛刊《温国文正公文集》卷八，该诗源于宋刻，从版本学角度看，此诗亦当为司马光诗。

4.《和聂之美重游东郡二首》其一

跃马津亭未几何，宦游容易十年过。飘飘空似随流梗，寂寞犹为挂壁梭。西岭应余当日翠，南湖真减几分波。输君尚得飞征盖，重向春园听旧歌。

见《全宋诗》卷五〇五司马光，《全宋诗》编者据司马光《温国文正司马公文集》卷九收入。此诗又见《全宋诗》卷一六四五赵鼎，题为"和聂之美重游东郡"，仅"真减"作"直减"、"春园"作"东园"几字异，《全宋诗》编者据明石禄正德《大名府志》卷十收入。

按：此诗为司马光诗。聂之美乃聂希甫，是司马光的表兄弟。司马光诗集中尚有多首与其唱和诗，如《都下秋怀呈聂之美》《别聂之美》《鄜州怀聂之美》《九日怀聂之美》等。聂之美当与司马光（1019—1086）为同时代的人，因司马光诗《之美举进士寓京师此诗寄之》作于庆历五年（1045）[①]，故聂之美举进士亦当在1045年左右。而赵鼎生卒年为（1085—1147），且其为1106年进士。据此来看，聂之美当与赵鼎无交往，故此诗不可能为赵鼎诗。

5.《光诗首句云饱食复闲眠又成二章·闲眠》

秋怀一事无，暑尽昼凉初。竹户静长闭，藜床安有余。逍遥化胡蝶，容易入华胥。天上多官府，神仙恐不如。

见《全宋诗》卷五一〇司马光，《全宋诗》编者据司马光《温国文正司马公文集》卷一四收入。此诗又见《全宋诗》卷一八一四王之道，题为"闲眠二首（其二）"，仅"胡蝶"作"蝴蝶"一字异，《全宋诗》编者据《相山集》卷八收入。

---

① 李之亮笺注：《司马温公集编年笺注》，巴蜀书社，2009，第373页。

按：此诗乃司马光诗。司马光诗第一首"龟肠本易足，熊掌讵宜贪。散步竹斋外，高吟柳径南"云云，正言其饱食。第二首"竹户静长闭，藜床安有余。逍遥化胡蝶，容易入华胥"云云，正言其闲眠。王之道《闲眠二首》其一："乍暖经行久，新凉出浴初。酒酣春昼永，食饱午钟余。我懒喜聊复，君闲应乐胥。年来苦奔走，此味竟何如。"言其春天酒足饭饱事，而《闲眠二首》其二言其秋天事，颇不相类，第二首当非其所作。又司马光此诗见四部丛刊《温国文正公文集》卷一四，该诗源于宋刻。而王之道诗原本已佚，其集乃清四库馆臣从《永乐大典》辑出，这就有可能造成误收他人之作。

6.《又和上元日游南园赏梅花》

梅簇荒台自可羞，相君爱赏忘宵游。未言美实调羹味，且荐清香泛酒瓯。

见《全宋诗》卷五一一司马光，《全宋诗》编者据司马光《温国文正司马公文集》卷一五收入。此诗又见《全宋诗》卷一二七四司马槱，题为"和上元日游南园赏梅花"，仅"调羹"作"和羹"一字异，《全宋诗》编者据宋蒲积中《古今岁时杂咏》卷八收入。

按：据徐敏霞校点《古今岁时杂咏》可知，四库本《古今岁时杂咏》卷八此诗并未收入司马槱名下，而是在司马光名下；明抄本《古今岁时杂咏》卷八此诗两见，一署司马光诗，一署司马槱诗[①]。因司马光此诗见四部丛刊《温国文正公文集》卷十五，该诗源于宋刻，从版本学角度看，此诗亦当为司马光诗。

7.《句》其六

初时被目为迁叟，近日蒙呼作隐人。

见《全宋诗》卷五一二司马光，《全宋诗》据宋黄彻《䂬溪诗话》卷九收入。

按：此非司马光佚句，乃出自唐白居易《迁叟》："一辞魏阙就商宾，散地闲居八九春。初时被目为迁叟，近日蒙呼作隐人。冷暖俗情谙世路，是非闲论任交亲。应须绳墨机关外，安置疏愚钝滞身。"[②]

[①] 蒲积中编，徐敏霞校点：《古今岁时杂咏》，辽宁教育出版社，1998，第540页。
[②] 中华书局点校：《全唐诗》第14册，中华书局，1980，第5175页。

许抗

李裕民《〈全宋诗〉辨误》一文认为许杭《咏麻姑山》实为许抗《麻姑山》。除此之外，许抗名下还有如下一诗与他人重出：

《读唐中兴颂》

周雅久不复，楚骚方独鸣。淫哇弄气态，□我潇湘清。二公好奇古，大节□时□。□崖勒唐颂，字字琼□英。□云借体势，水石生光精。浯溪僻□地，自尔闻正声。□传□□夏，孰赓燕然铭。弦歌入商鲁，永与人鬼听。江流或可竭，此文如日星。

见《全宋诗》卷五一四许抗，《全宋诗》编者据清王昶《金石萃编》卷一三二收入。此诗又见《全宋诗》卷三七七九吴杭，题为"磨崖颂"，仅"□我"作"污我"、"节□时□"作"笔时纵横"等几字异，《全宋诗》编者据清万在衡嘉庆《祁阳县志》卷五收入。此诗又见《全宋诗》卷七八一毛杭，题为"读唐中兴颂"，仅"□我"作"污我"、"□崖"作"磨崖"等几字异，《全宋诗》编者据清王昶《金石萃编》卷一三二收入。

按：此诗因该诗作者石刻不清，故《全宋诗》编者据清王昶《金石萃编》同一书将此诗分系许抗、毛杭名下。朱腾云博士论文《〈全宋诗〉重出误收研究》指出许抗、毛杭皆为吴杭之讹，此诗当为吴杭作[①]。但曾国荃等撰《湖南通志》卷二七五却认为此诗磨崖石刻作者实为毛抗，《浯溪新志》作吴杭误。清陆心源《宋诗纪事补遗》卷一八亦认为此诗当为毛抗诗，《浯溪新志》作吴杭误。今修《祁阳县志》[②]亦谓此诗当为毛抗作，旧志或作吴沆、或作吴杭，把姓名都写错了。综上分析，此诗当为毛抗作。

滕元发

朱腾云博士论文《〈全宋诗〉重出误收研究》指出黄庭坚《结客》实为滕

[①] 朱腾云：《〈全宋诗〉重出误收研究》，河南大学 2011 年博士论文，第 30 页。
[②]《祁阳县志》编纂委员会：《祁阳县志》，社会科学文献出版社，1993，第 491 页。

元发《结客》。又滕元发《寄越州范希文太守》与滕宗谅《寄会稽范希文》重出，参本书相关章节考证。除此之外，滕元发名下还有如下一诗句与他人重出：

《句》其四

野色更无山隔断，天光直与水相连。

见《全宋诗》卷五一八滕元发，《全宋诗》编者据宋周紫芝《竹坡诗话》收入。

按：此非滕元发句，全诗见郑獬《月波楼》："古壕凿出明月背，楼角飞来兔影中。野色更无山隔断，天光直与水相通。溪藏画舫青纹接，人住荷花碧玉丛。谁把金鱼破清暑，晚云深处待归风。"①（诗见四库本郑獬《郧溪集》卷二七）宋潘自牧《记纂渊海》卷九、宋王象之《舆地纪胜》卷三及宋祝穆《方舆胜览》卷三皆将此诗归入郑獬名下。《杜诗详注》亦谓："朱彝尊曰：'此（即"野色更无山隔断，天光直与水相通"诗句）乃宋人郑獬诗，张氏误引杜句。'"②

第十册

王安石

陈新等《全宋诗订补》、张如安《〈全宋诗〉订补稿》、汤江浩《北宋临川王氏家族及文学考论：以王安石为中心》、王岚《〈全宋诗·欧阳修诗〉补正》、阮堂明《〈全宋诗〉王安石卷辨正》、朱腾云《〈全宋诗〉重出误收研究》等论著已指出王安石名下《江邻几邀观三馆书画》《汝瘿和王仲仪》《三月十日韩子华招饮归城》《送王郎中知江阴》《和叔才岸傍古庙》《次韵再游城西李园》《送致政朱郎中东归》《鸥》《奉使道中寄育王山长老常坦》《次韵王禹玉平戎庆捷》《寄程给事》《和金陵怀古》《寄慎伯筠》《天童山溪上》《赠陈君景初》《勿去草》《杭州呈胜之》《龙泉寺石井二首》《初晴》《送河间晁寺丞》《送程公辟得谢归姑苏》《嘲叔孙通》《南浦》《岁晚》《竹里》《春江》《和圣俞农具诗十五首·田漏》《将赴

---

① 傅璇琮等主编：《全宋诗》第 10 册，北京大学出版社，1998，第 6864 页。
② 仇兆鳌：《杜诗详注》，中华书局，1979，第 2099 页。

南徐任游茅山有作》《江亭晚眺》《题回峰寺诗》诸诗与他人重出；又王安石名下《桑》出自文同《采桑》、王安石《海棠》出自王禹偁《商山海棠》、王安石《李花》出自王珪《和梅圣俞感李花》、王安石《石竹花》出自林逋《山舍小轩有石竹二丛哄然秀发因成二章其一》、王安石《杂咏》出自刘敞《临昆亭》；又王安石名下佚句"大木百围生远籁，朱弦三叹有遗音"、"浥霜火齐累累熟，嘤露金苞冉冉香"、"内史文章只废台"、"爆竹惊邻鬼"、"人生万事反覆多，道路后先能几何"皆属误辑当删。又申振民《〈全宋诗〉误收重出考辨及补遗》一文指出宋宁宗《题马远踏歌图》实为王安石《秋兴有感》。又王开春《林之奇诗辨伪——兼论〈拙斋文集〉的版本源流》一文指出林之奇《杂咏》实为王安石《杂咏三首》其一。又姜高威《〈全宋诗〉之胡仲弓诗重出考辨》一文指出胡仲弓《梦黄吉甫》实为王安石《梦黄吉甫》。又，王安石《同应之登大宋陂》与张耒《同应之登大宋陂》重出，王安石《太白岭》、《别和甫赴南徐》、《次韵和张仲通见寄三绝句》其一与宋高宗《赐刘能真三首》其二、《崇恩显义院五首》其二、《题马远画册五首》其三重出，参本书相关章节考证。又，王安石名下还有多诗与王令诗重出，参下文王令重出考辨。除此之外，王安石名下还有以下诸诗句与他人重出：

1.《跋黄鲁直画》

  江南黄鹄飞满野，徐熙画此何为者。百年幅纸无所直，公每玩之常在把。

  见《全宋诗》卷五四〇，《全宋诗》编者据《临川先生文集》三收入。此诗又见《全宋诗》卷一三六八葛胜仲，题同，仅"黄鹄"作"黄鹢"一字异，《全宋诗》编者据《丹阳集》卷二二收入。

  按：此为王安石诗。宋李壁注《王荆公诗注》卷四、南宋龙舒本《王文公文集》卷五〇、明嘉靖何迁本《临川先生文集》卷三皆收录此诗，宋孙绍远编《声画集》卷八亦将此诗置入王安石名下。且葛胜仲原集已佚，其现存《丹阳集》乃清四库馆臣据《永乐大典》辑得，这就有可能造成误收他人之作。

2.《次韵游山门寺望文脊山》

宣城百山间，文脊尤奇峰。拔出飞鸟上，图画难为容。闻昔有幽人，扪萝追赤松。遗形此古室，孤坐鹿裘重。人去逸不反，洞壑空藏龙。侧行苍崖烟，俯仰求灵踪。游者如可得，甘弃万户封。安能久尘土，倾倒相迎逢。

见《全宋诗》卷五四八，《全宋诗》编者据《临川先生文集》卷一一收入。此诗又见《全宋诗》卷二六三吴季野，题为"游山门寺望文脊山"，仅"图画"作"画图"、"古室"作"石室"、"不反"作"不返"、"游者如"作"逝者追"几字异，《全宋诗》编者据明陈俊万历《宁国府志》卷一二收入。

按：梅尧臣有同韵之作。参梅尧臣《次韵和吴季野游山寺登望文脊山》："楚客好山水，五月上高峰。峰顶望文脊，草树皆有容。身既近猿鸟，心欲追乔松。石壁出云背，苔磴千万重。下视霹雳飞，忽起枯株龙。却还僧居宿，暮践樵子踪。作诗留粉墙，削槁为我封。美璞世未识，独令和氏逢。"[①] 寿勇《考〈临川先生文集〉误收欧阳修诗一首》据梅尧臣此作，认为该诗当为吴季野诗[②]。但宋人间往往同韵唱酬，此次"望文脊山"诗作唱酬很有可能由吴季野发起，梅尧臣、王安石加入。据王安石《次韵吴季野题岳上人澄心亭》《酬吴季野见寄》及梅尧臣《次韵和吴季野题岳上人澄心亭》《依韵和季野见招》《吴季野话抚州潜心阁》诸作，他们三人当多次同韵唱酬。又宋李壁注《王荆公诗注》卷一六、明嘉靖何迁本《临川先生文集》卷一一皆收录此诗，吴季野此诗见于万历《宁国府志》，从版本上看，此诗为王安石作的可能性更大，吴季野原唱有可能佚失。

3.《还家》

还家岂不乐，生事未应闲。朝日已复出，征鞍方更攀。伤心百道水，阂目万重山。何以忘羁旅，翛然醉梦间。

见《全宋诗》卷五五二，《全宋诗》编者据《临川先生文集》卷一五收入。此诗又见《全宋诗》卷六八七蒋之奇，题为"游慧山"，仅"复出"作"复去"、

---

① 傅璇琮等主编：《全宋诗》第5册，北京大学出版社，1998，第3140页。
② 寿勇：《考〈临川先生文集〉误收欧阳修诗一首》，《中国典籍与文化》2007年第3期，第103页。

"阁目"作"阅目"等几字异,《全宋诗》编者据《毗陵志》收入。

按：宋李壁注《王荆公诗注》卷二四、明嘉靖何迁本《临川先生文集》卷一五皆收录此诗，又宋周应合撰《景定建康志》卷三七亦将此诗置入王安石名下。又据该诗诗意，此诗应是还家之作，非游山玩水之作也，故此诗恐非蒋之奇所作，当为王安石诗。

4.《每见王太丞邑事甚冗而剸剧之暇犹能过访山馆兼出佳篇为赠仰叹才力因成小诗》

我看繁讼频搔首，君富才明见亦常。尚有闲襟寻水石，更留佳句似池塘。松苗地合分高下，兔鹤天教有短长。徐上青云犹未晚，可无音问及沧浪。

见《全宋诗》卷五六二,《全宋诗》编者据《临川先生文集》卷二五收入。此诗又见《全宋诗》卷九〇五彭汝砺，题为"简王大丞"，仅"繁讼"作"繁剧"、"富才明见亦常"作"赋才名亦异常"、"更留佳句似"作"更当佳句梦"、"地合"作"自合"几字异，《全宋诗》编者据宋陈思《两宋名贤小集》卷一一三收入。

按：王太丞实为浮梁人，王安石此诗同卷有《王浮梁太丞之听讼轩有水禽三巢于竹林之上恬而自得邑人作诗以美之因次元韵》，可证此诗当为王安石诗。且宋李壁注《王荆公诗注》卷三九、南宋龙舒本《王文公文集》卷六七、明嘉靖何迁本《临川先生文集》卷二五皆收录此诗，宋潘自牧《记纂渊海》卷五六亦将此诗置入王安石名下。

5.《梦长》

梦长随永漏，吟苦杂疏钟。动盖荷风劲，沾裳菊露浓。

见《全宋诗》卷五六三,《全宋诗》编者据《临川先生文集》卷二六收入。此诗又见《全宋诗》卷七四六王安礼，内容全同,《全宋诗》编者据《王魏公集》卷一收入。

按：此诗实为回文诗，王安石该诗同卷共有四首回文诗。且宋李壁注《王荆公诗注》卷四〇、南宋龙舒本《王文公文集》卷七五、明嘉靖何迁本《临川先生文集》卷二六皆收录此诗，又宋陈应行编《吟窗杂录》卷三四下、宋桑世昌编《回文类聚》卷三皆将此诗归于王安石名下。又王安礼原集已佚，其现存《王魏公集》乃清四库馆臣据《永乐大典》辑得，故此诗当非王安礼诗，应为王安石诗。

6.《明堂乐章二首》

　　穆穆在堂，肃肃在庭。于显辟公，来相思成。神既歆止，有闻惟馨。锡我休嘉，燕及群生。（歆安之曲）

　　有奕明堂，万方时会。宗予圣考，作帝之配。乐酌虞典，礼从周制。厘事既成，于皇来墍。（皇帝还大次憩安之曲）

见《全宋诗》卷五七四，《全宋诗》编者据《临川先生文集》卷三八收入。此诗又见《全宋诗》卷三七二八郊庙朝会歌辞，题为"元符亲享明堂十一首（彻豆用《歆安》）""元符亲享明堂十一首（归大次用《憩安》）"，仅"惟馨"作"无声"、"宗予"作"宗子"、"周制"作"周志"、"来墍"作"来暨"几字异，《全宋诗》编者据《宋史》卷一三三《乐志第八》收入。

按：此两诗当为王安石所作。南宋龙舒本《王文公文集》卷三七、明嘉靖何迁本《临川先生文集》卷三八皆收录此诗，又宋吕祖谦编《宋文鉴》卷一二将此两诗置入王安石名下。《全宋诗》编者据《宋史》及《宋会要辑稿》诸书收有一千六百余首郊庙朝会歌辞，这些诗皆未署名，其中有很多重出诗，比如杨亿名下《太常乐章三十首》《又七首》《正冬御殿上寿乐章八首》诸诗皆与之重出。但据《全宋诗》体例，这些重出诗应当并存。

7.《寄国清处谦》

　　三江风浪隔天台，想见当时赋咏才。近有高僧飞锡去，更无余事出山来。猿猱历历窥香火，日月纷纷付劫灰。我欲相期谈实相，东林何必谢刘雷。

见《全宋诗》卷五七五，《全宋诗》编者据张元济影印季振宜旧本《王荆文公诗李雁湖笺注》卷三七收入。此诗又见《全宋诗》卷七七赵湘，题同，内容全同，《全宋诗》编者据宋林师蒇《天台续集》卷下收入。

按：宋李壁注《王荆公诗注》卷三七、南宋龙舒本《王文公文集》卷六〇皆收录此诗,又宋李刘《四六标准》卷九将此诗置入王安石名下。释处谦(1011—1075),俗姓潘,永嘉人,字终倩,赐号神悟。师事神照,熙宁八年示寂,世寿六十五。而赵湘生于959年,逝于993年,故赵湘不可能与处谦有交往,此诗当非其所作,应为王安石诗。

8.《句》其二

浓绿万枝红一点,动人春色不须多。

见《全宋诗》卷五七七,《全宋诗》编者据宋赵令畤《侯鲭录》卷三收入。

按:此诗句归属在宋代即争论不休,归属难定。有人谓唐人诗,宋曾慥《类说》卷四七:"唐人诗云:'万绿枝头红一点,动人春色不须多。'不记作者名氏。王荆公亲书此两句于扇上,或为荆公自作,非也。"[①] 宋人《墨客挥犀》卷一〇:"唐人诗云:'嫩绿枝头红一点,动人春色不须多。'不记作者名字。邓元孚待制曾见舒王(即王安石)亲书此两句于所持扇上,或以为舒王自作,非也。"[②] 有人谓王安石诗,宋叶梦得《石林诗话》引此句作王安石诗,宋魏庆之《诗人玉屑》卷一七引《石林诗话》亦将此句归入王安石名下。又宋陈景沂《全芳备祖》前集卷二四、宋潘自牧《记纂渊海》卷九三、明彭大翼《山堂肆考》卷二百皆引《王直方诗话》作王安石诗。又有人谓王安国诗,百川学海本宋周紫芝《竹坡诗话》:"荆公诗如'繁绿万枝红一点,动人春色不须多'、'春色恼人眠不得,月移花影上栏干'等篇,皆平父诗,非荆公诗也。"

冯京

《句》其五

尘埃掉臂离长陌,琴酒和云入旧山。

见《全宋诗》卷五七八冯京,《全宋诗》编者据宋罗大经《鹤林玉露》乙编卷四收入。

按:此非冯京句,全诗见王安石《寄石鼓寺陈伯庸》:"鲸海无风白日闲,

[①] 曾慥编纂,王汝涛校注:《类说校注》,福建人民出版社,1986,第1409页。
[②] 彭某辑撰,孔凡礼点校:《墨客挥犀》,中华书局,2002,第400页。

天门当面险难攀。尘埃掉臂离长陌,琴酒和云入旧山。仁义未饶轩冕贵,功名莫信鬼神悭。郭东一点英雄气,时伴君心夜斗间。"①《寄石鼓寺陈伯庸》见王安石《临川先生文集》卷二五,又见宋李壁注《王荆公诗注》卷三八,该诗渊源有自。而"《鹤林玉露》:十六卷。南宋罗大经撰。是一部读书札记性质的笔记著作,体例在语录和诗话之间。评诗论文,长于议论,而不以考证为能,所以援引典籍或叙见闻,时有失误之处。"②故此句实当为王安石诗。

郑獬

陈新等《全宋诗订补》指出《全宋诗》编者所辑录郑獬名下《句》其一、《句》其五属误辑当删;又《全宋诗》编者所辑郑獬名下《闵雨》诗与陆游《闵雨》诗重出,此为误辑当删;又郑獬名下《庄鹍辞海》实出自郑獬《行旅》诗。汤江浩《北宋临川王氏家族及文学考论:以王安石为中心》一书指出郑獬《雪晴》实为王安石《初晴》诗。阮堂明《〈全宋诗〉重出举隅辨考》一文也指出郑獬《梅花》实出自梅尧臣《依韵诸公寻灵济重台梅》。阮堂明《〈全宋诗〉误收金元明诗考》一文指出郑獬《檇李亭》与仇远《檇李亭》重出,此当为仇远诗。王宏生《〈全宋诗〉疏误小札》一文指出郑獬《酒寄郭祥正》与贾朝奉《白玉泉酒遗李端叔》重出,此当为郑獬诗。《北京大学中国古文献研究中心集刊(第12辑)》载《〈全宋诗〉杂考(四)》一文也指出郑獬《春日陪杨江宁宴感古作》《后阁四松》分别为唐人李白《春日陪杨江宁及诸官宴北湖感古作》及唐人郑澣《中书相公任兵部侍郎日后阁植四松逾数年澣忝此官因献拙什》。又郑獬名下四诗与王珪诗重出,参本书王珪诗重出考辨。除此之外,郑獬名下还有如下诸诗与他人重出:

1.《夜怀》

独倚青桐听鼓声,参旗历落上三更。凉风卷雨忽中断,明月背云还倒行。赖有清吟消意马,岂无美酒破愁城。是非人世何须校,方外曾师阮步兵。

---

① 傅璇琮等主编:《全宋诗》第10册,北京大学出版社,1998,第6670页。
② 梁章钜著,蒋凡校注:《〈三管诗话〉校注》,广西人民出版社,1996,第47页。

见《全宋诗》卷五八四郑獬,《全宋诗》编者据郑獬《郧溪集》卷二七收入。此诗又见《全宋诗》卷一二二杨亿,题为"独怀",仅"独倚"作"独依"、"须校"作"须较"等几字异,《全宋诗》编者据清厉鹗《宋诗纪事》卷六引《诗林万选》收入。

按:此诗归属存疑。郑獬《郧溪集》乃清四库馆臣从《永乐大典》《宋文鉴》《两宋名贤小集》中辑出,《诗林万选》乃宋末何新之所编,《郧溪集》并不一定比《诗林万选》可靠。

2.《雨夜怀唐安》

归心日夜逆江流,官柳三千忆蜀州。小阁帘栊频梦蝶,平湖烟水已盟鸥。萤依湿草同为旅,雨滴空阶别是愁。堪笑邦人不解事,区区犹借陆君留。

见《全宋诗》卷五八四郑獬,《全宋诗》编者据郑獬《郧溪集》卷二七收入。此诗又见《全宋诗》卷二一五七陆游,题同,内容全同,《全宋诗》编者据陆游《剑南诗稿》卷四收入。

按:此诗当为陆游诗。陆游《剑南诗稿》远比郑獬《郧溪集》可靠。又宋祝穆《方舆胜览》卷五二、明曹学佺《蜀中广记》卷七皆将此诗归入陆游名下。《陆游全集校注》谓此诗作于乾道九年秋,时陆游在嘉州[①]。

3.《赤壁》

帐前研案决大议,赤壁火船烧战旗。若使曹公忠汉室,周郎争敢破王师。

见《全宋诗》卷五八五郑獬,《全宋诗》编者据郑獬《郧溪集》卷二八收入。此诗又见《全宋诗》卷一五四王周,题同,仅"曹公"作"曹瞒"、"争敢"作"焉敢"几字异,《全宋诗》编者据《全唐诗外编》续补遗卷一四引《湖北通志》收入。

按:此诗归属存疑。陈尚君《〈全唐诗〉补遗六种札记》谓此诗恐非宋代

[①] 钱仲联、马亚中主编:《陆游全集校注》第1册,浙江教育出版社,2011,第251页。

王周所作，疑为明代同名之人所作①。

4.《采江》

　　江上云亭霁景鲜，画屏展尽一山川。迟迟欲去犹回首，目尽孤烟白鸟边。

见《全宋诗》卷五八五郑獬，《全宋诗》编者据郑獬《郧溪集》卷二八收入。此诗又见《全宋诗》卷三二三七释绍嵩，题为"散策（其二）"，内容全同，《全宋诗》编者据《亚愚江浙纪行集句诗》卷五收入。

按：当为释绍嵩诗。释绍嵩此诗题为《散策》其二，其实为集句诗，诗中注谓此四句分别出自李郏、张君量、司空晓、翁元广。"江上云亭霁景鲜"即出自唐代李郏《江亭春霁》（并非李郏诗，出处有误），"画屏展尽一山川"一句即出自张君量《游山七绝·千山观》。

5.《遣兴勉友人》

　　人生三万六千日，二万日中愁苦身。惟有无心消遣得，有心到了是痴人。

见《全宋诗》卷五八五郑獬，《全宋诗》编者据郑獬《郧溪集》卷二八收入。此诗又见《全宋诗》卷五一张咏，题同，内容全同，《全宋诗》编者据《乖崖先生文集》卷五收入。

按：诗见四库本张咏《乖崖集》卷五。张咏《乖崖集》今存南宋嘉定间郭森卿刻本，现藏上海博物馆，《续古逸丛书》据此影印。四库本张咏《乖崖集》亦为传写郭刻本②，张咏该诗源于宋刻。而郑獬《郧溪集》乃四库馆臣从《永乐大典》《宋文鉴》《两宋名贤小集》等书中辑出，从版本学角度看，此诗当为张咏诗。

6.《再赋如山》

　　小堂草草屋三间，暇日徜徉养寿闲。揭榜如山还自笑，何人不老

---

① 陈尚君：《〈全唐诗〉补遗六种札记》，载《中国古典文学丛考（第2辑）》，复旦大学出版社，1987，第96页。

② 傅璇琮等主编：《中国古代诗文名著提要（宋代卷）》，河北教育出版社，2009，第8页。

似青山。

见《全宋诗》卷五八五郑獬,《全宋诗》编者据郑獬《郧溪集》卷二八收入。此诗又见《全宋诗》卷二一四三姜特立,题同,内容全同,《全宋诗》编者据《梅山续稿》卷一二收入。

按:此诗为姜特立诗。"如山"乃姜特立在居处之西所建一小堂。见姜特立诗《余垂老于居之西偏营小堂面对南山一峰卓然榜曰如山盖取诗人意也》:"一峰高插丙丁间,南极星光伴我闲。不向仙君乞如愿,只从造物觅如山。"[①]姜特立咏《再赋如山》后,又作有一首《又赋如山》,此诗显为姜特立所作。

7.《送吴中复镇长沙》

初登西汉文章府,便领吴王第一州。绕郭白云衡岳近,满帆明月洞庭秋。

见《全宋诗》卷五八六郑獬,《全宋诗》编者据《永乐大典》卷五七七〇收入。此诗又见《全宋诗》卷三八二郭獬,题为"送吴中复守长沙",内容全同,《全宋诗》编者据《方舆胜览》卷二三收入。

按:宋谢维新《事类备要》后集卷七三、宋佚名《翰苑新书》前集卷五三、宋祝穆《方舆胜览》卷二三、清厉鹗《宋诗纪事》卷一八引《渊鉴类函》诸书皆将此诗归入郭獬名下,从版本学角度看,此诗为郭獬所作较可靠。

8.《紫花砚》

耕得紫玻璃,凿成天马蹄。润应通月窟,洗合就云溪。

见《全宋诗》卷五八六郑獬,《全宋诗》编者据宋高似孙《砚笺》收入。

按:此非郑獬诗,乃出自郑魁《端砚铭》:"仙翁种玉芝,耕得紫玻璃。磨出海鲸血,凿成天马蹄。润应通月窟,洗合就云溪。常恐魑魅夺,山行亦自携。"(《全宋诗》编者据宋何薳《春渚纪闻》卷九收入)[②]

---

① 傅璇琮等主编:《全宋诗》第38册,北京大学出版社,1998,第24167页。
② 傅璇琮等主编:《全宋诗》第71册,北京大学出版社,1998,第45048页。

第十一册

刘攽

陈新等《全宋诗订补》指出《全宋诗》编者所辑录刘攽名下《句》其二、其一一、其一五皆属误辑当删。张如安《〈全宋诗〉订补稿》一书谓刘攽诗《出长芦口》《上书行》与刘敞诗重出，此两诗当皆为刘攽所作；又谓刘攽诗《别茶娇》与刘敞诗《赠别长安妓蔡娇》同，当注明互见。又钱锺书《宋诗选注》指出梅尧臣诗《考试毕登铨楼》与刘攽《考试毕登铨楼》重出，此当为梅尧臣诗。又刘攽诗《新晴》其一与刘敞诗《绝句》重出，《全宋诗》编者谓此诗当为刘攽诗。又朱腾云博士论文《〈全宋诗〉重出误收研究》指出刘攽《题湛上人院画松》实为唐代刘商《与湛上人画松》；刘攽《引泉诗睦州龙兴观老君院作》实为唐陆龟蒙《引泉诗》；又刘攽《五月望日赴紫宸谒待旦假寐》《过王氏弟兄》《周节推移曹州》《黛陀石砚》与刘敞《五月望日赴紫宸谒待旦假寐》《过王氏弟兄》《周节推移曹州》《黛陀石马蹄砚》重出，此四诗归属存疑。又刘攽《送邵兴宗之丹阳》实为司马光《送邵兴宗之丹阳》诗，参本书相关章节考证。除此之外，刘攽名下还有如下一些诗句与他人重出：

1.《送王仲素寺丞归潜山名景纯》

潜山隐居七十四，绀瞳绿发初谢事。腹中灵液变丹砂，江山幽居连福地。彭城为我驻三日，明月满船同一醉。丹青细字口传诀，顾我沉迷真弃耳。来年四十发苍苍，始欲求方救憔悴。他年若访潜山居，慎勿逃人改名字。

见《全宋诗》卷六〇四刘攽，《全宋诗》编者据《彭城集》卷七收入。此诗又见《全宋诗》卷八五五苏辙，题为"赠致仕王景纯寺丞"，仅"隐居"作"隐君"、"江山"作"江上"、"我驻"作"我住"、"来年"作"年来"等几字异，《全宋诗》编者据《栾城集》卷七收入。

按：查慎行谓此诗当为苏辙诗，参四库本查慎行《苏诗补注》卷四九按语："先生守徐州，有《赠王仲素寺丞》五言古诗一首。时子由亦在徐，此篇乃同时作。

《栾城集》原题云'赠致仕王景纯寺丞'，是年为熙宁丁巳（1077），子由己卯生，故云'年来四十发苍苍'，其为子由作无疑。今驳正。"王仲素即王景纯，该诗作于熙宁十年（1077），时王景纯致仕，苏轼作《赠王仲素寺丞》，苏辙作此诗送其归里。又刘攽原集已佚，其现存《彭城集》乃清四库馆臣据《永乐大典》辑得，这可能是误收苏辙之作的原因。

2.《坐啸亭纳凉》

长啸振林木，半空鸾鹤声。清风苹末来，孤月海上生。坐久物色改，如有神仙迎。

见《全宋诗》卷六〇〇刘攽，《全宋诗》编者据《彭城集》卷三收入。此诗又见《全宋诗》卷四六七刘敞，题同，内容全同，《全宋诗》编者据刘敞《公是集》卷七收入。

按：吟咏啸亭之诗刘攽仅此一首，而刘敞还有《啸亭雨后》《啸亭纳凉》诸诗，故此诗似为刘敞所作。

3.《杂诗》其五

齐有梁丘据，晋有乐王鲋。据能爱晏婴，鲋欲残叔誉。二臣嬖两朝，事君为悦豫。……区区嬖幸徒，何忍就朋附。

见《全宋诗》卷六〇〇刘攽，《全宋诗》编者据《彭城集》卷三收入。此诗又见《全宋诗》卷四九〇刘敞，题为"杂诗"，仅"嬖幸"作"嬖倖"一字异，《全宋诗》编者据《两宋名贤小集·公是集》收入。

按：刘攽名下此诗题共有十首诗，皆咏古抒怀而发，且宋吕祖谦《宋文鉴》卷一七亦将此诗归入刘攽名下，故此诗恐非刘敞诗，似当为刘攽所作。

4.《颍州和永叔》

羁鸟能择木，游鱼知赴渊。飞沉岂异志，行止私自怜。玩世本无术，辟人庸得贤。卜居幸乐国，负郭依良田。心与地俱远，我徒共熙然。生涯亦何有，聊以忘吾年。

见《全宋诗》卷六〇三刘攽，《全宋诗》编者据《彭城集》卷六收入。此诗又见《全宋诗》卷四七〇刘敞，题为"初卜颍州城西新居"，仅"异志"作"异意"、"负郭"作"负廓"几字异,《全宋诗》编者据刘敞《公是集》卷一〇收入。

按:据嘉靖《颍州志》卷一九:"刘攽,字贡父。临江人,与兄敞同登科第。博学守道,累官屯田员外郎,充集贤校理。丧父时,欧阳文忠公守颍,攽往依之,相与赓咏。攽诗有曰:'羁鸟能择木,游鱼知赴渊。卜居幸乐国,负郭依良田。'"又明柳瑛《成化中都志》卷五、明李贤《大明一统志》卷七、明《寰宇通志》卷九及乾隆《江南通志》卷一七三亦谓此诗为刘攽诗,故此诗似当为刘攽诗。

5.《纳凉明教台》

台上井泉冰冷滑,城隅川色剑光芒。多惭薄领相宽假,全得南风一日凉。

见《全宋诗》卷六一五刘攽,《全宋诗》编者据《彭城集》卷一八收入。此诗又见《全宋诗》卷四八八刘敞,题为"纳凉明教台呈太守",仅"台上"作"台下"、"光芒"作"光铓"几字异,《全宋诗》编者据刘敞《公是集》卷二八收入。

按:据明李贤《大明一统志》卷一四:"明教台寺,在府(庐州府)治东,唐大历间建,内有铁佛像。"又据诗句"多惭薄领相宽假",该诗作者当在庐州为官。刘攽嘉祐二年(1057)至嘉祐五年(1060)为庐州观察推官[①],故此诗必为其所作。

6.《五月二首》其二

榻移随树影,杯侧见山岑。白鸟渴求水,玄蝉清噪林。道书无近语,天籁有遗音。向北新开径,行苔过竹阴。

见《全宋诗》卷六〇八刘攽,《全宋诗》编者据《彭城集》卷一一收入。此诗又见《全宋诗》卷四八二刘敞,题为"纳凉明教台呈太守",内容全同,《全宋诗》编者据刘敞《公是集》卷二二收入。

按:刘攽此诗题下实为两首诗,皆五月间事也。而刘敞诗题为"纳凉明教台(在庐州)呈太守",刘敞并不曾在庐州为官,此诗疑被后人误辑入刘敞集中,

---

① 葛付柳:《北宋新喻刘氏家族及其诗歌研究——以刘敞、刘攽为中心》,陕西师范大学2009年博士论文,第99页。

故此诗似当为刘攽作。

7.《重到谢氏园亭寄裴博士俊叔王主簿宗杰时裴往淮南王出京师》

徘徊远林下,幽草为谁芳。前日同游客,今朝俱异乡。东风虽淡荡,陈迹似凄凉。何用江千里,春心故易伤。

见《全宋诗》卷六〇九刘攽,《全宋诗》编者据《彭城集》卷一二收入。此诗又见《全宋诗》卷四七九刘敞,题同,内容全同,《全宋诗》编者据刘敞《公是集》卷一九收入。

按:刘攽《彭城集》卷一二此诗后还有一首《送裴太博》:"莱子头垂白,斑衣欢过人。官知为亲屈,禄足代家贫。归雁江南远,芳兰雪后新。仙舟兴不浅,致意越乡春。"又刘攽有诗《寄王宗杰》,显然,刘攽与裴博士、王宗杰多有交往,故此诗当为刘攽诗。

8.《雨后回文》

绿水池光冷,青苔砌色寒。竹幽啼鸟乱,庭暗落花残。

见《全宋诗》卷六一四刘攽,《全宋诗》编者据《彭城集》卷一七收入。此诗又见《全宋诗》卷四八七刘敞,题同,仅"竹幽"作"竹深"一字异,《全宋诗》编者据刘敞《公是集》卷二七收入。

按:此诗似为刘攽诗,因刘攽《彭城集》卷一七此首回文诗后,还有一首回文诗,即《旅舍不寐作回文四句》:"定云浮黑月,惊风触巢鸟。暝灯客单寝,短梦恨迟晓。"这两首回文诗内容相关,似作于同一时间。

9.《大安病酒留半日王守复来招不往送酒解醒因小饮江月馆》

江驿春醒半日留,更烦送酒为扶头。柳花漠漠嘉陵岸,别是天涯一段愁。

见《全宋诗》卷六一六刘攽,《全宋诗》编者据《永乐大典》卷一三一三收入。此诗又见《全宋诗》卷二一五六陆游,题同,内容全同,《全宋诗》编者据《剑南诗稿》卷三收入。

按:此诗为陆游诗。宋王象之《舆地纪胜》卷一九一及宋祝穆《方舆胜览》卷六八皆谓此诗乃陆游诗。宋宋伯仁《远访友人不值留集句小绝》亦引"别是天涯一段愁"作陆游诗,参其诗:"寒食花枝插满头(范成大),长亭搔首晚悠悠(郑毅夫)。灞陵老子无人识(王奇),别是天涯一段愁(陆游)。"① 陆游《上巳小饮追忆乾道中尝以是日病酒留三泉江月亭凄然有感》:"零落残花一两枝,绿阴庭院燕差池。隔墙笑语鞦韆散,惆怅三泉驿里时。"② 陆游此诗正追忆《大安病酒留半日王守复来招不往送酒解醒因小饮江月馆》诗,两诗可互参。《陆游全集校注》谓此诗作于乾道八年春③。

10.《双桥道中寒堪》

　　裂面霜风快似镰,重重裘袴晚仍添。梅当官道香撩客,山逼篮舆翠入帘。男子坐为衣食役,年光当向道途淹。古来共说还家乐,岂独全躯畏楚□。

见《全宋诗》卷六一六刘攽,《全宋诗》编者据影印《诗渊》第 3 册第 2212 页收入。又见《全宋诗》卷二一六三陆游,题为"双桥道中寒甚",仅"当向"作"常向"、"楚□"作"楚钳"几字异,《全宋诗》编者据《剑南诗稿》卷一〇收入。

按:此当为陆游诗。据《陆游全集校注》,陆游此诗作于淳熙五年十月赴闽途经诸暨时④。双桥即在诸暨县。《剑南诗稿》卷一〇此诗前后有《适闽》《大雨中离三山宿天章寺》《赠枫桥化城院老僧》《行牌头奴寨之间皆建炎末避贼所经也》《早发奴寨》诸诗,皆当年陆游赴闽途中所作也。又《剑南诗稿》也比影印《诗渊》可靠得多。

11.《澄心堂纸》

　　当时百金售一幅,澄心堂中千万轴。后人闻名宁复得,就令得之当不识。

见《全宋诗》卷六一六刘攽,《全宋诗》编者据宋胡仔《苕溪渔隐丛话》

---

① 傅璇琮等主编:《全宋诗》第 61 册,北京大学出版社,1998,第 38179 页。
② 傅璇琮等主编:《全宋诗》第 39 册,北京大学出版社,1998,第 24856 页。
③ 钱仲联、马亚中主编:《陆游全集校注》第 1 册,浙江教育出版社,2011,第 177 页。
④ 钱仲联、马亚中主编:《陆游全集校注》第 2 册,浙江教育出版社,2011,第 227 页。

前集卷三〇引《王直方诗话》收入。

按：此诗并非刘攽诗，乃出自刘敞《去年得澄心堂纸甚惜之辄为一轴邀永叔诸君各赋一篇仍各自书藏以为玩故先以七言题其首》："六朝文物江南多，江南君臣玉树歌。擘笺弄翰春风里，斫冰析玉作宫纸。当时百金售一幅，澄心堂中千万轴。摛辞欲卷东海波，乘兴未尽南山竹。……后人闻名宁复得，就令得之当不识。君能赋此哀江南，写示千秋永无极。"①据欧阳修《和刘原父澄心纸》、韩维《奉同原甫赋澄心堂纸》、梅尧臣《依韵和永叔澄心堂纸答刘原甫》亦可知此诗必为刘敞原甫诗。

12.《句》其五

芜城此地远人寰，尽借江南万叠山。

《句》其六

水气横浮飞鸟外，岚光平堕酒杯间。

见《全宋诗》卷六一六刘攽，《全宋诗》编者据《舆地纪胜》卷三七《淮南东路·扬州》收入。

按：此两句非刘攽诗，此两句乃出自刘敞《游平山堂寄欧阳永叔内翰》："芜城此地远人寰，尽借江南万叠山。水气横浮飞鸟外，岚光平堕酒杯间。主人寄赏来何暮，游子销忧醉不还。无限秋风桂枝老，淮王先去可能攀。"②查《舆地纪胜》卷三七《淮南东路·扬州》，本书亦将这些诗句归于刘敞名下，又宋祝穆《方舆胜览》卷四四亦将此诗句归于刘敞名下，可知《全宋诗》编者误辑刘攽名下。

13.《句》其七

秋高千里月，暮景一帆风。

见《全宋诗》卷六一六刘攽，《全宋诗》编者据《舆地纪胜》卷四五《淮南西路·庐州》收入。

按：此句并非佚句，乃出自刘攽《送刘四畋二首》其二："肥水不能远，只

---

① 傅璇琮等主编：《全宋诗》第9册，北京大学出版社，1998，第5774页。
② 傅璇琮等主编：《全宋诗》第9册，北京大学出版社，1998，第5883页。

今行子东。高秋千里月,暮景一帆风。时节迎黄菊,汀洲下早鸿。江天多胜事,无术与君同。"①

释法演

《句》其一

檐声不断前旬雨,电影还连后夜雷。

见《全宋诗》卷六一九释法演,《全宋诗》编者据《五灯会元》卷一九收入。

按:此诗实出自唐齐己《春寄尚颜》:"含桃花谢杏花开,杜宇新啼燕子来。好事可能无分得,名山长似有人催。檐声未断前旬雨,电影还连后夜雷。心迹共师争几许,似人嫌处自迟回。"②但后世僧人偈颂多引用此诗句,如宋释如净《偈颂三十八首》其八:"檐声不断前旬雨,电影还连后夜雷。麦怕水侵秧怕冷,蚕桑犹要暖来催。众生没在苦,苍天良可哀。咄,杲日当空慧眼开。"③

释悟真

释悟真《偈五首》其三与释智愚《偈颂十七首》其一三、释云《偈颂二十九首》其一二、释慧开《颂古四十八首》其二七重出,参本书释慧开诗重出考证。除此之外,释悟真名下还有如下一诗与他人重出。

《偈五首》其二

三面狸奴脚踏月,两头白牯手拿烟。戴冠碧兔立庭柏,脱壳乌龟飞上天。

见《全宋诗》卷六一九释悟真,《全宋诗》编者据《五灯会元》卷一二收入。此诗又见《全宋诗》卷一六四九释安民,题为"偈二首(其二)",仅"脚踏月"作"手捉月"、"手拿烟"作"脚拿烟"几字异,《全宋诗》编者据《嘉泰普灯录》卷一四收入。

---

① 傅璇琮等主编:《全宋诗》第 11 册,北京大学出版社,1998,第 7221 页。
② 中华书局点校:《全唐诗》第 24 册,中华书局,1980,第 9568 页。
③ 傅璇琮等主编:《全宋诗》第 52 册,北京大学出版社,1998,第 32366 页。

按：宋赜藏主编《古尊宿语录》卷一九、明瞿汝稷编《指月录》卷二五、《嘉泰普灯录》卷三诸书皆将此诗归于释悟真名下。释安民诗改动几个字，当是佛子偈颂辗转引用。

范纯仁

陈新等《全宋诗订补》指出《全宋诗》编者所辑录范纯仁名下《句》其三属误辑当删。《北京大学中国古文献研究中心集刊(第7辑)》载王岚《〈全宋诗·欧阳修诗〉补正》一文指出范纯仁名下《寄西京张法曹》与欧阳修《寄西京张法曹》重出，此当为欧阳修诗。李裕民《〈全宋诗〉辨误》一文也指出范纯仁名下《望日示康广宏》与司马光《望日示康广宏》诗重出，此诗当为司马光诗。除此之外，范纯仁名下还有以下诸诗与他人重出：

1.《和吴仲庶龙图西园海棠》

丹萼翠叶竞夭浓，蜂蝶翩翩弄暖风。濯雨正疑宫锦烂，媚晴先夺晓霞红。芳菲剑外从来胜，欢赏天涯为尔同。却想乡关足尘土，只应能见画图中。

见《全宋诗》卷六二三范纯仁，《全宋诗》编者据《范忠宣公集》卷三收入。此诗又见《全宋诗》卷八四〇张冕，题为"西园海棠"，仅"夭浓"作"妖浓"、"翩翩"作"翻翻"、"芳菲"作"芬菲"几字异，《全宋诗》编者据宋陈思《海棠谱》卷中收入。

按：此诗乃范纯仁作。查四库本《海棠谱》卷中，此诗亦署名为范纯仁，《海棠谱》卷中此诗前一首诗才题名为学士张冕，盖《全宋诗》编者误判。宋《百川学海》本陈思《海棠谱》卷中此诗亦署名范纯仁诗。

2.《文潞公谢事归洛二首》

云汉成章湛露晞，都门宴饯羽觞飞。谢安不复东山起，争似阿衡得谢归。（其一）

相国东郊迓帝师，红幢交映碧参差。都人共喜安舆到，正是余花可惜时。（其二）

见《全宋诗》卷六二四范纯仁,《全宋诗》编者据《范忠宣公集》卷四收入。此诗又见《全宋诗》卷五一一司马光,题为"和潞公行及白马寺得留守相公书云名园例惜好花以俟同赏诗二章",仅"东山起"作"东山去"、"红幢"作"油幢"几字异,《全宋诗》编者据《温国文正司马公文集》卷一五收入。

按：此诗为司马光诗。据文彦博（即文潞公）原唱《行及白马寺捧留守相公康国韩公手翰且云名园例惜好花以俟同赏因成小诗》二首其一："公书苦惜春光晚,柳絮榆钱扑面飞。惟说名园绝奇品,留花未发待翁归。"及其二："去岁曾吟怨别诗,今春醉赏又参差。洛城虽是归来晚,趁得姚黄正发时。"[1]司马光此两诗正是和其所作。又司马光此诗见四部丛刊《温国文正公文集》卷一五,该诗源于宋刻,而范纯仁文集久已失传,元明时仅留残本,《范忠宣集》乃清康熙年间岁寒堂重刻本[2],从版本学角度看,此诗亦当为司马光诗。

3.《和郭昌朝寺丞见寄二首》

岷峨秀气入京华,鹏翼抟风势莫涯。昆玉照人呈美璞,楚兰芬畹擢新芽。朝廷迁陟先诸彦,闾里光荣在一家。不鄙义阳疲病守,肯来同醉岸乌纱。（其一）

言路再居无少补,护边三岁乏微勋。非才自合投闲地,竭节终期报圣君。老去年光流似水,病来世味薄如云。读书记一将忘十,少壮谁教不自勤。（其二）

见《全宋诗》卷六二四范纯仁,《全宋诗》编者据《范忠宣公集》卷四收入。此诗又见《全宋诗》卷一九九宋痒,题为"次韵范纯仁和郭昌朝寺丞见寄二首",仅"义阳"作"蒙阳"、"年光"作"风光"几字异,《全宋诗》编者据《元宪集》卷一三收入。

按：此诗当为范纯仁诗。诗"护边三岁乏微勋",指范纯仁知庆州事。"不鄙义阳疲病守",指纯仁在知庆州后知信阳军事（宋太平兴国元年,因避宋太宗赵光义讳,改义阳军为信阳军）。

---

[1] 傅璇琮等主编：《全宋诗》第6册,北京大学出版社,1998,第3525页。
[2] 傅璇琮等主编：《中国古代诗文名著提要（宋代卷）》,河北教育出版社,2009,第120页。

4.《卢通议挽词三首》

耆旧今多少，唯公景德人。家邻吴市卒，名重汉廷臣。路在犹耕月，门闲似送春。空堂余画像，仿佛旧精神。（其一）

教子生前贵，休官物外荣。去家金节重，开户玉棺轻。江水元如旧，松林长未成。只应山鸟恨，长向垅头鸣。（其二）

谁记先生事，声名五十年。素风人不及，阴德世相传。气与诗流合，官随子舍迁。门间迷故客，怅望白云天。（其三）

见《全宋诗》卷六二五范纯仁，《全宋诗》编者据《范忠宣公集》卷五收入。此诗又见《全宋诗》卷一〇四一毕仲游，题为"挽卢革通议三首"，仅"唯公"作"惟公"、"汉廷"作"汉庭"、"空堂余画像"作"才知图画好"、"仿佛"作"时见"、"去家"作"居家"、"恨"作"憾"、"诗流"作"名流"、"门间迷故客"作"阖门宾客散"等字异，《全宋诗》编者据《西台集》卷一九收入。

按：此诗归属存疑。

5.《句》其一

因随芳草行来远，为爱清波归去迟。

见《全宋诗》卷六二五范纯仁，《全宋诗》编者据宋李壁《王荆公诗笺注》卷四二《北山》注引收入。

按：此句非范纯仁所作，乃出自邵雍《月陂闲步》绝句："因随芳草行来远，为爱清波归去迟。独步独吟仍独坐，初凉天气未寒时。"[①]查宋李壁《王荆公诗笺注》卷四二《北山》注引，此句作尧夫诗，因范纯仁及邵雍皆字尧夫，《全宋诗》编者误辑范纯仁名下。

刘公弼

《句》

滩声来席上，亭影落溪中。

[①] 傅璇琮等主编：《全宋诗》第 7 册，北京大学出版社，1998，第 4582 页。

见《全宋诗》卷六二六刘公弼,《全宋诗》编者据《永乐大典》卷七八九二引《临汀志》收入。此句又见《全宋诗》卷三七七二刘弼《句》,内容全同,《全宋诗》编者据明邵有道嘉靖《汀州府志》卷九收入。

按:据《永乐大典》卷七八九二引《临汀志》之"东禅院":"长汀宰李存贤和云:'野云闲带雨,林木静无风。村落一溪外,民田四望中。'刘公弼和云:'滩声来席上,亭影落溪中。'"[①]嘉靖《汀州府志》卷九之"东禅寺":"宋长汀宰李存贤诗:'野云闲带雨,林木静无风。村落一溪外,民田四望中。'刘弼诗:'滩声来席上,亭影落溪中。'"[②]刘公弼与刘弼实当指同一人,且明黄仲昭修《八闽通志》卷七八亦将此诗归入刘弼名下,故此人似更有可能为刘弼,刘公弼中的"公"字有可能为敬称。《福建客家文学发展史》一书谓刘弼治平四年进士,龙溪县人,赠朝奉郎。

张思

《碧玉峡》

野迥方知天广大,身高更觉石岧峣。泉人试为平章看,胜绝何如透碧霄。

见《全宋诗》卷六二六张思,《全宋诗》编者据清怀荫布乾隆《泉州府志》卷七收入。此诗又见《全宋诗》卷二五〇四傅伯寿,题同,内容全同,《全宋诗》编者据清刘祐康熙《南安县志》卷一八收入。

按:明何乔远《闽书》卷八亦将此诗归于张思名下,此诗似更有可能为张思作。

王安国

陈新等《全宋诗订补》指出《全宋诗》编者所辑录王安国名下《句》其三、

---

① 解缙等:《永乐大典》(全新校勘珍藏本),大众文艺出版社,2009,第2343页。
② 邵有道、何云等:(嘉靖)《汀州府志》卷九,明嘉靖刻本。

其八、其一七、其一八皆属误辑当删；又《全宋诗》编者所辑录王安国名下诗《诗一首》乃王介《出知湖州》诗。又陈才智《〈题琵琶亭〉、〈送客西陵〉作者考》一文指出王安国名下《题琵琶亭》《送客西陵》实皆为吴处厚诗。汤江浩《北宋临川王氏家族及文学考论：以王安石为中心》一书亦指出王安石《杭州呈胜之》实为王安国《杭州呈胜之》。除此之外，王安国名下还有以下诸诗与他人重出：

1.《西湖春日》

争得才如杜牧之，试来湖上辄题诗。春烟寺院敲茶鼓，夕照楼台卓酒旗。浓吐杂芳薰嶺崿，湿飞双翠破涟漪。人间幸有蓑兼笠，且上渔舟作钓师。

见《全宋诗》卷六三一王安国，《全宋诗》编者据《两宋名贤小集》卷六一收入。此诗又见《全宋诗》卷一〇六林逋，题同，仅"茶鼓"作"斋鼓"一字异，《全宋诗》编者据《林和靖先生诗集》卷二收入。

按：宋潜说友《咸淳临安志》卷三三、明曹学佺编《石仓历代诗选》卷一三八皆将此诗归入林逋名下。《两宋名贤小集》卷六一、元方回编《瀛奎律髓》卷一〇、明李蓘编《宋艺圃集》卷七、明田汝成《西湖游览志余》卷一〇皆将该诗归入王安国名下。四库本清厉鹗《宋诗纪事》卷二四载马日琯按："以下二首（指《西湖春日》和《春阴》）误入林逋集。"

2.《春阴》

似雨非晴意思深，宿酲率率卧春阴。若怜燕子寒相并，生怕梨花晚不禁。薄薄帘帷欺欲透，遥遥歌管压来沉。北园南陌狂无数，只有芳菲会此心。

见《全宋诗》卷六三一王安国，《全宋诗》编者据《两宋名贤小集》卷六一收入。此诗又见《全宋诗》卷一〇六林逋，题同，仅"率卧"作"引卧"、"若怜"作"苦怜"、"帘帷"作"帘帏"几字异，《全宋诗》编者据《林和靖先生诗集》卷二收入。此诗又见《中州集》卷二刘彧名下，仅"卧春阴"作"泥重衾"、"帘帷"作"帘帏"、"遥遥"作"悠悠"、"北园南陌"作"南园北里"、"只有芳菲会"作"唯有芳菲识"等字异。

按：明李蓘编《宋艺圃集》卷一将此诗归入林逋名下。《两宋名贤小集》卷六一、《瀛奎律髓》卷一〇、明单宇《菊坡丛话》卷三、明曹学佺编《石仓历代诗选》卷一四三皆将该诗归入王安国名下。四库本清厉鹗《宋诗纪事》卷二四载马日琯按："以下二首（指《西湖春日》和《春阴》）误入林逋集。"

3.《池上春日》

一池春水绿于苔，水上花枝间竹开。芳草有时依旧长，文禽无事等闲来。年颜近老空多感，风雅含情愧不才。独有前人修禊在，荒亭终日此徘徊。

见《全宋诗》卷六三一王安国，《全宋诗》编者据《两宋名贤小集》卷六一收入。此诗又见《全宋诗》卷一〇六林逋，题同，仅"间竹"作"竹间"、"有时"作"得时"、"愧不才"作"苦不才"等几字异，《全宋诗》编者据《林和靖先生诗集》卷二收入。

按：《两宋名贤小集》卷六一、《瀛奎律髓》卷一〇、明曹学佺编《石仓历代诗选》卷一四三皆将该诗归入王安国名下。宋潜说友《咸淳临安志》卷九六、明李蓘编《宋艺圃集》卷一皆将此诗归入林逋名下。此诗归属存疑。

4.《句》其十二

平地风烟飞白鸟，半山云木卷苍藤。

见《全宋诗》卷六三一王安国，《全宋诗》编者据宋魏庆之《诗人玉屑》卷八收入。此句又见《全宋诗》卷六六〇陈知默，仅"飞"作"横"一字异，《全宋诗》编者据宋《王直方诗话》收入。此句又见《全宋诗》卷五九九徐信名下，仅"半山"作"半空"一字异，《全宋诗》编者据清张进贤康熙《保昌县志》卷四收入。

按：此非徐信诗句。宋曾慥及宋赵令畤皆认为此句为陈知默句，但宋人魏庆之引《遗珠》谓此句当非陈知默句，应是王安国句。四库本宋曾慥编《类说》卷一五及四库本宋赵令畤《侯鲭录》卷七皆云："欧阳文忠公晚年最喜陈知默诗，云恨不多记，但记其两联：一云'平地风烟横白鸟，半山云木卷苍藤'；一云'云埋山麓藏秋雨，叶落林梢带晚风'。"四库本宋魏庆之《诗人玉屑》卷八引《遗珠》:"岭下保昌县沙水村进士徐信,言东坡北归时,过其书斋,煮茗题壁,又书一帖云:尝见王平甫自负其《甘露寺》诗'平地风烟飞白鸟,半山云木卷苍藤'。余应之曰:精神全在'卷'字上,但恨'飞'字不称耳。平甫沉吟久之,请余易,余遂易之以'横'字,平甫叹服。大抵作诗当日煅月炼,非欲夸奇斗异,要当淘汰出合用字。此建中靖国元年正月三日甲子玉局老书,而赵德麟以为陈知默诗,东坡必不误矣。"

5.《句》其一一

半夜楼台浮海口,万家箫鼓递江风。

见《全宋诗》卷六三一王安国,《全宋诗》编者据《舆地纪胜》卷七《两浙西路·镇江府》收入。

按:此句与王令《忆润州葛使君》颔联类同,恐非王安国诗。参王令《忆润州葛使君》:"六朝游观委蒿蓬,想象当时事已空。半夜楼台横海日,万家箫鼓过江风。金山寺近尘埃绝,铁瓮城深气象雄。欲放船随明月去,应留闲暇待诗翁。"(《全宋诗》编者据《广陵集》卷一四收入)[①]

徐积

张如安《〈全宋诗〉订补稿》一书指出赵抃《上赵少师》实为徐积《上赵少师》。陈恒舒《〈永乐大典〉所涉宋诗资料丛考》一文指出黄裳《赠探花郎》实为徐积《赠探花郎》诗。又徐积与晁说之四诗重出,参本书相关章节考证。除此之外,徐积名下还有以下诸诗与他人重出:

1.《海棠花》

彼美花兮宜晚春,柔姿淑艳是何人。十分国色妆须淡,数点胭脂画未匀。带雨容开浑是恨,出墙头望恰如真。几时谪下蓬莱岛,霞污仙衣痕尚新。(其一)

一度相逢一度春,不知名姓是何人。十分国色妆须淡,数点胭脂

[①] 傅璇琮等主编:《全宋诗》第12册,北京大学出版社,1998,第8162页。

画未匀。好把东皇为上客，便堪宋玉作西邻。临卭道士今何在，说与唐宗是太真。(其二)

见《全宋诗》卷六五三徐积，《全宋诗》编者据《节孝先生文集》卷二一收入。此诗又见《全宋诗》卷二七三二曹彦约，题为"海棠"，仅"霞污"作"霞染"一字异，《全宋诗》编者据《昌谷集》卷三收入。

按：此诗当为徐积诗。徐积该诗下有序，曹彦约此诗下无序，参徐积诗序："海棠花盛于蜀中，而秦中者次之。……视其色如浅绛，而外英数点如深胭脂，此诗家所以为难状也。余少时尝为诗，属有以长春花示余者，因为长春诗。……"且徐积集中有多首《长春花》诗，此与该诗诗序可为互证。又《全宋诗》所收徐积诗乃以嘉靖刘祐刻《节孝集》为底本著录，而曹彦约原集已佚，其现存《昌谷集》乃清四库馆臣据《永乐大典》辑得，这就有可能造成误收他人之作。

2.《琼花歌》

春皇自厌花多红，欲得花颜如玉容。春皇青女深相得，先教敛与秋霜色。……唐家天子太平时，太真浴罢华清池。……世非红紫不入眼，此花何用求人知。诗人自与花相期，长告年年乞一枝。

见《全宋诗》卷六三四徐积，《全宋诗》编者据《节孝先生文集》卷二收入。此诗又见《全宋诗》卷三三九四韩似山，题为"聚八仙花歌赠江淮肥遁子"，此诗缺少"太真浴罢华清池"至"长告年年乞一枝"诸句，但多有"君不见扬州后土惜琼花"至"以告游子归去无匆匆"诸句，《全宋诗》编者据宋陈景沂《全芳备祖》前集卷五收入。

按：查程杰、王三毛点校之宋陈景沂《全芳备祖》前集卷五，此诗实亦归于徐节孝（即徐积）名下。其实，《全宋诗》编者所收韩似山《聚八仙花歌赠江淮肥遁子》实为两首诗，该诗自"春皇自厌花多红"至"唐家天子太平"句实出自徐积《琼花歌》，该诗自"君不见扬州后土惜琼花"至"以告游子归去无匆匆"才为韩似山《聚八仙花歌赠江淮肥遁子》诗。因《全芳备祖》前集卷五徐积《琼花歌》与韩似山《聚八仙花歌赠江淮肥遁子》前后排列，《全宋诗》编者将此两诗合并为一诗误辑入韩似山名下。

罗适

《崇教寺筠轩》

　　夜忆清轩上，都忘居会稽。秋声先在竹，月色最宜溪。银汉檐前直，玉绳天外低。何人倚栏槛，为听下庄鸡。

见《全宋诗》卷六六〇罗适，《全宋诗》编者据宋李庚《天台续集》卷中收入。此诗又见《全宋诗》卷一四三八左誉，题同，内容全同，《全宋诗》编者据宋李庚《天台续集》卷中收入。

按：《全宋诗》编者据同一书将此诗分系两人名下，实有误。查宋李庚《天台续集》卷中，此诗实归属罗适名下，此诗前一首诗为左誉《涤虑轩》诗，盖《全宋诗》编者误辑。宋陈耆卿纂《嘉定赤城志》卷二九亦将此诗归属于罗适名下。

第十二册

吕陶

王应《吕陶误收诗考》一文已指出吕陶名下《范才元参议求酒于延平使君邀予同赋谨次其韵》实为张元干诗，又吕陶名下《次韵分司南京李诚之待制求酒二首》实为苏辙《次韵分司南京李诚之待制求酒二首》。除此之外，吕陶名下还有如下一诗与他人重出：

《致政侍郎知郡学士赓和诗凡数篇谨用元韵寄呈知郡学士》

　　玉色诸儿馥若兰，彩衣想见日承颜。尘缨远濯沧浪水，燕几深居畏垒山。俗眼漫讥身察察，人情方喜志闲闲。夕阳归兴随飞鸟，真意无人语此还。

见《全宋诗》卷六六八吕陶，《全宋诗》编者据《净德集》卷三六收入。此诗又见《全宋诗》卷八九七彭汝砺，题同，仅"喜志"作"喜知"一字不同，《全宋诗》编者据《鄱阳集》卷四收入。

按：据诗题可知，此上平十五删韵诗该诗作者当作有多首。彭汝砺集中与此诗同韵之作有十余首,参其《和范学士韵》《和蜀公家居》《答蜀公奉酬》《寄致政侍郎》诸诗,故此诗当为彭汝砺作。其实,致政侍郎知郡学士当为范镇,此为彭汝砺与致仕家居许昌的范镇唱和之作。吕陶生于1108年,他不可能与逝于1089年的范镇唱和,故此诗定非其所作。王应《吕陶误收诗考》亦认为此诗为彭汝砺作。

石齐老

《天尊铜像》

赤土坡头一寺基,天尊元是一年尼。时难只得同香火,莫听闲人说是非。

见《全宋诗》卷六七一石齐老,《全宋诗》编者据宋王得臣《麈史》卷三收入。此诗又见《全宋诗》卷一八二五释道颜,题为"《颂古二十首》其六",仅"赤土坡头一"作"双剑峰前古"几字异,《全宋诗》编者据宋法应、元普会《颂古联珠通集》卷四收入。

按:此当为石齐老诗,佛子偈颂经常改动或者完全引用别人诗句。

杨杰

朱腾云博士论文《〈全宋诗〉重出误收研究》指出杨杰名下《句》其一属误辑当删,该句实出自杨填《郎官岩》。汤江浩《北宋临川王氏家族及文学考论:以王安石为中心》亦指出杨杰《勿去草》与王安石《勿去草》重出。除此之外,杨杰名下还有如下一些诗句与他人重出:

1.《潜山行》

昔年会稽探禹书,探得六甲开山图。图载潜南天柱山,上侵霄汉下渊泉。真人秘语世不传,但见绝顶蒙云烟。汉武射蛟浮九江,舳舻千里来枞阳。筑坛祈仙瞻杳茫,茂陵桧柏空青苍。石牛一卧叱不起,白鹿还归深洞里。二月灵鹤有时来,洞口桃花泛流水。

见《全宋诗》卷六七二杨杰,《全宋诗》编者据《无为集》卷三收入。此诗又见《全宋诗》卷一三八〇徐俯，题为"游潜峰二首（其一）"，仅"禹书"作"尚书"、"图载"作"载之"等几字异，《全宋诗》编者据《两宋名贤小集》卷一一四《东湖居士集》收入。

按：今中国国家图书馆藏有宋绍兴十三年（1143）杨杰的《无为集》刻本，该集卷三即载有这首《潜山行》，而徐俯此诗乃《全宋诗》编者据《两宋名贤小集》卷一一四收入，从版本学角度看，此诗当为杨杰诗。且徐俯此诗首句作"昔年会稽探尚书"，当有误，会稽禹穴出禹书，并未有出尚书一说。

2.《凌云行》

　　淮国耕钓夫，素嗜山川乐。补吏来盱江，潜解蓝绶缚。独上凌云亭，青梯入寥廓。万象富观览，面面峻岩壑。天风袭衣襟，彩霞半空落。仙家鸡犬鸣，惊起巢松鹤。胜游最后时，萍梗念飘泊。回首顾人间，红尘满城郭。

见《全宋诗》卷六七二杨杰，《全宋诗》编者据《无为集》卷三收入。此诗又见《全宋诗》卷九三四张商英，题同，仅"淮国"作"我本"、"山川"作"山水"、"云亭"作"云行"等几字异，《全宋诗》编者据清黄家驹《重刻麻姑山志》卷六收入。

按：今中国国家图书馆藏有宋绍兴十三年（1143）杨杰的《无为集》刻本，该集卷三即载有这首《凌云行》，而张商英此诗乃《全宋诗》编者据清黄家驹《重刻麻姑山志》卷六收入，从版本学角度看，此诗当为杨杰诗。明夏良胜《正德建昌府志》卷二亦将此诗归于杨杰名下。据诗"补吏来盱江"，该诗当是作者在盱江（南丰）为官时所作，而杨杰曾为南丰令，见四库本谢旻等修《江西通志》卷六二："杨杰，字次公，无为人。少有名于时，举进士，为南丰令。"故该诗当为杨杰所作。

3.《天台思古》

　　游人行尽天台路，山家杳杳知何处。惟有山前一派溪，落花依旧流春暮。

见《全宋诗》卷六七六杨杰，《全宋诗》编者据《无为集》卷七收入。此诗又见《全宋诗》卷七七赵湘，题同，仅"山家"作"仙家"一字异，《全宋诗》编者据宋林师蒇《天台续集》卷下收入。

按：今中国国家图书馆藏有宋绍兴十三年（1143）杨杰的《无为集》刻本，该集卷七即载有这首《天台思古》，而宋林师蒇《天台续集》成书于南宋嘉定年间（1208—1224年），从版本学角度看，此诗当为杨杰诗。宋王象之《舆地纪胜》卷一二、宋佚名《锦绣万花谷》续集卷四皆将此诗归入杨杰名下。

4.《龙鼻井》

漏尽鸡号厌夜行，年来小器溢瓶罂。弃官纵未归东海，罢郡犹能作水衡。幻色将空眼先暗，胜游无碍脚殊轻。空烦远致龙渊水，宁复临池似伯英。

见《全宋诗》卷六七七杨杰，《全宋诗》编者据《两宋名贤小集》卷八五收入。此诗又见《全宋诗》卷八一五苏轼，题为"次韵杨次公惠径山龙井水"，仅"能"作"堪"一字异，《全宋诗》编者据《苏文忠公诗编注集成》卷三二收入。

按：今中国国家图书馆藏有宋绍兴十三年（1143）杨杰的《无为集》刻本，该集并未著录此诗，乃《全宋诗》编者据《两宋名贤小集》卷八五收入。此诗实为苏轼元祐间知杭州所作，其时杨杰为提点两浙路刑狱官。诗云"幻色将空眼先暗""空烦远致龙渊水"，乃言苏轼病眼，杨杰为送龙井水洗眼事，这与苏轼该诗下自注"龙井水洗病眼有效"正相合。

5.《望仙曲》

麻姑王蔡迹已往，望仙亭在孤峰上。朝见五云飞，暮见五云归。……陶陶与物任浮沉，肯顾霞衣云组绶。

见《全宋诗》卷六七七杨杰，《全宋诗》编者据明夏良胜正德《建昌府志》卷二收入。此诗又见《全宋诗》卷九三四张商英，题同，内容全同，《全宋诗》编者据清谢旻雍正《江西通志》卷一五〇收入。

按：此诗归属存疑。曹海花《〈全宋诗〉重出举例》一文认为："四库本中清谢旻雍正《江西通志》卷150选了此诗,作者为张商英。而在杨杰《无为集》中未见有这首诗。又,《江西通志》是清代的, 是在明《建昌府志》的基础上修订的。由此，我们认为此诗当为张商英的诗，杨杰的为重出。"①

6.《朝真步虚词》

  珠珮珊珊路绝尘，凤凰山上夕朝真。甘棠美政行南国，列宿光寒拱北辰。篆冷金盘云屋晓，书飞玉阙洞天春。一声辽鹤归传报，寿益君王福在民。

见《全宋诗》卷六七七，《全宋诗》编者据明夏良胜正德《建昌府志》卷二收入。此诗又见《全宋诗》卷九三四张商英，题为"步虚词"，仅"光寒"作"寒光"几字异，《全宋诗》编者据清黄家驹《重刻麻姑山志》卷七收入。

按：此诗归属存疑。

7.《蕙花》

  蕙本兰之族，依然臭味同。曾为水仙佩，相识楚词中。

见《全宋诗》卷六七七杨杰，《全宋诗》编者据宋潜说友《咸淳临安志》卷五八收入。

按：此非杨杰诗，乃出自苏轼《题杨次公蕙》："蕙本兰之族，依然臭味同。曾为水仙佩，相识楚辞中。幻色虽非实，真香亦竟空。云何起微馥，鼻观已先通。"（《全宋诗》编者据《苏文忠公诗编注集成》卷三二收入）②

8.《春兰》

  春兰如美人，不采羞自献。时闻风露香，蓬艾深不见。

见《全宋诗》卷六七七杨杰，《全宋诗》编者据宋潜说友《咸淳临安志》卷五八收入。

按：此非杨杰诗，乃出自苏轼《题杨次公春兰》："春兰如美人，不采羞自献。时闻风露香，蓬艾深不见。丹青写真色，欲补离骚传。对之如灵均，冠佩不敢燕。"（《全宋诗》编者据《苏文忠公诗编注集成》卷三二收入）③

---

① 曹海花：《〈全宋诗〉重出举例》，《古籍整理研究学刊》2007年第3期，第20页。
② 傅璇琮等主编：《全宋诗》第14册，北京大学出版社，1998，第9428页。
③ 傅璇琮等主编：《全宋诗》第14册，北京大学出版社，1998，第9428页。

9.《金尺石》

　　丹砂画顽石，黄金横一尺。人世较短长，仙家爱平直。

见《全宋诗》卷六七七杨杰，《全宋诗》编者据宋王象之《舆地纪胜》卷二六《江南西路·隆兴府》收入。

按：此非杨杰诗，乃为唐人施肩吾诗《金尺石》："丹砂画顽石，黄金横一尺。人世较短长，仙家爱平直。"①

10.《朱氏天和堂》其二

　　华亭山水佳，秀色宛如画。前贤有遗迹，卜筑俟来者。高人养天和，放浪寄林野。安知岁月徂，但喜名利舍。传家得之子，隐几兴何□。

见《全宋诗》卷六七七杨杰，《全宋诗》编者据元徐硕《至元嘉禾志》卷三〇收入。

按：陈新等《全宋诗订补》指出此诗最后两句系误入，当删。其实，此非杨杰诗，乃出自赵挺之《朱氏天和堂》："华亭山水佳，秀色宛如画。前贤有隐迹，卜筑俟来者。高人养天和，放浪寄林野。安知岁月徂，但喜名利舍。传家得之子，流辈推博雅。春风振客衣，逸棹东南下。赋诗台阁彦，落落珠玑泻。持觞拜亲膝，喜色动乡社。都城十二衢，尘土翳车马。一梦逐君行，兹怀已潇洒。"②

又，《全宋诗》收有杨杰、丰稷、赵挺之、黄裳、徐铎、徐鹗等人唱和《朱氏天和堂》诗，这些诗很多属于重出误收。包括：徐铎《朱氏天和堂》与徐鹗《朱氏天和堂》重出、丰稷《朱氏天和堂》与陈瓘《超果亮师假还山》其二重出、陈瓘《超果亮师假还山》其一与赵挺之《朱氏天和堂》后部分重出、杨杰《朱氏天和堂》其二与赵挺之《朱氏天和堂》前部分重出。这些诗一据宋杨潜《绍熙云间志》卷下收入，一据元徐硕《至元嘉禾志》卷三〇收入。为什么会重出误收，当是因元徐硕《至元嘉禾志》卷三〇失误所致。故据《至元嘉禾志》所收徐鹗《朱氏天和堂》、陈瓘《超果亮师假还山》两首、杨杰《朱氏天和堂》其二皆当删去。陈新等《全宋诗订补》谓赵挺之《朱氏天和堂》前半部分为杨

---

① 中华书局点校：《全唐诗》第 15 册，中华书局，1980，第 5590 页。

② 傅璇琮等主编：《全宋诗》第 15 册，北京大学出版社，1998，第 10184 页。

杰诗，后半部为才是赵挺之诗，此判断当有误。又《北京大学中国古文献研究中心集刊（第5辑）》载《〈全宋诗〉杂考（一）》一文已指出陈瓘《超果亮师假还山》两首属误辑当删。又嘉兴市地方志办公室编校《至元嘉禾志》也指出徐鹗名下《朱氏天和堂》或即徐铎名下《朱氏天和堂》。

苏氏

《句》

乡人嫁娶重母党，虽我不肯将安云。

见《全宋诗》卷六七八苏氏，《全宋诗》编者据元《排韵增广事类氏族大全》卷三收入。

按：此非苏氏（苏洵女）句，实出自苏洵《自尤》："五月之旦兹何辰，有女强死无由伸。嗟予为父亦不武，使汝孤冢埋冤魂。……汝母之兄汝叔舅，求以厥子来结姻。乡人婚嫁重母族，虽我不肯将安云。……置之失地自当尔，既尔何咎荆与榛。嗟哉此事余有罪，当使天下重结婚。"[①]参苏洵《自尤》诗序："余生而与物无害，幼居乡间，……女幼而好学，慷慨有过人之节，为文亦往往有可喜。既适其母之兄程濬之子之才，年十有八而死。……余怨之，虽吾之乡人亦不直濬。……其后八年，而余乃作《自尤》之诗。"该诗为苏洵所作明矣。

刘挚

朱腾云博士论文《〈全宋诗〉重出误收研究》指出刘贽《游后洞诗》实为刘挚《自福严至后洞记柳书弥陀碑》，又刘挚《句》："坛峙麻姑石，溪忘夏禹碑。"又见刘贽《禹碑》诗，但刘贽《禹碑》诗属于误辑，该诗当为刘挚作。又刘挚《出都二首》其二与陆游《出都》重出，刘挚《和王定国》《次韵王定国怀南都上元》与黄庭坚《次韵清虚》《次韵公秉子由十六夜忆清虚》重出，参本书相关章节考证。除此之外，刘挚名下还有如下一诗与他人重出：

[①] 傅璇琮等主编：《全宋诗》第7册，北京大学出版社，1998，第4372页。

《三老堂》

  历阳宾主昔多贤，三老风流二十年。獬豸冠中曾补衮，凤凰台上叠擎天。

  见《全宋诗》卷六八四刘挚，《全宋诗》编者据元人《排韵增广事类氏族大全》收入。此诗又见《全宋诗》卷二〇五九胡彦国，题同，内容全同，《全宋诗》编者据《舆地纪胜》卷四八《淮南西路·和州》收入。

  按：宋祝穆《方舆胜览》卷四九、宋佚名《锦绣万花谷》续集卷一〇、明李贤等《大明一统志》卷一七皆将此诗归之胡彦国名下，并皆谓此三老为刘挚、傅尧俞、范纯仁也。又四库本《氏族大全》卷一一亦将此诗归之胡彦国名下，疑《全宋诗》编者辑佚有误，此诗当非刘挚之作，实为胡彦国诗。

沈括

  方健《〈全宋诗〉证误举例》一文指出沈括《寄赠舒州徐处士》实为沈辽《寄赠舒州徐处士》诗，沈括名下《句》："黄金碾畔绿尘飞，碧玉瓯中翠涛起"，实出自范仲淹《和章岷从事斗茶歌》。朱腾云博士论文《〈全宋诗〉重出误收研究》也指出沈括《自题水阁绝句》实为胡仔《咏苕溪水阁》，张先《润州甘露寺》实为沈括《润州甘露寺》。又沈括《贺仲雨斗门》《赠故乡人》实为陈藻《贺仲雨斗门》《赠故乡人》，参本书相关章节考证。除此之外，沈括名下还有如下一诗与他人重出：

《游二禅师道场》

  胜境东西白，高僧一二禅。只知行道处，不记住山时。涧月中分照，林花各自妍。披云寻旧址，犹在绛峰边。

  见《全宋诗》卷六八六沈括，《全宋诗》编者据影印《诗渊》第5册第3816页收入。此诗又见《全宋诗》卷一九一一释仲皎，题为"游西白山一禅师二禅师道场"，仅"山时"作"山年"、"月中"作"月平"几字异，《全宋诗》编者据宋高似孙《剡录》卷二收入。

  按：万历《绍兴府志》卷之五、《宋诗纪事》卷九三引《剡录》、乾隆《诸暨县志》卷三、乾隆《嵊县志》卷一五诸书皆将此诗归于释仲皎名下。《诗渊》此诗题下实署名为"唐沈存中"，疑有误。此诗非沈括所作，当为释仲皎诗。

蒋之奇

陈新等《全宋诗订补》一书指出蒋之奇《苍玉洞》实为宋思远《汀州》。李成晴《全宋诗重出诸例勘订》一文指出陈映《句》"鄞江一丈水，清可照人心"，实出自蒋之奇《苍玉洞》。王娇、王可喜《〈全宋诗〉之互见诗订正》一文已指出蒋之奇名下九首《爱山堂》第一、二、三首当为李传正诗，第七、八、九首亦非其作。朱腾云博士论文《〈全宋诗〉重出误收研究》也指出蒋之奇《琴高台怀古》其一实为清代梅清《琴溪》。又蒋之奇《游慧山》与王安石《还家》重出，参本书相关章节考证。除此之外，蒋之奇名下还有如下一些诗歌与他人重出：

1.《按行分宜》

　　分得宜春地，东偏一画屏。洪阳仙洞古，龙姥旧祠灵。雨过溪痕长，春回草径青。道傍聊下马，揩藓读碑铭。

见《全宋诗》卷六八八蒋之奇，乃《全宋诗》编者依据明严嵩正德《袁州府志》卷一二辑得。此诗又见《全宋诗》卷三六一二赵文，题为"次分宜"，仅仅"旧祠"作"故祠"、"草径"作"草意"、"揩藓"作"剔藓"几字异，乃《全宋诗》编者依据《青山集》卷八辑得。

按：此诗当为蒋之奇诗。据"分得宜春地"云云，该诗作者曾在江西为官。蒋之奇曾为江西转运副使，而赵文为宋末元初时人，太学生出身，宋时并不曾在江西为官。又赵文现存《青山集》乃清四库馆臣据《永乐大典》辑得，这可能是造成误收他人之作的原因。

2.《菖蒲涧》

　　拨破红尘入紫烟，五羊坛上访神仙。人间自觉无闲地，城里谁知有洞天。

见《全宋诗》卷六八七蒋之奇，乃《全宋诗》编者依据《春卿遗稿》引《舆地纪胜》卷八九辑得。

按：此非蒋之奇诗，实出自古成之《五仙观二首》其一："拨破浮尘入紫烟，五羊坛上访神仙。人间自觉无闲地，城里谁知有洞天。竹叶影繁笼药圃，桃花香暖映芝田。吟余池畔聊欹枕，风雨萧萧吹白莲。"① 古成之此诗曾刻石，题为"五仙观古仙诗碑"，下有宋进士黄宗石等人跋语，谓"谨以真仙所题本观之遗什，再勒翠珉"云云。翁方纲《粤东金石略》载录之，阮元《广东通志》亦谓此诗碑"为宋刻无疑"②。

齐谌

《和刘谊老君岩韵》

巨石何年此结成，老君肖像亦强名。以身为患言犹在，谩使时人分重轻。（其一）

岩前流水碧潺潺，鹤驭翩翩去弗还。堪笑世人求不死，岂知道在有无间。（其二）

见《全宋诗》卷六八九齐谌，《全宋诗》编者据清谢启昆嘉庆《广西通志》卷二一八收入。此诗又见《全宋诗》卷一〇六九钱师孟，题为"真仙岩二首"，仅"何年"作"何争"、"肖像亦强"作"有像亦难"、"谩使时人"作"漫使当时"、"弗还"作"复还"、"道在有无间"作"得道有无闲"等字异，《全宋诗》编者据清王锦乾隆《柳州府志》卷三八收入。

按：据《八琼室金石补正》，齐谌此两诗为和作，原唱为刘谊《留题融州老君岩》。此两诗见真仙岩摩崖石刻，石刻上注云："元丰六年七月一日，内殿承制权知融州军州事钱师孟立石。"③ 故此诗当为齐谌所作，而钱师孟为之刻诗立石。

---

① 傅璇琮等主编：《全宋诗》第 1 册，北京大学出版社，1991，第 584 页。
② 陈永正：《岭南书法史》，广东人民出版社，2011，第 286 页。
③ 陆增祥：《八琼室金石补正》，文物出版社，1985，第 607 页。

袁縠

《句》其四

晓瘴万重烟漠漠，春台四顾俗熙熙。天钟秀气魁文陛，池涌仙源接武夷。

见《全宋诗》卷六八九袁縠，《全宋诗》编者据《舆地纪胜》卷一三四《福建路·邵武军》收入。其中，后两句又见《全宋诗》卷二〇六〇叶仪凤名下残句，系由《方舆胜览》卷一〇收入。

按：此诗归属存疑。宋潘自牧《记纂渊海》卷十亦将此诗句归入袁縠名下。该诗句又作徐熙春诗。参明代陈让编《邵武府志》卷六："世传宋熙宁中，有徐熙春居此，遇武夷道人仙去，因以名其井。尝有诗云：'天钟秀气魁文陛，地涌仙源接武夷。'"[1] 明代黄仲昭《八闽通志》卷一〇亦谓此诗为徐熙春诗。

焦千之

《偃松》

得地久蟠踞，参天多晦冥。月通深夜白，雪压岁寒青。独拥虬腰大，疑闻雨甲腥。深根动坤轴，萧瑟挂疏星。

见《全宋诗》卷六八九焦千之，《全宋诗》编者据元佚名《无锡县志》卷四收入。此诗又见《全宋诗》卷三七七六释道章，题同，内容全同，《全宋诗》编者据康熙《常州府志》卷三二收入。

按：陈新等《全宋诗订补》一书谓此诗非释道章诗，当为焦千之诗，此判断当有误[2]。四库本元佚名《无锡县志》卷四此诗下实未署名，此诗前一诗《听松轩》亦未署名，《全宋诗》编者据《听松轩》前一诗焦千之《秀峰轩》将此后两诗皆归入焦千之名下，当有误。弘治《重修无锡县志》卷二九及清裴大中等修光绪《无锡金匮县志》卷三二皆将《听松轩》《偃松》归入释道章名下。

---

[1] 陈让编，杨启德等校注：《邵武府志》，方志出版社，2004，第236页。
[2] 陈新等：《全宋诗订补》，大象出版社，2005，第742页。

故今《全宋诗》焦千之名下《听松轩》《偃松》两诗皆应删去,并将《听松轩》诗移入《全宋诗》释道章名下。

王令

陈新等《全宋诗订补》已指出王令名下《岁暮呈王介甫平甫》《尘土呈介甫》《忆江阴呈介甫》《羁旅呈介甫》《因忆潜楼读书之乐呈介甫》《次韵介甫怀舒州山水见示之什》等六诗均见朱明之名下,这六诗当皆为朱明之诗。王开春《林之奇诗辨伪——兼论〈拙斋文集〉的版本源流》也指出王令名下《呼鸡》《举举媚学子》《秋怀》与林之奇《呼鸡》《举举媚学子》《秋怀》三诗重出,此三诗当为王令诗。又汤江浩《北宋临川王氏家族及文学考论:以王安石为中心》一书指出王令《溪上》《赠慎东美伯筠》与王安石《天童山溪上》《寄慎伯筠》重出,前诗当为王安石诗,后诗当为王令诗。又阮堂明《〈全宋诗〉王安石卷辨证》一文认为王安石名下《春怨》《楼上望湖》实为王令《春怨》《楼上望湖》。又朱腾云博士论文《〈全宋诗〉重出误收研究》指出王令名下《约僧宿北山庵先寄平甫》实为杨蟠《约冲晦宿东山禅寺精舍先寄》。又王令《赠裴仲卿》与郭祥正《赠裴泰辰先生》重出,参本书相关章节考证。除此之外,王令名下还有如下诸诗与他人重出:

1.《杂诗》其一

关雎后之淑,棫朴君之明。兔罝尚好德,况乃公与卿。所以彼行苇,敦然遂其生。谁能弦此歌,为我发古声。

见《全宋诗》卷六九九,《全宋诗》编者据《广陵集》卷一〇收入。此诗又见《全宋诗》卷五四一王安石,题为"杂咏八首(其六)",仅"君"作"王"等几字异,《全宋诗》编者据《临川先生文集》卷四收入。

按:宋李壁注《王荆公诗注》卷五、南宋龙舒本《王文公文集》卷五〇、明嘉靖何迁本《临川先生文集》卷四皆收录王安石此诗。且该诗诗句《关雎》《棫朴》《兔罝》《行苇》皆为《诗经》中的名篇,这与王安石才大学博,善于以经史入诗的诗风一致。又王令《广陵集》宋刻各本传至明代而亡,长期以抄本流传[①]，《全宋诗》所收王令诗即以《四库全书》本《广陵集》为底本，校以明抄本著录。从版本流传角度来看，此诗作王安石诗当更可靠。

2.《杂诗》其二

　　召公方伯尊，材亦圣人亚。农时惮烦民，听讼小棠下。嗟今千里长，已耻问耕稼。弹琴高堂上，欲以无为化。

见《全宋诗》卷六九九，《全宋诗》编者据《广陵集》卷一〇收入。此诗又见《全宋诗》卷五四一王安石，题为"杂咏八首（其七）"，仅"小棠"作"甘棠"、"千里"作"千室"等几字异，《全宋诗》编者据《临川先生文集》卷四收入。

按：宋李壁注《王荆公诗注》卷五、南宋龙舒本《王文公文集》卷五〇、明嘉靖何迁本《临川先生文集》卷四皆收录王安石此诗，王安石此诗题下有八首诗，王令此诗题下仅两首。又从版本流传角度来看，此诗作王安石诗当更可靠。

3.《答友》

　　客尝疑西伯，何至羑里辱。瞽鲧虽父子，尚脱井廪酷。昏主虽圣臣，飞祸安可卜。致命遂其志，虽穷不为戮。

见《全宋诗》卷七〇〇，《全宋诗》编者据《广陵集》卷一一收入。此诗又见《全宋诗》卷五五〇王安石，题为"答客"，仅"客尝"作"士常"、"虽父"作"亲父"几字异，《全宋诗》编者据《临川先生文集》卷一三收入。

按：宋李壁注《王荆公诗注》卷一九、南宋龙舒本《王文公文集》卷四一、明嘉靖何迁本《临川先生文集》卷一三皆收录此诗。从版本流传角度来看，此诗作王安石诗当更可靠。

4.《对月》

　　柳梢地面绝微风，一片寒光万里同。冰骨直疑潜里换，尘心都觉坐来空。蚌胎有露珠成颗，蟾窟无云玉作宫。莫怪幽人吟到晓，不知清兴自无穷。

见《全宋诗》卷七〇四，《全宋诗》据《广陵集》卷一五收入。此诗又见《全

[①] 傅璇琮等主编：《中国古代诗文名著提要（宋代卷）》，河北教育出版社，2009，第128页。

宋诗》卷一二四八毛滂，题与内容全同，《全宋诗》据《东堂集》卷三收入。

按：此诗归属存疑。

刘恕

《题灵山寺》

　　早晚报衙蜂扰扰，友朋相和鸟关关。余香满袖花惊眼，空翠沾巾雨暝山。

见《全宋诗》卷七二一刘恕，《全宋诗》据清曾廷枚《西江诗话》卷中收入。

按：此恐非刘恕诗句，全诗见游少游《宝云院》："石径缘云艰复艰，不知萧寺驻林间。余香满袖花惊眼，空翠沾襟雨暝山。早晚报衙蜂扰扰，友朋相和鸟关关。我来亦被浮名缚，那得高僧一样闲。"[①]（《全宋诗》编者据清冯兰森同治《上高县志》卷一三收入）

卢秉

陈新等《全宋诗订补》一书已指出卢秉《宫词十首》其八、其一〇与杨皇后《宫词》其二〇、二一重出，此当为卢秉诗。《〈全宋诗〉订补初探》一文也指出卢秉《宫词十首》其九与无名氏《宫词二首》其二重出，此当为卢秉诗。除此之外，卢秉名下还有如下一诗与他人重出：

《绝句》

　　十月都门风薄衣，捣砧声重雁南飞。野人不识长安乐，且趁鲈鱼一棹肥。

见《全宋诗》卷七二一卢秉，《全宋诗》编者据宋何汶《竹庄诗话》卷一六收入。此诗又见《全宋诗》卷一三六〇许景衡，题为"寄卢中甫四首（其二）"，仅"十"作"九"、"捣砧声重"作"夜碪声里"、"棹肥"作"棹归"几字异，《全宋诗》编者据《横塘集》卷六收入。

[①] 傅璇琮等主编：《全宋诗》第 46 册，北京大学出版社，1998，第 28603 页。

按：宋谈钥《吴兴志》卷一八、宋姚宽《西溪丛语》卷下、《西吴里语》卷一、《吴兴艺文补》卷四七皆将此诗归之卢秉名下。又许景衡原集已佚，其现存《横塘集》乃清四库馆臣据《永乐大典》辑得，综上分析，此诗恐非许景衡诗，当为卢秉诗。

李清臣

《句》其二

正是清澄秋雨夜，空传玉蕊发春晴。

见《全宋诗》卷七二一李清臣，《全宋诗》编者据宋陈景沂《全芳备祖》前集卷六收入。此句又见《全宋诗》卷二八五一赵善湘《句》，仅"清澄"作"澄清"几字异，《全宋诗》编者据宋陈景沂《全芳备祖》前集卷六收入。

按：《全宋诗》编者据同一书将此诗分系两人名下，盖所据《全芳备祖》版本不同之故。四库本《全芳备祖》此诗句下署名为"清臣"，故《全宋诗》编者认为此人是李清臣，这个判断实有误。据程杰等人校点之《全芳备祖》，此句实归属于赵清臣名下，赵清臣即赵善湘。[①]

释净端

《答陆蒙老韵》

枕上浮生过半百，短发鉋鉋霜样白。西溪河上旧家山，岁岁故乡归似客。船头渐进古松门，云是吴筠读书宅。烟云半岭望层楼，鳌顶峥嵘蕊宫窄。有人挂衲归盘陀，稜稜瘦骨真维摩。几年面壁舌不动，忽然拍手赓渔歌。秋来满船载明月，俄惊雨笠仍烟蓑。黄梅渡口水流急，五湖深处任风波。

见《全宋诗》卷七二一释净端，《全宋诗》编者据明曹学佺《石仓历代诗选》卷二二七收入。此句又见《全宋诗》卷一七二六陆蒙老，题为"赴官晋陵别端

---

① 陈景沂著，程杰、王三毛点校：《全芳备祖》，浙江古籍出版社，2014，第164页。

禅师"，后段作"秋来满船载明月，直钩不钓闲鼋鼍。一雨笠，一烟蓑，五湖深处任风波。黄梅渡口水流急，救护心谁如老婆"，《全宋诗》编者据清陆心源《吴兴诗存》二集卷三收入。

按：据诗句"枕上浮生过半百，短发毵毵霜样白"，此非僧人释净端之作也，当为仕人陆蒙老诗。《吴兴艺文补》卷四九亦将此诗归入陆蒙老名下。

陈轩

《句》其一七

水暖池塘闲睡鸭，烟深村落自鸣鸠。

见《全宋诗》卷七二六陈轩，《全宋诗》编者据《永乐大典》卷七八九二引《临汀志》收入。此句又见《全宋诗》卷二一〇三赵彦端《句》其二，仅"鸠"作"鸥"一字异，《全宋诗》编者据宋《锦绣万花谷》后集卷三收入。

按：当为陈轩诗。宋胡太初修《临汀志》将此诗归于陈轩名下。又《锦绣万花谷》后集卷三此诗下实未署名，《全宋诗》编者认为该诗句当是承后句省名，后句注出介庵（即赵彦端）"微风蹙水鱼鳞浪，薄日烘云卵色天"，故亦将此诗句归入赵彦端名下，此判断恐有误。其实"微风蹙水鱼鳞浪，薄日烘云卵色天"亦非赵彦端诗，而是出自陆游《东门外遍历诸园及僧院观游人之盛》。《锦绣万花谷》后集卷三此处讹误甚多，疑《全宋诗》编者据《锦绣万花谷》后集卷三所辑赵彦端四断句，除"水暖池塘闲睡鸭，烟深村落自鸣鸠""微风蹙水鱼鳞浪，薄日烘云卵色天"两句不是其所作外，另外两断句"新梢渐变鹅黄色，浅水遥添鸭绿纹""来日泥香催燕子，归时桑老趁蚕收"恐亦非其作。

第十三册

王安礼

王安礼《梦长》与王安石《梦长》诗重出，参本书相关章节考证。除此之外，王安礼名下还有如下一诗与他人重出：

《七言一章赠别吴兴太守中父学士兄》

蓬山仙子任天真，乞领南麾奏疏频。金镮阙边辞黼座，水晶宫里得朱轮。公庭事简烦丞掾，斋阁诗多泣鬼神。莫为行春恋苕霅，銮坡挥笔待词臣。

见《全宋诗》卷七四六王安礼，《全宋诗》编者据《王魏公集》卷一收入。此诗又见《全宋诗》卷九〇八陆佃，题为"赠别吴兴太守中父学士"，仅"得朱"作"约朱"一字异，《全宋诗》编者据元方回《瀛奎律髓》卷四二收入。

按：明董斯张《吴兴艺文补》卷五〇亦将此诗归入陆佃名下。又王安礼原集已佚，其现存《王魏公集》乃清四库馆臣据《永乐大典》辑得，这就有可能造成误收他人之作，疑此诗非其作。

郭祥正

陈新等《全宋诗订补》指出《全宋诗》编者所辑录郭祥正名下《句》其一、《句》其五属误辑当删；又《全宋诗》编者所辑录郭祥正名下《诗一首》乃苏轼诗《郭祥正家醉画竹石壁上郭作诗为谢且遗二古铜剑》；又郭正名下《姜相峰》乃郭祥正诗《赠桐城青山隐者裴材》。李成晴《宋诗重出诸例勘订》一文也指出郭祥正名下《高明轩》实出自郭祥正《普利寺自周上人高明轩》，前者误辑当删。陈恒舒《永乐大典所涉宋诗资料丛考》一文亦指出林迪《闻伯育承事结彩舟作乐游东湖戏寄四韵》《次前韵》《又题阮希圣东湖十绝》实为郭祥正《闻陈伯育结彩舟行乐游湖戏寄三首》其一、《闻陈伯育结彩舟行乐游湖戏寄三首》其二、《阮师旦希圣彻垣开轩而东湖仙亭射的诸山如在掌上予为之名曰新轩盖取景物变态新新无穷之义赋十绝句》。汤江浩《北宋临川王氏家族及文学考论：以王安石为中心》一书亦指出郭祥正《赠陈医》实为王安石《赠陈君景初》。王开春《林之奇诗辨伪——兼论〈拙斋文集〉的版本源流》一文亦指出林之奇《墨染丝》实为郭祥正《墨染丝》。又朱腾云博士论文《〈全宋诗〉重出误收研究》指出郭祥正《醉歌行》与元王冕《大醉歌》重出，此诗为郭祥正诗；郭祥正名下《过

芜湖县》当删,该诗实出自林逋《过芜湖县》。除此之外,郭祥正名下还有以下诸诗与他人重出:

1.《圆通行简慎禅师》

　　庐山之西形胜聚,无位真人依位住。……挂冠已脱尘垢缘,一心愿住清凉国。清凉之国谁能知,日长马倦人多迷。从来闻说曹溪路,只今蹋断庐山西。

见《全宋诗》卷七四九郭祥正,《全宋诗》编者据郭祥正《青山集》卷一收入。此诗又见《全宋诗》卷四〇五陈舜俞,题为"圆通行",仅"形胜"作"形势"、"扬子渡"作"杨子渡"等几字异,《全宋诗》编者据《永乐大典》卷六六九九收入。

按:慎禅师当为知慎禅师,其人居庐山圆通寺。参苏轼诗《子由在筠作东轩记或戏之为东轩长老其婿曹焕往筠余作一绝句送曹以戏子由曹过庐山以示圆通慎长老慎欣然亦作一绝送客出门归入室趺坐化去子由闻之仍作二绝一以答余一以答慎明年余过圆通始得其详乃追次慎韵》及苏辙诗《东轩长老二绝》叙:"始余于官舍营东轩,彭城曹君焕文,自浮光访余于高安,道过黄冈,家兄子瞻以诗送之曰……君过庐山,见圆通知慎禅师,出诗示之。师尝与余通书,见之欣然。……客有自庐山至者,曰慎师送客出门,还入丈室,燕坐而寂。君乃具道其事。余感之作二绝,其一以答子瞻,其二以答慎也。"[1] 又据郭祥正诗《合肥逢清琎上人》自注:"即圆通慎禅师弟子。"[2] 郭祥正与慎禅师当多有交往,故此诗实为郭祥正所作。又,郭祥正《青山集》,今存宋刻本,现存国家图书馆,郭祥正此诗见宋刻《青山集》卷一,而陈舜俞名下此诗乃《全宋诗》编者据《永乐大典》收入,从版本学角度看,此诗亦当为郭祥正诗。

2.《庐山三峡石桥行》

　　银河源源天上流,新秋织女望牵牛。洪波欲渡渡不得,叱鹊为桥诚拙谋。胡不见庐山三峡水,此源亦接明河底。劈崖裂嶂何其雄,崩

---

[1] 傅璇琮等主编:《全宋诗》第 15 册,北京大学出版社,1998,第 9980 页。
[2] 傅璇琮等主编:《全宋诗》第 13 册,北京大学出版社,1998,第 8936 页。

雷泄云势披靡。飞鸟难过虎豹愁,四时白雪吹不收。烛龙此地无行迹,六月游子披貂裘。谁将巨斧凿大石,突兀长桥跨苍壁。行车走马安如山,下视龙门任淙激。寄言牛女勿相疑,地下神工尤更奇。唤取河边作桥栋,一年不必一佳期。

见《全宋诗》卷七四九郭祥正,《全宋诗》编者据《青山集》卷一收入。此诗又见《全宋诗》卷四〇二陈舜俞,题为"三峡桥",仅"叱鹊"作"以鹊"、"白雪"作"白云"、"尤"作"犹"几字异,《全宋诗》编者据《都官集》卷一二收入。

按:郭祥正《青山集》,今存宋刻本,现存国家图书馆,郭祥正此诗见宋刻《青山集》卷一,而陈舜俞原集已佚,其《都官集》乃清四库馆臣从《永乐大典》辑出,从版本学角度看,此诗当为郭祥正诗。且宋祝穆《方舆胜览》卷一七、明陈霖《正德南康府志》卷一〇皆将此诗归入郭祥正名下。

3.《倚楼》

官闲何所之,倚楼纵远目。……祖宗德泽深,万岁长沐浴。题诗起高兴,飘然跨鸿鹄。

见《全宋诗》卷七六〇郭祥正,《全宋诗》编者据《青山集》卷一二收入。此诗又见《全宋诗》卷一六六四郭印,题同,仅"杀为"作"易为"、"无畜"作"无蓄"等几字异,《全宋诗》编者据《云溪集》卷三收入。

按:郭祥正诗《青山集》,今存宋刻本,现存国家图书馆,郭祥正此诗见宋刻《青山集》卷一二。而郭印原集已佚,其《云溪集》乃清四库馆臣从《永乐大典》辑出,从版本学角度看,此诗当为郭祥正诗。

4.《赠裴泰辰先生》

匣剑光铓射斗牛,提携天下洗人仇。英雄心胆老犹在,道路风尘行未休。名重更须完小节,义高何足论闲愁。濛濛细雨陵阳市,折取红梅上酒楼。

见《全宋诗》卷七七三郭祥正,《全宋诗》编者据《青山集》卷二五收入。此诗又见《全宋诗》卷七〇五王令,题为"赠裴仲卿",仅"提携"作"持携"、"犹在"作"犹壮"等几字异,《全宋诗》编者据《广陵集》卷一六收入。

按：郭祥正《青山集》，今存宋刻本，现存国家图书馆，郭祥正此诗见宋刻《青山集》卷二五，而宋刻王令《广陵集》已佚，其现存最早的集子为明抄本[①]，从版本学角度看，此诗当为郭祥正诗。

5.《城东延福禅院避暑五首》其四

　　碧玉枝柯柑橘林，开花结子未成金。何当烂熟经霜露，更约提壶一访寻。

见《全宋诗》卷七七六郭祥正，《全宋诗》编者据《青山集》卷二八收入。此诗又见《全宋诗》卷二三三七宋孝宗，题为"柑橘"，内容全同，《全宋诗》编者据宋岳珂《宝真斋法书赞》卷三收入。

按：此诗当为郭祥正诗。宋岳珂《宝真斋法书赞》卷三载此诗题为"孝宗皇帝柑橘诗扇面御书"，这并不能说明"柑橘诗"即为孝宗所作，他不过只是书写了这首诗而已。《宝真斋法书赞》卷三还有"光宗皇帝待月诗御书"、"光宗皇帝杜甫诗联御书"、"宁宗皇帝卷耳篇御书"等，都只是说明他们书写了这些诗作。《全宋诗》编者在据宋岳珂《宝真斋法书赞》一书辑佚时，多有此类错误，这是需要特别加以注意的。又，郭祥正《青山集》，今存宋刻本，现存国家图书馆，郭祥正此诗见宋刻《青山集》卷二八，从版本学角度看，此诗亦当为郭祥正诗。

6.《将至慎邑寄鼎》

　　踏尽琼瑶百里山，欲投城郭暮云间。红炉速置一壶酒，故岁离家新岁还。

见《全宋诗》卷七七八郭祥正，《全宋诗》编者据郭祥正《青山集》卷三〇收入。此诗又见《全宋诗》卷二五七九袁说友，题同，仅"离家"作"谁家"一字异，《全宋诗》编者据袁说友《东塘集》卷六收入。

按：据郭祥正诗《中书舍人陈公元舆以诗送吾儿鼎赴尉慎邑卒章见及遂次原韵和答》，郭祥正的儿子郭鼎在慎邑为官，故《将至慎邑寄鼎》定是郭祥正所作。

―――――――――
① 傅璇琮等主编：《中国古代诗文名著提要（宋代卷）》，河北教育出版社，2009，第128页。

7.《和杨公济钱塘西湖百题·杨梅坞》

红实缀青枝，烂漫照前坞。不及杏繁时，林间有仙虎。

见《全宋诗》卷七七八郭祥正，《全宋诗》编者据郭祥正《青山集》卷三〇收入。此诗又见《全宋诗》卷三三九四陈景沂，题为"杨梅其一"，内容全同，《全宋诗》编者据《全芳备祖》后集卷六收入。

按：此诗当为郭祥正诗。其实，四库本《全芳备祖》后集卷六此诗并未署作者名，此诗前一首诗署郭功父（即郭祥正）名，后一首署陈景沂名，《全宋诗》编者认为此诗当为陈景沂诗，当为判断失误。据程杰、王三毛点校的《全芳备祖》，该诗实署名为郭功父[①]，即郭祥正诗。

8.《临漳台》

道边松，大义渡至漳城东，问谁植之我蔡公。岁久广阴如云浓，甘棠蔽芾安可同。六月行人不知暑，千古万古扬清风。

见《全宋诗》卷七七九郭祥正，《全宋诗》编者据王象之《舆地纪胜》卷一三一《福建路·漳州》收入。此诗又见《全宋诗》卷三九五福建士人，题为"颂蔡君谟"，仅几字异，《全宋诗》编者据宋祝穆《方舆胜览》卷一二收入。此诗又见《全宋诗》卷三七五一无名氏，题为"蔡忠惠祀歌"，仅几字异，《全宋诗》编者据宋祝穆《方舆胜览》卷一二收入。

按：陈庆元《文学：地域的观照》附录的《〈全宋诗〉札记》一文认为此诗当为无名氏诗[②]，而李成晴《宋诗重出诸例勘订》一文却认为此诗当为郭祥正诗[③]，据两人考证来看，此诗作无名氏诗似较可靠。

曾黯

《句》

水合双江急，山逢百窍深。

---

① 陈景沂著，程杰、王三毛点校：《全芳备祖》，浙江古籍出版社，2014，第759页。
② 陈庆元：《文学：地域的观照》，上海远东出版社，2003，第302页。
③ 李成晴：《宋诗重出诸例勘订》，《北京化工大学学报（社科版）》2015年第1期，第60页。

见《全宋诗》卷七八〇曾黯,《全宋诗》编者据清严正身乾隆《桐庐县志》卷三收入。

按:《全宋诗》收有两曾黯:一见册13,此人名下仅收此一残句"水合双江急,山逢百窍深";一见册54,共有八诗,此残句又见该人《散策》:"散策孤峰寺,维舟岸石林。月寒初看晕,云淡欲收阴。水合双江急,山连百粤深。归心正无奈,高处莫登临。"(《全宋诗》编者据影印《诗渊》第2册第1509页收入)① 疑册13曾黯其人其诗皆当删却。

曾布

1.《真仙岩》

凿成岩穴鬼工难,中有神仙自往还。不见桃花开落处,只随流水到人间。

见《全宋诗》卷七八二曾布,《全宋诗》编者据清谢启昆嘉庆《广西通志》卷二一八收入。此诗又见《全宋诗》卷八四一刘谊,题为"留题融州老君岩(其二)",内容全同,《全宋诗》编者据清谢启昆《粤西金石略》卷四收入。

按:此诗为刘谊诗。据《广西石刻总集辑校》一书可知,刘谊此诗实见真仙岩摩崖石刻,刘谊《留题融州老君岩》为首唱,然后下刻曾布、陈倩、彭次云及齐谌和诗,最后注云:"元丰六年七月一日,内殿承制权知融州军州事钱师孟立石。"② 清谢启昆嘉庆《广西通志》实亦将此诗归入刘谊名下,疑因《广西通志》前收刘谊原唱,后收曾布和作,两诗前后排列,故发生误辑。

2.《句》其一

惊嗟怪怪文人奇,缟衣蓝缕冰断肌。莓苔雪片冻不飞,玉饰其末玑衡欹。藐姑之仙下缥缈,苍虬为驾羽荷希。

见《全宋诗》卷七八二曾布,《全宋诗》编者据宋陈景沂《全芳备祖》前集卷一收入。

---

① 傅璇琮等主编:《全宋诗》第54册,北京大学出版社,1998,第33800页。
② 杜海军辑校:《广西石刻总集辑校》,社会科学文献出版社,2014,第48页。

按：此非曾布佚句，乃出自陈傅良《和孟阜老梅韵》其一："朝游山南莫北隅，修竹之下手所披。五步一顾立不趋，柔枝弱干千万余。粲然笑倩多新奇，岁寒安用众稚为。惊嗟怪怪丈人行，缟衣蓝缕冰斯肌。苺苔雪片冻不飞，玉饰其末玑衡攲。藐姑之仙下缥缈，苍虬为驾羽葆希。三闾大夫从女须，枯槁婵娟却并驰。张子爱之亦既痴，人不得觑以我归。我生自视梅孰如，沧江独立儿女嗤。年来稍稍学折枝，奈何复与此老期。"①（《全宋诗》编者据《止斋先生文集》卷一收入）又陈傅良《和孟阜老梅韵》实为二首诗，此二诗同韵，亦可证此诗为陈傅良诗。陈景沂《全芳备祖》前集卷一此诗下实未署名，《全宋诗》编者认为此诗承后诗省名（后诗署名曾文肃，即曾布），当有误。

魏泰

朱腾云博士论文《〈全宋诗〉重出误收研究》也指出魏野《挽王平甫》实为魏泰《挽王平甫二首》其二。除此之外，魏泰名下还有以下诸诗与他人重出：

1.《赠韦公》

　　韦公八十余，位至六尚书。五福惟无富，一生谁得如。桂枝攀最久，兰省出仍初。

见《全宋诗》卷七八二魏泰，《全宋诗》编者据《锦绣万花谷》前集卷二六收入。

按：此诗非魏泰诗，实出自唐刘禹锡《伤韦宾客》："韦公八十余，位至六尚书。五福唯无富，一生谁得如。桂枝攀最久，兰省出仍初。海内时流尽，何人动素车。"②四库本《锦绣万花谷》前集卷二六此诗题下并未署名，《全宋诗》编者据此诗后一诗署名魏泰，认为此诗亦是魏泰作，当有误。其实，《锦绣万花谷》前集卷二六此诗前一诗为刘禹锡《哭吕衡州》，此诗当是承前诗省名。

2.《句》其一

　　麻源山压盱江水，高楼迥对江山起。

---

① 傅璇琮等主编：《全宋诗》第47册，北京大学出版社，1998，第29227页。
② 刘禹锡：《刘禹锡集》，上海人民出版社，1975，第287页。

见《全宋诗》卷七八二魏泰,《全宋诗》编者据《舆地纪胜》卷三五《江南西路·建昌军》收入。

按:此恐非魏泰诗句,全诗见朱彦《江楼》:"麻源山压盱江水,江楼迥对江山起。波平月满千里空,金斗栏干露如洗。此时想见一尊开,杳杳征帆破浪来。挥毫写尽江山景,何有飘零庾信哀。自怜久作红尘客,梦断江南烟水白。会歌黄鹄赋前溪,不作区区吟越鸟。"①(《全宋诗》编者据清曾燠《江西诗徵》卷一〇收入)

3.《句》其二

兰汀蕙浦入平芜,天远孤帆望中灭。屈平宋玉情不尽,千古依然在风月。

《句》其四

白雪楼高压晓霓,楼下波光数毛发。邦君登楼赋万景,景与清吟相皎洁。

见《全宋诗》卷七八二魏泰,《全宋诗》编者据《舆地纪胜》卷八四《京西南路·郢州》收入。

按:据胡可先《新补〈全宋诗〉150首》,此诗句实出自魏泰《白雪楼》:"白雪楼危压晴霓,楼下波光数毛发。邦君登临赋万景,景与清吟相皎洁。邦君高才当世选,利剑晶荧迎错节。不知何以致风谣,千里讴歌如一舌。雕甍刻桷出烟霞,万瓦参差鹏翼截。兰汀蕙浦入平芜,天远孤帆望中灭。屈平宋玉情不尽,千古依然在风月。漂零坐想十年旧,岁月飞驰争裂缺。青云交友梦魂断,白首渔樵诚契结。安居环堵袁安老,泣抱荆珍卞和刖。折杨虽俚亦知名,犹欲楼中赓白雪。"②(出自《嘉靖湖广图经志书》卷十)值得注意的是,《全宋诗》编者又据清程起鹏康熙《钟祥县志》卷九辑得滕宗谅《白云楼》:"白云楼危压晴霓,楼下波光数毛发。雕甍刻桷出烟霞,万瓦参差鹏翼截。兰汀蕙浦入平芜,天远

---

① 傅璇琮等主编:《全宋诗》第 18 册,北京大学出版社,1998,第 11770 页。

② 胡可先:《新补〈全宋诗〉150 首》,载《第四届宋代文学国际研讨会论文集》,浙江大学出版社,2006,第 614 页。

孤帆望中灭。屈平宋玉情不尽，千古依然在风月。漂零坐想十年旧，岁月飞驰争列缺。青云交友梦魂断，白首渔樵诚契阔。安居环堵袁安老，泣抱荆珍卞和刖。折杨虽俚亦知名，犹欲楼中赓白雪。"[①]此滕宗谅《白云楼》诗与魏泰《白雪楼》诗大致相似，仅缺少"邦君登临赋万景，景与清吟相皎洁。邦君高才当世选，利剑晶荧迎错节。不知何以致风谣，千里讴歌如一舌"六句，因《舆地纪胜》及《嘉靖湖广图经志书》诸书皆将此诗归入魏泰名下，清程起鹏康熙《钟祥县志》后出，此诗当非滕宗谅诗，应为魏泰之作。

第十四册

苏轼

陈新等《全宋诗订补》指出苏轼《题王维画》《登庐山》实为苏辙《题王诜都尉画山水横卷三首（其一）》《江州五咏·东湖》，又苏轼《扇》实出自苏辙《感秋扇》，苏轼《暮归》实为张耒《暮归》诗，苏舜钦《游雪上何山》实为苏轼《游何山》，郭祥正《诗一首》实为苏轼诗《郭祥正家醉画竹石壁上郭作诗为谢且遗二古铜剑》，又苏轼《甘蔗》实为方岳《李监饷四物各以一绝答之·甘蔗》，苏轼《虎跑泉》实为明代释来复《子瞻学士游祖塔院》，苏轼《戏咏馓子赠邻妪》与苏轼《寒具》重出，苏轼《送竹香炉》与杨炎正《送竹根香炉与人》重出；又苏轼名下《句》其三、其五、其七、其八、其九、其十、其十一、其十二、其十三、其十四、其十五、其十六皆属误辑当删。又舒大刚等《斜川集校注》一书指出苏轼名下《闻潮阳吴子野出家》《失题三首》实为苏过《闻潮阳吴子野出家》《题郭熙平远》诗。又王岚《〈全宋诗·欧阳修诗〉补正》一文也指出苏轼《王伯敭所藏赵昌花四首·芙蓉》与欧阳修《芙蓉花二首》其一重出。又陈晓兰《黄庭坚佚诗辑考》一文也指出苏轼《次韵子由题憩寂图后》与黄庭坚《文与可尝云老僧墨竹一派近在湖州吾竹虽不及石似过之此一卷公案

---

① 傅璇琮等主编：《全宋诗》第3册，北京大学出版社，1991，第1975页。

不可无鲁直正句因次韵》重出。又胡建升、杨茜《苏辙佚诗辨伪》一文也指出苏辙《诗一首》实为苏轼《雪斋》。又阮堂明《〈全宋诗〉苏轼卷辨正辑补》一文指出苏轼《题清淮楼》乃为张頔《清淮楼》，苏轼《富阳道中》乃为沈辽《清晨》，苏轼《题金山寺回文体》乃是周知微《题龟山回文诗》，苏轼《潮中观月》乃明代张绅《湖中玩月》，苏轼《雨中邀李范庵过天竺寺作二首》乃明代吴宽《雨中与李贞伯沈尚伦诸友过隆福寺》和《僧舍对竹》，苏轼《端砚诗》实为明代吴宽《饮于乔家以端砚联句毕复拾余韵》，苏轼《安老亭》乃明人吴宽《安老亭图》，苏轼《题双竹堂壁》与唐无名鬼《无题》诗重出，又苏轼名下《句》其四、其六、其二一、其二八、其三三、其三四、其三六皆属误辑当删。又宋业春《张耒诗文真伪考辨》一文指出苏轼名下《忆黄州梅花五绝》之一、《黄州春日杂书四绝》之四分别为张耒《杂诗》其一、《杂诗》其二。又刘蔚《〈全宋诗〉之田园诗重出误收甄辨》也指出戴复古名下《山村》、《山村》与苏轼《江村二首》重出，这两首诗皆当为戴复古诗。胡建升《苏轼佚诗辨伪》一文也指出苏轼《秋日寄友人》实为张咏《秋日寄友人》。陈伟庆《〈全宋诗〉重出考辨十二首》一文也指出宋高宗名下《诗二首》其二实为苏轼《小圃五咏·地黄》诗。朱腾云博士论文《〈全宋诗〉重出误收研究》指出李公麟《醉卧图诗帖》实为苏轼《醉睡者》，宋高宗《诗四首》其一实为苏轼《虎丘寺》，宋孝宗《西太乙宫陈朝桧》实为苏轼《孤山二咏·柏堂》，宋理宗《题夏圭夜潮风景图》实为苏轼《八月十五日看潮五绝》其一，邵雍《芍药四首》其四实出自苏轼《玉盘盂》其二。又杨杰《龙鼻井》实为苏轼《次韵杨次公惠径山龙井水》，苏轼《山坡陀行》实为晁补之《山坡陀辞》，杨时《读东坡和陶影答形》实出自苏轼《和陶影答形》，苏轼《谢人送墨》与杨炎正《谢人送墨》及洪咨夔《和续古谢送墨》重出，参见本书相关章节的考证。除此之外，苏轼名下还有以下诸诗也与他人重出：

1.《入馆》

　　黄省文书分道山，静传钟鼓建章闲。天边玉树西风起，知有新秋到世间。

见《全宋诗》卷七八八,《全宋诗》编者据《苏文忠公诗编注集成》卷五收入。此诗又见《全宋诗》卷一一七六张耒,题为"秋日有作寓直散骑舍",内容仅"新"作"清"一字异,《全宋诗》编者据《柯山集》卷二十四收入。

按:清查慎行《苏诗补注》按云:"以上三首(包括此诗)诸刻本不载,外集编第四卷,直史馆时作,今补录。"[1] 既然苏集诸刻本不载此诗,故此诗恐非苏轼所作,当为张耒作。

2.《六月二十七日望湖楼醉书五绝》其一

　　黑云翻墨未遮山,白雨跳珠乱入船。卷地风来忽吹散,望湖楼下水如天。

见《全宋诗》卷七九〇,《全宋诗》编者据《苏文忠公诗编注集成》卷七收入。此诗又见《全宋诗》卷一九四五释慧远,题为"颂古四十五首(其九)",内容仅"黑云翻墨未"作"浓云泼墨半"、"白雨"作"碎雨"几字异,《全宋诗》编者据《佛海慧远禅师广录》卷四收入。

按:此为苏轼名作。宋王十朋《东坡诗集注》卷六、宋施元之注《施注苏诗》卷四、清查慎行《苏诗补注》卷七皆收录苏轼此诗。宋林之奇《拙斋文集》卷二、宋吕祖谦《宋文鉴》卷二八、宋潜说友《咸淳临安志》卷三三、明田汝成《西湖游览志》卷八诸书亦皆将此诗归入苏轼名下。释慧远名下此诗应是佛子偈颂辗转引用。

3.《吉祥寺僧求阁名》

　　过眼荣枯电与风,久长那得似花红。上人宴坐观空阁,观色观空色即空。

见《全宋诗》卷七九〇,《全宋诗》编者据《苏文忠公诗编注集成》卷七收入。此诗又见《全宋诗》卷四一六陈襄,题为"冬至日独游吉祥寺(其三)",内容全同,《全宋诗》编者据宋施谔《淳祐临安志》收入。

按:此为苏轼诗。宋王十朋《东坡诗集注》卷二三、宋施元之注《施注苏

---

[1] 王文诰辑注,孔凡礼点校:《苏轼诗集》,中华书局,1982,第2758页。

诗》卷四、清查慎行《苏诗补注》卷七皆收录苏轼此诗。又宋潘自牧《记纂渊海》卷七四、明吴之鲸《武林梵志》卷一皆将此诗置入苏轼名下。又宋潜说友《咸淳临安志》卷七六亦将此诗归入苏轼名下，可参下诗考证。

4.《冬至日独游吉祥寺》

　　井底微阳回未回，萧萧寒雨湿枯荄。何人更似苏夫子，不是花时肯独来。

见《全宋诗》卷七九一，《全宋诗》编者据《苏文忠公诗编注集成》卷八收入。此诗又见《全宋诗》卷四一六陈襄，题为"冬至日独游吉祥寺（其一）"，内容全同，《全宋诗》编者据宋施谔《淳祐临安志》收入。

按：据诗句"何人更似苏夫子"，此诗显为苏轼所作。宋王十朋《东坡诗集注》卷三、宋施元之注《施注苏诗》卷五、清查慎行《苏诗补注》卷八皆收录苏轼此诗。又宋蒲积中编《岁时杂咏》卷四〇、明吴之鲸《武林梵志》卷一、明田汝成《西湖游览志》卷二〇皆将此诗置入苏轼名下。又宋潜说友《咸淳临安志》卷七六亦将此诗归入苏轼名下，查宋施谔《淳祐临安志》卷二，按体例其实此诗亦当为苏轼诗，只因此诗前为陈襄诗，此诗及后二诗《后十余日复至》《吉祥寺僧求阁名》皆被误辑入陈襄名下。

5.《后十余日复至》

　　东君意浅著寒梅，千朵深红未暇裁。安得道人殷七七，不论时节遣花开。

见《全宋诗》卷七九一，《全宋诗》编者据《苏文忠公诗编注集成》卷八收入。此诗又见《全宋诗》卷四一六陈襄，题为"冬至日独游吉祥寺（其二）"，内容全同，《全宋诗》编者据宋施谔《淳祐临安志》收入。

按：此为苏轼诗。宋王十朋《东坡诗集注》卷三、宋施元之注《施注苏诗》卷五、清查慎行《苏诗补注》卷八皆收录苏轼此诗。又宋佚名《锦绣万花谷》后集卷四、宋谢维新编《古今合璧事类备要》前集卷一八、明吴之鲸《武林梵志》卷一、明田汝成《西湖游览志》卷二〇皆将此诗置入苏轼名下。又宋潜说友《咸淳临安志》卷七六亦将此诗归入苏轼名下，可参前诗考证。

6.《和文与可洋川园池三十首·披锦亭》

烟红露绿晓风香,燕舞莺啼春日长。谁道使君贫且老,绣屏锦帐咽笙簧。

见《全宋诗》卷七九七,《全宋诗》编者据《苏文忠公诗编注集成》卷一四收入。此诗又见《全宋诗》卷三七五四无名氏,题为"山丹花二首(其一)",内容全同,《全宋诗》编者据《全芳备祖》前集卷一九收入。

按:此为苏轼诗。宋王十朋《东坡诗集注》卷二九、宋施元之注《施注苏诗》卷一一、清查慎行《苏诗补注》卷一四皆收录苏轼此诗。又宋祝穆《方舆胜览》卷六八、文同《丹渊集》附录皆将此诗置入苏轼名下。文与可即文同,乃苏轼表兄。苏轼此诗题下实有三十首诗,皆咏洋州风物,苏辙亦有和作三十首,参苏辙《和文与可洋州园亭三十咏·披锦亭》:"春晚百花齐,绵绵巧如织。细雨洗还明,轻风卷无迹。"[1] 其实,《全芳备祖》前集卷一九此诗下未署名,前诗署"东坡二首",当即指此诗亦为东坡诗。《全芳备祖》前集卷一九此诗后一诗亦未署名(即无名氏名下的《山丹花二首》其二诗),其实该诗亦非无名氏所作,实出自王十朋《札上人许赠山丹花且云此花三月尽开俟蕊成移去至上巳日以诗索之》:"人间花木眼曾经,未识兹花状与名。丹却青山暮春色,续他红树堕时英。梅溪野老栽成癖,莲社高人诺不轻。小小园林绿将暗,早移芳蕊看敷荣。"[2]

7.《次韵答邦直子由五首》其五

五斗尘劳尚足留,闭关却欲治幽忧。羞为毛遂囊中颖,未许朱云地下游。无事会须成好饮,思归时欲赋登楼。羡君幕府如僧舍,日向城南看浴鸥。

见《全宋诗》卷七九八,《全宋诗》编者据《苏文忠公诗编注集成》卷一五收入。此诗又见《全宋诗》卷八五五苏辙,题为"次韵邦直见答二首(其二)",仅"关却"作"门聊"、"欲赋"作"亦赋"、"城南"作"城隅"几字异,《全宋诗》编者据《栾城集》卷七收入。

---

[1] 傅璇琮等主编:《全宋诗》第15册,北京大学出版社,1998,第9893页。

[2] 傅璇琮等主编:《全宋诗》第36册,北京大学出版社,1998,第22655页。

按：此诗当为苏轼诗。宋吴曾《能改斋漫录》卷一一、宋胡仔《苕溪渔隐丛话》前集卷四三、宋蔡正孙《诗林广记》后集卷四诸书皆将此诗置入苏轼名下。又四库本《苏诗补注》卷一五下有查慎行按语云："《栾城集·次韵邦直见答》共二首，其第二章即'五斗尘劳尚足留'也。乌台诗案，胡仔《苕溪渔隐丛话》、吴曾《能改斋漫录》载此诗俱系东坡作，子由当别有鸥字韵一首，而今已逸，编集者讹以坡诗充数，不可不辨。"查慎行亦谓此诗当为苏轼所作，非苏辙诗也。

8.《次韵参寥师寄秦太虚三绝句时秦君举进士不得》

秦郎文字固超然，汉武凭虚意欲仙。底事秋来不得解，定中试与问诸天。（其一）

一尾追风抹万蹄，昆仑玄圃谓朝隮。回看世上无伯乐，却道盐车胜月题。（其二）

得丧秋毫久已冥，不须闻此气峥嵘。何妨却伴参寥子，无数新诗咳唾成。（其三）

见《全宋诗》卷八〇〇，《全宋诗》编者据《苏文忠公诗编注集成》卷一七收入。此诗又见《全宋诗》卷三八二释元净，题为"次韵参寥子寄秦少游三绝时少游举进士不得"，仅"试与"作"试为"、"已冥"作"已明"几字异，《全宋诗》编者据清《天竺寺志》卷一四收入。

按：此为苏轼诗。宋王十朋《东坡诗集注》卷一二、宋施元之注《施注苏诗》卷一五、清查慎行《苏诗补注》卷一七皆收录苏轼此诗。又宋葛立方《韵语阳秋》卷一八、宋黄彻《䂬溪诗话》卷八、《诗话总龟》后集卷四三、明陶宗仪《说郛》卷八〇诸书皆引"底事秋来不得解，定中试与问诸天"此句作苏轼诗。

9.《吴江岸》

晓色兼秋色，蝉声杂鸟声。壮怀销铄尽，回首尚心惊。

见《全宋诗》卷八〇二苏轼诗，《全宋诗》编者据《苏文忠公诗编注集成》卷一九收入。此诗又见《全宋诗》卷三一六苏舜钦，题同，仅"销"作"消"一字异，《全宋诗》编者据《苏舜钦集》卷八收入。

按：此诗归属存疑。王文诰《苏轼诗集辑注》云此诗："施（元之）编不载，查(慎行)注从邵本补编。"①《吴都文粹续集》卷四八将此诗归入苏轼名下，但《苏舜钦集编年校注》谓："清初查慎行增补苏轼诗，由于炫博贪多，有时不免误收……今仍定此诗为舜钦吴中诗。"②

10.《游何山》

今日何山是胜游，乱峰萦转绕沧洲。云含老树明还灭，石碍飞泉咽复流。遍岭烟霞迷俗客，一溪风雨送归舟。自嗟尘土先衰老，底事孤僧亦白头。

见《全宋诗》卷八三一苏轼诗，《全宋诗》编者据《苏文忠诗合注》卷五十收入。此诗又见《全宋诗》卷三一六苏舜钦，题为"游雪上何山"，仅"今日"作"今古"一字异，《全宋诗》编者据《苏舜钦集》卷八收入。

按：查慎行《苏诗补注》卷四十八谓此诗"诸刻不载，见明徐献忠《吴兴掌故集》第十卷"③，故此诗恐非苏轼所作。陈新等《全宋诗订补》亦认为此诗当为苏舜钦作。《方舆胜览》卷四亦将此诗归入苏舜钦名下。

11.《东坡》

雨洗东坡月色清，市人行尽野人行。莫嫌荦确坡头路，自爱铿然曳杖声。

见《全宋诗》卷八〇五，《全宋诗》编者据《苏文忠公诗编注集成》卷二二收入。此诗又见《全宋诗》卷二七七九杨娃，题为"题马和之画四小景其四"，内容全同，《全宋诗》编者据清邵飘《历代名媛杂咏》卷一收入。

按：此为苏轼诗。宋王十朋《东坡诗集注》卷六、宋施元之注《施注苏诗》卷二十、清查慎行《苏诗补注》卷二二皆收录苏轼此诗。又南宋叶寘《爱日斋丛抄》卷三引"莫嫌荦确坡头路，自爱铿然曳杖声"作苏轼诗。其实，此乃杨娃题写苏轼之诗，四库本清厉鹗《樊榭山房集》续集卷三《题周少穆所藏马和之小景二首》亦自注云："画上有杨妹子题云：'雨洗东坡月色清，市人行罢野

---

① 王文诰辑注，孔凡礼点校：《苏轼诗集》，中华书局，1982，第998页。
② 苏舜钦著，傅平骧、胡问陶校注：《苏舜钦集编年校注》，巴蜀书社，1991，第305页。
③ 查慎行：《苏诗补注》卷四十八，文渊阁《四库全书》本。

人行。莫嫌荦确坡头路，自爱铿然曳杖声。'东坡黄州作也。"又杨娃名下的这四首诗皆不是杨娃所作，"题马和之画四小景（其一）"为白居易《华阳观中八月十五日夜招友玩月》。"题马和之画四小景（其二）"乃是贺铸《游庄严寺园》，"题马和之画四小景（其三）"乃是苏轼的《题李伯时画赵景仁琴鹤图二首》其一诗。

12.《题李伯时画赵景仁琴鹤图二首》其一

清献先生无一钱，故应琴鹤是家传。谁知默鼓无弦曲，时向珠宫舞幻仙。

见《全宋诗》卷八一三，《全宋诗》编者据《苏文忠公诗编注集成》卷三〇收入。此诗又见《全宋诗》卷二七七九杨娃，题为"题马和之画四小景（其三）"，内容全同，《全宋诗》编者据清邵飘《历代名媛杂咏》卷一收入。

按：参上诗考证。此为杨娃将苏轼诗题于画卷之上。宋王十朋《东坡诗集注》卷二七、宋施元之注《施注苏诗》卷二七、清查慎行《苏诗补注》卷三〇皆收录苏轼此诗。

13.《次韵送张山人归彭城》

羡君飘荡一虚舟，来作钱塘十日游。水洗禅心都眼净，山供诗笔总眉愁。雪中乘兴真聊尔，春尽思归却罢休。何日五湖从范蠡，种鱼万尾橘千头。

见《全宋诗》卷八一五，《全宋诗》编者据《苏文忠公诗编注集成》卷三二收入。此诗又见《全宋诗》卷三七三七朱定国，题为"戏张天骥"，仅"羡君"作"羡公"、"虚舟"作"孤舟"等几字异，《全宋诗》编者据《诗话总龟》前集卷三八引《纪诗》收入。

按：查慎行以此诗当为朱定国作，《苏诗补注》此诗下查慎行按云："阮阆休《诗话总龟》云：徐州张天骥不远千里，见朱定国于钱唐，爱其风物，欲徙家居焉。春尽思归，定国以诗戏之云云，起句'羡公飘荡一孤舟'，第七句'何事却寻朱处士'，与集本小异。……阮阆休以为朱定国作，当必有据。今移编，俟再考。"①但宋王十朋《东坡诗集注》卷十六、宋施元之注《施注苏诗》卷二八皆收录苏轼此诗。又宋黄彻《䂬溪诗话》卷三、《诗话总龟》后集卷二〇诸书皆引"水洗禅心都眼净，山供诗笔总眉愁"作苏轼诗，故此诗恐非朱定国所作，似为苏轼诗。

14.《赠刘景文》

荷尽已无擎雨盖，菊残犹有傲霜枝。一年好景君须记，正是橙黄橘绿时。

见《全宋诗》卷八一五，《全宋诗》编者据《苏文忠公诗编注集成》卷三二收入。此诗又见《全宋诗》卷三二七三释惟一，题为"颂古三十六首（其二）"，内容全同，《全宋诗》编者据《环溪惟一禅师语录》卷下收入。

按：此为苏轼诗。宋祝穆《古今事文类聚》前集卷一二、宋潘自牧《记纂渊海》卷九二、宋陈景沂《全芳备祖》后集卷四、宋蔡正孙《诗林广记》前集卷五、宋吕祖谦《宋文鉴》卷二八诸书皆将此诗归入苏轼名下。释惟一名下此诗当为释子偈颂辗转引用。

15.《儋耳山》

突兀隘空虚，他山总不如。君看道傍石，尽是补天余。

见《全宋诗》卷八二四，《全宋诗》编者据《苏文忠公诗编注集成》卷四一收入。此诗又见《全宋诗》卷九二八孔平仲诗，题为"题女娲山女娲庙（其二）"，内容全同，《全宋诗》编者据《清江三孔集》卷二五收入。

按：此诗非孔平仲诗，当为苏轼诗。宋王十朋《东坡诗集注》卷二、宋施元之注《施注苏诗》卷四〇、清查慎行《苏诗补注》卷四一皆收录苏轼此诗。又宋张邦基《墨庄漫录》卷一、明唐胄编《正德琼台志》卷六、明曾邦泰等《万历儋州志·地理志》、明李贤等《大明一统志》卷八二诸书皆将此诗归入苏轼名下。

16.《送酒与崔诚老》

雪堂居士醉方熟，玉涧山人冷不眠。送与安州泼醅酒，从今三日

---

① 冯应榴辑注，黄任轲、朱怀春校点：《苏轼诗集合注》，上海古籍出版社，2001，第1593页。

是三年。

见《全宋诗》卷八三一,《全宋诗》编者据《苏文忠诗合注》卷五〇收入。此诗又见《全宋诗》卷二八五六陈宓,题为"予守南康适当旱岁睹东坡玉涧留题喜雨书之庶几新年三白之符也",仅"从今三日是三"作"一年三白是丰"几字异,《全宋诗》编者据《复斋先生龙图陈公文集》卷五收入。

按:此诗"雪堂居士"指苏轼,"玉涧山人"指崔诚老,即崔闲,其人字诚老,南康军人,结庐于玉涧,号睡足庵。此诗显然为苏轼送酒给崔闲之作。陈宓(1171—1230),为南宋时人,他不可能与玉涧山人崔闲交往。据陈宓该诗诗题来看,应是陈宓书写苏轼之诗,被误为陈宓之作。

17.《鼠须笔》

太仓失陈红,狡穴得余腐。既兴丞相叹,又发廷尉怒。磔肉饲饥猫,分髯杂霜兔。插架刀槊健,落纸龙蛇骛。物理未易诘,时来即所遇。穿墉何卑微,托此得佳誉。

见《全宋诗》卷八三一,《全宋诗》编者据《苏文忠诗合注》卷五〇收入。此诗又见《全宋诗》卷一三五一苏过,题为"赋鼠须笔",仅"陈红"作"红陈"、"狡穴"作"狡鼠"等几字异,《全宋诗》编者据《斜川集》卷一收入。

按:此诗恐非苏轼所作,似为苏过诗。宋王十朋《东坡诗集注》、宋施元之注《施注苏诗》皆未收录此诗。又宋胡仔《苕溪渔隐丛话》前集卷四一、宋祝穆《古今事文类聚》别集卷一四、明彭大翼《山堂肆考》卷一七七诸书皆将此诗置入苏过名下。宋谢维新《古今合璧事类备要》前集卷四六、宋佚名《锦绣万花谷》前集卷三二、南宋魏庆之《诗人玉屑》卷十七三书亦皆引《苕溪渔隐丛话》作苏过诗。又,宋陈槱《负暄野录》卷下认为此诗是邵道像所作。

18.《西湖寿星院明远堂》

十年不向此凭栏,景象依然一望间。龙鬣吐云天入水,楼台倒影日衔山。僧于僻寺难为隐,人在扁舟未是闲。孤鹤似寻和靖宅,盘空飞去复飞还。

此诗又见《全宋诗》卷八三一苏轼,《全宋诗》编者据《苏文忠诗合注》

卷五〇收入。见《全宋诗》卷三三九七车若水，题为"江湖伟观"，仅"不向此"作"不到一"、"景象"作"景色"等几字异，《全宋诗》编者据明谢铎《赤城诗集》卷二收入。

按：宋潜说友《咸淳临安志》卷之三三、明田汝成《西湖游览志》卷八、清厉鹗《宋诗纪事》卷七二皆将此诗归于车若水的名下。又此诗下有冯应榴按语云："此诗见《武林梵志》，与卷三十二《寒碧轩》'清风肃肃摇窗扉'一首并载。其是否先生诗，未敢遽定，今姑采录。"[①]故此诗当为车若水诗，非苏轼所作。

19.《仆年三十九在润州道上过除夜作此诗又二十年在惠州录之以付过》

寺官官小未朝参，红日半窗春睡酣。为报邻鸡莫惊觉，更容残梦到江南。（其一）

钓艇归时菖叶雨，缲车鸣处楝花风。长江昔日经游地，尽在如今梦寐中。（其二）

见《全宋诗》卷八三二，《全宋诗》编者据成化刊《东坡七集·续集》卷二收入。此诗又见《全宋诗》卷九七七关澥，题为"绝句"，仅"半窗"作"半竿"、"惊觉"作"惊起"等几字异，《全宋诗》编者据宋何薳《春渚纪闻》卷七收入。

按：清查慎行谓此两诗当为关澥作。《苏诗补注》此诗下查慎行按云："何薳《春渚纪闻》云：钱唐关氏，诗律精深妍妙，世守家法。子东二兄子容、子开，皆称作者。'钓艇归时蒲叶雨'、'寺官官小未朝参'云云，此子容诗，世传以为东坡先生作，非也。今以年谱考之，熙宁七年甲寅，先生年三十九，是冬自杭倅移知密州，在密度岁。有《除夜答段屯田》诗，起句云'龙钟三十九，劳生已强半'，何曾在润州过除夜耶？向疑此二绝句非先生作，不谓古人有先我言之者矣。今据此驳正。"[②]

20.《句》其三二

但令有妇如康子，安问生儿比仲谋。

见《全宋诗》卷八三二，《全宋诗》编者据《苏文忠诗合注》卷五〇冯应

---

① 王文诰辑注，孔凡礼点校：《苏轼诗集》，中华书局，1982，第2660页。
② 王文诰辑注，孔凡礼点校：《苏轼诗集》，中华书局，1982，第2758页。

榴注引《猗觉寮杂记》收入。

按：此句非苏轼句，实出自黄庭坚《次韵答柳通叟问舍求田之诗》："少日心期转谬悠，蛾眉见妒且障羞。但令有妇如康子，安用生儿似仲谋。横笛牛羊归晚径，卷帘瓜芋熟西畴。功名可致犹回首，何况功名不可求。"（《全宋诗》编者据《山谷外集诗注》卷七收入）①

释仲殊

陈新等《全宋诗订补》一书指出释仲殊《京口怀古》其一与李公异《北固楼》重出，释仲殊《京口怀古》其二与胡致能《咏润州》重出，此两诗归属存疑。许红霞《全宋诗所收僧诗致误原因探析》一文指出方惟深《绝句》实为释仲殊《访子通》。除此之外，释仲殊名下还有如下诗句与他人重出。

1.《句》其一

凉生宫殿不因秋。

《句》其二

霁色澄千里，潮声带两州。

见《全宋诗》卷八三九释仲殊，《全宋诗》编者据《舆地纪胜》卷二《两浙西路·临安府》收入。

按：此两句实出自释仲殊《南柯子·六和塔》词："金鳌蟠龙尾，莲开舞凤头。凉生宫殿不因秋。门外莫寻尘世，卷地江流。霁色澄千里，潮声带两洲。月华清泛浪花浮。今夜蓬莱归梦，十二琼楼。"②

2.《润州》

北固楼前一笛风，断云飞出建昌宫。江南二月多芳草，春在蒙蒙细雨中。

见《全宋诗》卷八三九释仲殊，《全宋诗》编者据宋赵令畤《侯鲭录》卷一收入。此诗又见《全宋诗》卷三七五三释辉，题同，仅"建昌"作"建章"

---

① 傅璇琮等主编：《全宋诗》第 17 册，北京大学出版社，1998，第 11499 页。
② 唐圭璋等主编：《全宋词》，中州古籍出版社，1996，第 385 页。

一字不同，《全宋诗》编者据明李蓘《宋艺圃集》卷二二收入。

按：宋陈应行编《吟窗杂录》卷三二、宋曾慥《类说》卷一八、宋魏庆之《诗人玉屑》卷二〇、宋阮阅《诗话总龟》卷二二、明陶宗仪《说郛》卷一八上、明释正勉《古今禅藻集》卷一二诸书皆将此诗归入释仲殊名下。明李蓘《宋艺圃集》卷二二此诗题下实署名为"僧晖"，因释仲殊俗姓张，名挥，疑僧晖即为释仲殊（张挥）。

3.《题洞虚观》

古观多松桧，幽奇近暮秋。坐看新月上，闲见断云愁。野思同花鸟，乡情隔岛洲。轻寒披鹤氅，隐几自搔头。

见《全宋诗》卷八三九释仲殊，《全宋诗》编者据宋史能之《咸淳重修毗陵志》卷二三收入。此诗又见《全宋诗》卷三七五三释辉，题为"题洞灵观"，仅"幽奇"作"幽期"一字不同，《全宋诗》编者据明李蓘《宋艺圃集》卷二二收入。

按：万历《常州府志》卷一六亦将此诗归入僧仲殊名下。明李蓘《宋艺圃集》卷二二此诗题下亦实署名为"僧晖"，因释仲殊俗姓张，名挥，疑僧晖即为释仲殊（张挥）。

4.《句》其四

海门碍日山双笋，江北迎人树几行。

见《全宋诗》卷八三九释仲殊，《全宋诗》编者据《方舆胜览》卷三收入。此诗又见《全宋诗》卷三七四〇李公异《句》，内容全同，《全宋诗》编者据《舆地纪胜》卷七《两浙西路·镇江府》收入。

按：李勇先校点之《舆地纪胜》卷七，已据《方舆胜览》卷三将此诗署名由"李仲殊（即李公异）"改为"僧仲殊"[①]。

张景修

朱腾云博士论文《〈全宋诗〉重出误收研究》指出张景修《睡香花》与张耒《睡

[①] 王象之著，李勇先校点：《舆地纪胜校点》，四川大学出版社，2005，第441页。

香花》及张祠部《瑞香花》重出，此为张景修诗；又张景修《延真秋屏轩》与张叔敏《延真秋屏轩》重出，此诗归属存疑。除此之外，张景修名下还有以下一诗与他人重出：

《九月望夜与诗僧可久泛西湖》

山风猎猎酿寒威，林下山僧见亦稀。怪得题诗无俗语，十年肝鬲湛清辉。

见《全宋诗》卷八四〇，乃《全宋诗》编者依据元陈世隆《宋诗拾遗》卷一〇辑得。此诗又见《全宋诗》卷五一八叶梦得，题为"诗二首（其一）"，仅仅"题诗"作"吟诗"、"清辉"作"寒辉"等几字异，乃《全宋诗》编者据《避暑录话》卷下辑得。

按：宋施谔纂修《淳祐临安志》卷八、明田汝成《西湖游览志余》卷二〇、清厉鹗《宋诗纪事》卷三五引《澄怀录》诸书皆将此诗归入叶梦得名下。据叶梦得《避暑录话》卷下："景修与吾同为郎，夜宿尚书新省之祠曹厅。步月庭下，为吾言往尝以九月望夜道钱塘，与诗僧可久泛西湖，至孤山，已夜分。是岁早寒，月色正中，湖面渺然如镕银。傍山松桧参天，露下叶间，蘸蘸皆有光。微风动，湖水晃漾，与林叶相射。可久清癯苦吟，坐中凄然不胜寒。索衣，无所有，空米囊，覆其背，为平生得此无几。吾为作诗纪之云。"[①] 此诗当为叶梦得诗，张景修为述其事者，叶梦得感而赋诗。元陈世隆《宋诗拾遗》卷一〇将此诗归于张景修名下，当有误。

许将

《句》其三

楼台随地尽，江海与天浮。

见《全宋诗》卷八四〇许将，《全宋诗》编者据《舆地纪胜》卷七《两浙西路·镇江府》收入。

[①] 叶梦得著,叶德辉校刊,涂谢权点校:《〈石林燕语〉〈避暑录话〉》,山东人民出版社,2012,第182页。

按：张文今编《金山诗抄》录有许冲元（即许将，许将字冲元）《金山寺》："京口几回过，金山今始游。楼台随地尽，江海与天浮。轩冕非吾意，田园不自谋。西风吹杖履，归思满沧洲。"（此诗亦见明张莱《京口三山志》卷四）[1] 许将《句》其三即出自该诗。今《全宋诗》失收《金山寺》诗，当应补入，相应地许将名下"楼台随地尽，江海与天浮"佚句亦当删去。

查应辰

《句》

无地得施调国手，惟天知有爱民心。

见《全宋诗》卷八四一查应辰，《全宋诗》编者据宋陆游《家世旧闻》卷上收入。

按：此非查应辰句，实出自陆佃《依韵和查应辰朝散雪二首》其一："三阳新已换三阴，润泽才逾一寸深。无地得施调国手，惟天知有爱民心。霜毛一半浑如雪，玉貌诸余少似今。且向尊前尽情醉，不须辛苦问为霖。"[2] 查宋陆游《家世旧闻》卷上："楚公（陆佃）在海州，《和查朝散应辰雪诗》云：'无地得施调国手，惟天知有爱民心。'盖公虽恬于仕进，而志则常在生民如此。"[3] 亦谓此诗实为陆佃所作，盖《全宋诗》编者误辑。

第十五册

朱长文

胡可先《〈全宋诗〉误收唐诗考》一文指出朱长文《春眺西上冈寄徐员外》实为唐朱长文《春眺扬州西上岗寄徐貟外》。韩震军《〈全宋诗〉误收同姓名唐

---

[1] 张文今编：《金山诗抄（上册）》，广陵书社，2008，第64页。
[2] 傅璇琮等主编：《全宋诗》第16册，北京大学出版社，1998，第10660页。
[3] 陆游撰，孔凡礼点校：《家世旧闻》，中华书局，1993，第184页。

人诗文举正（一）》一文指出朱长文《句》"孤馆闭塞水，大江生夜风"实为唐人朱长文《宿新安江深渡馆寄郑州王使君》。除此之外，朱长文名下还有如下一诗与他人重出：

《叠嶂楼有怀吴门》

> 虎邱换得敬亭山，句水松陵数舍间。天下难如两州好，君恩乞与一身闲。惭无牒诉烦敲扑，喜有林泉数往还。犹想朋云隐君子，思归时见鬓毛班。

见《全宋诗》卷八四八朱长文，《全宋诗》编者据宋郑虎臣《吴都文粹》卷一○收入。此诗又见《全宋诗》卷七四八林希，题为"叠嶂楼有怀吴门朱伯原"，仅"虎邱"作"虎丘"、"惭"作"渐"、"扑"作"朴"、"班"作"斑"几字异，《全宋诗》编者据宋范成大《吴郡志》卷四九收入。

按：此诗为林希诗。《吴都文粹》乃依《吴郡志》录写诗文，参孙星衍《平津馆鉴藏记》卷三云："《吴都文粹》十卷，旧写本。题苏台郑虎臣集，前后无序跋。《四库全书》本作九卷。此书全依《吴郡志》录写诗文，疑是坊贾所作，非虎臣原书。"钱熙祚《吴郡志校勘记序》云："偶检郑虎臣《吴都文粹》，讶其篇目不出《范志》所录，因取以相校，删节处若合符节。"① 今此诗在此两书署名不同，因是《吴都文粹》将诗题《叠嶂楼有怀吴门朱伯原》中的人名朱伯原（即朱长文）误为该诗作者。王象之《舆地纪胜》卷一九、宋祝穆《方舆胜览》卷一五皆引《吴郡志》作林希诗。

苏辙

陈新等《全宋诗订补》指出苏轼《题王维画》《登庐山》实为苏辙《题王诜都尉画山水横卷三首（其一）》《江州五咏·东湖》，又苏轼《扇》实出自苏辙《感秋扇》。张如安《〈全宋诗〉订补稿》也指出毛维瞻《山房》二首实为苏辙的《次韵毛君山房即事十首（其二）》《再和十首（其九）》，毛维瞻《白云庄》

---

① 余嘉锡著，戴维标点：《四库提要辨证》，湖南教育出版社，2009，第1361页。

实为苏辙《和毛国镇白云庄五咏·白云庄偶题》。胡建升、杨茜《苏辙佚诗辨伪》一文也指出苏辙《初春游李太尉宅东池》实为张方平《初春游李太尉宅东池》，苏辙《益昌除夕感怀》《除夕》两诗实为唐庚《除夕感怀》《除夕》，苏辙《诗一首》实为苏轼《雪斋》，苏辙《过豫章》实出自黄庭坚《徐孺子祠堂》。朱腾云博士论文《〈全宋诗〉重出误收研究》亦指出宋高宗赵构《题阎次平小景》实为苏辙《河上莫归过南湖二绝》其一、黄庭坚《黄庭画赞》实为苏辙《次韵子瞻书黄庭内景卷后赠蹇道士拱辰》、石延年《松二首》其二实出自苏辙《种松》。又张镃《道经寒芦港》实为苏辙《和文与可洋州园亭三十咏·寒芦港》，刘攽《送王仲素寺丞归潜山》实为苏辙《赠致仕王景纯寺丞》，又苏辙《次韵邦直见答二首》其二实为苏轼《次韵答邦直子由五首》其五，参本书相关章节考证。除此之外，苏辙名下还有以下诸诗句与他人重出：

1.《次韵分司南京李诚之待制求酒二首》

世上升沉都梦里，春来强健斗樽前。公田种秫全抛却，坐客无毡谁与钱。（其一）

春深风雨半相和，节物令人意绪多。中酒何须问贤圣，和诗今尚许羊何。（其二）

见《全宋诗》卷八五四，《全宋诗》编者据《栾城集》卷六收入。此诗又见《全宋诗》卷六七〇吕陶，题同，仅"斗樽"作"斗尊"一字异，《全宋诗》编者据《净德集》卷三八收入。

按：李诚之即李师中，苏轼、苏辙兄弟皆与其有交往，苏辙集中有多首与其唱和之作，如《和李诚之待制宴别西湖》《送李诚之知瀛州》《李诚之待制挽词二首》诸诗。又苏辙《栾城集》现存明嘉靖蜀藩朱让栩刻本，该本上承宋椠，《四部丛刊初编》即据此著录，此诗见四部丛刊本《栾城集》卷六。而吕陶原集已佚，其现存《净德集》乃清四库馆臣据《永乐大典》辑得，故此诗非吕陶诗，当为苏辙诗。

2.《山橙花口号》

故乡寒食荼蘼发，百和香浓村巷深。漂泊江南春欲尽，山橙仿佛慰人心。

见《全宋诗》卷八五九苏辙，《全宋诗》据《栾城集》卷一一收入。此诗又见《全宋诗》卷二二三宋祁，题为"山橙花"，仅"百和香浓村巷"作"百合香浓邸舍"、"欲尽"作"过尽"几字异，《全宋诗》据《景文集》卷二四收入。

按：此诗归属存疑。宋陈景沂《全芳备祖》前集卷二七、宋陈思《两宋名贤小集》卷二四诸书皆将此诗置入宋祁名下。朱腾云《〈全宋诗〉重出误收研究》一文认为苏辙《栾城集》乃苏辙自编，故此诗当为苏辙诗。

3.《闻卞氏旧有怪石藏宅中问其遗孙指一废井云尽在是矣井在室中床下尚未能取先作》

昔人游宦久江湖，怪石嵌空骇里闾。一井深藏缘底事，百年不出待潜夫。弃捐泥土性仍在，晬盼林亭气渐苏。微物废兴犹有定，此生穷达谩长吁。

见《全宋诗》卷八六九，《全宋诗》编者据《栾城三集》卷一收入。此诗又见《全宋诗》卷一八〇六李若水，题为"闻卞氏旧有怪石藏宅中问其遗孙指一废井云尽在是矣井在室中床下不可得见乃赋此诗"，仅"谩长"作"漫长"一字异，《全宋诗》编者据《忠愍集》卷三收入。

按：卞氏旧宅为苏辙所购，参苏辙诗《闻诸子欲再质卞氏宅》，又苏辙《因旧》诗自注云："予因卞氏故居改筑新宅，其厅事陋甚。有柴氏厅三间，求售三百余万钱，力不能致。子迟曰：'因卞之旧而易，其尤不可。子孙若贤，当师公俭。'予愧其言，从之，作因旧诗。"[①]且日本内阁文库藏南宋麻沙本《类编增广颍滨先生大全文集》亦著录此诗，而李若水原集已佚，其现存《忠愍集》乃清四库馆臣据《永乐大典》辑得，这有可能造成误收他人之作，故此诗恐非李若水诗，当为苏辙诗。

4.《次韵张禹直开元寺观画壁兼简李德素》

丹青古藏壁，风雨饱侵藻。拂尘开蚀鉴，志士泪沾臆。灵山远飞

---

① 傅璇琮等主编：《全宋诗》第15册，北京大学出版社，1998，第10117页。

来，不可以智测。龙神湛回向，拥卫立剑戟。依然吴生手，旌旆略可识。……并船有歌姝，粉白眉黛黑。期公开颜笑，醉语杂翰墨。不须谈俗事，只令人气塞。

见《全宋诗》卷八七三，《全宋诗》编者据宋孙绍远《声画集》卷八收入。此诗又见《全宋诗》卷一〇〇七黄庭坚，题为"次韵章禹直开元寺观画壁兼简李德素"，仅"侵藻"作"侵食"、"蚀鉴"作"藻鉴"等字异，《全宋诗》编者据《山谷外集诗注》卷九收入。

按：此诗为黄庭坚诗。章禹直即章嗣功，尝以书上言新法，羁管洪州。黄庭坚与其唱和之作还有一首《次韵章禹直魏道辅赠答之诗》。又《山谷集》外集卷三及《山谷外集诗注》卷九皆著录此诗，而苏辙《栾城集》不载此诗。其实《声画集》卷八此诗下并未署名，此诗前一诗才署名苏辙，《全宋诗》编者认为此诗承前诗省名，恐有误。

5.《句》其四

清江入城郭，小浦生微澜。

见《全宋诗》卷一〇一六苏辙，《全宋诗》编者据清王昌年嘉庆《眉州属志》卷二收入。

按：此句并非苏辙诗，而是出自苏轼《送千乘千能两侄还乡》："治生不求富，读书不求官。譬如饮不醉，陶然有余欢。……清江入城郭，小圃生微澜。相从结茅舍，曝背谈金銮。"（《全宋诗》编者据《苏文忠公诗编注集成》卷三〇收入）[①]

6.《句》

山行似觉鸟声殊，渐近神仙简寂居。门外长溪容净足，山腰苦笋耿盘蔬。乔松定有藏丹处，大石仍存拜斗余。弟子苍髯年八十，养生世世授遗书。（其一）

浮云有意藏山顶，流水无声入稻田。古木微风时起籁，诸峰落日尽藏烟。（其二）

---

① 傅璇琮等主编：《全宋诗》第14册，北京大学出版社，1998，第9410页。

见《全宋诗》卷三七三八无名氏,《全宋诗》编者据《锦绣万花谷》后集卷二七收入。

按:《全宋诗》编者在此两诗下加按语云:"二诗原署苏轼。清冯应榴《苏文忠诗合注》卷五〇附录于卷末,今入无名氏。"其实,此诗并非无主。马德富《苏轼佚诗辨正》一文已指出该诗其一乃为苏辙《游庐山山阳七咏·简寂观》,其二为苏辙《游庐山山阳七咏·白鹤观》中间四句。[1]

舒亶

舒亶《和刘珵西湖十洲·芙蓉洲》与宋高宗《题黄筌芙蓉图》重出,又舒亶《芦山寺(其一、其二、其五、其六)》与释德洪《庐山杂兴六首(其二、其四、其五、其六)》重出,参本书相关章节考证。

1.《梦入天台》

天风吹散赤城霞,染出连云万树花。误入醉乡迷去路,旁人应笑却还家。

见《全宋诗》卷八九〇,乃《全宋诗》编者依据宋陈思《两宋名贤小集》卷九〇《舒待制诗集》辑得。此诗又见《全宋诗》卷九一〇张亶,题为"梦中诗",仅仅"旁人应笑却"作"傍人应笑不"几字异,乃《全宋诗》编者依据宋蔡绦《西清诗话》辑得。

按:宋蔡绦《西清诗话》卷中、宋胡仔《苕溪渔隐丛话》前集卷五八、宋曾慥《类说》卷五七、宋阮阅《诗话总龟》后集卷四〇、宋魏庆之《诗人玉屑》卷二〇、宋邵雍《梦林玄解》卷三〇诸书皆作张亶诗。《西清诗话》谓张亶字诚甫,洛阳人。《两宋名贤小集》将此诗归入舒亶名下,当是将张亶讹为舒亶。

2.《句》其四

春禽得意千般语,涧草无名百种香。

见《全宋诗》卷八九〇,乃《全宋诗》编者依据宋张邦基《墨庄漫录》卷

---

[1] 马德富:《苏轼佚诗辨正》,《文学遗产》2002年第5期,第54页。

二辑得。此诗又见《全宋诗》卷八四〇陈丕《句》，内容全同，乃《全宋诗》编者依据清董沛《甬上宋元诗略》卷二辑得。

按：宋张邦基《墨庄漫录》要早于清董沛《甬上宋元诗略》，且清《宋诗纪事》卷二三亦引《墨庄漫录》作舒亶诗，故此诗恐非陈丕诗，当为舒亶作。

第十六册

释道潜

陈新等《全宋诗订补》已指出释道潜《维王府园与王元规承事同赋》其二与内院官《宋内院题马远四景》其二重出，此为道潜诗。《秦观集编年校注》一书也指出秦观名下《徐得之闲轩》与道潜名下《寄题徐德之先生闲轩》重出，此诗亦当为道潜诗。又朱腾云博士论文《〈全宋诗〉重出误收研究》指出释道潜名下《晚兴》即是释道潜《秋》。除此之外，道潜名下还有以下诸诗与他人重出：

1.《春晚》其一

叠颖丛条翠欲流，午阴浓处听鸣鸠。儿童赌罢榆钱去，狼藉春风漫不收。

见《全宋诗》卷九一一释道潜，《全宋诗》编者据《参寥子诗集》卷一收入。又见《全宋诗》卷一九〇三鲁訔，题为"春词"，内容全同，《全宋诗》编者据清厉鹗《宋诗纪事》卷四四引《诗林万选》收入。

按：此诗为道潜诗。道潜诗现存宋刻本（存中国国家图书馆），此诗出自宋刻《参寥子诗集》卷一，疑《诗林万选》误收。明释正勉等编《古今禅藻集》卷一二亦将此诗归入道潜名下。

2.《春日杂兴》其八

梅梢青子大于钱，惭愧春光又一年。亭午无人初破睡，杜鹃声在柳花边。

见《全宋诗》卷九一五释道潜,《全宋诗》编者据《参寥子诗集》卷五收入。又见《全宋诗》卷一〇二三黄庭坚,题为"书王氏梦锡扇",只"梅梢青子"作"压枝梅子"、"声在"作"啼在"几字异,《全宋诗》编者据《山谷诗别集补》收入。

按:道潜诗现存宋刻本,此诗出自宋刻《参寥子诗集》卷五。黄庭坚诗与道潜诗只几字异,或是黄庭坚改写道潜诗书之扇上。参四库本宋楼钥《攻媿集》卷七十三:"东坡、少游、参寥各赋春日诗十首。参寥第八首云:'梅梢青子大于钱,惭愧春光又一年。亭午无人初破睡,杜鹃声在柳花边。'山谷别集《书王氏梦锡扇》,乃是此诗,但首句云'压枝梅子',末句云'杜鹃啼在柳梢边',岂山谷爱参寥诗,尝书之扇耶?"

3.《次韵伯言明发登西楼望桃花》其二

小楼西望那人家,出屋香梢几树花。只恐东风能作恶,乱红如雨堕窗纱。

见《全宋诗》卷九二〇释道潜,《全宋诗》编者据《参寥子诗集》卷一〇收入。此诗又见《全宋诗》卷四八九刘敞,题为"桃花三首(其三)",内容全同,《全宋诗》编者据《公是集》卷二九收入。

按:据陈师道和作《和参寥(即释道潜)明发见邻家花二首》之二:"短墙春色过邻家,行不逢人只见花。新绿葱葱红蕟蕟,却成妆面映青纱。"[1] 宋人李龏《梅花集句》其六一:"出屋香梢几树花(道潜),对花今日奈天涯(周美成)。秦中驿使无消息(杜子美),又遣相思梦到家(李缜)。"[2] 此诗当为道潜诗,非刘敞所作也。又刘敞诗原集已佚,现存其集乃清四库馆臣据《永乐大典》辑出,这可能是造成误辑道潜之作的原因。

4.《送王彦龄承务还河内》

武陵王郎高韵度,鞍马四方无定住。眼逢泉石便吟哦,咳唾珠玑不论数。……秋风猎猎促鸣蝉,归路千山入马鞭。白袍乌袖宜图画,不羡襄阳孟浩然。

---

[1] 傅璇琮等主编:《全宋诗》第 19 册,北京大学出版社,1998,第 12737 页。
[2] 傅璇琮等主编:《全宋诗》第 59 册,北京大学出版社,1998,第 37445 页。

见《全宋诗》卷九二一释道潜，《全宋诗》编者根据《参寥子诗集》卷一一收入。又见《全宋诗》卷一三四六释德洪，题同，仅"无定"作"在定"、"眼逢"作"眼随"等几字异，《全宋诗》编者据清顾贞观《积书岩宋诗删》卷一一收入。

按：清《宋诗钞初集》、《宋金元明四朝诗》宋诗卷三四皆将此诗归入道潜名下。道潜诗现存宋刻本，此诗出自宋刻《参寥子诗集》卷一一，从版本学角度看，此诗当为道潜诗，非释德洪诗。

5.《梅花》

咸平处士风流远，招得梅花枝上魂。疏影暗香如昨日，不知人世几黄昏。

见《全宋诗》卷九二二释道潜，《全宋诗》编者据宋陈景沂《全芳备祖》前集卷一收入。此诗又见《全宋诗》卷二三九五徐逸，题同，内容全同，《全宋诗》编者据宋陈景沂《全芳备祖》前集卷一收入。

按：《全宋诗》编者据同一本书将此诗分系两人名下，盖所据《全芳备祖》版本不同之故也。程杰、王三毛点校的《全芳备祖》据其所选底本（即日本宫内厅所藏宋刻及八千卷楼本）将此诗作者署为"徐抱独（即徐逸）"[1]。四库本《全芳备祖》前集卷一此诗题下并未署名，《全宋诗》编者认为该诗当是承前诗（前诗为道潜诗）省名，此当为误判。宋韦居安《梅磵诗话》卷中、清厉鹗编《宋诗纪事》卷五七亦将此诗归入徐逸名下，故此诗非道潜诗，当为宋人徐逸诗。

6.《句》

风约乱云归陇首，角催明月出波心。

见《全宋诗》卷九二二释道潜，《全宋诗》编者据《锦绣万花谷》前集卷三收入。

按：此并非佚句，乃出自道潜七律《夜泊淮上复寄逢原》："黄沙白草满淮垠，逆旅萧条思不禁。风约乱云归陇首，角催明月出波心。樯头涌处潮初上，斗柄

---

[1] 陈景沂著，程杰、王三毛点校：《全芳备祖》，浙江古籍出版社，2014，第32页。

移时梦未沉。遥想故人投宿地，画船应在碧榆林。"①

7.《句》

浩瀚霜风刮天地，温泉火井无生意。

见《全宋诗》卷九二二释道潜，《全宋诗》编者据宋佚名《锦绣万花谷》前集卷三收入。

按：此恐非道潜诗，乃出自唐人无名氏诗《冬》："苍茫枯碛阴云满，古木号空昼光短。云拥三峰岳色低，冰坚九曲河声断。浩汗霜风刮天地，温泉火井无生意。泽国龙蛇冻不伸，南山瘦柏销残翠。"②五代韦縠《才调集》卷一〇亦将此诗归入无名氏名下。

8.《句》

堕杳霭更上，迎晖亭徙倚。

见《全宋诗》卷九二二释道潜，《全宋诗》编者据宋潜说友《咸淳临安志》卷八三收入。

按：此非道潜诗，而是出自宋人洪咨夔《元宵前三日侍老人游双林》诗最后两句，参该诗："大径山高寺山巅，小径山深寺山趾。辛夷花开数点雨，艾纳香空半泓水。新新故故自楼阁，下下高高各窗几。……参寥有句堕杳霭，更上迎晖亭徙倚。"③《全宋诗》编者据"参寥有句"云云，认为"堕杳霭，更上迎晖亭徙倚"为道潜（号参寥子）所作，当属误判。宋潜说友《咸淳临安志》卷八三已明确说明此诗为洪忠文公咨夔诗。

孔平仲

朱腾云博士论文《〈全宋诗〉重出误收研究》指出孔文仲《早行》实为孔平仲《早行》，孔平仲《翠微亭》与孔武仲《翠微亭》重出，无名氏《回文》五首实为孔平仲《题织锦璇玑图》。李一飞《宋集小考三题》一文亦指出詹恺《月

---

① 傅璇琮等主编：《全宋诗》第16册，北京大学出版社，1998，第10736页。
② 中华书局点校：《全唐诗》第22册，中华书局，1980，第8858页。
③ 傅璇琮等主编：《全宋诗》第55册，北京大学出版社，1998，第34578页。

夜》实为孔平仲《月夜》诗。又孔平仲《题女娲山女娲庙》其二与苏轼《儋耳山》重出，参见本书相关章节考证。除此之外，孔平仲名下还有如下诸诗与他人重出：

1.《题赣州嘉济庙祈雨感应》

江东祷雨真灵迹，香火未收檐溜滴。城中到此夜五更，渡口归时水三尺。高田流满入低田，万耦齐耕破晓烟。但愿吾民得饱饭，年年岁岁是丰年。

见《全宋诗》卷九二五孔平仲，《全宋诗》编者据《清江三孔集》卷二二收入。此诗又见《全宋诗》卷六三二孔宗翰，题为"谒赣上东江祠祈雨有作"，仅"江东"作"东江"、"流满"作"溜满"几字异，《全宋诗》编者据宋王象之《舆地纪胜》卷三二《江南西路·赣州》收入。

按：孔宗翰嘉祐年间曾出知赣州，孔平仲元祐初亦曾出知赣州。但雍正《江西通志》卷一五〇、同治《赣州府志》卷一二皆将此诗归入孔平仲名下。又宋宋濂《赣州圣济庙灵迹碑》载："元祐元年夏五月，不雨，遍萦山川弗应。郡守孔平仲迎神至郁孤台，烛未见跋，甘霖如泻。"[1]此诗为孔平仲作可能性似更大。

2.《句》其三

遗爱海波无继处，去思秋色有余清。

见《全宋诗》卷九三一，《全宋诗》编者据宋《锦绣万花谷》前集卷一三收入。

按：此并非佚句，实出自孔平仲《送张通判》："清若冰壶断若金，孜孜常见恤民深。三年佐郡神明政，一旦归朝父老心。遗爱海波无断处，去思秋色有余阴。临行曲为留旬日，少慰攀辕泪满襟。"[2]（《全宋诗》编者据《清江三孔集》卷二四收入）

3.《句》其四

写出十分秋。

见《全宋诗》卷九三一，《全宋诗》编者据宋郑元佐《朱淑真集注》前集

---

[1] 罗月霞主编：《宋濂全集（新编本）》第2册，浙江古籍出版社，2014，第570页。
[2] 傅璇琮等主编：《全宋诗》第16册，北京大学出版社，1998，第10911页。

卷六《咏桂》四首注引收入。

按：此诗句又见释德洪《次韵履道雨霁见月二首》之一："昨夜中庭树，阴寒叶上稠。今宵扫疏影，写出十分秋。"①（《全宋诗》编者据《石门文字禅》卷一四收入）

张商英

张商英名下《步虚词》《凌云行》《望仙曲》与杨杰名下《朝真步虚词》《凌云行》《望仙曲》三诗重出，参本书杨杰诗重出考辨。朱腾云博士论文《〈全宋诗〉重出误收研究》亦指出张商英《题关公像》与梅尧臣《古意》重出。除此之外，张商英名下还有如下诸诗与他人重出：

1.《跋王荆公题燕侍郎山水图》

相君开卷忆江东，仿佛钟山与此同。今日还为一居士，翛然身在画图中。

见《全宋诗》卷九三四张商英，《全宋诗》编者据宋葛立方《韵语阳秋》卷一四收入。此诗又见《全宋诗》卷七八三蔡确，题为"观燕公山水画后有王荆公题诗"，内容全同，《全宋诗》编者据宋孙绍远《声画集》卷四收入。

按：此诗乃据王安石《学士院燕侍郎画图》诗而作，王安石诗云："六幅生绡四五峰，暮云楼阁有无中。去年今日长干里，遥望钟山与此同。"②此诗诗句云"今日还为一居士"与张商英无尽居士号正相合，此诗当为张商英作。罗凌《无尽居士张商英研究》一书认为《韵语阳秋》成书于隆兴二年（1164），较《声画集》早近二十年，又李壁《王荆公诗注》云："京师学士院有《燕侍郎山水图》，荆公有一绝云：六幅生绡四五峰云云，后张天觉有诗云：相君开卷忆江东，仿佛钟山与此同。今日还为一居士，翛然身在画图中。此诗话所载。"③故罗凌亦认为此诗似为张商英所作。

---

① 傅璇琮等主编：《全宋诗》第23册，北京大学出版社，1998，第15274页。
② 傅璇琮等主编：《全宋诗》第10册，北京大学出版社，1998，第6708页。
③ 罗凌：《无尽居士张商英研究》，华中师范大学出版社，2007，第211页

2.《诗一首》

野僧迎客下烟岚，试问如何是翠岩。门近洪崖千尺井，石桥分水绕松杉。

见《全宋诗》卷九三四张商英，《全宋诗》编者据宋释晓莹《罗湖野录》卷三收入。此诗又见《全宋诗》卷七八二释圆玑，题为"答张无尽因续成诗"，内容全同，《全宋诗》编者据宋晓莹《罗湖野录》卷三收入。

按：据宋释晓莹《罗湖野录》卷三："保宁玑道者，元祐间住洪州翠岩时，无尽居士张公漕江西，绝江访之。玑逆于途。公遽问曰：'如何是翠岩境？'对曰：'门近洪崖千尺井，石桥分水绕松杉。'公曰：'寻常只闻师道者之名，何能如是只对乎？'玑曰：'适然耳。'公笑而长哦曰：'野僧迎客下烟岚，试问如何是翠岩？门近洪崖千尺井，石桥分水绕松杉。'遂题于妙高台。今有石刻存焉。"① "门近洪崖千尺井，石桥分水绕松杉"应是释圆玑句，"野僧迎客下烟岚，试问如何是翠岩"应是张商英句。《全宋诗》编者似应在这首"诗一首"下加注说明。

3.《头陀岩》

半间□室安禅地，盖代功名不易磨。白□老龙归海去，岩中留得老头陀。

见《全宋诗》卷九三四张商英，《全宋诗》编者据明许国诚《京口三山志》卷四收入。此诗又见《全宋诗》卷三六三四释云岫，题为"金山头陀岩"，仅"□室"作"石屋"、"功名"作"功高"、"白□老"作"白蟒化"、"岩中"作"山中"几字异，《全宋诗》编者据《云外云岫禅师语录》收入。

按：此当为张商英诗。明陈仁锡《无梦园初集》卷三一、清卢见曾《金山志》卷六、康熙《镇江府志》卷五四皆将此诗归于张商英名下。释云岫名下此诗当为佛子偈颂辗转引用。

4.《颂一首》

鼓寂钟沉托钵回，岩头一拶语如雷。果然只得三年活，莫是遭他

---

① 于亭译注：《禅林四书》，崇文书局，2004，第363页。

受记来。

见《全宋诗》卷九三四张商英,《全宋诗》编者据宋释晓莹《罗湖野录》卷二收入。此诗又见《全宋诗》卷一二七六释克勤,题为"颂",仅"钟沉"作"钟停"一字异,《全宋诗》编者据宋师明《续古尊宿语要》卷三收入。

按:此为张商英诗。查《续古尊宿语要》卷三,其文云:"昔无尽大居士,生平以此事为务,遍寰海宗师,无不参咨。到兜率山下,逢个老衲。论末后句,始得脱体全真。言解道理,一时脱却。遂作颂云:'鼓寂钟停托钵回,岩头一拶语如雷。果然只得三年活,莫是遭他受记来。'"亦作无尽居士(即张商英)诗。

5.《句》其六

每闻回列进,不觉寸心忙。

见《全宋诗》卷九三四张商英,《全宋诗》编者据宋王明清《挥麈前录》卷三收入。此句又见《全宋诗》卷七八〇章惇《句》其二,仅"回"作"同"一字异,《全宋诗》编者据宋王明清《挥麈前录》卷三收入。

按:此句《全宋诗》编者皆据宋王明清《挥麈前录》卷三收入,一作张商英句,一作章惇句,殊可怪也。查宋王明清《挥麈前录》卷三:"适何文缜在中书,以乡曲之故,乃以张天觉(张商英)厕名其间,亦赠太保。而天觉熙宁中自选人受章子厚知,引为察官……绍圣初,子厚秉钧,再荐登言路,攻击元祐诸贤,不遗余力……又有二苏狂率、三孔阔疏之表,诗有'每闻同列进,不觉寸心忙'之句。常希古亦力言其奸。"[1]又据《曲洧旧闻》卷八:"无尽居士(张商英)少有俊誉,气陵辈行,然颇以躁进获讥。元丰中,尝上裕陵百韵诗,有'回看同列骤,不觉寸怀忙'之句……章子厚用为中书舍人,谢启力诋元祐以来代言者,其略有'二苏狂率,三孔阔疏'之语。"[2]此句实为张商英句,作章惇句实为误判。

6.《句》其八

虽赝犹堪贵,前贤况可师。

---

[1] 王明清撰,田松青校点:《挥麈录》,上海古籍出版社,2012,第22页。
[2] 龚明之、朱弁撰,孙菊园、王根林校点:《中吴纪闻·曲洧旧闻》,上海古籍出版社,2012,第145页。

见《全宋诗》卷九三四张商英,《全宋诗》编者据《舆地纪胜》卷二九《江南西路·抚州》收入。

按:此非张商英句,乃出自张澂《孝义寺》:"城东孝义寺,仍说卧冰池。虽赝犹堪训,前贤况可师。香销春殿冷,楼压暮钟嘶。末俗逾偷薄,哀怀欲涕洟。"① 查《舆地纪胜》卷二九,此诗句下实署名"张右丞",张澂曾于高宗建炎三年拜尚书右丞,此"张右丞"实为张澂,非张商英也。

7.《句》其十六

空将泪作雨滂沱,泪痕有尽愁无竭。

《句》其十七

灵官召集役神鹊,直渡银河横作桥。

此两句见《全宋诗》卷九三四张商英,《全宋诗》编者皆据《岁时广记》卷二六收入。

按:此两句皆非张商英诗,乃出自张耒《七夕歌》:"人间一叶梧桐飘,蓐收行秋回斗杓。神官召集役灵鹊,直渡银河云作桥。……我言织女君莫叹,天地无穷会相见。犹胜姮娥不嫁人,夜夜孤眠广寒殿。"(《全宋诗》编者据《柯山集》卷三收入)②

8.《句》其二一

水晶肉白壳皮红,色变香移味不同。

见《全宋诗》卷九三四张商英,《全宋诗》编者据《全芳备祖》后集卷一收入。此句又见《全宋诗》卷三七五四张无咎《句》,《全宋诗》编者据《全芳备祖》后集卷一收入。

按:该句碧琳琅馆本及汲古阁本作张无尽,而日藏刻本与八千卷楼本作张天尽,四库本作张无咎。程杰、王三毛点校的《全芳备祖》据碧琳琅馆本及汲古阁本将作者定为张无尽(即张商英)③。

---

① 傅璇琮等主编:《全宋诗》第 27 册,北京大学出版社,1998,第 17931 页。
② 傅璇琮等主编:《全宋诗》第 20 册,北京大学出版社,1998,第 13034 页。
③ 陈景沂著,程杰、王三毛点校:《全芳备祖》,浙江古籍出版社,2014,第 647 页。

9.《句》其二四

最怜高冢临官道，细细烟莎编烧痕。

见《全宋诗》卷九三四张商英，《全宋诗》编者据《古今合璧事类备要》别集卷五六收入。

按：此非张商英句，乃出自陆游《行武担西南村落有感》："骑马悠然欲断魂，春愁满眼与谁论。市朝迁变归芜没，磵谷谽谺互吐吞。一径松楠遥见寺，数家鸡犬自成村。最怜高冢临官道，细细烟莎遍烧痕。（自注：有大冢高数丈，旁又一冢差小，莫知何代人也，俗号太子墓。）"[1]

第十七册

李之仪

陈新等《全宋诗订补》指出李之仪名下诗《诗一首》《又书扇》分别为唐李白《寄远十二首》之一一、唐陆龟蒙《和袭美春夕酒醒》，此两诗属误辑当删。朱腾云《〈全宋诗〉误收唐诗考辨》一文也指出李之仪名下《偶题六绝》其二、《偶题六绝》其三、《偶题六绝》其四分别为唐张籍《忆远》、张籍《玉仙馆》、张籍《弟萧远雪夜同宿》诗。又阮堂明《〈全宋诗〉误收唐人诗新考》一文也指出李之仪名下《还俗道士》乃唐人李端《闻吉道士还俗因而有赠》诗。除此之外，李之仪名下还有以下诸诗与他人重出：

1.《水仙花二绝》其一

得水能仙天与奇，寒香寂寞动冰肌。仙风道骨今谁有，淡扫蛾眉簪一枝。

见《全宋诗》卷九七二李之仪，《全宋诗》编者据《姑溪居士后集》卷一一收入。此诗又见《全宋诗》卷九九三黄庭坚，题为"刘邦直送早梅水仙花四首（其三）"，内容全同，《全宋诗》编者据《山谷内集诗注》卷一五收入。

---

[1] 傅璇琮等主编：《全宋诗》第39册，北京大学出版社，1998，第24394页。

按:此为黄庭坚诗,乃作于建中靖国元年,时黄庭坚在荆州[1]。《锦绣万花谷》前集卷七、宋祝穆《古今事文类聚》后集卷三二、宋陈景沂《全芳备祖》前集卷二一、宋潘自牧《记纂渊海》卷九三、宋毛直方《诗学大成》卷一一等宋人集皆将此诗归入山谷名下。

2.《水仙花二绝》其二

借水开花亦自奇,冰沉为骨玉为肌。寒香自压酴醾倒,只比江梅无好枝。

见《全宋诗》卷九七二李之仪,《全宋诗》编者据《姑溪居士后集》卷一一收入。此诗又见《全宋诗》卷九九三黄庭坚,题为"次韵中玉水仙花二首(其一)",仅"亦自奇"作"自一奇"、"冰"作"水"等几字异,《全宋诗》编者据《山谷内集诗注》卷一五收入。

按:此为黄庭坚诗,乃作于建中靖国元年,时黄庭坚在荆州[2]。宋祝穆《古今事文类聚》后集卷三二、宋陈景沂《全芳备祖》前集卷二一、宋潘自牧《记纂渊海》卷九三等宋人集皆将此诗归入山谷名下。陆游《老学庵笔记》卷五云:"山谷《水仙花二绝》'淡扫蛾眉簪一枝'及'只比江梅无好枝'见于李端叔集中,恐非端叔所及也。"陆游亦认为此二绝当为山谷诗,非李之仪所作。

3.《与晋卿相别忽复春深得书见邀》

留陶渊明把酒碗,送陆修静过虎溪。胸次九流清似镜,人间万事醉如泥。

见《全宋诗》卷九七二李之仪,《全宋诗》编者据《姑溪居士后集》卷一一收入。此诗又见《全宋诗》卷九九五黄庭坚,题为"戏效禅月作远公咏",仅"留"作"邀"、"送"作"过"、"过"作"送"几字异,《全宋诗》编者据《山谷内集诗注》卷一七收入。

按:黄诗前有自序:"远法师居庐山下,持律精苦,过中不受蜜汤,而作诗换酒饮。陶彭泽送客,无贵贱不过虎溪,而与陆道士行,过虎溪数百步,大笑而别。

---

[1] 黄庭坚著,郑永晓整理:《黄庭坚全集辑校编年(中)》,江西人民出版社,2011,第1072页。

[2] 黄庭坚著,郑永晓整理:《黄庭坚全集辑校编年(中)》,江西人民出版社,2011,第1073页。

故禅月（即僧人贯休）作诗云：爱陶长官醉兀兀，送陆道士行迟迟。买酒过溪皆破戒，斯何人斯师如斯。故效之。"李之仪此诗前无自序，据序看当为黄庭坚诗。且宋阮阅《诗话总龟》后集卷四四、宋胡仔《苕溪渔隐丛话》前集卷五六、宋释宗晓《乐邦文类》卷二皆将此诗归于黄庭坚名下。

4.《偶书》

　　风吹苏小门前柳，雨暗罗敷陌上桑。遥想九江春色晚，被花恼得少陵狂。

见《全宋诗》卷九七二李之仪，《全宋诗》据《姑溪居士后集》卷一一收入。此诗又见《全宋诗》卷一五〇二周紫芝，题为"次韵次卿林下行歌十首（其一）"，仅"九江"作"锦江"一字异，《全宋诗》据《太仓稊米集》卷七收入。

按：当为周紫芝诗。周紫芝《次韵次卿林下行歌》乃完整十首，这十首皆言其好友王次卿（即王相如）事，恐非伪作。此诗后两句"遥想锦江春色晚，被花恼得少陵狂"，乃用杜甫在成都《江畔独步寻花七绝句》其一"江上被花恼不彻，无处告诉只颠狂"句，李之仪诗用"九江"亦不确。

5.《题隐者壁》

　　问道全家隐鹿门，竹篱茅屋寄江村。庞公事业无多子，只有平安遗子孙。

见《全宋诗》卷九六〇李之仪，《全宋诗》编者据《姑溪居士前集》卷一一收入。此诗又见《全宋诗》卷一五〇二周紫芝，题为"次韵次卿林下行歌十首（其二）"，仅"问"作"闻"一字异，《全宋诗》编者据《太仓稊米集》卷七收入。

按：当为周紫芝诗。周紫芝诗乃完整十首，皆言王相如事，恐非伪作。

6.《题渔家壁》

　　卖酒罾鱼止数家，卜邻还在水之涯。扁舟定向桃源去，斜日红开两岸花。

见《全宋诗》卷九六〇李之仪，《全宋诗》编者据《姑溪居士前集》卷一一收入。此诗又见《全宋诗》卷一五〇二周紫芝，题为"次韵次卿林下行歌十首（其七）",仅"止"作"只"、"还在"作"元在"等几字异,《全宋诗》编者据《太仓稊米集》卷七收入。

按：当为周紫芝诗。周紫芝诗乃完整十首，皆言王相如事，恐非伪作。

7.《中隐庵次赵德孺韵》

退之以文鸣，诗友得侯喜。声名力与俱，虽尊未勇耳。潢池诋青山，孰辨都与鄙。庵成谁振之，句出闹如市。千仞宁我高，充实信我美。……要须六月息，不息不为已。敢问二诗人，如何得意旨。

见《全宋诗》卷九五一李之仪，《全宋诗》编者据《姑溪居士前集》卷二收入。此诗又见《全宋诗》卷一二〇一李廌，题为"中隐庵和赵孺韵"，仅"诗友"作"师友"、"潢池诋"作"黄池距"、"信我"作"信吾"几字异，《全宋诗》编者据《济南集》卷二收入。

按：李之仪《姑溪居士前集》卷二载其两诗《秀远堂次赵德孺韵》《中隐庵次赵德孺韵》下附有赵德孺《秀远堂》《中隐庵》两诗。据李之仪诗序，韩君锡起秀远堂，结中隐庵，赵太傅德孺赋诗云。李之仪与赵德孺诗当皆因"韩君锡起秀远堂，结中隐庵"而来。李廌该诗下无自序，且集中并无秀远堂诗，其题作"赵孺"亦当不确，故该诗当为李之仪诗。又李廌原集已佚，其现存《济南集》乃清四库馆臣据《永乐大典》辑得，这可能是造成误收他人之作的原因。

8.《次韵东坡还自岭南》

凭陵岁月固难堪，食蘗多来味却甘。时雨才闻遍中外，卧龙相继起东南。天边鹤驾瞻仙袂，云里诗笺带海岚。重见门生应不识，雪髯霜鬓两毵毵。

见《全宋诗》卷九五三李之仪，《全宋诗》编者据《姑溪居士前集》卷四收入。此诗又见《全宋诗》卷一二〇二李廌，题同，内容全同，《全宋诗》编者据《济南集》卷四收入。

按：苏轼于元符三年（1100）从岭南还，此诗乃次韵东坡《过岭二首》之二，亦当作于 1100 年，时李之仪 52 岁，李廌 41 岁。据诗"雪髯霜鬓两毵毵"云云，该诗当为李之仪所作。《苏轼诗集合注》亦云："查本附李端叔《姑溪集·次韵东坡还自岭南》诗一首:凭陵岁月固难堪,食蘖多来味却甘。时雨才闻遍中外,卧龙相继起东南。天边鹤驾瞻仙袂,云里诗笺带海岚。重见门生应不识,雪髯霜鬓两毿毿。榴按:此诗又见《四库全书》所载李方叔《济南集》中,然以属《姑溪集》为确。"① 宋曾慥《类说》卷五七亦将此诗归入李之仪名下。

9.《卢泉之水次韵晁尧民赠张隐人》

卢泉之水名河长,裂脐不到空莽苍。读君诗句心已凉,便觉满耳清浪浪。彼方逐臭如窃香,肝膈素饱神鹰扬。有客饭水衣朝阳,睥睨不语中何伤。过从德君想更乐,直欲造化穷微茫。何当相从老此水,桀跖夷齐均是死。

见《全宋诗》卷九六三李之仪,《全宋诗》编者据《姑溪居士后集》卷二收入。此诗又见《全宋诗》卷一二〇二李廌,题为"卢泉之水次韵晁克民赠隐人",仅"河长"作"何长"、"素饱"作"鼠饱"等几字异,《全宋诗》编者据《济南集》卷三收入。

按:此为李之仪诗。晁尧民即晁端仁,乃晁补之四叔父,与黄庭坚交厚。李之仪有多首与其唱和之作,如《次韵黄鲁直晁尧民游马颊归》《次韵晁尧民黄鲁直苏子瞻同赋半粲字韵十往返而不倦者》《比部文承制移竹赠初秀才尧民有诗因次其韵》等。李廌诗称晁克民,当有误。李之仪这首《卢泉之水次韵晁尧民赠张隐人》与黄庭坚《次韵答和甫卢泉水三首》诗同韵,这当皆是因初和甫作《卢泉之水》而发起的唱和之作。又李廌原集已佚,其现存《济南集》乃清四库馆臣据《永乐大典》辑得,这可能是造成误收他人之作的原因。

10.《壁间所挂山水图》

老骥无能空在闲,苜蓿既饱思行山。谁知尺幅分向背,恍如百里随蹄攀。……爪篱活计知何日,相对无言搔短发。芒鞋竹杖清自在,皎皎吾心真匪石。

见《全宋诗》卷九六四李之仪,《全宋诗》编者据《姑溪居士后集》卷三收入。

---

① 冯应榴辑注,黄任轲、朱怀春校点:《苏轼诗集合注》,上海古籍出版社,2001,第2263页。

此诗又见《全宋诗》卷一二〇二李廌，题同，仅"尺幅"作"八幅"、"忍王阳"作"思王阳"等几字异，《全宋诗》编者据《济南集》卷三收入。

按：李之仪文集宋本已佚，今以明抄本为古。《四库全书·姑溪前后集》亦是传抄本。李廌原集已佚，其现存《济南集》乃清四库馆臣据《永乐大典》辑得，甚不可靠，故此诗为李之仪诗可能性更大。

黄大临

《入萍乡道中》

路入前村信马行，野花香好不知名。官卑无补公家事，时向田家问耦耕。

见《全宋诗》卷九七八黄大临，《全宋诗》编者据明严嵩正德《袁州府志》卷一二收入。此诗又见《全宋诗》卷一九九一黄升，题为"萍乡道中"，仅"前村"作"萍乡"、"田家"作"田间"几字异，《全宋诗》编者据清王明璠同治《萍乡县志》卷六收入。此诗又见《全宋诗》卷三五二五赵祎诗，题为"路入武阳"，仅"前村"作"武阳"、"田家"作"田间"几字异，《全宋诗》编者据民国丙寅本《五云赵氏宗谱》卷一七收入。

按：此诗归属存疑。

黄庭坚

陈新等《全宋诗订补》及陈晓兰《黄庭坚佚诗辑考》已指出黄庭坚名下《结客》《禅句二首（其二）》《文与可尝云老僧墨竹一派近在湖州吾竹虽不及石似过之此一卷公案不可无鲁直正句因次韵》《出池藕花》《咏萍》《宿钱塘尉廨》《古意》《塞上曲》《法语》《慈竹》《题襄阳米芾祠二首》《寿禅师悟道颂》《吊死心禅师偈》《萧子云宅》《白鹤观》《戒杀诗》诸诗重出，又黄庭坚名下《句》其四、其五、其六、其八、其十二、其十五、其十六皆属误辑当删。又王开春《林之奇诗辨伪——兼论〈拙斋文集〉的版本源流》一文指出林之奇名下《谢公定和二范秋怀》《宿旧彭泽怀陶令》《题宛陵张待举曲肱亭》与黄庭坚名下《谢公定和二范秋怀五首邀予同作》《宿旧彭泽怀陶令》《题宛陵张待举曲肱亭》三诗重出,此三诗皆为黄庭坚诗。又王岚《汪藻文集与诗作杂考》一文指出汪藻名下《杂诗》二首与黄庭坚《杂诗七首(其六、其七)》重出,此两诗皆为黄庭坚诗。又许红霞《全宋诗所收僧诗致误原因探析》一文指出黄庭坚《寿禅师悟道颂》、释洪寿《闻堕薪有省作偈》、释宗杲《偈颂一百六十首》其一〇六、释了演《偈颂十一首》其二此四诗重出,此当为释洪寿作。又李定广《〈全宋诗〉误收的唐代经典名篇》一文指出黄庭坚《题小景扇》实为唐贾至《春思》。又阮堂明《〈全宋诗〉误收唐人诗新考》一文指出黄庭坚《杂吟》实为唐代诗僧寒山子诗。又王宏生《〈全宋诗〉疏误小札》一文指出黄庭坚名下《句》"为君写就黄庭了,不博山阴道士鹅",出自黄庭坚《鹧鸪天》(闻说君家有翠娥)词。又朱腾云博士论文《〈全宋诗〉重出误收研究》指出黄庭坚《和柳子玉官舍十首》实为黄庶《和柳子玉官舍十首》、黄庭坚《黄庭画赞》实为苏辙《次韵子瞻书黄庭内景卷后赠蹇道士拱辰》、黄庭坚《即来》实为北周释亡名《五盛阴诗》、黄庭坚《明叔惠示二颂》与黄庭坚《明叔惠示二颂云见七佛偈似有警觉乃是向道之端发于此故以二颂为报》重出。又李之仪名下《水仙花二绝》《与晋卿相别忽复春深得书见邀》与黄庭坚名下《刘邦直送早梅水仙花四首(其三)》《次韵中玉水仙花二首(其一)》《戏效禅月作远公咏》三诗重出,此三诗为黄庭坚诗;又黄庭坚《书王氏梦锡扇》似当为改写释道潜《春日杂兴》其八之作,又苏洞《老杜浣花溪图引》实为黄庭坚《老杜浣花溪图引》,又黄庭坚《早行》与释德洪《早行》重出,黄庭坚《赠郑交》与宋高宗《诗四首》其二重出,黄庭坚《寄题钦之草堂》与秦观《寄题傅钦之草堂》重出,参本书相关章节考证。除此之外,黄庭坚名下还有以下诸诗与他人重出:

1.《题王居士所藏王友画桃杏花二首》其一

凌云一笑见桃花,三十年来始到家。从此春风春雨后,乱随流水到天涯。

见《全宋诗》卷一〇一五,《全宋诗》编者据《山谷外集诗注》卷一七收入。此诗又见《全宋诗》卷一七二五释了朴,题为"颂古",仅"凌云"作"灵云"、

"年来"作"余年"等几字异,《全宋诗》编者据《颂古联珠通集》卷二三收入。

按：此为黄庭坚诗。宋孙绍远《声画集》卷六、明曹学佺《蜀中广记》卷一一、明李蓘《宋艺圃集》卷一〇诸书皆将此诗归入黄庭坚名下。释了朴名下此诗当为佛子偈颂辗转引用。

2.《次韵公秉子由十六夜忆清虚》

九陌无尘夜际天，两都风物各依然。车驰马逐灯方闹，地静人闲月自妍。佛馆醉谈怀旧岁，斋宫诗思锁今年。但闻公子微行去，门外骅骝立绣鞯。

见《全宋诗》卷一〇一六,《全宋诗》据《山谷别集诗注》卷上收入。此诗又见《全宋诗》卷三七八二刘挚，题为"次韵王定国怀南都上元"，仅"际"作"霁"、"各"作"故"、"但"作"传"几字异,《全宋诗》据《忠肃集》卷一八收入。

按：清虚即王巩，其人字定国，号清虚居士。苏辙当时亦有同韵唱酬之作，参其《上元后一日观灯寄王四》："城头月减一分圆，城里人家万炬然。紫陌群游逢酒住，红裙醉舞向人妍。且为行乐终今夕，共道重来便隔年。遥想猖狂夜深处，河沙飞水湿归鞯。"[1]刘挚此诗下注云："去年上元，南都同李公秉三四辈游静觉，遂饮上生院。今年致斋太常，闻定国游相国。"刘挚去年上元游南都，今年上元王定国游相国寺（在北宋都城开封），故诗云"两都"；又刘挚今年致斋太常，故诗云"斋宫"。诗注与诗中所言完全相符，故此诗当为刘挚诗，非黄庭坚所作。

3.《次韵清虚》

地远城东得得来，正如湖畔昔衔杯。眼中故旧青常在，鬓上光阴绿不回。归去汴桥三鼓月，相思梁苑一枝梅。我闲时欲从君醉，为备芳醪更满罍。

见《全宋诗》卷一〇一六,《全宋诗》编者据《山谷别集诗注》卷上收入。

---

[1] 傅璇琮等主编：《全宋诗》第15册，北京大学出版社，1998，第10160页。

此诗又见《全宋诗》卷三七八二刘挚,题为"和王定国",仅"昔"作"共"、"从君"作"寻君"等几字异,《全宋诗》编者据《忠肃集》卷一八收入。

按:刘挚此诗最后一句注云:"病目君为置莒酒。"而黄庭坚此诗句下无注,疑此诗非黄庭坚诗,似为刘挚所作。

4.《观化十五首》其一一

竹笋初生黄犊角,蕨芽已作小儿拳。试挑野菜炊香饭,便是江南二月天。

见《全宋诗》卷一〇二〇,《全宋诗》据《山谷诗外集补》卷三收入。此诗又见《全宋诗》卷二六一一释德辉,题为"新笋",仅"黄"作"牛"、"已作"作"新长"等几字异,《全宋诗》据宋沈孟桦《钱塘湖隐济颠道济禅师语录》收入。

按:黄庭坚此诗题下注云:"熙宁元年罢太平州后,自荆州居家作。"又自序云:"南山之役,偶得小诗一十五首,书示同怀,不及料简铨次。夫物与我若有境,吾不见其边,忧与乐相过乎前,不知其所以然,此其物化欤?亦可以观矣,故寄名曰观化。"且宋刘克庄《分门纂类唐宋时贤千家诗选》卷一、宋佚名《锦绣万花谷》后集卷三、明《月令广义》卷六二、《御制佩文斋广群芳谱》卷二诸书皆将此诗置入黄庭坚名下,故此诗非释德辉所作,当为黄庭坚诗。

5.《再答静翁并以筇竹一枝赠行四首》

南鸿北雁年年客,有个生涯主不知。撼动从来忧乐事,夜窗风叶响棠梨。(其一)

栽松道者身先老,放下锄头好再来。八万四千关捩子,与公一个锁匙开。(其二)

一筇九节添行李,用得人间处处尊。只要上山行饱饭,莫将风雪打人门。(其三)

万事实头方稳当,十分足陌莫跷除。因来展席日里睡,读尽空中鸟迹书。(其四)

见《全宋诗》卷一〇二四黄庭坚,《全宋诗》编者据《山谷集》卷一五收入。此诗又见《全宋诗》卷二七四〇周南,题为"答静翁并以筇竹杖一枝赠行颂",

内容全同,《全宋诗》编者据《山房后稿》收入。

按:《山谷集》卷一五此诗前有《赠刘静翁颂四首》,后有《再答并简康国兄弟四首》,且这三组诗的第一首皆为同韵唱和之作(支韵)、第二首也为同韵唱和之作(灰韵)、第三首也为同韵唱和之作(元韵)、第四首也为同韵唱和之作(鱼韵),显然这些诗当皆为黄庭坚之诗,非周南所作也。刘静翁与黄庭坚同为宋治平四年(1067)进士,南宋光宗绍熙元年(1190)进士周南不可能与北宋时的刘静翁唱和。因周南原集已佚,其现存《山房集》及《山房后稿》乃清四库馆臣据《永乐大典》辑得,这可能是造成误收他人之作的原因。

6.《梨花》(自注:元丰二年北京作)

巧解逢人笑,还能乱蝶飞。清风时入户,几片落新衣。

见《全宋诗》卷一〇二二黄庭坚,《全宋诗》编者据《山谷诗别集补》收入。

按:此诗又见唐皇甫冉《和王给事禁省梨花咏》:"巧解逢人笑,还能乱蝶飞。春时风入户,几片落朝衣。"[1]清赵殿成《王右丞集笺注》云,王给事为王维,王维原作为《左掖梨花》,丘为同和之作为《左掖梨花》[2]。又宋王安石《唐百家诗选》、宋陈景沂《全芳备祖》前集卷九、宋洪迈编《万首唐人绝句》卷十三诸书皆将此诗归入皇甫冉名下。且王安石所处时代还略早于黄庭坚,疑黄庭坚此诗似为改写皇甫冉之作。

第十八册

罗畸

《句》其一

几疑银汉余波溢,浪衮黄金砌畔泉。

见《全宋诗》卷一〇三一罗畸,《全宋诗》编者据明郑云庆嘉靖《延平府志》

---

[1] 中华书局点校:《全唐诗》第8册,中华书局,1980,第2819页。

[2] 王维撰,赵殿成笺注:《王右丞集笺注》,中华书局,1961,第254页。

卷二收入。

《登幼山》

殿角才余一握天,我来神骨自飘然。影移隐隐烟霞里,身在亭亭日月边。脚底拥青寒树杪,面前凝翠乱峰颠。

见《全宋诗》卷一○三一罗畸,《全宋诗》编者据明郑云庆嘉靖《延平府志》卷二收入。

按:明叶联芳嘉靖《重修沙县志》之"山川志"实收有罗畸《登幼山》全诗:"殿角才余一握天,我来神骨自飘然。影移隐隐烟霞里,身在亭亭日月边。脚底拥青寒树杪,面前凝翠乱峰颠。几疑银汉余波溢,浪衮黄金山畔泉。"[①] 故《全宋诗》编者所收罗畸《登幼山》实为残诗,少了尾联,而《全宋诗》编者所收罗畸佚句"几疑银汉余波溢,浪衮黄金砌畔泉"正是罗畸《登幼山》诗的尾联。

曾肇

朱腾云博士论文《〈全宋诗〉重出误收研究》指出曾肇《紫薇花》其二实为唐代刘禹锡《和令狐相公郡斋对紫薇花》。又曾肇《凤凰台》与曾幾《凤凰台》重出,参本书相关章节考证。除此之外,曾肇名下还有如下诗句与他人重出:

《句》其一四

兰蕙香浮袊解后,雪冰肤在酒酣间。

见《全宋诗》卷一○三九曾肇,《全宋诗》编者据《全芳备祖》后集卷一收入。

按:此非曾肇句,实出自曾幾《荔子》:"异方风物鬓成斑,荔子尝新得破颜。兰蕙香浮襟解后,雪冰肤在酒酣间。绝知高味倾瑶柱,未觉丰肌病玉环。似是看来终不近,寄声龙目尽追攀。"[②] 四库本《全芳备祖》后集卷一此诗句下并未署名,《全宋诗》编者认为该诗当是承前诗省名(前诗署曾文昭,即曾肇),此判断实有误。据程杰校点之《全芳备祖》,此诗句实署名为曾文清(即曾幾)[③]。

---

① 叶联芳辑,张卿子点校:《重修沙县志》,海风出版社,2006,第92页。
② 傅璇琮等主编:《全宋诗》第29册,北京大学出版社,1998,第18570页。
③ 陈景沂著,程杰、王三毛点校:《全芳备祖》,浙江古籍出版社,2014,第638页。

朱服

陈新等《全宋诗订补》一书指出朱服《九日》《柳絮》实为张舜民《九日》《柳花》。又朱服《汨罗吊屈原》与陆游《屈平庙》重出，朱服《梅花》与朱熹《梅二首》其二及陆游《雪中寻梅》其二重出，参本书相关章节考证。除此之外，朱服名下还有以下诗句与他人重出：

《句》其七

九韶先幸舜，五岭后通秦。

见《全宋诗》卷一〇四三朱服，《全宋诗》编者据《舆地纪胜》卷九〇《广南东路·韶州府》收入。

按：此非朱服句，实出自朱翌《南华五十韵》："乡里黄梅接，家居祖刹邻。……九韶先幸舜，五岭后通秦。气候今无瘴，人情古亦惇。何尝疏北客，腾喜预嘉宾。……持归化岭北，大地免沉沦。"① 其实，《舆地纪胜》卷九〇此诗实题为朱舍人《题南华寺》诗，《全宋诗》编者认为此朱舍人为朱服，实为误判。朱翌曾为起居舍人及中书舍人等官，此朱舍人当为朱翌。

赵令松

《游紫麟峰》

千仞奇峰薄上清，葛洪于此尚留名。紫麟瑞霭春风暖，白虎丹成夜月明。点点苍苔空有迹，菲菲芳草不闻声。高踪回首今何在，山水犹含万古情。

见《全宋诗》卷一〇四三赵令松，《全宋诗》编者据元陈世隆《宋诗拾遗》卷一一收入。此诗又见《全宋诗》卷三七八三赵永言，题为"紫麟峰"，仅"不闻"作"软无"几字异，《全宋诗》编者据光绪《湖南通志》卷一五收入。

按：赵令松，字永年。疑赵永言当为赵永年之讹误，《全宋诗》中赵永言名下只此一诗，恐当删却。

---

① 傅璇琮等主编：《全宋诗》第 33 册，北京大学出版社，1998，第 20861 页。

刘弇

《题仰山二十韵》

维南斗牛下,万仞耸崔嵬。……旁睨龙洲橘,前瞻庾岭梅。仙经饶地脉,赋笔让天台。神物多灵贶,农田少旱灾。隐居须独行,吟咏亦难才。何客能依止,伊余敢语哉。一麾成系滞,四友阻游陪。未脱红尘累,徒嗟白发催。梦频生枕席,赏每倒樽罍。预恐瓜时代,图归作醉媒。

见《全宋诗》卷一〇四八刘弇,《全宋诗》编者据《龙云先生文集》卷七收入。此诗又见《全宋诗》卷三五五祖无择,题同,仅"风惨淡"作"峰惨淡"、"缊琼"作"蕴瑶"等几字异,《全宋诗》编者据《祖龙学文集》卷一收入。

按:据诗句"旁睨龙洲橘,前瞻庾岭梅。仙经饶地(即上饶)脉,赋笔让天台"可知,此仰山当指江西袁州仰山,四库本清谢旻等修《江西通志》卷八:"仰山,在府城(袁州)南八十里,乃袁之镇山也,周回数百里,高耸万仞,可仰不可登,因名。"又据诗云:"一麾成系滞,四友阻游陪。……预恐瓜时代,图归作醉媒。"该诗作者当在袁州为官。据《刘弇年谱》一文,刘弇自(1079)32岁考中进士后,曾先后授通州海门主簿,调临颍令、洪州教授,补兴化军录事参军。哲宗绍圣二年(1095)知嘉州峨眉县。徽宗即位,改秘书省著作佐郎、充实录院检讨官。崇宁元年卒于京师[①]。他并不曾在袁州为官,而祖无择曾于皇祐五年知袁州,故此诗当为祖无择作,非刘弇诗也。又宋陈思编《两宋名贤小集》卷八八、正德《袁州府志》卷一二、雍正《江西通志》卷一五六皆将此诗归入祖无择名下。

秦观

陈新等《全宋诗订补》已指出《全宋诗》编者所辑秦观《句》其七、《句》其八属误辑当删;又秦观名下诗《纳凉》与陆游诗《桥南纳凉》诗重,此诗为

---

① 刘宗彬、黄桃红:《刘弇年谱》,《井冈山学院学报》2005年第4期,第16—22页。

陆游诗。阮堂明《〈全宋诗〉误收金元明诗考》一文指出《全宋诗》编者所辑秦观名下《玉井泉》《流杯桥》乃元人余观《注玉泉》《流杯桥》诗，属误辑当删。又宋业春《张耒诗文真伪考辨》一文指出，秦观名下《答曾存之》《春日杂兴十首（其三、其七、其八、其九）》与张耒《次韵答存之》、《春日杂兴四首》诗重出，此五首诗为秦观诗。申振明《〈全宋诗〉误收重出考辨及补遗》一文指出秦观名下《东坡守杭》与秦觏《呈东坡》诗重出，此诗为秦觏诗。陈伟庆《〈全宋诗〉重出考辨十二首》一文指出秦观名下《客有传朝议欲以子瞻使高丽大臣有惜其去者白罢之作诗以纪其事》《鲜于子骏使君生日》与张守《送秦楚材使高丽二首》其二、韩驹《上鲜于使君生辰诗》重出，此两诗皆为秦观诗。又周义敢等《秦观集编年校注》一书指出秦观名下《悼王子开五首》《徐得之闲轩》《呈公辟》与贺铸《王迥子高挽章五首》、释道潜《寄题徐得之先生闲轩》、王安石《送程公辟得谢归姑苏》诗重出，这些诗皆非秦观所作。又《北京大学中国古文献研究中心集刊（第7辑）》载《黄庭坚佚诗辑考》一文指出秦观名下《白鹤观》与黄庭坚《白鹤观》诗重出，此诗归属存疑。又秦观名下《和蔡天启赠文潜之什》实为晁补之《用文潜馆中韵赠蔡学正天启》，参本书相关章节考证。除此之外，秦观名下还有以下诸诗与他人重出：

1.《寄题傅钦之草堂》

河阳有洑流，经营太行根。盛德不终晦，发为清济源。斯堂济源上，太行正当门。仰视浮云作，俯窥流水奔。修竹带藩篱，百禽鸣朝暾。相望有盘谷，李愿故居存。主人国之老，实惟商岩孙。班行昔供奉，亟进逆耳言。天子色为动，群公声亦吞。萧条冰霜际，不改白玉温。出处士所重，其微难具论。公勿思草堂，朝廷待公尊。

见《全宋诗》卷一〇五三秦观，《全宋诗》编者据秦观《淮海集》卷二收入。此诗又见《全宋诗》卷一〇二六黄庭坚，题为"寄题钦之草堂"，仅"斯堂"作"公家"、"班行"作"斑行"、"亟进"作"屡进"、"萧条"作"肃肃"等几字异，又"仰视浮云作，俯窥流水奔"一联在"修竹带藩篱，百禽鸣朝暾"该联下，《全宋诗》编者据清文渊阁本《四库全书·山谷外集》卷二收入。

按：此诗乃秦观诗，作于元祐三年（见《秦观集编年校注》）[①]。史容注山谷诗谓："此诗见《秦少游集》，非山谷所作，今不录。"[②]

2.《春日五首》其一

  幅巾投晓入西园，春动林塘物物鲜。却憩小庭才日出，海棠花发麝香眠。

见《全宋诗》卷一○六一秦观，《全宋诗》据《淮海集》卷一○收入。此诗又见《全宋诗》卷二七二七任希夷，题为"小亭"，仅"投晓"作"清晓"、"林塘"作"园林"等几字异，《全宋诗》据宋《锦绣万花谷》后集卷二四收入。

按：此当为秦观诗。秦观该诗题下乃完整五首诗，皆言春日事。宋人诗话亦多谓此诗为秦观诗。宋胡仔《苕溪渔隐丛话》前集卷五○及宋魏庆之《诗人玉屑》卷一八皆引《雪浪斋日记》作秦观诗。

3.《春日五首》其四

  春禽叶底引圆吭，临罢黄庭日正长。满院柳花寒食后，旋钻新火爇炉香。

见《全宋诗》卷一○六一秦观，《全宋诗》编者据《淮海集》卷一○收入。此诗又见《全宋诗》卷一九八二宋高宗，题为"崇恩显义院五首（其一）"，仅"禽"作"莺"、"正长"作"更长"几字异，《全宋诗》编者据宋施谔《淳祐临安志》卷六收入。

按：此诗乃秦观诗。宋施谔《淳祐临安志》卷六谓崇恩显义院在皋亭山，有高庙御书诗五首，这说明此五首诗只是高宗御书而已，并不一定是他所作。事实上，《崇恩显义院五首》中的第二首为王安石《别和甫赴南徐》、第四首为白居易《听歌》、第五首为李白《横江词六首》其四。

4.《四绝》其一

  阴风一夜搅青冥，风定霏霏霰雪零。遥想玉真清境上，白虚光里诵黄庭。

[①] 秦观著，周义敢等注：《秦观集编年校注》，人民文学出版社，2001，第189页。
[②] 黄庭坚著，郑永晓整理：《黄庭坚全集辑校编年上》，江西人民出版社，2011，第378页。

见《全宋诗》卷一〇六六秦观,《全宋诗》编者据秦观《淮海集》卷一一收入。此诗又见《全宋诗》卷一三一四赵鼎臣,题为"雪中寄丹元子",仅"霏霏霰雪"作"纷纷雪片"、"遥想玉真清"作"想见玉清真"几字异,《全宋诗》编者据赵鼎臣《竹隐畸士集》卷七收入。

按:此诗当为秦观诗。据知不足斋丛书本赵令畤《侯鲭录》卷二:"少游尝作《游仙词》,坡称之云。阴风一夜搅青冥,风定霏霏雪散零。想见玉清真境上,白虚光里诵黄庭。……"赵令畤谓秦观所作的《游仙词》四首其一即是秦观名下的《四绝》其一诗,只个别字句不同。因赵令畤与秦观同出苏轼门下,赵令畤谓此诗为秦观作,当是可信的。因赵鼎臣原集已佚,其现存《竹隐畸士集》乃清四库馆臣据《永乐大典》辑得,这可能是造成误收他人之作的原因。

5.《句》其四

槿篱护药才通径,竹筧通泉白遍村。

见《全宋诗》卷一〇六八秦观,《全宋诗》编者据宋陈景沂《全芳备祖》前集卷二〇收入。

按:此恐非秦观佚句,该句与陆游《出县》颈联类似,只个别字句不同(毛氏汲古阁本《全芳备祖》亦作"自遍村")。参陆游《出县》:"匆匆簿领不堪论,出宿聊宽久客魂。稻垄牛行泥活活,野塘桥坏雨昏昏。槿篱护药才通径,竹筧分泉自遍村。归计未成留亦好,愁肠不用绕吴门。"①

6.《句》其五

泥新乌栋初巢燕,萍匝荒池已集蜻。

见《全宋诗》卷一〇六八秦观,《全宋诗》编者据宋陈景沂《全芳备祖》后集卷一二收入。

按:此恐非秦观佚句,该句与陆游《小饮房园》颈联类似,只个别字不同(毛氏汲古阁本《全芳备祖》亦作"高栋")。参陆游《小饮房园》:"宦游到处即忘家,况得闲身管物华。疏索故人缘病酒,折除厚禄为看花。泥新高栋初

---

① 傅璇琮等主编:《全宋诗》第39册,北京大学出版社,1998,第24257页。

巢燕，萍匜荒池已集蛙。斟酌人生要行乐，灯前起舞落乌纱。"①

米芾

张如安《〈全宋诗〉六位名家"佚诗"小考》一文已指出米芾《为政》实为唐李白《题雍丘崔明府丹灶》，米芾《太白江油尉厅诗》实为李白《赠江油尉厅》，米芾《净名二首》其二与米芾《秋暑憩多景楼》重出，米芾《诗二首》其一实为唐范朝《宁王山池》，米芾《诗二首》其二实为唐人杜审言《和韦庆承过义阳山池五首》之三，米芾《从天竺归隐溪之南冈诗》实为方岳《感旧》，米芾《杂咏》与李白《白纻辞三首》之一重出。朱腾云博士论文《〈全宋诗〉重出误收研究》亦指出米芾《题定武兰亭古本》实为米友仁《题定武本兰亭》。又苏洞《甘露歌上呈留守门下侍郎》实为米芾《甘露歌上呈留守门下侍郎》，参本书相关章节考证。除此之外，米芾名下还有如下一诗与他人重出：

《王略帖赞》

　　昭回于天垂英光，跨颉历籀化大荒。烟华淡浓动仿佯，一噫万古称天章。鸾夸虬引鹄序翔，洞天九九通辽阳。茫茫十二小劫长，玺完神诃命黻藏。

见《全宋诗》卷一〇七五，《全宋诗》编者据《宝晋山林集拾遗》卷四收入。此诗又见《全宋诗》卷一二七〇鲍慎由，题同，仅"淡浓动仿佯"作"浓浓赋低昂"、"翔"作"行"、"通"作"归"、"黻藏"作"芾藏"几字异，《全宋诗》编者据宋张淏《云谷杂记》卷四收入。

按：据宋张淏《云谷杂记》卷四："鲍钦止《王略帖赞》云：'昭回于天垂英光，跨颉历籀化大荒。烟华淡浓赋低昂，一噫万古称天章。鸾夸虬引鹄序行，洞天九九归辽阳。茫茫十二小劫长，玺完神诃命芾藏。'钦止自注云：'九九，谓帖有八十一字。十二小劫，谓自晋至今十二代也。'帖乃米元章所藏，故钦止于末句及之。"②此帖诗赞当为鲍钦止（即鲍慎由）作，此帖乃米芾所藏，此诗非

---

① 傅璇琮等主编：《全宋诗》第 39 册，北京大学出版社，1998，第 24394 页。
② 张淏编，张宗祥校：《云谷杂记》，中华书局，1958，第 65 页。

米芾作明矣。

仵磐

《诗一首》

太一峰前是我家，满床书籍旧生涯。春城恋酒不归去，老却碧桃无限花。

见《全宋诗》卷一〇九二仵磐，《全宋诗》编者据宋姚宽《西溪丛语》卷上收入。此诗又见《全宋诗》卷三七七二蓝乔，题为"怀霍山"，仅"太一"作"太乙"、"书籍旧"作"书史足"、"恋酒"作"带酒"几字异，《全宋诗》编者据明姚良弼嘉靖《惠州府志》卷一四收入。

按：此诗又与宋代林外诗类似，参林外《题西湖酒家壁》："药炉丹灶旧生涯，白云深处是吾家。江城恋酒不归去，老却碧桃无限花。"①明胡应麟谓此诗当为仵磐诗，参其《少室山房笔丛》："元周密记泉南人林外，在上庠日独游西湖旗亭饮焉，将去，题壁间曰：'药炉丹灶旧生涯，白云深处是我家。江城恋酒不归去，老却碧桃无限花。'都下遂传其家神仙至云。《庚溪诗话》谓临安邸壁间一纸云云，不著名氏，以为必神仙语，彼不知为外诗也。陶宗仪书又云：龙川蓝乔，宋时举进士不第，隐霍山，尝吹铁笛，赋诗云：'太乙峰前是我家，满床书史作生涯。春深恋酒不归去，老却碧桃无限花。'一日飞升而去。诗与林外异数字耳，即外可知。举外一事言之，可以尽概其余矣。右何子元《余冬序录》所记，本一诗而参错不同乃尔，然皆不如《西溪丛语》之实也。《丛语》云：'太乙峰前是我家，满床书籍旧生涯。春城恋酒不归去，老却碧桃无限花'，此作磐艮翁诗。终南人，父信本军职，终文思副使，以荫补借职，元丰中监青州临淄酒税。或以此诗题酒楼，皆云是神仙作也。据此言之，盖本艮翁作，或题于酒楼，不知者以为仙诗。陶宗仪蓝乔之说，盖又因人题艮翁作，误以为仙，故又讹为蓝乔而又有飞升之说也。（周密林外之说，又因外有飞梁压水词而讹为此诗。夫以

---

① 傅璇琮等主编：《全宋诗》第45册，北京大学出版社，1998，第27705页。

一诗而纪录参差，四见载籍，他可胜道哉？）"[1]

许彦国

朱腾云博士论文《〈全宋诗〉重出误收研究》指出许民表《句》实为许彦国《句》其一。除此之外，许彦国名下还有如下一些诗句与他人重出：

1.《长夜吟》

　　南邻灯火冷，三起愁夜永。北邻歌未终，已惊初日红。不知昼夜谁主管，一种春宵有长短。

见《全宋诗》卷一○七四，《全宋诗》编者据宋何汶《竹庄诗话》卷一八收入。此诗又见《全宋诗》卷一九二三钱通，题为"秋宵"，仅"起"作"叹"、"北邻"作"北里"等几字异，《全宋诗》编者据元吴师道《敬乡录》卷三收入。

按：此诗归属存疑。

2.《晚宿江涨桥》

　　鸟径青山外，人家苦竹边。江城悬夜锁，鱼市散空船。岸静涵秋月，林昏宿水烟。又寻僧榻卧，夜冷欲无眠。

见《全宋诗》卷一○七四，《全宋诗》编者据宋潜说友《咸淳临安志》卷九七收入。此诗又见《全宋诗》卷一二五六李新，题同，内容全同，《全宋诗》编者据《跨鳌集》卷五收入。

按：成化《杭州府志》卷六三、《宋诗拾遗》卷六、清厉鹗《宋诗纪事》卷四二引《咸淳临安志》、清翟均廉《海塘录》卷二六皆将此诗置入许彦国名下，而李新原诗集已佚，其现存《跨鳌集》乃清四库馆臣据《永乐大典》辑出，据此来看，此诗恐非李新所作，为许彦国诗更可靠。

3.《咏项籍庙二首》其一

　　曾被秦人笑沐猴，锦衣东去更何求。可怜瞭瞭重瞳子，不见山河绕雍州。

---

[1] 胡应麟：《少室山房笔丛》，上海书店出版社，2009，第377页。

见《全宋诗》卷一〇七四,《全宋诗》编者据宋何汶《竹庄诗话》卷一八收入。此诗又见《全宋诗》卷一二六二李新,题为"项羽庙",仅"曾被"作"空使"、"瞭瞭"作"了了"等几字异,《全宋诗》编者据《跨鳌集》卷一一收入。

按:宋费衮亦认为此诗为许彦国作,参其《梁溪漫志》卷七:"青社许表民读《项羽传》,作诗云:'眼中谩说重瞳子,不见山河绕雍州。'其识见亦甚高远。"又李新原诗集已佚,其现存《跨鳌集》乃清四库馆臣据《永乐大典》辑出,据此来看,此诗恐非李新所作,为许彦国诗更可靠。

4.《咏项籍庙二首》其二

千古兴亡莫浪愁,汉家功业亦荒丘。空余原上虞姬草,舞尽春风未肯休。

见《全宋诗》卷一〇七四,《全宋诗》编者据宋何汶《竹庄诗话》卷一八收入。此诗又见《全宋诗》卷三七四〇许表时,题为"项羽庙",仅"千古"作"千载"一字异,《全宋诗》编者据《舆地纪胜》卷四八《淮南西路·和州》收入。

按:《舆地纪胜》卷四八将此诗置入许表时名下,《方舆胜览》卷之四九、《大明一统志》卷一七及《宋诗纪事》卷四九引《方舆胜览》皆将此诗置入许表名下,因许彦国字表民,疑许表时及许表皆是许表民之讹。

5.《秋雨叹》

霖雨不出动隔旬,门前秋草长于人。江湖浩渺欲无岸,锦石最小犹生云。微阳片月何曾见,只有莓苔昏笔砚。田家黍穗未暇悲,茅屋且为萤火飞。

见《全宋诗》卷一〇七四,《全宋诗》编者据宋吕祖谦《宋文鉴》卷一四收入。此诗又见《全宋诗》卷一九三五许顗,题为"秋雨",仅"霖"作"零"一字异,《全宋诗》编者据明李蘅《宋艺圃集》卷一二收入。

按:《宋诗拾遗》卷六亦将此诗归入许彦国名下。因许顗字彦周,疑李蘅《宋艺圃集》将许彦国讹为许彦周。

6.《紫骝马》

黄金络头玉为镳,蜀锦障泥乱云叶。花间顾影骄不行,万里龙驹空汗血。露床秋粟饱不食,青刍首蓿无颜色。君不见东郊瘦马百战场,天寒日暮乌啄疮。

见《全宋诗》卷一〇七四,《全宋诗》编者据宋吕祖谦《宋文鉴》卷二一收入。此诗又见《全宋诗》卷一九三五许顗,题同,仅"刍"作"蒭"一字异,《全宋诗》编者据明李蓘《宋艺圃集》卷一二收入。

按:《宋诗拾遗》卷六亦将此诗归入许彦国名下。同上考证。

7.《临高台》

高台跨崇冈,檐宇锁空雾。新晴洗双目,千里在跬步。霏霏渔浦烟,冉冉富春树。风花不我私,何以理愁绪。谁疏白玉窗,中有浮云度。浮云吹不开,不见行人去。

见《全宋诗》卷一〇七四,《全宋诗》编者据宋陈起《前贤小集拾遗》卷一收入。此诗又见《全宋诗》卷一九七〇许志仁,题同,内容全同,《全宋诗》编者据影印《诗渊》第4册第3041页收入。此诗又见《全宋诗》卷二〇六一吴沆诗,题为"临高台(其三)",仅"千里"作"十里"、"谁疏"作"谁梳"几字异,《全宋诗》编者据《永乐大典》卷二六〇五收入。

按:此诗归属存疑。

8.《采莲吟》

湖边日落鸳鸯飞,罗衣香转兰舟移,莲根断处手满丝。手满丝,不能理,秋云深,隔君子。

见《全宋诗》卷一〇七四,《全宋诗》编者据宋陈起《前贤小集拾遗》卷一收入。此诗又见《全宋诗》卷一九七〇许志仁,题为"采莲吟",内容全同,《全宋诗》编者据影印《诗渊》第4册第2562页收入。

按:此诗归属存疑。

9.《东门行》

东门杨柳暗藏鸦,东门行客欲离家。树头春风草头露,鸦自不飞人自去。……愿郎功业落人闲,长使春闺女无怨。

见《全宋诗》卷一〇七四,《全宋诗》编者据宋陈起《前贤小集拾遗》卷一收入。此诗又见《全宋诗》卷一九七〇许志仁,题同,仅"沉炉烟多绮罗重"作"炉烟多,绮罗重"等几字异,《全宋诗》编者据影印《诗渊》第 5 册第 3415 页收入。

按:此诗归属存疑。

第十九册

李复

《十一月二十二日朝辞》

朝辞承明殿,暮下金马门。……嗣皇谨遵业,使传交塞垣。下臣非知古,有舌讵得论。恭承丁宁命,敢不夙夜奔。

见《全宋诗》卷一〇九五李复,《全宋诗》编者据《潏水集》卷一〇收入。此诗又见《全宋诗》卷六三〇沈遘,题同,仅"初为"作"初务"、"缯帛"作"金缯"几字异,《全宋诗》编者据《沈氏三先生集·西溪文集》卷三收入。

按:李复《潏水集》原书四十卷已佚,其现存《潏水集》十六卷乃清四库馆臣据《永乐大典》辑出。而现存沈遘《西溪文集》乃明代覆宋本,《四部丛刊》三编据此著录,此诗见丛刊本《西溪文集》卷三,当源于宋本,故从版本学角度看,此诗当为沈遘诗。沈遘此诗实作于嘉祐四年(1059),当时他作为契丹正旦使,奉命出使辽国,此诗当为离京时所作。《西溪文集》卷三此诗后又有《出都》《出都日大雪》《城北别亲友》等诗,亦可证此诗当为沈遘诗。

贺铸

陈新等《全宋诗订补》已指出白玉蟾名下《初夏》乃出自贺铸《雨晴西郊寓目》诗,又白玉蟾名下《燕》乃为贺铸《和田录事新燕》诗。夏承焘《贺方回年谱》一书已指出贺铸名下《王迥子高挽章五首》与秦观名下《悼王子开五首》诗重出,此诗当为贺铸诗。李一飞《宋集小考三题》亦指出詹慥《上巳后一日登快哉亭作》实为贺铸《上巳后一日登快哉亭作》、詹体仁《江夏寓兴》实为贺铸《江夏寓兴二首》其一。除此之外，贺铸名下还有如下一诗与他人重出：

《游庄严寺园》

石楠花落小池清，独下平桥弄扇行。蔽日绿阴无觅处，不如归去两三声。

见《全宋诗》卷一一一〇，《全宋诗》编者据贺铸《庆湖遗老诗集》卷九收入。此诗又见《全宋诗》卷二七七九杨娃，题为"题马和之画四小景（其二）"，仅"花落"作"叶落"、"蔽日绿阴"作"倚日绿云"几字异，《全宋诗》编者据清邵飘《历代名媛杂咏》卷一收入。

按：此诗为贺铸所作。该诗题下有贺铸自注"戊辰五月历阳赋"，故此诗为贺铸所作当无疑矣。其实，杨娃名下的这四首诗皆不是杨娃所作，"题马和之画四小景（其一）"为白居易《华阳观中八月十五日夜招友玩月》。"题马和之画四小景（其三）"、"题马和之画四小景（其四）"乃是苏轼的《题李伯时画赵景仁琴鹤图二首（其一）》《东坡》两诗。

陈师道

陈新等《全宋诗订补》已指出《全宋诗》编者所辑陈师道名下佚句《句》其五、其八、其十属误辑当删；又《全宋诗》编者所辑陈师道名下《诗一首》即陈师道《从寇生求茶库纸》，此诗误辑当删。又张如安《全宋诗六位名家"佚诗"小考》一文指出陈师道《宿钱塘尉廨》与黄庭坚《宿钱塘尉廨》重出，此诗当为陈师道诗。又《北京大学中国古文献研究中心集刊（第6辑）》载《〈全宋诗〉杂考（二）》一文指出洪咨夔名下《太后挽诗》与陈师道《大行皇太后挽词二首》诗重出，此当为陈师道诗。又朱腾云博士论文《〈全宋诗〉重出误收研究》指出寇准《春睡》实出自陈师道《和魏衍闻莺》诗。又吕本中名下《绝句》其一实为陈师道《绝句》，又陈师道名下《中秋夜东刹赠仁公》《梅花七绝》与张耒名下《中秋夜东刹赠仁公》《梅花十首（其一、二、三、四、六、八、九）》诗重出，又陈师道《病中六首》与范成大《藻侄比课五言诗已有意趣老怀甚喜因吟病中十二首示之可率昆季赓和胜终日饱闲也（其一、三、五、六、八、九)》重出，参本书相关章节考证。除此之外，陈师道名下还有以下诸诗与他人重出：

1.《春怀示邻里》

　　断墙著雨蜗成字，老屋无僧燕作家。剩欲出门追语笑，却嫌归鬓著尘沙。风翻珠网开三面，雷动蜂窠趁两衙。屡失南邻春事约，只今容有未开花。

见《全宋诗》卷一一一九陈师道，《全宋诗》编者据《后山居士文集》卷六收入。此诗又见《全宋诗》卷一九二三詹慥，题同，仅"珠"作"蛛"一字异，《全宋诗》编者据清朱秉鉴《詹元善先生遗集》卷下附收入。

按：此诗乃陈师道名作，任渊注谓此诗作于元符三年，时陈师道闲居家乡徐州[①]。该诗"屡失南邻春事约"正与陈师道《戏寇君》"南邻歌舞隔墙听"相照应。李一飞《宋集小考三题》认为清朱秉鉴《詹元善先生遗集》当为伪书，詹慥《春怀示邻里》亦为伪作。另，钱锺书先生在其所编《宋诗选注》一书中谓，陈师道此诗亦误收入清翁同龢《瓶庐诗稿》的"补辑"中[②]。

2.《次韵郑彦能题端禅师丈室》

　　重门杰观屹相忘，表里山河自一方。小市张灯归意动，轻衫当户晚风长。孤臣白首逢新政，游子青春见故乡。富贵本非吾辈事，江湖安得便相忘。

见《全宋诗》卷一一一四陈师道，《全宋诗》编者据《后山居士文集》卷一收入。此诗又见《全宋诗》卷一一一九陈师道，题为"和寇十一晚登白门"，仅"屹相忘"作"屹相望"、"山河"作"河山"几字异，《全宋诗》编者据《后山居士文集》卷六收入。

按：此诗两见，后者当删。冒怀辛整理《后山诗注补笺》谓潘宋本《后山先生文集》此诗重出，一见卷六，题名为《和寇十一晚登白门》。一见卷一，题名为《次韵郑户部（即郑彦能）题端禅师丈室》。冒怀辛整理《后山诗注补笺》

[①] 陈师道著，任渊注，冒广生补笺：《后山诗注补笺》，中华书局，1999，第358页。
[②] 钱锺书：《宋诗选注》，三联书店，2007，第169页。

未著录《次韵郑户部（即郑彦能）题端禅师丈室》，谓此诗可能有讹误①。

3.《句》其二

磊落金盘荐糟蟹，纤柔玉指破霜柑。

见《全宋诗》卷一一二〇陈师道，《全宋诗》编者据宋陈景沂《全芳备祖》后集卷三收入。

按：此句非陈师道诗，而是出自陆游《夜饮即事》："天涯久客我何堪，聊喜灯前得纵谈。磊落金盘荐糖蟹，纤柔玉指破霜柑。烛围宝马人将起，花坠纱巾酒正酣。更作茶瓯清绝梦，小窗横幅画江南。"（《全宋诗》编者据《剑南诗稿》卷九收入）②

4.《句》其三

墙头霜下草，又作一番新。

见《全宋诗》卷一一二〇陈师道，《全宋诗》编者据宋吴子良《荆溪林下偶谈》卷二收入。

按：此句并非佚句，当是出自陈师道《道宿深明阁二首》其二："缥缈金华伯，人间第一人。剧谈连昼夜，应俗费精神。时要平安报，反愁消息真。墙根霜下草，又作一番新。"③

5.《句》其六

日来霜露后，更觉天宇净。

见《全宋诗》卷一一二〇陈师道，《全宋诗》编者据宋魏了翁《鹤山渠阳经外杂钞》卷一收入。

按：此句并非佚句，当是出自陈师道《次韵答晁无斁》："女生愿有家，名妾以不聘。……归卧无好怀，扣门有佳听。诗来雪霜后，更觉天宇净。少好老未工，持刃授子柄。"④

---

① 陈师道著，任渊注，冒广生补笺：《后山诗注补笺》，中华书局，1999，第362页。
② 傅璇琮等主编：《全宋诗》第39册，北京大学出版社，1998，第24455页。
③ 傅璇琮等主编：《全宋诗》第19册，北京大学出版社，1998，第12679页。
④ 傅璇琮等主编：《全宋诗》第19册，北京大学出版社，1998，第12675页。

6.《句》其七

熊儿投□骥子扶。

见《全宋诗》卷一一二〇陈师道,《全宋诗》编者据元严毅《诗学集成押韵渊海》卷五收入。

按：此句并非佚句，当是出自陈师道《题画李白真》："君不见浣花老翁醉骑驴，熊儿捉辔骥子扶。金华仙伯哦七字，好事不复千金模。……江西胜士与长吟，后来不忧身陆沉。"[1]

晁补之

陈新等《全宋诗订补》已指出《全宋诗》编者所辑晁补之名《句》其二、《句》其四属误辑当删；又《全宋诗》编者所辑晁补之名下诗《四客各有所长》《与同年廖明略》《诗一首》亦属误辑当删。张如安《〈全宋诗〉订补稿》亦指出晁补之名下《赴齐道中》《将行陪贰车观灯》与曾巩名下《赴齐州》《将行陪贰车观灯》诗重出，此当为晁补之之诗。《北京大学中国古文献研究中心集刊(第6辑)》载《〈全宋诗〉杂考（二）》一文指出晁补之《和文潜试院道旧》与邓忠臣《再谢周颙之句二首》其二重出，此为晁补之之诗。又李朝军《宋代晁氏文人作品混淆辨正》一文指出晁谦之《南岩》实为晁补之《游信州南岩》。马丽梅《姜夔诗集校正》亦指出姜夔《琵琶洲》实为晁补之《初上安仁滩清见毛发其中奇石五色可掇拾也从县令借图经溪曰云锦溪村曰玉石村》。除此之外，晁补之名下还有以下诸诗与他人重出：

1.《山坡陀辞》

山坡陀兮下属江，势崖绝兮涛波所荡如颓墙。松郁律兮其高百尺，旁枝虬鸳葛藟之。仰不见日兮下可依，吾曳杖兮吾僮以吾之书随。……峨峨洋洋余方乐兮，譬余击舟于水。鱼沉鸟扬亦不知，何必每念辄得应余若响，坐有如此兮人子期。

---

[1] 傅璇琮等主编：《全宋诗》第19册，北京大学出版社，1998，第12738页。

见《全宋诗》卷一一二一晁补之，《全宋诗》编者据《鸡肋集》卷三收入。此诗又见《全宋诗》卷八三一苏轼，题为"山坡陀行"，仅"兮其高百尺"作"兮百尺"、"仰不见"作"上不见"等字异，《全宋诗》编者据《苏文忠诗合注》卷五〇收入。

按：晁补之诗以明崇祯八年顾凝远诗瘦阁仿宋刊本（藏北京图书馆）为底本著录，《四部丛刊初编》亦据此影印①。此诗见四部丛刊本晁补之《鸡肋集》卷三。而苏轼名下此诗入苏轼诗集补编，乃查慎行、冯应榴诸人从他书搜采而得，故此诗作晁补之诗当更可靠。苏轼名下《山坡陀行》冯应榴按："王本寓兴类。七集本载续集歌辞卷中。查氏于歌词诸篇皆载，而独遗此，何也？今补入补编卷中。按诗意，当是在岭南作。"②

2.《题惠崇画四首》

东风回，江上渚，何处来，双白鹭。灼灼岸间桃，依稀兰杜苗。一衔湍濑鳞，一下青林梢，潇湘绿水春迢迢。（其一）

老柳无嘉色，红蕖羞脉脉。宛在水中洲，双鹅羽苍白。何须玩引颈，颠到写经墨。惟应一临流，当暑袗絺绤。（其二）

一雁孤风乍临渚，两雁将飞未成举，三雁群行依宿莽。芦花已倒江上风，云间分飞那可同。（其三）

天高霭霭云昏，江阔霏霏雪繁。渚下鸭方远泛，枝间雀不闻喧。鄙夫此志相依，生涯稊稗同微。欲具沙边短艇，波涛岁晚人稀。（其四）

见《全宋诗》卷一一二八晁补之，《全宋诗》编者据《鸡肋集》卷十收入。此诗又见《全宋诗》卷一三九三王安中，题同，仅"颠到"作"颠倒"、"乍"作"辞"几字异，《全宋诗》编者据宋孙绍远《声画集》卷三收入。

按：晁补之诗以明崇祯八年顾凝远诗瘦阁仿宋刊本（藏北京图书馆）为底本著录，《四部丛刊初编》亦据此影印。此四诗见四部丛刊本晁补之《鸡肋集》卷一〇。而王安中此诗不见本集，此四诗作晁补之诗似更可靠。

---

① 傅璇琮等主编：《中国古代诗文名著提要（宋代卷）》，河北教育出版社，2009，第193页。
② 王文诰辑注，孔凡礼点校：《苏轼诗集》，中华书局，1982，第2647页。

3.《用文潜馆中韵赠蔡学正天启》

蔡侯饱学囷千釜,濯足清江起南土。立谈颇似燕客豪,快夺范睢如坠雨。东城禽羽未足言,柏直何为口方乳。……桓荣欢喜见车马,书册辛勤立门户。自当食肉似班超,猛虎何尝窥案俎。

见《全宋诗》卷一一三〇晁补之,《全宋诗》编者据《鸡肋集》卷一二收入。此诗又见《全宋诗》卷一〇六五秦观,题为"和蔡天启赠文潜之什",仅"囷"作"困"、"立谈"作"剧谈"等几字异,《全宋诗》编者据《淮海后集》卷二收入。

按:这首诗实际是同文馆唱和中的一首诗,据吕肖奂《元祐更化初〈同文馆唱和诗〉考论》可知,此次"釜俎"字韵诗唱和乃因张耒作《初伏大雨呈无咎》而发起,张耒先作《初伏大雨呈无咎》、晁补之和作《次韵文潜馆中作》、蔡肇和作《和文潜初伏大雨戏呈无咎》。蔡肇又作《次韵上文潜丈》、张耒又和《次韵答天启》、晁补之和《用文潜馆中韵赠蔡学正天启》、曹辅和《次韵答天启》、邓忠臣和《曹子方用釜俎字韵赋诗见遗予泊张文潜晁无咎蔡天启因以奉酬并示四友》、余干和作《和曹子方呈邓张晁蔡》等。此次唱和,发生于元祐二年六月入馆之初[①],而此时秦观正在蔡州教授任上,他不可能参与此次唱和,故此诗当为晁补之诗,非秦观所作也。周义敢等《秦观集编年校注》、徐培均《淮海集笺注》诸书皆未注意到此诗其实并非秦观所作,乃晁补之诗。

4.《送外舅杜侍御使陕西自徐州移作》

建隆以来论人物,得士与古相低昂。人才历数仁祖世,后生寇琬无复望。老成寂莫典刑在,杜公玉立映班行。少时学问圣贤说,松柏岁寒观老节。……谁言直谏居内少,淮南盗铸烦抚绥。时平王度日金玉,岁晚汲公还见思。

见《全宋诗》卷一一三一晁补之,《全宋诗》编者据《鸡肋集》卷一三收入。此诗又见《全宋诗》卷二五五八赵善括,题为"送外舅杜侍御使陕西",内容全同,《全宋诗》编者据《应斋杂著》卷五收入。

---

① 吕肖奂:《元祐更化初〈同文馆唱和诗〉考论》,《四川大学学报(哲社版)》2013年第3期,第91—97页。

按：此为晁补之诗。据诗"人才历数仁祖世，后生嵬琐无复望。老成寂寞典刑在，杜公玉立映班行"云云，杜侍御当生活于北宋仁宗时期（1023—1063），而赵善括主要生活于南宋孝宗朝，故赵善括不可能与诗中所指杜侍御交往，该诗当非其所作。据陈师道诗《送杜侍御纯陕西转运》，杜侍御当为杜纯，杜纯乃补之岳父（即外舅），该诗当为补之所作。

5.《送曹子方福建转运判官二首》其一

谈经草檄冀华生，初拥闽山传节行。江入桐庐青欲断，溪从剑浦碧来迎。茶虽户种租宜薄，盐不家煎价欲平。要使祈招歌德意，君恩不为远人轻。

见《全宋诗》卷一一三四晁补之，《全宋诗》编者据《鸡肋集》卷一六收入。此诗又见《全宋诗》卷一三一五程迈，题为"送友福建转运判官"，内容全同，《全宋诗》编者据清程鸿绪《程氏所见诗钞》卷二收入。

按：此诗为晁补之诗。晁补之该诗题下实有两首诗，此两诗同韵。曹子方即曹辅，四库本黄䇳《山谷年谱》卷二三引《实录》云："元祐三年九月，太仆寺丞曹辅权发遣福建路转运判官。"时晁补之在秘书省，故作此诗送别。除晁补之外，当时还有许多好友曾赋送别诗，参苏轼《送曹辅赴闽漕》、刘攽《送曹辅奉议福建转运判官》、黄庭坚《送曹子方福建路运判兼简运使张仲谋》、张耒《送曹子方赴福建运判》等诗。

6.《题工部文侍郎周翰郭熙平远二首》

渔村半落楚江边，林外秋原雨外天。谁倚竹楼邀大艑，天涯暮色已苍然。（其一）

洞庭木落万波秋，说与南人亦自愁。欲指吴松何处是，一行征雁海山头。（其二）

此二诗见《全宋诗》卷一一三八晁补之，《全宋诗》编者据《鸡肋集》卷二〇收入。又见《全宋诗》卷一一七五张耒，题为"题周文翰郭熙山水二首"，仅"渔村半落"作"鱼村橘市"、"林外"作"人外"等几字异，《全宋诗》编者据《柯山集》卷二三收入。

按：宋孙绍远《声画集》卷四、清陈邦彦《御定历代题画诗类》卷二一、清张豫章《御选宋金元明四朝诗》宋诗卷六七、清吴之振《宋诗钞》卷三四诸书皆将此诗归入晁补之名下。且张耒诗题"周文翰"当有误，实为文侍郎周翰，即文彦博第六子文及甫（字周翰）。郭熙山水图卷实为文及甫所有，当时苏轼、苏辙、毕仲游等人皆曾为此画题有诗作，参苏轼《郭熙秋山平远二首》、苏辙《次韵子瞻题郭熙平远二绝》、毕仲游《和子瞻题文周翰郭熙平远图二首》。综上判断，此诗恐非张耒作，当为晁补之诗。

7.《酴醾》

唤将梅蕊要同韵，羞杀梨花不解香。如何五月露寒殿，不与薰风送晚凉。

见《全宋诗》卷一一四二晁补之，《全宋诗》编者据宋《锦绣万花谷》前集卷七收入。此诗前两句又见《全宋诗》卷晁咏之名下，《全宋诗》编者据《全芳备祖》前集卷一七收入。

按：《北京大学中国古文献研究中心集刊（第4辑）》载《〈全宋诗〉订补初探》认为："晁咏之残句《木香花》'唤将梅蕊要同韵，羞杀梨花不解香'，实为晁补之《酴醾》的前两句，全诗共四句，据宋《锦绣万花谷》前集卷七收入。此处当删。"[①] 陈新等《全宋诗订补》亦认为晁咏之名下残句"唤将梅蕊要同韵，羞杀梨花不解香"当删，实为晁补之诗。但岳振国《晁补之佚作辑补与辨误》一文认为宋陈景沂撰《全芳备祖》前集所记较为可信。又元郭豫亨《梅花字字香》前集引"羞杀梨花不解香"作晁咏之诗，故"《全宋诗》收《酴醾》诗为晁补之作品，实有疑误"[②]。

8.《句》其三

山色不违人，嵌满千家窗。

见《全宋诗》卷一一四二，《全宋诗》编者据明杨慎《哲匠金浮》卷一收入。

[①] 包菊香：《〈全宋诗〉订补初探》，载《北京大学中国古文献研究中心集刊（第4辑）》，北京大学出版社，2004，第451页。

[②] 岳振国：《晁补之佚作辑补与辨误》，《中国文学研究》2007年第2期，第116—117页。

按：此句与苏轼句"江山不违人，遍满千家窗"类似，恐非晁补之诗。参苏轼《送杨孟容》："我家峨眉阴，与子同一邦。相望六十里，共饮玻璃江。江山不违人，遍满千家窗。但苦窗中人，寸心不自降。……何以待我归，寒醅发春缸。"（《全宋诗》编者据《苏文忠公诗编注集成》卷二八收入）①

游酢

阮堂明《〈全宋诗〉重出举隅辨考》一文指出游酢《金陵野外废寺》《接花》与游九言《金陵野外废寺》、陈瓘《接花》诗重出，此两诗当为游九言及陈瓘诗。又杨时与游酢多诗重出，游酢《诲子》与朱熹《鹰山书院》重出，参本书相关章节考辨。除此之外，游酢名下还有以下一诗与他人重出：

《韩魏公读书堂》

去郡五里安国寺，断蓬荒筱成邱墟。郡人不置瓜李嫌，公亦甘与泉石居。想憎俗事败人意，独愿灯火勤三余。今人不出如处女，陋室暗屋跼不如。闻君读书胡乃尔，政恐心地怠芟锄。前辈浑厚应有此，难弟难兄俱可书。

见《全宋诗》卷一一四三游酢，《全宋诗》编者据乾隆游氏重刊《游鹰山先生集》卷七收入。此诗又见《全宋诗》卷二三二九熊克，题同，仅"邱"作"丘"、"灯火"作"打火"、"暗屋跼"作"屋暗百"、"怠"作"忘"几字异，《全宋诗》编者据元刘应李《事文类聚翰墨大全》辛集卷八收入。

按：《事文类聚翰墨大全》乃刘应李编纂，刘应李为宋末元初时人，南宋咸淳十年（1274）进士。他与熊禾为同年进士，曾一起讲道洪源山，后来熊禾还曾为大德十一年刊行的《事文类聚翰墨大全》作序。熊克与熊禾皆建阳崇泰里人，当为族人，刘应李谓《韩魏公读书堂》乃熊克所作，似较可信，又熊克此诗下有注云："（读书堂）在黄州五里与其兄居读书之地。"综上判断，此诗恐非游酢所作。

---

① 傅璇琮等主编：《全宋诗》第14册，北京大学出版社，1998，第9387页。

杨时

据王利民《张载诗真伪考辨》一文可知，杨时与张载重出的诗有《登岘首阻雨四首》《江上夜行》《含云寺书事六绝句（后三首）》《闲居书事》《和陈莹中了斋自警六绝（其一）》《渚宫观梅寄康侯》《岳阳书事》《浏阳五咏归鸿阁》，这些重出的诗当皆为杨时诗。阮堂明《〈全宋诗〉重出举隅辨考》一文也指出杨时《送行和杨廷秀韵》《初夏侍长上郊行分韵得偕字》与陆九渊名下《和杨廷秀送行》《初夏侍长上郊行分韵得偕字》诗重出，此两诗当皆为陆九渊诗。除此之外，杨时名下还有以下诸诗与他人重出：

1.《感事》

　　世事浮云薄，劳生一梦长。散材依栎社，幽意慕濠梁。风激鹰鹯迅，霜残草木黄。投闲如有约，早晚问耕桑。

见《全宋诗》卷一一四六杨时，《全宋诗》编者据杨时《龟山集》卷四十收入。此诗又见《全宋诗》卷一一四三游酢，题同，仅"激"作"急"一字异，《全宋诗》编者据乾隆游氏重刊《游廌山先生集》卷七收入。

按：明岳和声《共学书院制》卷中谓此诗为杨时诗。宋陈思编《两宋名贤小集》卷九七引杨时《龟山集》著录为杨时诗，宋陈思编《两宋名贤小集》卷一三一引游酢《荆斋诗集》著录为游酢诗。又明曹学佺《石仓历代诗选》卷一六〇著录为杨时，明曹学佺《石仓历代诗选》卷一六〇著录为游酢诗。此诗应以两存为宜。

2.《归雁》

　　天末惊风急，江湖夜思长。悲鸣愁绝塞，接翼冒清霜。泽岸多缯弋，云间乏稻粱。茫然栖息地，饮啄欲何伤。

见《全宋诗》卷一一四六杨时，《全宋诗》编者据杨时《龟山集》卷四〇收入。此诗又见《全宋诗》卷一一四三游酢，题同，仅"夜"作"野"、"清霜"作"风霜"等几字异，《全宋诗》编者据乾隆游氏重刊《游廌山先生集》卷七收入。

按：宋陈思编《两宋名贤小集》卷九七引杨时《龟山集》著录为杨时诗，

宋陈思编《两宋名贤小集》卷一三一引游酢《荆斋诗集》著录为游酢诗。又明曹学佺《石仓历代诗选》卷一六〇著录为杨时诗，明曹学佺《石仓历代诗选》卷一六〇著录为游酢诗。此诗应两存为宜。

3.《春晓》

　　云霭浮空半雨晴，茅檐未忍扫残英。欲寻春物飘零尽，只有黄鹂一两声。（其一）

　　浮花浪蕊自纷纷，点缀梅苔作绣茵。独有猗兰香不歇，可纫幽佩系余春。（其二）

见《全宋诗》卷一一四八杨时，《全宋诗》编者据光绪刊本《龟山集》卷四二收入。此诗又见《全宋诗》卷五一七张载，题为"春晚"，仅"寻"作"将"、"梅苔"作"莓苔"、"不歇"作"未歇"几字异，《全宋诗》编者据宋金履祥《濂洛风雅》卷五收入。

　　按：据王利民《张载诗真伪考辨》，张载与杨时重出的诗共有十余首，张载名下的这些诗全部出自宋金履祥《濂洛风雅》。张载名下的"春晚"亦出自《濂洛风雅》，故此诗亦极有可能非其所作，当为杨时诗。

4.《寄游定夫（在颍昌从明道先生）二首》

　　绛帷燕侍每从容，一听微言万虑空。却愧犹悬三釜乐，未能终此挹清风。（其一）

　　萧条清颍一茅庐，魂梦长怀与子俱。五里桥西杨柳路，可能鞭马复来无。（其二）

见《全宋诗》卷一一四八杨时，《全宋诗》编者据《龟山集》卷四二收入。此两诗又见《全宋诗》卷一一四三游酢，题为"在颍昌寄中立二首"，仅"可能鞭马复来无"作"至今车马往来疏"，《全宋诗》编者据乾隆游氏重刊《游廌山先生集》卷七收入。

　　按：此为杨时诗。据杨时诗题"寄游定夫（游酢字定夫）"及游酢诗题"在颍昌寄中立（杨时字中立）"，杨时与游酢唱和时，杨时当已离开颍昌，而游酢当还在颍昌。又据上诗"三釜乐"、"未能终此挹清风"云云，"三釜乐"用庄子出仕养亲典,"未能终此挹清风"诗指未能再听从教诲,可知写此诗的作者当已不在颍昌明矣,故上两诗当为杨时所作。清池生春撰程颢年谱,亦谓此诗为杨时所作,参清代池生春《明道先生(程颢)年谱》卷四:"(四年辛酉五十岁在颍昌)时二程兄弟讲孔孟绝学于河洛,及门皆西北士。最后,中立与游定夫往从学,明道甚喜……龟山从颍昌及门之后,告归。明年,有寄书问《春秋》,又有寄游定夫诗:'绛帷侍燕每从容,一听微言万虑空。却愧犹悬三釜乐,未能终此挹清风。''萧条清颍一茅庐,魂梦长怀与子俱。五里桥西杨柳路,可能鞭马复来无。'想见一时从游之乐。"

5.《读东坡和陶影答形》

　　君如烟上火,火尽君乃别。我如镜中像,镜坏我不灭。

见《全宋诗》卷一一四八杨时,《全宋诗》编者据宋周密《齐东野语》卷九收入。

按:此诗并非杨时所作,乃出自苏轼《和陶影答形》:"丹青写君容,常恐画师拙。我依月灯出,相肖两奇绝。妍媸本在君,我岂相媚悦。君如火上烟,火尽君乃别。我如镜中像,镜坏我不灭。虽云附阴晴,了不受寒热。无心但因物,万变岂有竭。醉醒皆梦耳,未用议优劣。"① 张茂鹏点校《齐东野语》卷九:"其后杨龟山有《读东坡和陶影答形》诗云:'君如烟上火,火尽君乃别;我如镜中像,镜坏我不灭。'盖言影因形而有无,是生灭相。"② 这是将此诗归入杨时(杨龟山)名下,《全宋诗》编者亦同此误。其实,该则点校标点有误,正确的标点应是"其后,杨龟山有读东坡《和陶影答形》,诗云:'君如烟上火,火尽君乃别;我如镜中像,镜坏我不灭。'盖言影因形而有无,是生灭相。"可参见四库本杨时《龟山集》卷十二:"因读东坡《和渊明形影神》诗,其《影答形》云:'君如烟上火,火尽君乃别。我如镜中像,镜坏我不灭。'"

---

① 傅璇琮等主编:《全宋诗》第14册,北京大学出版社,1998,第9554页。

② 周密著,张茂鹏点校:《齐东野语》,中华书局,1983,第155页。

黄璞

《题玉泉》

　　水性能方圆，泉色常珪璧。云山静有辉，琼液来无迹。泉上修禅人，曹溪分一滴。鉴止更澄源，纷纷万缘息。

　　见《全宋诗》卷一一五〇黄璞，《全宋诗》编者据宋李庚《天台续集》卷上收入。此诗又见《全宋诗》卷二〇六三黄朴，题为"玉泉"，内容全同，《全宋诗》编者据元陈世隆《宋诗拾遗》卷七收入。

　　按：此诗当为黄璞诗。宋李庚《天台续集》卷上、宋陈耆卿纂《嘉定赤城志》卷二三皆将此诗归入黄璞名下。而元陈世隆《宋诗拾遗》一书实为清人伪作（参《陈世隆〈宋诗拾遗〉辨伪》一文），所收诗多有讹误，疑黄朴当是黄璞之讹。

阮阅

1.《濡须寺》

　　筇杖芒鞋上小蓬，半篙春水饱帆风。两关三寺山无数，藏在蒙蒙烟雨中。

　　见《全宋诗》卷一一五二阮阅，《全宋诗》编者据宋王象之《舆地纪胜》卷四八《淮南西路·和州》收入。此诗又见《全宋诗》卷一一五四吴可，题为"过巢邑"，仅"筇杖芒鞋上小"作"竹杖芒鞋蹋短"、"半篙"作"没篙"、"藏"作"尽"几字异，《全宋诗》编者据吴可《藏海居士集》卷下收入。

　　按：宋祝穆《方舆胜览》卷四八、宋王象之《舆地纪胜》卷四八、《大明一统名胜志·直隶名胜志》卷一二皆将此诗归入阮阅名下。而现存吴可《藏海居士集》乃清四库馆臣据《永乐大典》辑出，这可能是造成误收他人之作的原因，故此诗当为阮阅诗。

2.《郴江百咏·黄相山》

　　东带连山接五羊，西分郴水下三湘。路人到此休南去，岭外千峰尽瘴乡。

见《全宋诗》卷一一五一阮阅,《全宋诗》编者据《郴江百咏》收入。此诗又见《全宋诗》卷一一五〇阎孝忠,题为"黄相山",内容全同,《全宋诗》编者据宋王象之《舆地纪胜》卷五七《荆湖南路·郴州》收入。

按:宋祝穆《方舆胜览》卷二五、《锦绣万花谷》续集卷六诸书皆将此书归之阎孝忠名下。而明李贤《大明一统志》卷六六、明陈循《寰宇通志》卷六〇、清迈柱等《湖广通志》卷一二诸书却将此诗归之阮阅名下。因宋祝穆《方舆胜览》、宋王象之《舆地纪胜》等宋人书皆将此诗归之阎孝忠名下,该诗为阎孝忠作的可能性更大。

第二十册

张耒

陈新等《全宋诗订补》已指出《全宋诗》编者所辑张耒名下《句》其二、其五、其十五、其十六属误辑当删;又张耒《和晁应之大暑书事》《塞猎》《暮归》与刘子翚《和晁应之大暑书事》、黄庭坚《塞上曲》、苏轼《暮归》重出,此皆为张耒诗。又宋业春《张耒诗文真伪考辨》一文指出,张耒与他人重出的诗有十多首,其中不属于张耒的诗有《采莲子》《次韵答存之》《春日杂兴四首》,属于张耒作的有《金陵怀古》《登悬瓠城感吴李事》《三乡怀古》《登海州城楼》《黄葵》《杂诗(其一)》《杂诗(其二)》。又阮堂明《〈全宋诗〉误收唐人诗新考》一文指出张耒名下《怨曲二首》实为皇甫松《怨回纥(歌)》。又《北京大学中国古文献研究中心集刊(第6辑)》载《〈全宋诗〉杂考(二)》一文已指出张耒名下《谒客》《贺雨拜表》《春日杂书八首(其七)》与林之奇《谒客》《贺雨拜表》《春日杂书》重出,此皆为张耒诗。又《北京大学中国古文献研究中心集刊(第8辑)》载《〈全宋诗〉册一及册六补正札记》指出张耒名下《绝句》与郑文宝《绝句三首》其一重出,此诗归属存疑。又张福清《绍嵩〈江浙纪行集句诗〉对〈全宋诗〉的辑佚价值》一文指出张耒名下佚句"风光处处同"、"空林挂夕阳"分别出自张耒《登城二首》其一、张耒《舟行即事二首》其一。又朱腾云博士论文《〈全宋诗〉重出误收研究》指出张耒《水阁二首》其一、《寒食离白沙》与元袁士元《题水西轩和府推何德孚韵》、唐赵嘏《寒食离白沙》重出，前一首当为袁士元诗，后一首存疑；又张耒名下《睡香花》实为张景修的《睡香花》。又宋祁名下《七月六日绝句》实为张耒《七月六日二首》其二，张耒名下《题周文翰郭熙山水二首》实为晁补之《题工部文侍郎周翰郭熙平远二首》，张耒《寒食》与仲并《寒食》诗重出，又张耒《秋日有作寓直散骑舍》与苏轼《入馆》重出，张耒《初冬小园寓目》与范成大《初冬小园寓目》及韩琦《初冬小园寓目》重出，参本书相关章节考证。除此之外，张耒名下还有如下诸诗与他人重出：

1.《梅花十首》

月落严霜自理妆，北风工为发清香。晓英数点辞人去，幽独无人为断肠。（其一）

幽恨清愁几万端，故将巧笑破霜寒。落英收拾供骚客，秋菊从来不足餐。（其二）

姑射仙姿不畏寒，谢家风格鄙铅丹。谁知檀萼香须里，已有调羹一点酸。（其三）

林外啼禽自往还，风前诗客倚阑干。小园门锁黄昏月，耿耿幽姿伴岁寒。（其四）

清寒池馆静无尘，岁岁相逢似故人。任遣墙头疑是雪，欲教园木早知春。（其六）

任教雪压色终胜，却要风严香更闻。江雨细时青子熟，闻名犹救渴将军。（其八）

数点深藏碧玉枝，翠峰十二拥瑶姬。凭君说与凡桃李，彻骨清寒争解肥。（其九）

见《全宋诗》卷一一七四张耒，《全宋诗》编者据张耒《柯山集》卷二二收入。又见《全宋诗》卷一一一五陈师道，题为"梅花七绝"，仅"严霜自理妆"作"霜严自靓妆"、"晓英"作"晚英"、"辞人"作"辞林"、"伴岁"作"半夜"等几字异，《全宋诗》编者据《后山居士文集》卷二收入。

按：此诗归属存疑。《后山诗注补笺》将这些诗系入附录，并认为"盖皆（陈师道）游吴时少作，方虚谷所谓'任渊所不注者，恐非后山作，不然则是少作，尝自删去者也'"[1]。四库本宋胡仔《苕溪渔隐丛话》后集卷二一："张右史集有《梅花十绝》，后山集有《梅花七绝》，其无已七绝，乃文潜十绝中诗，但三绝不是，未知竟谁作者。"

2.《洛岸春行二首》其二

南山晴翠入波光，一派溪声绕郭长。最爱早春沙岸暖，袞风轻浪拍鸳鸯。

见《全宋诗》卷一一七五张耒，《全宋诗》编者据张耒《柯山集》卷二三收入。又见《全宋诗》卷一九八二宋高宗，题为"题刘松年画团扇二首（其一）"，仅"暖"作"煖"、"袞"作"东"二字异，《全宋诗》编者据清卞永誉《式古堂书画汇考》卷三五收入。

按：此诗为张耒所作。诗中所谓洛岸"南山"在洛阳福昌，张耒诗集中有多诗可证。参张耒《福昌官舍后绝句十首》其八："风吹春日下南山，尚有轻冰结暮滩。何事鸳鸯故相守，清溪不怕夜栖寒。"[2]《上巳日洛岸独游寄陈永宁》："南山夜来雨，云日淡相应。"[3]《岁暮福昌怀古·连昌宫》："无情野水青春在，不动南山白日闲。"[4]这些诗作当皆作于元丰间张耒为官洛阳寿安之时。另，宋高宗名下《题刘松年画团扇二首》其二诗亦非宋高宗所作，而是出自宋代邹浩《湖上杂咏》其一。清卞永誉《式古堂书画汇考》卷三五此诗下署"思陵（即宋高宗）题"，这其实是指宋高宗把他人之作题写在画上，并不是说该诗是其所作。

3.《泛宛溪至敬亭祠送别》

南国初寒候，扁舟远客心。归人出断岸，晚翼会疏林。渔市临官

---

[1] 陈师道著，任渊注，冒广生补笺：《后山诗注补笺》，中华书局，1999，第577页。
[2] 傅璇琮等主编：《全宋诗》第20册，北京大学出版社，1998，第13269页。
[3] 傅璇琮等主编：《全宋诗》第20册，北京大学出版社，1998，第13335页。
[4] 傅璇琮等主编：《全宋诗》第20册，北京大学出版社，1998，第13222页。

道，丛祠蔽木阴。长年多感慨，况此对分襟。

见《全宋诗》卷一一八三张耒，《全宋诗》编者据《柯山集拾遗》卷四收入。此诗又见《全宋诗》卷一四六苏为，题为"泛宛溪至敬亭"，内容全同，《全宋诗》编者据明汤宾尹《宣城右集》卷二三收入。

按：据张耒诗《白沙阻风》："归人出断岸，去翼复前山。"[1] 又张耒诗《山暝孤猿吟》："偏凄远客心"[2]。这些诗句与张耒《泛宛溪至敬亭祠送别》多有类同，此诗似为张耒所作。

4.《同应之登大宋陂》

望阔真多思，凭高更损神。山川散白日，草木共青春。寂寂兴亡事，悠悠来往人。素衣吴白纻，尽化洛阳尘。

见《全宋诗》卷一一八四张耒，《全宋诗》编者据《柯山集拾遗》卷五收入。此诗又见《全宋诗》卷五七七王安石，题同，内容全同，《全宋诗》编者据《永乐大典》卷二七五五引《王荆公诗》收入。

按：此诗实为张耒所作。诗题所谓的"应之"当为晁应之，其人生平不详，王安石诗中除此诗外不再有与其唱和之作，又王安石《临川先生文集》并未著录此诗。而张耒与其唱和诗作多达三十三首，据这些唱和诗中"女几山"、"洛阳宫"、"洛阳砧"等地名，这些诗作大多当皆作于元丰间张耒为官洛阳寿安之时。另，张耒诗作《同器之游大宋陂值雨》亦提到"大宋陂"，器之（陈器之）亦为其为官洛阳时所识朋友。(参张耒《送陈器之》："我官洛水滨，君寄鹿山隅。")

5.《中秋夜东刹赠仁公》

盈盈秋月不余分，叶露悬光可数尘。此地正须烦一笑，要令排户问东邻。

见《全宋诗》卷一一八五张耒，《全宋诗》编者据《柯山集续拾遗》收入。又见《全宋诗》卷一一一五陈师道，题同，内容全同，《全宋诗》编者据《后山居士文集》卷二收入。

---

[1] 傅璇琮等主编：《全宋诗》第 20 册，北京大学出版社，1998，第 13170 页。

[2] 傅璇琮等主编：《全宋诗》第 20 册，北京大学出版社，1998，第 13379 页。

按：此诗为陈师道所作，非张耒所作。宋蒲积中编《岁时杂咏》卷三一亦将此诗归入陈师道名下。诗题所谓"东刹"即颍州观音院，参四库本陈师道《后山集》卷一七《请观音禅师疏三首》其一云："惟兹东刹，今号左禅。乃古宿之道场，而昔贤之施会。"诗题所谓"仁公"即颍州观音院普仁禅公（参《后山集》卷一六《比丘理公塔铭》）。此人是陈师道于元祐年间任颍州教授时所识，师道集中还有多首与其唱和之作，如《别观音山主》《以挂杖供仁山主二首》《送仁山主兼寄西堂园澄禅师》。《后山诗注补笺》将《中秋夜东刹赠仁公》系入元祐七年之作[1]。

6.《荷花》

芙蓉花开秋水冷，水面无风见花影。飘香上下两婵娟，云在巫山月在天。

见《全宋诗》卷一一八七张耒，乃《全宋诗》编者据宋陈景沂《全芳备祖》前集卷一一收入。

按：此诗实为曾巩《芙蓉台》诗前四句，非张耒诗。参曾巩《芙蓉台》："芙蓉花开秋水冷，水面无风见花影。飘香上下两婵娟，云在巫山月在天。清澜素砾为庭户，羽盖霓裳不知数。台上游人下流水，柱脚亭亭插花里。阑边饮酒棹女歌，台北台南花正多。莫笑来时常著屐，绿柳墙连使君宅。"（《全宋诗》编者据《元丰类稿》卷五收入）[2]。

7.《句》其一一

玉立春深雪不如，生香透骨雪应无。

见《全宋诗》卷一一八七张耒，乃《全宋诗》编者据宋陈景沂《全芳备祖》前集卷一五（《全宋诗》原文为后集卷一五，此诗实在前集卷一五，原文当有误）收入。

按：据程杰、王三毛点校《全芳备祖》，此诗实署名作张南轩（即张栻），非张耒也。其实，该诗句乃出自张栻《昨过漕台庭前荼蘼盛开已而詹体仁海棠

---

[1] 陈师道著，任渊注，冒广生补笺：《后山诗注补笺》，中华书局，1999，第127页。
[2] 傅璇琮等主编：《全宋诗》第8册，北京大学出版社，1998，第5560页。

和章及此因用前韵赋两章》其一："玉立春深雪不如，生香透骨雪应无。莫遣飘零杂尘土，芬芳留入碧琳腴。"①

8.《句》其九

清霜夜漠漠，佳食晓累累。

《句》其一〇

鹄壳攒修干，金华耀暖曦。

此两首佚句见《全宋诗》卷一一八七张耒，乃《全宋诗》编者据宋陈景沂《全芳备祖》后集卷四收入。

按：查宋陈景沂《全芳备祖》后集卷四，此两句并未分开，而是连在一起的一首诗。其实，这两句乃出自刘攽《寄橙与献臣》："清霜夜漠漠，佳实晓累累。鹄觳攒修干，金华耀凤曦。狂酲香处析，痟渴味余衰。采摘悲凡口，漂零恐后时。颂声骚客误，锡贡禹书遗。惆怅生南国，烦君品藻词。"（《全宋诗》编者据《彭城集》卷一六收入）②

9.《句》其八

霜橙共我乡。

见《全宋诗》卷一一八七张耒，乃《全宋诗》编者据宋陈景沂《全芳备祖》后集卷四收入。

按：此句恐非张耒句，似出自丁谓《橘》："绿枳怜同气，黄橙共我乡。厥包堪任土，其实可怜霜。天宴交枝异，君门并蒂祥。湘人无菲陋，曾用荐陶唐。"（《全宋诗》编者据影印《诗渊》第2册第1208页收入）③

潘大临

《句》其七

八字山头雁，武昌江上鱼。

---

① 傅璇琮等主编：《全宋诗》第45册，北京大学出版社，1998，第27933页。
② 傅璇琮等主编：《全宋诗》第11册，北京大学出版社，1998，第7275页。
③ 傅璇琮等主编：《全宋诗》第2册，北京大学出版社，1991，第1155页。

见《全宋诗》卷一一八九潘大临，《全宋诗》编者据宋吴曾《能改斋漫录》卷七收入。

按：此句恐非潘大临诗，又见李彭《久不得潘髯（即潘大临）书》："八字山头雁，武昌江上鱼。略无千里远，不寄一行书。度鸟愈清旷，晴云时卷舒。河阳应好在，有底苦相疏。"①（《全宋诗》编者据李彭《日涉园集》卷七收入）。

王实

《古意》

少年红颜女，敷芬对芳树。盈盈淡艳妆，清歌杂妙舞。凝睇倚高楼，桐丝试一谱。世间知音稀，谁识姱节素。清贞守幽闺，不作凡子妇。容华委西山，良人来何暮。空床思悠悠，明月正当户。

见《全宋诗》卷一一九〇王实，《全宋诗》编者据元陈世隆《宋诗拾遗》卷二二收入。此诗又见《全宋诗》卷三三五二王义山，题为"古意二首（其一）"，仅"来何"作"兮何"一字异，《全宋诗》编者据《稼村先生类稿》卷一收入。

按：王义山《稼村先生类稿》今存明正德十一年王冠刻本，藏国家图书馆。且王义山此题下实有两首诗，另一首为："东篱采秋菊，秋菊清且香。采之欲寄谁，聊以寓感伤。感伤何所思，故人天一方。故人日以远，思君岂能忘。瞻望兮弗及，西山倾夕阳。黄昏人倚楼，一声笛何长。"②该两诗皆依《古诗十九首》化出，风格类似，故此诗当为王义山诗，非王实之作。王媛《陈世隆〈宋诗拾遗〉辨伪》一文亦认为该诗当为王义山之作。

宋肇

宋肇《中秋对月用昌黎先生赠张功曹韵》与王十朋《中秋对月用昌黎赠张功曹韵呈同官》重出，参本书相关章节考证。除此之外，宋肇名下还有如下一诗句与他人重出：

---

① 傅璇琮等主编：《全宋诗》第 24 册，北京大学出版社，1998，第 15918 页。
② 傅璇琮等主编：《全宋诗》第 64 册，北京大学出版社，1998，第 40077 页。

《句》

　　知君也厌雕肝肾，分我江南数斛愁。

见《全宋诗》卷一一九〇宋肇，《全宋诗》编者据宋胡仔《苕溪渔隐丛话》前集卷三〇收入。

按：此非宋肇句，实出自苏轼《次韵宋肇惠澄心纸二首》其一："诗老囊空一不留，百番曾作百金收。知君也厌雕肝肾，分我江南数斛愁。"①查宋胡仔《苕溪渔隐丛话》前集卷三〇："澄心堂纸，乃江南李后主所制，国初亦不甚以为贵。自刘贡甫首为题之，又邀诸公赋之，然后世以为贵重……东坡云：'诗老囊空一不留，一番曾作百金收。'又从宋肇求此纸云：'知君也厌雕肝肾，分我江南数斛愁。'"②亦谓此诗句为苏轼所作，盖《全宋诗》编者误据。

释慧懃

1.《颂古七首·南泉示众云文殊起佛见法见贬向二铁围山》

　　彩云影里仙人现，手把红罗扇遮面。无人著眼看仙人，却看随后红罗扇。

见《全宋诗》卷一一九〇释慧懃，《全宋诗》编者据《嘉泰普灯录》卷二七收入。此诗又见《全宋诗》卷三五四〇释月碉，题为"偈颂四首（其二）"，仅"无人"作"急须"、"却看随后红罗扇"作"莫看仙人手中扇"几字异，《全宋诗》编者据永仁编《再住荐福禅寺语录》收入。

按：宋陈起《宋高僧诗选》补卷上作释彩云《彩云偈》："彩云影里仙人见，手把红罗扇遮面。止须挣眼看仙人，莫看仙人手中扇。"

2.《颂古七首·离四句绝百非》

　　美如西子离金阁，娇似杨妃倚玉楼。犹把琵琶半遮面，不令人见转风流。

见《全宋诗》卷一一九〇释慧懃，《全宋诗》编者据《嘉泰普灯录》卷

---

① 傅璇琮等主编：《全宋诗》第14册，北京大学出版社，1998，第9398页。
② 胡仔：《苕溪渔隐丛话》前集，人民文学出版社，1962，第208页。

二七收入。此诗又见《全宋诗》卷三四三〇释绍昙，题为"颂古五十五首（其七）"，仅"金阁"作"金阙"一字异，《全宋诗》编者据《希叟绍昙禅师广录》卷五收入。

按：此诗归属存疑。

陈瓘

《北京大学中国古文献研究中心集刊（第5辑）》所载《〈全宋诗〉杂考（一）》指出陈瓘《超果亮师假还山》两首实为赵挺之《朱氏天和堂》后部分及丰稷《朱氏天和堂》。《〈全宋诗〉杂考（四）》也指出陈瓘《寄觉范漳水》实为邵雍《仁者吟》。阮堂明《〈全宋诗〉重出举隅辨考》一文指出游酢《接花》实为陈瓘《接花》。陈瓘《垂虹亭》《吴江鲈乡亭》分别与王禹偁《再泛吴江》《松江亭二首（其二）》重出，参本书相关章节考证。除此之外，陈瓘名下还有如下诸诗与他人重出：

1.《苏文饶往昌国意颇惮之送以诗因勉之》

　　已闻舟楫具，那得苦留君。雨过霜风急，帆飞雪浪分。长途方策足，暇日正论文。功业他年事，风波岂足云。

见《全宋诗》卷一一九一陈瓘，《全宋诗》编者据宋张津《乾道四明图经》卷八收入。此诗又见《全宋诗》卷一六八二刘才邵，题同，内容全同，《全宋诗》编者据《檆溪居士集》卷三收入。

按：此为陈瓘诗。元袁桷撰《延祐四明志》卷二〇、《宋诗纪事》卷二七引《定海县志》诸书皆作陈瓘诗。又陈瓘集中还有《文饶自昌国以诗见寄次韵二首》《文饶自京师还欲往昌国而风作不可渡乃为绝句戏之》，此两诗与该诗亦可互证。且刘才邵原集已佚，其现存《檆溪居士集》乃清四库馆臣据《永乐大典》辑得，这可能是造成误收他人之作的原因。

2.《句》其三

　　黑石巴山砚，鱼鳞蜀客笺。

见《全宋诗》卷一一九一陈瓘，《全宋诗》编者据《砚笺》卷三收入。

按：此非陈瓘句，实出自刘敞《王秘丞惠然相访并见遗蜀笺玄石砚》："仆本时名薄,君胡雅顾偏。闻弦赏流水,望气觅龙泉。谈笑心相得,逢迎礼率然。樵苏从不爨,诗赋许深传。墨石巴山砚,鱼鳞蜀客笺。宠分通缟带,慕用比先贤。知我春秋贵,论交金石坚。谁能惮先进,自古有忘年。"①(《全宋诗》编者据《公是集》卷二六收入)

崔鹏

《〈全宋诗〉杂考(二)》一文指出林之奇名下《早春偶题》《江月图》实为崔鹏《早春偶题》《江月图》。除此之外,崔鹏名下还有如下一诗与他人重出:

《与叔易过石佛看宋大夫画山水》

霜落石林江气清,隔江犹见暮山横。个中只欠崔夫子,满帽秋风信马行。

见《全宋诗》卷一一九二崔鹏,《全宋诗》编者据宋孙绍远《声画集》卷四收入。此诗又见《全宋诗》卷一四七九陈克,题同,内容全同,《全宋诗》编者据《两宋名贤小集》卷一三六《陈子高遗稿》收入。

按:此诗见崔鹏、陈克名下,诗题相同。其实叔易即陈恬(字叔易),他与崔鹏、鲜于绰号"阳城三士",时相过往。又此诗"个中只欠崔夫子"云云,"崔夫子"实为崔鹏自道也,故此诗定为崔鹏所作。

郭三益

《题仙居南峰寺蓝光轩》

山光竹影交寒辉,下有碧浸吹涟漪。沙痕隐隐白鸟去,石声凿凿扁舟归。芝兰发香禅味远,云雾吐秀人家稀。须知春事不可挽,杜鹃已绕林中飞。

见《全宋诗》卷一一九九郭三益,《全宋诗》编者据元吴师道《吴礼部诗话》收入。此诗又见《全宋诗》卷三七三九郭明甫,题为"题仙居县南峰",仅"碧浸"

---

① 傅璇琮等主编:《全宋诗》第9册,北京大学出版社,1998,第5889页。

作"碧清"、"芝兰"作"蕙兰"几字异,《全宋诗》编者据《天台续集》卷下收入。

按:此诗似为郭明甫诗。宋陈耆卿撰《嘉定赤城志》卷二九亦将此诗归入郭明甫名下。

孙实

《压云轩》

绝顶地平易,轩窗风怒号。半空垂象纬,四面涌波涛。洞僻封苔藓,泉深冷骨毛。登临欲忘返,城市厌尘劳。

见《全宋诗》卷一一九九孙实,《全宋诗》编者据宋龚昱《昆山杂咏》卷上收入。此诗又见《全宋诗》卷一七九一邵彪,题同,仅"尘劳"作"烦劳"一字异,《全宋诗》编者据清朱绪曾《金陵诗征》卷六收入。

按:宋龚昱《昆山杂咏》卷上、明王鏊《姑苏志》卷九、明钱穀《吴都文粹续集》卷二二诸书皆将此诗归入孙实名下,清朱绪曾《金陵诗征》后出,故此诗当为孙实诗。

李廌

李廌与李之仪共有四首诗重出,参本书李之仪诗重考辨。除此之外,李廌名下还有如下诸诗句与他人重出:

1.《黄杨林诗》

黄杨性坚贞,枝叶亦刚愿。三十六旬久,增生但方寸。今何成修林,左右映烟蔓。良材岂一二,所期先愈钝。

见《全宋诗》卷一二〇〇李廌,《全宋诗》编者据《济南集》卷一收入。此诗又见《全宋诗》卷一五四一李正民《句》其一诗,仅"黄杨"作"黄树"、"坚贞"作"坚正"、"但"作"才"等几字异,《全宋诗》编者据宋陈景沂《全芳备祖》后集卷一九收入。

按:查宋陈景沂《全芳备祖》后集卷一九此诗实署名"李方叔",李正民及李廌皆字方叔,此诗既然被李廌《济南集》收入,故此诗非李正民诗,当为李廌诗。

2.《秋蝶》

粉蝶尔何知，秋深尚戏飞。怜渠迷节物，犹若弄春晖。露叶今非昔，霜丛畴可依。篱边菊无几，薄命寄余菲。

见《全宋诗》卷一二〇三李廌，《全宋诗》编者据《济南集》卷四收入。此诗又见《全宋诗》卷二七五五李方敬，题同，内容全同，《全宋诗》编者据《古今合璧事类备要》别集卷九一收入。

按：《御定渊鉴类函》卷四四五将此诗归之于李廌，《宋诗纪事》卷四三引《古今合璧事类备要》将之归入李方敬名下，此诗归属存疑。

3.《钓台》其二

此地有天险，双台千仞冈。眼宽知世窄，望极使神伤。惨淡诸峰立，萦纡一水长。振衣怀古罢，新句入斜阳。

见《全宋诗》卷一二〇三李廌，《全宋诗》编者据《济南集》卷四收入。此诗又见《全宋诗》卷二一二六范端臣，题为"登钓台"，仅"千仞冈"作"千仞岗"、"使神"作"便神"几字异，《全宋诗》编者据《范蒙斋先生遗文》收入。

按：此诗归属存疑。

第二十一册

晁说之

陈新等《全宋诗订补》已指出《全宋诗》编者所辑晁说之名下佚句"荆州持大橘，亦名作黄柑"属误辑当删。李朝军《宋代晁氏文人作品混淆辨正》一文指出晁说之名下《积善堂》《二十二弟获金印》《览古》《和新乡二十一弟华严水亭二首》《次韵王立之雪中以酒见饷》《谢沈次律水枕》《次二十一兄九日韵》《怀济北弟侄》与晁冲之《积善堂诗》《决道念八弟得小金印以诗赠之》《览古》《和新乡二十一兄华严水亭五首其四》《次韵王立之雪中以酒见饷》《谢沈次律水枕》

《次二十一兄季此九日韵》《怀济北弟侄》诸诗重出,其中《二十二弟获金印》《和新乡二十一弟华严水亭二首》《次韵王立之雪中以酒见饷》《谢沈次律水枕》《次二十一兄九日韵》当皆为晁冲之诗,《积善堂》为晁说之诗,而《览古》《怀济北弟侄》两诗作者存疑。除此之外,晁说之名下还有以下诸诗与他人重出:

1.《咏老》

　　脚踏浮云身已老,访道修行恨不早。曾见商周全盛时,不及唐虞古风好。

见《全宋诗》卷一二〇八晁说之,《全宋诗》编者据《嵩山文集》卷五收入。此诗又见《全宋诗》卷六五六徐积,题为"老仙",仅"踏浮"作"踏青"、"修行"作"修真"几字异,《全宋诗》编者据徐积《节孝先生文集》卷二四收入。

按:此诗为徐积诗,乃其七十多首游仙诗中的一首,其游仙诗题多以对比的形式来拟,如《饱仙》《饥仙》《急仙》《慢仙》《劳仙》《闲仙》《笑仙》《忧仙》《贫仙》《富仙》《文仙》《武仙》等。此首题为"老仙",与其《童仙》诗正相对(《节孝集》中此两诗相前后)。

2.《节孝处士徐先生》

　　莫怪先生身上贫,眼看外物似浮云。房中除却琴棋后,更有门前鹤一群。

见《全宋诗》卷一二〇九晁说之,《全宋诗》编者据《嵩山文集》卷六收入。此诗又见《全宋诗》卷六五五徐积,题为"贫仙",内容全同,《全宋诗》编者据《节孝先生文集》卷二三收入。

按:此诗为徐积诗,乃其七十多首游仙诗中的一首,其游仙诗题多以对比的形式来拟,参上诗考证。此首题为"贫仙",与其《富仙》诗正相对(《节孝集》中此两诗相前后)。

3.《笑》

　　笑乐真情岂可无,乐而不笑是何拘。日中无事逢棋局,春后有花兼酒壶。轻侠儿前抚手掌,滑稽传后抚髭须。江南陆后还安否,乞与筇枝使自扶。

见《全宋诗》卷一二一〇晁说之,《全宋诗》编者据《嵩山文集》卷七收入。此诗又见《全宋诗》卷六四八徐积,题为"和蹇受之·笑",仅"可无"作"可诬"、"抚"作"掩"、"陆后"作"陆俊"几字异,《全宋诗》编者据《节孝先生文集》一六收入。

按:此诗为徐积诗,乃和蹇受之之作,共四首,即"诗、笛、醉、笑"。每首第一句点题,参每首第一句"出乎志者莫如诗"、"清而劲者笛为奇"、"醉乡恍惚在空虚"、"笑乐真情岂可诬"。晁说之集只有一首"笑",其他三首未收,恐非其所作。

4.《蓬莱仙》

我是蓬莱山上客,暂到人间管春色。谢家池馆纵吟魂,卓氏酒炉迷醉魄。人间春色将奈何,潋潋滟滟浓如波。归来说与秦王女,麻姑偷去唱为歌。

见《全宋诗》卷一二〇八晁说之,《全宋诗》编者据《嵩山文集》卷五收入。此诗又见《全宋诗》卷六五六徐积,题为"谪仙",仅"人间管"作"人闲管"、"纵"作"耸"等几字异,《全宋诗》编者据《节孝先生文集》卷二四收入。

按:明李蓘编《宋艺圃集》卷一三亦将此诗归入徐积名下。此诗当亦为徐积所作,乃其七十多首游仙诗中的一首。

5.《正月二十八日避难至海陵从先流寓兄弟之招仍邂逅冯元礼故人》

百困身犹在,尪羸怯镜看。干戈朝食拙,风雨夜眠难。天际旄头远,淮南春首寒。病夫药裹外,兄弟为谋安。(其一)

脱身兵火欲何之,不料兹焉过所期。轩槛如僧萦橘柚,乡关似梦识蒿藜。弟兄朋友谈平昔,盗贼羌戎问几时。共约更明王道正,或能一语到天墀。(其二)

见《全宋诗》卷一二一二晁说之,《全宋诗》编者据《嵩山文集》卷九收入。此诗又见《全宋诗》卷二六九六孙应时,题为"正月二十八日避难至海陵从先流寓兄弟之招仍邂逅冯元礼故人二首",仅"百困"作"百闲"、"尪羸"作"尪赢"、"羌胡"作"羌戎"几字异,《全宋诗》编者据孙应时《烛湖集》卷一六收入。

按：此为晁说之诗，乃作于建炎二年，时避张遇兵乱自真州寓居海陵。参晁公鄭《书夜雨不少住枕上作诗后》云："建炎二年，公鄭随侍寓海陵，景迂伯自仪真来居，是岁十月十四日公鄭侍十二叔之姑苏，请违景迂。"[①]《宋史·高宗本纪》："（建炎）二年春正月丙戌朔，帝在扬州……己亥，张遇焚真州，秘阁修撰孙昭远为乱兵所害。"[②] 冯元礼，即冯覲，其人为画师，宣和时（1119—1125）宦官。晁说之诗集中还有多首与其唱和之作，如《以扇求冯元礼覲画山水》《代冯元礼次韵辞张次应画山水扇》等诗。而孙应时为南宋时人（1154—1206），他不可能与冯元礼有交往，故此诗定非其所作。孙应时原集已佚，其现存《烛湖集》乃清四库馆臣据《永乐大典》辑得，这可能是造成误收他人之作的原因。

6.《览冀亭榴花》

长夏清江倚碧岑，人间尘土莫相侵。榴花不得春工力，颜色何如桃杏深。

见《全宋诗》卷一二〇九晁说之，《全宋诗》编者据《嵩山文集》卷六收入。此诗又见《全宋诗》卷一二二二晁冲之，题为"戏成"，仅"清江"作"轩窗"、"春工"作"春风"几字异，《全宋诗》编者据《晁具茨先生诗集》卷七收入。

按：此诗归属存疑。

7.《题韦偃双松老僧图》

两松郁苍苍，夭矫出奇峭。翛然龙蛇姿，势欲排岩峤。老禅独会心，默坐观万窍。我亦发深省，倚槛一长啸。此兴含千古，孰谓韦偃少。

见《全宋诗》卷一二一二晁说之，《全宋诗》编者据宋孙绍远《声画集》卷二收入。此诗又见《全宋诗》卷一二六四晁咏之，题同，仅"出奇"作"发奇"、"独会"作"犹会"几字异，《全宋诗》编者据宋陈世隆《宋诗拾遗》卷七收入。

按：因《宋诗拾遗》实为伪书，乃清人伪作，可参王媛《陈世隆〈宋诗拾遗〉辨伪》一文，故此诗为晁说之诗似较可靠。

---

① 曾枣庄、刘琳主编：《全宋文》第 194 册，上海辞书出版社、安徽教育出版社，2006，第 372 页。

② 元脱脱等：《宋史》，中华书局，1977，第 453 页。

晁冲之

陈新等《全宋诗订补》已指出《全宋诗》编者所辑晁冲之《句》其一、《句》其二属误辑当删。又晁冲之名下多诗与晁说之诗重出，参本书晁说之诗重出考辨。除此之外，晁说之名下还有以下诸诗与他人重出：

1.《送王敦素朴》

龙蟠山色引衡庐，霜落江清影碧虚。鼓枻厌骑沙苑马，行厨欲食武昌鱼。缓歌玉树翻新曲，趣入金銮续旧书。官达故人稀会面，君来相见肯如初。

见《全宋诗》卷一二二三晁冲之，《全宋诗》编者据《晁具茨先生诗集》卷九收入。此诗又见《全宋诗》卷二〇七一邓深，题为"送王敦素"，仅"欲"作"饫"一字异，《全宋诗》编者据《大隐居士诗集》卷下收入。

按：此诗当为晁冲之诗。王敦素为晁冲之妹夫，两人交往颇密，见晁冲之诗《敦素有以书局处之者作诗迎之》《次韵集津兄会群从王敦素宿王立之园明日西征马上寄示诸人》《王敦素许纸不至戏简促之》。晁冲之为北宋时人，逝于1126年左右，故王敦素大约亦主要生活于北宋时期，而邓深主要生活于南宋高宗朝，1162年前后尚在世，故邓深与王敦素恐无交往。邓深原集已佚，其现存《大隐居士诗集》乃清四库馆臣据《永乐大典》辑得，这可能是造成误收他人之作的原因。

2.《道中》

雨子收还急，溪流直又斜。迢迢旁山路，漠漠满林花。破水双鸥影，掀泥百草芽。川原有高下，随处着人家。

见《全宋诗》卷一二三〇晁冲之，《全宋诗》编者据影印《诗渊》第3册第1997页收入。又见《全宋诗》卷一七五一陈与义，题同，仅"旁山"作"傍山"、"着人"作"著人"几字异，《全宋诗》编者据《增广笺注简斋诗集》卷二四收入。

按：此诗当为陈与义所作，诗见四库本陈与义《简斋集》卷九。白敦仁所著《陈与义年谱》谓该诗作于建炎四年,时陈与义离衡岳去金潭道中作[1]。其实,影印《诗渊》第3册第1997页"道中"该诗名下并未注明此诗为晁冲之所作,《全宋诗》编者认为该诗作者当是承前省名(前诗署名为晁冲之),此判断当有误。

邹浩

1.《书徐仲车先生诗集后》

古人往矣名空存,尔来冠带谁其伦。语言渊骞行踽踽,俯仰不愧何缤纷。先生道义完且洁,去彼取此非今人。……吾皇图治急遗逸,空谷相望推蒲轮。先生高卧焉得遂,细扎匪日颁严闉。奈何缰锁脱无计,洒扫犹阻致此身。愿言师法不少懈,庶几有立逃湮沦。

见《全宋诗》卷一二三二,《全宋诗》编者据《道乡先生邹忠公文集》卷一收入。此诗又见《全宋诗》卷八三三张舜民,题为"书节孝先生事实于先生诗编之后",仅"踽踽"作"盗跖"、"缤纷"作"缤缤"等几字异,《全宋诗》编者据《画墁集》卷一收入。

按:据诗意"先生高卧焉得遂,细扎匪日颁严闉",作者写此诗时徐积(字仲车)当还在世。张舜民诗题为"书节孝先生事实于先生诗编之后",节孝先生谥号乃徐积逝后,政和六年所赐,此诗题与诗内容不符,故此诗恐非张舜民所作。据徐积《节孝集》卷三二《邹道乡帖》:"(邹)浩惶恐再拜,书先生诗编之后:'古人往矣名空存,尔来冠带谁其伦。……'"[2] 此诗为邹浩所作明矣。张舜民原集已佚,其现存《画墁集》乃清四库馆臣据《永乐大典》辑得,这可能是造成误收他人之作的原因。

2.《湖上杂咏》其一

荷叶如钱三月时,幅巾藜杖一追随。尔来胜事知多少,惟有风标公子知。

见《全宋诗》卷一二三八,《全宋诗》编者据《道乡先生邹忠公文集》卷

---

[1] 陈与义著,白敦仁校笺:《陈与义集校笺》,浙江古籍出版社,2014,第1239页。
[2] 徐积:《节孝集》卷三十二,文渊阁《四库全书》本。

七收入。此诗又见《全宋诗》卷一九八二宋高宗,题为"题刘松年画团扇二首(其二)",内容全同,《全宋诗》编者据清卞永誉《式古堂书画汇考》卷三五收入。

按:此诗乃邹浩所作。《湖上杂咏》共有七首,这是其一。另,该诗还附有邹浩自注:"杜牧之以白鹭为风标公子。"宋高宗名下"题刘松年画团扇二首(其二)",没有自注。且宋高宗名下"题刘松年画团扇二首(其一)"亦非宋高宗所作,而是张耒的《洛岸春行二首》其二诗。清卞永誉《式古堂书画汇考》卷三五此诗下署"思陵(即宋高宗)题",这其实是指宋高宗把他人之作题写在画上,并不是说该诗是其所作。

3.《送幼安赴澶仓》

人生本逆旅,行止良悠悠。试看康庄上,辙迹多成沟。……臧孙故有后,斩斩承风流。故为重作恶,日暮犹登楼。

见《全宋诗》卷一二三三,《全宋诗》编者据《道乡先生邹忠公文集》卷二收入。此诗又见《全宋诗》卷二七五六韩淲,题为"邹道乡送幼安赴澶仓",仅"氐庾"作"坻庾"、"斩斩"作"崭崭"、"故为"作"胡为"几字异,《全宋诗》编者据《涧泉集》卷五收入。

按:此诗乃邹浩所作。幼安当为王宁,乃王陶次子,王寔弟,居许昌,邹浩集中有多首与其唱和诗,如《次韵刘元因赠王幼安》《送王幼安赴举》。此人与苏轼亦多有交往。韩淲乃南宋中期时人,与北宋邹浩、王宁皆无交往,故此诗断不是韩淲所作。据诗题"邹道乡送幼安赴澶仓",可能是韩淲引述邹浩的诗,而误入其集中。韩淲原集已佚,其现存《涧泉集》乃清四库馆臣据《永乐大典》辑得,这可能是造成误收他人之作的原因。

4.《遣感》

我命还须我自推,细微休更问蓍龟。枯茎朽骨犹能兆,岂有灵台不了知。

见《全宋诗》卷一二四二,《全宋诗》编者据《道乡先生邹忠公文集》卷一一收入。此诗又见《全宋诗》卷一三七〇徐存,题为"命卜",仅"休更"作"那更"、"不了"作"自不"几字异,《全宋诗》编者据宋金履祥《濂洛风雅》卷五收入。

按：此诗归属存疑。

毛滂

陈新等《全宋诗订补》一书已指出毛滂《夏夜》实为陆游《暑夜》诗。又毛滂《对月》与王令《对月》重出，参本书相关章节考证。除此之外，毛滂名下还有如下诸诗与他人重出：

1.《仙居禅院》

潇洒仙居院，楼台烟霭中。夜泉清浸月，午铎冷摇风。转目已成昨，累名俱是空。一尊林下醉，此兴谁与同。

见《全宋诗》卷一二五〇毛滂，《全宋诗》编者同治《江山清漾毛氏族谱》内集卷六收入。此诗又见《全宋诗》卷一一一三毛注，题为"仙居寺"，仅"谁与"作"与谁"几字异，《全宋诗》编者据清朱宝慈同治《江山县志》卷五收入。

按：弘治《衢州府志》卷之一三、天启《衢州府志》卷一四、清陆心源《宋诗纪事补遗》引《江山县志》皆将此诗归入毛注名下，此诗似为毛注所作，恐非毛滂诗。

2.《题仙居禅院怀舒阁》

织水联珠未是奇，舒王留咏夺天机。神光已比箕星立，文焰长依舜日晖。一沼蛟龙涎半积，两檐鸾鹤势双飞。名山从此流传永，自昔因人重发挥。

见《全宋诗》卷一二五〇毛滂，《全宋诗》编者据同治《江山清漾毛氏族谱》内集卷六收入。此诗又见《全宋诗》卷一一一三毛注，题为"水帘泉"，仅"联珠"作"帘珠"、"星立"作"星列"、"流传永"作"留传咏"几字异，《全宋诗》编者据清朱宝慈同治《江山县志》卷一收入。

按：嘉靖《衢州府志》卷二亦将此诗归入毛注名下，此诗似为毛注所作，恐非毛滂诗。

3.《曹彦约昌谷集同官约赋红梅成五十六字》

淡中着色似狂颠，心与梅同迹不然。夺我焉支宁免俗，岂无膏沐独争先。辨桃认杏何人拙，压雪欺霜政自妍。只恐东君招不得，好修犹在竹篱边。

见《全宋诗》卷一二五〇毛滂，《全宋诗》编者据《永乐大典》卷二八〇九收入。此诗又见《全宋诗》卷二七三一曹彦约，题为"同官约赋红梅成五十六字"，仅"着色"作"著色"一字不同，《全宋诗》编者据《昌谷集》卷三收入。

按：查《永乐大典》卷二八〇九，此诗题为曹彦约《昌谷集·同官约赋红梅成五十六字》[①]，此诗为曹彦约诗明矣。因《永乐大典》卷二八〇九曹彦约此诗前为毛滂句，《全宋诗》编者失察，将曹彦约《同官约赋红梅成五十六字》《再赋四十字》两诗误辑毛滂名下。

4.《再赋四十字》

雪月个高寒，求多意未阑。林逋五品服，宋璟九还丹。老友松筠健，贤宗鼎鼐酸。任渠蜂蝶闹，难作武陵看。

见《全宋诗》卷一二五〇毛滂，《全宋诗》编者据《永乐大典》卷二八〇九收入。此诗又见《全宋诗》卷二七三〇曹彦约，题为"红梅"，仅"月个"作"月共"一字不同，《全宋诗》编者据《昌谷集》卷一收入。

按：此为曹彦约诗，参上诗考证。

李新

朱腾云博士论文《〈全宋诗〉重出误收研究》指出李新《句》："山外浮云云外城，江边羌角水中声。"实出自李新《登城望江边》。又李新《宿江涨桥》《项羽庙》与许彦国《晚宿江涨桥》《咏项籍庙二首（其一）》重出，参本书相关章节考证。除此之外，李新名下还有以下诸诗与他人重出：

1.《观前古美人图》

璧月尘昏琼树秋，无从百媚一回眸。荼蘼香度梅妆冷，鹦鹉声低

[①] 解缙等编：《永乐大典（第4卷）》，大众文艺出版社，2009，第1142页。

玉笛幽。唾背但能知祸水，逢春且莫上迷楼。归来安守无盐女，不宠无惊共白头。

见《全宋诗》卷一二六〇李新，《全宋诗》编者据《跨鳌集》卷九收入。此诗又见《全宋诗》卷一〇三二李元膺，题同，仅"唾背"作"吐袖"、"且莫"作"辄莫"几字异，《全宋诗》编者据宋孙绍远《声画集》卷二收入。

按：查《声画集》卷二，此诗实署名李元应，李元应即李新（字元应）[①]。又《宋诗纪事》卷二六即据《声画集》卷二将此诗归入李新名下，《全宋诗》编者误辑李元膺名下。

2.《折杨柳》

东风来何时，百花已飘零。独余堤上柳，惨淡含春荣。扁舟复何适，延客江上亭。顾无青玉案，何以送子行。攀条欲相赠，上有双流莺。流莺正求友，奈此别离情。

见《全宋诗》卷一二六三李新诗，《全宋诗》编者据宋陈起《前贤小集拾遗》卷一收入。此诗又见《全宋诗》卷一九七〇许志仁，题同，仅"流莺"作"□□"几字异，《全宋诗》编者据影印《诗渊》第4册第2472页收入。此诗又见《全宋诗》卷一〇三二李元膺，题同，仅"独余"作"独有"、"别离"作"离别"几字异，《全宋诗》编者据清顾贞观《积书岩宋诗删》卷三收入。

按：《宋诗拾遗》卷二一、《御定佩文斋广群芳谱》卷七六、《御选宋金元明四朝诗》卷九、《宋元诗会》卷五七、《宋诗纪事》卷二六引《前贤小集拾遗》诸书皆将此诗归之李元应（即李新）名下，故此诗非许志仁及李元膺诗，当为李新作。

3.《锦江思》

独咏沧浪古岸边，牵风柳带绿凝烟。得鱼且斫金丝鲙，醉折桃花倚钓船。

见《全宋诗》卷一二六二李新，《全宋诗》编者据《跨鳌集》卷十一收入。

---

① 孙绍远：《声画集》卷二，清康熙四十五年扬州刻楝亭藏书本。

此诗又见《全宋诗》卷一五七五喻汝砺，题同，内容全同，《全宋诗》编者据宋扈仲荣《成都文类》卷一四收入。

按：《成都文类》卷三将此诗归之李新名下。《成都文类》卷一四此诗题下实署名"前人"，《全宋诗》编者据此诗前一诗的作者喻汝砺，亦将此诗归入喻汝砺名下，此恐有误。且《宋诗纪事》卷二六引《成都文类》、明周复俊《全蜀艺文志》卷八、嘉靖《四川总志》卷八、天启《成都府志》卷三一皆将此诗归之李新名下，故此诗当为李新作，非喻汝砺诗。

第二十二册

司马槱

司马槱《和上元日游南园赏梅花》实为司马光《又和上元日游南园赏梅花》，参本书相关章节考证。除此之外，司马槱名下还有如下一诗与他人重出：

《千顷山》

琼叶半开童女颊，蕨芽初长小儿拳。山中云雨虽无味，何似山河走暮烟。（其一）

一池春水应江潮，中起沙鸥数尺高。谁谓风云远朝市，乱山深处亦波涛。（其二）

欲为龙池游，束装戒蓐食。鸡鸣天未曙，呼儿重蜡屐。……尔来三十年，潭湫变枯荻。至今应江潮，尚浮鸥鹭集。至理竟未解，对之空太息。不如西湖游，挥篙泛瑶碧。（其三）

见《全宋诗》卷一二七四司马槱，《全宋诗》编者据宋潜说友《咸淳临安志》卷二七收入。此三诗又见《全宋诗》卷二八八八章槱，题同，仅"萦回"作"潆洄"、"绿静"作"绿净"等几字异，《全宋诗》编者据清甘文蔚乾隆《昌化县志》卷二收入。

按：此诗当为司马槱诗。郑应洁编《昌化唐宋诗词选注》谓："清后诸《志》

将司马槱《千顷山二首》诗引载混乱，题名有司马章槱、章槱、章樵者，甚有将第一首诗分解为二首者，皆误。"[1]

刘正夫

《宣妙院上方》

水定浮春岫，鸦盘落远林。上方钟送夕，隐几兴何深。

见《全宋诗》卷一二七四刘正夫，《全宋诗》编者据宋杨潜《绍熙云间志》卷下收入。此诗又见《全宋诗》卷二三三四刘孝甡，题为"题佘山宣妙寺"，内容全同，《全宋诗》编者据清宋如林嘉庆《松江府志》卷七六收入。

按：此诗当为刘正夫诗。宋杨潜《绍熙云间志》卷下、元单庆修《至元嘉禾志》卷三〇两书皆将此诗归入刘正夫（北宋时人）名下。正德《松江府志》卷一八作刘正夫，崇祯《松江府志》卷五一作柳正夫，嘉庆《松江府志》卷七六作刘孝甡。正德《松江府志》成书早于崇祯《松江府志》及嘉庆《松江府志》，当更可靠，"柳正夫"当是刘正夫之讹，又刘孝甡字正夫（南宋时人），嘉庆《松江府志》编者将此诗误署南宋刘孝甡名下。

洪朋

陈新等《全宋诗订补》一书已指出洪朋《句》其二、其五、其十、其十一、其十三皆属误辑当删。除此之外，洪朋名下还有如下诸诗与他人重出：

1.《云溪院》

水竹依山在，烟霞并舍分。秋添中夜雨，冷浸一溪云。

见《全宋诗》卷一二七九，《全宋诗》编者据宋王象之《舆地纪胜》卷二六《江南西路·隆兴府》收入。

按：全诗见洪炎《云溪院》："水竹依山住，烟霞并舍分。秋添中夜雨，冷浸一溪云。满目干戈地，关心鸟兽群。归涂如可问，猛犬莫狺狺。"[2]（《全宋诗》

---

[1] 郑应洁编：《昌化唐宋诗词选注》，大众文艺出版社，2011，第16页。
[2] 傅璇琮等主编：《全宋诗》第14册，北京大学出版社，1998，第9398页。

编者据《西渡集》卷下收入）查《舆地纪胜》卷二六《江南西路·隆兴府》此诗下实署名为洪玉父，即洪炎，《全宋诗》编者误据洪朋（字龟父）名下。

2.《句》其一

好在龙沙黄，俄入鸾江碧。

见《全宋诗》卷一二七九洪朋，《全宋诗》编者据《舆地纪胜》卷二六《江南西路·隆昌府》收入。

按：《舆地纪胜》引用此句似有讹误，参洪朋《同徐师川登秋屏阁观雪》："积雪未亏日还没，云气黯惨愁不释。徐郎揖我上棂轩，眼界物物有正色。……台边好在龙沙黄，台前俄失鸾冈碧。只今雪思未渠央，准拟作花大如席。大江之南喜气多，旧瘴悬知扫无迹。"①

洪刍

陈新等《全宋诗订补》已指出洪刍《田家谣》实为唐聂夷中《田家二首》之一。孙明材《〈全宋诗〉中作者"待考"两则》指出洪刍《示子》实为洪浩父《寄子》。卞东波《〈全宋诗〉重出、失收及误收举隅》指出严有翼《戏题河豚》似为洪刍《咏河豚西施乳》。王岚《汪藻文集与诗作杂考》亦指出洪刍《句》其十实为汪藻《句》其五。又洪朋《松棚》与杨万里《和昌英叔觅松枝作日棚》其一重出，参本书相关章节考证。除此之外，洪刍名下还有如下一诗与他人重出：

《句》其一四

晋代衣冠复谁在，虎溪长有白莲风。

见《全宋诗》卷一二八二洪刍，《全宋诗》编者据《舆地纪胜》卷三〇《江南西路·江州》收入。

按：此非洪刍句，实出自杨时《东林道上闲步三首》其二："百年陈迹水溶溶，尚忆高人寄此中。晋代衣冠谁复在，虎溪长有白莲风。"②（《全宋诗》编者据《龟山集》卷四二收入）宋陈思《两宋名贤小集》卷九八、明曹学佺编《石仓历代

---

① 傅璇琮等主编：《全宋诗》第 22 册，北京大学出版社，1998，第 14449 页。
② 傅璇琮等主编：《全宋诗》第 19 册，北京大学出版社，1998，第 12956 页。

诗选》卷一六〇皆将此诗归入杨时名下。

洪炎

《铅山县石井院》

两年再踏铅山路，今日初尝石井泉。碧玉岩边瀹汤饼，全胜五鼎击肥鲜。

见《全宋诗》卷一三〇〇洪炎，《全宋诗》编者据《西渡集》卷下收入。此诗又见《全宋诗》卷二七一七陈文蔚，题为"又和胡应祥游石井韵"，仅"瀹"作"论"一字不同，《全宋诗》编者据明笪继良《铅书》卷五收入。

按：乾隆《铅山县志》、同治《铅山县志》卷三、光绪《江西通志》卷一一七皆将此诗归入洪炎名下，此诗似当为洪炎所作。

饶节

1.《春》

尽道春多雨，伤摧花鸟空。不知春态度，尤在绿荫中。

见《全宋诗》卷一二八七饶节，《全宋诗》编者据宋《锦绣万花谷》前集卷三收入。此诗又见《全宋诗》卷三七四七释惠琏，题为"多雨"，仅"鸟空"作"易空"、"绿荫"作"雨阴"几字异，《全宋诗》编者据《增广圣宋高僧诗选》后集卷上收入。

按：此诗归属存疑。宋谢维新编《古今合璧事类备要》前集卷一三、明郭子章《郭子章诗话》卷四皆将此诗归入饶节名下。

2.《红梅》

娇朱浅浅透冰光，瘦倚疏篁半出墙。雅有风情胜桃杏，巧含春思避冰霜。融明醉脸笼轻晕，敛掩仙裙蹙嫩黄。日暮风英堕行袂，依稀如著领巾香。

见《全宋诗》卷一二八七饶节，《全宋诗》编者据宋《锦绣万花谷》前集卷七收入。此诗又见《全宋诗》卷三七四八释琏，题同，仅"冰光"作"烟光"、

"疏篁"作"疏檐"、"桃杏"作"桃李"等几字异,《全宋诗》编者据《后村千家诗》卷七收入。

按:此诗归属存疑。《永乐大典》卷二八九八作饶节诗,元郭豫亨《梅花字字香》后集引"瘦倚疏篁半出墙"亦作饶节诗。宋陈景沂编《全芳备祖》前集卷四将此诗归入释琏名下,元郭豫亨《梅花字字香》后集引"雅有风情胜桃李"又作释琏诗。但宋李龏《梅花集句》其六五及释绍嵩《咏梅五十首呈史尚书》其四三皆引"瘦倚疏篁半出墙"作释惠琏句。

苏庠

《〈全宋诗〉杂考(一)》一文指出苏庠《惠安寺》与释师体《颂古十四首》其一〇重出,宋吴曾《能改斋漫录》卷一一又将此诗归之宋齐愈名下(《全宋诗》失收),此诗归属存疑。除此之外,苏庠名下还有如下诸作与他人重出:

1.《清江曲》

属玉双飞水满塘,菰蒲深处浴鸳鸯。白苹满棹归来晚,秋著芦花一岸霜。(其一)

扁舟系岸依林樾,萧萧两鬓吹华发。万事不理醉复醒,长占烟波弄明月。(其二)

见《全宋诗》卷一二八八苏庠,《全宋诗》编者据宋胡仔《苕溪渔隐丛话》前集卷五三收入。此诗又见《全宋诗》卷一二五一苏坚,内容全同(只是上两首在苏坚名下合为一首《清江曲》),《全宋诗》编者据宋何汶《竹庄诗话》卷一七收入。

按:《清江曲》实为词牌名。双调五十六字。前段四句三平韵,后段四句三仄韵。因其为宋苏庠泛舟清江所作,故名。《全宋诗》编者将苏庠名下《清江曲》分成两首绝句,当有误。宋祝穆《古今事文类聚》前集卷三七、宋阮阅《诗话总龟》卷四、宋魏庆之《诗人玉屑》卷一〇引《王直方诗话》、明李蓘编《宋艺圃集》卷一二诸书皆将此作归入苏庠名下。又朱熹《和彭蠡月夜泛舟落星湖》诗第一句"长占烟波弄明月"下自注云:"首句全用苏养直(即苏庠)

诗。苏旧居水西门外，舟行望见其处。"① 故此作当为苏庠作，非其父苏坚所作也。据《苕溪渔隐丛话》前集卷五三："东坡云：'属玉双飞水满塘，菰蒲深处浴鸳鸯……'此篇若置李太白集中，谁疑其非者，乃吾家养直（即苏庠）所作《清江曲》也。苕溪渔隐曰，养直《后湖集》又有《后清江曲》云：'层波渺渺山苍苍……'"② 宋何汶《竹庄诗话》卷一七载苏坚《清江曲》诗下注云："东坡云此篇若置李太白集中，谁疑其非者。"又《竹庄诗话》引《后清江曲》诗下注云："《韵语阳秋》云：'苏养直《清江曲》见赏于东坡，名已不没。而又作《后清江曲》一篇，岂养直尚恶其少作？'"③ 据此来看，宋何汶《竹庄诗话》亦谓《清江曲》及《后清江曲》出自养直，但他又认为苏养直即是苏坚（字伯固），当是把父子两人混淆了。又宋释居简名下《偈颂一百三十三首》其六七："扁舟两岸依林樾，萧萧两鬓吹华发。万事不理醉复醒，长占烟波弄明月。"④ 该诗几乎全同苏庠《清江曲》的半部分，恐非释居简作也。

2.《后清江曲》

　　层波渺渺山苍苍，轻霜陨木莲叶黄。呼儿极浦下笭箵，社瓮欲熟浮蛆香。（其一）

　　轻蓑淅沥鸣秋雨，日暮乘流自相语。一笛清风万事休，白鸟翩翩落烟渚。（其二）

　　见《全宋诗》卷一二八八苏庠，《全宋诗》编者据宋胡仔《苕溪渔隐丛话》前集卷五三收入。此诗又见《全宋诗》卷一二五一苏坚，仅"陨"作"殒"一字异，《全宋诗》编者据宋何汶《竹庄诗话》卷一七收入。

　　按：《后清江曲》亦为词牌名，《全宋诗》编者将苏庠名下《后清江曲》分成两首绝句，当有误。此当为苏庠作，考证见上。

---

① 傅璇琮等主编：《全宋诗》第 44 册，北京大学出版社，1998，第 27614 页。
② 胡仔：《苕溪渔隐丛话》前集，人民文学出版社，1962，第 363 页。
③ 何汶撰，常振国、绛云点校：《竹庄诗话》，中华书局，1984，第 336 页。
④ 傅璇琮等主编：《全宋诗》第 53 册，北京大学出版社，1998，第 33282 页。

释祖可

王岚《汪藻文集与诗作杂考》一文亦指出释祖可《霜余溪上》与汪藻《霜余溪上绝句》重出，此诗归属存疑。除此之外，释祖可名下还有如下一诗与他人重出：

《句》其七

味方河朔葡萄重，色比泸南荔子深。

见《全宋诗》卷一二八八释祖可，《全宋诗》据《全芳备祖》后集卷六收入。

按：全诗又见饶节《杨梅》："五月杨梅正满林，初疑一核价千金。味方河朔蒲桃重，色比泸南荔子深。飞椗似闻新入贡，登盘不见旧供吟。诗成欲寄山中旧，恐起头陀爱渴心。"①（《全宋诗》编者据饶节《倚松诗集》卷二收入）《事文类聚》后集卷二七亦收有此首《杨梅》诗，仅个别字句不同，但署名为释祖可。上海图书馆藏庆元五年黄汝加重刻本《倚松老人诗集》亦收有此诗，此诗似为饶节作。

赵期

《临安自述》

尘生宫阙雾蒙蒙，万骑龙飞幸越中。在野三间君不顾，乘轩卫鹤懿何功。虽知四海同文久，未合中原武备空。星落夜原妖气满，汉家麟阁待英雄。（其一）

临安皓月色如珪，清景伤时一惨凄。未见山前归牧马，犹闻江上带征鼙。鲲为鱼队潜鳞困，鹤处鸡群病翅低。正是四郊多垒日，波涛早晚静鲸鲵。（其二）

见《全宋诗》卷一二九二赵期，《全宋诗》编者据民国六年《五云赵氏宗谱》卷一收入。

按：此两诗又见唐代郑启名下，题为《严塘经乱书事》，仅几字异。《全唐诗》

---

① 傅璇琮等主编：《全宋诗》第 22 册，北京大学出版社，1998，第 14576 页。

卷六六七、清曾燠《江西诗徵》卷三、清张金吾《爱日精庐藏书志》卷二九等书皆将此两诗归入唐代郑启名下。宗谱多不甚可靠，疑此两诗非赵期所作。

陈遘

《贵州》

冬来行部驾轺车，一日之间气候殊。朝衣驼裘暮挥扇，未应岚瘴得全无。

见《全宋诗》卷一二九八陈遘，《全宋诗》编者据《舆地纪胜》卷一一一《广南西路·贵州》收入。此诗又见《全宋诗》卷三七五九曹亨伯，题为"浔州行部"，仅"朝衣"作"朝服"一字异，《全宋诗》编者据《宋诗拾遗》卷九收入。

按：祝穆《方舆胜览》卷四〇、宋王象之《舆地纪胜》卷一一一皆将此诗归入陈亨伯（即陈遘）名下。又嘉靖《广西通志》卷一作曾亨伯，而雍正《广西通志》卷一二四作曹亨伯，疑皆是陈亨伯之讹误。

吴开

1.《句》其一

李衡千树橘，张翰一渔舟。

见《全宋诗》卷一三〇一吴开，《全宋诗》编者据宋《锦绣万花谷》前集卷三收入。

按：此非吴开句，实出自刘敞《西风》："西风木叶下，远想洞庭秋。物色摧年老，天时助客愁。李衡千树橘，张翰一渔舟。亦自人间乐，功名安足谋。"[1]（《全宋诗》编者据刘敞《公是集》卷二十收入）《锦绣万花谷》前集卷三此诗句下实未署名，《全宋诗》编者认为该诗当是承后诗省名，恐有误。

2.《句》其二

木落千山瘦，天高一雁横。

---

[1] 傅璇琮等主编：《全宋诗》第9册，北京大学出版社，1998，第5816页。

见《全宋诗》卷一三〇一吴开,《全宋诗》编者据宋《锦绣万花谷》前集卷三收入。此句又见《全宋诗》卷一四三八吴表臣,内容全同,《全宋诗》编者据宋谢维说《古今合璧事类备要》前集卷一四收入。

按:《锦绣万花谷》前集卷三及《古今合璧事类备要》前集卷一四此诗句下皆署名吴正仲,但吴开及吴表臣皆字正仲,未知孰是,此句归属存疑。

3.《句》其三

鸟声催暮急,山气欲晴寒。

见《全宋诗》卷一三〇一吴开,《全宋诗》编者据宋《锦绣万花谷》前集卷三收入。

按:此非吴开句,实出自欧阳修《罢官西京回寄河南张主簿景祐元年》:"归客下三川,孤邮暂解鞍。鸟声催暮急,山气欲晴寒。已作愁霖咏,犹怀祖帐欢。更闻溪溜响,疑是石楼滩。"[①](《全宋诗》编者据欧阳修《欧阳文忠公集·居士集》卷一〇收入)

谢逸

陈新等《全宋诗订补》已指出《全宋诗》编者所辑谢逸名下《句》其三、其四、其十三属误辑当删;又谢逸名下诗《春词》其五与任斯《牡丹》诗重出,此当为谢逸诗;又《全宋诗》编者所辑谢逸名下诗《琴》《彩烟山》乃唐人谢邈《谢人惠琴材》及元末明初宋禧《彩烟山长歌寄赠新昌周铭德》诗。王开春《林之奇诗辨伪——兼论〈拙斋文集〉的版本源流》一文亦指出林之奇名下《豫章别李元中宣德》《闻徐师川自京师归豫章》实为谢逸《豫章别李元中宣德》《闻徐师川自京师归豫章》。除此之外,谢逸名下还有以下诸诗句与他人重出:

1.《送常老住疏山》

师住疏山祇树园,卧观云气起江村。百年鼎鼎春风转,一钵垂垂老眼昏。古殿横空森铁凤,夜潭翻浪落金盆。何时系缆西峰下,松柏

---

① 傅璇琮等主编:《全宋诗》第 6 册,北京大学出版社,1998,第 3672 页。

阴中独叩门。

见《全宋诗》卷一三〇六谢逸,《全宋诗》编者据谢逸《溪堂集》卷四收入。此诗又见《全宋诗》卷二八〇一游九功,题同,仅"观云气"作"看云雾"、"横空森"作"扑空参"、"翻浪"作"翻月"、"西峰"作"西风"、"中独叩"作"阴独扣"几字异,《全宋诗》编者据清陆心源《宋诗纪事补遗》卷六八引《截江网》收入。

按:此诗归属存疑。

2.《三益斋诗》

元龙湖海豪,盖代声籍籍。只今观耳孙,才皆万夫敌。叔分美无度,伯也古遗直。当年种玉翁,什袭裹双璧。期公垂天云,佐郡试戢翼。尚开柴桑径,引领望三益。尝闻筑燕台,千里走乐剧。市骨捐千金,厩乘尽虎脊。公乃真好事,屣履见逢掖。定知子舆辈,一笑皆莫逆。

见《全宋诗》卷一三〇四谢逸,《全宋诗》编者据《溪堂集》卷二收入。此诗又见《全宋诗》卷一三七二谢薖,题为"三益斋",仅"籍籍"作"藉藉"、"什袭"作"十袭"、"虎脊"作"虎迹"几字异,《全宋诗》编者据《谢幼槃文集》卷一收入。

按:此诗当为谢薖诗。又见谢薖《竹友集》卷一。谢薖《竹友集》今存宋刻本,且此本已由上海商务印书馆影印入《续古逸丛书》,谢薖此诗宋刻本亦载。而谢逸《溪堂集》乃清四库馆臣据《永乐大典》所辑,这可能是造成误收谢薖之作的原因。

3.《春词》其三

曲栏干外柳垂垂,罗幕风轻燕子飞。独倚危楼思往事,落红撩乱点春衣。

见《全宋诗》卷一三〇七谢逸,《全宋诗》编者据《溪堂集》卷五收入。此诗又见《全宋诗》卷一三七八谢薖,题为"春闺",仅"风轻"作"轻风"、"危楼"作"危槛"几字异,《全宋诗》编者据清顾贞观《积书岩宋诗删》卷二四收入。

按:此诗当为谢逸诗。谢逸该诗题下实有六首诗。宋谢维说《古今合璧事类备要》前集卷一三、《锦绣万花谷》前集卷三皆将此诗归入谢逸名下。又宋刻本谢薖《竹友集》并未载此诗，综上判断，此诗当为谢逸作。

4.《句》其七

未于莲社添宗衲，已向兰亭识道林。

见《全宋诗》卷一三〇七谢逸，《全宋诗》编者据《锦绣万花谷》前集卷二九收入。

按：此句恐非谢逸诗，全诗见李彭《送果上人坐兜率夏》："落絮霏霏搅客心，鸣鸠历历唤春阴。未于莲社添宗炳，已向兰亭减道林。远峤烟横钟磬晚，禅天目断薜萝深。诗缘酒废苦无思，为子送将聊一吟。"（《全宋诗》编者据《日涉园集》卷八收入）①

5.《桂花》其一

白雪凝酥点额黄，蔷薇清露湿衣裳。西风扫尽狂蜂蝶，独伴天边桂子香。

见《全宋诗》卷一三〇八谢逸，《全宋诗》编者据宋陈思《两宋名贤小集》卷三〇《溪堂集》收入。此诗又见《全宋诗》卷一四四三韩驹，题为"岩桂花"，仅"白雪凝酥点额"作"瀹雪凝酥点嫩"、"湿衣"作"染衣"几字异，《全宋诗》编者据宋《锦绣万花谷》后集卷三八收入。

按：此诗归属存疑。《锦绣万花谷》后集卷三八、宋陈景沂《全芳备祖》前集卷一三皆将此诗归入韩驹名下。但是，宋刘克庄《千家诗选》卷一〇、《锦绣万花谷》前集卷七、宋祝穆《古今事文类聚》后集卷二八、宋潘自牧《记纂渊海》卷九三、宋何士信辑《草堂诗余》后集卷下皆将此诗归入谢逸名下。张福清《李龏〈梅花衲〉对〈全宋诗〉校勘、辨重和辑佚的文献价值》一文认为李龏引"蔷薇花露染衣裳"作韩驹句，故此诗当为韩驹诗②。

---

① 傅璇琮等主编：《全宋诗》第 24 册，北京大学出版社，1998，第 15936 页。
② 张福清：《李龏〈梅花衲〉对〈全宋诗〉校勘、辩重和辑佚的文献价值》，《古籍整理研究学刊》2010 年第 3 期，第 74—79 页。

6.《桂花》其二

轻薄西风未办霜，夜揉黄雪作秋光。吹残六出犹余四，正似天花更著香。

见《全宋诗》卷一三〇八谢逸，《全宋诗》编者据宋陈思《两宋名贤小集》卷三〇《溪堂集》收入。此诗又见《全宋诗》卷二二七五杨万里，题为"木犀二绝句（其二）"，仅"正似"作"匹似"一字异，《全宋诗》编者据杨万里《诚斋集》卷一《江湖集》收入。

按：此诗当为杨万里诗。宋祝穆《古今事文类聚》后集卷二八、宋潘自牧《记纂渊海》卷九三皆将此诗归入谢逸名下。杨万里生前曾自编其诗凡八集，《全宋诗》以宋端平间刊本（原书藏日本东京宫内厅书陵部）为底本，校以宋淳熙、绍熙间递刻之《诚斋先生江湖集十四卷、荆溪集十卷、西归集四卷、南海集八卷、江西道院集五卷、朝天续集八卷、退休集四十卷》（藏北京图书馆），版本可靠，此诗当为杨万里诗。

赵鼎臣

陈新等《全宋诗订补》已指出《全宋诗》编者所辑赵鼎臣名下佚句"词源江海浩奔忙，句法风骚森出入"属误辑当删。陈伟庆《〈全宋诗〉重出考辨十二首》一文也指出赵鼎臣名下《拟和元夕御》《拟和元夕御诗》与傅伯成《拟和元夕御》《拟和元夕御诗》重出，此两诗当为赵鼎臣诗。朱腾云博士论文《〈全宋诗〉重出误收研究》指出梅挚《归雁亭》实为赵鼎臣《归雁亭》。又赵鼎臣名下《雪中寄丹元子》与秦观名下《四绝》其一重出，参本书秦观诗重出考辨。除此之外，赵鼎臣名下还有如下诸诗与他人重出：

1.《冰斋》

生于水而寒于水，都在君家燕座中。只个从来堪受用，何须更远把清风。

见《全宋诗》卷一三一四赵鼎臣，《全宋诗》编者据《竹隐畸士集》卷七收入。此诗又见《全宋诗》卷二一四九赵鈜夫，题同，内容全同，《全宋诗》编者据《永乐大典》卷二五三八引赵君鼎诗收入。

按：赵鼎臣诗原集已佚，其现存《竹隐畸士集》乃清四库馆臣据《永乐大典》辑出。查现存《永乐大典》，此诗实系于赵君鼎（赵钺夫）名下，恐非赵鼎臣诗，大概是因名近而被四库馆臣误辑。

2.《盘斋诗》

　　退之送李愿，归欤两山间。而今乃有此，坐能悦吾颜。

见《全宋诗》卷一三一三赵鼎臣，《全宋诗》编者据赵鼎臣《竹隐畸士集》卷六收入。此诗又见《全宋诗》卷二一四九赵钺夫，题为"盘斋"，内容全同，《全宋诗》编者据《永乐大典》卷二五三五引宋《赵君鼎集》收入。

按：此似为赵君鼎（赵钺夫）诗，考证同上。

3.《喜凉亭》

　　小亭新筑藕花边，为爱陂塘五月天。最好一番风雨过，琼珠无数落清泉。

见《全宋诗》卷一三一四赵鼎臣，《全宋诗》编者据《竹隐畸士集》卷七收入。此诗又见《全宋诗》卷二九一三吴机，内容全同，《全宋诗》编者据明申嘉瑞隆庆《仪真县志》卷一四收入。

按：此诗归属存疑。但康熙《仪真县志》卷一○谓此诗为王正己诗："以上五亭诗（即《水竹亭》《闻凯亭》《转幽亭》《涟漪亭》《得月亭》）俱王正己作，旧刻前人（隆庆《仪真县志》卷一四以上五诗署名前人，《全宋诗》编者认为此五诗承前诗省名，前诗为吴机作），今正之。"

夏倪

《句》其三

　　天寒霜雪繁，游子有所之。

见《全宋诗》卷一三一八夏倪，《全宋诗》编者据宋吕本中《紫微诗话》收入。

按：此句非夏倪作，实出自杜甫《赤谷》："天寒霜雪繁，游子有所之。岂但岁月暮，重来未有期……贫病转零落，故乡不可思。常恐死道路，永为高人噬。"①查吕本中《紫微诗话》："夏均父倪文词富赡,侪辈少及。尝以'天寒霜雪繁,游子有所之'为韵,作十诗留别饶德操,不愧前人作也。"②只谓夏倪曾经以"天寒霜雪繁,游子有所之"为韵作诗,并未言此诗为其所作,盖《全宋诗》编者误。

袁植

《游惠山》

挐舟到山寺,诗句偶缘情。山自锡无后,寺因泉有名。楼阴回夕景,树色向冬荣。就水别茶味,全胜他处烹。

见《全宋诗》卷一三一八袁植,《全宋诗》编者据明邵宝《惠山集》卷二收入。此诗又见《全宋诗》卷一四三八钱绅,题为"游惠山一首",仅"他处"作"它处"一字异,《全宋诗》编者据元佚名《无锡县志》卷四上收入。

按:李勇先等校点《宋元珍稀地方志丛刊(乙编)》之《无锡县志》将此诗归入袁植名下,并谓此诗:"原脱作者名,遂被误为钱绅所作(此诗前两诗皆为钱绅诗),兹据《宋诗纪事》卷八二引《惠山集》补(袁植)。"③

唐绩

《灵岩寺呈锐公禅师》

一水穿岩走碧沙,沿溪樛木卧龙蛇。分明便是桃源路,不见溪头流落花。

见《全宋诗》卷一三一八唐绩,《全宋诗》编者据清邓显鹤《沅湘耆旧集》前编卷二〇收入。此诗又见《全宋诗》卷三七七五洛浦道士,题为"绝句",仅"沿溪樛木卧"作"崖前樛木偃"、"路"作"洞"、"头"作"中"几字异,《全宋诗》编者据《宋诗纪事》卷九〇引《湖广总志》收入。

按:万历《桃源县志校注》下卷、清夏力恕等修《湖广通志》卷八〇皆将

---

① 中华书局点校:《全唐诗》第 7 册,中华书局,1980,第 2295 页。
② 何文焕辑:《历代诗话·紫微诗话》,中华书局,2004,第 361 页。
③ 李勇先等点校:《宋元珍稀地方志丛刊(乙编)》第 3 册,四川大学出版社,2009,第 277 页。

此诗归入唐绩名下。据明袁中道《游居柿录》:"晚,复步至前洞,见石窦中一小碑,上额篆'唐朝奉题灵岩'字,其诗云:一水穿岩走白沙,岩头樛木卧龙蛇。分明便是桃源洞,不见溪中流落花。后书'政和八年某月,郡倅零陵唐绩游灵岩',后有字一行,不可读。"[1] 又明杨嗣昌《灵岩洞》:"前洞在侧方砖刻诗一绝,落句'分明便是桃源洞,不见溪中流落花',后书'政和某年月日郡倅零陵唐绩额篆'。唐朝奉题'灵岩',字极了了。《郡志》讹为'洛浦师',不知何据?"[2] 此诗当为唐绩诗,《宋诗纪事》卷九〇引《湖广总志》当有讹误。

第二十三册

唐庚

陈新等《全宋诗订补》已指出唐庚《舟航》与华岳《后溪》其一重出,此当为华岳诗。又唐庚名下《句》其一、其二、其三、其四、其五皆出自华岳诗,属误辑当删。胡建升、杨茜《苏辙佚诗辨伪》一文也指出苏辙《益昌除夕感怀》《除夕》两诗实为唐庚《除夕感怀》《除夕》。除此之外,唐庚名下还有如下诸诗与他人重出:

1.《梦泉》

入道肯著相,出神得佳泉。……分为缟练去,溅作珠玑圆。一窥宿醒解,三咽沉疴痊。恍惚尚疑梦,欢呼欲成颠。山间短于井,海饮咸生涎。那知道在迩,几作野遗贤。……径欲抱琴去,临流听未全。不但受以耳,庶几神者先。写为梦泉操,第入乐府篇。将前辄复却,万事付有缘。

见《全宋诗》卷一三二〇唐庚,《全宋诗》编者据《唐先生文集》卷一收入。此诗又见《全宋诗》卷三三〇二唐康,题为"潮阳尉郑太玉梦至泉侧饮之甚甘

---

[1] 袁中道:《游居柿录》,上海远东出版社,1996,第180页。
[2] 杨嗣昌:《杨嗣昌集》,岳麓书社,2005,第1402页。

明日得之东山上作梦泉记令余作诗为赋此篇"，仅"缟练去"作"缟练长"、"山间"作"山涧"、"十丈花"作"十丈华"、"未全"作"天全"等几字异，《全宋诗》编者据《永乐大典》卷五三四五引《潮州府图经志》收入。

按：唐庚此诗下亦注云："潮阳尉郑太玉梦至泉侧，饮之甚甘。明日得之东山上，作《梦泉记》示予，命作诗。"郑太玉为唐庚友人，其子郑康佐曾为唐庚文集作跋。唐庚集中还有多首与其唱和之作，如《寄潮阳尉郑太玉》《次郑太玉见寄韵》《郑太玉送子鱼》等诗。又唐庚《唐先生文集》今存宋刻，藏北京图书馆，书目文献出版社已将其影印入《北京图书馆古籍珍本丛刊》第九十册[1]。唐庚此诗载宋刻《唐先生文集》卷一。综上判断，此诗当为唐庚之作，疑唐康当为唐庚之讹。

2.《送王观复交代》

> 文正活国手，颇恨见不及。宦游识其孙，想象高冠发。岂但为交承，自是贤友执。尤喜谈性命，微到鬼神泣。吾曹饮沧海，百川资一吸。失脚沙土间，卷舌舐泥汁。焉依既云久，临别百忧集。去去自护持，雨荷终不湿。

见《全宋诗》卷一三二四唐庚，《全宋诗》编者据《唐先生文集》卷一二收入。此诗又见《全宋诗》卷一一五三吴可，题为"送王观"，仅"尤喜"作"尤思"、"川资"作"川羹"等几字异，《全宋诗》编者据《藏海居士集》卷上收入。

按：王观复即王旦之孙王蕃，为唐庚友人，他与苏轼及黄庭坚亦多有交往。参唐庚《送王观复序》："绍圣丙子（1096）岁，予官益昌，始从吾友王观复游。……或者便谓涪翁（即黄庭坚）在黔中，观复以诗书相切磨。涪翁奇之，相与反复论难……"[2]王旦曾官至宰相，谥号文正，故该诗云"文正活国手"。又唐庚此诗载宋刻《唐先生文集》卷一二。而吴可原集已佚，其现存《藏海居士集》乃清四库馆臣据《永乐大典》辑得，这可能是造成误收他人之作的原因。又吴可诗题为"送王观"，此亦当不确。

---

[1] 傅璇琮等主编：《中国古代诗文名著提要（宋代卷）》，河北教育出版社，2009，第233页。

[2] 曾枣庄、刘琳主编：《全宋文》第139册，上海辞书出版社、安徽教育出版社，2006，第338页。

3.《石漕生日》

梦断维熊夜,祥呈馈鲤初。……权衡公选格,陵阜富军储。阀阅毡犹在,朝廷席正虚。称觞勤祝颂,二十考中书。

见《全宋诗》卷一三二六唐庚,《全宋诗》编者据《唐先生文集》卷一四收入。此诗又见《全宋诗》卷一九三七冯时行,题为"石漕生辰",仅"维熊"作"熊罴"、"任虎"作"郡虎"等几字异,《全宋诗》编者据《缙云文集》卷二收入。

按:冯时行原集已散佚,嘉靖中李玺刊为《缙云先生文集》四卷。而唐庚此诗载宋刻《唐先生文集》卷一四。又宋刻《唐先生文集》卷一四此诗前一首诗为《上漕使》,此"漕使"疑与石漕为同一人,故此诗恐非冯时作所作,当为唐庚诗。

释德洪

陈新等《全宋诗订补》已指出释德洪《顿脱所疑偈》与释德洪《偈三首》之二重出,又释德洪名下《句》"梢横波面月摇影,花落尊前酒带香"实出自华岳《梅》诗。又朱腾云博士论文《〈全宋诗〉重出误收研究》指出释德洪《和人春日三首》其二与释德洪《湘山偶书》重出。又释德洪《送王彦龄承务还河内》与释道潜《送王彦龄承务还河内》重出,参本书相关章节考证。除此之外,释德洪名下还有以下诸诗与他人重出:

1.《戒坛院东坡枯木张嘉夫妙墨童子告以僧不在不可见作此示汪履道》

雪里壁间枯木枝,东坡戏作无声诗。雪川谪仙亦豪放,酒阑为吐烟云词。闹传秀色绝今古,正如四月出盆丝。老僧遮护不许见,敲门游客遭慢欺。我来拟看亦乘兴,兴尽却还君勿嗤。

见《全宋诗》卷一三三〇释德洪,《全宋诗》编者据《石门文字禅》卷四收入。此诗又见《全宋诗》卷一三九三王安中,题为"戒坛院东坡枯木张嘉夫妙墨童子告以僧不在不可见作此示",仅"烟云"作"云烟"、"闹传"作"相传"、"勿嗤"作"不嗤"几字异,《全宋诗》编者据宋陈思《两宋名贤小集》卷一〇一《初寮小集》收入。

按：此诗当是释德洪诗，明董斯张辑《吴兴艺文补》卷四九亦将此诗归入释德洪名下。释德洪与汪履道唱和之作达三四十首之多，如《次韵汪履道》《苏子平汪履道试李潘墨》《汪履道家观雪雁图》《汪履道家观古书》《履道书斋植竹甚茂用韵寄之十首》等等。四库本《声画集》卷五此诗题下亦署名"王履道"（王安中字履道），这是将汪履道讹为王履道，又将诗题中的人名讹为作者，《两宋名贤小集》卷一〇一此诗题王安中作，其误亦类似。

2.《送讷上人游西湖》

西湖招提三百六，佳气如春在眉目。一番雨过吞青空，万顷无波鸭头绿。望湖楼阁独自登，烟霏向背攒寒谷。想见襄阳孟浩然，此中有句不容续。道人生长西山阿，骨清气明韵拔俗。久居京国压尘土，一夕归心俊如鹄。明窗为君研破砚，落笔转头风雨速。龙山深处如定居，就彼结邻容我卜。

见《全宋诗》卷一三三〇释德洪，《全宋诗》编者据《石门文字禅》卷四收入。此诗又见《全宋诗》卷三二三九释绍嵩，题为"游西湖"，仅"气如春在"作"处如春有"、"寒谷"作"寒玉"等几字异，《全宋诗》编者据《永乐大典》卷二二六四引《江浙纪行集》收入。

按：据诗句"道人生长西山阿，骨清气明韵拔俗。久居京国压尘土，一夕归心俊如鹄"，此诗显为送人之作，这与释德洪诗题相合。又宋潜说友《咸淳临安志》卷三三亦将此诗归入释德洪名下，故此诗当为释德洪诗，恐非释绍嵩之作。《〈永乐大典〉所涉宋诗资料丛考》一文认为《江浙纪行集》皆为集句诗，此诗并非集句诗，故疑《永乐大典》有误，此诗当为释德洪诗[①]。

3.《早行》

失枕惊先起，人家半梦中。闻鸡凭早晏，占斗辨西东。辔湿知行路，衣单怯晓风。秋阳弄光影，忽吐半林红。

见《全宋诗》卷一三三五释德洪，《全宋诗》编者据《石门文字禅》卷九收入。

[①] 陈恒舒：《〈永乐大典〉所涉宋诗资料丛考》，载《北京大学中国古文献研究中心集刊（第6辑）》，北京大学出版社，2007，第101页。

此诗又见《全宋诗》卷一〇二〇黄庭坚,题同,仅"行路"作"行露"、"怯晓"作"觉晓"几字异,《全宋诗》编者据《山谷诗外集补》卷三收入。

按:明释正勉《古今禅藻集》卷一〇亦将此诗置入释德洪名下。此诗又被《古今事文类聚》收入唐许浑名下,但罗时进《丁卯集笺证》云:"此诗《乌丝栏诗真迹》、蜀刻本、书棚本《丁卯集》俱不录,宋祝穆编《古今事文类聚·别集》卷二五收录此诗,署名许浑,这是所见到的宋代文献中将此诗隶于许浑名下的唯一材料,然不知所据。"① 故此诗恐非许浑之作。元方回《瀛奎律髓汇评》卷一四此诗下加评语云:"《山谷集》有此诗,《甘露灭集(此德洪集)》亦有之,谷集为'觉'(即怯作觉),恐非。"这即是说方回疑此诗非山谷诗。但纪昀在此诗下评曰:"《谷集》句,不成语。意以山谷集中诗为觉范(指德洪)之作,恐非是耳。"② 纪昀认为此诗不能确定非山谷作,据此来看,此诗似应归入存疑类。

4.《送轸上人之匡山》

何处高人云路迷,相逢忽荐目前机。偶逢菜叶随流水,知有茅茨在翠微。琐碎夜谈皆可听,烟霏秋岭欲同归。翛然又向诸方去,无数山供玉麈挥。

见《全宋诗》卷一三三五释德洪,《全宋诗》编者据《石门文字禅》卷一〇收入。此诗又见《全宋诗》卷一九三五岳飞,题为"送轸上人之庐山",仅"偶逢"作"偶看"、"琐碎"作"琐细"、"秋岭"作"秋雨"几字异,《全宋诗》编者据民国吴宗慈《庐山志》卷一〇收入。

按:《全宋诗》所收德洪诗以万历二十五年径山兴圣万禅寺刊《石门文字禅》为底本著录,又明曹学佺《石仓历代诗选》卷二二六、清陈焯《宋元诗会》卷五九、清吴之振《宋诗钞》诸书皆将此诗置入德洪名下,而民国吴宗慈《庐山志》后出,故此诗当非岳飞诗,应为释德洪之作。

5.《庐山杂兴六首》

山中流水水中山,尽日青藜共往还。闲向僧窗看图画,不知身在

---

① 罗时进:《丁卯集笺证》,江西人民出版社,1998,第125页。
② 方回选评,李庆甲集评校点:《瀛奎律髓汇评》,上海古籍出版社,2005,第517页。

画图间。(其二)

别开山径入松关,半在云间半雨间。红叶满庭人倚槛,一池寒水动秋山。(其四)

白水连空不见村,冥冥细雨湿黄昏。秋山咫尺无由到,须信关人不用门。(其五)

秋山木落见遥村,取次人家只隔云。一阵西风雨中过,数声笑语岭头闻。(其六)

见《全宋诗》卷一三四二释德洪,《全宋诗》编者据《石门文字禅》卷一六收入。此诗又见《全宋诗》卷八九〇舒亶,题为"芦山寺(其一、其二、其五、其六)",仅"山中"作"云山"、"闲向僧窗"作"更向僧房"、"山径"作"小径"等几字异,《全宋诗》编者据天启《慈溪县志》卷一六收入。

按:明曹学佺《石仓历代诗选》卷二二六、明释正勉《古今禅藻集》卷一二、《御制佩文斋咏物诗选》卷六一诸书皆引《庐山杂兴六首》其四诗作释德洪诗。又释德洪《庐山杂兴六首》共六首,前三首写春,后三首写秋,显为一组诗。舒亶此诗题下只四首诗,一首写春,三首写秋,稍显杂乱。综上判断,这些诗恐非舒亶作,当为释德洪诗。

6.《补秀老遗》

万壑摇苍烟,百滩渡流水。下有跨驴人,萧萧吹醉耳。

见《全宋诗》卷一三四六释德洪,《全宋诗》编者据《冷斋夜话》卷五收入。此诗又见《全宋诗》卷六二〇俞紫芝,题为"松风",仅"渡"作"度"、"跨驴"作"骑驴"、"醉耳"作"冻耳"几字异,《全宋诗》编者据元吴师道《敬乡录》卷二收入。

按:查释德洪《冷斋夜话》卷五:"王文公居钟山……又尝与俞秀老至报宁,公方假寐,秀老私跨驴,入法云谒宝觉禅师,公知之。有顷,秀老至,公佯睡,睡起,遣秀老下阶曰:'为僧子乃敢盗跨吾驴。'秀老叩头,愿有以自赎其罪,寺僧亦为了解劝。公徐曰:'罚松声诗一首。'秀老立就,其词极佳,山中人忘之,予为补曰：万壑摇苍烟……"[1]亦谓此诗当为秀老（俞紫芝）作，释德洪不过是补记之，《全宋诗》编者误辑释德洪名下。宋阮阅《诗话总龟》卷二一、宋胡仔《苕溪渔隐丛话》前集卷三七诸书皆引《冷斋夜话》将此诗置入俞紫芝名下。又《全宋诗》编者在俞紫芝该诗下又加按语云："宋魏庆之《诗人玉屑》卷一八作俞澹（紫芝弟）诗。"其实，宋魏庆之《诗人玉屑》卷一八亦是转引《冷斋夜话》，故此诗亦当为俞紫芝诗，非谓该诗为其弟俞澹作也。

第二十四册

葛胜仲

陈新等《全宋诗订补》一书已指出葛胜仲《句》其一实出自葛胜仲《辛卯次雾山大明院进士万廷老介来谒》。又连国义《〈全宋诗〉重出诗歌考辨12则》一文指出李纲名下《寒食五首》与葛胜仲《余谪沙阳地僻家远遇寒食如不知盖闽人亦不甚重其节也感而赋诗五首以杜子美无家对寒食五字为韵》诗重出，此当为李纲诗。朱腾云博士论文《〈全宋诗〉重出误收研究》指出葛立方《次韵刘无言寿山中五绝句敢请诸僚和之》《省习堂偶题》实分别为葛胜仲《次韵刘无言山中五绝句敢请诸僚和之》《省习堂偶题》。又葛胜仲《跋黄鲁直画》与王安石《跋黄鲁直画》重出，参本书相关章节考证。除此之外，葛胜仲名下还有以下诸诗与他人重出：

1.《句》其二

路出古浮山，木杪飞华屋。

见《全宋诗》卷一三六八葛胜仲，《全宋诗》编者据宋谈钥《嘉泰吴兴志》卷一三收入。

按：此非佚句，实出自葛胜仲《癸巳次古浮山普慈寺》："老人百念冷，看山独不足。未能寻地肺，聊复访天目。路出古浮山，木杪飞华屋。松迷突兀殿，

---

[1] 吴文治：《宋诗话全编（第三册）》，凤凰出版社，1998，第2445页。

云锁窈窕谷。高阁藏复道，朱栏穿屈曲。羲和隐昆仑，借此休驺仆。小摘园中蔬，充我属餍腹。缅怀峨豸翁，草庐亲卜筑。意恃金匕药，终亦毙一木。不如学无生，妙谛祖身毒。"①（《全宋诗》编者据《丹阳集》卷一六收入）

2.《句》其五

身尝静退缘知足，心不倾邪畏好还。

见《全宋诗》卷一三六八葛胜仲，《全宋诗》编者据宋周遵道《豹隐纪谈》收入。

按：此非佚句，实出自葛胜仲《曾梦良惠然见存出口字诗十有七篇偶摭所遗成三篇纪谢》其三："居然埋照向穷山，谁识龙媒伏帝闲。意气虽吞云梦泽，功名未羡玉门关。身常静退缘知止，心不倾邪畏好还。但恐搢绅公论在，招延行见觐威颜。"②（《全宋诗》编者据《丹阳集》卷二一收入）

曾纡

陈新等《全宋诗订补》一书已指出曾纡《北固楼》与曾公亮《宿甘露僧舍》重出。除此之外，曾纡名下还有如下一诗与他人重出：

《宣州水西作》

杖藜出郭一水近，石磴古路穿松筠。万仞绝壑倚天末，八节惊滩当寺门。泉声飞下锦绣谷，殿影插入玻璃盆。宣州水西天下胜，阆州城南何足云。

见《全宋诗》卷一三六九曾纡，《全宋诗》编者据宋祝穆《方舆胜览》卷一五《太平州》收入。此诗又见《全宋诗》卷三七三九曾子公，题为"水西寺"，仅"绝壑"作"绝壁"、"何足"作"亦何"几字异，《全宋诗》编者据《舆地纪胜》卷一九《江南东路·宁国府》收入。

按：《宋诗拾遗》卷一二、清曾燠《江西诗徵》卷一二、《宋诗纪事》引《方舆胜览》诸书皆作曾纡诗。曾纡曾签书宁国军节度判官（治宣州），此诗写"宣

---

① 傅璇琮等主编：《全宋诗》第 24 册，北京大学出版社，1998，第 15605 页。
② 傅璇琮等主编：《全宋诗》第 24 册，北京大学出版社，1998，第 15679 页。

州水西寺"，这与其经历亦相符。《大明一统名胜志·直隶名胜志》卷一二此诗下署"曾纡子公"，嘉庆《泾县志》卷三一谓"曾纡，子子公"。据此，曾纡除字"公衮"外，似亦字"子公"。

曾开

《句》

翠幕管弦三市晓，画堂烟雨五峰秋。

见《全宋诗》卷一三七〇曾开，《全宋诗》编者据舆地纪胜卷二九《江南西路·抚州》收入。

按：此非曾开句，该句实出自曾巩《送抚州钱郎中》："名郎元是足风流，得郡东南地更优。翠幕管弦三市晚，画堂烟雨五峰秋。黄柑巧缀星垂槛，香稻匀翻雪满瓯。应与谢公资健笔，邦人才薄讵能酬。"（《全宋诗》编者据《元丰类稿》卷六收入）[①] 宋祝穆《方舆胜览》卷二一、宋谢维新《古今合璧事类备要》后集卷七三、宋李刘撰《四六标准》卷二七、明李贤《大明一统志》卷五四、明彭大翼《山堂肆考》卷二二九诸书皆将此诗句归于曾巩名下。

谢薖

陈新等《全宋诗订补》已指出谢薖名下《采金樱子》与姚西岩《金樱子》重出，此当为谢薖诗。《〈全宋诗〉杂考（一）》亦指出谢薖《洗墨池》实出自谢逸《右军墨池》。又谢薖名下《春闺》《三益斋》与谢逸诗《春词》《三益斋诗（其三）》重出，参本书谢逸诗重出考辨。除此之外，谢薖名下还有以下诸诗与他人重出：

1.《竹友轩》

畏夏苦执热，开轩除郁蒸。檐前鸟雀喧，朝旭上朱甍。席间裁函丈，诗书浩纵横。槃礴环堵间，幽独怀友生。……凤凰何时来，翙翙翔我庭。

[①] 傅璇琮等主编：《全宋诗》第 8 册，北京大学出版社，1998，第 5573 页。

见《全宋诗》卷一三七四谢薖，《全宋诗》编者据《谢幼槃文集》卷三收入。此诗又见《全宋诗》卷一九六六陈棣，题为"题竹友轩"，仅"畏夏苦执"作"长夏苦炎"、"槃礴"作"盘礴"几字异，《全宋诗》编者据《蒙隐集》卷一收入。

按：谢薖《竹友集》今存宋刻本，且此本已由上海商务印书馆影印入《续古逸丛书》，宋刻《竹友集》卷三著录谢薖此诗。而陈棣诗乃清四库馆臣据《永乐大典》辑为《蒙隐集》二卷，此诗载《蒙隐集》卷一，从版本学角度看，此诗当为谢薖诗。

2.《次韵季智伯寄茶报酒三解》其一

欢伯风流可解忧，疑君此外更无求。拣芽投我真抛却，不是能诗薛许州。

见《全宋诗》卷一三七七谢薖，《全宋诗》编者据《谢幼槃文集》卷六收入。此诗又见《全宋诗》卷三七六四谢安国，题为"次韵智伯寄茶报酒三斗"，仅"无求"作"何求"、"能诗"作"诗人"几字异，《全宋诗》编者据影印《诗渊》第1册第152页收入。

按：此诗当为谢薖诗。诗见宋刻谢薖《竹友集》卷六。季智伯乃谢逸、谢薖兄弟的友人，谢逸与其唱和的诗作有《怀季智伯以洪龟父赠智伯诗气盖关中季子心为韵探得盖字》《次季智伯韵》诸诗。据谢薖《晏如堂诗并序》可略知其人梗概，参《晏如堂诗并序》："季智伯，渠州使君大夫公之长子也，早以学问称其家儿……客至必具酒，与之商论古今，饮酣兴健，仰天而歌，顾未尝以贫病撄其胸中也。庐山李商老，命其所居之堂曰'晏如'，且作铭。号'智伯'，'晏如先生'可谓名称其实矣。智伯求余诗，为赋杂言一篇。"[1]

徐俯

1.《上郡守》

尚书八座贵，大使十州雄。仁民兼爱物，时雨及春风。

---

[1] 谢逸、谢薖著，上官涛校勘：《〈溪堂集〉〈竹友集〉校勘》，中山大学出版社，2011，第302页。

见《全宋诗》卷一三八〇徐俯,《全宋诗》编者据《锦绣万花谷》前集卷一三收入。

按:此诗又见徐伉名下,但多有中间两句,参其《赠李安抚发》:"尚书八座贵,大使十州雄。欲得疮痍瘥,先怜杼轴空。仁民兼爱物,时雨及春风。"①(《全宋诗》编者据《古今合璧事类备要》后集卷六九收入)

2.《句》其一七

游客乍惊人外境,居僧初识面前山。

见《全宋诗》卷一三八〇徐俯,《全宋诗》编者据《舆地纪胜》卷二一《江南东路·信州》收入。

按:此非徐俯句,疑《舆地纪胜》有误,该句实出自晁补之《次韵李秬祥符轩》:"云端红粉拊雕栏,谢守纶巾语笑间。游客乍惊人外境,居僧初识面前山。暂来犹足留公赏,借与真堪著我顽。铃阁多余宾从少,谁教瓶盎不曾闲。"②(《全宋诗》编者据晁补之《鸡肋集》卷一八收入)

李彭

陈新等《全宋诗订补》已指出李彭名下诗《访僧》与李彭诗《游云居寺三绝》其一重出。又朱腾云博士论文《〈全宋诗〉重出误收研究》指出李商《记化蝶异闻》实出自李彭《蝴蝶诗》,李彭《吊贾氏园池》实为李彭老《贾秋壑故居》。除此之外,李彭名下还有以下诸诗与他人重出:

1.《岁晚四首》其一

天长候雁作行远,沙晚浴凫相对眠。松醪朝醉复暮醉,江月下弦仍上弦。

见《全宋诗》卷一三九〇李彭,《全宋诗》编者据李彭《日涉园集》卷一〇收入。此诗又见《全宋诗》卷一四四三韩驹,题为"绝句",仅"天长"作"天寒"、"下弦仍上弦"作"上弦仍下弦"几字异,《全宋诗》编者据宋吴曾《能改斋漫

---

① 傅璇琮等主编:《全宋诗》第72册,北京大学出版社,1998,第45270页。
② 傅璇琮等主编:《全宋诗》第19册,北京大学出版社,1998,第12860页。

录》卷八收入。

按:《两宋名贤小集》卷一一五存李彭《玉涧小集》未收此诗。又李彭现存《日涉园集》乃四库馆臣据《永乐大典》辑得，这有可能造成讹误，且宋吴开《优古堂诗话》亦将此诗归入韩驹名下，此诗为韩驹作可能性更大。

2.《梦访友生》

少年结客长安城，妄喜纵酒同章程。支离老去一茅屋，枕书卧闻长短更。友生相望止百里，寒夜寥閴无微声。梦中乘兴辄见戴，剡溪聊尔扁舟行。觉来蘧蘧一榻上，不用僮仆争骊迎。吹灯弄笔欲书寄，窗前白月方亭亭。

见《全宋诗》卷一三九〇李彭，《全宋诗》编者据《日涉园集》卷一〇收入。此诗又见《全宋诗》卷二〇四四林之奇，题同，仅"酒同"作"酒一"、"寥閴"作"寥间"、"争骊"作"争篱"几字异，《全宋诗》编者据《拙斋文集》卷三收入。

按：宋吕祖谦《宋文鉴》卷二一、宋陈思编《两宋名贤小集》卷一一五诸书皆将此诗归入李彭名下。据《北京大学中国古文献研究中心集刊（第6辑）》载《〈全宋诗〉杂考（二）》一文，《拙斋文集》卷三所录二十九诗当皆非林之奇所作，乃后人顺次剽抄于《宋文鉴》，故此诗当为李彭所作。

3.《都城元夜》

斜阳尽处荡轻烟，辇路东西入管弦。五夜好春随步暖，一年明月打头圆。香尘掠粉翻罗带，密炬笼绮斗玉钿。人影渐稀花露冷，蹋歌吹度晓云边。

见《全宋诗》卷一三九〇李彭，《全宋诗》编者据李彭《日涉园集》卷一〇收入。此诗又见《全宋诗》卷三四二〇李彭老，题为"元夕"，仅"东西"作"东风"、"密炬"作"蜜炬"、"蹋歌吹"作"踏歌声"几字异，《全宋诗》编者据宋周密《武林旧事》卷二收入。

按：宋陈思编《两宋名贤小集》卷一一五存李彭《玉涧小集》收有此诗。但周密《武林旧事》卷二、明田汝成《西湖游览志余》卷三、万历《杭州府志》卷一九、《宋诗纪事》卷六六都将此诗归入李彭老名下。《〈全宋诗〉杂考（三）》

一文认为此诗当为李彭作，朱腾云《〈全宋诗〉重出误收研究》认为此诗当为李彭老作。

4.《句》其八

兹意与谁传。

见《全宋诗》卷一三九〇李彭，《全宋诗》编者据宋绍嵩《亚愚江浙纪行集句诗》卷一收入。

按：查宋绍嵩《亚愚江浙纪行集句诗》卷一，"兹意与谁传"作唐代李嶷句，《全宋诗》编者误据李彭名下。该句其实出自唐代李嶷《林园秋夜作》："林卧避残暑，白云长在天。赏心既如此，对酒非徒然。月色遍秋露，竹声兼夜泉。凉风怀袖里，兹意与谁传。"①

5.《句》其九

此身南复北。

见《全宋诗》卷一三九〇李彭，《全宋诗》编者据宋绍嵩《亚愚江浙纪行集句诗》卷一收入。

按：此句又见陈与义《雨》："忽忽忘年老，悠悠负日长。小诗妨学道，微雨好烧香。檐鹊移时立，庭梧满意凉。此身南复北，仿佛是它乡。"②

6.《句》其一〇

春去花无色。

见《全宋诗》卷一三九〇李彭，《全宋诗》编者据宋绍嵩《亚愚江浙纪行集句诗》卷一收入。

按：查宋绍嵩《亚愚江浙纪行集句诗》卷一，"春去花无色"乃作"春去花无迹"。此句又见陈与义《泛舟入前仓》："曾鼓盐田棹，前仓不足言。尽行江左路，初过浙东村。春去花无迹，潮归岸有痕。百年都几日，聊复信乾坤。"③

---

① 中华书局点校：《全唐诗》第 4 册，中华书局，1980，第 1465 页。
② 傅璇琮等主编：《全宋诗》第 31 册，北京大学出版社，1998，第 19514 页。
③ 傅璇琮等主编：《全宋诗》第 31 册，北京大学出版社，1998，第 19563 页。

7.《句》其一二

落拓无生计。

见《全宋诗》卷一三九〇李彭,《全宋诗》编者据宋绍嵩《亚愚江浙纪行集句诗》卷二收入。

按:此诗句又见唐代李郢《即目》:"自笑腾腾者,非憨又不狂。何为跧似鼠,而复怯于獐。落拓无生计,伶俜恋酒乡。冥搜得诗窟,偶战出文场。爱雪愁冬尽,怀人觉夜长。石楼多爽气,桊案有余香。运去非关拙,时来不在忙。平生两闲暇,孤趣满沧浪。"①

8.《句》一九

高吟大醉三千首。

见《全宋诗》卷一三九〇李彭,《全宋诗》编者据宋绍嵩《亚愚江浙纪行集句诗》卷四收入。

按:此句又见唐郑谷《读李白集》:"何事文星与酒星,一时钟在李先生。高吟大醉三千首,留著人间伴月明。"②

9.《句》其二〇

微风披拂香来去。

《句》其二二

皎月句添光陆离。

《句》其二三

苦无疏影横斜句。

此三句诗见《全宋诗》卷一三九〇李彭,《全宋诗》编者据宋绍嵩《亚愚江浙纪行集句诗》卷五收入。

按:此三句当非李彭之作,见宋人李复《观梅》诗:"辚藉霜威欲断肌,傲霜挺挺发南枝。微风披拂香来去,皎月勾添光陆离。已入鸾台弄妆手,犹存谷口出尘姿。苦无疏影横斜句,深愧林逋处士诗。"(《全宋诗》编者据《潏水集》

---

① 中华书局点校:《全唐诗》第25册,中华书局,1980,第9993页。
② 中华书局点校:《全唐诗》第20册,中华书局,1980,第7736页。

卷一五收入）①

王安中

陈新等《全宋诗订补》一书已指出王安中《象州上元》实为王世则《高岩立春日》。张福清《李龏〈梅花衲〉对〈全宋诗〉校勘、辨重和辑佚的文献价值》一文指出《全宋诗》册72所收王右丞即为24册的王安中，故王右丞名下诗句皆当删归王安中名下。又王安中《题惠崇画四首》实为晁补之《题惠崇画四首》，王安中《戒坛院东坡枯木张嘉夫妙墨童子告以僧不在不可见作此示》实为释德洪《戒坛院东坡枯木张嘉夫妙墨童子告以僧不在不可见作此示汪履道》，参本书相关章节考证。除此之外，王安中名下还有如下诸诗与他人重出：

1.《晏起》

　　日过辰时犹在梦，客来应笑也求名。浮生自得长高枕，不向人间与命争。

见《全宋诗》卷一三九二王安中，《全宋诗》编者据《初寮集》卷二收入。

按：此诗又见唐刘得仁名下，题为《晏起》，内容全同，《全唐诗》卷五四五收入。此诗当为刘得仁诗，宋洪迈《万首唐人绝句》卷七三亦将此诗归入刘得仁名下。又王安中原集已佚，其现存《初寮集》乃清四库馆臣据《永乐大典》辑得，这可能是造成误收他人之作的原因。

2.《立春后作》

　　东君珂珮响珊珊，青驭多时下九关。方信玉霄千万里，春风犹未到人间。

见《全宋诗》卷一三九二王安中，《全宋诗》编者据《初寮集》卷二收入。此诗又见《全宋诗》卷一七七王初，题同，内容全同，《全宋诗》编者据明李蓘《宋艺圃集》卷一收入。

按：宋洪迈编《万首唐人绝句》卷七三、明曹学佺编《石仓历代诗选》卷

---

① 傅璇琮等主编：《全宋诗》第19册，北京大学出版社，1998，第12474页。

一二三、《御定全唐诗》卷四九一诸书皆将此诗置入王初名下。又王安中原集已佚，其现存《初寮集》乃清四库馆臣据《永乐大典》辑得，综上判断，此诗非王安中作，当为王初诗。

3.《湖山纪游》

吴山东南秀，葱郁盘帝城。西湖据其趾，御气通波心。余膏被草木，蔚眼皆欣荣。今晨天宇穆，惠风汛初晴。春色正妍妙，放怀共扬舲。……逝耶初无将，至耶亦无迎。便将谢尘鞅，兹焉支颓龄。山鸦接晚翅，落日催行縢。归欤赋新篇，聊复记吾曾。

见《全宋诗》卷一三九二王安中，《全宋诗》编者据《初寮集》卷二收入。此诗又见《全宋诗》卷三四四六王执礼，题同，仅"今晨"作"□晨"、"汛初"作"泛初"、"丝竹"作"丝管"等几字异，《全宋诗》编者据宋潜说友《咸淳临安志》卷三三收入。

按：据诗句"吴山东南秀，葱郁盘帝城。西湖据其趾，御气通波心"，此诗必作于南宋都城杭州。南宋定都杭州直至1138年才最终确定下来，而王安中主要生活于北宋时期，其人逝于1134年，而王执礼主要生活于南宋中后期，据此来看，此诗当为王执礼诗，非王安中作。

刘卞功

《题李公谟壁》

日转庭槐影渐移，重门复壁转呼迟。不如拂袖穿云去，惟有落花流水知。

见《全宋诗》卷一三九四刘卞功，《全宋诗》编者据清沈季友《檇李诗系》卷三〇收入。此诗又见《全宋诗》卷一八七〇小郅道人，题为"书户"，仅"复壁"作"复屋"、"惟有"作"说与"几字异，《全宋诗》编者据宋洪迈《夷坚乙志》卷八收入。

按：据宋关拭《隐真道堂记》："绍兴岁在丁卯之七月，一道友戴青巾，披青氅，自言姓刘，居滨州，留数日而去。云堂柱间题四十有三字，曰：……刘卞功来。……话及锡山宝文李公谟宦游河朔，以职走滨州，访真人，得制诰、绘像，石刻为家藏之珍。乾道间，真人一到其家，会诗文觞客弗及接，题诗砖壁，墨渗澈然，盖即《夷坚志》所载'日转庭槐影渐移，重门复屋转呼迟。不如拂袖穿云去，惟有落花流水知'。讬言小郗，实真人诗耳。"[①]。小郗道人即为刘卞功，因《全宋诗》仅收小郗道人一诗，故小郗道人其人其诗皆当删却。

张扩

陈恒舒《〈永乐大典〉所涉宋诗资料丛考》一文指出《全宋诗》所列张广、张扩实为同一人，即张扩，故张广名下诗皆当删归张扩名下。除此之外，张扩名下还有如下一诗与他人重出：

《君山》

乱山如群羊，合沓千里犇。君山屹当前，盘踞老虎蹲。巨镇压坤维，层巅没云屯。下瞰大溪流，千尺清不浑。舟人落风帆，挽纤系山根。欲上看星斗，悬崖那可扪。

见《全宋诗》卷一三九五张扩，据《东窗集》卷一收入。此诗又见《全宋诗》卷三三九一张显，题为"军山"，仅"乱山"作"乱石"、"犇"作"奔"、"君山"作"军山"等几字异，《全宋诗》编者据清曾燠《江西诗徵》卷二〇收入。

按：明李贤《大明一统志》卷五〇、嘉靖《江西通志》卷八、雍正《江西通志》卷一一皆将此诗归入张显名下。又张扩原集已佚，其现存《东窗集》乃清四库馆臣据《永乐大典》辑得，这就可能误收他人之诗，故此诗为张显诗可能性更大。

章清

《句》

妙曲挠周郎。

见《全宋诗》卷一四〇五章清，《全宋诗》编者据宋周必大《文忠集》卷

[①] 曾枣庄、刘琳主编：《全宋文》第336册，上海辞书出版社、安徽教育出版社，2006，第375页。

一收入。此诗又见《全宋诗》卷二三三四王仲宁，内容全同，《全宋诗》编者据宋周必大《周文忠公集》卷一《和仲宁中秋赴饮庄宅》注引收入。

按：查周必大《文忠集》卷一，此诗句实出自周必大《和仲宁中秋赴饮庄宅》诗注："来诗有'妙曲挠周郎'之句"。故此诗句当为仲宁所作，据周必大《次韵王仲谟仲宁唱酬二首》："弟兄况自逢三益，事业悬知定十全。"①可知仲宁当为王仲宁，非章清（字仲宁）。

叶梦得

《〈全宋诗〉杂考（一）》一文指出叶梦得《皂镜册》与傅梦得《皂镜册》重出，此诗作者既非叶梦得，也非傅梦得，应是姓氏不详，字梦得的人所作。又叶梦得《虎丘》实为叶适《虎丘》，叶梦得《诗二首》其一与张景修《九月望夜与诗僧可久泛西湖》重出，参本书相关章节考证。除此之外，叶梦得名下还有如下一诗与他人重出：

《酴醾》

东风吹麝入铅华，未肯随春到谢家。夜半粉香垂露泣，定应和月怨梨花。

见《全宋诗》卷一四〇七叶梦得，据宋梁克家《淳熙三山志》卷四一收入。此诗又见《全宋诗》卷一〇七四范周，题为"木香"，仅"东风"作"暖风"、"未肯"作"不肯"等几字异，据宋张邦基《墨庄漫录》卷九收入。

按：此诗归属存疑。明喻政主修《福州府志》卷三七将此诗归之叶梦得名下。明焦周《焦氏说楛》卷三、《宋诗纪事》卷四一引《墨庄漫录》皆作范周诗。

卢襄

陈新等《全宋诗订补》一书已指出卢襄《句》"红芭蕉映黑牵牛"与徐似道《句》"红芭蕉映黑牵牛"重出，此句归属存疑。又卢襄《再登接山堂》其一与王大受《游

---

① 傅璇琮等主编：《全宋诗》第43册，北京大学出版社，1998，第26679页。

鹿苑寺》重出,卢襄《太上皇帝御制题扇面所画红木犀赐从臣荣薿》与宋高宗《题丹桂画扇赐从臣》其一重出,参本书相关章节考证。除此之外,卢襄名下还有如下诸诗句与他人重出:

1.《登三贤堂》

舟系小桥杨柳月,帆移平浦芰荷风。当时不向烟波老,霸业功名一扫空。(其一)

鲈脍色鲜盘玉缕,莼羹香滑煮龙髯。可怜水月交光夜,一笛西风自卷帘。(其二)

醉梦几经芳草渡,吟魂飞上月明楼。散人已出形骸外,肯作乡声效楚囚。(其三)

见《全宋诗》卷一四〇八卢襄,《全宋诗》编者据《西征记》收入。此诗又见《全宋诗》卷七三三韦骧诗,题为"过笠泽三贤堂诗三首",仅"扫空"作"归空"、"色鲜"作"白鲜"等几字异,《全宋诗》编者据《永乐大典》卷七二三六引《钱塘韦骧集》收入。

按:宋《锦绣万花谷》前集卷四〇引《西征记》、弘治《吴江志》卷一九、嘉靖《吴江县志》卷一二诸书皆将此三诗归入卢襄名下,又今存影写宋乾道本《钱塘韦先生文集》及四库本《钱塘集》皆未收录韦骧此三诗,故此三诗非韦骧作,当为卢襄诗。

2.《句》其一三

麦秋天气朝朝变,蚕月人家处处忙。

见《全宋诗》卷一四〇八卢襄,《全宋诗》编者据宋陈景沂《全芳备祖》续集卷二一收入。

按:此非卢襄句,实出自陆游《小园四首》其二:"历尽危机歇尽狂,残年惟有付耕桑。麦秋天气朝朝变,蚕月人家处处忙。"[1](《全宋诗》编者据《剑南诗稿》卷一三收入)

---

[1] 傅璇琮等主编:《全宋诗》第39册,北京大学出版社,1998,第24538页。

3.《句》其一四

春送人家入画屏。

见《全宋诗》卷一四〇八卢襄,《全宋诗》编者据宋绍嵩《亚愚江浙纪行集句诗》卷五收入。

按:此非卢襄句,实出自蔡襄《漳南十咏·西湖》:"湖上山光一笋青,佛宫高下裹岩屙。烟收水曲开尘匣,春送人家入画屏。竹气更清初霁雨,梅英犹细欲残星。吴船越棹知何处,柳拂长堤月满汀。"①(《全宋诗》编者据《蔡忠惠集》卷四收入)宋陈思《两宋名贤小集》卷七一、宋王象之《舆地纪胜》卷一三一及《永乐大典》卷二二六三六诸书皆将此诗归入蔡襄名下,疑《亚愚江浙纪行集句诗》将蔡襄讹为卢襄。

苏元老

《赠抚琴刘伯华》

公子方年少,丝桐长有名。曲虽仍旧谱,指要发新声。涧落泉初响,风清月正明。起予千古意,恻怅不胜情。

见《全宋诗》卷一四〇九苏元老,《全宋诗》编者据清陆心源《宋诗纪事补遗》卷三二引《截江网》收入。此诗又见《全宋诗》卷二八二四蔡沈,题为"赠琴士刘伯华",仅"恻怅"作"怆恻"一字异,《全宋诗》编者据明蔡有鹍《蔡氏九儒书》卷六《九峰公集》收入。

按:宋刘克庄《后村千家诗》卷一七、元刘应李《翰墨全书》壬集卷八皆收有此诗,并将之归入蔡沈名下。《全宋诗》编者在苏元老此诗下注云:"遍查《群书会元截江网》,未见此二诗(指苏元老名下《赠抚琴刘伯华》《赠棋士兼相》),姑转引俟考。"疑因苏元老及蔡沈皆号"九峰",陆心源《宋诗纪事补遗》误将此诗辑入苏元老名下。

---

① 傅璇琮等主编:《全宋诗》第7册,北京大学出版社,1998,第4780页。

第二十五册

李光

朱腾云博士论文《〈全宋诗〉重出误收研究》指出李先《与杜秀才》实为李光《琼惟水东林木幽茂予爱此三士所居虽无亭馆之胜而气象清远连日水涨隔绝悠然遐想各成一诗目为城东三咏》其一。又李光《九日登楼二首》实为陈渊《九日登庄楼二首》，参本书相关章节考证。除此之外，李光名下还有如下一诗与他人重出：

《海南气候与中州异群花皆早发至春时已尽独荷花自三四月开至穷腊与梅菊相接虽花头小而香色可爱顷岁苏端明谪居此郡尝和渊明诗其略云城南有荒池琐细谁复采幽姿小芙蕖香色独未改即此池也今五十余年池益增广临川陈使君复结屋其上名宾燕堂今夏得雨迟七月末花方盛开因成此诗约胜日为采莲之集云》

秋来雨足溢方塘，华屋临流四面凉。风飐圆荷翻翠盖，水涵芳蕊艳红妆。淡烟难掩天真色，薄日时烘自在香。诗老未须讥琐细，解陪梅菊到冰霜。

见《全宋诗》卷一四二五李光，《全宋诗》编者据《庄简集》卷五收入。此诗又见《全宋诗》卷一九一一陈觉，题为"桄榔庵宾燕亭"，仅"足溢"作"溢足"、"薄日时烘"作"薄月常供"几字异，《全宋诗》编者据明唐胄正德《琼台志》卷二五收入。

按：此诗当为李光诗，宾燕堂乃陈使军陈觉所建。此诗当为李光在宾燕堂观莲时所作，此诗云"诗老未须讥琐细"即指其诗题所言苏端明（即苏轼）曾和渊明诗有作："城南有荒池，琐细谁复采。幽姿小芙蕖，香色独未改。"李光《庄简集》卷五此诗后又有一诗《昨晚约逢时使君今日食后过宾燕瀹茗观莲今日雨忽作因记东坡游西湖遇雨诗云湖光潋滟晴方好山色空蒙雨亦奇之句作雨中观莲诗戏呈并示同行诸君》，此两诗显为同时之作。屈大均《广东新语》亦将此诗亦归入陈觉名下，当有误。

张宰

《翠云山》

未了人间朱墨缘，强颜荒邑又三年。填胸眯目皆尘土，直到峰头始豁然。

见《全宋诗》卷一四三八张宰，《全宋诗》编者据清罗复晋雍正《抚州府志》卷四五收入。此诗又见《全宋诗》卷二七二二张元观，题同，仅"眯"作"瞇"一字异，《全宋诗》编者据元陈世隆《宋诗拾遗》卷一二收入。

按：崇祯《抚州府志》卷二、康熙《抚州府志》卷三五皆作张宰诗，而康熙《金溪县志》卷一二、乾隆《金溪县志》卷一皆作张元观诗，疑张宰即指县令张元观。

韩驹

《北京大学中国古文献研究中心集刊（第4辑）》载《〈全宋诗〉订补初探》一文指出韩驹名下《上太师公相生辰诗十首》与无名氏《上太师公相生辰诗十首》重出，此非韩驹诗。《北京大学中国古文献研究中心集刊（第12辑）》载《〈全宋诗〉杂考（四）》一文已指出韩驹名下《上陈莹中右司生日诗》与强至《贺陈右司生辰》重出，此当为韩驹诗。陈伟庆《〈全宋诗〉重出考辨十二首》一文指出韩驹《上鲜于使君生辰诗》与秦观名下《鲜于子骏使君生日》重出，此诗当为秦观诗。常德荣《〈全宋诗〉重出作品21首及其归属》亦指出韩驹《题李白画像》实出自韩驹《题王内翰家李伯时画太一姑射图二首》其一。又朱腾云博士论文《〈全宋诗〉重出误收研究》指出唐杜牧《七夕》实为韩驹《世谓七夕后雨为洗车雨又七夕后鹊顶毛落俗谓架桥致然戏作二绝》其一诗。又韩驹《岩桂花》与谢逸《桂花》其一重出，韩驹《绝句》与李彭《岁晚四首》其一重出，参本书相关章节考证。除此之外，韩驹名下还有以下诸诗与他人重出：

1.《次韵翁监再来馆中》

归老江湖久自盟，睡余且复对空枰。重来内阁人初健，惯蹋天街马不惊。已喜刘歆分七略，尚传韩愈诲诸生。太平润色须公等，应许吾兼吏隐名。

见《全宋诗》卷一四四一韩驹,《全宋诗》编者据韩驹《陵阳集》卷三收入。此诗又见《全宋诗》卷三三八韩琦,题同,仅"初健"作"谁健"、"色等"作"公等"几字异,《全宋诗》编者据《永乐大典》卷一一三一三收入。

按：此诗当为韩驹诗。《宋诗钞》卷三三、《宋元诗会》卷三二皆将此诗归入韩驹名下。据韦海英《江西诗派诸家考论》,韩驹此诗作于宣和四年（1122）,时韩驹为秘书省（亦称馆阁）著作郎,翁监为秘书少监翁彦深,参《五礼通考》卷一一八："宣和四年三月,辛酉,幸秘书省,遂幸太学,赐秘书少监翁彦深、王时雍、国子祭酒韦寿隆、司业权邦彦章服、馆职、学官、诸生恩锡有差。"[①]

2.《送范生》

万里投殊俗,余生老一丘。尚怜之子秀,能慰此翁愁。只欲连墙住,胡为下邑留。黄尘诗思尽,乞与四山秋。

见《全宋诗》卷一四四二韩驹,《全宋诗》编者据韩驹《陵阳集》卷四收入。此诗又见《全宋诗》卷一九三一范季随父,题为"寄范季随",仅"尚怜之子"作"常怜子之"、"此翁"作"此生"几字异,《全宋诗》编者据宋魏庆之《诗人玉屑》卷八收入。

按：此诗当为韩驹诗。范季随,字周士,尝学诗于韩驹,编著有《陵阳（陵阳即指韩驹）室中语》一卷,专记韩驹论诗文之语。其《陵阳室中语》多称韩驹为"公",如四库本陶宗仪《说郛》卷二七下引《陵阳室中语》："仆尝请益作诗下字之说,法当知何以。……公曰：诗道无有穷尽,如少陵出峡、子瞻过海后,诗愈工。"又四库本魏庆之《诗人玉屑》卷五引《陵阳室中语》"尝有一少年请益,公谕之,令熟读杜少陵诗。后数日复来,云少陵诗有不可解者,公曰：且读可解者。"《全宋诗》编者所据南宋魏庆之《诗人玉屑》卷八引范季随《陵阳室中语》："范季随曰,仆尝往外邑迎妇,故公有诗见寄云：'万里投殊俗,余生老一丘。……'孙内翰见谓曰：此诗卒章岂用'诗思人间尽,今将秋景求'

[①] 韦海英：《江西诗派诸家考论》,北京大学出版社,2005,第162页。

之意耶？"所谓"公有诗见寄"亦当指韩驹有诗见寄，非指范季随之父也，盖《全宋诗》编者失察，故此诗实为韩驹诗。

3.《上何太宰生辰诗二首》

斗杓西揭柄，南吕已飞灰。芝室占熊梦，蓬山挺梓材。世欣金鹭见，人庆玉麟来。天意非难料，行看位上台。（其一）

皇穹符宝运，嵩岳降真贤。明月中秋后，黄花九日前。潭潭新紫府，叠叠旧青毡。遐想云椿庆，春秋合几年。（其二）

见《全宋诗》卷一四四三韩驹，《全宋诗》编者据宋魏齐贤、叶棻同编《五百家播芳大全文粹》卷八七收入。此诗又见《全宋诗》卷五九一强至，题为"上何太宰生日二首"，仅"九日"作"九月"、"云椿"作"灵椿"几字异，《全宋诗》编者据强至《祠部集》卷五收入。

按：宋释绍嵩《通判曾温伯生日》其一引"嵩岳降真贤"谓出自韩驹诗，参其诗："玉历标人瑞（温飞卿），膺门鹗独先（翁元广）。风雷开盛旦（夏倪），嵩岳降真贤（韩驹）。壁暗诗千首（道潜），官当岁九迁（山谷）。得知眉寿永（翁元广），何但八千年（诚斋）。"① 故《上何太宰生辰诗二首》当为韩驹诗。

4.《上陈龙图生辰诗》

参差鸳瓦对清霜，玉虹荐瑞初腾骧。三山一夜应图谶，晓来沙碛堪褰裳。……年年爱日回南陆，庆寿阶庭照兰玉。南极仙翁识姓名，星宫曾见刊琼箓。

见《全宋诗》卷一四四三韩驹，《全宋诗》编者据宋魏齐贤、叶棻同编《五百家播芳大全文粹》卷八七收入。此诗又见《全宋诗》卷二六一〇曾丰，题为"寿陈龙图"，仅"荧煌"作"莹煌"、"室世"作"家世"等几字异，《全宋诗》编者据四库本曾丰《缘督集》卷四收入。

按：《五百家播芳大全文粹》卷八七仅仅《上陈右司生辰诗》署名为韩驹，该诗后《上辛太尉生辰诗》《上丘漕使生辰诗》《上鲜于使君生辰诗》《上何太

---

① 傅璇琮等主编：《全宋诗》第61册，北京大学出版社，1998，第38614页。

宰生辰诗二首》《上陈龙图生辰诗》等三十余首诗皆未署名,《全宋诗》编者认为这些诗皆是承前诗省名,故将这些诗皆归之韩驹名下。仝十一妹《〈五百家播芳大全文粹〉编纂流传考》北大硕士论文认为,《全宋诗》这样做显然不妥,因为这些诗中,如《上鲜于使君生辰诗》为秦观诗,《上陈龙图生辰诗》为曾丰诗,《上蔡太师生辰诗四首》为陈汝锡诗,又"其他虽不能考见作者,但可以推知很可能不是韩驹所作"[①]。据此来看,此诗当为曾丰诗。

5.《上辛太尉生辰诗》

　　昭代群龙用,名家奕世昌。储精生辅佐,挺秀诞忠良。郁郁充闾瑞,荧荧照室祥。莲花雄址峻,竹箭庆源长。……便合持枢极,那容著海乡。庄椿祈不老,辽鹤伫来翔。愿向中书府,年年荐寿觞。

见《全宋诗》卷一四四三韩驹,《全宋诗》编者据宋魏齐贤、叶棻同编《五百家播芳大全文粹》卷八七收入。此诗又见《全宋诗》卷二六四三李商叟,题为"寿辛太尉",仅"合栋"作"命栋"、"颢气"作"灏气"、"莲宝"作"宝运"等几字异,《全宋诗》编者据影印《诗渊》第6册第4542页收入。

按:此诗当为李商叟诗。据上考证可知,此诗题下亦实未署名,《全宋诗》编者认为此诗当是承前诗省名,故将此诗归之韩驹名下,恐有误。

6.《题孙邵王摩诘渡水罗汉》

　　问渠褰裳欲何往,仓惶徙倚沧江上。至人入水固不濡,何以有此恐怖状。我知摩诘意未真,欲以笔端调世人。此水此渡俱非实,摩诘亦未尝下笔。

见《全宋诗》卷一四四三韩驹,《全宋诗》编者据宋陈善《扪虱新话》下集卷四收入。

按:此诗并非韩驹诗,实出自吕本中《题孙子绍所藏王摩诘渡水罗汉》:"问渠褰裳欲何往,仿徨徙倚沧波上。至人入水固不濡,何以有此恐怖状。我知摩诘意未真,欲以笔端调世人。此水此渡俱非实,摩诘亦未尝下笔。孙郎宝藏今

---

① 仝十一妹:《〈五百家播芳大全文粹〉编纂流传考》,北京大学2013年硕士学位论文,第20页。

几年，往来周旋兵火间。世人险阻更百难，彼渡水者安如山。请君但作如此观，莫更思维寻笔端。"（《全宋诗》编者据吕本中《东莱先生诗集》卷一四收入）①宋孙绍远《声画集》卷二亦将此诗归入吕本中名下。

7.《去黄州日》

　　经营一顷将归老，眷恋群山为少留。百日使君无足忆，空余诗句在江城。

　　见《全宋诗》卷一四四三韩驹，《全宋诗》编者据宋王象之《舆地纪胜》卷四九《淮南西路·黄州》收入。

　　按：此诗并非失收之诗，实出自韩驹的《登赤壁几》："缓寻翠竹白沙游，更挽藤梢上上头。岂有危巢与栖鹊，亦无陈迹但飞鸥。经营二顷将归老，眷恋群山为少留。百日使君何足道，空余诗句在江楼。"②

8.《句》其二

　　车骑拥西畴。

　　见《全宋诗》卷一四四三韩驹，《全宋诗》编者据宋陆游《老学庵笔记》卷九收入。

　　按：此句并非佚句，实出自韩驹《某顷知黄州墨卿为州司录今八年矣邂逅临川送别二首》其一："自罢黄州守，殊方任转流。宁论九年谪，已判一生休。此士真材杰，诸公定挽留。倪归存老病，车骑拥西畴。"③

9.《句》其三

　　船拥清溪尚一樽。

　　见《全宋诗》卷一四四三韩驹，《全宋诗》编者据宋陆游《老学庵笔记》卷九收入。

　　按：此句并非佚句，实出自韩驹《送范叔器次路公弼韵》："晚涂淹泊向谁论，白发名卿肯见存。雒邑风流余此老，故家文献有诸孙。寺连狭径曾倾盖，船拥

---

① 傅璇琮等主编：《全宋诗》第 28 册，北京大学出版社，1998，第 18163 页。
② 傅璇琮等主编：《全宋诗》第 25 册，北京大学出版社，1998，第 16622 页。
③ 傅璇琮等主编：《全宋诗》第 25 册，北京大学出版社，1998，第 16628 页。

清溪尚一樽。小驻鄱阳未宜远，欲凭书尺问寒温。"①

10.《句》其六

　　麦天晨气润，况复雨频频。

　　见《全宋诗》卷一四四三韩驹，《全宋诗》编者据宋吴曾《辨误录》卷下收入。

　　按：此诗句出自宋吴曾《能改斋漫录》卷五《辨误》："韩子苍和李道夫诗两首，频字韵。其一云：'麦天晨气润，况复雨频频'。其二云：'李侯梨钉坐，风味胜仁频'。按，《上林赋》：'仁频并闾'。《仙药录》云：'槟榔一名仁频'。《林邑记》曰：'叶如甘蔗，音宾'。恐韩别有所本耳。""麦天晨气润，况复雨频频"实出自韩驹和李道夫诗其一，韩驹集中有《再次韵兼简李道夫》，当即其诗也。韩驹《再次韵兼简李道夫》其二首句即"李侯梨钉坐，风味胜仁频"。韩驹《再次韵兼简李道夫》其一首句为"麦秋宜晚起，况复雨频频"，此与"麦天晨气润，况复雨频频"稍不同，当是宋吴曾《能改斋漫录》所记有误也，故此句并非佚句，实出自韩驹《再次韵兼简李道夫》其一："麦秋宜晚起，况复雨频频。桃竹犹能杖，柴车未可巾。闲分酒贤圣，静记药君臣。会有骑鲸李，来陪贺季真。"②

11.《句》其九

　　饥肠不贮酒，冻粟自生春。

　　见《全宋诗》卷一四四三韩驹，《全宋诗》编者据《锦绣万花谷》前集卷三收入。

　　按：此句并非韩驹诗，实出自吕本中《宿田舍》："饥肠不贮酒，冻粟自生肤。旅枕三年梦，荒村一事无。不愁风折木，时有火添炉。尚想崔夫子，冬来体更臞。"(《全宋诗》编者据吕本中《东莱先生诗集》卷十收入)③仅"春"作"肤"一字异，疑《锦绣万花谷》传抄致误。

12.《句》其一○

　　县古槐根露，官清马骨高。

---

① 傅璇琮等主编：《全宋诗》第25册，北京大学出版社，1998，第16631页。
② 傅璇琮等主编：《全宋诗》第25册，北京大学出版社，1998，第16625页。
③ 傅璇琮等主编：《全宋诗》第28册，北京大学出版社，1998，第18126页。

见《全宋诗》卷一四四三韩驹,《全宋诗》编者据《锦绣万花谷》前集卷一四收入。

按：此句当非韩驹诗。有人将其归为唐人诗,见四库本宋严粲《诗缉》卷一九："唐人诗'官清马骨高',山谷诗'贫马百䇲逢一豆',皆因马以见人也。"四库本清刘于义等监修《陕西通志》卷九八引《同官志》："杜子美尝驻车同官,有'县古槐根出,官清马骨高'之句留置壁间。"还有的认为是宋初九僧诗,见明李东阳《怀麓堂诗话》："僧最宜诗,然僧诗故鲜佳句。宋九僧诗,有曰:'县古槐根出,官清马骨高。'差强人意。"①据欧阳修《六一诗话》引梅圣俞言："诗家虽率意,而造语亦难。若意新语工,得前人所未道者,斯为善也。必能状难写之景,如在目前,含不尽之意,见于言外,然后为至矣。贾岛云:'竹笼拾山果,瓦瓶担石泉。'姚合云:'马随山鹿放,鸡逐野禽栖。'等是山邑荒僻,官况萧条,不如'县古槐根出,官清马骨高'为工也。"②欧阳修生于1007年,逝于1072年,而韩驹生于1080年,故此诗当非韩驹所作。《全宋诗》此句下编者加按语曰："宋欧阳修《六一诗话》已引此联,县古槐根露作县古槐根出,当为宋初人之诗。"又孙明材《〈全宋诗〉中作者待考二则》一文认为此诗句当为宋初吕陶作,参其诗《过金堂偶记旧诗因赠宇文县宰》："尝闻县古槐根出,最爱官清马骨高。前辈有诗谈事实,今辰此景入风骚。飞云几处笼山顶,密雨连宵发土膏。公事稀疏吏归去,不妨欢侍对春醪。"③其实,据该诗内容来看,"前辈有诗"及"今辰此景"皆是指"县古槐根出,官清马骨高"而言,此是吕陶引用前人之作,非吕陶所作明矣。

13.《句》其一二

止应独有江山秀,合自都无廊庙心。

见《全宋诗》卷一四四三韩驹,《全宋诗》编者据《锦绣万花谷》前集卷二五收入。

---

① 李东阳著,李庆立校释：《怀麓堂诗话校释》,人民文学出版社,2009,第296页。
② 何文焕主编：《历代诗话·六一诗话》,中华书局,1981,第267页。
③ 孙明材：《〈全宋诗〉中作者待考二则》,《文献》2006年第7期,第66页。

按：此句并非韩驹诗，实出自吕本中《庵居》："鸟语花香变夕阴，稍闲复恐病相寻。正应独有江山分，素自都无廊庙心。堂上老亲双白发，门前稚子旧青衿。儿曹不会庵居意，古涧寒泉疑至今。"（《全宋诗》编者据吕本中《东莱先生诗集》卷三收入）①《锦绣万花谷》前集卷二五实亦作"素自"。

14.《句》其一四

雨暗阶前路，苔冶林外家。

见《全宋诗》卷一四四三韩驹，《全宋诗》编者据《锦绣万花谷》后集卷二三收入。

按：此句并非韩驹诗，实出自吕本中《小园》："小园常在眼，春事已天涯。雨暗堤前路，苔深林外家。曲池通小径，密树隐残花。长愧邻翁酒，囊空尚可赊。"（《全宋诗》编者据吕本中《东莱先生诗集》卷一收入）②《锦绣万花谷》后集卷二三实亦作"苔深"。

15.《句》其一五

月中有女曾分种，世上无花敢斗香。

见《全宋诗》卷一四四三韩驹，《全宋诗》编者据《锦绣万花谷》后集卷三八收入。

按：此句并非韩驹诗，实出自华岳《岩桂》："西风吹老碧莲房，万壑风流拆麝囊。谩与篱花争晓色，肯教盆蕙压秋芳。月中有女曾分种，世上无花敢斗香。要识仙根迥然别，一枝开傍郄家墙。"（《全宋诗》编者据《翠微南征录》卷七收入）③宋吴自牧《梦粱录》卷一八亦将此诗归入华岳名下，疑《锦绣万花谷》传抄致误。

16.《句》其一六

人间八月秋光好，芙蓉溪上春酣酣。

见《全宋诗》卷一四四三韩驹，《全宋诗》编者据《锦绣万花谷》后集卷

---

① 傅璇琮等主编：《全宋诗》第 28 册，北京大学出版社，1998，第 18051 页。
② 傅璇琮等主编：《全宋诗》第 28 册，北京大学出版社，1998，第 18038 页。
③ 傅璇琮等主编：《全宋诗》第 55 册，北京大学出版社，1998，第 34399 页。

三八收入。

按：此句并非韩驹诗，实出自唐庚《芙蓉溪歌》："人间八月秋霜严，芙蓉溪上春酣酣。二南变后鲁叟笔，七国战处邹轲谈。人间二月春光好，溪上芙蓉迹如扫。周家盛处伯夷枯，汉室隆时贾生老。小儿造化谁能穷，几回枯槎还芳馨。只因人老不复少，有酒且发衰颜红。"（《全宋诗》编者据《唐先生文集》卷十三收入）① 仅"光好"作"霜严"几字异。《锦绣万花谷》续集卷一一、宋张邦基《墨庄漫录》卷九、宋祝穆《方舆胜览》卷五四皆将此诗归入唐庚名下。

17.《句》其一七

　　宛陵堂下探梅时。

见《全宋诗》卷一四四三韩驹，《全宋诗》编者据宋李龏《梅花衲》收入。

按：此句非韩驹诗，又见吕本中《寄宣城故旧》："宣城经岁无它事，尚喜交游不弃遗。叠嶂楼头纳凉处，宛陵堂下探梅时。君今尚要一囊粟，我去亦无三径资。归卧云山更深处，因书频报故人知。"（《全宋诗》编者据吕本中《东莱先生诗集》卷十一收入）②

18.《句》其一九

　　嵩岳降真贤。

见《全宋诗》卷一四四三韩驹，《全宋诗》编者据宋绍嵩《亚愚江浙纪行集句诗》卷一收入。

按：此句并非佚句，实出自韩驹《上何太宰生辰诗二首》其二："皇穹符宝运，嵩岳降真贤。明月中秋后，黄花九日前。潭潭新紫府，叠叠旧青毡。遐想云椿庆，春秋合几年。"③

19.《句》其二一

　　孤舟晚飐湖光里，衰草斜阳无恨意。

见《全宋诗》卷一四四三韩驹，《全宋诗》编者据《舆地纪胜》卷四一《两

---

① 傅璇琮等主编：《全宋诗》第 23 册，北京大学出版社，1998，第 15034 页。
② 傅璇琮等主编：《全宋诗》第 28 册，北京大学出版社，1998，第 18138 页。
③ 傅璇琮等主编：《全宋诗》第 25 册，北京大学出版社，1998，第 16642 页。

浙西路·临安府》收入。

按：此句并非韩驹诗，实出自宋陈袭善《渔家傲·忆营妓周子文》："鹫岭峰前阑独倚。愁眉蹙损愁肠碎。红粉佳人伤别袂。情何已。登山临水年年是。常记同来今独至。孤舟晚飔湖光里。衰草斜阳无限意。谁与寄。西湖水是相思泪。"[1]

20.《句》其二二

连山横截展一臂，为我障断西南夷。

见《全宋诗》卷一四四三韩驹，《全宋诗》编者据《舆地纪胜》卷一五一《成都府路·永康军》收入。此句又见《全宋诗》卷二一一一謇驹《句》，内容全同，《全宋诗》编者据宋王象之《舆地纪胜》卷一五一《成都府路·永康军》收入。

按：《全宋诗》编者据同一本书将此诗系两人名下，有点奇怪。根据李勇先点校《舆地纪胜校点》，清道光刻惧盈斋本、北图藏清钞本都将此句归入謇驹名下，而咸丰刻粤雅堂本却将此句归入韩驹名下[2]，《全宋诗》似应在此句下加注说明。

王庭珪

连国义《〈全宋诗〉重出诗歌考辨12则》一文指出许志仁名下《和宝月弹桃源春晓》实为王庭珪《和刘美中尚书听宝月弹桃源春晓》。除此之外，王庭珪名下还有以下诸诗与他人重出：

1.《丽人行》

桃叶山前宫漏迟，宫人傍辇持花枝。君王喜凭绛仙立，殿脚争画双长眉。欲把琵琶弹出塞，结绮临春时事改。井边忽见张丽华，忍听后庭歌一再。

见《全宋诗》卷一四五三王庭珪，《全宋诗》编者据《卢溪文集》卷二收入。此诗又见《全宋诗》卷二五九〇赵善扛，题同，仅"欲把"作"欲抱"一字异，

---

[1] 唐圭璋主编：《全宋词（上）》，中州古籍出版社，1996，第721页。

[2] 王象之著，李勇先校点：《舆地纪胜校点》，四川大学出版社，2005，第4559页。

《全宋诗》编者据《永乐大典》卷三〇〇五引《中兴江湖集》收入。

按：宋陈思《两宋名贤小集》卷一九五、明曹学佺《石仓历代诗选》卷一九九、清陈焯《宋元诗会》卷三六皆将此诗置入王庭珪名下。王庭珪《卢溪集》今存明嘉靖五年梁英刊本，署"门人刘江编"，《中国古代诗文名著提要》一书谓梁英刊本"当依宋本翻刻"，文渊阁《四库全书》即著录此本[①]，此诗见四库本《卢溪文集》卷二，又《永乐大典》讹误甚多。据此来看，此诗应为王庭珪诗，恐非赵善扛所作。

2.《谢张钦夫机宜惠灵寿杖》

> 九疑连绵青未了，郴江擘出蛟龙吼。雷公霹雳搜岩幽，化为郁律黄蛇走。飞电迸火出奇节，黄蛇走立僵如铁。携看玉女洗头盆，拄上九疑探禹穴。莫挑马箠渡黄河，莫扣天门阍者诃。但挂百钱时一醉，从教风雨湿渔蓑。青钱学士年方少，年少羞为老人调。即看飞步上蓬瀛，别有青藜夜相照。

见《全宋诗》卷一四五四王庭珪，《全宋诗》编者据《卢溪文集》卷三收入。此诗又见《全宋诗》卷一九七〇许志仁，题为"谢张学士惠灵寿杖"，仅"走立"作"起立"等几字异，《全宋诗》编者据影印《诗渊》第2册第1538页收入。

按：张钦夫机宜当为张栻，其人高宗绍兴三十二年辟为书写机宜文字。明胡汉万历《郴州志》卷六亦将此诗归入王庭珪名下。文渊阁《四库全书》著录的《卢溪集》乃源于宋本，此诗见四库本王庭珪《卢溪文集》卷三，又《诗渊》讹误甚多。据此来看，此诗应为王庭珪诗，恐非许志仁所作。

3.《读韩文公猛虎行》

> 夜读文公猛虎诗，云何虎死忽悲啼。人生未省向来事，虎死方羞前所为。昨日犹能食熊豹，今朝无计奈狐狸。我曾道汝不了事，唤作痴儿果是痴。

见《全宋诗》卷一四六四王庭珪，《全宋诗》编者据《卢溪文集》卷十三收入。

[①] 傅璇琮等主编：《中国古代诗文名著提要（宋代卷）》，河北教育出版社，2009，第275页。

此诗又见《全宋诗》卷一九三四胡铨,题为"诗一首",《全宋诗》编者据宋叶寘《爱日斋丛钞》卷三收入。

按:此诗当为王庭珪诗。宋岳珂《王卢溪送胡忠简》:"胡忠简铨既以乞斩秦桧,掇新州之祸,直声振天壤,一时士大夫畏罪箝舌,莫敢与立谈,独王卢溪庭珪诗而送之。今二篇刊集中曰:'……大厦元非一木支,欲将独力拄倾危。痴儿不了官中事,男子要为天下奇。当日奸谀皆胆落,平生忠义只心知。端能饱吃新州饭,在处江山足护持。'于是有以闻于朝者,桧益怒,坐以谤讪,流夜郎,时年七十。既而桧死,卢溪因读韩文公《猛虎行》,复作诗寓意曰:'夜读文公猛虎诗,云何虎死忽悲啼。……我曾道汝不了事,唤作痴儿果是痴。'盖复前说也。"[①] 王庭珪《读韩文公猛虎行》"我曾道汝不了事,唤作痴儿果是痴"与王庭珪《送胡邦衡之新州贬所二首》其二"痴儿(指秦桧)不了公家事,男子要为天下奇"诗句相互呼应,故此诗定为王庭珪诗,《爱日斋丛钞》有讹误。

4.《明堂侍祠诗》

> 唱彻严更凤钥开,侍祠济济列崇陔。小臣亦忝廊西献,惟秉温恭封越来。(其一)

> 玉佩珊珊出禁扉,金莲分炬散芳菲。祠班咫尺临黄道,惹得天香满袖归。(其二)

见《全宋诗》卷一四七七王庭珪,《全宋诗》编者据清朱彭《南宋古迹考》卷上收入。此诗又见《全宋诗》卷二五八九杨简,题为"明堂侍祠十绝(其四、其五)",仅"封越"作"对越"一字异,《全宋诗》编者据《永乐大典》卷七二一四页二一引《杨慈湖集》收入。此诗又见《全宋诗》卷三三九七王庭,题为"明堂侍祠十绝"(其四、其五),仅"封越"作"对越"一字异,《全宋诗》编者据宋潜说友《咸淳临安志》卷一五收入。

按:杨简及王庭该诗题下都有十首诗,而王庭珪此诗题下仅两首诗,且清朱彭《南宋古迹考》后出,故此二诗当非王庭珪所作。又《永乐大典》引《杨

---

① 岳珂撰,吴敏霞校注:《桯史》,三秦出版社,2004,第291页。

慈湖集》将此十诗置入杨简名下,但现存嘉靖四年《慈湖先生遗书》并未著录这些诗,故疑此十诗当非杨简所作,为王庭诗似更可靠。

5.《绯桃》

衣裁相缬态纤秾,犹在瑶池午醉中。嫌近清明时节冷,趁渠新火一番红。

见《全宋诗》卷一四七七王庭珪,《全宋诗》编者据宋陈起《前贤小集拾遗》卷四收入。此诗又见《全宋诗》卷二一五三曾季貍,题为"桃花",仅"相缬"作"缃缬"、"节冷"作"节令"几字异,《全宋诗》编者据宋陈景沂《全芳备祖》前集卷八收入。此诗又见《全宋诗》卷三二七四施清臣,仅"相缬"作"缃缬"、"午醉"作"半醉"几字异,《全宋诗》编者据宋刘克庄《后村千家诗》卷八收入。此诗又见《全宋诗》卷三一三〇李龏,仅"相缬"作"缃缬"一字异,《全宋诗》编者据《江湖后集》卷二〇收入。

按:此诗归属存疑。

6.《牵牛》

一泓天水染铢衣,生怕红埃透日蜚。急整离离苍玉珮,晓云光里渡河归。

见《全宋诗》卷一四七七王庭珪,《全宋诗》编者据宋陈起《前贤小集拾遗》卷四收入。此诗又见《全宋诗》卷三二七四施清臣,题为"牵牛花",仅"铢衣"作"朱衣"、"蜚"作"飞"、"玉珮"作"玉佩"几字异,《全宋诗》编者据宋陈景沂《全芳备祖》前集卷一四收入。

按:《宋诗纪事》卷六六引宋何新之《诗林万选》、《御定佩文斋广群芳谱》卷九八诸书皆将此诗置入施清臣名下,又王庭珪《卢溪文集》不载此诗,故此诗恐非王庭珪所作,当为施清臣诗。

7.《夜蛾儿》

碧眼银须粉扑衣,又随雪柳趁灯辉。怕寒还恋南华梦,凝伫钗头未肯飞。

见《全宋诗》卷一四七七王庭珪,《全宋诗》编者据宋陈起《前贤小集拾遗》

卷四收入。此诗又见《全宋诗》卷三二七四施清臣,题同,仅"碧眼"作"碧服"一字异,《全宋诗》编者据影印《诗渊》第4册第2769页收入。

按:此诗归属存疑。《宋诗纪事》卷三九亦引《前贤小集拾遗》将此诗置入王庭珪名下。

第二十六册

宋徽宗

陈新等《全宋诗订补》一书已指出宋徽宗赵佶《诗一首》实为唐苏郁《步虚词》。除此之外,宋徽宗名下还有如下诸诗与他人重出:

《宫词》

　　太皇生日最尊荣,献寿宫中未五更。天子捧觞仍再拜,宝墀侍立到天明。(其九一)

　　平明彩仗幸琳宫,紫府仙童下九重。整顿珑璁时驻马,画工暗地貌真容。(其九二)

见《全宋诗》卷一四九三宋徽宗,《全宋诗》编者据《宣和御制宫词》卷三收入。此诗又见《全宋诗》卷一〇五二王绅,题为"太皇太后生日"、"太后幸景灵宫驾前露面双童女",仅"宝墀"作"宝慈"一字不同,《全宋诗》编者据宋司马光《温公续诗话》收入。

按:此为王绅诗。宋曾慥《类说》卷五六、宋祝穆《古今事文类聚》前集卷二〇、宋阮阅撰《诗话总龟》卷一七、明张萱撰《疑耀》卷七、明陶宗仪《说郛》卷八二上诸书皆将此诗归入王绅名下。据此诗句"天子捧觞仍再拜"云云,当是臣子所作之诗,非宋徽宗自作。

周紫芝

周紫芝名下《次韵次卿林下行歌十首(其一、其二、其七)》与李之仪名下《偶书》《题隐者壁》《题渔家壁》重出，又周紫芝《元忠作胡人下程图》与梅尧臣《元忠示胡人下程图》重出，参本书相关章节考辨。除此之外，周紫芝名下还有以下诸诗与他人重出：

1.《越台曲》

　　玉颜如花越王女，自小娇痴不歌舞。嫁作江南国主妃，日日思归泪如雨。……高台何易倾，曲池亦复平。越姬一去向千载，不见此台空有名。

见《全宋诗》卷一四九六周紫芝，《全宋诗》编者据周紫芝《太仓稊米集》卷一收入。此诗又见《全宋诗》卷一一八八周邦彦，题同，仅"娇痴"作"矫痴"一字异，《全宋诗》编者据元陈世隆《宋诗拾遗》卷一五收入。

按：宋祝穆《方舆胜览》卷一四亦将此诗归入周紫芝的名下。王岚在《周紫芝文集版本特征的比较及其渊源考辨》一文谓，明本此《越台曲》诗残缺，金本载有全文。又谓："据金本（金氏文珍楼抄本）收诗数量、诗次以及诗注存留情况与明本完全相同，可见二者同源。极有可能金本就是抄自明本所从出之宋本，它录有唐序、陈序、自序，而无陈公绍跋及校勘衔名，故还可能是出自宋乾道初刊本。"[①]故《越台曲》一诗当源于宋刻周紫芝诗集本。陈世隆的《宋诗拾遗》实为伪书，乃清人伪作，可参王媛《陈世隆〈宋诗拾遗〉辨伪》一文[②]，故此诗当为周紫芝诗。

2.《白苎歌》

　　大垂手，小垂手，江南白符世希有。……吴山依旧吴江清，离宫故苑难为情。不知谁遣南山鹿，还向姑苏台下行。

见《全宋诗》卷一四九六周紫芝，《全宋诗》编者据周紫芝《太仓稊米集》卷一收入。此诗又见《全宋诗》卷一九七〇许志仁，题同，仅"江南白符"作"江南白苎"、"夜燕"作"夜宴"几字异，《全宋诗》编者据影印《诗渊》第6

---

① 王岚：《周紫芝文集版本特征的比较及其渊源考辨》，载《中国诗学（第5辑）》，南京大学出版社，1997，第89页。

② 王媛：《陈世隆〈宋诗拾遗〉辨伪》，《文学遗产》2014年第2期，第102—108页。

册第 3992 页收入。

按:金本(金氏文珍楼抄本)周紫芝诗集亦载有此诗,因金本可能出自宋本,故此诗当是周紫芝所作。

3.《寒食前五日作二绝》其二

寒食风埃满客巾,西湖烟雨送愁频。日高未起乌呼梦,春晚不归花笑人。

见《全宋诗》卷一五一五周紫芝,《全宋诗》编者据周紫芝《太仓稊米集》卷二〇收入。此诗又见《全宋诗》卷二一四九周弼,题为"题湖上壁",仅"客巾"作"客襟"一字异,《全宋诗》编者据宋陈起《江湖后集》卷一收入。

按:此诗为周紫芝诗。该诗第一首"寒食只今无几日,故乡何处不关情"云云,正点明题旨,即该诗乃作于寒食前,显然为思乡之作,这与第二首"春晚不归花笑人"正相照应。周紫芝集中紧接此诗后还有一首诗为《三月二十二日春雨终日》,该诗云"谁为羁栖到三月,还家犹及舞雩风",这显然与周紫芝《寒食前五日作二绝》当皆为同时思乡之作。宋佚名《北山诗话》、《宋诗纪事》卷四六引《前贤小集拾遗》皆谓此诗为周紫芝诗。

4.《访张元明山斋》(张赍字符明池之青阳人为宣司理)

张侯诗似岭云闲,飞鸟何心只愿还。醉里有官如物外,眼前无客似山间。来听春枕连宵雨,看画秋屏着色山。老去此身无处用,固应容我作跻攀。

见《全宋诗》卷一五〇七周紫芝,《全宋诗》编者据周紫芝《太仓稊米集》卷一二收入。此诗又见《全宋诗》卷二〇六二陈天麟,题同,仅"愿还"作"念还"、"着色"作"著色"几字异,《全宋诗》编者据《永乐大典》卷二五三九收入。

按:此诗当为周紫芝诗。周紫芝与张元明交往颇密,其集中还有多首与其交往之作,如《次韵张元明书刘氏草堂》《沈元用太守和具茨诗张元明两用其韵见邀同赋》《张元明罗仲共赋郡池白莲仆时在淮西十二月中休方德修始出巨轴追和》《张元明为道卿画竹间梅》《和张元明食生荔子》。而陈天麟集中只有这一首诗与张元明相关,且陈天麟此诗题下无自注。据周紫芝诗《次韵张元明同边郎中游西湖二君讲同年之好有此游》，张赟当与边郎中为同年，边郎中即为边知白，其人乃宣和六年进士，故张赟亦当为宣和六年（1124）进士。

5.《题吕节夫园亭十一首·越香堂》

佳木寄深坞，自与春有期。幽姿谁复省，轩轩颇矜持。真赏倘已逢，清香袭人衣。士为知己死，此语良不欺。

见《全宋诗》卷一五〇八周紫芝，《全宋诗》编者据周紫芝《太仓稊米集》卷一三收入。此诗又见《全宋诗》卷二〇六二陈天麟，题为"越香台"，仅"倘已"作"傥已"一字异，《全宋诗》编者据《永乐大典》卷二六〇四收入。

按：此为周紫芝诗。周紫芝此诗题下实有十一首诗，皆吕节夫园亭景致。参周紫芝此诗自序："吕节夫兄弟买地筑屋于麻川之上，凿山疏泉，种药艺花，为游观之所十有一。官闲则居之，食不足则出而仕，当世高之。其弟仁父为余道其名，且使赋诗。"（陈天麟该诗题下并无自序）

6.《题南金慎独斋》

圣道不可穷，探取随已欲。平生所受用，政可一言足。……吴侯蚤作吏，未肯事边幅。得妙自圣处，了不关世俗。颇知幽隐中，日月所照烛。不敢欺秋毫，高情洁冰玉。愿言从君游，著鞭蹈前躅。

见《全宋诗》卷一五一四周紫芝，《全宋诗》编者据周紫芝《太仓稊米集》卷十九收入。此诗又见《全宋诗》卷二〇六二陈天麟，题同，仅"旋已"作"施已"、"如鹤"作"知鸿"、"着鞭"作"著鞭"几字异，《全宋诗》编者据《永乐大典》卷二五三六收入。

按：此为周紫芝诗。据王岚《周紫芝文集版本特征的比较及其渊源考辨》："明本是目前存世周集众本中时代最早的本子，从集中多处"慎"字作"今上御名"（如卷一三《容安轩》、卷一九《夜访伯远偶题长句》、《题南金慎独斋》等）避宋孝宗赵昚讳来看，当是源出宋本。"[①] 这说明《题南金慎独斋》一诗出自宋刻周紫芝诗集本，故此诗当为周紫芝所作。

---

① 王岚：《周紫芝文集版本特征的比较及其渊源考辨》，载《中国诗学（第5辑）》，南京大学出版社，1997，第89页。

7.《赵观察作斋名烟艇孙耘老作唐律相邀同赋乃次其韵》

　　知君心本在沧洲，故揭寒斋作钓舟。已遣江湖频入梦，便呼鸥鸟与同游。浮骖未可追前事，画舫犹堪拟胜流。笠泽有家归未得，断肠芦叶荻花秋。

　　见《全宋诗》卷一五二二周紫芝，《全宋诗》编者据周紫芝《太仓稊米集》卷二七收入。此诗又见《全宋诗》卷二○六二陈天麟，题同，仅"闻知"作"问知"一字异，《全宋诗》编者据《永乐大典》卷二五四○收入。

　　按：此诗为周紫芝诗。周紫芝集中还有多首与孙耘老唱和之作，参其诗《孙耘老酒间出麻姑像要余作诗》《闻耘老犹在霅川》《孙耘老惠龙尾砚漆烟墨报以二诗》。而陈天麟集中只有这一首诗与孙耘老相关。孙耘老名有功，徽人，能诗（参周紫芝《闻耘老犹在霅川》自注）。

8.《题王季共蓬斋》

　　小结茅庐寄一椽，夜灯聊与客周旋。闻知急雨来何处，题作蓬斋亦偶然。政欲搔君江上寄，莫嫌惊我醉中眠。老翁辜负渔竿久，何日烟蓑上钓船。

　　见《全宋诗》卷一五二四周紫芝，《全宋诗》编者据周紫芝《太仓稊米集》卷二九收入。此诗又见《全宋诗》卷二○六二陈天麟，题同，仅"闻知"作"问知"、"搔君江上寄"作"撩君江上句"几字异，《全宋诗》编者据《永乐大典》卷二五四○收入。

　　按：此诗为周紫芝作。周紫芝与王季共交往更密，集中有许多与其唱和之作，如《次韵季共月夜见怀竹坡用子绍韵》《次韵季共再赋》《再用筒字韵呈相之季共》《季共见和前诗次韵为谢》《季共闻余赋五诗犹未之见以三诗见索因次其韵》《席间分韵送王季共得浦字》等。陈天麟集中只有这一首诗与王季共相关。王季共乃蔡肇（字天启）之甥（参周紫芝《季共置酒酒间出龙眠数马以示坐客最后出起云妙甚为赋长句》自注："季共，蔡天启甥，天启甥得此马于伯时"[①]）。

[①] 傅璇琮等主编：《全宋诗》第26册，北京大学出版社，1998，第17364页。

9.《题吕伸友寓安堂》

　　事非昨梦本来空，正在黄粱一熟中。到处随缘是安乐，人生何地有穷通。飞衣不对东风舞，霜叶空怜醉面红。只恐他年终未免，传家重说小申公。

　　见《全宋诗》卷一五三三周紫芝，《全宋诗》编者据周紫芝《太仓稊米集》卷三八收入。此诗又见《全宋诗》卷二〇六二陈天麟，题为"吕仲及适安堂"，仅"事非"作"事如"、"衣不对"作"花不到"几字异，《全宋诗》编者据《永乐大典》卷七二四二收入。

　　按：此为周紫芝诗。宣城人陈天麟曾从周紫芝学诗，他帅襄阳时于乾道二年（1166）对周紫芝诗集进行了刊刻（这为周诗集最早的版本），这可能是为什么周紫芝诗混入陈天麟集中的原因。

10.《湖州》

　　霅溪景物见歌诗，只有当年杜紫微。沽酒店穿斜巷出，采莲船傍后门归。翠沾城郭山千点，清蘸楼台水一围。

　　见《全宋诗》卷一五三六，《全宋诗》编者据《锦绣万花谷》前集卷五收入。此诗又见《全宋诗》卷六二〇俞紫芝，题为"吴兴"，但缺少前两句，《全宋诗》编者据清厉鹗《宋诗纪事》卷二九引《嘉泰吴兴志》收入。

　　按：明董斯张《吴兴艺文补》卷四九亦将此诗归于俞紫芝名下。查四库本宋佚名《锦绣万花谷》前集卷五，此诗实题为俞秀老（即俞紫芝）名下，周紫芝名下此诗实为误辑当删。

第二十七册

释法具

1.《冬》

　　看了青灯梦不成，东风辊雪落寒声。半生客里无穷恨，告诉梅花说到明。

见《全宋诗》卷二〇一四吴曾,《全宋诗》编者据宋《锦绣万花谷》后集卷三收入。此诗又见《全宋诗》卷一五三七释法具,题为"绝句二首(其二)",仅"辊"作"卷"一字异,《全宋诗》编者据宋何汶《竹庄诗话》卷二一引《夷坚乙志》收入。此诗又见《全宋诗》卷二六四四释惟谨,题为"诗二首(其二)",仅"辊"作"混"一字异,《全宋诗》编者据清钱尚濠辑《买愁集》卷下收入。

按:四库本《锦绣万花谷》后集卷三将此诗归入吴曾名下,但《宋诗纪事》引《锦绣万花谷》却将此诗归入吴僧名下,宋刻本《锦绣万花谷》后集卷三此诗下实署名"吴僧"。宋王象之《舆地纪胜》卷一九三、金王若虚《滹南集》引《竹庄诗话》皆将此诗归入吴僧释法具名下。疑此诗当为释法具诗。

2.《春日》

烧灯过了客思家,独立衡门数暝鸦。燕子未归梅落尽,小窗明月属梨花。

见《全宋诗》卷一五三七释法具,《全宋诗》编者据宋洪迈《容斋三笔》卷一二收入。此诗又见《全宋诗》卷一二八八释蕴常,题同,仅"暝鸦"作"晚鸦"一字异,《全宋诗》编者据宋陈起《增广圣宋高僧诗选续集》收入。

按:此诗似是释法具诗。宋陈起《增广圣宋高僧诗选》补卷中、明李蓘编《宋艺圃集》卷二二皆将此诗归之于释法具名下。

李正民

朱腾云博士论文《〈全宋诗〉重出误收研究》指出李正民《春日城东送韩玉汝赴两浙转运以池塘生春草园柳变鸣禽为韵分得生字》实为曾巩《送韩玉汝》。又李正民《句》其一与李廌《黄杨林诗》重出,参本书相关章节考证。

《句》其二

令人却忆漫浪翁。

见《全宋诗》卷一五四一李正民,《全宋诗》编者据宋袁文《瓮牖闲评》卷四收入。

按:此非李正民句,实出自李廌《题峻极下院列岫亭诗》其二:"山色满亭亭倚空，与君俱在画图中。解道龙腾青壁断，令人却忆漫浪翁。"[1]查宋袁文《瓮牖闲评》卷四，此诗句亦实归之于李方叔名下，此李方叔当为李廌（字方叔），非李正民（字方叔）也。

李纲

《北京大学中国古文献研究中心集刊（第12辑）》载《〈全宋诗〉杂考（四）》一文指出《全宋诗》编者所辑录李左史名下《三姑石》《大隐屏》《幔亭峰》《天柱峰》《仙迹岩》与李纲《仙姑石》《大隐屏》《幔亭峰》《天柱峰》《仙迹石》重出；又《全宋诗》编者所辑录李左史名下佚句"溪流玉雪三三曲，山锁云霞六六峰"、"刘公隐后今谁继，张湛仙来不记年"分别出自李纲《别武夷途中偶成寄观妙法师》《洞天穴》诗，其实李左史即李纲，故李左史名下诸诗皆当删并入李纲名下。又连国义《〈全宋诗〉重出诗歌考辨12则》一文指出李纲名下《寒食五首》与葛胜仲《余谪沙阳地僻家远遇寒食如不知盖闽人亦不甚重其节也感而赋诗五首以杜子美无家对寒食五字为韵》诗重出，此当为李纲诗。除此之外，李纲名下还有以下诸诗与他人重出：

1.《钟模石》

  谁铸三钟栾乳形，不须笋簴自能鸣。仙君欲奏宾云曲，只感清霜便发声。

见《全宋诗》卷一五四四李纲，《全宋诗》编者据《梁溪集》卷六收入。此诗又见《全宋诗》卷一八六〇刘子羽，题为"题武夷山钟模石"，内容全同，《全宋诗》编者据明夏玉麟嘉靖《建宁府志》卷三收入。

按：此诗当为李纲所作。似其入武夷山后所作。《梁溪集》卷六此诗前后还有多首咏武夷风物的诗歌，如《鼓楼岩》《仙掌》《仙迹石》《大小二廪石》《大隐屏》等诗。又四库本李纲《梁溪集》出于宋嘉定邵武刊本[2]，此诗见四库本《梁溪集》卷六，从版本学角度看，此诗作李纲诗亦较可靠。

---

[1] 傅璇琮等主编：《全宋诗》第20册，北京大学出版社，1998，第13636页。
[2] 祝尚书：《宋人别集叙录》，中华书局，1999，第775页。

2.《种荔枝核有感》

荔子欲传种，他年养老饕。试将千颗植，已喜寸萌高。岂耐雪霜苦，空惭浇灌劳。何殊茂陵客，藏核种蟠桃。

见《全宋诗》卷一五四八李纲，《全宋诗》编者据《梁溪集》卷一〇收入。此诗又见《全宋诗》卷一八〇六李若水，题同，内容全同，《全宋诗》编者据李若水《忠愍集》卷三收入。

按：此为李纲诗，乃李纲宣和二年贬谪沙阳时所作。《梁溪集》卷一〇此诗前后还有多首写荔枝的诗，参《畴老见示荔枝绝句次韵》《以蜜渍荔枝寄远》，当皆作于同时。又四库本李纲《梁溪集》出于宋嘉定邵武刊本，此诗见四库本《梁溪集》卷一〇。而李若水原集已佚，其现存《忠愍集》乃清四库馆臣据《永乐大典》辑出，这可能是造成误收他人之作的原因。

3.《诸刹以水激硙磨殊可观为赋此诗》

叠石壅寒派，湍流泻回溪。谁将方便智，成此妙圆机。……试语汉阴老，使知浑沌非。惟当善用心，功与天地齐。

见《全宋诗》卷一五五六李纲，《全宋诗》编者据《梁溪集》卷一八收入。此诗又见《全宋诗》卷一八〇五李若水，题同，仅"湍流"作"满流"、"妙圆"作"圆妙"等几字异，《全宋诗》编者据《忠愍集》卷二收入。

按：此为李纲诗，乃李纲于建炎二年贬谪鄂州过庐山时所作。《梁溪集》卷一八此诗前后还有《诸刹皆以石管道水有至十余里者感之赋诗》《圆通寺与觉老步月》《晚出南康游庐山》诸诗，当皆为同时之作。从版本学角度看（同上诗考证），此诗作李纲诗亦较可靠。

4.《十二咏·桂亭》

团团双桂拂茅斋，虚幌疏棂尽日开。会待秋高风露下，清香飘泛月中来。

见《全宋诗》卷一五六九李纲，《全宋诗》编者据《梁溪集》卷三一收入。此诗又见《全宋诗》卷一三四七吕颐浩，题为"桂斋二首（其二）"，仅"秋高"作"高秋"几字异，《全宋诗》编者据吕颐浩《忠穆集》卷七收入。

按：此诗当为李纲诗。李纲十二咏诗为《双莲阁》《梦室》《药圃》《橘亭》《竹亭》《荔枝亭》《桂亭》《兰室》《花坞》《圭沼》《磬塘》《菖蒲涧》。吕颐浩集中亦有《双莲阁》《梦室》《橘亭》《竹亭》《荔枝亭》《桂斋二首》《兰室》《圭沼》《菖蒲涧》诸诗，与李纲诗韵完全相同。据此看来，这些诗应是两人同时唱和之作。吕颐浩《桂斋》二首，这两首诗同韵，且其中一首与李纲《桂亭》诗相同，看来应是把李纲的唱和之作误收入吕颐浩集中。又四库本李纲《梁溪集》出于宋嘉定邵武刊本，此诗见四库本《梁溪集》卷三一，而吕颐浩原集已佚，现存《忠穆集》乃清四库馆臣据《永乐大典》辑出，这可能是造成误收他人之作的原因。

5.《句》

　　假使黑风漂荡去，不妨乘兴访蓬莱。

见《全宋诗》卷一五七一李纲，《全宋诗》编者据宋刘克庄《后村诗话》前集卷二收入。

按：此并非李纲佚句，乃出自李纲《海南黎人作过据临皋县惊劫傍近因小留海康十一月望闻官军破贼二十日戒行戏作两绝句》其二："沉沉碧海绝津涯，一叶凌波亦快哉。假使黑风漂荡去，不妨乘兴访蓬莱。"[①]

第二十八册

朱淑真

陈新等《全宋诗订补》一书已指出朱淑真名下《雪晴二首》乃白玉蟾《雪晴》。又朱淑真《长春花》与董嗣杲《长春花》重出，参本书相关章节考证。除此之外，朱淑真名下还有以下诸诗与他人重出：

1.《掬水月在手》

　　无事江头弄碧波，分明掌上见嫦娥。不知李谪仙人在，曾向江头捉得麽。

---

① 傅璇琮等主编：《全宋诗》第 27 册，北京大学出版社，1998，第 17736 页。

见《全宋诗》卷一五九二,《全宋诗》编者据《新注朱淑真断肠诗集》前集卷一〇收入。此诗又见《全宋诗》卷二七二九朱少游,题为"掬水月在手",仅"无事江头"作"十指纤纤"、"李谪仙人在"作"李白当年醉"几字异,《全宋诗》编者据元《东南纪闻》卷二收入。

按:此诗归属存疑。

2.《吊林和靖二者》其一

不见孤山处士星,西湖风月为谁清。当时寂寞冰霜下,两句诗成万古名。

见《全宋诗》卷一五九二,《全宋诗》编者据《新注朱淑真断肠诗集》前集卷一〇收入。此诗又见《全宋诗》卷三五八二钱选,题为"题观梅图",仅"孤山"作"西湖"、"西湖"作"俨然"、"清"作"明"、"冰霜"作"孤山"几字异,《全宋诗》编者据明赵琦美《赵氏铁网珊瑚》卷一三收入。

按:明朱存理《珊瑚木难》卷六亦将此诗归入钱选名下,并在诗下注云:"吴兴钱舜举画于习懒斋并题。"此诗似为钱选作。

3.《对雪一律》

纷纷瑞雪压山河,特出新奇和郢歌。乐道幽人方闭户,高歌渔父正披蓑。自嗟老景光阴速,唯使佳时感怆多。更念鳏居憔悴客,映书无寐奈愁何。

见《全宋诗》卷一五九六,《全宋诗》编者据《新注朱淑真断肠诗集》后集卷四收入。此诗又见《全宋诗》卷二七二九易祓妻,题为"对雪",仅"唯"作"谁"一字异,《全宋诗》编者据《沅湘耆旧集前编》卷二八收入。

按:此诗归属存疑。

4.《送人赴试礼部》

春闱报罢已三年,又向西风促去鞭。屡鼓莫嫌非作气,一飞当自卜冲天。贾生少达终何遇,马援才高老更坚。大抵功名无早晚,平津今见起菑川。

见《全宋诗》卷一五九九,《全宋诗》编者据《新注朱淑真断肠诗集》后集卷七收入。此诗又见《全宋诗》卷三七八一黄少师女,题为"送人赴举",仅"促去"作"趁著"、"一飞"作"一鸣"等几字异,《全宋诗》编者据《宋诗纪事补遗》卷九四引《截江网》收入。

按:此诗归属存疑。

吕本中

陈新等《全宋诗订补》指出吕本中名下《暮雨》与白玉蟾《安仁县问宿》重出,该诗当为白玉蟾诗。王利民《张载诗真伪考辨》一文也指出吕本中名下《牧牛儿》与张载《忆别》重出,此当为吕本中诗。又连国义《〈全宋诗〉重出诗歌考辨12则》一文指出吕本中名下《再和兼寄奉符大有叔》与王之道《寄奉符大有叔》诗重出,此当为吕本中诗。又朱腾云博士论文《〈全宋诗〉重出误收研究》指出吕存中《过宝应湖》实出自吕本中《赴海陵行次宝应》。除此之外,吕本中名下还有以下诸诗与他人重出:

1.《济阴寄故人》

柳絮飞时与君别,南楼把酒看新月。月似当年离别时,柳絮随君何处飞。千书百书要相就,思君不见令人瘦。念君情意只如新,顾我形骸已非旧。朝来有信渡黄河,雁足系书多网罗。城南城北芳草多,明月如此奈愁何。

见《全宋诗》卷一六〇九吕本中,《全宋诗》编者据《东莱先生诗集》卷五收入。此诗又见《全宋诗》卷五一七张载,题为"忆别",仅"新月"作"明月"、"随君"作"如君"等几字不同,《全宋诗》编者据《濂洛风雅》卷四收录。

按:张如安《〈全宋诗〉订补稿》及王利民《张载诗真伪考辨》皆认为此诗为吕本中诗,但皆无实据。其实,据宋曾季狸《艇斋诗话》:"东莱《济阴寄故人》'柳絮飞时与君别'有两本者:东莱少时作,后失其本,在临川,因与学徒举此诗,亡之,遂用前四句及结尾两句补成一篇;已而得旧诗,遂两存之。'落花寂寂长安路'者是旧诗,'千书百书要相就'者是追作。"[①]查吕本中诗集,其集中有一首诗《新郑路中》,该诗前四句及结尾两句与此诗《济阴寄故人》正相同,第五句为"落花寂寂长安路",这与曾季狸所言完全相合,故此诗可断为吕本中所作。

2.《墨梅》

> 岭南十月春渐回,妍暖先到前村梅。……坐看粉黛化腐恶,岂但桃李成舆台。我行万里厌穷独,疾病未已心先灰。对此不觉三叹息,恐是转侧同南来。异乡久处少意绪,破壁相对无根荄。古来寒士每如此,一世埋没随蒿莱。遁光藏德老不耀,肯与世俗相追陪。……岁穷路远莫惆怅,此去保无蜂蝶猜。

见《全宋诗》卷一六一六吕本中,《全宋诗》编者据《东莱先生诗集》卷一二收入。此诗又见《全宋诗》卷二三三四吴居仁,题为"咏梅",仅"得此"作"识此"、"奔岸"作"崩岸"等几字异,《全宋诗》编者据《永乐大典》卷二八一二收入。

按:诗云"岭南十月春渐回",又云"我行万里厌穷独,疾病未已心先灰",乃吕本中于两宋之交时避兵乱于岭表时所作。《东莱诗集》卷一二还有《避寇南行》、《岭外怀宣城旧游》、《端午日北还至斛岭寄连州诸公》"岭上逢端午,随家更北征"、《答朱成伯见赠四首》"三年转东南,足迹不得息。新霜未压瘴,已畏贼马迫"、《贺州闻席大光陈去非诸公将至作诗迎之》"五年避地走穷荒,岭海江湖半是乡"等诗,大概皆作于此时。宋孙绍远《声画集》卷五亦将此诗归入吕本中名下。《全宋诗》吴居仁(吴居仁当为吕居仁之讹误)名下只此一诗,当删。

3.《尹稼少稷方斋》

> 人圆君方君但方,凿圆枘方君不忙。富贵可取君则忘,闭门读书声琅琅。……幽兰无人为君芳,采菊落英充糇粮,客虽不来有余香。

[①] 王云五主编:《丛书集成初编·艇斋诗话》,中华书局,1985,第4页。

见《全宋诗》卷一六二三吕本中,《全宋诗》编者据《东莱先生诗集》卷一九收入。此诗又见《全宋诗》卷二五二二吕祖谦,题为"方斋行",仅"则忘"作"不忙"、"偏傍"作"边旁"等几字异,《全宋诗》编者据清顾贞观《积书岩宋诗删》卷一一收入。

按:据尹穑《方斋记》:"绍兴六年十月,余始客于怀玉山下,未及谋屋,即佛祠居焉。念虽客也,而无他业,业于书,而书不可以无屋而废读。越明年夏,乃度法堂之西南隅为斋……然则名之,莫宜于方,故以'方'名焉。"[1]方斋当建于绍兴七年(1137)间,而吕祖谦生于1137年,他与尹穑当无交往,故此诗当为吕本中所作。

4.《绝句》其一

云海冥冥日向西,春风著意力犹微。无端一棹归舟疾,惊起鸳鸯相背飞。

见《全宋诗》卷一六二六吕本中,《全宋诗》编者据《东莱先生诗外集》卷二收入。此诗又见《全宋诗》卷一一一九陈师道,题为"绝句",仅"著意力"作"欲动意"几字异,《全宋诗》编者据《后山居士文集》卷六收入。

按:诗见四库本陈师道《后山集》卷八,又见四库本陈师道《后山诗注》卷一一,又见宋刻本陈师道《后山集》卷第六。且四库本宋潘自牧《记纂渊海》卷九七引"无端一棹归舟急,惊起鸳鸯相背飞"作陈师道诗,故此诗当为陈师道诗。

5.《寄傲轩》

自嗟踽踽复凉凉,糊口安能抑四方。目送归鸿心自远,门堪罗雀日偏长。家徒四壁樽仍绿,侯户千头橘又黄。我醉欲眠君且去,肯陪俗客话羲皇。

见《全宋诗》卷一六二八吕本中,《全宋诗》编者据宋金履祥《濂洛风雅》卷六收入。此诗又见《全宋诗》卷一三六一罗从彦,题为"寄傲轩用陈默堂韵",

---

[1] 曾枣庄、刘琳主编:《全宋文》第197册,上海辞书出版社、安徽教育出版社,2006,第89页。

仅"能抑"作"能仰"、"君且去"作"卿且去"等几字异,《全宋诗》编者据罗从彦《豫章文集》卷一三收入。

按：据四库本罗从彦《豫章文集》卷一四附录上："先生讳从彦，字仲素，剑浦之罗源人……先生山居有颜乐斋、寄傲轩、邀月亭、独寐龛、白云亭，又池畔有亭曰濯缨，每自赋诗，默堂诸公皆有唱和。"又四库本罗从彦《豫章文集》卷一三："先生曰白云亭、独寐龛、寄傲轩皆有诗及铭记数篇，以纸蠹朽，录不能全，俟后搜寻真本，当得其录。时嘉定己卯（1219）中春，屏山罗棠君美敬书。"寄傲轩乃罗从彦所建，陈默堂当时有唱和之作。查陈渊（即陈默堂）《寄傲轩》，此诗与该诗韵字相同，这与罗从彦诗题"寄傲轩用陈默堂韵"正相合，故此诗当为罗从彦诗。王建生《〈濂洛风雅〉问题举隅》一文已指出《濂洛风雅》卷六此诗下因署名脱落而误署为吕本中之作。

6.《丹桂轩》

丹枝近岁出深宫，合向严辰伴晚枫。珍重幽轩无俗物，月中根蒂日边红。

见《全宋诗》卷一六二八吕本中，《全宋诗》编者据蒋光焴藏钞本《紫微集》卷一收入。此诗又见《全宋诗》卷二五〇五罗愿，题为"日涉园次韵五首·丹桂轩"，内容全同，《全宋诗》编者据罗愿《罗鄂州小集》卷一收入。

按：宋陈思编《两宋名贤小集》卷二〇七《鄂州小集》亦将此诗归入罗愿名下。据方岳《次韵宋尚书山居（八首）》，第二首为"虚静堂"、第三首为"息斋"；又方岳《次韵宋尚书山居十五咏》，第七首为"茶岩"、第十一首为"木瓜坞"。方岳这四首诗与罗愿"日涉园次韵五首"诗中的"虚静堂""息斋""茶岩""木瓜坞"这四首诗完全同韵，大概皆是次韵宋尚书山居之作。据程敏政《新安文献志》载吴儆《宋氏山居三十咏序》："尚书宋公（宋贶），当涂人，世宦于新安，乐其山川之胜而家焉。……某尝从公举太白于云端，歌《金缕》于木末。公出其所赋《山居三十咏》，命某属和，某不能为诗，而为之序。公自绍兴中入朝为省府,其所建置规画,后之能者不能易。退居三十余年,今年七十余……。"①宋尚书当为宋贶(1110—1188),其山居《山居三十咏》大概作于其年七十余时。而吕本中生卒年为(1084—1145),据此来看,吕本中不可能与宋贶有交往,并作次韵宋贶山居之作,故此诗当为罗愿诗。

7.《松》

一依风霜万木枯,岁寒惟见老松孤。秦皇不识清高操,强欲烦君作大夫。

见《全宋诗》卷一六二八吕本中,《全宋诗》编者据清蒋光熉藏钞本《紫微集》卷四收入。

按:此诗又见四库本明胡居仁《胡文敬集》卷三,题同,仅"依"作"夜"一字不同。四库本《胡文敬集》乃其弟子明代余祐所编②,自是较为可靠,故此诗当为胡居仁诗。

8.《句》其二

莫言衲子篮无底,盛得山南骨董归。

见《全宋诗》卷一六二八,《全宋诗》编者据宋吴曾《能改斋漫录》卷七收入。

按:此非吕本中句,乃出自韩驹《送海常化士》其一:"好去凌空锡杖飞,凤林关外道场稀。莫言衲子篮无底,盛取江南骨董归。"(《全宋诗》编者据韩驹《陵阳集》卷三收入)③

9.《句》其六

老大多材,十年坚坐。

见《全宋诗》卷一六二八,《全宋诗》编者据清黄宗羲《宋元学案》卷四三收入。

按:此句恐出自吕本中《送谦上人回建州三首》其二:"平生苦节胡元仲,

---

① 程敏政辑撰,何庆善、于石点校:《新安文献志(3)》,黄山书社,2004,第2325页。
② 傅璇琮等主编:《中国古代诗文名著提要(宋代卷)》,河北教育出版社,2009,第65页。
③ 傅璇琮等主编:《全宋诗》第25册,北京大学出版社,1998,第16616页。

老大多才刘致中。为我殷勤问消息,十年坚坐想高风。"①

陈渊

陈渊名下有多诗与仲并诗重出,参本书仲并诗重出考辨。除此之外,陈渊名下还有以下诸诗与他人重出:

1.《重阳后送谨常兄之符离》

锁外分携处,离觞话远途。黄花看不足,寒雁去何孤。农圃非吾业,衣冠本世儒。应当慎行止,无使世氛污。

见《全宋诗》卷一六三四陈渊,《全宋诗》编者据《默堂集》卷一收入。又见《全宋诗》卷三三九一章粲,题同,仅"锁"作"岭"、"慎"作"重"几字异,《全宋诗》编者据《江湖后集》卷一四收入。

按:据陈瓘《陈谨常墓志》,陈谨常乃陈之颜,谨常为其字,其人为陈瓘乡人,卒于崇宁三年②。陈渊为陈瓘从孙,故陈渊与陈之颜交往乃十分自然的事情,此诗当为陈渊诗。

2.《九日登庄楼二首》

久客惊秋意,天涯思不穷。三年犹北国,万里对西风。时序悲歌里,乾坤醉眼中。黄花一樽酒,千古此心同。

木落秋容净,时平国势雄。望云心自远,采菊兴谁同。诗酒浮生过,功名一笑空。留连凭痛饮,冠帻任高风。

见《全宋诗》卷一六三五陈渊诗,《全宋诗》编者据《默堂集》卷二收入。又见《全宋诗》卷一四二三李光,题为"九日登楼二首",仅"净"作"静"一字异,《全宋诗》编者据李光《庄简集》卷三收入。

按:此诗当为陈渊诗。陈渊《默堂集》今存影宋钞本,《四部丛刊三编》即以影印宋钞本《默堂集》为底本著录,四库本陈渊《默堂集》亦源于宋椠。李光现存《庄简集》乃清四库馆臣据《永乐大典》辑出,这有可能造成误收他

---

① 傅璇琮等主编:《全宋诗》第 28 册,北京大学出版社,1998,第 18160 页。
② 李懿:《中华本〈永乐大典〉陈瓘诗文辑考》,《古籍整理研究学刊》2012 年第 3 期,第 68—74 页。

人之作。

赵鼎

赵鼎《和聂之美重游东郡》与司马光《和聂之美重游东郡二首》其一重出，参本书相关章节考证。除此之外，赵鼎名下还有如下诸诗与他人重出：

1.《暮村》

　　孤村烟树暝黄昏，一簇人家半掩门。看尽栖鸦啼噪后，牧童归去雨声繁。

见《全宋诗》卷一六四五赵鼎，《全宋诗》编者据《永乐大典》卷三五八一收入。此诗又见《全宋诗》卷二一四九赵釴夫，题同，内容全同，《全宋诗》编者据《永乐大典》卷三五八一引赵君鼎诗收入。

按：《全宋诗》编者据明《永乐大典》同一卷将此诗分置两人名下，殊可怪也。查《永乐大典》卷三五八一，此诗实归于赵君鼎名下，即赵釴夫，其人字君鼎。盖《全宋诗》编者将赵君鼎与赵鼎混淆。

2.《醉和颜美中元夕绝句》

　　年年人月喜团圆，好在诗边又酒边。莫道玄风只渔钓，也随世俗夜无眠。

见《全宋诗》卷一六四五赵鼎，《全宋诗》编者据《永乐大典》卷二〇三五四收入。此诗又见《全宋诗》卷二一四九赵釴夫，题同，仅"玄风"作"玄真"一字异，《全宋诗》编者据《永乐大典》卷二〇三五四引赵君鼎诗收入。

按：此为赵釴夫诗，同上考证。

3.《灵山寺》

　　我为兹山好，登临到日曛。岩幽余暑雪，钟冷入秋云。篇咏唯僧助，尘烦与俗分。明朝入东梓，因得识吾文。

见《全宋诗》卷一六四五赵鼎，《全宋诗》编者据明钱穀《吴都文粹续集》卷三二收入。此诗又见《全宋诗》卷三四〇赵抃，题为"题灵山寺"，仅"兹山"作"灵山"、"登临"作"登留"、"惟僧"作"唯僧"几字异，《全宋诗》编者据《清献集》卷二收入。

按：四库本《清献集》乃黄登贤家藏本，是本据宋景定元年残本重编而成[1]，此诗见四库本赵抃《清献集》卷二，源于宋刻。且嘉靖《河南通志》卷一九、明曹学佺《石仓历代诗选》卷一三六、《御定佩文斋咏物诗选》卷二三二、《宋诗钞》卷七、《宋元诗会》卷一九诸书皆将此诗归入赵抃名下，故此诗疑非赵鼎诗，当为赵抃诗。

第二十九册

李邴

阮常明《〈全宋诗〉误收唐人诗新考》一文指出李邴《句》其六实出自唐代刘禹锡《乐天少傅五月长斋广延缁徒谢绝文友坐成睽间因以戏之》。除此之外，李邴名下还有如下诗句与他人重出：

1.《行田同安题康店铺》

　　短衣自猎南山虎，正好渔樵不乱群。妄以宿嫌诛醉尉，令人翻恨李将军。

见《全宋诗》卷一六四六李邴，《全宋诗》编者据明何炯《清源文献》卷三收入。此诗又见《全宋诗》卷三五九三李炳，题为"题康店铺"，内容全同，《全宋诗》编者据清怀荫布乾隆《泉州府志》卷四收入。

按：明何炯《清源文献》卷三、明何乔远编撰《闽书》卷三三诸书皆将此诗归之李邴名下，乾隆《泉州府志》后出，疑此诗非李炳诗，当为李邴诗。

2.《句》其一

　　柳老抛绵后，梅酸著骨时。

见《全宋诗》卷一六四六李邴，《全宋诗》编者据《锦绣万花谷》前集卷四收入。此句又见《全宋诗》卷一九〇一李炳《句》，内容全同，《全宋诗》编

---

[1] 傅璇琮等主编：《中国古代诗文名著提要（宋代卷）》，河北教育出版社，2009，第75页。

者据宋谢维新《古今合璧事类备要》前集卷一三收入。

按：四库本《锦绣万花谷》前集卷三实将此诗句亦归入李炳名下，四库本《锦绣万花谷》前集卷四并未著录此诗句，不知《全宋诗》编者所据何版本，令人疑惑。又《御定渊鉴类函》卷一四亦将此诗句归入李炳名下，此诗恐非李邴句，当为李炳句。

曾幾

陈新等《全宋诗订补》已指出《全宋诗》编者所辑录曾幾名下《句》其五属误辑当删。又娄甦芳《〈全宋诗·曾幾诗〉订误》一文指出曾幾名下《放猿》《三霄亭和韵》《把酒思闲事（二首）》《晚春酒醒寻梦得》诸诗分别是唐人曾庶幾《放猿》、宋曾惇《次韵李举之玉霄亭》其一、唐白居易《把酒思闲事》二首、白居易《晚春酒醒寻梦得》诗；又指出曾幾名下《清樾轩》与曾逮《清樾轩》重出，此诗归属存疑；又指出《全宋诗》编者所辑录曾幾名下《句》其八属误辑当删。又朱腾云博士论文《〈全宋诗〉重出误收研究》指出曾幾《太湖石》《凤凰台》与唐王贞白《太湖石》、曾肇《凤凰台》重出，此两诗归属存疑。张福清《李龏〈梅花衲〉对〈全宋诗〉校勘、辨重和辑佚的文献价值》一文指出曾幾《再题天衣寺》实出自秦观《游鉴湖》。除此之外，曾幾名下还有如下诸诗与他人重出：

1.《相马图呈杜勉斋左司》

造物出万类，贵贱伊谁分。圭璋杂瓦砾，世道同疏亲。既收大宛种，一扫驽骀群。乃观相马图，低首先吟呻。千金购死骨，举国无其真。……寥寥载千古，二道非同伦。相士今何人，少陵身后身。

见《全宋诗》卷一六五二曾幾，《全宋诗》编者据曾幾《茶山集》卷一收入。此诗又见四库本元曹伯启《曹文贞公诗集》卷一，内容差不多，亦题为《相马图呈杜勉斋左司》。

按：曹伯启集原名《汉泉漫稿》，初刻于元后至元四年（1338），其时距伯启卒仅五年。此元刊本今藏国家图书馆，四库本《曹文贞公诗集》即依此元刊本著录[1]。此诗见四库本《曹文贞公诗集》卷一，当源于元刻，而曾几集久佚，其现存《茶山集》乃清四库馆臣据《永乐大典》辑出，这可能是造成误收他人之作的原因。

2.《和刘圣俞顾龙山约客韵》

　　诗筒四出走中涓，诗句万选如青钱。……小轩宛若壶中天，玉琴不断雨声传。诺君再宿余敢怼，从君索句发春妍。

见《全宋诗》卷一六五四曾几，《全宋诗》编者据《茶山集》卷三收入。此诗又见《全宋诗》卷二八〇九刘宰，题为"和刘圣与顾龙山约客韵"，内容全同，《全宋诗》编者据刘宰《漫塘集》卷四收入。

按：此为刘宰诗。刘宰集中还有多首与此两人唱和之作。参刘宰《和刘圣与顾龙山探梅四首》《趣刘圣与寓王甫桂墅》《趣刘倅圣与建第》《次圣与小儿啖虎脯篇》《次刘圣与游土山韵》《用前五字韵趣刘圣与建第》。曾几生卒年为（1085—1166），刘宰生卒年为（1166—1239），故曾几不大可能与刘圣与、顾龙山诸人交往。

3.《雨二首》

　　秋冬久不雨，气浊喜云生。麦陇崇朝润，茅檐彻夜声。初来断幽径，渐密杂疏更。赖有墙阴荠，离离已可烹。（其一）

　　薄晚初沾洒，清晨更惨凄。鱼寒抛饵去，鸦湿就檐栖。幽涧溅溅溜，长堤浅浅泥。一杯持自贺，吾事在锄犁。（其二）

见《全宋诗》卷一六五五曾几，《全宋诗》编者据《茶山集》卷四收入。此诗又见《全宋诗》卷二二三二陆游，题同，仅"麦陇"作"麦垄"一处异，《全宋诗》编者据《剑南诗稿》卷七九收入。

按：钱仲联《剑南诗稿校注》认为此诗乃陆游于嘉定元年冬作于山阴[2]，但是宋陈思编《两宋名贤小集》卷一九〇引《茶山集》、元方回《瀛奎律髓》卷一七皆将此诗归入曾几名下。

---

[1] 傅璇琮等主编：《中国古代诗文名著提要（金元卷）》，河北教育出版社，2009，第118页。

[2] 陆游著，钱仲联校注：《剑南诗稿校注》，上海古籍出版社，2005，第4304页。

4.《夕雨》

　　屐履行莎径,移床卧草亭。风声杂溪濑,雨气挟龙腥。烨烨空中电,昏昏云罅星。徂年又如许,吾鬓得长青。

见《全宋诗》卷一六五五曾幾,《全宋诗》编者据《茶山集》卷四收入。此诗又见《全宋诗》卷二一六四陆游,题为"夕雨二首(其一)",仅"烨烨"作"奕奕"几字异,《全宋诗》编者据《剑南诗稿》卷一一收入。

按:钱仲联《剑南诗稿校注》认为此诗乃陆游于淳熙六年六月作于建安[①],但是宋陈思编《两宋名贤小集》卷一九〇引《茶山集》、元方回《瀛奎律髓》卷一七皆将此诗归入曾幾名下。

5.《雨夜》

　　一雨遂通夕,安眠失百忧。窗扉淡欲晓,枕簟冷生秋。画烛争棋道,金尊数酒筹。依然锦城梦,忘却在南州。

见《全宋诗》卷一六五五曾幾,《全宋诗》编者据《茶山集》卷四收入。此诗又见《全宋诗》卷二一六四陆游,题同,仅"冷"作"凛"一字异,《全宋诗》编者据《剑南诗稿》卷一一收入。

按:钱仲联《剑南诗稿校注》认为此诗乃陆游于淳熙六年五月作于建安[②],但是宋陈思编《两宋名贤小集》卷一九〇引《茶山集》、元方回《瀛奎律髓》卷一七皆将此诗归入曾幾名下。据"依然锦城(四川)梦,忘却在南州"云云,此诗当为陆游所作(陆游曾于四川从军,平生念念不忘此事)。

6.《晚雨》

　　萧瑟度横塘,霏微映缭墙。压低尘不动,洒急土生香。声入楸梧碎,清分枕簟凉。回头忽陈迹,檐角挂斜阳。

见《全宋诗》卷一六五五曾幾,《全宋诗》编者据《茶山集》卷四收入。此诗又见《全宋诗》卷二一五七陆游,题同,内容全同,《全宋诗》编者据《剑南诗稿》卷四收入。

[①] 陆游著,钱仲联校注:《剑南诗稿校注》,上海古籍出版社,2005,第893页。
[②] 陆游著,钱仲联校注:《剑南诗稿校注》,上海古籍出版社,2005,第870页。

按：钱仲联《剑南诗稿校注》认为此诗乃陆游于乾道九年八月作于嘉州①，但是宋陈思编《两宋名贤小集》卷一九〇引《茶山集》、元方回《瀛奎律髓》卷一七皆将此诗归入曾几名下。

7.《苦雨》

尽道迎梅雨，能无一日晴。窗昏愁细字，檐暗乱疏更。未怪蛙争席，真忧水冒城。何由收积潦，箫鼓赛西成。

见《全宋诗》卷一六五五曾几，《全宋诗》编者据《茶山集》卷四收入。此诗又见《全宋诗》卷二二〇四陆游，题为"苦雨二首（其一）"，"檐暗"作"檐滴"一字异，《全宋诗》编者据《剑南诗稿》卷五一收入。

按：钱仲联《剑南诗稿校注》认为此诗乃陆游于嘉泰二年夏作于山阴②，但是宋陈思编《两宋名贤小集》卷一九〇引《茶山集》、元方回《瀛奎律髓》卷一七皆将此诗归入曾几名下。此题陆游名下实有两首诗，据陆游《苦雨二首》其二："一窗闲隐几，四月澹如秋。箔冷蚕迟绩，泥深麦未收。"及《苦雨二首》其二下一首诗《五月初作》："邻舍舂新麦，家人拾晚蚕。"（这两首诗内容正相先后）此《苦雨》诗当为陆游所作。

8.《秋雨排闷十韵》

今夏久无雨，从秋却少晴。空蒙迷远望，萧瑟送寒声。……夜永灯相守，愁深酒细倾。浮云会消散，鼓笛赛西成。

见《全宋诗》卷一六五五曾几，《全宋诗》编者据《茶山集》卷四收入。此诗又见《全宋诗》卷二一六八陆游，题同，内容全同，《全宋诗》编者据《剑南诗稿》卷一五收入。

按：钱仲联《剑南诗稿校注》认为此诗乃陆游于淳熙十年八月作于山阴③，但是宋陈思编《两宋名贤小集》卷一九〇引《茶山集》、元方回《瀛奎律髓》卷一七皆将此诗归入曾几名下。此诗当为陆游诗，《瀛奎律髓》纪昀评此诗："此

---

① 陆游著，钱仲联校注：《剑南诗稿校注》，上海古籍出版社，2005，第337页。
② 陆游著，钱仲联校注：《剑南诗稿校注》，上海古籍出版社，2005，第3044页。
③ 陆游著，钱仲联校注：《剑南诗稿校注》，上海古籍出版社，2005，第1180页。

诗今载放翁集中,作茶山恐误。"许印芳亦谓"作曾茶山诗,误"[1]。据此来看,以上六题七首雨诗除三首考证为陆游诗外,另四首诗亦可能是陆游诗而误入曾幾集中。曾幾集久佚,其现存《茶山集》乃清四库馆臣据《永乐大典》辑出,又曾幾为陆游之师,这可能是造成误收陆游之作的原因。

9.《蟹》

旧交髯簿久相忘,公子相从独味长。醉死糟丘终不悔,看来端的是无肠。

见《全宋诗》卷一六六〇曾幾,《全宋诗》编者据宋高似孙《蟹略》卷一收入。此诗又见《全宋诗》卷二一八四陆游,题为"糟蟹",内容全同,《全宋诗》编者据《剑南诗稿》卷三一收入。

按:钱仲联《剑南诗稿校注》认为此诗乃陆游于绍熙五年冬作于山阴[2]。因陆游《剑南诗稿》卷三一此诗前后有多首与蟹有关的诗,如《偶得长鱼巨蟹命酒小饮盖久无此举也》、《霜夜二首》其二:"黄甘磊落围三寸,赤蟹轮囷可一斤。"大概皆作于同时,故此诗当为陆游所作。

10.《蛱蝶》

不逐春风去,仍当夏日长。一双还一只,能白或能黄。恋恋不能已,翩翩空自狂。计功归实用,终自愧蜂房。

见《全宋诗》卷一六五五曾幾,《全宋诗》编者据《茶山集》卷四收入。此诗又见《全宋诗》卷二六二四赵蕃,题同,"不能已"作"不自已"、"空自狂"作"空复狂"等几字异,《全宋诗》编者据赵蕃《淳熙稿》卷七收入。

按:此诗归属存疑。宋陈思编《两宋名贤小集》卷一九〇引《茶山集》作曾幾诗,宋陈思编《两宋名贤小集》卷二二四引《章泉诗集》作赵蕃诗。元方回《瀛奎律髓》卷二七将此诗归入曾幾名下,明单宇《菊坡丛话》卷五又将此诗归入赵蕃名下。

---

[1] 方回选评,李庆甲集评校点:《瀛奎律髓汇评》,上海古籍出版社,2005,第684页。

[2] 陆游著,钱仲联校注:《剑南诗稿校注》,上海古籍出版社,2005,第2078页。

11.《萤火》

浑忘生朽质，直拟慕光辉。解烛书帷静，能添列宿稀。当风方自表，带雨忽成微。变灭多无理，荣枯会一归。

见《全宋诗》卷一六五五曾幾，《全宋诗》编者据《茶山集》卷四收入。此诗又见《全宋诗》卷二六二四赵蕃，题同，"朽质"作"朽腐"、"慕光"作"暮光"、"多无"作"无多"几字异，《全宋诗》编者据赵蕃《淳熙稿》卷七收入。

按：此诗归属存疑。宋陈思编《两宋名贤小集》卷一百九十引《茶山集》作曾幾诗，宋陈思编《两宋名贤小集》卷二二四引《章泉诗集》作赵蕃诗。元方回《瀛奎律髓》卷二七将此诗归入曾幾名下，明曹学佺编《石仓历代诗选》卷一七七又将此诗归入赵蕃名下。

12.《海棠》

空谷嫣然笑靥开，春风元自蜀山来。少陵忘却浑闲事，更有离骚忘却梅。

见《全宋诗》卷一六六○曾幾，《全宋诗》编者据宋陈景沂《全芳备祖》前集卷七收入。

按：此诗归属存疑。《全宋诗》编者据《永乐大典》卷二八○八录有该诗后两句"少陵忘却浑闲事，更有离骚忘却梅"，并将此残句归入《全宋诗》卷三二五五曾原一名下。其实，元代韦居安已将此整首诗归入曾原一名下，参其《梅磵诗话》卷下："曾苍山（曾原一）《海棠》诗云：'空谷嫣然笑靥开，春风元自蜀山来。少陵忘汝浑闲事，更有离骚忘却梅。'或谓杜少陵不说海棠，避母名也，故郑谷诗云：'浣花溪上添惆怅，子美无情为发扬。'"①

郭印

1.《题苏庆嗣睡乐轩》

六凿森剑戟，一枕寄华胥。觉梦既殊辙，睡分真乐欤。……今古

---

① 丁福保辑：《历代诗话续编》，中华书局，1983，第573页。

一偃仰，天地一蘧庐。揭名聊尔耳，至言恐惊愚。

见《全宋诗》卷一六六四郭印，《全宋诗》编者据《云溪集》卷三收入。此诗又见《全宋诗》卷一九三六冯时行，题同，仅"觉梦"作"睡觉"、"而于"作"而今"等几字异，《全宋诗》编者据《缙云文集》卷一收入。

按：此诗归属存疑。郭印《云溪集》乃清四库馆臣据《永乐大典》辑出，冯时行《缙云集》已散佚，嘉靖中李玺刊为《缙云先生文集》四卷。

2.《中秋日与诸公同游宝莲院分韵得尘字》

路出青山近，招提更可人。清心钟磬响，远迹簿书尘。晚日池亭迥，秋风杖屦亲。频来一尊酒，不畏老僧嗔。

见《全宋诗》卷一六六八郭印诗，《全宋诗》编者据《云溪集》卷七收入。此诗又见《全宋诗》卷一九三七冯时行，题为"游宝莲寺分韵得尘字"，仅"池亭"作"池边"、"杖屦"作"杖履"、"一尊"作"一樽"几字异，《全宋诗》编者据《缙云文集》卷二收入。

按：郭印《云溪集》卷七此诗前后两诗为《中秋日赴史漕赏月二首》《八月十六日观月段氏亭次王师老韵》，此三首诗似为同时之作，故此诗恐非冯时行诗，当为郭印诗。

3.《舟中见月》

濮上今秋月，于人太有情。银盘随水涌，素练截江横。岸阔天犹近，船虚夜自明。寒光连上下，万里一心清。

见《全宋诗》卷一六六九郭印，《全宋诗》编者据《云溪集》卷八收入。此诗又见《全宋诗》卷一九三七冯时行，题同，仅"人太"作"人大"、"天犹"作"天光"等几字异，《全宋诗》编者据《缙云文集》卷二收入。

按：郭印《云溪集》卷八此诗前三首诗分别为《舟中早起》《舟中遇雨》《舟中雨霁》，此四首诗显为同时之作，故此诗非冯时行诗，当为郭印诗。

4.《游灵泉寺》

人日访山寺，春风能借温。柳桥通一水，柏径隐重门。泉窦来何处，梅花别有村。从容寻后约，假榻卧云根。

见《全宋诗》卷一六七〇郭印，《全宋诗》编者据《云溪集》卷九收入。此诗又见《全宋诗》卷一九三七冯时行，题为"游云泉寺"，仅"一水"作"野水"一字异，《全宋诗》编者据《缙云文集》卷二收入。

按：郭印《云溪集》卷九此诗下还有一首诗为《再和》诗，此两诗同韵，参郭印《再和》："四面林峦匝，风喧未觉温。晓晴云度岭，夜静月侵门。地秀古今树，人嬉远近村。细观群动性，各各自归根。"①而冯时行《缙云集》并未收录《再和》诗，故此诗当为郭印作，非冯时行诗。

沈与求

沈与求《草堂二首》其一实为王铚《王文孺臞庵》，沈与求《臞庵》与程敦厚《草堂》重出，参本书相关章节考证。除此之外，沈与求名下还有如下诸诗与他人重出：

1.《草堂二首》其二

> 仙翁五十鬓犹青，高卧柴门昼亦扃。茅舍已忘钟鼎梦，蒲轮休过薜萝亭。阴森门巷先生柳，寂寞江天处士星。晚岁田家农事了，闲抄宁戚相牛经。

见《全宋诗》卷一六七七沈与求，《全宋诗》编者据宋郑虎臣《吴都文粹》卷四收入。此诗又见《全宋诗》卷一六四六向子諲，题为"题王文孺臞庵"，仅"田家"作"田间"一字不同，《全宋诗》编者据宋范成大《吴郡志》卷一四收入。

按：此诗为向子諲诗，明王鏊《姑苏志》卷三二亦将此诗归入向子諲名下。宋范成大《吴郡志》卷一四录有此诗，归向子諲名下。据孙星衍《平津馆鉴藏记》卷三云："《吴都文粹》十卷，旧写本。题苏台郑虎臣集，前后无序跋。《四库全书》本作九卷。此书全依《吴郡志》录写诗文，疑是坊贾所作，非虎臣原书。"钱熙祚《吴郡志校勘记序》云："偶检郑虎臣《吴都文粹》，讶其篇目不出《范志》所录，因取以相校，删节处若合符节，乃知《文粹》全书并从范氏刺取。"②《吴

---

① 傅璇琮等主编：《全宋诗》第29册，北京大学出版社，1998，第18700页。
② 余嘉锡著，戴维标点：《四库提要辨证》，湖南教育出版社，2009，第1361页。

郡志》当更有版本价值，此诗当为向子諲所作。宋范成大《吴郡志》卷一四录有吟咏"朧庵"诸作，向子諲该诗前为王铚《草堂》诗，后为沈与求咏朧庵诗，此三诗前后排列。宋郑虎臣《吴都文粹》卷四应是将前二诗误录沈与求名。

2.《归乡》

穷巷归来已白头，结茅何必榜休休。好山当户碧云晚，明月满溪寒苇秋。诗社纵添新句法，醉乡难觅旧交游。平生幸自无机械，一棹夷犹去狎鸥。

见《全宋诗》卷一六七七沈与求，《全宋诗》编者据宋陈起《前贤小集拾遗》卷四收入。此诗又见《全宋诗》卷一五七七张纲，题同，仅"犹"作"由"一字不同，《全宋诗》编者据《华阳集》卷三五收入。

按：宋陈思编《两宋名贤小集》卷一一九引《张章简集》、清代曹庭栋《宋百家诗存》卷八、《御选宋金元明四朝诗》卷五一诸书皆将此诗归之张纲名下。又张纲《华阳集》此诗后有一首同韵诗，即《用前韵》："愁来莫遣上眉头，着酒驱除醉即休。未省一官堪送老，已惊双鬓不禁秋。收心香火供清梦，洗眼云溪结胜游。唤取短篷乘晚兴，坐看烟浪没轻鸥。"[1] 此《用前韵》诗不见沈与求名下。综上判断，此诗非沈与求诗，当为张纲作。

3.《南漪堂》

山绕湖塘寺绕山，平生愿向此中闲。青云白水相浮荡，野客高僧独往还。少壮无嫌轩冕累，因循将恐鬓须斑。南漪最是逍遥地，且把清波濯愧颜。

见《全宋诗》卷一六七七沈与求，《全宋诗》编者据清释篆玉《大昭庆律寺志》卷三收入。此诗又见《全宋诗》卷六二九沈遘，题同，仅"湖塘"作"湖堂"、"壮无"作"年自"几字异，《全宋诗》据《沈氏三先生集·西溪文集》卷二收入。

按：清嵇曾筠等《浙江通志》卷二七五、乾隆《杭州府志》卷二四、清吴之振《宋诗钞》卷三九、《宋诗纪事》卷一八诸书皆将此诗归之沈遘名下。又

---

[1] 傅璇琮等主编：《全宋诗》第27册，北京大学出版社，1998，第17893页。

现存沈遘《西溪文集》乃明代覆宋本，《四部丛刊》三编据此著录，此诗见丛刊本《西溪文集》卷二，当源于宋本，故从版本学角度看，此诗亦当为沈遘诗。

左纬

1.《趋石桥初登山岭》

　　天梯欲上使人愁，身御长风不自由。下视白云生涧底，仰看红日在山头。共传此处迷刘阮，自恐今朝犯斗牛。归路似从云汉堕，却来尘世待羁囚。

见《全宋诗》卷一六七九左纬，《全宋诗》编者据《天台续集》收入。此诗又见《全宋诗》卷七四八赵屼，题同，仅"云汉"作"霄汉"、"世待"作"世得"几字异，《全宋诗》编者据宋林师蒧《天台续集》卷下收入。

按:《全宋诗》编者据同一书将此诗分系两人名下，不知何故。四库本《天台续集》卷下此诗实署名赵屼，《宋诗纪事补遗》卷二六也引《天台续集》将此诗归入赵屼名下，又明潘珹《天台胜迹录》卷二亦将此诗归入赵屼名下，故此诗非左纬作，当为赵屼诗。

2.《送别》

　　骑马出门三月暮，杨花无赖雪漫天。客情惟有夜难过，宿处先寻无杜鹃。

见《全宋诗》卷一六七九左纬，《全宋诗》编者据明李蓘编《宋艺圃集》卷一八收入。此诗又见《全宋诗》卷三七三七无名氏，题为"题丹阳玉乳泉壁"，仅"赖"作"奈"、"惟有夜难过"作"最苦夜难度"几字异，《全宋诗》编者据《庚溪诗话》卷下收入。

按:《三台文献录》卷二三、明徐𤊹《徐氏笔精》卷三、《宋诗纪事》卷四〇引宋代何新之《诗林万选》皆将此诗归入左纬名下，故此无名氏即当为左纬。

3.《九峰》

　　路入溪声壮，秋深树影稀。岫云藏鸟语，松露滴人衣。诗战蜂腰怯，茶分粥面微。胜游殊未厌，肯为夜寒归。

见《全宋诗》卷一六七九左纬,《全宋诗》编者据《丹崖碎玉》收入。此诗又见《全宋诗》卷一九四六孟大武,题为"题紫岩寺",仅"壮"作"远"、"岫云"作"涧云"、"面微"作"面肥"几字异,《全宋诗》编者据宋林表民《天台续集别编》卷五收入。

按：此诗归属存疑。万历《仙居县志》卷一二、《宋诗拾遗》卷二〇亦作孟大武诗。

4.《春日晓望》

  屋角风微烟雾霏,柳丝无力杏花肥。朦胧数点斜阳里,应是呢喃燕子飞。

见《全宋诗》卷一六七九左纬,《全宋诗》编者据《丹崖碎玉》收入。此诗又见《全宋诗》卷一九四六孟大武,题为"春日晚望",仅"飞"作"归"一字不同,《全宋诗》编者据《宋诗拾遗》卷二〇收入。

按：此诗归属存疑。钱锺书先生已指出左纬诗句"斜阳里"与其诗题"春日晓望"不符,但他又认为《宋诗拾遗》所著作者姓名多不可信。光绪《仙居志》卷一九亦作孟大武诗。

李宏

1.《舟中》

  湖阔帆风饱,山长眼力疲。晚凉行进酒,秋色最宜诗。别意果作恶,虚名难疗饥。此生无住着,投老欲何之。

见《全宋诗》卷一六八三,《全宋诗》编者据影印《诗渊》第2册第1328页收入。此诗又见《全宋诗》卷二〇六二陈天麟,题同,仅"住着"作"住著"一字不同,《全宋诗》编者据元汪泽民《宛陵群英集》卷五收入。

按：此诗归属存疑。

2.《青山道中》

  田舍鸡升屋,山家犬应门。马行黄叶路,水绕夕阳村。老觉贫为累,吾知道可尊。此行聊尔耳,万事信乾坤。

见《全宋诗》卷一六八三,《全宋诗》编者据影印《诗渊》第 3 册第 2006 页收入。此诗又见《全宋诗》卷二〇六二陈天麟,题同,仅"尔耳"作"复尔"几字异,《全宋诗》编者据元汪泽民《宛陵群英集》卷五收入。

按：此诗归属存疑。

第三十册

王洋

王洋《十月十七日雨霁复至仙隐》与谢枋得《仙隐观》重出,王洋《目疾》与陈与义《目疾》重出,参本书相关章节考证。除此之外,王洋名下还有如下诸诗与他人重出：

1.《曾竑父约游南岩短韵奉呈》

南丰不藏善,逢人说南岩。南岩亦何好,造物秘此缄。烟云印全提,松竹色半酣。去郭十里赢,守戍僧二三。乞身满一日,幽事亦可探。行客问征途,居者萦縈衔。……扬镳出云门,回首怜烟岚。公其吐妙语,胜事须指南。

见《全宋诗》卷一六八六,《全宋诗》编者据王洋《东牟集》卷一收入。此诗又见《全宋诗》卷二〇九〇汪应辰,题为"和游南岩",仅"南丰"作"南峰"、"造物"作"造化"、"印"作"印"等几字异,《全宋诗》编者据《文定集》卷二四收入。

按：此诗当为王洋诗。曾竑父即曾惇,南丰人。王洋集中与曾惇唱和之作达六十余首,如《曾竑父将赴浮光九日无酒赋二诗次韵》《曾竑父招客盛夏转凉》《和曾竑父春半书怀》等等。该诗首句"南丰不藏善,逢人说南岩",南丰即指曾惇。汪应辰诗首句作"南峰不藏善,逢人说南岩","南峰"当有误。

2.《琵琶洲》

塞外风烟能记否,天涯沦落自心知。眼中风物参差是,只欠江州司马诗。

见《全宋诗》卷一六九一,《全宋诗》编者据宋洪迈《容斋三笔》卷六收入。此诗又见《全宋诗》卷二〇九〇汪应辰,题同,仅"沦落"作"落日"、"风物"作"景物"几字异,《全宋诗》编者据《文定集》卷二四收入。

按:此诗当为王洋诗。宋祝穆《方舆胜览》卷一八引《容斋三笔》、宋王象之《舆地纪胜》卷二三、《宋诗纪事》卷四〇引《容斋三笔》诸书皆将此诗置入王洋名下。汪应辰现存《文定集》乃清四库馆臣据《永乐大典》辑得,这可能是造成误收他人之作的原因。

3.《病眼》

飞花无复数,遇物辄成双。书画疏幽阁,屏帏恋北窗。懒开辞俗客,写望忆秋江。椒菊供朝饵,犹须发酒缸。

见《全宋诗》卷一六八八,《全宋诗》编者据王洋《东牟集》卷三收入。此诗又见《全宋诗》卷三〇七张方平,题同,内容全同,《全宋诗》编者据《乐全集》卷三收入。

按:张方平的《乐全集》是在他的指导下由属吏编纂而成。又四库全书著录汪如藻家藏本,提要曰:"此本首尾颇完善,'慎'字下皆注'今上御名'四字,盖从孝宗时刊本抄出。"此诗见四库本《东牟集》卷三,自是比较可靠。而王洋原集已佚,其现存《东牟集》乃清四库馆臣据《永乐大典》辑得,这可能是造成误收他人之作的原因。

4.《以越笺与三四弟有诗次韵》

无复花生拙笔头,一生长负剡藤羞。过门多是陈惊坐,得句谁怜赵倚楼。社友书来频寄语,山翁鬓已不禁秋。老干仙去吾宗冷,有继华星一字不。

见《全宋诗》卷一六九〇,《全宋诗》编者据《东牟集》卷五收入。此诗又见《全宋诗》卷三二〇五方岳,题同,仅"多是"作"尽是"、"谁怜"作"今谁"、"来频"作"来烦"几字异,《全宋诗》编者据《秋崖先生小稿》卷一六收入。

按:此为方岳诗。方岳集中还有多首与三四弟唱和之作,参其《和三四弟韵》《次韵三四弟》。又明嘉靖中裔孙方谦刊有《秋崖先生小稿》文四十五卷、诗三十四卷,清四库馆臣据当时另一影宋钞本《秋崖新稿》合编为《秋崖集》四十卷。此诗见四库本《秋崖集》卷七,自是比较可靠。而王洋原集已佚,其现存《东牟集》乃清四库馆臣据《永乐大典》辑得,这可能是造成误收他人之作的原因。

5.《题前寺中洲茶》

中洲绝品旧闻名,瀹以寒泉雪乳轻。怪得道人长不睡,一瓯唤醒梦魂清。

见《全宋诗》卷一六九一,《全宋诗》编者据《东牟集》卷六收入。此诗又见《全宋诗》卷二八七四倪思,题为"游黄檗山三首(其三)",仅"雪乳"作"雪色"、"长不"作"常不"几字异,《全宋诗》编者据清黄廷金同治《瑞州府志》卷二二收入。

按:此诗归属存疑。乾隆《新昌县志》卷二四亦将此诗归入倪思名下。

6.《琼花》

爱奇造物剪琼瑰,为镇灵祠特地栽。事纪扬州千古胜,名居天下万花魁。何人斫却依然在,甚处移来不肯开。浪说八仙模样似,八仙安得有香来。

见《全宋诗》卷一六九一,《全宋诗》编者据宋陈景沂《全芳备祖》前集卷五收入。此诗又见《全宋诗》卷二五五〇王信,题为"咏扬州后土祠琼花",仅"名居"作"名传"、"谩说"作"浪说"、"安得"作"那得"等几字异,《全宋诗》编者据清曹璇《琼花集》卷二收入。

按:此诗归属存疑。成化《处州府志》卷三、《宋诗纪事》卷五一引《处州府志》皆作王信诗。

郑刚中

陈新等《全宋诗订补》一书已指出郑刚中《牡丹》与陈孔硕《牡丹》重出,此诗归属存疑;又郑刚中、陈孔硕、何基、杜汝能四人《海棠》诗重出,此诗归属存疑。除此之外，郑刚中名下还有如下诸诗与他人重出：

1.《沈商卿砚》

眼明见此超万古，色如马肝涵玉质。白圭之玷尚可磨，涩不拒笔滑留墨。

见《全宋诗》卷一七〇〇郑刚中，《全宋诗》编者据宋高似孙《砚笺》卷一收入。

按：此非郑刚中句，实出自张孝祥《赋沈商卿砚》："石渠东观天尺五，壁星下直图书府。……眼明见此超万石，色如马肝涵玉质。白圭之玷尚可磨，涩不拒笔滑留墨。摩挲太息不自已，呼儿汲甘为湔洗。天遗至宝瑞吾子，要与词林壮根柢。子行飞骞为时须，西清承明有佳除。收功翰墨倪乞我，田间自抄种树书。"[1]（《全宋诗》编者据《于湖居士文集》卷二收入）宋陈思编《两宋名贤小集》卷一四四引《于湖集》作张孝祥诗。

2.《范达夫砚》

范郎紫玉余半圭，翻手作云雨雹随。龙蛇起陆孔翠飞，云收雨霁千首诗。

见《全宋诗》卷一七〇〇郑刚中，《全宋诗》编者据宋高似孙《砚笺》卷一收入。

按：此非郑刚中句，实出自张孝祥《近得一二砚示范达甫笑以为堪支床也许送端州大砚作诗以坚其约》："范郎紫玉余半圭，翻手作云雨雹随。龙蛇起陆孔翠飞，云收雨霁千首诗。荐以文锦盘珠玑，夜光发屋邻翁知。……溪边之人足谩欺，须君眼力为辨之。更作万斛之墨池，为君大书十丈碑。"[2]（《全宋诗》编者据《于湖居士文集》卷二收入）宋陈思编《两宋名贤小集》卷一四四引《于湖集》作张孝祥诗。

3.《句》其一

一寸玄云万斛泉。

---

[1] 傅璇琮等主编：《全宋诗》第 45 册，北京大学出版社，1998，第 27734 页。

[2] 傅璇琮等主编：《全宋诗》第 45 册，北京大学出版社，1998，第 27733 页。

见《全宋诗》卷一七〇〇郑刚中,《全宋诗》编者据《砚笺》卷二收入。

按:此非郑刚中句,实出自张孝祥《德庆范监州以子石砚宠假虽小而奇戏作》其一:"曾侍虚皇玉案前,夜书茧纸笔如椽。莫嫌此石规模小,一寸玄云万斛泉。"①(《全宋诗》编者据《于湖居士文集》卷一〇收入)陈思编《两宋名贤小集》卷一四五引《于湖集》作张孝祥诗。

释道行

《偈十首》其七

门前石塔子,八白与九紫。方道既分明,免被巡官使。

见《全宋诗》卷一七〇七释道行,《全宋诗》编者据宋释宗源《续古尊宿语要》卷六《雪堂行和尚语·上堂》收入。此诗又见《全宋诗》卷一七〇七释道行,题为"颂古十七首(其一五)",内容全同,《全宋诗》编者据宋法应、元普会《颂古联珠通集》卷三九收入。

按:此诗同一人名下两见,显系重出。

李弥逊

朱腾云博士论文《〈全宋诗〉重出误收研究》指出李弥逊《早行》与李弥逊《白马寺》重出。《北京大学中国古文献研究中心集刊(第6辑)》载《〈全宋诗〉杂考(二)》一文指出林希逸《近闻诸山例关堂石门老偶煮黄精以诗为寄次韵以戏之》《止戈堂》实为李弥逊《近闻诸山例关堂石门老偶煮黄精以诗为寄次韵以戏之》《寄题福州程进道止戈堂二首》诗。又王十朋《丞厅后圃双梅一枝发和以表弟韵》实为李弥逊《丞厅后圃双梅一枝发和似表弟韵》,李弥逊《忠显刘公挽诗》与张嵲《忠显刘公挽诗四首》重出,参本书相关章节考证。除此之外,李弥逊名下还有如下诸诗与他人重出:

---

① 傅璇琮等主编:《全宋诗》第45册,北京大学出版社,1998,第27789页。

1.《暇日约诸友生饭于石泉以讲居贫之策枢密富丈欣然肯顾宾至者七人次方德顺和贫士韵人赋一章》其一

> 崔嵬孔明柏,结阴众所依。移根天衢上,曾抚日月晖。如何去大厦,却绕乌鹊飞。终当烦万牛,挽取廊庙归。郑公泽既远,何以慰调饥。公其踵前修,一洗贫士悲。

见《全宋诗》卷一七〇九李弥逊,《全宋诗》编者据《竹溪先生文集》卷一二收入。此诗又见《全宋诗》卷一六三〇富直柔,题为"次方德顺和贫士韵",内容全同,《全宋诗》编者据宋李弥逊《筠溪集》卷一二《暇日约诸友生饭于石泉以讲居贫之策枢密富丈欣然肯顾宾至者七人次方德顺和贫士韵人赋一章》附录收入。

按:李弥逊此诗题下有七首诗,分注季申、尧翁、彦融、仲宗、彦锡、德顺、子立七人名,实皆为李弥逊所作。此首诗注"季申"即指富直柔(字季申),其时官同知枢密院事,故诗题称"枢密富丈"。诗句"移根天衢上,曾抚日月晖"即指其同知枢密院事;"公其踵前修,一洗贫士悲"意亦称美富公,此诗为写给富直柔之作明矣。此诗下注"季申(富直柔)",并不是指该诗为其所作,《全宋诗》编者误辑富直柔名下。又宋陈思《两宋名贤小集》卷一八九、明曹学佺《石仓历代诗选》卷二〇三、清代曹庭栋《宋百家诗存》卷七皆将此诗归入李弥逊名下,故此诗非富直柔作,当为李弥逊诗。

2.《次韵舍弟游本觉寺》

> 招提俯秋水,画手借王维。霜磬递风韵,晓林翻露姿。茶烟邀客伫,帆影唤舟移。他日成归梦,来兴楚子悲。

见《全宋诗》卷一七一一李弥逊,《全宋诗》编者据《竹溪先生文集》卷一四收入。此诗又见《全宋诗》卷三一六三葛绍体,题为"游本觉寺",仅"霜磬"作"清磬"、"晓林"作"晓霜"几字异,《全宋诗》编者据《东山诗选》卷上收入。

按:李弥逊舍弟为李弥正。又葛绍体原集已佚,其现存《东山诗选》乃清四库馆臣据《永乐大典》辑得。而《竹溪先生文集》现存明抄本,存上海图书馆,该集要比《东山诗选》可靠得多,疑此诗非葛绍体诗,当为李弥逊所作。

释宗杲

陈新等《全宋诗订补》指出释妙喜即释宗杲，故释妙喜名下诸诗皆应删并入释宗杲名下。又许红霞《全宋诗所收僧诗致误原因探析》一文指出黄庭坚《寿禅师悟道颂》、释洪寿《闻堕薪有省作偈》、释宗杲《偈颂一百六十首》其一〇六、释了演《偈颂十一首》其二此四诗重出，此当为释洪寿作。朱腾云博士论文《〈全宋诗〉重出误收研究》指出释宗杲《颂古六首》其三与释宗杲《偈颂一百六十首》其一四四重出，除此之外，释宗杲名下还有如下诸诗与他人重出：

1.《颂古六首》其一

　　三千威仪都不修，八万细行全不顾。只因闹市里等人，被人唤作破落户。兜率内院久抛离，纵归忘却来时路。稽首弥勒世尊，得与麽宽肠大肚。

见《全宋诗》卷一七二四释宗杲，《全宋诗》编者据宋法应、元普会《颂古联珠通集》卷三收入。此诗又见《全宋诗》卷一七二三释宗杲，题为"布袋和尚赞二首其一"，内容几乎全同，《全宋诗》编者据《大慧普觉师语录》卷一二收入。

按：此诗一人名下两见，显系重出。

2.《颂古六首》其二

　　担柴卖火村里汉，舌本澜翻不奈何。自道来时元没口，却能平地起风波。

见《全宋诗》卷一七二四释宗杲，《全宋诗》编者据宋法应、元普会《颂古联珠通集》卷七收入。此诗又见《全宋诗》卷一七二三释宗杲，题为"六祖大鉴禅师赞"，内容全同，《全宋诗》编者据《大慧普觉师语录》卷一二收入。

按：此诗一人名下两见，显系重出。

3.《颂古六首》其四

　　蓦口一桡玄路绝，药山之道始流传。离钩三寸无消息，觉海说乘般若船。

见《全宋诗》卷一七二四释宗杲,《全宋诗》编者据宋法应、元普会《颂古联珠通集》卷一七收入。此诗又见《全宋诗》卷一七二三释宗杲,题为"船子和尚赞",仅"说乘"作"方乘"一字不同,《全宋诗》编者据《大慧普觉师语录》卷一二收入。

按:此诗一人名下两见,显系重出。

4.《示鼎需禅人》

面门竖亚摩醯眼,肘后斜悬夺命符。瞎却眼,解却符,赵州东壁挂葫芦。

见《全宋诗》卷一七二二释宗杲,《全宋诗》编者据《大慧普觉禅师语录》卷一一收入。此诗又见《全宋诗》卷一七九八释鼎需,题为"偈",仅"面门"作"顶门"、"解"作"卸"几字异,《全宋诗》编者据宋普济《五灯会元》卷二〇收入。

按:查《五灯会元》卷二〇:"一日,喜(宗杲)问曰:'内不放出,外不放入,正恁么时如何?'师(释鼎需)拟开口,喜拈竹篦,劈脊连打三下,师于此大悟,厉声曰:'和尚已多了也。'喜又打一下,师礼拜。喜笑云:'今日方知吾不汝欺也。'遂印以偈云:'顶门竖亚摩醯眼,肘后斜悬夺命符。瞎却眼,卸却符,赵州东壁挂葫芦。'于是声名喧动丛林。"[①]"印以偈"指妙喜(宗杲)作偈,并不是指释鼎需,故此诗当为妙喜作,《全宋诗》编者误辑释鼎需名下。

第三十一册

陈与义

陈新等《全宋诗订补》已指出《全宋诗》编者所辑录陈与义名下《火蛾》乃唐韩偓《火蛾》诗;又无名氏《永青溪石壁》乃陈与义《咏青溪石壁》诗;又冯去非名下《鹤山居靖》乃陈与义《山居》诗。李一飞《宋集小考三题》一

---

① 普济辑,朱俊红点校:《五灯会元(下)》,海南出版社,2011,第1784页。

文也指出陈与义名下《道中寒食》其二、《登岳阳楼》其一与詹惜《道中寒食》、詹惜《登岳阳楼》重出,此两首诗当皆为陈与义诗。又朱腾云博士论文《〈全宋诗〉重出误收研究》指出陈与义《和张规臣水墨梅五绝》其三与元梅花道人吴镇《题墨梅二首》其一重出,此当为陈与义诗;陈与义《红葵》与陈石斋《葵花》诗重出,此诗归属存疑。又陈与义《来禽》实为刘子翚《和士特栽果十首·来禽》,陈与义《道中》与晁冲之《道中》重出,参本书相关章节考证。除此之外,陈与义名下还有以下诸诗与他人重出:

1.《目疾》

　　天公嗔我眼常白,故著昏花阿堵中。不怪参军谈瞎马,但妨中散送飞鸿。著篱令恶谁能继,损读方奇定有功。九恼从来是佛种,会如那律证圆通。

此诗见《全宋诗》卷一七三一陈与义,《全宋诗》编者根据《增广笺注简斋诗集》卷四收入。又见《全宋诗》卷一六九〇王洋,题同,仅"常白"作"长白"、"昏花"作"昏埃"、"能继"作"能对"几字异,《全宋诗》编者据《东牟集》卷五收入。

按:宋叶大庆《考古质疑》卷六、宋祝穆《古今事文类聚》后集卷一九、元方回《瀛奎律髓》卷四四诸书皆将此诗归入陈与义名下。陈与义诗集今存南宋胡穉注《增广笺注简斋诗集》宋刊本,《四部丛刊初编》据此影印[①],该诗见四部丛刊本《增广笺注简斋诗集》卷四,源于宋刊,而王洋原集已佚,其现存集子乃清四库馆臣据《永乐大典》辑出,这可能是造成误收陈与义之作的原因。

2.《西省酴醾架上残雪可爱戏同王元忠席大光赋诗》(元忠名寓九江人靖康元年任尚书右丞)

　　酴醾花底当年事,夜雪模糊照酒阑。北省今朝枝上雪,还揩病眼作花看。

见《全宋诗》卷一七三九陈与义,《全宋诗》编者据《增广笺注简斋诗集》

[①] 傅璇琮等主编:《中国古代诗文名著提要(宋代卷)》,河北教育出版社,2009,第322页。

卷一二收入。此诗又见《全宋诗》卷三六二九林一龙，题为"西省荼蘼架上残雪可爱戏呈诸友人"，仅"酒阑"作"石阑"一字异，《全宋诗》编者据清曾唯《东瓯诗存》卷九收入。

按：此诗当为陈与义所作。席大光乃陈与义友人，陈与义集中与其唱和之作颇多，如《春夜感怀寄席大光》《与王子焕席大光同游廖园》《甘棠驿怀李德升席大光》等诗。陈与义该诗又见四部丛刊本《增广笺注简斋诗集》卷一二，源于宋刊，而林一龙名下此诗乃清人所辑，从版本学角度看，此诗亦当为陈与义诗。白敦仁所著《陈与义年谱》谓该诗作于宣和六年，时陈与义为秘书省著作佐郎[①]。

3.《对酒》

陈留春色撩诗思，一日搜肠一百回。燕子初归风不定，桃花欲动雨频来。人间多待须微禄，梦里相逢记此杯。白竹扉前容醉舞，烟村渺渺欠高台。

见《全宋诗》卷一七四〇陈与义，《全宋诗》编者据《增广笺注简斋诗集》卷一三收入。此诗又见《全宋诗》卷一九八二宋高宗，题为"诗四首（其三）"，仅"撩"作"掩"、"扉前容"作"扇前客"几字异，《全宋诗》编者据明汪砢玉《珊瑚网》卷七收入。

按：此诗当为陈与义所作。元方回《瀛奎律髓》卷一九、明曹学佺《石仓历代诗选》卷一六四诸书皆将此诗归入陈与义名下。诗中景象与陈与义同卷诗作《初至陈留南镇夙兴赴县》"五更风摇白竹扉"云云，多有对照。且诗中潦倒失意语亦不类宋高宗所言。陈与义该诗见四部丛刊本《增广笺注简斋诗集》卷一三，源于宋刊，从版本学角度看，此诗亦当为陈与义诗。白敦仁所著《陈与义年谱》谓该诗作于宣和七年，时陈与义谪监陈留酒税[②]。

4.《种竹》

种竹不必高，摇绿当我楹。向来三家墅，无此笙箫声。皇天有老

---

① 陈与义著，白敦仁校笺：《陈与义集校笺》，浙江古籍出版社，2014，第1189页。
② 陈与义著，白敦仁校笺：《陈与义集校笺》，浙江古籍出版社，2014，第1193页。

眼，为阅十日晴。护我萧萧碧，伟事邻翁惊。同林偶落此，相向意甚平。何须俟迷日，可笑世俗情。明年万天矫，穿地听雷鸣。但恨种竹人，南山合归耕。佗时梦中路，留眼记所更。苍云屯十里，不见陈留城。

见《全宋诗》卷一七四〇陈与义，《全宋诗》编者据《增广笺注简斋诗集》卷一三收入。此诗又见《全宋诗》卷一九八二宋高宗，题为"诗四首（其四）"，仅"十日"作"十月"、"佗时"作"他时"几字异，《全宋诗》编者据明汪砢玉《珊瑚网》卷七收入。

按：此诗当为陈与义所作。诗中景象与陈与义同卷诗作《初至陈留南镇夙兴赴县》"三家陂口鸡喔喔"云云，多有对照。味诗意亦不类宋高宗所作。四库本明汪砢玉《珊瑚网》卷七此四首诗前谓："宋高宗宸翰，行书诗四首，在白宋纸上，后述通鉴数则，不录。"这只是说明这四首诗为宋高宗所书写，并没有肯定这四首诗为宋高宗所作。其实，宋高宗名下的"诗四首"另外两首诗亦不是宋高宗所做，其一为苏轼诗《虎丘寺》，其二为黄庭坚诗《赠郑交》。又，从版本学角度看（同上诗考证），此诗亦当为陈与义诗。白敦仁所著《陈与义年谱》谓该诗作于宣和七年，时陈与义谪监陈留酒税[①]。

5.《咏西岭梅花》

雨后众崖碧，白处纷寒梅。遥遥迎客意，欲下山坡来。穷村受春晚，邂逅今日开。绛领承玉面，临风一低回。折归无可赠，孤赏心悠哉。

见《全宋诗》卷一七四五陈与义，《全宋诗》编者据《增广笺注简斋诗集》卷一八收入。此诗又见《全宋诗》卷三三五一方蒙仲，题同，内容全同，《全宋诗》编者据影印《诗渊》第4册第2334页收入。

按：此诗当为陈与义所作。陈与义同卷诗作还有《游南嶂同孙通道》《游东岩》，正与该诗相互照应。白敦仁所著《陈与义年谱》谓该诗作于建炎二年，时陈与义因避兵乱而入房州南山[②]。其实，影印《诗渊》第4册第2334页"咏西岭梅花"该诗下并未署名，《全宋诗》编者认为该诗作者当是承前省名（前诗《江

[①] 陈与义著，白敦仁校笺：《陈与义集校笺》，浙江古籍出版社，2014，第1192页。
[②] 陈与义著，白敦仁校笺：《陈与义集校笺》，浙江古籍出版社，2014，第1214页。

路梅》是方蒙仲所作），此判断当有误。

6.《寻诗两绝句》其一

　　楚酒困人三日醉，园花经雨百般红。无人画出陈居士，亭角寻诗满袖风。

　　见《全宋诗》卷一七四八陈与义，《全宋诗》编者据《增广笺注简斋诗集》卷二一收入。此诗又见《全宋诗》卷一一五四吴可，题为"偶赠陈居士"，仅"经雨"作"著雨"、"无人"作"凭谁"几字异，《全宋诗》编者据《藏海居士集》卷下收入。

　　按：此诗当为陈与义所作。诗中"陈居士"当为陈师道自称。陈与义诗《题江参山水横轴画俞秀才所藏二首》其二"此中只欠陈居士，千仞岗头一振衣"①，亦称自己为"陈居士"。白敦仁所著《陈与义年谱》谓该诗作于建炎三年，时陈与义避兵乱于岳州②。又，陈与义该诗见四部丛刊本《增广笺注简斋诗集》卷二一，源于宋刊，而吴可原集已佚，其现存《藏海居士集》乃清四库馆臣据《永乐大典》辑出，从版本学角度看，此诗亦当为陈与义诗。

7.《六月十七夜寄邢子友》

　　暑雨虽不足，凉风还有余。乐此城阴夜，何殊山崦居。月明苍桧立，露下芭蕉舒。试问澄虚阁，今夕复焉如。

　　见《全宋诗》卷一七五三陈与义，《全宋诗》编者据《增广笺注简斋诗集》卷二六收入。此诗又见《全宋诗》卷二五九〇沈伯达，题为"六月十七日夜寄邢子友"，仅"今夕"作"今夜"一字异，《全宋诗》编者据《永乐大典》卷一四三八〇引《邵阳志》收入。

　　按：此诗当为陈与义所作。陈与义集中有多首与邢子友唱和诗词，白敦仁所著《陈与义年谱》谓《无住词》注引《大生法帖》简斋手迹云："予庚戌岁（1130）客邵州，时乡人邢子友为监郡。"③邢子友亦当与陈与义为乡人。而沈伯达在孝

---

① 傅璇琮等主编：《全宋诗》第31册，北京大学出版社，1998，第19567页。
② 陈与义著，白敦仁校笺：《陈与义集校笺》，浙江古籍出版社，2014，第1226页。
③ 陈与义著，白敦仁校笺：《陈与义集校笺》，浙江古籍出版社，2014，第1240页。

宗淳熙间（1174—1189）曾知邵阳府，当不可能与庚戌岁邵阳监郡邢子友有交往。又，陈与义该诗见四部丛刊本《增广笺注简斋诗集》卷二六，源于宋刊，从版本学角度看，此诗亦当为陈与义诗。陈恒舒《〈永乐大典〉所涉宋诗资料丛考》一文亦谓此诗当为陈与义作。

8.《先寄邢子友》

　　作客经年乐有余，邵阳歧路不崎岖。山川好处攲纱帽，桃李香中度笋舆。欲见旧交惊岁月，剩排幽话说艰虞。人间书疏非吾事，一首新诗未可无。

见《全宋诗》卷一七五一陈与义，《全宋诗》编者据《增广笺注简斋诗集》卷二四收入。此诗又见于《全宋诗》卷二五九〇沈伯达，诗题同，仅"经年"作"今年"一字异，《全宋诗》编者据《永乐大典》卷一四三八〇引《邵阳志》收入。

按：此诗当为陈与义所作。白敦仁所著《陈与义年谱》谓陈与义与邢子友交往诗当皆作于建炎四年（1130）。又，陈与义该诗见四部丛刊本《增广笺注简斋诗集》卷二四，源于宋刊，从版本学角度看，此诗亦当为陈与义诗。陈恒舒《〈永乐大典〉所涉宋诗资料丛考》一文亦谓此诗当为陈与义作。

9.《和颜持约》

　　半篙寒碧秋垂钓，一笛西风夜倚楼。多少巫山旧家事，老来分付水东流。

见《全宋诗》卷一七五八陈与义，《全宋诗》编者据《简斋外集》收入。此诗又见于《全宋诗》卷一八〇六李若水，诗题为"题观城驿壁"，仅"西风"作"疏风"、"水东"作"与东"等几字不同，《全宋诗》编者据《忠愍集》卷三收入。

按：陈与义集中和颜持约唱和之作颇多，如《为陈介然题持约画》《次韵何文缜题颜持约画水墨梅花二首》《题持约画轴》等诗。又《简斋诗外集》今存元抄本，此诗载元抄。而现存李若水《忠愍集》乃清四库馆臣据《永乐大典》辑出，这有可能造成误收他人之作。综上判断，此诗当为陈与义作。

10.《早行》

　　露侵驼褐晓寒轻，星斗阑干分外明。寂寞小桥和梦过，稻田深处草虫鸣。

　　见《全宋诗》卷一七五八陈与义，《全宋诗》编者据《简斋外集》收入。此诗又见《全宋诗》卷八七魏野，题为"晓"，仅"驼褐"作"短褐"、"分外"作"野外"几字异，《全宋诗》编者据宋刘克庄《后村千家诗》卷六收入。

　　按：此诗归属存疑。据《分门纂类唐宋时贤千家诗选校证》一书可知，刘克庄《后村千家诗》卷六此诗实署名为李膺，非魏野[1]。元韦居安又谓此诗为李元膺作，参其《梅磵诗话》卷上："李元膺《秋晚早行》诗云：'雾侵驼褐晓寒轻，星斗阑干野外明。寂寞小桥和梦过，豆田深处草虫鸣。'近世雪窗张武子亦有《早行》诗云："千山万山星斗落，一声两声钟磬清。路入小桥和梦过，豆花深处草虫鸣。"末二句仅易三字，岂暗合耶？否则不无蹈袭之失。"[2]

11.《海棠》

　　红妆翠袖一番新，人向园林作好春。却笑华清夸睡足，只今罗袜久无尘。

　　见《全宋诗》卷一七五八陈与义，《全宋诗》编者据宋陈景沂《全芳备祖》前集卷七收入。此诗又见《全宋诗》卷二七二七任希夷，题为"海棠二首（其二）"，仅"人向"作"又向"一字异，《全宋诗》编者据宋《锦绣万花谷》后集卷三七收入。

　　按：此诗为任希夷诗。四库本宋陈景沂《全芳备祖》前集卷七此诗题下并未署名，《全宋诗》编者认为此诗当是承前诗省名（前诗为陈与义诗），该判断有误。据程杰、王三毛点校《全芳备祖》可知，八千卷楼本《全芳备祖》此诗署名为不欺庵，碧琳琅馆本未署名，程杰、王三毛认为"不欺庵"实当为"出斯庵"，斯庵即是任希夷[3]。

---

[1] 刘克庄编，李更等校：《分门纂类唐宋时贤千家诗选校证》，人民文学出版社，2002，第123页。

[2] 丁福保辑：《历代诗话续编》，中华书局，1983，第540页。

[3] 陈景沂著，程杰、王三毛点校：《全芳备祖》，浙江古籍出版社，2014，第190页。

折彦质

《雷州苏公楼》

二苏翰墨仙,谪坠百蛮里。弟兄对床眠,此意孤一世。

见《全宋诗》卷一七六一折彦质,《全宋诗》编者据宋王象之《舆地纪胜》卷一一八《广南西路·雷州》收入。

按:此非折彦质诗,疑《舆地纪胜》有误,该句实出自宋代余淳礼《题遗直轩》:"二苏翰墨仙,同谪百蛮里。时有田舍翁,结茅住行李。迩来三十年,闻名辄掩耳。天定能胜人,稍复蒙料理。……兄弟对床眠,此意孤一世。骑鲸倘相逢,笑人真好事。"[①](《全宋诗》编者据清厉鹗《宋诗纪事》卷四二引《广东通志》收入)

林季仲

白玉蟾《红梅》其二实为林季仲《秉烛照红梅再次前韵即席》,参本书相关章节考证。除此之外,林季仲名下还有如下一诗与他人重出:

《墨梅》

一枝炯炯照人寒,绝似溪桥立马看。只恐春风解相怨,漏他消息入毫端。

见《全宋诗》卷一七九〇林季仲,《全宋诗》编者据《竹轩杂著》卷二收入。此诗又见《全宋诗》卷三二九三张道洽,题同,仅"炯炯"作"的的"、"似"作"胜"、"春风"作"东风"几字异,《全宋诗》编者据清曹庭栋《宋百家诗存》卷一八《实斋咏梅集》收入。

按:《永乐大典》卷二八一二亦将此诗归于林季仲,疑此诗当为林季仲诗。

叶南仲

《七星岩》

斗峰遥认旧嵩台,为劝耕农特地来。短李高名光翠壁,伪刘真迹

---

① 傅璇琮等主编:《全宋诗》第32册,北京大学出版社,1998,第20567页。

没苍苔。洞天日永风埃静，岩窦云收霁色开。好景最宜供宴赏，操觚欲赋愧非才。

见《全宋诗》卷一七九一叶南仲，《全宋诗》编者据清黄登瀛《端溪诗述》卷一收入。此诗又见《全宋诗》卷一七七七廖颙，题为"游七星岩"，仅"认旧嵩"作"忆旧松"、"耕农"作"农耕"等几字异，《全宋诗》编者据清黄子高《粤诗搜逸》卷三引《岭海名胜记》收入。

按：该诗实刻于肇庆七星岩石室岩洞内西壁，诗后题："绍兴乙丑仲春上休，郡守叶南仲拉同僚来游，因留五十六字。门生、左从政郎、高要县令廖颙命工刊。"① 故此诗实为叶南仲诗，《岭海名胜记》有误。

曹纬

《句》其一

水带断槎流。

见《全宋诗》卷一七九一曹纬，《全宋诗》编者据宋绍嵩《亚愚江浙纪行集句诗》卷一收入。

《句》其三

日依平野没。

见《全宋诗》卷一七九一，据宋绍嵩《亚愚江浙纪行集句诗》卷一收入。

按：此非曹纬句，《亚愚江浙纪行集句诗》有误，该两句实出自陆游《江楼》："急雨洗残瘴，江边闲倚楼。日依平野没，水带断槎流。捣纸荒村晚，呼牛古巷秋。腐儒忧国意，此际入搔头。"②（《全宋诗》编者据陆游《剑南诗稿》卷八收入）

释鼎需

1.《偈二十首》其一五

虎头带角人难措，石火电光须密布。假饶烈士荐应难，懵底那能

---

① 《肇庆星湖石刻》编委会：《肇庆星湖石刻》，红旗出版社，2005，第 76 页。
② 傅璇琮等主编：《全宋诗》第 39 册，北京大学出版社，1998，第 24423 页。

解回互。

见《全宋诗》卷一七九八释鼎需,《全宋诗》编者据宋宗源《续古尊宿语要》卷五《懒庵需禅师语·上堂·小参》收入。此诗又见《全宋诗》卷二〇〇八释宝印,题为"偈颂十五首(其三)",仅"那能解"作"如何善"几字异,《全宋诗》编者据宋释宗源《续古尊宿语要》卷六《别峰印禅师语》收入。

按:此诗又见宋释普济《五灯会元》卷八之五代僧人释义昭名下及《五灯会元》卷十七宋初僧人释祖心名下,仅几字异。参《五灯会元》卷八:"婺州金柱山义昭禅师。僧问:'如何是和尚家风?'师曰:'开门作活计。'曰:'忽遇贼来又作么生?'师曰:'然。'新到参,师揭帘以手作除帽势。僧拟欲近前,师曰:'赚杀人。'因事有偈曰:'虎头生角人难措,石火电光须密布。假饶烈士也应难,懵底那能解回互。'"① 因释义昭生活年代早于释祖心、释鼎需、释宝印诸人,此诗似当为其所作。释祖心、释鼎需、释宝印诸人名下此诗当是佛子偈颂辗转引用。

2.《偈二十首》其七

昨夜三更转向西,昏昏宇宙几人迷。澄潭影转风初息,孤狖微闻岭外啼。

见《全宋诗》卷一七九八释鼎需,《全宋诗》编者据宋宗源《续古尊宿语要》卷五《懒庵需禅师语·上堂·小参》收入。此诗又见《全宋诗》卷一七九八释鼎需诗,题为"颂古十七首(其一一)",仅"孤狖"作"猿狖"一字异,《全宋诗》编者据宋普济《五灯会元》卷二五收入。

按:此诗同一人名下两见,显系重出。

李若水

陈新等《全宋诗订补》已指出李若水《村落》实出自李若水《次韵高子文村居》。《〈全宋诗〉杂考(二)》一文指出李若水《次友人韵题墨梅》与张于文(实为张灏)《次韵秦会之题墨梅二首》重出,此诗归属存疑。朱腾云博士论文《〈全

---

① 普济辑,朱俊红点校:《五灯会元(中)》,海南出版社,2011,第610页。

宋诗〉重出误收研究》指出李若水《江行值暴风雨》实为唐李中《江行值暴风雨》。又李若水《诸刹以水激硙磨殊可观为赋此诗》《种荔枝核有感》与李纲《诸刹以水激硙磨殊可观为赋此诗》《种荔枝核有感》重出，又李若水《题观城驿壁》与陈与义《和颜持约》重出，又李若水《闻卞氏旧有怪石藏宅中问其遗孙指一废井云尽在是矣井在室中床下不可得见乃赋此诗》与苏辙《闻卞氏旧有怪石藏宅中问其遗孙指一废井云尽在是矣井在室中床下尚未能取先作》重出，参本书相关章节考证。除此之外，李若水名下还有如下诗句与他人重出：

《句》其一

东风无迹秀芳草，野鸟不言衔落花。

见《全宋诗》卷一八〇六李若水，《全宋诗》编者据宋谢维新《古今合璧事类备要》前集卷一三收入。

按：此非佚句，实出自李若水《次韵马循道游长安东池诗》："诗老逢人细细夸，一溪春色定能佳。东风无意秀芳草，野鸟不言衔落花。拍拍浓愁浑似酒，悠悠短梦不禁茶。接䍦倒著归来晚，千古风流继习家。"①（《全宋诗》编者据《忠愍集》卷三收入）

第三十二册

黄泳

《题昼寝宫人图应制》

御手指婵娟，春风昼日眠。粉匀香汗湿，髻压鬓云偏。柳妒眉间绿，桃惊脸上鲜。梦魂何处是，应绕帝王边。

见《全宋诗》卷一八二二黄泳，《全宋诗》编者据清郑杰《闽诗录丙集》卷六引清郑王臣《兰陔诗话》收入。此诗又见《全宋诗》卷一九八一胡拂道，题为"宫女睡"，仅"春风昼日"作"青春白昼"、"粉匀香汗湿"作"罗衣香

---

① 傅璇琮等主编：《全宋诗》第31册，北京大学出版社，1998，第20120页。

汗透"等几字异,《全宋诗》编者据清周履祥道光《万年县志》卷二〇收入。此诗又见《全宋诗》卷二八三五李献可,题为"赋宫人午睡",仅"春风昼日"作"青春白昼"、"鬓云"作"翠云"等几字异,《全宋诗》编者据清李兴元顺治《吉安府志》卷三一收入。

按:嘉靖《江西通志》卷二八、万历《吉安府志》卷三一、清厉鹗《宋诗纪事》卷五五引《吉安府志》、清陈焯《宋元诗会》卷五七、清谢旻等修《江西通志》卷一六〇诸书皆将此诗归入李献可名下。查万历《吉安府志》卷三一,此诗亦作李献可诗,该书编纂时间比以上诸书皆早,故此诗似当为李献可诗。

潘良贵

《赠方仁声》

学道悠悠未见功,敢言凡质有仙风。他年一钵江湖去,先向苕溪访葛洪。

见《全宋诗》卷一八二三潘良贵,《全宋诗》编者据潘良贵《默成文集》卷四收入。此诗又见《全宋诗》卷二三五八陈栖筠,题为"赠泊宅翁方勺",仅"敢言"作"敢云"一字异,《全宋诗》编者据清厉鹗《宋诗纪事》卷四四引《金华府志》收入。

按:据元吴师道《题潘默成赠方仁声诗后》:"'学道悠悠未见功,敢言凡质有仙风。他年一钵江湖去,先向苕溪访葛洪。'此默成潘公(即潘良贵)送方仁声诗也。前有序云:'公,吾里人,客寓吴兴,神情散朗,如晋宋间高士。晚得官,无仕进意,筑庵西溪,名曰云茅,以卫生养性为事。诗文雄深雅健,追古作者云云。'"[①]此诗当为潘良贵诗。清邓钟玉纂修《光绪金华县志》亦将此诗归入潘良贵名下。又明王懋德修万历《金华府志》卷一六亦将此诗归入潘良贵名下,疑清厉鹗《宋诗纪事》卷四四引《金华府志》有误。

---

① 邱居里、邢新欣点校:《吴师道集》,浙江古籍出版社,2012,第591页。

张炜

1.《题净众壶隐》

　　古院无僧住，含情更悯然。绿苔欺破阁，白鸟没飞烟。壶隐迟迟日，筒分细细泉。栏干聊小凭，取次缀诗篇。

见《全宋诗》卷一八二六张炜，《全宋诗》编者据宋陈起《江湖后集》卷一〇《芝田小诗》收入。此诗又见《全宋诗》卷三二三四释绍嵩，题同，内容全同，《全宋诗》编者据《亚愚江浙纪行集句诗》卷二收入。

按：此诗实为集句诗。《亚愚江浙纪行集句诗》卷二此诗下注云，该八句诗分别出自"宇昭、温飞卿、林和靖、潘邠老、翁元广、宋庠、晓莹、晓莹"诸人。查相关诗集，可以发现，该诗第一句实出自释宇昭《废井》、第二句出自温庭筠《题丰安里王相林亭二首》其二、第三句出自林逋《台城寺水亭》、第四句出自潘大临《江间作》其一，故此诗当为集句诗，当为释绍嵩作，非张炜所作也。

2.《鞦韆》其一

　　吾今两鬓已成丝，每每逢春独自悲。最恨鞦韆无力上，风流不比少年时。

见《全宋诗》卷一八二六张炜，《全宋诗》编者据宋陈起《江湖后集》卷一〇《芝田小诗》收入。此诗又见《全宋诗》卷三二七六俞桂，内容全同，《全宋诗》编者据《渔溪诗稿》卷二收入。

按：宋陈起编《江湖小集》卷五三、宋陈思编《两宋名贤小集》卷三〇八引《渔溪诗稿》、清曹庭栋《宋百家诗存》卷九诸书皆将此诗归入俞桂名下，又《全宋诗》所收《渔溪诗稿》乃据汲古阁景宋钞《南宋六十家小集》为底本著录，据此来看，此诗当为俞桂诗。

3.《题村居》其二

　　数舍茅茨簇水涯，傍檐一树早梅花。年丰便觉村居好，竹里新添卖酒家。

见《全宋诗》卷一八二六张炜，《全宋诗》编者据宋陈起《江湖后集》卷一〇《芝田小诗》收入。此诗又见《全宋诗》卷三一八六叶茵，题为"村居"，内容相同，《全宋诗》编者据《顺适堂吟稿》丙集收入。

按：宋陈起编《江湖小集》卷四十、《御选宋金元明四朝诗·御选宋诗》卷七二、清曹庭栋《宋百家诗存》卷一二诸书皆将此诗归入叶茵名下，又《全宋诗》所收《顺适堂吟稿》乃据汲古阁景宋钞《南宋六十家小集》为底本著录，据此来看，此诗当为叶茵诗。

张嵲

连国义《〈全宋诗〉重出诗歌考辨12则》一文指出张嵲《庚辰二月雪夜作》与张孝祥《庚辰二月夜雪》重出，此为张孝祥诗。除此之外，张嵲名下还有以下诸诗与他人重出：

1.《咏雪得光字》

东皇携春来，属车载霓裳。回风作妙舞，杂佩鸣珠珰。千官玉笋班，再拜称瑶觞。酒罢各分瑞，圭琮粲琳琅。浩荡涵濡恩，一笑遍八荒。尘垢得湔洗，焦枯亦辉光。伟哉造化力，天地为翕张。功成了不居，杲日天中央。

见《全宋诗》卷一八三七张嵲，《全宋诗》编者据张嵲《紫微集》卷二收入。此诗又见《全宋诗》卷二三九九张孝祥，题为"咏雪"，仅"佩"作"珮"一字异，《全宋诗》编者据《于湖居士文集》卷三收入。

按：张孝祥《于湖居士文集》四十卷今存影宋钞本，李致忠先生谓此影宋本当即为张孝祥弟张孝伯嘉泰元年（1201）所刻本[①]，《四部丛刊初编》即据此著录，该诗见四部丛刊《于湖居士文集》卷三。而今存张嵲《紫微集》三十六卷乃四库馆臣从《永乐大典》辑录所得，这有可能造成误收他人之作。从版本学角度看，此诗当为张孝祥诗。

---

① 李致忠：《昌平集》，上海古籍出版社，2012，第637页。

2.《即事》

　　落日边书急，秋风战鼓多。私忧真过计，长算合如何。尽欲清淮戍，仍收瀚海波。栖迟一尊酒，幽恨满关河。

　　见《全宋诗》卷一八四一张嵲，《全宋诗》编者据《紫微集》卷六收入。此诗又见《全宋诗》卷二四〇四张孝祥，题为"即事简苏廷藻"，仅"欲"作"敛"一字异，《全宋诗》编者据《于湖居士文集》卷八收入。

　　按：又见四部丛刊张孝祥《于湖居士文集》卷八，从版本学角度看，此诗当为张孝祥诗。

3.《雪晴》

　　乌乌声乐作初晴，日到寒窗气象新。天接琼瑶三万顷，树明组练五千人。已从炎海生阴沴，更与神皋洗战尘。曾侍紫宸知帝力，隆兴借与万家春。

　　见《全宋诗》卷一八四二张嵲，《全宋诗》编者据《紫微集》卷七收入。此诗又见《全宋诗》卷二四〇二张孝祥，题为"雪晴成五十六字"，仅"寒窗"作"南窗"、"生阴沴"作"消阴沴"等几字异，《全宋诗》编者据《于湖居士文集》卷六收入。

　　按：考证同上。诗见四部丛刊张孝祥《于湖居士文集》卷六，从版本学角度看，此诗当为张孝祥诗。

4.《枕上闻雪呈赵郭二公》

　　上瑞来宁玉座忱，夜声先到竹窗幽。饥肠已作来年饱，病眼聊须腊月收。高士清贫无弊履，故人狂兴阻扁舟。却思清旷江边路，鹑兔成车酒自篘。

　　见《全宋诗》卷一八四二张嵲，《全宋诗》编者据《紫微集》卷七收入。此诗又见《全宋诗》卷二四〇二张孝祥，题为"枕上闻雪呈赵郭二丈"，仅"敝"作"弊"一字异，《全宋诗》编者据《于湖居士文集》卷六收入。

　　按：考证同上。诗见四部丛刊张孝祥《于湖居士文集》卷六，从版本学角度看，此诗当为张孝祥诗。

5.《临桂令以荐当趋朝置酒召客戏作二十八字遣六从事莅之寿其太夫人》

双凫旧作朝天计，一鹗新收荐士书。不惜持杯相暖热，白头慈母最怜渠。

见《全宋诗》卷一八四五张嵲，《全宋诗》编者据《紫微集》卷一〇收入。此诗又见《全宋诗》卷二四〇七张孝祥，题为"临桂令以荐当趋朝置酒召客戏作二十八字遣六从事佐之寿其太夫人"，仅"暖"作"煖"一字异，《全宋诗》编者据《于湖居士文集》卷一一收入。

按：考证同上。诗见四部丛刊张孝祥《于湖居士文集》卷一一，从版本学角度看，此诗当为张孝祥诗。又，据该诗题可知，作此诗时该诗作者当在临桂为官，张孝祥曾知静江府兼广南西路经略安抚使，而张嵲不曾在临桂为官，故此诗当为张孝祥诗。

6.《三月二日奉诏赴西园曲宴席上赋呈致政开府太师三首》

幅巾私第已归休，当宁虚怀更款留。避宠虽辞持节册，送行犹用济川舟。城南旧圃扃花洞，洛下新庄引御沟。诏谕两京居密迩，不妨乘兴往还游。（其一）

邦人钦伫见仪刑，诏使相望对宠灵。位冠三公师尚父，躬全五福寿康宁。久留行色春过半，乍别天颜涕欲零。谁识上心优老意，从行仍许鲤趋庭。（其二）

昔美都门祖二疏，太冲篇咏贵良图。不闻宾主俱公鼎，未见篇章出宝趺。河岳英灵添赋咏，都人士女竞欢娱。皆言元老归休盛，恩礼便蕃自古无。（其三）

见《全宋诗》卷一八四二张嵲，《全宋诗》编者据《紫微集》卷七收入。此诗又见《全宋诗》卷五二九苏颂，题同，内容全同，《全宋诗》编者据苏颂《苏魏公文集》卷一一收入。

按：此诗为苏颂诗。致政开府太师乃文彦博，参《宋史》卷一六六："元祐五年（1090），太师、平章军国重事文彦博为开府仪同三司、守太师、充护国军山南西道节度使致仕。"①西园为文彦博家园林，参文彦博诗《九月十日西园会范内翰李紫微已下诸公惠雅章谨成拙诗仰答厚意》《端明尚书垂访弊居会于西园兼蒙赋诗贲饰辄成四十字奉呈》。苏颂与文彦博唱和颇多，参苏颂《留守太尉潞国文公宠示耆年会诗次韵继和》《恭和御制赐太师致仕文彦博七言四韵诗一首》《次韵开府太师留别诸公》诸诗。张嵲生于1096年，他与文彦博不可能有交往，故该诗当非其所作。

7.《忠显刘公挽诗四首》

活人忧国见平生，晚节临危志益明。汉仗尘深远宫阙，毡裘风急半公卿。千人致诏竟不起，万户封侯却似烹。暮晋朝梁真可忍，纷纷蝼蚁尚偷生。（其一）

祸基媒孽自燕云，抗议如公有几人。军旅未闻焉用试，豺狼不噬岂宜亲。求鱼缘木谩蠹国，曲突徙薪翻殒身。才大言深古难用，忠良千载恨常新。（其二）

见《全宋诗》卷一八四三张嵲，《全宋诗》编者据《紫微集》卷八收入。此诗又见《全宋诗》卷一七一七李弥逊，题为"忠显刘公挽诗"，仅"毡裘"作"胡裘"、"致诏"作"致招"、"燕云"作"燕秦"几字异，《全宋诗》编者据李弥逊《竹溪先生文集》卷二〇收入。

按：此诗归属存疑。

8.《句》

归家净洗如椽笔，准拟燕然勒骏功。

见《全宋诗》卷一八四五张嵲，《全宋诗》编者据宋吕祖谦《诗律武库》卷一一收入。

按：此非张嵲句，乃出自张孝祥《呈枢密刘恭父》："鼎席方虚望已隆，上游那得更烦公。敢言两镇成交契，自是孤根累化工。旧弼新开元帅府，闲官且领太平宫。归家净洗如椽笔，准拟燕然勒骏功。"（《全宋诗》编者据《于湖居

---

① 元脱脱等：《宋史》，中华书局，1977，第3947页。

士文集》卷七收入）[1]

张邵

《横江》

横江一片碧，携鹤上渔船。收纶不成下，却抱钓竿眠。

见《全宋诗》卷一八四六张邵，《全宋诗》编者据清董沛《甬上宋元诗略》卷四引《江浦县志》收入。此诗又见《全宋诗》卷三七〇四柯芝，题同，内容全同，《全宋诗》编者据元代杜本《谷音》卷下收入。

按：此诗当为柯芝诗。乾隆《太平府志》卷四三、康熙《当涂县志》卷三一、清陈焯《宋元诗会》卷五六、清张豫章《四朝诗》卷六三、《宋诗纪事》引元代杜本《谷音》诸书皆将此诗归入柯芝名下。

张祁

张祁《答周邦彦觅茶》《田蕳杂歌》与张孝祥《以茶芽焦坑送周德友德友来索赐茶仆无之也》《大麦行》重出，又张祁《渡湘水》与宋祁《渡湘江》重出，参本书相关章节考证。除此之外，张祁名下还有如下一诗与他人重出：

《广福寺》

老去丹心在，愁来酒兴浓。江山遗古意，云水淡秋容。落日孤村笛，微风远寺钟。平生善知识，却忆妙高峰。

见《全宋诗》卷一八四六张祁，《全宋诗》编者据清黄桂康熙《太平府志》卷三九收入。此诗又见《全宋诗》卷二八三八张祈，题为"秀聚亭"，仅"老去"作"老矣"一字异，《全宋诗》编者据明程嗣功嘉靖《武康县志》卷五收入。

按：明程嗣功嘉靖《武康县志》卷五及道光《武康县志》卷二一此诗下皆署名张析，非张祈也。又后书此诗下有宋代程九万和韵诗，即程九万《秀聚亭》："老境宦情薄，和风归兴浓。暝烟连野色，云日媚秋容。慨念家千里，消愁酒一钟。

---

[1] 傅璇琮等主编：《全宋诗》第 45 册，北京大学出版社，1998，第 27767 页。

简书吾所畏，梦想九华峰。"（此诗《全宋诗》失收）。张祁为张孝祥（1154年进士）父亲，其人主要生活在南宋高宗时，似不曾在武康为官，而程九万乃光宗绍熙元年（1190）进士，主要活动于南宋中后期，程九万恐不能与张孝祥父张祁唱和。而张析与程九万为同时代之人，当有可能在一起交游唱和，故此诗恐非张祁作，当为张析诗。

陈成之

《句》

半窗图画梅花月，一枕波涛松树风。

见《全宋诗》卷一八四六，《全宋诗》编者据元林桢《联新事备诗学大成》卷七收入。

按：此诗恐非陈成之作。全诗又见赵范《绝句》："半窗图画梅花月，一枕波涛松树风。不是客愁眠不得，此山诗在此香中。"（《全宋诗》编者据《全芳备祖》前集卷一收入）

第三十三册

朱翌

朱腾云博士论文《〈全宋诗〉重出误收研究》指出朱翌名下佚句"昔时桐溪汉九卿，家在淮南天一柱"当删，该句实出自朱翌《简宗人利宾》。除此之外，朱翌名下还有以下诸诗与他人重出。

1.《告春亭诗》

东皋有佳致，中夜雨一犁。喜笑作春声，麦块青欲齐。浅濑发清响，陈根出新荑。红情颜未破，翠颦眉上低。练巾已堪岸，藜杖始一携。殷勤遗好音，胡卢来劝提。

见《全宋诗》卷一八六三朱翌，《全宋诗》编者据朱翌《潜山集》卷一收入。

此诗又见《全宋诗》卷一四八八孙觌，题为"武进王丞二首·告春亭"，仅"新夷"作"新黄"、"翠"作"□"、"胡卢"作"胡芦"几字异，《全宋诗》编者据明钞本《南兰陵孙尚书大全文集》卷一六收入。

按：此诗为孙觌诗。据孙觌《武进王丞二首》诗序："会稽山水名天下，德权别墅在焉。筑二亭游憩其中，书来索诗，赋十二韵于后。"此两诗每诗六韵，正合十二韵之数。据朱翌《告春亭三首》："一丈宽锄地，三重密盖茅。……正尔宾中主，居然国外郊。""江湖双桂楫，天地一茅茨。"[①]《雨后告春亭饭客亭下荷花皆为酿家入曲久雨颓垣方议栽竹代之》，告春亭乃一茅茨，旁栽荷花。据此首《告春亭诗》，告春亭似为一处游玩休憩之小亭，其旁为耕田，这与朱翌上诗所言并不相合。又朱翌原集已佚，其《潜山集》乃清四库馆臣据《永乐大典》辑出，这有可能造成误收他人之作。

2.《竞秀阁》（原按：此诗据《严州府志》增入）

辋川遥展右丞图，盘谷中藏李愿居。龙睡潭深飞客棹，凤鸣枝老结吾庐。但令蜡屐去前齿，安用鸱夷托后车。西望子陵三十里，烟云来往问何如。

见《全宋诗》卷一八六四朱翌，《全宋诗》编者据《潜山集》卷二收入。此诗又见《全宋诗》卷二一一二朱昱，题为"竞秀阁二首（其一）"，《全宋诗》编者据清金嘉琰乾隆《桐庐县志》卷一三收入。

按：此诗当为朱翌诗。万历《严州府志》卷二〇、清修《浙江通志》卷四九及《宋诗纪事》卷三九引《严州府志》皆作朱翌诗。且《严州府志》实收两首竞秀阁诗，即朱昱名下"竞秀阁二首"，故朱昱名下"竞秀阁二首"其二诗亦当并入朱翌名下。

3.《与林大夫谢灵寿杖》

万木山中美木成，古今灵寿得嘉名。龙鳞未测他年化，蜗角先从每节生。禅拟问来须便打，醉思吟后不妨行。使君有惠怜衰蘭，欲报

[①] 傅璇琮等主编：《全宋诗》第33册，北京大学出版社，1998，第20834页。

惭非藻思清。

见《全宋诗》卷一八六四朱翌,《全宋诗》编者据《潜山集》卷二收入。此诗又见《全宋诗》卷四二七韩维,题同,仅"万木"作"万岁"一字异,《全宋诗》编者据韩维《南阳集》卷一一收入。

按:此诗归属存疑。

4.《石芥》

　　古人重改阳城驿,吾辈欣闻石芥名。风味可人终骨鲠,樽前真见鲁诸生。(其一)

　　长安官酒甜如蜜,风月虽佳懒举觞。特送盘蔬还会否,与公新酿斗端方。(其二)

见《全宋诗》卷一八六五朱翌,《全宋诗》编者据《潜山集》卷三收入。此诗又见《全宋诗》卷二一五四陆游,题为"以石芥送刘韶美礼部刘比酿酒劲甚因以为戏二首",仅"樽"作"尊"、"特送"作"持送"几字异,《全宋诗》编者据《剑南诗稿》卷一收入。

按:此乃陆游诗。该诗乃陆游绍兴三十二年冬作于临安,刘韶美即刘仪凤①。据周必大次韵之作《陆务观编修以石芥送刘韶美吏部刘饮以劲酒二公皆旧邻也因其有诗次韵二首》,可证此诗为陆游之作。

5.《芥》

　　蔚然苍石底,有此紫玉钗。本无尘土侵,宁畏霜霰埋。

见《全宋诗》卷一八六六朱翌,《全宋诗》编者据宋陈景沂《全芳备祖》后集卷二七收入。

按:此诗并非佚诗,此诗实出自朱翌《送山芥与徐稚山》:"北风撼坤轴,飞雪封高崖。万草坐冻死,不复存根荄。蔚然苍山底,有此紫玉钗。本无尘土侵,宁畏霜霰埋。……文昌列宿光,骑省后人佳。居官乃退步,养气能实骸。一箸须子同,苦硬求吾侪。"②

---

① 钱仲联、马亚中主编:《陆游全集校注》,浙江教育出版社,2011,第45页。
② 傅璇琮等主编:《全宋诗》第33册,北京大学出版社,1998,第20810页。

6.《句》其五

水篆行科斗，林妆啭画眉。

见《全宋诗》卷一八六六朱翌，《全宋诗》编者据《后村诗话》前集卷二收入。

按：此并非佚句，乃出自朱翌《告春亭》其三："自断身将隐，无嫌论少卑。江湖双桂楫，天地一茅茨。溪篆行蝌蚪，林妆啭画眉。悠悠昏复昼，聊尔给其私。"①

7.《句》其八

经年不濯子春足，半月才梳叔夜头。（懒轩）

见《全宋诗》卷一八六六朱翌，《全宋诗》编者据《后村诗话》续集卷四收入。

按：此并非朱翌诗，题为"懒轩"，实乃出自朱昱《懒轩集》中的《示江子我》诗："蝇营狗苟只贻羞，万事何能著意求。自此闭门从所好，不妨高枕得无忧。经年不濯子春足，半月才梳叔夜头。此味肯教儿辈觉，诵书声里卧黄紬。"②

吴说

《句》其二

越山长青水长白，越人长家山水国。

见《全宋诗》卷一九〇三吴说，《全宋诗》编者据宋施宿《嘉泰会稽志》卷一收入。

按：此非吴说句，实出自王安石《登越州城楼》："越山长青水长白，越人长家山水国。可怜客子无定宅，一梦三年今复北。浮云缥缈抱城楼，东望不见空回头。人间未有归耕处，早晚重来此地游。"③查宋施宿《嘉泰会稽志》："榜赐大都督绍兴府，亦吴郎中说书。王文公皇祐中于此题《东望诗》云：越山长青水长白，越人长家山水国。"④亦谓此诗为王文公作（即王安石），盖《全宋诗》

---

① 傅璇琮等主编：《全宋诗》第33册，北京大学出版社，1998，第20834页。
② 傅璇琮等主编：《全宋诗》第38册，北京大学出版社，1998，第23849页。
③ 傅璇琮等主编：《全宋诗》第10册，北京大学出版社，1998，第6574页。
④ 施宿等撰，张淏撰，李能成点校：《（南宋）会稽二志点校》，安徽文艺出版社，2012，第24页。

编者误据。

胡寅

1.《和唐寿隆上元五首》

满城和气在春台，玉漏沉沉铁锁开。明月谁知千里共，华灯同照万人来。市桥渐涨丰容柳，江路犹残的皪梅。欲与先生拼醉赏，未须归去隐蒿莱。（其一）

几年踪迹远中台，梦想传柑宴挛开。懒拥牙旗穿市去，纵看玉李堕天来。从教独照青藜炬，莫使轻吹画角梅。也有江风浮彩蠟，坐令形势卷东莱。（其五）

见《全宋诗》卷一八七三胡寅，《全宋诗》编者据《斐然集》卷三收入。此诗又见《全宋诗》卷三三四四家铉翁，题为"和唐寿隆上元三首（其一）"、"和唐寿隆上元三首（其三）"，仅"渐涨"作"未涨"一字异，《全宋诗》编者据《则堂集》卷六收入。

按：《斐然集》今存明影写端平元年本，藏日本静嘉堂文库，四库本《斐然集》亦源于此本[①]。胡寅该诗见四库本《斐然集》卷三，当源于宋椠。而家铉翁《则堂集》原本已佚，现存《则堂集》乃清四库馆臣据《永乐大典》辑出，从版本学角度看，此诗当为胡寅所作。又胡寅名下该诗实有五首，而家铉翁名下该诗仅有三首，且其第二首乃胡寅名下第二首后两联及胡寅名下第三首上两联合成，故家铉翁名下此三诗皆当删却。

2.《和玉泉达老饷笋》

箨龙孤介亦骈阗，不比花嫣与柳眠。雪里顿超千佛地，风来应上四禅天。饱参玉版头头是，秀出筠林个个圆。知我远庖薇蕨少，倒笼登俎共便娟。

见《全宋诗》卷一八七四胡寅，《全宋诗》编者据《斐然集》卷四收入。

[①] 傅璇琮等主编：《中国古代诗文名著提要（宋代卷）》，河北教育出版社，2009，第343页。

此诗又见《全宋诗》卷二三六六李洪,题同,仅"嫣"作"蔫"一字异,《全宋诗》编者据《芸庵类稿》卷三收入。

按:胡寅该诗见四库本《斐然集》卷四,当源于宋椠。而李洪《芸庵类稿》原本已佚,现存《芸庵类稿》乃清四库馆臣据《永乐大典》辑出,从版本学角度看,此诗当为胡寅所作。

3.《句》其一

更烦横铁笛,吹与众山听。

见《全宋诗》卷一八七五,《全宋诗》编者据宋祝穆《方舆胜览》卷一一《建宁府》收入。

按:此恐非胡寅佚句,全诗见胡寅《游武夷赠刘生》:"六曲睎真馆,千松夺秀亭。回桡失相值,载酒约重经。小雨装画图,红尘隔杳冥。更烦横铁笛,吹与众仙聆。"(《全宋诗》编者据《斐然集》卷四收入)

沈长卿

沈长卿《书壁四韵》实为张镃《道院书壁》,参本书相关章节考证。除此之外,沈长卿名下还有如下一诗与他人重出:

《楚州》

楚州淮阴娑罗木,霜露荣倅今何如。能令草木死不枯,当时为有北海书。荒碑雨侵苔藓湿,尚写墨本传东吴。

见《全宋诗》卷一九〇四沈长卿,《全宋诗》编者据《舆地纪胜》卷三九《淮南东路·楚州》收入。此诗又见《全宋诗》卷二〇五九芮烨,题为"从沈文伯乞娑罗树碑",仅"罗木"作"罗树"、"荣倅"作"荣悴"等几字异,《全宋诗》编者据宋洪迈《容斋四笔》卷六收入。

按:《舆地纪胜》卷三九《淮南东路·楚州》亦是引《容斋随笔》谓此诗为沈文伯(即沈长卿)诗。据洪迈《容斋四笔》卷六:"宣和中,向子諲过淮阴,见此树,今有二本,方广丈余,盖非故物。蒋颖叔云:'玉像石龟,不知今安在?'然则娑罗之异,世间无别种也。吴兴芮烨国器有《从沈文伯乞娑罗树碑》古风一首云：'楚州淮阴娑罗树，霜露荣悴今何如？能令草木死不朽，当时为有北海书。荒碑雨侵涩苔藓，尚想墨本传东吴。'正赋此也。"① 此诗实为芮烨诗，《舆地纪胜》卷三九误辑。

第三十四册

王铚

朱腾云博士论文《〈全宋诗〉重出误收研究》指出王铚《即事》即是王铚《山村》。又除此之外，王铚名下还有以下诸诗与他人重出。

1.《追和周昉琴阮美人图诗》

丹青有神艺，周郎独能兼。图画绝世人，真态不可添。却怜如画者，相与落谁手。想象犹可言，雨重春笼柳。

见《全宋诗》卷一九〇五王铚，《全宋诗》编者据王铚《雪溪集》卷一收入。此诗又见《全宋诗》卷一二六四高荷，题为"和山谷题李亮功家周昉画美人琴阮图"，仅"春笼"作"烟笼"一字异，《全宋诗》编者据宋史季温《山谷别集诗注》卷下《题李亮功家周昉画美人琴阮图》注引收入。

按：此诗归属存疑。宋吴曾《能改斋漫录》卷一一谓此诗为高荷诗，宋孙绍远《声画集》卷二却谓此诗为王铚诗。

2.《雪作望剡溪》

玉楼琼树晓烟披，拥衲开门四望迷。清旷世人谁似我，雪中更到子猷溪。

见《全宋诗》卷一九〇九王铚，《全宋诗》编者据《雪溪集》卷五收入。此诗又见《全宋诗》卷一九一一释仲皎，题同，仅"更到"作"更对"一字异，《全宋诗》编者据宋高似孙《剡录》卷六收入。

按：据"拥衲开门四望迷"，衲为僧衣，王铚不曾为僧，此诗似为释仲皎所作。

---

① 洪迈撰，穆公校点：《容斋随笔》，上海古籍出版社，2015，第389页。

3.《宿华岳观》

　　凌空老树雪垂叶，压屋梨花雪照人。深愧地仙教俗客，殷勤留看华山春。

　　见《全宋诗》卷一九一〇王铚，《全宋诗》编者据《雪溪诗补遗》收入。此诗又见《全宋诗》卷七四七王钦臣，题同，仅"雪"作"云"、"春"作"香"，《全宋诗》编者据宋赵令畤《侯鲭录》卷二收入。

　　按：此诗及下诗"又二年经此再题"当为王钦臣诗。宋赵令畤《侯鲭录》卷二、宋曾慥编《类说》卷一五及宋人吕颐浩《忠穆集》卷七皆将此二首诗归入王钦臣名下。据宋吕颐浩《跋王仲至诗》："王仲至诗十卷。仲至名钦臣，世为睢阳人，博学善属文，尤工于诗。元丰间守官陕右，有《宿华岳观》诗云：'凌空老树云垂叶，压屋梨花雪照人。'此诗传入禁中，神宗皇帝喜之。"[①]《宿华岳观》及《再题华岳观》当是王钦臣元丰间为官陕西时所作（华岳观在陕西），王钦臣元丰六年曾为陕西转运副使，而王铚则不曾为官陕西，故此两诗当为王钦臣所作。

4.《又二年经此再题》

　　石坛流水共苍苔，青竹林间一径开。可惜梨花飞已尽，前年游客始重来。

　　见《全宋诗》卷一九一〇王铚，《全宋诗》编者据《雪溪诗补遗》收入。此诗又见《全宋诗》卷七四七王钦臣，题为"再题华岳观"，内容全同，《全宋诗》编者据宋赵令畤《侯鲭录》卷二收入。

　　按：此诗当为王钦臣诗，参上诗考证。

5.《王文孺臞庵》

　　全家高隐白云关，事不萦怀梦亦闲。欸乃交撑渔市散，隔江城郭是人间。

　　见《全宋诗》卷一九一〇王铚，《全宋诗》编者据《雪溪诗补遗》收入。

---

① 曾枣庄、刘琳主编：《全宋文》第141册，上海辞书出版社、安徽教育出版社，2006，第365页。

此诗又见《全宋诗》卷一六七七沈与求,题为"草堂二首(其一)",仅"交撑"作"交歌"一字异,《全宋诗》编者据宋郑虎臣《吴都文粹》卷四收入。

按:此诗为王铚诗。宋范成大《吴郡志》卷一四录有此诗,归王铚名下。据孙星衍《平津馆鉴藏记》卷三云:"《吴都文粹》十卷,旧写本。题苏台郑虎臣集,前后无序跋。《四库全书》本作九卷。此书全依《吴郡志》录写诗文,疑是坊贾所作,非虎臣原书。"钱熙祚《吴郡志校勘记序》云:"偶检郑虎臣《吴都文粹》,讶其篇目不出《范志》所录,因取以相校,删节处若合符节,乃知《文粹》全书并从范氏刺取。"①《吴郡志》当更有版本价值,此诗当为王铚所作。宋范成大《吴郡志》卷一四录有吟咏"朣庵"诸作,王铚该诗前为苏庠《草堂》诗,后为向子諲及沈与求咏朣庵诗。宋郑虎臣《吴都文粹》卷四沈与求名下"草堂二首"诗分别是《吴郡志》卷一四所录王铚及向子諲咏朣庵诗,据此来看,当是《吴都文粹》误录。明王鏊《姑苏志》卷三二亦将此诗归入王铚名下。

李鼐

《句》

南流底处所,绛帐居尊严。

见《全宋诗》卷一九二三李鼐,《全宋诗》编者据《永乐大典》卷二三四四收入。此句又见《全宋诗》卷二〇六〇李鼎《句》,内容全同,《全宋诗》编者据宋王象之《舆地纪胜》卷一二一《广南西路·郁林州》收入。

按:李鼐及李鼎名下此句皆言出自《送高补之赴官郁林》,故李鼐及李鼎实际上当指向同一人,但究竟是名叫李鼐,还是名叫李鼎,则不得而知。宋潘自牧《记纂渊海》卷一六谓此句作者为李鼎,《永乐大典》将此句归于李鼐名下。李勇先校点之《舆地纪胜》将此句归于李鼐名下,但其谓粤雅堂本《舆地纪胜》此句又归入李鼎名下[②]。

---

① 余嘉锡著,戴维标点:《四库提要辨证》,湖南教育出版社,2009,第1361页。
② 王象之著,李勇先校:《舆地纪胜校点》,四川大学出版社,2005,第3880页。

建炎民谣

《讥刘豫》

浓磨一锭两锭墨，画出千年万年树。误得百鸟尽飞来，踏枝不著空飞去。

见《全宋诗》卷一九一一建炎民谣，《全宋诗》编者据宋徐梦莘《三朝北盟会编》卷一八一收入。此诗又见《全宋诗》卷三一一三马宋英，题为"至钱塘净慈寺写古松于壁因题"，仅"浓磨"作"磨尽"、"画出"作"扫出"、"误得百鸟尽"作"月明乌鹊误"、"飞去"作"归去"几字异，《全宋诗》编者据元夏文彦《图绘宝鉴》卷四收入。

按：此诗归属存疑。明田汝成《西湖游览志余》卷一七亦将此诗归之马宋英名下。

刘子翚

陈新等《全宋诗订补》已指出《全宋诗》编者所辑刘子翚名下诗《江上寺》《花椒》《和晁应之大暑书事》分别为戴复古《湘西寺观澜轩》、明人释宗林《花椒》、张耒《和晁应之大暑书事》；又刘子翚名下诗《邃老寄龙涎香二首》其一与杨炎正《邃老寄龙涎香》诗重出，此为刘子翚诗。郑晓星《〈全宋诗〉考辨四例》一文也指出刘子翚《馆中简张约斋》、杨方《馆中简张约斋》(《全宋诗》著录为两绝句，实为一首七律)、项安世《雪寒百司作暇独入局观雪简张直阁》重出，此诗非刘子翚诗，当为杨方或项安世诗。李一飞《宋集小考三题》亦指出詹慥《早行》实为刘子翚《早行》。王建生《〈濂洛风雅〉问题举隅》亦指出朱松名下《负暄》《种菜》实为刘子翚《负暄》《种菜》。除此之外，刘子翚名下还有以下诸诗与他人重出：

1.《少稷赋十二相属诗戏赠一篇》

不用为鼠何数奇，饭牛南山聊自怡。探穴取虎有奇祸，守株伺兔非全痴。文成雕龙盈卷轴，画蛇失杯坐添足。走马章台忆旧游，岁月才惊羊胛熟。六窗要自息猕猴，黄鸡无应心日休。白衣苍狗变化易，世事何殊牧猪戏。

见《全宋诗》卷一九一五刘子翚，《全宋诗》编者据刘子翚《屏山集》卷一三收入。此诗又见《全宋诗》卷二四一三赵端行，题为"少稷赋十二相属诗戏赠"，仅"盈"作"成"、"六窗"作"羊窗"、"黄鸡"作"异□"、"化易"作"化见"、"何殊"作"如牧"几字异，《全宋诗》编者据影印《诗渊》第1册第578页收入。

按：此诗当为刘子翚诗。少稷乃刘子翚友人，其集中还有多首与其唱和之作，如《少稷远访弊庐仍留佳句书此写怀抱不足为报也》《奉酬少稷道旧之什》等诗。《全宋诗》所收刘子翚诗乃以明正德七年刘泽刻本为底本著录，这亦较《诗渊》可靠。

2.《有感》

抱石亲征泽潞时，艰难犹想旧开基。官军不守河阳渡，回首桥山泪欲垂。

见《全宋诗》卷一九一七刘子翚，《全宋诗》编者据《屏山集》卷一五收入。此诗又见《全宋诗》卷二三七四项安世，题同，内容全同，《全宋诗》编者据项安世《平庵悔稿》卷五收入。

按：该诗"抱石亲征泽潞时，艰难犹想旧开基"言赵匡胤建国亲征事，"官军不守河阳渡，回首桥山泪欲垂"言北宋灭亡事，据此来看，此诗似当为刘子翚诗，刘子翚乃南北宋之交时人，其父刘韐因抗金不降而死。项安世生于1129年，主要生活于南宋和平时期，似无此感慨。

3.《有感三首》

八叶炎图茂，千龄圣主昌。农桑开汉域，礼乐焕周庠。晏粲三登乐，讴吟七闽长。徽名辞镂玉，盛举冠前王。（其一）

运属宣和末，干戈变故仍。倦勤修内禅，流泽启中兴。雎水千麾集，胡沙八骏腾。尺书传讳日，寰宇泪如渑。（其二）

孝感柔强敌，和盟定一朝。龙輴来瀚海，鹤驾返神霄。歌吹仍祠禹，羹墙若见尧。稽山同峻极，从此百神朝。（其三）

见《全宋诗》卷一九二一刘子翚,《全宋诗》编者据《屏山集》卷一九收入。此诗又见《全宋诗》卷二三七一项安世,题同,仅"晏粲"作"晏壑"一字异,《全宋诗》编者据《平庵悔稿》卷二收入。

按:据诗"尺书传讳日"、"龙輀来瀚海",该诗乃言宋徽宗赵佶死事,赵佶逝于1135年,时项安世才六岁,故此诗当为刘子翚作,恐非项安世诗。

4.《题丞厅》

　　暮年丛薄寄鹪鹩,搔首巡檐岁月销。留与后人还要否,一轩松竹冷潇潇。

见《全宋诗》卷一九二二刘子翚,《全宋诗》编者据《后村诗话后集》卷二收入。此诗又见《全宋诗》卷二四六六杨方,题为"题武宁丞厅",仅"潇潇"作"萧萧"几字异,《全宋诗》编者据宋刘克庄《后村先生大全集》卷一七六《诗话后集》收入。

按:《全宋诗》编者据刘克庄《后村诗话后集》将此诗分系两人名下,殊可怪也。查《后村诗话》:"《题丞厅》云:'暮年丛薄寄鹪鹩,搔首巡檐岁月销。留与后人还要否,一轩松竹冷萧萧。'《馆中简张约斋》云:'书生赋分合穷愁,官与休辰不肯休。清晓犯寒开省户,谁家见雪似瀛州。烂银宫阙云端见,素柰园林月下游。说与南湖张秘阁,速来同直道山头。'亦杨吏部(方)诗,惜其散落,存者无几。北山陈公与吏部善,故抑斋诗有自来。"[①]此诗当为杨方诗。清厉鹗《宋诗纪事》卷五三引《后村诗话》亦作杨方诗。

5.《和士特栽果十首·来禽》

　　粲粲来禽味独香,孤根谁徙向天涯。好寻青李相遮映,风味应同逸少家。

见《全宋诗》卷一九一九刘子翚,《全宋诗》编者据《屏山集》卷一七收入。又见《全宋诗》卷二八五〇苏泂,题为"来禽诗",仅"味独香"作"已著花"、"孤根"作"芳根"几字异,《全宋诗》编者据《泠然斋诗集》卷八收入。又见

---

① 刘克庄撰,王秀梅点校:《后村诗话》,中华书局,1983,第72页。

《全宋诗》卷一七五八陈与义，题为"来禽"，仅"味独香"作"已著花"、"孤根"作"芳根"几字异，《全宋诗》编者据明彭大翼《山堂肆考》卷一九八收入。

按：四库本《钦定四库全书考证》卷八四谓此诗"《广群芳谱》引之题作刘子翚作，今《永乐大典》又载入苏集（即苏洞集中），未知孰是？"但宋祝穆《古今事文类聚》后集卷二五、宋潘自牧《记纂渊海》卷九二、宋陈景沂《全芳备祖》前集卷九等宋人所编诗文集皆将此书归入刘子翚名下，且刘子翚此诗题下共十首诗，皆为和翁挺（字士特）之作。又苏洞现存《泠然斋诗集》乃清四库馆臣据《永乐大典》辑得，这可能造成误收他人之作。据此分析，此诗当为刘子翚诗。

6.《饮租户》

我病不任耕，岁收仰微租。蒙成每自愧，一饱便有余。连觞使之釂，醉语杂叫呼。野人无他肠，吾辈恐不如。

见《全宋诗》卷一八五八朱松诗，《全宋诗》编者据清张伯行辑《濂洛风雅》卷三收入。

按：此并非朱松诗，乃出自刘子翚《新凉》："新凉为招客，胜集非预图。前峰雨未散，泠风绕吾庐。……病不任耕，岁收仰微租。蒙成每自愧，一饱便有余。连觞使之釂，醉语杂叫呼。野人无他肠，我辈恐不如。"[①] 王建生《〈濂洛风雅〉问题举隅》亦指出《濂洛风雅》卷三此诗下实漏署名，被误辑在朱松名下。

仲并

周小山《〈全宋诗〉重出误收诗丛考》一文指出仲并名下《黄兵部生辰》与陈渊《黄兵部生辰》诗重出，此当为陈渊诗。朱腾云《〈全宋诗〉误收唐诗考辨》一文也指出仲并名下《花前有感兼呈崔相公刘郎中》乃唐白居易《花前有感兼呈崔相公刘郎中》诗。除此之外，仲并名下还有以下诸诗与他人重出：

---

① 傅璇琮等主编：《全宋诗》第34册，北京大学出版社，1998，第21386页。

1.《郑漕生辰代几先作》

至公无辙迹，万变归诸正。谁云学则然，要在成以性。……尚书心如水，远裔有余庆。何以继清风，家声南北郑。

见《全宋诗》卷一九二八仲并，《全宋诗》编者据《浮山集》卷一收入。此诗又见《全宋诗》卷一六四〇陈渊，题为"郑漕生辰二首（其一）"，仅"桂华"作"桂花"一字异，《全宋诗》编者据《默堂集》卷七收入。

按：陈渊诗《郑漕生辰二首》亦自注云代几先作，几先与陈渊交往颇密，参陈渊诗《自浦城放船下建安寄庞几先》《三绝句寄几先》《三衢道中感怀寄庞几先》，故此诗当为陈渊诗。陈渊诗以《四部丛刊三编》影印影宋钞本《默堂集》为底本著录，四库本陈渊《默堂集》亦源于宋椠[①]。而仲并原集已佚，其集乃清四库馆臣据《永乐大典》辑出，从版本学角度看，此诗亦当为陈渊诗。

2.《郑漕生辰》

象纬祥光动，门弧瑞气盈。……内史言何美，尚书心自清。只应南北相，重振旧家声。

见《全宋诗》卷一九三〇仲并，《全宋诗》编者据《浮山集》卷三收入。此诗又见《全宋诗》卷一六四〇陈渊，题为"郑漕生辰二首（其二）"，仅"备吴"作"满吴"一字异，《全宋诗》编者据《默堂集》卷七收入。

按：陈渊诗下注谓亦是代几先所作。从版本学角度看，此诗亦当为陈渊诗。

3.《俞宪生辰代庞几先作》

北固楼前万顷秋，月明风定大江流。从来此地多英杰，果有奇才副简求。秀气一天开夜色，威名千里驾潮头。山川长在人难老，应抱文章入相周。（其一）

淮南持斧功成后，瓯粤乘轺喜暂临。使者英标衣蹇绣，近臣新渥带横金。三山气入中秋好，八郡香焚晓雾深。已为黎元开寿域，可无椿岁慰人心。（其二）

[①] 傅璇琮等主编：《中国古代诗文名著提要（宋代卷）》，河北教育出版社，2009，第285页。

见《全宋诗》卷一九二九仲并,《全宋诗》编者据《浮山集》卷二收入。此诗又见《全宋诗》卷一六四〇陈渊,题同,内容全同,《全宋诗》编者据《默堂集》卷七收入。

按:陈渊诗《俞宪生辰》亦自注云:"代庞几先",几先乃陈渊友,此诗当为陈渊作。

4.《廖成伯奉议生辰》

曾听尊前世彩歌,喜闻烟袖舞婆娑。(用中建堂名世彩,叔祖谏议有小词云:"彩衣长久,五世祥烟熏舞袖。"故云。)名驹汗血得夷路,老柏凌霜只旧柯。桃李盛时随地有,芝兰生处近人多。春风二月年年事,莫问灵椿岁几何。

见《全宋诗》卷一九二九仲并,《全宋诗》编者据《浮山集》卷二收入。此诗又见《全宋诗》卷一六三九陈渊,题同,内容全同,《全宋诗》编者据《默堂集》卷六收入。

按:陈渊诗《廖成伯奉议生辰》亦有自注云:"用中建堂名世彩,叔祖谏议有小词云:'彩衣长久,五世祥烟熏舞袖。'"故廖用中与廖成伯当为家人。廖用中即廖刚,廖刚与陈渊为同乡,皆是杨时弟子,两人交往密切,陈渊在《祭廖尚书文》曾谓两人"五十年间,义均兄弟"[①]。又,陈渊诗以《四部丛刊三编》影印影宋钞本《默堂集》为底本著录,四库本陈渊《默堂集》亦源于宋椠。而仲并原集已佚,其集乃清四库馆臣据《永乐大典》辑出,从版本学角度看,此诗亦当为陈渊诗。

5.《提举生辰》

东井遥观盾日升,南风犹入舜弦鸣。鹏程九万岂终息,椿岁八千方再荣。平世功名期凤鸟,一时文采应长庚。浮瓜沉李年年事,稽首弧南一点明。

见《全宋诗》卷一九二九仲并,《全宋诗》编者据《浮山集》卷二收入。

[①] 曾枣庄、刘琳主编:《全宋文》第154册,上海辞书出版社、安徽教育出版社,2006,第24页。

此诗又见《全宋诗》卷一六四〇陈渊，题同，内容全同，《全宋诗》编者据《默堂集》卷七收入。

按：从版本学角度看，此诗当为陈渊诗。陈渊还有一首《席提举生辰》："朔风迎腊换尧蓂，一叶阶前尚吐英。天上麒麟来昨梦，河东鸑鷟自时名。锦衣故国今谁有，棣萼中朝日更荣。终上青冥环坐座，弧南长并一星明。"①此诗与这首《提举生辰》风格相近，当出自同一人。

6.《唐大夫生辰》

气转初寒候，祥开既望辰。……鼎鼐虚前席，风云即要津。黑头纡衮绣，天意在斯民。

见《全宋诗》卷一九三〇仲并，《全宋诗》编者据《浮山集》卷三收入。此诗又见《全宋诗》卷一六四〇陈渊，题同，内容全同，《全宋诗》编者据《默堂集》卷七收入。

按：从版本学角度看，此诗当为陈渊诗。

7.《耿宪生辰》

象纬祥光动，门弧瑞气缠。……投笔男儿志，封侯烈士年。老成端可恃，终冀勒燕然。

见《全宋诗》卷一九三〇仲并，《全宋诗》编者据《浮山集》卷三收入。此诗又见《全宋诗》卷一六四〇陈渊，题同，仅"兵戈"作"豺狼"几字异，《全宋诗》编者据《默堂集》卷七收入。

按：从版本学角度看，此诗当为陈渊诗。

8.《寒食日归吴兴寄鲁山》

风云虽不定，日雨亦易干。残春犹凛凛，助我朝食寒。想见芳野田，士女游班班。去者日以疏，更为来者欢。青红间车马，日暮醉墦间。

见《全宋诗》卷一九二八仲并诗，《全宋诗》编者据《浮山集》卷一收入。此诗又见《全宋诗》卷一一八六张耒，题为"寒食"，内容仅"墦"作"墙"

---

① 傅璇琮等主编：《全宋诗》第 28 册，北京大学出版社，1998，第 18341 页。

一字异,《全宋诗》编者据《宛丘先生文集》卷一五收入。

按：此诗归属存疑。

晁公武

《荆州即事》其二

初上蓬笼竹筏船，始知身是剑南官。沙头沽酒市楼暖，靸步买薪江墅寒。

见《全宋诗》卷一九三一晁公武,《全宋诗》编者据《舆地纪胜》卷六五《荆湖北路·江陵府下》收入。

按：此诗并非晁公武诗，乃出自范成大《发荆州自此登舟至夷陵》："初上蓬笼竹筏船，始知身是剑南官。沙头沽酒市楼暖，径步买薪江墅寒。自古秦吴称绝国，于今归峡有名滩。千山万水垂垂老，只欠天西蜀道难。"(《全宋诗》编者据《石湖居士诗集》卷一五收入)[1]

胡铨

陈新等《全宋诗订补》一书已指出胡铨名下《句》其一三实出自张孝祥《同胡邦衡夜直》。又胡铨《吏隐堂》与韩维《初春吏隐堂作》重出，又胡铨《诗一首》与王庭珪《读韩文公猛虎行》重出，参本书相关章节考证。除此之外，胡铨名下还有如下诸诗与他人重出：

1.《句》其一四

笑春烛底影，煎泪风前杯。

见《全宋诗》卷一九三四胡铨,《全宋诗》编者据《庐陵诗存》卷二收入。

按：此非佚句，实出自胡铨《长卿见过赋美人插花用其韵》："花亦兴不浅，美人头上开。心事眼勾破，鬓香魂引来。笑春烛底影，溅泪风前杯。分韵得先字，客今谁可哉。"[2]

---

[1] 傅璇琮等主编：《全宋诗》第41册，北京大学出版社，1998，第25886页。

[2] 傅璇琮等主编：《全宋诗》第34册，北京大学出版社，1998，第21582页。

2.《刘仙岩》

悬崖怪石水潺潺，宜有神龙隐此间。穷胜不妨归险洞，寻春那止看群山。攀龙行即天边去，跃马聊同野外还。好景良辰适相会，一樽好共水云闲。

见《全宋诗》卷一九三二胡铨，《全宋诗》编者据清胡雪村《庐陵诗存》卷二收入。此诗又见《全宋诗》卷一九三四胡铨诗，题为"游白龙洞"，仅"好共"作"聊共"一字不同，《全宋诗》编者据宋陈思《两宋名贤小集》卷一七七收入。此诗又见《全宋诗》卷二五二一胡长卿，题为"禁烟日陪经略焕章丈游白龙洞得所赋新诗次韵以呈"，仅"归"作"穿"、"一樽好共"作"一尊且共"几字异，《全宋诗》编者据清谢启昆嘉庆《广西通志》卷二二四收入。

按：据《桂林石刻》可知，该诗刻于右磨岩（在南溪山玄岩外），下署"庆元元年（1195）"，作者为胡长卿。该诗前还刻有朱晞颜同韵之作，即《庆元改元寒食日陪都运寺丞游白龙洞时牡丹盛开小酌岩下夕阳西度并辔而归》："小溪漱碧响潺潺，路入龙宫杳霭间。佳节漫添新白发，故人赖有旧青山。花朝几共湘南醉，萍迹何年岭北还。归路连镳红日晚，多惭龙卧白云闲。"[①] 故此诗当为胡长卿作，非胡铨诗也（胡铨1180年已逝世）。

冯时行

冯时行与郭印有四诗重出，又冯时行《石漕生日》与唐庚《石漕生日》重出，参本书相关章节考证。除此之外，冯时行名下还有如下诸诗与他人重出：

1.《万州》

银珠络髻绣衣裳，家住江南山后乡。闻道君侯重行乐，相将腰鼓迓年光。

见《全宋诗》卷一九三九，《全宋诗》编者据宋王象之《舆地纪胜》卷一七七《夔州路·万州》收入。此诗又见《全宋诗》卷三七七一冉居常，题为

[①] 桂林市文物管理委员会编：《桂林石刻》，内部资料1977年版，第226页。

"上元竹枝歌和曾大卿（其三）",仅"银珠络髻"作"珍珠络结"、"君侯"作"使君"、"相将腰鼓迓"作"争携腰鼓趁"几字异,《全宋诗》编者据明周复俊《全蜀艺文志》卷一七收入。

按：冉居常此诗题下有三首诗,其二云"准拟春来奉使君"、其三云"闻道使君重行乐",此诗显然是奉和使君之诗,这与冉居常诗题"上元竹枝歌和曾大卿"正相吻合,故此诗当为冉居常诗,恐非冯时行之作。

2.《西北有高楼》

西北有高楼,氛氲临大路。……娉婷惜不嫁,恐为荡子误。写心泛清瑟,独不怨迟暮。

见《全宋诗》卷一九三六,《全宋诗》编者据《缙云文集》卷一收入。此诗又见《全宋诗》卷二五五四杨冠卿,题同,仅"氛氲"作"氤氲"、"泽污"作"泽汙"几字异,《全宋诗》编者据《客亭类稿》卷一一收入。

按：此诗归属存疑。冯时行原集已佚,明嘉靖中李玺刊为《缙云先生文集》四卷。杨冠卿诗文集乃清四库馆臣据旧刊《客亭类稿》巾箱小字本,并补缀《永乐大典》所收诗文,厘为《客亭类稿》十四卷

3.《东方有一士》

东方有一士,不见心忡忡。尺璧未足多,凤好良所同。永怀不能寐,揽衣出房栊。遥夜未渠央,取琴和秋虫。岂无时世交,掣肘不兼容。

见《全宋诗》卷一九三六,《全宋诗》编者据《缙云文集》卷一收入。此诗又见《全宋诗》卷二五五四杨冠卿,题同,仅"掣肘"作"谅彼"几字异,《全宋诗》编者据《客亭类稿》卷一一收入。

按：此诗归属存疑。

4.《旅兴寄张惠之》

始觉归耕晚,从谁话此情。但能安食息,敢复计声名。留滞烦书信,艰难愧友生。有怀悲不尽,归鸟暮云横。

见《全宋诗》卷一九三七,《全宋诗》编者据《缙云文集》卷二收入。此诗又见《全宋诗》卷二五五六杨冠卿,题为"始觉",仅"归耕"作"躬耕"、"艰

难"作"驱驰"等几字异,《全宋诗》编者据《客亭类稿》卷一三收入。

按:此诗归属存疑。

5.《题黄氏所居》

　　环翠五六里,深藏三四家。风高鸣雁序,春暖茁兰芽。门巷分楠直,溪流带竹斜。我来风雪晓,倚杖看梅花。

见《全宋诗》卷一九三七,《全宋诗》编者据《缙云文集》卷二收入。此诗又见《全宋诗》卷一七〇三洪皓,题同,内容全同,《全宋诗》编者据《鄱阳集》卷三收入。

按:此诗归属存疑。洪皓《鄱阳集》乃清四库馆臣据《永乐大典》辑得。

释慧远

1.《颂古四十五首》其二六

　　汲水佳人立晓风,青丝放尽辘轳空。银瓶触破红妆面,零落桃花满井红。

见《全宋诗》卷一九四五,《全宋诗》编者据《佛海慧远禅师广录》卷四收入。此诗又见《全宋诗》卷三七七六李氏,题为"汲水诗",仅"放尽"作"辗尽"、"红妆面"作"残妆影"、"零落"作"零乱"几字异,《全宋诗》编者据清陈汝威康熙《漳浦县志》卷一八收入。

按:此诗似为李氏作。《大明一统名胜志·漳州府志胜》卷六、明何乔远编《闽书》卷一四五皆将此诗归入云霄李氏名下。

2.《偈颂一百零二首》其七六

　　神仙秘诀妙难传,秃头修罗打左拳。夜半归来无觅处,忍饥高卧饭箩边。

见《全宋诗》卷一九四四,《全宋诗》编者据《佛海慧远禅师广录》卷二《台州浮山鸿福禅寺语录》收入。此诗又见《全宋诗》卷一九四五释慧远,题为"颂古四十五首(其二一)",仅"秃头"作"秃顶"、"夜半"作"半夜"几字异,《全宋诗》编者据《佛海慧远禅师广录》卷四收入。

按：此诗一人名下两见，显系重出。

3.《偈颂一百零二首》其九四

　　风卷云天小艇斜，烟波深处作生涯。丝纶掣断双关手，抉出骊龙眼里沙。

见《全宋诗》卷一九四四，《全宋诗》编者据《佛海慧远禅师广录》卷二《特赐佛海禅师住灵隐奏对语录》收入。此诗又见《全宋诗》卷一九四五释慧远，题为"船子和尚赞（其二）"，《全宋诗》编者据《佛海慧远禅师广录》卷四收入。

按：此诗一人名下两见，显系重出。

第三章

南宋诗人重出诗歌考辨

第三十五册

吴芾

朱腾云博士论文《〈全宋诗〉重出误收研究》指出吴芾《寄朝宗二首》其二与吴芾《寄朝宗海棠》重出，吴芾《海棠》实为吴中复《江左谓海棠为川红》。除此之外，吴芾名下还有如下一诗与他人重出：

《寄隐者》

> 守道宋高士，筑室齐东鄙。……俄闻与物化，精一未尝毁。汗简书逸民，义风洗贪士。东望呈肺肝，遥泻一卮水。

见《全宋诗》卷一九五七吴芾，《全宋诗》编者据《湖山集》卷二收入。此诗又见《全宋诗》卷九三七黄裳，题同，仅"敝屣"作"弊屣"一字异，《全宋诗》编者据《演山先生文集》卷三收入。

按：据《中国古代诗文名著提要》一书："《四库全书》著录汪如藻家藏本（即《演山先生文集》），《提要》称'兹编为乾道初其季子玠裒辑，建昌军教授廖挺订其舛误，刻于军学'云云，当亦源于宋本。"[①] 黄裳此诗见四库本《演山先生文集》卷三，当源于宋本。而吴芾原集已佚，其现存《湖山集》乃清四库馆臣据《永乐大典》辑出，这有可能造成误收他人之作。从版本学角度看，此诗当为黄裳诗。

---

① 傅璇琮等主编：《中国古代诗文名著提要（宋代卷）》，河北教育出版社，2009，第160页。

许志仁

许志仁《白苎歌》与周紫芝《白苎歌》重出，许志仁《和宝月弹桃源春晓》《谢张学士惠灵寿杖》与王庭珪《和刘美中尚书听宝月弹桃源春晓》《谢张钦夫机宜惠灵寿杖》重出，许志仁《采莲吟》《东门行》与许彦国《采莲吟》《东门行》重出，许志仁《临高台》与许彦国《临高台》及吴沆《临高台》其三重出，许志仁《折杨柳》与李元膺《折杨柳》及李新《折杨柳》重出，参本书相关章节考证。除此之外，许志仁名下还有如下诸诗与他人重出：

1.《系冠船蓬自戏》

竹皮狗尾粗斓斑，神虎门前兴已阑。每恨误身诚可溺，殆将苴履不须弹。数茎渐觉胜簪怯，一免当知复冠难。柱后惠文非所志，宁从子夏学酸寒。

见《全宋诗》卷一九七〇，《全宋诗》编者据影印《诗渊》第 1 册第 51 页收入。此诗又见《全宋诗》卷一四四二周承勋，题同，内容全同，《全宋诗》编者据宋陈起《前贤小集拾遗》卷一收入。

按：此诗归属存疑。

2.《杜宇》

四海常为客，三春却倦游。能飞归不得，虽去有何求。故国三千恨，行人万里愁。年来风过耳，无泪与君流。

见《全宋诗》卷一九七〇，《全宋诗》编者据影印《诗渊》第 4 册第 2678 页收入。此诗又见《全宋诗》卷一四四二周承勋，题同，仅"三千"作"千年"几字异，《全宋诗》编者据宋陈起《前贤小集拾遗》卷一收入。

按：此诗归属存疑。

3.《天竺道中》

紫兰含春风，日暮香更远。涧道水平分，曲折渡清浅。飞花当面堕，颠倒落苔藓。念此芳意阑，归思纷莫遣。

见《全宋诗》卷一九七〇，《全宋诗》编者据影印《诗渊》第 3 册第 2015

页收入。此诗又见《全宋诗》卷一二八八释蕴常，题同，内容全同，《全宋诗》编者据宋陈起《增广圣宋高僧诗选续集》收入。

按：元陈世隆辑《宋高僧诗选》补卷中、清查慎行《得树楼杂钞》卷八、《天竺山志》卷七皆将此诗归于释蕴常名下，又《诗渊》多有讹误，疑此诗非许志仁诗，似为蕴常诗。

4.《雁荡道中》

千丈岩头一点红，春风吹落浅莎中。山僧倚杖移时去，说似溪边采药翁

见《全宋诗》卷一九七〇，《全宋诗》编者据影印《诗渊》第3册第2025页收入。此诗又见《全宋诗》卷二一五〇潘柽，题同，《全宋诗》编者据宋陈思《两宋名贤小集》卷二八六《转庵集》收入。

按：此诗归属存疑。

5.《湖上吟》

谁家短笛吹杨柳，何处扁舟唱采菱。湖水欲平风作恶，秋云太薄雨无凭。近人白鹭麋方去，隔岸青山唤不应。好景满前难著语，夜归茅屋望疏灯。

见《全宋诗》卷一九七〇，《全宋诗》编者据影印《诗渊》第3册第2162页收入。此诗又见《全宋诗》卷二五一六章甫，题同，《全宋诗》编者据《自鸣集》卷五收入。

按：清查慎行《得树楼杂钞》卷八、《宋诗纪事》卷五六引《前贤小集拾遗》、清曾燠《江西诗徵》卷一六皆将此诗归入章甫名下，疑此诗非许志仁诗，似为章甫作。

6.《乌夜啼》

碧烟障楼天欲暮，飞鸟夜集芜城戍。云外毕逋衔尾来，月明腽脖同枝语。楼中有人辍机杼，玉笙怨咽凝江雾。惆怅幽凄夜未阑，桂树秋风兰叶露。

见《全宋诗》卷一九七〇，《全宋诗》编者据影印《诗渊》第4册第2763

页收入。此诗又见《全宋诗》卷一九〇四郭世模,题同,仅"凄"作"栖"一字异,《全宋诗》编者据宋陈起《前贤小集拾遗》卷一收入。

按:《永乐大典》卷二三四六、《宋诗纪事》卷六〇引《前贤小集拾遗》皆将此诗归入郭世模名下,疑此诗非许志仁诗,似为郭世模作。

7.《架壁》

架壁珍藏万古书,世间清绝在吾庐。绿瓶香破分家酿,曲圃云开翦露蔬。白日渐随秋意短,故人尽向老来疏。今年种得回峰菊,乱点东篱玉不如。

见《全宋诗》卷一九七〇,《全宋诗》编者据影印《诗渊》第5册第3397页收入。此诗又见《全宋诗》卷二六七六郑克己,题同,仅"翦"作"剪"、"峰"作"蜂"二字异,《全宋诗》编者据宋陈思《两宋名贤小集》卷一七〇《文杏山房杂稿》收入。

按:此诗归属存疑。

8.《和虞智父登清溪阁》

叶脱林梢处处秋,壮怀易感更登楼。日斜钟阜烟凝碧,霜落秦淮水慢流。人似仲宣思故国,诗如杜老到夔州。十年前作金陵梦,重抚阑干说旧游。

见《全宋诗》卷一九七〇,《全宋诗》编者据影印《诗渊》第5册第3573页收入。此诗又见《全宋诗》卷二〇五〇徐珩,题为"和虞智父登金陵清溪阁",仅"阑"作"栏"一字异,《全宋诗》编者据宋陈起《前贤小集拾遗》卷一收入。此诗又见《全宋诗》卷二六七二徐照,题为"青溪阁",仅"慢"作"漫"一字异,《全宋诗》编者据宋周应合《景定建康志》卷二一收入。

按:据《栝苍金石志》卷五,绍兴丁丑(1157)孟秋,虞智父重游仙都山磨崖,虞智父当活动于绍兴年间,而徐照逝于1211年,似不可能与其交游,《诗渊》不甚可靠,此诗为徐珩作可能性较大。

9.《鹭》

春暗汀洲杜若香,风标公子白霓裳。碧天片雪忽飞去,何处人家水满塘。

见《全宋诗》卷一九七〇,《全宋诗》编者据影印《诗渊》第 4 册第 2706 页收入。此诗又见《全宋诗》卷一八六九康与之,题同,内容全同,《全宋诗》编者据宋陈思《两宋名贤小集》中《椒亭小集》收入。此诗又见《全宋诗》卷三七四九李春伯诗,仅"风标"作"风飘"、"片雪"作"片片"几字异,《全宋诗》编者据《后村千家诗》卷一九收入。

按:此诗归属存疑。

程敦厚

1.《雨中海棠》

玉脆红轻不耐寒,无端风雨苦相干。晓来试卷珠帘看,簌簌飞香满画栏。

见《全宋诗》卷一九七一程敦厚,《全宋诗》编者据宋陈思《海棠谱》卷下收入。此诗又见《全宋诗》卷一七九五张九成,题同,内容全同,《全宋诗》编者据《横浦先生文集》卷四收入。

按:四库本《海棠谱》此诗题下并未署名,此诗前一诗才署名程金紫(程敦厚),又此诗后一诗为《惜海棠开晚》,署名"同前",疑此诗署名脱落,故此诗及《惜海棠开晚》皆被误辑于程敦厚名下。崇祯《宁志备考》卷一二亦将此诗归入张九成名下。又中国国家图书馆今存南宋绍定年间刻本《横浦先生文集》(张九成门人郎晔编),此诗见该书卷四,从版本学角度看,此诗亦当为张九成诗。

2.《惜海棠开晚》

今年春色可胜嗟,二月山中未见花。长忆去年今夜月,海棠花影到窗纱。

见《全宋诗》卷一九七一程敦厚,《全宋诗》编者据宋陈思《海棠谱》卷下收入。此诗又见《全宋诗》卷一七九五张九成,题为"二月八日偶成(其一)",内容全同,《全宋诗》编者据《横浦先生文集》卷四收入。

按：考证同上。中国国家图书馆今存南宋绍定年间刻本《横浦先生文集》（张九成门人郎晔编），此诗见该书卷四，从版本学角度看此诗亦当为张九成诗。

3.《草堂》

地控三州界，池开十丈莲。桑麻无杜曲，松菊有斜川。别浦归帆远，他山晚照妍。江河春水阔，幽兴白鸥前。

见《全宋诗》卷一九七一程敦厚，《全宋诗》编者据宋郑虎臣《吴都文粹》卷四收入。此诗又见《全宋诗》卷一六七七沈与求，题为"臞庵"，仅"江河"作"江湖"、"幽兴"作"容与"几字异，《全宋诗》编者据清管廷芬《宋诗钞补·龟溪集补钞》收入。

按：此诗当为沈与求诗。宋范成大《吴郡志》卷一四、弘治《吴江志》卷二〇、嘉靖《吴江县志》卷八及明王鏊《姑苏志》卷三二诸书皆作沈与求诗。又《吴都文粹》乃依《吴郡志》录写诗文，今此诗在此两书署名不同，疑《吴都文粹》有误。参孙星衍《平津馆鉴藏记》卷三云："《吴都文粹》十卷，旧写本。题苏台郑虎臣集，前后无序跋。《四库全书》本作九卷。此书全依《吴郡志》录写诗文，疑是坊贾所作，非虎臣原书。"钱熙祚《吴郡志校勘记序》云："偶检郑虎臣《吴都文粹》，讶其篇目不出《范志》所录，因取以相校，删节处若合符节。"[①]

史浩

张如安、傅璇琮《求真务实严格律己——从关于〈全宋诗〉的订补谈起》一文已提及史才名下的《送别任龙图》《雪窦飞雪亭》；史浚名下的《偶作》《竹村居》；史弥应名下的《过东吴》《小春见梅》；史嵩之名下《雪后》《宴琼林苑》及史弥忠名下《秋桂》诗当皆为史浩诗。除此之外，史浩名下还有如下一些诗歌与他人重出：

1.《上曹守徽猷生日》

东皇缥仗下层云，来驾和风再决辰。勋阀此时生鸑鷟，天家满意

[①] 余嘉锡著，戴维标点：《四库提要辨证》，湖南教育出版社，2009，第1361页。

抱麒麟。方瞳的皪辉迟日，绿鬓扶疏受早春。太史谈公甚奇异，老人星即是前身。（其一）

天圣阴功天下母，庆源重此毓英髦。政区贤否澄冰鉴，诗得江山妙彩毫。已使列城歌既醉，可无众口赋崧高。油幢谁道容温席，行从君王宴碧桃。（其二）

见《全宋诗》卷一九七五史浩，《全宋诗》编者据《鄮峰真隐漫录》卷三收入。此诗又见《全宋诗》卷二九四六戴栩，诗题为"曹徽猷生日二首"，仅"英髦"作"英豪"、"彩毫"作"线毫"等几字不同，《全宋诗》编者据戴栩《浣川集》卷二收入。

按：史浩诗下注云："泳（当为咏）景游"，又史浩有词《喜迁莺（癸酉岁元宵与绍兴守曹景游)》，故此诗实当为史浩诗。曹徽猷即为曹景游，其人癸酉岁为绍兴太守，时史浩为余姚县尉。

2.《次韵唐太博重过西湖》

红尘汩汩解穷年，试说西湖思豁然。上下层楼涵倒影，联翩飞鸟没寒烟。未须梅萼催诗兴，长有春风在日边。安得扁舟去招隐，云窗相对听鸣泉。

见《全宋诗》卷一九七七史浩，《全宋诗》编者据史浩《鄮峰真隐漫录》卷五收入。此诗又见《全宋诗》卷二八三八史定之，题为"同唐太傅重过西湖"，仅"汩汩解穷年"作"憧扰不知年"、"试说"作"一望"、"长有春风在日边"作"好藉岚光作画笺"、"云窗"作"蓬窗"几字异，《全宋诗》编者据清董沛《甬上宋元诗略》卷九收入。

按：此诗当为史浩诗。史浩诗下注云"尧封嘉猷"，故唐太博当为唐尧封，其人字嘉猷，绍兴二年（1132）为进士。史定之为史浩孙，主要活动于嘉定年间（1208—1224)，其人恐与唐太博无交往。史定之诗作唐太傅，当亦不确。

3.《次韵张台法元日书事》

好事东君不惮劳，点妆梅柳见才高。尽输好景资元日，故遣清贵属我曹。锦绣忽贻新笔墨，琼瑶无以报瓜桃。春风染遍西湖绿，且涤金杯共漱醪。

见《全宋诗》卷一九七七史浩,《全宋诗》编者据《鄮峰真隐漫录》卷五收入。此诗又见《全宋诗》卷三四四六史吉卿,题为"谢王仲仪元日书字",仅"赍属"作"斋入"、"染遍"作"遍染"几字异,《全宋诗》编者据清董沛《甬上宋元诗略》卷一〇引《史氏世宝集》收入。

按:此诗当为史浩诗。张台法即张阐（曾任御史台检法官),参王十朋《与张台法阐》,其人字大猷,永嘉人,徽宗宣和六年（1124）进士。

4.《尽心堂》

曲士怀轩裳,铢寸较得失。纷纭战宠辱,矛盾相撞挟。大方惟达人,天游寄虚室。卷舒傥由己,出处要无必。……神州见苍莽,悲风为萧瑟。再拜愿有期,经纶勿韬郁。天心酌民言,公再调鼎实。风霆驱八荒,游戏须一出。

见《全宋诗》卷一九八〇史浩,《全宋诗》编者据《永乐大典》卷七二四〇收入。此诗又见《全宋诗》卷二三四〇史尧弼,题同,仅"宜尽心"作"缘静见"、"匆匆"作"忽忽"、"俯眄"作"俯盼"几字异,《全宋诗》编者据《莲峰集》卷一收入。

按:此诗当为史尧弼诗。其实,《永乐大典》卷七二四〇此诗注明引自《史莲峰先生家集》,史莲峰即史尧弼,非史浩也,盖《全宋诗》编者误辑。

5.《题墨花》

元功初剪刻,妙处极玄玄。醉墨谁家笔,于今合自然。

见《全宋诗》卷一九八〇史浩,《全宋诗》编者据《永乐大典》卷五八四〇收入。此诗又见《全宋诗》卷二三四一史尧弼,题同,内容全同,《全宋诗》编者据《永乐大典》卷五八四〇收入。

按:《全宋诗》编者据《永乐大典》卷五八四〇将此诗分系两人名下,殊可怪也。查《永乐大典》卷五八四〇,此诗注明引自《史莲峰先生家集》,故此诗当为史尧弼诗。

赵琥

《密老》

匹马飘然似转蓬，一年两度过湘东。襟裙润带黄梅雨，枕簟凉生若楝风。急急穷途将底用，区区苟禄有何功。输他燕坐长厅老，点对浓香丈室中。

见《全宋诗》卷一九八一赵琥，《全宋诗》编者据民国十五年《五云赵氏宗谱》卷一七收入。此诗又见《全宋诗》卷二六六五赵鸣铎，题为"寄萍乡密老"，仅"襟裙"作"襟间"、"簟凉生若"作"上凉生苦"、"急急"作"亟亟"、"点"作"默"几字异，《全宋诗》编者据清锡荣同治《萍乡县志》卷六收入。

按：此诗归属存疑。

宋高宗

朱腾云博士论文《〈全宋诗〉重出误收研究》指出宋高宗名下《秋日》实为李世民《秋日二首》其二，宋高宗《崇恩显义院五首》其五实为李白《横江词六首》其四，宋高宗《崇恩显义院五首》其四实为白居易《听歌》，宋高宗《诗二首》其一实为白居易《自咏》，宋高宗《题刘松年竹楼说听图》实为白居易《竹楼宿》，宋高宗《题马麟画》实为韦应物《雪夜下朝呈省中一绝》，宋高宗《题马远画册五首》其二实为唐代曹唐《小游仙诗九十八首》其二六，宋高宗《题赵幹北窗高卧图》实为邵雍《偶得吟》，宋高宗《诗四首》其一实为苏轼《虎丘寺》，宋高宗《题刘松年画团扇二首》其一实为张耒名下《洛岸春行二首》其二，宋高宗《题阎次平小景》实为苏辙《河上莫归过南湖二绝》其一。又陈伟庆《〈全宋诗〉重出考辨十二首》一文也指出宋高宗名下《诗二首》其二实为苏轼《小圃五咏·地黄》诗。又宋高宗名下《题刘松年画团扇二首》其二实为邹浩《湖上杂咏》其一，宋高宗《崇恩显义院五首》其一与秦观《春日五首》其四重出，宋高宗名下《诗四首》其三、《诗四首》其四实为陈与义《种竹》《对酒》，宋高宗名下《赐僧守璋二首》《句（其四）》与宋孝宗《赐圆觉寺僧德信》《句（其二）》

重出,参本书相关章节考证。除此之外,宋高宗名下还有如下诸诗与他人重出:

1.《题丹桂画扇赐从臣》其一

月宫移就日宫栽,引得轻红入面来。好向烟霄承雨露,丹心一一为君开。

见《全宋诗》卷一九八二宋高宗,《全宋诗》编者据宋罗濬《宝庆四明志》卷二一收入。此诗又见《全宋诗》卷二六五三卢襄,题为"太上皇帝御制题扇面所画红木犀赐从臣荣薿",仅"移就"作"移向"、"轻红"作"娇红"、"好向烟霄承"作"多谢秋风扬"几字异,《全宋诗》编者据宋张津《乾道四明图经》卷八收入。

按:此诗当为宋高宗诗。宋祝穆《方舆胜览》卷七、宋潘自牧撰《记纂渊海》卷九、宋王象之《舆地纪胜》卷第一一皆将此诗归入宋高宗名下。查《乾道四明图经》卷八,此诗题下实未署名,《全宋诗》编者认为该诗当是承前诗省名(前诗为卢襄《途中书怀寄奉化知县两首》),此判断当有误。

2.《题丹桂画扇赐从臣》其二

秋入幽丛桂影团,香深粟粟照林丹。应随王母瑶池晓,染得朝霞下广寒。

见《全宋诗》卷一九八二宋高宗,《全宋诗》编者据宋罗濬《宝庆四明志》卷二一收入。此诗又见《全宋诗》卷一八九三曹勋,题为"谢赐丹桂",仅"幽丛"作"幽岩"、"王母"作"西母"几字异,《全宋诗》编者据《松隐文集》卷一七收入。

按:宋吴自牧《梦粱录》卷一八、宋陈郁《藏一话腴》外编卷上、宋潜说友《咸淳临安志》卷五八、元吴师道《吴礼部诗话》、明陶宗仪《说郛》卷三五下、明田汝成《西湖游览志余》卷二四、明陆楫《古今说海》卷一〇三诸书皆将此诗归入高宗名下,疑此诗非曹勋诗,当为宋高宗诗。

3.《诗四首》其二

高居大士是龙象,草堂大人非熊罴。不逢坏衲乞香饭,唯见白头垂钓丝。鸳鸯终日爱水镜,菡萏晚风凋舞衣。开径老禅来煮茗,还寻密竹径中归。

见《全宋诗》卷一九八二宋高宗,《全宋诗》编者据明汪砢玉《珊瑚网》卷七收入。此诗又见《全宋诗》卷九七九黄庭坚,题为"赠郑交",仅"大人"作"丈人"、"凋"作"彫"几字异。

按:此诗为黄庭坚诗。黄庭坚《山谷集》卷三、宋任渊等注《山谷集诗注》卷一皆收录黄庭坚此诗。山谷诗题下原注:"山谷有《招清公诗》跋云:草堂郑交处士隐处,小塘芙蕖盛开。使鸡伏鸳鸯卵,与人驯狎不惊畏。老禅延恩长老法安师,怀道遁世,清公少时,盖依之数年。今观跋意即此诗,但题不同尔。郑交字子通,见于山谷书尺及题跋。"宋高宗此诗题下无自注。又《珊瑚网》卷七此诗题实为:"宋高宗宸翰,行书诗四首,在白宋纸上,后述通鉴数则,不录。"这只是说明这四首诗为宋高宗所书写,并没有肯定这四首诗为宋高宗所作。其实,这四首诗皆非宋高宗诗,其一为苏轼诗,其三、其四皆为陈与义诗。

4.《赐刘能真三首》其二

太白巃嵸东南驰,众岭环合青分披。烟云厚薄皆可爱,木石疏密自相宜。阳春已归鸟语乐,溪水不动鱼行迟。生民无不得处所,与兹鱼鸟皆熙熙。

见《全宋诗》卷一九八二宋高宗,《全宋诗》编者据清阮元《两浙金石志》卷九收入。此诗又见《全宋诗》卷五五〇王安石,题为"太白岭",仅"分披"作"纷披"、"木石"作"树石"等几字异,《全宋诗》编者据《临川先生文集》卷一三收入。

按:此诗为王安石诗。王安石《临川文集》卷一三、宋李壁撰《王荆公诗注》卷一九、明李蓘编《宋艺圃集》卷七诸书皆将此诗归入王安石名下。此诗是王安石知鄞县时作,太白岭在今浙江宁波天童乡。

5.《崇恩显义院五首》其二

都城日落马萧萧,雨压春风暗柳条。天际归艎那可望,只将心寄海门潮。

见《全宋诗》卷一九八二宋高宗,《全宋诗》编者据宋施谔《淳祐临安志》

收入。此诗又见《全宋诗》卷五六九王安石，题为"别和甫赴南徐"，仅"日落"作"落日"几字异，《全宋诗》编者据《临川先生文集》卷三二收入。

按：此为王安石诗。王安石《临川文集》卷三二、宋李壁撰《王荆公诗注》卷四六、明李蓘编《宋艺圃集》卷七、明曹学佺编《石仓历代诗选》卷一四二诸书皆将此诗归入王安石名下。宋施谔《淳祐临安志》谓崇恩显义院在皋亭山，有高庙御书诗五首，这说明此五首诗只是高宗御书而已，并不一定是他所作。事实上，这五首诗第一首为秦观《春日五首》其四、第四首为白居易《听歌》、第五首为李白《横江词六首》其四。

6.《题马远画册五首》其三

高山流水意无穷，三尺云弦膝上桐。默默此时谁会得，坐凭江阁看飞鸿。

见《全宋诗》卷一九八二宋高宗，《全宋诗》编者据明汪砢玉《珊瑚网》卷四四收入。此诗又见《全宋诗》卷五七一王安石，题为"次韵和张仲通见寄三绝句（其一）"，仅"云弦"作"空弦"一字异，《全宋诗》编者据《临川先生文集》卷三四收入。

按：此诗为王安石诗。王安石《临川文集》卷三〇、宋李壁撰《王荆公诗注》卷四八诸书皆将此诗归入王安石名下。《珊瑚网》卷四四此诗题实为"思陵题马远画册"，这只是说明这五首诗为宋高宗所书写，并没有肯定这五首诗为宋高宗所作。

7.《题马远画册五首》其四

月午江空桂花落，华阳道士云衣薄。石坛香散步虚声，杉露清泠滴栖鹤。

见《全宋诗》卷一九八二宋高宗，《全宋诗》编者据明汪砢玉《珊瑚网》卷四四收入。

按：参上诗考证。此诗实为唐陆龟蒙诗，题为"洞宫夕"，内容几乎全同。唐陆龟蒙《甫里集》卷一〇、宋洪迈《万首唐人绝句》卷四五、《御制全唐诗》卷六二九皆将此诗归入陆龟蒙名下。

8.《题马麟亭台图卷》

后院深沉景物幽，奇花名卉弄春柔。翠华经岁无游幸，多少亭台废不修。

见《全宋诗》卷一九八二宋高宗，《全宋诗》编者据明汪砢玉《珊瑚网》卷二九收入。此诗又见《全宋诗》卷二七七九杨皇后，题为"宫词（其一一）"，仅"名卉"作"名竹"一字异，《全宋诗》编者据《二家宫词·杨太后宫词》收入。

按：此为杨皇后诗。马麟为马世荣之孙，马远之子，为宋宁宗（1195—1224）时人，故宋高宗当不大可能在马麟画上题诗。可参谢稚柳主编《中国书画鉴定》[①]。

9.《题李唐画赐王都提举并赐长寿酒》

恩沾长寿酒，归遗同心人。满酌共君醉，一杯千万春。

见《全宋诗》卷一九八二宋高宗，《全宋诗》编者据明汪砢玉《珊瑚网》卷二九收入。

按：此诗又见唐权德舆名下，题为"敕赐长寿酒因口号以赠"，内容全同。唐权德舆《权文公集》卷一○、宋洪迈《万首唐人绝句》卷一○、《御制全唐诗》卷三二九皆将此诗归入权德舆名下。又明汪砢玉《珊瑚网》卷二九此诗题实为"高宗题李唐画赐王都提举并赐长寿酒"，这只是说明这首诗为宋高宗所书写，并没有肯定这首诗为宋高宗所作，故此诗当为权德舆诗，非高宗所作。

10.《题画册花草四首·蜡梅》

香蜜栽葩分外工，疏枝几点缀雏蜂。娇黄染就宫妆样，香煖尤宜爱日烘。

见《全宋诗》卷一九八二宋高宗，《全宋诗》编者据明汪砢玉《珊瑚网》卷四四收入。此诗又见《全宋诗》卷二六五三杨巽斋，题为"蜡梅"，仅"尤宜"作"犹宜"一字异，《全宋诗》编者据《全芳备祖》前集卷四收入。

---

① 谢稚柳主编：《中国书画鉴定》，东方出版中心，2007，第207页。

按：《永乐大典》卷二八一八亦将此诗归入杨巽斋名下。明汪砢玉《珊瑚网》卷四四此诗题实为"思陵题画册花草四帧"，这并不能表明此诗即是高宗作，当是高宗将杨巽斋的诗题于画册之上。

11.《幸天长赐僧广宝》

　　大界宜春赏，禅门不掩关。宸游双阙外，僧引百花间。车马喧长路，烟云净远山。观空复观俗，皇鉴此中闲。

　　见《全宋诗》卷一九八二宋高宗，《全宋诗》编者据明吴之鲸《武林梵志》卷一收入。

　　按：此诗又见唐释广宣名下，题为"驾幸天长寺应制"，内容几乎全同。宋李龏编《唐僧弘秀集》卷五、元方回《瀛奎律髓》卷四七、明曹学佺编《石仓历代诗选》卷一〇七、明释正勉等《古今禅藻集》卷四、《御制全唐诗》卷八二二诸书皆将此诗归入释广宣名下。明吴之鲸《武林梵志》卷一此诗题实为"宋高宗幸天长赐僧广宝诗"，这并不能表明此诗即是高宗所作，当是高宗将释广宣诗转赐给广宝。

12.《题唐郑虔山居说听图》

　　言者不知知者默，此语吾闻于老君。若道老君是知者，缘何自著五千文。

　　见《全宋诗》卷一九八二宋高宗，《全宋诗》编者据清卞永誉《式古堂书画汇考》卷三三收入。

　　按：此诗又见唐白居易名下，题为"读老子"，内容几乎全同。唐白居易《白氏长庆集》卷三二、宋楼钥《攻媿集》卷七六、《御制全唐诗》卷四五五诸书皆将此诗归入白居易名下。清卞永誉《式古堂书画汇考》卷三三此诗下注云"宋高宗泥金草书对题团扇剔墨绢本，左有泥金小方印，莫辨"，这并不能表明此诗即是宋高宗所作，当是高宗将白居易的诗题写于画轴之上。

13.《题黄筌芙蓉图》

　　照水枝枝蜀锦囊，年年泽国为谁芳。朱颜自得西风意，不管千林一夜霜。

见《全宋诗》卷一九八二宋高宗,《全宋诗》编者据清卞永誉《式古堂书画汇考》卷四〇收入。此诗又见《全宋诗》卷八八九舒亶,题为"和刘珵西湖十洲芙蓉洲",仅"枝枝"作"横横"、"千林一"作"清秋昨"几字异,《全宋诗》编者据《乾道四明图经》卷八收入。

按:此为舒亶诗。舒亶此诗题下实有十首诗,皆咏宁波西湖风物,乃次韵太守刘珵之作。今《全宋诗》录有刘珵此十诗,题为《咏西湖十洲》。刘珵《咏西湖十洲·芙蓉洲》诗为:"翠幄临流结绛囊,多情长伴菊花芳。谁怜冷落清秋后,能把柔姿独拒霜。"①《全宋诗》编者将此诗归于宋高宗名下,亦是将题诗于画者误为作者。

14.《句》其八

绕池曳杖携双鹤,架水浇花课小奴。

见《全宋诗》卷一九八二宋高宗,《全宋诗》编者据《珊瑚网》卷四四收入。

按:此诗句亦是《全宋诗》编者据《珊瑚网》卷四四辑得,亦是将题诗于画者误为作者。该诗句实出自李昭玘《北园书事三首》其一:"葛巾茅屋自为娱,门掩槐阴长夏初。聒聒难休鸠唤妇,飞飞不定燕将雏。绕池曳策携双鹤,架水浇花课小奴。麦饭满瓯葵数箸,丁宁车马肯来无。"②

15.《句》其五

气回俎豆群工泰,喜入貔貅万马秋。

见《全宋诗》卷一九八二宋高宗,《全宋诗》编者据宋王应麟《玉海》卷三〇收入。

按:此句并非佚句,乃出自宋高宗《绍兴己巳南郊礼成》:"清坛祇谒礼郊丘,辅相贤劳其款留。初讶密云低覆冒,遽看霁景上飞浮。气回俎豆群工泰,喜入貔貅万马秋。赫赫天心允昭格,协谋同德赖嘉猷。"③

---

① 傅璇琮等主编:《全宋诗》第 16 册,北京大学出版社,1998,第 10689 页。
② 傅璇琮等主编:《全宋诗》第 22 册,北京大学出版社,1998,第 14638 页。
③ 傅璇琮等主编:《全宋诗》第 35 册,北京大学出版社,1998,第 22216 页。

李石

朱腾云博士论文《〈全宋诗〉重出误收研究》指出李石《扇子诗》其六五、高适《听张立本女吟》、张立本女《诗》等三诗内容相同，此诗归属存疑。又文同名下两诗与李石诗重出，参本书相关章节考证。除此之外，李石名下还有如下诸诗与他人重出：

1.《古柏二首》其二

思人谁复念婆娑，窟室崖阴未易磨。四十围间看溜雨，三千年后数恒河。不堪与世供狙杙，尚许遗民占鸟窠。从此便名夫子树，匠人斤斧奈予何。

见《全宋诗》卷一九八八李石，《全宋诗》编者据《方舟集》卷四收入。此诗又见《全宋诗》卷三六二九邵桂子，题为"古柏行"，仅"狙杙"作"狙械"一字不同，《全宋诗》编者据《两宋名贤小集》卷三五四存《慵庵小集》收入。

按：宋袁说友编《成都文类》卷四、明曹学佺《蜀中广记》卷六一、明周复俊《全蜀艺文志》卷一〇诸书皆将此诗归之李石名下。又邵桂子此诗下无注，李石此诗下注云："监者王朝辩进士，年八十余矣，学官悯其老，不忍易之。"疑《两宋名贤小集》有误，此诗非邵桂子诗，当为李石作。

2.《到夔门呈王待制》

手挈东风上水关，凤书迎日看新班。五湖家世乌衣巷，三峡楼台赤甲山。画戟门开春昼永，卧龙帐稳海波闲。安危大计须公等，天定应知即赐环。

见《全宋诗》卷一九八八李石，《全宋诗》编者据《方舟集》卷四收入。此诗又见《全宋诗》卷三六二九邵桂子，题同，内容全同，《全宋诗》编者据《两宋名贤小集》卷三五四存《慵庵小集》收入。

按：明周复俊《全蜀艺文志》卷二一、《宋诗纪事》卷五四引《全蜀艺文志》诸书皆将此诗归之李石名下。又邵桂子为度宗咸淳七年（1271）进士，曾官处州教授，宋亡不仕，其仕履未尝至蜀。而李石为蜀地人，其一生基本在蜀地为官。综上来看，此诗亦非邵桂子作，当为李石诗。

3.《舟次湖口追忆任明府》

　　重来又十年，山水故凄然。独雁仍为旅，双凫已作仙。浊流分蜀派，青色聚淮烟。石上罾鱼者，犹言县令贤。

见《全宋诗》卷一九八七，据《方舟集》卷三收入。此诗又见《全宋诗》卷二八二二张弋，题同，内容全同，《全宋诗》编者据《秋江烟草》收入。

按：《江湖小集》卷六八、《两宋名贤小集》卷三〇三诸书皆将此诗归之张弋名下。又张弋《秋江烟草》乃以汲古阁景宋钞《南宋群贤六十家小集》为底本著录。而李石原集已佚，其现存《方舟集》乃清四库馆臣据《永乐大典》辑得，从版本学角度看，此诗当为张弋诗。

释仲安

《颂古四首》其四

　　解劈当胸箭，因何只半人。为从途路晓，所以不全身。

见《全宋诗》卷一九九一，《全宋诗》编者宋正受《嘉泰普灯录》卷二八收入。此诗又见《全唐诗补编》第1552页唐代灵岩名下，题为"颂石巩接三平"，仅"解劈"作"解擘"一字不同，编者据《景德传灯录》卷二三收入。

按：北宋释道原《景德传灯录》卷二三、南宋释普济《五灯会元》卷八皆将此诗归于灌州灵岩和尚名下。南宋正受《嘉泰普灯录》卷二八将此诗归于灵岩安禅师（即释仲安）名下，疑是将灵岩和尚误理解为灵岩安禅师，其实安禅师是住在澧州灵岩寺，并非灌州。

第三十六册

王十朋

陈新等《全宋诗订补》已指出无名氏名下《山丹花二首》其二实出自王十

朋诗《札上人许赠山丹花且云此花三月尽开俟蕊成移去至上巳日以诗索之》，该无名氏名下此诗当删。陈增杰《订正〈全宋诗〉一误》一文也指出王十朋名下《知宗柑诗用韵颇险予既和之复取所未用之韵续赋一首三十韵》与林景熙《知宗柑诗用韵颇险予既知之复取所未用之韵续赋一首三十韵》诗重出，此诗实为王十朋诗。常德荣《〈全宋诗〉重出作品21首及其归属》一文指出阳枋《癸未守岁》实为王十朋《癸未守岁》。又李成晴《"误置"的两宋诗人——〈全宋诗〉重列作者考辨》一文，指出无名氏名下句"楚国封疆六千里，荆门岩峦十二碚"实出自王十朋《楚塞楼》诗。除以上所述外，王十朋名下还有以下诸诗与他人重出：

1.《书不欺室》

室明室暗两何疑，方寸长存不可欺。勿谓天高鬼神远，要须先畏自家知。

见《全宋诗》卷二〇二九王十朋，《全宋诗》据《梅溪先生后集》卷六收入。此诗又见《全宋诗》卷二〇六三苏邦，题为"不欺堂"，仅"何疑"作"相宜"、"先畏"作"常畏"几字异，《全宋诗》编者据明闵文振嘉靖《宁德县志》卷二收入。

按：此为王十朋诗，宋罗大经《鹤林玉露》卷一六、宋王象之《舆地纪胜》卷二三皆将此诗归入王十朋名下。不欺室乃王十朋所建，王十朋友林之奇、王秬、喻良能、张孝祥皆有提及。参王十朋诗《不欺室三字参政张公书也笔力劲健如端人正士俨然人望而敬之因成古诗八韵》、林之奇《和王龟龄不欺堂》、王秬《题不欺室张魏公为王龟龄书也何子应赋诗》、喻良能《次韵王龟龄侍御不欺室》、张孝祥《和何子应赋不欺室韵》。

2.《仪凤得珠字》

别来世故朝昏殊，相与言之汗模糊。两翁得酒促坐席，感深念极气欲苏。篛龙亦解作水供，紬绎寻丈如渴乌。衣巾生秋背毛竖，金石相应环佩趋。江山豪壮旁尊俎，醉中频贯累累珠。此时一事复挂口，为乐未竟成喑呜。夔州忧民因汤火，润泽有志无坦途。眼前焦熬十万户,欠伸戏笑皆沾濡。自操量概入官廪,不输一钱分水符。读书功力无表畔,久矣俗吏轻吾儒。

见《全宋诗》卷二〇三五王十朋,《全宋诗》据《梅溪先生后集》卷十二收入。此诗又见《全宋诗》卷二〇一三刘仪凤,题为"饮王龟龄瑞白堂秉烛观跳珠分韵得珠字",仅"相印"作"相应"、"量概"作"量鼓"、"功力"作"功名"几字异,《全宋诗》编者据元陈世隆《宋诗拾遗》卷一七收入。

按:此诗当为刘仪凤诗。据王十朋诗《夜与韶美饮酒瑞白堂秉烛观跳珠分韵得跳字》,王十朋与刘仪凤(字韶美)饮酒瑞白堂,两人以"跳珠"分韵,王十朋得"跳"字,刘仪凤得"珠"字,故"珠"字韵诗当为刘仪凤所作。《仪凤得珠字》一诗载入王十朋《梅溪集》后集卷一二《夜与韶美饮酒瑞白堂秉烛观跳珠分韵得跳字》诗后,当是附录,此诗并非王十朋诗。

3.《中秋对月用昌黎赠张功曹韵呈同官》

水精为鉴金为波,挂空影写山与河。清光此夜十分好,有酒有客宜高歌。去年今日行役苦,浪叟溪边宿逢雨。传闻蜀道如天高,崖悬壁绝哀猿号。波横剑戟不易上,陆有虎豹何由逃。……有酒且饮遑恤他,不饮如此良夜何。

见《全宋诗》卷二〇三六王十朋,《全宋诗》据《梅溪先生后集》卷一三收入。此诗又见《全宋诗》卷一一九〇宋肇,题为"中秋对月用昌黎先生赠张功曹韵",仅"浪叟溪"作"若宿溪"、"蛮臊"作"蛮操"等几字异,《全宋诗》编者据明周复俊《全蜀艺文志》卷一七收入。

按:此诗当为王十朋诗,乃王十朋出知夔州时所作。王十朋诗中自注云:"去岁中秋宿瑞昌驿元次山旧隐处。"这与王十朋诗《中秋宿瀼溪驿(瑞昌县)》正相合,参其《中秋宿瀼溪驿》:"半月游庐阜,中秋宿瀼溪。祠寻元子隐(自注:元次山旧隐),树认赤乌栖。"①《全蜀艺文志》卷一七此诗题下署名前人作,《全宋诗》编者认为该诗当是承前诗省名(前诗为宋肇诗),当有误。

---

① 傅璇琮等主编:《全宋诗》第 36 册,北京大学出版社,1998,第 22801 页。

4.《梁彭州与客登卧龙山送酒二尊》其一

五马携壶上卧龙，四夔连骑与游从。山中古柏岁寒色，应为清流作意浓。

见《全宋诗》卷二〇三六王十朋，《全宋诗》据《梅溪先生后集》卷一三收入。此诗又见《全宋诗》卷二三三九梁介，题为"登卧龙山送酒"，仅"连骑"作"联骑"一字异，《全宋诗》编者据清恩成道光《夔州府志》卷三六收入。

按：此为王十朋诗。王十朋《梅溪集》后集卷一三该诗前后还有《丙戌（1166）冬十月，阎惠夫、梁子绍（即梁彭州介）得郡还蜀，联舟过夔访予于郡斋，修同年之好也。因观太上皇帝亲擢御札及馆阁题名，感叹良久，辄成恶诗一章以纪陈迹，且志吾侪会合之异》《惠夫子绍二同年怀章过夔宗英赵若拙联舟西上赋诗二首记吾三人会合之异次韵仍简》，卧龙山亦在夔州，故这些诗皆当作于王十朋知夔州时（王十朋于1165年至1167年知夔州[①]）。该诗诗题为"梁彭州与客登卧龙山送酒二尊"，作梁彭州（即梁介）诗，当是把诗题误为作者。

5.《岳阳楼》

后乐先忧记饱观，兹楼今始得凭栏。吐吞五水波涛阔，出纳三光境界宽。黄帝乐声喧广宙，湘君山影侵晴澜。江山何独助张说，收拾清诗上笔端。

见《全宋诗》卷二〇三八王十朋，《全宋诗》据《梅溪先生后集》卷一五收入。此诗又见《全宋诗》卷二〇〇七黄公度，题同，仅"侵"作"浸"、"诗"作"晖"几字异，《全宋诗》编者据影印《诗渊》第5册第3180页收入。

按：此诗为王十朋诗，此乃王十朋自夔州移知湖州途经岳阳时所作。《梅溪集》后集卷一五该诗前后还有《初欲维舟岳阳楼下适风作遂泊南津》《洞庭湖》《读岳阳楼记》《君山》《解舟遇风暂泊岳阳城下正对君山》诸诗，当皆作于同时。

6.《知宗生日》

天工未放二阳生，留得尧阶一荚蓂。庆诞仙源贵公子，祥开南极

[①] 吴鹭山：《王十朋年谱（下）》，《温州师范学院学报（哲社版）》1997年第1期，第21—28页。

老人星。日垂宫线添无尽，貌比庄椿看更清。岁岁华堂祝眉寿，笙歌声里雪梅馨。

见《全宋诗》卷二〇四〇王十朋，《全宋诗》据《梅溪先生后集》卷一七收入。此诗又见《全宋诗》卷三七八一范一飞，题为"寿知宗"，仅"一荚"作"一叶"、"日垂"作"日随"等几字异，《全宋诗》编者据《宋诗纪事补遗》卷九一引《截江网》收入。

按：此为王十朋诗。王十朋该诗下自注云："士㒥，字悦中。"王十朋集中与知宗唱和诗作有三四十首之多，如《知宗游延福有诗见怀次韵以酬》、《十日同知宗提舶游九日山延福寺》、《知宗示提舶赠新茶诗某未及和偶建守送到小春分四饼因次其韵》"建安分送建溪春，惊起松堂午梦人"、《次韵知宗游北山》"观诗起我家山兴，身在闽南梦在瓯"。这些诗当皆作于王十朋于1168年至1170年出知泉州时①。

7.《腊月二十八日与知宗提举分岁郡中啜茶于北楼赏梅于忠献堂知宗即席有诗次韵并简提舶》

老病逾年卧晋江，耽诗性癖未能降。园林牢落梅经眼，岁月峥嵘酒满缸。堂上焚香敬勋德，楼头回首念家乡。黄甘未拜萧嵩赐，乡味分珍谩一双。

见《全宋诗》卷二〇四二王十朋，《全宋诗》据《梅溪先生后集》卷一九收入。此诗又见《全宋诗》卷三〇三二阳枋，题同，仅"黄甘"作"黄柑"、"谩"作"漫"几字异，《全宋诗》编者据阳枋《字溪集》卷一一收入。

按：此诗亦为王十朋于1168年至1170年知泉州时所作诗。在泉州时，王十朋与知宗及提舶多有唱和，知宗当为赵士㒥，提舶为马希言。参王十朋《祈雨未应提舶知宗道观焚香明日遂雨提舶有诗次韵》《五月晦日会知宗提舶通判纳凉云树提舶用仙字韵即席赋诗中寓四字次韵以酬》《知宗提舶即席赠诗用元韵以酬并简通判》《提舶携具过云树知宗出示和章复用韵》《知宗即席和端字韵

---

① 吴鹭山：《王十朋年谱（下）》，《温州师范学院学报（哲社版）》1997年第1期，第21—28页。

三首提舶退即足之予第三诗经夕方和录呈二家》《十日同知宗提舶游九日山延福寺》《薛士昭寄新柑分赠知宗提舶知宗有诗次韵》等诗。又阳枋现存《字溪集》乃清四库馆臣据《永乐大典》辑得，这有可能造成误收他人之作。

8.《红梅》

似桃非桃杏非杏，独与江梅相早晚。天姿约略带春醒，便觉花容太柔婉。霞觞潋艳玉妃醉，应误刘郎来阆苑。会须参作比红诗，莫学墙头等闲见。

见《全宋诗》卷二〇四四王十朋，《全宋诗》据宋陈景沂《全芳备祖》前集卷四收入。此诗又见《全宋诗》卷二三九三朱熹，题同，内容全同，《全宋诗》编者据《永乐大典》卷二八〇九收入。

按：此诗归属存疑。《全芳备祖》前集卷四该诗题下并未著录作者名，《全宋诗》编者认为该诗当是承前诗省名（前诗为王十朋诗），恐有误。但清刘灏《御定佩文斋广群芳谱》卷二四却将此诗归入王十朋名下。

9.《过鉴湖》

阁下平湖湖外山，阴晴气象日千般。主人便是神仙侣，莫作寻常太守看。

见《全宋诗》卷二〇四四王十朋，《全宋诗》据《永乐大典》卷二二六七收入。此诗又见《全宋诗》卷三四三赵抃，题为"次韵程给事会稽八咏·鉴湖"，内容全同，《全宋诗》编者据赵抃《清献集》卷五收入。

按：此非王十朋诗，乃赵抃之作。赵抃该诗题下实有八首诗，皆为次韵程给事之作，程给事即程师孟，其人曾于熙宁末至元丰初曾以给事中知会稽（鉴湖在会稽）。参四库本宋施宿等《嘉泰会稽志》卷二："程师孟，熙宁十年十月以给事中充集贤殿修撰知会稽，元丰二年十二月替。"该诗"主人便是神仙侣，莫作寻常太守看"指的即是程师孟知会稽事。

10.《丞厅后圃双梅一枝发和以表弟韵》

漫游踪迹成浮家，一身四海惊年华。不禁草木竞时节，忽见霜干排新花。……春风杂花尽明媚，此君风味悬知无。雨中着子尚不恶，可堪老叶缀虫书。

见《全宋诗》卷二〇四四王十朋,《全宋诗》编者据《永乐大典》卷二八一〇收入。此诗又见《全宋诗》卷一七一〇李弥逊,题为"丞厅后圃双梅一枝发和似表弟韵",仅"着子"作"著子"一字异,《全宋诗》编者据《竹溪先生文集》卷一三收入。

按:此诗为李弥逊诗。四库本李弥逊《筠溪集》卷一三此诗前一首为《子美士曹送示梅花似表弟有诗因次其韵》,这两诗同韵,故此诗当为李弥逊所作。似表弟为李弥正,其人字似表,为李弥逊弟。

11.《云安下岩》

涛江翻雪卷湖滩,晚泊岩扉暂解颜。凤有净缘逢寺喜,老无生理伴僧闲。残云已断犹飞雨,落日将沉却照山。半夜秋声惊客梦,一帘珠贝冷珊珊。

见《全宋诗》卷二〇四四王十朋,《全宋诗》据明周良俊《全蜀艺文志》卷九收入。此诗又见《全宋诗》卷三七六〇杜柬之,题同,仅"犹飞"作"独飞"一字异,《全宋诗》编者据明周复俊《全蜀艺文志》卷九收入。

按:《全宋诗》编者据《全蜀艺文志》卷九将此诗归入两人名下,殊可怪也。查《全蜀艺文志》卷九,此诗实为杜柬之诗。另《宋诗纪事》亦据《全蜀艺文志》将此诗归入杜柬之名下。四库本《全蜀艺文志》的作者实题为周复俊,非周良俊也,《全宋诗》有误。据旷天全《〈全蜀艺文志〉编者考论》一文可知,《全蜀艺文志》初编者为杨慎,重编者为周复俊。

12.《兄弟邻里日讲率会因书一绝且戒其早纳租税也》

屏迹山林颇自安,里闾率会有余欢。但须及早输租税,不用低颜见长官。

见《全宋诗》卷二〇四四王十朋,《全宋诗》据《梅溪先生文集》卷七收入。此诗又见《全宋诗》卷二〇二一王十朋,题同,内容全同,《全宋诗》编者据清曾唯《东瓯诗存》卷二收入。

按:此诗显系重出,后者当删。

13.《句》

　　杜陵应恨未曾识,空向成都结草堂。

　　见《全宋诗》卷二〇四四王十朋,《全宋诗》据《全芳备祖》前集卷七收入。

　　按:此句并非佚句,乃出自王十朋《郁师赠海棠酬以前韵》:"珍重高人赠海棠,殷勤封植弊庐旁。固宜花里称名友,已向园中压众芳。万树总含儿女态,一根独带佛炉香。杜陵应恨未曾识,空向成都结草堂。"①

14.《句》

　　太虚怀抱物华秋。

　　见《全宋诗》卷二〇四四王十朋,《全宋诗》据明林鸾嘉靖《襄城县志》卷七收入。

　　按:此句非王十朋诗,乃出自赵抃《退居十咏·水月阁》:"池阁孤清瞰碧流,太虚怀抱物华秋。圆蟾默有中宵约,几点闲云为我收。"(《全宋诗》编者据赵抃《清献集》卷五收入)②

15.《玉环山》

　　清有濯缨水,白有漱齿石。悠哉水石间,官情聊自适。朝焉游其南,暮焉游其北。

　　见《全宋诗》卷二〇四四王十朋,《全宋诗》据永乐《乐清县志》卷二收入。

　　按:此并非佚诗,乃出自王十朋《送凌知监赴玉环次觉无象韵》:"晨兴趣行装,秋色满离席。悲风苦送声,短晷频移刻。兰舟薄暮发,去去转遐僻。极目望官所,沉沉烟霭积。清有濯缨水,白有漱齿石。悠然水石间,官情聊自适。朝焉游其南,暮焉戏其北。彼微山中鸟,亦将识公德。公无赋归去,田园付人役。"③

16.《句》

　　月澹碧云笼野水,稜稜瘦耸吟肩起。一天寒气霞衣裳,人在石桥

---

① 傅璇琮等主编:《全宋诗》第36册,北京大学出版社,1998,第22655页。
② 傅璇琮等主编:《全宋诗》第6册,北京大学出版社,1998,第4244页。
③ 傅璇琮等主编:《全宋诗》第36册,北京大学出版社,1998,第22588页。

春影里。

见《全宋诗》卷二〇四四王十朋,《全宋诗》据《全芳备祖》前集卷一收入。此诗又见《全宋诗》卷三六〇九王镃,题为"访梅",仅"月澹"作"月冷"、"霞"作"湿"、"春影"作"香影"几字异,《全宋诗》编者据《月洞诗集》卷下收入。此诗又见《全宋诗》卷三七五三王梅窗诗,题为"梅花",仅"月澹"作"月淡"、"瘦耸"作"瘦声"几字异,《全宋诗》编者据《全芳备祖》前集卷一收入。

按:此诗并非王十朋诗,可能为王镃及王梅窗诗。《全宋诗》编者据《全芳备祖》前集卷一将此诗分别归入王十朋及王梅窗名下,殊可怪也。查《全芳备祖》前集卷一,此诗实归于王梅窗名下,王十朋号梅溪,盖《全宋诗》编者误辑此诗于王十朋名下。

17.《游箫峰》

蜡屐穿云去,山深喜路通。人家烟色里,古寺水声中。金溅星犹在,丹成灶已空。吹箫人不见,台下想仙风。

见《全宋诗》卷二〇一六王十朋,《全宋诗》据《梅溪先生前集》卷二收入。

按:此诗与王十朋《白鹤禅寺》类似,参其《白鹤禅寺》:"闲上箫台顶,山深喜路通。人家烟色里,古寺水声中。金溅星犹在,丹成灶已空。神仙何处觅,千载想遗风。"[①](见《全宋诗》卷二〇四四,《全宋诗》编者据永乐《乐清县志》卷五收入。)怀疑此两诗可能实为同一首诗。

第三十七册

陈俊卿

《句》其三

海国民皆兴礼义,潢池盗已息干戈。

见《全宋诗》卷二〇五〇陈俊卿,《全宋诗》编者据元《群书通要》癸集收入。

---

① 傅璇琮等主编:《全宋诗》第36册,北京大学出版社,1998,第22960页。

按：此为陈康伯诗，全诗见陈康伯《送叶守》："海国民皆兴礼义，潢池盗已息干戈。农桑四境丰年屡，箫鼓千村叶气多。"①（《全宋诗》编者据《方舆胜览》卷一三《兴化军》收入）元《群书通要》癸集此诗下实署名为"陈福公"，此陈福公当为陈康伯，其人曾封福国公，非是陈俊卿也，盖《全宋诗》编者误辑。

林光朝

1.《芹斋诗》

春风芹下足迟留，白鸟平田忆旧游。说尽轩裳还过眼，读残书卷复从头。偶逢隐几何须问，不到投簪便拟休。平世声名如皦日，欲将何地置巢由。

见《全宋诗》卷二〇五二林光朝，《全宋诗》编者据《艾轩集》卷一收入。此诗又见《全宋诗》卷二五八三林光宗，题同，仅"说尽"作"阅尽"一字异，《全宋诗》编者据清顾贞观《积书岩宋诗删》卷一九收入。

按：此诗为林光朝诗。林霆（删定）退隐作芹斋，林光朝（艾轩）、郑樵（夹漈）赋诗为贺。参林光朝该诗下注云："往时从林删定时隐为招提之集，语某以'吾于九仙作见一庵，邱壑之念未尝一日去心'。比挂冠得请，又欣然相语曰：'吾将作屋数间，老于芹下。吾老矣，从此皆空闲日子，所未能忘书卷一事耳。'吴兴别乘代者以期告，而公有是举，壮矣哉。夹漈唱酬之什，皆一时显者，于其最后也，作芹斋诗。"其实，据刘克庄《吾里前辈林删定甫六十挂冠夹漈艾轩诸老皆为赋诗追次其韵》及郑樵《送芹斋》同韵唱和诗，可证此诗当为林光朝诗。参刘克庄诗："□定飞仙去不留，惜余生晚欠从游。种明逸后屈二指，范景仁边放一头。有鹿门栖堪遁去，无菟裘计径归休。却怜荷蓧非真隐，鸡黍殷勤止仲由。"②又郑樵诗云："千载清风去不留，何人能伴赤松游。乞骸直到骸归日，告老须临老尽头。元亮园田何处有，向平昏嫁几时休。湖州别驾发深省，

---

① 傅璇琮等主编：《全宋诗》第 33 册，北京大学出版社，1998，第 20807 页。
② 傅璇琮等主编：《全宋诗》第 58 册，北京大学出版社，1998，第 36596 页。

挂却朝冠便自由。"①

2.《九日同出真珠园再用前韵》

  来自清源葛已覃，君王问猎我犹堪。百年耆旧如重见，九日登临得纵谈。才子不知汾水上，仙人长在大江南。明珠照夜应无数，要是层波更好探。

  见《全宋诗》卷二〇五二林光朝，《全宋诗》编者据《艾轩集》卷一收入。此诗又见《全宋诗》卷二五八三林光宗，题同，仅"照夜"作"夜照"一字异，《全宋诗》编者据清顾贞观《积书岩宋诗删》卷一九收入。

  按：此诗当为林光朝诗。查林光朝《艾轩集》卷一此诗前一诗为《次韵呈胡侍郎邦衡》，该诗与《九日同出真珠园再用前韵》诗同韵，故此诗当为林光朝诗。参林光朝《次韵呈胡侍郎邦衡》："声教从今已远覃，翩翩作者问谁堪。石经犹有中郎蔡，金匮曾夸太史谈。至竟银钩并铁画，相传海北到天南。诸生考古头浑白，禹穴何时更许探。"②

3.《次韵奉酬赵校书子直》

  雁塔新题墨未干，去年灯火向秋闱。趣看天禄青藜杖，怕著王孙紫绮冠。好在三山寻浩渺，何如一纸问平安。舠稜放月无人到，玉糁初成许共餐。

  见《全宋诗》卷二〇五二林光朝，《全宋诗》编者据《艾轩集》卷一收入。此诗又见《全宋诗》卷二五八三林光宗，题同，仅"放月"作"皎月"一字异，《全宋诗》编者据清顾贞观《积书岩宋诗删》卷一九收入。

  按：明曹学佺《石仓历代诗选》卷一八五、《宋诗钞》卷八二、《宋元诗会》卷四二诸书皆将此诗归入林光朝名下。《全宋诗》林光宗名下只收上述三诗，前两诗皆为林光朝诗，该诗亦当为林光朝诗，疑清顾贞观《积书岩宋诗删》卷一九将林光朝讹误为林光宗。

---

① 傅璇琮等主编：《全宋诗》第 34 册，北京大学出版社，1998，第 21780 页。
② 傅璇琮等主编：《全宋诗》第 37 册，北京大学出版社，1998，第 23067 页。

巩丰

《翠微亭》

行迹年来到处希，独于岩壑有深期。鹅溪道士能相属，请和空山木落诗。

此诗见《全宋诗》卷二六五七巩丰诗，《全宋诗》编者据元孟宗宝《洞霄诗集》卷三收入。又见《全宋诗》卷二〇五三连久道，题为"翠微亭（其二）"，仅"到处"作"酬□"、"独于"作"独□"、"鹅溪"作"□□"几字异，《全宋诗》编者据影印《诗渊》第5册第3377页收入。

按：成化《杭州府志》卷五三、嘉庆《余杭县志》卷一七皆将此诗归入巩丰名下。连久道该诗下无自注，巩丰诗下有自注，该注云："就亭举杯，落叶满地，知宫王君请和苏州'落叶满空山'之句。"该注与巩丰诗完全吻合。又影印《诗渊》第5册第3377页连久道《翠微亭》其一末句缺字，疑《翠微亭》其二亦脱去作者名字，故《翠微亭》其二恐非连久道之作，当为巩丰所作。

林宪

《寓天台水南四首》其四

夔皋不著书，周召不决科。端坐庙堂上，四海臻泰和。此道固如是，后来文艺多。嗒然空山中，独抱明良歌。

见《全宋诗》卷二〇五四林宪，《全宋诗》编者据宋林表民《天台续集别编》卷四收入。此诗又见《全宋诗》卷三一六五陈柏，题为"盛雪巢"，仅"夔皋"作"皋夔"、"此道"作"吾道"几字异，《全宋诗》编者据元吴师道《吴礼部诗话》收入。

按：此诗当为林宪诗。《吴兴艺文补》卷五一将此诗归于林宪名下。林宪此诗题下实有四首诗，皆咏其寓居天台水南之事。查元吴师道《吴礼部诗话》："又有盛雪巢一诗云：'夔皋不著书，周召不决科。端坐庙堂上，四海臻泰和。吾道固如是，后来文艺多。嗒然空山中，独抱明良歌.'皆知道者之言也。"[1]此诗实归于盛雪巢名下。《宋诗纪事》卷七七引《吴礼部诗话》亦将此诗归于盛雪巢名下，疑盛雪巢为林雪巢（林宪号雪巢）之讹。

李焘

李焘《龙鹄山》与魏了翁《次韵李参政壁湖上杂咏录寄龙鹤坟庐》其五重出，参本书相关章节考证。除此之外，李焘名下还有如下诸诗与他人重出：

《句》其四

　　山绕一城藏几寺，江连二水送孤舟。

见《全宋诗》卷二〇五八李焘，《全宋诗》编者据《舆地纪胜》卷一五四《潼川府路·潼川府》收入。此句又见《全宋诗》卷三七三八李简《句》，仅"几寺"作"古寺"一字异，《全宋诗》编者据《锦绣万花谷》续集卷一三收入。

按：此诗归属存疑。《舆地纪胜》卷一五四、《宋诗纪事补遗》卷四二将此句归于李焘名下。而陈尚君《全唐诗补编·续拾》卷五二又据《锦绣万花谷》续集卷一三将此句归于唐人李简名下。

陈中孚

《茶岭》

　　天柱峰头拨晓云，灵芽一寸得先春。紫芹绿笋方知贵，雷发枪旗未足珍。

见《全宋诗》卷二〇六三陈中孚，《全宋诗》编者据《永乐大典》卷一一九八〇收入。此诗又见《全宋诗》卷二五〇三徐安国，题同，内容全同，《全宋诗》编者据影印《诗渊》第3册第2253页收入。

按：此诗归属存疑。

---

[1] 丁福保辑：《历代诗话续编》，中华书局，1983，第602页。

向滈

《莞尔堂春晚书怀呈同僚》

三分春色二分休，是处红稀绿已稠。芳草池塘空有思，落花亭馆不胜愁。人情似昔犹难合，身世如今岂易谋。若欲忘忧须是酒，醉乡安稳胜封侯。

见《全宋诗》卷二〇六三向滈，《全宋诗》编者据清尚崇年康熙《萍乡县志》卷八收入。此诗又见《全宋诗》卷三五二五赵祎，题为"春晚书怀"，仅"池塘"作"池边"、"亭馆"作"亭畔"、"如今"作"于今"几字异，《全宋诗》编者据民国丙寅本《五云赵氏宗谱》卷一七收入。

按：此诗归属存疑。

何锡汝

《玉虹泉在罗田县东》

百尺云岩佛阁前，晚钟疏叶思悠然。岸边酌酒和清露，石上题诗染翠烟。半岭泉鸣通古涧，数峰秋尽隔寒川。西风似欲吹人起，去逐骑鲸汗漫仙。

见《全宋诗》卷二〇七二何锡汝，《全宋诗》编者据清宫梦仁康熙《湖广通志》卷七九收入。此诗又见《全宋诗》卷二七二六李鐊，题为"金紫岩"，仅"佛阁前"作"道院边"、"数峰"作"数家"等几字异，《全宋诗》编者据《眉州属志》卷一七收入。

按：嘉靖《罗田县志》卷一、万历《湖广总志》卷九五皆作何锡汝诗。据杨守敬《湖北金石志》卷一一可知，该诗刻于罗田县东五十里玉虹泉，署名何锡汝，故此诗非李鐊诗，当为何锡汝作。

洪适

陈新等《全宋诗订补》一书已指出郑獬名下《句》："未识春风面，先闻乐府名。洗妆浓出塞,进艇客登瀛。"实为洪适《盘洲杂韵上·木兰》。邱鸣皋《北大本〈全宋诗〉误收诗一例》也指出洪适《送陆务观福建提仓》实为韩元吉《送陆务观福建提仓》。陈恒舒《〈永乐大典〉所涉宋诗资料丛考》一文也指出洪适《送刘元忠学士还南京》实为梅尧臣《送刘元忠学士还南京》。又洪适《雨中泊舟萧山县驿》与陆游《雨中泊舟萧山县驿》重出,参本书相关章节考证。除此之外,洪适名下还有如下诸诗与他人重出:

1.《盘洲杂韵上·含笑》

自有嫣然态,风前欲笑人。涓涓朝泣露,盎盎夜生春。

见《全宋诗》卷二〇八二洪适,《全宋诗》编者据《盘洲文集》卷八收入。此诗又见《全宋诗》卷六二〇邓润甫,题为"句(其三)",仅"春"作"香"一字不同,《全宋诗》编者据《全芳备祖》前集卷一九收入。

按:《盘洲文集》今存宋刊本一部,藏国家图书馆,《四部丛刊初编》即据此著录,该诗见丛刊本卷八,源于宋本。又《全芳备祖》前集卷一九此诗题下实署名"邓温伯(邓润甫字温伯)",又洪适字温伯,疑邓温伯为洪温伯之讹误,此诗当为洪适诗。

2.《赋孤雁》

云飞水宿过炎凉,回想来时道路长。夜月照惊唯吊影,朔风吹断不成行。人间无处逃矰缴,岁晚何曾饱稻粱。倘以能鸣免烹杀,系书犹可到衡阳。

见《全宋诗》卷二〇八六洪适,《全宋诗》编者据影印《诗渊》第4册第2803页收入。此诗又见《全宋诗》卷一七九一曹纬,题为"雁",仅"唯"作"惟"、"烹杀"作"烹死"几字异,《全宋诗》编者据宋刘克庄《后村千家诗》卷一九收入。

按:宋刊洪适《盘洲文集》并不载有此诗。且《宋诗纪事》卷四〇引《后村千家诗》亦将此诗归入曹纬名下,又《诗渊》讹误甚多,此诗非洪适之作,当为曹纬诗。

第三十八册

周麟之

《句》其一

> 月摹瘦影横窗淡，雨沐疏花照水明。

见《全宋诗》卷二〇八七周麟之，《全宋诗》编者据宋陈景沂《全芳备祖》前集卷一收入。

按：此诗并非佚句，实出自周麟之《观梅》："春来物物未关情，只与寒梅有旧盟。芳信已催诗兴动，幽香还酿客怀清。月摹瘦影横窗淡，雨浴疏花照水明。却忆去年花下饮，共持杯酒泛飞英。"（《全宋诗》编者据《海陵集》卷二收入）[1]

汪应辰

汪应辰《和游南岩》《琵琶洲》与王洋《曾铉父约游南岩短韵奉呈》《琵琶洲》重出，参本书相关章节考证。除此之外，汪应辰名下还有如下一诗与他人重出：

《桂林》

> 秦皇开郡为桂林，古号名邦五岭阴。山琢玉簪攒万叠，江分罗带绕千寻。

见《全宋诗》卷二〇九〇汪应辰，《全宋诗》编者据宋王象之《舆地纪胜》卷一〇三《广南西路·静江府》收入。

按：此非汪应辰句，全诗见赵夔《桂山诸岩歌》："秦皇开郡为桂林，古号名邦五岭阴。山琢玉簪攒万叠，江分罗带绕千寻。……沉沉岩谷有余光，炎方胜概神难藏。周回不远郛郭下，轮蹄追赏何忙忙。"[2]（《全宋诗》编者据明张鸣凤《桂胜》卷一收入）赵夔此诗石刻于临桂穿云岩，题为《桂林二十四岩洞歌》[3]，该诗当为赵夔作。

---

[1] 傅璇琮等主编：《全宋诗》第38册，北京大学出版社，1998，第23550页。

[2] 傅璇琮等主编：《全宋诗》第37册，北京大学出版社，1998，第23384页。

[3] 杜海军辑校：《桂林石刻总集辑校》，中华书局，2013，第180页。

韩元吉

陈新等《全宋诗订补》一书已指出黄中厚《隐逸》实为韩元吉《次棹歌韵》。邱鸣皋《北大本〈全宋诗〉误收诗一例》一文指出洪适《送陆务观福建提仓》实为韩元吉《送陆务观福建提仓》。又朱腾云博士论文《〈全宋诗〉重出误收研究》指出韩元吉《送郭诚思归华下》实为张方平《送郭诚思归华下》。除此之外，韩元吉名下还有如下诗句与他人重出：

《句》其一

几年家住玉溪头，乘兴时来上钓舟。

见《全宋诗》卷二〇九八韩元吉，《全宋诗》编者据宋王象之《舆地纪胜》卷二一《江南东路·信州》收入。

按：此非佚句，实出自韩元吉《次韵赵文鼎同游鹅石五首》其五："几年家住玉溪头，乘兴时来上钓舟。古寺幽情未曾到，寻春一为野僧留。"[1]

赵彦端

申振民《〈全宋诗〉误收重出考辨及补遗》一文也指出杨万里名下《贺皇太子九月四日生辰十首》《贺皇孙平阳郡王十月十九日生辰》与赵彦端诗《寿皇太子七首》《寿皇太子三首》《寿皇孙》重出，这些诗当皆为杨万里诗，又赵师侠《梅花》实为赵彦端《梅花》。又赵彦端《句》其二与陈轩《句》其一七重出，参本书相关章节考证。除此之外，赵彦端名下还有如下诸诗与他人重出：

1.《翠微山居八首》

闲来石上卧长松，百衲袈裟破又缝。今日不愁明日饭，生涯只在钵盂中。

临溪草草结茆堂，静坐安然一炷香。不是息心除妄想，都缘无事可思量。

老老山僧不下阶，双眉恰似雪分开。世人若问枯松树，我作沙弥

---

[1] 傅璇琮等主编：《全宋诗》第38册，北京大学出版社，1998，第23696页。

亲见栽。

幼入空门绝是非，老来学道转精微。钵中贫富千家饭，身上寒暄一衲衣。

一池荷叶衣无尽，数树松花食有余。却被世人知住处，更移茆舍作深居。

茆檐静坐千山月，竹户闲栖一片云。莫送往来名利客，阶前踏破绿苔纹。

炉中无火已多时，早起惟将一衲披。莫怪山僧常冷淡，夜深无处拾松枝。

岂是栽松待茯苓，且图山色镇长青。他年行脚不归去，留与人间作画屏。

见《全宋诗》卷二一〇三赵彦端，《全宋诗》编者据明钱榖《吴都文粹续集》卷三四收入。此诗又见《全宋诗》卷一六三二释冲邈，见其《翠微山居诗（其三、其四、其五、其七、其十二、其十七、其二三、其二四）》，仅"住处"作"去处"、"静坐"作"静对"等几字异，《全宋诗》编者据宋龚昱《昆山杂咏》卷中收入。

按：据诗句"百衲袈裟破又缝""生涯只在钵盂中""我作沙弥亲见栽""钵中贫富千家饭""身上寒暄一衲衣"云云，此诗定非赵彦端诗，赵彦端为宋宗室，高宗绍兴八年进士，曾知建宁府、权发遣福建路转运副使诸官，其并不曾为僧，故此诗当为释冲邈诗。查四库本明钱榖《吴都文粹续集》卷三四，此诗题下并未署名，《全宋诗》编者认为该诗当是承前一诗省名（前诗为赵彦端《题西隐》），故此造成误辑。

2.《句》其四

微风蹙水鱼鳞浪，薄日烘云卵色天。

见《全宋诗》卷二一〇三赵彦端句，《全宋诗》编者据宋《锦绣万花谷》后集卷三收入。

按：此并非赵彦端佚句，乃出自陆游《东门外遍历诸园及僧院观游人之盛》："马上哦诗画醉鞭，东城南陌去翩翩。微风蹙水鱼鳞浪，薄日烘云卵色天。隔

屋鸠鸣闲院落，争门花簇小辒軿。病来久已疏杯酌，春物撩人又破禅。"（《全宋诗》编者据《剑南诗稿》卷八收入）①

查籥

《访苏黄遗墨》

槛外滔滔水，岩前冉冉云。行人身似叶，题墨藓生纹。岁月帆樯去，山川楚蜀分。十年三舣棹，永愧北山文。

见《全宋诗》卷二一〇七查籥，《全宋诗》编者据明周复俊《全蜀艺文志》卷一五收入。此诗又见《全宋诗》卷三六五三张纁诗，题为"云岩寺二首（其二）"，内容全同，《全宋诗》编者据明杨鸾嘉靖《云阳县志》卷下收入。

按：光绪《巫山县志》卷三一、同治《重修涪州志》卷一五皆将此诗归入查籥名下，此诗似为其所作。

李吕

朱腾云博士论文《〈全宋诗〉重出误收研究》指出李吕《遣兴》实为杨蟠《春日独游南园》。除此之外，李吕名下还有如下二诗与他人重出：

1.《云庄耕者》

莘野乐尧舜，谷口岂其乡。自是不可掩，区区非近名。

见《全宋诗》卷二一一一李吕，《全宋诗》编者据《澹轩集》卷三收入。此诗又见《全宋诗》卷二一二〇李流谦，题同，仅"其乡"作"真卿"几字异，《全宋诗》编者据《澹斋集》卷八收入。

按：四库本李吕《澹轩集》卷三该诗前还有《复斋学者》《潭溪钓者》《卧云樵者》《老圃拙者》诸诗，这些诗与《云庄耕者》类型风格相似，疑此诗当为李吕所作，非李流谦之诗。《澹轩集》《澹斋集》皆是清四库馆臣据《永乐大典》辑得。

---

① 傅璇琮等主编：《全宋诗》第 39 册，北京大学出版社，1998，第 24417 页。

2.《题焦山寺》

水轮依风负坤舆，百川东流同灌输。掀巾之陂莽吞受，沃焦之山初不濡。云根终古插江湖，狂澜滔天随卷舒。空神回飙避突兀，海门排霄岌相扶。僧居蚝山迷向背，佛宇蜃气成吹嘘。……重渊垂涎舞蛟首，方丈宴寝凝薰炉。夜寒黑月照浊水，乞取坏衲摩尼珠。

见《全宋诗》卷二一〇七李吕，《全宋诗》编者据《澹轩集》卷一收入。此诗又见《全宋诗》卷一三九四翟汝文，题为"焦山寺"，仅"飙"作"标"、"裳裾"作"裳裙"、"驾潮"作"惊潮"等几字异，《全宋诗》编者据影印《诗渊》第5册第3717页收入。

按：正德张莱《京口三山志》卷五、光绪《丹徒县志》卷四九、光绪《焦山志》卷一二皆将此诗置入翟汝文名下。又据诗句"昔游玄冬崖壑枯"，该诗作者当常去镇江焦山寺，李吕为邵武军光泽（今属福建）人，且李吕年四十即弃科举家居，疑其并不可能常去镇江焦山寺，而翟汝文为江苏丹阳人，是有可能常去焦山寺游玩的，故此诗当为翟汝文诗，恐非李吕所作。李吕原诗集已佚，其现存《澹轩集》乃清四库馆臣据《永乐大典》辑得，这可能是造成误收他人之作的原因。

姜特立

韩立平《〈放翁逸稿〉误收姜特立诗考辨》一文认为姜特立《北槛》《幽事》《幽事》《葺圃》四诗与陆游诗重出，此四首诗皆当为姜特立诗。又朱腾云博士论文《〈全宋诗〉重出误收研究》指出姜特立《云岑》诗两见，后者当删。除此之外，姜特立名下还有如下几首诗与他人重出：

1.《再赋如山》

小堂草草屋三间，暇日徜徉养寿闲。揭榜如山还自笑，何人不老似青山。

见《全宋诗》卷二一四三姜特立，《全宋诗》编者据《梅山续稿》卷一二收入。此诗又见《全宋诗》卷五八五郑獬，题同，内容全同，《全宋诗》编者据《郧溪集》

卷二八收入。

按：此诗为姜特立诗。"如山"乃姜特立在居处之西所建一小堂。见姜特立诗《余垂老于居之西偏营小堂面对南山一峰卓然榜曰如山盖取诗人意也》："一峰高插丙丁间，南极星光伴我闲。不向仙君乞如愿，只从造物觅如山。"[①] 姜特立咏《再赋如山》后，又作有一首《又赋如山》，此诗显为姜特立所作。

2.《二色芙蓉花》

> 拒霜一树碧丛丛，两色花开迥不同。疑是酒边西子在，半醒半醉立西风。

见《全宋诗》卷二一四八姜特立，《全宋诗》编者据《永乐大典》卷五四○引《梅山续稿》收入。此诗又见《全宋诗》卷三三四九顾逢，题同，内容全同，《全宋诗》编者据《诗渊》收入。

按：此诗归属存疑。

第三十九册

陆游

陈新等《全宋诗订补》一书指出陆游名下《城北青莲院方丈壁间有画燕子者过客多题诗予亦戏作二绝句(其一)》《客谈荆渚武昌慨然有作》《桥南纳凉》《闵雨》《小园四首》《秋日闻蝉》《抚州上元》《丁酉上元三首（其一）》与他人重出，又陆游名下《句》其五、《句》其十属误辑当删。张如安《〈全宋诗〉订补稿》一书亦指出陆游名下《山园草木四绝句·黄蜀葵》《一室》与他人重出。李更《〈全宋诗〉刘克庄诗补正及相关问题》一文亦指出陆游名下《江上散步寻梅偶得三绝句》其一、《看梅归马上戏作五首》其三、《看梅归马上戏作五首》其五与刘克庄三诗重出。陈晓兰《黄庭坚佚诗辑考》一文亦指出陆游《晦日西窗怀故山》与黄庭坚《咏萍》重出。韩立平《〈放翁逸稿〉误收姜特立诗考辨》一文认为

[①] 傅璇琮等主编：《全宋诗》第38册，北京大学出版社，1998，第24167页。

姜特立《北槛》《幽事》《幽事》《葺圃》四诗与陆游诗重出，此四首诗皆当为姜特立诗。朱腾云博士论文《〈全宋诗〉重出误收研究》亦指出陆游名下《听琴》《春游绝句》与他人重出。又陆游名下《以石芥送刘韶美礼部刘比酿酒劲甚因以为戏二首》《法宝琏师求竹轩诗》《大安病酒留半日王守复来招不往送酒解醒因小饮江月馆》《雨夜怀唐安》《晚雨》《双桥道中寒甚》《雨夜》《夕雨二首（其一）》《紫溪驿二首》《雪霁归湖上过千秋观少留》《秋雨排闷十韵》《秋日泛镜中憩千秋观》《糟蟹》《雨二首》《苦雨二首（其一）》诸诗与他人重出，参本书相关章节考证。除此之外，陆游名下还有如下诸诗与他人重出：

1.《周洪道学士许折赠馆中海棠以诗督之》

袅袅柔丝不自持，更禁日炙与风吹。仙家见惯浑闲事，乞与人间看一枝。

见《全宋诗》卷二一五四，《全宋诗》编者据《剑南诗稿》卷一收入。此诗又见《全宋诗》卷二九五〇孙惟信，题为"垂丝海棠"，仅"柔丝"作"垂丝"一字异，《全宋诗》编者据宋刘克庄《后村千家诗》卷八收入。

按：陈新等《全宋诗订补》一书已指出此诗为陆游诗，但没有给出相关证据。其实，周洪道即周必大，陆游此诗周必大有和作，参其诗《许陆务观馆中海棠未与而诗来次韵》："莫嗔芳意太矜持，曾得三郎觱篥吹。今日若无工部句，殷勤犹惜最残枝。"[1]据此和诗来看，此诗必为陆游诗。

2.《出都》

重入修门甫岁余，又携琴剑返江湖。乾坤浩浩何由报，犬马区区正自愚。缘熟且为莲社客，伴来喜对草堂图。西厢屋了吾真足，高枕看云一事无。

见《全宋诗》卷二一五四，《全宋诗》编者据《剑南诗稿》卷一收入。此诗又见《全宋诗》卷六八一刘挚，题为"出都二首（其二）"，仅"返"作"反"一字异，《全宋诗》编者据《忠肃集》卷一七收入。

---

[1] 傅璇琮等主编：《全宋诗》第39册，北京大学出版社，1998，第24261页。

按：此诗当为陆游诗。诗句"重入修门甫岁余，又携琴剑返江湖"实指该诗作者由京城返家事。《剑南诗稿校注》谓此诗作于1163年，可参陆游《复斋记》："隆兴元年夏，某自都还里中。"① 又刘挚原集已佚，其现存《忠肃集》乃清四库馆臣据《永乐大典》辑得，而陆游《剑南诗稿》比之可靠得多。综上分析，此诗当为陆游诗，非刘挚所作。

3.《即事》

渭水岐山不出兵，却携琴剑锦官城。醉来身外穷通小，老去人间毁誉轻。扪虱雄豪空自许，屠龙工巧竟何成。雅闻岷下多区芋，聊试寒炉玉糁羹。

见《全宋诗》卷二一五六，《全宋诗》编者据《剑南诗稿》卷三收入。此诗又见《全宋诗》卷六八七蒋之奇，题同，仅"却携琴剑"作"却携慧剑"一字异，《全宋诗》编者据《诗林万选》收入。

按：此诗当为陆游诗。宋罗椅、刘辰翁选《放翁诗选》前集卷七亦将此诗归入陆游名下。宋林希逸《竹溪鬳斋十一稿续集》卷二九亦引"醉来身外穷通小，老去人间毁誉轻"作陆游诗。卞东波《何新之〈诗林万选〉考论》一文亦认为此诗当为陆游诗，《诗林万选》为误收②。

4.《西郊寻梅》

西郊梅花矜绝艳，走马独来看不厌。……嗟余相与颇同调，身客剑南家在剡。凄凉万里归无日，萧飒二毛衰有渐。尚能作意晚相从，烂醉不辞杯潋滟。

见《全宋诗》卷二一五六，《全宋诗》编者据《剑南诗稿》卷三收入。此诗又见《全宋诗》卷二二七四范成大，题同，仅"山矾"作"山樊"、"嗟余"作"嗟予"几字异，《全宋诗》编者据宋程遇孙《成都文类》卷一一收入。

按：据此诗"嗟余相与颇同调，身客剑南家在剡"云云，此诗当为陆游诗，陆游家乡为山阴绍兴，剡溪即在绍兴市嵊州境内。而范成大为江苏苏州人，与

---

① 陆游著，钱仲联校注：《剑南诗稿校注》，上海古籍出版社，2005，第62页。
② 卞东波：《南宋诗选与宋代诗学考论》，中华书局，2009，第156页。

剡溪并不相关。陆游诗经常以剡溪指代故乡，参其诗《之广都憩铁像院》："一官始巴僰，剡曲归何时。"①《幽居二首》其二："剡曲故庐归未得，暂从地主借茅茨。"②《戏咏闲适三首》其二："剡曲稽山是故乡，人言景物似潇湘。"③《西郊寻梅》乃陆游于乾道九年作于成都，时陆游为成都府路安抚司参议官④。

5.《成都岁暮始微寒小酌遣兴》

　　革带频移纱帽宽，茶铛欲熟篆香残。疏梅已报先春信，小雨初成十月寒。身似野僧犹有发，门如村舍强名官。鼠肝虫臂元无择，遇酒犹能蟹一欢。

见《全宋诗》卷二一五六，《全宋诗》编者据《剑南诗稿》卷三收入。此诗又见《全宋诗》卷一四七八石懋，题同，内容全同，《全宋诗》编者据清厉鹗《宋诗纪事》卷三五引《诗林万选》收入。

按：《全宋诗》编者在石懋此诗下加按语云："石懋生平行迹未至成都，诗当为误署，姑从《宋诗纪事》置此。"编者并没有指明此诗的真正的作者，其实此诗当为陆游诗。宋罗椅、刘辰翁选《放翁诗选》前集卷七、明曹学佺编《石仓历代诗选》卷一七五皆将此诗归入陆游名下。

6.《梅花》

　　家是江南友是兰，水边月底怯新寒。画图省识惊春早，玉笛孤吹怨夜残。冷淡合教闲处著，清臞难遣俗人看。相逢剩作樽前恨，索笑情怀老渐阑。

见《全宋诗》卷二一五六，《全宋诗》编者据《剑南诗稿》卷三收入。此诗又见《全宋诗》卷一四七八石懋，题同，仅"处著"作"处着"、"渐阑"作"新阑"几字异，《全宋诗》编者据影印《诗渊》第2册第1185页收入。

按：此诗当为陆游诗。宋罗椅、刘辰翁选《放翁诗选》别集、元方回《瀛

---

① 傅璇琮等主编：《全宋诗》第39册，北京大学出版社，1998，第24448页。
② 傅璇琮等主编：《全宋诗》第39册，北京大学出版社，1998，第24422页。
③ 傅璇琮等主编：《全宋诗》第39册，北京大学出版社，1998，第24775页。
④ 陆游著，钱仲联校注：《剑南诗稿校注》，上海古籍出版社，2005，第292页。

奎律髓》卷二〇皆将此诗归入陆游名下，又宋代李龏《梅花集句》其一〇二亦引"家是江南友是兰"作陆游诗。《诗渊》甚不可靠，此非石懋诗。

7.《梅花》

冰崖雪谷木未芽，造物破荒开此花。神全形枯近有道，意庄色正知无邪。……金樽翠杓未免俗，篝火为试江南茶。

见《全宋诗》卷二一六一，据《剑南诗稿》卷八收入。此诗又见《全宋诗》卷三六五二丘葵，题为"次放翁梅花韵"，仅"木未"作"物未"、"色正"作"正色"、"政要"作"正要"等几字异，《全宋诗》编者据《丘钓几集》卷一收入。

按：宋罗椅、刘辰翁选《放翁诗选》后集卷一亦将此诗归入陆游名下。丘葵《丘钓几集》现存为清抄本，其来源不明，而《剑南诗稿》《放翁诗选》诸书比其可靠得多，故此诗恐非丘葵诗，当为陆游诗。

8.《屈平庙》

委命仇雠事可知，章华荆棘国人悲。恨公无寿如金石，不见秦婴系颈时。

见《全宋诗》卷二一六三，《全宋诗》编者据《剑南诗稿》卷一〇收入。此诗又见《全宋诗》卷一〇四三朱服，题为"汨罗吊屈原"，内容全同，《全宋诗》编者据《永乐大典》卷五七六九引《古罗志》收入。

按：此诗当为陆游诗。宋罗椅、刘辰翁选《放翁诗选》前集卷八、嘉靖《归州志》卷五、万历《三峡通志》卷四皆将此诗归入陆游名下。孔凡礼《孔凡礼文存》亦谓："复阅《永乐大典》卷五千七百六十九引《古罗志》，有朱服《汨罗吊屈原》七绝一首，首句云'委命仇雠事可知'。按，此乃陆游诗，见《剑南诗稿》卷一〇，题作《屈原庙》。《古罗志》当为明初书。亦附此。"①

9.《雪中寻梅二首》

莫遣扁舟兴尽回，正须冲雪看江梅。楚人原未知真色，施粉何曾太白来。（其一）

---

① 孔凡礼：《孔凡礼文存》，中华书局，2009，第418页。

幽香淡淡影疏疏，雪虐风饕亦自如。正是花中巢许辈，人间富贵不关渠。（其二）

见《全宋诗》卷二一六四，《全宋诗》编者据《剑南诗稿》卷一一收入。见《全宋诗》卷二三九三朱熹，题为"梅二首"，仅"原未"作"元未"、"风饕"作"风威"几字异，《全宋诗》编者据宋《锦绣万花谷》后集卷三八收入。

按：陈新等《全宋诗订补》一书已指出朱熹《梅二首》实为陆游《雪中寻梅二首》[1]。但其没有注意到陆游《雪中寻梅二首》其二又见朱服名下，题为《梅花》，仅"风饕"作"风飞"一字异，《全宋诗》编者据宋陈景沂《全芳备祖》前集卷一收入。其实，宋陈景沂《全芳备祖》前集卷一亦当为误辑，宋代李龏《梅花集句》其九即引"正是花中巢许辈"作陆游诗，元韦居安《梅磵诗话》卷下亦引此诗作陆游诗。

10.《步过县南长桥游南山普宁院山高处有塔院及小亭缥缈可爱恨不能到（在玉山县，寺后有武安塔）》

偶扶藤杖过南津，野寺长桥发兴新。暂就清溪照须鬓，不妨翠雾湿衣巾。山萦细栈疑无路，树落崩崖欲压人。朝暮有程常犷犷，何因携酒上嶙峋。

见《全宋诗》卷二一六四，据《剑南诗稿》卷一一收入。此诗又见《全宋诗》卷二五七〇陆九渊，题为"过普宁寺"，仅"藜杖"作"藤杖"、"树落"作"树络"等几字异，《全宋诗》编者据宋陈思《两宋名贤小集》卷二一三收入。

按：此诗当为陆游诗。陆游《剑南诗稿》卷一一此诗前有《信州东驿晨起》《玉山县南楼晚望》诸作，此皆为玉山景致，显系同时之作。《剑南诗稿校注》谓陆游此诗作于淳熙六年九月玉山道中[2]。

11.《春晚书怀》

万里西游为觅诗，锦城更付一官痴。脱巾漉酒从人笑，拄筇看山颇自奇。疏雨池塘鱼避钓，晓莺窗户客争棋。老来怕与春为别，醉过

---

[1] 陈新等：《全宋诗订补》，大象出版社，2005，第431页。
[2] 陆游著，钱仲联校注：《剑南诗稿校注》，上海古籍出版社，2005，第920页。

残红满地时。

见《全宋诗》卷二一六〇,《全宋诗》编者据《剑南诗稿》卷七收入。此诗又见《全宋诗》卷一八五八朱松,题同,内容全同,《全宋诗》编者据清厉鹗《宋诗纪事》卷三九引《韦斋集》收入。

按:据诗句"锦城更付一官痴",该诗作者当在成都为官。《全宋诗》编者在朱松此诗下加按语云:"集中(指朱松《韦斋集》)无此诗。朱松生平未至蜀,当系厉鹗误收,姑置于此。"编者并没有指明此诗的真正的作者,其实此诗当为陆游诗。据《剑南诗稿校注》,此诗作于淳熙三年春暮,时陆游五十二岁,任成都府路安抚司参议官兼四川使司参议[①]。

12.《樊江观梅》

莫笑山翁老据鞍,探梅今夕到江干。半滩流水浸残月,一夜清霜催晓寒。倚醉更教重秉烛,怕寒元自怯凭栏。谁知携客芳华日,曾费缠头锦百端。(自注:成都合江园芳华楼下梅最盛)

见《全宋诗》卷二一七〇,《全宋诗》编者据《剑南诗稿》卷一七收入。此诗又见《全宋诗》卷一八五八朱松,题同,仅"怕寒"作"怕愁"一字异,《全宋诗》编者据影印《诗渊》第4册第2538页收入。

按:据陆游该诗自注可知,芳华当指成都合江园芳华楼。"曾费缠头锦百端"指陆游夜宴观海棠事,参陆游诗《夜宴赏海棠醉书》:"……醉夸落纸诗千首,歌费缠头锦百端。深院不闻传夜漏,忽惊蜡泪已堆盘。"[②]宋罗椅、刘辰翁选《放翁诗选》别集、元方回《瀛奎律髓》卷二〇、明曹学佺编《石仓历代诗选》卷一七五皆将此诗归入陆游名下。且朱松生平未至蜀,故此诗当为陆游所作。

13.《雨中泊舟萧山县驿》

端居无策散闲愁,聊作人间汗漫游。晚笛随风来倦枕,春湖带雨送孤舟。店家菰饭香初熟,市担莼丝滑欲流。自笑劳生成底事,黄尘陌上雪蒙头。

---

① 陆游著,钱仲联校注:《剑南诗稿校注》,上海古籍出版社,2005,第550页。
② 傅璇琮等主编:《全宋诗》第39册,北京大学出版社,1998,第24455页。

见《全宋诗》卷二一六九,《全宋诗》编者据《剑南诗稿》卷一六收入。此诗又见《全宋诗》卷五一八洪适,题同,仅"春湖"作"春潮"、"市担"作"市檐"几字异,《全宋诗》编者据影印《诗渊》第 5 册第 3621 页收入。

按:此为陆游诗,明张元忭修万历《绍兴府志》卷之四亦将此诗归入陆游名下。萧山县驿指萧山县梦笔驿,四库本陆游《入蜀记》卷一有记载:"至萧山县,憩梦笔驿,驿在觉苑寺旁。"

14.《秋日步至湖桑埭西》

伏枕衰方剧,揩筇气忽增。细泉鸣暗窦,疏树映孤灯。断雁寒依渚,强鱼健脱罾。行缠已无用,却作在家僧。

见《全宋诗》卷二一七六,《全宋诗》编者据《剑南诗稿》卷二三收入。此诗又见《全宋诗》卷二七三九周南,题同,仅"强鱼"作"长鱼"一字异,《全宋诗》编者据《山房集》卷一收入。

按:湖桑埭在山阴,参四库本宋施宿《会稽志》卷四:"湖桑堰在县(指山阴县)西十里,堰旁有小市,居民颇繁。"又据诗句"却作在家僧"云云,该诗当作于作者家乡山阴,周南为江苏苏州人,他晚年并不曾在山阴居住,而陆游为山阴人。又周南原集已佚,其现存《山房集》乃清四库馆臣据《永乐大典》辑得,故这可能是造成误收陆游之作的原因。

15.《晓出至湖桑埭》

残年孤寂不堪言,时唤平头驾短辕。老气犹能作黑卧,壮怀谁复记鸿轩。棹歌缥渺城西路,烟树参差埭北村。堪笑怪奇消未尽,夜来还梦属櫜鞬。

见《全宋诗》卷二二〇四,《全宋诗》编者据《剑南诗稿》卷五一收入。此诗又见《全宋诗》卷二七三九周南,题为"晚出至湖桑埭",内容全同,《全宋诗》编者据《山房集》卷一收入。

按:此诗当为陆游诗,参上诗考证。

16.《纵游》

人事元知不可谐,名山踏破几青鞋。百钱挂杖无时醉,一锸随身到处埋。驿壁读诗摩病眼，僧窗看竹散幽怀。亦知诗料无穷尽，灯火萧疏过县街。

见《全宋诗》卷二二一七，《全宋诗》编者据《剑南诗稿》卷六四收入。此诗又见《全宋诗》卷三〇一二赵汝回，题同，内容全同，《全宋诗》编者据宋陈起《江湖后集》卷七收入。

按：现存《江湖后集》乃是清四库馆臣据《永乐大典》辑得，重新编纂而成，讹误颇多，而陆游《剑南诗稿》比之可靠得多，故此诗恐非赵汝回诗，当为陆游作。

17.《己巳正月十八九间雪复大作不止》

早衰常畏雪，况复在江干。三日不能出，数年无此寒。卷帘惊溔漾，下榻觉蹒跚。稚子应怜我，孤吟兴未阑。

见《全宋诗》卷二二三四，《全宋诗》编者据《剑南诗稿》卷八一收入。此诗又见《全宋诗》卷二三六五李洪，题同，内容全同，《全宋诗》编者据《芸庵类稿》收入。

按：李洪原集已佚，其现存《芸庵类稿》乃清四库馆臣据《永乐大典》辑得，而陆游《剑南诗稿》比之可靠得多，又《剑南诗稿》卷八一此诗后有陆游诗《雪夜三首》其二："今年春苦寒，风雪塞户牖。况我穷阎士，袴敝衣见肘。……"[1] 此两诗可互证，故此诗当为陆游诗，非李洪所作。

18.《中阁》

万仞仙山插太空，山腰依约见莲宫。人寰隔绝无人到，洞府深沉有路通。石隙生云埋柱础，海光浮日映帘栊。野僧斋罢凭阑久，千里秋毫入望中。

见《全宋诗》卷二二三九，《全宋诗》编者据《放翁逸稿》卷一收入。此诗又见《全宋诗》卷三四二〇蔡元厉，题同，仅"莲宫"作"蓬宫"、"人到"作"烟到"、"石隙"作"石罅"等几字异，《全宋诗》编者据清宋广业《罗浮

---

[1] 傅璇琮等主编：《全宋诗》第41册，北京大学出版社，1998，第25660页。

山志会编》卷一八收入。

按：《剑南诗稿校注》云："此下五首游罗浮山组诗（指《罗山平云阁》《中阁》《冲虚宫》《罗浮山》《宝积寺》），非陆游所作，陆游一生踪迹未尝至广东也。"并疑此五诗为欧阳直卿作[1]，恐非是。《宋诗纪事补遗》卷七一亦引《罗浮山志》、《罗浮野乘》卷三皆将此诗归于蔡元厉名下，据此来看，此诗当为蔡元厉诗。

19.《冲虚宫》

林馆松门白昼扃，参鸾人去已千龄。基存旧宅楼台古，地有遗丹草木灵。满洞晓云春酿雨，一池秋水夜涵星。麻姑仙驭今何在，槛外孤峰晚更青。

见《全宋诗》卷二二三九，《全宋诗》编者据《放翁逸稿》卷一收入。此诗又见《全宋诗》卷三四二〇蔡元厉，题为"孤青峰"，仅"林馆松门"作"琳馆松扉"、"参鸾"作"骖鸾"等几字异，《全宋诗》编者据清宋广业《罗浮山志会编》卷一八收入。

按：此为蔡元厉诗，参上诗考证。明郭棐《岭海名胜记》卷之一二、乾隆《博罗县志》卷一三皆将此诗归入蔡元厉名下。

20.《罗浮山》

十里山光翠障开，重游何事意徘徊。石楼自向云中见，仙岛谁知海上来。丹灶尚能含日月，龙潭还解起风雷。天涯为郡空华发，十二年间到两回。

见《全宋诗》卷二二三九，《全宋诗》编者据《放翁逸稿》卷一收入。此诗又见《全宋诗》卷四〇八陈偁，题同，仅"天涯"作"天南"一字异，《全宋诗》编者据清宋广业《罗浮山志会编》卷一八收入。

按：此为陈偁诗，参上诗考证。明郭棐《岭海名胜记》卷之一二、《罗浮野乘》卷一、乾隆《博罗县志》卷一三皆将此诗归入陈偁名下。但王元林校注《岭海名胜记校注》却据《放翁逸稿》将此诗作者由陈偁改为陆游，当有误[2]。

---

[1] 陆游著，钱仲联校注：《剑南诗稿校注》，上海古籍出版社，2005，第4554页。
[2] 郭棐编撰，王元林校注：《岭海名胜记校注》，三秦出版社，2012，第588页。

第四十一册

范成大

陈新等《全宋诗订补》已指出《全宋诗》编者所辑范成大名下诗《田家》《秋蝉》分别为刘克庄《田舍》、陆游《秋日闻蝉》；又《全宋诗》编者所辑范成大名下《句》其四属误辑当删。又范成大《行路难》实为白玉蟾《行路难寄紫元》，范成大《西郊寻梅》实为陆游《西郊寻梅》，张镃《题羔羊斋外木芙蓉》《窗前木芙蓉》实为范成大《题羔羊斋外木芙蓉》《窗前木芙蓉》，范成大《村居即景》实为翁卷《乡村四月》，参本书相关章节考证。除此之外，范成大名下还有以下诸诗与他人重出：

1.《夜至宁庵见壁间端礼昆仲倡和明日将去次其韵》

杉松庑门森老苍，佛屋深夜幡花香。借床睡倒恍何处，梦随潜鱼听惊榔。咿哑禽语晓光净，窸窣草鸣朝雨凉。哦诗出门怀二妙，春涨绕山湖水黄。

见《全宋诗》卷二二四六范成大，《全宋诗》编者据《石湖居士诗集》卷五收入。此诗又见《全宋诗》卷二六九三孙应时，题为"夜深至宁庵见壁间端礼昆仲倡和明日次其韵"，仅"床睡倒恍"作"床健倒悦"、"惊榔"作"夜榔"等几字异，《全宋诗》编者据《烛湖集》卷一五收入。

按：诗当为范成大诗。孔凡礼先生谓，端礼即魏仲恭，端礼昆仲当指伯友、叔介、仲远等人，范成大此诗约作于绍兴二十五年春赴新安掾前[①]。因孙应时原集已佚，其现存《烛湖集》乃清四库馆臣据《永乐大典》辑得，这可能是造成误收范成大之作的原因。

2.《韩无咎检详出示所赋陈季陵户部巫山图诗仰窥高作叹息弥襟余尝考宋玉谈朝云事漫称先王时本无据依及襄王梦之命玉为赋但云㥧颜怒以自持曾不可乎犯干后世弗察一切溷以媟语曹子建赋宓妃亦感此而用此嘲谁当解者辄用此意》

---

① 孔凡礼：《孔凡礼文存》，中华书局，2009，第254页。

次韵和呈以资抚掌》

瑶姬家山高插天，碧丛奇秀古未传。向来题目经楚客，名字径度岷峨前。是邪非邪荟谁识，乔林古庙常秋色。暮去行雨朝行云，翠帷瑶席知何人。峡船一息且千里，五两竿头见旙尾。……君不见天孙住在银涛许，尘间犹作儿女语。公家春风锦瑟傍，莫为此图虚断肠。

见《全宋诗》卷二二五○范成大，《全宋诗》编者据《石湖居士诗集》卷九收入。此诗又见《全宋诗》卷二○九四韩元吉，题为"检详出示所赋陈季陵户部巫山图诗，仰窥高作，叹息弥襟。范成大尝考宋玉谈朝云事，漫称先王时，本无据依，及襄王梦之，命玉为赋，但云'颛薄怒以自持，曾不可乎犯干'，后世弗察，一切溷以媒语，曹子建赋宓妃，亦感此而作，此嘲谁当解者？辄用此意，次韵和呈，以资拊掌"，仅"古庙"作"石庙"、"旙尾"作"幡尾"等几字异，《全宋诗》编者据《南涧甲乙稿》卷二收入。

按：诗当为范成大诗。此诗题云"检详出示所赋陈季陵户部巫山图诗"，所谓"陈季陵户部巫山图诗"即指韩元吉《题陈季陵家巫山图一首》："蓬莱水弱波连天，五城十二楼空传。……君家此画来何许，照水烟鬟欲相语。要须婿服令侍旁，不用作赋回枯肠。"[①]该诗显然是次韵韩元吉《题陈季陵家巫山图一首》之作，故此诗当为范成大诗。又韩元吉《南涧甲乙稿》原本已佚，其集乃清四库馆臣据《永乐大典》辑出，此诗当属误辑（把诗题中的人名当成了作者）。

3.《藻侄比课五言诗已有意趣老怀甚喜因吟病中十二首示之可率昆季赓和胜终日饱闲也》

旧岁连新岁，凉床又煖床。山川屏里画，时刻篆中香。畏垒吾安土，支离饱太仓。若教身更健，鹤背入维扬。（其一）

日煖衣犹袭，宵长被有稜。朝晴三楪饭，昏晓一缸灯。伴坐跧如几，扶行瘦比藤。生缘堪入画，寂寞憩松僧。（其三）

软熟羞盘馔，芳辛实枕帏。候晴先晒席，占湿豫烘衣。易粟鸡皮

[①] 傅璇琮等主编：《全宋诗》第 38 册，北京大学出版社，1998，第 23622 页。

皱，难培鹤骨肥。头颅虽若此，虚白自生辉。（其五）

数息憎晨清，伸眉惬晚晴。隙尘浮日影，窗穴啸风声。扪虱天机动，驱蚊我相生。偶然成一笑，栩栩暂身轻。（其六）

目眚浮珠佩，声尘籁玉箫。秋怀潘鬓秃，午梦楚魂销。注水瓶花醒，吹薪药鼎潮。南柯何处是，斜日上廊腰。（其八）

静里秋先到，闲中昼自长。门阑疑泄柳，尸祝漫庚桑。腹已椷经笥，身犹试药方。强名今日愈，勃窣负东墙。（其九）

此诗见《全宋诗》卷二二六五范成大，《全宋诗》编者据《石湖居士诗集》卷二四收入。又见《全宋诗》卷一一二〇陈师道，题为"病中六首"，仅"更健"作"再健"、"豫"作"预"、"自生辉"作"日生辉"等几字异，《全宋诗》编者据元方回《瀛奎律髓》卷四四收入。

按：这些诗非陈师道所作。冒怀辛整理之《后山诗注补笺》并未著录这几首诗。其实，元方回《瀛奎律髓》卷四四"病中六首"亦并未注明这些诗是陈师道所作，而是说"元题十二首，示藻侄可率昆季赓和。今取六首。"这也是说明这六首诗取自《示藻侄可率昆季赓和》，这正是范成大诗作。《全宋诗》编者之所以认为这些诗乃陈师道所作，当是承前人所误，如清纪昀即以为这些诗乃陈师道所作[①]。

4.《初冬小园寓目》

独树乔松色，闲云淡落晖。新霜黄橘重，久雨翠梧稀。暗雀鸣还啄，高乌定更飞。敝貂犹故在，辛岁免无衣。

见《全宋诗》卷二二七四范成大，《全宋诗》编者据宋蒲积中《古今岁时杂咏》收入。又见《全宋诗》卷一一八三张耒，题同，仅"乔松"作"翘寒"，"橘"作"菊"，"暗"作"暝"几字异，《全宋诗》编者据《柯山集拾遗》卷四收入。又见《全宋诗》卷三三八韩琦诗，题同，仅"乔松"作"翘寒"，"暗"作"暝"，"乌"作"鸟"几字异，《全宋诗》编者据《永乐大典》卷一九六三七收入。

---

① 方回选评，李庆甲集评校点：《瀛奎律髓汇评》，上海古籍出版社，2005，第1584页。

按：此诗归属存疑。宋蒲积中《古今岁时杂咏》此诗并未署名，《全宋诗》编者认为该诗当是承前诗省名（前诗为范成大诗），此判断当有误。《北京大学中国古文献研究中心集刊（第6辑）》载《〈古今岁时杂咏〉版本及其文献价值》一文认为该诗北大二抄本《古今岁时杂咏》署"东溪先生（即高登）"，当作高登诗。

杨万里

陈新等《全宋诗订补》指出杨万里名下《十二月二十七日大雪中过吉水小盘渡西归三首（其三）》《昌英知县叔作岁坐上赋瓶里梅花时坐上九人七首（其五）》《和罗巨济山居十咏（其五）》《张功父索余近诗余以南海朝天二集示之蒙题七字》诗与杨皇后《题朱锐雪景册》、严参《瓶梅》、严参《落梅》、张镃《题杨诚斋南海朝天二集》诗重出，这些诗皆当为杨万里诗。张如安《〈全宋诗〉订补稿》也指出杨万里名下《栟榸江滨芙蓉一株发红白二色二首》其一与杜衍《荷花》诗重出，此当为杨万里诗。申振民《〈全宋诗〉误收重出考辨及补遗》一文也指出杨万里名下《贺皇太子九月四日生辰十首》《贺皇孙平阳郡王十月十九日生辰》与赵彦端诗《寿皇太子七首》《寿皇太子三首》《寿皇孙》重出，这些诗当皆为杨万里诗。又《北京大学中国古文献研究中心集刊（第11辑）》载《关于杨万里诗集的补遗》一文指出杨万里名下《中秋雨过月出》《泊泠水浦》《夜雨独觉》《夜闻风声》《三月十日》《过秀溪长句》《和贺升卿云庵升卿尝上书北阙既归去岁寄此诗今乃和以报之》《七月十二日夜登清心阁醉吟》《灯下读山谷诗》与曹勋名下《中秋雨过月出（其一）》《泊泠水浦》《夜雨独觉》《夜闻风声》《三月十日》《过秀溪长句》《今乃和以报之》《七年十二月夜登清心阁》《灯下读山谷诗》诗重出，这些诗皆当为杨万里诗。又刘蔚《〈全宋诗〉重出误收甄辨》一文指出杨万里名下《田家乐》《圩田二首》与滕白《七绝三首》重出，这些诗当为杨万里诗。又谢逸《桂花》其二实为杨万里《木犀二绝句》其二，参本书相关章节考证。除此之外，杨万里名下还有以下诸诗与他人重出：

1.《普明寺见梅》

城中忙失探梅期，初见僧窗一两枝。犹喜相看那恨晚，故应更好半开时。今冬不雪何关事，作伴孤芳却欠伊。月落山空正幽独，慰存无酒且新诗。

见《全宋诗》卷二二七五杨万里，《全宋诗》编者据《诚斋集》卷一《江湖集》收入。此诗又见《全宋诗》卷三四五八陆梦发，题为"梅花"，仅"相看"作"相逢"、"作伴"作"值伴"几字异，《全宋诗》编者据清厉鹗《宋诗纪事》卷六七引《梅花鼓吹》收入。

按：元方回《瀛奎律髓》卷二〇、明曹学佺编《石仓历代诗选》卷一七九上诸书皆将此诗归入杨万里名下。又杨万里生前曾自编其诗凡八集，《全宋诗》所录杨万里诗以宋端平间刊本（原书藏日本东京宫内厅书陵部）为底本著录，校以宋淳熙、绍熙间递刻之《诚斋先生江湖集十四卷荆溪集十卷西归集四卷南海集八卷江西道院集五卷朝天续集八卷退休集十四卷》（藏北京图书馆），版本可靠，此诗见《江湖集》，当为杨万里诗。杨万里此诗作于绍兴三十二年（1162），时杨万里寄居永州普明寺[①]，可参杨万里《腊夜普明寺睡觉二首》《东寺诗僧照上人访予于普明寺赠以诗》《晚立普明寺门时已过立春去除夕三日尔将归有叹》诸诗。

2.《闲居初夏午睡起二绝句》其一

梅子留酸软齿牙，芭蕉分绿与窗纱。日长睡起无情思，闲看儿童捉柳花。

见《全宋诗》卷二二七七杨万里，《全宋诗》编者据《诚斋集》卷三《江湖集》收入。此诗又见《全宋诗》卷三〇二二赵葵，题为"初夏（其二）"，仅"软"作"溅"、"与"作"映"、"长"作"高"几字异，《全宋诗》编者据宋刘克庄《后村千家诗》卷二收入。

按：此诗为杨万里诗。宋罗大经《鹤林玉露》卷一四、宋叶寘《爱日斋丛钞》

[①] 萧东海：《杨万里年谱》，上海三联书店，2007，第85页。

卷三诸书皆作杨万里诗。刘克庄《后村千家诗》卷二此诗前署一"又"字,盖因此诗前一首诗为赵葵《初夏》,《全宋诗》编者认为此诗亦当为赵葵作(该诗承前诗省名),此判断当有误。《分门纂类唐宋时贤千家诗选校证》一书亦谓此诗当为杨万里诗[①]。

3.《和昌英叔觅松枝作日棚》其一

先人手种一川松,为栋为梁似未中。只合茅斋听驱使,为公六月唤秋风。

见《全宋诗》卷二二七七杨万里,《全宋诗》编者据《诚斋集》卷三《江湖集》收入。此诗又见《全宋诗》卷一二八一洪刍,题为"松棚",仅"栋"作"梁"、"秋风"作"清风"几字异,《全宋诗》编者据《老圃集》卷下收入。

按:此诗为杨万里诗。诗见《诚斋集》卷三《江湖集》。洪刍《老圃集》原本已佚,其集乃清四库馆臣据《永乐大典》辑出,这就有可能造成误收他人之作。昌英为杨辅世,乃杨万里叔,两人关系密切。参杨万里《达斋先生文集序》:"后四年,某自赣掾辞满,乃归南溪,卜筑于达斋之西,自是日还往相唱酬,非之官,无日不还往不唱酬也。……达斋,讳辅世,字昌英,达斋其自号也。终官左宣教郎,知沅之麻阳县。得年五十。"[②]

4.《题钓台二绝句》

断崖初未有人踪,只合先生著此中。汉室也无一抔土,钓台今是几春风。(其一)

同学书生已冕旒,未将换与一羊裘。子云到老不晓事,不信人间有许由。(其二)

见《全宋诗》卷二二七八杨万里,《全宋诗》编者据《诚斋集》卷四《江湖集》收入。此诗又见《全宋诗》卷一九〇四施宜生,题为"严子陵钓台",仅"断崖初未有"作"悬崖断壑少"、"著此"作"卧此"等几字异,《全宋诗》编者据宋陈鹄《耆旧续闻》卷六收入。

---

① 刘克庄编,李更等校:《分门纂类唐宋时贤千家诗选校证》,人民文学出版社,2002,第44页。
② 杨万里著,王琦珍整理:《杨万里诗文集》,江西人民出版社,2006,第1253页。

按：此诗为杨万里诗。宋叶寘《爱日斋丛抄》卷五、宋刘克庄《后村诗话》续集卷一、明陶宗仪《说郛》卷一七上等皆引"子云到老不晓事，不信人间有许由"作杨万里诗。此诗乃是杨万里乾道三年赴临安途经严州时所作，可参杨万里同卷此诗前一首诗《白沙买船晚至严州》："重雾疑朝雨，斜阳竟晚晴。万山江外尽，一塔岭尖明。舟小宁嫌窄，途长已倦行。子陵台下水，未酌意先清。"①

5.《郡圃残雪三首》

半依篱脚半依城，多傍梅边水际亭。最是晚晴斜照里，黄金日射万银星。（其一）

南风融雪北风凝，晚日城头已可登。莫道雪融便无迹，雪融成水水成冰。（其二）

城外城中雪半开，远峰依旧玉崔嵬。池冰绽处才如线，便有鸳鸯浮过来。（其三）

见《全宋诗》卷二二八五杨万里，《全宋诗》编者据《诚斋集》卷一一《荆溪集》收入。此诗又见《全宋诗》卷二五一七章甫，题同，内容全同，《全宋诗》编者据《自鸣集》卷六收入。

按：此诗为杨万里诗。诗见杨万里《诚斋集》卷一一《荆溪集》。章甫诗集原本已佚，其现存《自鸣集》乃清四库馆臣据《永乐大典》辑出，这就有可能造成误收他人之作。杨万里《荆溪集》此诗前后还有《方暖积雪始融》《郡圃雪霁便有春意》《郡圃雪销已尽惟余城阴一街雪》《送客归至郡圃残雪销尽》诸诗，当皆作于同时。

6.《陈蹇叔郎中出闽漕别送新茶李圣俞郎中出手分似》

头纲别样建溪春，小璧苍龙浪得名。细泻谷帘珠颗露，打成寒食杏花饧。鹧斑碗面云萦字，兔褐瓯心雪作泓。不待清风生两腋，清风先向舌端生。

见《全宋诗》卷二二九三杨万里，《全宋诗》编者据《诚斋集》卷一九收入。

---

① 萧东海：《杨万里年谱》，上海三联书店，2007，第58页。

此诗又见《全宋诗》卷二一四九陈仲谔，题为"送新茶李圣喻郎中"，内容全同，《全宋诗》编者据清张英、王士禛《渊鉴类函》卷三九〇收入。

按：此诗为杨万里诗。诗见《诚斋集》卷一九。从版本学角度看，此诗当为杨万里诗。《渊鉴类函》卷三九〇此诗题名为"陈蹇叔送新茶李圣喻郎中"，《全宋诗》编者认为此诗为陈仲谔（字蹇叔）诗，盖将诗题中人名误为该诗作者。

7.《寄题喻叔奇国博郎中园亭二十六咏·亦好园》

　　金谷惟堪贮俗尘，辋川今复得诗人。先生道是贫到骨，犹有山园斗大春。

见《全宋诗》卷二二九五杨万里，《全宋诗》编者据《诚斋集》卷二一《朝天集》收入。此诗又见《全宋诗》卷二六三六赵蕃，题为"亦好园"，内容全同，《全宋诗》编者据《淳熙稿》卷十九收入。

按：此诗为杨万里诗。诗见《诚斋集》卷二一《朝天集》。赵蕃诗集原本已佚，其现存《淳熙稿》乃清四库馆臣据《永乐大典》辑出，这就有可能造成误收他人之作。"亦好园"乃喻良能（字叔奇）家园林，王十朋有诗亦曾提及，参《寄题喻叔奇亦好园》。喻良能咏"亦好园"诗更是多达二十余首，参《夜梦亦好园》《亦好园四咏》《亦好园即事》《九日亦好园小集》。赵蕃与喻良能并无交往，故此诗当非其所作。

8.《宿兰溪水驿前三首》其二

　　合眼波吹枕，开篷月入船。奇哉一江水，写此二更天。剩欲酣清赏，翻愁败醉眠。今宵怀昨夕，雨卧万峰前。

见《全宋诗》卷二三〇〇杨万里，《全宋诗》编者据《诚斋集》卷二六《江西道院集》收入。此诗又见《全宋诗》卷二六一三詹体仁，题为"宿兰溪水驿前"，内容全同，《全宋诗》编者据清朱秉鉴《詹元善先生遗集》卷下收入。

按：此诗为杨万里诗。诗见《诚斋集》卷二六。李一飞《宋集小考三题》认为清朱秉鉴《詹元善先生遗集》当为伪书，此诗亦并非詹体仁诗[①]。

---

① 李一飞：《宋集小考三题》，《中国韵文学刊》2007 年第 1 期，第 78—82 页。

9.《盱眙军东山飞步亭和太守霍和卿韵》

杏花岩左瞰东岩，驱使淮山指顾间。招信上流总奔赴，僧伽孤塔政弯环。今来古往空陈迹，远草斜阳只惨颜。走马看山真憾憾，忙中拾得片时闲。

见《全宋诗》卷二三〇一杨万里，《全宋诗》编者据《诚斋集》卷二七《朝天续集》收入。此诗又见《全宋诗》卷二四六六霍篪，题为"飞步亭"，仅"上流总奔"作"□□总□"、"空陈"作"皆陈"等几字异，《全宋诗》编者据元陈世隆《宋诗拾遗》卷二二收入。

按：此为杨万里和霍篪（字和卿）之作。宋祝穆《方舆胜览》卷四七亦将此诗归入杨万里名下。此诗见《诚斋集》卷二七《朝天续集》，版本可靠。成化《中都志》卷八亦将此诗归于霍篪名下，恐有误。

10.《和傅景仁游清凉寺》

旧时月过女墙头，风雨摧颓废不修。地老天荒无处问，松声滩响替人愁。祥刑使者来何暮，吊古诗篇清更幽。收拾江山入怀袖，却归讲席进鸿畴。

见《全宋诗》卷二三〇五杨万里，《全宋诗》编者据《诚斋集》卷三一《江东集》收入。此诗又见《全宋诗》卷二六四五马之纯，题为"清凉广惠禅寺二首（其二）"，内容全同，《全宋诗》编者据《景定建康志》卷四六收入。

按：此诗为杨万里诗。《景定建康志》卷四六此诗下并未署作者名，只因此诗前一首诗为马之纯《清凉广惠禅寺》其一诗，故《全宋诗》编者认为此诗亦当为马之纯诗（承前诗省名），该判断当有误。其实，《景定建康志》卷三七已收有此诗，题为"和傅景仁游清凉寺"，并署杨万里名。

11.《题王才臣南山隐居六咏·庄敬日强斋》

居人晏犹眠，行子夕未宿。此心从何生，却道力不足。

见《全宋诗》卷二三一〇杨万里，《全宋诗》编者据《诚斋集》卷三六《退休集》收入。此诗又见《全宋诗》卷二七四四李壁，题为"庄敬日强斋二首（其二）"，内容全同，《全宋诗》编者据《永乐大典》卷二五三六收入。

按：此诗为杨万里诗。周必大亦曾提及杨万里为王才臣庄敬日强斋题诗事，参其诗《王才臣求园中六诗杨秘监（即杨万里）谢尚书皆赋·庄敬日强斋》。

第四十三册

周必大

陈恒舒《〈永乐大典〉所涉宋诗资料丛考》一文指出周必大名下《次韵廷秀待制玉蕊》《林顺卿教授两为玉蕊花赋长韵富赡清新老病无以奉酬辄用杨使君韵为谢》《去年孙从之示玉蕊佳篇时过未敢赓和今年此花盛开辄次严韵并以新刻辨证为献》与林迪诗重出，此三诗皆为周必大诗。又周必大《胡季怀有诗约群从为秋泉之集辄以山果助筵戏作二叠》与陈起《胡季怀有诗约群从为秋泉之集辄以山果助筵戏作二叠》重出，参本书相关章节考证。除此之外，周必大名下还有如下一诗与他人重出：

1.《钱文季状元去春用杨吉州子直韵赋玉蕊诗老悖久稽奉酬今承秩满还朝就以为饯》

昼揽群芳博物华，夕披众说聚萤车。花来北固无新唱，诗到西昆有故家。乡里孝廉流泽远，弟兄科甲搢绅夸。盍归史馆开群玉，徐步词垣判五花。

见《全宋诗》卷二三二七，《全宋诗》编者据《周益文忠公集》卷四一收入。此诗又见《全宋诗》卷二七八五钱文子，题为"状元去春用杨吉州子直韵赋玉蕊诗老悖久稽奉酬今承秩满还朝就以为饯"，仅"史馆"作"史观"一字异，《全宋诗》编者据《永乐大典》卷一一〇七七收入。

按：此诗为周必大诗。钱文子此诗下并未有自注，而周必大该诗下自注云："欧公诗话两言杨大年与钱文僖、刘子仪数公唱和，号《西昆集》。后进学看争效之，风雅一变，谓之昆体，唐贤诸诗集几废不行。文季系出文僖，而上世本姓刘云。"故此诗显为周必大诗。《〈永乐大典〉索引纠误》一文已考证出《全宋诗》林迪名下三诗皆为周必大诗，即《次韵廷秀待制玉蕊》《教授两为玉蕊花赋长韵富赡清新老病无以奉酬辄用杨史君韵为谢》《去夏孙从之示玉蕊佳篇时过未敢赓和今年此花盛开辄次严韵并以新刻辩证为献》。盖有此失误，是因为《全宋诗》编者误以诗题中的人名为作者名也。其实，此诗为什么会误辑入钱文子名下，亦是同样的原因。钱文子即钱宏，其人字文子，又字文季。《全宋诗》收有钱文子的诗，又收有钱宏的诗，其实此两人实为一人，当合二为一。

欧阳鈇

《句》其五

天上张公子，云间陆士龙。

见《全宋诗》卷二三三三欧阳鈇，《全宋诗》编者据《诗人玉屑》卷一九收入。

按：此诗句又见彭汝砺《送和仲》："远宦无情思，君来慰病容。棣华开韡韡，鸣雁去雝雝。天上张公子，云间陆士龙。圣门多闳奥，更愿与君从。"[1]（《全宋诗》编者据《鄱阳集》卷九收入）

来梓

《子猷访戴》

四山摇玉夜光浮，一舸玻璃凝不流。若使过门相见了，千年风致一时休。

见《全宋诗》卷二三三四来梓，《全宋诗》编者据宋陈起《前贤小集拾遗》卷四收入。此诗又见《全宋诗》卷二八七四朱子仪，题为"访戴图"，内容全同，《全宋诗》编者据宋赵与时《宾退录》卷五收入。

按：此诗当为来梓诗，元佚名《诗家鼎脔》卷上、元韦居安《梅磵诗话》卷上、万历《绍兴府志》卷八、《宋诗纪事》卷五七诸书皆将此诗归入来梓名下。查《学海类编》本《宾退录》，此诗署名来子仪（即来梓，字子仪），《全宋诗》编者误察。

---

[1] 傅璇琮等主编：《全宋诗》第 16 册，北京大学出版社，1998，第 10582 页。

尤袤

王岚《汪藻文集与诗作杂考》一文指出汪藻《大暑留召伯埭》实为尤袤《大暑留召伯埭》。吴洪泽《尤袤诗名及其生卒年解析》一文指出尤袤《游阁皂山》实为刘遂初（即刘正之）《阁皂山》。又张栻《落梅》实为尤袤《落梅》，参本书相关章节考证。除此之外，尤袤名下还有如下诗句与他人重出：

《句》其一二

> 饱看七宝山头月，惯听三茅观里钟。

见《全宋诗》卷二三三六，乃《全宋诗》编者依据方回《瀛奎律髓》卷二四《送吴待制帅襄阳二首》诗注引辑得。此诗又见《全宋诗》卷二五二一吴环《句》，内容全同，乃《全宋诗》编者依据元方回《瀛奎律髓》卷二四辑得。

按：《全宋诗》编者依据同一书将此诗句分系两人名下，不知何故。查方回《瀛奎律髓》卷二四尤袤《送吴待制帅襄阳二首》其二："欲将盘错试余锋，故拥旗麾讫外庸。南岘北津形胜地，前羊后杜昔贤踪。不妨倒载同民乐，自有轻裘折虏冲。努力功名归报国，莫思山月与林钟。"最后一句注云："公诗'饱看七宝山头月，惯听三茅观里钟'此吴环也，琚之弟，高宗吴后之侄。"① 尤袤诗最后一句"莫思山月与林钟"很诙谐幽默，其实即是对吴待制环诗"饱看七宝山头月，惯听三茅观里钟"一种戏谑，此诗句为吴环所作明矣。《宋诗纪事》卷四十八亦引方回《瀛奎律髓》将此诗句归之吴环名下。

宋孝宗

朱腾云博士论文《〈全宋诗〉重出误收研究》指出宋孝宗《西太乙宫陈朝桧》实为苏轼《孤山二咏·柏堂》，宋孝宗《柑橘》实为郭祥正《城东延福禅院避暑五首》其四，宋孝宗《题周文矩合乐士女图》乃唐白居易《夜调琴忆崔少卿》诗，宋孝宗《赐赵士忠二首》其一实为汉末刘桢《杂诗》，宋孝宗《赐赵士忠二首》其二实为傅玄《杂诗三首》其一，又宋孝宗《赐圆觉寺僧德信》与宋高宗《赐

---

① 方回选评，李庆甲集评校点：《瀛奎律髓汇评》，上海古籍出版社，2005，第1098页。

僧守璋二首》重出（此二诗归属存疑）。此外，宋孝宗名下还有以下诸诗与他人重出：

1.《赐灵隐住持德光》

大暑流金石，寒风结冻云。梅花香度远，自有一枝春。

见《全宋诗》卷二三三七，《全宋诗》编者据宋潜说友《咸淳临安志》卷四二收入。此诗又见《全宋诗》卷三二九二宋理宗，题为"偈颂"，内容全同，《全宋诗》编者据清胡敬《淳祐临安志辑逸》卷二收入。

按：此诗为宋孝宗诗。《古尊宿语录》卷四八《佛照禅师奏对录》详细记述了孝宗赐颂德光的时间和经过。据韩天雍《中日禅宗墨迹研究：及其相关文化之考察》，今存宋孝宗碑拓，其中有《御制碑》《和灵隐长老偈碑》。《御制碑》上部有篆额。中部是孝宗皇帝的御书，即"大暑流金石，寒风结冻云。梅花香度远，自有一枝春"诗。碑的下半部介绍了立碑的时间："淳熙四年（1177）七月二十七日。景德灵隐禅寺住持传法特赐佛照禅师。臣德光谨记。淳熙辛丑孟秋。重立石于阿育王山。"《和灵隐长老偈碑》即是宋孝宗御书诗："欲言心佛难分别，俱是精微无碍通。跳出千重缚不住，天涯海角任西风。"此诗为和德光之作，德光原唱诗为《进即心即佛非心非佛颂》："即心即佛无蹊径，非佛非心有变通。直下两头俱透脱，新罗不在海门东。"[①] 查淳祐《临安志辑逸》卷二，此诗实未署名，不知《全宋诗》编者何据。

2.《又赐颂》

欲言心佛难分别，俱是精微无碍通。跳出千重缚不住，天涯海角任西风。

见《全宋诗》卷二三三七，《全宋诗》编者据宋潜说友《咸淳临安志》卷四二收入。此诗又见《全宋诗》卷三二九二宋理宗，题为"和灵隐长老颂"，内容全同，《全宋诗》编者据清胡敬《淳祐临安志辑逸》卷二收入。

按：此诗为宋孝宗诗，考证同上。

[①] 韩天雍：《中日禅宗墨迹研究：及其相关文化之考察》，中国美术学院出版社，2008，第178页。

3.《句》其二

称此一天风月好，橘香酒熟待君来。

见《全宋诗》卷二三三七，《全宋诗》编者据《建炎以来朝野杂记》甲集卷一收入。此句又见《全宋诗》卷一九八二宋高宗《句》其四，仅"称此一天"作"趁此一轩",《全宋诗》编者据《齐东野语》卷一〇收入。

按：此句归属存疑。《建炎以来朝野杂记》甲集卷一、宋叶绍翁《四朝闻见录》卷三皆将此句归入宋孝宗名下。宋周密《齐东野语》卷一〇、明谢肇淛《文海披沙》卷二、明田汝成《西湖游览志余》卷一〇诸书皆将此句归入宋高宗名下。

唐人鑑

《潇湘渔父歌》

乾淳老人气岳岳，破冠穿履行带索。撑肠拄肚书万卷，临风欲言牙齿落。

见《全宋诗》卷二三五八唐人鑑，《全宋诗》编者据清武占熊嘉庆《零陵县志》卷一五收入。此诗又见《全宋诗》卷三七〇四潇湘渔父诗，题为"歌一首"，内容全同，《全宋诗》编者据清邓显鹤《沅湘耆旧集》前编卷二六收入。

按：此诗为潇湘渔父诗。元杜本辑《谷音》下、《宋元诗会》卷五六诸书皆将此诗归入潇湘渔父名下。《沅湘耆旧集》前编卷二六此诗下注云："《楚风补》载潇湘渔父歌于唐人鑑诗后。云见古碑文，后人遂并此为人鑑作，非也。"

第四十四册

项安世

李更《〈全宋诗〉刘克庄诗补正及相关问题》一文指出项安世名下《有感韩鲁一首》《有感》《有感七首之一》《闻城中募兵有感》《读本朝史有感十首》《有感四首（其二）》与刘克庄名下《韩曾一首》《有感》《有感》《闻城中募兵有感

二首》《读本朝事有感十首》《有感二首（其二）》诸诗重出，这些诗当皆为刘克庄诗。又朱腾云博士论文《〈全宋诗〉重出误收研究》指出项安世《次韵杨佥判潜室中竹枝》即是项安世《次韵杨佥判室中竹枝》，项安世《闰月二十一日作落梅花》其一即是项安世《为朱文公作》。又项安世名下还有多诗与刘子翚诗重出，参本书刘子翚诗重出考辨。除此之外，项安世名下还有以下诸诗与他人重出：

1.《濯足万里流》

将子无涉水，水深下无极。……乱流两白足，何日蹿疏逸。子兮宁不悲，饥旰徯唐稷。岂其洛之涯，而可温与石。

见《全宋诗》卷二三七六项安世，《全宋诗》编者据《平庵悔稿》卷七收入。此诗又见《全宋诗》卷二五二九陈傅良，题为"招隐二首（其二）"，仅"蛟蜓"作"蛟涎"、"谏议"作"议谏"等几字异，《全宋诗》编者据《止斋集》卷三收入。

按：此当为陈傅良诗。陈傅良《招隐二首》两诗皆十韵，第一首云"将子无登山"，第二首云"将子无涉水"，显为同一组诗。《全宋诗》所收《止斋集》以明正德覆刻宋嘉定五年永嘉郡斋本为底本，版本可靠。从版本学角度看，此诗亦当为陈傅良作。

2.《句》

醉中偶尔闲伸脚，便被刘郎卖作名。

见《全宋诗》卷二三八二项安世，《全宋诗》编者据宋杨万里《诚斋集》卷一一四《诗话》收入。

按：据杨万里《诚斋集》卷一一四："平甫《题钓台》：'醉中偶尔闲伸脚，便被刘郎卖作名。'"杨万里谓此诗句出自项安世《题钓台》。项安世有《钓台》其一："数仞山头一小亭，只消此地过平生。崎岖狭世才伸脚，已被刘郎卖作名。"[1]此诗最后两句与此句类似，字句略有不同，或杨万里记忆之误也？

---

[1] 傅璇琮等主编：《全宋诗》第45册，北京大学出版社，1998，第27789页。

朱熹

《全宋诗》编者谓朱熹名下《登定王台》《次敬夫登定王台韵》与林用中《敬夫用定王台韵赋诗因复次韵》《十三晨起雪晴前言果验用定王台韵赋诗》诗重出，此两诗当为朱熹诗。陈新等《全宋诗订补》也指出朱熹名下诗《梅二首》《秋日成诗》《题陶渊明小像》《山茶》《右军宅》分别为陆游《雪中寻梅二首》、程颢《秋日偶成二首》其二、方回《题渊明像》、陶弼《山茶花》、赵抃《游戒珠寺悼右军故宅》；又朱熹名下《书邵子尧夫游伊洛四首》即邵雍《治平丁未仲秋游伊洛二川六日晚出洛城西门宿奉亲僧舍听张道人弹琴》《八日渡洛登南山观喷玉泉会寿安县张赵尹三君同游》《七日溯洛夜宿延秋庄上》《九日登寿安县锦屏山下宿邑中（其一）》诗；又朱熹名下《竹》乃唐许浑《秋日众哲馆对竹》；又朱熹名下《桃溪》即朱熹《云谷二十六咏·桃蹊》诗；又朱熹名下佚《句》其一、其二、其三、其五、其六、其十一、其十五皆属误辑当删。阮堂明《〈全宋诗〉误收唐人诗新考》一文也指出《全宋诗》编者所辑录朱熹名下《无题》乃唐李群玉《言怀》诗。又王岚《〈全宋诗·欧阳修诗〉补正》一文指出朱熹《秋华四首·木芙蓉》与欧阳修《芙蓉花二首》其二诗重出，此诗当为朱熹诗。王建生《〈濂洛风雅〉问题举隅》亦指出朱熹《虞帝庙迎送神乐歌辞》与张载《虞帝庙乐歌辞》重出。又朱熹《红梅》与王十朋《红梅》重出，参本书相关章节考证。除此之外，朱熹名下还有如下诸诗与他人重出：

1.《读道书作六首》其一

岩居秉贞操，所慕在玄虚。清夜眠斋宇，终朝观道书。形忘气自冲，性达理不余。于道虽未庶，已超名迹拘。至乐在襟怀，山水非所娱。寄语狂驰子，营营竟焉如。

见《全宋诗》卷二三八三朱熹，《全宋诗》编者据《晦庵先生朱文公文集》卷一收入。此诗又见《全宋诗》卷二五九二游九言，题为"读道书作"，仅"终朝"作"终身"、"自冲"作"自充"几字异，《全宋诗》编者据游九言《默斋遗稿》卷上收入。

按：朱熹《晦庵先生文集》主要有两个版本系统，即宋刊闽本及宋刊浙本，今《四部丛刊初编》著录的《晦庵先生朱文公文集》即以宋刊闽本为底本，校以宋刊浙本[①]。朱熹该诗见四部丛刊本《晦庵先生朱文公文集》卷一，故该诗当源于宋椠。而游九言诗集已佚，后人辑为《默斋遗稿》二卷。且此诗题名下朱熹作有六首诗，又四库本《晦庵集》卷一《题谢少卿药园二首》有自注云："自此诗至卷终，先生手编，谓之《牧斋净稿》。"《读道书作六首》（此诗在《题谢少卿药园二首》诗后）亦当为朱熹自编诗，故此诗当为朱熹诗。

2.《冬雨不止》

忽忽时序改，白日藏光辉。重阴润九野，小雨纷微微。苍山寒气深，高林霜叶稀。田家秋成意，落落乖所期。旷望独兴怀，戚戚愁寒饥。事至当复遣，且掩荒园扉。

见《全宋诗》卷二三八三朱熹，《全宋诗》编者据《晦庵先生朱文公文集》卷一收入。此诗又见《全宋诗》卷二五九二游九言，题同，仅"时序"作"时节"、"叶稀"作"叶晞"几字异，《全宋诗》编者据《默斋遗稿》卷上收入。

按：此诗当为朱熹诗。该诗见四部丛刊本《晦庵先生朱文公文集》卷一，故当源于宋椠。而游九言诗集已佚，后人辑为《默斋遗稿》二卷。朱熹《晦庵集》此诗前有《秋雨》《秋夕怀子厚二首》，后有《冬日二首》，大概与《冬雨不止》作于同年。又《晦庵集》卷一《题谢少卿药园二首》有自注云："自此诗至卷终，先生手编，谓之《牧斋净稿》。"《冬雨不止》（此诗在《题谢少卿药园二首》诗后）亦当为朱熹自编诗。

3.《闻蝉》

悄悄山郭暗，故园应掩扉。蝉声深树起，林外夕阳稀。

见《全宋诗》卷二三八三朱熹，《全宋诗》编者据《晦庵先生朱文公文集》卷一收入。此诗又见《全宋诗》卷二五九二游九言，内容全同，《全宋诗》编者据《默斋遗稿》卷上收入。

---

① 傅璇琮等主编：《中国古代诗文名著提要（宋代卷）》，河北教育出版社，2009，第416页。

按：此诗当为朱熹诗。该诗见四部丛刊本《晦庵先生朱文公文集》卷一，故当源于宋椠。而游九言诗集已佚，后人辑为《默斋遗稿》二卷。朱熹《晦庵集》此诗前有《感事有叹》《夏日》，后有《秋夜叹》，大概与《闻蝉》作于同年。又《晦庵集》卷一《题谢少卿药园二首》有自注云："自此诗至卷终，先生手编，谓之《牧斋净稿》。"《闻蝉》（此诗在《题谢少卿药园二首》诗后）亦当为朱熹自编诗，

4.《双髻峰》

绝壑藤萝贮翠烟，水声幽咽乱峰前。行人但说青山好，肠断云间双髻仙。

见《全宋诗》卷二三八三朱熹，《全宋诗》编者据《晦庵先生朱文公文集》卷一收入。此诗又见《全宋诗》卷三〇八八蔡模，题为"题武夷"，仅"幽咽"作"咄咄"、"行人"作"时人"几字异，《全宋诗》编者据明蔡有鹍《蔡氏九儒书》卷七《觉轩公集》收入。

按：此诗当为朱熹诗。诗见四部丛刊本《晦庵先生朱文公文集》卷一，故当源于宋椠，而蔡模名下此诗乃据明人文集收入。四库本朱熹《晦庵集》此诗前一首诗为《登面山亭》，其自注云："是日氛雾四塞，独见双髻峰。"亦可证《双髻峰》为朱熹所作也。又《晦庵集》卷一《题谢少卿药园二首》有自注云："自此诗至卷终，先生手编，谓之《牧斋净稿》。"《双髻峰》（此诗在《题谢少卿药园二首》诗后）亦当为朱熹自编诗。

5.《送刘旬甫之池阳省觐六十四丈遂如行在所上计》

雨雪成岁暮，之子远徂征。酌酒起相送，慨我别离情。池阳实大藩，佐车屈时英。子行一请觐，上计趋吴京。良玉怀贞操，芳兰含远馨。临岐一珍重，即此万里程。

见《全宋诗》卷二三八三朱熹，《全宋诗》编者据《晦庵先生朱文公文集》卷一收入。此诗又见《全宋诗》卷二八五一刘正之，题为"送刘旬甫"，内容全同，《全宋诗》编者据元刘应李《新编事文类聚翰墨全书》辛集卷八收入。

按：此诗当为朱熹诗。诗见四部丛刊本《晦庵先生朱文公文集》卷一，故

当源于宋椠。又《晦庵集》卷一《题谢少卿药园二首》有自注云:"自此诗至卷终,先生手编,谓之《牧斋净稿》。"《送刘旬甫之池阳省觐六十四丈遂如行在所上计》(此诗在《题谢少卿药园二首》诗后)亦当为朱熹自编诗。仝建平《〈翰墨全书〉校订〈全宋诗〉八则》一文也指出《新编事文类聚翰墨全书》辛集卷八此诗题下并未署名,《全宋诗》编者乃承前诗署为刘正之[①],此当有误。

6.《兼山阁雨中》

两山相接雨冥冥,四牖东西万木青。面似冻梨头似雪,后生谁与属遗经。

见《全宋诗》卷二三八四朱熹,《全宋诗》据《晦庵先生朱文公文集》卷二收入。此诗又见《全宋诗》卷五一七张载,题为"绝句",仅"相接"作"南北"、"冻梨"作"骷髅"几字异,《全宋诗》据宋刘克庄《后村诗话》续集卷二收入。

按:此诗当为朱熹诗。诗见四部丛刊本《晦庵先生朱文公文集》卷二,故当源于宋椠。该卷前后还有《同僚小集梵天寺坐间雨作已复开霁步至东桥玩月赋诗二首》《梵天观雨》《登阁》诸诗。束景南《朱熹年谱长编》谓这些诗皆是绍兴二十六年朱熹秩满将归暂寓同安梵天寺时所作,他认为兼山阁在梵天寺内,兼山阁名乃是取应城山与大轮山两山相接之意而名[②]。

7.《自东湖至列岫得二小诗》其二

昨日来时万里阴,长江雪后玉千岑。苍茫不尽登临意,重对晴天豁晚襟。

见《全宋诗》卷二三八七朱熹,《全宋诗》编者据《晦庵先生朱文公文集》卷五收入。此诗又见《全宋诗》卷二五五一林用中,题为"七日发岳麓道中寻梅不获至十日遇雪赋此",仅"阴"作"林"、"后玉千岑"作"厚侵犹深"等几字异,《全宋诗》编者据《南岳倡酬集》收入。

按:此诗为朱熹诗,此题名下实有两首,此为其二。该诗又见四部丛刊本《晦庵先生朱文公文集》卷五,故当源于宋椠。林用中此诗见《南岳倡酬集》,该

---

① 仝建平:《〈翰墨全书〉校订〈全宋诗〉八则》,《沧桑》2012年第4期,第47—49页。
② 束景南:《朱熹年谱长编》,华东师范大学出版社,2001,第209页。

集诗题下录有朱熹、张栻、林用中三人同韵唱和之作，朱熹诗为《七日发岳麓道中寻梅不获至十日遇雪作此》："三日山行风绕林，天寒岁暮客愁深。心期已悮梅花笑，急雪无端更满襟。"① 张栻诗为《游岳寻梅不获和元晦韵》："眼看飞雪洒千林，更著寒溪水浅深。应有梅花连夜发，却烦诗句写愁襟。"② 其实，林用中并未参与此次唱和，此诗乃是《南岳倡酬集》编者改编朱熹《自东湖至列岫得二小诗》其二而成，为使韵同，故强行将"阴"改"林"，"岑"改"深"。诗将"苍茫不尽登临意"改成"苍茫不见梅花意"，更是不通。祝尚书先生亦谓，《南岳倡酬集》乃明人邓淮重辑本，误收现象严重。③

8.《山北纪行十二章章八句》其五

　　斯须暮云合，白日无余晖。金波从地涌，宝焰穿林飞。僧言自雄夸，俗骇无因依。安知本地灵，发见随天机。

见《全宋诗》卷二三八九朱熹，《全宋诗》编者据《晦庵先生朱文公文集》卷七收入。此诗又见《全宋诗》卷四一一周敦颐，题为"天池"，内容全同，《全宋诗》编者据周敦颐《周元公集》卷二收入。

按：该诗又见四部丛刊本《晦庵先生朱文公文集》卷七，故当源于宋椠。此诗当为朱熹诗。朱熹此组诗作于1181年其游庐山之时，共有12首，每首八句，此首为第五首。该组诗几乎每首都有自注，第一首注云："予以闰月二十七日罢郡，是夕出城，宿罗汉。二十八日，宿白鹿。二十九日，登黄云观，度三峡……"该诗又自注云："天池院西数步，有小佛阁，下临绝壑，是游人请灯处。僧云：灯非祷不见。是日，不祷而光景明灭，顷刻异状。诸生或疑其妄，予谓僧言则妄，而此光不可诬，岂地气之盛而然耶。"周敦颐该诗题下并无自注，且只此一首，故此诗为朱熹所作明矣。

9.《鹰山书院》

　　三十年来宿草庐，五年三第世间无。门前獬鹰山常在，只恐儿孙

---

① 傅璇琮等主编：《全宋诗》第44册，北京大学出版社，1998，第27549页。
② 傅璇琮等主编：《全宋诗》第45册，北京大学出版社，1998，第27937页。
③ 祝尚书：《宋代文学探讨集》，大象出版社，2007，第444页。

不读书。

见《全宋诗》卷二三九三朱熹,《全宋诗》编者据明夏玉麟《(嘉靖)建宁府志》卷一七收入。此诗又见《全宋诗》卷一一四三游酢,题为"诲子",仅"年来"作"年前"、"獬廌山常"作"獬豸公裳"几字异,《全宋诗》编者据乾隆游氏重刊《游廌山先生集》卷七收入。

按:此诗为朱熹诗。乾隆游氏重刊《游廌山先生集》卷七原按:"清同治刊《游定夫先生集》以此诗语意矜张,疑非游酢所作。"陈建生《误署于游酢名下之诗文考述》一文认为"五年三第"与游酢经历不符,此事恰与朱熹经历相符。朱熹于绍兴十七年"秋举建州乡贡",十八年"春登进士第",二十一年"春铨试中等,授左迪功郎,泉州同安县主簿",故曰"五年三第",此诗当为朱熹作[①]。

10.《寄石斗文》

病枕经年卧沃洲,满庭枫叶又吟秋。书来如见旧人面,读了还见尘世愁。忧国至今遗白发,穷经空自愧前修。武夷休作相思梦,我已甘心老此丘。

见《全宋诗》卷二三九三,《全宋诗》编者据明田琯万历《新昌县志》卷九收入。此诗又见《全宋诗》卷二三六九石斗文,题为"答朱元晦",仅"还见"作"还添"一字异,《全宋诗》编者据明孙应时万历《新昌县志》卷九收入。

按:《全宋诗》编者据同一书即万历《新昌县志》(此书为田琯等人所编,非孙应时所编,孙应时当为宋代人)将此诗分系两人名下,殊可怪也。查万历《新昌县志》卷九《寓贤》"朱熹"条,云:"(朱熹)绍兴中提举浙东常平茶盐公事,见新剡民饥,赈之。与石宗昭、石䓒为师友,讲明性理之学。䓒有《中庸辑略》,熹尝采其说注《中庸》,名为《石氏辑略》。又尝游南明山,建濯缨亭,游水濂洞,留题任氏壁,皆载《山川志》。与梁氏写《大学吕氏书》《坡翁竹石卷》,至今宝藏弗失。既而退居武夷,有诗寄石斗文,斗文亦有诗答之,其诗曰:'病

[①] 陈建生主编:《游酢新论(续编)》,海峡文艺出版社,2013,第183页。

枕经年卧沃洲……'"。可见,此诗为什么分系两人名下,当是编者对"其诗曰"中的"其"字理解不同所导致。此"其"到底指的是谁,当是指石斗文。因为,此次唱和是朱熹寄诗引起,石斗文再寄诗答之。据此诗"书来如见旧人面"云云,该诗当是答诗,故此诗当为石斗文诗。明徐麟纂修《嘉靖宁州志》卷一八录有朱熹原唱《寄石斗文先生》:"几年不见石公子,白发应添两鬓秋。天地无私身世老,江湖有梦客怀愁。每怀阛阓人多诈,可叹吾侪德未修。十室邑如忠信在,故知好学不如丘。"(此诗《全宋诗》失收)据此亦可知该诗当为石斗文诗。

11.《跋睢阳五老图卷》

  同支派别胄遥遥,南渡衣冠尚北朝。千载图画文献在,两朝开济政明昭。公卿倡和遵皇运,嗣子传家念祖饶。幸得庆源流自远,匡扶人世释尘嚣。

见《全宋诗》卷二三九三,《全宋诗》编者据清卞永誉《式古堂书画汇考》卷一五收入。此诗又见《全宋诗》卷二五二二吕祖谦,题为"睢阳五老图赞",仅"图画"作"画图"几字异,《全宋诗》编者据清卞永誉《式古堂书画汇考》卷四五收入。

按:此诗皆据清卞永誉《式古堂书画汇考》,却分收入两人名下,殊可怪也。查清卞永誉《式古堂书画汇考》,此诗实为朱熹诗,载于《式古堂书画汇考》卷四五(画十五)。曾枣庄主编《宋代序跋全编》卷一五五引《式古堂书画汇考》卷四五作朱熹诗。

12.《方池》

  武夷之境多神仙,我亦驻此临风轩。方池清夜堕碧玉,重帘白日垂洞门。暗泉涌地紫波动,微雨在藻金鱼翻。倚槛照影清见底,挂杖卓石寻无源。洗头玉女去不返,遗此丈八芙蓉盘。溪船明月泛九曲,出入紫微听潺湲。便欲此地觅真隐,何必商山求绮园

见《全宋诗》卷二三九三,《全宋诗》据清董天工《武夷山志》卷五一收入。

按:此诗又见元萨都剌《雁门集》卷一〇,诗题为"武夷馆方池",仅个别字不同。萨都剌《雁门集》乃其明代后裔编定,明清时经多次重刊。今《四

部丛刊》所著录萨都剌《萨天锡诗集》即据明弘治十六年李举重刊本影印而成①。朱熹名下此诗乃据清人所编《武夷山志》著录,从版本学角度看,此诗当为萨都剌诗。

13.《云谷二十六咏·云谷》

寒云无四时,散漫此山谷。幸乏霖雨姿,何妨媚幽独。

见《全宋诗》卷二三八八朱熹,《全宋诗》编者据《晦庵先生朱文公文集》卷六收入。此诗又见《全宋诗》卷二三九三朱熹,题为"题米敷文潇湘图卷",仅"寒云"作"闲云"一字异,《全宋诗》编者据明汪珂玉《珊瑚网》卷四收入。

按:此诗显系重出,当删其一。

14.《送许顺之南归二首》

门前三径长蒿莱,愧子殷勤千里来。校罢遗书却归去,此心元自不曾灰。(其一)

几年江海事幽寻,偏与云僧话此心。今日肯来论旧学,岁寒犹恐雪霜侵。(其二)

见《全宋诗》卷二三八八朱熹,《全宋诗》编者据《晦庵先生朱文公文集》卷六收入。此诗又见《全宋诗》卷二三九二朱熹,题为"两绝句送顺之南归",仅"愧子"作"愧予"、"偏与"作"遍兴"几字异,《全宋诗》编者据《晦庵先生朱文公文集》卷七收入。

按:此两诗显系重出,当删其一。

15.《次晦叔寄弟韵二首》

闻道君归湘水东,经行长在白云中。诗成天柱峰头月,酒醒朱陵洞里风。旧学难酬香一瓣,流年谁管鬓双蓬。书来为指请祇处,不涉言诠不落空。(其一)

试上闽山望楚天,雁飞欲断势还连。凭将袖里数行字,与问云间双髻仙。我访旧游终有日,君归故里定何年。只今千里同心事,静对

---

① 傅璇琮等主编:《中国古代诗文名著提要(宋代卷)》,河北教育出版社,2009,第316页。

箪瓢独喟然。（其二）

见《全宋诗》卷二三九二朱熹，《全宋诗》编者据《晦庵先生朱文公文集》卷七收入。此诗又见《全宋诗》卷二三九三朱熹，题为"和王晦叔寄德莹弟韵"，仅"誧讹"作"誧误"、"终有"作"经有"等几字异，《全宋诗》编者据宋王炎《双溪文集》卷七《寄德莹弟二首》诗后附收入。

按：此两诗显系重出，当删其一。

第四十五册

张孝祥

陈新等《全宋诗订补》已指出张孝祥名下《以茶芽焦坑送周德友德友来索赐茶仆无之也》与张祁《答周邦彦觅茶》诗重出，此当为张祁诗。又张孝祥名下六诗与张嵲诗重出，参本书张嵲诗重出考辨。除此之外，张孝祥名下还有以下诸诗与他人重出：

1.《西湖》

　　岸草汀花对夕阳，满船新月夜鸣榔。秋清菡萏红千柄，风静琉璃碧一方。

见《全宋诗》卷二四〇七张孝祥，《全宋诗》编者据《于湖居士文集》卷十一收入。此诗又见《全宋诗》卷一一五一阮阅，题为"郴江百咏·西湖"，仅"汀花"作"江花"一字异，《全宋诗》编者据《郴江百咏》收入。

按：张孝祥《于湖居士文集》四十卷今存影宋钞本，李致忠先生谓此影宋本当即为张孝祥弟张孝伯嘉泰元年（1201）所刻本。此诗见四部丛刊张孝祥《于湖居士文集》卷一一。阮阅《郴江百咏》乃清人厉鹗家藏本，该本传承不明。此诗恐非阮阅诗，当为张孝祥诗。

2.《山居》

　　松韵笙竽径，云容水墨天。人行秋色里，莺语落花边。修竹三间屋，清泉二顷田。了无官府事，鸡犬慕神仙。

见《全宋诗》卷二四〇八张孝祥，《全宋诗》编者据《两宋名贤小集》卷一四六收入。此诗又见《全宋诗》卷一八〇胡宿，题同，仅"秋色"作"春色"、"慕神"作"莫登"几字异，《全宋诗》编者据《文恭集》卷二收入。

按：《两宋名贤小集》卷一四六引《于湖集》、明周复俊《全蜀艺文志》卷二二、雍正《四川通志》卷三九皆将此诗归入张孝祥名下。又胡宿现存《文恭集》乃清四库馆臣从《永乐大典》辑出，这有可能造成误收他人之作。综上分析，此诗当为张孝祥诗。

3.《大麦行》

大麦半枯自浮沉，小麦刺水铺绿针。山边老农望麦熟，出门见水放声哭。去年泠泠九月雨，秋苗不收一粒谷。只今米价贵如玉，并日举家才食粥。小儿索饭门前啼，大儿虽瘦把锄犁。晴时种麦耕荒陇，正好下秧无稻畦。

见《全宋诗》卷二四〇八张孝祥，《全宋诗》编者据《永乐大典》卷二二一八一收入。此诗又见《全宋诗》卷一八四六张祁，题为"田蕳杂歌"，仅"泠泠九"作"浡浡七"、"秋苗"作"秋田"、"饭门"作"饭蕳"、"种麦"作"和麦"、"稻畦"作"稻种"几字异，《全宋诗》编者据影印《诗渊》第3册第2061页收入。

按：宋陈景沂《全芳备祖》后集卷二一、元刘应李《翰墨全书》壬集卷五皆将此诗归入张孝祥名下。《诗渊》甚不可靠，此诗似为张孝祥作。

刘翰

1.《红窗怨》

啼莺唤起纱窗梦，红日满帘花影弄。翠屏香字冷薰炉，罗衣叠损金泥凤。去年君去燕归时，今日燕来君未归。欲把相思挑锦字，夜寒懒上鸳鸯机。起来翠袖香罗薄，东风满地桃花落。

见《全宋诗》卷二四一一，《全宋诗》编者据《两宋名贤小集》卷三〇五刘翰《小山集》收入。此诗又见《全元诗》第65册第264页周竹坡名下，题同，内容全同，《全元诗》编者据明宋公传《元诗体要》卷六收入。

按：《江湖小集》卷九〇引《小山集》、《宋百家诗存》卷一〇、《四朝诗》宋诗卷八乐府歌行五等书皆将此诗归于刘翰名下。此非周竹坡诗，当为刘翰诗。

2.《句》其二

  青山经雨菊花尽，白鸟下滩芦叶尽。

见《全宋诗》卷二四一二，《全宋诗》编者据宋陈景沂《全芳备祖》前集卷一二收入。

按：此非刘翰句，实出自唐刘沧《江城晚望》："一望江城思有余，遥分野径入樵渔。青山经雨菊花尽，白鸟下滩芦叶疏。静听潮声寒木杪，远看风色暮帆舒。秋期又涉潼关路，不得年年向此居。"（诗见《御定全唐诗》卷五八六）[①]

沈端节

《吊于湖墓在秣陵》

  晚出白门下，疲马踏秋色。……文章失津梁，所念斯道厄。夜阑耿不寐，搔首赋萧索。怀人感西风，翁仲守孤陌。

见《全宋诗》卷二四一三沈端节，《全宋诗》编者据宋张孝祥《于湖集》附录收入。此诗又见《全宋诗》卷二六七九董道辅，题为"绍熙庚戌中秋后三日拜张于湖墓"，仅"晚出白门下"作"晓出白下门"、"疲"作"瘦"、"清泉"作"清果"等几字异，《全宋诗》编者据《景定建康志》卷四三收入。

按：宛敏灏校《张孝祥词校笺》及陈宏铭著《张孝祥年谱》皆谓《于湖集》附录亦载此诗，题作《吊于湖墓在秣陵》，未著作者姓名（《四部丛刊》影宋刻本《于湖集》此诗下未著作者）。但四库本《于湖集》附录此诗，并将之归属于沈约之（即沈端节）名下。又沈端节已作有《挽于湖》《复挽》两诗，疑此诗恐非沈端节诗，似当为董道辅诗。万历《上元县志》卷五亦作董道辅诗。

[①] 中华书局点校：《全唐诗》第 18 册，中华书局，1980，第 6789 页。

张栻

《全宋诗》编者谓张栻名下《游南岳风雪未已决策登山用春风楼韵》与林用中《游南岳风雪未已决策登山用敬夫春风楼韵》诗重出，此诗当为张栻诗。据王建生《〈濂洛风雅〉问题举隅》一文，张栻集中的《春日西兴道中五首》《晚春》《晚望》《游丝》《题刘氏绿映亭二首》《八咏楼有感》共十一首诗与吕祖谦诗重出，这十一首诗在《濂洛风雅》一书中皆漏署名，其实皆为吕祖谦诗，非张栻诗。郑晓星《〈全宋诗〉考辨四例》也指出张镃名下《谢李仁父茯苓》与张栻《李仁父寄茯苓酥赋长句谢之》诗重出，此诗当为张栻诗。除此之外，张栻名下还有如下一些诗歌与他人重出：

1.《落梅》

清溪南畔小桥东，落月纷纷水映红。五夜客愁花片里，一年春事角声中。歌残玉树人何在，舞破香衫曲未终。却忆孤山醉归路，马蹄残雪衬春风。

见《全宋诗》卷二四二一张栻，《全宋诗》编者据清张伯行《濂洛风雅》卷六收入。此诗又见《全宋诗》卷二三三六尤袤，题同，仅"南畔"作"西畔"、"香衫"作"山香"等几字异，《全宋诗》编者据方回《瀛奎律髓》卷二〇收入。

按：《两宋名贤小集》卷二一一引《南轩集》作张栻诗，《两宋名贤小集》卷二二三引《遂初小稿》作尤袤诗，又明杨慎《升庵集》卷六一将此诗归入尤袤名下。尤袤六世孙尤玘《万柳溪边旧话》谓此诗为尤袤《瑞鹧鸪·落梅》词，参《万柳溪边旧话》："文简公致政归，不居许舍山，专居东带河大第。数步即出西关，渡梁溪，因造圃梁溪之上。后有高冈眺望，沿溪左种梅，右种海棠，各数百树。公有《瑞鹧鸪》词二首，一咏落梅，一咏海棠。《落梅》词云：'梁溪西畔小桥东，落叶纷纷水映空。五夜客愁花片里，一年春事角声中。歌残玉树人何在，舞破山香曲未终。却忆孤山归醉路，马蹄香雪衬东风。'"[①]方回《瀛奎律髓》卷二〇将此作归入尤袤名下，且注云："第二句未有别本可考。遂初诗，

[①] 尤玘：《万柳溪边旧话》，中华书局，1985，第8页。

其孙新安半刺藻尝刊行，而焚于兵。予得其家所抄副本，颇有讹缺云。"① 方回谓此诗未有别本可考，故必出自尤袤之孙所抄副本。此诗当为尤袤诗。

2.《和择之看雪》

  岳背三冬雪，真同不夜城。野云何晃荡，涧水助空明。行橐多新句，青山有旧盟。堂堂身世事，渠谩说三生。

见《全宋诗》卷二四二〇张栻，《全宋诗》编者据《南轩先生文集》卷七收入。此诗又见《全宋诗》卷二五五一林用中，题为"至上封"，仅"野云"作"野烟"、"谩说"作"漫说"几字异，《全宋诗》编者据《南岳倡酬集》收入。

按：此诗乃和林用中（即择之）之作。当时朱熹亦有和作，参朱熹《至上封用择之韵》："畴昔朱陵洞，如今白帝城。天高云共色，夜永月同明。万象争回巧，千峰尽乞盟。登临须我辈，更约羡门生。"② 林用中原唱已失，《南岳倡酬集》编者将张栻此诗作为林用中原唱，又将张栻另一诗《自方广过高台》作为张栻和作，显然有误。祝尚书先生亦谓，《南岳倡酬集》乃明人邓淮重辑本，误收现象严重。③ 明邓云霄《衡岳志》卷七亦将此诗归入张栻名下。

3.《和故旧招馆》

  牢落诗盟寒欲灰，非君怀抱若为开。未阑樽酒论文意，拂榻应须有待来。

见《全宋诗》卷二四二一张栻，《全宋诗》编者据《永乐大典》卷一一三一三收入。此诗又见《全宋诗》卷三〇八四张明中，题同，仅"樽"作"罇"字形异，《全宋诗》编者据影印《诗渊》第5册第3629页引《言志集》收入。

按：此诗归属存疑。

陈造

陈新等《全宋诗订补》已指出杨炎正《谢朱宰借船》实为陈造《谢朱宰借

---

① 方回选评，李庆甲集评校点：《瀛奎律髓汇评》，上海古籍出版社，2005，第832页。
② 傅璇琮等主编：《全宋诗》第44册，北京大学出版社，1998，第27553页。
③ 祝尚书：《宋代文学探讨集》，大象出版社，2007，第444页。

船》。又王湛名下《游北山》《寄王仲衡尚书》实为陈造《游北山张守送酒次敬字韵作诗谢之》《寄王仲衡尚书》，参本书相关章节考证。除此之外，陈造名下还有以下诸诗与他人重出：

1.《寄郑良佐》

书生著书贪日课，文士卖文救穷饿。青楼歌酒属富儿，不意此名君乃荷。风波平地自谁始，一倡从知百人和。……璧亡误使张仪去，兵利徒为少卿祸。违从兄食只厚诬，偿同舍金聊引过。无疑可息剜可补，未信白璧青蝇涴。君不见吾宗孟公士所倾，亦有俗子惊人坐。

见《全宋诗》卷二四二七陈造，《全宋诗》编者根据《江湖长翁集》卷七收入。这首诗又重见于《全宋诗》卷一一五二阮阅，题同，仅"踪谨"作"修谨"一字异，《全宋诗》编者根据《永乐大典》卷一四三八〇引《阮户部集》收入。

按：据诗句"君不见吾宗孟公士所倾，亦有俗子惊人坐"，吾宗孟公，当指陈遵（字孟公）。"俗子惊人坐"之意可参《汉书·陈遵传》："时列侯有与遵同姓字者，每至人门，曰陈孟公，坐中莫不震动，既至而非，因号其人曰陈惊坐云。"① 故此诗当为陈造诗。又郑良佐为陈造友人，陈造集中还有一首与其唱和之作，即《招郑良佐》。陈造及郑良佐当皆为南宋时人，而阮阅为北宋时人，故阮阅当与郑良佐无交往，此诗非阮阅诗。

2.《郡寮按乐饮赵判院有诗次其韵》

簿书棼如丝，取乐得少空。……丝竹娱中年，耐此发种种。明当解予酲，酒德赓旧颂。

见《全宋诗》卷二四二四陈造，《全宋诗》编者根据《江湖长翁集》卷四收入。这首诗又重见于《全宋诗》卷二五七四袁说友，题为"郡寮案乐饮赵判院有诗次其韵"，仅"棼如"作"纷如"等几字异，《全宋诗》编者根据《东塘集》卷一收入。

按：此诗为陈造诗。赵判院为陈造友，陈造集中还有一首《次赵判院韵》。

---

① 班固：《汉书》（第十一册），中华书局，1964，第3711页。

又陈造《江湖长翁集》现存明神宗万历四十六年仁和李之藻抄本,《全宋诗》所收陈造诗,即以其为底本著录,而袁说友现存《东塘集》乃清四库馆臣据《永乐大典》辑得,这有可能造成误收他人之作。

3.《张守招隐》(是日王勉夫到,明日严文炳之吴中)

　　春风吹作万家春,谁得联镳从使君。微径问花同载酒,深堂剪烛细论文。王郎把臂簪仍盍,严老呼舟首又分。安得云龙随上下,佳辰不复叹离群。

见《全宋诗》卷二四三四陈造,《全宋诗》编者根据《江湖长翁集》卷一四收入。这首诗又重见于《全宋诗》卷二五七七袁说友,题为"张守招饮",内容全同,《全宋诗》编者根据《东塘集》卷四收入。

按:两人诗下皆有自注:"是日王勉夫到,明日严文炳之吴中。"其实,此为陈造诗。张守、王勉夫、严文炳皆陈造友人同事,陈造集中与此三人唱和之作颇多,如《次韵严文炳暂别归吴门》《寄严文炳》《次韵严文炳兼简张守二首》《次韵王勉夫晚春》《次韵张守王勉夫二首》《文炳近岁节感怆作诗宽之》《再次韵呈张守》《次韵张守劝农》《次韵张守游赵园》等等。而袁说友集中除此诗外,不再有与王勉夫、严文炳唱和之作,故此诗非其作,当为陈造诗。

4.《陈主管招饮》

　　鹊拳庭竹语频频,忽有书来寂寞滨。盛事许同花烛夜,芳辰仍醉绮罗春。璧联香阁初鸣凤,霞泛仙觞定脯麟。更办归装擩珠玉,一时人物各诗人。

见《全宋诗》卷二四三四陈造,《全宋诗》编者根据《江湖长翁集》卷一四收入。这首诗又重见于《全宋诗》卷二五七七袁说友,题同,内容全同,《全宋诗》编者根据《东塘集》卷四收入。

按:此为陈造诗。陈主管实为陈造友人同事,陈造集中与其唱和之作颇多,如《题陈主管奥广楼》《题陈主管东墙三岘图》《题陈主管小壶天三首》《春雨赠陈主管》《次韵寄陈主管》等诗。而袁说友集中除此诗外,不再有与陈主管唱和之作,故此诗非其作,当为陈造诗。

5.《到房交代招饮四首》

踯尽巉岩气未苏,悔来坡下独长吁。一观烟雾南山面,从昔名坡信厚诬。

檐外浮岚暖翠堆,道人亲眼为渠开。餐钱官薄何须计,直为南山亦合来。

胜日山堂共一樽,未妨窈窕对嶙峋。鬓分翠影眉争绿,人与南山各可人。

妓围檐额润空青,岫幌云关夜不扃。吏隐风流输我辈,可须逋客诧山灵。

见《全宋诗》卷二四三九陈造,《全宋诗》编者根据《江湖长翁集》卷一九收入。这首诗又重见于《全宋诗》卷二五七九袁说友,题为"到房山交代招饮四首",仅"亲眼"作"清眼"、"可须"作"不须"几字异,《全宋诗》编者根据《东塘集》卷六收入。

按:此为陈造诗。"到房"指陈造到房州上任事,陈造于庆元元年(1195)通判房州。据下诗《复次韵四首》"房陵山险犹如许",可知这些诗当是作于房州,袁说友不曾在房州为官,故此四诗及以下同韵诸诗皆非其作,当全都为陈造诗。

6.《再次韵四首》

山好能令肺病苏,诗来把玩更惊吁。蜀人例作残山看,端喜因诗免受诬。

语不能工恨作堆,捻髭空对翠屏开。清吟赖有雕龙手,绣段联翩诏后来。

荦确悍顽经数驿,醒然初挹碧嶙峋。眼明骤与真山晤,不比逃虚见似人。

山色阴晴远更青,谁教睥睨枕岩扃。诗翁意欲移千步,安得朱符祝巨灵。

见《全宋诗》卷二四三九陈造,《全宋诗》编者根据《江湖长翁集》卷一九收入。这首诗又重见于《全宋诗》卷二五七九袁说友,题同,内容全同,《全宋诗》编者根据《东塘集》卷六收入。

按：此为陈造诗，参上诗考证。

7.《再次交代韵四首》

　　笔力潜窥大小苏，诗传诸老定嚱吁。从今订价连城重，政使群儿有善诬。

　　昔夸石廪祝融堆，劣见人家画轴开。坐把高寒吾愿足，此行似为此山来。

　　环秀亭中命渌樽，云烟明灭映嶙峋。佐州不喜分风月，喜与南山作主人。

　　诗人妙思天同巧，鬼守玄关不及扃。闲把山光诵奇语，断无尘滓涸襟灵。

见《全宋诗》卷二四三九陈造，《全宋诗》编者根据《江湖长翁集》卷一九收入。这首诗又重见于《全宋诗》卷二五七九袁说友，题同，仅"劣见"作"骤见"一字异，《全宋诗》编者根据《东塘集》卷六收入。

按：此为陈造诗，参上诗考证。

8.《再次交代韵四首》

　　嗣皇仁覆物昭苏，皋自陈谟䲭自吁。闻道诸公扶国论，须君左袒订邦诬。

　　今朝著我簿书堆，领客樽罍未办开。始信南山是知己，露奇呈秀斩关来。

　　漫叟当年臼作樽，侑樽青嶂漫嶙峋。与君屡共山前醉，似觉清欢胜昔人。

　　传闻洞府锁高青，探著诗成数启扃。相见群仙书玉叶，更应交口叹精灵。

见《全宋诗》卷二四三九陈造，《全宋诗》编者据《江湖长翁集》卷一九收入。这首诗又重见于《全宋诗》卷二五七九袁说友，题同，仅"高青"作"高清"、"相见"作"想见"几字异，《全宋诗》编者据《东塘集》卷六收入。

按：此为陈造诗，参上诗考证。

9.《再次韵四首》

君家诗价自姑苏，系胄蝉联世啴呀。欲把阿元轻辈行，古今俗子喜相诬。

眼底蔷薇玉雪堆，过从休待牡丹开。送春疏酒山应笑，底用奚囊日往来。

视草行看赐上樽，浊醪付我醉嶙峋。扶携谁共山前醉，从此无君度外人。

诗愁磨尽鬓边青，玄钥无施闭理扃。牛渚锦官祠庙古，瓣香傥格在天灵。

见《全宋诗》卷二四三九陈造，《全宋诗》编者根据《江湖长翁集》卷一九收入。这首诗又重见于《全宋诗》卷二五七九袁说友，题同，内容全同，《全宋诗》编者根据《东塘集》卷六收入。

按：此为陈造诗，参上诗考证。

10.《复次韵四首》

诸李辞章推李白，向来蜀道赋噫呀。房陵山险犹如许，石穴巴邛定不诬。

昔上瞿塘滟滪堆，盘涡如井放船开。山行欢喜今非错，备见梢濆擘潋来。

十里髽鬟谁绾结，半天苍翠自嶙峋。教儿莫惮依山住，阔领裁衣尽土人。

病肺还孤竹叶青，小园春去尚深扃。春衫红药强相比，婢子可怜无性灵。

见《全宋诗》卷二四三九陈造，《全宋诗》编者据《江湖长翁集》卷一九收入。这首诗又重见于《全宋诗》卷二五七九袁说友，题同，仅"滟预"作"滟滪"、"还孤"作"还沽"等几字异，《全宋诗》编者据《东塘集》卷六收入。

按：此为陈造诗，参上诗考证。

11.《学宫诸生饮邀予与子野同之三首》

同簠儒宫把一觞，鹿鸣伐木奏深堂。要防技痒论文地，莫忆前宵放酒狂。（其一）

少日峨冠英俊场，课余觞饮共倘佯。孰知薄宦江湖去，频梦炉亭饼飥香。（其二）

见《全宋诗》卷二四四〇陈造，《全宋诗》编者根据《江湖长翁集》卷二〇收入。这首诗又重见于《全宋诗》卷二五七九袁说友，题为"学宫诸生饮邀予与子野同之二首"，仅"觞咏"作"觞饮"一字异，《全宋诗》编者根据《东塘集》卷六收入。

按：子野即赵汝淳，其人为太宗八世孙，宁宗开禧元年（1205）进士，他是陈造的朋友，陈造集中与其唱和之作颇多，如《吴节推赵杨子曹器远赵子野携具用韵谢之》《赠赵子野》《次韵赵子野赠别》等诗。而袁说友集中除此诗外，不再有与赵子野唱和之作，故此诗非其作，当为陈造诗。

12.《招山阳高徐二生饮二首》

梅花时节屡开樽，欲赠梅花欠可人。今日有人梅样好，迟君同赏雪中春。

欲作山阴兴尽回，良思与子共衔杯。要须人境俱清绝，好抱瑶琴踏雪来。

见《全宋诗》卷二四四〇陈造，《全宋诗》编者根据《江湖长翁集》卷二〇收入。这首诗又重见于《全宋诗》卷二五七九袁说友，题同，仅"令日"作"今日"、"迟君"作"逢君"、"共衔"作"把离"几字异，《全宋诗》编者根据《东塘集》卷六收入。

按：陈造《江湖长翁集》卷二〇此诗前一诗为《游山阳十首》，可证此诗当为陈造诗。

13.《饮寓隐》

轩亭晓清旷，行乐未妨频。无客不堪醉，有花长是春。……升沉塞上马，容易鬓如银。奈许追欢地，回头迹便陈。

见《全宋诗》卷二四三一陈造,《全宋诗》编者根据《江湖长翁集》卷一一收入。这首诗又重见于《全宋诗》卷二五七八袁说友,题为"饮寓隐轩",内容全同,《全宋诗》编者根据《东塘集》卷五收入。

按:陈造与袁说友相重出的诗颇多,据以上考证可知,以上十二题同出诗皆为陈造所作,此诗亦当为陈造诗。为什么会出现这种现象,大概是因为袁说友原集已佚,其现存《东塘集》乃清四库馆臣据《永乐大典》辑出,因为四库馆臣的失误,或《永乐大典》的不可靠,故造成了重出。而现存陈造《江湖长翁文集》乃以明李之藻刊本为底本著录,从版本上来看,《江湖长翁文集》亦比《东塘集》可靠。

14.《谢三提干召饮三首》

坐上红衣未放歌,客间冷面醋金荷。惊飞可待闻檀板,拟奈吾家故事何。

宾筵笑语杂丝弦,说到山翁更粲然。衰鬓岂应妆面侧,陈编只合粉袍前。

不惯香风拥妓车,分当清坐冷官衙。归来自笑杀风景,却把茶瓯对菊花。

见《全宋诗》卷二四三八陈造,《全宋诗》编者根据《江湖长翁集》卷一八收入。这首诗又重见于《全宋诗》卷二五七九袁说友,题为"谢王提干召饮三首",仅"官衙"作"官卫"一字不同,《全宋诗》编者根据《东塘集》卷六收入。

按:此亦当为陈造诗,参上诗考证。

周承勋

周承勋《杜宇》《系冠船篷自戏》与许志仁《杜宇》《系冠船篷自戏》重出,参本书相关章节考证。除此之外,周承勋名下还有如下诸诗与他人重出:

1.《题度门院》

才入度门寺,先观觉范诗。昔人吟不尽,今日到方知。地僻寒来早，高山月上迟。池边老修竹，曾映董生帏。

见《全宋诗》卷二四四二周承勋，《全宋诗》编者据宋赵与虤《娱书堂诗话》收入。这首诗又重见于《全宋诗》卷三七七〇周某，题同，仅"高山"作"山高"、"帏"作"帷"几字异，《全宋诗》编者据影印《诗渊》第5册第3687页收入。

按：明熊相正德《瑞州府志》卷一二、乾隆《新昌县志》卷二四、《宋诗纪事》卷七〇皆将此诗归入周承勋名下。疑《诗渊》所指"周某"即当为"周承勋"。

2.《食河豚》

　　君不见楚王渡江萍如日，剖而食之甜似蜜。河鲀本自食杨花，花结浮萍萍结实。……我生有命悬乎天，饱死终胜饥垂涎。君看子美牛炙死，若死严武尤可怜。

见《全宋诗》卷二四四二周承勋，《全宋诗》编者据宋陈起《前贤小集拾遗》卷一收入。这首诗又重见于《全宋诗》卷三七六四周晞稷，题同，仅"春江"作"春红"等几字异，《全宋诗》编者据影印《诗渊》第1册第112页收入。

按：周承勋，字晞稷。周承勋与周晞稷实为同一人。周晞稷名下只此一诗，当删。

第四十六册

许及之

陈新等《全宋诗订补》已指出许及之名下《汤婆子》《废冢》分别为许棐《汤婆子》《古墓》诗。又朱腾云博士论文《〈全宋诗〉重出误收研究》指出许及之《喜德久从人使北来归》即许及之《喜德久从人使虏来归》，许及之《次韵袁尚书同年巫山之什》即许及之《客有自成都来者传制帅华学尚书年丈巫山诗辄次韵奉寄》。除此之外，许及之名下还有以下诸诗与他人重出：

1.《白山茶》

　　白茶诚异品，天赋玉玲珑。不作烧灯焰，深明韫椟功。易容非世力，幻质本春工。皓皓知难污，尘飞漫自红。

见《全宋诗》卷二四四八许及之，《全宋诗》编者据许及之《涉斋集》卷六收入。此诗又见《全宋诗》卷二七八二刘学箕，题同，仅"漫"作"谩"一字异，《全宋诗》编者据《两宋名贤小集》卷二三八收入。

按：陈新等人编著《全宋诗订补》一书谓，《全宋诗》据《两宋名贤小集》卷二三八辑录刘学箕《方是闲居士小稿》一卷基本可断为伪集，应予删除[①]。刘学箕《白山茶》即辑录自《两宋名贤小集》卷二三八，故此诗非刘学箕诗，当为许及之诗。

2.《寄洪州新建知县》

远听弦歌乐部封，放衙乘醉半疏慵。家辞南越无千里，县管西山有几峰。人望废田禾影合，吏愁空狱藓痕重。孺亭应更悲前事，烟草萋萋叫夜蛩。

见《全宋诗》卷二四五三许及之，《全宋诗》编者据许及之《涉斋集》卷十一收入。此诗又见《全宋诗》卷一二五释保暹，题为"寄洪州新建和县张康"，内容全同，《全宋诗》编者据《增广圣宋高僧诗选》前集收入。

按：此诗归属存疑。

虞俦

李更《〈全宋诗〉刘克庄诗补正及相关问题》一文已指出刘克庄《小圃有双莲夏芙蓉之喜文字祥也各赋一诗为宗族亲朋联名得隽之谶》其二、《自和二首》其二与《夏芙蓉》其一、《夏芙蓉》其二重出。除此之外，虞俦名下还有如下诸诗与他人重出：

1.《秋雨》

阴风搅林壑，骤雨倒江湖。白日不觉没，繁云何处无。楼吟凉笔砚，溪梦乱菰蒲。闻说京华甚，污泥入敝庐。

[①] 陈新等：《全宋诗订补》，大象出版社，2005，第491页。

见《全宋诗》卷二四六二虞俦,《全宋诗》编者据《尊白堂集》卷一收入。此诗又见《全宋诗》卷三一六苏舜钦,题同,仅"倒江湖"作"到江湖"、"华甚"作"华盛"几字异,《全宋诗》编者据《苏舜钦集》卷八收入。

按:《全宋诗》所收苏舜钦诗,以沈文倬点校《苏舜钦集》为底本著录。沈氏点校本以清康熙中宋荦校定徐惇复刊印本为底本。而虞俦原集已佚,其现存《尊白堂集》乃清四库馆臣据《永乐大典》辑得,这有可能造成误收他人之作。此诗疑为苏舜钦作。

2.《无眠》

丙夜不成寐,可知心念家。人情风上草,身世眼中沙。宿鸟司更漏,黄蜂集晚衙。了忘官府事,高枕是生涯。

见《全宋诗》卷二四六二虞俦,《全宋诗》编者据《尊白堂集》卷一收入。此诗又见《全宋诗》卷二四六七薛季宣,题同,仅"可知"作"可如"一字异,《全宋诗》编者据《艮斋先生薛常州浪语集》卷四收入。

按:此诗归属存疑。

3.《雨花台》

軿车行晓快新游,更上雨花台上头。看不厌人浑是景,清无极处奈何秋。地完龙虎堂堂立,江泊鲸鲵衮衮流。一带黄山是淮土,依然望弗见神州。

见《全宋诗》卷二四六五虞俦,《全宋诗》编者据《永乐大典》卷二六〇三引卢(虞)寿老诗收入。此诗又见《全宋诗》卷三七五五卢寿老,题同,仅"衮衮"作"滚滚"几字异,《全宋诗》编者据《景定建康志》卷二二收入。

按:《永乐大典》卷二六〇三此诗下亦署名卢寿老作,《全宋诗》编者疑此卢寿老当为虞寿老(虞俦),恐非。

陈谠

《尊贤堂》

闻道骑鲸碧眼仙,黄柑手植尚依然。人间俯仰更成古,天下声名不计年。茧纸谁能收妙墨，鸡林何用续遗编。使君为创新堂事，若解尊贤则是贤。

见《全宋诗》卷二四六六陈说，《全宋诗》编者据《永乐大典》卷七二三五引《琼台郡志》收入。此诗又见《全宋诗》卷三七七一陈正善，题同，仅"则是"作"即是"一字异，《全宋诗》编者据正德《琼台志》卷二五收入。

按：此诗当为陈正善诗。正德《琼台志》卷二五、万历《儋州志》、万历《琼州府志》卷一一、康熙《琼山县志》卷一〇、乾隆《琼山县志》卷一〇、康熙《昌化县志》卷一〇、康熙《琼州府志》卷九、乾隆《琼州府志》卷九诸书皆将此诗归入陈正善名下。《永乐大典》引《琼台郡志》作陈说诗，不知何据，恐非。

袁采

《县厅书事》

庭下幽花照眼醒，绿阴成幄晚风清。何时抛掷铜章去，小艇烟波弄月明。

见《全宋诗》卷二四六六袁采，《全宋诗》编者据清锡荣同治《萍乡县志》卷六收入。此诗又见《全宋诗》卷三七〇三赵泽祖，题为"署中书怀"，内容全同，《全宋诗》编者据清汤烈成《缙云文征》卷一收入。

按：此诗归属存疑。

蔡元定

朱腾云博士论文《〈全宋诗〉重出误收研究》指出蔡元定《林居》与蔡格《自咏》重出，此诗归属存疑。除此之外，蔡元定名下还有如下一些诗歌与他人重出：

1.《赠琴士邵邦杰》

五寸管能窥造化，七弦琴解写人心。平生不作麒麟梦，且听高山流水音。

见《全宋诗》卷二五〇一蔡元定，乃《全宋诗》编者依据《蔡氏九儒书》卷二《西山公集》辑得。此诗又见《全宋诗》卷二九二二真德秀，题为"赠邵邦杰",仅仅"窥"作"摹"等字句不同,乃《全宋诗》编者依据《西山先生真文忠公文集》卷二三辑得。

按:陈思编《两宋名贤小集》卷二五八引《西山先生诗集》作真德秀诗。真德秀此诗下序云:"邵邦杰妙丝桐之技,又善写神。西山翁嘉之,为赋绝句。"而蔡元定此诗下无序。据此序来看,此诗当为真德秀诗。

2.《次晦翁韵》

屈指抠衣十七年,自怜须鬓已皤然。久知轩冕真无分,但觉溪山若有缘。下学工夫惭未到,先天事业敢轻传。只今已饱烟霞痼,更乞清溪理钓船。

见《全宋诗》卷二五〇一蔡元定,乃《全宋诗》编者依据宋金履祥《濂洛风雅》卷六辑得。此诗又见《全宋诗》卷二七二九蔡渊,题为"自咏",仅仅"十七"作"四十"、"真"作"应"等几字异,乃《全宋诗》编者依据明蔡有鹍《蔡氏九儒书》卷三《节斋公集》辑得。

按:此诗当为蔡元定诗,非其子蔡渊之作。蔡元定为朱熹弟子,此诗言次晦翁(即朱熹)韵,当指朱熹《奉同公济诸兄自精舍来集冲佑之岁寒轩因邀诸羽客同饮公济有诗赠守元章师因次其韵》:"蓬莱清浅今几年,武夷突兀还苍然。但忻丹籍有期运,不悟翠壁无寅缘。鼎中龙虎应浪语,纸上爻象非真传。明朝猿叫三峡路,一叶径上沧浪船。"[1]

第四十七册

徐似道

陈新等《全宋诗订补》一书已指出卢襄《句》"红芭蕉映黑牵牛"与徐似道《句》"红芭蕉映黑牵牛"重出,此句归属存疑。除此之外,徐似道名下还有如下一诗与他人重出:

---

[1] 傅璇琮等主编:《全宋诗》第 44 册,北京大学出版社,1998,第 27633 页。

《岩桂花》

重重帘幕护金猊，小树花开逼麝脐。寒色十分新瘢粟，春心一点暗通犀。

香延棋畔仙人斧，影射灯前太乙藜。从此再周花甲子，伴公长醉日东西。

见《全宋诗》卷二五一九徐似道，《全宋诗》编者据宋陈景沂《全芳备祖》前集卷一三收入。此诗又见《全宋诗》卷二七二二徐大受，题同，仅"瘢"作"疹"、"日"作"玉"几字异，《全宋诗》编者据宋陈景沂《全芳备祖》前集卷一三收入。

按：《全宋诗》编者据同一书将此诗收入两人名下，殊可怪也。查《全芳备祖》前集卷一三，此诗实归属于徐竹隐名下，徐似道号竹隐，徐大受号竹溪，故此诗当为徐似道诗。

廖行之

1.《送春》

煮酝青梅且共尝，游蜂飞蝶为谁忙。鞦韆彩索迷青草，车马红桥锁绿杨。春事战回蒲剑老，诗肠结尽柳丝长。韶光赋别休匆遽，凝伫东风更一觞。

见《全宋诗》卷二五二四廖行之，《全宋诗》编者据《省斋集》卷二收入。此诗又见《全宋诗》卷二七八二刘学箕，题为"感事怀人送春病酒晓起五首（其三）"，内容全同，《全宋诗》编者据《方是闲居士小稿》卷上收入。

按：此诗为刘学箕诗。刘学箕《方是闲居士小稿》卷上此诗题下共收五诗，即《感事》《怀人》《送春》《病酒》《晓起》，这与刘学箕该诗诗题完全相符。又廖行之原集已佚，其现存《省斋集》乃清四库馆臣据《永乐大典》辑得，这可能是造成误收他人之作的原因。

2.《旧友家睹书札感成》

下马连声扣竹门，主人何事感遗恩。回头泣向儿童道，重见甘棠旧子孙。

见《全宋诗》卷二五二六廖行之,《全宋诗》编者据《省斋集》卷四收入。此诗又见《全宋诗》卷三七三七廖齐,题为"永州有感",内容全同,《全宋诗》编者据《诗话总龟》前集卷二五引《青琐后集》收入。

按:明彭大翼《山堂肆考》卷七二亦将此诗归入廖齐名下。宋阮阅编《诗话总龟》卷二五、《锦绣万花谷》后集卷一五、《五代诗话》卷七、《宋诗纪事》卷一〇诸书皆引《青琐后集》将此诗置于廖齐名下。又廖行之原集已佚,其现存《省斋集》乃清四库馆臣据《永乐大典》辑得,据此来看,此诗恐非廖行之作,当为廖齐诗。又陈尚君《全唐诗补编》亦将此诗归入廖匡齐名下,廖齐即廖匡齐,因避赵匡胤讳省匡字。

陈傅良

《全宋诗》编者指出陈傅良《送郑少卿景望知建宁》与叶适《送郑丈赴建宁五首》重出,此当为陈傅良诗。又陈傅良《招隐二首》其二与项安世《濯足万里流》重出,参本书相关章节考证。除此之外,陈傅良名下还有以下诸诗与他人重出:

1.《寄题薛象先新楼》

矮檐风雨送蜗牛,有客来夸百尺楼。阖郡台池皆下瞰,背城湖海亦全收。清时未放徒高卧,半世何为故倦游。解尽橐金君计决,月明长笛起渔舟。

见《全宋诗》卷二五三四,《全宋诗》编者据《止斋先生文集》卷八收入。此诗又见《全宋诗》卷二七七八徐玑,题为"登薛象先新楼",仅"台池"作"池台"、"何为"作"胡为"几字异,《全宋诗》编者据清鲍廷博《宋人小集》补遗收入。

按:此诗当为陈傅良诗。陈傅良与薛叔似(字象先)关系密切,其集中还有多首与象先唱和之作,见《送徐一之客赣上兼简赣守薛象先》《以两鹤寿薛象先》《寿薛象先》。据诗句"矮檐风雨送蜗牛,有客来夸百尺楼"云云,该诗并非登楼之作,其时作者正蜗居矮檐,故陈傅良诗称"寄题",而徐玑诗题为"登薛象先新楼"，这恐不确。又《全宋诗》所收陈傅良《止斋先生文集》乃以明正德覆刻宋嘉定五年永嘉郡斋本为底本著录，此亦较清鲍廷博《宋人小集》补遗可靠。

2.《洛阳桥》

跨海为桥布石牢，那知直下压灵鳌。基连岳屿规模壮，势截渊潭气象豪。铁马著行横绝漠，玉鲸张鬣露寒涛。缋图已幸天颜照，应得元丰史笔褒。

见《全宋诗》卷二五三五陈傅良，《全宋诗》编者据宋祝穆《方舆胜览》卷一二《泉州》收入。此诗又见《全宋诗》卷四〇八陈偁，题为"题泉州万安桥"，仅"岳屿"作"岛屿"一字异，《全宋诗》编者据宋祝穆《方舆胜览》卷一二收入。

按：《全宋诗》编者据宋祝穆《方舆胜览》同卷一二将此诗分系两人名下，殊可怪也。查《方舆胜览》卷一二，此诗实署名为陈君举，因陈偁与陈傅良皆字君举，故《全宋诗》编者有此之误。此君举当指陈偁，因陈偁曾三知泉州，时间在熙宁八年、元丰二年及元丰五年，故此诗当为其所作。宋王象之《舆地纪胜》卷一五亦将此诗归入陈偁名下。其实，将此诗收入陈傅良名下的乃是《泉州府志》卷一〇及明黄仲昭修纂《八闽通志》卷之八三。周梦江《〈陈傅良文集〉点校后记》曰："据《陈文节公年谱》，陈傅良于南宋嘉泰三年（1203）3月，虽蒙朝廷差知泉州，但这时陈氏病重，力辞，并未到任。同年11月12日卒于家中。同时，陈氏虽于淳熙五年（1178）10月曾任福州通判，为时仅一年多，不知有否去游历泉州？笔者以陈氏一生勤于职守，不可能有出游泉州之事，且亦未见其他诗文，故此诗是否为陈氏所作，值得怀疑。"[①]

3.《句》其六

苗分郑七穆，香发谢诸郎。

见《全宋诗》卷二五三五，《全宋诗》编者据宋陈景沂《全芳备祖》前集

---

① 周梦江：《〈陈傅良〉文集点校后记》，《温州师范学院学报（哲社版）》2001年第4期，第34页。

卷二三收入。

按：此非陈傅良诗句，乃出自王十朋《种兰有感》："芝友产岩壑，无人花自芳。苗分郑七穆，秀发谢诸郎。世竞怜春色，人谁赏国香。自全幽静操，不采亦何伤。(《全宋诗》编者据《梅溪先生文集》卷四收入。)"[1] 王十朋《梅溪集》前集卷四之《种兰有感》后一首诗为《再用前韵》："谁椟深林秀，遥分奕叶芳。秉殊溱上客，握拟殿中郎。眼净见幽韵，心清闻远香。当门不及种，践履恐成伤。"此两诗皆咏兰，且同韵，亦可证此句当为王十朋诗。

楼钥

陈新等《全宋诗订补》一书已指出黄裳《楼钥水月图》实为楼钥《水月图》。阮堂明《〈全宋诗〉误收金元明诗考》一文指出楼钥《郭熙秋山平远用东坡韵》实为元人刘迎《郭熙秋山平远用东坡韵》。除此之外，楼钥名下还有如下诸诗与他人重出：

1.《史子仁碧沚》

相家小有四明山，更葺桃源渺莽间。四面楼台相映发，一川烟水自弯环。(其一)

中川累石势嵯峨，城上遥岑耸翠螺。旧说夕阳无限好，此中最得夕阳多。(其二)

见《全宋诗》卷二五四四楼钥，《全宋诗》编者据武英殿本《攻媿集》卷一收入。此诗又见《全宋诗》卷二五三五吕祖俭，题为"题史子仁碧沚"，仅"中川"作"中州"、"城上遥岑"作"城外遥峰"、"最得"作"更得"几字异，《全宋诗》编者据元陈世隆《宋诗拾遗》卷一八收入。

按：此诗为楼钥作，元代王元恭《至正四明续志》卷一二亦将此诗归之楼钥名下。王媛《陈世隆〈宋诗拾遗〉辨伪》一文也指出《宋诗拾遗》有误，此诗非吕祖俭诗，当为楼钥诗。[2]

---

[1] 傅璇琮等主编：《全宋诗》第36册，北京大学出版社，1998，第22617页。
[2] 王媛：《陈世隆〈宋诗拾遗〉辨伪》，《文学遗产》2014年第2期。

2.《刘寺即事》其一

不到兹山二十年，岂知重见旧山川。烟深虽不见湖水，且看长空万里天。

见《全宋诗》卷二五四五楼钥，《全宋诗》编者据武英殿本《攻媿集》卷一一收入。此诗又见《全宋诗》卷二六四八刘爚，题同，内容全同，《全宋诗》编者据清释际祥《净慈寺志》卷二三收入。

按：此诗为楼钥作。乾隆《杭州府志》卷二九、乾隆《西湖志》卷一一皆将此诗归于楼钥名下。

杨冠卿

周小山《〈全宋诗〉重出误收诗丛考》一文指出杨冠卿《麻姑之东涉千堆垄至射亭宿黄氏新馆》实为韩琦《新馆》。又杨冠卿名下有多诗与冯时行诗重出，参本书冯时行诗重出考辨。除此之外，杨冠卿名下还有如下诸诗与他人重出：

《填维扬》（已下四首投中隐）

古人肉食无远谋，腰钱骑鹤向扬州。春风十里珠帘卷，但看竹西歌吹楼。天朝选用诗书帅，上策公言须自治。屏翰坚持保障功，江淮益壮金汤势。强敌不敢纵南牧，关塞烟迷芳草绿。儿童歌舞乐升平，一曲梅花细柳营。

见《全宋诗》卷二五五五杨冠卿，《全宋诗》编者据《客亭类稿》卷一二收入。此诗又见《全宋诗》卷二六五一杨冠，题为"上扬州太守"，仅"向扬州"作"上扬州"、"强敌"作"北骑"等几字异，《全宋诗》据清金镇康熙《扬州府志》卷三一收入。

按：此诗当为杨冠卿之作。杨冠卿该诗自注云"已下四首投中隐"，查杨冠卿《客亭类稿》卷一二该诗下三首分别为《都作院》（该诗有句云"我公号令何精明"）、《春大阅》（该诗有句云"我公献纳纡皇眷"）、《御书东坡雪诗石刻》（该诗有句云"我公稽首拜嘉惠"），显然这四首诗皆是投献给中隐之作。据杨冠卿《乙巳春次中隐先生韵》《从郭中隐觅酒并呈张君量》，中隐当为郭中隐。《扬州府志》此诗下题为"杨冠",疑脱去"卿"字。

胡泳

《句》

阁下大书三姓字,海南惟见两翁还。

见《全宋诗》卷二五五七胡泳,《全宋诗》编者据宋王象之《舆地纪胜》卷一二七《广南西路·吉阳军》收入。

按:此非胡泳句,实出自其父胡铨《哭赵公鼎》:"以身去国故求死,抗疏犯颜今独难。阁下特书三姓在,海南惟见两翁还。一丘孤冢寄琼岛,千古高名屹太山。天地只因悭一老,中原何日复三关。"[1] 据周必大《承务郎胡君泳墓志铭》:"二十六年,秦丞相死,先生(胡铨)与李公皆内徙。初,秦氏揭二公及赵丞相姓名于格天阁,赵丞相前薨,至是先生(胡铨)赋诗有'阁下大书三姓在,海南惟见两翁还'之句,君(胡泳)口不绝吟。先生曰:'孺子可教!'因授以句法。"[2] 亦可知该诗当为胡铨之作。

第四十八册

陆九渊

阮堂明《〈全宋诗〉重出举隅辨考》一文指出陆九渊名下《和杨廷秀送行》《初夏侍长上郊行分韵得偕字》与杨时《送行和杨廷秀韵》《初夏侍长上郊行分韵得偕字》诗重出,此两诗当皆为陆九渊诗。又陆九渊《过普宁寺》与陆游《步过县南长桥游南山普宁院山高处有塔院及小亭缥缈可爱恨不能到》重出,参本书相关章节考证。除此之外,陆九渊名下还有如下诸诗与他人重出:

---

[1] 傅璇琮等主编:《全宋诗》第34册,北京大学出版社,1998,第21577页。
[2] 曾枣庄、刘琳主编:《全宋文》第232册,上海辞书出版社、安徽教育出版社,2006,第259页。

1.《与僧净璋》

　　自从相见白云间，离聚常多会聚艰。两度逢迎当汝水，数年隔阔是曹山。客来濯足傍僧怪，病不烹茶侍者闲。不是故人寻旧隐，只应终日闭禅关。

诗见《全宋诗》卷二五七〇陆九渊，《全宋诗》编者据宋陈思《两宋名贤小集》卷二一三收入。此诗又见《全宋诗》卷二五七一陆九龄，题同，仅"聚常"作"别尝"、"艰"作"难"等几字异，《全宋诗》编者据《宋诗拾遗》卷二一收入。

按：宋陈思编《两宋名贤小集》卷二一三、元方回《瀛奎律髓》卷四七、《御选宋金元明四朝诗》卷五三诸书皆将此书归入陆九渊名下。《宋诗纪事》卷五三引《瀛奎律髓》将此诗归于陆九龄，当有误，《瀛奎律髓》将此诗实归入陆九渊名下。《宋诗拾遗》实为伪书，乃清人伪作，可参王媛《陈世隆〈宋诗拾遗〉辨伪》一文，故此诗当为陆九渊诗。

2.《环翠台》

　　直从平地蠢崔嵬，南向群山斗次来。尽此半春留客醉，莫愁一日不花开。水从绿野前头绕，竹向芳菲缺处栽。目送断鸿天外去，问他更是几时回。

诗见《全宋诗》卷二五七〇陆九渊，《全宋诗》编者据《永乐大典》卷二六〇四收入。此诗又见《全宋诗》卷二七九六释居简，题为"杨园四题·环翠台"，仅"问他"作"问它"一字异，《全宋诗》编者据释居简《北磵诗集》卷七收入。

按：释居简此题名下共有四首诗，即丛茂亭、风香亭、盘秀亭、环翠台，皆是咏杨园风光，此诗恐非陆九渊诗，当为释居简诗。又《全宋诗》所收释居简诗，以日本应安七年（一三七四）刻《北磵诗集》及日本贞和、观应间（相当于元惠宗至正时）翻刻宋元旧本《外集》《续集》为底本著录，版本可靠。

辛弃疾

辛更儒《法式善·知稼翁集·稼轩集抄存》一文指出黄公度名下《和泉上人》

《御赐阁额二首》《赠延福端老二绝》与辛弃疾名下《和泉上人》《御书阁额》《赠延福端老二首》诗重出，这些诗皆当为黄公度诗。除此之外，辛弃疾名下还有以下诸诗与他人重出：

1.《宿驿》

他乡异县老何堪，短发萧萧不胜簪。旋买一樽持自贺，病身安稳到江南。（其一）

云外丹青万仞梯，木阴合处子规啼。嘉陵栈路吾能说，略似黄亭到紫溪。（其二）

见《全宋诗》卷二五八二辛弃疾，《全宋诗》编者据明笪继良《铅书》卷五收入。此诗又见《全宋诗》卷二一六四陆游，题为"紫溪驿二首"，仅"他"作"它"、"胜簪"作"满篸"、"樽"作"尊"、"栈路"作"栈道"几字异。

按：此诗当为陆游诗。万历《铅书》卷五此诗下注云："抄本作陆游诗，然《渭南集》无此诗。"注有误，此诗见四库本《剑南诗稿》卷一一。陆游诗集传承可靠，且陆游该诗下自注云"信州铅山县"，故此诗就有可能被误收入笪继良所修铅山县志《铅书》中。据《陆游全集校注》，陆游此诗作于淳熙六年九月铅山道中[①]。

2.《赠申孝子世宁》

六月烈日日正中，时有叛将号群凶。平人血染大溪浪，比屋焰照鹅湖峰。……至孝感兮天地动，白日无光百川涌。三刀不死古今稀，一命自有神灵拥。群贤激赏争作歌，要使汝名长不磨。何时上书达天听，诏加旌赏高嵯峨。

见《全宋诗》卷二五八一辛弃疾，《全宋诗》编者据邓广铭《辛稼轩诗文抄存》收入。此诗又见《全宋诗》卷一四三八马永卿，题同，仅"避"作"蔽"、"申公"作"申翁"、"尔时"作"此时"等几字异，《全宋诗》编者据明笪继良《铅书》卷五收入。

[①] 钱仲联、马亚中主编：《陆游全集校注》，浙江教育出版社，2011，第287页。

按：据《宋史·孝义传》："申世宁，信州铅山人。绍兴六年（1136）潘达兵袭铅山，父愈年七十，未及出户遇贼，贼意其有藏金，欲杀之。世宁年未冠，亟引颈愿代父死，贼感其孝，两全之。"[①] 申世宁欲代父赴死当是 1136 年事。据该诗"群贤激赏争作歌，要使汝名长不磨。何时上书达天听，诏加旌赏高嵯峨"，事情发生后，当时群贤皆欲上书为其旌赏。当时铅山人赵士礽（1107 年进士）即作有《赠申孝子》诗，亦曰"何不上明君，表旌当金铸"[②]。而辛弃疾生于 1140 年，此事发生时，还未出生，辛弃疾直至 1181 年才定居信州（此诗如是辛弃疾作，恐只能作于此年之后），故此事不可能在四五十年后还未"何时上书达天听"。综上，此诗当非辛弃疾所作，当为马永卿作，其人为 1109 年进士，流寓铅山。

曾丰

常德荣《〈全宋诗〉重出作品 21 首及其归属》一文指出曾丰《甲申大水二首》实为滕岑《甲申大水二首》。又曾丰《寿陈龙图》与韩驹《上陈龙图生辰诗》重出，参本书相关章节考证。除此之外，曾丰名下还有如下诸诗与他人重出：

1.《辛丑大水》

　　天公哀此生人苦，渍然出涕洒下土。五昼五夜涕不已，平陆成河山作渚。……但令老眼开日月，苍生自然得安堵。

见《全宋诗》卷二六一〇曾丰，《全宋诗》编者据四库本《缘督集》卷三收入。此诗又见《全宋诗》卷二五五三滕岑，题同，仅"湟下"作"霍下"、"居家"作"举家"几字异，《全宋诗》编者据影印《诗渊》第 3 册第 2139 页收入。

按：此诗归属存疑。曾丰《缘督集》乃清四库馆臣据《永乐大典》辑得，但该本似仍保存宋本之旧。

2.《疏山》

　　草径蜿蜒十里闲，云关若在画图看。万松密翠地无影，一水长清

---

① 元脱脱等：《宋史》第 38 册，中华书局，1977，第 13413 页。
② 傅璇琮等主编：《全宋诗》第 30 册，北京大学出版社，1998，第 19212 页。

天自寒。

见《全宋诗》卷二六一〇曾丰,《全宋诗》编者据四库本《缘督集》卷九收入。此诗又见《全宋诗》卷三四四六曾渊子,题同,仅"里闲"作"里间"、"云关"作"云间"、"天"作"空"几字异,《全宋诗》编者据《宋诗拾遗》卷一二收入。

按:此诗归属存疑。《宋诗拾遗》卷一二此诗下实署名曾囷,未知《全宋诗》编者有何依据将曾囷与曾渊子等同为一人。崇祯《抚州府志》地理志二、弘治《抚州府志》卷三亦将此诗归入曾囷名下。

刘甲

《句》其二

一川带绕三平岛,万巘环趋两翠峦。

见《全宋诗》二六一一刘甲,《全宋诗》编者据宋王象之《舆地纪胜》卷一六三《潼川府路·叙州》收入。此句又见《全宋诗》卷三三〇二刘申,内容全同,《全宋诗》编者据宋王象之《舆地纪胜》卷一六三《潼川府路·叙州》收入。

按:《全宋诗》编者据宋王象之《舆地纪胜》卷一六三《潼川府路·叙州》将此诗分系两人名下,不知何因。据李勇先点校之《舆地纪胜》卷一六三《潼川府路·叙州》,此诗实归于刘申名下[①]。但李裕民《〈全宋诗〉辨误》一文却认为此诗当为刘甲诗,作刘申诗有误。

陈亮

1.《咏梅》其一

春回积雪层冰里,香动荒山野水滨。带月一枝低弄影,背风千片远随人。

见《全宋诗》二六一三陈亮,《全宋诗》编者据宋《锦绣万花谷》后集卷三八收入。

[①] 王象之著,李勇先校:《舆地纪胜校点》,四川大学出版社,2005,第4963页。

按：此非陈亮诗，实出自陆游《浣花赏梅》："老子人间自在身，插梅不惜损乌巾。春回积雪层冰里，香动荒山野水滨。带月一枝低弄影，背风千片远随人。石家楼上贪吹笛，肯放朝朝玉树新。"[①] 宋《锦绣万花谷》后集卷三八此诗下实未署名，《全宋诗》编者认为该诗承后诗（陈亮《咏梅》其三）省名，此判断当有误。

2.《咏梅》其二

十里温香扑马来，江头还见去年梅。喜开剩欲邀明月，愁落先教扫绿苔。

见《全宋诗》二六一三陈亮，《全宋诗》编者据宋《锦绣万花谷》后集卷三八收入。

按：此非陈亮诗，实出自陆游《蜀院赏梅》："十里温香扑马来，江头还见去年梅。喜开剩欲邀明月，愁落先教扫绿苔。跌宕放翁新醉墨，凄凉废苑旧歌台。盛衰自古无穷事，莫向昆明叹劫灰。"[②] 宋《锦绣万花谷》后集卷三八此诗下实未署名，《全宋诗》编者认为该诗承后诗（陈亮《咏梅》其三）省名，此判断当有误。

第四十九册

赵蕃

朱腾云博士论文《〈全宋诗〉重出误收研究》指出赵蕃《闻李处州亡》实为唐代灵澈《闻李处士亡》。张如安《〈全宋诗〉六位名家"佚诗"小考》一文指出赵师秀《书李氏园亭》实为赵蕃《书李氏园亭》。又赵蕃《蛱蝶》《萤火》与曾几《蛱蝶》《萤火》重出，赵蕃《亦好园》与杨万里《寄题喻叔奇国博郎中园亭二十六咏·亦好园》重出，参本书相关章节考证。除此之外，赵蕃名下

---

① 傅璇琮等主编：《全宋诗》第39册，北京大学出版社，1998，第24448页。
② 傅璇琮等主编：《全宋诗》第39册，北京大学出版社，1998，第24448页。

还有如下诸诗与他人重出：

1.《登县楼有感二首》

一水中分南北市，插天蒙末有佳山。太平官府元无事，聊放衰翁一日闲。（其一）

见说南楼秋气多，夜凉槐竹影婆娑。满楼风月成辜负，奈此青州从事何。（其二）

见《全宋诗》卷二六四一赵蕃诗，《全宋诗》编者据《章泉稿》卷四收入。又见《全宋诗》卷二五二〇李揆，题为"登县楼"，仅"元"作"原"、"一日"作"半日"等几字异，《全宋诗》编者据清冯兰森同治《上高县志》卷一三收入。

按：明熊相正德《瑞州府志》卷一二、刘启泰康熙《上高县志》卷六皆将此诗归于李揆名下。赵蕃现存诸集乃清四库馆臣据《永乐大典》辑得，这有可能造成误收他人之作。此诗似为李揆诗。

2.《与世美奉诏旨分督决狱甲戌判袂之武阳壬午还宿中兴寺而得世美自延平所寄诗因次韵》

盛暑宵忧动遣旒，敕催诸道决累囚。承流宣泽弥兢惕，履险航湍敢滞留。南北分驰才数夕，重轻释系已三州。高材想尽哀矜意，美疢当从勿药瘳。

见《全宋诗》卷二六四〇赵蕃，《全宋诗》编者据《章泉稿》卷三收入。此诗又见《全宋诗》卷七三二韦骧，题同，内容全同，《全宋诗》编者据《钱塘韦先生文集》卷八收入。

按：此诗为韦骧诗。李世美乃韦骧同事，韦骧集中与其唱和之作有十余首之多，如《别李世美》《又和李世美再题步云亭》《和李世美见寄兼送推官宰彭泽》《和世美以前韵惠诗》《和世美行役不与贡第一茶》《和世美久雨枕上偶成》《和世美吉祥为别》。韦骧与世美分督决狱事，亦可参韦骧《将到富沙寄世美同事》："判袂于今涉五旬，驰驱无复寓书频。"[1]

---

[1] 傅璇琮等主编：《全宋诗》第13册，北京大学出版社，1998，第8587页。

3.《别朱子大苏召叟昆仲》

薄宦尘埃易满襟,问盟犹喜盍朋簪。只今风月一杯酒,明日云山千里心。杨柳阴疏秋馆净,芙蓉香冷暮江深。潮回一信西兴渡,频寄相思别后吟。

见《全宋诗》卷二六三二赵蕃,《全宋诗》编者据《淳熙稿》卷一五收入。此诗又见《全宋诗》卷三一五四赵汝唫,题为"别朱子大苏名叟",仅"明日"作"他日"、"频寄"作"为寄"等几字异,《全宋诗》编者据宋《诗家鼎脔》卷上收入。

按:此诗归属存疑。苏召叟即苏泂,其集中有多首与朱子大唱和之作,参苏泂《简朱子大学士二首》《忆朱子大学士一首》《见子大后寄》《子大送桂花答之》等诗。赵汝唫诗题为"别朱子大苏名叟",苏名叟实有误,当为苏召叟。

张王臣

《句》

半落半开梅好处,似无似有草生时。

见《全宋诗》卷二六四三张王臣,《全宋诗》编者据宋赵蕃《章泉稿》卷三《送张王臣还峡州兼属峡守郭郎中季勇二首》注收入。此句又见《全宋诗》卷二一二八郭见义《句》,内容全同,《全宋诗》编者据宋赵蕃《章泉稿》卷三《送张王臣还峡州兼属峡守郭郎中季勇二首》注引收入。

按:《全宋诗》编者据同一文献将此诗分系两人名下,不知何故。查赵蕃《送张王臣还峡州兼属峡守郭郎中季勇二首》其二:"久矣闻风折角巾,近来乃得诵诗新。雨奇晴好西湖赋,梅落草生三峡春。(自注:尝见使君与周子中西湖唱酬及闻君诵"半落半开梅好处,似无似有草生时"之句。)再拜因行为多谢,尺书愿寄恐无因。靖州侥有平安使,佳句惊人不厌频。"[1]该诗第一句"折角巾"乃用东汉郭泰典,实借郭泰来代指峡守郭季勇(即郭见义)。"尝见使君与周子

---

[1] 傅璇琮等主编:《全宋诗》第49册,北京大学出版社,1998,第30909页。

中西湖唱酬及闻君诵"云云，句中"使君"及"君"皆当指郭见义，故诗句"半落半开梅好处，似无似有草生时"实为郭见义诗，非张王臣诗也。

李商叟

陈新等《全宋诗订补》一书已指出翁卷《寿周少保》实为李商叟《寿周少保》。又李商叟《寿辛太尉》与韩驹《上辛太尉生辰诗》重出，参本书相关章节考证。除此之外，李商叟名下还有如下诸诗与他人重出：

1.《疏山》

忙中安得此身闲，杖策西风自往还。今日已偿云水债，篮舆带雨下疏山。

见《全宋诗》卷二六四三李商叟，《全宋诗》编者据元陈世隆《宋诗拾遗》卷一一收入。此诗又见《全宋诗》卷二〇六一李浩，题为"出疏山"，内容全同，《全宋诗》编者据清许应鑅光绪《抚州府志》卷四收入。

按：《大明一统名胜志·抚州府志胜》卷七、弘治《抚州府志》卷四皆将此诗归入李商叟名下，清许应鑅光绪《抚州府志》后出，故此诗恐非李浩诗，当为李商叟诗。

2.《寿周益公》其一

天佑熙朝世产贤，承平旧业至今传。莱公少避中元日，潞国同生丙午年。翰墨独传千古秘，声名崛在二公先。功成野服平园去，要伴灵龟巢碧莲。

见《全宋诗》卷二六四三李商叟，《全宋诗》编者据宋祝穆《古今事文类聚》前集卷四四收入。此诗又见《全宋诗》卷二三三九黄维之，题为"寿益垣丙午中元日生"，仅"天佑"作"天祐"、"平园"作"平原"等几字异，《全宋诗》编者据宋《新编通用启札截江网》卷二收入。

按：诗中潞国即文彦博（曾封潞国公），其人生于1006年（该年为丙午年），又周益公即周必大（曾封益国公），周必大生于1126年（该年亦为丙午年），故诗云与"潞国同生丙午年"。又诗云"功成野服平园去"，周必大号平园老叟，平园为周必大退居家乡庐陵时所开辟的田园。该诗所言之事皆与周必大有关，故此诗当为李商叟的《寿周益公》诗，非黄维之的诗。

第五十册

吴璋

吴璋《牡丹》与叶适《前日入寺观牡丹不觉已谢惜其秾艳故以诗悼之敢冀见和》重出，参本书相关章节考证。除此之外，吴璋名下还有如下一诗与他人重出：

《句》其一二

弈棋但以忘忧耳，纵酒无如作病何。

见《全宋诗》卷二六四八吴璋，《全宋诗》编者据宋吴沆《环溪诗话》卷下收入。

按：此恐非吴璋句，全诗见葛立方《和道祖韵》："未落天狼未止戈，谁能频击唾壶歌。弈棋聊欲消忧耳，饮酒无如作病何。孙绍那忧卿太少，退之莫叹日无多。菟裘已向菁山卜，从此栖迟到发皤。"①（《全宋诗》编者据葛立方《侍郎葛公归愚集》卷五收入）

彭蠡

《梅开一花》

昨夜花神有底忙，先教踏白入南邦。冷将双眼窥春破，肯把孤心受雪降。砚弟得兄呼最长，竹君取友叹无双。试于月夜窗前看，一在枝头一在窗。

见《全宋诗》卷二六五一彭蠡，《全宋诗》编者据元蒋正子《山房随笔》收入。此诗又见《全宋诗》卷三二八九潘牥，题为"梅花（其四）"，仅"砚弟"作"松弟"、

---

① 傅璇琮等主编：《全宋诗》第34册，北京大学出版社，1998，第21794页。

"枝头"作"梢头"等几字异,《全宋诗》据宋刘克庄《后村千家诗》卷七收入。

按:蒋正子《山房随笔》谓此诗实为卢梅坡诗,非彭蠡(号梅坡先生)诗也,盖《全宋诗》编者误辑。参元蒋正子《山房随笔》:"卢梅坡咏梅开一花诗云:'昨夜花神有底忙……'"①此诗究竟是卢梅坡诗,还是潘牥诗,恐一时无法确定。但元郭豫亨《梅花字字香》引"昨夜花神有底忙"作潘牥诗。

宋光宗

朱腾云博士论文《〈全宋诗〉重出误收研究》指出宋光宗《题张萱游行士女图》实为唐代曹唐《小游仙诗九十八首》其二六,宋光宗《句》其三实出自钱惟演《槿花》,又宋光宗《待月诗》与林逋《林间石》重出,宋光宗《题陆瑾渔家风景图》与唐代郑谷《野步》重出。又宋光宗《题徐崇嗣没骨牡丹图》与梅尧臣《四月三日张十遗牡丹二朵》及宋高宗《题马麟画》重出,参本书相关章节考证。除此之外,宋光宗名下还有如下一诗句与他人重出:

《句》其四

蓼岸飞寒蝶,汀沙戏水禽。

见《全宋诗》卷二六五三,《全宋诗》编者据《式古堂书画汇考》卷三三收入。

按:此非宋光宗句,全诗见张耒《舟行即事二首》其二:"去去路日远,行行岁向深。晚田荒更阔,秋野晓多阴。岸蓼飞寒蝶,汀沙戏水禽。迎风芦颤叶,眩日枣装林。早蟹肥堪荐,村醪浊可斟。不劳频怅望,处处有鸣砧。"②《式古堂书画汇考》卷三三此诗句下实题为"宋光宗对题团扇绢本",这并不能说明此诗句为其所作,当是宋光宗把张耒此诗句题写于绢本之上。

黄樵仲

《句》

俸薄俭亦足,官卑清自尊。

---

① 何文焕主编:《历代诗话·山房随笔》,中华书局,1981,第716页。
② 傅璇琮等主编:《全宋诗》第20册,北京大学出版社,1998,第13177页。

见《全宋诗》卷二六五九黄樵仲,《全宋诗》编者据清黄宗羲《宋元学案》卷四九收入。此句又见《全宋诗》卷二八八八赵彦彬《句》其二,仅"亦"作"常"一字异,《全宋诗》编者据雍正《江西通志》卷六三收入。

按:此诗句归属存疑。明陈道弘治《八闽通志》卷六八将此诗句归于黄樵仲名下,而嘉靖《江西通志》卷一一、明郭良翰《问奇类林》卷一四皆将此诗句归于赵彦彬名下。

张埏

1.《龙隐洞》

几年鳞甲蛰清渊,一旦飞腾石自穿。遗迹谩存离旧隐,定应衔雨去朝天。

见《全宋诗》卷二六六○张埏,《全宋诗》编者据清谢启昆《粤西金石略》卷一○收入。此诗又见《全宋诗》卷三七五九陈叔信,题为"游龙隐岩(其一)",仅"谩"作"漫"一字异,《全宋诗》编者据《宋诗拾遗》卷一四收入。

按:此为张埏诗。据《桂林石刻》一书可知,该诗刻于龙隐岩,下有落款云:"番阳银峰张埏叔信庆元戊午季春上澣,偶因暇日,携家寻胜,岩洞固多,此尤冠绝,岂非神剜地设者耶?聊书二绝,以纪其异。同游乡隽余俨季庄,汪迈养浩。"①《宋诗拾遗》卷一四应是将张叔信讹误为陈叔信。

2.《龙隐岩》

洞口岩高著数椽,湫灵听法护金仙。腾身一跃天池后,云雾于今尚溘然。

见《全宋诗》卷二六六○张埏,《全宋诗》编者据清谢启昆《粤西金石略》卷一○收入。此诗又见《全宋诗》卷三七五九陈叔信,题为"游龙隐岩(其二)",仅"湫灵"作"秋铃"几字异,《全宋诗》编者据《宋诗拾遗》卷一四收入。

按:考证同上,此为张埏诗。《龙隐岩》与上诗《龙隐洞》刻在一块,落

---

① 杜海军辑校:《桂林石刻总集辑校》,中华书局,2013,第267页。

款见上诗。

苏大璋

1.《瑞香花》

　　芳蕤何蒨绚，尤物真旖旎。五叶映雕阑，三桠骈粉蕊。妍分春月魂，香彻肌骨髓。

见《全宋诗》卷二六六〇苏大璋，《全宋诗》编者据宋陈景沂《全芳备祖》前集卷二二收入。

按：此非苏大璋诗，实出自苏籀《题僧寮白瑞芗一首》："芳蕤何蒨绚，尤物真旖旎。五叶映雕栏，三桠骈粉蕊。妍分春月魄，香彻肌骨髓。壁观艳成魔，鹤林神作祟。岂特梅可簪，殊胜麝多忌。野荟与戎葵，犹堪解其秽。"[①]其实，陈景沂《全芳备祖》前集卷二二此诗题下实署名"苏双溪"，此苏双溪并非指苏大璋（号双溪），而是指苏籀，苏籀有《双溪集》存世，盖《全宋诗》编者误辑苏大璋名下。

2.《蘼芜》

　　叶叶秋声中，霏霏蚕英蓛。分持有如松，繁华匪惭菊。勃蔚袭轩墀，薰沾满衣服。情人攫纤指，拾蕊动盈掬。蘼芜见离骚，苓藿入语录。

见《全宋诗》卷二六六〇苏大璋，《全宋诗》编者据宋陈景沂《全芳备祖》后集卷三〇收入。

按：此非苏大璋诗，实出自苏籀《木樨花一首》："何处闻国芗，珍木秀岩谷。高标蕙兰枝，妙辑沉麝酷。叶叶秋声中，霏霏早英蓛。介特有如松，繁华岂惭菊。勃蔚袭轩墀，薰沾满衣服。情人攫纤指，拾蕊动盈掬。蘼芜见离骚，苓藿入谱录。卉裳未可更，鲍肆或争逐。乱插琉璃瓶，于斯殊不俗。"[②]其实，陈景沂《全芳备祖》前集卷三〇此诗题下亦实署名"苏双溪"，此苏双溪并非指苏大璋（号双溪），而是指苏籀，苏籀有《双溪集》存世，盖《全宋诗》编者误辑苏大璋

---

① 傅璇琮等主编：《全宋诗》第31册，北京大学出版社，1998，第19630页。
② 傅璇琮等主编：《全宋诗》第31册，北京大学出版社，1998，第19621页。

名下。

叶适

《全宋诗》编者指出叶适《送郑丈赴建宁五首》与陈傅良《送郑少卿景望知建宁》重出，此当为陈傅良诗。又陈新等《全宋诗订补》指出叶适名下《前日入寺观牡丹不觉已谢惜其秾艳故以诗悼之敢冀见和》与吴琚《牡丹》诗重出，此当为叶适诗。除此之外，叶适名下还有以下诸诗句与他人重出：

1.《虎丘》

虎丘之名岁二千，虎丘之丘何渺然。众山争高隐日月，笑此拳石埋平田。……松梢莫遣风雨横，石盘自添苔藓涩。春来春去吴人游，足茧层巅踏应泣。

见《全宋诗》卷二六六一叶适，《全宋诗》编者据《水心先生文集》卷六收入。此诗又见《全宋诗》卷一四〇七叶梦得，题同，仅"遗剑"作"遗指"一字异，《全宋诗》编者据清顾贞观《积书岩宋诗删》卷一〇收入。

按：诗见四部丛刊本叶适《水心先生文集》卷六，此诗当为叶适诗。宋祝穆《方舆胜览》卷二、明王鏊《姑苏志》卷八诸书皆将此诗归入叶适名下。该诗当作于淳熙十年左右，时叶适任职平江府为浙西路提刑司干办公事。四部丛刊本叶适《水心先生文集》乃据正统十三年黎谅刻《水心先生文集》影印[①]，从版本学角度看，亦较清顾贞观《积书岩宋诗删》可靠。

2.《毛希元隐居庐山卧龙瀑》

毛子骂吴曦，蜀山眇孤坟。五老急招聘，延留如大宾。……低头汲涧曲，煮豆萁为薪。沮溺上之耻，昔贤终贱贫。

见《全宋诗》卷二六六二叶适，《全宋诗》编者据《水心先生文集》卷七收入。此诗又见《全宋诗》卷二九五七叶述，题同，仅"眇孤坟"作"渺孤愤"、"招聘"作"扣聘"、"上之耻"作"士之耻"几字异，《全宋诗》编者据清江殷道康熙《九

[①] 傅璇琮等主编：《中国古代诗文名著提要（宋代卷）》，河北教育出版社，2009，第476页。

江府志》卷一二收入。

按：此诗当为叶适诗。诗见四部丛刊本叶适《水心先生文集》卷七。四部丛刊本叶适《水心先生文集》乃据正统十三年黎谅刻《水心先生文集》影印，从版本学角度看，亦较清江殷道康熙《九江府志》卷一二可靠。毛希元，即毛方平，其隐居庐山时，袁燮、曹彦约诸人皆有诗提及。据曹彦约《毛希元提干有庐山癖既卜筑居之又作卧龙楼与玉京道院一时诸老皆为赋诗矣知贱子非所长而亦令赋何也作三绝句资一笑》自注云："庚辰十月乙酉，书于湖庄所性堂。"①毛方平隐居庐山当在宁宗嘉定十三年（1220）十月左右。其诗题又云"诸老皆为赋诗"，诸老当亦包括叶适（时叶适70岁、袁燮76岁、曹彦约63岁）。

3.《句》其三

初分大道非常道，才有先天未后天。

见《全宋诗》卷二六六三，《全宋诗》编者据清黄宗羲《宋元学案》卷一〇收入。

按：此并非叶适佚句，乃出自邵雍《观三皇吟》："许大乾坤自我宣，乾坤之外复何言。初分大道非常道，才有先天未后天。作法极微难看迹，收功最久不知年。若教世上论勋业，料得更无人在前。"（《全宋诗》编者据《伊川击壤集》卷一五收入）②宋吕祖谦《宋文鉴》卷二五、宋阮阅编《诗话总龟》后集卷一七诸书皆将此诗归入邵雍名下。

4.《句》其四

独立孔门无一事，惟传颜氏得心斋。

见《全宋诗》卷二六六三，《全宋诗》编者据清黄宗羲《宋元学案》卷一〇收入。

按：此并非叶适佚句，乃出自吕大临《送刘户曹》："学如元凯方成癖，文似相如反类俳。独立孔门无一事，惟传颜氏得心斋。"（《全宋诗》编者据宋吕

---

① 傅璇琮等主编：《全宋诗》第51册，北京大学出版社，1998，第32187页。
② 傅璇琮等主编：《全宋诗》第7册，北京大学出版社，1991，第4609页。

祖谦《宋文鉴》卷二八收入）[1]宋祝穆《古今事文类聚》别集卷一、宋叶适《习学记言》卷四七诸书皆将此诗归入吕大临名下。

冯伯规

1.《无题》

暇时结客小春容，路直重岩紫翠峰。云阁翚飞翼鸾凤，石楠盘屈老虬龙。林扉雨过便秋菊，山寺风清度晚钟。快展眉头须剧饮，天开霁色不妨农。

见《全宋诗》卷二六六四冯伯规，《全宋诗》编者据清周其懋《金石苑·宋南北龛题名题诗题字》收入。此诗又见《全宋诗》卷三七七九马某，题为"游南山赋五十六言呈书记郎中教授大著"，仅"路直"作"路值"、"石楠"作"石柟"几字异，《全宋诗》编者据清吴锡谷道光《巴州志》卷八收入。

按：据程崇勋著《巴中石窟》实地考察可知，此诗实阴刻于老君洞右壁，题为"游南山赋五十六言呈书记郎中教授大著"，作者既不是冯伯规，也不是马某，当为赵公硕[2]。李旭升主编《巴中诗文》据明本《保宁府志·山川》亦谓此诗作者为赵公硕，当非马某[3]。《〈全宋诗〉杂考（四）》一文谓此诗作者非冯伯规，当改为冯某，亦当有误[4]。

2.《登云间阁》

昔年严大夫，偶来怨迁谪。我本麋鹿姿，得此已自适。……树影抹横烟，角声暗落日。长江去不返，况此百年客。企首老玉仙，白发何由摘。

见《全宋诗》卷二六六四冯伯规，《全宋诗》编者据清周其懋《金石苑·宋

---

[1] 傅璇琮等主编：《全宋诗》第18册，北京大学出版社，1991，第11759页。
[2] 程崇勋：《巴中石窟》，文物出版社，2009，第48页。
[3] 李旭升主编：《巴中诗文》，四川人民出版社，2006，第207页。
[4] 《〈全宋诗〉补正》项目组：《〈全宋诗〉杂考（四）》，载《北京大学中国古文献研究中心集刊（第12辑）》，北京大学出版社，2013，第257页。

南北龛题名题诗题字》收入。此诗又见《全宋诗》卷二八○五赵希漕，题为"题云间阁"，仅"遍寻"作"囗寻"、"时来"作"南来"、"朱实"作"未实"几字异，《全宋诗》编者据明杨思震嘉靖《保宁府志》卷六收入。

按：据程崇勋著《巴中石窟》实地考察可知，此诗实阴刻于老君洞左壁，题为"登云间阁"，作者既不是冯伯规，也不是赵希漕，当为赵希璇①。陈新等编《全宋诗订补》一书又将此诗置入冯忠恕名下，亦当有误②。

刘埮

刘埮《诘猫》与刘克庄《诘猫》重出，参本书相关章节考证。除此之外，刘埮名下还有如下诗句与他人重出：

《句》

呜呼诸将官日穹，岂知万鬼号阴风。

见《全宋诗》卷二六六五刘埮，《全宋诗》编者据宋蔡正孙《诗林广记》后集卷一○收入。

按：此并非刘埮诗，乃出自刘克庄《国殇行》："官军半夜血战来，平明军中收遗骸。埋时先剥身上甲，标成丛冢高崔嵬。姓名虚挂阵亡籍，家寒无俸孤无泽。乌虖诸将官日穹，岂知万鬼号阴风。"③其实，蔡正孙《诗林广记》亦谓此句出自刘潜夫《国殇行》，因刘埮、刘克庄皆字潜夫，故《全宋诗》编者误辑刘埮名下。

陈藻

1.《赠故乡人》

我家已破出他乡，如连如卓方阜昌。岂料囊金随后散，一齐开铺鬻文章。我今濒死只如许，二友犹堪望轩轾。从头借问向来谁，十室

---

① 程崇勋：《巴中石窟》，文物出版社，2009，第49页。
② 陈新等：《全宋诗订补》，大象出版社，2005，第839页。
③ 傅璇琮等主编：《全宋诗》第58册，北京大学出版社，1998，第36257页。

九人非旧主。

见《全宋诗》卷二六六七,《全宋诗》编者据《乐轩集》卷二收入。此诗又见《全宋诗》卷六八六沈括,题同,仅"只(衹)如许"作"只(衹)如寻"几字异,《全宋诗》编者据《永乐大典》卷三〇〇四收入。

按:此诗似当为两首绝句。《乐轩集》卷二此诗前一首诗为《别舅氏》:"表里真容拜跪妨,老夫拱揖漫焚香。凋尽双亲一辈行,两世能留独渭阳。劣甥今年七十五,花甲戊辰先戊午。若非相见皆贫苦,多少垆边好歌舞。"此诗亦当为离开家乡时所作,大概与《赠故乡人》作于同时。陈藻一生清贫,布衣终身,从小父母双亡,辗转他乡。刘克庄《乐轩集序》:"乐轩七十五乃死,年出于其师,而穷尤甚于其师。城中无片瓦,侨居福清县之横塘,闭门授徒,仅足自给。至浮游江湖,崎岖岭海,积緡得百千,归买田数亩,辄为人夺去。士之穷无过于此矣。"① 诗句言"我家已破出他乡"、"一齐开铺鬻文章",这与陈藻身世完全相合。而沈括家族世代簪缨,其24岁即以父荫入仕,走上仕途,并非落魄江湖之辈,故此诗当非沈括所作。

2.《贺仲雨斗门》

濯锦江边唱绝强,孤青和者亦夔襄。……庄周笑我机械深,夏王见我须赏音。莫道白头犹未遇,等劳一片活人心。

见《全宋诗》卷二六六七,《全宋诗》编者据《乐轩集》卷二收入。此诗又见《全宋诗》卷六八六沈括,题同,仅"赏玩"作"赏阮"、"赞叹"作"赞欢"几字异,《全宋诗》编者据《永乐大典》卷三五二六收入。

按:此诗当为陈藻诗。除此诗外,陈藻还有一首诗涉及此人,即《题林仲雨瞰日庵》。另外,陈藻的老师林亦之也有一首诗涉及林仲雨,参林亦之《次韵奉酬林仲雨》,故此诗当为陈藻诗,北宋沈括当不可能和南宋时的林仲雨相唱和。林阳华《〈全宋文〉〈全宋诗〉补正——以沈辽、沈括、蒋之奇为考察对象》一文亦认为此诗当为陈藻诗。

---

① 曾枣庄、刘琳主编:《全宋文》第329册,上海辞书出版社、安徽教育出版社,2006,第106页。

3.《别林黄中帅湖南》

　　清秋缓辔马如云，论定忠邪黑白分。湘水传呼新刺史，霸陵改观旧将军。平生孤节人难到，自此一番名愈闻。定有诏书催入觐，不劳下担楚江濆。

　　见《全宋诗》卷二六六八，《全宋诗》编者据《永乐大典》卷一五一三八收入。此诗又见《全宋诗》卷二五〇八林亦之，题同，内容全同，《全宋诗》编者据林亦之《网山集》卷一收入。

　　按：陈藻著作由门人林希逸编为《乐轩集》八卷，该集并未收有此诗。林黄中即林栗，林亦之集中还有一首与其唱和之作，即《奉寄云安安抚宝文少卿林黄中》。林栗出知云安（即夔州）在1181年，出知湖南在1183年，这两诗当皆为林亦之诗。

4.《子畏惠诗用韵酬之》

　　老慵只合在鸡群，变化那能慕海鸥。壮岁亲朋多死别，穷途造化与生存。欲寻衣食愁无路，却被妻孥怨少恩。健笔期君今落第，相赒未得剩空论。

　　见《全宋诗》卷二六六八，《全宋诗》编者据《乐轩集》卷三收入。此诗又见《全宋诗》卷三三二四释文珦，题同，内容全同，《全宋诗》编者据释文珦《潜山集》卷一〇收入。

　　按：据诗句"老慵只合在鸡群，变化那能慕海鸥"云云，子畏惠诗中定有言该诗作者将飞黄腾达句，这与早岁即出家的释文珦生平不合，故此诗当非释文珦所作。陈藻集中还有多首与子畏唱和之作，如《用余子畏韵其诗有警句云若知瓦砾真成道便觉珠玑不属君》《赠余子畏》等诗。释文珦诗集已佚，其现存《潜山集》乃清四库馆臣据《永乐大典》辑得，这就有可能造成误收他人之作。

永嘉四灵

　　陈新等《全宋诗订补》已指出徐玑名下《初夏游谢公岩》《又寄》《酒》与徐德辉《初夏游谢公岩》、徐德辉《寄隐士》、徐文澜《咏酒》诗重出，这些诗当皆为徐玑诗；又徐照名下《柳叶词》与谢子才《三眠柳》其二诗重出，此当为徐照诗；又翁卷名下《寿周少保》乃李商叟《寿周少保》诗；又赵师秀名下《书李氏园亭》《夜宿江浦闻元八改官寄此》乃宋赵蕃《书李氏园亭》及唐白居易《夜宿江浦闻元八改官因寄此什》；又赵师秀名下佚句"石畔长来枝易老，竹间瘦得箨全清"属误辑当删。又朱腾云博士论文《〈全宋诗〉重出误收研究》指出翁卷《送包释可抚机》与元陈天锡《送包释可入幕》诗重出，此为翁卷诗；又徐玑《橄途寄翁灵舒》与唐杜荀鹤《维扬冬末寄幕中二从事》重出，此诗归属存疑。又徐玑名下《登薛象先新楼》与陈傅良《寄题薛象先新楼》重出，徐照《青溪阁》与许志仁《和虞智父登清溪阁》及徐珩《和虞智父登金陵清溪阁》重出，参本书相关章节考辨。除此之外，永嘉四灵名下还有以下诸诗与他人重出：

1.《乡村四月》

  绿遍山原白满川，子规声里雨如烟。乡村四月闲人少，才了蚕桑又插田。

见《全宋诗》卷二六七三翁卷，《全宋诗》编者据《苇碧轩诗集》收入。此诗又见《全宋诗》卷二二七四范成大，题为"村居即景"，内容全同，《全宋诗》编者据宋谢枋得《千家诗》七言卷上收入。

按：此诗当为翁卷诗。汲古阁景宋钞本翁卷著《苇碧轩诗集》收有此诗，而范成大《石湖诗集》并未著录此诗。宋谢枋得，清王相选注《新校千家诗》亦将此诗置入翁卷名下。

2.《偶题》

  绿树何稠叠，清风稍羡余。枕萦云片片，帘透雨疏疏。修筧通泉窦，残碑出野锄。丘陵知几变，耕稼学陶渔。

见《全宋诗》卷二六七四翁卷，《全宋诗》编者据《西岩集》收入。此诗又见《全宋诗》卷二七二五葛天民，题同，仅"学陶"作"杂陶"一字异，《全宋诗》编者据《无怀小集》收入。此诗又见《全宋诗》卷二八六三徐文卿诗，题同，仅"学陶"作"杂陶"一字异，《全宋诗》编者据宋方回《瀛奎律髓》卷二三收入。

按：此诗归属存疑。

3.《赠九华李丹士》

　　长记零陵郡，共看江上峰。一生轻世事，几处认仙踪。转式驱雷电，封泥伏虎龙。三千三百里，今日又相逢。

见《全宋诗》卷二七七八徐玑，《全宋诗》编者据影印《诗渊》第1册第416页收入。此诗又见《全宋诗》卷二六七一徐照，题同，仅"一生"作"平生"、"几处"作"几度"几字异，《全宋诗》编者据《永嘉四灵诗》卷乙收入。

按：此当为徐照诗。汲古阁景宋钞本徐照《芳兰轩集》收有此诗。为李丹士赠诗，还有四灵之翁卷《赠九华李丹士》、徐玑《赠李丹士》。影印《诗渊》第1册第416页此诗题名"宋前人"作，因此诗前一首诗为徐玑《赠李丹士》，故《全宋诗》编者认为此诗亦当为徐玑诗，恐有误。

4.《句》

　　蕙叶秀且笋，兰香细而幽。

见《全宋诗》卷二七七八徐玑句，《全宋诗》编者据《全芳备祖》前集卷二一收入。此诗又见《全宋诗》卷三七五三徐月溪《句》其七，内容全同，《全宋诗》编者据宋谢维新《古今合璧事类备要》别集卷三九收入。

按：此句归属存疑。明彭大翼《山堂肆考》卷二百亦将此诗归入徐月溪名下。

孙元卿

1.《与钱孝先游洞霄》其一

　　芒鞋踏明月，入谷闻泉声。了知非人间，泠然毛骨清。篝灯入幽洞，岩穴何阴阴。仙凡隔几尘，无由问霓旌。跻攀上高崖，势与龙虎争。凭栏试抚掌，碧鳌波纹生。尘缘苦未断，世路犹趑征。题诗来贤岩，晚岁当再行。

见《全宋诗》卷二六七五孙元卿，《全宋诗》编者据元孟宗宝《洞霄诗集》卷三收入。

按：此诗又见韩松《游洞霄宫》其三："芒鞋踏明月，入谷闻泉声。了知非人间，泠然毛骨轻。夜投羽士宫，道话留三更。凌晨访幽洞，岩穴何峥嵘。仙凡隔几尘，无由问霓旌。旧闻九锁峰，忽此眼界明。跻攀不可上，势与龙虎争。凭栏试抚掌，碧甃波纹生。尘缘苦未断，世路犹遐征。题诗来贤岩，岁晚当再行。"①《全宋诗》编者据影印《诗渊》第3册第1627页收入。但该诗与孙元卿《与钱孝先游洞霄》其一诗中间几句不同，嘉庆《余杭县志》卷一六亦将此诗归入孙元卿名下，此诗似为孙元卿作。

2.《与钱孝先游洞霄》其二

玄冥相我作山行，卷却重阴放晓晴。但见峰峦互扃锁，不知宫阙隐峥嵘。云根洞穴篝灯入，井底波澜抚掌生。唤客入山还送客，淙琤犹记石泉声。

见《全宋诗》卷二六七五孙元卿，《全宋诗》编者据元孟宗宝《洞霄诗集》卷三收入。此诗又见《全宋诗》卷二八三八韩松，题为"游洞霄宫其四"，仅"不知"作"不见"一字异，《全宋诗》编者据影印《诗渊》第3册第1627页收入。

按：此诗当为孙元卿诗，道光《乐清县志》卷一三亦将此诗归入孙元卿名下。查《诗渊》第3册，此诗题下实未署名，《全宋诗》编者以为该诗承前诗省名（前诗题为韩松《游洞霄宫》其三），此判断恐有误。

朱端常

《柳》

丝丝烟雨弄轻柔，偏称黄鸟与白鸥。才著一蝉嘶晚日，西风容易便成秋。

见《全宋诗》卷二六七五朱端常，《全宋诗》编者据宋谢维新《古今合璧事类备要别集》卷五二收入。此诗又见于《全宋诗》卷二九五〇宋自适，题为"杨柳"，仅"黄鸟"作"黄鹂"一字异，《全宋诗》编者据《全芳备祖》后集卷一七收入。

---

① 傅璇琮等主编：《全宋诗》第54册，北京大学出版社，1998，第33797页。

按：此诗当为宋自适诗。《御制佩文斋广群芳谱》卷七七、《宋诗纪事》卷七一引《全芳备祖》皆将此诗归入宋自适名下。宋自适，字正父。宋谢维新《古今合璧事类备要别集》卷五二此诗题下实署朱正父，疑朱正父为宋正父之讹。

鲍墣

《初夏闲居》

杜门初入夏，贫不厌身闲。白日静于水，绿阴浓似山。野蔬留客饭，小艇送僧还。却忆西庵夜，泉声石壁间。

见《全宋诗》卷二六七五鲍墣，《全宋诗》编者据《宋诗拾遗》卷一〇收入。此诗又见《全宋诗》卷三七七〇鲍鳌川，题同，仅"初入"作"春又"、"客饭"作"客饮"等几字异，《全宋诗》编者据影印《诗渊》第5册第3219页收入。

按：鲍墣，字份甫，号鳌川，永嘉人。鲍鳌川即鲍墣。《全宋诗》鲍鳌川名下仅收此一诗，鲍鳌川其人其诗皆当删去。

吕皓

1.《题青溪神女祠次东坡韵》

生居万山中，二年依泽国。偶于僧曹暇，聊欲访禅默。……寄语龙宫君，安隐藏故穴。近来托怪多，勿遣容易测。

见《全宋诗》卷二六七五吕皓，《全宋诗》编者据元吴师道《敬乡录》卷一〇收入。此诗又见《全宋诗》卷二九四四吕殊，题为"题清溪神女祠"，仅"僧曹"作"坐曹"、"公岩"作"宫岩"等几字异，《全宋诗》编者据《敏斋稿》收入。

按：吕殊为吕皓子。元吴师道《敬乡录》卷一〇前收吕皓一文及三诗（即《别荆州诸友》《题青溪神女祠次东坡韵》《峨眉亭》三诗），后收吕殊一文。又吕皓名下《题青溪神女祠次东坡韵》有自序："青溪为琳法师道场。琳，峨眉人，一日思乡水，龙女为致四足鲋为证。"吕殊名下此诗下无此序文。且吕殊《敏斋稿》乃明代胡宗懋从《太平吕氏文集》中录出，疑《敏斋稿》辑录有误，将父亲名下的这三首诗误辑入儿子名下。

第三章 南宋诗人重出诗歌考辨　　489

2.《别荆州诸友》

荆州三度别,此别尤酸冷。兼葭逐岸靡,烟雨隔林回。去棹行且留,离觞醉还醒。缅怀荆州士,鹄立霜毛整。……一篑会成山,九仞犹弃井。要令百炼金,青荧无留矿。大战乾坤内,吾道相与永。

见《全宋诗》卷二六七五吕皓,《全宋诗》编者据元吴师道《敬乡录》卷一〇收入。此诗又见《全宋诗》卷二九四四吕殊,题同,仅"强畦畛"作"绝畦町"、"相远"作"尽远"等几字异,《全宋诗》编者据《敏斋稿》收入。

按:此当为吕皓诗。参上诗考证。

3.《峨眉亭》

采石山头月正弦,捉月台边酒满船。扰扰利名蚁慕膻,如公岂但酒称贤。……死生在我不在天,欲死得死岂其冤。欲罢长风大放颠,苍茫何处可拍肩。

见《全宋诗》卷二六七五吕皓,《全宋诗》编者据元吴师道《敬乡录》卷一〇收入。此诗又见《全宋诗》卷二九四四吕殊,题同,仅"石山"作"石江"、"称贤"作"独贤"、"不在天"作"我则天"几字异,《全宋诗》编者据《敏斋稿》收入。

按:此当为吕皓诗。参上诗考证。

郑克己

郑克己《架壁》与许志仁《架壁》重出,郑克己《芦花》与姜夔《过湘阴寄千岩》及唐许浑《三十六湾》重出,参本书相关章节考证。除此之外,郑克己名下还有如下一诗与他人重出:

《水国》

水国烟霞客,春来始定居。老逢人事懒,贫觉旧交疏。隙影窥蟾滴,芸香散箧书。西湖风月好,不到一年余。

见《全宋诗》卷二六七六郑克己,《全宋诗》编者据宋陈思《两宋名贤小集》卷一七〇《文杏山房杂稿》收入。此诗又见《全宋诗》卷二七三七郑括苍,题同，内容全同，《全宋诗》编者据影印《诗渊》第 3 册第 1965 页收入。

按：《宋诗纪事》卷五六、光绪《青田县志》卷一六皆将此诗归入郑克己名下。括苍山位于今丽水、青田、缙云、仙居等县之间，郑克己为浙江青田人，又宋佚名《诗家鼎脔》卷上载"括苍郑克己仁叔"，疑郑括苍即为郑克己。

张镃

陈新等《全宋诗订补》已指出张镃名下《题杨诚斋南海朝天二集》乃杨万里《张功父索余近诗余以南海朝天二集示之蒙题七字》诗；又张镃《句》其九属误辑当删。郑晓星《〈全宋诗〉考辨四例》也指出张镃名下《谢李仁父茯苓》与张栻《李仁父寄茯苓酥赋长句谢之》诗重出，此诗当为张栻诗。除此之外，张镃名下还有以下诸诗与他人重出：

1.《道经寒芦港》

芦深可藏人，下有扁舟泊。正似洞庭风，日暮孤帆落。

见《全宋诗》卷二六八七张镃，《全宋诗》编者据张镃《南湖集》卷七收入。此诗又见《全宋诗》卷八五四苏辙，题为"和文与可洋州园亭三十咏·寒芦港"，仅"日暮"作"日莫"一字异，《全宋诗》编者据苏辙《栾城集》卷六收入。

按：此为苏辙诗。文与可原唱为《守居园池杂题》三十首，当时苏轼、苏辙皆有和作，苏轼和作为《和文与可洋川园池三十首》，苏辙和作为《和文与可洋州园亭三十咏》。又四库本查慎行《苏诗补注》卷一四谓苏轼和作曾石刻题云："寄题与可学士洋州园池三十首，从表弟苏轼上。"张镃诗集已佚，其现存《南湖集》乃清四库馆臣据《永乐大典》辑得，这就有可能造成误收他人之作。

2.《许道士房》

凉蝉乱叫朝暮雨，独鹤不迷前后山。芎叶煮汤胜茗碗，栗花然火称松关。

见《全宋诗》卷二六八八张镃，《全宋诗》编者据《南湖集》卷八收入。此诗又见《全宋诗》卷二六九〇张镃，题为"游九锁山（其二）"，仅"称"作"照"一字异，《全宋诗》编者据元孟宗宝《洞霄诗集》卷三收入。此诗又见《全宋诗》卷三七七〇无名氏诗，题为"题清隐堂"，仅"芎"作"茶"一字异，《全宋诗》编者据影印《诗渊》第 4 册第 3005 页收入。

按：此并非无名氏诗，乃张镃诗。张镃名下"游九锁山（其二）"诗显系重出，当删。陈新等《全宋诗订补》已指出无名氏名下此诗当为张镃诗，但其没有注意到《全宋诗》编者所辑"游九锁山（其二）"亦属误辑当删。

3.《道院书壁》

约客探名胜，停辀得所欣。山寒多作雨，洞古不收云。夜宿听鸣鹿，晨斋饤野芹。黄冠尤喜事，添注石炉熏。

见《全宋诗》卷二六八四张镃，《全宋诗》编者据张镃《南湖集》卷四收入。此诗又见《全宋诗》卷二六九〇张镃，题为"游九锁山（其一）"，仅"约客探名胜，停辀得所欣"作"九锁非凡境，烟云路不分"、"多作"作"长带"等几字异，《全宋诗》编者据元孟宗宝《洞霄诗集》卷三收入。此诗又见《全宋诗》卷一九〇四沈长卿，题为"书壁四韵"，仅"作"作"做"、"鹿"作"麂"等几字异，《全宋诗》编者据影印《诗渊》第 5 册第 3591 页收入。

按：此诗当为张镃诗。张镃名下"游九锁山（其一）"诗，或系后人在张镃《道院书壁》诗的基础上传抄改写而成，况且张镃名下"游九锁山（其二）"诗亦为重出诗。影印《诗渊》第 5 册第 3591 页此诗题下实署名为宋（指宋代）长卿，《全宋诗》编者不知因何根据将此诗归入沈长卿名下，恐有误。

4.《分韵赋散水花得盐字》其二

盈枝点缀雪花鲜，环映清流分外妍。应是东君归骑速，不如坠下玉丝鞭。

见《全宋诗》卷二六八九张镃，《全宋诗》编者据《南湖集》卷九收入。此诗又见《全宋诗》卷三七五四无名氏诗，题为"散水花"，仅"不如"作"不知"一字异，《全宋诗》编者据《全芳备祖》前集卷二七收入。

按：张镃诗集原本已佚，其集乃清四库馆臣据《永乐大典》辑出。"分韵赋散水花得盐字（其二）"并非押盐字韵，乃是押先字韵，而张镃名下"分韵赋散水花得盐字（其一）"及"分韵赋散水花得盐字（其三）"皆押盐字韵，故张镃名下此诗恐属误辑，此诗似归无名氏名下为妥。

5.《题羔羊斋外木芙蓉》

慵妆酣酒夕阳浓，洗尽霜根看绮丛。绿地团花红锦障，不知庭院有西风。

见《全宋诗》卷二六八九张镃，《全宋诗》编者据《南湖集》卷九收入。又见《全宋诗》卷二二六二范成大，题同，仅"霜根"作"霜痕"一字异，《全宋诗》编者据《石湖居士诗集》卷二十一收入。

按：诗当为范成大诗。范成大《石湖诗集》此诗同卷前后还有《真瑞堂前丹桂》《进思堂夜坐怀故山》《重阳九经堂作》等诗，其中真瑞堂、进思堂、羔羊斋、九经堂皆为庆元府州宅内的建筑，可参四库本宋罗濬撰《(宝庆)四明志》卷三。《题羔羊斋外木芙蓉》当作于淳熙七年范成大知明州之时，范成大另一首《羔羊斋小池两涘木芙蓉盛开有怀故园》亦当作于此时。

6.《窗前木芙蓉》

辛苦孤花破小寒，花心应似客心酸。更凭青女留连得，未作愁红怨绿看。

见《全宋诗》卷二六八九张镃，《全宋诗》编者据《南湖集》卷九收入。又见《全宋诗》卷二二四二范成大，题同，内容全同，《全宋诗》编者据《石湖居士诗集》卷一收入。

按：明钱穀《吴都文粹续集》卷二七亦将此诗归入范成大名下。张镃《南湖集》卷九此诗前一首诗即为"题羔羊斋外木芙蓉"，《题羔羊斋外木芙蓉》乃范成大诗，此首《窗前木芙蓉》亦非张镃所作。又张镃《南湖集》原本已佚，其集乃清四库馆臣据《永乐大典》辑出，故张镃名下这两首诗当皆属误辑。

7.《美人曲》

美人娟娟似秋月，宫中女儿妒欲杀。恶言忽入恩爱移，自是君王不情察。深宫夜冷调秦筝，曲曲翻成哀怨声。愿得风吹落君耳，回心照妾相思情。

见《全宋诗》卷二六八二张镃，《全宋诗》编者据《南湖集》卷二收入。

此诗又见《全宋诗》卷一二七三周行己,题同,仅"妒"作"嫉"一字异,《全宋诗》编者据清曾唯《东瓯诗存》卷一收入。

按:此诗归属存疑。

第五十一册

孙应时

孙应时名下《夜深至宁庵见壁间端礼昆仲倡和明日次其韵》《正月二十八日避难至海陵从先流寓兄弟之招仍邂逅冯元礼故人二首之一》《避难至海陵从先流寓兄弟之招仍邂逅故人冯元礼二首之一》《借韵跋林肃翁题诗》与他人诗歌重出,参本书相关章节考证。除此之外,孙应时名下还有如下诸诗与他人重出:

1.《碧云即事》

唧唧秋蛩鸣,耿耿秋夜长。简篇负初心,枕簟怯新凉。朝曦入疏牖,宿云散前冈。归欤一叶舟,浩歌听沧浪。

见《全宋诗》卷二六九三孙应时,《全宋诗》编者据《烛湖集》卷一五收入。此诗又见《全宋诗》卷二八〇七刘宰,题为"春望",仅"篇"作"编"一字异,《全宋诗》编者据《漫塘集》卷二收入。

按:刘宰因不乐韩侂胄用兵,引退屏居云茅山之漫塘三十年,碧云即事即指其隐居云茅山之事。刘宰《漫塘集》还著录有另一首《碧云即事》:"块坐经年不入山,山僮拍手笑衰颜。登高犹喜心期在,望远还惊目力悭。云气苍茫自羁旅,烟波飘荡几悸鳏。朝来旧雨添新雨,谁识安危指顾间。"[①]可证此首《碧云即事》亦当为刘宰所作。又刘宰《漫塘集》今著录有明刊正德本及明刊万历本,四库本刘宰《漫塘集》即以明正德本为底本著录。而孙应时《烛湖集》原本已佚,其现存《烛湖集》乃清四库馆臣据《永乐大典》辑出,这就有可能造成误收他人之作。

[①] 傅璇琮等主编:《全宋诗》第53册,北京大学出版社,1998,第33389页。

2.《闽宪克庄以故旧托文公五世孙明仲远征鄢文老退遗弃散逸荷伯宗用昭止善浩渊子勗至善及余表侄孙陈谊予兄子丰仲弟之婿贾熙用昭之从子大年等十余人寒冬连句日夜录之得五十卷亦已劳矣赋此为谢》

老去斯文付寂寥，寒枝枯甲一遗蜩。虚言自叹真何补，好友相求不惮遥。败箧尘埃烦数子，破窗风雨每连宵。诗成明日寻梅去，共看春风转斗杓。

见《全宋诗》卷二六九三孙应时，《全宋诗》编者据《烛湖集》卷一九收入。

按：此诗又见元虞集《道园学古录》卷二九，题目相同，"闽宪克庄，以故旧托文公五世孙明仲远征鄢文，老退遗弃散逸，荷伯宗、用昭、止善、浩渊、子勗、至善及余表侄孙陈谊、予兄子丰仲、弟之婿贾熙、用昭之从子大年等十余人，寒冬连句，日夜录之，得五十卷，亦已劳矣，赋此为谢"，内容亦仅几字异。此诗为虞集作，闽宪克庄即斡克庄，乃虞集《道园学古录》刊刻者，文公五世孙明仲即朱熹五世孙朱炘（字明仲），此皆元人，此诗定为虞集所作。孙应时《烛湖集》乃清四库馆臣据《永乐大典》辑得，这可能是造成误收虞集之作的原因。

刘过

陈新等《全宋诗订补》已指出刘过名下《题京口多景楼》与赵汝汲《多景楼》、赵善伦《京口多景楼》重出，赵汝汲名下《多景楼》当删，此诗更有可能为赵善伦诗。又朱腾云博士论文《〈全宋诗〉重出误收研究》指出刘过《寄王巽伯》即是刘过《思故人》诗。除此之外，刘过名下还有以下一诗与他人重出：

《游郭希吕石洞二十咏·韬玉》

至宝不自献，韬藏亦英华。余香被草木，秀擢幽岩花。

见《全宋诗》卷二七○八刘过，《全宋诗》编者据《龙洲道人诗集》卷一○收入。此诗又见《全宋诗》卷一○二丁谓，题为"玉佩"，内容全同，《全宋诗》编者据影印《诗渊》第1册第45页收入。

按：此诗为刘过诗。郭希吕即郭津，东阳人，乃朱熹门人。陈傅良亦有《东阳郭希吕山园十咏》诗。北宋丁谓与南宋郭希吕当无交往。其实，影印《诗渊》

第 1 册第 45 页该诗下并未署作者名,《全宋诗》编者认为该诗当是承前诗省名（前诗为丁谓诗），此判断当有误。

敖陶孙

常德荣《〈全宋诗〉重出作品 21 首及其归属》一文指出周端臣《仆以绍熙壬子中夏二十有五日始跻风篁探龙井遂至广福谒三贤像阅旧碑追观一代风流为赋此诗适月林依公留设茗供因书以遗之他日能为我揭诗板于壁间使示来者亦山中之一助也》与敖陶孙《仆以绍熙壬子中夏二十有五日始跻风篁讨龙井遂至广福谒三贤像阅旧碑追观一代风流为赋此诗适月林依公留设茗并因书以遗之他日能为我揭诗板于壁间使示来者亦山中之一助也》诗重出，此诗为敖陶孙作可能性更大。除此之外，敖陶孙名下还有如下一诗与他人重出：

《登苏台用袁宪韵赠两赵提干（汝积、幼闻）》

胜赏多从暇日违，眼中朋友欲星稀。退休不复思三顾，能赋犹堪广七依。游鹿台前空逝水，栖乌曲里只斜晖。书生怀古真痴绝，看尽闲云入栋飞。

见《全宋诗》卷二七一〇敖陶孙，《全宋诗》编者据《臞翁诗集》卷二收入。此诗又见《全宋诗》卷三二九一张榘，题同，内容全同，《全宋诗》编者据宋陈起《江湖后集》卷八收入。

按：此诗与袁说友诗《同张元善集癸未同年》同韵，故诗题所指"袁宪"当为袁说友（时袁说友提点浙西刑狱，故称袁宪）。参袁说友诗《同张元善集癸未同年》："同年几合几分违，三十年间见日稀。尊酒相逢今也幸，诗书论政旧焉依。慈恩故事嗟回首，吴地清谈对落晖。平世功臣在公等，尚期努力佐龙飞。"[①] 据诗意，袁说友该诗当作于其中进士后三十年，即 1193 年间，故《登苏台用袁宪韵赠两赵提干》亦当大概作于 1193 年间，敖陶孙生于 1154 年，袁说友生于 1140 年，而张榘淳祐五年（1245）曾知句容县，据此来看，张榘

[①] 傅璇琮等主编：《全宋诗》第 48 册，北京大学出版社，1998，第 29961 页。

不大可能与袁说友有交往，此诗当为敖陶孙作。

高似孙

陈新等《全宋诗订补》已指出高似孙名下佚句"小山花落渠如别，右手螯香我欠肥"属误辑当删；又《全宋诗》所收诗人高氏实为高似孙，故此两人名下诗当合并，重出者当删。《〈全宋诗〉杂考（三）》一文也指出高似孙《纪梦》实为钱舜选《纪梦》。除此之外，高似孙名下还有以下一诗与他人重出：

《梅》

　　舍南舍北雪犹存，山外斜阳不到门。一夜冷香清入梦，野梅千树月明村。

见《全宋诗》卷二七一九高似孙，《全宋诗》编者据宋陈思《两宋名贤小集》卷三一三《疏寮小集》收入。此诗又见《全宋诗》卷三七三七陈天锡，题为"野梅"，内容全同，《全宋诗》编者据《苕溪渔隐丛话》后集卷二一引《东皋杂录》收入。

按：此诗归属存疑。宋陈景沂《全芳备祖》前集卷一、元郭豫亨《梅花字字香》将此诗归入高似孙名下，但宋释绍嵩《江浙纪行集句》却将此诗归入陈天锡名下。

姜夔

陈新等《全宋诗订补》已指出姜夔名下"梅花竹里无人见，一夜吹香过石桥"属误辑当删。又朱腾云博士论文《〈全宋诗〉重出误收研究》指出姜夔《姑苏怀古》与明张如兰《吴门夜泊》重出，此诗当为姜夔诗。除此之外，姜夔名下还有以下诸诗与他人重出：

1.《过湘阴寄千岩》

　　眇眇临风思美人，荻花枫叶带离声。夜深吹笛移船去，三十六湾秋月明。

见《全宋诗》卷二七二四姜夔，《全宋诗》编者据汲古阁景宋钞《南宋六十家小集·白石道人诗集》收入。此诗又见《全宋诗》卷二六七六郑克己，题为"芦花",仅"临风"作"临窗"、"离声"作"鸡声"几字异,《全宋诗》编者据宋陈景沂《全芳备祖》前集卷一四收入。

按:此诗又作唐许浑诗,题为"三十六湾"。罗时进《丁卯集笺证》谓:"此诗宋本《丁卯集(许浑集)》各本俱不载,而南宋书棚本《白石道人诗集》已收录。"又谓夏承焘《姜白石系年》系此诗于淳熙十三年(1186)[1]。陈起编《江湖小集》卷五六引《白石道人诗集》、陈思编《两宋名贤小集》卷二七〇引《白石道人诗》诸书皆将此诗归入姜夔名下。综上来看,此诗为姜夔诗可能性更大。

2.《昔游诗》其一

洞庭八百里,玉盘盛水银。长虹忽照影,大哉五色轮。……青芦望不尽,明月耿如烛。湾湾无人家,只就芦边宿。

见《全宋诗》卷二七二四姜夔,《全宋诗》编者据汲古阁景宋钞《南宋六十家小集·白石道人诗集》收入。此诗又见《全宋诗》卷二六一三詹体仁,题同,仅"晃晃"作"晄晄"、"芦边"作"芦花"几字异,《全宋诗》编者据清朱秉鉴《詹元善先生遗集》卷下收入。

按:姜夔《昔游诗》共十五首,其自注云:"夔蚤岁孤贫,奔走川陆。数年以来,始获宁处。秋日无谓,追述旧游可喜可愕者,吟为五字古句。时欲展阅,自省生平,不足以为诗也。"又宋人潘柽有诗《书姜夔昔游诗后》、韩淲有诗《书姜白石昔游诗后》,据此来看,此诗为姜夔诗当无疑问。

3.《有送》

怜君归橐路迢迢,到得茅斋转寂寥。应叹药栏经雨烂,土肥抽尽缩砂苗。

见《全宋诗》卷二七二四姜夔,《全宋诗》编者据清曹庭栋《宋百家诗存》卷二六《白石道人集》收入。此诗又见《全宋诗》卷三一四九周弼,题为"送曲江友人南归",内容全同,《全宋诗》编者据《汶阳端平诗隽》卷四收入。

按:宋陈思编《两宋名贤小集》卷二八〇引《端平诗隽》亦将此诗归入周

---

[1] 罗时进:《丁卯集笺证》,江西人民出版社,1998,第344页。

弼名下，又《全宋诗》所收《汶阳端平诗隽》乃据汲古阁景宋钞《南宋六十家小集》为底本著录。且《宋百家诗存》卷二六姜夔名下此诗乃清曹庭栋作为补遗收入。然而，清曹庭栋编《宋百家诗存》卷一五又将此诗归入周弼名下，不免令人生疑。另，王士禛《香祖笔记》卷三亦将此诗归入姜夔名下。但是，从版本学角度看，此诗为周弼诗可能性更大。

4.《次韵胡仲方因杨伯子见寄》

此去庐陵定几程，向来筇杖未经行。悬知征桙云边集，大有吟情雪里生。楚渡食萍应甚美，舜祠吹玉直能清。二君即日青冥上，唯我春山带雨耕。

见《全宋诗》卷二七二四姜夔，《全宋诗》编者据汲古阁景宋钞《南宋六十家小集·白石道人诗集》收入。此诗又见《全宋诗》卷三二八〇朱继芳，前四句为"次韵胡仲方因杨伯子见寄（其一）"，后四句为"次韵胡仲方因杨伯子见寄（其二）"，只"春山"作"青山"一字异，《全宋诗》编者据宋陈起《江湖后集》卷二三收入。

按：姜夔此诗下自注云："仲方得萍乡宰，伯子得营道倅。"仲方即吴铨孙吴槃，伯子即杨万里子杨长孺。吴槃得萍乡宰在宁宗开禧元年（1205）[①]，时姜夔为51岁。姜夔与杨万里交往颇密，此诗必为其所作。朱继芳此诗题下作两首绝句，显然有误。又朱继芳为福建建安人，理宗绍定五年（1232）进士，其在宁宗开禧元年不可能结识吴槃、杨长孺诸人，故此诗定非其所作。

《琵琶洲》

行尽江南最远山，却寻干越上清滩。秋清云锦溪中过，玉石瑰奇一万般。

见《全宋诗》卷二七二四姜夔，《全宋诗》编者据宋王象之《舆地纪胜》卷二三《江南东路·饶州》收入。又见《全宋诗》卷一一三九晁补之，内容全同，题为"初上安仁滩清见毛发其中奇石五色可掇拾也从县令借图经溪曰云锦

[①] 姜夔撰，孙玄常笺注：《姜白石诗集笺注》，山西人民出版社，1986，第136页。

溪村曰玉石村"，《全宋诗》编者据晁补之《鸡肋集》卷二一收入。

按：此为晁补之诗。乃晁补之元符二年贬监信州酒税途经江西安仁县（今江西余江）时所作①。四库本清谢旻等修《江西通志》卷一一："云锦溪在安仁县治前，源出福建光泽县。……宋晁补之上干越，见滩水清见毫发，其中石五色若可掇拾者。从县令借图志阅，视溪曰云锦，村曰玉石，因有'行尽江南最远山，却寻干越上清滩'之句。"查宋王象之《舆地纪胜》卷二三《江南东路·饶州》此诗亦题为晁补之"云锦溪玉石村"，盖因该书卷此诗前为姜夔诗，《全宋诗》编者没有细加分别，误署为姜夔作。

葛天民

陈新等《全宋诗订补》已指出葛天民即释义铦，释义铦名下诗应并入葛天民名下，重复者当删。葛天民名下《偶题》与翁卷《偶题》诗重出，参本书相关章节考辨。除此之外，葛天民名下还有以下诸诗与他人重出：

1.《绝句》

二十四友金谷宴，千三百里锦帆游。人间无此春风乐，乐极人间无此愁。

见《全宋诗》卷二七二五葛天民，《全宋诗》编者据宋张端义《贵耳集》卷上收入。此诗又见《全宋诗》卷三七八五葛秋崖，题同，内容全同，《全宋诗》编者据《东瓯诗存》卷九收入。

按：此诗为葛天民诗。张如元、吴佐仁校补《东瓯诗存》亦认为此诗非葛秋崖诗，乃葛天民诗。另外，葛庆龙号秋岩，故他还怀疑《全宋诗》中所录葛秋崖或即是葛庆龙。②

2.《绝句》

夜雨涨波高二尺，失却捣衣平正石。天明水落石依然，老夫一夜空相忆。

---

① 晁补之著，乔力校注：《晁补之词编年笺注》，齐鲁书社，1992，第257页。
② 曾唯辑，张如元、吴佐仁校补：《东瓯诗存》，上海社会科学院出版社，2006，第390页。

见《全宋诗》卷二七二五葛天民，《全宋诗》编者据《无怀小集》收入。此诗又见《全宋诗》卷三五四〇释月硐，题为"偈颂一百零三首（其二三）"，仅"夜雨涨波高二尺"作"骤雨涨溪高数尺"、"天明"作"明朝"几字异。

按：此为葛天民诗。宋张端义《贵耳集》卷上、《江湖小集》卷六七、《两宋名贤小集》卷二八五引《葛无怀小集》、宋韦居安《梅硐诗话》卷中诸书皆将此诗归入葛天民名下。佛子偈颂经常辗转引用别人诗作，释月硐此诗亦是如此。

危稹

《牵牛花》

青青柔蔓绕修篁，刷翠成花著处芳。应是折从河鼓手，天孙斜插鬓云香。

见《全宋诗》卷二七三三危稹，《全宋诗》编者据宋陈思《两宋名贤小集·巽斋小集》收入。此诗又见《全宋诗》卷三七五三杨巽斋，仅"绕修篁"作"绕修墙"几字异，《全宋诗》编者据《全芳备祖》前集卷一四收入。

按：此诗归属存疑。因危稹字巽斋，这可能是造成《全宋诗》将该诗收入两人名下的原因。

王居安

《句》其二

只教人种菜，莫误客看花。

见《全宋诗》卷二七三六王居安，《全宋诗》编者据宋刘克庄《后村诗话》后集卷一收入。此句又见《全宋诗》卷三一六五陈埙《句》，内容全同，《全宋诗》编者据宋林洪《山家清供》卷下收入。

按：此诗句归属存疑。

第五十二册

韩淲

陈新等《全宋诗订补》一书指出陈振甫《赠冲虚斋朱道士》实为韩淲《大涤洞赠朱道士》，又韩淲《邹道乡送幼安赴澶仓》实为邹浩《送幼安赴澶仓》，参本书相关章节考证。除此之外，韩淲名下还有如下诗句与他人重出：

《句》

玄机未易窥。

见《全宋诗》卷二七七〇韩淲，《全宋诗》编者据宋李龏《梅花衲》收入。

按：此并非佚句，实出自韩淲《梅雪》："残冬且论诗，岂待梅与雪。雪固以水清，梅自惟花洁。玄机未易窥，圣解不难说。弃置便扫除，俗者虑上拙。"[①]

王大受

陈新等《全宋诗订补》已指出王大受（册72）与王大受（册52）实为同一人，后者之诗当合并入前者，其中《玉山道中》《曝书》《客枕》三首重出诗当删。除此之外，王大受名下还有如下诸诗与他人重出：

1.《游鹿苑寺》

鹫峰游屐少，我独住多时。僧护翻经石，猿攀碍月枝。地寒春到晚，山远梦归迟。尚被浮名误，吾心信自痴。

见《全宋诗》卷二七七一王大受，《全宋诗》编者据清曾燠《江西诗徵》卷一九收入。此诗又见《全宋诗》卷一四〇八卢襄，题为"再登接山堂（其一）"，仅"碍月"作"啸月"、"浮名"作"浮云"几字异，《全宋诗》编者据宋高似孙《剡录》卷八收入。

按：卞东波《南宋诗选与宋代诗学考论》一书认为王大受名下此诗的出处应改为清厉鹗《宋诗纪事》所引之宋人何新之《诗林万选》。又谓宋高似孙《剡录》

---

① 傅璇琮等主编：《全宋诗》第52册，北京大学出版社，1998，第32395页。

卷八未收卢襄此诗，故此诗为王大受诗[①]。其实，宋高似孙《剡录》卷八已收录卢襄此诗，且言其事甚详。参宋高似孙《剡录》卷八："政和戊戌，自东宪游云。予（卢襄）尝爱晋人吏隐多在会稽，而王子猷冒雪访戴，尤为一时胜事。予以捕寇过剡，时方大雪初霁，山流暴涨，桥断不可行，遂登鹿苑寺，凭栏四瞩，便觉溪山来相映发，岂真中令当日应接不暇处耶。为名堂为接山，且赋诗以纪其事。""赋诗以纪其事"即指卢襄《游鹿苑寺山》《接山堂》《再登接山堂》诸诗。又卢襄政和末为两浙路提点刑狱，这与高似孙所记正相吻合，故此诗恐非王大受诗，为卢襄诗当更确。

2.《句》

山行千岩翠作堆。

见《全宋诗》卷二七七一王大受，《全宋诗》编者据宋绍嵩《亚愚江浙纪行集句诗》卷五收入。

按：查宋绍嵩《亚愚江浙纪行集句诗》卷五，此句实作"山引千岩翠作堆"。

徐侨

《虎邱谒和靖祠》

涵养当用敬，进学在致知。如车去只轮，跬步不可移。……岂无实践者，兹焉当反思。晚生拜遗像，敷衽跪陈词。愿言服予膺，没齿以为期。

见《全宋诗》卷二七七三徐侨，《全宋诗》编者据宋金履祥《濂洛风雅》卷三收入。此诗又见《全宋诗》卷二八五一李道传，题为"谒和靖先生虎丘祠堂"，仅"移"作"之"、"在兹"作"在斯"等几字异，《全宋诗》编者据宋陈思《两宋名贤小集·和靖集》附收入。

按：宋金履祥《濂洛风雅》卷三该诗后有王柏的批注云："李果州虽不及师文公，却能寻访考亭门人，相与磨砺。此诗不特提出和靖精微处，为学之要，

---

① 卞东波：《南宋诗选与宋代诗学考论》，中华书局，2009，第156页。

尽在是矣！读者盍潜心焉！"王柏亦谓此诗为李道传诗（李道传曾出知果州，故李果州即为李道传）。王建生《〈濂洛风雅〉问题举隅》一文已指出《濂洛风雅》卷三此诗题下实脱落作者名，故被误认为承前诗省名，前诗为徐侨诗。但其认为该诗作者为李仲贯，字道传，实有误①。其实，该人当为李道传，字贯之，一字仲贯。

第五十三册

虞刚简

《游灵岩寺宝庆二年》其二

摩挲石刻拜方兴，误国从初恨老秦。十六州归仍遗房，百余年事语谁人。出师表在今如昔，坠泪碑存旧似新。江水江花岂终极，风光一任转青春。

见《全宋诗》卷二七八七虞刚简，《全宋诗》编者据清罗以智《宋诗纪事补遗》稿本引石刻收入。此诗又见《全宋诗》卷三七七二卢刚，题为"灵岩感怀"，仅"如昔"作"如始"一字异，《全宋诗》编者据嘉靖《略阳县志》卷六收入。

按：据《明清略阳县志校注》，此诗存灵岩寺拓片，实署名为"会稽虞刚简"，诗后署"宝庆二年春三月"②，故此诗当为虞刚简诗。

释居简

房日晰《〈全宋诗〉误收重出考辨及补遗》一文指出释居简《颂古二十一首》其九与刘皂《旅次朔方》及贾岛《渡桑干》诗重出，此为刘皂诗；又释居简《颂古二十一首》其十实为杜甫《前出塞九首》之六的前四句。许红霞《全宋诗所收僧诗致误原因探析》一文指出释居简《颂古二十一首》其一九与释居简《颂

---

① 王建生：《〈濂洛风雅〉问题举隅》，《中国典籍与文化》2009年第2期，第82页。
② 略阳县地方志办公室：《明清略阳县志校注》，三秦出版社，2015，第127页。

古五首》其四重出。朱腾云博士论文《〈全宋诗〉重出误收研究》指出释居简《书智迁抵触图》与释居简《智迁昼牛》重出。又陆九渊《环翠台》实为释居简《杨园四题》其四，释居简《偈颂一百三十三首》其六七与苏庠《清江曲》其二重出，参本书相关章节考证。除此之外，释居简名下还有如下诸诗与他人重出：

1.《柏堂》

　　千载霜苓孕屈盘，虐风饕雪不知难。客来莫话西来意，添个蒲团话岁寒。

见《全宋诗》卷二七九一，《全宋诗》编者据《北磵诗集》卷二收入。此诗又见《全宋诗》卷二八〇〇释居简，题同，内容全同，《全宋诗》编者据《北磵和尚续集》收入。

按：此诗一人名下两见，显系重出。

2.《酬嘉兴别驾谢司直》

　　挽春艺兰茝，采采山之阿。……余光烛樆李，散彩摇清波。太湖跨三州，如此明月何。

见《全宋诗》卷二七九三，《全宋诗》编者据《北磵诗集》卷四收入。此诗又见《全宋诗》卷二七九五释居简，题为"谢晦斋倅嘉兴"，仅"挽春"作"春风"、"雪砌"作"广庭"、"错磨"作"错摩"等几字异，《全宋诗》编者据《北磵诗集》卷六收入。

按：此诗一人名下两见，显系重出。

3.《赠皓律师》

　　皓也毗尼学，精于玉帐严。蚁酤停扫砌，燕乳记勾帘。茶鼎敲冰煮，花壶漉水添。梦回池草绿，忍践绿纤纤。

见《全宋诗》卷二七九六，《全宋诗》编者据《北磵诗集》卷七收入。此诗又见《全宋诗》卷一二五释简长，题为"赠浩律师"，仅"皓"作"浩"、"勾帘"作"钩帘"几字异，《全宋诗》编者据明李蓘《宋艺圃集》卷二二收入。

按：此当为释居简诗。元方回《瀛奎律髓》卷四七此诗下署名"僧简长"，但其评论又云此为"蜀僧北磵简"，这是将僧释简长与僧释居简搞混了。查慎行已指出其误云："此另是一人，不入九僧之数，乃作《秀州报本院三过堂记》者，所著名《北磵集》。"明李蓘《宋艺圃集》卷二二、明曹学佺《石仓历代诗选》卷二三〇诸书皆将此诗归之释简长名下，疑同方回之误。

4.《应真赞三首》其二

　　面目古怪，气宇深清。涧月夜白，松雪寒明。舜岩之身兮谁前谁后，首萝之眼兮不纵不横。相随来也，流水浮萍。

见《全宋诗》卷二八〇一，《全宋诗》编者据日本尹藤松辑《邻交征书初编》卷一收入。此诗又见《全宋诗》卷一七八三释正觉，题为"禅人并化主写真求赞其二〇五"，仅"舜岩"作"舜若"、"首萝"作"首罗"几字异，《全宋诗》编者据《宏智正觉禅师广录》卷九《真赞》收入。

按：此诗归属存疑。

5.《应真赞三首》其三

　　全心之相，全相之心。写成这个，聊应而今。天苍苍兮白鸟没，水深深兮红鳞沉。日钩云饵，玉线金针。一般料理兮妙出咸音。

见《全宋诗》卷二八〇一，《全宋诗》编者据日本尹藤松辑《邻交征书初编》卷一收入。此诗又见《全宋诗》卷一七八三释正觉，题为"禅人并化主写真求赞其二一〇"，仅"日钩"作"月钩"一字不同，《全宋诗》编者据《宏智正觉禅师广录》卷九《真赞》收入。

按：此诗归属存疑。

第五十四册

戴复古

陈新等《全宋诗订补》已指出戴复古名下《湘西寺观澜轩》、《江村晚眺二首（其二）》、《三山林唐杰潘庭坚张农师会于丁岩仲新楼》、《建昌道上》与刘子翚《江上寺》、刘克庄《秋晚》、和请《林潘张三友会于新楼》、高翥《建昌道上》诗重出，这些诗皆当为戴复古诗。刘蔚《〈全宋诗〉之田园诗重出误收甄辨》也指出戴复古名下《山村》《山村》与苏轼《江村二首》重出，这两首诗皆当为戴复古诗。吴茂云《戴昺〈东野农歌集〉版本与功名考》也指出戴复古名下《小畦》《有感》与戴昺《小畦》《有感》诗重出，这两首诗皆当为戴复古诗。除此之外，戴复古名下还有如下诸诗与他人重出：

1.《题新涂何宏甫江村》

  近郭畏嚣尘，移居在水滨。江山千古意，松竹四时春。宾客门无禁，诗书笔有神。何郎好心事，鸥鹭亦相亲。

见《全宋诗》卷二八一五戴复古，《全宋诗》编者据《石屏诗集》卷三收入。此诗又见《全宋诗》卷三二八九潘牥，题为"江舍"，内容全同，《全宋诗》编者据宋刘克庄《后村千家诗》卷一五收入。

按：此诗为戴复古诗。据诗句"何郎好心事"云云，此诗显然与何姓人氏有关。戴复古另一诗《怀何宏甫》，亦称何宏甫"何郎好兄弟，爱我往来频"。戴复古集中还有多首与何宏甫唱和之作，参戴复古《江村何宏甫载酒过清江》《怀江村何宏甫自赣上寄林檎》《客中岁晚呈何宏甫》《贫作负恩人为何宏甫作》。《分门纂类唐宋时贤千家诗选校证》一书亦认为此诗当为戴复古诗，署潘紫岩（即潘牥）名当为误署[①]。陈新等《全宋诗订补》认为潘牥《登岭》其二即是戴复古《题新涂何宏甫江村》，实为误判[②]。

2.《题赵忠定公雪锦楼诗》（断句云：早晚扁舟会东下，莫占衡岳问归程。人以为后来谪居之谶云）

  九鼎重安国势牢，功名易办谤难逃。手扶日月扫云雾，身向江湖直羽毛。雪锦诗成先谶兆，金縢书启见勤劳。纷纷论定知忠定，不负朝廷两字褒。

见《全宋诗》卷二八一八戴复古，《全宋诗》编者据《石屏诗集》卷六收入。此诗又见《全宋诗》卷二八五九高翥，题为"赵忠定公帅蜀时题雪锦楼有

[①] 刘克庄编，李更等校：《分门纂类唐宋时贤千家诗选校证》，人民文学出版社，2002，第345页。
[②] 陈新等：《全宋诗订补》，大象出版社，2005，第588页。

扁舟衡岳问归程之句后来人以为谶题跋者甚多邵阳节使君以墨本见赠敬书其右",仅"先谶"作"如谶"一字异,《全宋诗》编者据宋陈起《中兴群公吟稿》戊集卷四收入。

按:此诗归属存疑。此诗又见高翥《菊磵集》。《全宋诗》所收戴复古诗,以四部丛刊续编影印明弘治十一年宋鉴、马金刻本《石屏诗集》十卷为底本著录。《全宋诗》所收高翥诗,第一卷以汲古阁景宋钞《南宋六十家小集·菊涧小集》为底本著录,第二卷以顾氏读画斋刊《中兴群公吟稿》为底本著录。乾隆《清泉县志》卷二四、道光《石门县志》卷二六皆将此诗归入高翥名下。

3.《灵洲梅花》

穿林傍水几平章,合有春风到草堂。自入冬来多是暖,无寻花处却闻香。枝南枝北一轮月,山后山前两履霜。直看过年开未了,醉吟且放老夫狂。

见《全宋诗》卷二八一八戴复古,《全宋诗》编者据《石屏诗集》卷六收入。此诗又见《全宋诗》卷三二〇三方岳,题为"探梅",仅"却闻"作"忽闻"、"一轮"作"一痕"等几字异,《全宋诗》编者据《秋崖集》卷六收入。

按:此诗归属存疑。宋刘克庄《千家诗选》卷七、元郭豫亨《梅花字字香》诸书皆将此诗归入戴复古名下。宋陈景沂《全芳备祖》前集卷一将此诗归属于方岳名下。《全宋诗》所收方岳诗,以嘉靖五年祁门方氏刻《秋崖先生小稿》为底本著录。

4.《登快阁黄明府强使和山谷先生留题之韵》

未登快阁心先快,红日半檐秋雨晴。宇宙无边万山立,云烟不动八窗明。飞来一鹤天相近,过尽千帆江自横。借问金华老仙伯,几人无忝入诗盟。

见《全宋诗》卷二八一八戴复古,《全宋诗》编者据《石屏诗集》卷六收入。此诗又见《全宋诗》卷三五二〇邓林,题为"登快阁黄明府强使和山谷先生韵",内容全同,《全宋诗》编者据清谢旻雍正《江西通志》卷一五四收入。

按:《全宋诗》所收戴复古诗,以四部丛刊续编影印明弘治十一年宋鉴、马金刻本《石屏诗集》十卷为底本著录。宋陈起编《南宋名贤小集》卷二七四引《石屏续集》、宋陈思编《江湖小集》卷七九、康熙年间编《御制佩文斋咏物诗选》卷一二〇、清吴之振《宋诗钞》卷九六诸书皆将此诗归属戴复古，雍正《江西通志》后出，此诗非邓林诗，当为戴复古诗。

5.《赣州上清道院呈姚雪蓬》

　　短墙不碍远山青，无事烧香读道经。时把一杯非好饮，客怀宜醉不宜醒。

见《全宋诗》卷二八一九戴复古，《全宋诗》编者据《石屏诗集》卷七收入。此诗又见《全宋诗》卷三五二〇邓林，题同，内容全同，《全宋诗》编者据清谢旻雍正《江西通志》卷一五七收入。

按：宋陈起编《南宋名贤小集》卷二七六引《石屏续集》、宋陈思编《江湖小集》卷八一、清吴之振《宋诗钞》卷九六皆将此诗归入戴复古名下。雍正《江西通志》后出，此诗非邓林诗，当为戴复古诗。姚雪蓬即姚镛，字希声，宁宗嘉定十年（1217）进士。戴复古与其唱和颇多，参戴复古诗《题姚雪蓬使君所藏苏野塘画》《怀雪蓬姚希声使君》。又据戴复古《赣州呈雪蓬姚使君》，戴复古与姚镛交往当在姚镛知赣州时，因姚镛于绍定六年（1233）知赣州，故《赣州上清道院呈姚雪蓬》大概亦当作于此时。

6.《绿阴亭自唐时有之到今五百年卢肇二三公题诗之后吟声寂寂久矣亭前古木不存绿阴之名殆成虚设今诗人李贾友山作尉于此实居此亭公事之暇与江山风景应接境因人胜见于吟笔多矣友人石屏戴复古访之相与周旋于亭上题四绝句以记曾来》

　　惨惨秋风吹客襟，唐人遗迹宋人吟。浮云世事多迁变，不独此亭无绿阴。（其二）

　　远山横碧一溪清，白鸟飞边落照明。吏散庭阶一无事，绿阴亭上又诗成。（其三）

见《全宋诗》卷二八一九戴复古，《全宋诗》编者据《石屏诗集》卷七收入。此诗又见《全宋诗》卷三五二〇邓林，题为"绿阴亭（其一）"、"绿阴亭（其二）"，仅"迁变"作"遭变"、"远山"作"千山",《全宋诗》编者据清谢旻雍正《江西通志》卷一五七收入。

按:宋陈起编《南宋名贤小集》卷二七六引《石屏续集》、宋陈思编《江湖小集》卷八一、清王士禛《带经常诗话》卷一〇诸书皆将此诗归入戴复古名下,雍正《江西通志》后出,此诗非邓林诗,当为戴复古诗。又李贾乃戴复古友人,戴与其多有唱和,参戴复古《江上夜坐怀严仪卿李友山》《过昭武访李友山诗社诸人》《李友山诸丈甚喜得朋留连日久月洲乃友山道号》《李友山索诗卷汀州急递到昭武》等诗。

7.《白鹤观》

荒径行如错,蟠松看转奇。鸟声人静处,山色雨晴时。赊得溪翁酒,闲寻道士棋。个中有佳趣,莫怪下山迟。

见《全宋诗》卷二八二〇戴复古,《全宋诗》编者据宋陈起《南宋群贤小集·中兴群公吟稿戊集》卷二收入。此诗又见《全宋诗》卷三五二〇邓林,题同,内容全同,《全宋诗》编者据谢旻雍正《江西通志》卷一五二收入。

按:宋陈起编《南宋名贤小集》卷二七五引《石屏续集》、宋陈思编《江湖小集》卷八〇、明陈霖《(正德)南康府志》卷一〇、康熙《江西通志》卷四七皆将此诗归入戴复古名下,雍正《江西通志》后出,此诗非邓林诗,当为戴复古诗。又清毛德琦《庐山志》卷七将此诗归入黄庭坚名下,亦当有误。

8.《东湖看花呈宋原父》

团团堤路行无极,一株一步杨柳碧。佳人反覆看荷花,自恨鬓边簪不得。

见《全宋诗》卷二八一九戴复古,《全宋诗》编者据《石屏诗集》卷七收入。此诗又见《全宋诗》卷三二五五宋自逊,题为"东湖看荷花呈愿父",仅"堤路"作"隄路"一字异,《全宋诗》编者据清卢标道光《婺志粹·婺诗补》卷一收入。

按:此为戴复古诗。清吴之振《宋诗钞》卷九六、《东湖志》卷上皆将此诗归入戴复古名下。《全宋诗》所收戴复古诗,以四部丛刊续编影印明弘治十一年宋鉴、马金刻本《石屏诗集》十卷为底本著录,此亦较据清卢标道光《婺志粹·婺诗补》可靠。据吴茂云校注《戴复古全集校注》，宋原父即宋愿父，其人名自逢，乃宋自逊弟[①]。戴复古还有一诗提及该两兄弟，即其《到南昌呈宋愿父伯仲黄子鲁诸丈》诗。

9.《寄刘潜夫》

八斗文章用有余，数车声誉满江湖。今年好献南郊赋，幕府文章有暇无。

见《全宋诗》卷二八一九戴复古，《全宋诗》编者据《石屏诗集》卷七收入。此诗又见《全宋诗》卷二八二二张弋，题同，仅"文章"作"文书"一字异，《全宋诗》编者据影印《诗渊》第1册第705页收入。

按：此诗为戴复古诗。宋陈起编《南宋名贤小集》卷二七六引《石屏续集》、宋陈思编《江湖小集》卷八一、宋《锦绣万花谷》别集卷一〇诸书皆将此诗归入戴复古名下。戴复古该诗下自注云："时在建康作制干，唐人诗：芳誉香名满数车。"其实，影印《诗渊》第1册第705页此诗名下并未署作者名，《全宋诗》编者认为该诗当是承前诗省名（前诗为张弋《寄赵紫芝》），该判断当有误。

10.《留守参政大资范公余同年进士往岁帅桂林题刻最多四方传之暇日尝与同寮遍观因即公所名壶天观题数语》

宣政喜边功，隆兑筑州县。程公自名岩，刻石记所建。……我来为拂尘，端若侍颜面。邦人颂遗爱，寿骨癯且健。今坐玉麟堂，安得使之见。

见《全宋诗》卷二八二〇戴复古，《全宋诗》编者据清汪森《粤西诗载》卷三收入。此诗又见《全宋诗》卷二五〇四梁安世诗，题为"题壶天馆"，仅"三大"作"之大"、"坐玉"作"□□"几字异，《全宋诗》编者据明张鸣凤《桂胜》卷二收入。

按：此诗当为梁安世诗。梁安世该诗自注云："留守参政大资范公，余同年□□。往岁在桂林，题刻最多，四方传之，暇日当与同寮遍观。因即公所名

[①] 吴茂云校注：《戴复古全集校注》，中国文史出版社，2008，第265页。

壶天观题数语。"梁安世与范成大皆是高宗绍兴二十四年进士，当为同年。又范成大曾于乾道七年（1171）以集英殿修撰出知静江府（广西桂林）兼广西经略安抚使，而梁安世亦曾为广南西路转运判官及提点刑狱诸官，故梁安世得睹范成大在壶天观的题刻。《全宋诗》编者在该诗下亦注云："戴复古未曾中过进士，且与范成大年差四十一岁，当为《粤西诗载》误收，因无主名，姑附于此。"《粤西诗载》误收当是正确的，此诗并非无主，当为梁安世诗。查清汪森《粤西诗载》卷三，此诗下实署名为梁安世，《粤西诗载校注》一书亦作梁安世，盖《全宋诗》编者误据。

11.《楼上观山》

九陌黄尘没马头，人来人去几时休。谁家有酒身无事，长对青山不下楼。

见《全宋诗》卷二八二〇，《全宋诗》编者据宋陈起《南宋群贤小集·中兴群公吟稿戊集》卷一收入。

按：宋陈起编《南宋名贤小集》卷二七六引《石屏续集》、宋陈思编《江湖小集》卷八一诸书皆将此诗归入戴复古名下。此诗又见明朱同《覆瓿集》卷三，题为"题画"，仅"九陌黄尘"作"紫陌红尘"几字异，疑朱同只是将戴复古该诗题写于画上，他并非该诗作者。

12.《句》其四

诗骨梅花瘦，归心江水流。

见《全宋诗》卷二八二〇戴复古，《全宋诗》编者据《宋诗纪事》引《贵耳集》收入。

按：此非佚句，乃出自戴复古《岁暮呈真翰林》："岁事朝朝迫，家书字字愁。频沽深巷酒，独倚异乡楼。诗骨梅花瘦，归心江水流。狂谋渺无际，忍看大刀头。"[①]

[①] 傅璇琮等主编：《全宋诗》第54册，北京大学出版社，1998，第33797页。

赵时习

《题姚雪蓬骑牛像》

　　骑牛无笠又无蓑，断陇横冈到处过。暖日暄风不常有，前村雨暗却如何。

　　见《全宋诗》卷二八二三赵时习，《全宋诗》编者据宋罗大经《鹤林玉露》丙编卷六收入。此诗又见《全宋诗》卷三一一三赵东师，题为"题姚雪蓬骑牛小照"，仅"断陇"作"断咙"几字异，《全宋诗》编者据清李元度《小学弦歌》卷八收入。

　　按：此诗为赵时习（字东野）诗。元人所编《氏族大全》卷三、明郭子章《豫章诗话》卷五、清潘永因《宋稗类钞》卷六、清曹庭栋《宋百家诗存》卷一六、清厉鹗《宋诗纪事》卷六二诸书皆将此诗归入赵东野名下。清李元度《小学弦歌》将此诗归入赵东师名下，疑赵东师为赵东野之讹。

杜耒

1.《句》其四

　　鸱夷让员滑，混沌惭瘦爽。

　　见《全宋诗》卷二八二三杜耒，《全宋诗》编者据宋徐鹿卿《清正存稿》卷六《子野惠竹䶉有感而赋二绝》注收入。

　　按：此非杜耒诗，实出自苏轼《竹䶉》："野人献竹䶉，腰腹大如盎。自言道傍得，采不费置网。鸱夷让圆滑，混沌惭瘦爽。……南山有孤熊，择兽行舐掌。"① 查徐鹿卿《清正存稿》卷六《子野惠竹䶉有感而赋二绝》注："坡仙云'鸱夷让员滑，混沌惭瘦爽'。"② 此两句诗当为苏轼作，《全宋诗》误辑入杜耒名下。

2.《送胡季昭窜象郡》

　　庐陵一小郡，百岁两胡公。论事虽小异，处心应略同。有书莫焚

---

① 傅璇琮等主编：《全宋诗》第14册，北京大学出版社，1998，第9131页。
② 傅璇琮等主编：《全宋诗》第59册，北京大学出版社，1998，第36946页。

稿，无恨岂伤弓。病愧不远别，写诗霜月中。

见《全宋诗》卷二八二三杜耒，《全宋诗》编者据《鹤林玉露》甲编卷六〇收入。此诗又见《全宋诗》卷三〇二〇杜丰，题为"送胡季昭谪象郡"，内容全同，《全宋诗》编者据宋周密《齐东野语》卷一四《巴陵本末》收入。

按：《鹤林玉露》："吾郡胡季昭，宝庆初元为大理评事，应诏上书言济邸事，窜象郡。建人翁定送行诗云……盱江杜耒诗云：庐陵一小郡……"①《齐东野语》卷一四："大理评事庐陵胡梦昱季晦，应诏上书，引晋申生为厉，汉戾太子及秦王廷美之事，凡万余言，讦直无忌，遂窜象州。翁定、杜丰、胡炎皆有诗送之。……杜云：庐陵一小郡……。"②《鹤林玉露》及《齐东野语》皆引述胡梦昱被贬，杜作诗云。查宋胡知柔（其人为胡季昭儿子）编《象台首末》卷三，此诗实归于小山杜耒名下，《齐东野语》将此诗归于杜丰名下，当有讹误。

3.《窗间》

秋香烂熳入屏帷，金粟楼台富贵时。晓起旋收花上露，窗间闲写夜来诗。

见《全宋诗》卷二八二三杜耒，《全宋诗》编者据宋陈起《前贤小集拾遗》卷二收入。此诗又见《全宋诗》卷一九七〇许志仁，题同，内容全同，《全宋诗》编者据影印《诗渊》第5册第3420页收入。

按：此诗归属存疑。清曾燠《江西诗徵》卷一九亦将此诗归入杜耒名下。

李兼

1.《兰亭题咏》

书法光芒晋永和，后来摹写不胜多。考论又得桑夫子，兰渚风流转不磨。（其一）

自从茧纸殉昭陵，定武流传膺得名。总辑旧闻为博议，即今真赝不难凭。（其二）

---

① 罗大经撰，王瑞来点校：《鹤林玉露》，中华书局，1983，第100页。
② 周密著，高心露、高虎子校点：《齐东野语》，齐鲁书社，2007，第170页。

见《全宋诗》卷二八三〇李兼,《全宋诗》编者据宋桑世昌《兰亭考》卷末《群众帖跋》收入。此诗又见《全宋诗》卷二七二二叶时,题为"还桑泽卿兰亭考二首",内容全同,《全宋诗》编者据《宋诗拾遗》卷一八收入。

按:清沈季友《檇李诗系》卷二、《宋诗纪事》卷五六引《檇李诗系》诸书皆将此诗归入叶时名下。查四库本宋桑世昌《兰亭考》卷末《群众帖跋》:"还泽卿兰亭考,古括叶时。书法光芒晋永和,后来摹写不胜多……。予从事越府修图志,因哀兰亭题咏及诸贤所评禊帖为一编,以俟泽卿,庶有补兰亭考。李兼孟达书,戊辰元巳前二日。"亦谓此两诗为叶时作,李兼不过是此诗的收集者,《全宋诗》编者误辑。

2.《食兔诗》

弱质司明视,虚名直望舒。轶迁辞上蔡,能事到中书。狡计空多窟,珍盘竟付厨。独将毫末效,曾纪汗青余。

见《全宋诗》卷二八三〇李兼诗,《全宋诗》编者据元汪泽民《宛陵群英集》卷五收入。此诗又见《全宋诗》卷二七三六林宗放,题为"食兔",仅"迁"作"群"一字异,《全宋诗》编者据影印《诗渊》第1册第111页收入。

按:此诗归属存疑。《宋诗纪事补遗》卷六二亦引《宛陵群英集》将此诗归于李兼名下。

周文璞

陈新等《全宋诗订补》已指出周野斋即为周文璞,故周野斋名下一诗《下竺寺》当删。又朱腾云博士论文《〈全宋诗〉重出误收研究》指出周文璞《玉晨观二首》其二即是周文璞《寄华阳道侣》。除此之外,周文璞名下还有如下诸诗与他人重出:

1.《杜鹃花》

云树重重和泪吟,故宫遗庙有知音。秦吴万里皆芳草,染到山花恨最深。

见《全宋诗》卷二八三二周文璞,《全宋诗》编者据周文璞《方泉诗集》

卷一收入。此诗又见《全宋诗》卷三〇八七赵戣，题为"杜鹃花（其一）"，仅"吟"作"冷"一字异，《全宋诗》编者据宋陈景沂《全芳备祖》前集卷一六收入。

按：此诗归属存疑。《两宋名贤小集》卷二六二引《方泉诗集》、《江湖小集》卷五六诸书将此诗皆归入周文璞名下。《宋诗纪事》卷七四引《广群芳谱》将此诗归入赵戣名下。

2.《跋钟山赋二首》其二

往在秦淮问六朝，江楼只有女吹箫。昭阳太极无行路，岁岁鹅黄上柳条。

见《全宋诗》卷二八三三周文璞，《全宋诗》编者据《方泉诗集》卷二收入。此诗又见《全宋诗》卷三二九一张榘，题为"秦淮"，内容全同，《全宋诗》编者据宋陈起《江湖后集》卷八收入。

按：此诗为周文璞诗。《江湖小集》卷五八、《全芳备祖》后集卷一七、《两宋名贤小集》卷二六三引《方泉诗集》、明杨慎《词品》卷二诸书将此诗皆归入周文璞名下。另，宋人张端义亦谓此诗为周文璞诗，见其四库本《贵耳集》卷上："埜斋周晋仙文璞曾语余曰：……题钟山云：往在秦淮问六朝，江楼只有女吹箫。昭阳太极无行路，几岁鹅黄上柳条。"

3.《金陵怀古六首》

孙伯陵头水最悲，蒋侯庙下月来迟。夜深行客心惊恐，猿挂晋朝枫树枝。（其一）

司马家儿持酒杯，天星亦下浇崔嵬。当时若便效牛饮，定有孟津师旅来。（其二）

愁看幕府夕阳边，那更鸡笼在目前。跋扈飞扬只如此，登临那得不酸然。（其三）

琵琶未尽使人嗟，泪洒华林御苑花。今日闻韶无处所，雁烟蛮雨属他家。（其五）

江水无情碧草春，北朝留住老词臣。子规啼向青枫树，为尔离乡去园人。（其六）

见《全宋诗》卷二八三二周文璞,《全宋诗》编者据《方泉诗集》卷一收入。此诗又见《全宋诗》卷二八五〇李璉,题为"题金陵杂兴诗后十八首(其一五、其一四、其七、其一、其一〇)",仅"伯陵头"作"帝陵傍"、"行客"作"客子"、"晋朝"作"南朝"、"亦下浇崔嵬"作"下吸亦佳哉"、"当时若"作"恨渠不"等几字异,《全宋诗》编者据苏泂《泠然斋诗集》卷六《金陵杂兴二百首》诗后附收入。

按:四库本苏泂《泠然斋诗集》卷六《金陵杂兴二百首》诗后附有《薛师董题金陵杂兴诗后八首》《李璉题金陵杂兴诗后十八首》《弟滨题金陵杂兴诗后一首》,其中《薛师董题金陵杂兴诗后八首》《弟滨题金陵杂兴诗后一首》皆与苏泂有关,且大多诗是对《金陵杂兴二百首》进行评论,如"可怪苏郎呈好手,剪花排锦蒋山前"、"刘郎之后更苏郎,不枉随人入建康"、"驱使春风游笔下,个中情景个中知"等等。而《李璉题金陵杂兴诗后十八首》全与苏泂无涉,此十八首诗附苏泂《金陵杂兴二百首》后,不免令人生疑。又《李璉题金陵杂兴诗后十八首》其中十二首又见周文璞诗中,除上面五首外,还有《初至长干寺》《阴山》《法宝寺》《暮雨》《戒坛》《金陵杂咏二首》(此七首诗未被收入《全宋诗》之李璉名下),疑这些诗皆非李璉诗,当为周文璞诗。周文璞酷爱苏泂《金陵杂兴二百首》(参苏泂《挽周晋仙(周文璞)》:"酷爱金陵二百诗,自痴那得使人痴。"[①]),苏泂有诗邀周文璞共咏金陵,参苏泂《金陵杂兴二百首》其一二四:"安得山楹周四(即周文璞)者,肯来相伴此吟哦。"[②] 今周文璞集中《金陵怀古六首》《金陵杂咏》与李璉诸诗重出,这些诗似当皆为周文璞诗。又周文璞此十二首诗,除《金陵杂咏》二首外,皆出自汲古阁景宋钞《南宋六十家小集》。而苏泂原集已佚,其集乃清四库馆臣据《永乐大典》辑出。李璉其人更是生平不详。从版本学角度看,这些诗亦当为周文璞诗。常德荣《〈全宋诗〉重出作品21首及其归属》一文亦认为这些诗皆当为周文璞诗。

---

① 傅璇琮等主编:《全宋诗》第54册,北京大学出版社,1998,第33974页。
② 傅璇琮等主编:《全宋诗》第54册,北京大学出版社,1998,第33948页。

4.《初至长干寺》

　　云杪荧荧一塔灯，觉皇舍利宝烟凝。山门推上三更月，似照前朝礼拜僧。

　　见《全宋诗》卷二八三二周文璞，《全宋诗》编者据《方泉诗集》卷一收入。此诗又见《全宋诗》卷二八五〇李琏，题为"题金陵杂兴诗后十八首（其一六）"，内容全同，《全宋诗》编者据《泠然斋诗集》卷六《金陵杂兴二百首》诗后附收入。

　　按：考证同上。《江湖小集》卷五七、《两宋名贤小集》卷二六二引《方泉诗集》、宋周应合《（景定）建康志》卷四六皆将此诗归入周文璞名下。

5.《阴山》

　　阴山祠下月如霜，不为吟猿断杀肠。折得橙花无处赏，带枝分与棹船郎。

　　见《全宋诗》卷二八三四周文璞，《全宋诗》编者据《方泉诗集》卷三收入。此诗又见《全宋诗》卷二八五〇李琏，题为"题金陵杂兴诗后十八首（其三）"，仅"祠下"作"侧畔"几字异，《全宋诗》编者据《泠然斋诗集》卷六《金陵杂兴二百首》诗后附收入。

　　按：考证同上。《江湖小集》卷五九、《两宋名贤小集》卷二六四引《方泉诗集》、《宋百家诗存》卷一五皆将此诗归入周文璞名下。

6.《法宝寺》

　　细竹千竿殿影斜，龙颜曾此著袈裟。寺楼杳杳钟声度，疑有宫娥出晚花。

　　见《全宋诗》卷二八三四周文璞，《全宋诗》编者据《方泉诗集》卷三收入。此诗又见《全宋诗》卷二八五〇李琏，题为"题金陵杂兴诗后十八首（其八）"，仅"度"作"过"一字异，《全宋诗》编者据《泠然斋诗集》卷六《金陵杂兴二百首》诗后附收入。

　　按：考证同上。《江湖小集》卷五九、《两宋名贤小集》卷二六四引《方泉诗集》皆将此诗归入周文璞名下。

7.《暮雨》

　　暮雨潇潇郎不归，尊前谁忆旧歌词。望夫乌白浓于染，叶叶惊秋恨欲飞。

　　见《全宋诗》卷二八三四周文璞，《全宋诗》编者据《方泉诗集》卷三收入。此诗又见《全宋诗》卷二八五〇李琏，题为"题金陵杂兴诗后十八首（其六）"，仅"尊"作"樽"一字异，《全宋诗》编者据《泠然斋诗集》卷六《金陵杂兴二百首》诗后附收入。

　　按：考证同上。《江湖小集》卷五九、《两宋名贤小集》卷二六四引《方泉诗集》、《宋百家诗存》卷一五皆将此诗归入周文璞名下。

8.《戒坛》

　　相君孙女小乘僧，身入祇园佛律行。三级戒坛秋色冷，个中蝼蚁亦长生。

　　见《全宋诗》卷二八三四周文璞，《全宋诗》编者据《方泉诗集》卷三收入。此诗又见《全宋诗》卷二八五〇李琏，题为"题金陵杂兴诗后十八首（其十一）"，仅"孙女"作"息女"、"三级"作"三尺"等几字异，《全宋诗》编者据《泠然斋诗集》卷六《金陵杂兴二百首》诗后附收入。

　　按：考证同上。《江湖小集》卷五九、《两宋名贤小集》卷二六四引《方泉诗集》、《宋百家诗存》卷一五皆将此诗归入周文璞名下。

9.《金陵杂咏》

　　滟滟江波绿更肥，苍烟中有鸭鸥飞。当年神武今何在，老却遗民更不归。（其一）

　　长干小妇学吹箫，楼外闲风弄翠条。近得广陵消息未，暮潮已过赤栏桥。（其二）

　　见《全宋诗》卷二八三四周文璞，《全宋诗》编者据宋陈起《江湖后集》卷二一收入。此诗又见《全宋诗》卷二八五〇李琏，题为"题金陵杂兴诗后十八首（其二）"、"题金陵杂兴诗后十八首（其五）"，仅"鸭鸥"作"狎鸥"一字异，《全宋诗》编者据《泠然斋诗集》卷六《金陵杂兴二百首》诗后附收入。

按：考证同上。

10.《句》其四

淡烟疏雨又青山。

见《全宋诗》卷二八三四周文璞，《全宋诗》编者据宋李龏《梅花衲》收入。

按：此诗非佚句，乃出自周文璞《访梅二首》其一："起看重雾白漫漫，略见春风在树间。傍水出篱犹未快，淡烟微雨又青山。"[①]

释道冲

《佛成道》

正觉山前失眼睛，是凡是圣尽盲生。至今夜夜明星现，谁肯向伊行处行。

见《全宋诗》卷二八三七释道冲，《全宋诗》编者据《痴绝道冲禅师语录补遗》收入。此诗又见《全宋诗》卷二八三七释道冲，题为"颂古六首（其一）"，仅"盲生"作"生盲"几字异，《全宋诗》编者据宋法应、元普会《颂古联珠通集》卷二收入。

按：此诗一人名下两见，显系重出。

韩松

韩松《游洞霄宫（其三其四）》与孙元卿《与钱孝先游洞霄（其一其二）》重出，参本书相关章节考证。除此之外，韩松名下还有如下一诗与他人重出：

《游大涤假宿鸣玉馆成》

风动归云清，日落众山楚。重来兴弥深，托宿此何所。浪浪鸣玉泉，恍恍对床雨。梦断身高低，尘劳深夜语。

见《全宋诗》卷二八三八韩松，《全宋诗》编者据影印《诗渊》第5册第3621页收入。此诗又见《全宋诗》卷二八六三陈洵直，题为"游大涤假宿鸣

---

① 傅璇琮等主编：《全宋诗》第54册，北京大学出版社，1998，第33729页。

玉馆偶成"，内容全同，《全宋诗》编者据《永乐大典》卷一一三一三收入。

按：此诗归属存疑。

郑硕

《早梅》

纷纷蜂蝶莫教知，竹外疏花一两枝。待得枝头春烂熳，便如诗到晚唐时。

见《全宋诗》卷二八三九郑硕，《全宋诗》编者据宋刘克庄《后村千家诗》卷七收入。此诗又见《全宋诗》卷三七七〇郑上村，题同，内容全同，《全宋诗》编者据影印《诗渊》第4册第2356页收入。

按：元郭豫亨《梅花字字香》前集亦将此诗归入郑硕名下。《诗渊》讹误甚多，疑此诗非郑上村诗，似当为郑硕诗。

周师成

《吴大帝庙》

曾是东南第一王，眼看此地六兴亡。东缘有酒登京口，西为无鱼忆武昌。非复虎臣陪殿上，空余狸血泣祠旁。何年并建琅玡庙，共对淮山草木长。

见《全宋诗》卷二八三九周师成，《全宋诗》编者据宋马光祖《景定建康志》卷四四收入。此诗又见《全宋诗》卷二八七一王遂，题同，仅"血泣"作"鬼泣"一字异，《全宋诗》编者据影印《诗渊》第3册第1694页收入。

按：此诗归属存疑。

释梵琮

《偈颂九十三首》其一〇

东山水上行，乾元利贞亨。請讹一个字，才子竞头争。

见《全宋诗》卷二八四〇释梵琮，《全宋诗》编者据《云居率庵和尚语录》

了见《庆元府仗锡山延胜禅院率庵和尚语录》收入。此诗又见《全宋诗》卷二八四〇释梵琮,题为"颂古四首（其三）",仅"誵讹"作"譊讹"一字异,《全宋诗》编者据宋法应、元普会《颂古联珠通集》卷三三收入。

按:此诗一人名下两见,显系重出。

《偈颂九十三首》其二八

　　钟声披起郁多罗,信手拈来不在多。堪笑当年明上座,狼忙驰逐太奔波。

见《全宋诗》卷二八四〇释梵琮,《全宋诗》编者据《云居率庵和尚语录》了见《庆元府仗锡山延胜禅院率庵和尚语录》收入。此诗又见《全宋诗》卷二八四〇释梵琮诗,题为"颂古四首（其四）",内容全同,《全宋诗》编者据宋法应、元普会《颂古联珠通集》卷三四收入。

按:此诗一人名下两见,显系重出。

苏泂

苏泂《来禽诗》与陈与义《来禽》及刘子翚《和士特栽果十首·来禽》重出,参本书相关章节考证。除此之外,苏泂名下还有如下诸诗与他人重出:

1.《甘露歌上呈留守门下侍郎》

　　太微渊默严不动,斗为其车运中央。四序回旋变造化,一杓直指无偏傍。枘臣比之号八柱,一柱难阙各有当。绍熙元年图旧德,更公玉麟使过国。……奉以甘露太和液,饮太液亲寿益公,虽老归致太平万物好。

见《全宋诗》卷二八四四苏泂,《全宋诗》编者据《泠然斋诗集》卷二收入。此诗又见《全宋诗》卷一〇七五米芾,题同,仅"绍熙"作"绍圣"一字异,《全宋诗》编者据上《宝晋山林集拾遗》卷二收入。

按:此诗当为米芾诗。据《中国大百科全书》载"参知政事"条:"元丰改制,废参知政事,另设门下侍郎、中书侍郎和尚书左、右丞以代。建炎三年（1129）

又改门下侍郎、中书侍郎为参知政事,废尚书左、右丞,直至宋亡。"[1]"门下侍郎"称谓在南宋建炎三年即废。据该诗诗题来看,此诗当为北宋米芾诗,不可能作于南宋绍熙年间苏泂之手。其实,米芾此诗作于绍圣元年,门下侍郎为章惇。参魏平柱《米襄阳年谱》谓:"(绍圣元年)四月,章惇为尚书左仆射兼门下侍郎。(米芾)作《甘露歌呈留守门下侍郎》。"[2]苏泂现存《泠然斋诗集》乃清四库馆臣据《永乐大典》辑得,这可能是造成误收米芾之作的原因。

2.《老杜浣花溪图引》

拾遗流落锦官城,故人作尹眼为青。碧鸡坊西结茅屋,百花潭水濯冠缨。故衣未补新衣绽,空蟠胸中书万卷。探奇欲度羲皇前,论诗未觉国风远。干戈峥嵘暗宇县,杜陵韦曲无难犬。老妻稚子具眼前,弟妹飘零不相见。……儿呼不苏驴失脚,又恐新来有新作。常使诗人拜画图,煎胶续弦千古无。

见《全宋诗》卷二八四四苏泂,《全宋诗》编者据《泠然斋诗集》卷二收入。此诗又见《全宋诗》卷一〇一四黄庭坚,题同,仅"探奇"作"探道"、"具眼"作"且眼"等几字异,《全宋诗》编者据《山谷外集诗注》卷一六收入。

按:此诗当为黄庭坚诗。宋祝穆《古今事文类聚》前集卷四一、宋孙绍远《声画集》卷一、宋吕祖谦《宋文鉴》卷二一等宋人文集皆将此诗归入山谷名下。四库本《山谷外集诗注》卷一六此诗句"宗文守家宗武扶"下注云:"老杜云:熊儿幸无恙,骥子最怜渠。又有示宗文、宗武两诗,《宗武生日》诗注云:宗武,小字骥子。陈无己《和饶节咏周昉画李白真》诗云:'君不见浣花老翁醉骑驴,熊儿捉辔骥子扶。金华仙伯哦七字,好事不复千金模。'谓此诗也。金华,谓山谷。"可见,陈师道诗"金华仙伯(即山谷)哦七字"即指黄庭坚作《老杜浣花溪图引》七言诗事,故此诗当为山谷诗。苏泂此诗下亦载有自注,但察其自注差不多全同于四库本《山谷外集诗注》,且苏泂《泠然斋诗集》卷二此诗句"宗文守家宗武扶"下自注亦同上,这就尤为可笑。显然,此诗当是被四库馆臣误收

---

[1] 胡乔木:《中国大百科全书》,中国大百科全书出版社,1993,第38页。
[2] 魏平柱:《米襄阳年谱》,湖北人民出版社,2013,第98页。

入苏泂《泠然斋诗集》中。

3.《雪霁归湖山过千秋观少留》

纵辔不嫌远，逢山犹一登。夕阳波渺渺，残雪塔层层。折竹横遮道，饥乌下啄冰。欲归还小驻，倚杖对崚嶒。

见《全宋诗》卷二八四六苏泂，《全宋诗》编者据《泠然斋诗集》卷四收入。此诗又见《全宋诗》卷二一六六陆游，题为"雪霁归湖上过千秋观少留"，仅"波"作"陂"一字异，《全宋诗》编者据《剑南诗稿》卷一三收入。

按：此诗当为陆游诗。陆游《剑南诗稿》卷一三此诗前有《辛丑正月三日雪》《正月二十八日大雪过若耶溪至云门山中》《冲雪至余庆觉林雪连日不止》，此诗后有《二月四日作》《春晴出游》，这些诗显系同时之作，当都作于淳熙八年（1181），时陆游于家乡山阴闲居。千秋观在陆游家乡绍兴，本贺知章行馆。另，苏泂原集已佚，其集乃清四库馆臣据《永乐大典》辑出，这可能是造成误收陆游之作的原因。

4.《秋日泛镜中憩千秋观》

病起重来理钓丝，扁舟迨及素秋时。旧交犹有青山在，幽趣唯应白鸟知。冉冉年光行老矣，茫茫世路欲何之。秦皇酒榼苔封遍，虚负霜螯左手持。

见《全宋诗》卷二八四七苏泂，《全宋诗》编者据《泠然斋诗集》卷五收入。此诗又见《全宋诗》卷二一七○陆游，题同，内容全同，《全宋诗》编者据《剑南诗稿》卷一七收入。

按：此诗当为陆游诗。陆游《剑南诗稿》卷一七有诗：《病起》"山村病起帽围宽"、《山居戏题》"病起清羸不自持"、《秋夜读书有感》《久病畏长夏》、《病中作》"一病二十日"。此诗亦云"病起重来理钓丝"，显然这些诗皆当为同时之作。欧小牧《陆游年谱补正本》谓陆游此诗作于淳熙十二年其奉祠家居之时[1]。另，从版本学角度看，此诗亦当为陆游之作。

---

[1] 欧小牧：《陆游年谱补正本》，天地出版社，1998，第111页。

5.《又南明示众》

　　寂寂松门竟日闲，更无金锁与玄关。时人欲识南明路，过得溪来便上山。

见《全宋诗》卷二八四九苏泂，《全宋诗》编者据《泠然斋诗集》卷七收入。此诗又见《全宋诗》卷三四三赵抃，题为"南明示众"，内容全同，《全宋诗》编者据《清献集》卷五收入。

按：赵抃崇佛，四库本宋释普济《五灯会元》卷十六称其："清献公赵抃居士，字悦道，年四十余摈去声色，系心宗教。"其诗亦多作佛家偈语。《南明示众》一诗类佛家偈语，又赵抃《清献集》卷五此诗前一首诗为《岁日示众》，亦为佛家偈语，故此诗当为赵抃诗，非苏泂诗。另，苏泂原集已佚，其集乃清四库馆臣据《永乐大典》辑出。而《全宋诗》所收赵抃诗，以影印清文渊阁《四库全书》本《清献集》为底本，校以宋景定元年陈仁玉刻元明递修十六卷本、明成化七年阎铎刊本、明嘉靖四十一年杨准序汪旦刊本、一九二二年赵氏仿宋重刊本等，版本较为可靠。

第五十五册

高翥

陈新等《全宋诗订补》已指出高翥《建昌道上》实为戴复古《建昌道上》，无名氏《看弄潮回》实为高翥《看弄潮回》。又朱腾云博士论文《〈全宋诗〉重出误收研究》指出高翥《寂上人禅房》实为唐代戎昱《寂上人禅房》，高翥《崇圣寺斌公房》实为唐代贾岛《崇圣寺斌公房》。又高翥《赵忠定公帅蜀时题雪锦楼有扁舟衡岳问归程之句后来人以为谶题跋者甚多邵阳节使君以墨本见赠敬书其右》与戴复古《题赵忠定公雪锦楼诗》诗重出，参本书相关章节考证。除此之外，高翥名下还有如下诸诗与他人重出：

1.《夜过马当山》

　　独载诗书趁野航，自怜漂泊度时光。残年准拟登牛首，连夜匆忙过马当。古庙荒寒江浸影，断崖凄惨石凝霜。壮怀未分甘衰老，回首长淮恨更长。

　　见《全宋诗》卷二八五八高翥，《全宋诗》编者据《菊涧小集》收入。此诗又见《全宋诗》卷二九九二程公许，题同，仅"长淮"作"长怀"等几字异，《全宋诗》编者据《沧洲尘缶编》卷一〇收入。

　　按：宋陈起编《江湖小集》卷七四、宋陈思编《两宋名贤小集》卷三一四引《菊涧小集》诸书皆将此诗归入高翥名下。又《全宋诗》所收高翥《菊涧小集》乃据汲古阁景宋钞《南宋六十家小集》为底本著录。而程公许原集已佚，现存《沧洲尘缶编》乃清四库馆臣据《永乐大典》辑出，这就有可能造成误收他人之作，故此诗当为高翥诗。

2.《岩桂花》

　　玉蕊琅玕树，天香知意薰。露寒清透骨，风定远含芬。

　　见《全宋诗》卷二八五九高翥，《全宋诗》编者据宋陈景沂《全芳备祖》前集卷一三收入。

　　按：此诗非高翥诗，乃出自朱熹《奉酬圭父末利之作》："玉蕊琅玕树，天香知见薰。露寒清透骨，风定远含芬。爽致销繁暑，高情谢晓云。遥怜河朔饮，那得醉时闻。"[①]宋《锦绣万花谷》后集卷三八亦将此诗归入朱熹名下。

华岳

　　《全宋诗》编者指出华镇《弦月》实为华岳《弦月》。陈新等《全宋诗订补》一书指出唐庚《舟航》实为华岳《后溪》其一，华岳《冬暖》其二实出自戴复古《冬暖》。陈恒舒《〈永乐大典〉所涉宋诗资料丛考》一文也指出华镇《花村二首》实为华岳《花村》。朱腾云博士论文《〈全宋诗〉重出误收研究》指出华

[①] 傅璇琮等主编：《全宋诗》第 44 册，北京大学出版社，1998，第 27579 页。

岳《思故人》实为邵雍《思故人》。陈晓兰《黄庭坚佚诗辑考》一文亦指出黄庭坚《出池藕花》实为华岳《藕花》。此外，华岳名下还有如下一诗与他人重出：

《桃花》

红雨随风散落霞，行人几误武陵家。牧童若向青帘见，应认枝头作杏花。

见《全宋诗》卷二八八五华岳，《全宋诗》编者据《翠微南征录》卷九收入。此诗又见《全宋诗》卷三二六六赵希逢，题为"和桃花（其三）"，内容全同，《全宋诗》编者据影印《诗渊》第2册第1168页收入。

按：宋陈思编《两宋名贤小集》卷二四五引《翠微南征录》亦将此诗归入华岳名下。此诗当为华岳原唱，赵希逢和华岳的诗为《和桃花》其一："一抹残红散绮霞，因风吹恨落谁家。那堪移向瑶池种，留得千年看实花。"[1]查《诗渊》第2册第1168页，该诗前缺字，疑作者名缺落，《全宋诗》编者据前诗作者为赵希逢，亦将此诗归入赵希逢名下，恐非。

范应铃

《明水寺》

环山清浅一溪水，夹径高低十里松。烟锁石门疑路断，斜阳影里忽闻钟。

见《全宋诗》卷二八八八范应铃，《全宋诗》编者据元陈世隆《宋诗拾遗》卷二〇收入。此诗又见《全宋诗》卷三七七六章藻之，内容全同，《全宋诗》编者据康熙《抚州府志》卷三五收入。

按：陈新等《全宋诗订补》一书谓《宋诗纪事》卷八二引《杭州府志》作范西堂（应铃）诗[2]，其实《宋诗纪事》卷八二是引《抚州府志》作范西堂（应铃）诗，非《杭州府志》。但弘治《抚州府志》卷二八、康熙《江西通志》卷四六、雍正《抚州府志》卷三七皆将此诗置入章藻之名下，疑此诗当为章藻之诗。

---

[1] 傅璇琮等主编：《全宋诗》第62册，北京大学出版社，1998，第38931页。

[2] 陈新等：《全宋诗订补》，大象出版社，2005，第743页。

黄顺之

卞东波《〈全宋诗〉重出、失收及误收诗举隅》一文指出黄顺之《题九曲尼院》与黄樵逸《九曲尼院》重出，他认为黄顺之与黄樵逸当为同一人，又《诗格》卷八将此诗归入杜耒名下，题为《尼院》。除此之外，黄顺之名下还有如下一诗与他人重出：

《赠陈宗之》

羡君家阙下，不踏九衢尘。万卷书中坐，一生闲里身。贪诗疑有债，阅世欲无人。昨日相思处，桐花烂熳春。

见《全宋诗》卷二八八八黄顺之，《全宋诗》编者据宋陈起《前贤小集拾遗》卷二收入。此诗又见《全宋诗》卷二九四四郑斯立诗，题为"赠陈宗之（其二）"，内容全同，《全宋诗》编者据影印《诗渊》第 1 册第 518 页收入。

按：此诗归属存疑。

赵汝淳

1.《芳草复芳草》

芳草复芳草，有人孤倚楼。明月复明月，何处照离洲。相见渺无期，此恨讵相知。日暮天寒吹属玉，蛮江豆蔻重重绿。

见《全宋诗》卷二八八九赵汝淳，《全宋诗》编者据影印《诗渊》第 2 册第 1216 页收入。此诗又见《全宋诗》卷二四六一张良臣，题同，内容全同，《全宋诗》编者据《雪窗小集》收入。

按：宋陈起编《江湖小集》卷九一、宋陈思编《两宋名贤小集》卷三〇六引《雪窗小稿》、清曹庭栋《宋百家诗存》卷一一、《江西诗徵》卷一五诸书皆将此诗归入张良臣名下，又《全宋诗》所收《雪窗小集》乃据汲古阁景宋钞《南宋六十家小集》为底本著录。据此来看，此诗非赵汝淳诗，当为张良臣诗。

2.《玉树谣》

临春阁下花蒙茸，雕阑玉树沉香风。……朱门流水自徘徊，井桐花落无人知。江南梦断雁不飞，空城夜夜乌鸦啼。

见《全宋诗》卷二八八九赵汝淳，《全宋诗》编者据影印《诗渊》第 4 册第 2442 页收入。此诗又见《全宋诗》卷三一六五刘屋，题同，仅"君玉"作"君王"一字异，《全宋诗》编者据《永乐大典》卷一四五三六引《江湖集》收入。

按：查《永乐大典》，此诗题实署名为"静斋"，因刘屋号静斋，故《全宋诗》编者将此诗置入刘屋名下。但赵汝淳亦号"静斋"，《诗渊》此诗下题为"宋静斋赵汝淳"。据此来看，此诗恐非刘屋之作，似为赵汝淳诗。

洪咨夔

陈新等《全宋诗订补》已指出洪咨夔名下《六月十六日宣琐》与洪迈《宣琐》重出，此当为洪咨夔诗。又《北京大学中国古文献研究中心集刊（第 5 辑）》载《〈全宋诗〉杂考（一）》一文指出洪咨夔名下《挽谢叠山》与洪光基《挽叠山先生》重出，此当为洪光基诗。《北京大学中国古文献研究中心集刊（第 6 辑）》载《〈全宋诗〉杂考（二）》一文指出洪咨夔名下《太后挽诗》与陈师道《大行皇太后挽词二首》诗重出，此当为陈师道诗。又朱腾云博士论文《〈全宋诗〉重出误收研究》指出洪咨夔《句》其三实出自洪咨夔《送客一首送真侍郎》。又洪咨夔名下《口占》《偶成》与魏了翁《口占》《偶成》诗重出，参本书魏了翁诗重出考辨。除此之外，洪咨夔名下还有以下诸诗与他人重出：

1.《挽伯父》

白发儿随母，苍颜弟对兄。四休元易足，一笑更何营。论事丝弦直，存心镜面平。德人今已矣，谁与嗣乡评。（其一）

忆作行边别，相期到鹤州。秋风惊过眼，落日懒回头。华屋空遗憾，佳城足远谋。无从扶柩哭，挥泪寄江流。（其二）

见《全宋诗》卷二八九〇洪咨夔，《全宋诗》编者据《平斋文集》卷二收入。此诗又见《全宋诗》卷二六五八熊以宁，题同，仅"易足"作"亦足"、"谁与"作"唯与"、"忆作"作"忆昨"几字异，《全宋诗》编者据元刘应李《新编事文类聚翰墨大全》戊集卷五收入。

按：此诗为洪咨夔诗。洪咨夔《平斋文集》现存南宋刻本，保存于日本内阁文库。四部丛刊续编《平斋文集》据瞿氏旧藏影宋抄本（现藏国家图书馆）配日本内阁文库宋刊本八卷影印[①]。此诗见四部丛刊续编《平斋文集》卷二，《新编事文类聚翰墨大全》乃元人所编，从版本学角度来说，此诗为洪咨夔诗更合理。

2.《赠相士郭少仙》

崇兰生深林，澹泊一点芳。江梅倚修竹，酝藉万斛香。气骨抱金玉，精神贮冰霜。若以色见我，照红还海棠。

见《全宋诗》卷二八九一洪咨夔，《全宋诗》编者据《平斋文集》卷三收入。此诗又见《全宋诗》卷三四七八谢枋得，题同，内容全同，《全宋诗》编者据《叠山集》卷二收入。

按：此诗为洪咨夔诗。洪咨夔《平斋文集》现存南宋刻本，保存于日本内阁文库。四部丛刊续编《平斋文集》据瞿氏旧藏影宋抄本（现藏国家图书馆）配日本内阁文库宋刊本八卷影印。此诗见四部丛刊续编《平斋文集》卷三，谢枋得诗乃以景泰五年刻《叠山集》为底本收录，从版本学角度来说，此诗为洪咨夔诗更合理。

3.《和续古谢送墨》

黑月鬣云脱太清，海风吹上笔头轻。琐窗冷透芙蕖碧，定有新铭到九成。

见《全宋诗》卷二八九三洪咨夔，《全宋诗》编者据《平斋文集》卷五收入。此诗又见《全宋诗》卷二六四九苏轼，题为"谢人送墨"，仅"黑月"作"墨月"、"芙蕖"作"芙蓉"、"新铭"作"新明"几字异，《全宋诗》编者据影印《诗渊》第2册第1473页收入。此诗又见《全宋诗》卷二六四九杨炎正，题为"谢人送墨"，内容全同，《全宋诗》编者据清陆心源《宋诗纪事补遗》卷五八引《截江网》收入。

按：此诗为洪咨夔诗。洪咨夔《平斋文集》现存南宋刻本，保存于日本内

[①] 傅璇琮等主编：《中国古代诗文名著提要（宋代卷）》，河北教育出版社，2009，第520页。

阁文库。四部丛刊续编《平斋文集》据瞿氏旧藏影宋抄本（现藏国家图书馆）配日本内阁文库宋刊本八卷影印。此诗见四部丛刊续编《平斋文集》卷五。续古为高续古，洪咨夔与其唱和之作还有两首，即《和高续古省中雪》《和续古蜜朮》。影印《诗渊》第2册第1473页既收有洪咨夔的《和续古谢送墨》，又收有苏轼名下的《谢人送墨》，这两诗只有几字异，却分署两人名下，令人生疑。苏轼此诗最早见于《诗渊》（《诗渊》乃明人所编），各种宋元版苏轼集子皆未著录此诗，故此诗当非苏轼所作。

4.《寿刘宰》

制锦新城衣锦归，种桃遗爱蒲桃蹊。恩波淮水流不尽，福力螺山高与齐。天上已催班玉笋，日边行见月璇题。欢声都是长生曲，薰作香云覆宝猊。

见《全宋诗》卷二八九七洪咨夔，《全宋诗》编者据元刘应李《新编事文类聚翰墨全书》丁集卷一收入。此诗又见《全宋诗》卷二九四八李刘，题同，仅"蒲"作"满"一字异，《全宋诗》编者据影印《诗渊》第6册第4506页收入。

按：仝建平《〈翰墨全书〉校订〈全宋诗〉八则》一文指出《新编事文类聚翰墨全书》丁集卷一此诗题下并未署名，《全宋诗》编者乃承前诗署为洪咨夔（前诗为洪咨夔《寿程宰》）[①]，据此来看，此诗当为李刘所作。

郑清之

陈新等《全宋诗订补》指出无名氏名下《书西湖雷峰云讲主草书》乃郑清之《书西湖雷峰云讲主草书》。张如安《全宋诗疏失分类偶举》一文也指出郑清之名下《瑞香花》与郑清之《梅》重出，后者当删。又《北京大学中国古文献研究中心集刊（第8辑）》载《〈全宋诗〉册一及册六补正札记》一文指出郑清之名下《咏六和塔》与李沆《题六和塔》及李宗勉《题秀江亭》诗重出，此诗当为李宗勉诗。又朱腾云博士论文《〈全宋诗〉重出误收研究》指出郑清之

[①] 仝建平：《〈翰墨全书〉校订〈全宋诗〉八则》，《沧桑》2012年第4期，第47—49页。

《安晚轩竹》即是郑清之《三友》，郑清之《雪窗董寺丞将指平谳安晚来访因举似偃溪为下一则语》即是郑清之《调云岑》。除此之外，郑清之名下还有以下诸诗与他人重出：

1.《送姚提干行》

　　虚斋填东鄞，从之南容君。我初未之识，邕翰倾殷勤。修洁以博习，秀美而有文。玉犀映秋水，英辞涌春云。……刚风接径翮，去去翔霄旻。清时有闻者，必也吾子云。

见《全宋诗》卷二八九九郑清之，《全宋诗》编者据《安晚堂诗集》卷七收入。此诗又见《全宋诗》卷三二九一张榘，题同，仅"填东"作"镇东"、"径翮"作"劲翮"几字异，《全宋诗》编者据《江湖后集》卷八收入。

按：宋陈思编《两宋名贤小集》卷二三一引《安晚堂诗集》亦将此诗归入郑清之名下。又《全宋诗》所收《安晚堂集》七卷乃以汲古阁景宋钞《南宋六十家小集》为底本著录，而张榘此诗乃清四库馆臣据《永乐大典》辑得编入《江湖后集》，据此来看，此诗当为郑清之作。

2.《简雪窗董寺丞》

　　世路机心走兔远，雪窗一缕不遮藏。簡云梯月真游戲，茅舍何曾外玉堂。（其一）

　　圣贤事业在心棨，禹稷颜回岂异观。世故波澜同起灭，姓名千古要清寒。（其二）

见《全宋诗》卷二九〇三郑清之，《全宋诗》编者据《安晚堂诗集》卷十一收入。此诗又见《全宋诗》卷二七八四周端臣，题同，内容全同，《全宋诗》编者据《江湖后集》卷三收入。

按：此诗当为郑清之诗。郑清之与董寺丞多有唱和，如《雪窗董寺丞将指平谳安晚来访因举似偃溪为下一则语》，此诗收录在其《安晚堂集》卷一一，该诗前一首诗为《拙偈调偃溪上人》，这都说明郑清之与董寺丞及偃溪上人相熟。又宋陈思编《两宋名贤小集》卷二三一引《安晚堂诗集》亦将此诗归入郑清之名下。汲古阁景宋钞《安晚堂诗集》卷一一亦著录郑清之此诗。

林干之

《赠水帘洞黄秀才》

读书避世喧，结庐五云表。澹泊足生涯，诘曲藏深杳。……作诗寄殷勤，努力须壮少。他年腾踏去，蕙帐猿惊晓。

见《全宋诗》卷二九一三林干之，《全宋诗》编者据清郑杰《闽诗录》丙集卷一三收入。此诗又见《全宋诗》卷三五三九林千之，题同，仅"澹泊"作"淡薄"、"挂啼"作"藏啼"等几字异，《全宋诗》编者据康熙《罗浮山志会编》卷一五收入。

按：此诗当为林千之诗，明郭棐编撰《岭海名胜记》卷一二、乾隆《博罗县志》卷一三、道光《广东通志》卷二二一皆将此诗归入林千之名下。林干之当为林千之之讹。

释师范

《偈颂一百四十一首》其一一三

荷叶团团团似镜，菱角尖尖尖似锥。风吹柳絮毛球走，雨打梨花蛱蝶飞。

见《全宋诗》卷二九一六释师范，《全宋诗》编者据《无准师范禅师语录》卷一收入。此诗又见《全宋诗》卷一七二一释宗杲，题为"颂古一百二十一首（其一○六）"，内容全同，《全宋诗》编者据《大慧普觉禅师语录》卷一○收入。此诗又见《全宋诗》卷三四一九释普宁诗，题为"偈颂四十一首（其五）"，内容全同，《全宋诗》编者据净韵编《兀庵和尚初住庆元府象山灵岩广福禅院语录》收入。

按：宋普济《五灯会元》卷五及宋代正受辑《嘉泰普灯录》皆将此诗归入唐代僧人释善会名下。参宋普济《五灯会元》卷五《船子诚禅师法嗣》："澧州夹山善会禅师，广州廖氏子……问：'如何是相似句？'师（善会）曰：'荷叶团团团似镜，菱角尖尖尖似锥。'复曰：'会么？'曰：'不会。'师曰：'风吹柳絮毛毬走，雨打梨花蛱蝶飞。'"宋代释师范、释宗杲、释普宁诸人名下此作当是佛子偈颂辗转引用。

《临济赞》其三

晴空轰霹雳，官路栽荆棘。没兴遭逢著，前凶后不吉。

见《全宋诗》卷二九一八释师范，《全宋诗》编者据《无准师范禅师语录》卷五收入。此诗又见《全宋诗》卷二九一八释师范，题为"颂古三首（其二）"，内容全同，《全宋诗》编者据宋法应、元普会《颂古联珠通集》卷二一收入。

按：此诗一人名下两见，显系重出。

第五十六册

薛师石

《寄赵叔鲁》

相知言莫尽，别后意如何。命笑春冰薄，愁因夜雨多。全家寓京国，无地著吟哦。会得穷通理，从余缉薛萝。

见《全宋诗》卷二九二〇薛师石，《全宋诗》编者据《瓜庐诗》收入。此诗又见《全宋诗》卷三〇〇九戴师古，题同，仅"著吟"作"着吟"一字异，《全宋诗》编者据《永乐大典》卷一四三八〇收入。

按：此诗当为薛师石诗。宋陈起编《江湖小集》卷七三、宋陈思编《两宋名贤小集》卷三五〇引《瓜庐诗》皆将此诗归入薛师石名下。赵叔鲁即赵汝迕，乃薛师石友人，薛师石集中还有一首与其唱和之作，参薛师石《赵叔鲁端行胡象德携酒见顾》。戴师古其人生平不详，未见载籍，疑戴师古当为薛师石之讹。陈恒舒《〈永乐大典〉所涉宋诗资料丛考》一文亦认为戴师古当为薛师石之讹。

魏了翁

《北京大学中国古文献研究中心集刊（第 6 辑）》载《〈全宋诗〉杂考（二）》

一文指出魏了翁名下《李参政壁折赠黄香梅与八咏俱至用韵以谢（其一）》、《李提刑壑李参政壁再和招鹤诗再用韵以谢（其一）》、《冯校书挽诗》与李壁《黄香橙》、李壁《北园酌酒观鹤》、许奕《题樊汉炳墓》重出，这些诗皆当为魏了翁诗。除此之外，魏了翁名下还有如下诸诗与他人重出：

1.《次韵张太博方得余所遗二程先生集辩二程戏邵子语》

　　文字未科斗，图书未龟龙。粲然天地间，此理触处逢。是谓象之祖，而为数之宗。……二程自周孔，为时开梦梦。其归则一耳，昧者结忡忡。学之将奈何，矧余倍颛蒙。要知羲皇心，须踏周孔踪。

见《全宋诗》卷二九二六魏了翁，《全宋诗》编者据《鹤山先生大全文集》卷三收入。此诗又见《全宋诗》卷二八三六许应龙，题为"次韵张太博方得余所遗二程先生集辨二程戏邵子语"，仅"粲然"作"灿然"、"昊牺"作"昊羲"等几字异，《全宋诗》编者据《东涧集》卷一四收入。

按：此诗当为魏了翁诗。魏了翁《鹤山集》卷三此诗前诗为《次韵张太博方见贻二首》[注云：嘉定己丑（按，当为丁丑）间郡守张方治邛，墨刻犹存]、《再次韵》，又《鹤山集》卷三有《张义立方得古井以木为甃命曰亨泉而求余诗》，皆是与张方唱和之作，大概皆作于嘉定丁丑（1217）前后。嘉定丁丑前后魏了翁为官四川，张方亦在四川为官，故两人得以唱和。《全宋诗》魏了翁诗以《四部丛刊》影印宋开庆元年刻本为底本著录，校以明嘉靖吴凤高翀刻本、影印文渊阁《四库全书》本[①]。此诗见四部丛刊本《鹤山先生大全文集》文集卷三，宋开庆元年刻本《鹤山先生大全文集》实为残本，但卷三为完轶（以下之卷二、卷八、卷九亦为完轶），故该诗当源于宋本，可参郭齐《魏了翁文集版本优劣考辨》。而许应龙原集已佚，其现存《东涧集》乃清四库馆臣据《永乐大典》辑出，这就有可能造成误收他人之作。

2.《次韵李参政壁湖上杂咏录寄龙鹤坟庐》其五

　　西山有佳人，惯踏山下路。晨吟泽畔云，午睡岩前雨。莫使儿辈

---

① 傅璇琮等主编：《全宋诗》第56册，北京大学出版社，1998，第34864页。

觉，夺我林壑趣。

见《全宋诗》卷二九二五魏了翁，《全宋诗》编者据《鹤山先生大全文集》卷二收入。此诗又见《全宋诗》卷二〇五八李焘，题为"龙鹄山"，仅"畔云"作"畔风"、"夺我林"作"损我岩"几字异，《全宋诗》编者据清陆心源《宋诗纪事补遗》卷四二引《眉山属志》收入。

按：此诗见四部丛刊本《鹤山先生大全文集》文集卷二，当源于宋刻，可参郭齐《魏了翁文集版本优劣考辨》。此诗当为魏了翁诗。魏了翁《鹤山集》卷二此诗题下实有十三首诗。另，魏了翁《鹤山集》卷二此诗后又有《续和李参政壁湖上杂咏》，这两组诗当作于同时，亦可证此诗当为魏了翁所作。

3.《再和招鹤》其一

　　仰看翔翻俯游鳞，物意容容各自春。遥想沧江五君子，长身玉立伴闲人。

见《全宋诗》卷二九三一魏了翁，《全宋诗》编者据《鹤山先生大全文集》卷八收入。此诗又见《全宋诗》卷二七四四李壁，题为"北园酌酒观鹤"，仅"容容"作"落落"、"沧江"作"沧浪"几字异，《全宋诗》编者据清涂长发嘉庆《眉州属志》卷一七收入。

按：此诗见四部丛刊本《鹤山先生大全文集》文集卷八，当源于宋刻，可参郭齐《魏了翁文集版本优劣考辨》。此诗当为魏了翁诗。其和招鹤诗共三次，共作了十二首诗，第一次作《次韵李彭州乞鹤于虞万州》四首，第二次作《李提刑壁李参政壁再和招鹤诗再用韵以谢》四首，第三次作《再和招鹤》四首。

4.《题李彭州壁南亭》

　　花木精神面面全，谁将好景作南园。栗留枝上春风思，鹈鴂声中晓屐痕。

　　檐外梅矶兄及弟，槛前竹鹤子生孙。我今犹是数旬客，遇意怅时即打门。

见《全宋诗》卷二九三一魏了翁，《全宋诗》编者据《鹤山先生大全文集》卷八收入。此诗又见《全宋诗》卷二六七五范子长，题为"南亭"，仅"面全"

作"面金"、"南园"作"南亭"等几字异,《全宋诗》编者据清涂长发嘉庆《眉州属志》卷一七收入。

按:此诗见四部丛刊本《鹤山先生大全文集》文集八,当源于宋刻,可参郭齐《魏了翁文集版本优劣考辨》。此诗当为魏了翁诗。魏了翁集中还有许多与李壁唱和之作,如《参次韵李彭州乞鹤于虞万州》《李提刑壁李参政壁再和招鹤诗再用韵以谢》《次韵李彭州壁访山居三绝》《七夕之明日载酒李彭州壁家即席赋》《李彭州壁生日》等诗。

5.《李参政壁生日》其五

梅艳凌霜带雪余,铅华洗尽玉生肤。东方千骑推人去,聊折春风寄雁湖。

见《全宋诗》卷二九三二魏了翁,《全宋诗》编者据《鹤山先生大全文集》卷九收入。此诗又见《全宋诗》卷二九五八史公亮,题为"雁湖",仅"铅华"作"露华"、"推人"作"催人"几字异,《全宋诗》编者据清涂长发嘉庆《眉州属志》卷一七收入。

按:此诗见四部丛刊本《鹤山先生大全文集》文集九,当源于宋刻,可参郭齐《魏了翁文集版本优劣考辨》。此诗当为魏了翁诗。魏了翁《鹤山集》卷九此诗题下实有六首诗。该诗所言雁湖实为李壁书室旁边的湖池。参李壁《雁湖二首》诗注:"予书室东偏有池数亩,藻荇掩映,凫雁萃焉。近始以雁湖名之,取其知时就阳,得去就之正,飞鸣以序,无凌犯之节,盖有类乎君子者。且予少而疏慵,自昔有闻,即好奇服,顾安能随俗俯仰,以觊权利。然则兄弟相从,讲道著书,将无日不在此也。顾余名之之意,又有取乎肃肃雝雝之义,岂苟然哉。方为之记,未暇也,先赋两诗以示同志者。"[①] 魏了翁《次韵李参政壁李提刑壁见和雁湖观梅》亦曾提及雁湖。

6.《口占》

秋风已飒梧犹碧,宿雨才收稗亦花。天着工夫供醉眼,东邻有酒

---

① 傅璇琮等主编:《全宋诗》第 52 册,北京大学出版社,1998,第 32313 页。

不堪賒。

此诗见《全宋诗》卷二九三七魏了翁，《全宋诗》编者据《永乐大典》卷八九六收入。又见《全宋诗》卷二八九〇洪咨夔，题同，内容全同，《全宋诗》编者据《平斋文集》卷二收入。

按：此诗为洪咨夔诗。洪咨夔《平斋文集》现存南宋刻本，保存于日本内阁文库。四部丛刊续编《平斋文集》据瞿氏旧藏影宋抄本（现藏国家图书馆）配日本内阁文库宋刊本八卷影印[①]。此诗见四部丛刊续编《平斋文集》卷二，而宋刻魏了翁集并未著录此诗，从版本学角度来说，此诗当为洪咨夔诗。

7.《偶成》其一

有口即饮酒，有眼只看书。看书知古今，治乱能愁予。不如一味饮，醉眼昏蘧蘧。

见《全宋诗》卷二九三七魏了翁，《全宋诗》编者据《永乐大典》卷八九六收入。此诗又见《全宋诗》卷二八九一洪咨夔。题为"偶成"，仅"即"作"只"一字异，《全宋诗》编者据《平斋文集》卷三收入。

按：此诗为洪咨夔诗。洪咨夔《平斋文集》现存南宋刻本，保存于日本内阁文库。四部丛刊续编《平斋文集》据瞿氏旧藏影宋抄本（现藏国家图书馆）配日本内阁文库宋刊本八卷影印。此诗见四部丛刊续编《平斋文集》卷三，而宋刻魏了翁集并未著录此诗，从版本学角度来说，此诗当为洪咨夔诗。

8.《偶成》其二

沂水春风弄夕晖，舞雩意得咏而归。为何与点狂曾晳，个里须参最上机。

见《全宋诗》卷二九三七魏了翁，《全宋诗》编者据《永乐大典》卷八九六收入。此诗又见《全宋诗》卷二八九五洪咨夔，题为"偶成"，内容全同，《全宋诗》编者据《平斋文集》卷七收入。

按：此诗为洪咨夔诗。洪咨夔《平斋文集》现存南宋刻本，保存于日本内

[①] 傅璇琮等主编：《中国古代诗文名著提要（宋代卷）》，河北教育出版社，2009，第501页。

阁文库。四部丛刊续编《平斋文集》据瞿氏旧藏影宋抄本（现藏国家图书馆）配日本内阁文库宋刊本八卷影印。此诗见四部丛刊续编《平斋文集》卷七，而宋刻魏了翁集并未著录此诗，从版本学角度来说，此诗当为洪咨夔诗。

王宗道

《春闲》

最喜逍遥泉石间，幽居四面绕青山。草迷荒径人稀到，花压重门昼自关。古刹风传钟磬远，平畴雨过桔槔闲。荷锄手劚园中笋，佐酒三杯壮客颜。

见《全宋诗》卷二九三九王宗道，《全宋诗》编者据清舒顺方《剡川诗钞》卷九收入。此诗又见《全宋诗》卷二九四四刘厚南，题为"梅庄春间"，仅"草迷"作"苔迷"、"佐酒"作"配酒"等几字异，《全宋诗》编者据清冯可镛光绪《慈溪县志》卷四二收入。

按：此诗归属存疑。

黄梦得

《拟虹亭》

父老桥边问我翁，笑谈能办济川功。水光碧界一千顷，晴影红翻二百弓。好与诸公来玩月，方知此地亦垂虹。乘风似有惊人语，高枕沧浪放眼空。

见《全宋诗》卷二九四四黄梦得，《全宋诗》编者据清曾燠《江西诗徵》卷一八收入。此诗又见《全宋诗》卷三七〇二黄宏，题为"题拟虹桥"，仅"翁"作"公"、"川"作"水"、"水光碧界"作"天光分碧"、"高枕沧浪放眼空"作"压倒沧浪亭上翁"等字不同，《全宋诗》编者据清陆心源《宋诗纪事补遗》卷八三收入。

按：此诗归属存疑。同治《东乡县志》卷十五亦将此诗归入黄梦得名下。但道光《宜黄县志》卷三十一、同治《宜黄县志》卷四十五皆将此诗归入黄希名下。道光《宜黄县志》卷三十一还收有黄希《题石碧》，此诗已被全宋诗编者据清罗复晋雍正《抚州府志》卷三七收入。因宜黄人黄希字梦得，疑此诗被误收入临川人黄梦得名下。

赵善璙

《饯陈匡峰之廉泉》

桃源渺何处，梦短到家难。不办一丘费，犹为九品官。鹤嫌新俸薄，鸥讶旧盟寒。附翼攀鳞事，书生不敢干。

见《全宋诗》卷二九四四赵善璙，《全宋诗》编者据清厉鹗《宋诗纪事》卷八五引《四朝诗》收入。此诗又见《全宋诗》卷三六五八赵必𤩽，题为"饯陈匡峰之濂泉"，仅"丘"作"邱"一字异，《全宋诗》编者据《覆瓿集》卷一收入。

按：陈匡峰，江西人，宋末为官广东，宋亡居于白云山之濂泉。他与赵必𤩽（生年为1245，卒年为1295）多有交往，赵必𤩽集中还有一首《和张竹处韵饯陈匡峰之濂泉》，陈纪撰《秋晓（即赵必𤩽行状》亦谓赵必𤩽"晚交匡峰"①。赵善璙为宁宗嘉定元年（1208）进士，端平元年（1234）曾出守九江，故其人恐与宋末元初时的陈匡峰并无交往，此诗当为赵必𤩽诗，非赵善璙之作。

叶绍翁

《烟村》

隐隐烟村闻犬吠，欲寻寻不见人家。只于桥断溪回处，流出碧桃三数花。

见《全宋诗》卷二九四九，《全宋诗》编者据《靖逸小集》收入。此诗又见《全宋诗》卷三二六三释妙伦，题为"偈颂八十五首（其二五）"，仅"只"作"忽"、"数"作"四"几字异，《全宋诗》编者据《住台州瑞岩净土禅寺语录》收入。

---

① 陈伯陶著，谢创志标点：《宋东莞遗民录·胜朝粤东遗民录》，乐水园印行，2003，第6页。

按：宋陈起编《江湖小集》卷一〇、宋陈思编《两宋名贤小集》卷二六〇引《靖逸小集》、清张豫章《御选宋金元明四朝诗》卷七二、清曹庭栋《宋百家诗存》卷一八诸书皆将此诗归入叶绍翁名下，又《全宋诗》所收《靖逸小集》乃据汲古阁景宋钞《南宋六十家小集》为底本著录，故此诗当为叶绍翁诗。释妙伦此诗恐是佛子偈颂辗转引用。

释净真

《句》

饥肤片玉明。

见《全宋诗》卷二九五〇，《全宋诗》据宋李龏《梅花衲》收入。

按：此诗句疑非释净真作，全诗见唐代护国《许州郑使君孩子》："毛骨贵天生，肌肤片玉明。见人空解笑，弄物不知名。国器嗟犹小，门风望益清。抱来芳树下，时引凤雏声。"[①]

张尧同

1.《嘉禾百咏·谷水》

短棹经行处，风披藻荇香。中宵孤鹤唳，片月在沧浪。

见《全宋诗》卷二九五二，《全宋诗》编者据宋陈思《两宋名贤小集》卷一五四收入。此诗又见《全宋诗》卷二六七七许尚，题为"华亭百咏·谷水"，仅"经行"作"经由"、"月在"作"月映"几字异，《全宋诗》编者据元徐硕《至元嘉禾志》卷二八收入。

按：此诗归属存疑。

2.《嘉禾百咏·读书堆》

平林标大道，曾是野王居。往事将谁语，凄凉六代余。

见《全宋诗》卷二九五二，《全宋诗》编者据宋陈思《两宋名贤小集》卷

---

① 中华书局点校：《全唐诗》第 23 册，中华书局，1980，第 9138 页。

一五四收入。

按：此诗恐非张尧同诗，全诗见唐询《华亭十咏·顾亭林》："平林标大道，曾是野王居。旧里风烟变，荒原草树疏。湖波空上下，里闬已丘墟。往事将谁语，凄凉六代余。"[1]（《全宋诗》编者据《杏花村集》收入）宋祝穆《方舆胜览》卷三、宋王象之《舆地纪胜》卷三皆将此诗归入唐询名下。宋杨潜《绍熙云间志》卷下载唐询《华亭十咏》序："华亭本吴之故地，昔附于姑苏，佩带江湖，南濒大海，观望之美焉。历吴晋间名卿继出，风流文物相传不泯，闾里所记遂为故事。景祐初元八月，予被诏为县。至部且一年，……凡经所记土地人物神祠坟垄，所言甚详。行部之余，辄至其地，因里人而咨焉，多得其真。代异时移，喟然兴叹，即采其尤著者为十咏，皆因事纪实，按图可见，将以志昔人之不朽，诚旧俗之所传云尔。"

3.《嘉禾百咏·陈贤良隐居》

发策名犹在，回头事已非。池塘春草绿，空忆谢公归。

见《全宋诗》卷二九五二，《全宋诗》编者据宋陈思《两宋名贤小集》卷一五四收入。

按：此诗又见元代吴镇《梅花道人遗墨》卷上所载《陈贤良隐居》，内容全同。元徐硕《至元嘉禾志》卷三一、弘治《嘉兴县志》卷一六皆将此诗归于张尧同名下，又清《续文献通考》卷一九五《经籍考》著录吴镇《梅花道人遗墨》二卷，云："镇诗向无专集，今本题曰《遗墨》，乃其乡人钱棻捃拾题画之作，荟萃成编。失于决择，伪作颇多。"综上来看，此诗当为张尧同作。

徐良弼

《句》

青春不再汝知乎。

见《全宋诗》卷二九五八徐良弼，《全宋诗》编者据宋绍嵩《亚愚江浙纪行集句诗》卷七收入。

---

[1] 傅璇琮等主编：《全宋诗》第 54 册，北京大学出版社，1998，第 33797 页。

按：此非徐良弼句，实出自余良弼《教子诗》："白发无凭吾老矣，青春不再汝知乎。年将弱冠非童子，学不成名岂丈夫。幸有明窗群净几，何劳凿壁与编蒲。功成欲自殊头角，记取韩公训阿符。"[1] 查宋绍嵩《亚愚江浙纪行集句诗》卷七，此句亦归属于余良弼，盖《全宋诗》编者误辑。

杜范

《玉壶即事》

雨过条风著柳芽，淡黄浅绿嫩如花。陂湖漾漾初侵路，蜂燕纷纷各理家。带郭园林仙苑近，送春船舫绣帘遮。芸窗倦倚何山翠，暖霭轻笼日脚斜。

见《全宋诗》卷二九六三杜范，《全宋诗》编者据清张景星《宋诗百一钞》卷六收入。此诗又见《全宋诗》卷三四四八黄文雷，题同，仅"著"作"着"一字异，《全宋诗》编者据《看云小集》收入。

按：宋陈起编《江湖小集》卷五〇、宋陈思编《两宋名贤小集》卷三二四引《看云小集》、清张豫章《御选宋金元明四朝诗》卷五五、清吴树虚《大昭庆津寺志》卷三皆将此诗归入黄文雷名下。又《全宋诗》所收《看云小集》乃据汲古阁景宋钞《南宋六十家小集》为底本著录，故此诗非杜范所作，当为黄文雷诗。

岳珂

《苏文忠归颍帖赞》

事师之情，期以百世。言虽不多，意则独至。识以岁月，越王之孙。式时览观，用考大伦。

见《全宋诗》卷二九七八岳珂，《全宋诗》编者据《宝真斋法书赞》卷一二《宋名人真迹》收入。此诗又见《全宋诗》卷二九七八岳珂，题同，内容全同，《全宋诗》编者据《宝真斋法书赞》卷一五《宋名人真迹》收入。

---

[1] 傅璇琮等主编：《全宋诗》第 35 册，北京大学出版社，1998，第 22200 页。

按：此诗一人名下两见，显系重出。

第五十七册

释慧开

1.《偈颂八十七首》其六六

现种种形，说种种法。形法皆非，假名菩萨。更于诸相觅圆通，当人正眼俱戳瞎。

见《全宋诗》卷二九九七释慧开，《全宋诗》编者据《建康府保宁禅寺语录》收入。此诗又见《全宋诗》卷二九九八释慧开，题为"三十二应赞"，内容全同，《全宋诗》编者据《无门开和尚语录》卷下收入。

按：此诗一人名下两见，显系重出。

2.《人至收书知得心座元安乐蒙惠数珠水晶者金重十二钱一收讫山偈奉赠》

百八摩尼颗颗圆，辽天鼻孔一齐穿。恒河砂数佛菩萨，每日呼来跳一圈。

见《全宋诗》卷二九九九释慧开，《全宋诗》编者据日本天保尹藤松辑《邻交征书初篇》卷一收入。此诗又见《全宋诗》卷二一〇一释昙密，题为"数珠"，仅"一齐"作"一时"、"砂数"作"沙数"几字异，《全宋诗》编者据宋宗源《续古尊宿语要》卷五《混源密和尚语》收入。

按：此诗归属存疑。

3.《颂古四十八首》其九

了身何似了心休，了得心兮身不愁。若也身心俱了了，神仙何必更封侯。

见《全宋诗》卷二九九九释慧开，《全宋诗》编者据宋慧开《禅宗无门关》收入。此诗又见《全宋诗》卷一九四一释昙华，题为"行者求颂"，仅"何似"作"不若"、"心兮"作"心时"几字异，《全宋诗》编者据宋守铨《应庵和尚语录》

卷一〇《偈颂》收入。

按：此诗归属存疑。

4.《颂古四十八首》其一九

春有百花秋有月，夏有凉风冬有雪。若无闲事挂心头，便是人间好时节。

见《全宋诗》卷二九九九释慧开，《全宋诗》据宋慧开《禅宗无门关》收入。此诗又见《全宋诗》卷一六五〇释梵思，题为"颂古九首（其一）"，仅"挂心"作"在心"一字异，《全宋诗》编者据宋法应、元普会《颂古联珠通集》卷五收入。此诗又见《全宋诗》卷三四二九释绍昙，题为"颂古五十五首（其四九）"，仅"若无"作"莫将"几字异，《全宋诗》据《希叟绍昙禅师广录》卷五收入。

按：此诗归属存疑。

5.《颂古四十八首》其二七

叮咛损君德，无言真有功。任从沧海变，终不为君通。

见《全宋诗》卷二九九九释慧开，《全宋诗》编者据宋慧开《禅宗无门关》收入。此诗又见《全宋诗》卷六一九释悟真，题为"偈五首（其三）"，内容全同，《全宋诗》编者据《五灯会元》卷一二收入。此诗又见《全宋诗》卷一九六八释云，题为"偈颂二十九首（其一二）"，内容全同，《全宋诗》编者据宋师明《续古尊宿语要》卷六《别峰云和尚语》收入。此诗又见《全宋诗》卷三〇一九释智愚，题为"偈颂十七首（其一三）"，仅"叮咛"作"丁宁"几字异，《全宋诗》编者据《虚堂智愚禅师语录》卷八收入。

按：宋普济《五灯会元》卷一二、宋代悟明《联灯会要》、宋代正受撰《嘉泰普灯录》、宋代颐藏主《古尊宿语录》卷一九等书皆将此诗归入释悟真名下，又释悟真生活年代早于释云、释慧开、释智愚诸人，故此诗当为释悟真诗。释云、释慧开、释智愚诸人名下此作当是佛子偈颂辗转引用。

陈大用

《无题》

闲拈红叶欲题诗，待得诗成又懒题。心事不随流水去，月明人在赤桥西。

见《全宋诗》卷三〇〇〇陈大用，《全宋诗》编者据《永乐大典》卷九〇三收入。此诗又见《全宋诗》卷三五一六陈允平，题同，内容全同，《全宋诗》编者据《西麓诗稿》收入。

按：此诗为陈允平诗。宋陈起编《江湖小集》卷一七、宋陈思编《两宋名贤小集》卷三〇五引《西麓诗稿》、清曹庭栋《宋百家诗存》卷一九皆将此诗归入陈允平名下，又《全宋诗》所收《西麓诗稿》乃据汲古阁景宋钞《南宋六十家小集》为底本著录。《永乐大典》此诗题下实署"陈允中（陈大用字允中）"，疑陈允中当为陈允平之讹。陈恒舒《〈永乐大典〉所涉宋诗资料丛考》一文亦认为陈允中当为陈允平之讹。

张珪

《玉蝶泉》

仙人修炼地，玉井著神功。日月双轮见，阴阳两窍通。可堪清澈底，那更施无穷。尚冀丹砂力，当浇尘念空。

见《全宋诗》卷三〇二七，《全宋诗》编者据清朱绪曾《金陵诗征》卷八收入。

按：此诗又见元代张珪名下，题为《阴阳井》，内容全同。元代刘大彬《茅山志》卷一五、《元诗选》二集卷四、清张豫章《御选宋金元明四朝诗》元诗卷三五诸书皆将此诗归于元代张珪名下。清朱绪曾《金陵诗征》后出，此诗当为元代张珪作。

阳枋

阳枋名下两诗与王十朋两诗重出，参本书王十朋诗重出考辨。除此之外，阳枋名下还有如下诗句与他人重出：

1.《句》其五

饱谙风月归，庶几无虚还。

见《全宋诗》卷三〇三二阳枋，《全宋诗》编者据《字溪集》卷一二《字溪先生阳公行状》收入。

按：此非佚句，实出自阳枋《过九江望见庐山立雪一峰和全父弟韵》："阻风桑落洲，悠然见庐山。……准拟进扁舟，蹑屐登螺鬟。饱谙风月归，庶几无虚还。"①

2.《句》其六

可奈红尘飞白羽，不容黄叟卧青山。

见《全宋诗》卷三〇三二阳枋，《全宋诗》编者据《字溪集》卷一二《字溪先生阳公行状》收入。

按：此非佚句，实出自阳枋《赴大宁司理赟俞帅》其二："入手青衫愧壮颜，悠悠底事白云闲。有心文字几千卷，适意茅茨三两间。可奈红尘飞白羽，不容黄叟卧青山。欲从宁水成仙骨，趁得先生未出关。"②

第五十八册

刘克庄

陈新等《全宋诗订补》已指出刘克庄名下《秋晚》《蓼花》《五月二十七日游诸洞》《榕台二绝》与戴复古《江村晚眺二首（其二）》、拾遗《蓼花》、刘氏《五月二十七日游诸洞》、刘氏《诗二首》诗重出，这些诗除刘克庄名下《秋晚》为戴复古诗外，其余诸诗皆为刘克庄诗。又《北京大学中国古文献研究中心集刊（第6辑）》载《〈全宋诗〉杂考（二）》一文指出，《全宋诗》彭耜名下所收十五首诗及残句二则，除《冲虚观》一首外，其他十四首诗皆见刘克庄集中，当皆为刘克庄诗。另外，两则残句也出自刘克庄诗，非彭耜所作也。又李更《〈全宋诗〉刘克庄诗补正及相关问题》一文也指出了刘克庄诗与他人重出，包括《田舍》，亦见范成大诗；《赠川郭》《医》，以上两首亦见严嘉谋诗；《除夕》，见王

---

① 傅璇琮等主编：《全宋诗》第57册，北京大学出版社，1998，第36095页。
② 傅璇琮等主编：《全宋诗》第57册，北京大学出版社，1998，第36113页。

迈诗;《闻城中募兵有感二首》《有感》《读本朝事有感十首》《韩曾一首》《有感》《有感二首》,以上诸诗亦见项安世诗;《七月九日二首》,此诗亦见潘牥诗;《再和五首(其一)》《梅花五首(其五)》,此两诗亦见郑性之诗;《小圃有双莲夏芙蓉之喜文字祥也各赋一诗为宗族亲朋联名得隽之谶(其二)》《自和二首(其二)》,此两诗亦见虞俦诗;《余除铸钱使者居厚除尚书郎俄皆销印即事二首呈居厚》,此诗亦见毕仲游诗;《记小圃花果二十首(其二)》《记小圃花果二十首(其一七)》,此两诗亦见方岳诗;《耳鼻六言二首(其二)》,此诗又见宋庠诗;《梅花三首》,亦见陆游诗;《未开梅》,亦见严粲诗;《怀人》,亦见刘学箕诗。其中《梅花三首》乃陆游诗,《未开梅》乃严粲诗,《怀人》乃刘学箕诗,其他诸诗皆为刘克庄诗。除此之外,刘克庄名下还有如下诸诗句与他人重出:

1.《黄罴岭》

　　黄茅迷远近,不见一人行。信步未知险,回头方可惊。路由高顶过,云在半腰生。落日无栖止,飘飘自问程。

见《全宋诗》卷三〇三七刘克庄,《全宋诗》编者据《后村居士诗》卷五收入。此诗又见《全宋诗》卷三二八九潘牥,题为"登岭(其二)",仅"迷"作"连"一字异,《全宋诗》编者据《后村千家诗》卷一四收入。

按:此诗为刘克庄诗。此诗作于嘉定十五年,时刘克庄赴桂林入广南西路经略安抚使司幕,此诗为路经湖南时所作[1]。《后村集》卷五此诗前后有《湘潭道中即事》《谒南岳》《衡永道中二首》《祁阳县》《零陵》诸诗,显系同时之作。《分门纂类唐宋时贤千家诗选校证》一书亦认为此诗为刘克庄诗,非潘牥诗[2]。

2.《诘猫》

　　古人养客乏车鱼,今汝何功客不如。饭有溪鳞眠有毯,忍教鼠啮案头书。

见《全宋诗》卷三〇三八刘克庄,《全宋诗》编者据《后村居士诗》卷六收入。此诗又见《全宋诗》卷二六六五刘琰,题同,仅"鳞"作"鱼"一字异,《全宋诗》

---

[1] 程章灿:《刘克庄年谱》,贵州人民出版社,1993,第76页。
[2] 刘克庄编,李更等校证:《分门纂类唐宋时贤千家诗选校证》,人民文学出版社,2002,第326页。

编者据宋祝穆《古今事文类聚》后集卷四一收入。

按：此诗为刘克庄诗。《古今事文类聚》后集卷四一此诗题下署名"刘潜夫"，刘克庄字潜夫，又有刘爚亦字潜夫，《全宋诗》编者认为此人是刘爚（其人号执堂，邵武人。朱熹弟子），当是误判。明彭大翼《山堂肆考》卷二二二、明姜南《蓉塘诗话》卷一〇、明蒋一葵《尧山堂外纪》卷六一皆将此诗归于刘克庄名下。

3.《借韵跋林肃翁省题诗》

　　昔冠南宫淡墨书，当年万卷各名糊。至今处子尚绰约，应笑老婆曾抹涂。咏庆云图如著色，和薰风句肯从谀。行三十里余方悟，敢与杨修较智愚。

见《全宋诗》卷三〇五九刘克庄，《全宋诗》编者据《后村先生大全集》卷二七收入。此诗又见《全宋诗》卷二六九六孙应时，题为"借韵跋林肃翁题诗"，仅"肯从"作"更从"、"较"作"校"几字异，《全宋诗》编者据《烛湖集》卷一八收入。

按：此诗当为刘克庄诗。林肃翁即林希逸，其人字肃翁，号鬳斋，又号竹溪，福清人。理宗端平二年（1235）进士，其人生于1193年，是刘克庄好友。刘克庄与其唱和诗颇多，两人往来诗文词作不下百首。孙应时逝于1206年，时林希逸才13岁，孙应时不可能与林希逸有交往，故此诗定非其所作，当为刘克庄诗。又孙应时原集已佚，其现存《烛湖集》乃清四库馆臣据《永乐大典》辑出，这就有可能造成误收他人之作。

4.《玉蕊花》

　　竹院过僧话，山门扫地迎。英雄犹有迹，般若太无情。玉蕊春阴密，琅玕晚暑清。半生来往屡，也合送人行。

见《全宋诗》卷三〇八一刘克庄，《全宋诗》编者据《永乐大典》卷一一〇七七收入。此诗又见《全宋诗》二六一一刘光祖，题为"鹤林寺"，仅"过"作"逢"、"较"作"校"、"玉蕊"作"玉树"等几字异，《全宋诗》编者据清厉鹗《宋诗纪事》卷五六引《鹤林寺志》收入。

按：此诗归属存疑。《全芳备祖》前集卷六亦将此诗归入刘克庄名下。

陈起

朱腾云博士论文《〈全宋诗〉重出误收研究》指出南宋陈起《迎月》与北宋陈起《迎月》重出，此当为南宋陈起诗。除此之外，陈起名下还有以下诸诗与他人重出：

1.《胡季怀有诗约群从为秋泉之集辄以山果助筵戏作二叠》

近诗通谱江西社，新酿挼先天下秋。已许眼中窥一豹，可容杯里散千忧。（其一）

君家香醪蜜不如，试投桃李望瑶琚。敢夸所无易所有，潘郎一出果盈车。（其二）

见《全宋诗》卷三〇八三陈起，《全宋诗》编者据《江湖后集》卷二四收入。此诗又见《全宋诗》卷二三二一周必大，题同，仅"挼"作"才"、"桃李"作"木桃"等几字异，《全宋诗》编者据《周益文忠公集》卷三收入。

按：此诗为周必大诗。该诗下注明作于"乙酉（1165）六月九日"。胡季怀乃周必大乡人。季怀过世，周必大有祭文悼念，参周必大《祭胡季怀文》。周必大集中还有许多与其唱和之作，如《道中忆胡季怀》《抵苏台寄季怀》《十月十七日大椿堂小集胡从周季怀以予目疾皆许送白酒弥旬不至戏成长韵》《胡季怀惠六出梅一枝仍枉绝句率然次韵勿笑迂拙》《次韵邦衡哭季怀》。又周必大《祭胡季怀文》作于乾道八年（1172），故胡季怀亦当逝于1172年左右，而陈起大概出生于孝宗淳熙年间（1174—1189），故陈起不可能与胡季怀有交往，此诗定非其所作。

2.《罢酒》

罢酒寻花涉断几，颠跻犹复强褰衣。可怜醉眼无分别，却把旁边柳折归。

见《全宋诗》卷三〇八三陈起，《全宋诗》编者据影印《诗渊》第1册第151页收入。此诗又见《全宋诗》卷一六〇四张守，题同，仅"旁"作"傍"一字异，《全宋诗》编者据《毗陵集》卷一五收入。

按：此诗归属存疑。

3.《句》

秋雨梧桐皇子府，春风杨柳相公桥。

见《全宋诗》卷三〇八三陈起，《全宋诗》编者据宋方回《瀛奎律髓》卷四二收入。此句又见《全宋诗》卷二九五八李知孝《句》，仅"府"作"宅"一字异，《全宋诗》编者据宋周密《齐东野语》卷一六收入。此句又见《全宋诗》卷三〇〇九赵汝迕《句》其二，仅"皇"作"王"一字异，《全宋诗》编者据永乐《乐清县志》卷七收入。

按：此诗句或谓曾极诗（有人据宋周密《齐东野语》卷一六谓此诗为曾极诗）、或谓敖陶孙诗、或谓赵汝迕诗、或谓陈起诗。但一般认为方回所言较为可靠[1]，此诗为陈起诗的可能性更大。参方回《瀛奎律髓》卷二〇："当宝庆初，史弥远废立之际，钱塘书肆陈起宗之能诗，凡江湖诗人皆与之善。宗之刊《江湖集》以售，《南岳稿》与焉。宗之赋诗有云：'秋雨梧桐皇子府，春风杨柳相公桥。'哀济邸而诮弥远，本改刘屏山句也。敖臞庵器之为太学生，时以诗痛赵忠定丞相之死，韩侂胄下吏逮捕，亡命。韩败，乃始登第，致仕而老矣。或嫁'秋雨春风'之句为器之所作，言者并潜夫《梅》诗论列，劈《江湖集》板，二人皆坐罪。"[2]

第五十九册

刘子寰

刘子寰《寿周丞相益公(其三其四其五)》与吴势卿《寿丞相(其一其二其三)》重出，参本书相关章节考证。除此之外，刘子寰名下还有如下诸诗与他人重出：

1.《寿史相（其一其二）》

何许生贤踵世官，十洲风物四明山。股肱光辅唐虞际，衮绣亲传

---

[1] 程章灿：《刘克庄年谱》，贵州人民出版社，1993，第101页。
[2] 方回选评，李庆甲集评校点：《瀛奎律髓汇评》，上海古籍出版社，2005，第843页。

父子间。

秉轴持衡岁五周，从今千载国同休。汾阳谩校中书考，安得如公尚黑头。

见《全宋诗》卷三〇八六，《全宋诗》编者据影印《诗渊》第 6 册第 4509 页收入。此诗又见《全宋诗》卷二七二七任希夷，题为"寿丞相（其二其三）"，仅"唐虚"作"唐虞"一字异，《全宋诗》编者据影印《诗渊》第 6 册第 4498 页收入。

按：此诗归属存疑

2.《约友人赏春》

人生何复最为亲，不看春容不认真。岸柳细摇多意思，野花初绽足精神。精神识得施为别，意思到时言语新。为报同门须急赏，莫教春去始伤春。

见《全宋诗》卷三〇八六，《全宋诗》编者据《宋元学案》补遗卷六九收入。此诗又见《全宋诗》卷二六八〇曾极，题同，仅"何复"作"何事"、"认真"作"识春"几字异，《全宋诗》编者据宋金履祥《濂洛风雅》卷六收入。此诗又见《全宋诗》卷二七二七蔡沆，题为"春日即事二首（其一）"，仅"认真"作"识春"、"初绽"作"初破"等几字异，《全宋诗》编者据《蔡氏九儒书》卷四《复斋集》收入。

按：此诗归属存疑。嘉靖《建阳县志》卷六亦将此诗归入蔡沆名下。

林逢子

《镜香亭》

绿杨深处两三家，几度凭阑听吠蛙。云锦已空烟水阔，空教人忆旧时花。

见《全宋诗》卷三〇八七林逢子，《全宋诗》编者据元徐硕《至元嘉禾志》卷二七收入。此诗又见《全宋诗》卷三五二一郑士洪，题为"牡丹亭"，仅"听吠蛙"作"看紫霞"、"空教"作"转教"几字异，《全宋诗》编者据《甬上宋元诗略》卷一〇引《三茅志》收入。

按：《寰宇通志》卷二四、明李贤等《大明一统志》卷三九、《宋诗拾遗》卷二〇、《宋诗纪事》卷七四引《嘉兴府志》、清沈季友《檇李诗系》卷三八诸书皆将此诗归入林逢子名下，疑此诗非郑士洪作，当为林逢子诗。

许棐

陈新等《全宋诗订补》指出许棐名下《古墓》《汤婆子》与许及之名下《废冢》《汤婆子》重出，此当为许棐诗。除此之外，许棐名下还有如下诸诗与他人重出：

1.《泛剡》

水阔无风似有风，芦花摇落橹声中。鸥无一点惊猜意，认作当时载雪翁。

见《全宋诗》卷三〇八九许棐，《全宋诗》编者据《梅屋诗稿》收入。此诗又见《全宋诗》卷二九五七林棐，题同，内容全同，《全宋诗》编者据清李卫雍正《浙江通志》卷二七七收入。

按：此诗为许棐诗。宋陈起编《江湖小集》卷七五、宋陈思编《两宋名贤小集》卷二九〇引《梅屋诗稿》、清沈季友《檇李诗系》卷三、清曹庭栋《宋百家诗存》卷一八诸书皆作许棐诗。查四库本雍正《浙江通志》卷二七七，此诗亦署许棐名下，《全宋诗》编者将此诗置入林棐名下，当属误辑。

2.《郑介道见访》

步头杨柳种多年，今日方维胜客船。扫石共看山色坐，枕书同听雨声眠。溪羹旋煮莼丝滑，野饭新炊芡玉圆。不管归心忙似箭，强留吟过菊花天。

见《全宋诗》卷三〇八九许棐，《全宋诗》编者据《梅屋诗稿》收入。此诗又见《全宋诗》卷三七八五蔡槃，题同，仅"步头"作"数株"、"芡玉"作"白玉"几字异，《全宋诗》编者据清曾唯《东瓯诗存》卷一〇收入。

按：此诗为许棐诗。宋陈起编《江湖小集》卷七五、宋陈思编《两宋名贤小集》卷二九〇引《梅屋诗稿》、清沈季友《檇李诗系》卷三、清曹庭栋《宋百家诗存》卷一八诸书皆作许棐诗，以上诸书成书年代皆早于曾唯《东瓯诗存》，故此诗恐非蔡槃所作。

3.《书郭子度壁》

禁苑精庐是切邻，衣巾虽旧不沾尘。钟鱼声里吟连晓，花柳香中醉过春。和土重泥烧药灶，买丝新接钓鱼纶。绕湖十万人家住，如此清闲有几人。

见《全宋诗》卷三〇八九许棐，《全宋诗》编者据《梅屋诗稿》收入。此诗又见《全宋诗》卷一一九九许梁，题同，仅"连晓"作"连晚"、"和土"作"和玉"等几字异，《全宋诗》编者据影印《诗渊》第5册第3592页收入。

按：此诗为许棐诗。宋陈起编《江湖小集》卷七五、宋陈思编《两宋名贤小集》卷二九〇引《梅屋诗稿》、清沈季友《檇李诗系》卷三、清曹庭栋《宋百家诗存》卷一八皆作许棐诗。郭子度当为许棐友人，许棐集中还有一首悼念郭子度诗，见许棐《挽郭子度》："连年染患貌栀黄，卢扁犹无起死方。稚女自敲尸畔磬，邻僧来炷佛前香。生涯谩有千书卷，受用惟存一奠觞。听说茶毗心更苦，拭干清泪又成行。"[①] 许棐、郭子度皆为南宋末时人，而许梁为北宋时人，故此诗不可能为许梁所作。

释元肇

释元肇《题江心寺》与文天祥《至温州》重出，参本书相关章节考证。除此之外，释元肇名下还有如下一诗与他人重出：

《虎丘》

沧海何年涌，秦传虎踞丘。池空剑光冷，坟缺鬼吟愁。石碍楼台侧，烟深草木浮。吴人贪胜概，春尽亦来游。

见《全宋诗》卷三〇九一释元肇，《全宋诗》编者据《淮海挐音》卷上收入。此诗又见《全宋诗》卷三七七四释兴肇，题为"游虎丘"，仅"台侧"作"台仄"、

---

① 傅璇琮等主编：《全宋诗》第59册，北京大学出版社，1998，第36849页。

"木浮"作"木稠"几字异,《全宋诗》编者据《虎丘山志》卷八收入。

按：元方回《瀛奎律髓》卷四七、明曹学佺《石仓历代诗选》卷二三〇、清陈焯《宋元诗会》卷五九、清厉鹗《宋诗纪事》卷九三皆将此诗归入释元肇名下。且释元肇《淮海挐音》乃元禄乙亥（1695 年），日本神京书林据宋本翻刻[①]，释元肇此诗亦源于宋本，从版本学角度看，此诗亦当为释元肇诗。又，清吴氏古双堂抄本明王宾《虎丘山志》亦将此诗归入释元肇名下。

林汝砺

《隐求斋》其一

蜗名蝇利处樊笼，世事其如转眼空。惟有高人林下隐，只求明月与清风。

见《全宋诗》卷三一〇一林汝砺,《全宋诗》编者据《永乐大典》卷二五三六收入。此诗又见《全宋诗》卷三七六七林锡翁，题同，仅"其如"作"囗其"几字异,《全宋诗》编者据影印《诗渊》第 4 册第 3008 页收入。

按：查《永乐大典》卷二五三六，此诗题下实署名为"林君用"，因林汝砺字君用，故《全宋诗》编者将此诗归入其名下。但林锡翁亦字君用，且《诗渊》此诗下实署名"宋林锡翁"，故此诗当为林锡翁诗。又《全宋诗》林汝砺名下有三诗,《隐求斋》二首皆据《永乐大典》同卷辑得,《题武夷仙掌岩》乃据明夏玉麟嘉靖《建宁府志》卷三辑得，其实《建宁府志》卷三此诗题下亦署名为林君用，而清董天工编《武夷山志》又将《题武夷仙掌岩》归于林锡翁名下。据此来看,《全宋诗》林汝砺名下此三诗似当皆应删归林锡翁名下。

姚镛

1.《怀云泉颐山老》

枯吟世虑轻，求道不求名。病起春风过，闲居野草生。游山寻旧

[①] 许红霞:《元肇生平及著作考述》, 载《北京大学中国古文献研究中心集刊（第 8 辑）》, 北京大学出版社, 2009, 第 141—143 页。

屐，煮药试新铛。别久空相忆，疏钟隔水鸣。

见《全宋诗》卷三一〇八姚镛，《全宋诗》编者据《雪蓬稿》收入。此诗又见《全宋诗》卷三三三一冯去非，题为"怀颐山老"，仅"煮药"作"煮茗"一字异，《全宋诗》编者据影印《诗渊》第1册第250页收入。

按：宋陈起编《江湖小集》卷五一、宋陈思编《两宋名贤小集》卷三一六引《雪蓬稿》、明王士禛《居易录》卷一七、清曹庭栋《宋百家诗存》卷一六诸书皆将此诗归入姚镛名下，又《全宋诗》所收《雪蓬稿》乃据汲古阁景宋钞《南宋六十家小集》为底本著录，故此诗恐非冯去非所作，当为姚镛诗。

2.《北高峰》

闲处春光淡，逢僧共采蒿。曲盘山磴险，直上塔峰高。风露侵衣冷，江湖送眼豪。近年无隐者，空负数林桃。

见《全宋诗》卷三一〇八姚镛，《全宋诗》编者据宋陈起《江湖后集》卷二三收入。此诗又见《全宋诗》卷三三九〇徐集孙，题同，内容全同，《全宋诗》编者据《竹所吟稿》收入。

按：宋陈起编《江湖小集》卷一六、宋陈思编《两宋名贤小集》卷三〇〇引《竹所吟稿》、清曹庭栋《宋百家诗存》卷一九诸书皆将此诗归入徐集孙名下。又《全宋诗》所收《竹所吟稿》乃据汲古阁景宋钞《南宋六十家小集》为底本著录。而姚镛此诗乃是四库馆臣从《永乐大典》辑得补入《江湖后集》卷二三，故此诗恐非姚镛所作，当为徐集孙诗。

张侃

1.《偶成》

长歌咏考槃，洒落似休官。爱竹临溪倚，携书坐石看。足烦犹看屐，发秃自忘冠。顾为无多欲，持身到处安。

见《全宋诗》卷三一一二张侃，《全宋诗》编者据《永乐大典》卷九八六引《拙轩集》收入。此诗又见《全宋诗》卷七四一冯山，题同，仅"似休"作"正休"、"顾为"作"愿为"等几字异，《全宋诗》编者据《安岳集》卷八收入。

按：查《永乐大典》卷九八六，此诗实归于《冯太师集》名下，冯太师即冯山（追赠太师）。《全宋诗》编者为什么将此诗误辑入张侃名下，盖因《永乐大典》卷九八六前引张侃《拙轩集》诸诗，后引《冯太师集》中《有作》《偶成》两诗，诸诗先后排列，《全宋诗》编者失察，将后两诗亦并入张侃名下。

2.《有作》

  名尘愧屡拂，世垢思一澣。急索胫已肿，虚惊背独汗。窘步裁免跌，高谈幸成谩。辰去将奈何，磨头髽如弹。

见《全宋诗》卷三一一二张侃，《全宋诗》编者据《永乐大典》卷九八六引《拙轩集》收入。此诗又见《全宋诗》卷七三六冯山，题同，内容全同，《全宋诗》编者据《安岳集》卷三收入。

按：此为冯山诗，同上考证。

徐经孙

1.《赠曾司户》

  君家螺江头，我家剑江边。千载会相望，饮水同一川。揭来古梅关，相识春风前。高义轧层汉，清谭响幽泉。努力学往哲，勿为时俗牵。

见《全宋诗》卷三一一四徐经孙，《全宋诗》编者据明曹学佺《石仓历代诗选》卷二一一收入。此诗又见《全宋诗》卷三〇九三徐鹿卿，题同，仅"学往"作"效往"一字异，《全宋诗》编者据徐鹿卿《徐清正公存稿》卷六收入。

按：此为徐鹿卿诗。曾司户未知何人，徐鹿卿《清正存稿》卷六还有一首与其唱和之作，即《次曾司户见贻之韵并饯其行》。据诗句"揭来古梅关"云云，该诗当作于作者在梅关（宋代属南安府）之时，徐鹿卿曾于宁宗嘉定十六年调南安军学教授，又于绍定六年知南安县，而徐经孙未曾在南安府任职，故此诗当为徐鹿卿诗。

2.《和黎丞梅关岭》

  峭壁接高天，闲云淡横岭。稍便僧房静，未觉官曹冷。风月两闲人，山川一佳境。谁欤共兹乐，老仙白垂领。

见《全宋诗》卷三一一四徐经孙，《全宋诗》编者据明曹学佺《石仓历代诗选》

卷二一一收入。此诗又见《全宋诗》卷三〇九三徐鹿卿，题同，内容全同，《全宋诗》编者据《徐清正公存稿》卷六收入。

按：此为徐鹿卿诗。黎丞未知何人，徐鹿卿集中还有多首与其唱和之作，如《送太庾黎丞》《酬黎丞见和》《黎丞传示史宰聱字诗走笔和之》《再和聱字韵诗一谢史宰一呈黎丞》《黎丞命饮辞之以诗》等诗。据诗题"梅关岭"，该诗亦当作于在梅关之时，徐鹿卿曾于宁宗嘉定十六年调南安军学教授，又于绍定六年知南安县，这些诗大概作于徐鹿卿为南安军学教授之时。

3.《送太庾黎丞》

客怀秋易恶，送客更当秋。薄宦相从久，孤征肯暂留。酒轻离思重，目短大江流。黄菊聊持赠，寒香晚不羞。

见《全宋诗》卷三一一四徐经孙，《全宋诗》编者据明曹学佺《石仓历代诗选》卷二一一收入。此诗又见《全宋诗》卷三〇九三徐鹿卿，题为"送太庾黎丞其二"，内容全同，《全宋诗》编者据《徐清正公存稿》卷六收入。

按：此为徐鹿卿诗。此诗考证同上。

4.《丙戌新春偶成》

新年十许日，才有一篇诗。乡思风中乱，春心雨里知。病缘衰骤至，懒与睡相宜。暗想泉溪上，杜鹃啼故枝。

见《全宋诗》卷三一一四徐经孙，《全宋诗》编者据明曹学佺《石仓历代诗选》卷二一一收入。此诗又见《全宋诗》卷三〇九三徐鹿卿，题为"丙戌年新春偶成"，内容全同，《全宋诗》编者据《徐清正公存稿》卷六收入。

按：此为徐鹿卿诗。丙戌新春即南宋宝庆丙戌年（1226），徐鹿卿为宁宗嘉定十六年（1223）进士，丙戌新春正在南安军学教授任上，故有此思乡之作。徐鹿卿《清正存稿》卷六此诗同卷还有多首梅关诗，如《再游梅关书呈黄干》《次黄干梅关韵》等诗，皆可证其正在南安军学教授任上。而徐经孙于南宋丙戌年刚中进士，丙戌年新春恐未出仕，故此诗当非其所作。

5.《小英石峰》

旧作英岩隐，今为庾峤行。虽然一拳许，有此数峰青。嶕崒警凡目，坚刚悖世情。墨卿相指似，只尺是蓬瀛。

见《全宋诗》卷三一一四徐经孙，《全宋诗》编者据明曹学佺《石仓历代诗选》卷二一一收入。此诗又见《全宋诗》卷三〇九三徐鹿卿，题同，仅"警凡"作"惊凡"一字异，《全宋诗》编者据《徐清正公存稿》卷六收入。

按：此为徐鹿卿诗。《清正存稿》卷六此诗前几诗即为《丙戌年新春偶成》《春日》，此诗后诗即为《送太庾黎丞》。据诗中"庾峤（即庾岭）"，该诗亦当作于徐鹿卿为南安军学教授之时。

6.《月夜赴郡会归鞭转不成寐触事感怀》

庾山高入云，章水清见骨。山高晚宜梅，水清寒浸月。美人天一方，云烟妙空阔。带月簪梅花，独起舞残雪。

见《全宋诗》卷三一一四徐经孙，《全宋诗》编者据明曹学佺《石仓历代诗选》卷二一一收入。此诗又见《全宋诗》卷三〇九三徐鹿卿，题为"月夜赴郡会归辗转不成寐触事感怀口占四古句（其一）"，内容全同，《全宋诗》编者据《徐清正公存稿》卷六收入。

按：此为徐鹿卿诗。徐鹿卿此诗题名下共有五首诗，此诗为第一首，而徐经孙此题下仅一首诗。据诗句"庾山高入云"，此诗亦当作于徐鹿卿为南安军学教授时。

7.《杂兴》

梅花亦何奇，偏得幽人爱。清寒风雪夜，一枝静相对。

见《全宋诗》卷三一一四徐经孙，《全宋诗》编者据明曹学佺《石仓历代诗选》卷二一一收入。此诗又见《全宋诗》卷三〇九三徐鹿卿，题为"杂兴（其二）"，仅"偏得"作"偏便"一字异，《全宋诗》编者据《徐清正公存稿》卷六收入。

按：此为徐鹿卿诗。徐鹿卿此诗题名下共有六首诗，此诗为第二首，而徐经孙此题下仅一首诗。据徐鹿卿《杂兴》其一"荒凉横浦郡（即南安府），颇称冷官居"云云，该诗亦当作于徐鹿卿为南安军学教授时。

8.《梅花》

约臂金寒拓绮疏，搔头玉重压香酥。含章檐下新妆额，试启菱花得似无。

见《全宋诗》卷三一一四徐经孙,《全宋诗》编者据清曾燠《江西诗徵》卷一九收入。此诗又见《全宋诗》卷二九三八邹登龙,题同,内容全同,《全宋诗》编者据《南宋六十家小集·梅屋吟》收入。

按：此诗当为邹登龙诗。宋陈起编《江湖小集》卷六九、宋陈思编《两宋名贤小集》卷二七一引《梅屋吟》、明王士禛《居易录》卷二、清厉鹗编《宋诗纪事》卷七二、乾隆《清江县志》卷三二、清曹庭栋《宋百家诗存》卷一一诸书皆作邹登龙诗。此上诸书成书年代皆早于清曾燠《江西诗徵》,故此诗恐非徐经孙诗。

陈琰

《登法华台》

南楚归舟牵客思,西风脱叶转秋寒。年华渐晚边城远,凝望中天更倚栏。

见《全宋诗》卷三一二八陈琰,《全宋诗》编者据宋王象之《舆地纪胜》卷五九《荆湖南路·宝庆府》收入。

按：全诗见《全宋诗》第66册陈琰《登法华台》："流水西来绕乱山,山色曲折几重滩。烟云出入搜寻易,人世兴亡入画难。南楚归舟牵客思,西风脱叶转秋寒。年华渐晚边城远,凝望中天更倚栏。"(《全宋诗》编者据《永乐大典》卷二六〇三收入)[①]《全宋诗》录有两陈琰,一为东阳人(第59册),一为怀安人(第66册),因文献有限,未知此作者到底是哪一个陈琰。

李龏

李龏《采莲曲》与俞桂《采莲曲》其四重出,李龏《绯桃》其二与王庭珪《绯桃》、曾季貍《桃花》、施清臣《绯桃》重出,参本书相关章节考证。除此之外,

---

[①] 傅璇琮等主编：《全宋诗》第66册,北京大学出版社,1998,第41296页。

李龏名下还有如下诸诗与他人重出：

1.《遣兴三首》

弱龄性淡泊，郑圃吾其师。……颓然醉檐下，不省何如时。虽非富贵乐，富贵乃所乖。（其一）

疏松碎明月，密竹筛清风。……援琴不能寐，意乃多于声。晤言岂无偶，眷眷讵可忘。（其二）

编蓬谐凤心，尊古岂文义。……行行陟高冈，一顾俯烟水。客去不肯留，吾归且休矣。（其三）

见《全宋诗》卷三一三〇李龏，《全宋诗》编者据《江湖后集》卷二〇收入。此诗又见《全宋诗》卷三三一四吴汝弌诗，题为"遣兴"，仅"可纾"作"可纡"、"尔"作"耳"几字异，《全宋诗》编者据汲古阁本《南宋六十家小集·云卧诗集》收入。

按：宋陈起编《江湖小集》卷六五、宋陈思编《两宋名贤小集》卷二九一引《云卧诗集》皆将此三诗归入吴汝弌名下，又《全宋诗》所收《云卧诗集》乃据汲古阁景宋钞《南宋六十家小集》为底本著录。而李龏该三诗乃是四库馆臣从《永乐大典》中《雪林拥蓑吟》中辑得，据此来看，此三诗非李龏诗，当为吴汝弌诗。

2.《倚栏》

袅袅朱栏倚细波，绿云相对閟嵯峨。中天车驾曾擒寇，何日楼船定入河。霁柳午阴随岸远，露桃春色过墙多。黄旗适应东南运，已办箫铙几曲歌。

见《全宋诗》卷三一三〇李龏，《全宋诗》编者据《江湖后集》卷二〇收入。此诗又见《全宋诗》卷三一四八周弼，题为"天津桥"，仅"擒寇"作"擒虏"一字异，《全宋诗》编者据《汶阳端平诗隽》卷三收入。

按：宋陈思编《两宋名贤小集》卷二七九引《端平诗隽》、清曹庭栋《宋百家诗存》卷一五皆将此诗归入周弼名下。又《全宋诗》所收《汶阳端平诗隽》乃据汲古阁景宋钞《南宋六十家小集》为底本著录。且周弼《汶阳端平诗隽》乃李龏编定，如果此诗是李龏诗，李龏似不可能把自己的诗编入周弼集中，故此诗当为周弼诗。

3.《山崦早梅》

晴逼寒苞春满邻，汉奁芳额渐轻匀。东风未放全消息，雨萼愁香不见人。

见《全宋诗》卷三一三〇李龏，《全宋诗》编者据《江湖后集》卷二〇收入。此诗又见《全宋诗》卷三一四九周弼，题同，内容全同，《全宋诗》编者据《汶阳端平诗隽》卷四收入。

按：宋陈思编《两宋名贤小集》卷二八〇引《端平诗隽》、清曹庭栋《宋百家诗存》卷一五皆将此诗归入周弼名下，又从版本学角度看（参上诗考证），此诗亦当为周弼诗。

第六十册

白玉蟾

陈新等《全宋诗订补》已指出白玉蟾名下《初夏》乃出自贺铸《雨晴西郊寓目》诗；又白玉蟾名下《燕》乃为贺铸《和田录事新燕》诗；又吕本中名下《暮雨》乃为白玉蟾《安仁县问宿》；又白玉蟾名下《立春》与白玉蟾《元旦在鹤林偶作》重出；又白玉蟾名下《雁阵》乃出自白玉蟾《归雁亭》；又向敏中名下《春暮》其二、《春暮》其三乃白玉蟾《春晚行乐》其四、《晓巡北圃七绝》其三诗；又潘牥名下《瑞香》其二乃白玉蟾《冥鸿阁即事》其三；又朱淑真名下《雪晴二首》乃白玉蟾《雪晴》。李成晴《"误置"的两宋诗人——〈全宋诗〉重列作者考辨》一文也指出白玉蟾名下《飞云顶》与葛某《飞云顶》重出，此葛某即为白玉蟾。李成晴《〈全宋诗〉重收诗考辨》指出白玉蟾名下《龙井》乃王安石《龙泉寺石井二首》其一；又江万里名下《龙虎山》实出自白玉蟾《靖通庵》。又朱腾云博士论文《〈全宋诗〉重出误收研究》指出白玉蟾《诗一首》即为白玉蟾《江亭夜坐》，白玉蟾《步虚》即为白玉蟾《奏章归》，白玉蟾《洞虚堂》即为白玉蟾《华阳吟》其一七。除此之外，白玉蟾名下还有以下诸诗与他人重出：

1.《行路难寄紫元》

赠君以丹棘忘忧之草，青裳合懽之花。马脑游仙之梦枕，龙综辟寒之宝砂。天河未翻月未落，夜长如年引春酌。古人安在空城郭，今夕不饮何时乐。

见《全宋诗》卷三一三七白玉蟾，《全宋诗》编者据《海琼玉蟾先生文集》卷四收入。此诗又见《全宋诗》卷二二四二范成大，题为"行路难"，仅"宝砂"作"宝纱"、"古人"作"昔人"等几字异，《全宋诗》编者据《石湖居士诗集》卷一收入。

按：从该诗内容看，此诗当为宋代著名道士白玉蟾诗。又"紫元"乃白玉蟾友人，白玉蟾集中有多首与其唱和之作，参白玉蟾《忆留紫元古意》《即事寄紫元》《伤春词寄紫元》。

2.《华阳吟》其一三

怪事教人笑几回，男儿今也会怀胎。自家精血自交媾，身里夫妻真妙哉。

见《全宋诗》卷三一三八白玉蟾，《全宋诗》编者据《海琼玉蟾先生文集》卷五收入。此诗又见《全宋诗》卷一六三一陈楠，题为"金丹诗诀（其八九）"，仅"交媾"作"交结"、"真"作"是"几字异，《全宋诗》编者据《翠虚篇》收入。

按：此诗归属存疑。宋人俞琰撰《周易参同契发挥》卷六引此诗谓翠虚（即陈楠）诗，但宋萧廷芝撰《金丹大成集》卷五又谓此诗为白玉蟾作。

3.《红梅》其二

玉妃初醉下瑶台，紫雾深深拨不开。却恐错穿桃杏径，高烧银烛照归来。

见《全宋诗》卷三一三八白玉蟾，《全宋诗》编者据《海琼玉蟾先生文集》卷五收入。此诗又见《全宋诗》卷一七九〇林季仲，题为"秉烛照红梅再次前韵即席"，内容全同，《全宋诗》编者据《竹轩杂著》卷二收入。

按：此诗当为林季仲诗。《竹轩杂著》卷二此诗前一首诗为《赵殿撰赏红梅次韵》："西湖独未赋红梅，留待知音细细开。好把新诗补遗逸，不才空与作云来。"这与林季仲此诗题"秉烛照红梅再次前韵即席"正相合。林季仲又有《陪赵守登楼赏红梅》，这些诗正互相照应，显系同时之作。

4.《琴》

　　云水一生无别好，琴心三叠有谁知。今宵松殿相期会，弹到西山月落时。

见《全宋诗》卷三一四一白玉蟾，《全宋诗》编者据宋刘克庄《后村千家诗》卷一七收入。

按：此诗非佚诗，实出自白玉蟾《蓝琴士赠梅竹酬以诗》："手补天工笔法奇，笑将造化作儿嬉。胸中夜雨浇龙干，纸上春风舞玉蕤。云水一生无别好，琴心三叠有谁知。今宵松殿相期会，弹到西山月落时。"①

释心月

《过河尊者赞》

　　前溪渌涨雨初晴，浮笠波心掌样平。伎俩由来只如此，放教急急奔前程。

见《全宋诗》卷三一四四释心月，《全宋诗》编者据《石溪心月禅师语录》卷下收入。此诗又见《全宋诗》卷三一四五释心月，题为"颂古二十一首(其九)"，仅"渌涨"作"绿涨"一字异，《全宋诗》编者据宋法应、元普会《颂古联珠通集》卷一六收入。

按：此诗一人名下两见，显系重出之诗。

周弼

姜夔《有送》当为周弼《送曲江友人南归》，周弼《题湖上壁》实为周紫

---

① 傅璇琮等主编：《全宋诗》第60册，北京大学出版社，1998，第37528页。

芝《寒食前五日作二绝》其二，又李翥与周弼名下两诗重出，参本书相关章节考证。除此之外，周弼名下还有如下诸诗与他人重出：

1.《吴王试剑石》

　　吴王铸剑成，自谓古难比。试之高山巅，石裂断横理。……有谁慷慨不平事，被褐踏花推酒缸。

见《全宋诗》卷三一四六周弼，《全宋诗》编者据《汶阳端平诗隽》卷一收入。此诗又见《全宋诗》卷三三三七胡仲参，题同，内容全同，《全宋诗》编者据宋陈起《江湖后集》卷二三收入。

按：宋陈思编《两宋名贤小集》卷二七七引《端平诗隽》、清曹庭栋《宋百家诗存》卷一五、乾隆《元和县志》卷三六诸书皆将此诗归入周弼名下。又《全宋诗》所收《汶阳端平诗隽》乃据汲古阁景宋钞《南宋六十家小集》为底本著录。而胡仲参此诗乃是四库馆臣从《永乐大典》辑得补入《江湖后集》，据此来看，此诗当为周弼诗。《北京大学中国古文献研究中心集刊(第10辑)》载《〈全宋诗〉杂考（三)》一文亦认为此诗当为周弼诗。

2.《病起幽园检校》

　　病起无情绪，池边日几回。虫声低覆草，螺壳细生苔。暑退芦将变，秋残蓼续开。久消环绕迹，全若未尝来。

见《全宋诗》卷三一四七周弼，《全宋诗》编者据《汶阳端平诗隽》卷二收入。此诗又见《全宋诗》卷三〇二九曾由基，题同，内容全同，《全宋诗》编者据宋陈起《江湖后集》卷一三收入。

按：宋陈思编《两宋名贤小集》卷二七八引《端平诗隽》、清曹庭栋《宋百家诗存》卷一五诸书皆将此诗归入周弼名下。又《全宋诗》所收《汶阳端平诗隽》乃据汲古阁景宋钞《南宋六十家小集》为底本著录，故此诗恐非曾由基诗，当为周弼诗。

3.《天申宫苏文忠画像》

　　大泽沾荒裔，灵山识老臣。微茫云外迹，衰病瘴中身。湿草寒碑夕，晴花午殿春。高檐风雨断，犹避六丁神。

见《全宋诗》卷三一四七周弼，《全宋诗》编者据《汶阳端平诗隽》卷二收入。此诗又见《全宋诗》卷三四四八黄文雷，题为"偕周伯弜题天申宫苏文忠公画像"，内容全同，《全宋诗》编者据清曾燠《江西诗徵》卷二一收入。

按：宋陈思编《两宋名贤小集》卷二七八引《端平诗隽》、清曹庭栋《宋百家诗存》卷一五诸书皆将此诗归入周弼名下。又《全宋诗》所收《汶阳端平诗隽》乃据汲古阁景宋钞《南宋六十家小集》为底本著录。从版本学角度看，此诗当为周弼诗。

4.《黄鹤楼歌》

城上危楼高缥缈，城下澄江复相绕。……晴江依旧泻浔阳，黄鹤无由归故乡。一声玉笛起何处，燕扑阑干花影长。

见《全宋诗》卷三一四六周弼，《全宋诗》编者据《汶阳端平诗隽》卷一收入。此诗又见《全宋诗》卷一五五夏竦，题同，仅"游鱼"作"鱼游"几字异，《全宋诗》编者据《文庄集》卷三〇收入。

按：此诗当为周弼诗。宋陈思编《两宋名贤小集》卷二七七引《端平诗隽》亦将此诗归入周弼名下。又《全宋诗》所收《汶阳端平诗隽》乃据汲古阁景宋钞《南宋六十家小集》为底本著录。而夏竦原集已佚，其现存《文庄集》乃四库馆臣从《永乐大典》辑得，这就有可能造成误收他人之作。同治《黄鹄山志》云："此诗《湖北旧闻录》误作夏竦诗，今据《端平诗隽》更正（作周弼诗）。"

5.《鄱阳湖四十韵》

巨浸连吴越，高躔直斗牛。玄明开别府，江伯汇支流。象纬元精逼，神奸秘怪裒。番君疏带砺，彭蠡壮襟喉。……罟数筐零霰，樯轻弩激鏃。孰分浮瓠溢，或讶绕蛇丘。……劳歌惭孺子，破篾付平头。乌豉缘莸置，黄粮为鲙谋。清螺取归日，稳棹听夷犹。

见《全宋诗》卷三一四九周弼，《全宋诗》编者据宋陈起《江湖后集》卷一收入。此诗又见《全宋诗》卷一〇四八刘弇，题同，仅"鏃"作"遬"等字不同，《全宋诗》编者据《龙云先生文集》卷七收入。

按：《宋百家诗存》卷六、《江西诗》卷十、嘉庆《湖口县志卷》十三、同治《鄱阳县志》卷二十、光绪《江西通志》卷五十七皆将此诗归于刘弇名下。又国家图书馆藏明弘治十八年重刊刘弇《龙云先生文集》卷七亦收有此诗。而现存《江湖后集》乃是清四库馆臣据《永乐大典》辑得,重新编纂而成,讹误颇多。综上分析,此诗当为刘弇所作。

6.《久客思归感兴》

久客空江上,闲吟对石门。青山非远近,流水自朝昏。夜月添乡梦,春风入烧痕。翻思南郭路,迢递隔烟村。

见《全宋诗》卷三一四九周弼,《全宋诗》编者据宋陈起《江湖后集》卷一收入。此诗又见《全宋诗》卷三三〇〇释斯植,题为"思归感兴",内容全同,《全宋诗》编者据《采芝集》收入。

按:《江湖小集》卷三五、《御选宋金元明四朝诗》卷四四诸书皆将此诗归入释斯植名下。又释斯植《采芝集》乃以汲古阁景宋钞《南宋六十家小集》本为底本著录。而周弼此诗不见其本集《汶阳端平诗隽》,从版本学角度看,此诗当为释斯植诗。

吴潜

朱腾云博士论文《〈全宋诗〉重出误收研究》指出吴潜《邳州》《通州道中》两诗实为元贡奎《邳州》《通州道中》。此外,吴潜名下还有如下诸诗与他人重出:

1.《送何锡汝》

风雨一樽酒,此怀谁得知。三春花老后,千里客归时。浩浩人间事,悠悠身外思。君能祛物役,林下早相期。

见《全宋诗》卷三一五五,《全宋诗》编者据《履斋遗稿》卷一收入。此诗又见《全宋诗》卷三七八一吴复斋,题为"送何推官",仅"谁得"作"人得"、"老后"作"落后"等几字异,《全宋诗》编者据《宋诗纪事补遗》卷八七引《截江网》收入。

按:此诗当为吴潜诗。元汪泽民辑《宛陵群英集》卷五、清曾燠《江西诗徵》卷一八皆将此诗归入吴潜名下。疑《截江网》将吴履斋(吴潜号履斋)讹误为吴复斋。

2.《陆宣公祠》

　　凛凛清规百世师，功名仅见奉天时。忠谋任起奸邪忌，感泣宁无士卒思。落日桑榆存旧迹，西风芦苇护荒祠。忠宣流落何遗恨，留得良方与后医。

　　见《全宋诗》卷三一五五，《全宋诗》编者据宋陈思《两宋名贤小集》卷三四九《四明吟稿》收入。此诗又见《全宋诗》卷三二五〇李曾伯，题为"题宣公祠"，仅"邪忌"作"谀忌"、"感泣"作"感涕"等几字异，《全宋诗》编者据《可斋续稿》前集卷六收入。

　　按：元徐硕《至元嘉禾志》卷三一、弘治《嘉兴府志》卷七皆将此诗归于李曾伯名下。《可斋续稿》乃李曾伯于宝祐二年（1254）在京湖制置使任上编成，共八卷，收录其两年间新作。李曾伯该诗下又有自注云："偶记旧作附于此。"且吴潜该诗题下并无自注，故此诗当为李曾伯诗。

3.《宁川道中》

　　十日为山客，今朝问水程。沙横疑港断，滩迅觉身轻。远近村舂合，高低渔火明。回头忽苍莽，一望一关情。

　　见《全宋诗》卷三一五五，《全宋诗》编者据《履斋遗稿》卷一收入。此诗又见《全宋诗》卷三七〇三潘献可，题同，仅"关情"作"伤情"一字异，《全宋诗》编者据影印《诗渊》第 3 册第 2012 页收入。

　　按：此诗归属存疑。《江西诗徵》卷一八亦将此诗归入吴潜名下。

4.《幽居》

　　竹院秋逾静，柴门昼不开。病先携老去，懒渐逐衰来。莫遣新缘结，都将旧念灰。川鱼与云鸟，从此莫惊猜。

　　见《全宋诗》卷三一五五，《全宋诗》编者据《履斋遗稿》卷一收入。此诗又见《全宋诗》卷三七〇三潘献可，题为"端居"，内容全同，《全宋诗》编者据影印《诗渊》第 4 册第 3021 页收入。

　　按：此诗归属存疑。《江西诗徵》卷一八亦将此诗归入吴潜名下。

5.《送林明府》

拟续宣城志，难忘令尹贤。庭空无狱讼，斋静有诗篇。心似秋云远，政如霜月悬。活人最多处，饥岁作丰年。

见《全宋诗》卷三一五八，《全宋诗》编者据元汪泽民《宛陵群英集》卷五收入。此诗又见《全宋诗》卷二七一八吴柔胜，题同，仅"心似"作"心比"一字异，《全宋诗》编者据清朱绪曾《金陵诗征》卷八收入。

按：此诗归属存疑。可参《〈全宋诗〉杂考（二）》一文。

6.《句》其三

可堪收拾归屏枕，颇欲浮沉付酒杯。

见《全宋诗》卷三一五八，《全宋诗》编者据《全芳备祖》前集卷一五收入。此句又见《全宋诗》卷三七五二易士达《句》其二，仅"付"作"赴"一字异，《全宋诗》编者据《全芳备祖》前集卷一五收入。

按：《全宋诗》编者据同一书将此句分属两人名下，殊可怪也。四库本《全芳备祖》前集卷一五，此句无署名，此句前一句署名为"易寓言（即易士达）"，故《全宋诗》编者认为此句乃承前句省名，此实为误判。据程杰、王三毛点校《全芳备祖》，此句实署名"吴履斋（吴潜）"，故此句当为吴潜句。

徐宝之

1.《寄潘子善》

少阳一疏折群奸，拂袖归来日月闲。误国小人犹法从，扣阍诸子自贤关。是非颇亦通千古，义利那能立两间。若向西湖浮画舫，好倾卮酒酹孤山。

见《全宋诗》卷三一六一徐宝之，《全宋诗》编者据影印《诗渊》第1册第733页收入。此诗又见《全宋诗》卷二八〇七刘宰，题为"寄潘子善上舍"，仅"扣阍"作"叩阍"一字异，《全宋诗》编者据《漫塘集》卷二收入。

按：潘子善即潘时举，临海人，其人于宁宗嘉定十五年（1222）上舍释褐，而徐宝之为庐陵人，其人于理宗宝庆元年（1225）才预解试，据此来看潘子善为上舍时两人恐无交往。且刘宰与潘时举友善，刘宰集中还有一首《寄潘子善上舍》。又徐宝之此诗下无注，而刘宰此诗下注云："陈少阳率太学生伏阙上书，六贼遂退，天下快之。少阳犹以后书论李邦彦、白时中等，言不用，拂衣去。近传太学伏阙书，是欤非欤，非山间林下所得知。独怪朝廷不用其言，诸君犹苟安于学，岂以靖康时事视今日缓急异耶。为赋五十六字质之同志者。"[①]故此诗当为刘宰诗。宋陈东《少阳集》卷八亦将此诗归入刘宰名下。

2.《秋风入我户》

秋风入我户，翩翩动床帷。呦嗜中夜起，奈何我心悲。四海岂不大，伤哉无己知。

见《全宋诗》卷三一六一徐宝之，《全宋诗》编者据影印《诗渊》第5册第3068页收入。此诗又见《全宋诗》卷三一一五严羽，题同，内容全同，《全宋诗》编者据《沧浪严先生吟卷》卷二收入。

按：四库本严羽《沧浪集》此诗前有还有多首仿汉魏古诗之作如《昔游东海上》《朝日临高台》《悠悠我行迈》，这些诗的首句都与诗题同，《秋风入我户》诗亦是如此，故此诗恐非徐宝之的诗，当为严羽之作。

萧元之

《还西里所居》

长恐山林计未成，可能俯仰美公卿。鹤闲不受云拘束，梅冷惟堪雪主盟。北阙无书休悔出，东皋有秋可归耕。镜容渐改惊非昔，犹喜傍人唤后生。

见《全宋诗》卷三一六五萧元之，《全宋诗》编者据宋陈起《江湖后集》卷一五收入。此诗又见《全宋诗》卷三四四九陈必复，题同，仅"傍人"作"旁人"一字异，《全宋诗》编者据影印《诗渊》第5册第3506页收入。

按：此诗归属存疑。清曾燠《江西诗徵》卷二三、清陶梁辑《词综补遗》

[①] 傅璇琮等主编：《全宋诗》第53册，北京大学出版社，1998，第33375页。

卷一三都将此诗归于萧元之名下。

第六十一册

叶茵

宋祁名下《风雨》《咏菊》实为叶茵《风雨》《菊》，又张炜与叶茵一诗重出，参本书相关章节考证。除此之外，叶茵名下还有如下一诗与他人重出：

《鲈乡道院》

> 田可耕兮圃可蔬，几年梦不到亨衢。山林受用琴书鹤，天地交游风月吾。事变无涯人老矣，死生有命汝知乎。客来时复一杯酒，画作鲈乡醉隐图。

见《全宋诗》卷三一八五叶茵，《全宋诗》编者据《顺适堂吟稿》乙集收入。此诗又见《全宋诗》卷三三三六胡仲弓，题为"耕田"，仅"画"作"尽"一字异，《全宋诗》编者据宋陈起《江湖后集》卷一二收入。

按：此诗当为叶茵诗。宋陈起编《江湖小集》卷三九、宋陈思编《两宋名贤小集》卷二九四、清曹庭栋《宋百家诗存》卷一二诸书皆将此诗归入叶茵名下。又鲈乡即今江苏苏州，乃叶茵家乡，鲈乡道院即叶茵隐居之所，可参叶茵另一首《鲈乡道院》："步兵旧游地，野人今结庐。千载同一调，志隐不志鱼。"[①]故此诗当为叶茵诗，非胡仲弓之作。

郑起

吴鸥《关于杨万里诗集的补遗》一文指出曹勋《卜居》实为郑起《卜居》。郑起《寄题梵才大士台州安隐堂》《寄题杭州广法善堂》两诗与梅尧臣《寄题梵才大士台州安隐堂》《寄题杭州广公法喜堂》重出，参本书相关章节考证。李旭婷《〈全宋诗〉补遗与勘误——据宋画中所见题画诗》一文指出郑起《题

---

① 傅璇琮等主编：《全宋诗》第 61 册，北京大学出版社，1998，第 38231 页。

画兰》实为郑思肖《墨兰图》。除此之外,郑起名下还有如下一诗句与他人重出:

《句》

  湘妃雨后来池看,碧玉盘中弄水晶。

  见《全宋诗》卷三一八九郑起,《全宋诗》编者据宋《锦绣万花谷》前集卷七收入。

  按:此非郑起句,全诗见郭震《莲花》:"脸腻香薰似有情,世间何物比轻盈。湘妃雨后来池看,碧玉盘中弄水晶。"① 宋洪迈《万首唐人绝句》卷七二、明李蘉编《宋艺圃集》卷一、《御定全唐诗》卷六六诸书皆将此诗归入郭震名下。查四库本宋《锦绣万花谷》前集卷七,此诗实归属于郑震,疑为郭震之讹误。

方岳

  李更《〈全宋诗〉刘克庄诗补正及相关问题》指出了方岳《萱》与刘克庄《记小圃花果二十首》其二重出,方岳《杏》与刘克庄《记小圃花果二十首》其一七重出。又朱腾云博士论文《〈全宋诗〉重出误收研究》指出方岳《次韵陈料院(其三其四)》与方岳《次韵(其一其二)》重出,方岳《僧至》与方岳《是夕雨再用韵》重出,方岳《陪汪少卿游紫阳次梁悴韵》与方岳《陪汪少卿游紫阳次梁悴韵》重出,方岳《次韵》与方岳《海棠落尽次谢司法韵》其二重出,方岳《春暮》与方岳《春暮(人生会有百年极)》重出。又苏轼《甘蔗》实为方岳《李监饷四物各以一绝答之·甘蔗》,方岳《答惠楮衾》与谢枋得《谢惠楮衾》重出,方岳《探梅》与戴复古《灵洲梅花》重出,方岳《以越笺与三四弟有诗次韵》与王洋《以越笺与三四弟有诗次韵》重出,方岳还有多诗与胡仲弓重出,参本书相关章节考证。除此之外,方岳名下还有如下诸诗与他人重出:

  1.《次韵姚监丞斫鲙》

  冰盘飞缕落芳馨,雪色微红糁玉霙。唤起笭箵十年梦,诗肠平截鹭波清。(其一)

---

① 傅璇琮等主编:《全宋诗》第1册,北京大学出版社,1991,第305页。

旋捣金虀剁玉葱，半盂膏酒洗冬烘。吴中风物今犹尔，说与厨人宁舍熊。（其二）

见《全宋诗》卷三一九六，《全宋诗》编者据《秋崖先生小稿》卷七收入。此诗又见《全宋诗》卷二八八八卓田，题为"和姚监丞斫鲙"，仅"平截"作"手截"、"剁玉"作"捣玉"几字异，《全宋诗》编者据清陆心源《宋诗纪事补遗》卷六二引《截江网》收入。

按：此诗当为方岳诗。《秋崖诗词校注》一书认为姚监丞为姚希得[①]。姚希得，一字逢原，字叔刚，潼川人。宁宗嘉定十六年（1223）进士。其人在淳祐年间（1241—1252）曾任国子监丞。卓田乃宁宗开禧元年（1205）进士，姚希得与其恐无交往。又《全宋诗》所收方岳诗，以嘉靖五年祁门方氏刻《秋崖先生小稿》为底本著录，这亦较《宋诗纪事补遗》卷六二引《截江网》可靠。

2.《雨花台》

孤云落日倚西风，历历兴亡望眼中。山入六朝青未了，江浮五马恨无穷。客愁已付葡萄绿，径雨空余玛瑙红。我亦欲谈当世事，无人唤醒紫髯翁。

见《全宋诗》卷三二〇六，《全宋诗》编者据《秋崖先生小稿》卷一七收入。此诗又见《全宋诗》卷三六四〇梁栋，题同，仅"葡萄"作"蒲萄"一字异，《全宋诗》编者据明程敏政《宋遗民录》卷一二收入。

按：此诗归属存疑。《秋崖诗词校注》一书认为该诗作于淳祐七年方岳为赵葵幕中参议官之时[②]。《沅湘耆旧集》前编卷二七、《湖北诗徵续略》卷三、康熙《江宁县志》卷一三皆将此诗归入梁栋名下。

3.《白鹭亭》

荻花芦叶老风烟，独上秋城思渺然。白鹭不知如许事，赤乌又复几何年。六朝往事秦淮水，一笛晚风江浦船。我辈人今竟谁是，只堪渔艇夕阳边。

---

① 方岳著，秦效成校注：《秋崖诗词校注》，黄山书社，1998，第109页。
② 方岳著，秦效成校注：《秋崖诗词校注》，黄山书社，1998，第285页。

见《全宋诗》卷三二〇六,《全宋诗》编者据《秋崖先生小稿》卷一七收入。此诗又见《全宋诗》卷三六四〇梁栋,题同,仅"又复"作"又隔"、"谁是"作"谁许"几字异,《全宋诗》编者据明程敏政《宋遗民录》卷一二收入。

按:此诗归属存疑。《秋崖诗词校注》一书认为该诗作于淳祐七年方岳为赵葵幕中参议官之时[①]。《宋元诗会》卷五四、《沅湘耆旧集》前编卷二七、《湖北诗徵续略》卷三皆将此诗归入梁栋名下。

4.《凤凰台》

白发久孤鹦鹉杯,碧梧自老凤凰台。管夷吾亦仅知许,李谪仙今安在哉。城郭是非秋雨外,江山形胜暮潮来。小留只等中秋月,且放青冥万里开。

见《全宋诗》卷三二〇六,《全宋诗》编者据《秋崖先生小稿》卷一七收入。此诗又见《全宋诗》卷三六四〇梁栋,题同,仅"知许"作"如许"一字异,《全宋诗》编者据明程敏政《宋遗民录》卷一二收入。

按:此诗归属存疑。《秋崖诗词校注》一书认为该诗作于淳祐七年方岳为赵葵幕中参议官之时[②]。《宋元诗会》卷五四、《沅湘耆旧集》前编卷二七皆将此诗归入梁栋名下。

5.《和放翁社日四首·社牲》

年登敛牲钱,日吉视牢筴。烹庖香满村,未觉膰脤窄。馂余裹青蒻,篱落笑言哑。咄哉陈孺子,乃有天下责。

见《全宋诗》卷三二一七,《全宋诗》编者据《秋崖先生小稿》卷二八收入。此诗又见《全宋诗》卷三六六九汪元量,题同,题为"社牲",内容全同,《全宋诗》编者据影印《诗渊》第1册第111页收入。

按:此为方岳诗。其诗题为"和放翁社日四首"(四首分别为社日雨、社鼓、社酒、社牲),放翁即陆游,陆游原诗为"春社日效宛陵先生体四首"(四首分别为社雨、社鼓、社酒、社肉),方岳《社牲》诗乃和陆游《社肉》诗,此诗

---

① 方岳著,秦效成校注:《秋崖诗词校注》,黄山书社,1998,第286页。
② 方岳著,秦效成校注:《秋崖诗词校注》,黄山书社,1998,第286页。

当为方岳所作。

6.《隔墙梅》

寂寂度年光，坚贞玉雪香。冶容谁氏子，终日傍垂杨。

见《全宋诗》卷三二二五，《全宋诗》编者据明程敏政《新安文献志》卷五六收入。此诗又见《全宋诗》卷三三五一方蒙仲，题同，内容全同，《全宋诗》编者据影印《诗渊》第 4 册第 2388 页收入。

按：此诗归属存疑。

7.《月岩》

怪石堆云蠹大空，女娲炼出广寒宫。一轮常满阴晴见，万古无亏昼夜同。捣药声繁驱白兔，漏天孔正透清风。光明自照如来境，肯学姮娥西复东。

见《全宋诗》卷三二二五，《全宋诗》编者据民国杨晨《赤城别集》卷五收入。此诗又见《全宋诗》卷三五九二陈天瑞，题同，仅"大空"作"太宗"、"姮娥"作"嫦娥"几字异，《全宋诗》编者据清释超乾《凤凰山圣果寺志》收入。

按：明田汝成撰《西湖游览志》卷七、清翟均廉《海塘录》卷七诸书皆将此诗归入陈天瑞名下。据清阮元《两浙金石志》卷一四，此诗刻于月岩，下署至元癸巳（1293）中春望日江干后学雪江陈天瑞题，故此诗定为陈天瑞所作。

赵宰父

《句》

野水多于地，春山半是云。

见《全宋诗》卷三二二五赵宰父，《全宋诗》编者据方岳《秋崖先生小稿》卷一〇《次韵赵签为赵宰画野水多于地春山半是云盖宰之尊公诗也》题引收入。

按：此句实出自赵师秀《薛氏瓜庐》："不作封侯念，悠然远世纷。惟应种瓜事，犹被读书分。野水多于地，春山半是云。吾生嫌已老，学圃未如君。"[①]

[①] 傅璇琮等主编：《全宋诗》第 54 册，北京大学出版社，1998，第 33845 页。

宋张端义《贵耳集》卷上、宋罗大经《鹤林玉露》卷九、元方回《瀛奎律髓》卷三五、明陶宗仪《说郛》卷二一下诸书皆将此诗归入赵师秀名下。据方岳《次韵赵签为赵宰画野水多于地春山半是云盖宰之尊公诗也》"野水多于地，春山半是云"句当是赵宰父亲的诗，此赵宰的父亲即当为赵师秀。因《全宋诗》赵宰父名下只此一诗，故该人即应从《全宋诗》中删去。

释智朋

1.《鱼篮观音赞》

　　徒整春风两鬓垂，子规啼遍落花枝。龙门上客家家是，锦鲤携来卖与谁。

见《全宋诗》卷三二二八释智朋，《全宋诗》编者据《介石智朋语录》收入。此诗又见《全宋诗》卷三七七三释朋，题为"咏鱼篮观音"，仅"携来"作"提来"一字异，《全宋诗》编者据《古今禅藻集》卷一二收入。

按：《古今禅藻集》卷一二此诗题下实署名为"僧朋"，《宋诗纪事》卷九三引《古今禅藻集》亦将此诗归入僧朋名下，疑僧朋即为僧智朋。

2.《偈颂一百六十九首》其一六九

　　白首儒生困路歧，残杯冷炙饱还饥。一朝得意春风里，便把驴儿作马骑。

见《全宋诗》卷三二二八释智朋，《全宋诗》编者据《介石智朋语录·小参》收入。此诗又见《全宋诗》卷一八四九释慧空，题为"书觉待者空寂会铭后"，仅"风里"作"风下"一字异，《全宋诗》编者据《雪峰空和尚外集》收入。

按：此诗归属存疑。

杨栋

《游大涤栖真洞》

　　携手清苔去，高枫丹叶森。渔樵九锁曲，风雨一窗深。索酒贪山月，添衣怯洞阴。凤归天柱晓，楼阁有鸣琴。（其一）

山峨来夹案，泉急自穿渠。密记东阳诀，高题上帝居。牙儿藏宝箧，山子走篮舆。曲折玑衡转，溪坳可结庐。（其二）

见《全宋诗》卷三二三二杨栋，《全宋诗》编者据《洞霄诗集》卷五收入。此诗又见《全宋诗》卷三七六五章桂发，题为"游栖真洞归舟带月泊市桥"，仅"锁曲"作"锁外"、"山峨"作"山岚"几字异，《全宋诗》编者据影印《诗渊》第2册第1493页收入。

按：嘉庆《余杭县志》卷九亦将此诗归入杨栋名下。杨栋，字元极，曾官参知政事。杨栋该诗下注云："宝祐乙卯（1255）十月，久晴，眉山杨栋，弟履之，偕史靖伯、杜午，成都邓寅，携小儿淦，泛清苕，宿洞霄。明日游大涤栖真洞，归舟带月泊市桥，灯火未阑也。东阳取阴真君丹诀，名贝都监新楼。"[1]据此来看，此诗当为杨栋作，非章桂发诗（章桂发此诗下无注）。

释绍嵩

陈恒舒《〈永乐大典〉所涉宋诗资料丛考》一文指出释绍嵩《游西湖》实为释德洪《送讷上人游西湖》。郑獬《采江》实为释绍嵩《散策》其二，张炜《题净众壶隐》实为释绍嵩《题净众壶隐》，参本书相关章节考证。除此之外，释绍嵩名下还有如下一诗与他人重出：

《游张园观海棠戏作》

春色都将付海棠，群仙会处锦屏张。约斋妙出春风手，子美无情为发扬。（诚斋、张芸叟、诚斋、郑谷）

见《全宋诗》卷三二三九释绍嵩，《全宋诗》编者据《亚愚江浙纪行集句诗》卷七收入。此诗又见《全宋诗》卷三○二一释永颐，题同，内容全同，《全宋诗》编者据宋陈起《江湖后集》卷一六收入。

按：释绍嵩此诗下注云，该诗四句分别出自诚斋、张芸叟、诚斋、郑谷，而释永颐此诗下并无此注。查相关文献发现，该诗第一句实出自杨万里《寄题

---

[1] 傅璇琮等主编：《全宋诗》第61册，北京大学出版社，1998，第38598页。

喻叔奇国博郎中园亭二十六咏·海棠坞》，第二句实出自张舜民《移岳州去房陵道中见海棠》，第三句实出自杨万里《观张功父南湖海棠杖藜走笔三首》其一，第四句实出自郑谷《蜀中赏海棠》，故此诗当为释绍嵩作，非释永颐作。

第六十二册

王谌

1.《张守送酒次敬字韵作诗谢之游北山》

　　有客可与游，阙酒得无病。……府公文章伯，声称竽群听。明朝倒锦囊，非是庶所订。岂伊彩凤鸣，而聆露鹤警。定知谢东山，凡百易子敬。

见《全宋诗》卷三二五三，《全宋诗》编者据宋陈起《江湖后集》卷一三收入。此诗又见《全宋诗》卷二四二六陈造，题为"游北山（张守送酒次敬字韵作诗谢之）"，内容全同，《全宋诗》编者据陈造《江湖长翁集》卷六收入。

按：此为陈造诗。此敬字韵诗，陈造共和作五六首，见陈造《赠张德恭》《再次韵（春月骤寒既晴小出）》《吴节推赵杨子曹器远赵子野携具用韵谢之》《再次敬字韵（张守召饭卧疾不赴主簿送和章再作）》《再次韵张簿》诸诗，故此诗为陈造诗明矣。《全宋诗》所收陈造诗，以明李之藻刊本为底本著录。而王谌原集已佚，其诗乃清四库馆臣据《永乐大典》辑入《江湖后集》，这就有可能造成误收他人之作。

2.《寄王仲衡尚书》

　　世态翻云覆雨间，令人合眼梦还山。生平名义入肝膈，岁晚师门要面颜。鸥鹭波宽虽有约，凤凰城近可容闲。留年看试调元手，未拟安仁赋拙艰。

见《全宋诗》卷三二五三，《全宋诗》编者据宋陈起《江湖后集》卷一三收入。此诗又见《全宋诗》卷二四三三陈造，题同，仅"入肝"作"非肝"一字异，《全宋诗》编者据陈造《江湖长翁集》卷一三收入。

按：此为陈造诗。王仲衡即王希吕，陈造与其唱和颇多，参陈造《次王仲衡尚书鹿鸣宴韵》《再次韵谢王仲衡尚书荐章》《次王仲衡尚书韵》等诗。从版本学角度看，此诗亦当为陈造诗。

3.《苕溪舟次》

扁舟烟重冷渔蓑，两岸人家浸小河。芳草自生春自老，落花随雨晚风多。

见《全宋诗》卷三二五三，《全宋诗》编者据宋陈起《江湖后集》卷一三收入。此诗又见《全宋诗》卷三三〇〇释斯植，题同，内容全同，《全宋诗》编者据《采芝集》收入。

按：宋陈起编《江湖小集》卷三五亦将此诗归入释斯植名下。又《全宋诗》所收释斯植诗，以汲古阁景宋钞《南宋六十家小集》本为底本，《采芝集》编为第一卷，《采芝续稿》编为第二卷。而王湛原集已佚，其诗乃清四库馆臣据《永乐大典》辑入《江湖后集》，这就有可能造成误收他人之作。从版本学角度看，此诗当为释斯植诗。

4.《嘉熙戊戌季春一日画溪吟客王子信为亚愚诗禅上人作渔父词七首》

兰芷流来水亦香，满汀鸥鹭动斜阳。声欸乃，间鸣榔，侬家只住岸西旁。（其一）

翁妪齐眉妇亦贤，小姑颜貌正笄年。头发乱，髻鬟偏，爱把花枝立柂前。（其二）

湘妃泪染竹根斑，风雨连朝下钓难。春浪急，石几寒，买得茅柴味亦酸。（其三）

满湖飞雪搅长空，急起呼儿上短篷。蓑笠具，画图同，铁笛声长曲未终。（其四）

离骚读罢怨声声，曾向江边问屈平。醒还醉，醉还醒，笑指沧浪可濯缨。（其五）

白发鬅松不记年，扁舟泊在荻花边。天上月，水中天，夜夜烟波

得意眠。(其六)

　　只在青山可卜邻，妻儿语笑意全真。休识字，莫嫌贫，方是安闲第一人。(其七)

见《全宋诗》卷三二五三，《全宋诗》编者据宋陈起《江湖后集》卷一三收入。此诗又见《全宋诗》卷三三三九薛嵎，题为"渔父词七首"，仅"竹根"作"竹痕"、"只在"作"只有"几字异，《全宋诗》编者据《云泉诗》收入。

按：此为词，非诗也，不应收入《全宋诗》。唐圭璋先生据此词题序"王子信(即王谌)为亚愚诗禅上人作"，认为该词当是王谌所作[1]。

赵汝腾

1.《食梅》

　　儿时摘青梅，叶底寻弹丸。所恨襟袖窄，不惮颊舌穿。……人生煎百忧，算梅未为酸。

见《全宋诗》卷三二六一赵汝腾，《全宋诗》编者据《庸斋集》卷一收入。此诗又见《全宋诗》卷二九五三沈说，题同，内容全同，《全宋诗》编者据《庸斋小集》收入。

按：宋陈起编《江湖小集》卷二六、宋陈思编《两宋名贤小集》卷二八四诸书皆引《庸斋小集》将此诗归入沈说名下。又沈说《庸斋小集》乃以汲古阁景宋钞《南宋六十家小集》为底本著录。而赵汝腾原集已佚，其现存《庸斋集》乃清四库馆臣据《永乐大典》辑得，疑四库馆臣将《庸斋集》与《庸斋小集》搞混，此诗非赵汝腾作，当为沈说诗。

2.《秋词》

　　雨放凉飙晚复晴，小窗人亦共秋清。月华网在蛛丝上，错认疏帘挂水晶。

见《全宋诗》卷三二六二赵汝腾，《全宋诗》编者据《庸斋集》卷二收入。

---

[1] 唐圭璋：《词学论丛》，上海古籍出版社，1986，第280页。

此诗又见《全宋诗》卷二九五三沈说诗,题同,内容全同,《全宋诗》编者据《庸斋小集》收入。

按:此亦当为沈说诗,同上诗考证。

3.《句》其一

> 阳萌知独复,岁寒见孤洁。

见《全宋诗》卷三二六二赵汝腾,《全宋诗》编者据宋陈景沂《全芳备祖》前集卷一收入。

按:此恐非赵汝腾句,全诗见陈棣《先春赋梅一首》:"与客到先春,衰思觉飞越。……阳萌知独复,岁寒见孤洁。我来觞其下,坐对垂垂发。……何当夜深来,更看梢头月。"(《全宋诗》编者据《蒙隐集》卷一收入)[①]

俞桂

俞桂《香林洞》《石笋峰》实为董嗣杲《香林》《石笋峰》,俞桂《秋千》与张炜《鞦韆》其一重出,参本书相关章节考证。除此之外,俞桂名下还有如下诸诗与他人重出:

1.《裴坟》

> 买船穿僻径,坟古最幽深。山近风常冷,松蟠昼亦阴。来时无速骑,归路有鸣禽。寄语城居者,何人肯访寻。

见《全宋诗》卷三二七五俞桂诗,《全宋诗》编者据《渔溪诗稿》卷一收入。此诗又见《全宋诗》卷二七八四周端臣,题同,内容全同,《全宋诗》编者据《江湖后集》卷三收入。

按:宋陈起编《江湖小集》卷五二、宋陈思编《两宋名贤小集》卷三〇七诸书皆引《渔溪诗稿》将此诗归入俞桂名下。又《全宋诗》所收《渔溪诗稿》乃据汲古阁景宋钞《南宋六十家小集》本为底本著录,而《江湖后集》实为四库馆臣从《永乐大典》诸书辑得诸诗编纂而成,故此诗恐非周端臣诗,当为俞

[①] 傅璇琮等主编:《全宋诗》第35册,北京大学出版社,1998,第22016页。

桂诗。

2.《采莲曲》其一

　　朝露湿妾衣,暮霞耀妾瞩。……莲中有苦心,欲折手还曲。折莲恐伤藕,藕断丝难续。

　　见《全宋诗》卷三二七七俞桂,《全宋诗》编者据宋陈起《江湖后集》卷二二收入。此诗又见《全宋诗》卷三三九○徐集孙,题为"采莲曲",内容全同,《全宋诗》编者据《竹所吟稿》收入。

　　按:宋陈起编《江湖小集》卷一六、宋陈思编《两宋名贤小集》卷三百引《竹所吟稿》皆将此诗归入徐集孙的名下。又《全宋诗》所收《竹所吟稿》乃据汲古阁景宋钞《南宋六十家小集》为底本著录,而俞桂此诗乃是四库馆臣从《永乐大典》辑得补入《江湖后集》,据此来看,此诗当为徐集孙诗。

3.《采莲曲》其二

　　平湖森森莲风清,花开映日红妆明。一双鹔鹴忽飞去,为惊花底兰桡鸣。兰桡荡漾谁家女,云妥髻鬓黛眉妩。采采荷花满袖香,荷深忘却归时路。

　　见《全宋诗》卷三二七七俞桂,《全宋诗》编者据宋陈起《江湖后集》卷二二收入。此诗又见《全宋诗》卷二九三八邹登龙,题为"采莲曲",仅"归时"作"来时"、"荷深"作"花深"几字异,《全宋诗》编者据《南宋六十家小集》本《梅屋吟》收入。

　　按:宋陈起编《江湖小集》卷六九、宋陈思编《两宋名贤小集》卷二七一引《梅屋吟》、清张豫章《御选宋金元明四朝诗》卷九、《江西诗徵》卷一九、清曹庭栋《宋百家诗存》卷一一诸书皆将此诗归入邹登龙名下。又《全宋诗》所收《梅屋吟》乃据汲古阁景宋钞《南宋六十家小集》为底本著录,而俞桂此诗乃是四库馆臣从《永乐大典》辑得补入《江湖后集》,据此来看,此诗当为邹登龙诗。

4.《采莲曲》其四

　　西风引袂凉云起,鸳桨扶船浮渌水。……船荡波心烟漠漠,归路花从唱边落。绿艳红妖江水深,水底灵均应不觉。

见《全宋诗》卷三二七七俞桂诗,《全宋诗》编者据宋陈起《江湖后集》卷二二收入。此诗又见《全宋诗》卷三一三四李龏,题为"采莲曲",仅"六郎"作"玉郎"、"锋芒"作"蜂芒"几字异,《全宋诗》编者据影印《诗渊》第4册第2560页收入。

按:此诗归属存疑。

5.《采莲曲》其六

　　荷叶笼头学道情,花妆那似妾妆清。双双头白犹交颈,翻笑鸳鸯不老成。

见《全宋诗》卷三二七七俞桂,《全宋诗》编者据宋陈起《江湖后集》卷二二收入。此诗又见《全宋诗》卷三二八一张至龙,题为"采莲曲(其一)",内容全同,《全宋诗》编者据《雪林删余》收入。

按:宋陈起编《江湖小集》卷一八、宋陈思编《两宋名贤小集》卷三四二引《雪林删余》、清曹庭栋《宋百家诗存》卷一五诸书皆将此诗归入张至龙名下。又《全宋诗》所收《雪林删余》乃据汲古阁景宋钞《南宋六十家小集》为底本著录,而俞桂此诗乃是四库馆臣从《永乐大典》辑得补入《江湖后集》,据此来看,此诗当为张至龙诗。

6.《采莲曲》其七

　　拗落圆房响钏金,昔人细数子藏深。不嫌到手多尖刺,只怕伤人有苦心。

见《全宋诗》卷三二七七俞桂,《全宋诗》编者据宋陈起《江湖后集》卷二二收入。此诗又见《全宋诗》卷三二八一张至龙,题为"采莲曲(其二)",仅"昔人"作"背人"一字异,《全宋诗》编者据《雪林删余》收入。

按:此诗为张至龙诗,同上考证。

施枢

陈新等《全宋诗订补》一书已指出施枢与刘学箕诗重出近四十首,这些诗皆当为施枢诗,又胡仲参《萧山望城中遗漏》实为施枢《萧山望城中遗漏》。

陈恒舒《〈永乐大典〉所涉宋诗资料丛考》一文也指出毛珝《西兴寄呈》实为施枢《西兴寄呈东畎先生》。除此之外，施枢名下还有如下诗句与他人重出：

1.《所见》

齐眉沉醉绮罗丛，心事谁知付去鸿。不惜千金留粉黛，更无一语怨东风。

见《全宋诗》卷三二八二施枢，《全宋诗》编者据《芸隐勌游稿》收入。此诗又见《全宋诗》卷三六一三史卫卿，题同，内容全同，《全宋诗》编者据宋陈起《江湖后集》卷一一收入。

按：宋陈起编《江湖小集》卷二三、宋陈思编《两宋名贤小集》卷二九五诸书皆引《芸隐勌游稿》将此诗归入施枢名下。又《全宋诗》所收《芸隐勌游稿》乃据汲古阁景宋钞《南宋六十家小集》为底本著录，而《江湖后集》实为四库馆臣从《永乐大典》诸书辑得诸诗编纂而成，故此诗恐非史卫卿诗，当为施枢诗。

2.《句》

刺分玉蛹堆盘脆，嚼破冰蚕绕齿凉。

见《全宋诗》卷三二八三施枢，《全宋诗》编者据宋陈景沂《全芳备祖》后集卷二收入。此诗又见《全宋诗》卷三七五四云隐《句》其一，仅"绕"作"饶"一字异，《全宋诗》编者据《全芳备祖》后集卷二收入。

按：《全宋诗》编者据同一书将此句归入两人名下，殊可怪也。查《全芳备祖》后集卷二，此诗句下实题作者"云隐"，因施枢号"芸隐"，故《全宋诗》编者将此诗句归入施枢名下，恐非。《御制佩文斋广群芳谱》卷六六、《御制分类字锦》卷五二诸书皆将此诗句归入僧云隐名下，看来云隐当为僧人，非施枢也。

李迪

《萍》

泥滓根萌浅，风波性质轻。晚来堆岸曲，犹得护蛙鸣。

见《全宋诗》卷三二九五李迪，乃《全宋诗》编者依据宋陈景沂《全芳备祖》后集卷一二辑得。

按：此非李迪诗，实出自李觏《萍》："尽日看流萍，谁原造化情。可怜无用物，偏解及时生。泥滓根萌浅，风波性质轻。晚来堆岸曲，犹得护蛙鸣。"[1]（《全宋诗》编者据《直讲李先生文集》卷三六辑得）

第六十三册

释斯植

王岚《〈全宋诗·欧阳修诗〉补正》一文指出苏舜钦名下《和子履雍家园》与欧阳修《和子履游泗上雍家园》、释斯植《和子履雍家园诗》重出，此为苏舜钦诗。又释斯植《苕溪舟次》与王谌《苕溪舟次》诗重出，释斯植《思归感兴》与周弼《久客思归感兴》重出，参本书相关章节考证。除此之外，释斯植名下还有如下诸诗与他人重出：

1.《送李容甫归北都》

先生读书不下堂，堂上有客语浪浪。弟子出观如堵墙，怪君眉彩生光芒。北都晁夫子，一别久相望。……海州岁有冲天鹄，卵如萍实光琢玉，蜀鸡眇然何敢伏。羽成不须求日浴，一举将惊万人目。

见《全宋诗》卷三三〇一释斯植，《全宋诗》编者据宋陈起《江湖后集》卷二三收入。此诗又见《全宋诗》卷一二八九李昭玘，题同，仅"浪浪"作"琅琅"、"应酢"作"应□"几字异，《全宋诗》编者据《乐静集》卷一收入。

按：据诗题"北都（宋代北都即大名府，今北京）"及诗句"北都晁夫子，一别久相望"云云，该诗当为北宋时人作。而释斯植为南宋江湖派诗人，其人与陈起多有唱和，故此诗当为北宋时人李昭玘诗。

2.《观化》

闲观造化余，静极悦自性。胡蝶忽飞来，吾心已无竞。

---

[1] 傅璇琮等主编：《全宋诗》第7册，北京大学出版社，1998，第4315页。

见《全宋诗》卷三三〇一释斯植,《全宋诗》编者据《采芝续稿》收入。此诗又见《全宋诗》卷三二八〇朱继芳,题为"闲观",内容全同,《全宋诗》编者据宋陈起《江湖后集》卷二三收入。

按：宋陈起编《江湖小集》卷三六亦将此诗归入释斯植名下。《全宋诗》所收释斯植诗,以汲古阁景宋钞《南宋六十家小集》本为底本,《采芝集》编为第一卷,《采芝续稿》编为第二卷,而《江湖后集》所收朱继芳诗乃清四库馆臣据《永乐大典》辑得,故此诗恐非朱继芳诗,当为释斯植诗。

翁逢龙

陈新等《全宋诗订补》一书指出石逢龙名下《天津桥》《过齐山人居》《官满借居》实为翁逢龙《天津桥》《过齐山人居》《官满借居》。除此之外,翁逢龙名下还有如下一诗与他人重出：

《句》

　　知君游世磨不磷,往作道人之石友。

见《全宋诗》卷三三〇三翁逢龙,《全宋诗》编者据宋白珽《湛渊静语》卷一收入。

按：此非翁逢龙句,实出自陈与义《以石龟子施觉心长老》："老龟千年作一息,天地并入支床力。何年生此石肠儿,非皮裹骨骨裹皮。君家元绪不慎口,遂与老桑同一朽。知君游世磨不磷,往作道人之石友。道人莫欺此龟无六眸,试与话禅当点头。"[①] 查宋白珽《湛渊静语》卷一,此诗实亦归于陈与义名下。盖《全宋诗》编者将此诗误读成石龟子《施觉心长老》致误（因翁逢龙字石龟,故《全宋诗》编者将此诗归于翁逢龙名下）。

刘次春

《凤凰台》

　　高台寥窦晚云深,故国山河万里心。若使当年真凤见,不教春燕

[①] 傅璇琮等主编：《全宋诗》第31册,北京大学出版社,1998,第19485页。

亦巢林。

见《全宋诗》卷三三〇八刘次春,《全宋诗》编者据宋马光祖、周应合《景定建康志》卷二二收入。此诗又见《全宋诗》卷三五三九刘汝春,题同,仅"寥寞"作"寂寞"一字异,《全宋诗》编者据宋马光祖、周应合《景定建康志》卷二二收入。

按：此诗应为刘次春诗。《宋诗纪事补遗》卷六九据《景定建康志》将此诗归入刘次春名下。《东瓯诗存》卷七亦将此诗归入刘次春（号雁山,平阳人。理宗嘉熙二年进士）名下,该诗下注云:"《景定建康志》卷二二原作'雁山刘汝春',卷二十七溧阳县题名:'刘次春,宣教郎。淳祐十一年二月朔日到任,宝祐二年二月二十二日满替。'"①《全宋诗》编者亦在"刘次春"条下加按语云:"此诗原署雁山刘汝春,'汝'当为'次'之误。"

释文珦

陈新等《全宋诗订补》已指出释文珦名下《春晓寻山家》两见,当删其一；又释文珦名下《古意（其一其二其三）》与章云心《古意十四首（其八其十三其十四）》重出,此为释文珦诗。又许红霞《全宋诗所收僧诗致误原因探析》一文指出释文珦名下诸诗《题听松亭》《效陶四首用葛秋岩韵（其三）》《访山家》《泽国幽居夏日杂题（其二）》《竹居》《晚泊》《静处》分别与释文珦《听松》《效陶秋岩韵》《访山家》《端居》《竹居》《江上（其一）》《静处》重出,又释文珦《荒径》二首与释文珦《荒径》《幽径》重出。又朱腾云博士论文《〈全宋诗〉重出误收研究》指出释文珦《赠云英院》实为唐杜荀鹤《秋宿诗僧云英房因赠》。又释文珦《子思惠诗用韵酬之》与陈藻《子畏惠诗用韵酬之》重出,参本书相关章节考证。除此之外,释文珦名下还有以下诸诗与他人重出：

1.《奉酬盐仓李丈金橘银鱼之什》

为有风流贺季真,道斋从此往来频。锦囊牙轴诗千卷,金橘银鱼

---

① 曾唯辑,张如元、吴佐仁校补:《东瓯诗存》,上海社会科学院出版社,2006,第296页。

酒一巡。见我每呼莲社客，看君还是竹林人。有时夜话寒更尽，明日相逢语又新。

见《全宋诗》卷三三二四释文珦，《全宋诗》编者据释文珦《潜山集》卷一〇收入。此诗又见《全宋诗》卷二五〇八林亦之，题为"奉酬监仓李丈金橘银鱼之什"，内容全同，《全宋诗》编者据林亦之《网山集》卷一收入。

按：此诗当为林亦之诗。据林亦之诗《和李监仓谔欲游龙卧山以海风大作不果往》《丁亥（1167）九月十六夜偕李监仓宿龙卧山中听雨看月同时事也所谓鱼与熊掌兼得之赋诗一篇以纪其事》，监仓李丈当为李谔，释文珦生于1210年，他与李谔当无交往，故此诗非其所作。释文珦原集已佚，其现存《潜山集》乃清四库馆臣据《永乐大典》辑得，这可能是造成误收他人之作的原因。

2.《法宝璡师求竹轩》

南轩竹色映溪光，不减吾州五月凉。犹恨秋来鸥鹭少，须君更为筑横塘。

见《全宋诗》卷三三二六释文珦，《全宋诗》编者据《潜山集》卷一二收入。此诗又见《全宋诗》卷二一五四陆游，题为"法宝璡师求竹轩诗"，内容全同，《全宋诗》编者据《剑南诗稿》卷一收入。

按：此诗当为陆游诗。释文珦原集已佚，其集乃清四库馆臣据《永乐大典》辑出。而陆游《剑南诗稿》要比其可靠得多。《剑南诗稿校注》认为此诗作于隆兴元年秋陆游居家乡山阴时[①]。

吴势卿

1.《风月之楼落成》

手揖双峰俯霁虹，近窥乔木欲相雄。一溪流水一溪月，八面疏棂八面风。取用自然无尽藏，高寒如在太虚空。落成恰值三秋半，敢请吹开白兔宫。

---

① 陆游著，钱仲联校注：《剑南诗稿校注》，上海古籍出版社，2005，第71页。

见《全宋诗》卷三三三一吴势卿,《全宋诗》编者据清陆心源《宋诗纪事补遗》引《截江网》收入。此诗又见《全宋诗》卷三〇八七冯取洽,题为"自题交游风月楼",仅"手揖"作"平揖"、"敢请"作"为我"几字异,《全宋诗》编者据影印《诗渊》第 5 册第 3565 页收入。此诗又见《全宋诗》卷三七四九冯艾子,题为"风月楼",仅"手揖"作"平揖"、"敢请"作"为我"几字异,《全宋诗》编者据《后村千家诗》卷一六收入。

按:此为冯取洽诗,宋魏庆之《诗人玉屑》卷一九亦将此诗归之冯取洽名下。《分门纂类唐宋时贤千家诗选校证》一书亦认为此诗为冯取洽诗,非冯艾子诗。

2.《寿丞相》

　　六月麟书雨作霖,生贤此际见天心。江都分洒虽名世,莘野商霖始见今。门馆无□仪表正,经纶有道本原深。正人命脉家常主,一念公忱朋盍簪。

　　昨丙辰年相魏公,当时克敌首归功。何如手补西天漏,仍更神驱塞北空。一隙暇时关国祚,十分重任赖忠臣。天生贤佐兴王业,正看周诗六月中。

　　兼善工夫自古难,有谁志学合伊颜。儒先掇得四书出,名相措诸万事闲。功向时危尤易见,道于世运实相关。鲁论一半犹收效,寿国应须安似山。

见《全宋诗》卷三三三一吴势卿,《全宋诗》编者据元刘应李《新编事文类聚翰墨全书》丁集卷一收入。此诗又见《全宋诗》卷三〇八六刘子寰,题为"寿周丞相益公(其三其四其五)",仅"□仪"作"于仪"、"本原"作"本源"、"忱朋"作"□□"、"西天"作"天西"等几字异,《全宋诗》编者据元刘应李《新编事文类聚翰墨大全》丁集卷一收入。

按:《全宋诗》编者据同一书将此三诗分系两人名下,不知何故。查正统十一年刊本元刘应李《新编事文类聚翰墨大全》丁集卷一,此三诗实归属于吴雨岩(即吴势卿)名下,此三诗前两诗为刘子寰《寿周丞相益公》,因此五诗前后排列,《全宋诗》编者将后三诗亦误辑于刘子寰名下。

胡仲弓

姜高威《〈全宋诗〉之胡仲弓诗重出考辨》一文指出胡仲弓《梦黄吉甫》实为王安石《梦黄吉甫》。又胡仲弓《杂兴（其一其二）》与方岳《杂兴》其一重出，胡仲弓《杂兴》其三与方岳《杂兴》其二重出，胡仲弓《春日杂兴（15首)》与方岳《春日杂兴（15首)》重出，胡仲弓《暑中杂兴》与方岳《暑中杂兴》重出，胡仲弓《耕田》与叶茵《鲈乡道院》重出，参本书相关章节考证。除此之外，胡仲弓名下还有如下诸诗与他人重出。

1.《赠悟上人》

怪来趋向别，乃是拙庵孙。秋色添禅寂，松声夺俗喧。路行须避蚁，饭剩或呼猿。单钵随缘住，寻常懒出门。

见《全宋诗》卷三三三三，《全宋诗》编者据《苇航漫游稿》卷二收入。此诗又见《全宋诗》卷二八六七赵汝鐩，题同，内容全同，《全宋诗》编者据《野谷诗稿》卷四收入。

按：清曹庭栋《宋百家诗存》卷一三亦将此诗归于赵汝鐩名下。又《全宋诗》所收赵汝鐩诗，以汲古阁景宋钞《南宋群贤六十家集》本《野谷诗稿》六卷为底本著录。而胡仲弓现存《苇航漫游稿》乃清四库馆臣据《永乐大典》辑得，这就有可能造成误收他人之作。从版本学角度看，此诗当为赵汝鐩诗。

2.《郊行同张宰》

雨晴郊外共寻芳，细水交流注野塘。花欲恋枝风不肯，柳才舞影日还藏。转添老态难于健，看得闲时少似忙。拟访一僧共茶话，禅房扃锁出游方。

见《全宋诗》卷三三三六，《全宋诗》编者据宋陈起《江湖后集》卷一二收入。此诗又见《全宋诗》卷二八六九赵汝鐩，内容全同，《全宋诗》编者据《野谷诗稿》卷六收入。

按：同上考证。

3.《寄黄云心》

竹屋少行迹，闭门春昼长。天时半晴湿，人意共炎凉。苔藓侵阶绿，荼蘼压架香。冥搜寻杖履，不为看花忙。

见《全宋诗》卷三三三三，《全宋诗》编者据《苇航漫游稿》卷二收入。此诗又见《全宋诗》卷三三三七胡仲参，题同，内容全同，《全宋诗》编者据陈起《江湖后集》卷二三收入。

按：宋陈起编《江湖小集》卷一四、宋陈思编《两宋名贤小集》卷二九八引《竹庄小稿》、清曹庭栋《宋百家诗存》卷一六诸书皆将此诗置入胡仲参名下。而胡仲弓原集已佚，其现存《苇航漫游稿》乃清四库馆臣据《永乐大典》辑得，这就有可能造成误收他人之作。据此来看，此诗作胡仲参诗似更可靠。

4.《寄梅臞》

别去忽经旬，春风阅二分。几番吟对雨，独自暗思君。客里加频病，愁边骇近闻。倚栏商不得，心目乱于云。

见《全宋诗》卷三三三三，《全宋诗》编者据《苇航漫游稿》卷二收入。此诗又见《全宋诗》卷三三三七胡仲参，题同，内容全同，《全宋诗》编者据陈起《江湖后集》卷二三收入。

按：同上考证。

5.《寄懒庵》

天寒日短道路长，白云飞处知吾乡。……五云前坠满室光，报师之意无以将。篇诗浓墨才淋浪，一声雁过天南翔。

见《全宋诗》卷三三三二，《全宋诗》编者据《苇航漫游稿》卷一收入。此诗又见《全宋诗》卷三三三七胡仲参，题同，仅"无羽"作"念羽"一字异，《全宋诗》编者据陈起《江湖后集》卷二三收入。此诗又见《全宋诗》卷二七八三刘学箕，题为"寄静庵"，仅"飞处"作"飞去"、"念我"作"念吾"等几字异，《全宋诗》编者据《两宋名贤小集》卷二三八引《方是闲居士小稿》收入。

按：陈新等人编著《全宋诗订补》一书已指出刘学箕《寄静庵》为伪作。宋陈起编《江湖小集》卷一四、宋陈思编《两宋名贤小集》卷二九八引《竹庄小稿》、清曹庭栋《宋百家诗存》卷一六诸书皆将此诗置入胡仲参名下。而胡仲弓原集已佚，其现存《苇航漫游稿》乃清四库馆臣据《永乐大典》辑得。据此来看，此诗作胡仲参诗似更可靠。

第六十四册

厉文翁

《无题》

滟滪拓瞿塘，二孤障澜蠢。大哉神禹功，天地相终始。

见《全宋诗》卷三三四二厉文翁，《全宋诗》编者据宋董嗣杲《庐山集》卷一注收入。此诗又见《全宋诗》卷三七七六傅文翁，题为"小孤山"，仅"瞿唐"作"瞿塘"一字异，《全宋诗》编者据康熙《安庆府志》卷三〇收入。

按：诗句"二孤障澜蠢"，二孤为大孤山、小孤山。据虞集《小孤山新修一柱峰亭记》，厉文翁为江州守臣时曾在小孤山建牧羊亭。此诗似当为厉文翁所作，疑傅文翁为厉文翁之讹。

陈著

李成晴《〈全宋诗〉重收诗考辨》一文指出陈著《东隐退永固龄叟留之慈云西堂》与陈著《闻丹山主僧德周欲退慈云主僧龄叟留此作》重出。除此之外，陈著名下还有以下诸诗与他人重出：

1.《闻樊桂卿初归自镜湖寄之》

短世渊明醉，长愁子美歌。高情谁复尔，久别公如何。淡月初出浦，好风来飐蓑。买田沧海上，耕亦不须多。

见《全宋诗》卷三三六六陈著，《全宋诗》编者据《本堂文集》卷一二收入。

按：此诗又见四部丛刊本明陈献章《白沙子》卷七《闻林缉熙初归自平湖寄之》。陈献章该诗后有诗《张地曹见和寄林县博用韵答之》两首："无心云自在，得意鸟同歌。白骨可人醉，苍生如命何。渔樵真有道，烟水别传蓑。想见沧溟外，东南月更多。"（其一）"安得李太白，樽前同尔歌。自从识象罔，未始离无何。草长游人路，风鸣挂树蓑。东邻古大嫂，掩口笑何多。"（其二）此两诗与陈献章《闻林缉熙初归自平湖寄之》同韵，可证此诗当为陈献章诗。

2.《次韵答樊伯扔见拉钓》

好共溪山结晚缘，竹枝深夜响渔桡。风清月朗沧溟外，鱼跃鸢飞枕几边。茶灶烟销回野艇，竹竿霜冷钓秋天。少年孟浪东西走，衰病于今耻复然。

见《全宋诗》卷三三六八陈著，《全宋诗》编者据《本堂文集》卷一四收入。

按：此诗又见明陈献章《白沙子》卷七《又用韵奉答伯饶见拉出钓》。陈献章该诗前有诗《次韵伯饶见示养内之作》："小结庵居不化缘，牵萝架石两三椽。一函玉笈飞霞里，半枕华胥语鸟边。东老岂知丹是酒，今人多以管窥天。市中买得参同契，万遍千周然未然。"此诗与陈献章《又用韵奉答伯饶见拉出钓》同韵，可证此诗当为陈献章诗。

3.《新正过沙堤》

朝雨黄鹂静，春风暗蕊低。极知来令节，未肯踏深泥。狼藉桃无语，侵寻草满蹊。还闻骑马客，踯躅向沙堤。

见《全宋诗》卷三三六四陈著，《全宋诗》编者据《本堂文集》卷一〇收入。

按：此诗又见明陈献章《白沙子》卷七《新年》其三。此诗为陈献章诗，陈献章该诗题下有三首诗，第一首为："阴雨方连日，新年损物华。呼儿酌我酒，骑马到谁家。黯黯寒云密，萧萧暮景斜。人生正无赖，狼藉任桃花。"此诗云"骑马到谁家""狼藉任桃花"与其第三首"还闻骑马客""狼藉桃无语"云云正相互照应。陈献章《白沙子》八卷乃嘉靖十二年卞棐刻本，版本可靠。而《全宋诗》所收陈著诗，以光绪四明陈氏据樊氏家藏抄本校刻《本堂先生文集》为底本著录，恐不甚可靠。以下陈著与陈献章重出诗，当皆为陈献章之作。

4.《至直学士院樊伯挃家》

远树晴堪数，孤云暝欲遮。自怜江海迹，能到友生家。落日明江色，轻风动麦花。相看吾鬓白，不必问年华。

见《全宋诗》卷三三六四陈著，《全宋诗》编者据《本堂文集》卷一〇收入。

按：此诗又见明陈献章《白沙子》卷七《至陈冕家》。此诗为陈献章诗，参上考证。

5.《次韵答樊伯挃》

直以佣为业，何妨睡作魔。吟诗终日少，饮酒一生多。坐久头鸣籁，行迟脚有鹅。林居三十载，一室小维摩。

见《全宋诗》卷三三六四陈著，《全宋诗》编者据《本堂文集》卷一〇收入。

按：此诗又见明陈献章《白沙子》卷七《寄容一之》。此诗为陈献章诗，参上考证。

6.《樊学士送菊次韵答之》

黄菊有名花，渊明无酒官。酒多人自醉，花好月同看。老未厌人世，天教共岁寒。未应携不去，高步蓬莱山。

见《全宋诗》卷三三六六陈著，《全宋诗》编者据《本堂文集》卷一二收入。

按：此诗又见明陈献章《白沙子》卷七《吴明府送菊次韵答之》。此诗为陈献章诗，参上考证。

7.《答直学士院见访》

一春烟雨暗荆扉，系马怜君共落晖。酒盏香风吹月桂，砚池清露滴酴醿。水中郭索嗔皆是，屋上慈乌爱亦非。天道不移人自异，红尘飞上钓鱼矶。

见《全宋诗》卷三三六八陈著，《全宋诗》编者据《本堂文集》卷一四收入。

按：此诗又见明陈献章《白沙子》卷七《答梅绣衣见访》。此诗为陈献章诗，参上考证。

8.《次弟观与雪航韵》

老友姑从方外求，危时亦可少纾忧。笑图难赘余人契，病室应关一世愁。淡饭是缘终有味，故山虽好莫回头。满航雪意元无价，住色空中是应酬。

见《全宋诗》卷三三七三陈著，《全宋诗》编者据《本堂文集》卷一九收入。此诗又见《全宋诗》卷三三七七陈著，题为"次韵前人似前人"，仅"中是"作"中足"一字异，《全宋诗》编者据《本堂文集》卷二三收入。

按：此诗显系重出，当删其一。

9.《属酒歌》

险难兮更尝，淡泊兮悠长。翕与张兮何尝，如友良何兮友良。

见《全宋诗》卷三三八八陈著。《全宋诗》编者据清董沛《甬上宋元诗略》卷一〇收入。

按：这是陈著《本堂集》卷三五《内子友良字说》文章里面的内容，恐不宜单独拿出来作为一首诗歌。

徐集孙

徐集孙《北高峰》与姚镛《北高峰》重出，徐集孙《采莲曲》与俞桂《采莲曲》其一重出，徐集孙《孤山访郑渭滨不值》与邓林《孤山访郑渭滨不值》重出，参本书相关章节考证。除此之外，徐集孙名下还有如下诸诗与他人重出：

1.《本心参政约游西山分韵得顶字》

仆仆事行役，度尽千峰顶。……老笔忽先倡，高标谁与并。尚记去载游，金碧光炯炯。何处非吾乡，一气相溟涬。

见《全宋诗》卷三三九〇，《全宋诗》编者据宋陈起《江湖后集》卷二三收入。此诗又见《全宋诗》卷三五一〇牟巘，题为"文本心参政约游西山分韵得顶字"，仅"童"作"僮"、"五鼎"作"鼋鼎"、"溟涬"作"涬溟"等几字异，《全宋诗》编者据《陵阳集》卷一收入。

按：本心参政即文及翁。其人于1275年签书枢密院事，逾月即被罢。入元，累征不仕，寓居湖州。故此诗大概作于1275年后其寓居湖州之时。而牟巘入元后，隐居湖州凡三十六年。据此来看，文及翁与牟巘当有可能时常同游西山。故疑此诗非徐集孙作，当为牟巘诗。

2.《余种竹方成扁其室曰竹所友人以诗至用其韵》

屋老苔荒席久虚，近分一榻与云俱。梅花未种招蜂怨，竹所虽青欠鹤图。无事看山如对客，有时隐几亦忘吾。过门除却能吟者，不是高僧即老儒。

见《全宋诗》卷三三九〇，《全宋诗》编者据宋陈起《江湖后集》卷二三收入。此诗又见《全宋诗》卷三二七〇林尚仁，题同，仅"青"作"清"一字异，《全宋诗》编者据《端隐吟稿》收入。

按：徐集孙退居后名其居室为竹所，又著有《竹所吟稿》。此诗诗题与徐集孙事迹相符，故此诗当为徐集孙诗。

林洪

陈新等《全宋诗订补》一书已指出林龙远《宫词》实为林洪《春宫》。又朱腾云博士论文《〈全宋诗〉重出误收研究》指出林洪《宫词》实为唐代王建《宫词》。除此之外，林洪名下还有如下一诗与他人重出：

《冷泉》

一泓清可沁诗脾，冷暖年来只自知。流出西湖载歌舞，回头不是在山时。

见《全宋诗》卷三三九四林洪，《全宋诗》编者据清梁诗正《西湖志纂》卷八收入。此诗又见《全宋诗》卷一〇三一林稹，题同，仅"流出"作"流向"、"不是"作"不似"几字异，《全宋诗》编者据宋周密《武林旧事》卷五收入。

按：万历《钱塘县志》、明田汝成撰《西湖游览志》卷一〇、明陶宗仪《说郛》卷六三下、清孙治《武林灵隐寺志》卷八诸书皆将此诗归入林稹名下。据元韦居安《梅磵诗话》卷下："灵隐寺前冷泉亭在飞来峰下，景趣幽绝，古今留题不一，东坡《呈唐林夫》一篇，固已度越众作。近丹岩林稹一绝云：'一泓清可沁诗脾，冷暖年来只自知。流出西湖载歌舞，回头不似在山时。'颇为人所称诵。"[①] 林稹此诗曾留题于冷泉亭上，故此诗当为林稹所作，疑《西湖志纂》误辑。

第六十五册

释绍昙

许红霞《〈全宋诗〉所收僧诗致误原因探析》一文指出释绍昙《颂古五十五首》其七实为释慧懃《颂古七首》之四，释绍昙《偈颂十九首》其一五："十万同

---

① 丁福保辑：《历代诗话续编》，中华书局，1983，第581页。

聚会,个个学无为。此是选佛场,心空及第归。"实为唐代庞蕴的诗。又《〈全宋诗〉订补初探》一文指出释绍昙《颂古五十五首》其三〇与士人某《题廨壁》重出。李成晴《宋诗重出诸例勘订》一文指出释绍昙《题坐禅虾蟆》与释绍昙《为叔向题坐禅虾蟆》重出,释绍昙《题老融群牛图》与释绍昙《题直夫牛图》重出。朱腾云博士论文《〈全宋诗〉重出误收研究》指出释绍昙《颂古五十五首》其二九实为唐刘得仁《悲老宫人》。除此之外,释绍昙名下还有如下诸诗重出:

1.《送僧参太白痴绝和尚并石溪和尚挂牌》

　　前宝公兮后宝公,分身说法在玲珑。参寻不用论宾主,十二面门元一同。

见《全宋诗》卷三四二五,《全宋诗》编者据《希叟绍昙禅师语录》收入。此诗又见《全宋诗》卷三四三〇释绍昙,题为"送清兄见天童并扣石溪",仅"参寻"作"访寻"一字不同,《全宋诗》编者据《希叟绍昙禅师广录》卷六收入。

按:此诗一人名下两见,显系重出。

2.《古樵》

　　七佛已前曾卖弄,分明一块烂枯柴。老卢不解担当得,火种只今无地埋。

见《全宋诗》卷三四二五,《全宋诗》编者据《希叟绍昙禅师语录》收入。此诗又见《全宋诗》卷三四三〇释绍昙,题同,内容全同,《全宋诗》编者据《希叟绍昙禅师广录》卷六收入。

按:此诗一人名下两见,显系重出。

3.《偈颂一百零二首》其四六

　　百二十日夏,今朝始发头。饭抄云子白,羹煮菜香浮。未问寒山子,先看水牯牛。山前千顷地,信脚踏翻休。

见《全宋诗》卷三四二五,《全宋诗》编者据普和编《庆元府雪窦资圣禅寺语录》收入。此诗又见《全宋诗》卷三四二七释绍昙,题为"偈颂一百零四首(其五〇)",内容全同,《全宋诗》编者据《希叟绍昙禅师广录》卷二收入。

按:此诗一人名下两见,显系重出。

4.《偈颂一百零二首》其六六

　　花禁冷叶红，草敌虚岚翠。清净卢舍那，全身荆棘里。

见《全宋诗》卷三四二五，《全宋诗》编者据普和编《庆元府雪窦资圣禅寺语录》收入。此诗又见《全宋诗》卷三四二七释绍昙，题为"偈颂一百零四首（其一七）"，仅"敌"作"滴"一字不同，《全宋诗》编者据《希叟绍昙禅师广录》卷二收入。

　　按：此诗一人名下两见，显系重出。

5.《偈颂一百零二首》其八○

　　三月青春弹指过，九旬朱夏又从头。茶抽雀舌郎忙摘，麦弄虾须逐旋收。炽然说法，声撼林丘。

见《全宋诗》卷三四二五，《全宋诗》编者据弥绍编《庆元府瑞岩山开善禅寺语录》收入。此诗又见《全宋诗》卷三四二八释绍昙，题为"偈颂一百一十七首（其七二）"，内容全同，《全宋诗》编者据《希叟绍昙禅师广录》卷三收入。

　　按：此诗一人名下两见，显系重出。

6.《偈颂一百零二首》其八七

　　放下著，莫妄想。无孔铁槌，半斤八两。面门抛掷，土旷人稀。堪笑赵州无业，一味凤林咤之。

见《全宋诗》卷三四二五，《全宋诗》编者据弥绍编《庆元府瑞岩山开善禅寺语录》收入。此诗又见《全宋诗》卷三四二八释绍昙，题为"偈颂一百一十七首（其七五）"，仅"堪笑赵州无业，一味凤林咤之"作"无业赵州元不会，凤林徒自说咤之"几字异，《全宋诗》编者据《希叟绍昙禅师广录》卷三收入。

　　按：此诗一人名下两见，当为重出。

7.《偈颂一百零二首》其一○○

　　雪径封寒蝶未知，暗香谁遣好风吹。野桥漏泄春光处，正是横斜一两枝。

见《全宋诗》卷三四二五,《全宋诗》编者据弥绍编《庆元府瑞岩山开善禅寺语录》收入。此诗又见《全宋诗》卷一三七九李錞,题为"早梅(其一)",仅"封寒"作"清寒"、"正是"作"正为"等几字异,《全宋诗》编者据《永乐大典》卷六〇八引《江湖集》收入。

按:李龏《梅花衲》其四二引"雪径清寒蝶未知"作李錞诗。元郭豫亨《梅花字字香》前集引"雪径清寒蝶未知"作黎錞诗,宋李壁撰《王荆公诗注》卷三一亦皆将此诗归于黎錞名下。李錞,字希声,尝官秘书丞,江西诗社中人。黎錞(1015——1093),字希声,广安人,宋庆历六年(1046)进士,熙宁八年(1075)知眉州,后官至朝议大夫。此诗未知是黎錞还是李錞作,释绍昙名下此诗应是佛子偈颂辗转引用。

舒岳祥

《石台纪游》

苍山面长溪,势若饮奔马。……穷秋向摇落,霜菊摘盈把。赏心孰与同,幽抱欣已写。邈矣千载期,名山俟来者。

见《全宋诗》卷三四三五,《全宋诗》编者据《阆风集》卷一收入。

按:此诗又见《全元诗》第28册黄溍名下,题为"石台分韵得下字",内容几乎全同。《金华黄先生文集》卷四、《元诗选初集》卷三一皆将此诗归入黄溍名下。但《宋诗纪事》卷六七引《台州府志》又将此诗归于舒岳祥名下。《金华黄先生文集》刊于黄溍生前,今存元刻本,《四部丛刊》据以影印,此诗见元刻本卷四。而舒岳祥原集已佚,其现存《阆风集》乃清四库馆臣据《永乐大典》辑得,这就有可能造成误收他人之作。从版本学角度看,此诗当为黄溍诗。

陈必复

1.《还西里所居》

长恐山林计未成,可能俯仰美公卿。鹤闲不受云拘束,梅冷惟须雪主盟。北阙无书休悔出,东皋有秋可归耕。镜容渐改惊非昔,犹喜旁人唤后生。

见《全宋诗》卷三四四九陈必复，《全宋诗》编者据影印《诗渊》第5册第3506页收入。此诗又见《全宋诗》卷三一六五萧元之，题同，仅"旁人"作"傍人"一字不同，《全宋诗》编者据宋陈起《江湖后集》卷一五收入。

按：此诗归属存疑。《江湖后集》卷一五将此诗分为两首绝句，《全宋诗》编者据此亦分为两首绝句，恐非，其实该诗当为一首七律。清曾燠《江西诗徵》卷二三、清陶梁辑《词综补遗》卷一三皆将此诗归于萧元之名下。

2.《远游》

关山劳眺望，宇宙忆经行。地隔南溟断，天低北斗横。高谯闻远柝，孤枕历寒更。只影惟堪吊，殊乡鲜弟兄。

见《全宋诗》卷三四四九陈必复，《全宋诗》编者据宋陈起《江湖后集》卷二三收入。此诗又见《全宋诗》卷三四四九陈必复，题同，内容全同，《全宋诗》编者据《永乐大典》卷八八四五引《江湖续集》收入。

按：此诗一人名下两见，显系重出，当删其一。

陈杰

1.《无题》

大地生灵惜暵干，纸田不饱腐儒餐。闲将博士虀盐味，试上先生苜蓿盘。（其一）

口语甘时心犹异，中边甜处味方宜。诗情合荐东坡老，惭愧当年蜜荔枝。（其二）

闻道江边起柁楼，欲将吾道付沧洲。三年恶瞰卢仝屋，一日轻装范蠡舟。蹈海高怀欣独往，济川好手蹇难留。樯阴舸下能容我，雨笠烟蓑傲白鸥。（其三）

见《全宋诗》卷三四五四，《全宋诗》编者据《永乐大典》卷八九六引《陈杰集》收入。此诗又见《全宋诗》卷三四六四马廷鸾诗，题为"无题三首"，仅"犹异"作"独异"、"闻道"作"闻说"几字异，《全宋诗》编者据影印《诗渊》第6

册第 3957 页收入。

按：此诗归属存疑。

2.《读苏武传》

　　伸脚踏沙迹，开口吃汉天。见天不见雪，况辨雪与毡。环观不敢杀，谓是不死仙。汉庭方求不死诀，方士取露和玉屑，何如老臣毡夹雪。

见《全宋诗》卷三四五〇，《全宋诗》编者据《自堂存稿》卷一收入。此诗又见《全宋诗》卷三四五四陈杰，题为"大窖啮旃"，仅"沙迹"作"胡地"、"与毡"作"与旃"等几字异，《全宋诗》编者据影印《诗渊》第 2 册第 1538 页收入。

按：此诗显系重出，后者当删。

3.《即事二首》其一

　　扁舟小系画阑西，万里晴光一拄颐。湖面欲包天外去，峤鬟疑割海中来。高空自泻轩皇乐，元气长涵杜老诗。庆历残碑重回首，此生何限退忧时。

见《全宋诗》卷三四五二，《全宋诗》编者据《自堂存稿》卷三收入。此诗又见《全宋诗》卷三四五四陈杰，题为"登岳阳楼"，仅"画阑"作"画栏"、"晴光"作"清光"等几字异，《全宋诗》编者据元傅习《元风雅》前集卷六收入。

按：此诗显系重出，后者当删。

第六十六册

龚开

《一字至七字观周曾秋塘图有作》

　　秋，秋。

　　潇洒，清幽。

　　人静处，水边头。

　　波纹细细，风色飕飕。

鸥鹭情相狎，凫鹥乐自由。

　　疏苇败荷池沼，白苹红蓼汀洲。

　　几竿渔钓去已尽，一段晚云寒不收。

见《全宋诗》卷三四六五龚开，《全宋诗》编者据明程敏政《宋遗民录》卷一〇收入。此诗又见《全宋诗》卷三五八三王沂孙，题为"观周曾秋塘图有作"，仅"潇洒"作"萧洒"、"波纹细细"作"波细纹纹"等几字异，《全宋诗》编者据明汪砢玉《珊瑚网》卷二七收入。

　　按：明汪砢玉《珊瑚网》卷二七、明郁逢庆《续书画题跋记》卷四、倪涛《六艺之一录》卷四〇一等书皆将此诗归入"琅琊圣与"名下。因龚开及王沂孙皆字圣与，这可能是此诗见两人名下的原因。王沂孙为会稽人，可能出自琅琊王氏，故此诗当为王沂孙诗。清厉鹗《宋诗纪事》卷八〇引《珊瑚网》亦将此诗归入王沂孙名下。冒广生亦谓此诗当为王沂孙作，其云："《元诗选》癸集有高士（即龚开）《周曾秋塘图诗》，乃宋王沂孙作，见《宋诗纪事》，顾氏（顾嗣立）误也。"[①]

谢枋得

仝建平《〈翰墨全书〉校订〈全宋诗〉八则》一文指出谢枋得名下《荆棘中杏花》与元好问《荆棘中杏花》重出，此诗当为元好问诗。又谢枋得《赠相士郭少仙》与洪咨夔《赠相士郭少仙》重出，参本书相关章节考证。除此之外，谢枋得名下还有如下诸诗与他人重出：

1.《谢惠楮衾》

　　吴宫金鸂凤花绫，春暖熏笼换水沉。那似冰桥楮夫子，满床明月解微吟。

见《全宋诗》卷三四七七谢枋得，《全宋诗》编者据《叠山集》卷一收入。此诗又见《全宋诗》卷三一九六方岳，题为"答惠楮衾"，内容全同，《全宋诗》编者据《秋崖先生小稿》卷七收入。

[①] 萧相恺：《中国古代小说考论编》，凤凰出版社，2010，第570页。

按：楮衾即纸衾，亦即纸被。谢枋得《叠山集》有《求纸衾》诗，此《谢惠楮衾》诗似为答谢之作。另谢枋得《叠山集》还有《谢送夏衣》《谢刘纯父惠木绵布》《谢人惠米线》《谢惠椒酱等物》等作，据此来看，此诗似为谢枋得诗。《全宋诗》所收谢枋得诗，以《四部丛刊》影印景泰五年刻《叠山集》为底本著录。《全宋诗》所收方岳诗，以嘉靖五年祁门方氏刻《秋崖先生小稿》为底本著录。

2.《和游古意韵》

死易程婴岂不知，十年死后未为非。文辞未必改秦甥，敲朴徒能抱御衣。无志何劳悲庙黍，得仁更不食山薇。儒冠有愧一厮养，何忍葵心对落晖。

见《全宋诗》卷三四七八谢枋得，《全宋诗》编者据《叠山集》卷二收入。此诗又见《全宋诗》卷二二九周铨，题为"答曾进士"，仅"死后未"作"后死不"、"何劳"作"何须"等几字异，《全宋诗》据清魏钅乾隆《安仁县志》卷九收入。

按：元蒋易《皇元风雅》卷二一亦将此诗归入谢枋得名下。周铨此诗无自注。谢枋得诗句"得仁更不食山薇"下自注云："余幼受教先人，武王、太公、周公一闻扣马之谏，既杀纣，心焦然不宁。君臣合谋，惟有兴灭继绝，以谢天下，以系人心。故立武庚为殷王，尽有商畿内之地，姑命三叔以监之。其王者位号尚如故，与周并立。至三监挟淮夷叛，始杀武庚，始降王为公，黜殷命，而封微子于宋。故《周书》曰：用告商王。孔子序《书》曰：成王既黜殷命，杀武庚，命微子启代殷后。可见前此殷命未绝，殷王如故。伯夷虽采薇西山，见周家能悔过迁善，虽死无怨，并薇蕨不食而死之。故孔子曰：求仁而得仁，又何怨。先君子云：此说闻之韩涧泉解《论语》。"据注来看，此诗当作于南宋末年。味诗意，此诗亦当出自宋代遗民之手，故此诗定非北宋初时诗人周铨之诗，此诗当为南宋遗民谢枋得诗。

3.《仙隐观》

秋日闲十日，面怀秋山空。……乂霜素凄惨，温律复冲融。相期保岁寒，木末回春风。

见《全宋诗》卷三四八〇谢枋得，《全宋诗》编者据嘉庆本《谢叠山公文集》

卷五收入。此诗又见《全宋诗》卷一六八六王洋，题为"十月十七日雨霁复至仙隐"，仅"秋日"作"秋雨"、"面怀"作"缅怀"等几字异，《全宋诗》编者据《东牟集》卷一收入。

按：元代元明善撰，明代张国祥、张显庸续修之《续修龙虎山志》卷六、嘉靖《广信府志》卷一九皆收录此诗，并将此置于谢叠山（即谢枋得）名下。而王洋原集已佚，其现存《东牟集》乃清四库馆臣据《永乐大典》辑得，这就有可能造成误收他人之作，疑此诗为谢枋得诗。

4.《赋松》

乔松磊磊多奇节，冬无霜雪夏无热。根头更有千岁苓，知谁可语长生诀。

见《全宋诗》卷三四七七谢枋得，《全宋诗》编者据《叠山集》卷一收入。此诗又见《全宋诗》卷三四八〇谢枋得，题为"题庆全庵（其二）"，仅"乔松磊磊"作"长松落落"、"霜雪"作"雪霜"几字异，《全宋诗》编者据元蒋易《元风雅》卷二一收入。

按：此诗显系重出，当删其一。

方回

陈新等《全宋诗订补》已指出朱熹名下《题陶渊明小像》与方回《题渊明像》重出。除此之外，方回名下还有如下诗句与他人重出：

《谒东坡祠》

至和嘉祐政途开，老凤将雏出蜀来。父子声名天宇小，弟兄笔阵海潮回。岷峨一气钟三杰，杜富诸贤得异材。二百年来拜遗像，堂堂直气尚崔嵬。

见《全宋诗》卷三五〇九，《全宋诗》编者据明沈敕《荆溪外纪》卷七收入。此诗又见《全宋诗》卷三〇九三徐鹿卿，题为"史君赠所临蜀本三苏入京图诗以谢之"，仅"政途"作"正塗"、"老凤"作"彩凤"等几字异，《全宋诗》据《徐清正公存稿》卷六收入。

按：现存《徐清正公存稿》乃明万历中徐鹿卿裔孙徐鉴据家乘所辑，此诗疑非方回所作。

《句》其五

　　糟姜三盏酒，柏烛一瓯茶。

见《全宋诗》卷三五〇九，《全宋诗》据《癸辛杂识》别集卷上收录此诗句。

按：此诗句与方回《癸未至节以病晚起走笔戏书纪事排闷十首（其五）》的诗句类似。参该诗："老子家风旧，从来节是常。糟姜三盏酒，柏烛一炉香。今岁适多病，吾儿犹异乡。十分无意绪，檐雨晓淋浪。"①

第六十七册

邓林

邓林名下有多诗与戴复古诗重出，参本书戴复古诗重出考辨。除此之外，邓林名下还有如下诸诗与他人重出：

1.《庐山栖贤寺》

　　名重于诸刹，前贤旧隐踪。无人知有路，隔树忽闻钟。瀑壮山疑裂，云深树若封。或传遗稿在，三叩昔时松。

见《全宋诗》卷三五二〇邓林，《全宋诗》编者据清谢旻雍正《江西通志》卷一五二收入。此诗又见《全宋诗》卷三一三五毛玞，题同，仅"深树"作"深寺"一字异，《全宋诗》编者据《吾竹小稿》收入。

按：此诗为毛玞诗。毛玞诗以汲古阁景宋钞《南宋六十家小集》本为底本著录，且宋陈思编《南宋名贤小集》卷三一〇引《吾竹小稿》、宋陈起编《江湖小集》卷一二、清曹庭栋《宋百家诗存》卷一七、清厉鹗《宋诗纪事》卷七二皆将此诗归入毛玞名下。其实，清谢旻雍正《江西通志》卷一五二此诗下并未署名，《全宋诗》编者认为该诗承前诗（前诗为邓林《白鹤观》）省名，恐非。

---

① 傅璇琮等主编：《全宋诗》第66册，北京大学出版社，1998，第41452页。

2.《溢江》

远树一重重，烟村与市通。难寻元亮宅，遥酹菊花丛。蜀浪番墙外，庐山几席中。何时边事息，来此作渔翁。

见《全宋诗》卷三五二〇邓林，《全宋诗》编者据清谢旻雍正《江西通志》卷一五二收入。此诗又见《全宋诗》卷三一三五毛珝，题同，仅"番墙"作"帆樯"等几字异，《全宋诗》编者据《吾竹小稿》收入。

按：此诗为毛珝诗。毛珝诗以汲古阁景宋钞《南宋六十家小集》本为底本著录，且宋陈思编《南宋名贤小集》三一〇引《吾竹小稿》、宋陈起编《江湖小集》卷一二、清曹庭栋《宋百家诗存》卷一七、清张豫章《御选宋金元明四朝诗》卷四三皆将此诗归入毛珝名下。其实，清谢旻雍正《江西通志》卷一五二此诗下并未署名，此诗列在《庐山栖贤寺》后，《全宋诗》编者认为《庐山栖贤寺》《溢江》皆承前诗（前诗为邓林《白鹤观》）省名，恐非。

3.《孤山访郑渭滨不值》

寂寞石琴台，香云拨不开。多知骑鹤去，自欲买舟来。苔岸春回草，山亭雨谢梅。怀人成怅惘，日暮惜空回。

见《全宋诗》卷三五二〇邓林，《全宋诗》编者据清朱彭《南宋古迹考》卷下收入。此诗又见《全宋诗》卷三三九〇徐集孙，题同，仅"鹤去"作"鹤出"一字异，《全宋诗》编者据《竹所吟稿》收入。

按：宋陈思编《南宋名贤小集》卷三三六引《皇荂曲》、清曹庭栋《宋百家诗存》卷一二皆将此诗归入邓林名下。宋陈起编《江湖小集》卷一六、清张豫章《御选宋金元明四朝诗》卷四三将此诗归入徐集孙名下。此诗为徐集孙诗。渭滨乃徐集孙友人，徐集孙集中有多首与其唱和之作，参徐集孙《同杜北山郑渭滨湖边小憩》《春日访四圣郑渭滨》《休日招李山房杜北山访渭滨秋浦于孤山即席用韵》《郑渭滨过访而杜北山诸友继至惜乎招石峰月溪二禅不来》。

方一夔

《贺方逢辰得宣命》

飞凤翩翩下九阍，先生出处重斯文。不将钟鼎易朱绂，要老桐山守白云。处士一生纯是晋，逸民千古尚为殷。皇家恩意如天大，定把三峰乞与君。

见《全宋诗》卷三五三八方一夔，《全宋诗》编者据明姚鸣鸾嘉靖《淳安县志》卷一七收入。此诗又见《全宋诗》卷三五八三何昭德，题为"赠山房先生得宣命"，内容全同，《全宋诗》编者据明方中辑《山房先生外集》卷四收入。

按：方逢辰为方一夔族之长辈，方一夔诗题为"贺方逢辰得宣命"，乃直呼长辈之名，恐不确。据山房先生方逢振诗《至元廿四年十一月二十日得宣命诣朝可庵有诗不敢当次韵以谢》之二："抱琴来会锦沙溪，音响能清一世埃。不学晋人反招隐，颇知陶令欲归来。羡君雪里骑驴兴，哀我年前戏马台。留取老翁看云月，乾坤撑拓赖奇才。"① 又卢珏（号可庵）有诗《贺山房先生得宣命》，得宣命者当是山房先生方逢振，这与何昭德诗题"赠山房先生得宣命"及诗意皆相符，故此诗当为何昭德诗，恐非方一夔之作。

刘辰翁

阮堂明《〈全宋诗〉重出举隅辨考》一文指出刘辰翁《挽蔡西山》《挽朱文公》实为曾极《蔡西山贬道州》《文公先生挽词》。阮堂明《〈全宋诗〉误收金元明诗考》一文指出刘辰翁《读杜拾遗百忧集行有感》《赠制笔生许文瑶》实为元代张昱《读杜拾遗百忧集行有感》《赠制笔生许文瑶》。除此之外，刘辰翁名下还有如下一诗与他人重出：

《咏西湖伟观楼》

举目看来皆画屏，只因阑槛接苍冥。江湖二水一般白，吴越两山相对青。云北云南何处没，潮生潮落几时停。西偏不被斜阳碍，直见家山与洞庭。

见《全宋诗》卷三五五一刘辰翁，《全宋诗》编者据《须溪集》卷七收入。此诗又见《全宋诗》卷二九三九李遇，题为"咏西湖江湖伟观楼"，仅"阑"作"栏"、

---

① 傅璇琮等主编：《全宋诗》第 68 册，北京大学出版社，1998，第 42808 页。

"般"作"船"几字异,《全宋诗》编者据清郑杰《闽诗录》丙集卷一二收入。

按:刘辰翁为江西吉安人,李遇为福建福州人,据诗句"西偏不被斜阳碍,直见家山与洞庭",作者家乡在杭州西边,恐非福州,该诗似当为刘辰翁诗。

第六十八册

董嗣杲

1.《周孚与高伯庸同游王氏庵归而闾丘仲诗至因次韵贻显庵主以纪一时事》

寂寞城西寺,重来已素秋。未霜芳草合,欲雨暮云稠。浊酒赢方戒,新诗困复休。翻然会心处,烟径有归牛。(其一)

法水堪澌垢,僧庐自辟尘。饭炊云子熟,茶泛乳花匀。草草情何厚,忽忽迹易陈。他年辋川上,为画两纶巾。(其二)

见《全宋诗》卷三五六七,《全宋诗》编者据董嗣杲《庐山集》卷三收入。此诗又见《全宋诗》卷二四八一周孚,题为"与高伯庸同游王氏坟庵归而闾丘仲时诗至因次韵贻显庵主以纪一时事二首",仅"翻然"作"翩然"、"僧庐"作"僧炉"等几字异,《全宋诗》编者据周孚《蠹斋铅刀编》卷三收入。

按:此诗为周孚诗,高伯庸与闾丘仲时皆为周孚友人,周孚集中与此两人唱和的诗作还很多,如《同伯庸游甘露有感次仲贤韵二首》《哭高伯庸》《亡友高伯庸滑稽玩世屡与人忤而见余则加敬人共怪之亡八年矣今庆臣风度大略相似而所忤所敬又极同也感叹之余次庆臣韵赠庆臣》《答闾丘仲时见寄》《闾丘仲时清晨见过作此诗遗之》等诗。周孚、高伯庸、闾丘仲时皆北宋时人,董嗣杲为南宋末年时人,董嗣杲与高伯庸、闾丘仲时不可能有交往,故此诗不可能是董嗣杲所作。董嗣杲原集已佚,其现存诗集乃清四库馆臣据《永乐大典》辑为《庐山集》五卷、《英溪集》一卷,这可能是造成误收他人之作的原因。

2.《石笋峰》

异种休参玉版禅,巀然一角立层巅。远尖自抱云根壮,叠薜谁疑雨箨缠。梦里三生空过眼,胸中千亩谩流涎。此龙难入宁僧谱,出土摩霄是几年。

见《全宋诗》卷三五七二,《全宋诗》编者据董嗣杲《西湖百咏》卷下收入。此诗又见《全宋诗》卷三二七七俞桂,题同,仅"玉版"作"玉板"、"谩"作"漫"几字异,《全宋诗》编者据清厉鹗《云林寺志》卷六收入。

按:此诗为董嗣杲诗。《西湖百咏》乃吟咏西湖风物,共百首,每首后皆有明陈贽和韵。《西湖百咏》卷首提要云:"其诗皆七言律体,每题之下,各注其始末甚悉,颇有宋末轶闻为诸书所未载者。"董嗣杲《石笋峰》自注云:"在韬光庵西,普圆院后。西北一峰崭然特立,高数十丈,相传以笋名之。"《西湖百咏》卷下明陈贽和作为《石笋峰》:"昔闻玉版妙参禅,如笋尖峰耸碧巅。雨过似将斑箨洗,苔封犹讶锦裯缠。故知坡老胸无碍,却怪馋师口抹涎。底事不抽枝与叶,森然成竹是何年。"又,《增修云林寺志》卷三此诗下实署名董嗣杲。

3.《香林》

日月岩头古翠埋,绵云深隔洞门开。苍藤随石无根活,灵杞何年有种栽。气裛野烟疑麝过,暖熏山雨误蜂来。空亭谁领幽芬坐,云鹤同行损绿苔。

见《全宋诗》卷三五七二,《全宋诗》编者据董嗣杲《西湖百咏》卷下收入。此诗又见《全宋诗》卷三二七七俞桂,题为"香林洞",仅"日月"作"月月"等几字异,《全宋诗》编者据清厉鹗《云林寺志》卷六收入。

按:此诗为董嗣杲诗。明田汝成撰《西湖游览志》卷一一、《宋诗纪事》卷九〇皆将此诗归于董嗣杲名下。《西湖百咏》乃吟咏西湖风物,共百首,每首后皆有明陈贽和韵。《西湖百咏》卷首提要云:"其诗皆七言律体,每题之下,各注其始末甚悉,颇有宋末轶闻为诸书所未载者。"董嗣杲《香林洞》自注云:"在下天竺后塔西,日月岩左。旧名香林洞,又名香桂林,今直扁香林。"《西湖百咏》卷下明陈贽和作为《香林洞》:"自昔灵根月窟埋,移从人世赡花开。未将白玉堂前种,却向黄金界上栽。月照千株清影动,风传万斛异香来。少年攀桂今衰老,策杖重寻步翠苔。"又,《增修云林寺志》卷三此诗下实署名董嗣杲。

4.《长春花》

　　一枝才谢一枝殷，自是春工不与闲。纵使牡丹称绝艳，到头荣瘁片时间。

　　见《全宋诗》卷三五七三，《全宋诗》编者据影印《诗渊》第4册第2348页收入。又见《全宋诗》卷一五九七朱淑真，题同，内容全同，《全宋诗》编者据《新注朱淑真断肠诗集》后集卷五收入。

　　按：影印《诗渊》第4册第2348页此诗作者署为"前人"，《全宋诗》编者据前一诗的作者董嗣杲，将此诗作者亦署为董嗣杲，恐非。《御定佩文斋广群芳谱》卷四三、《宋元诗会》卷六〇诸书皆将此诗归入朱淑真名下，此诗似当为朱淑真诗。

5.《素馨花》

　　负得刘王侍女称，何年钟作冢魂英。月娥暗吐温柔态，海国元标悉茗名。翠髻云鬟争点缀，风香露屑斗轻盈。分明削就梅花雪，谁在瑶台醉月明。

　　见《全宋诗》卷三五七三，《全宋诗》编者据影印《诗渊》第4册第2424页收入。此诗又见《全宋诗》卷三五七四董嗣杲，题为"素馨"，内容全同，《全宋诗》编者据《永乐大典》卷七九六〇收入。

　　按：此诗显系重出，当删其一。

方逢振

1.《峡塾讲中庸第二章诗》

　　滔滔逝者若斯夫，不有耆儒孰共扶。昭揭五条皆达道，由来一本不殊途。圣贤奥义难穷尽，老笔名言妙写模。我欲研硃同点易，先生肯位此中无。

　　见《全宋诗》卷三五八三方逢振，《全宋诗》编者据宋方逢辰《蛟峰文集》卷八附《山房遗文》收入。此诗又见《全宋诗》卷二四一三高公泗，题为"峡塾讲中庸第二章"，仅"圣贤"作"圣经"一字异，《全宋诗》编者据明姚鸣鸾嘉靖《淳安县志》卷一七收入。

按：此诗当为方逢振诗。宋亡，方逢振曾于石峡书院聚徒讲学。该诗题为"峡塾讲中庸第二章诗"，即当指其在石峡书院讲学事。查嘉靖《淳安县志》卷一七，此诗题下并未署名，《全宋诗》编者以为该诗承前诗省名(前诗为高公泗《港口野步怀归》)，此判断当有误。

2.《风潭精舍月夜偶成》

茅屋三间一坞云，此窝真足养吾神。不知逐鹿断蛇手，但见落花啼鸟春。石几梅瓶添水活，地炉茶鼎煮泉新。古今天地何穷尽，愧我其间作散人。

见《全宋诗》卷三五八三方逢振，《全宋诗》编者据宋方逢辰《蛟峰文集》卷八附《山房遗文》收入。此诗又见《全宋诗》卷三五八三方逢振，题为"凤潭精舍偶成"，内容全同，《全宋诗》编者据清戴第元《唐宋诗本》卷六五收入。

按：此诗一人名下两见，显系重出，后者当删。

文天祥

陈新等《全宋诗订补》一书已指出文天祥名下《题古碉》乃王安石《题龙泉寺石井二首》其一。吴鸥《关于杨万里诗集的补遗》一文指出曹勋《翠玉楼晚雨》实为文天祥《翠玉楼晚雨》。除此之外，文天祥名下还有如下诸诗与他人重出：

1.《至温州》

晏岁著脚来东瓯，始觉坤轴东南浮。百川同归无异脉，有如天子朝诸侯。……客帆渺茫拂宸极，渔舠散漫轻凫鸥。丽天红日起初浴，五云扶上烟氛收。孤臣涕泗如此水，恨不从帝崆峒游。

见《全宋诗》卷三六〇〇，《全宋诗》编者据明张孚敬嘉靖《温州府志》卷一收入。此诗又见《全宋诗》卷三〇九二释元肇，题为"题江心寺"，仅"著脚"作"着脚"、"宸极"作"辰极"、"漫轻"作"漫同"、"起初"作"记初"等几字异，《全宋诗》编者据《淮海挐音》卷下收入。

按：释元肇的诗集初刻于宋宝祐戊午（1258），元禄乙亥（1695）日本神京书林据宋本翻刻。大正二年（1913），成篑堂据元禄本影印收入《成篑堂丛书》。《全宋诗》所收释元肇《淮海挐音》即以《成篑堂丛书》为底本①。释元肇《题江心寺》出自《成篑堂丛书》，源于宋本。而《文山先生全集》并未著录文天祥此诗，故此诗恐非文天祥诗，当为释元肇诗。

2.《汶阳馆》

去岁营船隩，今朝馆汶阳。海空沙漠漠，河广草茫茫。家国哀千古，男儿慨四方。老槐秋雨暗，孤影照淋浪。

见《全宋诗》卷三五九八，《全宋诗》编者据《文山先生全集》卷一四收入。此诗又见《全宋诗》卷二七八文彦博，题同，仅"淋浪"作"琳琅"几字异，《全宋诗》编者据《永乐大典》卷一一三一三收入。

按：此诗当为文天祥诗。《文山先生全集》此诗前有《汶阳道中（东平路汶阳县十四日）》，后有《自汶阳至郓（十五日）》，显系同时之作。其实，此诗是元至元十六年四月十四日文天祥被俘解大都（今北京）过汶上，夜宿汶阳馆时所作。据诗句"家国哀千古，男儿慨四方"，亦合文天祥身份。文彦博历仕仁、英、神、哲四朝，正是北宋国力最强盛之时，其人荐跻二府，七换节钺，出将入相五十年，恐无此家国兴衰之感。

3.《送河间晁寺丞》

公孙富文墨，名字世多知。谈笑取高第，弦歌当此时。临河薪石费，近塞茧丝移。缓急当愁此，看君有所为。

见《全宋诗》卷三六〇〇，《全宋诗》编者据明樊深嘉靖《河间府志》卷一收入。此诗又见《全宋诗》卷五五三王安石，题同，仅"当愁"作"常愁"一字异，《全宋诗》编者据《临川先生文集》卷一六收入。

按：此诗为王安石诗。据李朝军《家族文学史的建构——宋代晁氏家族文学研究》，晁寺丞当为晁端彦，其人于治平初（1064—1067）以秘书丞知河间

---

① 许红霞：《元肇生平及著作考述》，载《北京大学中国古文献研究中心集刊（第8辑）》，北京大学出版社，2009，第141—143页。

县①，文天祥乃南宋末年时人，不可能与其有交往，故此诗当为王安石诗。

4.《太白楼》其一

高城蘸云根，聊可慰心迹。长风万里来，如对骑鲸客。监州好事者，树此楼与石。隆鼻号金仙，更长漫嗟惜。

见《全宋诗》卷三六〇〇,《全宋诗》编者据明谢肇淛《北河纪余》卷一收入。

按：此诗又见元曹伯启名下，题为"济州登太白楼怀郑从之御史二首（其一）"，仅"漫"作"谩"一字异。曹伯启集初刻于伯启卒后五年，即元后至元四年（1338）。此元刊本今存中国国家图书馆。又《中国古代诗文名著提要》一书谓《四库全书》所收《曹文贞公诗集》："正文收诗词数量、次序均与元刊本同。"②曹伯启名下此诗见四库本《曹文贞公诗集》卷一，当源于元刊。从版本学角度看，此诗当为曹伯启诗。又清岳濬等监修《山东通志》卷三五之一上将此诗归入元张养浩名下，亦当有误。

5.《怀中甫》

久要何落落，末路重依依。风雨连兵幕，泥涂满客衣。人间龙虎变，天外燕鸿违。死矣烦公传，北方人是非。

见《全宋诗》卷三五九八,《全宋诗》编者据《文山先生全集》卷一四收入。此诗又见《全宋诗》卷三六〇〇文天祥，题为"怀友人二首（其一）"，内容全同，《全宋诗》编者据《文山先生全集》卷二〇收入。

按：此诗显系重出，当删其一。

6.《怀赵清逸》

崖海真何地，驱来坐战场。家人半分合，国事决存亡。一死不足道，百忧何可当。故人鬓似戟，起舞为君伤。

见《全宋诗》卷三五九八,《全宋诗》编者据《文山先生全集》卷一四收入。此诗又见《全宋诗》卷三六〇〇文天祥，题为"怀友人二首（其二）"，仅"崖"作"涯"一字异，《全宋诗》编者据《文山先生全集》卷二〇收入。

---

① 李朝军：《家族文学史的建构——宋代晁氏家族文学研究》，人民出版社，2013，第418页。
② 傅璇琮等主编：《中国古代诗文名著提要（金元卷）》，河北教育出版社，2009，第118页。

按：此诗显系重出，当删其一。

7.《用前人韵赋招隐》

钓鱼船上听吹笛，煨芋炉头看下棋。賸有晚愁归别浦，已无春梦到端闱。去年尚忆桃红处，好景重逢橘绿时。珍重山人招隐意，猿啼鹤啸白云飞。

见《全宋诗》卷三五九六，《全宋诗》编者据《文山先生全集》卷二收入。此诗又见《全宋诗》卷三六〇〇文天祥，题为"赠黄终晦"，内容全同，《全宋诗》编者据清郑杰《闽诗录》丙集卷一五引《兰陔诗话》收入。

按：此诗显系重出，当删其一。

释原妙

1.《颂古三十一首》其八

绿树阴浓夏日长，楼台倒影入池塘。水晶帘动微风起，满架蔷薇一院香。

见《全宋诗》卷三六〇五释原妙，《全宋诗》编者据《高峰原妙禅师语录》卷下收入。此诗又见《全宋诗》卷二九五一释普济，题为"偈颂六十五首（其二五）"，内容全同，《全宋诗》编者据《庆元府岳林大中禅寺语录》收入。

按：此诗实为唐代高骈《山亭夏日》，见《御定全唐诗》卷五九八。宋代佚名《锦绣万花谷》后集卷三、宋祝穆《古今事文类聚》前集卷九、宋潘自牧《记纂渊海》卷二、宋洪迈《万首唐人绝句》卷四七等诸书皆将此诗归入唐代高骈名下。释原妙及释普济名下此诗当是佛子偈颂辗转引用。

2.《示徒》其一

学道如初莫变心，千魔万难愈惺惺。直须敲出虚空髓，拔却金刚脑后钉。

见《全宋诗》卷三六〇五释原妙，《全宋诗》编者据《高峰原妙禅师语录》卷下收入。此诗又见《全宋诗》卷三六〇五释原妙，题为"偈颂十二首（其一一）"，仅"莫变"作"不变"一字异，《全宋诗》编者据《高峰原妙禅师禅要》

收入。

按：此诗一人名下两见，显系重出。

第六十九册

史卫卿

史卫卿《所见》与施枢《所见》重出，参本书相关章节考证。除此之外，史卫卿名下还有如下诸诗句与他人重出：

1.《秋步述所见》

趁晴收断薪，破晓循幽浦。山寒树欲风，云重天将雨。兔奔初种畦，鸡拾获残亩。叶深樵无踪，水落鱼可数。幽草不须生，千林秋已素。

见《全宋诗》卷三六一三史卫卿，《全宋诗》编者据宋陈起《江湖后集》卷一一收入。此诗又见《全宋诗》卷三三三〇利登，题同，内容全同，《全宋诗》编者据《骳稿》收入。

按：宋陈起编《江湖小集》卷八二、清张豫章《御选宋金元明四朝诗》卷二三、清曹庭栋《宋百家诗存》卷一六诸书皆将此诗归入利登名下。又《全宋诗》所收《骳稿》乃据汲古阁景宋钞《南宋六十家小集》为底本著录，而《江湖后集》实为四库馆臣从《永乐大典》诸书辑得诸诗编纂而成，故此诗恐非史卫卿诗，当为利登诗。

2.《有所见》

不著画罗金缕衣，寻常打扮最相宜。春风燕子楼前过，飘落梨花雪一枝。

见《全宋诗》卷三六一三史卫卿，《全宋诗》编者据宋陈起《江湖后集》卷一一收入。此诗又见《全宋诗》卷三五一八何应龙，题同，仅"不著"作"不着"一字异，《全宋诗》编者据《橘潭诗稿》收入。

按：宋陈起编《江湖小集》卷二五、宋陈思编《两宋名贤小集》卷二八九引《橘潭诗稿》、清曹庭栋《宋百家诗存》卷一四诸书皆将此诗归入何应龙名下。又《全宋诗》所收《橘潭诗稿》乃据汲古阁景宋钞《南宋六十家小集》为底本著录，故此诗似当为何应龙诗，恐非史卫卿之作。

方凤

方凤《仙华招隐》与谢翱《仙华山招隐》重出，参本书相关章节考证。除此之外，方凤名下还有如下诗句与他人重出：

《句》

耕锄晓雨有余地，应接东风无暇时。

见《全宋诗》三六一九方凤，《全宋诗》编者据《存雅轩遗稿》卷九收入。此句又见《全宋诗》卷三七一七刘边《句》，内容全同，《全宋诗》编者据宋吴渭《月泉吟社诗·摘句图》收入。此句又见《全宋诗》卷三七二二傅宣山《句》，内容全同，《全宋诗》编者据《月泉吟社诗·摘句图》收入。

按：《全宋诗》编者据宋吴渭《月泉吟社诗·摘句图》将此诗分系刘边及傅宣山名下，实有误。查宋吴渭《月泉吟社诗·摘句图》，此诗句下署名为"自家意思"，自家意思为刘边诗集名，故此诗句当为刘边诗。清顾嗣立《元诗选三集》卷二、清厉鹗《宋诗纪事》卷八一、清郑方坤《全闽诗话》卷五诸书皆将此诗归于刘边。查方凤《存雅轩遗稿》卷九，此诗下实署名"自家意思"，即刘边。《全宋诗》编者误据。

连文凤

《菊》

不用移春槛，西风满客车。行行无长物，粲粲只黄花。晚色装秋重，寒香引雾斜。莘来尊俎处，有酒不须赊。

见《全宋诗》卷三六二○连文凤，《全宋诗》编者据《百正集》卷上收入。此诗又见《全宋诗》卷三六二二连文凤，题为"载菊分题"，仅"客车"作"小车"一字异，《全宋诗》编者据影印《诗渊》第4册第2514页收入。

按：此诗一人名下两见，显系重出，当删其一。

熊瑞

《句》

海鹏已激三千里，天马终归十二闲。

见《全宋诗》卷三六二九熊瑞，《全宋诗》编者据清吴增逵同治《新喻县志》卷一〇《罗志仁传》引收入。

按：此非熊瑞句，实出自李处权《次韵德孺感怀》："敝屣浮云世所难，谁堪走俗抗尘颜。海鹏已激三千里，天马终归十二闲。醉发杖藜云逐逐，香凝宴寝雨斑斑。林泉久假皆吾有，何必捐金更买山。"[①]（《全宋诗》编者据李处权《崧庵集》卷五收入）

林景熙

陈新等《全宋诗订补》一书已指出林景清名下两诗与林景熙重出，此皆为林景熙作。吴鸥《关于杨万里诗集的补遗》一文指出曹勋《春暮》《酬陈居士》实为林景熙《春暮》《酬潘景玉》。林景熙与黄庚诗重出互见者达二十三首之多，这些诗基本皆为林景熙之作，参陈增杰《林景熙、黄庚互见诗辨疑》。另林景熙名下《知宗柑诗用韵颇险予既知之复取所未用之韵续赋一首三十韵》一首乃王十朋诗，参本书相关章节考证。除此之外，林景熙名下还有以下诗句重出：

1.《题陆秀夫负帝蹈海图》

紫宸黄阁共楼船，海气昏昏日月偏。平地已无行在所，丹心犹数中兴年。生藏鱼腹不见水，死抱龙髯直上天。板荡纯臣有如此，流芳千古更无前。

见《全宋诗》卷三六三三，《全宋诗》编者据明瞿佑《归田诗话》卷中收入。

按：此诗归属存疑。宋陆秀夫《宋左丞相陆公全书》卷六、明曹学佺《石

[①] 傅璇琮等主编：《全宋诗》第32册，北京大学出版社，1998，第20416页。

仓历代诗选》卷二七九、明丁元吉辑《陆右丞蹈海录》、明宋绪编《元诗体要》皆将此诗归入元代姚燧名下，《全元诗》第9册亦将此诗归入姚燧名下（《全元诗》编者据《陆右丞蹈海录》收入）。但明蒋一葵《尧山堂外纪》卷六三、明瞿佑《归田诗话》卷中作林景熙诗。又元代陶宗仪辑《草莽私乘》、元代吴师道《吴礼部诗话》却将此诗归于元代盛彪名下。

2.《句》

  君不记，犬之年，羊之月，辟历一声天地裂。

见《全宋诗》卷三六三三，《全宋诗》编者据元郑元祐《遂昌山樵杂录》收入。

按：此句恐非林景熙诗，全诗见唐珏《冬青行二首》其二："冬青花，不可折，南风吹凉积香雪。遥遥翠盖万年枝，上有凤巢下龙穴。君不见犬之年羊之月，霹雳一声天地裂。"（《全宋诗》编者据元陶宗仪《南村辍耕录》卷四收入）①

戴表元

王兆鹏《唐彦谦四十首赝诗证伪》一文指出唐彦谦与戴表元相同的诗有四十首，当全为戴表元所作。除此之外，戴表元名下还有如下诗歌重出：

1.《送官归作》

  生世悔识字，祝身如野农。勤劳养尊老，膳味日可重。晨乌熟新黍，耕林有过从。行吟聆松籁，此乐逾歌钟。

见《全宋诗》卷三六四一戴表元，《全宋诗》编者据《剡源戴先生文集》卷二七收入。此诗又见《全宋诗》卷三六四四戴表元，题为"九日在迩索居无聊取满城风雨近重阳为韵赋七诗以自遣（其六）"，仅"耕林"作"耕休"、"吟聆"作"吟答"等几字异，《全宋诗》编者据《剡源先生文集》卷三收入。

按：此诗一人名下两见，显系重出，当删其一。

2.《七阳字》

  雁雁西北来，亦复东南翔。动物各有时，吾当谨行藏。厚□违严

---

① 傅璇琮等主编：《全宋诗》第70册，北京大学出版社，1998，第44265页。

风，密袂御凛霜。陶然茅檐下，一箧生春阳。

见《全宋诗》卷三六四一戴表元，《全宋诗》编者据《剡源戴先生文集》卷二七收入。此诗又见《全宋诗》卷三六四四戴表元，题为"九日在迩索居无聊取满城风雨近重阳为韵赋七诗以自遣（其七）"，仅"厚□"作"厚埠"、"一箧"作"一笑"几字异，《全宋诗》编者据《剡源先生文集》卷三收入。

按：此诗一人名下两见，显系重出，当删其一。

丘葵

胡可先《〈全宋诗〉误收唐诗考》一文指出丘葵《芝山》实为唐代贾岛《宿村家亭子》。丘葵《次放翁梅花韵》与陆游《梅花》重出，参本书相关章节考证。除此之外，丘葵名下还有如下二诗重出：

1.《御史马伯庸与达鲁花赤征币不出》

皇帝书征老秀才，秀才懒下读书台。张良本为韩仇出，黄石特因汉祚来。太守枉劳阶下拜，使臣空向日边回。床头一卷春秋笔，斧钺胸中独自裁。

见《全宋诗》卷三六五五丘葵，《全宋诗》编者据《钓矶诗集》卷三收入。

按：此诗又见《全元诗》第39册杨维桢名下，题为《答詹翰林同》，仅几字异，《全元诗》编者据《铁厓逸编注》卷七收入。此诗当为丘葵作，孙小力《杨维桢明代印象考论》一文亦认为此诗当为丘葵作。亦可参四库本李清馥《闽中理学渊源考》卷三三："盖丘钓矶为宋秀才不赴元世祖之征，杨铁崖为元进士不受明太祖之职，其志节大抵相类，故遂以却聘诗冒入铁崖集中。铁崖诗名满东南，而钓矶僻居孤屿，诗集不传，人多口诵，遂致字句略有不同耳。"

2.《与所盘诸君会石幡还和杜老曲江韵》

青禽竹上弄毛衣，飞来檐头唤不归。清景每于诗里见，羁愁惟到海边稀。僧回古殿山砚落，客散风斋蝙蝠飞。独得青山已惆怅，此情犹是片时违。

见《全宋诗》卷三六五三丘葵，《全宋诗》编者据《丘钓矶集》卷二收入。

此诗又见《全宋诗》卷三六五五丘葵，题为"与所盘诸君会石幡还和杜老曲江韵（其二）"，仅"风斋"作"空斋"、"独得"作"独对"等几字异，《全宋诗》编者据汲古阁本《钓矶诗集》卷三收入。

按：此诗一人名下两见，显系重出，当删其一。

第七十册

汪元量

罗时进《丁卯集笺证》一书已指出汪元量《和人贺杨仆射致政》诗实为唐代许浑《和人贺杨仆射致政》。又汪元量《社牲》诗与方岳《和放翁社日四首·社牲》重出，参本书相关章节考证。除此之外，汪元量名下还有下诗与他人重出：

《秋日酬王昭仪》

愁到浓时酒自斟，挑灯看剑泪痕深。黄金台隗少知己，碧玉调湘空好音。万叶秋风孤馆梦，一灯夜雨故乡心。庭前昨夜梧桐语，劲气萧萧入短襟。

见《全宋诗》卷三六六五汪元量，《全宋诗》编者据《湖山类稿》卷二收入。此诗又见《全宋诗》卷三六七〇王清惠，题为"诗一首"，仅"隗"作"迥"、"调湘"作"调高"、"秋风"作"秋声"等几字异，《全宋诗》编者据清钱尚濠《买愁集》卷七收入。

按：此诗为汪元量和王清惠（度宗时昭仪）之作。明曹学佺《石仓历代诗选》卷二八〇、明蒋一葵《尧山堂外纪》卷六三、明宋绪《元诗体要》卷一二、明田汝成《西湖游览志余》卷六、清潘永因《宋稗类钞》卷三、清厉鹗《宋诗纪事》卷七八诸书皆将此诗归入汪元量名下。

聂守真

《题汪水云诗卷》

三日钱塘海不波，子婴系组纳山河。兵临鲁国犹弦诵，客过殷墟

独啸歌。铁马渡江功赫奕，铜人辞汉泪滂沱。知章喜得黄冠赐，野水闲云一钓蓑。（其二）

　　一曲丝桐奏未休，萧萧笳鼓禁宫秋。湖山有意风云变，江水无情日夜流。供奉自歌南渡曲，拾遗能赋北征愁。仙人一去无消息，沧海桑田空白头。（其三）

见《全宋诗》卷三六七二聂守真，《全宋诗》编者据影印《诗渊》第6册第4138页收入。

按：此两诗又被收入《全元诗》第48册迺贤名下，题为"读汪水云诗集"，内容几乎全同，《全元诗》编者据迺贤《金台集》卷二收入。明程敏政《宋遗民录》卷一一、明宋绪《元诗体要》卷一一、明田汝成《西湖游览志余》卷六诸书皆将此诗归入迺贤名下。又迺贤此两诗前有序曰："水云汪元量，字大有，钱塘人。……余间闻危太史言曰：水云长身玉立，修髯广颡，而音若洪钟。北归，数来往匡庐、彭蠡之间，若飘风行云，世莫能测其去留之迹。江右之人以为神仙，多画其象以祠之，象至今有存者。其诸公所赋墨迹，尝见于临川僧舍云。及予至京师，因徐君敏道得《水云集》，读而哀之。偶成二律，以识其后。"据此来看，此两诗必为迺贤作。其实《诗渊》此两诗下并未署名，《全宋诗》编者以为该诗承前诗省名（前诗为聂守真《题汪水云诗卷》其一），此判断恐有误。

谢翱

周小山《〈全宋诗〉重出误收诗丛考》一文指出胡楚材《青山怀古》实为谢翱《题翁征君集后》。除此之外，谢翱名下还有如下诸诗与他人重出：

1.《仙华山招隐》

　　轩后悲苍剑，神娥下玉箫。……冉冉将终老，冥冥不可招。无书寄青雀，有恨在中条。

见《全宋诗》卷三六九〇，《全宋诗》编者据《晞发集》卷四收入。此诗又见《全宋诗》卷三六一七方凤，题为"仙华招隐"，仅"玉箫"作"玉霄"、"鹤语"作"鹤误"几字异，《全宋诗》编者据《存雅堂余稿》卷一收入。

按：明曹学佺编《石仓历代诗选》卷二一二将此诗归之谢翱名下，明程敏政《宋遗民录》卷八却将此诗归入方凤名下。方勇辑校《方凤集》谓此诗当为方凤作，非谢翱诗①。《全宋诗》所收谢翱诗，第一至五卷以明弘治唐文载刻本为底本著录。《全宋诗》所收方凤诗，以清初同邑张燧掇拾群书残剩诗文所编《存雅堂遗稿》十三卷为底本著录。

2.《九日》

秋风飒以至，今日重阳日。眼明对南山，尚想陶彭泽。向来建威幕，颇见有此客。驱车不小留，驾言公田秫。……如使磷与缁，安得为玉雪。篱边菊弄黄，粲粲正堪摘。我方持空觞，千载高风激。

见《全宋诗》卷三六九〇，《全宋诗》编者据《晞发集》卷四收入。此诗又见《全宋诗》卷三五一〇牟巘，题为"九日"，仅"眼明"作"明明"、"小留"作"少留"、"一朝"作"如何"等几字异，《全宋诗》编者据《陵阳集》卷一收入。

按：谢翱此诗下无序，牟巘此诗下有序，据牟巘诗序来看，此诗当为牟巘诗。参其序："陶公再为建威参军刘裕幕府也，忽弃去。屈为彭泽令，未几又弃去。裕是时已有异志，刘穆之宁死不与九锡事。王弘自江北来，首以此事风朝廷。裕遂移晋祚，而弘为吏部尚书，为江州刺史，遂被心腹之寄。既来江州，柴桑近在境内，于陶公时惓惓，岂非内怀前愧，欲拔高人胜士以自湔祓耶，彼曷不知名节之为高也。陶公未易致，则使人中路具酒食，候其出，醉而要之，庶几一见。斯盖已甚迫，则亦可以见吾胸怀本趣固有在，岂端为一王弘哉。适乘篮舆足以自返，其视华轩为何物。而弘欲以此荣其归，此又可笑也。前是论者，偶未及。九日萧然，因赋数语。"②

黎廷瑞

《又》

结庐溪水上，日夕对郭璞。清晓林霏开，碧玉峭如削。几欲乘兴

---

① 方勇辑校：《方凤集》，浙江古籍出版社，1993，第 26 页。
② 傅璇琮等主编：《全宋诗》第 67 册，北京大学出版社，1998，第 41918 页。

游,不见云山鹤。青鞋动高兴,安得践斯约。尊酒不须携,岩泉清可酌。

见《全宋诗》卷三七〇七,《全宋诗》编者据宋徐瑞《松巢漫稿》卷三《芳洲寄古诗一首申山中之约次韵奉谢》注引收入。

按:此诗实出自黎廷瑞《城中别徐山玉先生归归后奉寄》:"北风走平湖,枯荷鸣索索。握手出城东,归鸟日欲落。人事当语离,抱怀宁不恶。……结庐溪水上,日夕对郭璞。清晓林霏开,碧玉峭如削。青鞋动高兴,安得践斯约。尊酒不复携,岩泉清可酌。"① (《全宋诗》编者据《芳洲集》卷二收入)

第七十一册

缪鉴

《句》其四

门因好客时时扫,窗为看山面面开。

见《全宋诗》卷三七一四缪鉴,《全宋诗》编者据元陆文圭《墙东类稿》卷九《跋苔石翁诗卷》收入。

按:此非佚句,实出自缪鉴《端居》:"修竹垂杨映户栽,清风长送午阴来。门因好客时时扫,窗为看山面面开。此乐恐于儿辈觉,长贫能免俗情猜。儒衣不似牛衣好,叮嘱糠妻放窄裁。"② (《全宋诗》编者据《苔石效颦集》收入)

王衮

《句》其二

高空有月千门闭,大道无人独自行。

见《全宋诗》卷三七三六,《全宋诗》据宋刘斧《青琐高议》前集卷九收入。

按:此诗句又见释普济《颂古十一首》其九:"金鸭香消更漏长,沉沉玉

---

① 傅璇琮等主编:《全宋诗》第70册,北京大学出版社,1998,第44495页。
② 傅璇琮等主编:《全宋诗》第71册,北京大学出版社,1998,第44620页。

殿紫苔生。高空有月千门照，大道无人独自行。"①宋曾慥《类说》卷四六、宋阮阅编《诗话总龟》卷八等宋人集皆将此诗句归于王衮名下，释普济此诗当是佛子偈颂辗转引用王衮诗句。

程端

《句》

郡城好处西州无，两江回合东南隅。

见《全宋诗》卷三七三八程端，《全宋诗》编者据《锦绣万花谷》续集卷一一收入。

《简州》

郡城好处西州无，两江回合东南隅。江平浪稳去自在，净色浸透银蟾蜍。

见《全宋诗》卷一六三二程敦临，《全宋诗》编者据宋王象之《舆地纪胜》卷一四五《成都府路·简州》收入。

按：《方舆胜览》作程端临诗，疑《锦绣万花谷》及《舆地纪胜》皆有误。参宋祝穆《方舆胜览》卷五二："参差草树连巴国。熙宁间李珣诗：'云云，依约云烟绕楚台。'两江回合东南隅。程端临：'郡城好处西州无，云云。'"②

第七十二册

鲜于能

《句》

金山一拳石，石髻出溟涨。

见《全宋诗》卷三七四〇鲜于能，《全宋诗》编者据宋王象之《舆地纪胜》

---

① 傅璇琮等主编：《全宋诗》第 56 册，北京大学出版社，1998，第 35161 页。
② 祝穆撰，祝洙增订，施和金点校：《方舆胜览》，中华书局，2003，第 935 页。

卷七《两浙西路·镇江府》收入。

按：此句恐非鲜于能诗，全诗见鲜于侁《扬州》："金山一拳石，出髻如溟涨。天外辨两潮，江南分列嶂。"(《全宋诗》据宋王象之《舆地纪胜》卷三七《淮南东路·扬州》收入）据李勇先校点，《舆地纪胜》卷七《两浙西路·镇江府》该句题下清钞本作鲜于侁诗[1]，又鲜于能不见于史籍，故有可能为鲜于侁之讹。

胡致能

1.《句》

吴王殿里笙歌罢，炀帝城边草木荒。

见《全宋诗》卷三七四〇胡致能，《全宋诗》编者据《舆地纪胜》卷七《两浙西路·镇江府》收入。

按：此诗恐非胡致能佚句，全诗见胡致隆《登铁瓮城》："雉堞巍然岁月长，古今知阅几兴亡。吴王殿里笙歌罢，炀帝城边草木荒。万里烟霞归洞急，一川风月渡江忙。"(《全宋诗》编者据《舆地纪胜》卷七《两浙西路·镇江府》收入）[2] 元代俞希鲁《至顺镇江志》卷二亦将此诗归于胡致隆名下。

2.《咏润州》

一昨丹阳王气销，尽将豪侈谢喧嚣。衣冠不复宗唐代，父老犹能道晋朝。万岁楼边谁唱月，千秋桥上自吹箫。青山不与兴亡事，只共垂杨伴海潮。

见《全宋诗》卷三七四〇胡致能，《全宋诗》编者据《舆地纪胜》卷七《两浙西路·镇江府》收入。此诗又见《全宋诗》卷八三九释仲殊，题为"京口怀古（其二）"，仅"喧嚣"作"尘嚣"一字异，《全宋诗》编者据《方舆胜览》卷三收入。

按：元刘应李《大元混一方舆胜览》卷下、厉鹗《宋诗纪事》卷九一引《方舆胜览》诸书皆将此诗归入僧仲殊名下，疑此诗为释仲殊诗。

---

[1] 王象之著，李勇先校：《舆地纪胜校点》，四川大学出版社，2005，第469页。
[2] 傅璇琮等主编：《全宋诗》第22册，北京大学出版社，1998，第14623页。

王克逊

《金泉寺》

冲虚蝉蜕世绵绵，胜地人来尚凛然。不见彩云迎皓鹤，空留怪石漱清泉。

见《全宋诗》卷三七四三王克逊，《全宋诗》编者据《舆地纪胜》卷一五六《潼川府路·顺庆府》收入。

按：此恐非王克逊诗句，全诗见杨克让《依韵攀和通判员外题金泉观之作》："冲虚脱屣世绵绵，胜地人来尚凛然。不见彩云迎皓鹤，空留怪石漱清泉。侵阶蔓草迷香径，偃盖寒松杂暮烟。静化信从无妄得，堪思汉武亦神仙。"[①]（《全宋诗》编者据清陆增祥《八琼室金石补正》卷八三收入）

刘霆午

《题梅坛》

火德中微否未倾，朝阳一疏凤先鸣。如公忠论能旋听，彼莽奸谋未可成。万古仙名香宇宙，几人遗臭腐公卿。至今风吼松声怒，似为先生诉不平。

见《全宋诗》卷三七五六刘霆午，《全宋诗》编者据《梅仙观记》收入。此诗又见《全宋诗》卷三七七五甘邦俊，题同，仅"可成"作"易成"一字异，《全宋诗》编者据《宋诗纪事》卷七〇引《梅仙事实》收入。

按：此诗当为甘邦俊诗。查《梅仙观记》此诗题下实未署名，《全宋诗》编者认为该诗承前诗省名，前诗为刘霆午《题梅仙坛》，恐非。

何昌弼

1.《寄题寿师塔南轩》

焚修七十载，内外已圆成。教相论因果，冥心契死生。纸窗应自

[①] 傅璇琮等主编：《全宋诗》第1册，北京大学出版社，1991，第53页。

白，花砌本无情。燕坐观浮世，谁非走利名。

见《全宋诗》卷三七五八何昌弼，《全宋诗》编者据《至元嘉禾志》卷三二收入。此诗又见《全宋诗》卷九七八何执中，题为"题寿师塔南轩"，仅"七十载"作"六七龄"几字异，《全宋诗》编者据《宋诗拾遗》卷六收入。

按：明赵文华嘉靖《嘉兴府图记》卷三、天启《海盐县图经》卷三、清沈季友《槜李诗系》卷三七诸书皆将此诗归入何执中名下。《至元嘉禾志》卷三二何昌弼《寄题慧云大士夜讲堂呈子仁子渐子智昆仲》下有何昌弼门人陆周跋云："门下侍郎何公，尝宰斯邑（海盐县）……大观戊子仲夏，门人陆周谨识其末。"[1] 因何执中曾知海盐县，又大观元年迁中书、门下侍郎，何昌弼与何执中经历类似，疑此何昌弼即为何执中。方健《〈全宋诗〉证误举例》一文认为何昌弼即为何执中，"昌弼乃盛世辅弼之意，似为门人陆周对其（指何执中）的尊称"，《全宋诗》何昌弼其人名下之诗皆应删归合并何执中名下[2]。

2.《横塘道中》

一舸凌风去，萦纡几度村。水清鱼引子，田美稻生孙。山近尘埃远，秋晴枕席温。悠悠迷处所，疑是武陵源。

见《全宋诗》卷三七五八何昌弼，《全宋诗》编者据清许瑶光光绪《嘉兴府志》卷八四收入。此诗又见《全宋诗》卷一七二六李长民，题为"海盐道中"，仅"几度"作"度几"、"引"作"视"几字异，《全宋诗》编者据《至元嘉禾志》卷三二收入。

按：此诗当为何昌弼诗。明赵文华嘉靖《嘉兴府图记》卷六、明胡震亨《海盐县图经》卷三、清沈季友《槜李诗系》卷三八、清嵇曾筠等《浙江通志》卷一一皆将此诗归入何昌弼名下。《至元嘉禾志》卷三二此诗下实未署名，《全宋诗》编者认为该诗承前诗省名，前诗为李长民《鹿苑寺一击轩二首》，恐非。

蔡槃

朱腾云博士论文《〈全宋诗〉重出误收研究》指出蔡槃《越州早行》《瓜州》

---

[1] 单庆修，徐硕编纂：《至元嘉禾志》，上海古籍出版社，2010，第372页。
[2] 方健：《〈全宋诗〉证误举例》，《学术界》2005年第1期，第158页。

《金陵》实为元代陈孚《越上早行》《瓜州》《金陵》。又蔡槃《郑介道见访》与许棐《郑介道见访》重出，参本书相关章节考证。除此之外，蔡槃名下还有如下诸诗与他人重出：

1.《游古寺》

　　山烟寒日暝，鸱殿与云齐。松鼠下阶走，竹鸡当户啼。碑荒文字古，僧老语音低。欲往应无计，斜阳照杖藜。

见《全宋诗》卷三七八五，《全宋诗》编者据清曾唯《东瓯诗存》卷一〇收入。此诗又见《全宋诗》卷三一〇七吴惟信，题为"废寺"，仅"日暝"作"似暝"、"松鼠"作"栗鼠"等几字异，《全宋诗》编者据影印《诗渊》第 5 册第 3679 页收入。

按：此诗归属存疑。影印《诗渊》第 5 册第 3679 页又著录有吴惟信《古寺》其二："山烟藏古寺，鸱殿与云齐。松鼠下阶走，竹鸡当户啼。泉寒飞瀑远，僧老诵经低。细读苔碑了，东风起杖藜。"《全宋诗》吴惟信名下亦据此收录此诗，此诗与吴惟信《废寺》相差无几。

2.《竹》

　　每爱幽窗下，烟蒙与露枝。才闻风起处，便是雨来时。节直将谁比，心虚只自知。青青长在眼，休说化龙迟。

见《全宋诗》卷三七八五，《全宋诗》编者据《东瓯诗存》卷一〇收入。此诗又见《全宋诗》卷三一〇七吴惟信，题作"竹（其一）"，仅"每爱"作"所爱"、"心虚"作"心空"几字异，《全宋诗》编者据影印《诗渊》第 4 册第 2296 页收入。

按：此诗归属存疑。

3.《雪中怀祝声之》

　　逢人常自说，家远欲归难。身暂依莲社，心犹在杏坛。摊书灯下读，磨剑月中看。近日无消息，相思雨雪寒。

见《全宋诗》卷三七八五，《全宋诗》编者据《东瓯诗存》卷一〇收入。此诗又见《全宋诗》卷三一〇七吴惟信，题为"寄倪升之"，仅"逢人常自"作"寻常曾见"、"依莲"作"投莲"几字异，《全宋诗》编者据影印《诗渊》

第1册第712页收入。

按：此诗归属存疑。

4.《赠江湖隐者》

　　湖上人家住最幽，檐牙倒影落沧洲。诗成梅坞三更月，酒醒蓬窗午夜秋。移石为添烧药灶，卖金因起读书楼。经年不入城闉去，长倚阑干看白鸥。

见《全宋诗》卷三七八五，《全宋诗》编者据《东瓯诗存》卷一〇收入。此诗又见《全宋诗》卷三一〇七吴惟信，题为"赠隐者"，仅"人家"作"居家"、"蓬窗午"作"莲塘半"等几字异，《全宋诗》编者据影印《诗渊》第1册第425页收入。

按：此诗归属存疑。

5.《寄雪蓬姚监丞》

　　忆昔青灯夜对床，断猿声里早梅香。一从去棹冲寒雪，几度凭阑到夕阳。秋思渐于蝉外觉，别愁偏向雁边长。梧桐解得离人意，不遣西风吹叶黄。

见《全宋诗》卷三七八五，《全宋诗》编者据《东瓯诗存》卷一〇收入。此诗又见《全宋诗》卷三七〇二王安之，题为"寄友"，仅"断猿"作"冷猿"、"偏向"作"空入"等几字异，《全宋诗》编者据宋《诗家鼎脔》卷上收入。

按：元至大刻本郭豫亨《梅花字字香》后集引"几度凭阑到夕阳"作王安之诗，又《宋诗纪事》卷七一引《诗家鼎脔》亦作王安之诗，疑此诗为王安之诗，非蔡槃所作。

《全宋诗》重出考辨（下）

陈小辉 著

本书受教育部人文社会科学研究项目
「金石文献、方志及其他地方文献与《全宋诗》的补正研究」（20YJA751003）及中山大学新华学院教职工科研启动基金重点项目「《全宋诗》重出考辨」（2017ZD003）资助

江西教育出版社
JIANGXI EDUCATION PUBLISHING HOUSE
·南昌·

第四章

《全宋诗》与《全唐诗补编》《全元诗》同名诗人比较分析

一 《全宋诗》与《全唐诗补编》同名诗人比较分析

陈尚君《全唐诗误收诗考》、佟培基《全唐诗重出误收考》、胡可先《〈全宋诗〉误收唐诗考》、朱腾云《〈全宋诗〉重出误收研究》等著作及文章已指出《全唐诗》与《全宋诗》同名诗人之间重出诗歌有很多被误收。除此之外，还有少数同名诗人未涉及。本节主要是对《全唐诗补编》与《全宋诗》同名的诗人的诗歌进行比较分析。袁津琥《〈全唐诗补编〉订误》、金程宇《〈全唐诗补编〉订补》及付杰《〈全宋诗〉误收唐诗三首——白元鉴及其诗考》等文已指出了《全唐诗补编》一些误收情况，除此之外，仍有少数误收情况，见下文。

（一）《全唐诗补编》正确，《全宋诗》误收

同一人，《全宋诗》误收

1. 从朗

《全宋诗》见第71册45045页，《全唐诗补编》见第1154页。两者为同一人。两者所录诗歌一致。

从朗随赵州禅师从谂学法，从谂生于778年，逝于897年（参《景德传灯录》卷十《赵州东院从谂禅师》），从朗当为唐末人，似未入宋，《全宋诗》误录。

2. 廖匡齐

《全宋诗》见第 71 册 45054 页，《全唐诗补编》见第 1484 页。两者为同一人。两者所录诗歌一致。

《全唐诗补编》谓廖齐即廖匡齐，因避赵匡胤讳略去'匡'字。公元 939 年，彭士愁率锦州蛮万余人反楚，廖匡齐率兵进讨，后战死[①]。其人并未入宋，《全宋诗》误收。

3. 舒道纪

《全宋诗》见第 72 册 45418 页，《全唐诗》见第 24 册 9673 页。两者为同一人。《全宋诗》录其诗作 1 首，《全唐诗》录其诗作 2 首，两者相同诗歌 1 首。

陶敏《全唐诗人名考证》一书引《金华赤松山志》谓："（舒）先生名道纪，唐代人也，生长于婺，为赤松黄冠师。存心养性之外，惟以文墨自娱。……自号华阴子，常与禅月大师贯休为莫逆交。"[②] 元吴师道《敬乡录》卷一四亦谓："舒道纪，晚唐人，僧贯休集中屡有与舒道士诗。"参贯休《怀赤松故舒道士》《寄赤松舒道士二首》《闻赤松道士下世》《士马后见赤松舒道士》等诗，《全宋诗》以其为宋代人，当有误。

4. 徐钓者

《全宋诗》见第 72 册 45606 页，《全唐诗》见第 24 册 9737 页。两者为同一人。《全唐诗》与《全宋诗》皆录徐钓者诗 1 首。《全宋诗》据清邓显鹤《沅湘耆旧集》前编卷三三收其《自吟》，《全唐诗》亦作《自吟》，两者内容相同。五代沈汾《续仙传》卷三亦收录徐钓者《自吟》诗，故徐钓者恐非宋代人。

不是同一人，《全宋诗》误收

1. 刘孝孙

《全宋诗》见第 11 册 7352 页，《全唐诗》见第 2 册 453 页。

《全唐诗》谓"刘孝孙，荆州人。弱冠知名，与虞世南、蔡君和、孔德绍、庾抱、庾自直、刘斌等登临山水，结为文会。武德初，历虞州录事参军，补文

[①] 谭仲池主编：《长沙通史·古代卷》，湖南教育出版社，2013，第 346 页。
[②] 陶敏编撰：《全唐诗人名考证》，陕西人民教育出版社，1996，第 1033 页。

学馆学士。贞观中，迁太子洗马，撰《古今诗苑》四十卷"。《全宋诗》谓"刘孝孙，简州阳安（今四川简阳西北）人。仁宗嘉祐元年以供备库副使充契丹国母正旦副使。神宗熙宁五年为侍御史。元丰八年为西京左藏库副使"。

《全唐诗》录其诗作 7 首，《全宋诗》录其诗作 3 首。《全宋诗》据宋谢维新《古今合璧事类备要》前集卷七所录《黄河》："鸿流导积石，惊浪下龙门。仙槎不辨处，沉璧想犹存。"全诗又见《全唐诗》所录刘孝孙《早发成皋望河》："清晨发岩邑，车马走轘辕。回瞰黄河上，惝恍屡飞魂。鸿流遵积石，惊浪下龙门。仙槎不辨处，沉璧想犹存。远近洲渚出，飒沓凫雁喧。怀古空延伫，叹逝将何言。"两者其他内容皆不相同。

唐徐坚《初学记》卷六、宋计有功《唐诗纪事》卷四、明高棅《唐诗拾遗》卷一皆将此诗归入唐人刘孝孙名下。宋谢维新《古今合璧事类备要》前集卷七此诗仅署名刘孝孙，《全宋诗》以其为宋代人，当为误判。

2. 薛昌朝

《全宋诗》见第 15 册 10195 页，《全唐诗补编》见第 1021 页。

《全唐诗补编》谓"薛昌朝，河东万泉人。薛嵩子。累官御史。官至保信军节度使"。《全宋诗》谓"薛昌朝，字景庸。从张载学。神宗熙宁三年，由鄜延经略司勾当公事召权监察御史里行。四年，知宿迁县。十年，为检详枢密院兵房文字。元丰元年知邠州"。

《全唐诗补编》录其诗作 1 首，《全宋诗》录其诗作 1 首。《全唐诗补编》据元骆天骧《类编长安志》卷三、卷九录其诗作《紫阁》；《全宋诗》编者据元骆天骧《类编长安志》卷九录其诗作《紫阁》，两者内容相同。

《类编长安志》卷三此诗下题"唐御史薛昌朝"，故此诗当为唐代人薛昌朝所作，《全宋诗》误收。

3. 王涤

《全宋诗》见第 21 册 14137 页，《全唐诗补编》见第 1465 页。

《全唐诗》谓"王涤，字用霖，琅琊人。景福中擢第，累官中书舍人，后终于闽。诗一首"。《全宋诗》谓"王涤，字长源，莱州（今属山东）人。哲宗元祐五年（1090）知潮州"。

《全唐诗补编》录其诗作 1 首，《全宋诗》录其诗作 3 首，两者相同诗歌 1 首。《全唐诗补编》《全宋诗》皆据《舆地纪胜》卷一二八《福州》收其《南涧寺阁》，两者内容相同。

崇祯《闽书》卷七五、乾隆《福州府志》卷六〇皆谓唐人王涤避地于闽，又南涧寺在福州，此诗似为唐人王涤所作。

4. 李质

《全宋诗》见第 26 册 17026—17038 页，《全唐诗》见第 17 册 6535 页。

《全唐诗》谓其"字公干，襄阳人。擢进士第，大中时，官至江西观察使"。《全宋诗》谓其"字文伯，南京楚丘（今山东曹县东南）人。昌龄曾孙。晚始际遇，徽宗宣和间，为睿思殿应制"。

《全唐诗》录其诗作 1 首，即《宿日观东房诗》。《全宋诗》录其诗作 99 首，残句一则。《全宋诗》所收《句》"古木愁撑月，危峰散堕江"，全诗见唐代李质《宿日观东房诗》："曾入桃溪路，仙源信少双。洞霞飘素练，藓壁画阴窗。古木愁撑月，危峰欲堕江。自吟空向寂，谁共倒秋缸。"

宋计有功《唐诗纪事》卷六六、宋王象之《舆地纪胜》卷二六诸书皆将此诗归入唐代李质名下。《全宋诗》据宋陈应行《吟窗杂录》卷四四收录该残句，其实该书此诗下仅署名李质，《全宋诗》以其为宋代人，当为误判。

5. 师复

《全宋诗》见第 54 册 34001—34116 页，《全唐诗补编》见第 1130 页。

《全唐诗补编》谓"师复，咸通间福州双峰寺僧"。《全宋诗》谓"陈宓（1171—1230），字师复，学者称复斋先生，莆田人。俊卿子。少及登朱熹之门，长从黄榦学。以父荫入仕。宁宗庆元三年（1197），调监南安盐税。历主管南外睦宗院，再主管西外。嘉定三年（1210），知安溪县……"

《全唐诗补编》录师复句 1 则，《全宋诗》录陈宓诗作 759 首，两者相同诗歌 1 首。《全唐诗补编》据明王应山《闽都记》卷一九录师复诗作《句》，《全宋诗》编者据宋梁克家《淳熙三山志》卷三四录陈宓诗作《句》，两者内容相同。

据宋梁克家《淳熙三山志》卷三四：："双峰院，绥平里五年置。初，僧师复与林藻同业儒，因同入关，至扬子渡口，师复有出尘之兴（赋诗曰'君自成龙我成道'），浩然而归。"师复当为僧人，又林藻为唐代人，师复亦当为唐代人，《全宋诗》误录。

（二）《全宋诗》正确，《全唐诗补编》误收

同一人，《全唐诗补编》误收

1. 钱惟治

《全宋诗》见第 1 册 592 页，《全唐诗补编》见第 278 页和第 1445 页。两者为同一人。《全唐诗补编》录其诗作 5 首，《全宋诗》录其诗作 6 首，两者相同诗歌 5 首。

《宋史》卷四八〇《吴越钱氏世家》谓钱惟治"大中祥符七年七月卒，年六十六"。故钱惟治当生于 949 年，其人在五代时间不久，当作宋人为宜。

2. 钱熙

《全宋诗》见第 1 册 636 页，《全唐诗补编》见第 1470 页。两者为同一人。《全唐诗补编》录其诗作 3 首，《全宋诗》录其诗作 6 首（诗歌 5 首，句 1 则），两者相同诗歌 3 首。

《宋史》卷四四〇《文苑传二·钱熙传》，谓其卒于咸平三年，年四十八。故钱熙当生于 953 年，其人当为宋初时人，似不应收入《全唐诗》中。

3. 韦谦

《全宋诗》见第 34 册 21335 页，《全唐诗补编》见第 487 页。

《全唐诗补编》谓韦谦吴越时人。《全宋诗》谓其"开封人。高宗母韦太后之侄。高宗朝为建康军节度使，除太尉，封开国公。事见《樵溪居士集》卷六《赐韦谦辞免恩命不允诏》、《宋史》卷四六五《韦渊传》"。

《全唐诗补编》录其诗作 1 首，《全宋诗》录其诗作 1 首。《全宋诗》《全唐诗补编》皆据元单庆《至元嘉禾志》卷三二收其《题常乐寺五云堂》（《全唐诗补编》题作"题常乐庵五云堂"）。

《至元嘉禾志》卷三二收此诗下署"节度韦谦"，《建炎以来系年要录》卷一五九："（绍兴十九年三月）己亥，德庆军承宣使、提举万寿观韦谦为建宁军节度使。"又《建炎以来系年要录》卷一七五："太尉建宁军节度使提举万寿观韦谦薨。"节度韦谦似当为宋代人，《全唐诗补编》恐误收。

4. 萧辟

《全宋诗》见第 16 册 10699 页，《全唐诗补编》见第 1594 页。

《全唐诗补编》无其生平介绍。《全宋诗》谓"萧辟，神宗熙宁六年（1073）知惠安县。事见嘉靖《惠安县志》卷一一"。

《全唐诗补编》录其诗作 1 首，《全宋诗》录其诗作 1 首。《全唐诗补编》《全宋诗》皆据《会稽掇英总集》卷八收其《留题曹娥庙》。

《宋诗纪事补遗》卷二三亦据《会稽掇英总集》收其《留题曹娥庙》，该书亦谓其熙宁间知惠安县。《全唐诗补编》似误收。

不是同一人，《全唐诗补编》误收

1. 李愿

《全宋诗》见第 18 册 12378 页，《全唐诗补编》见第 378 页。

《全唐诗》谓"李愿，陇右人，晟之子。以父勋拜太子宾客，终检校司空、河中节度"。《全宋诗》谓"李愿，神宗元丰间官京东转运使"。

《全唐诗补编》录其诗作 2 首，即《登瀛洲阁》《望仙门》；《全宋诗》录其诗作 2 首，即《四景楼》《望仙门》，两者相同诗歌 1 首。《全宋诗》据明陆釴嘉靖《山东通志》卷二二收其《望仙门》，《全唐诗补编》据《古今图书集成·职方典》卷二八〇《登州府部》收其《望仙门》，两者内容相同。

明李贤撰《大明一统志》卷二五亦将《望仙门》归入宋人李愿名下，又明陆釴嘉靖《山东通志》卷二一亦将《登瀛洲阁》归入宋人李愿名下，疑此二诗当皆非唐人李愿作，当为宋代李愿诗。《全唐诗补编》下亦注云："曹汛谓康熙《蓬莱县志》卷二、乾隆《登州府志》卷四均云《登蓬莱阁》为宋李愿撰。"

2. 张登

《全宋诗》见第 34 册 21761 页，《全唐诗补编》见第 383 页。

《全唐诗》谓"张登，南阳人。江南士掾满岁，计相表为殿中侍御史，董赋江南，俄拜漳州刺史"。《全宋诗》谓"张登，福唐（今福建福清）人。高宗绍兴十八年特奏名，知南安县。后以左朝请郎知南恩州"。

《全唐诗补编》录其诗作 3 首，《全宋诗》录其诗作 4 首（诗歌 3 首，句 1 则），两者相同诗歌 1 首。《全宋诗》《全唐诗补编》皆据《永乐大典》卷九七六四收其《洞石岩》。

《永乐大典》实据《恩平志》将此诗归入张登名下。《恩平志》今已不存。宋南恩州（恩平郡）辖阳江、阳春县，后改隶肇庆府。又，崇祯《肇庆府志》卷五〇、康熙《阳春县志》卷一七皆将此诗归入宋人张登名下，故《全唐诗补编》误收。

（三）存疑类

1. 丰禅师

《全宋诗》见第 1 册 217 页，《全唐诗补编》见第 1490 页。两者为同一人。《全唐诗补编》录其诗作 1 首，《全宋诗》录其诗作 2 首，两者相同诗歌 1 首。

朱刚《〈全宋诗〉所收禅僧诗校读记〈一〉》谓文偃迁化在五代[①]，其弟子丰禅师未必入宋。

2. 周镛

《全宋诗》见第 11 册 7344 页，《全唐诗》见第 21 册 8331 页。

《全唐诗》谓其"唐末诸暨县人"。《全宋诗》谓其"字正和，龙泉（今属浙江）人。仁宗皇祐五年（1053）进士。曾官太仆寺丞，知扬州。事见清乾隆《龙泉县志》卷九。"

《全宋诗》和《全唐诗》均只收录周镛诗歌一首，内容一致。《全宋诗》据《宋诗纪事》卷一三引《越咏》收其《五泄山》。

《宋诗纪事小传补正》卷一亦谓周镛为皇祐五年进士。周镛生平时代姑且

---

① 复旦大学中文系编：《卿云集续编：复旦大学中文系八十周年纪念论文集（下）》，上海古籍出版社，2005，第 1472 页。

存疑。

3. 张贲

《全宋诗》见第 16 册 10700 页，《全唐诗补编》见第 1175 页。

《全唐诗》谓"张贲，字润卿，南阳人，登大中进士第。唐末为广文博士，尝隐于茅山，后寓吴中，与皮陆游"。《全宋诗》谓"张贲，字待举，神宗熙宁间为仙游尉。官终忠州司户"。两者并非同一人。

《全唐诗补编》录其诗作 2 首，《全宋诗》录其诗作 1 首，两者相同诗歌 1 首。《全唐诗补编》《全宋诗》皆据《至元嘉禾志》卷二七录其诗作《题招提院静照堂》。《题招提院静照堂》归属存疑。

4. 黄璞

《全宋诗》见第 19 册 12980 页，《全唐诗补编》见第 1237 页。

《全唐诗补编》谓其"字德温，一字绍山，侯官人，后迁莆田。大顺二年进士第四人。官至崇文馆校书郎，自号雾居子"。《全宋诗》谓其"神宗元丰八年以朝散郎通判台州"。两者并非同一人。

《全唐诗补编》录其诗作 1 首，《全宋诗》录其诗作 1 首。《全唐诗补编》据《嘉定赤城志》卷二三录其诗作《题玉泉》，《全宋诗》编者据宋李庚《天台续集》卷上录其诗作《题玉泉》，两者内容相同。

《宋诗纪事补遗》卷二四及卷四七皆录有此诗，卷二四谓黄璞"元丰八年以朝散郎通判台州"，卷四七谓"黄朴字文卿，福建龙溪人。以荫入仕，补怀集尉，调阳江，宰安溪。崇学校，课农桑。绍兴中通判福州"。

《题玉泉》归属存疑。

5. 张彦修

《全宋诗》见第 22 册 14407 页，《全唐诗补编》见第 449 页。

《全唐诗补编》谓"《新唐书》卷七二下《宰相世系表》二下河东张氏有彦修，为宪宗朝宰相张弘靖之孙，河南少尹张嗣庆之子。据张忱石考证，彦修当为文宗至僖宗时人"。《全宋诗》谓"张彦修，失其名，哲宗时官知府，与黄庭坚友善"。两者并非同一人。

《全唐诗补编》录其诗作 1 首,《全宋诗》录其诗作 1 首。《全唐诗补编》《全宋诗》皆据宋王象之《舆地纪胜》卷四五《淮南西路·庐州》收其《四顶山》。此诗归属存疑。

6. 张固

《全宋诗》见第 24 册 15732 页,《全唐诗补编》见第 1112 页。

《全唐诗》谓"张固,大中中尝为桂管观察使"。《全宋诗》谓"张固,星子人。徽宗崇宁二年(1103)进士。官至朝议大夫"。

《全唐诗补编》录其诗 1 首、句 1 则,《全宋诗》录其句 1 则。《全唐诗补编》《全宋诗》皆据《舆地纪胜》卷三〇《江州》录作《句》。此句归属存疑。

7. 郑元弼

《全宋诗》见第 35 册 22051 页,《全唐诗补编》见第 1468 页。

《全唐诗补编》谓郑元弼"仙游人,良士子。事王继鹏为礼部员外郎。通文时,尝使晋。王延羲立,改官谏议大夫,迁礼部尚书、判三司。天德二年为朱文进所杀"。《全宋诗》谓郑弼"高宗绍兴四年(1134)为入内东头供奉官,直睿思殿,曾随张浚出师阆州。后因事出监宣州商税。事见《建炎以来系年要录》卷七五"。两者并非同一人。

《全唐诗补编》录其诗作 2 首,《全宋诗》录其诗作 3 首,内容相同。《全唐诗补编》所录《汀州定光南安岩诗》其二,在《全宋诗》中被分为两首绝句,题为《定光南安岩》其二、《定光南安岩》其三。

《全唐诗补编》据《舆地纪胜》卷一三二《汀州》收郑元弼《汀州定光南安岩诗二首》,其实《舆地纪胜》此诗下实署名郑弼,但《全唐诗补编》谓此郑弼当为唐代仙游人郑元弼。《福建客家文学史》一书谓此诗当为宋代郑弼所作,其人曾于绍兴二十一年为临汀郡录事[①]。此诗归属存疑。

8. 范崇

《全宋诗》见第 38 册 23741 页,《全唐诗补编》见第 1569 页。

---

① 兰寿春:《福建客家文学发展史》,厦门大学出版社,2012,第 73 页。

《全唐诗补编》无其生平介绍。《全宋诗》谓"范崇,高宗绍兴三十年(1160),由知黄州移知池州。事见《建炎以来系年要录》卷一八五"。

《全唐诗补编》录其诗句 1 则,《全宋诗》录其诗句 1 则。《全唐诗补编》《全宋诗》皆据《永乐大典》卷五七七〇引《长沙府志》收其《句》。

范崇生平时代存疑。

9. 李简

《全宋诗》见第 71 册 45082 页,《全唐诗补编》见第 1536 页。

《全唐诗补编》谓其"大顺二年为梓州行营都指挥使。后官邛州刺史,卒"。《全宋诗》无其生平介绍。

《全唐诗补编》录其诗句 1 则,《全宋诗》录其诗句 1 则。《全唐诗补编》《全宋诗》皆据《锦绣万花谷》续集卷一三收其《句》。

宋王象之《舆地纪胜》卷一五四及《宋诗纪事补遗》卷四二引此句诗作宋李焘诗。

(四) 唐末宋初时人,《全唐诗补编》及《全宋诗》皆收

1. 徐铉

《全唐诗补编》见第 268 及 1403 页,《全宋诗》见第 1 册 62 页。

两者为同一人。《全唐诗》收其诗作 301 首,《全唐诗补编》录其诗作 6 首(诗歌 3 首,句 3 则),《全宋诗》录其诗作 430 首(诗歌 427 首,句 3 则)。

又《全唐诗补编》所收徐铉《句》"落月依楼阁,归云拥殿廊",实出自《全宋诗》所收徐铉《和明道人宿山寺》:"闻道经行处,山前与水阳。磬声深小院,灯影迥高房。落宿依楼角,归云拥殿廊。羡师闲未得,早起逐班行。"

2. 范质

《全唐诗补编》见第 269 及 1350 页,《全宋诗》见第 1 册 47 页。

两者为同一人。《全唐诗补编》录其诗作 5 首(诗歌 2 首,句 3 则),《全宋诗》录其诗作 2 首,两者相同诗歌两首。《全唐诗补编》多收句 3 则。

3. 王溥

《全唐诗补编》见第 272 及 1354 页,《全宋诗》见第 1 册 161 页。

两者为同一人。《全唐诗补编》录其诗作 5 首（诗歌 4 首,句 1 则),《全宋诗》录其诗作 5 首（诗歌 3 首,句 2 则),两者相同诗作 4 首。《全唐诗补编》多录诗作《咏牡丹》,《全宋诗》多录《句》"又向灵台饮福杯"。

4. 李昉

《全唐诗补编》见第 272 及 1355 页,《全宋诗》见第 1 册 172 页。

两者为同一人。《全唐诗》收其诗作 1 首,《全唐诗补编》录其诗作 3 首,《全宋诗》录其诗作 92 首（诗 88 首,句 4 则）。《全唐诗》及《全唐诗补编》所收之诗作皆见《全宋诗》中。

5. 印粲

《全唐诗补编》见第 274 页,《全宋诗》见第 1 册 60 页。

两者为同一人。两者所录诗歌一致。

6. 李九龄

《全唐诗补编》见第 276 及 455 页,《全宋诗》见第 1 册 265 页。

两者为同一人。《全唐诗》收其诗作 23 首,《全唐诗补编》录其诗作 2 首,《全宋诗》录其诗作 26 首。《全唐诗》及《全唐诗补编》所录之诗皆见《全宋诗》中。《全宋诗》多收录《赠谭先生》一首诗。

《全宋诗》据明李蓘《宋艺圃集》卷二收其《赠谭先生》,但宋方回《瀛奎律髓》卷四八则将此诗归于杨徽之名下。

7. 杨徽之

《全唐诗补编》见第 276 页,《全宋诗》见第 1 册 158 页。

两者为同一人。《全唐诗》收其诗作 3 首（诗歌 1 首,句 2 则),《全唐诗补编》录其诗作 5 首（诗歌 1 首,句 4 则),《全宋诗》录其诗作 22 首（诗歌 9 首,句 13 则)。《全唐诗》及《全唐诗补编》所录之诗皆见《全宋诗》中。

8. 刘吉

《全唐诗补编》见第 277 页,《全宋诗》见第 1 册 206 页。

两者为同一人。《全唐诗补编》录其句1则,《全宋诗》录其诗1首及句1则,两者所录之句内容相同,《全宋诗》多录诗1首。

9. 卞震

《全唐诗补编》见第277及1554页,《全宋诗》见第1册145页。

两者为同一人。《全唐诗补编》录其句5则,《全宋诗》录其句9则,两者相同诗句5则。

10. 何蒙

《全唐诗补编》见第279页,《全宋诗》见第1册294页。

两者为同一人。《全唐诗补编》录其诗作1首,《全宋诗》录其诗1首及句1则(《全宋诗》所录诗见《全唐诗》所录何象名下),两者内容并不相同。

11. 许坚

《全唐诗》见第22册8613页,又见第24册9734页;《全唐诗补编》见第282页、第474页、第1401页;《全宋诗》见第1册153页。

三者所收许坚为同一人。《全唐诗》录其诗作8首(诗歌6首,句2则)。《全唐诗补编》录其诗作4首,《全宋诗》录其诗作10首(诗歌9首,句1则)。《全唐诗》所收6首诗皆见《全宋诗》中,《全唐诗》所收残句"卧久似慵伸雪项,立迟犹未整霜衣"亦同《全宋诗》所收残句。《全唐诗》所收残句"道既学不得,仙从何处来",又见《全宋诗》所录许坚《诗一首》中(亦见《全唐诗补编》所录《题失》)。《全唐诗补编》与《全宋诗》相同之诗3首,《全唐诗补编》所录《小桃源》未见《全宋诗》之中。佟培基《全唐诗重出误收考》以许坚为南唐末宋初时人。

12. 延寿

《全唐诗补编》见第294及1427页,《全宋诗》见第1册18页。

两者为同一人。《全唐诗补编》录其诗作92首(诗歌88首,句4则),《全宋诗》录其诗作95首(诗歌87首,句8则),两者相同诗歌91首。《全唐诗补编》少句4则,《全宋诗》未录《全唐诗补编》所收《游上雪窦诗》。

《全唐诗补编》据光绪张美翊编《奉化县志》卷四收其《游上雪窦诗》,《游上雪窦》又见《全宋诗》第 3 册释昙颖名下,《全宋诗》据清黄宗羲《四明山志》卷二收入。

13. 赞宁

《全唐诗补编》见第 294 及 1442 页,《全宋诗》见第 1 册 150 页。

两者为同一人。《全唐诗补编》录其诗作 12 首（诗歌 7 首，句 5 则），《全宋诗》录其诗作 14 首（诗歌 8 首，句 6 则），两者相同诗歌 12 首。《全宋诗》多收一诗一句，诗为《落花》，《句》为"登楼千里月，欹枕一声蝉"。

14. 天目僧

《全唐诗补编》见第 295 页,《全宋诗》见第 1 册 152 页。

两者为同一人。两者所录诗歌一致。

15. 陈抟

《全唐诗补编》见第 303 及 1356 页,《全宋诗》见第 1 册 8 页。

两者为同一人。《全唐诗补编》录其诗作 15 首（诗歌 14 首，句 1 则），《全宋诗》录其诗作 18 首（诗歌 16 首，句 2 则），两者相同诗歌 13 首。《全唐诗补编》多收《诗》"我见世人忙，个个忙如火。忙者不为身，为身忙却可"及《句》"山色满庭供画障，松声万壑即琴弦"。《全宋诗》多收《与毛女游》《诗一首》《喜英公大师挂锡太华》及句 2 则（《与毛女游》及句 2 则皆为误收诗）。

16. 陶谷

《全唐诗补编》见第 457 及 1352 页,《全宋诗》见第 1 册 15 页。

两者为同一人。《全唐诗补编》录其诗作 6 首（诗歌 2 首，句 4 则），《全宋诗》录其诗作 7 首（诗歌 3 首，句 4 则），两者相同诗作 5 首。《全宋诗》多收录其 2 首诗，即《寄赠梦英大师》《题玉堂壁》。《全唐诗补编》多收《春光好》。

17. 张泌

《全唐诗补编》见第 468 页,《全宋诗》见第 1 册 198 页。

两者为同一人。《全唐诗》录其诗 20 首,《全唐诗补编》录其句 1 则,《全宋诗》录其诗作 21 首（诗歌 20 首，句 1 则），《全唐诗》及《补编》所录诗句与《全宋诗》正相合。

18. 朱存

《全唐诗补编》见第 469 及 1392 页,《全宋诗》见第 1 册 3 页。

两者为同一人。《全唐诗》收其诗作 1 首,《全唐诗补编》录其诗作 15 首,《全宋诗》录其诗作 16 首。《全唐诗》及《全唐诗补编》所录之诗皆见《全宋诗》之中。

19. 勾令玄

《全唐诗补编》见第 505 页,《全宋诗》见第 1 册 146 页。

两者为同一人。两者所录诗歌一致。

20. 村寺僧

《全唐诗补编》见第 507 页,《全宋诗》见第 71 册 45046 页。

两者为同一人。两者所录诗歌一致。

21. 清豁

《全唐诗补编》见第 511 及第 1469 页,《全宋诗》见第 1 册 147 页。

两者为同一人。《全唐诗》录其诗作 1 首,《全唐诗补编》录其诗作 2 首,《全宋诗》录其诗作 2 首。《全宋诗》未录《全唐诗补编》所收《夜睹豺虎奔至契如庵前自然驯绕因有诗》,其他诗歌内容相同。

22. 石仲元

《全唐诗补编》见第 512 页,《全宋诗》见第 1 册 218 页。

两者为同一人。《全唐诗补编》录其诗作 1 首,《全宋诗》录其诗作 3 首(诗歌 1 首,句 2 则),两者相同诗歌 1 首,《全宋诗》多收句 2 则。

23. 王元

《全唐诗补编》见第 513 页,《全宋诗》见第 1 册 215 页。

两者为同一人。《全唐诗》收其诗作 6 首(诗 5 首,句 1 则),《全唐诗补编》录其句 1 则,《全宋诗》录其诗作 7 首(诗歌 5 首,句 2 则)。《全唐诗》及《全唐诗补编》所收之诗作皆见《全宋诗》中。

24. 翁宏

《全唐诗补编》见第 514 页,《全宋诗》见第 1 册 213 页。

两者为同一人。《全唐诗》收其诗作 6 首（诗 3 首，句 3 则），《全唐诗补编》录其句 6 则，《全宋诗》录其诗作 11 首（诗歌 3 首，句 8 则）。《全宋诗》所录之诗句皆见《全唐诗》及《全唐诗补编》中，《全唐诗》多收《句》"风回山火断，潮落岸冰高"。

25. 陈谊

《全唐诗补编》见第 517 页，《全宋诗》见第 1 册 651 页。

两者为同一人。两者所录诗歌一致。

26. 孟嘏

《全唐诗补编》见第 518 页，《全宋诗》见第 1 册 209 页。

两者为同一人。两者所录诗歌一致。

27. 黄台

《全唐诗补编》见第 1233 页，《全宋诗》见第 1 册 230 页。

两者为同一人。两者所录诗歌一致。

28. 李涛

《全唐诗补编》见第 1347 页，《全宋诗》见第 1 册 7 页。

两者为同一人。《全唐诗补编》录其诗作 2 首，《全宋诗》录其诗作 9 首，两者相同诗歌 2 首。

29. 窦仪

《全唐诗补编》见第 1351 页，《全宋诗》见第 1 册 53 页。

两者为同一人。《全唐诗补编》录其诗作 1 首，《全宋诗》录其诗作 2 首，两者相同诗歌 1 首。《全宋诗》多收《过邠州留题》。

30. 窦俨

《全唐诗补编》见第 1352 页，《全宋诗》见第 1 册 157 页。

两者为同一人。两者所录诗歌一致。

31. 赵匡胤

《全唐诗补编》见第 1353 页，《全宋诗》见第 1 册 1 页。

两者为同一人。两者所录诗歌一致。

32. 骆仲舒

《全唐诗补编》见第 1355 页，《全宋诗》见第 1 册 208 页。

两者为同一人。两者所录诗歌一致。

33. 符昭远

《全唐诗补编》见第 1360 页，《全宋诗》见第 1 册 17 页。

两者为同一人。两者所录诗歌一致。

34. 陶彝之

《全唐诗补编》见第 1361 页，《全宋诗》见第 1 册 166 页，作"陶彝"。

两者为同一人。两者所录诗歌一致。

陶彝为陶谷侄子。《全五代诗补遗》、《宋诗纪事》卷三皆称此人为陶彝，又陶谷《清异录》卷四亦称其侄子为陶彝。《全唐诗补编》以其人为陶彝之，不知何据，恐有误。

35. 释志端

《全唐诗补编》见第 1382 页，《全宋诗》见第 1 册 6 页。

两者为同一人。《全唐诗补编》录其诗作 1 首，《全宋诗》录其诗作 2 首（诗歌 1 首，句 1 则），两者相同诗歌 1 首。

36. 释可勋

《全唐诗补编》见第 1391 页，《全宋诗》见第 1 册 152 页。

两者为同一人。《全唐诗补编》录其诗作 1 首，《全宋诗》录其诗作 2 首（诗歌 1 首，句 1 则），两者相同诗歌 1 首。

37. 孟宾于

《全唐诗补编》见第 274 及 1395 页，《全宋诗》见第 1 册 33 页。

两者为同一人。《全唐诗》录其诗作 21 首（诗 8 首，句 13 则），《全唐诗补编》录其诗作 6 首（诗 1 首，句 5 则），《全宋诗》录其诗作 26 首（诗 10 首，句 16 则）。除残句"昔日声尘喧洛下，近年诗句满江南"外（此句又见《全宋诗》第 1 册李昉《寄孟宾于》诗中，实为误收），《全唐诗》及《全唐诗补编》所收之诗作皆见《全宋诗》中。

38. 朱贞白（又作李贞白）

《全唐诗补编》见第 1400 页，《全宋诗》见第 1 册 204 页。

两者为同一人。《全唐诗》录其诗作 6 首，《全唐诗补编》录其诗作 2 首，《全宋诗》录其诗作 8 首。《全唐诗》及《全唐诗补编》所收之诗作皆见《全宋诗》中。

39. 查元方

《全唐诗补编》见第 1401 页，《全宋诗》见第 1 册 202 页。

两者为同一人。两者所录诗歌一致。

40. 杨文郁

《全唐诗补编》见第 1402 页，《全宋诗》见第 1 册 208 页。

两者为同一人。两者所录诗歌一致。

41. 张洎

《全唐诗补编》见第 1402 页，《全宋诗》见第 1 册 260 页。

两者为同一人。《全唐诗补编》录其诗作 2 首(诗歌 1 首，句 1 则)，《全宋诗》录其诗作 5 首（诗歌 3 首，句 2 则），两者相同诗歌 2 首。

42. 乐史

《全唐诗补编》见第 1404 页，《全宋诗》见第 1 册 227 页。

两者为同一人。《全唐诗补编》录其诗作 1 首，《全宋诗》录其诗作 5 首，两者相同诗歌 1 首。

43. 卢郢

《全唐诗补编》见第 1404 页，《全宋诗》见第 1 册 203 页。

两者为同一人。《全唐诗补编》录其诗作 1 首，《全宋诗》录其诗作 2 首，两者相同诗歌 1 首。

44. 王操

《全唐诗补编》见第 1405 页，《全宋诗》见第 1 册 647 页。

两者为同一人。《全唐诗补编》录其诗作 2 首(诗歌 1 首，句 1 则)，《全宋诗》录其诗作 15 首（诗歌 12 首，句 3 则），两者相同诗歌 2 首。

45. 江景房

《全唐诗补编》见第 1441 页,《全宋诗》见第 1 册 52 页。

两者为同一人。两者所录诗歌一致。

46. 晓荣

《全唐诗补编》见第 1444 页,《全宋诗》见第 1 册 155 页。

两者为同一人。两者所录诗歌一致。

47. 遇臻

《全唐诗补编》见第 1444 页,《全宋诗》见第 1 册 275 页。

两者为同一人。两者所录诗歌一致。

48. 本先

《全唐诗补编》见第 1444 页,《全宋诗》见第 1 册 451 页。

两者为同一人。两者所录诗歌一致。

49. 洪寿

《全唐诗补编》见第 1445 页,《全宋诗》见第 1 册 508 页。

两者为同一人。两者所录诗歌一致。

50. 黄夷简

《全唐诗补编》见第 1446 页,《全宋诗》见第 1 册 273 页。

两者为同一人。《全唐诗补编》录其句 1 则,《全宋诗》录其诗作 3 首(诗歌 1 首,句 2 则),两者相同诗歌 1 首。

51. 钱昱

《全唐诗补编》见第 1446 页,《全宋诗》见第 1 册 501 页。

两者为同一人。两者所录诗歌一致。

52. 黄子稜

《全唐诗补编》见第 1462 页,《全宋诗》见第 1 册 155 页。

两者为同一人。两者所录诗歌一致。

53. 省澄

《全唐诗补编》见第 1462 页,《全宋诗》见第 1 册 307 页。

两者为同一人。《全唐诗补编》录其诗作 7 首,《全宋诗》录其诗作 1 首,两者相同诗歌 1 首。

54. 玄应

《全唐诗补编》见第 1467 页,《全宋诗》见第 1 册 46 页。

两者为同一人。两者所录诗歌一致。

55. 定御

《全唐诗补编》见第 1468 页,《全宋诗》见第 1 册 49 页。

两者为同一人。两者所录诗歌一致。

56. 王正己

《全唐诗补编》见第 1488 页,《全宋诗》见第 1 册 217 页。

两者为同一人。《全唐诗》录其诗作 2 首(诗歌 1 首,句 1 则),《全唐诗补编》录其诗作 3 首(诗歌 2 首,句 1 则),《全宋诗》录其诗作 2 首。《全宋诗》少收《全唐诗补编》所录句 1 则。

57. 廖融

《全唐诗补编》见第 1489 页,《全宋诗》见第 1 册 211 页。

两者为同一人。《全唐诗》录其诗作 9 首(诗歌 6 首,句 3 则),《全唐诗补编》录其诗作 2 首,《全宋诗》录其诗作 11 首(诗歌 8 首,句 3 则)。《全唐诗》多收其《句》"古寺寻僧饭,寒岩衣鹿裘",《全宋诗》多收其《句》"松风吹发乱,岩溜溅棋寒",其他内容相同。其实,《全唐诗》多收之《句》实出自《全唐诗补编》所录廖融《赠王正己》。

58. 周渭

《全唐诗补编》见第 1501 页,《全宋诗》见第 1 册 164 页。

两者为同一人。《全唐诗补编》录其诗作 2 首,《全宋诗》录其诗作 3 首,两者相同诗歌 2 首。《全宋诗》多收《赠道士吴崇岳》。

《全宋诗》据《诗话总龟》前集卷三二引《郡阁雅谈》收其《赠道士吴崇岳》,《全唐诗》将此诗误收入唐大历十四年(779)登第之周渭名下。

59. 胡君防

《全唐诗补编》见第 1502 页，《全宋诗》见第 1 册 171 页。

两者为同一人。《全唐诗补编》录其句 4 则，《全宋诗》录其句 5 则，两者相同诗句 4 则。

60. 孙光宪

《全唐诗补编》见第 1507 页，《全宋诗》见第 1 册 50 页。

两者为同一人。《全唐诗》录其诗作 87 首（诗歌 85 首，句 2 则），《全唐诗补编》录其诗作 1 首，《全宋诗》录其诗作 11 首（诗歌 9 首，句 2 则）。《全宋诗》所收之诗作皆见《全唐诗》及《全唐诗补编》中。

61. 王处厚

《全唐诗补编》见第 1549 页，《全宋诗》见第 1 册 295 页。

两者为同一人。两者所录诗歌一致。

62. 幸夤逊

《全唐诗补编》见第 1549 页，《全宋诗》见第 1 册 2 页。

两者为同一人。《全唐诗》录其诗作 7 首（诗歌 1 首，句 6 则），《全唐诗补编》录其诗作 5 首（诗歌 2 首，句 3 则），《全宋诗》录其诗作 11 首（诗歌 3 首，句 8 则）。《全宋诗》所收之诗作皆见《全唐诗》及《全唐诗补编》中。《全唐诗》多收《句》"日回禽影穿疏木，风递猿声入小楼"，该诗句实出自《全唐诗补编》所录幸夤逊《登戎州江楼闲望》。

63. 晓峦

《全唐诗补编》见第 1551 页，《全宋诗》见第 72 册 45192 页。

《全唐诗补编》所收晓峦与《全宋诗》所收释楚峦实为同一人。《全唐诗补编》录其诗作 5 首，《全宋诗》录其诗作 4 首。《全宋诗》所收之诗作皆见《全唐诗补编》中，《全唐诗补编》多收《蜀中送人游庐山》。《全唐诗补编》所收《蜀中送人游庐山》实为唐僧隐峦所作（见《全唐诗》第 23 册第 9296 页）。

64. 于观文

《全唐诗补编》见第 1555 页，《全宋诗》见第 72 册 45301 页。

两者为同一人。两者所录诗歌一致。

65. 姚揆

《全唐诗补编》见第 1570 页，《全宋诗》见第 2 册 854 页。

两者为同一人。《全唐诗》录其诗作 4 首，《全唐诗补编》录其诗作 3 首（诗歌 1 首，句 2 则），《全宋诗》录其诗作 2 首（诗歌 1 首，句 1 则）。《全宋诗》所收之诗作皆见《全唐诗补编》中。

二 《全宋诗》与《全元诗》同名诗人比较分析

《全宋诗》与《全元诗》收了很多同名诗人，这部分诗人绝大多数都是由宋入元的人，故《全宋诗》与《全元诗》皆予收录。但有些同名诗人，有的是《全宋诗》误收，有的是《全元诗》误收，有的是两者皆误收。罗鹭《〈元诗选〉与元诗文献研究》一书已指出，《全宋诗》与《全元诗》皆收之王元、李古、李鹏、句龙纬、阎询、李周、甄良友（《全宋诗》作甄龙友）、严丹丘（《全宋诗》作严羽）、齐祖之（《全宋诗》作齐唐）、陈铭、石敏若（《全宋诗》作石懋）、于岩（即萧德藻）、周竹坡（即周紫芝）实皆为宋代人，《全元诗》误收。又，韩震军《〈全元诗〉误收唐宋人诗辨正》及石勖言《〈全元诗〉误收诗人考》亦指出张师锡、韩松、姚铉、俞希孟、王孳、释有规、江文叔、李通儒、张道洽、杨绘、黄通、陈虞之、郎几、郭允升、谭用之、缪瑜、项平父（项安世）、黄田（《全宋诗》作黄由）、吴观（《全宋诗》作吴潜）、周信仲（《全宋诗》作周孚）皆为宋代人，《全元诗》误收。除此之外，还有如下一些诗人被误收。

（一）《全宋诗》正确，《全元诗》误收

同一人，《全元诗》误收

1. 史温

《全宋诗》见第 3 册 1834 页，《全元诗》见第 67 册第 239 页。

《全宋诗》谓"史温，真宗大中祥符间知闽清县"。《全元诗》谓"史温，

生平不详。清沈志礼辑《曹江孝女庙志》卷五作元人，并云曾任员外郎"。

《全宋诗》与《全元诗》皆收其诗歌一首。《全宋诗》据宋孔延之《会稽掇英总集》卷一八（当为卷八）收其诗歌《诗一首》，《全元诗》据清沈志礼《曹江孝女庙志》卷五收其诗歌《孝庙偶题》，内容相同。

《会稽掇英总集》卷八收有史温此诗，又《会稽掇英总集》系宋孔延之于神宗熙宁五年编就，那么《全元诗》以史温为元代人实有误。

2. 张伯玉

《全宋诗》见第 7 册 4723 页，《全元诗》见第 8 册第 351 页。

《全宋诗》谓"张伯玉，字公达，建安人。早年举进士，又举书判拔萃科。仁宗庆历初以秘书丞知并州太谷县时，范仲淹推荐应贤良方正能直言极谏科。至和中通判睦州，时年三十，后迁知福州，移越州、睦州。"《全元诗》谓其"字里不详。至元间为郯城县尹。"

《全宋诗》收张伯玉诗作 104 首，《全元诗》收其诗作 1 首，两者相同诗歌 1 首。《全元诗》据《永乐大典》卷二二六七引张伯玉诗收其诗《鉴湖晚归》，《全宋诗》据宋孔延之《会稽掇英总集》卷三收张伯玉《鉴湖晚归》，两者内容相同。

张伯玉《鉴湖晚归》首句云"会稽太守无事时，缓带长作渔樵嬉"，张伯玉曾于嘉祐八年（1063）知越州，即诗所谓会稽太守。又宋孔延之《会稽掇英总集》卷三、《宋诗纪事补遗》卷一七皆将此诗归入宋人张伯玉名下，且《会稽掇英总集》是宋孔延之于神宗熙宁五年编就，《永乐大典》以张伯玉为元代人实有误，《全元诗》亦误。

3. 章询

《全宋诗》见第 7 册 4887 页，《全元诗》见第 68 册第 40 页。

《全宋诗》谓其"仁宗时以大理寺丞监永州市征"。《全元诗》谓其"字里不详。曾任大理寺丞"。

《全宋诗》与《全元诗》皆录其诗歌一首。《全宋诗》据清曾国荃光绪《湖南通志》卷二七八录章询诗作《接宣抚偕道正访九龙岩主喜师率成二十八字》，

《全元诗》据《元诗选癸集》丁集录其诗作《九龙岩》，诗歌内容相同。

光绪《湖南通志》卷二七八引《金石补正》谓章询为宋人，作元人误。据《金石萃编》卷一三三录澹山岩题名："至和二年乙未六月十九日，尚书职方员外郎知永州军州事柳拱辰以久旱躬祷于零陵王之祠，因憩此岩。是日得雨。时殿直齐怀德、大理寺丞章询、判官李方。"[①]亦可知章询当为宋人，非元人也，《元诗选癸集》有误，《全元诗》亦误。

4. 胡宗愈

《全宋诗》见第 11 册 7734 页，《全元诗》见第 66 册第 433 页。

《全宋诗》谓"胡宗愈（1029—1094），字完夫，晋陵人。宿从子。仁宗嘉祐四年进士。英宗治平三年为集贤校理。神宗立，迁同知谏院"。《全元诗》谓其"字里不详。光绪《丰县志》卷十三作元人"。

《全元诗》收胡宗愈诗歌 1 首，《全宋诗》收其诗歌 5 首，两者相同诗歌 1 首。《全宋诗》据清王峻乾隆《徐州府志》卷二四收其《凫鹥亭》诗，《全元诗》据光绪《丰县志》卷一三收其《题凫鹥亭》诗，内容相同。

明李贤撰《大明一统志》卷一八、同治《徐州府志》卷一八中诸书皆谓《凫鹥亭》诗是宋人胡宗愈所作，又谓凫鹥亭乃丰县知县关景仁治平二年（1065）建。据胡宗愈《凫鹥亭》："君为凫鹥亭，更作凫鹥诗。凫鹥为鸟虽甚微，君心仁爱乃在兹。……知君官久行亦归，亭上引满伤别离。岂惟丰人惜君去，虽我亦为凫鹥悲。"胡宗愈此诗当是送别关景仁离职丰县时所作，故胡宗愈当为宋代人，《全元诗》有误。

5. 黄廉

《全宋诗》见第 12 册 8409 页，《全元诗》见第 66 册第 327 页。

《全宋诗》谓"黄廉（1034—1092），字夷仲，洪州分宁人。庶弟。仁宗嘉祐六年（1061）进士，授宣州司理参军，移虔州会昌令。神宗熙宁初为司农寺勾当公事，除太子中允、利州路转运判官。十年，为监察御史里行。元丰

[①] 王昶：《金石萃编》，新文丰出版社编《石刻史料新编（第一辑第四册）》，新文丰出版社，1977，第 2478 页。

元年（1078），改集贤校理、权判尚书刑郎"。《全元诗》谓"黄廉，字里不详。曾任学士，提举保甲。生平见《元诗选癸集》丁集"。

《全宋诗》收其诗歌9首，《全元诗》收其诗歌2首，两者相同诗歌2首。《全宋诗》据清储大文雍正《山西通志》卷二二二收其诗歌《留题洪庆观》《劝学》2首，《全元诗》据成化《山西通志》卷一六收其诗歌《垣曲县留题》《陵川励俗》2首，内容相同。

《晋城金石志》谓黄廉《劝学》诗曾立碑，该碑为元丰年间立[①]。据此来看，黄廉当为北宋时人，作元人有误。《〈元诗选〉与元诗文献研究》一书也已指出《元诗选癸集》丁集将黄廉作元代人实有误。

6. 俞括

《全宋诗》见第16册11147页，《全元诗》见第67册第175页。

《全宋诗》谓其"字资深，沙县人。神宗熙宁六年（1073）进士。哲宗绍圣初，以奉议郎通判虔州"。《全元诗》谓其"生平不详。清汪森《粤西诗载》卷二十作元人"。

《全宋诗》收俞括诗作《诗一首》《句》共二首，《全元诗》收其诗作《游南山》，其实《全宋诗》所收《诗一首》《句》皆出自《全元诗》所录《游南山》一诗。

宋潘自牧《记纂渊海》卷一五、宋祝穆《方舆胜览》卷四〇、宋王象之《舆地纪胜》卷一一一诸书皆引用《游南山》中的诗句"二十四峰尖，参差列郡南。半空擎梵宇，绝顶寄僧龛"作宋人俞括诗，《全元诗》作元人当有误。

7. 张会宗

《全宋诗》见第17册11319页，《全元诗》见第52册第482页。

《全宋诗》谓"张会宗，神宗熙宁七年（1074）守秘书丞，分司南京。事见《求古录》"。《全元诗》谓"张会宗，字里不详。据道光《长清县志》卷之末卷下，元末曾任秘书监丞"。

《全宋诗》与《全元诗》皆收其诗歌1首，两者相同诗歌1首。《全宋诗》

[①] 晋城市地方志丛书编委会编著：《晋城金石志》，海潮出版社，1995，第46页。

据清顾炎武《求古录》收其诗歌《留题赠灵岩鉴公禅师》,《全元诗》据道光《长清县志》卷之末卷下收其诗歌《留题灵岩方丈》,内容相同。

顾炎武《求古录》谓此诗曾立石,诗前署"守秘书丞分司南京张会宗",诗后署"丁巳(熙宁十年)三月二十七日"[①],故此诗当为宋人张会宗诗,道光《长清县志》有误,《全元诗》亦误。

8. 释觉先

《全宋诗》见第22册14956页,《全元诗》见第67册第211页。

《全宋诗》谓"释觉先(1069—1146),慈溪人。俗姓陈。高宗绍兴十六年卒,年七十八"。《全元诗》谓"释觉先,剡溪僧。清沈志礼辑《曹江孝女庙志》卷五作元人"。

《全宋诗》收其诗歌1首,《全元诗》收其诗歌2首,两者相同诗歌1首。《全宋诗》据清厉鹗《宋诗纪事》卷九三引《娥江题咏》收其诗歌《过曹娥庙》,《全元诗》据清沈志礼《曹江孝女庙志》卷五收其诗歌《渡曹江》其二,两者内容相同。

宋代释志磐《佛祖统纪》卷一五亦谓释觉先为北宋慈溪人,号澄照。清沈志礼以其为元代人实有误,《全元诗》亦有误。

9. 张斛

《全宋诗》见第27册17935页,《全元诗》见第66册第205页。

《全宋诗》谓其"字德容,渔阳人。徽宗时曾知武陵。金灭辽后,被索北归,仕金为秘书省著作郎。事见元好问《中州集》卷一"。《全元诗》谓其"字德容。生平不详。《诗渊》作元人"。

《全宋诗》收张斛诗作27首,《全元诗》仅收录张斛诗1首,两者相同诗歌1首。《全宋诗》据元代元好问《中州集》卷一收有《海边亭为浩然赋》,《全元诗》据《诗渊》第3134页收有《海边亭为浩然赋》,两者内容相同。

元代元好问《中州集》卷一、明李蓘编《宋艺圃集》卷一四、《全金诗》

---

① 顾炎武:《求古录》,《顾炎武全集(外八种)》,上海古籍出版社,2012,第521页。

卷五皆将《海边亭为浩然赋》归入宋人张斛名下。《诗渊》为明代人所辑，且多有讹误。张斛非元人也，《全元诗》误辑。

10. 谢彦

《全宋诗》见第 29 册 18811 页，《全元诗》见第 68 册第 186 页。

《全宋诗》谓"谢彦，字子美。徽宗政和六年（1116）曾游骊山"。《全元诗》谓"谢彦，字里不详"。

《全宋诗》与《全元诗》皆收其诗歌 1 首，内容相同。《全宋诗》据《北京图书馆藏中国历代石刻拓本汇编》册四二页五九收其诗歌《留题骊山》，《全元诗》据《元诗选癸集》癸集下收其诗歌《骊山》，内容相同。

《金石萃编》卷一四七谓《骊山》诗曾刻石骊山，下署"政和丙申三月十八日谢彦子美书"[①]。据此，则诗当为北宋人谢彦所作，《元诗选癸集》以其为元人当有误，《全元诗》亦误。《〈全元诗〉误收诗人考》亦认为谢彦为宋人。

11. 李丙（李仲南）

《全宋诗》见第 47 册 29316 页，《全元诗》见第 65 册第 255 页。

《全宋诗》谓"李丙，字仲南，邵武人。与吕祖谦友善"。《全元诗》谓"李仲南，生平不详。诗存明宋公传《元诗体要》"。

《全宋诗》据宋陈起《前贤小集拾遗》卷一收其诗歌 2 首，《全元诗》据明宋公传《元诗体要》收其诗歌 2 首，两者内容相同。李丙字仲南，《全宋诗》所收李丙与《全元诗》所收李仲南实为同一人。

据宋陈岩肖《庚溪诗话》卷下云："政宣间修西京洛阳大内，掘地得一碑，隶书小词一阕，名《后庭宴》，其词曰：……余见此碑墨本于李丙仲南家。仲南云得之张魏公侄椿处也。"[②] 李丙当为北宋时人，不当收入《全元诗》。

12. 王居安

《全宋诗》见第 51 册 32212 页，《全元诗》见第 68 册第 234 页。

[①] 王昶：《金石萃编》，新文丰出版社编《石刻史料新编（第一辑第四册）》，新文丰出版社，1977，第 2720 页。

[②] 邓子勉编著：《宋金元词话全编》，凤凰出版社，2008，第 441 页。

《全宋诗》谓"王居安,字资道,初名居敬,字简卿,号方岩,黄岩人。孝宗淳熙十四年进士,授徽州推官,迁江东提刑司干官。入为国子正、太学博士。宁宗开禧三年为秘书丞,兼国史院编修官、实录院检讨官,迁著作郎"。《全元诗》谓"王居安,生平不详"。

《全宋诗》收其诗歌 11 首,《全元诗》收其诗歌 1 首,两者相同诗歌 1 首。《全宋诗》据明谢铎《赤城诗集》卷一收其诗歌《考试当涂次池阳崎岖山行石多可爱因用袁席之韵》,《全元诗》据《元诗选癸集》癸集下收其诗歌《考试当涂次池阳崎岖山行题石》,内容相同。

王居安此诗云:"平生爱奇石,如见古君子。"南宋戴复古《灵璧石歌为方岩王侍郎作》亦提及王居安爱奇石,诗题所言袁席之即南宋袁聘儒(字席之),《元诗选癸集》以其为元代人实有误,《全元诗》亦有误。

13. 赵希鹗

《全宋诗》见第 53 册 33339 页,《全元诗》见第 68 册第 212 页。

《全宋诗》谓"赵希鹗,太祖九世孙"。《全元诗》谓"赵希鹗,字里不详"。

《全宋诗》收赵希鹗诗作 1 首,《全元诗》收其诗作 2 首,两者相同诗歌 1 首。《全宋诗》据清陆心源《宋诗纪事补遗》卷九二引《湖南通志》收其诗歌《秦洞》,《全元诗》据《元诗选癸集》癸集下收其诗歌《秦人三洞》,两者内容相同。

《宋史》卷二二一《宗室世系表第七》谓赵希鹗为太祖九世孙,其人当为宋代人,非元代人。

14. 詹师文

《全宋诗》见第 53 册 33444 页,《全元诗》见第 68 册第 200 页。

《全宋诗》谓其"字叔简,崇安人。宁宗庆元二年(1196)进士。调婺源尉,再调江西提刑司检法官"。《全元诗》谓其"字里不详"。

《全宋诗》与《全元诗》皆收录其一首诗歌,诗歌内容相同。《全宋诗》据清罗良嵩道光《武夷山志》卷二三收其《泛舟》,《全元诗》据《元诗选癸集》癸集下收其《武夷山》,两者内容相同。

《宋诗纪事补遗》卷六〇、《闽诗录》丙集卷一一皆将此诗归入宋人詹师文名下，清顾嗣立《元诗选癸集》以其人为元代人，不知何据，恐有误。《〈全元诗〉误收诗人考》一文亦认为詹师文为宋人。

15. 赵汝鐩

《全宋诗》见第 55 册 34199 页，《全元诗》见第 68 册第 213 页，作"赵汝遂"。

《全宋诗》谓"赵汝鐩（1172—1246），字明翁，号野谷，袁州（今江西宜春）人。太宗八世孙。宁宗嘉泰二年进士。历东阳主簿，崇陵桥道顿递官，诸暨主簿，荆湖南路刑狱司属官，知临川县，监镇江府榷货务，临安通判，诸军审计司军器监主簿，理宗绍定二年知郴州"。《全元诗》谓"赵汝遂，字里不详"。

《全宋诗》收赵汝鐩诗近三百首，《全元诗》收其诗歌三首，两者相同诗歌一首。《全宋诗》据明胡汉万历《郴州志》卷七收其诗歌《流杯池》，《全元诗》据《元诗选癸集》癸集下收其诗歌《题梳杯池》，内容相同。

《全宋诗》编者谓"万历《郴州志》卷七此诗下原署赵汝遂，据卷二所载仕履当为汝鐩"。又《全元诗》据《元诗选癸集》癸集下收赵汝遂《北湖行》，此诗又见嘉靖《湖广图经志书》卷一四赵汝鐩名下，亦题为《北湖行》。可见《全元诗》所收赵汝遂实为赵汝鐩，此人为宋代人，《全元诗》误收。

16. 陈俞

《全宋诗》见第 55 册 34269 页，《全元诗》见第 66 册第 108 页。

《全宋诗》谓"陈俞，字伯俞，闽县人。宁宗嘉泰二年（1202）进士。理宗宝祐间知政和县。官至太常博士"。《全元诗》谓"陈俞，三山人。生平不详。《诗渊》作元人"。

《全宋诗》收其诗歌 5 首，《全元诗》收其诗歌 5 首，两者相同诗歌 1 首。《全宋诗》据宋潜说友《咸淳临安志》卷七九收其《雨后过玛瑙寺》，《全元诗》据《诗渊》第 381 页收其《赠复至玛瑙寺》，两者内容相同。

此诗既然见于宋人潜说友编《咸淳临安志》，此诗当为宋代人陈俞所作，《诗渊》作元人恐有误。疑《全宋诗》所收陈俞与《全元诗》所收陈俞实为同一人。

17. 翁元龙

《全宋诗》见第 57 册 35651 页，《全元诗》见第 67 册第 231 页。

《全宋诗》谓其"字时可，号处静，鄞县（今浙江宁波）人。为杜范客，相随迁居黄岩。工于词"。《全元诗》谓其"句章（浙江宁波）人。清沈志礼辑《曹江孝女庙志》卷五作元人"。

《全宋诗》收翁元龙诗歌《题曹娥墓》《总宜园》二首，《全元诗》收仅其《咏孝娥》一首，其中《题曹娥墓》与《咏孝娥》诗歌内容相同。

宋周密《浩然斋雅谈》卷下谓翁元龙与吴文英（吴文英本姓翁）为亲兄弟[①]，《全浙诗话》卷一一亦谓翁元龙与吴文英为亲兄弟，又为丞相杜范门客。因吴文英逝于宋末，又杜范逝于1245年，翁元龙大概亦当为南宋末年之人，非元代人也，《全元诗》有误。《〈全元诗〉误收诗人考》一文亦认为翁元龙为宋人。

18. 康南翁

《全宋诗》见第59册36817页，《全元诗》见第67册第103页。

《全宋诗》谓"康南翁，名不详，《虎丘志》次其人于丘岳之后，姑从之"。《全元诗》谓"康南翁，生平不详。清顾诒禄《虎丘山志》卷十四作元人"。

《全宋诗》收其残句1则，《全元诗》收其诗歌《虎丘》1首，此残句实出自《虎丘》。《全宋诗》所收康南翁与《全元诗》所收康南翁实为同一人。

据释道璨《跋康南翁诗集》："南翁早受句法于深居冯君，来江湖，从北磵游，而又与吴菊潭……如大家富室，门深户严，过者不敢迫视。年逾三十，挟贫而死，惜哉！"[②]因释道璨、冯去非（号深居）皆为宋末时人，且康南翁年逾三十即卒，故康南翁亦当为宋末人，非元代人也。

19. 陈梦庚

《全宋诗》见第59册37023页，《全元诗》见第67册第124页。

《全宋诗》谓"陈梦庚（1190—1267），字景长，号竹溪，闽县人。宁宗嘉定十六年进士，授潮州教授。秩满，入广西转运司幕。历浙西运司干办，知庐陵县，通判泉州"。《全元诗》谓其"字里不详。清王复礼《武夷九曲志》卷八作元人"。

[①] 周密撰，邓子勉校点：《浩然斋雅谈》，辽宁教育出版社，2000，第37页。
[②] 曾枣庄、刘琳主编：《全宋文》第349册，上海辞书出版社、安徽教育出版社，2006，第310页。

《全元诗》收陈梦庚《武夷山鼓楼岩》1首,《全宋诗》收陈梦庚诗作15首,两者相同诗作1首。《全元诗》据清王复礼《武夷九曲志》卷八收陈梦庚《武夷山鼓楼岩》,《全宋诗》据清《武夷诗集》卷一收其《仙鼓楼》,两者内容相同。

清董天工《武夷山志》卷一三下亦谓此诗当为宋人陈梦庚所作。又清董天工《武夷山志》卷一六谓"陈梦庚号竹溪,宋端平间通判泉州"。明陈道撰弘治《八闽通志》卷三二亦谓陈梦庚端平间通判泉州府军州事。陈梦庚当为宋代人,《全元诗》恐有误。石勖言《〈全元诗〉误收诗人考》一文亦认为陈梦庚为宋人。

20. 余晦

《全宋诗》见第59册37033页,《全元诗》见第67册第198页。

《全宋诗》谓"余晦,字养明,四明人。理宗绍定间知高邮军。淳祐十年（1250）,知镇江府。十一年,知平江府。十二年,知临安府。宝祐元年,为四川安抚制置使、知重庆府。五年,为淮西总领"。《全元诗》谓"余晦,字里不详。清沈志礼辑《曹江孝女庙志》卷五作元人,并云曾任'总领、侍郎'"。

《全宋诗》收其诗歌1首,《全元诗》收其诗歌2首,两者相同诗歌1首。

《全宋诗》据清董沛《甬上宋元诗略》卷九引《娥江题咏》收其《曹娥江》,《全元诗》据清沈志礼《曹江孝女庙志》卷五收其《吊曹娥》其二,两者内容相同。

余晦曾任淮西总领,又曾以大中大夫、户部侍郎总领淮西江东军马钱粮。这与《全元诗》谓其曾任总领、侍郎相符,故《全宋诗》所收余晦与《全元诗》所收余晦实为同一人。但余晦当为宋末时人,非元代人也,《全元诗》有误。

21. 萧澥

《全宋诗》见第62册38821页,《全元诗》见第65册第227页。

《全宋诗》谓其"字泛之,自号金精山民,宁都（今属江西）人。理宗绍定中,隐居金精山",《全元诗》谓其"号金精山民。宛陵（安徽宣城）人"。

《全宋诗》收其诗歌33首,《全元诗》收其诗歌2首,两者内容皆不相同。

《全元诗》据《宛陵群英集》收萧澥《戍妇词》《商妇怨》两诗,《戍妇词》下注"金精山民",因金精山在宁都,疑此两诗当皆为宋代宁都人萧澥作,《全元诗》恐有误。

22. 曾原一

《全宋诗》见第 62 册 38826 页，《全元诗》见第 66 册第 149 页。

《全宋诗》谓其"字子实，号苍山，宁都人。理宗绍定三年（1230）避乱钟陵，从戴复古等结江湖吟社。四年，领乡荐，尝与从弟原郕师杨伯子"。《全元诗》谓其"一作曾元一。生平不详。《诗渊》作元人"。

《全元诗》收录曾原一诗作 3 首，《全宋诗》收其诗作 10 首，两者相同诗歌 3 首。《全宋诗》据《永乐大典》卷二四〇四引《豫章志》收其《作歌咏苏云卿》，《全元诗》据《诗渊》第 1679 页收其《题苏先生祠》，两者内容相同。又《全宋诗》及《全元诗》皆据《诗渊》第 3 册第 1682 页收其《题贤女祠》，又皆据《诗渊》第 4 册第 2722 页收其《题瘦马歌》，内容皆相同。

宋韦居安《梅磵诗话》卷下："曾苍山作《苏云卿歌》，序云：'云卿为张魏公友。魏公相，云卿隐豫章东湖，粥蔬自给。'"① 亦将《作歌咏苏云卿》归于宋人曾原一名下，故《诗渊》作元人有误，《全元诗》亦误。

23. 翁逢龙

《全宋诗》见第 63 册 39357 页，《全元诗》见第 67 册第 193 页。

《全宋诗》谓"翁逢龙，字石龟，四明人。理宗嘉熙元年（1237）通判平江府，知建昌府"。《全元诗》谓"翁逢龙，号石龟。明州人。曾任建昌太守。生平见清沈志礼辑《曹江孝女庙志》卷五"。《全宋诗》所收翁逢龙与《全元诗》所收翁逢龙为同一人。

《全宋诗》收其诗歌 14 首，《全元诗》收其诗歌 3 首，两者相同诗歌 2 首。《全宋诗》据《甬上宋元诗略》卷九收其《曹娥庙》《曹娥墓》，《全元诗》据清沈志礼《曹江孝女庙志》卷五收其《题孝庙》二首，两者内容相同。

据吴文英《探春慢·龟翁下世后登研意》《柳梢青·与龟翁登研意观雪怀癸卯岁腊朝断桥并马之游》，龟翁即翁逢龙，其人应该逝于吴文英之前，因吴文英逝于宋末，翁逢龙大概亦当为南宋末年之人，非元代人也，《全元诗》有误。

---

① 丁福保辑：《历代诗话续编》，中华书局，1983，第 569 页。

《〈全元诗〉误收诗人考》一文亦认为翁逢龙为宋人。

24. 许存我

《全宋诗》见第 71 册 45070 页，《全元诗》见第 65 册第 58 页。

《全宋诗》与《全元诗》皆谓其生平不详。

《全宋诗》与《全元诗》皆收录其一首诗歌，诗歌内容相同。《全宋诗》据宋桑世昌《回文类聚》卷三收其《次韵吴叔廉山村》，《全元诗》据《皇元风雅》后集卷三收其《次韵吴叔廉山村回文》，两诗内容相同。

宋桑世昌《回文类聚》卷三收有许存我此诗，桑世昌为陆游甥，故许存我当为宋人，《全元诗》作元人当有误。

25. 释惟茂

《全宋诗》见第 71 册 45072 页，《全元诗》见第 53 册第 254 页。

《全宋诗》谓"释惟茂，吴人。住天台山。事见《容斋三笔》卷一二"。《全元诗》谓"释惟茂，字里不详。吴中僧人。倪瓒于至正二十五年作《溪亭山色图》，跋中引了'吴门僧惟茂，住天台山一禅刹，喜其旦暮见山，作绝句云云'"。

《全宋诗》与《全元诗》皆收其诗歌 1 首，两者相同诗歌 1 首。《全宋诗》据《容斋三笔》卷一二收其诗歌《绝句》，《全元诗》据《秘殿珠林石渠宝笈合编》第 1 册第 425 页收其诗歌《绝句》，内容相同。

宋洪迈《容斋三笔》卷一二载："吴门僧惟茂，住天台山一禅刹，喜其旦暮见山，作绝句曰……。"《秘殿珠林石渠宝笈合编》亦云："元倪瓒《溪亭山色图》一轴……吴门僧惟茂，住天台山一禅刹，喜其旦暮见山，作绝句曰……。"元人倪瓒亦当是引用宋洪迈《容斋三笔》所载之内容写于卷轴上。吴门僧惟茂当为宋人，《全元诗》误收。

26. 谢隽伯

《全宋诗》见第 72 册 45333 页，《全元诗》见第 66 册第 1 页。

《全宋诗》谓"谢隽伯，字长父，号偕山，永嘉人"。《全元诗》谓"谢隽伯，字长父，号偕山。永嘉鹤阳人"。《全宋诗》所收谢隽伯与《全元诗》所收谢隽伯实为同一人。据《永嘉〈鹤阳谢氏家集〉内编考实（上）》，谢隽伯生于 1225 年，卒于 1278 年[①]。故谢隽伯当为宋人，《全元诗》以其为元代人当有误。

《全宋诗》收其诗歌 3 首，《全元诗》收其诗歌 3 首，内容相同。

并非同一人，《全元诗》误收

1. 蒋堂

《全宋诗》见第 3 册 1701 页，《全元诗》见第 37 册第 444 页。

《全宋诗》谓："蒋堂（980—1054），字希鲁，号遂翁，本宜兴人，家于苏州。真宗大中祥符五年进士。"《全元诗》谓："蒋堂，字子中。吴郡人。从学于永嘉林宽，泰定三年，江浙行省乡试第三，虞集作《赠蒋子中》相勉。广东廉访司辟为书吏，辞不就，居家讲学。至正二十一年，以荐授嘉定州学教授。"

《全宋诗》收蒋堂诗作 47 首，另有 2 则残句，《全元诗》收其诗作 15 首。两者互录的诗有《垂虹亭》《过松江》《至德庙》三首，《全宋诗》作《吴江桥》《吴淞江》《太伯庙》。《全宋诗》据《春卿遗稿》收有《吴淞江》，《全宋诗》据《春卿遗稿续编》收有《吴江桥》，《全宋诗》据元陈世隆《宋诗拾遗》卷二收有《太伯庙》。《全元诗》据清徐崧、张大纯《百城烟水》卷四收有《垂虹亭》《过松江》，《全元诗》据清吴存礼《梅里志》卷三收有《至德庙》。

宋范成大撰绍定《吴郡志》卷一七、宋王象之《舆地纪胜》卷五皆将《吴江桥》归入宋人蒋堂名下，又宋范成大撰绍定《吴郡志》卷一八、宋郑虎臣编《吴都文粹》卷五将《吴淞江》归入宋人蒋堂名下，又宋范成大撰绍定《吴郡志》卷一二、宋郑虎臣编《吴都文粹》卷三皆将《太伯庙》归入宋人蒋堂名下，据上可知，此三诗当为宋人蒋堂诗，《全元诗》误收。

2. 宋禧

《全宋诗》见第 8 册 5292 页，《全元诗》见第 53 册第 376 页。

《全宋诗》谓"宋禧，仁宗庆历七年（1047）为侍御史。八年，同知谏院。寻出为江南东路转运使，改荆湖北路。皇祐四年为山东转运使。后以兵部郎中、直龙图阁降知凤翔府。嘉祐四年知汝州"。《全元诗》谓"宋禧，初名宋玄禧，

---

① 张如元：《永嘉〈鹤阳谢氏家集〉内编考实（上）》，温州师范学院学报（哲社版）1995 年第 1 期，第 3 页。

字无逸，号庸庵，余姚人。至正十年中乡试，补授繁昌教谕。不久战乱四起，便弃职还乡。明洪武二年，召修《元史》，《外国传》自高丽以下诸国都是宋禧所写。书成，不愿作官，返回乡里"。

《全宋诗》收其诗歌 2 首，《全元诗》收其诗歌 481 首，两者相同诗歌 1 首。《全宋诗》据宋孔延之《会稽掇英总集》卷四收其诗歌《留题洞岩》，《全元诗》据《永乐大典》卷九七六四引《广信府志》宋禧诗收其诗歌《洞岩》，内容相同。宋孔延之《会稽掇英总集》卷四、宋施宿嘉泰《会稽志》卷一一皆将此诗归入宋代宋禧名下，故此诗非元代宋禧诗，《全元诗》误收。

3. 李邦彦

《全宋诗》见第 22 册 14972 页，《全元诗》见第 35 册第 250 页。

《全宋诗》谓"李邦彦（？—1130），字士美，怀州（今河南沁阳）人。徽宗大观二年上舍及第，试符宝郎。宣和四年拜少宰。钦宗靖康初进太宰。不久罢相，出知邓州。"《全元诗》谓"李邦彦，醴陵（今属湖南）人。延祐四年乡贡进士。"

《全宋诗》收李邦彦诗作 2 首，《全元诗》收其诗作 1 首。两者相同诗歌 1 首。《全宋诗》据清苏佳嗣康熙《长沙府志》卷一九收入李邦彦《二妃庙》，《全元诗》据清廖元度《楚风补》卷一六收入李邦彦《黄陵庙》，两者内容相同，都作："苍梧杳霭迷遐躅，晚云愁入修眉绿。薰风不动五弦空，清血斑斑在山竹。"

清厉鹗《宋诗纪事》引《长沙府志》将此诗归入宋代人李邦彦名下。《永乐大典》卷五七六九引《古罗志》亦谓此诗作宋代丞相李邦彦诗，但多有八句，全诗为："湘江如鉴山如围，有祠如翼临清漪。虞妃懿节俨如在，翠珉数尺镵英祠。苍梧杳霭迷遐躅，晚云愁入修眉绿。薰风不动五弦空，清血斑斑在山竹。丹心如日神敢欺，抠衣下拜安所祈。浔江不及潮阳好，此行请效黄陵祷。"[①]陈新等《全宋诗订补》一书已据此书收入此诗。据此来看，此诗当为宋代李邦彦诗，非元人李邦彦作，《全元诗》有误。

---

① 张国淦：《永乐大典方志辑本》，北京燕山出版社，2009，第 752 页。

4. 叶衡

《全宋诗》见第 38 册 23804 页，《全元诗》见第 30 册第 353 页。

《全宋诗》谓其"字梦锡，金华人。高宗绍兴十八年进士，时年二十七"。《全元诗》谓其："字仲舆，号芝阳山人。德兴人。延祐间领乡荐。后至元三年，任兴化县尹，有治迹。仕至婺州知州。早年从姚燧游，与黄溍、欧阳玄、宋褧为文字交。"

《全宋诗》收叶衡诗作 4 首，而《全元诗》收其诗作 18 首。两人名下相同的诗歌有 1 首，即《昆山吕正之三男子连中神童科盖奇事也次严别驾韵》，《全宋诗》编者据《昆山杂咏》卷下收入，而《全元诗》编者据《元诗选补遗》收入。

据宋代严焕《乡人吕正之教三子连中童子科盛哉前此无有也推原所以启其意者繇今大漕显谟公乃不远数百里来致感激余与之酾酒道旧欢甚匆匆欲归赋诗以留之》、宋代赵彦端《昆山吕正之三男子连中神童科盖奇事也建康严别驾为之赋诗某因次其韵》，此两诗与叶衡《昆山吕正之三男子连中神童科盖奇事也次严别驾韵》同韵。又严焕孝宗乾道三年通判建康府，通判亦称别驾，严别驾实当为严焕，故《昆山吕正之三男子连中神童科盖奇事也次严别驾韵》当为宋代叶衡诗，《全元诗》有误。

5. 许源

《全宋诗》见第 50 册 31351 页，《全元诗》见第 10 册第 241 页。

《全元诗》谓其至元间曾任海南崖州郡倅，《全宋诗》谓其孝宗淳熙间通判吉阳军，两者当非同一人。

《全宋诗》据明唐胄正德《琼台志》卷六收许源诗歌《和题落笔峒》二首，《全元诗》据《永乐大典》卷一三〇七五引《崖州郡志》收其诗歌《游洞天次云从龙诗韵》二首。两者相同诗歌一首，即《和题落笔峒》其一和《游洞天次云从龙诗韵》其一。

据《光绪崖州志》卷二二，许源《和题落笔峒》其一诗石刻于落笔洞，下题"宋郡倅许源"[①],故此诗当为宋人许源诗。又《全元诗》所收许源《游洞天次云从龙诗韵》其二诗,正德《琼台志》卷六却将此诗归于云从龙名下。疑《永乐大典》卷一三〇七五引《崖州郡志》实有误。

6. 郑觉民

《全宋诗》见第 63 册 39708 页,《全元诗》见第 41 册第 324 页。

《全宋诗》谓"郑觉民,理宗淳祐元年(1241)为镇江总领所干办"。《全元诗》谓"郑觉民(1300—1364),名以道,以字行,号求斋,晚号拙直。鄞县人。郑芳叔之子。积学笃行,性至孝"。

《全宋诗》收郑觉民诗作 1 首,而《全元诗》收其诗作 6 首,两者相同诗歌 1 首。《全宋诗》据清顾湄《虎丘山志》卷八收郑觉民《游虎丘》,《全元诗》据清顾诒禄《虎丘山志》卷一三收郑觉民《和范文正公题虎丘》,两诗内容相同。

明王宾撰、明茹昂重编《虎丘山志》亦将此诗归于宋人郑觉民名下,此书要早于清编《虎丘山志》,又,清顾诒禄《虎丘山志》卷一三亦将郑觉民此诗录于"艺文二"宋代诗下,《全元诗》误据。

7. 刘济

《全宋诗》见第 67 册 42315 页,《全元诗》见第 24 册第 393 页。

《全宋诗》谓"刘济,字应徐,崇安(今福建武夷山市)人。与赵必涟相倡和"。而《全元诗》谓"刘济,字巨川。新淦(今属江西)人。工诗。"

《全宋诗》与《全元诗》皆收录其诗歌一首,内容相同。《全宋诗》据清郑方坤《全闽诗话》卷五收有刘济《题梅花庄》,《全元诗》据清王复礼《武夷九曲志》卷一〇收有刘济《梅花庄》,两者内容相同。

崇祯《闽书》卷一二八、明陈道撰弘治《八闽通志》卷六五皆将此诗归入宋代刘济名下,又清董天工《武夷山志》卷一五亦将此诗归于宋人刘济名下。梅花庄为南宋时崇安人赵必涟所筑山庄,他与其弟日觞咏其间,曾有诗《自题梅花庄》[②],故参与唱和梅花庄的当为宋代崇安人刘济,清王复礼以刘济为元代

---

① 张嶲:《光绪崖州志》,海南出版社,2006,第 663 页。
② 曾枣庄等:《宋代文学编年史》,凤凰出版社,2010,第 2657 页。

新淦人实有误,《全元诗》亦有误。

8. 王宾

《全宋诗》见第 35 册 22075 页,《全元诗》见第 24 册第 146 页。

《全宋诗》谓其"会稽人,高宗绍兴五年进士"。《全元诗》谓其生平不详。

《全宋诗》收王宾作一首,《全元诗》收其诗作三首,内容均不相同。《全元诗》所收王宾三诗为《题郑所南宅》《子游墓》《巫咸山》。

《全元诗》据郑思肖《所南诗文集》附录将《题郑所南宅》归于元代王宾名下,但陈福康校点之《郑思肖集》实将此诗归于明代王宾名下[①]。同治《苏州府志》卷五〇、钱谦益辑《列朝诗集》甲集卷一六皆将《子游墓》归于明代王宾名下,据《列朝诗集》对王宾生平介绍,王宾当为元末明初时人。《全元诗》所收三诗皆为元末明初王宾诗。

(二)《全元诗》正确,《全宋诗》误收

同一人,《全宋诗》误收

1. 陈自新

《全宋诗》见第 70 册 44438 页,《全元诗》见第 65 册第 61 页。

《全宋诗》记载介绍:"陈自新,字贡父,号敬斋,宁德人。通五经,精于《易》学,弟子从游者甚众。宋亡隐居。"《全元诗》同样介绍:"陈自新,字贡父,号敬斋。福宁州人。学通五经,弟子从游者甚众。尤长于诗,著有《起兴集》等行世。"

《全元诗》收陈自新诗歌 6 首,《全宋诗》收陈自新诗歌 5 首,两者相同诗歌 3 首,即《瑞迹山》《瑞龙寺》《坐叹》。

《全宋诗》所收陈自新与《全元诗》所收陈自新实为同一人。明何乔远《闽书》卷一二三谓"陈孟龙,字霖卿,父自新"。清李清馥《闽中理学渊源考》卷九一:"陈自新,字贡父,号敬斋,宁德人。……子孟龙,字霖卿。博学能文。

---

① 郑思肖著,陈福康校:《郑思肖集》,上海古籍出版社,1991,第 348 页。

洪武初举明经，历广东佥事。"又清卢建其修《宁德县志》卷七亦谓"陈孟龙，字霖卿，自新子。博学能文，领前元乡举……洪武初，举明经，擢广东按察司佥事"。陈自新实为元人，非宋末元初时人也，《全宋诗》误辑。

2. 李庭

《全宋诗》见第 72 册 45213 页，《全元诗》见第 2 册第 396 页。

《全宋诗》谓："李庭，字显卿，号寓庵。官安西府咨议。事见《庶斋老学丛谈》卷中下。"《全元诗》谓："李庭（1199—1282），字显卿，号寓庵。华州奉先人。幼罹兵乱，十余岁有能诗之名。十六岁应词赋进士举，成年两预乡荐。金末，避兵商邓山中。金亡，徙居平阳。后辟为陕右议事官，不久辞官还乡。中统元年署陕西讲议。至元七年授京兆教授。至元十年为安西王府咨议。……生平见王博文撰《李公墓碣铭》（《寓庵集》附录）、《元诗选癸集》乙集小传、《元诗纪事》卷四。"

《全宋诗》收录李庭诗歌 6 首，而《全元诗》收录其诗歌 239 首。《全宋诗》所收 6 首诗皆被《全元诗》收录。

《全宋诗》所收李庭与《全元诗》所收李庭实为同一人，但李庭为金人，不当收入《全宋诗》之中。

3. 张国衡

《全宋诗》见第 72 册 45354 页，《全元诗》见第 68 册第 272 页。

《全宋诗》与《全元诗》皆谓其生平不详。

《全宋诗》与《全元诗》皆收其诗歌 1 首，两者相同诗歌 1 首。《全宋诗》据《宋诗拾遗》卷二三收其诗歌《水帘洞》，《全元诗》据《元诗选癸集》癸集下收其诗歌《游水帘洞》，内容相同。

《台州山水方外诗词选》一书谓此诗为元代张国衡作，其人字可权，"号澹如，仙居西门人。皇庆间由选举历仕，终奎章阁参书博士，著有《遥集编》四十卷"。又谓水帘洞位于仙居县白塔镇寺前村西[①]。清陶元藻《全浙诗话》卷二三亦载

[①] 朱封鳌主编：《台州山水方外诗词选》，宗教文化出版社，2012，第 90 页。

张国衡，字可权，仙居人。官奎章阁参书博士。据此来看，张国衡当为元代人，《全宋诗》恐有误。

4. 王翊龙

《全宋诗》见第 72 册 45396 页，《全元诗》见第 65 册第 174 页。

《全宋诗》无其生平介绍，《全元诗》谓"王翊龙，宛陵人"。

《全宋诗》据影印《诗渊》第 1 册第 163 页收王翊龙诗作两首，即《煎茶》《谢王绣使同二教举充讲宾》。《全元诗》据《宛陵群英集》收其诗作三首，即《煎茶》《和李治中韵》《再次韵》。两者相同诗歌一首，即《煎茶》，其他诗歌内容皆不相同。

《全宋诗》所收王翊龙与《全元诗》所收王翊龙实为同一人。元汪泽民等《宛陵群英集》及清张豫章等《四朝诗》皆谓王翊龙是元人，疑《诗渊》有误。《〈元诗选〉与元诗文献研究》一书谓其生活时代存疑。

5. 赵承禧

《全宋诗》见第 72 册 45442 页，《全元诗》见第 41 册第 333 页。

《全元诗》谓"赵承禧，字宗吉。晋宁人。至顺元年进士，授翰林编修，后至元四年，迁南台御史。至正间官河间路总管"。《全宋诗》只谓其"曾官御史"。

《全宋诗》收赵承禧诗作一首，而《全元诗》收其诗作三首，两者相同诗歌一首。《全宋诗》据《诗渊》第 3 册第 2082 页收赵承禧《题武夷》，《全元诗》据《元诗选癸集》己集上收赵承禧《武夷山》，两诗内容相同。

《四朝诗》元诗卷七三亦将《题武夷》归入元人赵承禧名下。元人赵承禧曾官南台御史，疑《诗渊》所指赵承禧御史即为元人赵承禧，《诗渊》下署宋赵承禧御史恐有误。

6. 童童

《全宋诗》见第 72 册 45491 页，《全元诗》见第 36 册第 438 页。

《全宋诗》谓其曾官侍讲学士。《全元诗》谓其"童童，号南谷，蒙古兀良合台氏。……父不怜吉歹以胄子入国子学，受业于许衡。延祐元年不怜吉歹封为河南王。家族累世出镇河南。童童在泰定年间，历任河南行省平章，任满移江浙行省，至顺二年入为太禧宗禋院使。因曾任集贤院侍讲学士，时人往往称为'童童学士'"。

《全宋诗》收童童诗作1首，而《全元诗》收其诗作4首。两者相同诗作1首。《全宋诗》据明魏津弘治《偃师县志》卷四收入童童《题王子晋》，《全元诗》据明傅梅《嵩书》卷一四收入童童《题王子晋》，两者内容相同。

弘治《偃师县志》卷四此诗下题"童童侍讲学士"，《嵩书》卷一四此诗下题"童南谷集贤院侍讲学士"，故此诗当为元人童童所作，《全宋诗》将其作为宋代人实有误。

7. 高诩

《全宋诗》见第72册45510页，《全元诗》见第3册第40页。

《全宋诗》谓"高诩，孟津（今河南孟津东）人。今录诗二首"。《全元诗》谓"高诩，益津（今河北霸县）人。元太宗十年庚子，曾瞻仰曲阜孔庙，并在党怀英《大金重修至圣文宣王庙碑》碑阴题诗。"

诗人高诩在《全宋诗》和《全元诗》中皆只收录了二首诗，内容相同。《山左金石志》卷二〇及《金石萃编》卷一五七皆谓此二诗曾刻石云："庚子岁（1240）七月上旬，益津高诩敬谒圣师祠下，谨题二绝句，以志其来。"[①] 又《山左金石志》卷二一谓《总管张公先德碑》一文下署有"至元三年（1266）十月……济南提举学校官高诩撰"[②]等字。据此来看，高诩当为益津人，非孟津人，又高诩当为金元之际时人，《全宋诗》误收。

8. 徐秋云

《全宋诗》见第72册45603页，《全元诗》见第24册第417页。

诗人徐秋云在《全宋诗》中无传。《全元诗》谓"徐秋云，名不详，别号秋云。吴人。学贯经史，而尤邃于《春秋》，并以律诗与官词知名。有《秋云先生集》，旧稿失传，门人陈中常重辑诗词若干篇，由泰和陈谟作序以传"。

《全宋诗》收徐秋云诗作1首，而《全元诗》收其诗作9首，两者相同诗

---

① 毕沅辑：《历代碑志丛书·山左金石志（第15册）》，江苏古籍出版社，1998，第209页。
② 毕沅辑：《历代碑志丛书·山左金石志（第15册）》，江苏古籍出版社，1998，第225页。

歌 1 首。《全宋诗》据清史传远乾隆《临潼县志》卷八下收录其《题明皇》，《全元诗》据《元音》卷一一收其《明皇》，两者内容相同。

明曹学佺《石仓历代诗选》卷二七九《元诗第四九》、明宋绪《元诗体要》卷一〇、明孙原理《元音》卷一一、清陈焯《宋元诗会》卷九八皆将《题明皇》归于元人徐秋云名下。陈谟曾应徐秋云弟子陈中常请，为作《秋云先生集序》[①]。陈谟为元末明初时人，徐秋云亦当为元代人，乾隆《临潼县志》以其为宋代人当有误，《全宋诗》亦误。

9. 张监

《全宋诗》见第 72 册 45608 页，《全元诗》见第 31 册第 110 页。

诗人张监在《全宋诗》中无传。《全元诗》谓："张监（1281—1370），字天民，号鹤溪。金坛人。张经、张纬之父。至正间，辟地荆溪，筑草堂溪上，扁曰'良常'，以示不忘金坛故居，日接良常之山。以高年硕德，沉浮里社……"

《全宋诗》收张监诗作一首，而《全元诗》收其诗作三首，两者相同诗歌一首。《全宋诗》据嘉庆《增修宜兴县旧志》卷一〇收张监《题荆溪图》，《全元诗》据《秘殿珠林石渠宝笈合编》第 5 册第 1599 页收张监《题陈汝言荆溪图》，两者内容相同。

明赵琦美《赵氏铁网珊瑚》卷一四、清卞永誉《式古堂书画汇考》卷五四皆谓张监此诗是在陈汝言荆溪图上题写的，陈汝言为元末明初时的画家。陈汝言作荆溪图，当时参与唱和的还有周砥、郑元祐、虞堪、陆大本等元代人。清吴升辑《大观录》卷十八亦谓张监为元贤。康熙《重修宜兴县志》卷九亦将此诗归入元人张监名下，嘉庆《增修宜兴县旧志》下未标明张监所属年代。《全宋诗》或因该诗在岳飞后，遂误以为张监是宋人。

10. 释元昉

《全宋诗》见第 72 册 45645 页，《全元诗》见第 67 册第 195 页。

《全宋诗》谓其"号雪汀。主四明寿国寺"。《全元诗》谓其"号雪汀。元

---

① 钱伯城等主编：《全明文（第二册）》，上海古籍出版社，1994，第 556 页。

代僧人。住四明寿国寺"。

《全宋诗》与《全元诗》皆收其诗歌一首。《全宋诗》据清董濂《四明宋僧诗》卷一收释元昉《曹孝女庙》，《全元诗》据清沈志礼《曹江孝女庙志》卷五收其《过孝江》，两者内容相同。

万历《会稽县志》卷一四亦将此诗归入元僧释元昉名下，疑《全宋诗》有误。

11. 李㮣

《全宋诗》见第 72 册 45663 页，《全元诗》见第 42 册第 302 页。

《全宋诗》谓"李㮣，字子才，江宁人"，《全元诗》谓"李㮣，字子才。江宁人。李桓之兄。至顺元年与李桓同登进士，曾任鄱阳县丞"。

《全宋诗》与《全元诗》皆收录其诗歌二首，内容相同。《全宋诗》据光绪《续纂句容县志》卷一八中收有李㮣《寄赠华阳洞隐者》二首，《全元诗》据元刘大彬《茅山志》卷一五收李㮣《寄赠华阳洞隐者》二首，两者内容相同。

元刘大彬《茅山志》卷一五、《四朝诗》元诗卷七三皆将此诗归入元人李㮣名下。据张雨《句曲外史贞居先生诗集》卷三《集太白诗语酬僧净月述楚辞》下载中山李㮣子才跋语："集句非古也……此诗太白语，而纵横颠倒，无不如意……观者其徵予言。中山李㮣子才跋。"[①] 亦可知李㮣与元代张雨为友人。光绪《续纂句容县志》以李㮣作宋人实误，《全宋诗》亦误。

12. 郝显

《全宋诗》见第 72 册 45606 页，《全元诗》见第 67 册第 174 页。

《全宋诗》谓其生平不详。《全元诗》谓其"生平不详。清汪森《粤西诗载》卷十四作元人"。

《全宋诗》与《全元诗》皆收录其一首诗歌，诗歌内容相同。《全宋诗》据嘉庆《广西通志》卷二四〇收其《湘山寺》，《全元诗》据清汪森《粤西诗载》卷一四收其《湘山寺》，两者内容相同。

《全宋诗》所收郝显与《全元诗》所收郝显当为同一人。因嘉靖《广西通志》

---

① 彭万隆点校：《张雨集》，浙江古籍出版社，2011，第 699 页。

卷五七将此诗归入元人郝显名下，嘉庆《广西通志》似有误，郝显似当为元人，《全宋诗》误收。

并非同一人，《全宋诗》误收

1. 王士元

《全宋诗》见第 1 册 148 页，《全元诗》见第 32 册第 258 页。

《全宋诗》谓其"汝南宛丘人。后晋王仁寿之子。善画，与国子博士郭忠恕为友。官止郡推官。又一王士元，哲宗元符二年（1099）罢侍禁。所录之诗未能确定作者，俟考"。《全元诗》谓其"字善甫，号拙庵，又号具川道人。临汾人。延祐二年进士，知吉州。历官风宪，迁国子监司业，以崇文少监致仕"。

《全宋诗》收王士元诗作 1 首，《全元诗》收其诗作 7 首，两者相同诗歌 1 首。《全宋诗》据清觉罗石麟雍正《山西通志》卷二二二收王士元《龙子祠农人享神》，《全元诗》据成化《山西通志》卷一六收王士元《晋源山谷》，两诗内容相同。

据此诗《晋源山谷》"晋州之东民岂迁，耕种自亦为农夫……老我见此空嗟吁，谁把劳逸分两途，凶年且为宽赋租"云云，作者似当为晋人（山西）。成化《山西通志》卷九载："王士元，临汾人，元初张起岩榜（延祐二年）进士。"又《元诗选》三集卷四亦将此诗归于元人王士元名下，《全宋诗》当有误。

2. 杨文郁

《全宋诗》见第 1 册 208 页，《全元诗》见第 15 册第 322 页。

《全宋诗》谓其"贵池人。南唐保大十三年(955)进士。入宋，仕履不详"，《全元诗》谓其"字从周，号损斋。济阳人。天资颖悟，及长，寄兴琴书，不问生产。按察使陈祐闻其名，举荐于朝，除阙里教授，历官翰林承旨。大德年间卒，谥文安"。

《全宋诗》收其诗歌 1 首，《全元诗》收其诗歌 4 首，两者相同诗歌 1 首。《全宋诗》据明孔贞丛《阙里志》卷一二收其《谒圣林》，《全元诗》据乾隆《济阳县志》卷一三收其《谒圣林》，两者内容相同。

据《谒圣林》此诗下题记云："至元十三年丙子九月望日，介孔氏五十三代孙曲阜县尹权祀事治、教授杨文郁谒拜林庙，登奎文阁，感念平生，实济南人，于鲁为近,宦游南北,今四十二岁,始得一造阙里,瞻徘徊再宿不忍去,遂书。"[①] 杨文郁实为元代人,《全宋诗》误收。

3. 王旭

《全宋诗》见第 2 册 841 页,《全元诗》见第 13 册第 1 页。

《全宋诗》谓"王旭,字仲明,大名莘县人。以荫补太祝,知缑氏、雍丘县。真宗即位,三迁至殿中丞。自兄旦居宰辅,以嫌不任职。大中祥符间,由兵部郎中出知应天府。卒,年六十八"。《全元诗》谓"王旭,字景初,号兰轩。东平人。以文章知名于时,与同郡王构、永年王磐并称三王。早年家贫,教书为生。元世祖至元二十七年受砀山县令礼遇,主持县学讲席。足迹遍及南北,但一生未入仕,依靠他人资助为生"。

《全宋诗》收其诗歌 1 首,《全元诗》收其诗歌 688 首,两者相同诗歌 1 首。《全宋诗》《全元诗》皆据《永乐大典》卷七二四二收其《止善堂》。

栾贵明《永乐大典索引》亦据《永乐大典》卷七二四二亦将此诗归入元代王景初名下[②],疑《全宋诗》误据。

4. 唐肃

《全宋诗》见第 2 册 1309 页,《全元诗》见第 64 册第 26 页。

《全宋诗》谓"唐肃(?—1030),字叔元,钱塘人。真宗咸平元年(998)进士,为秦州司理参军"。《全元诗》谓"唐肃(1331—1374),字处敬,号丹崖。山阴人。至正二十二年领乡荐,授杭州黄岗书院山长,转嘉兴路儒学正。有诗文名,与谢肃并称为'会稽二肃'。入明为翰林应奉,以事谪临濠"。

《全宋诗》收其诗歌 2 首,《全元诗》收其诗歌 190 首,两者相同诗歌 2 首。

《全宋诗》据明钱穀《吴都文粹续集》卷五〇收其《吴中送僧》,《全元诗》据《丹崖集》卷三收其《吴中送僧》,两者内容相同。《吴都文粹续集》卷五〇此诗下仅署名"唐肃",且唐肃此诗前为明初王祎诗,后为明代刘溥诗,《全宋诗》编者将此唐肃归为宋人,不知何据。此诗既然见于元末明初唐肃《丹崖集》

---

① 杨朝明主编:《曲阜儒家文献碑刻辑录》第五辑,齐鲁书社,2019,第 32 页。
② 栾贵明:《永乐大典索引》,作家出版社,1996,第 108 页。

（上海图书馆现藏明末祁氏澹生堂抄本《丹崖集》），此诗故当为其所作，《全宋诗》有误。

《全宋诗》据清陆心源《宋诗纪事补遗》卷四收其《季子挂剑歌》，《全元诗》据《丹崖集》卷三收其《季子挂剑冢和黄子雍韵》，两者内容相同。明柳瑛成化《中都志》卷八亦将此诗归入元代唐肃名下，此诗当为元代唐肃所作，《全宋诗》有误。

5. 陈赓

《全宋诗》见第 3 册 1481 页，《全元诗》见第 2 册第 258 页。

《全宋诗》谓"陈赓（974—1033），字仲雍，安阳（今属河南）人。累举进士不中，以兄荫得试将作监主簿。仁宗明道二年卒，年六十"。《全元诗》谓"陈赓（1190—1274），字子飏，号默轩。猗氏（山西临猗）人。与其弟陈庾、陈膺齐名，元好问称之三凤"。

《全宋诗》收其诗歌 1 首，《全元诗》收其诗歌 20 首，两者相同诗歌 1 首。《全宋诗》编者据清高塘乾隆《临汾县志》卷一〇收入《平水神祠歌》，《全元诗》编者据《河汾诸老诗集》卷三收入《游龙祠》，两者内容相同。

成化《山西通志》卷一六、万历《平阳府志》卷一、清《元诗选》三集卷一、清《御订全金诗增补中州集》卷五五诸书皆将此诗归入元代陈赓名下，乾隆《临汾县志》卷一〇此诗下署名之陈赓亦当指的是元代陈赓，《全宋诗》陈赓名下此诗应删。

6. 何约

《全宋诗》见第 7 册 4443 页，《全元诗》见第 35 册第 357 页。

《全宋诗》谓其"河东人。仁宗康定中为肃政廉访使"。《全元诗》谓其"河东人。曾任山东东西道肃政廉访副使。泰定五年（1328）正月游灵岩寺并题诗"。

《全宋诗》与《全元诗》皆收录其诗歌一首，内容相同。《全宋诗》据清马大相《灵岩志》卷三收其《留题灵岩》，《全元诗》据清毕沅、阮元《山左金石志》卷二三收其《灵岩寺题诗》，两者内容相同。

《山左金石志》卷二三此诗下有题款云："泰定五年正月下旬日，中宪大夫、前山东东西道肃政廉访副使、河东何约留题。"① 故此诗当为元代何约诗，非宋代何约作，《全宋诗》有误。

7. 陈孚

《全宋诗》见第 7 册 4941 页，《全元诗》见第 18 册第 347 页。

《全宋诗》谓其"琼山人。曾从宋咸学，举进士得官，为琼人习进士业之始"。《全元诗》谓"陈孚（1259—1309），字刚中，号笏斋。台州临海人。元初，尝为僧以避世变，不久还俗。元世祖至元二十二年，以布衣上《大一统赋》，江浙行省转闻于朝，署上蔡书院山长"。

《全宋诗》收其诗歌 2 首，《全元诗》收其诗歌 305 首，两者相同诗歌 2 首。

《全宋诗》据明曹璿《琼花集》卷二收其《琼花图》，《全元诗》据《陈刚中诗集》卷一《观光稿》收其《后土祠琼花》，两者内容相同。《宋元诗会》卷七〇及《元诗选》二集卷六皆将此诗归入元代陈孚名下。此诗又见元代陈孚《观光稿》，此卷纪其道路所经，山川古迹。综上来看，此诗当为元代陈孚所作。

《全宋诗》据民国杨晨《赤城别集》卷五收其《吕翁祠》，《全元诗》据《陈刚中诗集》卷一《观光稿》收录《吕仙翁庙》，两者内容相同。明曹学佺《石仓历代诗选》卷二三二及雍正《畿辅通志》卷一二〇皆将此诗归入元代陈孚名下。此诗又见元代陈孚《观光稿》，此卷纪其道路所经，山川古迹。综上来看，民国杨晨《赤城别集》以陈孚为宋人当有误，《全宋诗》亦误。

8. 赵文昌

《全宋诗》见第 12 册 7838 页，《全元诗》见第 8 册第 216 页。

《全宋诗》谓其"仁宗嘉祐四年（1059）以比部员外郎知宜兴县"，《全元诗》谓其"字明叔，号西皋。济南人。至元间，累迁长清县尹，至元十四年任南台御史，历益都路总管府同知，浙西提刑按察副使，福建闽海道肃政廉访使，擢南台侍御史"。

《全宋诗》收其诗歌 4 首，《全元诗》收其诗歌 11 首，两者相同诗歌 2 首，

---

① 汤贵仁、刘慧主编：《泰山文献集成（第七卷）》，泰山出版社，2005，第 560 页。

即《自金山泛舟至焦山饮吸江亭》《天目山》（《全元诗》作《自金山放船至焦山饮于吸江亭》《题西天目》），其他诗歌皆不相同。

《全宋诗》据清赵之衍康熙《于潜县志》卷七收其《天目山》，《全元诗》据明张之采《西天目山志》收其《题西天目》。

明夏时正成化《杭州府志》卷一二、明代徐嘉泰《天目山志》卷三皆将此诗归入元代赵文昌，故此诗亦当为元代赵文昌作，《全宋诗》误据。

《全宋诗》据元脱因《至顺镇江志》卷二〇收其《自金山泛舟至焦山饮吸江亭》，《全元诗》据明张莱《京口三山志》卷六收其《自金山放船至焦山饮于吸江亭》。

《至顺镇江志》卷二〇此诗下亦注为济南赵公文昌作，明张莱《京口三山志》卷六此诗下署元赵文昌，故此诗当为元代济南人赵文昌作，《全宋诗》误据。

又《全宋诗》据元脱因《至顺镇江志》卷二〇收有赵文昌《登金山观潮》《鹤林》，此两诗下亦注为济南赵公文昌作，又，至顺《镇江志》卷二〇引赵文昌《鹤林》诗，谓之"近时济南赵公文昌"，亦可证赵文昌为元人，故此两诗亦当为元代济南人赵文昌作。

《全宋诗》所收赵文昌名下四诗皆当归入元人赵文昌名下。

9. 何汝樵

《全宋诗》见第 51 册 32225 页，《全元诗》见第 66 册第 38 页。

《全宋诗》谓其"孝宗淳熙间人"。《全元诗》谓其"永嘉平阳人。明赵谏《东瓯诗续集》卷五作元人"。

《全宋诗》与《全元诗》皆收其诗歌一首。《全宋诗》据《东瓯诗存》卷三收其诗歌《元旦》，《全元诗》据明赵谏《东瓯诗续集》卷五收其诗歌《元旦》，内容相同。

何汝樵实为何岳（字汝樵），元代人。参张如元、吴佐仁校补《东瓯诗存》谓"何岳，字汝樵，平阳人。与陈高、林齐以文鸣，时称'瀛州三杰'。至正间，家毁于战乱，徙居邻村，辟远山轩，陈高为文记之，并另有《大水怀何汝樵》《八月十六日夜忆何汝樵林希颜追思往事伤怀二首》诗。本书底本原误作宋末人而置于卷三,《全宋诗》未察,从而收录"[1]。

10. 赵由济（赵由侪）

《全宋诗》见第 54 册 33711 页,《全元诗》见第 25 册第 379 页。

《全宋诗》谓"赵由济,太祖十二世孙,官博士"。《全元诗》谓"赵由侪（1272—?）,字与侪,号中山居士。南丰人"。

《全宋诗》收其诗歌 1 首,《全元诗》收其诗歌 2 首,两者相同诗歌 1 首。《全宋诗》据清钱玫《历朝上虞诗集》卷三收其《谱乐歌》,《全元诗》据《皇元风雅》后集卷五收其《述祖诗》,两者内容相同。

《元诗纪事》卷五、《四朝诗》元诗卷二、《江西诗徵》卷三二皆将《述祖诗》归入元代赵由侪名下,又《全元诗》所收此诗下有落款"泰定甲子（1324）十月十九日,国子司业蜀郡虞集书"[2],此诗当为元人赵由侪所作,《全宋诗》误收。

11. 张珪

《全宋诗》见第 57 册 36065 页,《全元诗》见第 20 册第 203 页。

《全宋诗》谓其"宁宗嘉定时人,句容（今属江苏）人"。《全元诗》谓"张珪（1264—1327）,字公瑞,号澹庵。易州定兴（今属河北）人。张弘范之子。年十七以管军万户镇建康。至元二十九年,除江淮行院副使。元成宗大德三年改南台侍御史,历浙西廉访使,金枢密院事"。

《全宋诗》收其诗歌 1 首,《全元诗》收其诗歌 9 首,两者相同诗歌 1 首。《全宋诗》据清朱绪曾《金陵诗征》卷八收其《玉蝶泉》,《全元诗》据元刘大彬《茅山志》卷一五收其《阴阳井》,两者内容相同。

元刘大彬《茅山志》卷一五、《元诗选》二集卷四、《四朝诗》元诗卷三六皆将《阴阳井》归入元代张珪名下,此诗当为元人张珪所作。

12. 张宪

《全宋诗》见第 33 册 21232 页,《全元诗》见第 57 册第 1 页。

《全宋诗》谓"张宪,高宗建炎二年（1128）知南昌县"。《全元诗》谓"张

---

[1] 曾唯辑,张如元,吴佐仁校补:《东瓯诗存》,上海社会科学院出版社,2006,第 557 页。
[2] 杨镰主编:《全元诗》第 25 册,中华书局,2013,第 381 页。

宪，字思廉，号玉笥生。山阴人。少负才气，薄游四方，不置产业，年逾四十犹独居"。

《全宋诗》收其诗歌 2 首，《全元诗》收其诗歌 635 首，两者相同诗歌 2 首。

《全宋诗》据明钱穀《吴都文粹续集》卷二四收其诗歌《黄天荡》，《全元诗》据《玉笥集》卷六收其诗歌《古城八咏·黄天荡》，内容相同。明钱穀《吴都文粹续集》卷二四张宪此诗前收皇甫信诗，后为华幼武诗，皆为元明时代之人，《全宋诗》以张宪为宋人当有误。

《全宋诗》据清梁启让嘉庆《芜湖县志》卷二二收其诗歌《玩鞭亭》，《全元诗》据《玉笥集》卷一收其诗歌《玩鞭亭》，内容相同。明曹学佺《石仓历代诗选》卷二七四、乾隆《太平府志》卷四〇、《宋元诗会》卷九二、《元诗选》初集卷五四皆以此诗为元代张宪诗，该诗又见其《玉笥集》卷一，故此诗当为元代张宪作，《全宋诗》以张宪为宋人当有误

13. 黄枢

《全宋诗》见第 54 册 33809 页，《全元诗》见第 58 册第 211 页。

《全宋诗》谓"黄枢，字机先，南丰人。宁宗庆元五年（1199）进士。官南雄州司法参军"。《全元诗》谓"黄枢（1318—1377），字子运。休宁人。中年将所居故址让于二弟，在后圃构室而居，故号后圃先生。出身诗书世家，早年师从朱升、赵汸，至正中江浙行省欲授以学官，未果"。

《全宋诗》收其诗歌 1 首，《全元诗》收其诗歌 182 首，两者相同诗歌 1 首。《全宋诗》据明程敏政《新安文献志》卷五八收其诗歌《代陈均辅赠马则贤》，《全元诗》据《后圃黄先生存集》卷一收其诗歌《代陈君辅赠马则贤诗》，内容相同。

据《代陈君辅赠马则贤诗》诗序："马公则贤，星源佳士也。先世以儒医驰声，然医学艺尔……洪武八年夏四月，予遘疠疾，时公方归觐庭闱，猝未可至。乃就市之医师求药，冀速已。热闷昏乱，唯日有加，凡历三旬，濒于殆矣。……于是采药名作古诗二十四句，以颂公之德，以表予之忧，以告人之不知者。"[①]

---

① 杨镰主编：《全元诗》第 58 册，中华书局，2013，第 220 页。

此诗必为元人黄枢所作,《全宋诗》以其为宋代人当有误。

14. 释来复

《全宋诗》见第 14 册 9716 页,《全元诗》见第 60 册第 81 页。

《全宋诗》谓"释来复,与苏轼同时"。《全元诗》谓"释来复(1319—1391),字见心,号蒲庵,又号竺昙叟。丰城人。俗姓王。受法于径山南楚悦禅师。早有诗名,曾北游大都,与虞集、欧阳玄、张翥等酬唱"。

《全宋诗》收其诗 1 首,《全元诗》收其诗 608 首,两者相同诗 1 首。《全宋诗》据明田汝成《西湖游览志》卷五收其诗《和子瞻学士游祖塔院》,《全元诗》据《蒲庵集》卷三收其诗《追和东坡游钱塘虎跑泉诗二首(其一)》,内容相同。

《西湖游览志》卷五只谓此诗为释来复和诗,《全宋诗》以释来复为苏轼同时代之人实有误。此诗见元代释来复《蒲庵集》,当为其所作。

15. 李祁

《全宋诗》见第 31 册 20082 页,《全元诗》见第 41 册第 131 页。

《全宋诗》谓"李祁,字萧远,一作肃远。徽宗宣和间因言事谪监汉阳酒税。"《全元诗》谓"李祁(1299—?),字一初,号希蘧,又号危行翁、不二老人。茶陵人。元顺帝元统元年左榜进士第二,授翰林应奉文字。次年丁父忧还乡。终服,以母老求就养于江南,得授婺源州同知。至正四年,升江浙行省儒学副提举……"

《全宋诗》收李祁诗作 7 首,《全元诗》收其诗作 160 首,两者相同诗歌 1 首。《全宋诗》据明钱榖《吴都文粹续集》卷二五收有李祁《题朱泽民山水》,《全元诗》据《云阳李先生文集》卷一收有李祁《奉题朱泽民先生画山水图》,两者内容相同。

朱泽民,名德润,号睢阳山人,元代著名画家,生于 1294 年,卒于 1365 年[①],故《题朱泽民山水》的作者李祁亦当为元代人,《全宋诗》有误。

16. 刘志行

《全宋诗》见第 47 册 29129 页,《全元诗》见第 67 册第 167 页。

---

① 杨镰主编:《全元诗》第 37 册,中华书局,2013,第 116 页。

《全宋诗》谓其"眉州人。孝宗乾道二年进士。累官知藤州"。《全元诗》谓其"号梅南。江西人。登进士第,历藤州镡津县尹"。

《全宋诗》收刘志行诗歌 4 首,《全元诗》收其诗作 9 首,两者相同诗歌 3 首,即《离镡津》《尧山冬雪》《舜洞秋风》。

雍正《广西通志》卷六五、乾隆《梧州府志》卷一四、《粤西文载》卷六三皆谓"刘志行,江西人,元进士,知镡津"。《全宋诗》据《宋诗纪事补遗》卷五一录其生平,而《宋诗纪事补遗》卷五一又引《广西通志》山川卷介绍其生平,疑《宋诗纪事补遗》有误,刘志行非眉州人,当是元代江西人。

又《永乐大典方志辑本》卷下载有刘志行《赠镡津刘明善教谕》《到藤州》《离镡津》《重遇藤州军中》《广法寺》《九月宴浮金亭》《重过浮金亭》诸诗[①],其中除《离镡津》一首外,其他六首诗《全元诗》皆未收录,据此可补录进《全元诗》中。

17. 张简

《全宋诗》见第 72 册 45399 页,《全元诗》见第 46 册第 287 页。

《全宋诗》谓其"号槎溪"。《全元诗》谓"张简,字仲简,号云丘道人,又号白羊山樵(白羊山人)。姑苏人。初为道士,以张雨为师,至正初以母老归养,遂返儒服。与昆山顾瑛玉山草堂之会……"

《全宋诗》收张简诗作 5 首,而《全元诗》收其诗作 58 首。两者有相同的诗歌 1 首,即《禅窝》(《全元诗》作《师子林十二咏·禅窝》)。互录之诗,《全宋诗》编者据明钱榖《吴都文粹续集》卷三〇收入,《全元诗》编者据明释道恂《师子林纪胜集》卷下收入。

《吴都文粹续集》卷三〇《禅窝》此诗前亦题《师子林十二咏》。据明高启《师子林十二咏序》[②],《师子林十二咏》是高启、张适、王行、申屠衡、张简诸公参与的一次唱和活动,张简为元人,《全宋诗》误收元人张简此作。

---

① 张国淦:《张国淦文集》(下),北京燕山出版社,2006,第 1503 页。
② 金檀辑注:《高青丘集》,上海古籍出版社,1985,第 888 页。

(三)《全宋诗》与《全元诗》皆误收

1. 薛昌朝

《全宋诗》见第 15 册 10195 页,《全元诗》见第 24 册第 234 页。

《全宋诗》谓其"字景庸。从张载学。神宗熙宁三年,由鄜延经略司勾当公事召权监察御史里行。四年,知宿迁县。十年,为检详枢密院兵房文字。元丰元年知邠州。"《全元诗》谓其"字里不详。曾任邠州知军事、西台御史,元骆天骧《类编长安志》卷九,称其'御史薛昌朝'"。

《全宋诗》收其诗歌 1 首,《全元诗》收其诗歌 2 首,两者相同诗歌 1 首。《全宋诗》与《全元诗》皆据元骆天骧《类编长安志》卷九收薛昌朝诗作《紫阁》一首。《全元诗》又据《元诗选癸集》丁集收其《游栖霞寺》一首。

《全唐诗补编》亦收有《紫阁》,并谓"薛昌朝,河东万泉人。薛嵩子。累官御史。官至保信军节度使"[1]。《类编长安志》卷三此诗下题"唐御史薛昌朝",故此诗当为唐代人薛昌朝所作,《全宋诗》与《全元诗》皆误收。

2. 高翔

《全宋诗》见第 20 册 13445 页,《全元诗》见第 67 册第 323 页。

《全宋诗》谓"高翔,天台人。哲宗元祐元年(1086)曾建言以御阵与新阵法相兼教阅,从之"。《全元诗》谓"高翔,天台人。精于赏鉴。生平见《元诗选癸集》甲集"。

《全宋诗》与《全元诗》皆收其诗歌一首。《全宋诗》据清卞永誉《书画汇考》卷三九收其诗歌《题韩干马》,《全元诗》据明汪砢玉《珊瑚网》卷二五收其诗歌《题韩干马图》,内容相同。

《江村销夏录》卷二、《大观录》卷一六诸书皆将《题韩干马》归入元代李孝光名下。陈增杰据辽宁博物馆藏赵孟頫《饮马图》卷题跋辑录此诗,谓:"今藏《赵孟頫饮马图卷》诸家题跋墨翰真本见在,证其为李孝光诗,自无可疑"[2]。

---

[1] 陈尚君:《全唐诗补编》,中华书局,1992,第 1021 页。
[2] 李孝光著,陈增杰校注:《李孝光集校注》,上海社会科学院出版社,2005,第 877 页。

3. 聂铁峰

《全宋诗》见第 72 册 45442 页，《全元诗》见第 68 册第 191 页。

《全宋诗》与《全元诗》皆谓其生平不详。

《全宋诗》与《全元诗》皆收其诗歌 1 首，两者相同诗歌 1 首。《全宋诗》据影印《诗渊》第 3 册第 2082 页收其诗歌《寄题武夷》，《全元诗》据《元诗选癸集》癸集下收其诗歌《武夷山》，内容相同。

明徐表然《武夷山志略》、清董天工《武夷山志》卷二三皆将此诗归入明代聂大年名下，因聂大年号铁峰，故明人聂铁峰当为明人聂大年，《全宋诗》《全元诗》皆误收此诗。

4. 刘师邵

《全宋诗》见第 72 册 45574 页，《全元诗》见第 66 册第 82 页。

《全宋诗》与《全元诗》皆谓其生平不详。

《全宋诗》据清汪灏等编《广群芳谱》卷九一收其《浮萍》，《全元诗》据明王思义《香雪林集》卷六收其《折枝梅》，两者内容并不相同。

钱谦益《列朝诗集》乙集卷八、清张豫章等《四朝诗》明诗卷一〇五、朱彝尊《明诗综》卷二七诸书皆将《浮萍》归于明代人刘师邵名下。刘师邵，为绍兴山阴人，刘绩之子。《全宋诗》谓其为宋人当有误。疑《全元诗》所收刘师邵亦是明人刘师邵。

（四）存疑类

1. 李建中

《全宋诗》见第 1 册 510 页，《全元诗》见第 68 册第 51 页。

《全宋诗》谓"李建中（945—1013），字得中，其先京兆人，后移居洛阳。太宗太平兴国八年（983）进士。解褐大理评事、知岳州录事参军，后历道、郢二州通判，两浙转运副使，知曹、解、颍、蔡四州。真宗景德中，进金部员外郎，掌西京留守御史台。官至工部郎中、判太府寺。大中祥符六年卒，年六十九"。《全元诗》谓"李建中，曾任尚书主客员外郎。生平见《元诗选癸集》丁集"。

《全宋诗》收其诗歌 25 首,《全元诗》收其诗歌 2 首,两者相同诗歌 1 首。《全宋诗》据清觉罗石麟雍正《山西通志》卷二二五收其诗歌《开垣曲山路成》,《全元诗》据《元诗选癸集》丁集收其诗歌《开垣曲山路成》,内容相同。此诗归属存疑。《〈全元诗〉误收诗人考》以李建中为宋代人。

2. 张经

《全宋诗》见第 10 册 6803 页,《全元诗》见第 13 册第 433 页。

《全宋诗》谓其"曾知兴国军大冶县。仁宗皇祐中以度支员外郎提点利州路转运使事,四年(1052),降知歙州"。《全元诗》谓其"字里不详。至元二十二年,以监察御史按临长沙"。

《全宋诗》收其诗歌 10 首,《全元诗》收其诗歌 9 首,两者相同诗歌 8 首,即《潇湘八景诗》八首。又《全宋诗》根据《永乐大典》卷二二六一引《岳阳楼集》收有张经《王质过洞庭》诗,其实此诗为王质《过洞庭》,《全宋诗》编者误收。

《全宋诗》据明钟崇文隆庆《岳州府志》卷一八收其《潇湘八景诗》,《全元诗》据明胥文相《洞庭湖君山诗集》卷中收其《潇湘八景诗》。因资料有限,此八诗未知为谁所作,暂存疑。

3. 赵世延

《全宋诗》见第 10 册 6815 页,《全元诗》见第 19 册第 338 页。

《全宋诗》谓"赵世延(1022—1065),字叔傅,宗室子。初为右侍禁,迁西头供奉官。仁宗景祐元年,换右千牛卫将军,历右监门卫大将军,领钦州刺史、宁州团练使,迁右武卫大将军,领绛州防御使。英宗治平二年卒,年四十四"。《全元诗》谓"赵世延(1260—1336),字子敬,号迁轩。雍古人,也里可温。家族入中原先居礼店,后徙成都。大德年间入仕,历仕各地,日见显要。延祐元年拜中书参政,迁御史中丞,改翰林承旨"。

《全宋诗》收其诗歌 1 首,《全元诗》收其诗歌 15 首,两者相同诗歌 1 首。《全宋诗》《全元诗》皆据《永乐大典》卷一四三八〇引《澧阳志》收其《寄夹山芳别圃》。

因资料有限，此诗未知为谁所作，暂存疑。

4. 李弼

《全宋诗》见第 35 册 22208 页，《全元诗》见第 67 册第 172 页。

《全宋诗》谓李弼"高宗绍兴六年（1136）国子内舍生，因进《明堂颂》授校正御前文籍。事见《建炎以来系年要录》卷一〇六"。《全元诗》谓其"生平不详。清汪森《粤西诗载》卷十作元人"。

《全宋诗》与《全元诗》皆收录其一首诗歌，诗歌内容相同。《全宋诗》据清胡虔嘉庆《广西通志》卷九四收其《七星山》，《全元诗》据清汪森《粤西诗载》卷一〇收其《七星岩》，两者内容相同。

因资料有限，未知李弼属于何代之人，暂存疑。

5. 吕量

《全宋诗》见第 72 册 45542 页，《全元诗》见第 67 册第 327 页。

《全宋诗》谓"吕量，号石林道人"。《全元诗》亦谓"吕量，号石林道人"。

《全宋诗》据《式古堂书画汇考》卷三九收其诗歌 1 首，《全元诗》据明汪砢玉《珊瑚网》卷二五收其诗歌 1 首，内容相同。

《全宋诗》所收吕量与《全元诗》所收吕量为同一人。因资料有限，未能考知吕量所生活的确切年代。

6. 郑大惠

《全宋诗》见第 57 册 35650 页，《全元诗》见第 66 册第 229 页。

《全宋诗》谓"郑大惠，字子东，号谷口，黄岩人。能诗文，与杜范友善。有《饭牛集》，已佚"。《全元诗》谓"郑大惠，生平不详。《诗渊》作元人"。

《全宋诗》收其诗歌 2 首，《全元诗》收其诗歌 1 首，内容皆不相同。

《全宋诗》与《全元诗》所收郑大惠是否为同一人，因资料有限，暂存疑。

7. 孟点

《全宋诗》见第 61 册 38128 页，《全元诗》见第 66 册第 156 页。

《全宋诗》谓"孟点，理宗绍定元年（1228）知余姚县。淳祐元年（1241）

为江东运判兼权太平州。三年，改提举广东常平"。《全元诗》谓"孟点，生平不详。《诗渊》作元人"。

《全宋诗》收其诗歌 2 首，《全元诗》收其诗歌 2 首，内容皆不相同。

《全宋诗》与《全元诗》所收孟点是否为同一人，因资料有限，暂存疑。

8. 安麠

《全宋诗》见第 69 册 43313 页；《全元诗》见第 68 册第 166 页，作"安麝"。

《全宋诗》谓"安麠，度宗咸淳时崇安（今福建武夷山市）人（《闽诗录》丙集卷一六)"。《全元诗》谓"安麝，生平不详"。

《全宋诗》与《全元诗》皆收其诗歌 1 首，内容并不相同。

疑《全宋诗》所收安麠与《全元诗》所收安麝为同一人。因资料有限，此人生活年代存疑。

9. 吴涧所

《全宋诗》见第 72 册 45330 页，《全元诗》见第 66 册第 421 页。

《全宋诗》谓"吴涧所，永嘉人"。《全元诗》谓"吴涧所，生平不详。光绪《永嘉县志》卷三十四艺文作元人"。《全宋诗》所收吴涧所与《全元诗》所收吴涧所实为同一人。因资料有限，吴涧所生活年代存疑。

《全宋诗》收其诗歌 2 首，《全元诗》收其诗歌 1 首，两者相同诗歌一首。

10. 谢无竞

《全宋诗》见第 72 册 45350 页，《全元诗》见第 66 册第 427 页。

《全宋诗》谓"谢无竞，永嘉人"。《全元诗》谓"谢无竞，生平不详。光绪《永嘉县志》卷三十四艺文作元人"。《全宋诗》所收谢无竞与《全元诗》所收谢无竞实为同一人。因资料有限，谢无竞生活年代存疑。

《全宋诗》收其诗歌 1 首，《全元诗》收其诗歌 1 首，内容相同。

11. 张湖山

《全宋诗》见第 72 册 45351 页，《全元诗》见第 67 册第 170 页。

《全宋诗》谓其生平不详。《全元诗》谓其"生平不详。清汪森《粤西诗载》卷六作元人"。

《全宋诗》与《全元诗》皆收录其一首诗歌。《全宋诗》据《宋诗拾遗》卷二一收其《宁寿寺》，《全元诗》据清汪森《粤西诗载》卷六收其《伏波山歌》，两者内容不相同。

《全宋诗》所收《宁寿寺》指的是桂林宁寿寺，《全元诗》所收《伏波山歌》指的是桂林伏波山，疑《全宋诗》所收张湖山与《全元诗》所收张湖山为同一人。又清金武祥《粟香随笔》二笔卷八谓张湖山名为张爚。清金武祥《粟香随笔》、清宋长白《柳亭诗话》卷四诸书皆谓张湖山为元代人。因资料有限，张湖山生平年代暂存疑。

12. 叶见泰

《全宋诗》见第72册45376页，《全元诗》见第53册第347页。

《全宋诗》谓"叶见泰，字夷中（《永乐大典》卷一〇九九九）"。《全元诗》谓"叶见泰，字仲夷。临海人。至正间举于乡。朱元璋部取台州，求见主将，署从事，下永嘉，取闽广，多有作为。入明，奉使安南，擢高唐州判官，转睢宁知县。仕至刑部主事。有《兰庄集》"。

《全宋诗》收其诗歌1首，《全元诗》收其诗歌10首，两者内容皆不相同。

疑两书所收叶见泰为同一人。因资料有限，此人生活年代存疑。

13. 何麟瑞

《全宋诗》见第72册45408页，《全元诗》见第65册第243页。

《全宋诗》谓其生平不详。《全元诗》谓其"名不详，麟瑞为表字。诗存元明之际人偶桓所辑元诗选本《乾坤清气》"。

《全宋诗》与《全元诗》皆收录其三首诗歌，诗歌内容相同。《全宋诗》据影印《诗渊》收其《画角辞》《天马歌》《后天马歌》，《全元诗》据《乾坤清气》卷七收其《画角辞》《天马歌》《后天马歌》，三诗内容相同。

因资料有限，未知何麟瑞属于何代之人，暂存疑。

14. 范心远

《全宋诗》见第72册45418页，《全元诗》见第67册第26页。

《全宋诗》与《全元诗》皆谓其生平不详。

《全宋诗》收其诗歌2首,《全元诗》收其诗歌1首,两者相同诗歌1首。《全宋诗》据影印《诗渊》第3册第1577页收其诗歌《常庵题》,《全元诗》据明衷仲孺《武夷山志》卷一二收其诗歌《南山书院》,内容相同。

《全宋诗》所收范心远与《全元诗》所收范心远为同一人。因资料有限,未能考知范心远所生活的确切年代。

15. 陈元英

《全宋诗》见第72册45421页,《全元诗》见第24册第253页。

《全宋诗》谓其生平不详。《全元诗》谓其"生平不详。明衷仲孺《武夷山志》卷十四,清王复礼《武夷九曲志》卷五、卷六、卷十四均作元人"。

《全宋诗》据影印《诗渊》第3册第1583页收陈元英诗作1首,而《全元诗》收其诗作5首。两者相同的诗歌1首,即《天游观》,《全宋诗》未收《全元诗》中的《天柱峰》《武夷精舍》《题郭天锡画卷》和《换骨岩》四首诗。

元黄溍《黄文献公集》卷一二载元人陈元英《送黄先生(黄溍)归乌伤后序》,未知此陈元英是否即是《全元诗》所收陈元英,暂存疑。

16. 石建见

《全宋诗》见第72册45440页,《全元诗》见第68册第174页。

《全宋诗》谓"石建见,字遵道"。《全元诗》谓"石建中,生平不详"。

《全宋诗》收其诗歌2首,《全元诗》收其诗歌1首,两者相同诗歌1首。《全宋诗》据影印《诗渊》第3册第2081页收其诗歌《武夷》,《全元诗》据《元诗选癸集》癸集下收其诗歌《武夷山》,内容相同。

《全宋诗》所收石建见与《全元诗》所收石建中为同一人。因资料有限,未能考知石建见(石建中)所生活的确切年代。

17. 魏麟一

《全宋诗》见第72册45458页,《全元诗》见第68册第190页。

《全宋诗》与《全元诗》皆谓其生平不详。

《全宋诗》与《全元诗》皆收其诗歌1首,两者相同诗歌1首。《全宋诗》据影印《诗渊》第3册第2196页收其诗歌《天游峰》,《全元诗》据《元诗选癸集》癸集下收其诗歌《武夷山》，内容相同。

《全宋诗》所收魏麟一与《全元诗》所收魏麟一为同一人。因资料有限，未能考知魏麟一所生活的确切年代。

18. 陶应疆

《全宋诗》见第 72 册 45466 页，《全元诗》见第 24 册 224 页。

《全元诗》谓其为宛陵（安徽宣城）人。《全宋诗》无传。

《全宋诗》收陶应疆诗作 3 首，而《全元诗》收其诗作 13 首，内容均不相同。《全宋诗》所收诗为《废宫》和《古诗二首》；《全元诗》所收诗为《辛未六月盛暑中过翼然亭小寐》和《长门怨十二首》。

未知《全宋诗》所收陶应疆与《全元诗》所收陶应疆是否为同一人。因资料有限，暂存疑。

又《全宋诗》据《诗渊》第 6 册第 3873 页将《古诗二首》归于陶应疆名下，但元汪泽民《宛陵群英集》卷一将此二诗归于元代张师愚名下，《四朝诗》元诗卷二〇亦将《古诗二首（其二）》归于张师愚名下，疑《全宋诗》有误。

19. 潘景良

《全宋诗》见第 72 册 45486 页，《全元诗》见第 65 册第 259 页。

《全宋诗》谓其生平不详。《全元诗》谓其"生平不详。诗存明宋公传《元诗体要》"。

《全宋诗》与《全元诗》皆收录其一首诗歌，诗歌内容相同。《全宋诗》据明《京口三山志》收其《游金山》，《全元诗》据明宋公传《元诗体要》卷三收其《金山》，两者内容相同。

宋有潘景良，婺州人，咸淳中登进士第，潘好古之子，吕祖谦女婿（参万历《金华府志》卷一八）。元有礼部尚书潘景良（参元苏天爵《滋溪文稿》卷首马祖常序）。

因资料有限，未知潘景良属于何代之人，暂存疑。

20. 叶善夫

《全宋诗》见第 72 册 45504 页，《全元诗》见第 66 册第 344 页。

《全宋诗》谓其生平不详。《全元诗》谓其"福建人。《大明一统志》、弘治

《八闽通志》均作元人"。

《全宋诗》据明冯继科嘉靖《建阳县志》卷三收其《芹溪八咏》八诗,《全元诗》据弘治《八闽通志》卷八二收其《文公故宅》,两者内容并不相同。

未知《全宋诗》所收叶善夫与《全元诗》所收叶善夫是否为同一人。因资料有限,暂存疑。

又明谢纯嘉靖《建宁府志》卷二〇、明戴铣辑《朱子实纪》卷一二诸书皆将《文公故宅》归入元人熊禾名下。

21. 邵梅溪

《全宋诗》见第72册45549页,《全元诗》见第67册第225页。

《全宋诗》谓"邵梅溪,钱塘人"。《全元诗》谓"邵梅溪,钱塘人。清沈志礼辑《曹江孝女庙志》卷五作元人"。

《全宋诗》收其诗歌1首,《全元诗》收其诗歌1首,内容相同。

《全宋诗》所收邵梅溪与《全元诗》所收邵梅溪为同一人。因资料有限,邵梅溪生活年代存疑。

22. 陈举恺

《全宋诗》见第72册45566页,《全元诗》见第68册第240页。

《全宋诗》《全元诗》皆谓其生平不详。

《全宋诗》据康熙《龙游县志》收其诗两首,《全元诗》据《元诗选癸集》癸集下收其诗一首,两者相同诗歌一首。两者似为同一人。因资料有限,未知陈举恺属于何代之人,暂存疑。

(五)宋末元初时人,《全宋诗》与《全元诗》皆收

1. 陈泷

《全宋诗》见第34册21477页,《全元诗》见第8册第170页。

《全宋诗》谓其"字伯雨,晚号碧涧翁,原籍汴,南渡后始家于吴。博涉经史百氏,曾应漕试,皆不第,放浪山水"。《全元诗》谓其"字伯雨,晚号碧涧翁……宋亡后,四人相约不仕,以吟咏倡和自娱。"《全宋诗》所收陈泷与《全

元诗》所收陈泷实为同一人。

《全宋诗》收陈泷诗歌四首,分别为《题苏子美沧浪亭》《怀高履常》《自赋小隐》和《凤凰台》;《全元诗》收其诗歌二首,即《题苏子美沧浪亭》和《游蒋山》,两者相同诗歌一首。《全宋诗》未收《游蒋山》,《全元诗》未收《怀高履常》《自赋小隐》和《凤凰台》三首。

2. 钱颖

《全宋诗》见第 57 册 35821 页,《全元诗》见第 24 册第 350 页。

《全宋诗》谓其"号菊友,与徐逸、陈郁有交",《全元诗》只谓其"字里不详。赵孟頫门客"。《全宋诗》所收钱颖与《全元诗》所收钱颖实为同一人,其人似为宋末元初时人。

《全宋诗》收钱颖诗作三首,而《全元诗》收其诗作一首。互录的一首为《秋胡子》(《全元诗》作《和松雪公题秋胡图》),《全元诗》未收《全宋诗》中的《以久字韵赋翁仲》《再入台》二首。

3. 赵时远

《全宋诗》见第 61 册 38603 页,《全元诗》见第 8 册第 380 页。

《全宋诗》所收赵时远与《全元诗》所收赵时远实为同一人,据赵时远《四景诗和孙金判颖叔韵》,赵时远当与孙锐(字颖叔)有交往。《全宋诗》谓:"孙锐(1199—1277),字颖叔,号耕闲,吴江人。度宗咸淳十年进士,授庐州金判。时元兵南侵,愤贾似道误国,挂冠归。端宗景炎二年卒,年七十九。遗著由友人赵时远于元至元十八年(1281)编为《孙耕闲集》。"赵时远当为宋末元初时人。

诗人赵时远在《全宋诗》和《全元诗》中皆存诗五首,内容一致。

4. 叶福孙

《全宋诗》见第 62 册 38915 页,《全元诗》见第 8 册第 330 页。

两者为同一人。两者所录诗歌一致。

5. 刘鉴

《全宋诗》见第 62 册 39032 页,《全元诗》见第 8 册第 138 页。

两者为同一人。《全宋诗》收录刘鉴诗歌 33 首,《全元诗》收其诗歌 29 首,

《全元诗》中的 29 首诗歌在《全宋诗》均有收录。《见率斋王廉使》在《全宋诗》中记录为 8 首七言绝句（当有误，实为四首律诗），而在《全元诗》中记录为 4 首七言律诗。

6. 汤仲友

《全宋诗》见第 62 册 39299 页，《全元诗》见第 8 册第 376 页。

两者为同一人。《全宋诗》收汤仲友诗作 6 首，《全元诗》收录 9 首，其中《全宋诗》未收录《全元诗》中的《题天平范氏先世诸卷》《吴江长桥》和《嘉庆楼》三首诗歌，其他 6 首诗歌内容相同。

7. 汪梦雷

《全宋诗》见第 63 册 39733 页，《全元诗》见第 66 册第 115 页。

《全宋诗》谓"汪梦雷，宣城（今安徽宣州）人。泽民祖。理宗淳祐元年（1241）进士。累官知靖州"。《全元诗》谓"汪梦雷，宛陵（安徽宣城）人。《诗渊》与《永乐大典》均作元人"。

《全宋诗》收其诗歌 2 首，《全元诗》收其诗歌 2 首，两者相同诗歌一首，即《和阮环绿红白梅》。

8. 家铉翁

《全宋诗》见第 64 册 39940 页，《全元诗》见第 3 册第 82 页。

两者为同一人。《全宋诗》收家铉翁诗歌 110 首，《全元诗》收家铉翁 98 首诗歌，其中有 95 首诗歌相同。《全宋诗》未收《全元诗》中《东坡饼》和《赠吕贵宾》二首，共三首诗歌；《全元诗》未收《全宋诗》中《和唐寿隆上元三首》《题梅竹图》《题雪花达摩布衣偈》《鸣弦斋》《鲸川八景》《九日登瀛台和昔人韵二首（其一）》《寂照石佛》共 15 首诗歌。

9. 顾逢

《全宋诗》见第 64 册 39997 页，《全元诗》见第 10 册第 62 页。

两者为同一人。《全宋诗》录顾逢诗歌 257 首，《全元诗》录其诗歌 264 首（当为 262 首）。两者有 257 首诗歌是相同的，但《全宋诗》未收《全元诗》中的《西湖堤上书所见》《赠如镜上人》二首诗歌，又将其中《顾君际号梅山》《题吴田园杂兴诗》《顾君际近集》署作顾逢友诗。

10. 陈麟

《全宋诗》见第 64 册 40041 页,《全元诗》见第 24 册第 229 页。

两者为同一人。两者所录诗歌一致。

11. 王义山

《全宋诗》见第 64 册 40071 页,《全元诗》见第 3 册第 107 页。

两者为同一人。《全宋诗》收王义山诗作 157 首,《全元诗》收 138 首。《全元诗》中的 138 首诗在《全宋诗》均有收录,而《全宋诗》中有 19 首诗歌未在《全元诗》收录,诗题如下:《寿崇节致语口号》《对厅致语口号》《吴仙诗》《谌仙诗》《鹤仙诗》《龙仙诗》《柏仙诗》《王母祝语》《王母祝语·万年枝诗》《王母祝语·长春花诗》《王母祝语·菖蒲花诗》《王母祝语·栀子花诗》《王母祝语·蔷薇花诗》《王母祝语·芍药花诗》《王母祝语·宫柳花诗》《王母祝语·蟠桃花诗》《王母祝语·萱草花诗》《王母祝语·石榴花诗》《甘露堂》。

12. 程以南

《全宋诗》见第 64 册 40322 页,《全元诗》见第 24 册第 370 页。

两者为同一人。《全宋诗》收程以南诗作 4 首,而《全元诗》收其诗作 3 首。《全元诗》所收 3 首诗在《全宋诗》中均有收录,《全元诗》未收《全宋诗》中的单句"欲居东西瀼"。

13. 吴仁杰

《全宋诗》见第 64 册 40352 页,《全元诗》见第 8 册第 100 页。

两者为同一人。两者所录诗歌一致。

14. 赵崇怿

《全宋诗》见第 64 册 40353 页,《全元诗》见第 66 册第 154 页。

《全宋诗》谓"赵崇怿,字成叔,号东林,临川人。理宗淳祐四年（1244）进士。宝祐元年（1253）入郴州军幕"。《全元诗》谓"赵崇怿,生平不详。《诗渊》作元人"。

《全宋诗》收其诗歌 1 首,《全元诗》收其诗歌 2 首,内容皆不相同。疑《全宋诗》所收赵崇怿与《全元诗》所收赵崇怿实为同一人，赵崇怿似为宋末元初时人。

15. 王奕

《全宋诗》见第 64 册 40362 页，《全元诗》见第 14 册第 192 页。

两者为同一人。《全宋诗》与《全元诗》收录王奕诗歌基本相同。但《全宋诗》要多录四首诗，诗题为《护驾泉》《大夫松》《和段好古外郎二首》。

16. 邓道枢

《全宋诗》见第 64 册 40430 页，《全元诗》见第 8 册第 232 页。

《全宋诗》谓"邓道枢，字应叔，号山房，绵州人。道士。理宗端平中随魏了翁出蜀，一时名辈皆与游。后住持吴郡文昌宫。宋亡，栖城东上官氏废圃，名会道观"。《全元诗》谓"邓道枢，字应叔，号山房。绵州道士。宋末住持吴郡文昌宫，元初建会道观于吴郡郡城东以居"。两者实为同一人。

《全宋诗》录邓道枢诗歌《送林道士归茅山》一首，《全元诗》录其诗歌《送西秦张仲实游大涤洞天》二首，两者内容皆不相同。

17. 车柬

《全宋诗》见第 65 册 40852 页，《全元诗》见第 67 册第 27 页。

《全宋诗》谓"车柬，南城人。理宗淳祐七年（1247）进士"。《全元诗》谓"车柬，生平不详。明衷仲孺《武夷山志》卷十二作元人"。两者为同一人。

《全宋诗》收其诗歌 2 首，《全元诗》收其诗歌 1 首，两者相同诗歌 1 首。

18. 王子昭

《全宋诗》见第 65 册 40864 页，《全元诗》见第 66 册第 53 页。两者为同一人。

《全宋诗》谓其"名斗祥，以字行，嘉定人。宁宗嘉定间始创学宫，首捐己田，以赡学。学者称东郊先生。度宗咸淳中为本县学正。元初，辟为吴郡学道书院山长"。《全元诗》谓其"号东祁。嘉定人。元省府尝辟为学道书院山长，以兴学入乡贤祠"。

《全宋诗》据清朱延射光绪《宝山县志》卷四收其《咏练川》一首，《全元诗》据明瞿校、清王辅铭《练音集补》卷一收其《失鹤》一首，两者内容并不相同。

明张应武万历《嘉定县志》卷二一将《咏练川》《失鹤》皆归之王子昭名下。

19. 舒岳祥

《全宋诗》见第 65 册 40888 页，《全元诗》见第 3 册第 231 页。

两者为同一人。《全宋诗》和《全元诗》关于舒岳祥去世年份的记录稍有不同，《全宋诗》谓其生卒年为 1219 年至 1298 年，《全元诗》谓其生卒年为 1219 年至 1301 年。据《舒岳祥事迹考略》一文考证，舒岳祥当是逝于 1298 年[①]，《全元诗》当有误。

《全宋诗》收舒岳祥诗作 850 首，《全元诗》收 842 首，两者内容基本相同。而《全宋诗》未收《全元诗》中的《酬胡元鲁惠松石诗》《归樵岭》《赠张景文听松楼》三首诗歌；《全元诗》未收《全宋诗》中的《石台纪游》《桂台》《一春四十日天气未佳花事行复已矣太息成吟》《溪鱼》《怀旧》《天门杂咏》《新脱船场提调之役柳堤闲步》《留正仲篆畦》《闻禽献咏》共 9 首诗歌和单句"从来明月无古今"。

20. 陈杰

《全宋诗》见第 65 册 41100 页，《全元诗》见第 12 册第 356 页。

两者为同一人。《全宋诗》与《全元诗》录陈杰诗作基本相同。但《全宋诗》中有三首诗未录入《全元诗》中，诗题如下：《题信州月岩》《大窖啮游》《登岳阳楼》。

21. 龚开

《全宋诗》见第 66 册 41274 页，《全元诗》见第 4 册第 157 页。

两者为同一人。《全宋诗》录其诗作 49 首，而《全元诗》录其诗作 13 首。《全宋诗》所收《宋江三十六赞》《自题山水卷》《一字至七字观周曾秋塘图有作》共 38 首诗不见于《全元诗》。而《全元诗》所收《题大令保母帖诗一首》不见于《全宋诗》；《题自写苏童像》，《全宋诗》录作一首，而《全元诗》录作两首。

---

① 陶然：《宋金遗民文学研究》，浙江大学出版社，2014，第 401 页。

22. 释行海

《全宋诗》见第 66 册 41339 页，《全元诗》见第 4 册第 341 页。

两者为同一人。《全宋诗》与《全元诗》皆收录释行海诗歌 311 首，两者内容相同。

23. 曾子良

《全宋诗》见第 66 册 41383 页，《全元诗》见第 4 册第 339 页。

两者为同一人。诗人曾子良在《全宋诗》和《全元诗》中皆存诗 6 首，内容一致。

24. 翟龛

《全宋诗》见第 66 册 41384 页，《全元诗》见第 24 册第 131 页。

两者为同一人。《全宋诗》收其诗作 3 首，而《全元诗》收其诗作 2 首。两者互录的诗为《挽秋晓先生》和《咏宋丞相崔清献》（《全宋诗》作《挽赵秋晓》《崔清献公祠堂落成》），《全元诗》未收《全宋诗》中的《寄王祥季昆》。

25. 吴大有

《全宋诗》见第 66 册 41396 页，《全元诗》见第 8 册第 165 页。

两者为同一人。《全宋诗》录吴大有诗歌 7 首，《全元诗》录其诗歌 16 首。《全宋诗》中的 7 首诗歌全部见《全元诗》中。另外，《全元诗》中的《寄语上人》《寄山人》《山中吟》《同杨西村宿天竺闻猿》《春闺》《秋闺》《王氏隐居》《越王台》《送戴琴士谒蔡帅》共 9 首诗歌未在《全宋诗》中收录。

26. 方回

《全宋诗》见第 66 册 41422 页，《全元诗》见第 6 册第 1 页。

两者为同一人。《全宋诗》与《全元诗》所收方回诗基本相同，但《全元诗》要多收三四十首，《全宋诗》基本没有收录《全元诗》据《新安文献志》《诗渊》等书辑录的诗歌。

27. 鲜于枢

《全宋诗》见第 66 册 41910 页，《全元诗》见第 13 册第 117 页。

《全宋诗》谓"鲜于枢，字伯幾，与方回有交"。《全元诗》谓"鲜于枢（1246—

1302），字伯机，号困学民，又号西溪子、虎林隐吏等。原籍渔阳，后徙汴梁。少为路吏，至元二十四年累迁两浙转运司经历。……后起为江浙行省都事。大德初改任浙东宣慰司都事。大德六年入朝，以太常寺典籍致仕，是年去世"。《全宋诗》所收鲜于枢与《全元诗》所收鲜于枢实为同一人。

《全宋诗》仅收鲜于枢一单句，《全元诗》收其诗歌69首，两者内容互不相同。

28. 吴觉

《全宋诗》见第66册41910页，《全元诗》见第4册第152页。

《全宋诗》谓"吴觉，字孔昭，号遁翁，入元后为婺源学山长"。《全元诗》谓"吴觉，字孔昭，号遁斋（一作遁翁）。婺源人。宋淳祐元年进士，官至宣城令。入元，授婺源晦庵书院山长"。两者实为同一人。

《全宋诗》只收录了吴觉一首《句》："燕颔英姿宜食肉，羊肠险韵宜剪茶。"而《全元诗》收录了吴觉诗歌两首，即《咏玩易斋》二首，内容皆不相同。

29. 褚伯秀

《全宋诗》见第67册42019页，《全元诗》见第8册第208页。

两者为同一人。《全宋诗》收褚伯秀诗歌7首，《全元诗》收其诗歌9首，两者相同诗歌有6首。《全宋诗》未收录《全元诗》中的《宗坛秋夕二首》和《山中春日》共三首诗歌，《全元诗》未收录《全宋诗》中的《春日山居》。

30. 钱舜选

《全宋诗》见第67册42026页，《全元诗》见第67册第493页。

《全宋诗》谓其"号春塘，为陈世崇（1245—1309）师辈。事见《随隐漫录》卷三"。《全元诗》谓其"号春塘漫叟"。两者实为同一人。

《全宋诗》收其诗歌9首，《全元诗》收录其1首诗歌，两者内容互不相同。

31. 吴琳

《全宋诗》见第67册42047页，《全元诗》见第9册第125页。

两者为同一人。《全宋诗》收吴琳《题鹿田西寺壁》《农家》诗歌2首，《全元诗》收其《农家》《过后潭》《上巳集七客顾南墅以踏遍仙人碧玉壶分韵得壶字》诗歌3首。两者只有《农家》一诗内容相同，其他诗歌内容皆不相同。

32. 李春叟

《全宋诗》见第 67 册 42048 页，《全元诗》见第 24 册第 120 页。

两者为同一人。《全宋诗》收李春叟诗作 13 首，《全元诗》收其诗作 7 首。《全元诗》中《挽秋晓先生》诗 7 首亦见《全宋诗》中，《全宋诗》中的其他 6 首诗歌《全元诗》未收。

33. 杨公远

《全宋诗》见第 67 册 42060 页，《全元诗》见第 7 册第 207 页。

两者为同一人。诗人杨公远在《全宋诗》和《全元诗》中皆存诗 457 首，内容一致。

34. 卫富益

《全宋诗》见第 67 册 42125 页，《全元诗》见第 24 册第 346 页。

两者为同一人。诗人卫富益在《全宋诗》和《全元诗》中皆存诗一首，内容一致。

35. 刘光

《全宋诗》见第 67 册 42129 页，《全元诗》见第 7 册第 206 页。

两者为同一人。

《全元诗》仅据明程敏政《新安文献志》卷五一下仅收其诗歌《问田夫》一首。《全宋诗》除收有《问田夫》外，还据《桐江集》卷一《晓窗吟卷序》收有单句 5 句。

36. 滕塛

《全宋诗》见第 67 册 42130 页，《全元诗》见第 65 册第 396 页。

《全宋诗》谓"滕塛，原名回，字仲寒，一字仲复，号星崖，婺源人。与方回有交，精于理学，善属文，精草书。入元不仕，教授乡里以终"。《全元诗》谓"滕塛，本名滕回，字仲复，又字仲塞，号星崖。婺源人。居乡教授生徒为生"。《全宋诗》作字仲寒实有误，当为字仲塞。两者为同一人。

《全宋诗》与《全元诗》皆收录其 3 首诗歌，诗歌内容相同。

37. 方夔

《全宋诗》见第 67 册 42215 页,《全元诗》见第 14 册第 56 页。两者为同一人。《全宋诗》收其诗歌 486 首,《全元诗》收其诗歌 486 首,《全宋诗》未收《全元诗》中《出塞行》《观兼山黄公地理图·长城》《观兼山黄公地理图·长白山》三首诗,《全元诗》未收《全宋诗》中《贺方逢辰得宣命》《咏芭蕉》《谒融堂墓》三首诗,两者其他诗歌内容相同。

38. 胡次焱

《全宋诗》见第 67 册 42309 页,《全元诗》见第 8 册第 127 页。

《全宋诗》谓"胡次焱(1229—1306),字济鼎,号梅岩,又号余学,婺源人。度宗咸淳四年进士,授湖口簿,改贵池尉。恭宗德祐元年池州降元,逃归,教授乡里。元成宗大德十年卒"。《全元诗》谓"胡次焱,号梅岩,婺源人"。两者实为同一人。

《全宋诗》据《梅岩胡先生文集》录胡次焱诗 5 首,分别为《步瀛桥乐章》《题观壁诗》《秋日早行》《媒问嫠》《嫠答媒》。而《全元诗》据胡一桂《双湖先生文集》卷五附录收其诗作 2 首,即《送廷芳回梅溪二首》。《全宋诗》与《全元诗》所录诗歌皆不相同。

39. 赵必𣸣

《全宋诗》见第 67 册 42314 页,《全元诗》见第 67 册第 125 页。

《全宋诗》谓"赵必𣸣,字仲连,崇安人。太宗十世孙。理宗开庆间(1259)以荫当补官,不受。晚筑室黄柏里,名其居曰梅花庄,自号山泉翁"。《全元诗》谓"赵必𣸣,生平不详。清王复礼《武夷九曲志》卷十作元人"。两者实为同一人。

《全宋诗》收其诗歌 2 首,《全元诗》收其诗歌 1 首,两者相同诗歌 1 首。

40. 释希坦

《全宋诗》见第 67 册 42316 页,《全元诗》见第 8 册第 92 页。

两者为同一人。《全宋诗》与《全元诗》皆收录其 11 首诗歌,诗歌内容相同。

41. 凌岊

《全宋诗》见第 67 册 42318 页,《全元诗》见第 8 册第 428 页。

两者为同一人。诗人凌岊在《全宋诗》和《全元诗》中皆存诗9首,内容一致。

42. 汪梦斗

《全宋诗》见第67册42358页,《全元诗》见第7册第184页。

两者为同一人。诗人汪梦斗在《全宋诗》和《全元诗》中皆存诗128首,内容一致。

43. 杨镇

《全宋诗》见第67册42379页,《全元诗》见第9册第123页。

《全宋诗》谓"杨镇,字子仁,自号中斋,严陵人。宁宗杨后侄孙。理宗景定二年(1261)尚理宗女,授左领军卫将军、驸马都尉。工书善画"。《全元诗》谓"杨镇,字子仁,号中斋。严陵人。尚宋理宗公主。元初为江西行省左丞。工诗善画墨竹"。两者实为同一人。

《全宋诗》收杨镇《寄诗交顾梅山》一首,《全元诗》收其《题虎丘》一首,内容并不相同。

44. 甘泳

《全宋诗》见第67册42383页,《全元诗》见第7册第320页。

两者为同一人。诗人甘泳在《全宋诗》和《全元诗》中皆存诗20首,内容一致。

45. 董朴

《全宋诗》见第68册42595页,《全元诗》见第7册第399页。

《全宋诗》谓"董朴(1232?—1316?),字太初,顺德人(今属广东)。度宗咸淳八年(1272)为刑部郎官,元至元十六年为陕西知法官,寻召为太史院主事,辞不赴。皇庆初,年逾八十,以翰林修撰致仕,卒年八十五"。《全元诗》谓"董朴(1232—1316),字太初。朔州人,迁邢台。至元十六年,用提刑按察使荐,起家为陕西按察司检法。未几,以亲老归养。寻召为太史院主事,复辞不赴。居家讲授,以家近龙冈,学者称龙冈先生。延祐三年无疾而终,年八十五"。两者实为同一人。《全宋诗》以顺德为今广东顺德实有误,宋代顺德实指今邢台。

《全宋诗》收其诗歌《保应庙》一首，《全元诗》收其诗歌《哀挽勇士》一首，两者内容并不相同。

46. 家之巽

《全宋诗》见第 68 册 42596 页，《全元诗》见第 9 册第 140 页。

两者为同一人。诗人家之巽在《全宋诗》和《全元诗》中皆存诗 10 首，内容一致。

47. 董嗣杲

《全宋诗》见第 68 册 42601 页，《全元诗》见第 10 册第 243 页。

两者为同一人。《全宋诗》录董嗣杲诗歌 683 首，《全元诗》录其诗歌 670 首，两者内容基本相同。《全宋诗》将《泊曹家沙》记为四首诗歌，在《全元诗》中记为二首诗歌，另外《全元诗》未收《全宋诗》中的《舟宿湖口二首》（《全元诗》编者谓此诗重见于虞集诗中，故未收）、《赠萧炼师公弼》、《雨后》、《李花（其二）》、《雨中宿洞霄》、《记仙女三绝》等诗歌。

48. 蒲寿宬

《全宋诗》见第 68 册 42739 页，《全元诗》见第 9 册第 270 页。

两者为同一人。《全宋诗》与《全元诗》收其诗歌基本相同，但《全元诗》未收《全宋诗》中的《渔父词十三首》《又渔父词二首》《欸乃词》等诗。

49. 徐天祐

《全宋诗》见第 68 册 42793 页，《全元诗》见第 12 册第 298 页。

两者为同一人。《全宋诗》收徐天祐诗歌 6 首，《全元诗》收其诗歌 8 首。其中《全宋诗》所收《箪醪河》与《全元诗》中的《簟醪河（其一）》内容相同，其余诗歌两者皆不相同。

50. 潘从大

《全宋诗》见第 68 册 42796 页，《全元诗》见第 12 册第 296 页。

两者为同一人。《全宋诗》录其诗作 5 首，《全元诗》录其诗作 4 首。其中有 4 首诗歌相同，《全元诗》未收《全宋诗》中的《赠无庵沈相师》。

《全宋诗》据影印《诗渊》第 1 册第 445 页收录潘从大《赠无庵沈相师》，

此诗又见《全元诗》贡奎名下,题同,《全元诗》据《贡文靖云林集》卷九收入,贡奎诗下有注"其人百又二岁"。《贡文靖云林集》十卷乃明贡靖国刻本,此集要比《诗渊》可靠得多,此诗当为贡奎作。

51. 李嘉龙

《全宋诗》见第 68 册 42798 页,《全元诗》见第 8 册第 319 页。

两者为同一人。诗人李嘉龙在《全宋诗》和《全元诗》中皆存诗 1 首,内容相同。

52. 钱选

《全宋诗》见第 68 册 42800 页,《全元诗》见第 9 册第 115 页。

两者为同一人。《全宋诗》收钱选诗作 44 首,《全元诗》收其诗作 42 首(实收 40 首,存目 2 首)。其中,《全宋诗》未收《全元诗》中的《白梅》《题画红梅》《梅竹白头》《梅花白头》《题梅三首》《题梅》《题林和靖观梅图》《题赵文敏白描佛母图》《自题梨花卷》《自题秋瓜图》《题王羲之观鹅图》;《全元诗》未收《全宋诗》中的《题洪崖先生像》《题孤山图》《五君咏·阮籍》《五君咏·嵇康》《五君咏·刘伶》《五君咏·阮咸》《五君咏·向秀》《题韩左军马图》《题杨妃上马图》《中秋月》《天台杂书》《夜宿南山僧寺》《春暮》《题友人判太平归来诗卷》《春日即事》《杂诗(二首)》。

53. 方逢振

《全宋诗》见第 68 册 42807 页,《全元诗》见第 7 册第 355 页。

两者为同一人。《全宋诗》收方逢振诗作 19 首,《全元诗》收 18 首。《全元诗》中的 18 首诗歌在《全宋诗》均有收录,《全宋诗》多收《凤潭精舍偶成》一诗(此诗在《全宋诗》中重复收录,此诗与其《凤潭精舍月夜偶成》为同一首诗)。

54. 何昭德

《全宋诗》见第 68 册 42812 页,《全元诗》见第 8 册第 189 页。

两者为同一人。两者所录诗歌一致。

55. 卢珏

《全宋诗》见第 68 册 42813 页,《全元诗》见第 8 册第 188 页。

两者为同一人。两者所录诗歌一致。

56. 彭秋宇

《全宋诗》见第 68 册 42815 页,《全元诗》见第 8 册第 273 页。

两者为同一人。两者所录诗歌一致。

57. 释子温

《全宋诗》见第 68 册 42821 页,《全元诗》见第 8 册第 153 页。

两者为同一人。《全宋诗》收录释子温诗歌 3 首,分别为《于朱宣慰家作画讫作》《题画葡萄》《题葡萄图》。《全元诗》录其诗歌 4 首,即《朱宣慰家题画》《自题画葡萄》《华亭友人归故里以诗为饯》《题折枝葡萄》。其中《全元诗》前两首诗歌和《全宋诗》前两首诗歌内容是一致的,但《全宋诗》未收录《华亭友人归故里以诗为饯》和《题折枝葡萄》两首诗歌,《全元诗》未收录《题葡萄图》。

《全元诗》据《元诗选癸集》壬集上所收释子温《题折枝葡萄》其实并非释子温所作,该诗当为唐人诗。清编《全唐诗》卷二七九将该诗归入卢纶名下,清编《全唐诗》卷三八九又将该诗归入卢仝名下。据《式古堂书画汇考》卷四五:"大唐时诗人赠高僧居深山谷:饥拾松花渴饮泉,偶从山后到山前。阳坡软草厚如织,因与鹿麛相伴眠。日观(即释子温)书并画。己酉年九月初□旦。"释子温只是把这首唐人诗书写于画上而已,并未言该诗为其所作。《元诗选癸集》将此诗误辑入释子温名下。

又《全宋诗》据清卞永誉《式古堂书画汇考》卷四五所收释子温《题葡萄图》亦非释子温所作,此诗实出自唐代释贯休《山居诗》其二,此亦是将题诗于画上之人讹为诗歌作者。

58. 王沂孙

《全宋诗》见第 68 册 42823 页,《全元诗》见第 10 册第 53 页。

两者为同一人。两者所录诗歌一致。

59. 陈观国

《全宋诗》见第 68 册 42823 页,《全元诗》见第 8 册第 240 页。

两者为同一人。两者所录诗歌一致。

60. 陈一斋

《全宋诗》见第 68 册 42824 页,《全元诗》见第 66 册第 430 页。

《全宋诗》谓"陈一斋,永嘉人。与刘黻（理宗景定三年进士）友善"。《全元诗》谓"陈一斋,名字与生平均不详。光绪《永嘉县志》卷三十四艺文作元人"。两者似为同一人。

《全宋诗》收其诗歌 3 首,《全元诗》收其诗歌 1 首,两者相同诗歌一首。

61. 唐良骥

《全宋诗》见第 68 册 42826 页,《全元诗》见第 8 册第 427 页。

两者为同一人。《全宋诗》收其诗作《赠金仁山》二首,《全元诗》收其诗歌《赠金仁山》一首,《全元诗》未收录《全宋诗》中的《赠金仁山》其二诗,两者相同诗歌一首。

62. 徐钧

《全宋诗》见第 68 册 42827 页,《全元诗》见第 7 册第 275 页。

两者为同一人。两者所录诗歌一致。

63. 刘汝钧

《全宋诗》见第 68 册 42870 页,《全元诗》见第 7 册第 410 页。

两者为同一人。两者所录诗歌一致。

64. 曹泾

《全宋诗》见 68 册 42870 页,《全元诗》见第 7 册第 407 页。

《全宋诗》载"曹泾（1234—1315）,字清甫,号弘斋,休宁人,居歙县。度宗咸淳四年进士,授昌化县主簿"。《全元诗》同样记载"曹泾（1234—1315）,字清甫,号弘斋。歙县人。宋咸淳四年进士,教授于马廷鸾家"。两者实为同一人。

《全宋诗》收其诗歌 8 首,《全元诗》收其诗歌 9 首,两者内容皆不相同。

65. 张洪

《全宋诗》见第 68 册 42906 页,《全元诗》见第 15 册第 392 页。

两者实为同一人。《全元诗》中的《赠黎廷瑞》在《全宋诗》中题为《酬答潘阳黎祥仲》，内容相同，但《全宋诗》将其分为两首诗作。

66. 黄公绍

《全宋诗》见第 68 册 42912 页，《全元诗》见第 8 册第 440 页。

两者为同一人。两者所录诗歌一致。

67. 翁森

《全宋诗》见第 68 册 42914 页，《全元诗》见第 8 册第 86 页。

两者为同一人。两者所录诗歌一致。

68. 李谨思

《全宋诗》见第 68 册 42926 页，《全元诗》见第 8 册第 95 页。

两者为同一人。两者所录诗歌一致。

69. 金似孙

《全宋诗》见第 68 册 43137 页，《全元诗》见第 32 册第 231 页。

《全宋诗》谓"金似孙，字叔肖，号兰庭，兰溪人。之焱（淳祐七年进士）子。少工举子业，文科既废，遂一意于诗"。《全元诗》谓"金似孙，字叔肖，号兰庭。兰溪人。自少隽敏强记，科举既废，遂一意于诗"。

两者实为同一人，两者所录诗歌一致。

70. 范师孔

《全宋诗》见第 68 册 43141 页，《全元诗》见第 8 册第 425 页。

两者实为同一人。《全宋诗》收范师孔《武夷山》《高楼》和《小浆铺》诗歌共 3 首，《全元诗》收其《高楼高二首》《武夷山》诗歌 3 首。《全元诗》将范师孔《高楼》分成《高楼高二首》，恐非。又《全元诗》未收录《小浆铺》一诗。

71. 尹应许

《全宋诗》见第 68 册 43150 页，《全元诗》见第 8 册第 401 页。

两者为同一人。两者所录诗歌一致。

72. 孙嵩

《全宋诗》见第 68 册 43152 页，《全元诗》见第 9 册第 202 页。

两者为同一人。《全宋诗》收其诗歌64首,《全元诗》收其诗歌71首,其中《全宋诗》所收64首诗歌都被《全元诗》收录,《全元诗》多收了《读尚书金忠肃公遗事》《黑杨梅全甘乃越上之品移植休宁者暑祥食之苏醒弄笔戏书二首》三首诗歌。还有《冬初杂兴》其五在《全宋诗》中作为一首诗歌,在《全元诗》中记为二首诗歌,据诗歌用韵来看,《全宋诗》作为一首诗歌恐有误。《感兴》一诗在《全宋诗》中作为一首诗歌,在《全元诗》中记为四首诗歌,据诗歌用韵来看,《全宋诗》作为一首诗歌恐有误。

73. 释原妙

《全宋诗》见第68册43161页,《全元诗》见第9册第214页。

两者为同一人。《全宋诗》收释原妙诗歌148首,《全元诗》收其诗歌2首。其中《全宋诗》未收录《全元诗》中的《题鹳山》。《全元诗》囿于凡例未收释原妙名下的大量偈颂。

74. 丁易东

《全宋诗》见第68册43186页,《全元诗》见第9册第269页。

两者为同一人。两者所录诗歌一致。

75. 姚云

《全宋诗》见第68册43186页,《全元诗》见第8册第102页。

两者为同一人。《全宋诗》收其诗作《碧山》二首,《全元诗》录其诗作三首,即《碧山》二首和《大愚寺即事》。《全宋诗》少收《大愚寺即事》。

76. 莫仑

《全宋诗》见第68册43232页,《全元诗》见第10册第57页。

两者为同一人。《全宋诗》收莫仑诗《伤丁氏故基题一绝于太虚堂》1首;《全元诗》录其诗2首,即《书壁》和《题太虚堂》。其中《伤丁氏故基题一绝于太虚堂》和《题太虚堂》为同一诗歌,《全宋诗》未收《全元诗》中《书壁》一诗。

77. 赵文

《全宋诗》见第68册43234页,《全元诗》见第9册第225页。

两者为同一人《全宋诗》收赵文诗歌172首,《全元诗》收其诗歌176首,两者所收诗歌内容基本相同，《全宋诗》未收《全元诗》中的《有所思》《婕妤怨》《何和尚寻母》《寿王余庆》《云阳寺》《咏梅》《赠媒者二首》8 首诗歌，《全元诗》未收《全宋诗》中的《水石图赞》一诗。

78. 汪宗臣

《全宋诗》见第 69 册 43267 页，《全元诗》见第 9 册第 216 页。

两者为同一人。《全宋诗》收汪宗臣诗作 13 首，而《全元诗》收其诗作 17 首。其中，《全宋诗》所收的 13 首在《全元诗》中均有收录。《全宋诗》未收《全元诗》中的《题竹洲曾孙吴逢原友梅堂（二首）》《题汪梅牖盘隐》《休宁县邸疾中和江冲陶韵》共 4 首诗歌。

79. 范晞文

《全宋诗》见第 69 册 43276 页，《全元诗》见第 13 册第 437 页。

两者为同一人。《全宋诗》收范晞文诗歌三首，分别为《题江湖伟观》《湖上》和《燕山闻鹃》，《全元诗》除收有《湖上》（题作《春日游西湖》）、《燕山闻鹃》两诗外，还收有另外 13 首诗歌，《全元诗》未收《题江湖伟观》一诗。

80. 陈岩

《全宋诗》见第 69 册 43279 页，《全元诗》见第 10 册第 1 页。

两者为同一人，两者所录诗歌一致。

81. 杜濬之

《全宋诗》见第 69 册，第 43309 页，《全元诗》见第 7 册第 412 页。

两者为同一人。《全宋诗》仅收《述志》《书警》《示故人》三首诗。《全元诗》除收上述三首诗外，还多收有《绿珠行》一诗。

82. 曹良史

《全宋诗》见第 69 册 43311 页，《全元诗》见第 8 册第 338 页。

《全宋诗》谓"曹良史，字子才，号梅南，钱塘人"。《全元诗》谓"曹良史，字之才，号梅南。钱塘人。宋咸淳年间有诗名，宋亡，与周密、方回游"。

两者为同一人。《全宋诗》谓其字子才当有误，《绝妙好词笺》《宋诗纪事》《历代诗余》等书皆谓其字之才，《全元诗》亦作字之才。

《全宋诗》录其残句 5 则，《全元诗》仅录其《绝涧》诗 1 首，两者内容皆不相同。

83. 壶弢

《全宋诗》见第 69 册 43312 页，《全元诗》见第 52 册第 377 页。

两者为同一人。两者所录诗歌一致。

84. 龚孟夔

《全宋诗》见第 69 册 43321 页，《全元诗》见第 10 册第 55 页。

两者为同一人。两者所录诗歌一致。

85. 刘壎

《全宋诗》见第 69 册 43321 页，《全元诗》见第 9 册第 342 页。

两者为同一人。《全宋诗》收其 14 首诗和 2 则单句，《全元诗》共收其诗 308 首。《全宋诗》据明周复俊《全蜀艺文志》卷二四所收《挽蜀帅张公珏》《挽绵汉简诸公》《挽四川制帅陈公》皆非刘壎所作，当为其子刘麟瑞诗。《元诗选》二集卷三及《江西诗徵》卷二五皆将此三诗归入刘麟瑞名下。明周复俊《全蜀艺文志》卷二四此三诗下署名为前人，《全宋诗》编者以为此三诗承前诗（前诗为刘壎作）省名，故误辑入刘壎名下。《全宋诗》据《隐居通议》卷一〇收入的刘壎《句》"羽纛金章映坐狱"，实出自《全元诗》所收的刘壎《喜清堂》诗。

86. 方凤

《全宋诗》见第 69 册 43326 页，《全元诗》见第 9 册第 320 页。

两者为同一人。《全宋诗》与《全元诗》收录方凤诗作基本相同。但《全宋诗》中仍有二首诗句未录入《全元诗》，即《寄云林上人》及 1 句单句。

87. 连文凤

《全宋诗》见第 69 册 43346 页，《全元诗》见第 13 册第 399 页。

两者为同一人。两者收其诗歌基本相同。《全元诗》未收《载菊分题》《无题（其二）》。《全宋诗》未收《送西秦张仲实游大滁洞天》。

88. 李思衍

《全宋诗》见第 69 册 43377 页，《全元诗》见第 14 册第 396 页。

两者为同一人。《全宋诗》《全元诗》皆收李思衍诗作 25 首，其中 24 首诗作相同，《万斛山》未收录进《全元诗》中，《老鼠关》未收录进《全宋诗》中。

89. 郑思肖

《全宋诗》见第 69 册 43386 页，《全元诗》见第 10 册第 167 页。

两者为同一人。《全宋诗》收郑思肖 402 首诗歌和 1 句单句，《全元诗》收其诗歌 150 首。其中相同诗歌 147 首，但《全宋诗》未收《全元诗》中《题兰》《过齐子芳书塾》《寒菊》三首诗歌。《全元诗》未收《全宋诗》中的 255 首诗歌和一句单句"不知今日月，但梦宋山川"。

90. 汤炳龙

《全宋诗》见第 69 册 43451 页，《全元诗》见第 10 册第 232 页。

两者为同一人。《全宋诗》仅收汤炳龙诗歌 4 首，分别为《题江贯道百牛图》《陆君实挽诗（二首）》《题晋王大令保母帖》。《全元诗》收其诗歌 15 首，除以上 4 首外，还多收了 11 首诗。

91. 王英孙

《全宋诗》见第 69 册 43465 页，《全元诗》见第 7 册第 414 页。

两者为同一人。《全宋诗》收其诗 3 首，《全元诗》收其诗 3 首，两者相同收诗《题高房山夜山图》（《全元诗》作《题夜山图》），其他诗歌内容并不相同。

92. 叶李

《全宋诗》见第 69 册 43471 页，《全元诗》见第 11 册第 68 页。

两者为同一人。《全宋诗》收叶李诗歌 3 首，《全元诗》收其诗歌 5 首。其中，《全宋诗》未收《全元诗》中的《梦中作》《寿冯大使》和《得家书老母未允迎侍之请有怀而作》三首诗歌，《全元诗》未收《全宋诗》中《放还遇贾似道》一诗。

93. 魏新之

《全宋诗》见第 69 册 43472 页，《全元诗》见第 13 册第 351 页。

两者为同一人。两者所录诗歌一致。

94. 林子明

《全宋诗》见第 69 册 43473 页，《全元诗》见第 13 册第 359 页。

两者为同一人。两者所录诗歌一致。

95. 林景熙

《全宋诗》见第 69 册 43474 页,《全元诗》见第 10 册第 392 页。

两者为同一人。《全宋诗》与《全元诗》所录林景熙诗歌内容基本相同。其中有三首诗未收录进《全元诗》,即《知宗柑诗用韵颇险予既知之复取所未用之韵续赋一首三十韵》《句》《题陆秀夫负帝蹈海图》,此三首诗实际皆为误收诗,非林景熙所作(参本书林景熙诗重出考辨)。

96. 释云岫

《全宋诗》见第 69 册 43531 页,《全元诗》见第 11 册第 50 页。

两者为同一人。《全宋诗》录其诗作 126 首,而《全元诗》录其诗作 89 首。其中,《全宋诗》收录了《偈颂二十三首》《颂古十首》等偈颂,而《全元诗》按其体例略去偈颂部分。

97. 释慧日

《全宋诗》见第 69 册 43546 页,《全元诗》见第 11 册第 67 页。

两者为同一人。两者所录诗歌一致。

98. 黄庚

《全宋诗》见第 69 册 43547 页,《全元诗》见第 19 册第 29 页。

两者为同一人。《全宋诗》与《全元诗》收其诗歌基本相同,《全元诗》未收《全宋诗》中的残句两首。《全宋诗》未收《全元诗》中的《寄姜仕可》《述怀》《孤舟独钓(三首)》《送客》《明皇夜游图》《赠慧西归上人莲经社》《雪中海棠》《僧晓舍》《和靖祠(其二)》《宫怨》《秋吟》《寄王云卿》《赠友》《孤舟独钓》《暮景》《杨花》《浩歌》《秋夜书怀寄诗友》《题太白浩饮图》《劝酒歌》《田家辞》,其中《雪中海棠》,《全宋诗》系之于释永颐名下。

99. 林景英

《全宋诗》见第 69 册 43615 页,《全元诗》见第 66 册第 30 页。

《全宋诗》谓"林景英,字德芳,号隐山。平阳人。景熙弟"。《全元诗》谓"林景英,字德芳,号隐山。永嘉平阳人。曾任元帅府照磨(元代官名)"。两者为同一人。《林景熙集补注》一书谓林景英并非林景熙弟。

《全宋诗》收其诗歌 7 首,《全元诗》收其诗歌 9 首,两者相同诗歌 7 首,《全元诗》多收《剑子歌》《喜雨和韵》两首。

100. 林若存

《全宋诗》见第 69 册 43618 页,《全元诗》见第 11 册第 70 页。

两者为同一人。两者所录诗歌一致。

101. 毛直方

《全宋诗》见第 69 册 43619 页,《全元诗》见第 12 册第 429 页。

两者为同一人。《全宋诗》收录毛直方诗作 28 首,《全元诗》收录其诗作 27 首。其中,《赠阎莱山书吏》未录入《全宋诗》;《送县尹任满》《赠叠山先生》未录入《全元诗》,两者其他内容相同。

102. 张登辰

《全宋诗》见第 69 册 43624 页,《全元诗》见第 24 册第 122 页。

两者为同一人。《全宋诗》收张登辰诗作 4 首,《全元诗》收其诗作 3 首。两者互录的是《挽赵秋晓》(《全元诗》题作《挽秋晓先生》)诗 3 首,《全元诗》未收《全宋诗》中的《赭衣春》。

103. 朱浚

《全宋诗》见第 69 册 43627 页,《全元诗》见第 17 册第 178 页。

两者为同一人。《全元诗》收朱浚诗歌 4 首,《全宋诗》收其诗作 19 首。《全宋诗》多收了 15 首诗句,即《寄友》《秋日西湖》《都城初秋和赵京倅(其二)》及残句 12 则。

104. 梁栋

《全宋诗》见第 69 册 43630 页,《全元诗》见第 11 册第 72 页。

两者为同一人。《全宋诗》收梁栋 29 首诗和 2 句单句,《全元诗》收其诗歌 31 首。《全宋诗》未收《全元诗》中的《恻隐堂》《落花》《观铅汞交媾》《山中岁暮寄京口诸公》和《寄京口诸公》五首诗歌。《全元诗》未收《全宋诗》中的《多景楼》《送存书记》《春日郊游和友人韵》和"浮云暗不见青天""千株守红死,一点反魂归"两句单句。

105. 戴表元

《全宋诗》见第 69 册 43636 页,《全元诗》见第 12 册第 76 页。

两者为同一人。《全宋诗》收戴表元诗作 485 首,《全元诗》收其诗作 780 首。《全元诗》据《剡源逸稿》卷一至卷七收戴表元诗近三百首,这些诗《全宋诗》皆未收录。

106. 丘葵

《全宋诗》见第 69 册 43850 页,《全元诗》见第 12 册第 233 页。

两者为同一人。《全宋诗》与《全元诗》皆据《丘钓矶集》收其诗作,内容基本相同,《全元诗》未收《全宋诗》中的一则残句。

107. 刘应龟

《全宋诗》见第 70 册 43909 页,《全元诗》见第 12 册第 309 页。

两者为同一人。《全元诗》录其诗作 1 首,《全宋诗》录其诗作 2 首。两者相同的诗为《春日田园杂兴》,其中《夏日杂咏》未录入《全元诗》中。

108. 刘应凤

《全宋诗》见第 70 册 43911 页,《全元诗》见第 15 册第 307 页。

两者为同一人。《全宋诗》收刘应凤诗作 10 首,《全元诗》收其诗作 6 首。《全元诗》中的 6 首诗全被《全宋诗》收录,《全宋诗》中还有四首诗未收录进《全元诗》中,即《挽罗榷院子远(其一其二)》《挽朱梧月》《寄青山》。

109. 刘应李

《全宋诗》见第 70 册 43913 页,《全元诗》见第 12 册第 323 页。

两者为同一人。两者所录诗歌一致。

110. 王梦应

《全宋诗》见第 70 册 43913 页,《全元诗》见第 12 册第 434 页。

两者为同一人。《全宋诗》录王梦应诗作 12 首,《全元诗》收录其诗作 4 首。《全元诗》所录四首诗歌皆被《全宋诗》收录,《全宋诗》中《绵》《太白仙人下岷峨谣》《挽曾东轩二首》《呈李书史四首》未录入《全元诗》。

111. 陈观

《全宋诗》见第 70 册 43916 页，《全元诗》见第 9 册第 199 页。

两者为同一人。《全宋诗》收陈观诗作 8 首，而《全元诗》收其诗作 6 首。其中，《全元诗》所收的 6 首在《全宋诗》中均有收录。《全元诗》未收《全宋诗》中的《闲乐堂独坐》和《聚奇楼》二首诗歌。

112. 唐泾

《全宋诗》见第 70 册 43920 页，《全元诗》见第 8 册第 270 页。

两者为同一人。两者所录诗歌一致。

113. 蒋捷

《全宋诗》见第 70 册 43925 页，《全元诗》见第 9 册第 108 页。

两者为同一人。《全宋诗》收其《铜官山》《东坡田》诗歌二首，《全元诗》收其《铜官山》《东坡田》和《谒邹忠公墓》诗歌三首。两者相同诗歌二首。

114. 林正

《全宋诗》见第 70 册 43928 页，《全元诗》见第 66 册第 27 页。

两者为同一人。两者所录诗歌一致。

115. 赵必瑑

《全宋诗》见第 70 册 43931 页，《全元诗》见第 12 册第 339 页。

两者为同一人。《全宋诗》录其诗作 108 首，《全元诗》录其诗作 106 首。《全元诗》所录诗歌皆被《全宋诗》收录，但《全宋诗》中《挽李春叟》《句》未录入《全元诗》中。

《全宋诗》据民国陈伯陶《宋东莞遗民录》卷下收赵必瑑《挽李春叟》："靖节有诗题晋号，德公无意入襄城。蓬鬟早因时事白，荷衣不受劫尘污。"此诗前两句已见赵必瑑《挽李梅边》其一："贞元朝士尽凋零，一世龙门羡李膺。靖节有诗题晋号，德公无意入襄城。床头点易朱犹湿，几上遗书稿已誊。收拾故家华萼集，翩翩三凤以文鸣。"后两句见赵必瑑《挽李梅边》其二："归卧西楼理故书，幅巾羽扇一癯儒。家庭师友尊明道，古史文章逼老苏。蓬鬟蚤因时事白，荷衣不受劫尘污。呜呼天不遗耆老，雨泪如倾一束刍。"《东莞遗民录》

实为节引赵必𤩽《挽李梅边》两句挽诗,《全宋诗》编者误据。

116. 孙岩

《全宋诗》见第 70 册 43946 页,《全元诗》见第 12 册第 329 页。

两者为同一人。《全宋诗》录孙岩诗作 24 首,《全元诗》录其诗作 26 首。《全宋诗》所录诗歌皆被《全元诗》收录,但《全元诗》中的《曲井》《读尚书金忠肃公遗事》未录入《全宋诗》。

117. 高晞远

《全宋诗》见第 70 册 43952 页,《全元诗》见第 8 册第 421 页。

两者为同一人。两者所录诗歌一致。

118. 柯举

《全宋诗》见第 70 册 43953 页,《全元诗》见第 68 册第 111 页。

《全宋诗》谓"柯举,字仲时,号竹圃,莆田人。恭宗德祐初官漳州教授,宋亡改名梦举,有《梦语集》,已佚"。《全元诗》谓"柯举,字柯山。莆田竹圃人。举盐司管勾。有《竹圃梦语》二卷,未见传本"。

两者为同一人。《全宋诗》收其诗歌 2 首,《全元诗》收其诗歌 4 首,两者相同诗歌 2 首。

119. 彭九万

《全宋诗》见第 70 册 43954 页,《全元诗》见第 18 册第 78 页。

两者为同一人。《全宋诗》谓其卒于 1275 年,《全元诗》谓其卒于 1283 年,《全宋诗》有误。

《全元诗》收彭九万诗歌 1 首,《全宋诗》收彭九万诗歌 2 首,两者相同诗歌一首。《全元诗》少收《界牌铺》一诗。

120. 黎献

《全宋诗》见第 70 册 43969 页,《全元诗》见第 24 册第 121 页。

两者为同一人。《全宋诗》收黎献诗作 6 首,《全元诗》则收其诗作 4 首。两者互录的是《挽赵秋晓》(《全元诗》题作《挽秋晓先生》)诗四首,《全元诗》未收《全宋诗》中的《挽陈月桥》和《挽陈淡交先生》。

121. 翟佐

《全宋诗》见第 70 册 43970 页，《全元诗》见第 24 册第 123 页。两者为同一人。两者所录诗歌一致。

122. 胡骏升

《全宋诗》见第 70 册 43970 页，《全元诗》见第 24 册第 125 页。两者为同一人。两者所录诗歌一致。

123. 张孺子

《全宋诗》见第 70 册 43971 页，《全元诗》见第 24 册第 126 页。两者为同一人。两者所录诗歌一致。

124. 陈继善

《全宋诗》见第 70 册 43971 页，《全元诗》见第 24 册第 127 页。两者为同一人。两者所录诗歌一致。

125. 姚燃

《全宋诗》见第 70 册 43971 页，《全元诗》见第 24 册第 128 页，作"姚然"。《全宋诗》所收姚燃与《全元诗》所收姚然实为同一人。两者所录诗歌一致。

126. 梅时举

《全宋诗》见第 70 册 43972 页，《全元诗》见第 24 册第 129 页。两者为同一人。两者所录诗歌一致。

127. 释觉真

《全宋诗》见第 70 册 43972 页，《全元诗》见第 24 册第 130 页。两者为同一人。两者所录诗歌一致。

128. 罗附凤

《全宋诗》见第 70 册 43973 页，《全元诗》见第 24 册第 134 页。两者为同一人。两者所录诗歌一致。

129. 赵时清

《全宋诗》见第 70 册 43973 页，《全元诗》见第 24 册第 135 页。两者为同一人。两者所录诗歌一致。

130. 黎善夫

《全宋诗》见第 70 册 43973 页,《全元诗》见第 24 册第 136 页。

两者为同一人。两者所录诗歌一致。

131. 邓元奎

《全宋诗》见第 70 册 43974 页,《全元诗》见第 24 册第 137 页,作邓元金。

《全宋诗》所收邓元奎与《全元诗》所收邓元金,实为同一人。两者所录诗歌一致。

132. 叶特

《全宋诗》见第 70 册 43974 页,《全元诗》见第 24 册第 138 页。

两者为同一人。两者所录诗歌一致。

133. 张震龙

《全宋诗》见第 70 册 43975 页,《全元诗》见第 24 册第 139 页,作张震。

《全宋诗》所收张震龙与《全元诗》所收张震实为同一人。两者所录诗歌一致。

134. 李昌辰

《全宋诗》见第 70 册 43975 页,《全元诗》见第 24 册第 140 页。

两者为同一人。两者所录诗歌一致。

135. 张昭子

《全宋诗》见第 70 册 43975 页,《全元诗》见第 24 册第 141 页。

两者为同一人。两者所录诗歌一致。

136. 黎伯元

《全宋诗》见第 70 册 43976 页,《全元诗》见第 24 册第 142 页。

两者为同一人。两者所录诗歌一致。

137. 陈师善

《全宋诗》见第 70 册 43976 页,《全元诗》见第 24 册第 143 页。

两者为同一人。两者所录诗歌一致。

138. 陆正

《全宋诗》见第 70 册 43978 页,《全元诗》见第 17 册第 177 页。

两者为同一人。两者所录诗歌一致。

139. 汪元量

《全宋诗》见第 70 册 43991 页,《全元诗》见第 12 册第 1 页。

两者为同一人。《全宋诗》与《全元诗》录汪元量诗作基本相同。但《全宋诗》中仍有《二月初八日左丞相吴坚右□□□□□枢密使谢堂参政密》《草堂(其二)》及《函谷关》未收录进《全元诗》。

140. 林昉

《全宋诗》见第 70 册 44064 页,《全元诗》见第 10 册第 110 页。

《全宋诗》所收广东林昉与《全元诗》所收广东林昉实为同一人。

《全宋诗》收该林昉诗歌 17 首,《全元诗》收其诗歌 14 首。《全元诗》多收了《赠黄山人》一诗;又《全元诗》中的《闻子规》一诗在《全宋诗》中被分为两首《闻子规》,据诗韵来看,此《闻子规》应是两首绝句,《全元诗》作一首诗当有误;又《全元诗》未收《全宋诗》中的《送西秦张仲实游大涤洞天》,《全元诗》编者认为此诗当为三山人林昉作。又《全元诗》未收《全宋诗》中的《答黎教授》二首。

141. 李吟山

《全宋诗》见第 70 册 44066 页,《全元诗》见第 8 册第 335 页。

两者为同一人。两者所录诗歌一致。

142. 赵焱

《全宋诗》见第 70 册 44067 页,《全元诗》见第 8 册第 293 页。

两者为同一人。两者所录诗歌一致。

143. 开先长老

《全宋诗》见第 70 册 44067 页,《全元诗》见第 10 册第 237 页,作"释了万"。

《全宋诗》所收开先长老与《全元诗》所收释了万实为同一人。两者所录诗歌一致。

144. 胡斗南

《全宋诗》见第 70 册 44068 页,《全元诗》见第 8 册第 294 页。

两者为同一人。《全宋诗》收录胡斗南诗歌13首,《全元诗》收其诗歌12首。《全元诗》中的12首诗歌均收录在《全宋诗》,《全元诗》未收录《全宋诗》中的《送张治中朝京》。

145. 刘师复

《全宋诗》见第70册44069页,《全元诗》见第8册第296页。

两者为同一人。两者所录诗歌一致。

146. 罗志仁

《全宋诗》见第70册44070页,《全元诗》见第8册第299页。

两者为同一人。《全宋诗》谓其号秋壶实有误,《名儒草堂诗余》《元诗纪事》《历代诗余》等书皆谓其号壶秋,《全元诗》亦作号壶秋。

《全宋诗》录其诗作12首,包括一断句,此断句《全元诗》未予收录。而《全元诗》录其诗作13首,其中《题水村图》和《题吴飞卿卷云阁》未被《全宋诗》收录。

147. 孙鼎

《全宋诗》见第70册44072页,《全元诗》见第8册第301页。

两者为同一人。两者所录诗歌一致。

148. 彭淼

《全宋诗》见第70册44072页,《全元诗》见第8册第302页。

两者为同一人。两者所录诗歌一致。

149. 萧㘰

《全宋诗》见第70册44072页,《全元诗》见第8册第303页。

两者为同一人。两者所录诗歌一致。

150. 萧壎

《全宋诗》见第70册44073页,《全元诗》见第8册第304页。

两者为同一人。两者所录诗歌一致。

151. 刘渊

《全宋诗》见第70册44073页,《全元诗》见第8册第305页,作"刘囦"。

两者为同一人。两者所录诗歌一致。

152. 刘丰禄

《全宋诗》见第 70 册 44073 页，《全元诗》见第 8 册第 306 页。两者为同一人。两者所录诗歌一致。

153. 萧璖

《全宋诗》见第 70 册 44074 页，《全元诗》见第 8 册第 307 页。两者为同一人。两者所录诗歌一致。

154. 赵云

《全宋诗》见第 70 册 44074 页，《全元诗》见第 8 册第 308 页。两者为同一人。两者所录诗歌一致。

155. 张弘道

《全宋诗》见第 70 册 44075 页，《全元诗》见第 8 册第 309 页。两者为同一人。两者所录诗歌一致。

156. 张时中

《全宋诗》见第 70 册 44075 页，《全元诗》见第 8 册第 310 页。两者为同一人。两者所录诗歌一致。

157. 尹苹

《全宋诗》见第 70 册 44076 页，《全元诗》见第 8 册第 311 页。两者为同一人。两者所录诗歌一致。

158. 萧克翁

《全宋诗》见第 70 册 44076 页，《全元诗》见第 8 册第 312 页。两者为同一人。两者所录诗歌一致。

159. 祝从龙

《全宋诗》见第 70 册 44076 页，《全元诗》见第 8 册第 313 页。两者为同一人。两者所录诗歌一致。

160. 夏天民

《全宋诗》见第 70 册 44077 页，《全元诗》见第 8 册第 314 页。

两者为同一人。两者所录诗歌一致。

161. 王祖弼

《全宋诗》见第 70 册 44077 页，《全元诗》见第 8 册第 298 页。两者为同一人。两者所录诗歌一致。

162. 戴仁杰

《全宋诗》见第 70 册 44078 页，《全元诗》见第 8 册第 315 页。两者为同一人。两者所录诗歌一致。

163. 曾顺孙

《全宋诗》见第 70 册 44078 页，《全元诗》见第 8 册第 316 页。两者为同一人。两者所录诗歌一致。

164. 刘震祖

《全宋诗》见第 70 册 44078 页，《全元诗》见第 8 册第 317 页。两者为同一人。两者所录诗歌一致。

165. 秦嗣彭

《全宋诗》见第 70 册 44079 页，《全元诗》见第 8 册第 318 页。两者为同一人。两者所录诗歌一致。

166. 兜率长老

《全宋诗》见第 70 册 44079 页，《全元诗》见第 8 册第 320 页。两者为同一人。两者所录诗歌一致。

167. 熊仲允

《全宋诗》见第 70 册 44079 页，《全元诗》见第 8 册第 321 页。两者为同一人。两者所录诗歌一致。

168. 萧炎丑

《全宋诗》见第 70 册 44080 页，《全元诗》见第 8 册第 322 页。两者为同一人。两者所录诗歌一致。

169. 黄居仁

《全宋诗》见第 70 册 44080 页，《全元诗》见第 8 册第 323 页。

两者为同一人。两者所录诗歌一致。

170. 释永秀

《全宋诗》见第 70 册 44080 页,《全元诗》见第 8 册第 324 页。

两者为同一人。两者所录诗歌一致。

171. 杨学周

《全宋诗》见第 70 册 44081 页,《全元诗》见第 8 册第 325 页。

两者为同一人。两者所录诗歌一致。

172. 萧灼

《全宋诗》见第 70 册 44081 页,《全元诗》见第 8 册第 326 页。

两者为同一人。两者所录诗歌一致。

173. 觉性

《全宋诗》见第 70 册 44081 页,《全元诗》见第 8 册第 327 页。

两者为同一人。两者所录诗歌一致。

174. 杨学李

《全宋诗》见第 70 册 44082 页,《全元诗》见第 8 册第 328 页。

两者为同一人。两者所录诗歌一致。

175. 祖惟和

《全宋诗》见第 70 册 44083 页,《全元诗》见第 8 册第 331 页。

两者为同一人。两者所录诗歌一致。

176. 黄圭

《全宋诗》见第 70 册 44084 页,《全元诗》见第 8 册第 332 页。

两者为同一人。两者所录诗歌一致。

《全宋诗》谓"黄圭,字唐佑,清江(今江西樟树西南)人",《全元诗》谓"黄圭,字唐佐,庐陵(江西吉安)人"。《西江诗话》卷六、同治《清江县志》卷八诸书皆谓黄圭字唐佐,清江人。《全宋诗》与《全元诗》当皆有讹误。

177. 张嵩老

《全宋诗》见第 70 册 44084 页,《全元诗》见第 8 册第 333 页。

两者为同一人。两者所录诗歌一致。

178. 严日益

《全宋诗》见第 70 册 44085 页，《全元诗》见第 8 册第 334 页。

两者为同一人。两者所录诗歌一致。

179. 聂守真

《全宋诗》见第 70 册 44085 页，《全元诗》见第 8 册第 154 页。

两者为同一人。《全宋诗》录聂守真诗歌 9 首，《全元诗》录其诗歌 8 首。《全元诗》中除《题赵太祖真容》一诗外，剩余 7 首诗歌均被《全宋诗》收录。而《全宋诗》中的《题汪水云诗卷（其二、其三）》未收录进《全元诗》，《全元诗》编者谓此两诗实为元代廼贤的诗。

180. 于石

《全宋诗》见第 70 册 44115 页，《全元诗》见第 13 册第 288 页。

两者为同一人。《全元诗》收诗 205 首，《全宋诗》收诗 211 首。《全宋诗》收录的《次韵鉴中八咏》八首未被《全元诗》收录，《全元诗》谓据《草堂雅集》，这八首诗的作者是于立，故未编入。《全元诗》中的《止酒》《妾换马》二首诗未收录进《全宋诗》。

181. 仇远

《全宋诗》见第 70 册 44156 页，《全元诗》见第 13 册第 136 页。

两者为同一人。《全宋诗》与《全元诗》收录的仇远诗作基本相同，但《全元诗》要比《全宋诗》多收录一百余首，《全宋诗》基本未收录《全元诗》据《诗渊》等辑录的仇远诗歌。

182. 邓牧

《全宋诗》见第 70 册 44260 页，《全元诗》见第 13 册第 285 页。

两者为同一人。《全宋诗》录邓牧诗作 13 首，《全元诗》录其诗作 12 首，其中《汉阳郎官湖》未收录进《全元诗》，两者相同诗歌 12 首。

《全宋诗》据明宋公传《元诗体要》卷三收录邓牧《汉阳郎官湖》，其实《皇元风雅》卷三十、《谷音》卷六、《元诗选》二集卷十一、《元艺圃集》卷三诸书皆将此诗归入元李泂名下。查四库本《元诗体要》卷三,此诗亦归入李泂名下,《全宋诗》当有误。

183. 陈庚

《全宋诗》见第 70 册 44263 页,《全元诗》见第 13 册第 344 页。

两者为同一人。《全宋诗》收陈庚诗作四首,《全元诗》收其诗《挽秋晓先生》三首。《全元诗》所录三首诗歌皆被《全宋诗》收录,《全宋诗》中的《谢友人惠犀皮胡瓶》未录入《全元诗》。

184. 胡一桂

《全宋诗》见第 70 册 44264 页,《全元诗》见第 13 册第 274 页。

两者为同一人。《全宋诗》收胡一桂《冬至寓建阳作》《至日建中次季真韵》二首诗歌,《全元诗》除收有以上二首诗歌,还多收了 20 首诗歌。

185. 唐珏

《全宋诗》见第 70 册 44264 页,《全元诗》见第 13 册第 281 页。

两者为同一人。《全宋诗》收其诗歌 2 首,《全元诗》收其诗歌 3 首,两者相同诗歌 2 首,《全元诗》多收《清明日》一首。

186. 叶林

《全宋诗》见第 70 册 44269 页,《全元诗》见第 14 册第 181 页。

两者为同一人。《全宋诗》收其诗歌 6 首,《全元诗》收其诗歌 7 首,《全元诗》多收了一首《绝句》,两者其他内容相同。

187. 张炎

《全宋诗》见第 70 册 44270 页,《全元诗》见第 14 册第 177 页。

两者为同一人。两者所录诗歌一致。

188. 白珽

《全宋诗》见第 70 册 44272 页,《全元诗》见第 14 册第 155 页。

两者为同一人。《全宋诗》与《全元诗》收录白珽诗歌基本相同。但《全元诗》要多录 11 首诗,诗题为《武陵胜集得春字》《小圃随所得五绝录寄呈法济堂上无言禅师方丈(五首)》《落梅》《江楼独眺》《赠陈君》《拟题莫景行西湖写真画》《题李仲宾墨竹》。

189. 谢翱

《全宋诗》见第 70 册 44283 页,《全元诗》见第 14 册第 332 页。

两者为同一人。《全宋诗》与《全元诗》收谢翱诗歌基本相同。但《全宋诗》中《仙华山招隐》《登西台作楚歌招文丞相魂》及《句》11 则未收入《全元诗》。

190. 罗公升

《全宋诗》见第 70 册 44340 页,《全元诗》见第 65 册第 15 页,作"罗沧洲"。

《全元诗》所收罗沧洲与《全宋诗》所收罗公升(字沧洲)实为同一人。《全宋诗》收其诗歌 185 首,《全元诗》收其诗歌 1 首,两者相同诗歌一首。

191. 刘有庆

《全宋诗》见第 70 册 44375 页,《全元诗》见第 28 册第 9 页。

两者为同一人。《全宋诗》收刘有庆诗作 3 首,而《全元诗》收其诗作 5 首。两者互录的诗为《效长吉体》《送杨长卿任赣州知事》《钟山》三首,《全宋诗》未收《全元诗》中的《赐衣有作》和《龙虎台即事》。

192. 贡宗舒

《全宋诗》见第 70 册 44376 页,《全元诗》见第 68 册第 87 页。

两者为同一人。《全宋诗》收其诗歌 1 首,《全元诗》收其诗歌 2 首,两者相同诗歌 1 首。

193. 王易简

《全宋诗》见第 70 册 44376 页,《全元诗》见第 7 册第 415 页。

两者为同一人。《全宋诗》收其诗歌 13 首,《全元诗》收其诗歌 3 首,《全宋诗》多收 10 首,《全元诗》所收 3 首诗皆被《全宋诗》收录。

194. 罗太瘦

《全宋诗》见第 70 册 44381 页,《全元诗》见第 8 册第 125 页。

两者为同一人。两者所录诗歌一致。

195 艾性夫

《全宋诗》见第 70 册 44383 页,《全元诗》见第 19 册第 122 页。

两者为同一人。《全宋诗》与《全元诗》收艾性夫诗基本相同。《全宋诗》中的《木绵布歌》未收录进《全元诗》，《全元诗》谓该诗《元风雅》卷二十八作练梅谷的诗，故暂未编在艾性夫名下。

196. 王南美

《全宋诗》见第 70 册 44439 页，《全元诗》见第 66 册第 400 页。

两者为同一人。两者所录诗歌一致。

197. 黄宏

《全宋诗》见第 70 册 44440 页，《全元诗》见第 8 册第 393 页。

两者为同一人。《全宋诗》收其诗歌 5 首，《全元诗》收其诗歌 7 首，两者相同诗歌 5 首，《全元诗》多收 2 首。

198. 鲍輗

《全宋诗》见第 70 册 44448 页，《全元诗》见第 8 册第 277 页。

两者为同一人。《全宋诗》收鲍輗诗歌《襄阳行》《天马》和《重到钱塘（五首）》共 7 首。《全元诗》收其诗歌《重到钱塘（五首）》，未收《襄阳行》《天马》二诗。

199. 潘献可

《全宋诗》见第 70 册 44450 页，《全元诗》见第 65 册第 192 页。

两者为同一人。《全元诗》收潘献可诗作 3 首，《全宋诗》收其诗作 8 首。两者相同诗歌 3 首，《全宋诗》多收 5 首。

200. 郑斗焕

《全宋诗》见第 70 册 44454 页，《全元诗》见第 8 册第 203 页。

两者为同一人。两者所录诗歌一致。

201. 吕同老

《全宋诗》见第 70 册 44464 页，《全元诗》见第 8 册第 250 页。

两者为同一人。两者所录诗歌一致。

202. 柯茂谦

《全宋诗》见第 70 册 44468 页，《全元诗》见第 10 册第 61 页。

两者为同一人。两者所录诗歌一致。

203. 黄义贞

《全宋诗》见第 70 册 44469 页，《全元诗》见第 24 册第 395 页。

两者为同一人。两者所录诗歌一致。

204. 鲍寿孙

《全宋诗》见第 70 册 44470 页，《全元诗》见第 15 册第 325 页。

《全宋诗》谓"鲍寿孙（1250—？），字子寿，号云松，歙县人。度宗咸淳三年领江东乡荐，时年十八。元至元、贞元间为宝庆州学教授"。《全元诗》谓"鲍寿孙（1250—？），字子寿。歙县人。宋咸淳三年魁江东漕试。入元，历官徽州路儒学教授，大德六年移教宝庆路"。两者为同一人。

《全宋诗》收其诗歌 11 首，《全元诗》收其诗歌 1 首，内容皆不相同。

205. 黎廷瑞

《全宋诗》见第 70 册 44473 页，《全元诗》见第 15 册第 338 页。

两者为同一人。《全元诗》与《全宋诗》收黎廷瑞诗基本相同。《全宋诗》中还有一首诗未收录进《全元诗》中，即《又次徐松巢韵》。其实此《又次徐松巢韵》为误收，该诗实出自黎廷瑞《城中别徐山玉先生归归后奉寄》。

206. 陆文圭

《全宋诗》见第 71 册 44521 页，《全元诗》见第 16 册第 13 页。

两者为同一人。《全宋诗》谓其生卒年为 1250 年至 1334 年，《全元诗》谓其生卒年为 1252 年至 1336 年，据陆文圭《戊辰回生日启四首》文下原注七十七岁，又《元史》谓其卒年八十五岁，《全元诗》所记生卒年当是正确的，《全宋诗》有误。

两者收诗基本相同。其中《姑苏怀古和鲜于伯机韵》《雪夜不寐偶成短句十首》计 11 首诗歌未收录进《全元诗》。《全元诗》编者认为《雪夜不寐偶成短句十首》为误收，故删去。

207. 江砢

《全宋诗》见第 71 册 44643 页，《全元诗》见第 8 册第 385 页。

《全宋诗》谓"江砢（1251—?），字石卿，号巢枝书室，婺源人。恺族弟。元世祖至元二十五年（1288）以诗文向方回请益，回为之跋，时年三十八"。《全元诗》谓"江砢，字雪矼，号巢枝书室。新安人。工诗，长于五言，有《古瓢诗》一卷，方回为其作序，但未见传本"。

两者为同一人。《全宋诗》收其残句3则，《全元诗》收其诗歌8首，内容皆不相同。

208. 韩信同

《全宋诗》见第71册44644页，《全元诗》见第16册第161页。

两者为同一人。《全宋诗》收韩信同诗歌五首，分别为《岳王墓》《翠屏霁雪》《蓬莱飞峰》《棋盘仙迹》《双柱擎天》，《全元诗》除收有以上五首诗外，还多收有14首诗歌。

209. 刘边

《全宋诗》见第71册44646页，《全元诗》见第13册第396页。

两者为同一人。《全宋诗》收其诗歌13首，《全元诗》收其诗歌12首，《全元诗》少收一残句，其他内容全部相同。

210. 陈纪

《全宋诗》见第71册44648页，《全元诗》见第24册第133页。

两者为同一人。《全宋诗》收陈纪诗作26首，而《全元诗》收其诗作《挽秋晓先生》3首。《全元诗》所收诗作皆见《全宋诗》中，另外23首《全元诗》未收。

211. 汪斗建

《全宋诗》见第71册44653页，《全元诗》见第8册第384页。

两者为同一人。两者所录诗歌一致。

212. 徐瑞

《全宋诗》见第71册44655页，《全元诗》见第16册第332页。

两者为同一人。《全宋诗》与《全元诗》收徐瑞诗歌基本相同。《全宋诗》所收《表兄王俊夫客当涂以古诗见寄赋此奉谢》《客邸呈诸友》《客谈西湖旧事感而赋诗》《王子贤疲于役移家彭泽示诗索和》未收录进《全元诗》中，《全元诗》所收《听雨山中》《夜听泉声凄然有感》未收录进《全宋诗》中。

213. 冯澄

《全宋诗》见第 71 册 44711 页，《全元诗》见第 13 册第 348 页。

两者为同一人。两者所录诗歌一致。

214. 梁相

《全宋诗》见第 71 册 44711 页，《全元诗》见第 13 册第 349 页。

两者为同一人。两者所录诗歌一致。

215. 仙村人

《全宋诗》见第 71 册 44712 页，《全元诗》见第 13 册第 350 页。

两者为同一人。两者所录诗歌一致。

216. 杨本然

《全宋诗》见第 71 册 44712 页，《全元诗》见第 13 册第 352 页。

两者为同一人。《全宋诗》收杨本然诗歌《春日田园杂兴》一首，《全元诗》除收有此诗外，还多收有《春日田园杂兴（其二）》《红叶》《五云阁次东坡韵》三首诗歌。

217. 全璧

《全宋诗》见第 71 册 44712 页，《全元诗》见第 13 册第 354 页。

两者为同一人。两者所录诗歌一致。

218. 吕文老

《全宋诗》见第 71 册 44713 页，《全元诗》见第 13 册第 355 页。

两者为同一人。两者所录诗歌一致。

219. 方德麟

《全宋诗》见第 71 册 44713 页，《全元诗》见第 13 册第 356 页。

两者为同一人。《全元诗》录方德麟诗《春日田园杂兴》一首，《全宋诗》录其诗作两首，两者相同诗歌一首，另一首《题郑所南老子推蓬竹图》未录入《全元诗》中。

220. 何鸣凤

《全宋诗》见第 71 册 44713 页，《全元诗》见第 13 册第 357 页。

两者为同一人。两者所录诗歌一致。

221. 翁合老

《全宋诗》见第 71 册 44714 页，《全元诗》见第 13 册第 358 页。

两者为同一人。两者所录诗歌一致。

222. 刘蒙山

《全宋诗》见第 71 册 44715 页，《全元诗》见第 13 册第 360 页。

两者为同一人。两者所录诗歌一致。

223. 周㻺

《全宋诗》见第 71 册 44715 页，《全元诗》见第 13 册第 361 页。

两者为同一人。《全宋诗》收周㻺诗歌 6 首，《全元诗》收其诗歌 6 首，但《全宋诗》未收《全元诗》中的《游真元观》一诗，《全元诗》未收《全宋诗》中的《次秋山月上人韵》一诗，两者其他诗歌内容相同。

224. 赵必范

《全宋诗》见第 71 册 44717 页，《全元诗》见第 13 册第 363 页。

两者为同一人。《全元诗》收录赵必范诗《春日田园杂兴》一首，《全宋诗》收录赵必范诗作五首，两者所录相同诗歌一首，另外《句》四则未收录进《全元诗》。

225. 姚潼翔

《全宋诗》见第 71 册 44717 页，《全元诗》见第 13 册第 364 页。

两者为同一人。两者所录诗歌一致。

226. 高镕

《全宋诗》见第 71 册 44718 页，《全元诗》见第 13 册第 365 页。

两者为同一人。两者所录诗歌一致。

227. 吴瑀

《全宋诗》见第 71 册 44718 页，《全元诗》见第 13 册第 366 页。

两者为同一人。《全元诗》录其诗作 1 首,《全宋诗》录其诗作 2 首,多收《游罏山》1 首,另一首内容相同。

228. 胡南

《全宋诗》见第 71 册 44719 页,《全元诗》见第 13 册第 367 页。

两者为同一人。两者所录诗歌一致。

229. 姜霖

《全宋诗》见第 71 册 44719 页,《全元诗》见第 13 册第 368 页。

两者为同一人。两者所录诗歌一致。

230. 东必曾

《全宋诗》见第 71 册 44719 页,《全元诗》见第 13 册第 369 页。

两者为同一人。两者所录诗歌一致。

231. 方子静

《全宋诗》见第 71 册 44720 页;《全元诗》见第 13 册第 370 页,作"方尚老"。

《全宋诗》所收方子静与《全元诗》所收方尚老(字子静)实为同一人。两者所录诗歌一致。

232. 朱孟翁

《全宋诗》见第 71 册 44720 页,《全元诗》见第 13 册第 371 页。

两者为同一人。两者所录诗歌一致。

233. 赵必拆

《全宋诗》见第 71 册 44720 页,《全元诗》见第 13 册第 372 页。

两者为同一人。两者所录诗歌一致。

234. 刘时可

《全宋诗》见第 71 册 44721 页,《全元诗》见第 13 册第 373 页。

两者为同一人。两者所录诗歌一致。

235. 释了慧

《全宋诗》见第 71 册 44721 页,《全元诗》见第 13 册第 374 页。

两者为同一人。两者所录诗歌一致。

236. 许元发

《全宋诗》见第 71 册 44722 页,《全元诗》见第 13 册第 375 页。两者为同一人。两者所录诗歌一致。

237. 洪贵叔

《全宋诗》见第 71 册 44722 页,《全元诗》见第 13 册第 376 页。两者为同一人。两者所录诗歌一致。

238. 徐端甫

《全宋诗》见第 71 册 44723 页,《全元诗》见第 13 册第 377 页。两者为同一人。两者所录诗歌一致。

239. 朱释老

《全宋诗》见第 71 册 44723 页,《全元诗》见第 13 册第 378 页。两者为同一人。两者所录诗歌一致。

240. 李荨

《全宋诗》见第 71 册 44723 页,《全元诗》见第 13 册第 379 页。两者为同一人。两者所录诗歌一致。

241. 陈公凯

《全宋诗》见第 71 册 44724 页,《全元诗》见第 13 册第 380 页。两者为同一人。两者所录诗歌一致。

242. 蔡潭

《全宋诗》见第 71 册 44725 页,《全元诗》见第 13 册第 381 页。两者为同一人。两者所录诗歌一致。

243. 俞自得

《全宋诗》见第 71 册 44725 页,《全元诗》见第 13 册第 382 页。两者为同一人。两者所录诗歌一致。

244. 东湖散人

《全宋诗》见第 71 册 44725 页,《全元诗》见第 13 册第 383 页。两者为同一人。两者所录诗歌一致。

245. 感兴吟

《全宋诗》见第 71 册 44726 页,《全元诗》见第 13 册第 385 页。两者为同一人。两者所录诗歌一致。

246. 王进之

《全宋诗》见第 71 册 44726 页,《全元诗》见第 13 册第 384 页。两者为同一人。两者所录诗歌一致。

247. 陈希声

《全宋诗》见第 71 册 44727 页,《全元诗》见第 13 册第 386 页。两者为同一人。两者所录诗歌一致。

248. 戴东老

《全宋诗》见第 71 册 44728 页,《全元诗》见第 13 册第 388 页。两者为同一人。两者所录诗歌一致。

249. 陈文增

《全宋诗》见第 71 册 44728 页,《全元诗》见第 13 册第 389 页。两者为同一人。两者所录诗歌一致。

250. 九山人

《全宋诗》见第 71 册 44728 页,《全元诗》见第 13 册第 390 页。两者为同一人。两者所录诗歌一致。

251. 桑柘区

《全宋诗》见第 71 册 44729 页,《全元诗》见第 13 册第 391 页。两者为同一人。两者所录诗歌一致。

252. 柳州

《全宋诗》见第 71 册 44729 页,《全元诗》见第 13 册第 392 页。两者为同一人。两者所录诗歌一致。

253. 草堂后人

《全宋诗》见第 71 册 44730 页,《全元诗》见第 13 册第 393 页。两者为同一人。两者所录诗歌一致。

254. 君瑞

《全宋诗》见第 71 册 44730 页，《全元诗》见第 13 册第 394 页。

两者为同一人。两者所录诗歌一致。

255. 青山白云人

《全宋诗》见第 71 册 44730 页，《全元诗》见第 13 册第 395 页。

两者为同一人。两者所录诗歌一致。

256. 宋无

《全宋诗》见第 71 册 44741 页，《全元诗》见第 19 册第 359 页。

两者为同一人。《全宋诗》据《翠寒集》收录宋无诗歌，《全元诗》则据《翠寒集》及《啽呓集》收录其诗歌，《全宋诗》未收《啽呓集》中诗歌，少收一百余首诗歌。

257. 陈深

《全宋诗》见第 71 册 44778 页，《全元诗》见第 19 册第 203 页。

两者为同一人。《全宋诗》收陈深诗歌 124 首，《全元诗》收其诗作 129 首。《全元诗》多收了五首诗，即《题郑所南集》《题龚开骏骨图》《宿何栖碧山房》《题智者寺》《题李士行江乡秋晚图》。两者其他诗歌内容相同。

258. 汪炎昶

《全宋诗》见第 71 册 44800 页，《全元诗》见第 20 册第 1 页。

两者为同一人。《全宋诗》与《全元诗》收诗基本相同，但《全元诗》多收《次韵题金子西新桥》二首。

259. 苏寿元

《全宋诗》见第 71 册 44830 页，《全元诗》见第 8 册第 123 页。

两者为同一人。两者所录诗歌一致。

260. 黄超然

《全宋诗》见第 71 册 44834 页，《全元诗》见第 19 册第 346 页。

两者为同一人。《全宋诗》收其诗歌 4 首，《全元诗》收其诗歌 5 首，两者相同诗歌四首，《全元诗》多收《秋夜》一首。

261. 黄景昌

《全宋诗》见第 71 册 44835 页,《全元诗》见第 20 册第 39 页。

两者为同一人。《全宋诗》收黄景昌诗歌《春日田园杂兴》一首,《全元诗》收其诗歌五首,分别为《春日田园杂兴》和《我行其野（四首）》,其中《我行其野（四首）》未收录进《全宋诗》。

262. 陈尧道

《全宋诗》见第 71 册 44836 页,《全元诗》见第 20 册第 73 页。

两者为同一人。两者所录诗歌一致。《全宋诗》与《全元诗》皆言陈尧道年长黄溍十五岁,黄溍生于 1277 年,故陈尧道应生于 1262 年,《全宋诗》作 1263 年恐有误。

263. 陈舜道

《全宋诗》见第 71 册 44836 页,《全元诗》见第 20 册第 334 页。

两者为同一人。两者所录诗歌一致。

264. 林昉

《全宋诗》见第 72 册 45168 页,《全元诗》见第 12 册第 436 页。

《全宋诗》所收三山林昉与《全元诗》所收三山林昉实为同一人。《全宋诗》收林昉诗 15 首,《全元诗》收其诗歌 5 首,两者相同的诗歌为 4 首,即《同郑鲁望听杜鹃》《赠别》《登龙山塔寺》和《山中春晓》,其他诗歌内容皆不相同。又《全宋诗》将《全元诗》所收三山林昉《送西秦张仲实游大涤洞天》置于第 70 册广东林昉名下,当有误。

265. 蒋华子

《全宋诗》见第 72 册 45281 页,《全元诗》见第 19 册第 198 页。

《全宋诗》谓"蒋华子,字公实,号四清,金坛人。曾为沔阳府教授"。《全元诗》谓"蒋华子,号四清叟。金坛人。曾任沔阳府儒学教授"。两者为同一人。《全宋诗》收蒋华子诗作 4 首,即《独客》《题孙得休居室》《笋》《春晚谣》;《全元诗》收录其诗作 1 首,即《赠明善诗帖》。两者内容互不相同。

据吴澄《吴文正集》卷五八《题范氏复姓祝文后》:"皇庆元年（1312）,

国子司业吴澄移疾还家，道过真州，之才之子有元从沔阳教授蒋华子来见，具道复姓始末。"① 蒋华子当为宋末元初时人。

266. 释德丰

《全宋诗》见第 72 册 45318 页，《全元诗》见第 68 册第 287 页。

两者为同一人。《全宋诗》收其诗作 1 首，《全元诗》收其诗作 2 首，多收一首《答钟山长老》，另一首内容相同。

267. 赵至道

《全宋诗》见第 72 册 45356 页，《全元诗》见第 8 册第 131 页。

两者为同一人。两者所录诗歌一致。

268. 董天吉

《全宋诗》见第 72 册 45366 页，《全元诗》见第 24 册第 220 页。

两者为同一人。《全宋诗》收董天吉诗作 13 首，而《全元诗》收其诗作 10 首。两者相同的诗歌有《梧》《送任浙东廉使（二首）》《送经历庞世安》《寿千奴监司》5 首，其他诗歌内容皆不相同。

据董天吉《偕廉端甫副使游三天洞戴帅初作诗次韵》《寄题戴帅初岩嶅亭》诸诗，董天吉当与宋末元初时人戴表元（戴帅初）有交游，故董天吉大概亦为宋末元初时人。

269. 林锡翁

《全宋诗》见第 72 册 45420 页，《全元诗》见第 68 册第 226 页。

两者为同一人。《全宋诗》据影印《诗渊》收其诗歌 6 首，《全元诗》收其诗歌 22 首，两者相同诗歌 5 首。据《武夷山志》卷九下："至元后庚辰（1280）春，浦城达鲁花赤宇罗同崇安邑吏林锡翁奉上司命造茶题。"② 林锡翁当为宋末元初时人。

270. 倪应渊

《全宋诗》见第 72 册 45433 页，《全元诗》见第 7 册第 182 页。

---

① 李修生主编：《全元文》第 14 册，凤凰出版社，2004，第 537 页。
② 董天工修撰，方留章等点校：《武夷山志》，方志出版社，1997，第 294 页。

两者为同一人。《全宋诗》据《诗渊》录其诗作4首,而《全元诗》据《宛陵群英集》及《宛雅初编》录其诗作3首。两者相同诗歌2首,即《金山寺》和《古扬州》,另外诸诗内容不同。

271. 彭子翔

《全宋诗》见第72册45466页,《全元诗》见第65册第239页。

两者为同一人。两者所录诗歌一致。李德才主编《增订注释全宋词》谓彭子翔为宋末元初时人。

272. 房芝兰

《全宋诗》见第72册45500页,《全元诗》见第66册第412页。

两者为同一人。其人似为金末元初时人[①]。《全宋诗》收其诗歌3首,《全元诗》收其诗歌4首,两者相同诗歌3首。

273. 高昌

《全宋诗》见第72册45579页,《全元诗》见第8册第413页。

两者为同一人。高昌至元间官河东山西按察司佥事,似有可能为宋末元初时人。《全宋诗》仅据雍正《山西通志》卷二二三收高昌《登洪庆观河亭》诗作1首。《全元诗》录其诗作4首,即《观河亭》《赠黄德渊还钱塘玄妙观》《虎丘》和《涿州季春即事》,其中后三诗《全宋诗》未收录。

274. 洪师中

《全宋诗》见第72册45588页,《全元诗》见第8册第227页。

两者为同一人。《全宋诗》收洪师中诗歌《大涤洞》2首,《全元诗》收其诗歌《送西秦张仲实游大涤洞天》3首,其中《全宋诗》未收录《全元诗》中的《送西秦张仲实游大涤洞天》其三,其余两首诗歌内容一致。洪师中与戴表元多有交往,其人亦当为宋末元初时人。

274. 林东愚

《全宋诗》见第72册45674页,《全元诗》见第66册第39页。

---

① 房恒贵、房明毓:《清河房氏源流》,华南理工大学出版社,2016,第282页。

《全宋诗》谓"林东愚,平阳人"。《全元诗》谓"林东愚,永嘉平阳人。明赵谏《东瓯诗续集》卷五作元人"。两者为同一人。两者所录诗歌一致。张如元、吴佐仁校补《东瓯诗存》谓其由宋入元[①]。

[①] 曾唯辑,张如元,吴佐仁校补:《东瓯诗存》,上海社会科学院出版社,2006,第143页。

第五章

《全宋诗》重出总目

第一册

幸夤逊

《雪》1/2 ｜唐代郑准《云》20/7994[①]

朱存

《金陵览古·秦淮》1/3 ｜杨备《秦淮》3/1431 ｜杨修《秦淮》72/45220

《金陵览古·石头城》1/4 ｜杨备《石头城》3/1438

《金陵览古·段石冈》1/4 ｜杨备《三断石》3/1434 ｜杨修《三断石》72/45222

《金陵览古·北渠》1/4 ｜杨备《北渠》3/1431 ｜杨修《北渠》72/45220

《金陵览古·新亭》1/4 ｜杨备《新亭》3/1430 ｜杨修《三山亭》72/45219

《金陵览古·天阙山》1/4 ｜杨备《天阙山》3/1433 ｜杨修《天阙山》72/45221

《金陵览古·乌衣巷》1/4 ｜杨备《乌衣巷》3/1436

《金陵览古·半阳湖》1/5 ｜杨备《半阳湖》3/1432 ｜杨修《半阳湖》72/45220

《金陵览古·直渎》1/5 ｜杨备《直渎》3/1431 ｜杨修《直渎》72/45220

[①] 诗人前面有"唐代"二字，如没有特殊注明，一般指的是该诗与《全唐诗》重出；诗人前面有"元代"二字，如没有特殊注明，一般指的是该诗与《全元诗》重出。诗人前面如果没有标明朝代，皆指的是宋代诗人。又"20/7994"，"20"指的册数，"7994"指的是页码。本目录指的《全唐诗》为中华书局点校，中华书局1980出版的版本；《全唐诗补编》为陈尚君主编，中华书局1992年出版的版本。

李涛

《杂诗四首》1/8 ｜李涛《杂诗十首（其一其二其三其四）》60/37907

《句》1/8 ｜唐代李涛 21/8407

陈抟

《与毛女游》1/10 ｜唐代毛女正美《赠华山游人》24/9764

《咏毛女》1/10 ｜唐代毛女正美《赠华山游人》24/9764

《句》其一 1/11 ｜唐代刘希夷《孤松篇》3/881

《句》其二 1/11 ｜唐代吕岩《七言》第八五 24/9687

释延寿

《偈一首》1/28 ｜释正觉《雪窦中岩夜坐》31/19890

《同于秘丞赋瀑泉》1/28 ｜释重显《同于秘丞赋瀑泉》3/1646

《句》其八 1/32 ｜释赞宁《句》其二 1/151

孙光宪

《采莲》1/50 ｜张耒《采莲子》20/13031 ｜唐代皇甫松《采莲子二首》其一 11/4153

杨克让

《依韵攀和通判员外题金泉观之作》1/53 ｜王克逊《金泉寺》72/45149

紫衣师

《蒸豚》1/60 ｜村寺僧《蒸豚》71/45046

郭廷谓

《句》1/147 ｜唐代郭廷谓《句》22/8942

王士元

《龙子祠农人享神》1/149 ｜元代王士元《晋源山谷》32/258

释赞宁

《寄题明月禅院二首》1/150 ｜苏舜钦《寄题水月》6/3957

《句》其二 1/151 ｜释延寿《句》其八 1/32

杨徽之

《赠谭先生》1/159 ｜ 李九龄《赠谭先生》1/268

《句》其十一 1/160 ｜ 唐代方干《金州客舍》19/7442

周濆

《重门曲》1/165 ｜ 唐代周濆《重门曲》22/8755

《山下水》1/165 ｜ 唐代周濆《山下水》22/8755

《逢邻女》1/165 ｜ 唐代周濆《逢邻女》22/8755

《废宅》1/165 ｜ 唐代周濆《废宅》22/8755

李昉

《泰陵忌辰》1/189 ｜ 明代李东阳《五月七日泰陵忌晨》其二（《列朝诗集》丙集卷二）

《句》其一 1/189 ｜ 唐代李肱《句》16/6260

罗颖

《句》1/206 ｜ 唐代罗颖《题汉祖庙》25/9880

杨文郁

《谒圣林》1/208 ｜ 元代杨文郁《谒圣林》15/323

廖融

《句》其二 1/213 ｜ 释惠崇《句》其四五 3/1469

《句》其三 1/213 ｜ 释惠崇《句》其七一 3/1471

王元

《听琴》1/215 ｜ 唐代王元《听琴》22/8653 ｜ 元代王元《听琴》68/97

丰禅师

《偈》1/217 ｜ 唐代丰禅师《偈》1490（《全唐诗补编》）

石仲元

《句》其二 1/218 ｜ 石道士《句》其一 71/45039 ｜ 释清《颂》33/20797

梁周翰

《句》其三 1/220 ｜ 黄夷简《句》其一 1/273

乐史

《慈竹》1/228 │ 黄庭坚《慈竹》17/11742

张孝隆

《题义门胡氏华林书院》1/249 │ 梁白《题徐氏金湖书院》72/45647

李韶

《题司空山观》1/251 │ 李韶《游司空山》55/34809

孙迈

《齐山僧舍》1/255 │ 王巩《齐山僧舍》14/9714

李度

《句》其二 1/257 │ 口革《句》72/45236

卢多逊

《哀挽诗》1/259 │ 唐代卢延让《哭李郢端公》21/8213

张洎

《句》其一 1/261 │ 唐代张籍《咏怀》12/4318

李九龄

《赠谭先生》1/268 │ 杨徽之《赠谭先生》1/159

黄夷简

《句》其一 1/273 │ 梁周翰《句》其三 1/220

宋白

《题义门胡氏华林书院》1/291 │ 杨徵《题徐氏金湖书院》72/45647

钱俨

《平望蚊》1/293 │ 唐代钱信《平望赠蚊》25/10027

毕士安

《杨照承议芦雁枕屏》1/297 │ 毕仲游《杨照承议芦雁枕屏》18/11903

滕白

《七绝三首》其一 1/301 │ 杨万里《田家乐》42/26421

《七绝三首（其二其三）》1/301 │ 杨万里《圩田二首》42/26503

郭震

《闻蛩》1/304 ｜唐代郭震《蛩》3/759

《云》1/304 ｜唐代郭震《云》3/759

《萤》1/305 ｜唐代郭震《萤》3/758

《野井》1/305 ｜唐代郭震《野井》3/759

《米囊花》1/305 ｜唐代郭震《米囊花》3/759

《惜花》1/305 ｜唐代郭震《惜花》3/759

《莲花》1/305 ｜唐代郭震《莲花》3/759

贺亢

《句》1/308 ｜唐代贺公《句》22/8960

宋太宗

《缘识》其三 1/403 ｜宋太宗《逍遥咏》其八 1/315

《缘识》其五 1/403 ｜宋太宗《逍遥咏》其三 1/322

《缘识》其七 1/403 ｜宋太宗《逍遥咏》其一一 1/316

《缘识》其九 1/403 ｜宋太宗《逍遥咏》其九 1/324

《缘识》其一一 1/404 ｜宋太宗《逍遥咏》其一七 1/335

《缘识》其一三 1/404 ｜宋太宗《逍遥咏》其一三 1/325

《缘识》其一五 1/404 ｜宋太宗《逍遥咏》其一一 1/324

《缘识》其一七 1/404 ｜宋太宗《逍遥咏》其十 1/324

《缘识》其一九 1/405 ｜宋太宗《逍遥咏》其四 1/322

《缘识》其二一 1/405 ｜宋太宗《逍遥咏》其八 1/331

《缘识》其二三 1/405 ｜宋太宗《逍遥咏》其一三 1/333

《缘识》其二六 1/406 ｜宋太宗《逍遥咏》其八 1/347

《缘识》其二九 1/406 ｜宋太宗《逍遥咏》其二十 1/344

《缘识》其三二 1/406 ｜宋太宗《逍遥咏》其二 1/337

《缘识》其三五 1/407 ｜宋太宗《逍遥咏》其一七 1/343

《缘识》其三八 1/407 ｜宋太宗《逍遥咏》其七 1/347

《缘识》其四一 1/407 ｜宋太宗《逍遥咏》其一八 1/327

《缘识》其四四 1/408 ｜宋太宗《逍遥咏》其六 1/339

《缘识》其四七 1/408 ｜宋太宗《逍遥咏》其二 1/329

《缘识》其五十 1/409 ｜宋太宗《逍遥咏》其十 1/348

《缘识》其七 1/411 ｜宋太宗《逍遥咏》其八 1/356

《缘识》其八 1/411 ｜宋太宗《逍遥咏》其一三 1/358

《缘识》其九 1/411 ｜宋太宗《逍遥咏》其二 1/362

《缘识》其十 1/411 ｜宋太宗《逍遥咏》其六 1/364

《缘识》其一一 1/411 ｜宋太宗《逍遥咏》其一二 1/367

《缘识》其一二 1/411 ｜宋太宗《逍遥咏》其一四 1/368

《缘识》其一三 1/411 ｜宋太宗《逍遥咏》其一五 1/368

《缘识》其一四 1/411 ｜宋太宗《逍遥咏》其二 1/371

《缘识》其一五 1/412 ｜宋太宗《逍遥咏》其四 1/372

《缘识》其一六 1/412 ｜宋太宗《逍遥咏》其五 1/372

《缘识》其一七 1/412 ｜宋太宗《逍遥咏》其一一 1/375

《缘识》其一八 1/412 ｜宋太宗《逍遥咏》其一四 1/376

《缘识》其一九 1/412 ｜宋太宗《逍遥咏》其一 1/380

《缘识》其二十 1/412 ｜宋太宗《逍遥咏》其四 1/381

《缘识》其二一 1/412 ｜宋太宗《逍遥咏》其六 1/382

《缘识》其二二 1/412 ｜宋太宗《逍遥咏》其八 1/383

《缘识》其二三 1/413 ｜宋太宗《逍遥咏》其九 1/383

《缘识》其二四 1/413 ｜宋太宗《逍遥咏》其一一 1/384

《缘识》其二五 1/413 ｜宋太宗《逍遥咏》其一二 1/384

《缘识》其二六 1/413 ｜宋太宗《逍遥咏》其一四 1/385

《缘识》其二七 1/413 ｜宋太宗《逍遥咏》其一五 1/385

《缘识》其二八 1/413 ｜宋太宗《逍遥咏》其一六 1/386

《缘识》其二九 1/413 ｜宋太宗《逍遥咏》其一七 1/386

《缘识》其三十 1/413｜宋太宗《逍遥咏》其一八 1/386

《缘识》其三一 1/414｜宋太宗《逍遥咏》其一九 1/387

《缘识》其三二 1/414｜宋太宗《逍遥咏》其二 1/389

《缘识》其三三 1/414｜宋太宗《逍遥咏》其四 1/390

《缘识》其三四 1/414｜宋太宗《逍遥咏》其五 1/390

《缘识》其三五 1/414｜宋太宗《逍遥咏》其八 1/392

《缘识》其三六 1/414｜宋太宗《逍遥咏》其一一 1/393

《缘识》其三七 1/414｜宋太宗《逍遥咏》其一三 1/394

《缘识》其三八 1/414｜宋太宗《逍遥咏》其一四 1/394

《缘识》其三九 1/415｜宋太宗《逍遥咏》其二十 1/397

田锡

《句》其四 1/496｜田锡《峨嵋山歌》1/485

刘昌言

《上吕相公》1/499｜张唐卿《句》7/4398

张齐贤

《答西京留守惠花酒》1/504｜陈尧佐《答张顺之》2/1086

王化基

《送僧归护国寺》其二 1/507｜林颜《送君归护国寺》13/8726

王嗣宗

《题关右寺壁》1/508｜姚嗣宗《题闽中驿舍》7/4877

释洪寿

《闻堕薪有省作偈》1/509｜黄庭坚《寿禅师悟道颂》17/11731｜释宗杲《偈颂一百六十首》其一〇六 30/19372｜释了演《偈颂十一首》其二 31/20052

刁衎

《题义门胡氏华林书院》1/510｜冯拯《题徐氏金湖书院》2/852

李建中

《杭州望湖楼》1/511｜苏为《湖州作》3/1626

《开垣曲山路成》1/514 ｜ 元代李建中《开垣曲山路成》68/51

《句》其三 1/515 ｜ 李维《句》其二 2/987

张咏

《幽居》1/541 ｜ 范镇《端居》6/4264

《秋日寄友人》1/549 ｜ 苏轼《秋日寄友人》14/9634

《遣兴勉友人》1/550 ｜ 郑獬《遣兴勉友人》10/6887

《句》其一 1/552 ｜ 潘阆《句》其二 1/632

李沆

《题六和塔》1/579 ｜ 郑清之《咏六和塔》55/34683 ｜ 李宗勉《题秀江亭》56/35227

曾致尧

《东林寺》1/580 ｜ 唐代张籍《江南春》12/4303

古成之

《五仙观二首》其一 1/584 ｜ 蒋之奇《菖蒲涧》12/8026

钱昭度

《雨霁剡溪》1/587 ｜ 颜复《雨霁剡溪》12/8408

钱惟治

《春日登大悲阁二首》1/592 ｜ 唐代钱惟治《春日登大悲阁二首》1446（《全唐诗补编》）

《春日登大悲阁》1/592 ｜ 唐代钱惟治《春日登大悲阁（四言回文）》1446（《全唐诗补编》）

《春日登大悲阁》1/592 ｜ 唐代钱惟治《春日登大悲阁回文二首》之一 279（《全唐诗补编》）

《春日登大悲阁二首》其一 1/592 ｜ 唐代钱惟治《春日登大悲阁回文二首》之二 279（《全唐诗补编》）

向敏中

《春暮》其二 1/593 ｜ 白玉蟾《春晚行乐》其四 60/37599

《春暮》其三 1/593 ｜白玉蟾《晓巡北圃七绝》其三 60/37602

《句》1/595 ｜宋绶《句》其二 3/1972

张度

《题洛阳村寺》1/595 ｜张士逊《题建宁县洛阳村寺》2/1125

王砺

《赠日本僧》1/598 ｜无名氏《赠日本僧寂照礼天台山》71/45043

晁迥

《燕居》1/614 ｜晁宗慤《诗一首》3/1750

潘阆

《自诸暨抵剡（四首）》1/624 ｜吴处厚《自诸暨抵剡四首》11/7331

《宫词》1/628 ｜唐代罗隐《宫词》19/7622 ｜唐代刘媛《长门怨》23/9013

《夏》1/631 ｜唐代殷遥《春晚山行》4/1163

《句》其二 1/632 ｜张咏《句》其一 1/552

《句》其六 1/632 ｜潘兴嗣《句》其二 10/6451

张秉

《戊申年七夕五绝》其二 1/634 ｜薛秉《七夕》72/45329

钱熙

《九日溪偶成》1/637 ｜唐代钱熙《九日溪偶成》1470（《全唐诗补编》）

《清源山》1/637 ｜唐代钱熙《清源山》1470（《全唐诗补编》）

《龙首山》1/637 ｜杨志《石涧龙首山》56/35088 ｜唐代钱熙《龙首山》1470（《全唐诗补编》）

郑文宝

《绝句三首》其一 1/640 ｜张耒《绝句》20/13419

陈世卿

《游黄杨岩》1/642 ｜邓肃《过黄杨岩》31/19726

王世则

《高岩立春日》1/643 ｜王安中《象州上元》24/16014

王操

《题水心寺壁》1/649 ｜唐代无名氏《题水心寺水轩》22/8864

第二册

王禹偁

《吴王墓》2/687 ｜陈尧佐《吴王墓》2/1088

《即席送许制之曹南省兄》2/693 ｜唐代李频《即席送许□之曹南省兄》18/6844

《苏州寒食日送人归觐》2/695 ｜唐代李频《苏州寒食日送人归觐》18/6844

《再泛吴江》2/696 ｜陈瓘《垂虹亭》20/13475

《赠赞宁大师》2/697 ｜王之道《赠赞宁大师》32/20240

《寄赞宁上人》2/699 ｜王之道《寄赞宁上人》32/20241

《送罗著作两浙按狱》2/702 ｜唐代李频《送罗著作两浙按狱》18/6845

《商山海棠》2/718 ｜王安石《海棠》10/6782

《赠朗上人》2/743 ｜王之道《赠朗上人》32/20240

《宁公新拜首座因赠》2/746 ｜王之道《宁公新拜首座因赠》32/20198

《和庐州通判李学士见寄》其二 2/758 ｜许遵《庐州》16/10702

《赠省钦》2/768 ｜王之道《赠省钦》32/20239

《朗上人见访复谒不遇留刺而还有诗见谢依韵和答》2/799 ｜王之道《朗上人见访复谒不遇留刺而还有诗见谢依韵和答》32/20240

《次韵和朗公见赠》2/800 ｜王之道《次韵和朗公见赠》32/20239

《咏白莲》2/804 ｜杨亿《白莲》3/1419

《咏石榴花》2/804 ｜石延年《榴花》3/2003

《洞庭山》2/805 ｜范仲淹《苏州十咏·洞庭山》3/1894

《松江亭二首》其二 2/805 ｜陈瓘《吴江鲈乡亭》20/13470

《新月》2/807 ｜曹希蕴《新月》7/4722

《伍子胥庙》2/807 ｜明代王俰《题吴山伍子胥庙》(参四库本王俰《虚舟集》卷三) ｜明代解缙《题吴山伍子胥庙》(参四库本明代解缙《文毅集》卷三)

《句》其一二 2/810 ｜陈亮《咏梅》其一 48/30363 ｜陆游《浣花赏梅》39/24448

《句》其二一 2/810 ｜王安石《晚春》10/6778

《句》其二四 2/810 ｜释惠崇《句（其三二、其三五）》3/1469

《句》其二七 2/811 ｜王禹偁《赠状元先辈孙仅》2/771

《句》其二九 2/811 ｜唐代包佶《元日观百僚朝会》6/2143

张维

《次经略舍人韵》2/829 ｜张维《次韵同经略舍人登七星山》37/23046

《题张公洞》2/829 ｜张维《题张公洞》37/23046

范讽

《句》2/833 ｜范镇《次张寺丞园》6/4257

姚铉

《句》2/836 ｜姚铉《赏花钓鱼侍宴应制》2/1176

路振

《句》其二 2/839 ｜陈尧佐《句》其五 2/1093

王旭

《止善堂》2/841 ｜元代王旭《止善堂》13/115

赵复

《句》2/843 ｜邵焕《句》其一 3/1930

罗处约

《题太湖》2/847 ｜罗处纯《泛太湖》72/45559

冯拯

《题徐氏金湖书院》2/852 ｜刁衎《题义门胡氏华林书院》1/510

程宿

《旅舍述怀》2/852 ｜程俱《会稽旅舍言怀》25/16352

宋涛

《题白云岩》2/856 ｜ 刘涛《五峰岩》27/17927

彭应求

《宿崇圣院》2/856 ｜ 周敦颐《宿崇圣》8/5066

赵湘

《方广寺石桥》2/879 ｜ 唐代赵湘《题天台石桥》22/8784

《答圣俞设脍示客》2/886 ｜ 韩维《答圣俞设脍示客》8/5177

《皇帝阁春帖子（四首）》2/887 ｜ 韩维《春贴子皇帝阁六首（其一其二其三其四）》8/5276

《太皇太后阁春帖子（三首）》2/887 ｜ 韩维《太皇太后阁六首（其一其二其三）》8/5276

《太后阁春帖子（三首）》2/887 ｜ 韩维《太后阁六首（其一其二其三）》8/5277

《皇后阁春帖子（三首）》2/888 ｜ 韩维《皇后阁五首（其一其二其三）》8/5277

《夫人阁春帖子（二首）》2/888 ｜ 韩维《夫人阁四首（其一其二）》8/5277

《皇帝阁春帖子（二首）》2/888 ｜ 韩维《春贴子皇帝阁六首（其五其六）》8/5276

《太皇太后阁春帖子（其一其二其三）》2/888 ｜ 韩维《太皇太后阁六首（其四其五其六）》8/5276

《太皇太后阁春帖子（其四其五其六）》2/888 ｜ 韩维《太后阁六首（其四其五其六）》8/5277

《皇后阁春帖子（二首）》2/889 ｜ 韩维《皇后阁五首（其四其五）》8/5277

《寄国清处谦》2/890 ｜ 王安石《寄国清处谦》10/6766

《天台思古》2/890 ｜ 杨杰《天台思古》12/7879

《柘湖》2/890 ｜ 韩维《和彦猷在华亭赋十题依韵·柘湖》8/5160

《句》其二 2/891 ｜ 赵湘《答徐本》2/874

魏野

《百舌鸟》2/945 ｜ 唐代无则《百舌鸟二首》其二 23/9301

《蔷薇》2/968 ｜ 韩琦《锦被堆二阕》其一 6/3999 ｜ 王义山《王母祝语·蔷薇花诗》64/40096

《晓》2/968 ｜ 陈与义《早行》31/19580

《挽王平甫》2/969 ｜ 魏泰《挽王平甫二首》其二 13/9069

《句·蔷薇》2/970 ｜ 唐代韩偓《寒食日沙县雨中看蔷薇（己巳）》20/7823

钱若水

《济源县裴公亭》2/975 ｜ 无名氏《裴公亭》72/45558

孙何

《侍宴御楼》2/979 ｜ 陆游《丁酉上元三首》其一 39/24417

《上元雨》2/979 ｜ 陆游《抚州上元》39/24506

任玠

《句》2/988 ｜ 唐代任玠《梦中和句》25/9839

寇准

《赠隐士》2/1015 ｜ 刘镇《赠隐者》55/34268

《暮春感事》2/1027 ｜ 刘镇《春暮》55/34268

《汉上偶书》2/1031 ｜ 唐代李涉《汉上偶题》14/5435

《早行》2/1038 ｜ 刘镇《山中早行》55/34268

《春睡》2/1040 ｜ 陈师道《和魏衍闻莺》19/12689

《顶山》2/1041 ｜ 程准《留题顶山上方绍熙元年》52/32795

《句》其四 2/1042 ｜ 王安石《次杨乐道韵六首·幕次忆汉上旧居》10/6616

王钦若

《句》其二 2/1047 ｜ 王巩《句》14/9715

钱惟演

《成都》2/1061 ｜ 钱勰《成都》13/8698

《灯夕寄献内翰虢略公》2/1064 ｜ 钱惟济《灯夕寄献内翰虢略公》3/1622

《句》其二八 2/1072 ｜刘筠《句》其一九 2/1287

《句》其二九 2/1072 ｜刘筠《句》其二五 2/1287

《句》其三十 2/1072 ｜刘筠《休沐端居有怀希圣少卿学士》2/1267

《句》其三一 2/1072 ｜刘筠《柳絮》2/1274

《句》其三二 2/1072 ｜刘筠《句》其二二 2/1287

《句》其三三 2/1072 ｜刘筠《句》其二一 2/1287

《句》其三四 2/1072 ｜释可士《送僧》4/2633

《句》其三五 2/1072 ｜刘筠《句》其七 2/1286

张孝和

《句》2/1076 ｜唐代李商隐《牡丹》16/6173

王曙

《回峰院留题》2/1080 ｜王安石《题回峰寺诗》10/6783

陈尧佐

《答张顺之》2/1086 ｜张齐贤《答西京留守惠花酒》1/504

《唐施肩吾山居有感》2/1087 ｜陈尧咨《施肩吾宅》2/1094 ｜唐代施肩吾《秋夜山居二首》其一 15/5595

《吴王墓》2/1088 ｜王禹偁《吴王墓》2/686

《寄潮州于公九流》2/1091 ｜赵希昼《寄潮州于公九流》53/33339 ｜无名氏《寄潮州于公九流》72/45376

《张公洞》2/1092 ｜唐代李嘉祐《题张公洞》6/2169

《句》其五 2/1093 ｜路振《句》其二 2/839

陈尧咨

《施肩吾宅》2/1094 ｜陈尧佐《唐施肩吾山居有感》2/1087 ｜唐代施肩吾《秋夜山居二首》其一 15/5595

郭崇仁

《闻高阳路警报》2/1095 ｜明代乔世宁《闻河西警报》（《明诗综》卷四七）

释遵式

《寄刘处士》2/1112 ｜ 释惟凤《寄刘处士》3/1462

《句》其四 2/1114 ｜ 释净端《偈六首》其五 12/8338

梅询

《华亭道中》2/1117 ｜ 梅尧臣《过华亭》5/2829

《送蒙寺丞赴郡》2/1117 ｜ 梅尧臣《送蒙寺丞赴鄞州》5/2973

《吴王墓》2/1118 ｜ 范仲淹《苏州十咏·虎丘山》3/1895

《游齐山寺》2/1120 ｜ 杨询《游齐山寺》19/12619

《诗一首》2/1121 ｜ 梅尧臣《寄题郢州白雪楼》5/3204

张士逊

《题建宁县洛阳村寺》2/1125 ｜ 张度《题洛阳村寺》1/595

《句》其三 2/1128 ｜ 释惠崇《句》其二十 3/1468

杨允元

《寄馆中诸公》2/1129 ｜ 杨亿《贻诸馆阁》3/1416 ｜ 杨允《不预曲宴诗》20/13494

李堪

《句》其二 2/1136 ｜ 李堪《句》其五 2/1136

丁谓

《玉佩》2/1151 ｜ 刘过《游郭希吕石洞二十咏·韬玉》51/31869

《柳》其一 2/1153 ｜ 唐代李峤《柳》3/717

《句》其五 2/1168 ｜ 释尚能《句》其二 3/1929

《句》其二二 2/1169 ｜ 丁谓《酒》2/1152

《句》其二六 2/1169 ｜ 唐代杜牧《池州春送前进士蒯希逸》16/5966

《句》其二七 2/1169 ｜ 王禹偁《日长简仲咸》2/737

《句》其三十 2/1170 ｜ 孙仅《秋》2/1255

《句》其三一 2/1170 ｜ 唐代秦韬玉《牡丹》20/7661

《句》其三二 2/1170 ｜ 郑刚中《和元章春风三绝》其一 30/19079

姚铉

《曹娥庙碑》2/1176 ｜元代姚铉《渡曹江》67/199

《冷泉亭》2/1177 ｜张履信《冷泉亭》51/32125

钱昆

《题淮阴侯庙》2/1183 ｜黄好谦《题淮阴侯庙》11/7481

林逋

《寄孙仲簿公》2/1202 ｜唐代张籍《寄孙冲主簿》12/4324

《赠任懒夫》2/1204 ｜唐代张籍《赠任懒》12/4324

《西湖春日》2/1209 ｜王安国《西湖春日》11/7534

《池上春日》2/1209 ｜王安国《池上春日》11/7531

《林间石》2/1215 ｜宋光宗《待月诗》50/31079

《春阴》2/1217 ｜王安国《春阴》11/7531

《山舍小轩有石竹二丛闲然秀发因成二章》其一 2/1219 ｜王安石《石竹花》10/6782

《送僧游天台》2/1239 ｜许景衡《送僧游天台》23/15586

《风水洞》2/1244 ｜朴通《恩德寺》72/45603

《华阳洞》2/1245 ｜林逋叟《华阳洞》72/45274

《句》其二 2/1245 ｜唐代张祜《送苏绍之归岭南》15/5797

《句》其三 2/1245 ｜唐代韩偓《清兴》20/7805

《句》其八 2/1245 ｜唐代方干《初归故里献侯郎中》19/7480

《句》其九 2/1245 ｜释惠崇《句》其一〇一 3/1473 ｜释希昼《送李堪》3/1444

《句》其十 2/1245 ｜唐代柳宗元《柳州寄丈人周韶州》11/3935

《句》其十一 2/1246 ｜唐代陈甫《句》22/8954

《句》其十二 2/1246 ｜黄庭坚《次韵无咎阎子常携琴八村》17/11492

安鸿渐

《题杨凝式书》2/1251 ｜唐代安鸿渐《题杨少卿书后》22/8738

刘元载妻

《早梅》2/1261 ｜释慧性《颂古七首》其一 53/32912

刘筠

《句》其五 2/1286 ｜章森《句》50/31039

《句》其七 2/1286 ｜钱惟演《句》其三五 2/1072

《句》其一九 2/1287 ｜钱惟演《句》其二八 2/1072

《句》其二一 2/1287 ｜钱惟演《句》其三三 2/1072

《句》其二二 2/1287 ｜钱惟演《句》其三二 2/1072

《句》其二五 2/1287 ｜钱惟演《句》其二九 2/1072

《句》其三四 2/1288 ｜杨亿《句》其三 3/1421

《句》其三七 2/1288 ｜杨亿《戊申年七夕五绝》其三 3/1413

刁湛

《题方干旧隐》2/1299 ｜刁约《方氏清芬阁》3/2022

韩亿

《重九席上观金铃菊》2/1300 ｜韩琦《重九席上赋金铃菊》6/4042

《和崔象之紫菊》2/1300 ｜韩琦《和崔象之紫菊》6/4043

唐肃

《吴中送僧》2/1309 ｜元代唐肃《吴中送僧》64/44

《季子挂剑歌》2/1309 ｜元代唐肃《季子挂剑冢和黄子雍韵》64/42

王随

《句》其三七 2/1314 ｜王随《栖霞寺》其二 2/1311

季咸

《均庆寺》2/1316 ｜李咸《游均庆寺》72/45600

第三册

杨亿

《题张居士壁》3/1334 ｜杨亿《赠张季常》3/1419

《建溪十咏·朗山寺》3/1377 ｜杨亿《升山》3/1419

《建溪十咏·武夷山》3/1377 ｜杨亿《灵岳》3/1420

《太常乐章三十首·皇帝南郊前一日朝飨太庙奏理安曲迎神》3/1393 ｜郊庙朝会歌辞《摄事十三首·降神用〈礼安〉》71/44892

《太常乐章三十首·皇帝行奏隆安之曲》3/1393 ｜郊庙朝会歌辞《摄事十三首·太尉行用〈正安〉》71/44892

《太常乐章三十首·皇帝奠币奏瑞文之曲》3/1393 ｜郊庙朝会歌辞《摄事十三首·奠瓒用〈瑞安〉》71/44892

《太常乐章三十首·迎俎奏丰安之曲》3/1393 ｜郊庙朝会歌辞《摄事十三首·奉俎用〈丰安〉》71/44892

《太常乐章三十首·皇帝酌献第一室奏大善之舞曲》3/1394 ｜郊庙朝会歌辞《摄事十三首·酌献僖祖室用〈大善〉》71/44892

《太常乐章三十首·酌献第二室奏大宁之舞曲》3/1394 ｜郊庙朝会歌辞《摄事十三首·顺祖室用〈大宁〉》71/44892

《太常乐章三十首·酌献第三室奏大顺之舞曲》3/1394 ｜郊庙朝会歌辞《摄事十三首·翼祖室用〈大顺〉》71/44893

《太常乐章三十首·酌献第四室奏大庆之舞曲》3/1394 ｜郊庙朝会歌辞《摄事十三首·宣祖室用〈大庆〉》71/44893

《太常乐章三十首·酌献第五室奏大定之舞曲》3/1394 ｜郊庙朝会歌辞《摄事十三首·太祖室用〈大定〉》71/44893

《太常乐章三十首·酌献第六室奏大盛之舞曲》3/1394 ｜郊庙朝会歌辞《摄事十三首·太宗室用〈大盛〉》71/44893

《太常乐章三十首·皇帝饮福酒奏禧安之曲》3/1394 ｜郊庙朝会歌辞《咸平亲郊八首·饮福用〈禧安〉》71/44841

《太常乐章三十首·退文舞出奏正安之曲》3/1394 ｜郊庙朝会歌辞《元符亲郊五首·退文舞、迎武舞用〈正安〉》71/44842

《太常乐章三十首·亚献终献送神并奏理安之曲》3/1395 ｜郊庙朝会歌辞《摄事十三首·送神用〈理安〉》71/44893

《太常乐章三十首·皇帝行奏隆安之曲》3/1395｜郊庙朝会歌辞《咸平亲郊八首·皇帝升降用〈隆安〉》71/44841

《太常乐章三十首·皇帝奠玉币奏隆安之曲》3/1395｜郊庙朝会歌辞《咸平亲郊八首·奠玉币用〈嘉安〉》71/44841

《太常乐章三十首·初献奏禧安之曲》3/1395｜郊庙朝会歌辞《咸平亲郊八首·酌献用〈禧安〉》71/44841

《太常乐章三十首·皇帝饮福酒奏禧安之曲》3/1395｜郊庙朝会歌辞《建隆以来祀享太庙十六首·饮福用〈禧安〉》71/44841

《太常乐章三十首·皇帝回仗乾元殿奏采茨之曲》3/1396｜郊庙朝会歌辞《咸平御楼四首·〈采茨〉》71/44994

《太常乐章三十首·皇帝御殿迎升御座奏隆安之曲》3/1396｜郊庙朝会歌辞《景德中朝会十四首·皇帝升坐用〈隆安〉》71/44989

《太常乐章三十首·引群官作正安之曲》3/1396｜郊庙朝会歌辞《景德中朝会十四首·公卿入门用〈正安〉》71/44989

《太常乐章三十首·皇帝正冬御殿文舞（二首）》3/1396｜郊庙朝会歌辞《景德中朝会十四首·初举酒毕用〈盛德升闻〉（二首）》71/44989

《太常乐章三十首·武舞（二首）》3/1396｜郊庙朝会歌辞《景德中朝会十四首·再举酒毕用〈天下大定〉（二首）》71/44990

《太常乐章三十首·皇帝南郊回御楼将索扇奏隆安之曲》3/1396｜郊庙朝会歌辞《咸平御楼四首·索扇用〈隆安〉》71/44994

《太常乐章三十首·皇帝御楼奏隆安之曲》3/1397｜郊庙朝会歌辞《咸平御楼四首·升坐用〈隆安〉》71/44994

《太常乐章三十首·皇帝御楼毕奏隆安之曲》3/1397｜郊庙朝会歌辞《咸平御楼四首·降坐用〈隆安〉》71/44994

《又七首·白帝迎神高安曲》3/1397｜郊庙朝会歌辞《景德以后祀五方帝十六首·白帝降神用〈高安〉》71/44855

《又七首·奉币嘉安曲》3/1397｜郊庙朝会歌辞《景德以后祀五方帝十六首·奠

玉币、酌献用〈嘉安〉。景祐用〈祐安〉，辞亦不同》71/44856

《又七首·送神理安曲》3/1397｜郊庙朝会歌辞《景德以后祀五方帝十六首·送神用〈高安〉》71/44856

《又七首·朝日迎神》3/1397｜郊庙朝会歌辞《景德朝日三首·降神用〈高安〉，六变》71/44882

《又七首·奉币》3/1397｜郊庙朝会歌辞《景德朝日三首·奠玉币、酌献用〈嘉安〉》71/44882

《又七首·送神》3/1398｜郊庙朝会歌辞《景德朝日三首·送神用〈高安〉》71/44882

《又七首·饮福酒广安曲》3/1398｜郊庙朝会歌辞《冬至孟春孟夏季秋四祀上公摄事七首·饮福用〈广安〉》71/44854

《正冬御殿上寿乐章八首·皇帝举寿酒宫悬奏和安之曲》3/1398｜郊庙朝会歌辞《景德中朝会十四首·上寿用〈和安〉》71/44989

《正冬御殿上寿乐章八首·皇帝举第二爵酒登歌奏祥麟之曲》3/1398｜郊庙朝会歌辞《景德中朝会十四首·皇帝初举酒用〈祥麟〉》71/44989

《正冬御殿上寿乐章八首·赐群臣第一盏酒宫悬奏正安之曲》3/1398｜郊庙朝会歌辞《景德中朝会十四首·群臣举酒用〈正安〉》其一 71/44989

《正冬御殿上寿乐章八首·皇帝举第三爵酒登歌奏丹凤之曲》3/1398｜郊庙朝会歌辞《景德中朝会十四首·再举酒用〈丹凤〉》71/44989

《正冬御殿上寿乐章八首·赐群臣第二盏酒宫悬作正安之曲》3/1398｜郊庙朝会歌辞《景德中朝会十四首·群臣举酒用〈正安〉》其二 71/44989

《正冬御殿上寿乐章八首·皇帝举第四爵酒登歌奏河清之曲》3/1398｜郊庙朝会歌辞《景德中朝会十四首·三举酒用〈河清〉》71/44989

《正冬御殿上寿乐章八首·赐群臣第三盏酒宫悬作正安之曲》3/1399｜郊庙朝会歌辞《景德中朝会十四首·群臣举酒用〈正安〉》其三 71/44989

《正冬御殿上寿乐章八首·礼毕降坐宫悬奏隆安之曲》3/1399｜郊庙朝会歌辞《景德中朝会十四首·降坐用〈隆安〉》71/44990

《贻诸馆阁》3/1416｜杨允元《寄馆中诸公》2/1129｜杨允《不预曲宴诗》20/13494

《柳噪竹》3/1418｜宋庠《柳嘲竹》4/2203

《书怀寄刘五》其二 3/1419｜宋庠《世事》4/2274

《白莲》3/1419｜王禹偁《咏白莲》2/804

《独怀》3/1420｜郑獬《夜怀》10/6860

《句》其三 3/1421｜刘筠《句》其三四 2/1288

杨备

《新宫》3/1429｜杨修《新宫》72/45218

《灵和殿》3/1429｜杨修《灵和殿》72/45218

《台城》3/1429｜杨修《台城》72/45218

《石阙》3/1429｜杨修《石阙》72/45218

《卫玠台》3/1429｜杨修《卫玠台》72/45218

《九日台》3/1430｜杨修《九日台》72/45218

《新亭》3/1430｜朱存《金陵览古·新亭》1/4｜杨修《三山亭》72/45219

《东冶亭》3/1430｜杨修《东冶亭》72/45219

《仪贤堂》3/1430｜杨修《仪贤堂》72/45219

《听筝堂》3/1430｜杨修《听筝堂》72/45219

《蚕室》3/1430｜杨修《蚕室》72/45219

《驰道》3/1430｜杨修《驰道》72/45219

《层城观》3/1431｜杨修《层城观》72/45219

《齐云观》3/1431｜杨修《齐云观》72/45219

《秦淮》3/1431｜朱存《金陵览古·秦淮》1/3｜杨修《秦淮》72/45220

《直渎》3/1431｜朱存《金陵览古·直渎》1/5｜杨修《直渎》72/45220

《横塘》3/1431｜杨修《横塘》72/45220

《青溪》3/1431｜杨修《青溪》72/45220

《北渠》3/1431｜朱存《金陵览古·北渠》1/4｜杨修《北渠》72/45220

《覆杯池》3/1432 ｜杨修《覆杯池》72/45220

《三岩石》3/1432 ｜杨修《三岩石》72/45220

《半阳湖》3/1432 ｜朱存《金陵览古·半阳湖》1/5 ｜杨修《半阳湖》72/45220

《麾扇渡》3/1432 ｜杨修《麾扇渡》72/45221

《桃叶渡》3/1432 ｜杨修《桃叶渡》72/45220

《长命洲》3/1432 ｜杨修《长命洲》72/45221

《应潮井》3/1432 ｜杨修《应潮井》72/45221

《天阙山》3/1433 ｜朱存《金陵览古·天阙山》1/4 ｜杨修《天阙山》72/45221

《白杨路》3/1433 ｜杨修《白杨路》72/45221

《射雉场》3/1433 ｜杨修《射雉场》72/45221

《铜䲠署》3/1433 ｜杨修《铜䲠署》72/45221

《焚衣街》3/1433 ｜杨修《焚衣街》72/45221

《三断石》3/1434 ｜朱存《金陵览古·段石冈》1/4 ｜杨修《三断石》72/45222

《独足台》3/1434 ｜杨修《独足台》72/45222

《燕雀湖》3/1434 ｜杨修《燕雀湖》72/45222

《白都山》3/1434 ｜杨修《白都山》72/45222

《东碉》3/1434 ｜杨修《春碉》72/45222

《洞玄观》3/1435 ｜杨修《洞玄观》72/45222

《明庆寺》3/1435 ｜杨修《明庆寺》72/45222

《乌衣巷》3/1436 ｜朱存《金陵览古·乌衣巷》1/4

《石头城》3/1438 ｜朱存《金陵览古·石头城》1/4

释希昼

《怀广南转运陈学士状元》3/1441 ｜赵希昼《寄广南转运陈学士》53/33338

《留题承旨宋侍郎林亭》3/1442 ｜释怀古《赠天昕禅老》1480（《全唐诗补编》）

《草》3/1444（《全宋诗》释希昼名下未收此诗，诗见《全芳备祖》后集卷一〇｜释怀古《草》3/1477

释保暹

《寄洪州新建知县张康》3/1449 ｜ 许及之《寄洪州新建知县》46/28378

释简长

《赠浩律师》3/1459 ｜ 释居简《赠皓律师》53/33198

释惟凤

《寄刘处士》3/1462 ｜ 释遵式《寄刘处士》2/1112

释惠崇

《句》其二〇 3/1468 ｜ 张士逊《句》其三 2/1128

《句（其三二其三五）》3/1469 ｜ 王禹偁《句》其二四 2/810

《句》其三五 3/1469 ｜ 释惠崇《晚夏夜简程至》3/1465

《句》其四三 3/1469 ｜ 崔仰之《句》71/45081

《句》其四五 3/1469 ｜ 廖融《句》其二 1/213

《句》其五四 3/1470 ｜ 崔仰《句》72/45113

《句》其七一 3/1471 ｜ 廖融《句》其三 1/213

《句》其一〇〇 3/1473 ｜ 林逋《句》其九 2/1245 ｜ 释希昼《送李堪》3/1444

《句》其一〇三 3/1473 ｜ 林逋《湖山小隐》其一 2/1208

《句》其一〇四 3/1473 ｜ 林逋《深居杂兴六首》其二 2/1211

《句》其一〇五 3/1473 ｜ 林逋《深居杂兴六首》其三 2/1211

释宇昭

《塞上赠王太尉》3/1474 ｜ 唐异《塞上作》3/1921

陈赓

《平水神祠歌》3/1481 ｜ 元代陈赓《游龙祠》2/258

张保雕

《题钓台》3/1483 ｜ 范仲淹《钓台诗》3/1915

郭昭著

《塞上曲》3/1486 ｜明张四维《塞上曲》(《明诗纪事》己签卷十一)

张师锡

《喜子及第》3/1494 ｜元代张师锡《喜子中第》65/235

释智圆

《经照湖方干旧居》3/1573 ｜吴遵路《经照湖方干旧居》3/1845

王曾

《皇帝阁立春帖子》3/1589 ｜王珪《立春内中帖子词·皇帝阁》其一 9/5992

《句》其一 3/1590 ｜王珪《立春内中帖子词·夫人阁》其三 9/5993

《句》其二 3/1590 ｜王珪《端午内中帖子词·皇后阁》其三 9/5995

《句》其三 3/1590 ｜王珪《端午内中帖子词·皇后阁》其九 9/5996

《句》其四 3/1590 ｜王珪《端午内中帖子词·夫人阁》其二 9/5996

《句》其五 3/1590 ｜王珪《端午内中帖子词·夫人阁》其八 9/5996

《句》其六 3/1590 ｜王珪《端午内中帖子词·夫人阁》其九 9/5996

《句》其七 3/1590 ｜王珪《端午内中帖子词·太上皇后阁》其一 9/5995

《句》其八 3/1590 ｜王珪《端午内中帖子词·皇帝阁》其一 9/5994

《句》其九 3/1590 ｜王珪《端午内中帖子词·太上皇后阁》其三 9/5995

《句》其十 3/1590 ｜王珪《端午内中帖子词·太上皇后阁》其六 9/5995

《句》其十一 3/1590 ｜王珪《端午内中帖子词·太上皇后阁》其九 9/5995

《句》其十二 3/1590 ｜王珪《端午内中帖子词·太上皇后阁》其四 9/5995

章得象

《题山宫法安院》其二 3/1593 ｜章凭《题山宫法安院》22/14653

《句》其二 3/1594 ｜章惇《句》其一 13/9030

《句》其三 3/1595 ｜齐唐《句》其九 3/1854

《句》其六 3/1595 ｜章得象《题山宫法安院》其一 3/1592

杜衍

《荷花》3/1599 ｜杨万里《栟楮江滨芙蓉一株发红白二色二首》其一 42/26423

李绚

《句》3/1602 | 李绚《句》其一 7/4862

穆修

《思边》3/1617 | 唐代李白《思边》6/1882

钱惟济

《灯夕寄献内翰虢略公》3/1622 | 钱惟演《灯夕寄献内翰虢略公》2/1064

吕夷简

《天花寺》3/1623 | 释文礼《颂古五十三首》其五一 54/33697

《无题》3/1624 | 吕希哲《绝句》15/9774

《句》其五 3/1625 | 宋绶《句》其五 3/1972

苏为

《泛宛溪至敬亭》3/1628 | 张耒《泛宛溪至敬亭祠送别》20/13375

释重显

《送僧之石梁》3/1635 | 许景衡《送僧之石梁》23/15519

《同于秘丞赋瀑泉》3/1646 | 释延寿《同于秘丞赋瀑泉》1/28

《迷悟相返》3/1649 | 释普济《偈颂六十五首》其三四 56/35158

《玄沙和尚》3/1651 | 黄庭坚《禅句二首》其二 17/11737

《为道日损》3/1669 | 释义怀《书屏句》3/1993 | 释守净《偈二十七首》其二四 31/20044 | 释师范《偈颂七十六首》其一七 55/34778

蒋堂

《吴淞江》3/1704 | 元代蒋堂《过松江》37/446

《题山亭》3/1704 | 无名氏《题阳羡溪亭壁》71/45059

《游松江》其一 3/1705 | 苏舜钦《松江长桥未明观渔》6/3942

《游松江》其二 3/1705 | 苏舜钦《中秋松江新桥对月和柳令之作》6/3946

《吴江桥》3/1706 | 元代蒋堂《垂虹亭》37/446

《太伯庙》3/1712 | 元代蒋堂《至德庙》37/446

《望太湖》3/1712 | 苏颀《望太湖》72/45608 | 苏舜钦《望太湖》6/3941

张铸

《寄葛源》3/1716 ｜ 张璹《与葛洪》20/13440

毕田

《朱陵洞水帘》3/1725 ｜ 石懋《水濂洞》43/27077

胥偃

《句》3/1744 ｜ 唐代胥偃《梦中诗》25/9840

陆轸

《七岁作》3/1745 ｜ 陆珪《书壁》10/7067

晁宗慤

《诗一首》3/1750 ｜ 晁迥《燕居》1/614

王周

《赤壁》3/1762 ｜ 郑獬《赤壁》10/6884

夏竦

《黄鹤楼歌》3/1769 ｜ 周弼《黄鹤楼歌》60/37735

释惟政

《送僧偈》3/1832 ｜ 南朝陶弘景《诏问山中何所有赋诗以答》

史温

《诗一首》3/1834 ｜ 元代史温《孝庙偶题》67/239

黄晞

《寄李先生》3/1837 ｜ 黄曦《寄李先生》12/7908

解旦

《句》3/1839 ｜ 龙旦《句》50/31443 ｜ 刘仲达《小桃源用张师夔韵》48/29878

吴遵路

《经照湖方干旧居》3/1845 ｜ 释智圆《经照湖方干旧居》3/1573

程琳

《和答刘夔咏茱萸二首》其一 3/1847 ｜ 程大昌《和刘侍郎九日登女郎台》38/24016

《冬近》3/1848 ｜程大昌《冬至》38/24017

齐唐

《观潮》3/1854 ｜元代齐祖之《观潮》68/207

《句》其九 3/1854 ｜章得象《句》其三 3/1595

范仲淹

《青郊》3/1882 ｜释智愚《颂古一百首》其六八 57/35919

《赴桐庐郡淮上遇风三首》其一 3/1889 ｜唐介《谪官渡淮舟中遇风欲覆舟而作》7/4404

《苏州十咏·洞庭山》3/1894 ｜王禹偁《洞庭山》2/805

《苏州十咏·虎丘山》3/1895 ｜梅询《吴王墓》2/1118

《赠广宣大师》3/1900 ｜唐代曹松《赠广宣大师》21/8240

《移丹阳郡先游茅山作》3/1900 ｜王安石《将赴南徐任游茅山有作》10/6783

《钓台诗》3/1915 ｜张保雝《题钓台》3/1483

《春日游湖》3/1917 ｜范晞文《湖上》69/43276

《答梅圣俞灵乌赋》3/1918 ｜李深《题范文正公祠堂》其二 15/10191

《句》其一 3/1919 ｜王令《忆润州葛使君》12/8162

唐异

《塞上作》3/1921 ｜释宇昭《塞上赠王太尉》3/1474

释昙颖

《四明十题》3/1923 ｜梅尧臣《和昙颖师四明十题》5/3072

邵焕

《句》其一 3/1930 ｜赵复《句》2/843

胡僧

《句》其二 3/1933 ｜唐代胡曾《咏史诗·汉宫》19/7419

掌禹锡

《句（其一其二）》3/1933 ｜刘禹锡《句（其一其二）》71/45062

张先

《润州甘露寺》3/1934 ｜沈括《润州甘露寺》12/8014

《赠妓兜娘》3/1935 ｜滕宗谅《赠妓兜娘》3/1975

《醉眠亭》3/1935 ｜王观《醉眠亭》11/7492

晏殊

《赠会稽道士》3/1941 ｜文彦博《赠会稽尊师》6/3490

《七夕》3/1947 ｜晏幾道《七夕》12/8001

《社日》3/1954 ｜唐代韦应物《社日寄崔都水及诸弟群属》6/1918

《紫竹花》3/1964 ｜杨巽斋《紫竹花》72/45256

《句》其一 3/1964 ｜晏敦复《句》其一 24/15818

《句》其一四 3/1965 ｜王珪《赠司空侍中晏元献公挽词二首》其一 9/5961

《句》其二七 3/1966 ｜陈师道《萱草》19/12666

《句》其三五 3/1967 ｜蔡沈《句》其二 54/33653

《句》其三七 3/1967 ｜晏敦复《句》其二 24/15818

《句》其四一 3/1967 ｜宋庠《春霁汉南登楼望怀仲氏子京》4/2277

《句》其五十 3/1967 ｜宋祁《春帖子词皇帝阁十二首》其六 4/2577

《句》其五三 3/1968 ｜晏殊词《浣溪沙》其六

《句》其五五 3/1968 ｜晏殊《雪中》3/1944

《句》其五八 3/1968 ｜晏殊《赋得秋雨》3/1961

宋绶

《句》其二 3/1972 ｜向敏中《句》1/595

《句》其五 3/1972 ｜吕夷简《句》其五 3/1625

《句》其八 3/1972 ｜唐代翁绶《句》18/6940

滕宗谅

《寄会稽范希文》3/1974 ｜滕元发《寄越州范希文太守》9/6300

《赠回道士》3/1974 ｜唐代吕岩《赠滕宗谅》24/9699

《赠妓兜娘》3/1975 ｜张先《赠妓兜娘》3/1935

太上隐者

《山居书事》3/1976 ｜唐代太上隐者《答人》22/8850

令狐挺

《题相思铺壁》3/1988 ｜唐代令狐挺《题鄜州相思铺》22/8807

王益

《灵谷》3/1991 ｜王益《灵谷山》43/26879 ｜赵汝谈《灵谷》51/32022

李熙辅

《题真空阁》3/1998 ｜李辅《真空寺》45/27723

曹文姬

《梅仙山丹井》3/1998 ｜唐代曹文姬《句》24/9022

任生

《诗一首》3/1999 ｜唐代任生《投曹文姬诗》22/8844

石延年

《榴花》3/2003 ｜王禹偁《咏石榴花》2/804

《真定怀古》3/2007 ｜唐胡曾《咏史诗·滹沱河》19/7425

《松二首》其二 3/2010（《全宋诗》石延年名下未收此诗，此诗见《全芳备祖》后集卷一四）｜苏辙《种松》15/10133

谢绛

《句》其一 3/2015 ｜李淑《句》其二 4/2707

刁约

《方氏清芬阁》3/2022 ｜刁湛《题方干旧隐》2/1299

王初

《立春后作》3/2027 ｜王安中《立春后作》24/16005

宋咸

《句》其三 3/2030 ｜宋咸《桂》3/2029

梅挚

《留别东郡诸僚友》五首 3/2042 ｜司马光《留别东郡诸僚友》五首 9/6089

《归雁亭》3/2042 ｜赵鼎臣《归雁亭》22/14913

张揆

《宿灵岩寺》3/2045 ｜张掞《留题灵岩寺》3/2046

张掞

《题资福院平绿轩》3/2046 ｜王用亨《平绿轩》其二 50/31443 ｜张掞《题资福院平绿轩》72/45321

《静照堂》3/2046 ｜范镇《题招提院静照堂》6/4264

《留题灵岩寺》3/2046 ｜张揆《宿灵岩寺》3/2045

李先

《与杜秀才》3/2049 ｜李光《琼惟水东林木幽茂予爱此三士所居虽无亭馆之胜而气象清远连日水涨隔绝悠然遐想各成一诗目为城东三咏》其一 25/16388

第四册

胡宿

《春晚郊野》4/2057 ｜宋祁《夕坐》4/2415

《水馆》4/2061 ｜韩维《水阁》8/5188

《余山人居》4/2062 ｜韩维《题余山人壁》8/5188

《山居》4/2062 ｜张孝祥《山居》45/27803

《金山寺》4/2067 ｜韩维《金山寺》8/5288

《登润州城》4/2071 ｜韩维《润州》8/5289

《谢惠诗》4/2090 ｜张明中《谢惠诗》58/36794

《送张待诏知越州》4/2093 ｜胡宿《寄会稽张待制》4/2132

《雪》4/2101 ｜韩维《雪》8/5187

《谢叔子阳丈惠诗》4/2104 ｜张明中《谢叔子阳丈惠诗》58/36785

《横山》4/2124 ｜胡宿《芳茂山》4/2074

王琪

《秋日白鹭亭向夕有感》4/2135 ｜王珪《白鹭亭》9/5948

《暮春游小园》4/2138 ｜王淇《暮春游小园》67/42054

孙沔

《句》4/2142 ｜蔡襄《会亭遇资政孙公赴阙公致仕已七年时召归将有西鄙之任》7/4775

宋庠

《春晦寓目》4/2196 ｜宋祁《春晖寓目二首》其一 4/2398

《柳嘲竹》4/2203 ｜杨亿《柳噪竹》3/1418

《休日》4/2249 ｜宋祁《归沐》4/2439

《世事》4/2274 ｜杨亿《书怀寄刘五》其二 3/1419

《次韵范纯仁和郭昌朝寺丞见寄二首》4/2282 ｜范纯仁《和郭昌朝寺丞见寄二首》11/7439

《撚鼻》4/2283 ｜刘克庄《耳鼻六言二首》其二 58/36719

《小园四首》4/2299 ｜陆游《小园四首》39/24538

《句》其二 4/2305 ｜宋祁《春晚写望》4/2586 ｜李之仪《临江仙·九十日春都过了》｜李流谦《临江仙·三春都过了》

《句》其七 4/2305 ｜陆游《慈云院东阁小憩》39/24351

《句》其十 4/2306 ｜韩维《明叔昆仲特惠梅花聊赋小诗三篇为谢》其三 8/5274

狄遵度

《看白云爱而成诗》4/2312 ｜林之奇《看白云爱而成诗》37/22966

《谒孔先生》4/2313 ｜韩维《谒孔先生》8/5120

阮逸

《和范公同章推官登承天寺竹阁》4/2322 ｜刘述《题竹阁》5/3387

丘濬

《咏钱塘》4/2325 ｜邱道源《钱塘》72/45569

宋祁

《寿州十咏·望仙亭》4/2337 ｜梅尧臣《和寿州宋待制九题·望仙亭》5/2817

《种竹》4/2347 ｜刘敞《劝思弟于南轩种竹》9/5686

《风雨》4/2353 ｜叶茵《风雨》61/38224

《岁丰》4/2356 ｜唐代邵谒《岁丰》18/6995

《春晖寓目二首》其一 4/2398 ｜宋庠《春晦寓目》4/2196

《夕坐》4/2415 ｜胡宿《春晚郊野》4/2057

《陪谢紫微晚泛》4/2422 ｜梅尧臣《陪谢紫微晚泛》5/2783

《渡湘江》4/2422 ｜张祁《渡湘江》32/20562

《中秋新霁壕水初满自城东隅泛舟回谢公命赋》4/2423 ｜梅尧臣《中秋新霁壕水初满自城东隅泛舟回谢公命赋》5/2783

《夏日陪提刑彭学士登周襄王故城》4/2426 ｜梅尧臣《夏日陪提刑彭学士登周襄王故城》5/2788

《咏菊》4/2427 ｜叶茵《菊》61/38247

《寄题元华书斋》4/2433 ｜宋祁《比日》4/2591

《小酌感春邀坐客并赋》4/2433 ｜宋祁《小酌感春邀坐客并赋》4/2592

《朝阳》4/2437 ｜王炎《吕待制所居八咏·朝阳》48/29694

《归沐》4/2439 ｜宋庠《休日》4/2249

《病免》4/2488 ｜宋祁《俊上人游山》4/2594

《送赵御史仲礼之任南台并柬兼善达公经历元载王公用道孔公二御史》4/2544 ｜元代宋沂《送赵御史仲礼之任南台并柬兼善达公经历元载王公用道孔公二御史》37/353

《咏茶蘼》4/2554 ｜宋祁《酴醾》4/2580

《黄葵》4/2576 ｜张耒《黄葵》20/13282

《山橙花》4/2576 ｜苏辙《山橙花口号》15/9965

《七月六日绝句》4/2616 ｜张耒《七月六日二首》其二 20/13247

《咏叔孙通》4/2617 ｜王安石《嘲叔孙通》10/6738

《句》其一三 4/2619 ｜李廌《荼蘪洞》20/13631

《句》其一五 4/2619 ｜司马光《和昌言官舍十题水红》9/6024

《句》其一六 4/2619 ｜梅尧臣《采芡》5/3047

《句》其二一 4/2620 ｜梅尧臣《李士元学士守临邛日有谷一茎九穟者数本芝数本莲花连叶并蒂者各一本因赋之》5/3341

《句》其二二 4/2620 ｜唐代朱景玄《宿新安村步》16/6313 ｜唐代王贞白《宿新安村步》20/8065

曾公亮

《吊曹觐》4/2642 ｜元绛《赵潜叔殉节诗》7/4378 ｜无名氏《题旌忠亭》其一 72/45131

《宿甘露僧舍》4/2642 ｜曾纡《北固楼》24/15726

叶清臣

《题溪口广慈寺》4/2650 ｜蔡清臣《广惠寺》37/23081

周铨

《答曾进士》4/2692 ｜谢枋得《和游古意韵》66/41406

李淑

《句》其二 4/2707 ｜谢绛《句》其一 3/2015

第五册

梅尧臣

《和才叔岸傍古庙》5/2746 ｜王安石《和叔才岸傍古庙》10/6782

《自急流口至长芦江入金陵》5/2746 ｜唐代杜牧《金陵》16/6034

《古意》5/2764 ｜张商英《题关公像》16/10992

《中秋新霁壕水初满自城东隅泛舟回谢公命赋》5/2783 ｜宋祁《中秋新霁壕水初满自城东隅泛舟回谢公命赋》4/2423

《陪谢紫微晚泛》5/2783 ｜宋祁《陪谢紫微晚泛》4/2422

《一日曲》5/2784｜杨轩《一日曲》71/45052

《夏日陪提刑彭学士登周襄王故城》5/2788｜宋祁《夏日陪提刑彭学士登周襄王故城》4/2426

《寄题梵才大士台州安隐堂》5/2808｜郑起《寄题梵才大士台州安隐堂》61/38261

《和寿州宋待制九题·望仙亭》5/2817｜宋祁《寿州十咏·望仙亭》4/2337

《过华亭》5/2829｜梅询《华亭道中》2/1117

《和王仲仪咏瘿二十韵》5/2890｜王安石《汝瘿和王仲仪》10/6773

《浮来山》5/2962｜赵时韶《浮来山》57/35895

《送蒙寺丞赴郢州》5/2973｜梅询《送蒙寺丞赴郡》2/1117

《送吴照邻都官还江南》5/3047｜欧阳修《送吴照邻都官还江南》6/3749

《李康靖少傅夫人挽词二首》5/3051｜喻良能《挽李靖少傅夫人》43/26980

《寄题杭州广公法喜堂》5/3053｜郑起《寄题杭州广法善堂》61/38261

《三月十日韩子华招饮归城》5/3068｜王安石《三月十日韩子华招饮归城》10/6774

《和昙颖师四明十题》5/3072｜释昙颖《四明十题》3/1923

《二十四日江邻几邀观三馆书画录其所见》5/3074｜王安石《江邻几邀观三馆书画》10/6776

《代书寄鸭脚子于都下亲友》5/3112｜刘敞《代书寄鸭脚子于都下亲友》9/5688

《依韵诸公寻灵济重台梅》5/3119｜郑獬《梅花》10/6895

《自咏》5/3126｜胡宿《自咏》其二 4/2066

《四月三日张十遗牡丹二朵》5/3136｜宋高宗《题马麟画》35/22219｜宋光宗《题徐崇嗣没骨牡丹图》50/31080

《答鹅湖长老绍元示太玄图》5/3161｜梅尧臣《答绍元老示太玄图》5/3344

《寄题郢州白雪楼》5/3204｜梅询《诗一首》2/1121

《元忠示胡人下程图》5/3206｜周紫芝《元忠作胡人下程图》26/17435

《寄桂州张谏议和永叔》5/3223 ｜王巩《寄桂州张谏议和永叔》14/9715

《吕晋》5/3227 ｜释永颐《吕晋叔著作遗新茶》57/36000

《依韵和公仪龙图招诸公观舞及画三首》其三 5/3228 ｜晏幾道《公仪招观画》12/8000

《送刘元忠学士还南京》5/3240 ｜洪适《送刘元忠学士还南京》37/23533

《送王郎中知江阴》5/3261 ｜王安石《送王郎中知江阴》10/6783

《送葛都官南归》5/3263 ｜林之奇《送葛都官南归》37/22969

《考试毕登铨楼》5/3342 ｜刘攽《考试毕登铨楼》11/7310

《鸡冠花》5/3343 ｜刘敞《鸡冠花》9/5635

《早梅》5/3343 ｜唐代熊皎《早梅》21/8411

《句》其二 5/3344 ｜梅询《送夏子乔招讨西夏》2/1121

吴季野

《游山门寺望文脊山》5/3345 ｜王安石《次韵游山门寺望文脊山》10/6558

王绛

《题张公洞》5/3349 ｜王绛《张公洞》22/14336

释慧南

《偈二首》其一 5/3351 ｜释普度《偈颂一百二十三首》其六二 61/38507

释本逸

《偈三首》其二 5/3358 ｜唐代刘昭禹《田家》1483（《全唐诗补编》）

释守道

《句》5/3359 ｜唐代李白《宫中行乐词八首》之二 5/1702

富弼

《嵩巫亭》5/3370 ｜欧阳修《寄题嵩巫亭》6/3784

《句》其二 5/3371 ｜刘概《府舍西轩作》19/12623

张谟

《句》5/3375 ｜张镃《送向综通判桂州》18/11783

刘述

《题竹阁》5/3387 ｜阮逸《和范公同章推官登承天寺竹阁》4/2322

陈起

《迎月》5/3387 ｜陈起《迎月》58/36760

周古

《赠胡侍郎荣归》5/3392 ｜周因《送枢密相公楼仲晖归田》38/23724

唐询

《华亭十咏·顾亭林》5/3450 ｜张尧同《嘉禾百咏·读书堆》56/35182

苏舜元

《题海昌安国寺》5/3463 ｜唐代白居易《三月三日》14/5168

《句》5/3464 ｜苏舜元《丙子仲冬紫阁寺联句》5/3458

第六册

文彦博

《赠会稽尊师》6/3490 ｜晏殊《赠会稽道士》3/1941

《汶阳馆》6/3551 ｜文天祥《汶阳馆》68/43043

《宿独乐园诘朝将归》6/3551 ｜司马光《其夕宿独乐园诘朝将归赋诗》9/6207

欧阳修

《送谢学士归阙》6/3670 ｜欧阳修《送学士三丈》6/3778

《寄西京张法曹》6/3672 ｜范纯仁《寄西京张法曹》11/7465

《借观五老诗次韵为谢》6/3694 ｜司马光《次韵谢杜祁公借观五老图》9/6225

《和陆子履再游城西李园》6/3694 ｜王安石《次韵再游城西李园》10/6651

《奉酬长文舍人出城见示之句》6/3704 ｜陈舜俞《奉酬长文舍人出城见示之句》8/4963

《七言二首答黎教授》6/3718 ｜林昉《答黎教授》70/44065

《送吴照邻都官还江南》6/3749 ｜梅尧臣《送吴照邻都官还江南》5/3047

《日本刀歌》6/3761 ｜司马光《和君倚日本刀歌》9/6036

《奉使道中寄坦师》6/3763 ｜王安石《奉使道中寄育王山长老常坦》10/6511

《和晏尚书夏日偶至郊亭》6/3783 ｜欧阳澈《是日郊亭和晏尚书韵》32/20680

《寄题嵩巫亭》6/3784 ｜富弼《嵩巫亭》5/3370

《送致政朱郎中》6/3785 ｜王安石《送致政朱郎中东归》10/6767

《鹘》6/3795 ｜王安石《鸱》10/6743

《戏刘原甫》6/3803 ｜刘敞《戏作二首》9/5940

《和子履游泗上雍家园》6/3804 ｜苏舜钦《和子履雍家园》6/3911 ｜释斯植《和子履雍家园诗》63/39341

《芙蓉花二首》其一 6/3810 ｜苏轼《王伯敭所藏赵昌花四首·芙蓉》14/9360

《芙蓉花二首》其二 6/3811 ｜朱熹《秋华四首·木芙蓉》44/27638

《诗一首》6/3811 ｜陶弼《紫薇花》8/4984

《句》其四 6/3812 ｜秦观《冬蚊》18/12147

《句》其八 6/3812 ｜苏轼《湖上夜归》14/9174

《句》其九 6/3812 ｜苏轼《九日湖上寻周李二君不见君亦见寻于湖上以诗见寄明日乃次其韵》14/9187

《句》其十 6/3812 ｜梅尧臣《和永叔内翰》5/3217

《句》其十一 6/3812 ｜欧阳修《渔家傲·乞巧楼头云幔卷》

王揆

《六快活诗》6/3821 ｜唐代王揆《长沙六快诗》22/8749

张方平

《送郭诚思归华下》6/3831 ｜韩元吉《送郭诚思归华下》38/23670

《初春游李太尉宅东池》6/3851 ｜苏辙《初春游李太尉宅东池》15/10162

《病眼》6/3858 ｜王洋《病眼》30/Z18977

《江楼迟客》6/3858 ｜赵孟坚《江楼迟客》61/38677

《句》其一 6/3889 ｜潘阆《阙下留别孙丁二学士归旧山》1/619

《句》其二 6/3889 ｜张齐贤《自警诗》1/503

苏舜钦

《和子履雍家园》6/3911｜欧阳修《和子履游泗上雍家园》6/3804｜释斯植《和子履雍家园诗》63/39341

《望太湖》6/3941｜苏颀《望太湖》72/45608｜蒋堂《望太湖》3/1712

《松江长桥未明观渔》6/3942｜蒋堂《游松江》其一 3/1705

《中秋松江新桥对月和柳令之作》6/3946｜蒋堂《游松江》其二 3/1705

《秋雨》6/3949｜虞俦《秋雨》46/28490

《吴江岸》6/3952｜苏轼《吴江岸》14/9293

《游雪上何山》6/3952｜苏轼《游何山》14/9628

《寄题水月》6/3957｜释赞宁《寄题明月禅院二首》1/150

《寄陆同年》6/3958｜唐代白居易《寄陆补阙》13/4829

《楚天》6/3958｜唐代唐彦谦《楚天》20/7683

《观炀帝宝帐》6/3958｜唐代唐彦谦《见炀帝宝帐》20/7685

《春晚》6/3958｜唐代唐彦谦《春早落英》20/7684

《重过齐山清溪》6/3959｜元代吴师道《重过齐山清溪》32/89

《过池阳游齐山洞》6/3959｜元代吴师道《过池阳游齐山洞》32/41

《诗一首》6/3960｜崔存《神仙名义》70/44461

韩琦

《锦被堆二阕》其一 6/3999｜魏野《蔷薇》2/968｜王义山《王母祝语·蔷薇花诗》64/40096

《新馆》6/4003｜杨冠卿《麻姑之东涉千堆垅至射亭宿黄氏新馆》47/29652

《重九席上赋金铃菊》6/4042｜韩亿《重九席上观金铃菊》2/1300

《和崔象之紫菊》6/4043｜韩亿《和崔象之紫菊》2/1300

《次韵翁监再来馆中》6/4123｜韩驹《次韵翁监再来馆中》25/16618

《初冬小园寓目》6/4123｜范成大《初冬小园寓目》41/26058｜张耒《初冬小园寓目》20/13366

赵抃

《题灵山寺》6/4148 ｜赵鼎《灵岩寺》28/18432

《登望越亭寄程给事》6/4193 ｜王安石《寄程给事》10/6766

《游戒珠寺悼右军故宅》6/4204 ｜朱熹《右军宅》44/27667

《次韵毛维瞻白云庄三咏·眺望台》6/4206 ｜柴望《白云庄四首·晚望台》64/39915

《次韵程给事会稽八咏·鉴湖》6/4228 ｜王十朋《过鉴湖》36/22961

《南明示众》6/4245 ｜苏泂《又南明示众》54/33961

《上赵少师》6/4250 ｜徐积《上赵少师》11/7559

《又题祠馆》6/4250 ｜元代王恽《和东泉翁山中杂咏一十三首》之十二 5/553

范镇

《游昭觉寺》6/4254 ｜范镇《寓大邑游仙寺》6/4265

《秋怀答司马君实》6/4258 ｜司马光《又和秋怀》9/6052

《黄葵》6/4263 ｜陆游《山园草木四绝句·黄蜀葵》39/24616

《题招提院静照堂》6/4264 ｜张揆《静照堂》3/2046

《端居》6/4264 ｜张咏《幽居》1/541

周贯

《答人》6/4270 ｜刘纯臣《咏周贯》16/10701

湛俞

《句》其二 6/4275 ｜湛执中《句》22/14437

俞希孟

《范阳同年示及零陵三题率然为答甚愧妍唱·朝阳岩》6/4285 ｜元代俞希孟《朝阳岩》68/253

《范阳同年示及零陵三题率然为答甚愧妍唱·澹山岩》6/4285 ｜元代俞希孟《澹山岩》68/253

第七册

李觏

《竹斋题事》7/4306 ｜ 李壃《竹斋题事》53/32849

《萍》7/4315 ｜ 李迪《萍》62/39273

《村行》7/4316 ｜ 王无咎《集村行》11/7350

《戏题玉台集》7/4330 ｜ 李安期《诗一首》72/45167

《震山岩》7/4357 ｜ 李观《震山岩》11/7321

《又寄龙学》7/4357 ｜ 邵雍《代书寄祖龙图》7/4540

苏洵

《答陈公美》7/4363 ｜ 吕南公《答陈公美》18/11831

《又答陈公美三首》7/4364 ｜ 吕南公《拟古（三首）》18/11832

《菊花》7/4374 ｜ 胡舜陟《题秋香亭》27/17851

董传

《句》7/4375 ｜ 童传《句》14/9715

元绛

《赵潜叔殉节诗》7/4378 ｜ 曾公亮《吊曹觐》4/2642 ｜ 无名氏《题旌忠亭》其一 72/45131

程师孟

《句》其七 7/4391 ｜ 陈师孟《弄水亭》32/20356

张宗永

《题陈相别业》7/4395 ｜ 张宗尹《题陈相鄂杜别业壁》71/45054

《句》7/4395 ｜ 张宗尹《句》71/45054

沈邈

《诗一首》7/4395 ｜ 蔡襄《题福州释迦院幽幽亭》7/4793

张唐卿

《句》7/4398 ｜ 刘昌言《上吕相公》1/499

第五章 《全宋诗》重出总目　781

宋仁宗

《庆历八年四月二十八日汉体书二诗》其一 7/4400 ｜ 唐代刘言史《春游曲》14/5325

《庆历八年四月二十八日汉体书二诗》其二 7/4400 ｜ 唐代王维《赠裴旻将军》4/1306

唐介

《谪官渡淮舟中遇风欲覆舟而作》7/4404 ｜ 范仲淹《赴桐庐郡淮上遇风三首》其一 3/1889

《句》其一 7/4405 ｜ 梅尧臣《书窜》5｜3021

祖无择

《题仰山二十韵》7/4409 ｜ 刘弇《题仰山二十韵》18/12012

何约

《留题灵岩》7/4443 ｜ 元代何约《灵岩寺题诗》35/357

毛维瞻

《山房》其一 7/4450 ｜ 苏辙《次韵毛君山房即事十首》其二 15/9958

《山房》其二 7/4450 ｜ 苏辙《再和十首》其九 15/9959

《白云庄》7/4450 ｜ 苏辙《和毛国镇白云庄五咏·白云庄偶题》15/9984

邵雍

《新居成呈刘君玉殿院》7/4455 ｜ 邵棠《新居成呈刘君玉殿院》32/20343

《高竹八首》其四 7/4458 ｜ 林之奇《高竹》37/22967

《追和王常侍登郡楼望山》7/4466 ｜ 吕公著《和王常侍登郡楼望山》8/5470

《言默吟》7/4489 ｜ 陈峤《题公署》7/4851

《闲居述事》其三 7/4489 ｜ 内院官《题马远四景图》其三 72/45528

《归洛寄郑州祖择之龙图》7/4494 ｜ 吕公著《归洛寄祖择之龙图》8/5472

《治平丁未仲秋游伊洛二川六日晚出洛城西门宿奉亲僧舍听张道人弹琴》7/4495 ｜ 朱熹《书邵子尧夫游伊洛四首》其一 44/27669

《七日溯洛夜宿延秋庄上》7/4495 ｜ 朱熹《书邵子尧夫游伊洛四首》其三

44/27669

《八日渡洛登南山观喷玉泉会寿安县张赵尹三君同游》7/4495 ｜朱熹《书邵子尧夫游伊洛四首》其二 44/27669

《九日登寿安县锦屏山下宿邑中》其一 7/4495 ｜朱熹《书邵子尧夫游伊洛四首》其四 44/27669

《留题龙门》7/4498 ｜吕公著《留题龙门二首》其一 8/5470

《龙门石楼看伊川》7/4498 ｜吕公著《龙门石楼看伊川》8/5470

《二十二日晚步天津次日有诗》7/4499 ｜吕公著《二十二日晚步天津次日有诗》8/5470

《和魏教授见赠》7/4501 ｜吕公著《和魏教授见赠》8/5470

《仁者吟》7/4505 ｜陈瓘《寄觉范漳水》20/13469

《代书寄吴传正寺丞》7/4517 ｜吕公著《寄吴传正寺丞》8/5471

《寄李景真太博》7/4525 ｜内院官《题马远四景图》其一 72/45528

《思故人》7/4526 ｜华岳《思故人》55/34430

《和任比部忆梅》7/4530 ｜李龙高《和任比部忆梅》72/45386

《延福坊李太博乞园池诗》7/4534 ｜吕公著《延福坊李太博乞园池诗》8/5471

《代书寄祖龙图》7/4540 ｜李觏《又寄龙学》7/4357

《晓事吟》7/4566 ｜邵雍《晓物吟》7/4695

《心耳吟》7/4573 ｜邵雍《乾坤吟》其一 7/4643

《天津晚步》7/4580 ｜吕公著《天津晚步》8/5469

《依韵和王安之少卿六老诗仍见率成七（其一其五其七）》7/4592 ｜吕公著《和王安之六老诗（三首）》8/5471

《四事吟》7/4598 ｜林之奇《四事》37/22967

《和王安之同赴府尹王宣徽洛社秋会》7/4622 ｜吕公著《王安之同赴王宣徽洛社秋会》8/5471

《偶得吟》7/4633 ｜宋高宗《题赵幹北窗高卧图》35/22220

《洛阳春吟》其七 7/4666 ｜邵雍《问春》其二 7/4527

《芍药四首》其四 7/4699 ｜苏轼《玉盘盂》其二 14/9226

《王氏螟罗氏子》7/4700 ｜王大烈《王氏螟罗氏子》56/35240

吴中复

《江左谓海棠为川红》7/4708 ｜吴芾《海棠》35/22010

郭獬

《送吴中复守长沙》7/4710 ｜郑獬《送吴中复镇长沙》10/6896

释元净

《次韵参寥子寄秦少游三绝时少游举进士不得》7/4713 ｜苏轼《次韵参寥师寄秦太虚三绝句时秦君举进士不得》14/9273

张俞

《题汉州妓项帕罗》7/4714 ｜李回《题妓帕》20/13495

《除日万州临江亭》7/4716 ｜张俞《邛州青霞嶂·题西山临江亭》7/4718 ｜赵崇嶓《除日万州临江亭》60/38082

《岁穷雨夜独卧山斋》7/4717 ｜章惇《岁穷雨夜独卧山斋》13/9030

《翠微寺》7/4717 ｜唐代骊山游人《题故翠微宫》22/8854

《游灵岩》7/4718 ｜唐代戴叔伦《题净居寺》9/3103

《句》其十 7/4719 ｜陆游《忆昔》39/24493

曹希蕴

《新月》7/4722 ｜王禹偁《新月》2/807

张伯玉

《州宅》7/4735 ｜陈公辅《州宅》24/16169

《蓬莱阁醉归》7/4736 ｜陈公辅《蓬莱阁归醉》24/16169

《鉴湖晚归》7/4739 ｜元代张伯玉《鉴湖晚归》8/351

《清明日》7/4742 ｜孙永《清明》9/6299

《正旦呈诸僚友》7/4742 ｜吴充《岁日书事》10/6455

《沪渎》7/4743 ｜许尚《华亭百咏·沪渎》50/31463

蔡襄

《饮薛老亭晚归》7/4794 ｜ 曾巩《薛老亭晚归》8/5612

《华严院西轩见芍药两枝追想吉祥赏花慨然有感寄呈才翁》其一 7/4802 ｜ 吴皇后《题徐熙牡丹图》37/23220

《度南涧》7/4817 ｜ 唐代张旭《桃花溪》4/1179

《入天竺山留客》7/4817 ｜ 唐代张旭《山行留客》4/1179

《十二日晚》7/4817 ｜ 唐代张旭《春游值雨》4/1179

《游灵峰院龙龛山》7/4833 ｜ 陈襄《观海》8/5082

《句》其二 7/4834 ｜ 唐代韩愈《奉和仆射裴相公感恩言志》10/3865

《句》其三 7/4834 ｜ 刘子翚《荔子歌》34/21357

韩绛

《送周知监》其一 7/4842 ｜ 韩缜《句》其二 9/6248

石声之

《游南明山》7/4846 ｜ 吕声之《游石城山》53/33441 ｜ 石亨之《南明山》72/45524

陈峤

《题公署》7/4851 ｜ 邵雍《言默吟》7/4489

《句》其一 7/4851 ｜ 唐代陈峤《自赋催妆诗》25/9880

《句》其二 7/4851 ｜ 唐代陈峤《句》22/8958

福建士人

《颂蔡君谟》7/4860 ｜ 郭祥正《临漳台》13/9021 ｜ 无名氏《蔡忠惠祀歌·道边松》72/45225

李绚

《句》其一 7/4862 ｜ 李绚《句》3/1602

李师中

《龙隐岩》7/4866 ｜ 方信孺《题龙隐岩》55/34763

《咏松》7/4870 ｜ 李訦《咏松》50/31023 ｜ 李诚之《咏松》51/31685

《中隐岩》其二 7/4871 │吕愿中《假守睢阳吕愿中叔恭机宜祥符刘襄子思通守鄱阳朱良弼国辅经属建安陈廷杰朝彦因祈晴乘兴游中隐岩留题以记胜游》37/23086

《句》其九 7/4873 │彭汝砺《和通判承议》16/10567

姚嗣宗

《题闽中驿舍》7/4877 │王嗣宗《题关右寺壁》1/508

陆经

《化成岩》7/4882 │李观《化成岩》11/7322

《句》其一 7/4883 │欧阳修《郡斋忆书事寄子履》6/3716

李珣

《句》其二 7/4884 │李珣《浣溪沙·入夏偏宜澹薄妆》

章询

《接宣抚偕道正访九龙岩主喜师率成二十八字》7/4888 │元代章询《九龙岩》68/40

鲁交

鲁交 7/4891 │鲁某 10/6808

《游安乐山》7/4891 │鲁某《游安乐山》10/6808

《寄刘彦炳》7/4893 │明代戈镐《寄刘彦炳》

《句》其一 7/4893 │鲁某《句》其二 10/6808

邵亢

《题钓台》7/4898 │马存《题钓台》13/9062

刘贽

《游后洞诗》7/4900 │刘挚《自福严至后洞记柳书弥陀碑》12/7933

王崇

《送王才元入京》7/4908 │王崇拯《送王棫》17/11750

句龙纬

《题惠泉寄知军郎中》7/4909 │元代句龙纬《题惠泉寄知军郎中》68/43

宋球

《玉华山》7/4910 ｜奚球《玉华山》13/9053

陈孚

《琼花图》7/4942 ｜元代陈孚《后土祠琼花》18/354

《吕翁祠》7/4942 ｜元代陈孚《吕仙翁庙》18/364

第八册

陈舜俞

《奉酬长文舍人出城见示之句》8/4963 ｜欧阳修《奉酬长文舍人出城见示之句》6/3704

陶弼

《山茶花二首》其二 8/4984 ｜朱熹《山茶》44/27665

《紫薇花》8/4984 ｜欧阳修《诗一首》6/3811

《赠章使君》8/4988 ｜章惇《赠陶辰州》其一 13/9029

《全州》8/4994 ｜陶金《过全州》72/45344

《沅州》8/4995 ｜章惇《赠陶辰州》其二 13/9029

《宾州二首》其一 8/4998 ｜秦密《迁江纪实》72/45136

《芡》8/4999 ｜陶弼《鸡头》8/4982

《过苍梧》8/5000 ｜谢孚《苍梧即事》22/14726

释法宝

释法宝 8/5014 ｜释法宝 31/20047

《偈》8/5014 ｜释法宝《偈》31/20047

王益柔

《奉和尧夫》8/5016 ｜强至《奉和尧夫》10/7057

陈偁

《题泉州万安桥》8/5017 ｜陈傅良《洛阳桥》47/29311

《重登罗浮》8/5017 ｜陆游《罗浮山》41/25724

杨蟠

《约冲晦宿东山禅寺精舍先寄》8/5034 ｜王令《约僧宿北山庵先寄平甫》12/8167

《春日独游南园》8/5040 ｜李吕《遣兴》38/23825

《虹桥》8/5041 ｜刘跂《吴江长桥》18/12214

《镇江》8/5041 ｜米芾《望海楼》18/12278

《杂题》8/5047 ｜杨杰《游北山》12/7862

《句》其四 8/5052 ｜米芾《甘露寺》18/12278

《句》其五 8/5052 ｜米芾《望海楼》18/12278

胡楚材

《青山怀古》8/5054 ｜谢翱《题翁征君集后》70/44321

周敦颐

《天池》8/5065 ｜朱熹《山北纪行十二章章八句》其五 44/27615

《宿崇圣》8/5066 ｜彭应求《宿崇圣院》2/856

《暮春即事》8/5066 ｜叶采《书事》63/39858

陈襄

《金华山人》8/5078 ｜无名氏《金华山人》72/45371

《观海》8/5082 ｜蔡襄《游灵峰院龙龛山》7/4833

《寄谢三井山祷雨二首》8/5085 ｜谢雨《三井庙》67/42053

《李侍郎修路》8/5103 ｜陈襃《李侍郎修路》55/34269

《冬至日独游吉祥寺》其一 8/5104 ｜苏轼《冬至日独游吉祥寺》14/9165

《冬至日独游吉祥寺》其二 8/5104 ｜苏轼《后十余日复至》14/9165

《冬至日独游吉祥寺》其三 8/5104 ｜苏轼《吉祥寺僧求阁名》14/9152

《句》其一 8/5104 ｜陈尧佐《吴江》2/1085

韩维

《初春吏隐堂作》8/5109 ｜胡铨《吏隐堂》34/21583

《谒孔先生》8/5120 ｜狄遵度《谒孔先生》4/2313

《早登襄城之龙山呈曼叔》8/5132 ｜刘敞《早发襄城之龙山呈曼叔》9/5749

《和彦猷在华亭赋十题依韵·柘湖》8/5160 ｜赵湘《柘湖》2/890

《答圣俞设脍示客》8/5177 ｜赵湘《答圣俞设脍示客》2/886

《雪》8/5187 ｜胡宿《雪》4/2101

《题余山人壁》8/5188 ｜胡宿《余山人居》4/2062

《水阁》8/5188 ｜胡宿《水馆》4/2061

《江亭晚眺》8/5201 ｜王安石《江亭晚眺》10/6590

《与林大夫谢灵寿杖》8/5245 ｜朱翌《与林大夫谢灵寿杖》33/20849

《春贴子皇帝阁六首（其一其二其三其四）》8/5276 ｜赵湘《皇帝阁春帖子（四首）》2/887

《春贴子皇帝阁六首（其五其六）》8/5276 ｜赵湘《皇帝阁春帖子（二首）》2/888

《太皇太后阁六首（其一其二其三）》8/5276 ｜赵湘《太皇太后阁春帖子（三首）》2/887

《太皇太后阁六首（其四其五其六）》8/5276 ｜赵湘《太皇太后阁春帖子（其一其二其三）》2/888

《太后阁六首（其一其二其三）》8/5277 ｜赵湘《太后阁春帖子（三首）》2/887

《太后阁六首（其四其五其六）》8/5277 ｜赵湘《太皇太后阁春帖子（其四其五其六）》2/888

《皇后阁五首（其一其二其三）》8/5277 ｜赵湘《皇后阁春帖子（三首）》2/888

《皇后阁五首（其四其五）》8/5277 ｜赵湘《皇后阁春帖子（二首）》2/889

《夫人阁四首（其一其二）》8/5277 ｜赵湘《夫人阁春帖子（二首）》2/888

《金山寺》8/5288 ｜胡宿《金山寺》4/2067

《润州》8/5289 ｜胡宿《登润州城》4/2072

《句》其二 8/5290 ｜韩维《和安国天钵拈香》8/5228

《句》其四 8/5290 ｜南北朝谢朓《和徐都曹出新亭渚》

宋禧

《留题洞岩》8/5293 ｜元代宋禧《洞岩》53/376

李周

《华清怀古》其一 8/5294 ｜元代李周《华清》68/57

徐融

《句》8/5298 ｜南唐徐融《句》22/8954

文同

《村居》8/5324 ｜林之奇《村居》37/22967

《过永寿县》8/5347 ｜李石《过永寿县》35/22288

《彭山县君居》8/5354 ｜李石《天彭行县》35/22288

《新晴山月》8/5380 ｜林之奇《新晴山月》37/22967

《送知府吴龙图》8/5385 ｜强至《送知府吴龙图》10/6929

《江原张景通善颂堂》8/5396 ｜袁说友《善颂堂》48/29965

《属疾梧轩》8/5414 ｜林之奇《属疾梧轩》37/22967

《游石门诗》8/5463 ｜安丙《游石门》50/31170

《句》其三 8/5463 ｜晁补之《赠文潜甥杨克一学文与可画竹求诗》19/12792

吕公著

《天津晚步》8/5469 ｜邵雍《天津晚步》7/4580

《和魏教授见赠》8/5470 ｜邵雍《和魏教授见赠》7/4501

《留题龙门二首》其一 8/5470 ｜邵雍《留题龙门》7/4498

《龙门石楼看伊川》8/5470 ｜邵雍《龙门石楼看伊川》7/4498

《二十二日晚步天津次日有诗》8/5470 ｜邵雍《二十二日晚步天津次日有诗》7/4499

《和王常侍登郡楼望山》8/5470 ｜邵雍《追和王常侍登郡楼望山》7/4466

《和王安之六老诗（三首）》8/5471 ｜邵雍《依韵和王安之少卿六老诗仍见率成七（其一其五其七）》7/4592

《寄吴传正寺丞》8/5471 ｜邵雍《代书寄吴传正寺丞》7/4517

《延福坊李太博乞园池诗》8/5471 | 邵雍《延福坊李太博乞园池诗》7/4534

《王安之同赴王宣徽洛社秋会》8/5471 | 邵雍《和王安之同赴府尹王宣徽洛社秋会》7/4622

《归洛寄祖择之龙图》8/5472 | 邵雍《归洛寄郑州祖择之龙图》7/4494

黄庶

《和柳子玉官舍十首》8/5502 | 黄庭坚《和柳子玉官舍十首》17/11602

曾巩

《芙蓉台》8/5560 | 张耒《荷花》20/13418

《送韩玉汝》8/5560 | 李正民《春日城东送韩玉汝赴两浙转运以池塘生春草园柳变鸣禽为韵分得生字》27/17458

《将行陪贰车观灯》8/5611 | 晁补之《将行陪贰车观灯》19/12881

《赴齐州》8/5611 | 晁补之《赴齐道中》19/12884

《千丈岩瀑布》8/5611 | 曾焕《题飞雪亭》53/32845

《薛老亭晚归》8/5612 | 蔡襄《饮薛老亭晚归》7/4794

《句》其二 8/5612 | 王安石《题西太一宫壁二首》其一 10/6683

《句》其四 8/5612 | 唐代孟郊《石淙》其九 11/4211

《句》其五 8/5612 | 唐代孟郊《游韦七洞庭别业》11/4213

第九册

刘敞

《鸡冠花》9/5635 | 梅尧臣《鸡冠花》5/3343

《今古路》9/5646 | 司马光《今古路行》9/6222

《曲水台竹间默坐》9/5650 | 刘敞《曲水台》9/5709

《坐啸亭纳凉》9/5667 | 刘攽《坐啸亭纳凉》11/7085

《示张直温》9/5675 | 林之奇《示张直温》37/22965

《劝思弟于南轩种竹》9/5686 | 宋祁《种竹》4/2347

《代书寄鸭脚子于都下亲友》9/5688 ｜梅尧臣《代书寄鸭脚子于都下亲友》5/3112

《初卜颍州城西新居》9/5700 ｜刘攽《颍州和永叔》11/7133

《种萱》9/5736 ｜刘敞《萱花》9/5906

《朝乘》9/5740 ｜林之奇《朝乘》37/22965

《桐花》9/5743 ｜唐代白居易《云居寺孤桐》13/4657

《早发襄城之龙山呈曼叔》9/5749 ｜韩维《早登襄城之龙山呈曼叔》8/5132

《过王氏弟兄》9/5765 ｜刘攽《过王氏弟兄》11/7137

《去年得澄心堂纸甚惜之辄为一轴邀永叔诸君各赋一篇仍各自书藏以为玩故先以七言题其首》9/5774 ｜刘攽《澄心堂纸》11/7315

《重到谢氏园亭寄裴博士俊叔王主簿宗杰（时裴往淮南诣出京师）》9/5793 ｜刘攽《重到谢氏园亭寄裴博士俊叔王主簿宗杰时裴往淮南王出京师》11/7225

《乏酒》9/5800 ｜喻良能《乏酒》43/26962

《黛陀石马蹄砚》9/5817 ｜刘攽《黛陀石砚》11/7319

《纳凉明教台呈太守》9/5848 ｜刘攽《五月二首》其二 11/7200

《五月望日赴紫宸谒待旦假寐》9/5868 ｜刘攽《五月望日赴紫宸谒待旦假寐》11/7256

《雨后回文》9/5906 ｜刘攽《雨后回文》11/7297

《芍药》9/5906 ｜刘敞《芍药》9/5935

《答钟元达觅藕栽二首》9/5912 ｜刘宰《答钟元达觅藕栽二首》53/33354

《纳凉明教台呈太守》9/5918 ｜刘攽《纳凉明教台》11/7299

《桃花三首》其三 9/5925 ｜释道潜《次韵伯言明发登西楼望桃花》其二 16/10791

《绝句》9/5930 ｜刘攽《新晴》其一 11/7308

《出长芦口》9/5935 ｜刘攽《出长芦口》11/7306

《迎春花》9/5936 ｜王珪《失题》其一 9/5992

《樱桃》9/5936 ｜刘敞《樱桃花开留徐二饮》9/5788

《笋》9/5937 ｜梅尧臣《韩持国遗洛笋》5/3225

《杂诗》9/5937 | 刘敞《杂诗》其五 11/7081

《周节推移曹州此君凡换五幕府》9/5938 | 刘敞《周节推移曹州》11/7207

《戏作二首》9/5940 | 欧阳修《戏刘原甫》6/3803

《诗一首》9/5941 | 刘敞《读杂说小书》9/5714

《赠别长安妓蔡娇》9/5941 | 刘敞《别茶娇》11/7315

《自恩平还题嵩台宋隆馆》9/5942 | 黄公度《自恩平还题嵩台宋隆馆二绝》36/22508

《上书行》9/5945 | 刘敞《上书行》11/7161

《句》其六 9/5945 | 刘子寰《建宁郡斋》59/36812

《句》其八 9/5946 | 刘敞《榴花洞》9/5930

《句》其十 9/5946 | 刘敞《寄橙与献臣》11/7275

《句》其十一 9/5946 | 刘敞《黄橙寄黄翁》11/7310

《句》其一五 9/5946 | 陆游《句》其十 41/25744 | 苏轼《中秋月寄子由三首》其二 14/9261

王珪

《皇帝冬至御大庆殿举一盏酒奏庆云之曲》9/5948 | 郊庙朝会歌辞《熙宁中朝会三首·皇帝初举酒用〈庆云〉》71/44991

《皇帝冬至御大庆殿举二盏酒奏嘉禾之曲》9/5948 | 郊庙朝会歌辞《朝会》其二 71/45035

《白鹭亭》9/5948 | 王琪《秋日白鹭亭向夕有感》4/2135

《和梅圣俞感李花》9/5950 | 王安石《李花》10/6782

《金陵怀古二首》其一 9/5968 | 王安石《和金陵怀古》10/6765

《金陵怀古二首》其二 9/5968 | 张耒《金陵怀古》20/13201

《登悬瓠城感吴季子》9/5969 | 张耒《登悬瓠城感吴李事》20/13206

《登海州楼》9/5969 | 张耒《登海州城楼》20/13190

《寄公辟》9/5975 | 郑獬《寄程公辟》10/6873

《依韵和蔡枢密岷洮恢复部落迎降》9/5984 | 王安石《次韵王禹玉平戎庆捷》

10/6777

《送程公辟给事出守会稽（兼集贤殿修撰）》9/5985 ｜郑獬《送程公辟给事出守会稽兼集贤殿修撰》10/6873

《奉诏赴琼林苑燕饯太尉潞国文公出镇西都》9/5986 ｜郑獬《奉诏赴琼林苑燕饯太尉潞国文公出镇西都》10/6872

《送公辟给事自州致政归吴中》9/5987 ｜郑獬《送公辟给事自青州致政归吴中》10/6873

《失题》其一 9/5992 ｜刘敞《迎春花》9/5936

《立春内中帖子词·皇帝阁》9/5992 ｜王曾《皇帝阁立春帖子》3/1589

《宫词·三二至六七》9/5998 ｜唐代花蕊夫人《宫词》23/8977

《句》其一 9/6006 ｜王珪《集英殿皇子降生大燕教坊乐语口号》9/6002

《句》其二 9/6006 ｜唐代王廷珪《句》22/8955

《句》其五 9/6006 ｜郑獬《春尽二首》其二 10/6863

《句》其七 9/6006 ｜王珪《失题》其二 9/5992

司马光

《送兴宗之丹阳》9/6029 ｜刘敞《送邵兴宗之丹阳》11/7121

《和君倚日本刀歌》9/6036 ｜欧阳修《日本刀歌》6/3761

《又和秋怀》9/6052 ｜范镇《秋怀答司马君实》6/4258

《留别东郡诸僚友》五首 9/6089 ｜梅挚《留别东郡诸僚友》五首 3/2042

《题杨中正供奉洗心堂 9/6100 ｜吕天策《为杨中正供奉题》22/14964

《李花》9/6132 ｜董嗣杲《李花二首》其二 68/42722

《和聂之美重游东郡二首》其一 9/6135 ｜赵鼎《和聂之美重游东郡》28/18432

《赠邵尧夫》9/6176 ｜司马光《别一章改韵同五诗呈尧夫》9/6223

《望日示康广宏》9/6192 ｜范纯仁《望日示康广宏》11/7464

《光诗首句云饱食复闲眠又成二章·右闲眠》9/6198 ｜王之道《闲眠二首》其二 32/20192

《其夕宿独乐园诘朝将归赋诗》9/6207 ｜文彦博《宿独乐园诘朝将归》6/3551

《又和上元日游南园赏梅花》9/6212 ｜司马槱《和上元日游南园赏梅花》22/14387

《和潞公行及白马寺得留守相公书云名园例惜好花以俟同赏诗二章》9/6214 ｜范纯仁《文潞公谢事归洛二首》11/7445

《今古路行》9/6222 ｜刘敞《今古路》9/5646

《次韵谢杜祁公借观五老图》9/6225 ｜欧阳修《借观五老诗次韵为谢》6/3694

《句》其二 9/6225 ｜梅尧臣《依韵和永叔戏作》5/3248

《句》其三 9/6225 ｜司马光《春贴子词夫人阁四首》其二 9/6171

《句》其六 9/6226 ｜唐代白居易《迂叟》14/5175

《句》其十 9/6226 ｜唐代鲍防《送薛补阙入朝》10/3485

《句》其十一 9/6226 ｜唐代温庭筠《溪上行》17/6720

鲜于侁

《送确公长老住灵岩》9/6237 ｜王临《灵岩》11/7385

宋敏求

《送客西陵》9/6241 ｜王安国《送客至西陵作》11/7539 ｜吴处厚《送客西陵》11/7330

韩缜

《句》其二 9/6248 ｜韩绛《送周知监》其一 7/4842

王皙

《句》其一 9/6250 ｜傅尧俞《寄王微之》11/7354

许抗

《麻姑山》9/6251 ｜许杭《咏麻姑山》72/45655

《读唐中兴颂》9/6251 ｜毛杭《读唐中兴颂》13/9042 ｜吴杭《磨崖颂》72/45611

张公庠

《晚春途中》9/6262 ｜晏幾道《晚春》12/8001

朱明之

《岁暮呈王介甫平甫》9/6264 ｜王令《岁暮呈王介甫平甫》12/8187

《尘土呈介甫》9/6264 ｜王令《尘土呈介甫》12/8187

《羁旅呈王介甫》9/6264 ｜王令《羁旅呈介甫》12/8191

《次韵介甫怀舒州山水见示之什》9/6264 ｜王令《次韵介甫怀舒州山水见示之什》12/8191

《因忆潜楼读书之乐呈介甫》9/6264 ｜王令《因忆潜楼读书之乐呈介甫》12/8191

《寄王荆公忆江阴》9/6264 ｜王令《忆江阴呈介甫》12/8190

李山甫

《牡丹》其一 9/6267 ｜唐代李山甫《牡丹》19/7377

《牡丹》其二 9/6267 ｜方惟深《牡丹》15/10187

《句》其一 9/6268 ｜唐代李山甫《下第出春明门》19/7375

《句》其二 9/6268 ｜唐李山甫《赠弹琴李处士》19/7367

胡幽贞

《归四明》9/6276 ｜唐代胡幽贞《归四明》22/8721

张徽

《伏承君仪使君郎中宠示佳什谨次严韵》9/6277 ｜张徽《惠应庙》9/6277

张载

《别后寄吕子进》9/6282 ｜张举《吕子进知睦州予追送累日别后寄之》17/11749 ｜张惇《送别吕子进自中舍出知睦州》22/14652

《游山寺》9/6282 ｜张举《游山寺》17/11749

《克己复礼》9/6283 ｜吕大临《克己》18/11760

《绝句》9/6283 ｜朱熹《兼山阁雨中》44/27494

《虞帝庙乐歌辞》9/6285 ｜朱熹《虞帝庙迎送神乐歌辞》44/27462

《岳阳书事》9/6285 ｜杨时《岳阳书事》19/12930

《忆别》9/6286 ｜吕本中《济阴寄故人》28/18074

《牧牛儿》9/6286 ｜吕本中《牧牛儿》28/18111

《书斋自儆》9/6287 ｜杨时《和陈莹中了斋自警六绝》其一 19/12952

《合云寺书事三首》9/6287 ｜杨时《含云寺书事六绝句（后三首）》19/12953

《刘阳归鸿阁》9/6287 ｜杨时《浏阳五咏·归鸿阁》19/12954

《江上夜行》9/6287 ｜杨时《江上夜行》19/12956

《登岘首阻雨四首》9/6287 ｜杨时《登岘首阻雨四首》19/12956

《诸宫观梅寄胡康侯》9/6287 ｜杨时《诸宫观梅寄康侯》19/12949

《春晚（二首）》9/6288 ｜杨时《春晓》19/12958

《闲居书事》9/6288 ｜杨时《闲居书事》19/12953

《一室》9/6289 ｜陆游《一室》39/24621

《赠司马君实》9/6290 ｜程颢《赠司马君实》12/8235

《句（其三其四）》9/6290 ｜张举《句》其一 17/11749

《句》其五 9/6291 ｜张举《句》其二 17/11749

《句》其七 9/6291 ｜陆游《雨中泊赵屯有感》39/24281

《句》其八 9/6291 ｜晋张载《泛湖诗》

《句》其九 9/6291 ｜唐代杜甫《奉观严郑公厅事岷山沱江画图十韵》7/2485

王陶

《相公竹》9/6292 ｜李逢《莱公竹》13/8715

谢景初

《句》其二 9/6298 ｜谢景初《寻余姚上林湖山》9/6295

孙永

《清明》9/6299 ｜张伯玉《清明日》7/4742

滕元发

《寄越州范希文太守》9/6300 ｜滕宗谅《寄会稽范希文》3/1974

《结客》9/6300 ｜黄庭坚《结客》17/11736

《句》其四 9/6301 ｜郑獬《月波楼》10/6864

释法泉

《偈七首》其二 9/6303 ｜ 释妙伦《偈颂八十五首》其一三 62/38897 ｜ 南唐失名僧《月》24/9630

第十册

苏颂

《三月二日奉诏赴西园曲宴席上赋呈致政开府太师三首》10/6399 ｜ 张孝祥《三月二日奉诏赴西园曲宴席上赋呈致政开府太师三首》32/20516

《正月一日皇帝御大庆殿受文武百僚朝贺行上寿之仪乐章曲名·皇帝举第一盏酒奏灵芝之曲》10/6440 ｜ 郊庙朝会歌辞《元符大朝会三首·皇帝初举酒用〈灵芝〉》71/44991

《正月一日皇帝御大庆殿受文武百僚朝贺行上寿之仪乐章曲名·皇帝举第二盏酒奏寿星之曲》10/6440 ｜ 郊庙朝会歌辞《元符大朝会三首·再举酒用〈寿星〉》71/44991

《正月一日皇帝御大庆殿受文武百僚朝贺行上寿之仪乐章曲名·皇帝举第三盏酒奏甘露之曲》10/6440 ｜ 郊庙朝会歌辞《元符大朝会三首·三举酒用〈甘露〉》71/44991

崔唐臣

《书刺末》10/6444 ｜ 洪迈《诗一首》38/24008

潘兴嗣

《句》其二 10/6451 ｜ 潘阆《句》其六 1/632

钱公辅

《若耶溪》10/6452 ｜ 谢景温《若耶溪》10/6799

吴充

《岁日书事》10/6455 ｜ 张伯玉《正旦呈诸僚友》7/4742

张伯端

《赠白龙洞刘道人歌》10/6471 ｜ 唐代吕岩《寄白龙洞刘道人》24/9707

王安石

《梦黄吉甫》10/6484 ｜ 胡仲弓《梦黄吉甫》63/39739

《跋黄鲁直画》10/6496 ｜ 葛胜仲《跋黄鲁直画》24/15702

《杂咏八首》其六 10/6501 ｜ 王令《杂诗》其一 12/8133

《杂咏八首》其七 10/6501 ｜ 王令《杂诗》其二 12/8133

《奉使道中寄育王山长老常坦》10/6511 ｜ 欧阳修《奉使道中寄坦师》6/3763

《杂咏三首》其一 10/6512 ｜ 林之奇《杂咏》37/22966

《赠陈君景初》10/6515 ｜ 郭祥正《赠陈医》13/8830

《和圣俞农具诗十五首·田漏》10/6551 ｜ 林之奇《田漏》37/22966

《次韵游山门寺望文脊山》10/6558 ｜ 吴季野《游山门寺望文脊山》5/3345

《答客》10/6569 ｜ 王令《答友》12/8134

《太白岭》10/6571 ｜ 宋高宗《赐刘能真三首》其二 35/22220

《岁晚》10/6576 ｜ 王迈《岁晚》57/35755

《江亭晚眺》10/6590 ｜ 韩维《江亭晚眺》8/5201

《还家》10/6593 ｜ 蒋之奇《游慧山》12/8027

《送河间晁寺丞》10/6599 ｜ 文天祥《送河间晁寺丞》68/43122

《送程公辟得谢归姑苏》10/6606 ｜ 秦观《呈公辟》18/12142

《次韵再游城西李园》10/6651 ｜ 欧阳修《和陆子履再游城西李园》6/3694

《每见王太丞邑事甚冗而剸剧之暇犹能过访山馆兼出佳篇为赠仰叹才力因成小诗》10/6673 ｜ 彭汝砺《简王大丞》16/10641

《南浦》10/6678 ｜ 詹慥《南浦》34/21460

《秋兴有感》10/6679 ｜ 宋宁宗《题马远踏歌图》54/33759

《梦长》10/6683 ｜ 王安礼《梦长》13/8692

《竹里》10/6687 ｜ 释显忠《闲居》12/7902

《春江》10/6710 ｜ 方惟深《谒荆公不遇》15/10185

《别和甫赴南徐》10/6726 ｜宋高宗《崇恩显义院五首》其二 35/22215

《龙泉寺石井二首》其一 10/6730 ｜白玉蟾《龙井》60/37679 ｜陈辅《山居》其二 10/6793 ｜文天祥《题古砚》68/43120

《初晴》10/6738 ｜郑獬《雪晴》10/6879

《嘲叔孙通》10/6738 ｜宋祁《咏叔孙通》4/2617

《次韵和张仲通见寄三绝句》其一 10/6739 ｜宋高宗《题马远画册五首》其三 35/22218

《天童山溪上》10/6740 ｜王令《溪上》12/8187

《鸥》10/6743 ｜欧阳修《鹎》6/3795

《明堂乐章二首·歆安之曲》10/6764 ｜郊庙朝会歌辞《元符亲享明堂十一首·彻豆用〈歆安〉》71/44870

《明堂乐章二首·皇帝还大次憩安之曲》10/6764 ｜郊庙朝会歌辞《元符亲享明堂十一首·归大次用〈憩安〉》71/44870

《和金陵怀古》10/6765 ｜王珪《金陵怀古二首》其一 9/5968

《寄程给事》10/6766 ｜赵抃《登望越亭寄程给事》6/4193

《寄国清处谦》10/6766 ｜赵湘《寄国清处谦》2/890

《送致政朱郎中东归》10/6767 ｜欧阳修《送致政朱郎中》6/3785

《杭州呈胜之》10/6768 ｜王安国《杭州呈胜之》11/7532

《寄慎伯筠》10/6773 ｜王令《赠慎东美伯筠》12/8077

《汝瘿和王仲仪》10/6773 ｜梅尧臣《和王仲仪咏瘿二十韵》5/2890

《三月十日韩子华招饮归城》10/6774 ｜梅尧臣《三月十日韩子华招饮归城》5/3068

《勿去草》10/6774 ｜杨杰《勿去草》12/7848

《江邻几邀观三馆书画》10/6776 ｜梅尧臣《二十四日江邻几邀观三馆书画录其所见》5/3074

《次韵王禹玉平戎庆捷》10/6777 ｜王珪《依韵和蔡枢密岷洮恢复部落迎降》9/5984

《春怨》10/6777 │ 王令《春怨》12/8164

《杂咏》10/6778 │ 刘敞《临昆亭》9/5862

《楼上望湖》10/6778 │ 王令《楼上望湖》12/8169

《海棠》10/6782 │ 王禹偁《商山海棠》2/718

《李花》10/6782 │ 王珪《和梅圣俞感李花》9/5950

《石竹花》10/6782 │ 林逋《山舍小轩有石竹二丛闃然秀发因成二章》其一 2/1219

《桑》10/6782 │ 文同《采桑》8/5310

《和叔才岸傍古庙》10/6782 │ 梅尧臣《和才叔岸傍古庙》5/2746

《同应之登大宋陂》10/6783 │ 张耒《同应之登大宋陂》20/13386

《题回峰寺诗》10/6783 │ 王曙《回峰院留题》2/1080

《将赴南徐任游茅山有作》10/6783 │ 范仲淹《移丹阳郡先游茅山作》3/1900

《送王郎中知江阴》10/6783 │ 梅尧臣《送王郎中知江阴》5/3261

《句》其二 10/6784 │ 唐代无名氏《句》23/8965

《句》其五 10/6785 │ 王安石《寄题思轩》10/6633

《句》其七 10/6785 │ 苏轼《答仲屯田次韵》14/9261

《句》其十二 10/6785 │ 苏轼《荆州十首》其七 14/9097

《句》其十三 10/6785 │ 王安石《如归亭顺风》10/6568

《句》其十四 10/6785 │ 赵鼎臣《代拟和御制睿思殿赐宴赏金橘诗》22/14909

陈辅

《山居》其一 10/6793 │ 明代唐寅《题画》

《山居》其二 10/6793 │ 王安石《龙泉寺石井二首》其一 10/6730 │ 白玉蟾《龙井》60/37679 │ 文天祥《题古砚》68/43120

冯京

《句》其五 10/6797 │ 王安石《寄石鼓寺陈伯庸》10/6670

谢景温

《若耶溪》10/6799 │ 钱公辅《若耶溪》10/6452

张经

《潇湘八景诗》10/6803 ｜元代张经《潇湘八景诗》13/434

《王质过洞庭》10/6804 ｜王质《过洞庭》46/28895

鲁某

鲁某 10/6808 ｜鲁交 7/4891

《游安乐山》10/6808 ｜鲁交《游安乐山》7/4891

《句》其二 10/6808 ｜鲁交《句》其一 7/4893

赵世延

《寄夹山芳别圃》10/6815 ｜元代赵世延《寄夹山芳别圃》19/338

郑獬

《春日陪杨江宁宴感古作》10/6827 ｜唐代李白《春日陪杨江宁及诸官宴北湖感古作》5/1826

《后阁四松》10/6850 ｜唐代郑澣《中书相公任兵部侍郎日后阁植四松逾数年澣忝此官因献拙什》11/4141

《夜怀》10/6860 ｜杨亿《独怀》3/1420

《樵李亭》10/6864 ｜仇远《樵李亭》70/44251

《雨夜怀唐安》10/6867 ｜陆游《雨夜怀唐安》39/24328

《奉诏赴琼林苑燕饯太尉潞国文公出镇西都》10/6872 ｜王珪《奉诏赴琼林苑燕饯太尉潞国文公出镇西都》9/5986

《送程公辟给事出守会稽兼集贤殿修撰》10/6873 ｜王珪《送程公辟给事出守会稽（兼集贤殿修撰）》9/5985

《寄程公辟》10/6873 ｜王珪《寄公辟》9/5975

《送公辟给事自青州致政归吴中》10/6873 ｜王珪《送公辟给事自州致政归吴中》9/5987

《庄鹓辞海》10/6878 ｜郑獬《行旅》10/6894

《再赋如山》10/6878 ｜姜特立《再赋如山》38/24167

《雪晴》10/6879 ｜王安石《初晴》10/6738

《采江》10/6880 ｜ 释绍嵩《散策》其二 61/38648

《赤壁》10/6884 ｜ 王周《赤壁》3/1762

《遣兴勉友人》10/6887 ｜ 张咏《遣兴勉友人》1/550

《酒寄郭祥正》10/6889 ｜ 贾朝奉《白玉泉酒遗李端叔》17/11295

《紫花砚》10/6894 ｜ 郑魁《端砚铭》71/45048

《梅花》10/6895 ｜ 梅尧臣《依韵诸公寻灵济重台梅》5/3119

《闵雨》10/6896 ｜ 陆游《闵雨》39/24521

《送吴中复镇长沙》10/6896 ｜ 郭獬《送吴中复守长沙》7/4710

《句》其一 10/6897 ｜ 洪适《盘洲杂韵上·木兰》37/23494

《句》其五 10/6897 ｜ 陆游《秋日闻蝉》39/24540

强至

《贺陈右司生辰》10/6908 ｜ 韩驹《上陈莹中右司生日诗》25/16580

《送知府吴龙图》10/6929 ｜ 文同《送知府吴龙图》8/5385

《上何太宰生日二首》10/6958 ｜ 韩驹《上何太宰生辰诗二首》25/16642

《奉和尧夫》10/7057 ｜ 王益柔《奉和尧夫》8/5016

《句》其一 10/7064 ｜ 强至《送王明叟起秀州法掾》10/6958

陆珪

《书壁》10/7067 ｜ 陈轸《七岁作》3/1745

第十一册

刘攽

《杂诗》其五 11/7081 ｜ 刘敞《杂诗》9/5937

《坐啸亭纳凉》11/7085 ｜ 刘敞《坐啸亭纳凉》9/5667

《引泉诗睦州龙兴观老君院作》11/7119 ｜ 唐代陆龟蒙《引泉诗》18/7131

《送邵兴宗之丹阳》11/7121 ｜ 司马光《送兴宗之丹阳》9/6029

《颍州和永叔》11/7133 ｜ 刘敞《初卜颍州城西新居》9/5700

《过王氏弟兄》11/7137 ｜ 刘敞《过王氏弟兄》9/5765

《送王仲素寺丞归潜山》11/7138 ｜ 苏辙《赠致仕王景纯寺丞》15/9909

《上书行》11/7161 ｜ 刘敞《上书行》9/5945

《五月二首》其二 11/7200 ｜ 刘敞《纳凉明教台呈太守》9/5848

《周节推移曹州》11/7207 ｜ 刘敞《周节推移曹州此君凡换五幕府》9/5938

《重到谢氏园亭寄裴博士俊叔王主簿宗杰时裴往淮南王出京师》11/7225 ｜ 刘敞《重到谢氏园亭寄裴博士俊叔王主簿宗杰（时裴往淮南王诣京师）》9/5793

《五月望日赴紫宸谒待旦假寐》11/7256 ｜ 刘敞《五月望日赴紫宸谒待旦假寐》9/5868

《雨后回文》11/7297 ｜ 刘敞《雨后回文》9/5906

《纳凉明教台》11/7299 ｜ 刘敞《纳凉明教台呈太守》9/5918

《题湛上人院画松》11/7302 ｜ 唐代刘商《与湛上人院画松》10/3462

《出长芦口》11/7306 ｜ 刘敞《出长芦口》9/5935

《新晴》其一 11/7308 ｜ 刘敞《绝句》9/5930

《考试毕登铨楼》11/7310 ｜ 梅尧臣《考试毕登铨楼》5/3342

《澄心堂纸》11/7315 ｜ 刘敞《去年得澄心堂纸甚惜之辄为一轴邀永叔诸君各赋一篇仍各自书藏以为玩故先以七言题其首》9/5774

《别茶娇》11/7315 ｜ 刘敞《赠别长安妓蔡娇》9/5941

《大安病酒留半日王守复来招不往送酒解酲因小饮江月馆》11/7317 ｜ 陆游《大安病酒留半日王守复来招不往送酒解酲因小饮江月馆》39/24306

《双桥道中寒堪》11/7319 ｜ 陆游《双桥道中寒甚》39/24476

《黛陀石砚》11/7319 ｜ 刘敞《黛陀石马蹄砚》9/5817

《句》其二 11/7319 ｜ 刘敞《萧山舍弟将发南都以诗候之》9/5831

《句（其五其六）》11/7320 ｜ 刘敞《游平山堂寄欧阳永叔内翰》9/5883

《句》其七 11/7320 ｜ 刘攽《送刘四畋二首》其二 11/7221

《句》其十一 11/7320 ｜ 刘攽《泛舟》11/7222

《句》其十五 11/7320 ｜ 刘攽《和裴库部十二韵》11/7274

李观

《渔父二首》其一 11/7321 ｜唐代张志和《渔父》10/3492

《渔父二首》其二 11/7321 ｜唐代李梦符《渔父引》其一 24/9730

《震山岩》11/7321 ｜李觏《震山岩》7/4357

《化成岩》11/7322 ｜陆经《化成岩》7/4882

吴处厚

《九江琵琶亭》11/7330 ｜王安国《题琵琶亭》11/7539

《送客西陵》11/7330 ｜宋敏求《送客西陵》9/6241 ｜王安国《送客至西陵作》11/7539

周镛

《五洩山》11/7345 ｜唐代周镛《诸暨五泄山》21/8331

王无咎

《集村行》11/7350 ｜李觏《村行》7/4316

刘孝孙

《黄河》11/7352 ｜唐代刘孝孙《早发成皋望河》2/453

《句》11/7352 ｜刘季孙《句》其一 12/8372

傅尧俞

《寄王微之》11/7354 ｜王晳《句》其一 9/6250

释法演

《句》其一 11/7356 ｜释如净《偈颂三十八首》其八 52/32366 ｜唐代齐己《春寄尚颜》24/9568

释守端

《偈七首》其二 11/7359 ｜释心月《偈颂一百五十首》其四 60/37688

《偈七首》其五 11/7359 ｜释昙华《偈颂六十首》其三八 34/21667

释悟真

《偈五首》其二 11/7364 ｜释安民《偈二首》其二 29/18473

《偈五首》其三 11/7365 ｜释智愚《偈颂十七首》其一三 57/35961 ｜释云《偈

颂二十九首》其一二 35/22054 ｜释慧开《颂古四十八首》其二七 57/35680

俞紫芝

《松风》11/7376 ｜释德洪《补秀老遗》23/15380

《吴兴》11/7377 ｜周紫芝《湖州》26/17433

王临

《灵岩》11/7385 ｜鲜于侁《送确公长老住灵岩》9/6237

杨绘

《寿山》11/7387 ｜元代杨绘《寿山》66/292

《句》其七 11/7388 ｜欧阳修《三桥诗·宜远》6/3688

邓润甫

《句》其三 11/7393 ｜洪适《盘洲杂韵上·含笑》37/23493

范纯仁

《和吴仲庶龙图西园海棠》11/7428 ｜张冕《西园海棠》14/9738

《和郭昌朝寺丞见寄二首》11/7439 ｜宋庠《次韵和郭昌朝寺丞见寄二首》4/2282

《文潞公谢事归洛二首》11/7445 ｜司马光《和潞公行及白马寺得留守相公书云名园例惜好花以俟同赏诗二章》9/6214

《卢通议挽词三首》11/7460 ｜毕仲游《挽卢革通议三首》18/11921

《望日示康广宏》11/7464 ｜司马光《望日示康广宏》9/6192

《寄西京张法曹》11/7465 ｜欧阳修《寄西京张法曹》6/3672

《句》其一 11/7465 ｜邵雍《月陂闲步》7/4582

《句》其三 11/7465 ｜范纯仁《寒食日泛舟》11/7408

刘公弼

《句》11/7470 ｜刘弼《句》72/45499

张思

《碧玉峡》11/7476 ｜傅伯寿《碧玉峡》46/28964

李中

《宿临江驿》11/7477｜南唐李中《宿临江驿》21/8533

黄好谦

《题淮阴侯庙》11/7481｜钱昆《题淮阴侯庙》2/1183

王观

《醉眠亭》11/7492｜张先《醉眠亭》3/1935

杨则之

《早梅》11/7495｜唐代崔道融《梅花》21/8202

沈遘

《南漪堂》11/7512｜沈与求《南漪堂》29/18802

《十一月二十二日朝辞》11/7519｜李复《十一月二十二日朝辞》19/12425

王安国

《池上春日》11/7531｜林逋《池上春日》2/1209

《春阴》11/7531｜林逋《春阴》2/1217

《杭州呈胜之》11/7532｜王安石《杭州呈胜之》10/6768

《西湖春日》11/7534｜林逋《西湖春日》2/1209

《诗一首》11/7537｜王介《出知湖州》12/8053

《送客至西陵作》11/7539｜宋敏求《送客西陵》9/6241｜吴处厚《送客西陵》11/7330

《题琵琶亭》11/7539｜吴处厚《九江琵琶亭》11/7330

《句》其三 11/7539｜唐代崔莺莺《寄诗》23/9002

《句》其八 11/7540｜王安石《次韵平甫金山会宿寄亲友》10/6649

《句》其十一 11/7540｜王令《忆润州葛使君》12/8162

《句》其十二 11/7540｜徐信《句》10/7073｜陈知默《句》其一 11/7729 名

《句》其十七 11/7540｜黄庭坚诗《王厚颂二首》其二 17/11708

《句》其十八 11/7540｜黄庭坚《题胡逸老致虚庵》17/11421

孔宗翰

《谒赣上东江祠祈雨有作》11/7542｜孔平仲《题赣州嘉济庙祈雨感应》16/10852

徐积

《上赵少师》11/7559｜赵抃《上赵少师》6/4250

《琼花歌》11/7562｜韩似山《聚八仙花歌赠江淮肥遁子》64/40391

《和蹇受之·右笑》11/7659｜晁说之《笑》21/13769

《赠探花郎》11/7674｜黄裳《赠探花郎》16/11115

《海棠花》11/7688｜曹彦约《海棠》51/32176

《贫仙》11/7698｜晁说之《节孝处士徐先生》21/13726

《老仙》11/7703｜晁说之《咏老》21/13705

《谪仙》11/7706｜晁说之《蓬莱仙》21/13705

胡宗愈

《凫鹥亭》11/7735｜元代胡宗愈《凫鹥亭》66/433

罗适

《崇教寺筠轩》11/7737｜左誉《崇教寺筠轩》25/16572

第十二册

吕陶

《范才元参议求酒于延平使君邀予同赋谨次其韵》12/7769｜张元干《范才元参议求酒于延平使君邀予同赋谨次其韵》31/19904

《致政侍郎知郡学士赓和诗凡数篇谨用元韵寄呈知郡学士》12/7802｜彭汝砺《致政侍郎知郡学士赓和诗凡数篇谨用元韵寄呈知郡学士》16/10506

《次韵分司南京李诚之待制求酒二首》12/7827｜苏辙《次韵分司南京李诚之待制求酒二首》15/9890

朱诗

《句》12/7834 ｜杜耒《寒夜》54/33637

赵文昌

《自金山泛舟至焦山饮吸江亭》12/7838 ｜元代赵文昌《自金山放船至焦山饮于吸江亭》8/216

《天目山》12/7839 ｜元代赵文昌《题西天目》8/217

石齐老

《天尊铜像》12/7841 ｜释道颜《颂古二十首》其六 32/20320

杨杰

《潜山行》12/7848 ｜徐俯《游潜峰二首》其一 24/15833

《勿去草》12/7848 ｜王安石《勿去草》10/6774

《凌云行》12/7851 ｜张商英《凌云行》16/11007

《游北山》12/7862 ｜杨蟠《杂题》8/5047

《天台思古》12/7879 ｜赵湘《天台思古》2/890

《龙鼻井》12/7882 ｜苏轼《次韵杨次公惠径山龙井水》14/9429

《金尺石》12/7887 ｜唐代施肩吾《金尺石》15/5590

《蕙花》12/7888 ｜苏轼《题杨次公蕙》14/9428

《春兰》12/7888 ｜苏轼《题杨次公春兰》14/9428

《朱氏天和堂》其二 12/7889 ｜赵挺之《朱氏天和堂》15/10184

《望仙曲》12/7890 ｜张商英《望仙曲》16/11006

《朝真步虚词》12/7891 ｜张商英《步虚词》16/11008

《句》其一 12/7892 ｜杨埙《郎官岩》3/1587

苏氏

《句》12/7895 ｜苏洵《自尤并叙》7/4372

李古

《凉轩》12/7895 ｜元代李古《凉轩》66/326

释显忠

《闲居》12/7902 ｜王安石《竹里》10/6687

刘文毅

《赠欧阳沂》12/7906 ｜刘祕《赠欧阳沂》18/12170

黄曦

《寄李先生》12/7908 ｜黄晞《寄李先生》3/1837

刘挚

《自福严至后洞记柳书弥陀碑》12/7933 ｜刘贽《游后洞诗》7/4900

《出都二首》其二 12/7958 ｜陆游《出都》39/24263

《和王定国》12/7970 ｜黄庭坚《次韵清虚》17/11594

《次韵王定国怀南都上元》12/7970 ｜黄庭坚《次韵公秉子由十六夜忆清虚》17/11594

《三老堂》12/7998 ｜胡彦国《三老堂》37/23222

《句》其四 12/7998 ｜刘贽《禹碑》7/4900

晏幾道

《公仪招观画》12/8000 ｜梅尧臣《依韵和公仪龙图招诸公观舞及画三首》其三 5/3228

《七夕》12/8001 ｜晏殊《七夕》3/1947

《晚春》12/8001 ｜张公庠《晚春途中》9/6262

孔夷

《句》其三 12/8003 ｜唐代杜牧《初冬夜饮》16/5971

《句》其四 12/8003 ｜陆游《马上作》39/24667

韩晋卿

《洪山》12/8005 ｜韩伯修《洪山》62/39124

沈括

《赠故乡人》12/8014 ｜陈藻《赠故乡人》12/8014

《润州甘露寺》12/8014 ｜张先《润州甘露寺》3/1934

《贺仲雨斗门》12/8017 ｜陈藻《贺仲雨斗门》50/31326

《自题水阁绝句》12/8017 ｜胡仔《咏苕溪水阁》36/22528

《句》其四 12/8018 ｜范仲淹《和章岷从事斗茶歌》3/1868

《寄赠舒州徐处士》12/8019 ｜沈辽《寄赠舒州徐处士》12/8251

《游二禅师道场》12/8019 ｜释仲皎《游西白山一禅师二禅师道场》34/21336

蒋之奇

《即事》12/8022 ｜陆游《即事》39/24316

《菖蒲涧》12/8026 ｜古成之《五仙观二首》其一 1/584

《游慧山》12/8027 ｜王安石《还家》10/6593

《爱山堂（其一其二其三）》12/8027 ｜李传正《通山（其一其二其三）》33/20902

《琴高台怀古》其一 12/8032 ｜清代梅清《琴溪》（清代梅清《瞿山诗略》卷三）

《苍玉洞》12/8036 ｜宋思远《汀州》50/31352

《按行分宜》12/8037 ｜赵文《次分宜》68/43252

郎几

《凉轩》12/8046 ｜元代郎几《凉轩》66/333

李鹏

《凉轩》12/8050 ｜元代李鹏《凉轩》66/325

王介

《出知湖州》12/8053 ｜王安国《诗一首》11/7537

齐谌

《和刘谊老君岩韵》其二 12/8055 ｜钱师孟《真仙岩二首》其二 18/12165

袁毂

《句》其四 12/8058 ｜叶仪凤《句》37/23236

焦千之

《偃松》12/8063 ｜释道章《偃松》72/45559

李孝伯

《晚泊凤凰驿次韵蒋颖叔》12/8064 ｜李孝博《次蒋颖叔韵》18/11947

王令

《赠慎东美伯筠》12/8077 ｜王安石《寄慎伯筠》10/6773

《秋怀》12/8104 ｜林之奇《秋怀》37/22966

《举举媚学子》12/8105 ｜林之奇《举举媚学子》37/22966

《杂诗》其一 12/8133 ｜王安石《杂咏八首》其六 10/6501

《杂诗》其二 12/8133 ｜王安石《杂咏八首》其七 10/6501

《答友》12/8134 ｜王安石《答客》10/6569

《呼鸡》12/8142 ｜林之奇《呼鸡》37/22966

《春怨》12/8164 ｜王安石《春怨》10/6777

《约僧宿北山庵先寄平甫》12/8167 ｜杨蟠《约冲晦宿东山禅寺精舍先寄》8/5034

《对月》12/8168 ｜毛滂《对月》21/14113

《楼上望湖》12/8169 ｜王安石《楼上望湖》10/6778

《赠裴仲卿》12/8174 ｜郭祥正《赠裴泰辰先生》13/8949

《岁暮呈王介甫平甫》12/8187 ｜朱明之《岁暮呈王介甫平甫》9/6264

《尘土呈介甫》12/8187 ｜朱明之《尘土呈介甫》9/6264

《溪上》12/8187 ｜王安石《天童山溪上》10/6740

《忆江阴呈介甫》12/8190 ｜朱明之《寄王荆公忆江阴》9/6264

《羁旅呈介甫》12/8191 ｜朱明之《羁旅呈王介甫》9/6264

《次韵介甫怀舒州山水见示之什》12/8191 ｜朱明之《次韵介甫怀舒州山水见示之什》9/6264

《因忆潜楼读书之乐呈介甫》12/8191 ｜朱明之《因忆潜楼读书之乐呈介甫》9/6264

释义青

《第九十六德山上堂颂》12/8226 ｜释正觉《颂古二十一首》其一三 31/19888

程颢

《赠司马君实》12/8235 ｜张载《赠司马君实》9/6290

《秋日偶成二首》其二 12/8237 ｜朱熹《秋日成诗》44/27659 ｜程颐《秋日偶成》12/8374

《夏》12/8240 ｜陆游《初夏》39/24510

沈辽

《寄赠舒州徐处士》12/8251 ｜沈括《寄赠舒州徐处士》12/8019

《清晨》12/8254 ｜苏轼《富阳道中》14/9615

《沧洲亭怀古》12/8283 ｜林之奇《沧洲亭怀古》37/22969

刘恕

《题灵山寺》12/8329 ｜游少游《宝云院》46/28603

卢秉

《绝句》12/8330 ｜许景衡《寄卢中甫四首》其二 23/15585

《宫词十首》其八 12/8331 ｜杨皇后《宫词》其二十 53/32890 ｜无名氏《宫词二首》其一 72/45556

《宫词十首（其八其九）》12/8331 ｜无名氏《宫词二首》72/45556

《宫词十首》其十 12/8331 ｜杨皇后《宫词》其二一 53/32890

释了元

《句》其二 12/8334 ｜苏轼《风折松联句》14/9632

《句》其三 12/8335 ｜苏轼《联句嘲僧》15/10159

李清臣

《句》其二 12/8337 ｜赵善湘《句》54/33989

释净端

《答陆蒙老韵》12/8341 ｜陆蒙老《赴官晋陵别端禅师》30/19436

刘季孙

《郑令狐明府》12/8370 ｜唐代皇甫冉《送令狐明府》25/9972

《句》其一 12/8372 ｜刘孝孙《句》11/7352

程颐

《秋日偶成》12/8374 ｜朱熹《秋日成诗》44/27659 ｜程颢《秋日偶成二首》其二 12/8237

丰稷

《朱氏天和堂》12/8378 ｜陈瑾《超果亮师假还山》其二 20/13472

徐守信

《诗一首》12/8381 ｜无名氏《金鳌山善际寺题壁》其一 72/45106

陈轩

《句》其一七 12/8403 ｜赵彦端《句》其二 38/23748

颜复

《雨霁剡溪》12/8408 ｜钱昭度《雨霁剡溪》1/587

黄廉

《劝学》12/8410 ｜元代黄廉《陵川励俗》66/327

《留题洪庆观》12/8410 ｜元代黄廉《垣曲县留题》66/327

第十三册

韦骧

《与世美奉诏旨分督决狱甲戌判袂之武阳壬午还宿中兴寺而得世美自延平所寄诗因次韵》13/8585 ｜赵蕃《与世美奉诏旨分督决狱甲戌判袂之武阳壬午还宿中兴寺而得世美自延平所寄诗因次韵》49/30902

《过笠泽三贤堂诗三首》13/8612 ｜卢襄《登三贤堂（三首）》24/16214

冯山

《有作》13/8628 ｜张侃《有作》59/37164

《偶成》13/8647 ｜张侃《偶成》59/37164

王安礼

《七言一章赠别吴兴太守中父学士兄》13/8689 ｜陆佃《赠别吴兴太守中父学士》

16/10682

《梦长》13/8692 ｜王安石《梦长》10/6683

钱勰

《成都》13/8698 ｜钱惟演《成都》2/1061

王钦臣

《宿华岳观》13/8704 ｜王铚《宿华岳观》34/21325

《再题华岳观》13/8704 ｜王铚《又二年经此再题》34/21325

赵屼

《趋石桥初登山岭》13/8714 ｜左纬《趋石桥初登山岭》29/18824

李逢

《莱公竹》13/8715 ｜王陶《相公竹》9/6292

林希

《叠嶂楼有怀吴门朱伯原》13/8720 ｜朱长文《叠嶂楼有怀吴门》15/9812

林邵

《诗一首》13/8725 ｜林颇《汉阳》72/45124

郭祥正

《醉歌行》13/8729 ｜元代王冕《大醉歌》49/386

《庐山三峡石桥行》13/8730 ｜陈舜俞《三峡桥》8/4954

《圆通行简慎禅师》13/8733 ｜陈舜俞《圆通行》8/4980

《赠桐城青山隐者裴材》13/8765 ｜郭正《姜相峰》22/14411

《墨染丝》13/8787 ｜林之奇《墨染丝》37/22970

《赠陈医》13/8830 ｜王安石《赠陈君景初》10/6515

《倚楼》13/8838 ｜郭印《倚楼》29/18646

《闻陈伯育结彩舟作乐游湖戏寄三首》其一 13/8941 ｜林迪《闻伯育承事结彩舟作乐游东湖戏寄四韵》22/14509

《闻陈伯育结彩舟作乐游湖戏寄三首》其二 13/8941 ｜林迪《次前韵》22/14509

《赠裴泰辰先生》13/8949 ｜王令《赠裴仲卿》12/8174

《阮师旦希圣彻垣开轩而东湖仙亭射的诸山如在掌上予为之名曰新轩盖取景物变态新新无穷之义赋十绝句》13/8979 ｜林迪《又题阮希圣东湖十绝》22/14510

《城东延福禅院避暑五首》其四 13/8982 ｜宋孝宗《柑橘》43/26867

《将至慎邑寄鼎》13/9001 ｜袁说友《将至慎邑寄鼎》48/29980

《和杨公济钱塘西湖百题·杨梅坞》13/9017 ｜陈景沂《杨梅》其一 64/40389

《过芜湖县》13/9021 ｜林逋《过芜湖县》2/1215

《临漳台》13/9021 ｜福建士人《颂蔡君谟》7/4860 ｜无名氏《蔡忠惠祀歌·道边松》72/45225

《诗一首》13/9022 ｜苏轼《郭祥正家醉画竹石壁上郭作诗为谢且遗二古铜剑》14/9342

《高明轩》13/9022 ｜郭祥正《普利寺自周上人高明轩》13/8865

《句》其一 13/9023 ｜郭祥正《姑熟乘月泛渔艇至东城访耿天骘》13/8752

《句》其五 13/9023 ｜郭祥正《赠提宫谏议沈公》13/8754

章惇

《赠陶辰州》其一 13/9029 ｜陶弼《赠章使君》8/4988

《赠陶辰州》其二 13/9029 ｜陶弼《沅州》8/4995

《岁穷雨夜独卧山斋》13/9030 ｜张俞《岁穷雨夜独卧山斋》7/4717

《句》其一 13/9030 ｜章得象《句》其二 3/1594

《句》其二 13/9030 ｜张商英《句》其六 16/11008

曾黯

《句》13/9037 ｜曾黯《散策》54/33800

毛杭

《读唐中兴颂》13/9042 ｜许抗《读唐中兴颂》9/6251 ｜吴杭《磨崖颂》72/45611

杜常

《过华清宫》13/9046 ｜黄裳《朝元阁》16/11115 ｜唐代杜常《华清宫》16/11115

奚球

《玉华山》13/9053 ｜宋球《玉华山》7/4910

洪浩父

《寄子》13/9056 ｜洪刍《示子》22/14492

马存

《题钓台》13/9062 ｜邵亢《题钓台》7/4898

曾布

《真仙岩》13/9067 ｜刘谊《留题融州老君岩》其二 14/9750

《句》其一 13/9067 ｜陈傅良《和孟阜老梅韵》其一 47/29227

魏泰

《挽王平甫二首》其二 13/9069 ｜魏野《挽王平甫》2/969

《赠韦公》13/9069 ｜唐代刘禹锡《伤韦宾客》

《句》其一 13/9070 ｜朱彦《江楼》18/11770

《句》其二 13/9070 ｜滕宗谅《白云楼》3/1975

释圆玑

《答张无尽因续成诗》13/9073 ｜张商英《诗一首》16/10998

蔡确

《观燕公山水画后有王荆公题诗》13/9076 ｜张商英《跋王荆公题燕侍郎山水图》16/11003

第十四册

苏轼

《入馆》14/9135 ｜张耒《秋日有作寓直散骑舍》20/13275

第五章 《全宋诗》重出总目　　817

《吉祥寺僧求阁名》14/9152｜陈襄《冬至日独游吉祥寺》其三 8/5104

《六月二十七日望湖楼醉书五绝》其一 14/9154｜释慧远《颂古四十五首》其九 34/21730

《冬至日独游吉祥寺》14/9165｜陈襄《冬至日独游吉祥寺》其一 8/5104

《后十余日复至》14/9165｜陈襄《冬至日独游吉祥寺》其二 8/5104

《虎跑泉》14/9180｜释来复《和子瞻学士游祖塔院》14/9717｜元代释来复《追和东坡游钱塘虎跑泉诗二首（其一）》60/163

《孤山二咏·柏堂》14/9181｜宋孝宗《西太乙宫陈朝桧》43/26868

《八月十五日看潮五绝》其一 14/9182｜宋理宗《题夏圭夜潮风景图》62/39244

《虎丘寺》14/9199｜宋高宗《诗四首》其一 35/22216

《和文与可洋川园池三十首·披锦亭》14/9224｜无名氏《山丹花二首》其一 72/45265

《玉盘盂》其二 14/9226｜邵雍《芍药四首》其四 7/4699

《次韵答邦直子由五首》其五 14/9238｜苏辙《次韵邦直见答二首》其二 15/9905

《次韵参寥师寄秦太虚三绝句时秦君举进士不得》14/9273｜释元净《次韵参寥子寄秦少游三绝时少游举进士不得》7/4713

《雪斋》14/9277｜苏辙《诗一首》15/10163

《吴江岸》14/9293｜苏舜钦《吴江岸》6/3952

《东坡》14/9332｜杨娃《题马和之画四小景》其四 53/32894

《郭祥正家醉画竹石壁上郭作诗为谢且遗二古铜剑》14/9342｜郭祥正《诗一首》13/9022

《王伯敭所藏赵昌花四首·芙蓉》14/9360｜欧阳修《芙蓉花二首》其一 6/3810

《题李伯时画赵景仁琴鹤图二首》其一 14/9410｜杨娃《题马和之画四小景》其三 53/32893

《次韵送张山人归彭城》14/9426｜朱定国《戏张天骥》71/45055

《次韵杨次公惠径山龙井水》14/9429 ｜ 杨杰《龙鼻井》12/7882

《赠刘景文》14/9433 ｜ 释惟一《颂古三十六首》其二 62/39013

《小圃五咏·地黄》14/9524 ｜ 宋高宗《诗二首》其二 35/22219

《儋耳山》14/9542 ｜ 孔平仲《题女娲山女娲庙》其二 16/10940

《和陶影答形》14/9554 ｜ 杨时《读东坡和陶影答形》19/12959

《次韵子由题憩寂图后》14/9600 ｜ 黄庭坚《文与可尝云老僧墨竹一派近在湖州吾竹虽不及石似过之此一卷公案不可无鲁直正句因次韵》17/11737

《闻潮阳吴子野出家》14/9602 ｜ 苏过《闻潮阳吴子野出家》23/15461

《醉睡者》14/9608 ｜ 李公麟《醉卧图诗帖》18/12162

《题王维画》14/9609 ｜ 苏辙《题王诜都尉画山水横卷三首》其一 15/10041

《题双竹堂壁》14/9613 ｜ 唐代无名鬼《诗》24/9809

《富阳道中》14/9615 ｜ 沈辽《清晨》12/8254

《黄州春日杂书四绝》之四 14/9615 ｜ 张耒《杂诗》其二 20/13250

《送酒与崔诚老》14/9617 ｜ 陈宓《予守南康适当旱岁睹东坡玉涧留题喜雨书之庶几新年三白之符也》54/34076

《忆黄州梅花五绝》之一 14/9617 ｜ 张耒《杂诗》其一 20/13250

《鼠须笔》14/9618 ｜ 苏过《赋鼠须笔》23/15456

《暮归》14/9620 ｜ 张耒《暮归》20/13380

《端砚诗》14/9622 ｜ 明代吴宽《饮于乔家以端砚联句毕复拾余韵》

《山坡陀行》14/9626 ｜ 晁补之《山坡陀辞》19/12759

《题金山寺回文体》14/9627 ｜ 周知微《题龟山》22/14768

《游何山》14/9628 ｜ 苏舜钦《游雪上何山》6/3952

《题清淮楼》14/9629 ｜ 张頔《清淮楼》72/45226

《失题三首》14/9629 ｜ 苏过《题郭熙平远》23/15500

《西湖寿星院明远堂》14/9630 ｜ 车若水《江湖伟观》64/40426

《登庐山》14/9631 ｜ 苏辙《江州五咏·东湖》15/9949

《戏咏馓子赠邻妪》14/9632 ｜ 苏轼《寒具》14/9428

《扇》14/9633 ｜苏辙《感秋扇》15/10152

《仆年三十九在润州道上过除夜作此诗又二十年在惠州录之以付过》14/9633 ｜关溉《绝句》其二 17/11304

《秋日寄友人》14/9634 ｜张咏《秋日寄友人》1/549

《甘蔗》14/9634 ｜方岳《李监饷四物各以一绝答之·甘蔗》61/38298

《谢人送墨》14/9634 ｜杨炎正《谢人送墨》50/31038 ｜洪咨夔《和续古谢送墨》55/34530

《送竹香炉》14/9634 ｜杨炎正《送竹根香炉与人》50/31037

《江村二首》其一 14/9634 ｜戴复古《山村》54/33610

《江村二首》其二 14/9634 ｜戴复古《山村》54/33611

《潮中观月》14/9635 ｜明代张绅《湖中玩月》（参四库本明刘仔肩编《雅颂正音》卷三）

《雨中邀李范庵过天竺寺作二首》其一 14/9635 ｜明代吴宽《雨中与李贞伯沈尚伦诸友过隆福寺》（参四库本明吴宽《家藏集》卷十）

《雨中邀李范庵过天竺寺作二首》其二 14/9635 ｜明代吴宽《僧舍对竹》（参四库本明吴宽《家藏集》卷十）

《安老亭》14/9635 ｜明代吴宽《安老亭图》（参四库本明李日华《六研斋笔记》二笔卷一）

《句》其三 14/9637 ｜苏轼《寄蔡子华》14/9421

《句》其四 14/9637 ｜苏轼《鼎砚铭》（《全宋文》91/254）

《句》其五 14/9637 ｜苏轼《登州海市》14/9371

《句》其六 14/9637 ｜苏轼《浣溪沙·咏橘》（《全宋词》1/406）

《句》其七 14/9637 ｜苏轼《和钱安道寄惠建茶》14/9192

《句》其八 14/9637 ｜苏轼《寿星院寒碧轩》14/9426

《句》其九 14/9637 ｜苏轼《送刘攽倅海陵》14/9138

《句》其十 14/9637 ｜苏轼《中秋月寄子由三首》其三 14/9262

《句》其十一 14/9637 ｜苏轼《李行中醉眠亭三首》其二 14/9205

《句》其十二 14/9637 ｜苏轼《临安三绝将军树》14/9183

《句》其十三 14/9637 ｜苏轼《郭祥正家醉画竹石壁上郭作诗为谢且遗二古铜剑》14/9342

《句》其十四 14/9637 ｜苏轼《病中闻子由得告不赴商州三首》其一 14/9117

《句》其十五 14/9637 ｜苏轼《越州张中舍寿乐堂》14/9151

《句》其十六 14/9637 ｜苏轼《次韵僧潜见赠》14/9267

《句》其二八 14/9638 ｜朱熹《次秀野咏雪韵三首（其三）》44/27528

《句》其三二 14/9639 ｜黄庭坚《次韵答柳通叟问舍求田之诗》17/11499

《句》其三三 14/9639 ｜林逋《尝茶次寄越僧灵皎》2/1225

《句》其三四 14/9639 ｜司马光《和复古小园书事》9/6198

《句》其三六 14/9639 ｜秦观《喜雨得城字》18/12130

张舜民

《书节孝先生事实于先生诗编之后》14/9669 ｜邹浩《书徐仲车先生诗集后》21/13917

《和喻明仲马上吹笛》14/9688 ｜喻陟《寄张芸叟》18/12378

《九日》14/9694 ｜朱服《九日》18/11954

《柳花》14/9705 ｜朱服《柳絮》18/11954

《句》其四 14/9709 ｜张舜民《离真州》14/9688

《句》其三二 14/9710 ｜刘敞《答罗同年忆楸花之作》9/5885

《句》其三四 14/9710 ｜陆游《书怀》39/24490

《句》其四三 14/9711 ｜钱闻礼《题简寂观》45/27697

《句》其四六 14/9711 ｜舒亶《村居》15/10400

《句》其四九 14/9711 ｜张舜民《渔父》14/9707

王巩

《齐山僧舍》14/9714 ｜孙迈《齐山僧舍》1/255

《寄桂州张谏议和永叔》14/9715 ｜梅尧臣《寄桂州张谏议和永叔》5/3223

《句》14/9715 ｜王钦若《句》其二 2/1047

童传

《句》14/9715 ｜董传《句》7/4375

释来复

《和子瞻学士游祖塔院》14/9717 ｜苏轼《虎跑泉》14/9180 ｜元代释来复《追和东坡游钱塘虎跑泉诗二首（其一）》60/163

释仲殊

《润州》14/9719 ｜释辉《润州》72/45251

《访子通》14/9719 ｜方惟深《绝句》15/10185

《京口怀古》其一 14/9720 ｜李公异《北固楼》72/45104

《京口怀古》其二 14/9720 ｜胡致能《咏润州》72/45105

《题洞虚观》14/9720 ｜释辉《题洞灵观》72/45251

《句（其一其二）》14/9721 ｜释仲殊《南柯子·六和塔》（参四库本明田汝成《西湖游览志》卷二十四）

《句》其四 14/9722 ｜李公异《句》72/45104

陈少章

《诗一首》14/9727 ｜秦观《东坡守杭》18/12153 ｜秦觏《呈东坡》22/14343

陈丕

《句》14/9734 ｜舒亶《句》其四 15/10405

张冕

《西园海棠》14/9738 ｜范纯仁《和吴仲庶龙图西园海棠》11/7428

张景修

《睡香花》14/9739 ｜张耒《睡香花》20/13418 ｜张祠部《瑞香花》72/45202

《九月望夜与诗僧可久泛西湖》14/9742 ｜叶梦得《诗二首》其一 24/16209

《延真秋屏轩》14/9743 ｜张叔敏《延真秋屏轩》72/45507

查应辰

《句》14/9746 ｜陆佃《依韵和查应辰朝散雪二首》其一 16/10660

刘谊

《留题融州老君岩》其二 14/9750 ｜ 曾布《真仙岩》13/9067

陈良

《自紫极观过天柱》14/9750 ｜ 陈良孙《自紫极观过天柱》72/45313

《雪中浴冷泉示诸友》14/9750 ｜ 陈良孙《雪中浴冷泉示诸友》72/45313

第十五册

孔文仲

《早行》15/9759 ｜ 孔平仲《早行》16/10829

《次韵瀛倅邓慎思见寄》15/9759 ｜ 孔武仲《次韵瀛倅邓慎思见寄》15/10329

吕希哲

《绝句》15/9773 ｜ 吕大临《礼》18/11760

《绝句二首》15/9774 ｜ 吕大临《经筵大雪不罢讲》18/11760

《绝句》15/9774 ｜ 吕夷简《无题》3/1624

朱长文

朱长文《叠嶂楼有怀吴门》15/9812 ｜ 林希《叠嶂楼有怀吴门朱伯原》13/8720

《春眺西上冈寄徐员外》15/9812 ｜ 唐代朱长文《春眺扬州西上岗寄徐员外》9/3064

《句》15/9812 ｜ 唐代朱长文《宿新安江深渡馆寄郑州王使君》9/3064

苏辙

《次韵分司南京李诚之待制求酒二首》15/9890 ｜ 吕陶《次韵分司南京李诚之待制求酒二首》12/7826

《和文与可洋州园亭三十咏·寒芦港》15/9893 ｜ 张镃《道经寒芦港》50/31633

《次韵邦直见答二首》其二 15/9905 ｜ 苏轼《次韵答邦直子由五首》其五 14/9238

《赠致仕王景纯寺丞》15/9909 ｜ 刘攽《送王仲素寺丞归潜山》11/7138

《河上莫归过南湖二绝》其一 15/9921 ｜宋高宗《题阎次平小景》35/22219

《江州五咏·东湖》15/9949 ｜苏轼《登庐山》14/9631

《游庐山山阳七咏·简寂观》15/9950 ｜无名氏《诗一首》71/45080

《游庐山山阳七咏·白鹤观》15/9951 ｜无名氏《句》71/45080

《次韵毛君山房即事十首》其二 15/9958 ｜毛维瞻《山房》其一 7/4450

《再和十首》其九 15/9959 ｜毛维瞻《山房》其二 7/4450

《山橙花口号》15/9965 ｜宋祁《山橙花》4/2576

《和毛国镇白云庄五咏·白云庄偶题》15/9984 ｜毛维瞻《白云庄》7/4450

《次韵子瞻书黄庭内景卷后赠蹇道士拱辰》15/10039 ｜黄庭坚《黄庭画赞》17/11697

《题王诜都尉画山水横卷三首》其一 15/10041 ｜苏轼《题王维画》14/9609

《闻卞氏旧有怪石藏宅中问其遗孙指一废井云尽在是矣井在室中床下尚未能取先作》15/10126 ｜李若水《闻卞氏旧有怪石藏宅中问其遗孙指一废井云尽在是矣井在室中床下不可得见乃赋此诗》31/20121

《感秋扇》15/10152 ｜苏轼《扇》14/9633

《益昌除夕感怀》15/10160 ｜唐庚《除夕感怀》23/15049

《除夕》15/10160 ｜唐庚《除夕》23/15000

《次韵张禹直开元寺观画壁兼简李德素》15/10162 ｜黄庭坚《次韵章禹直开元寺观画壁兼简李德素》17/11513

《过豫章》15/10162 ｜黄庭坚《徐孺子祠堂》17/11450

《初春游李太尉宅东池》15/10162 ｜张方平《初春游李太尉宅东池》6/3851

《诗一首》15/10163 ｜苏轼《雪斋》14/9277

《句》其四 15/10164 ｜苏轼《送千乘千能两侄还乡》14/9410

赵挺之

《朱氏天和堂》15/10184 ｜杨杰《朱氏天和堂》其二 12/7889 ｜陈瓘《超果亮师假还山》其一 20/13472

方惟深

《绝句》15/10185 ｜释仲殊《访子通》14/9719

《谒荆公不遇》15/10185 ｜ 王安石《春江》10/6710

《古柏》15/10186 ｜ 无名氏《咏古树》72/45615

《牡丹》15/10187 ｜ 李山甫《牡丹》其二 9/6267

李深

《题范文正公祠堂》其二 15/10191 ｜ 范仲淹《答梅圣俞灵乌赋》3/1918

薛昌朝

《紫阁》15/10195 ｜ 元代薛昌朝《紫阁》24/234 ｜ 唐代薛昌朝《紫阁》1021（《全唐诗补编》）

李之纯

《雪后》15/10215 ｜ 李伯玉《雪后》62/39263 ｜ 元代李纯甫《雪后》3/157

《真味堂》15/10216 ｜ 元代李纯甫《真味堂》3/160

王从之

《忆李之纯三首》15/10216 ｜ 金代王若虚《忆之纯三首》(《全金诗》3/149)

孔武仲

《翠微亭》15/10313 ｜ 孔平仲《翠微亭》16/10829

《次韵瀛倅邓慎思见寄》15/10329 ｜ 孔文仲《次韵瀛倅邓慎思见寄》15/9759

舒亶

《和刘珵西湖十洲·芙蓉洲》15/10395 ｜ 宋高宗《题黄筌芙蓉图》35/22220

《梦入天台》15/10402 ｜ 张亶《梦中诗》16/10711

《芦山寺（其一其二其五其六）》15/10404 ｜ 释德洪《庐山杂兴六首（其二其四五其六）》23/15320

《句》其四 15/10405 ｜ 陈丕《句》14/9734

第十六册

彭汝砺

《致政侍郎知郡学士赓和诗凡数篇谨用元韵寄呈知郡学士》16/10506 ｜ 吕陶《致政侍郎知郡学士赓和诗凡数篇谨用元韵寄呈知郡学士》12/7802

《简王大丞》16/10641 ｜王安石《每见王太丞邑事甚冗而剸剧之暇犹能过访山馆兼出佳篇为赠仰叹才力因成小诗》10/6673

《巢燕初至》16/10641 ｜陆游《城北青莲院方丈壁间有画燕子者过客多题诗予亦戏作二绝句》其一 39/24426

萧辟

《留题曹娥庙》16/10699 ｜唐代萧辟《留题曹娥庙》1594（《全唐诗补编》）

张贲

《题招提院静照堂》16/10700 ｜唐代张贲《题招提院静照堂》1175（《全唐诗补编》）

刘纯臣

《咏周贯》16/10701 ｜周贯《答人》6/4270

许遵

《庐州》16/10702 ｜王禹偁《和庐州通判李学士见寄》其二 2/758

李颀

《句》16/10710 ｜唐代李颀《王母歌》4/1349

张亶

《梦中诗》16/10711 ｜舒亶《梦入天台》15/10402

释道潜

《维王府园与王元规承事同赋》其二 16/10724 ｜内院官《题马远四景图》其二 72/45528

《春晚》其一 16/10724 ｜鲁訔《春词》33/21256

《晚兴》16/10744 ｜释道潜《秋》16/10815

《春日杂兴》其八 16/10749 ｜黄庭坚《书王氏梦锡扇》17/11686

《寄题徐德之先生闲轩》16/10750 ｜秦观《徐得之闲轩》18/12087

《次韵伯言明发登西楼望桃花》其二 16/10791 ｜刘敞《桃花三首》其三 9/5925

《送王彦龄承务还河内》16/10798 ｜释德洪《送王彦龄承务还河内》23/15381

《梅花》16/10816 ｜徐逸《梅花》45/27687

《句》其一 16/10816 ｜释道潜《夜泊淮上复寄逢原》16/10736

《句》其二 16/10816 ｜唐代无名氏《冬》22/8858

《句》其四 16/10816 ｜洪咨夔《元宵前三日侍老人游双林》55/34578

孔平仲

《早行》16/10829 ｜孔文仲《早行》15/9759

《题赣州嘉济庙祈雨感应》16/10852 ｜孔宗翰《谒赣上东江祠祈雨有作》11/7542

《月夜》16/10864 ｜詹慥《月夜》34/21459

《题女娲山女娲庙》其二 16/10940 ｜苏轼《儋耳山》14/9542

《题织锦璇玑图（其一其三其五）》16/10966 ｜无名氏《回文（其一其二其四）》71/45064

《翠微亭》16/10977 ｜孔武仲《翠微亭》15/10313

《句》其三 16/10977 ｜孔平仲《送张通判》16/10911

《句》其四 16/10977 ｜释德洪《次韵履道雨霁见月二首》其一 23/15274

释祖镜

《句》16/10988 ｜赵彦端《翠微山居八首》38/23747 其五｜释冲邈《翠微山居诗》其十二 28/18308 ｜唐代释法常《答盐官齐安国师见招》其一（参四库本《五灯会元》卷三）

张商英

《题关公像》16/10992 ｜梅尧臣《古意》5/2764

《颂一首》16/10998 ｜释克勤《颂》22/14424

《诗一首》16/10998 ｜释圆玑《答张无尽因续成诗》13/9073

《跋王荆公题燕侍郎山水图》16/11003 ｜蔡确《观燕公山水画后有王荆公题诗》13/9076

《头陀岩》16/11004 ｜释云岫《金山头陀岩》69/43535

《望仙曲》16/11006 ｜杨杰《望仙曲》12/7890

《凌云行》16/11007 ｜杨杰《凌云行》12/7851

《步虚词》16/11008 ｜杨杰《朝真步虚词》12/7891

《句》其六 16/11008 ｜章惇《句》其二 13/9030

《句》其八 16/11008 ｜张澂《孝义寺》27/17931

《句（其一六其一七）》16/11009 ｜张耒《七夕歌》20/13034

《句》其二一 16/11009 ｜张无咎《句》72/45268

《句》其二四 16/11009 ｜陆游《行武担西南村落有感》39/24394

黄裳

《寄隐者》16/11027 ｜吴芾《寄隐者》35/21849

《朝元阁》16/11115 ｜杜常《过华清宫》13/9046 ｜唐代杜常《华清宫》16/11115

《赠探花郎》16/11115 ｜徐积《赠探花郎》11/7674

《楼钥水月图》16/11116 ｜楼钥《水月园》47/29437

《句》其三 16/11116 ｜唐代郑嵎《津阳门诗》17/6561

李通儒

《桃花岩》16/11137 ｜元代李通儒《桃花岩》66/291

俞括

《诗一首》16/11148 ｜元代俞括《游南山》67/175

《句》16/11148 ｜元代俞括《游南山》67/175

孙迪

《过惠山皞老试茶二首》16/11149 ｜孙觌《过慧山方丈皞老酌泉试茶赋两诗遗之》26/16959

《见旧题》16/11149 ｜孙觌《过慧山见旧题二首》26/16951

第十七册

李之仪

《中隐庵次赵德孺韵》17/11161 ｜李廌《中隐庵和赵孺韵》20/13578

《次韵东坡还自岭南》17/11167 ｜李廌《次韵东坡还自岭南》20/13628

《又书扇》17/11197 ｜唐代陆龟蒙《和袭美春夕酒醒》18/7211

《题隐者壁》17/11206 ｜周紫芝《次韵次卿林下行歌十首》其二 26/17135

《题渔家壁》17/11206 ｜周紫芝《次韵次卿林下行歌十首》其七 26/17135

《偶题六绝》其二 17/11207 ｜唐代张籍《忆远》12/4356

《偶题六绝》其三 17/11207 ｜唐代张籍《玉仙馆》12/4356

《偶题六绝》其四 17/11207 ｜唐代张籍《弟萧远雪夜同宿》12/4357

《卢泉之水次韵晁尧民赠张隐人》17/11226 ｜李廌《卢泉之水次韵晁克民赠隐人》20/13602

《壁间所挂山水图》17/11232 ｜李廌《壁间所挂山水图》20/13606

《与晋卿相别忽复春深得书见邀》17/11278 ｜黄庭坚《戏效禅月作远公咏》17/11424

《水仙花二绝》其一 17/11278 ｜黄庭坚《刘邦直送早梅水仙花四首》其三 17/11415

《水仙花二绝》其二 17/11278 ｜黄庭坚《次韵中玉水仙花二首》其一 17/11415

《偶书》17/11281 ｜周紫芝《次韵次卿林下行歌十首》其一 26/17135

《还俗道士》17/11294 ｜唐代李端《闻吉道士还俗因而有赠》9/3249

《诗一首》17/11294 ｜唐代李白《长相思》之二 5/1713

贾朝奉

《白玉泉酒遗李端叔》17/11295 ｜郑獬《酒寄郭祥正》10/6889

关澥

《绝句》其二 17/11304 ｜苏轼《仆年三十九在润州道上过除夜作此诗又二十年在惠州录之以付过》14/9633

觉禅师

觉禅师 17/11313 ｜释祖觉 29/18880

《偈一首》17/11313 ｜释祖觉《呈圆悟》29/18880

《寄圜悟偈》17/11313 ｜释祖觉《寄圆悟》29/18880

何执中

《题寿师塔南轩》17/11318 ｜何昌弼《寄题寿师塔南轩》72/45321

张会宗

《留题赠灵岩鉴公禅师》17/11319 ｜元代张会宗《留题灵岩方丈》52/482

黄大临

《入萍乡道中》17/11328 ｜赵祎《路入武阳》67/42134 ｜黄昇《萍乡道中》35/22351

《句》其三 17/11328 ｜黄庭坚《和答元明黔南赠别》17/11395

黄庭坚

《宿旧彭泽怀陶令》17/11332 ｜林之奇《宿旧彭泽怀陶令》37/22968

《赠郑交》17/11334 ｜宋高宗《诗四首》其二 35/22217

《题宛陵张待举曲肱亭》17/11336 ｜林之奇《题宛陵张待举曲肱亭》37/22968

《谢公定和二范秋怀五首邀予同作》其一 17/11349 ｜林之奇《谢公定和二范秋怀》37/22968

《次韵中玉水仙花二首》其一 17/11415 ｜李之仪《水仙花二绝》其二 17/11278

《刘邦直送早梅水仙花四首》其三 17/11415 ｜李之仪《水仙花二绝》其一 17/11278

《戏效禅月作远公咏》17/11424 ｜李之仪《与晋卿相别忽复春深得书见邀》17/11278

《题小景扇》17/11429 ｜唐代贾至《春思二首》之一 7/2579

《次韵章禹直开元寺观画壁兼简李德素》17/11513 ｜苏辙《次韵张禹直开元寺观画壁兼简李德素》15/10162

《萧子云宅》17/11514 ｜无名氏《玉笥山萧子云宅》72/45112

《答王道济寺丞观许道宁山水图》17/11571 ｜黄庭坚《答王道济寺丞观许道宁山水图》17/11632

《老杜浣花溪图引》17/11575 ｜苏洞《老杜浣花溪图引》54/33883

《题王居士所藏王友画桃杏花二首》其一 17/11585 ｜释了朴《颂古》30/19425

《杂吟》17/11591 ｜唐代寒山子诗《诗三百三首》之十四 23/9065

《即来》17/11592 ｜北周释亡名《五盛阴诗》（参明曹学佺编《石仓历代诗选》卷十二）

《次韵清虚》17/11594｜刘挚《和王定国》12/7970

《次韵公秉子由十六夜忆清虚》17/11594｜刘挚《次韵王定国怀南都上元》12/7970

《明叔惠示二颂》17/11598｜黄庭坚《明叔惠示二颂云见七佛偈似有警觉乃是向道之端发于此故以二颂为报》17/11731

《和柳子玉官舍十首》17/11602｜黄庶《和柳子玉官舍十首》8/5502

《早行》17/11651｜释德洪《早行》23/15194｜唐代许浑《早行》16/6081

《观化十五首》其一一 17/11653｜释德辉《新笋》48/30337

《杂诗七首（其六其七）》17/11667｜汪藻《杂诗》二首 25/16554

《梨花》17/11685｜唐代皇甫冉《和王给事禁省梨花咏》8/2819

《书王氏梦锡扇》17/11686｜释道潜《春日杂兴》其八 16/10749

《黄庭画赞》17/11697｜苏辙《次韵子瞻书黄庭内景卷后赠蹇道士拱辰》15/10039

《再答静翁并以筇竹一枝赠行四首》17/11712｜周南《答静翁并以筇竹杖一枝赠行颂》52/32271

《为黄龙心禅师烧香颂三首》其三 17/11717｜黄庭坚《吊死心禅师偈》17/11738

《寄题钦之草堂》17/11727｜秦观《寄题傅钦之草堂》18/12068

《寿禅师悟道颂》17/11731｜释洪寿《闻堕薪有省作偈》1/509｜释宗杲《偈颂一百六十首》其一〇六 30/19372｜释了演《偈颂十一首》其二 31/20052

《结客》17/11736｜滕元发《结客》9/6300

《禅句二首》其二 17/11737｜释重显《玄沙和尚》3/1651

《文与可尝云老僧墨竹一派近在湖州吾竹虽不及石似过之此一卷公案不可无鲁直正句因次韵》17/11737｜苏轼《次韵子由题憩寂图后》14/9600

《出池藕花》17/11737｜华岳《藕花》55/34387

《咏萍》17/11737｜陆游《晦日西窗怀故山》39/24327

《宿钱塘尉廨》17/11738｜陈师道《宿钱塘尉廨》19/12664

《白鹤观》17/11739｜秦观《白鹤观》18/12155

《古意》17/11740｜唐代韩愈《古意》10/3789

《塞上曲》17/11741 ｜张耒《塞猎》20/13129

《法语》17/11741 ｜唐代释明瓒《乐道歌》

《慈竹》17/11742 ｜乐史《慈竹》1/228

《题襄阳米芾祠》其一 17/11743 ｜唐代孟郊《怀南岳隐士二首》其二 12/4236 ｜唐代贯休《怀南岳隐士二首》其一 23/9398

《题襄阳米芾祠》其二 17/11743 ｜唐代孟郊《寻言上人》12/4262

《戒杀诗》17/11744 ｜唐代王梵志《五言（八首）》其一

《句》其四 17/11744 ｜黄庭坚《次韵知命入青原山口》17/11550

《句》其五 17/11744 ｜黄庭坚《鹧鸪天·闻说君家有翠娥》

《句》其六 17/11744 ｜陈师道《和颜生同游南山》19/12686

《句》其八 17/11744 ｜陈师道《次韵李节推九日登南山》19/12640

《句》其十二 17/11744 ｜黄庭坚《次韵孙子实寄少游》17/11389

《句》其十五 17/11745 ｜陈师道《古墨行》19/12676

《句》其十六 17/11745 ｜葛立方《赠友人莫之用》34/21826

黄叔达

《句》17/11748 ｜唐代王建《望夫石》9/3377

张举

《吕子进知睦州予追送累日别后寄之》17/11749 ｜张惇《送别吕子进自中舍出知睦州》22/14652 ｜张载《别后寄吕子进》9/6282

《梦中作》17/11749 ｜张惇《梦中作》22/14652

《游山寺》17/11749 ｜张载《游山寺》9/6282

《句》其二 17/11749 ｜张载《句》其五 9/6291

王崇拯

《送王械》17/11750 ｜王崇《送王才元入京》7/4908

张轸

《句》其一 17/11751 ｜唐代张轸《舟行旦发》22/8801

方泽

《武昌阻风》17/11751 ｜唐代方泽《武昌阻风》22/8776

李秉彝

《句》17/11752 ｜洪朋《晚同师川驹父玉父游大梵院小轩》22/14441

释灵源

释灵源 17/11753 ｜释惟清 20/13490

《偈三首（其二、其三）》17/11753 ｜释惟清《偈二首（其一其二）》20/13491

《偈三首（其一）》17/11753 ｜释惟清《辞无尽居士》20/13490

第十八册

吕大临

《礼》18/11760 ｜吕希哲《绝句》15/9773

《克己》18/11760 ｜张载《克己复礼》9/6283

《经筵大雪不罢讲》18/11760 ｜吕希哲《绝句二首》15/9774

朱彦

《游黄山》18/11771 ｜无名氏《黄山》71/45065

徐辅

《剑池》18/11773 ｜徐忻《剑池》71/45079

徐铎

《朱氏天和堂》18/11773 ｜徐鹗《朱氏天和堂》22/14413

林穑

《冷泉》18/11775 ｜林洪《冷泉》64/40394

李元膺

《观前古美人图》18/11795 ｜李新《观前古美人图》21/14213

《折杨柳》18/11796 ｜李新《折杨柳》21/14235 ｜许志仁《折杨柳》35/22068

吕南公

《答陈公美》18/11831 ｜苏洵《答陈公美》7/4363

《拟古（三首）》18/11832 ｜苏洵《又答陈公美三首》7/4364

《句》18/11882 ｜吕南公《陪道先兄游麻源辄赋二小诗》其一 18/11864

曾肇

《凤凰台》18/11887 ｜曾幾《凤凰台》29/18589

《紫薇花》其二 18/11887 ｜唐代刘禹锡《和令狐相公郡斋对紫薇花》11/4031

《句》其一四 18/11889 ｜曾幾《荔子》29/18570

毕仲游

《杨照承议芦雁枕屏》18/11903 ｜毕士安《杨照承议芦雁枕屏》1/297

《挽卢革通议三首》18/11921 ｜范纯仁《卢通议挽词三首》11/7460

《余除铸钱使者居厚除尚书郎俄皆销印即事二首呈居厚》18/11926 ｜刘克庄《余除铸钱使者居厚除尚书郎俄皆销印即事二首呈居厚》58/36437

李孝博

《次蒋颖叔韵》18/11947 ｜李孝伯《晚泊凤凰驿次韵蒋颖叔》12/8064

朱服

《九日》18/11954 ｜张舜民《九日》14/9694

《柳絮》18/11954 ｜张舜民《柳花》14/9705

《梅花》18/11954 ｜朱熹《梅二首》其二 44/27658 ｜陆游《雪中寻梅》其二 39/24504

《汨罗吊屈原》18/11955 ｜陆游《屈平庙》39/24461

《句》其七 18/11955 ｜朱翌《南华五十韵》33/20861

赵令松

《游紫麟峰》18/11957 ｜赵永言《紫麟峰》72/45660

刘弇

《鄱阳湖四十韵》18/12004 ｜周弼《鄱阳湖四十韵》60/37772

《题仰山二十韵》18/12012 ｜祖无择《题仰山二十韵》7/4409

王绅

《太皇太后生日》18/12055 ｜宋徽宗《宫词》其九一 26/17061

《太后幸景灵宫驾前露面双童女》18/12055 ｜宋徽宗《宫词》其九二 26/17061

李元辅

《留题招仙观》18/12056 ｜李先辅《题朱陵洞水帘》24/16184

秦观

《寄题傅钦之草堂》18/12068 ｜黄庭坚《寄题钦之草堂》17/11727

《春日杂兴十首（其三其七其八其九）》18/12071 ｜张耒《春日杂兴四首》20/13068

《徐得之闲轩》18/12087 ｜释道潜《寄题徐德之先生闲轩》16/10750

《鲜于子骏使君生日》18/12091 ｜韩驹《上鲜于使君生辰诗》25/16641

《客有传朝议欲以子瞻使高丽大臣有惜其去者白罢之作诗以纪其事》18/12101 ｜张守《送秦楚材使高丽二首》其二 28/18019

《答曾存之》18/12106 ｜张耒《次韵答存之》20/13190

《春日五首》其一 18/12112 ｜任希夷《小亭》51/32086

《春日五首》其四 18/12112 ｜宋高宗《崇恩显义院五首》其一 35/22215

《四绝》其一 18/12116 ｜赵鼎臣《雪中寄丹元子》22/14917

《和蔡天启赠文潜之什》18/12137 ｜晁补之《用文潜馆中韵赠蔡学正天启》19/12821

《呈公辟》18/12142 ｜王安石《送程公辟得谢归姑苏》10/6606

《悼王子开五首》18/12143 ｜贺铸《王迥子高挽章五首》19/12612

《纳凉》18/12153 ｜陆游《桥南纳凉》39/24490

《东坡守杭》18/12153 ｜秦靓《呈东坡》22/14343 ｜陈少章《诗一首》14/9727

《玉井泉》18/12154 ｜元代余观《注玉泉》45/495

《流杯桥》18/12154 ｜元代余观《流杯桥》45/495

《白鹤观》18/12155 ｜黄庭坚《白鹤观》17/11739

《句》其四 18/12156 ｜陆游《出县》39/24257

《句》其五 18/12156 ｜陆游《小饮房园》39/24394

《句》其七 18/12156 ｜秦观《春日杂兴十首》其一 18/12071

《句》其八 18/12156 ｜唐代杜甫《章梓州水亭》7/2467

李公麟

《醉卧图诗帖》18/12162 ｜苏轼《醉睡者》14/9608

钱师孟

《真仙岩二首》其二 18/12165 ｜齐谌《和刘谊老君岩韵》其二 12/8055

邵叶

《击瓯楼》18/12168 ｜唐代张祜《题击瓯楼》19/7633

刘祕

《赠欧阳澥》18/12170 ｜刘文毅《赠欧阳澥》12/7906

刘跂

《吴江长桥》18/12214 ｜杨蟠《虹桥》8/5041

范周

《木香》18/12217 ｜叶梦得《酴醾》24/16210

孙勴

《题靖节祠》其二 18/12233 ｜无名氏《陶公醉石》71/45071

米芾

《甘露歌上呈留守门下侍郎》18/12244 ｜苏泂《甘露歌上呈留守门下侍郎》54/33887

《净名二首》其二 18/12251 ｜米芾《秋暑憩多景楼》18/12281

《王略帖赞》18/12264 ｜鲍慎由《王略帖赞》22/14346

《为政》18/12273 ｜唐代李白《题雍丘崔明府丹灶》6/1869

《杂咏》18/12278 ｜唐代李白《白纻辞三首》之一 5/1696

《诗二首》其一 18/12282 ｜唐代范朝《宁王山池》4/1469

《诗二首》其二 18/12282 ｜唐代杜审言《和韦承庆过义阳公主山池五首》其三 3/733

《题定武兰亭古本》18/12284 ｜米友仁《题定武本兰亭》22/14957

《太白江油尉厅诗》18/12285 ｜唐代李白《赠江油尉》（参四库本王琦撰《李太白集注》卷三十）

《从天竺归隐溪之南冈诗》18/12286 ｜方岳《感旧》63/39861

华镇

《弦月》18/12362 ｜华岳《弦月》55/34420

《花村二首》18/12370 ｜华岳《花村》55/34422

仵磐

《诗一首》18/12377 ｜林外《题西湖酒家壁》45/27705 ｜蓝乔《怀霍山》72/45503

李愿

《望仙门》18/12378 ｜唐代李愿《望仙门》378（《全唐诗补编》）

喻陟

《寄张芸叟》18/12378 ｜张舜民《和喻明仲马上吹笛》14/9688

赵逢

《和华安仁花村二首》18/12395 ｜赵希逢《和花村》62/38937

许彦国

《秋雨叹》18/12399 ｜许顗《秋雨》34/21597

《紫骝马》18/12399 ｜许顗《紫骝马》34/21597

《东门行》18/12400 ｜许志仁《东门行》35/22069

《采莲吟》18/12400 ｜许志仁《采莲吟》35/22068

《临高台》18/12400 ｜许志仁《临高台》35/22069 ｜吴沆《临高台》其三 37/23246

《晚宿江涨桥》18/12400 ｜李新《晚宿江涨桥》21/14180

《长夜吟》18/12400 ｜钱通《秋宵》18/12224

《咏项籍庙二首》其一 18/12401 ｜李新《项羽庙》21/14231

《咏项籍庙二首》其二 18/12401 ｜许表时《项羽庙》72/45115

《句》其一 18/12401 ｜许民表《句》72/45101

第十九册

李复

《十一月二十二日朝辞》19/12425 ｜沈遘《十一月二十二日朝辞》11/7519

贺铸

《上巳后一日登快哉亭作》19/12520 ｜詹慥《上巳后一日登快哉亭》34/21459

《江夏寓兴二首》其一 19/12556 ｜詹体仁《江夏寓兴》48/30366

《雨晴西郊寓目》19/12558 ｜白玉蟾《初夏》60/37681

《和田录事新燕》19/12559 ｜白玉蟾《燕》60/37681

《游庄严寺园》19/12593 ｜杨娃《题马和之画四小景》其二 53/32893

《王逈子高挽章五首》19/12612 ｜秦观《悼王子开五首》18/12143

毛注

《水帘泉》19/12617 ｜毛滂《题仙居禅院怀舒阁》21/14134

《仙居寺》19/12617 ｜毛滂《仙居禅院》21/14133

杨询

《游齐山寺》19/12619 ｜梅询《游齐山寺》2/1120

陈师道

《次韵郑彦能题端禅师丈室》19/12648 ｜陈师道《和寇十一晚登白门》19/12718

《中秋夜东刹赠仁公》19/12657 ｜张耒《中秋夜东刹赠仁公》20/13406

《宿钱塘尉廨》19/12664 ｜黄庭坚《宿钱塘尉廨》17/11738

《梅花七绝》19/12668 ｜张耒《梅花十首（其一其二其三其四其六其八其九）》20/13261

《和魏衍闻莺》19/12689 ｜寇准《春睡》2/1040

《春怀示邻里》19/12718 ｜詹慥《春怀示邻里》34/21460

《从寇生求茶库纸》19/12724 ｜陈师道《诗一首》19/12751

《绝句》19/12730 ｜吕本中《绝句》其一 28/18237

《大行皇太后挽词二首》19/12733 ｜洪咨夔《太后挽诗》55/34616

《病中六首》19/12750 ｜范成大《藻侄比课五言诗已有意趣老怀甚喜因吟病中十二首示之可率昆季赓和胜终日饱闲也（其一其三其五其六其八其九）》41/25978

《句》其二 19/12752 ｜陆游《夜饮即事》39/24455

《句》其三 19/12752 ｜陈师道《道宿深明阁二首》其二 19/12679

《句》其五 19/12752 ｜李觏《七夕》7/4343

《句》其六 19/12752 ｜陈师道《次韵答晁无斁》19/12675

《句》其七 19/12752 ｜陈师道《题画李白真》19/12738

《句》其八 19/12752 ｜陈师道《次韵少游春江秋野图二首》其二 19/12646

《句》其十 19/12752 ｜陈师道《与魏衍寇国宝田从先二侄分韵得坐字》19/12723

晁补之

《山坡陀辞》19/12759 ｜苏轼《山坡陀行》14/9626

《饮酒二十首同苏翰林先生次韵追和陶渊明》其二十 19/12768 ｜晁补之《四客各有所长》19/12889

《游信州南岩》19/12771 ｜晁谦之《南岩》32/20338

《题惠崇画四首》19/12801 ｜王安中《题惠崇画四首》24/16013

《用文潜馆中韵赠蔡学正天启》19/12821 ｜秦观《和蔡天启赠文潜之什》18/12137

《送外舅杜侍御使陕西自徐州移作》19/12825 ｜赵善括《送外舅杜侍御使陕西》47/29672

《送曹子方福建转运判官二首》其一 19/12848 ｜程迈《送友福建转运判官》22/14931

《题工部文侍郎周翰郭熙平远二首》19/12868 ｜张耒《题周文翰郭熙山水二首》20/13265

《和文潜试院道旧》19/12869 ｜邓忠臣《再谢周颙之句二首》其二 15/10207

《初上安仁滩清见毛发其中奇石五色可掇拾也从县令借图经溪日云锦溪村日玉石村》19/12876 ｜姜夔《琵琶洲》51/32059

《将行陪贰车观灯》19/12881 ｜曾巩《将行陪贰车观灯》8/5611

《赴齐道中》19/12884 ｜曾巩《赴齐州》8/5611

《与同年廖明略》19/12890 ｜黄庭坚《次韵廖正一赠答诗》17/11489

《诗一首》19/12890 ｜晁补之《白纻辞上苏翰林二首》其二 19/12759

《句》其二 19/12890 ｜张耒《乞钱穆公给事丈新赐龙团》20/13122

《句》其三 19/12890 ｜苏轼《送杨孟容》14/9387

《句》其四 19/12890 ｜苏辙《次韵子瞻生日见寄》15/10069

释道宁

《偈六十九首》其三六 19/12894 / 李翱《赠药山高僧惟俨二首》其二 11/4149

僧某

《偈》其二 19/12908 ｜释昙华《偈颂六十首》其二五 34/21665 ｜释崇岳《偈颂一百二十三首》其六 45/27815 ｜释师观《偈颂七十六首》其三四 48/30374

游酢

《接花》19/12908 ｜陈瓘《接花》20/13470

《韩魏公读书堂》19/12909 ｜熊克《韩魏公读书堂》43/26889

《归雁》19/12909 ｜杨时《归雁》19/12935

《感事》19/12909 ｜杨时《感事》19/12935

《在颍昌寄中立二首》19/12910 ｜杨时《寄游定夫二首》19/12953

《诲子》19/12911 ｜朱熹《鹰山书院》44/27663

《金陵野外废寺》19/12911 ｜游九言《金陵野外废寺》48/30126

杨时

《岳阳书事》19/12930 ｜张载《岳阳书事》9/6285

《归雁》19/12935 ｜游酢《归雁》19/12909

《感事》19/12935 ｜游酢《感事》19/12909

《诸宫观梅寄康侯》19/12949 │张载《诸宫观梅寄胡康侯》9/6287

《和陈莹中了斋自警六绝》其一 19/12952 │张载《书斋自儆》9/6287

《闲居书事》19/12953 │张载《闲居书事》9/6288

《寄游定夫二首》19/12953 │游酢《在颍昌寄中立二首》19/12910

《含云寺书事六绝句（后三首）》19/12953 │张载《合云寺书事三首》9/6287

《浏阳五咏·归鸿阁》19/12954 │张载《刘阳归鸿阁》9/6287

《江上夜行》19/12956 │张载《江上夜行》9/6287

《登岘首阻雨四首》19/12956 │张载《登岘首阻雨四首》9/6287

《春晓》19/12958 │张载《春晚》9/6288

《读东坡和陶影答形》19/12959 │苏轼《和陶影答形》14/9554

《初夏侍长上郊行分韵得偕字》19/12959 │陆九渊《初夏侍长上郊行分韵得偕字》48/29844

《送行和杨廷秀韵》19/12959 │陆九渊《和杨廷秀送行》48/29842

释元易

《偈二首》其一 19/12960 │黄公度《谒守净禅师》36/22515 │释怀深《偈一百二十首》其一〇〇 24/16124 │释南雅《偈颂七首》其七 38/23732 │释崇岳《偈颂一百二十三首》其五三 45/27818 │释绍昙《偈颂十九首》其一五 65/40788 │唐代庞蕴《杂诗》23/9136

广禅师

《上堂偈》19/12979 │释广《偈》24/15715

黄璞

《题玉泉》19/12980 │黄朴《玉泉》37/23280 │唐代黄璞《题玉泉》1237（《全唐诗补编》）

李熙载

《句》19/12986 │李伯先《句》72/45615

黄伯厚

《泊舟》19/12987 │黄载《晚泊》62/38801

阎孝忠

《俯春亭》19/12990 ｜阮阅《郴江百咏·俯春亭》19/12995

《黄相山》19/12990 ｜阮阅《郴江百咏·黄相山》19/12998

阮阅

《郴江百咏·俯春亭》19/12995 ｜阎孝忠《俯春亭》19/12990

《郴江百咏·黄相山》19/12998 ｜阎孝忠《黄相山》19/12990

《郴江百咏·西湖》19/13005 ｜张孝祥《西湖》45/27793

《濡须寺》19/13007 ｜吴可《过巢邑》19/13023

《寄郑良佐》19/13008 ｜陈造《寄郑良佐》45/28042

吴可

《送王观》19/13015 ｜唐庚《送王观复交代》23/15027

《过巢邑》19/13023 ｜阮阅《濡须寺》19/13007

《偶赠陈居士》19/13024 ｜陈与义《寻诗两绝句》其一 31/19535

第二十册

张耒

《怨曲二首》20/13029 ｜唐代皇甫松《怨回纥（歌）》25/10069

《采莲子》20/13031 ｜孙光宪《采莲》1/50 ｜唐代皇甫松《采莲子二首》其一 11/4153

《春日杂兴四首》20/13068 ｜秦观《春日杂兴十首（其三其七其八其九）》18/12071

《谒客》20/13110 ｜林之奇《谒客》37/22969

《塞猎》20/13129 ｜黄庭坚《塞上曲》17/11741

《次韵答存之》20/13190 ｜秦观《答曾存之》18/12106

《登海州城楼》20/13190 ｜王珪《登海州楼》9/5969

《和晁应之大暑书事》20/13195 ｜刘子翚《和晁应之大暑书事》34/21458

《金陵怀古》20/13201 ｜王珪《金陵怀古二首》其二 9/5968

《登悬瓠城感吴李事》20/13206 ｜王珪《登悬瓠城感吴季子》9/5969

《三乡怀古》20/13212 ｜王珪《三乡怀古》9/5969

《七月六日二首》其二 20/13247 ｜宋祁《七月六日绝句》4/2616

《杂诗》其一 20/13250 ｜苏轼《忆黄州梅花五绝》其一 14/9617

《杂诗》其二 20/13250 ｜苏轼《黄州春日杂书四绝》其四 14/9616

《水阁二首》其一 20/13258 ｜元代袁士元《题水西轩和府推何德孚韵》45/281

《梅花十首 (其一其二其三其四其六其八其九)》20/13261 ｜陈师道《梅花七绝》19/12668

《寒食离白沙》20/13264 ｜唐代赵嘏《寒食离白沙》17/6379

《题周文翰郭熙山水二首》20/13265 ｜晁补之《题工部文侍郎周翰郭熙平远二首》19/12868

《洛岸春行二首》其二 20/13271 ｜宋高宗《题刘松年画团扇二首》其一 35/22220

《秋日有作寓直散骑舍》20/13275 ｜苏轼《入馆》14/9135

《黄葵》20/13282 ｜宋祁《黄葵》4/2576

《贺雨拜表》20/13316 ｜林之奇《贺雨拜表》37/22968

《春日杂书八首》其七 20/13350 ｜林之奇《春日杂书》37/22968

《初冬小园寓目》20/13366 ｜范成大《初冬小园寓目》41/26058 ｜韩琦《初冬小园寓目》6/4123

《泛宛溪至敬亭祠送别》20/13375 ｜苏为《泛宛溪至敬亭》3/1628

《暮归》20/13380 ｜苏轼《暮归》14/9620

《同应之登大宋陂》20/13386 ｜王安石《同应之登大宋陂》10/6783

《中秋夜东刹赠仁公》20/13406 ｜陈师道《中秋夜东刹赠仁公》19/12657

《寒食》20/13411 ｜仲并《寒食日归吴兴寄鲁山》34/21528

《睡香花》20/13418 ｜张景修《睡香花》14/9739 ｜张祠部《瑞香花》72/45202

《荷花》20/13418 ｜曾巩《芙蓉台》8/5560

《绝句》20/13419｜郑文宝《绝句三首》其一 1/640

《句》其二 20/13419｜苏辙《次韵子瞻题泗州监仓东轩二首》其二 15/10016

《句》其五 20/13419｜唐代元结《橘井》8/2716

《句》其八 20/13420｜丁谓《橘》2/1155

《句（其九其十）》20/13420｜刘攽《寄橙与献臣》11/7275

《句》其十一 20/13420｜张栻《昨过漕台庭前荼䕷盛开已而詹体仁海棠和章及此因用前韵赋两章》其一 45/27933

《句》其十二 20/13420｜张耒《登城二首》其一 20/13385

《句》其十四 20/13420｜张耒《舟行即事二首》其一 20/13177

《句》其十五 20/13420｜陆游《巴东遇小雨二首》其一 39/24289

《句》其十六 20/13420｜陆游《看山》39/24263

周邦彦

《薛侯马》20/13423｜陈郁《赋薛侯》57/35803

《天赐白》20/13424｜陈郁《天赐白》57/35803

《越台曲》20/13424｜周紫芝《越台曲》26/17082

《寿宋守》其一 20/13430｜刘季裴《寿朱守》38/23846

《句》其五 20/13432｜赵令畤《浣溪沙·一朵梦云惊晓鸦》

潘大临

《句》其七 20/13439｜李彭《久不得潘鬃书》24/15918

张璹

《与葛洪》20/13440｜张铸《寄葛源》3/1716

高翔

《题韩干马》20/13445｜元代高翔《题韩干马图》67/323

王实

《古意》20/13446｜王义山《古意二首》其一 64/40077

宋肇

《中秋对月用昌黎先生赠张功曹韵》20/13449｜王十朋《中秋对月用昌黎赠张

功曹韵呈同官》36/22841

《句》20/13450 ｜苏轼《次韵宋肇惠澄心纸二首》其一 14/9398

释慧懃

《颂古七首·离四句绝百非》20/13458 ｜释绍昙《颂古五十五首》其七 65/40790

《颂古七首·南泉示众云文殊起佛见法见贬向二铁围山》20/13458 ｜释月磵《偈颂四首》其二 67/42338

释普融

《偈》20/13460 ｜普融知藏《呈法演偈答倩女离魂话》22/14621

陈瓘

《寄觉范漳水》20/13469 ｜邵雍《仁者吟》7/4505

《吴江鲈乡亭》20/13470 ｜王禹偁《松江亭二首》其二 2/805

《接花》20/13470 ｜游酢《接花》19/12908

《苏文饶往昌国意颇惮之送以诗因勉之》20/13470 ｜刘才邵《苏文饶往昌国意颇惮之送以诗因勉之》29/18857

《超果亮师假还山》其一 20/13472 ｜赵挺之《朱氏天和堂》15/10184

《超果亮师假还山》其二 20/13472 ｜丰稷《朱氏天和堂》12/8378

《垂虹亭》20/13475 ｜王禹偁《再泛吴江》2/696

《句》其三 20/13476 ｜刘敞《王秘丞惠然相访并见遗蜀笺玄石砚》9/5889

崔鶠

《江月图》20/13479 ｜林之奇《江月图》37/22969

《早春偶题》20/13479 ｜林之奇《早春偶题》37/22970

《与叔易过石佛看宋大夫画山水》20/13480 ｜陈克《与叔易过石佛看宋大夫画山水》25/16894

释惟清

释惟清 20/13490 ｜释灵源 17/11753

《辞无尽居士》20/13490 ｜释灵源《偈三首（其一）》17/11753

《偈二首（其一其二）》20/13491 ｜释灵源《偈三首（其二、其三）》17/11753

杨允

《不预曲宴诗》20/13494 ｜杨允元《寄馆中诸公》2/1129 ｜杨亿《贻诸馆阁》3/1416

李回

《题妓帕》20/13495 ｜张俞《题汉州妓项帕罗》7/4714

何颉之

《黄绵襖绝句》20/13497 ｜罗大经《黄绵襖》60/37921

赵企

《樱桃》20/13537 ｜唐代韦庄《白樱桃》20/8007 ｜唐代于邺《白樱桃》21/8314

许梁

《书郭子度壁》20/13549 ｜许棐《书郭子度壁》59/36847

郭三益

《题仙居南峰寺蓝光轩》20/13553 ｜郭明甫《题仙居县南峰》71/45091

孙实

《压云轩》20/13555 ｜邵彪《压云轩》31/19975

李廌

《黄杨林诗》20/13560 ｜李正民《句》其一 27/17505

《中隐庵和赵孺韵》20/13578 ｜李之仪《中隐庵次赵德孺韵》17/11161

《廌寓龙兴仁王佛舍德麟公定道辅仲宝携酒肴纳凉联句十六韵》20/13593 ｜赵令畤《方叔寓龙兴仁王佛舍与公定道辅仲宝携酒肴纳凉联句十六韵》22/14337

《卢泉之水次韵晁克民赠隐人》20/13602 ｜李之仪《卢泉之水次韵晁尧民赠张隐人》17/11226

《壁间所挂山水图》20/13606 ｜李之仪《壁间所挂山水图》17/11232

《秋蝶》20/13615 ｜李方敬《秋蝶》72/45272

《钓台》其二 20/13616 ｜范端臣《登钓台》38/24038

《次韵东坡还自岭南》20/13628 ｜李之仪《次韵东坡还自岭南》17/11167

蔡肇

《过邢惇夫墓下作》20/13644 ｜蔡光启《挽敦夫》71/45080

《句》其二 20/13661 ｜唐代杜牧《正初奉酬歙州刺史邢群》16/5987

《句》其九 20/13661 ｜蔡居厚《句》22/14509

第二十一册

晁说之

《咏老》21/13705 ｜徐积《老仙》11/7703

《蓬莱仙》21/13705 ｜徐积《谪仙》11/7706

《积善堂》21/13715 ｜晁冲之《积善堂诗》21/13903

《览冀亭榴花》21/13723 ｜晁冲之《戏成》21/13879

《节孝处士徐先生》21/13726 ｜徐积《贫仙》11/7698

《笑》21/13769 ｜徐积《和蹇受之·右笑》11/7659

《二十二弟获金印》21/13786 ｜晁冲之《决道念八弟得小金印以诗赠之》21/13880

《正月二十八日避难至海陵从先流寓兄弟之招仍邂逅冯元礼故人》其一 21/13808 ｜孙应时《正月二十八日避难至海陵从先流寓兄弟之招仍邂逅冯元礼故人二首之一》51/31732

《正月二十八日避难至海陵从先流寓兄弟之招仍邂逅冯元礼故人》其二 21/13808 ｜孙应时《避难至海陵从先流寓兄弟之招仍邂逅故人冯元礼二首之一》51/31776

《览古》21/13823 ｜晁冲之《览古》21/13875

《谢沈次律水枕》21/13823 ｜晁冲之《谢沈次律水枕》21/13877

《和新乡二十一弟华严水亭二首》21/13823 ｜晁冲之《和新乡二十一兄华严水亭五首（其四其五）》21/13901

《次韵王立之雪中以酒见饷》21/13823 ｜晁冲之《次韵王立之雪中以酒见饷》

第五章 《全宋诗》重出总目　847

21/13876

《次二十一兄季北九日韵》21/13824｜晁冲之《次二十一兄季此九日韵》21/13886

《怀济北弟侄》21/13824｜晁冲之《怀济北弟侄》21/13889

《题韦偃双松老僧图》21/13824｜晁咏之《题韦偃双松老僧图》21/14246

《句》其四 21/13826｜梅尧臣《近有谢师厚寄襄阳柑子乃吴人所谓绿橘耳今王德言遗姑苏者十枚此真物也因以诗答》5/2877

郑常

《送头陀赴庐山寺》21/13832｜唐代郑常《送头陀上人赴庐山寺》10/3512

释子淳

《偈五首》其一 21/13849｜释智愚《偈颂二十一首》其一二 57/35962｜释法如《偈》25/16664

晁冲之

《览古》21/13875｜晁说之《览古》21/13823

《次韵王立之雪中以酒见饷》21/13876｜晁说之《次韵王立之雪中以酒见饷》21/13823

《谢沈次律水枕》21/13877｜晁说之《谢沈次律水枕》21/13823

《戏成》21/13879｜晁说之《览冀亭榴花》21/13723

《决道念八弟得小金印以诗赠之》21/13880｜晁说之《二十二弟获金印》21/13786

《送王敦素朴》21/13885｜邓深《送王敦素》37/23355

《次二十一兄季此九日韵》21/13886｜晁说之《次二十一兄季北九日韵》21/13824

《怀济北弟侄》21/13889｜晁说之《怀济北弟侄》21/13824

《和新乡二十一兄华严水亭五首（其四其五）》21/13901｜晁说之《和新乡二十一弟华严水亭二首》21/13823

《积善堂诗》21/13903｜晁说之《积善堂》21/13715

《道中》21/13904 ｜陈与义《道中》31/19547

《句》其一 21/13904 ｜晁冲之《送僧归建州》21/13900

《句》其三 21/13904 ｜陈师道《寄晁载之兄弟》19/12659

邹浩

《书徐仲车先生诗集后》21/13917 ｜张舜民《书节孝先生事实于先生诗编之后》14/9669

《送幼安赴澶仓》21/13933 ｜韩淲《邹道乡送幼安赴澶仓》52/32477

《湖上杂咏》其一 21/13985 ｜宋高宗《题刘松年画团扇二首》其二 35/22220

《遣感》21/14030 ｜徐存《命卜》24/15740

毛滂

《对月》21/14113 ｜王令《对月》12/8168

《夏夜》21/14122 ｜陆游《暑夜》39/24488

《曹彦约昌谷集同官约赋红梅成五十六字》21/14132 ｜曹彦约《同官约赋红梅成五十六字》51/32181

《再赋四十字》21/14132 ｜曹彦约《红梅》51/32153

《仙居禅院》21/14133 ｜毛注《仙居寺》19/12617

《题仙居禅院怀舒阁》21/14134 ｜毛注《水帘泉》19/12617

高道华

《章华台碑》21/14136 ｜高华《章华台碑》72/45120

卞育

《留题灵岩寺》21/14137 ｜冤亭卞《留题灵岩古诗十韵》21/14250

王涤

《南涧寺阁》21/14137 ｜唐代王涤《南涧寺阁》1465（《全唐诗补编》）

苏坚

《清江曲》21/14142 ｜苏庠《清江曲》其一 22/14604

郭思

《句》其二 21/14146 ｜唐代郭思《句》22/8959

李新

《晚宿江涨桥》21/14180 ｜ 许彦国《晚宿江涨桥》18/12400

《观前古美人图》21/14213 ｜ 李元膺《观前古美人图》18/11795

《项羽庙》21/14231 ｜ 许彦国《咏项籍庙二首》其一 18/12401

《锦江思》21/14231 ｜ 喻汝砺《锦江思》27/17878

《折杨柳》21/14235 ｜ 李元膺《折杨柳》18/11796 ｜ 许志仁《折杨柳》35/22068

《句》其三 21/14239 ｜ 李新《登城望江边》21/14192

高荷

《和山谷题李亮功家周昉画美人琴阮图》21/14243 ｜ 王铚《追和周昉琴阮美人图诗》34/21290

晁咏之

《题韦偃双松老僧图》21/14246 ｜ 晁说之《题韦偃双松老僧图》21/13824

《句》其四 21/14246 ｜ 晁补之《酴釄》19/12889

冤亭卞

《留题灵岩古诗十韵》21/14250 ｜ 卞育《留题灵岩寺》21/14137

僧某

《以偈问文准禅师》21/14270 ｜ 释文准弟子《偈》26/17041 ｜ 唐代云表《寒食日》23/9293

释梵言

《偈三首》其一 21/14270 ｜ 广利寺僧《中秋》55/34807 ｜ 释祖珍《偈三十五首》其一七 29/18452 ｜ 唐代寒山《诗三百三首》23/9069

第二十二册

王绛

《张公洞》22/14336 ｜ 王绛《题张公洞》5/3349

赵令畤

《方叔寓龙兴仁王佛舍与公定道辅仲宝携酒肴纳凉联句十六韵》22/14337 ｜李廌《廌寓龙兴仁王佛舍德麟公定道辅仲宝携酒肴纳凉联句十六韵》20/13593

张元仲

《象鼻岩》22/14342 ｜张汝锴《题象鼻岩》63/39711

秦觏

《呈东坡》22/14343 ｜陈少章《诗一首》14/9727 ｜秦观《东坡守杭》18/12153

鲍慎由

《王略帖赞》22/14346 ｜米芾《王略帖赞》18/12264

周行己

《美人曲》22/14382 ｜张镃《美人曲》50/31552

司马樘

《和上元日游南园赏梅花》22/14387 ｜司马光《又和上元日游南园赏梅花》9/6212

《千顷山（三首）》22/14387 ｜章樘《千顷山（三首）》55/34435

司马棫

《茅斋》22/14389 ｜何正平《绝句》22/14615

刘正夫

《宣妙院上方》22/14392 ｜刘孝甝《题佘山宣妙寺》43/26839

张彦修

《四顶山》22/14407 ｜唐代张彦修《游四顶山》449（《全唐诗补编》）

郭正

《姜相峰》22/14411 ｜郭祥正《赠桐城青山隐者裴材》13/8765

徐鹗

《朱氏天和堂》22/14413 ｜徐铎《朱氏天和堂》18/11773

释克勤

《颂》22/14424 ｜张商英《颂一首》16/10998

洪朋

《云溪院》22/14471 ｜洪炎《云溪院》22/14744

《句》其一 22/14472 ｜洪朋《同徐师川登秋屏阁观雪》22/14449

《句》其二 22/14472 ｜洪炎《南城邓氏亭》22/14743

《句》其五 22/14472 ｜洪炎《上巳日南池作》22/14462

《句》其十 22/14473 ｜洪朋《同玉父鸿父看池边梅》22/14469

《句》其十一 22/14473 ｜洪炎《上巳日南池作》22/14462

《句》其十三 22/14473 ｜周南《晚出至湖桑埭》52/32259

洪刍

《示子》22/14492 ｜洪浩父《寄子》13/9056

《松棚》22/14497 ｜杨万里《和昌英叔觅松枝作日棚》其一 42/26110

《田家谣》22/14504 ｜唐代聂夷中《田家二首》其一 19/7300

《咏河豚西施乳》22/14505 ｜严有翼《戏题河豚》32/20340

《句》其十 22/14505 ｜汪藻《句》其五 25/16563

《句》其十四 22/14505 ｜杨时《东林道上闲步三首》其二 19/12956

蔡居厚

《句》22/14509 ｜蔡肇《句》其九 20/13661

林迪

《闻伯育承事结彩舟作乐游东湖戏寄四韵》22/14509 ｜郭祥正《闻伯育承事结彩舟作乐游湖戏寄三首（其一）》13/8941

《次前韵》22/14509 ｜郭祥正《闻伯育承事结彩舟作乐游湖戏寄三首（其二）》13/8941

《又题阮希圣东湖十绝》22/14510 ｜郭祥正《阮师旦希圣彻垣开轩而东湖仙亭射的诸山如在掌上予为之名曰新轩盖取景物变态新新无穷之义赋十绝句》13/8979

饶节

《春》22/14599 ｜释惠琏《多雨》72/45192

《红梅》22/14600 ｜释琏《红梅》72/45208

《寄谢无逸》22/14600 ｜饶节《遇里人道及乡间事作诗寄谢无逸》22/14563

苏庠

《清江曲》其一 22/14604 ｜苏坚《清江曲》21/14142

《清江曲》其二 22/14604 ｜释居简《偈颂一百三十三首》其六七 53/33282

《惠安寺》22/14607 ｜释师体《颂古十四首》其十 35/22333

释祖可

《霜余溪上》22/14610 ｜汪藻《霜余溪上绝句》25/16556

《句》其七 22/14614 ｜饶节《杨梅》22/14576

何正平

《绝句》22/14615 ｜司马械《茅斋》22/14389

释蕴常

《天竺道中》22/14616 ｜许志仁《天竺道中》35/22067

《春日》22/14617 ｜释法具《春日》27/17452

普融知藏

《呈法演偈答倩女离魂话》22/14621 ｜释普融《偈》20/13460

毛伯英

《诗一首》22/14622 ｜毛国英《投岳侯》34/21595

李昭玘

《送李容甫归北都》22/14628 ｜释斯植《送李容甫归北都》63/39341

赵期

《临安自述》22/14647 ｜唐代郑启《严塘经乱书事》19/7642

张茂先

《句》其一 22/14650 ｜晋代张华《冬初岁小会》

《句》其二其三 22/14650 ｜晋代张华《励志》

《句》其四 22/14650 ｜晋代张华《答何劭》

张惇

《送别吕子进自中舍出知睦州》22/14652 ｜张举《吕子进知睦州予追送累日别后寄之》17/11749 ｜张载《别后寄吕子进》9/6282

《梦中作》22/14652 ｜张举《梦中作》17/11749

章凭

《题山宫法安院》22/14653 ｜章得象《题山宫法安院》其二 3/1593

张如远

《澹山岩三首》22/14656 ｜张昭远《喜雨诗三首》37/23088

释清远

《颂古六十二首》其二五 22/14709 ｜释守珣《颂古四十首》其一七 25/16488

《偈颂六十二首》其四五 22/14712 ｜唐代郑谷《淮上与友人别诗》20/7731

《偈颂一一二首》其四三 22/14718 ｜僧某《以偈问清远禅师》22/14725 ｜释正觉《偈颂二百零五首》其六六 31/19764

《偈颂一一二首》其六三 22/14720 ｜释鼎需《颂古十七首》其一八 31/20041

《偈颂一一二首》其八○ 22/14721 ｜释元素《偈二首》其一 29/18448

僧某

《以偈问清远禅师》22/14725 ｜释清远《偈颂一一二首》其四三 22/14718 ｜释正觉《偈颂二百零五首》其六六 31/19764

谢孚

《苍梧即事》22/14726 ｜陶弼《过苍梧》8/4994

陈遘

《贵州》22/14732 ｜曹亨伯《浔州行部》72/45331

洪炎

《云溪院》22/14744 ｜洪朋《云溪院》22/14472

《铅山县石井院》22/14749 ｜陈文蔚《又和胡应祥游石井韵》51/31970

周知微

《题龟山》22/14768 ｜苏轼《题金山寺回文体》14/9627

吴开

《句》其一 22/14769 ｜ 刘敞《西风》9/5816

《句》其二 22/14769 ｜ 吴表臣《句》25/16571

《句》其三 22/14769 ｜ 欧阳修《罢官西京回寄河南张主簿景祐元年》6/3672

释本才

《偈二首》其二 22/14793 ｜ 释本才《偈二首》其二 22/14794

释銮

《偈二首》其一 22/14799 ｜ 释安民《偈二首》其一 29/18473

邢居实

《雨后出城马上作》22/14809 ｜ 林之奇《雨后出城马上作》37/22969

谢逸

《三益斋诗》22/14824 ｜ 谢薖《三益斋》24/15763

《豫章别李元中宣德》22/14835 ｜ 林之奇《豫章别李元中宣德》37/22970

《送常老住疏山》22/14845 ｜ 游九功《送常老住疏山》53/33317

《闻徐师川自京师归豫章》22/14846 ｜ 林之奇《闻徐师川自京师还豫章》37/22970

《春词》其三 22/14850 ｜ 谢薖《春闺》24/15813

《春词》其五 22/14851 ｜ 任斯《牡丹》72/45211

《桂花》其一 22/14856 ｜ 韩驹《岩桂花》25/16640

《桂花》其二 22/14856 ｜ 杨万里《木犀二绝句》其二 42/26064

《琴》22/14857 ｜ 唐代谢邈《谢人惠琴材》22/8782

《右军墨池》22/14857 ｜ 谢薖《洗墨池》24/15813

《彩烟山》22/14858 ｜ 元代宋禧《采烟山长歌寄赠新昌周铭德》53/390

《句》其三 22/14858 ｜ 谢逸《怀汪信民村居》22/14827

《句》其四 22/14858 ｜ 胡致隆《玉山道中》22/14624

《句》其七 22/14858 ｜ 李彭《送果上人坐兜率夏》24/15936

《句》其一三 22/14859 ｜ 欧阳修《望江南·江南蝶》(参四库本欧阳修撰《文忠集》卷一三一)

赵鼎臣

《归雁亭》22/14913 ｜ 梅挚《归雁亭》3/2042

《盘斋诗》22/14914 ｜ 赵鈗夫《盘斋》38/24213

《雪中寄丹元子》22/14917 ｜ 秦观《四绝》其一 18/12116

《冰斋》22/14919 ｜ 赵鈗夫《冰斋》38/24213

《喜凉亭》22/14921 ｜ 吴机《喜凉亭》55/34730

《拟和元夕御制》22/14922 ｜ 傅伯成《拟和元夕御制》48/30369

《拟和元夕御诗》22/14923 ｜ 傅伯成《拟和元夕御诗》48/30369

《句》其一 22/14923 ｜ 赵鼎臣《昔官会稽故侍讲吕公原明丈请以其孙揆中者娶余之长女既受币矣无何揆中与余女未成婚而俱卒济阴簿本中则揆中之弟也近于同舍林德祖处见其所与石子植唱和诗子植又余太学之旧僚也故次其韵因寄吕兼以简石且请德祖同赋》22/14880

韩浩

《禁苑》22/14925 ｜ 唐代韩偓《中秋禁直》20/7788

程迈

《送友福建转运判官》22/14931 ｜ 晁补之《送曹子方福建转运判官二首》其一 19/12848

释觉先

《过曹娥庙》22/14956 ｜ 元代释觉先《渡曹江》其二 67/211

米友仁

《题定武本兰亭》22/14957 ｜ 米芾《题定武兰亭古本》18/12284

吕天策

《为杨中正供奉题》22/14964 ｜ 司马光《题杨中正供奉洗心堂 9/6100

夏倪

《句》其三 22/14969 ｜ 唐代杜甫《赤谷》7/2295

袁植

《游惠山》22/14971 ｜ 钱绅《游惠山一首》25/16577

李邦彦

《二妃庙》22/14972 ｜ 元代李邦彦《黄陵庙》35/250

唐绩

《灵岩寺呈锐公禅师》22/14974 ｜ 洛浦道士《绝句》72/45554

严武

《句》22/14988 ｜ 唐代严武《巴岭答杜二见忆》8/2907

第二十三册

唐庚

《梦泉》23/14995 ｜ 唐康《潮阳尉郑太玉梦至泉侧饮之甚甘明日得之东山上作梦泉记令余作诗为赋此篇》63/39362

《除夕》23/15000 ｜ 苏辙《除夕》15/10160

《送王观复交代》23/15027 ｜ 吴可《送王观》19/13015

《石漕生日》23/15041 ｜ 冯时行《石漕生辰》34/21635

《除夕感怀》23/15049 ｜ 苏辙《益昌除夕感怀》15/10160

《舟航》23/15052 ｜ 华岳《后溪》其一 55/34419

《句》其一 23/15052 ｜ 华岳《寿昌道中》55/34412

《句》其二 23/15052 ｜ 华岳《花村》其二 55/34422

《句》其三 23/15052 ｜ 华岳《南浦水阁》55/34419

《句》其四 23/15052 ｜ 华岳《新市杂咏》其八 55/34422

《句》其五 23/15052 ｜ 华岳《登楼晚望》55/34412

释德洪

《送讷上人游西湖》23/15101 ｜ 释绍嵩《游西湖》61/38660

《戒坛院东坡枯木张嘉夫妙墨童子告以僧不在不可见作此示汪履道》23/15102 ｜ 王安中《戒坛院东坡枯木张嘉夫妙墨童子告以僧不在不可见作此示》24/16010

《早行》23/15194 ｜ 黄庭坚《早行》17/11651 ｜ 唐许浑《早行》16/6081

《送轸上人之匡山》23/15208 ｜岳飞《送轸上人之庐山》34/21595

《和人春日三首》其二 23/15278 ｜释德洪《湘山偶书》23/15282

《庐山杂兴六首（其二其四五其六）》23/15320 ｜舒亶《芦山寺（其一其二其五其六）》15/10404

《偈三首》之二 23/15379 ｜释德洪《顿脱所疑偈》23/15381

《补秀老遗》23/15380 ｜俞紫芝《松风》11/7376

《送王彦龄承务还河内》23/15381 ｜释道潜《送王彦龄承务还河内》16/10798

《句》其四 23/15382 ｜华岳《梅》55/34384

吕颐浩

《桂斋二首》其二 23/15391 ｜李纲《十二咏·桂亭》27/17808

廖刚

《题胡器之镡溪阁》23/15399 ｜胡器之《镡溪阁》72/45142

释思慧

《偈八首》其七 23/15431 ｜释宗杲《偈颂一百六十首》其九三 30/19371

袁谦

《句》23/15438 ｜哀谦《句》72/45611

苏过

《赋鼠须笔》23/15456 ｜苏轼《鼠须笔》14/9618

《闻潮阳吴子野出家》23/15461 ｜苏轼《闻潮阳吴子野出家》14/9602

《渡泉峤出诸山之项》23/15463 ｜梁江淹《渡泉峤出诸山之顶》（参四库本梁江淹《江文通集》卷四）

《题郭熙平远》23/15500 ｜苏轼《失题三首》14/9629

许景衡

《送僧之石梁》23/15519 ｜释重显《送僧之石梁》3/1635

《寄卢中甫四首》其二 23/15585 ｜卢秉《绝句》12/8330

《送僧游天台》23/15586 ｜林逋《送僧游天台》2/1239

罗从彦

《寄傲轩用陈默堂韵》23/15590 ｜吕本中《寄傲轩》28/18256

第二十四册

葛胜仲

《余谪沙阳地僻家远遇寒食如不知盖闽人亦不甚重其节也感而赋诗五首以杜子美无家对寒食五字为韵》24/15605 ｜李纲《寒食五首》27/17560

《省习堂偶题》24/15690 ｜葛立方《省习堂偶题》34/21831

《次韵刘无言山中五绝句敢请诸僚和之》24/15697 ｜葛立方《次韵刘无言寿山中五绝句敢请诸僚和之》34/21831

《跋黄鲁直画》24/15702 ｜王安石《跋黄鲁直画》10/6496

《句》其一 24/15705 ｜葛胜仲《辛卯次雾山大明院进士万廷老介来谒》24/15602

《句》其二 24/15705 ｜葛胜仲《癸巳次古浮山普慈寺》24/15605

《句》其五 24/15705 ｜葛胜仲《曾梦良惠然见存出口字诗十有七篇偶摭所遗成三篇纪谢》其三 24/15679

释大通

《偈二首》其二 24/15711 ｜释普宁《偈颂四十一首》其三四 65/40644

释广

《偈》24/15715 ｜广禅师《上堂偈》19/12979

李时

《途中遇雪》24/15721 ｜李时可《雪行》72/45173

周子雍

《句》24/15723 ｜赵鯁之《句》29/18886

曾纡

《宣州水西作》24/15725 ｜曾子公《水西寺》72/45107

第五章 《全宋诗》重出总目　859

《北固楼》24/15726 ｜曾公亮《宿甘露僧舍》4/2642

释文琏

《偈四首》其四 24/15730 ｜释善悟《颂古九首》其一 29/18878

张固

《句》24/15732 ｜唐代张固《句》1112（《全唐诗补编》）

王孳

《西轩》24/15737 ｜元代王孳《华严寺西轩》68/238

曾开

《句》24/15739 ｜曾巩《送抚州钱郎中》8/5573

徐存

《命卜》24/15740 ｜邹浩《遣感》21/14030

王叡

《解昭君怨》24/15758 ｜唐代王叡《解昭君怨》15/5743

殊胜院僧

《颂》24/15759 ｜释法升《颂》30/19440

谢薖

《三益斋》24/15763 ｜谢逸《三益斋诗》22/14824

《竹友轩》24/15781 ｜陈棣《题竹友轩》35/22014

《采金樱子》24/15789 ｜姚西岩《金樱子》72/45254

《次韵季智伯寄茶报酒三解》其一 24/15799 ｜谢安国《次韵智伯寄茶报酒三斗》72/45395

《洗墨池》24/15813 ｜谢逸《右军墨池》22/14857

《春闺》24/15813 ｜谢逸《春词》其三 22/14850

李錞

《早梅》其一 24/15830 ｜释绍昙《偈颂一百零二首》其一〇〇 65/40743

徐俯

《游潜峰二首》其一 24/15833 ｜杨杰《潜山行》12/7848

《上郡守》24/15836 ｜徐伉《赠李安抚发》72/45270

《句·游客乍惊人外境》24/15839 ｜晁补之《次韵李秬祥符轩》19/12860

李彭

《蝴蝶诗》24/15913 ｜李商《记化蝶异闻》72/45277

《访僧》24/15952 ｜李彭《游云居寺三绝》其一 24/15960

《岁晚四首》其一 24/15959 ｜韩驹《绝句》25/16637

《梦访友生》24/15967 ｜林之奇《梦访友生》37/22970

《都城元夜》24/15967 ｜李彭老《元夕》65/40659

《吊贾氏园池》24/15968 ｜李彭老《贾秋壑故居》65/40659

《句》其八 24/15969 ｜唐代李巖《林园秋夜作》4/1465

《句》其九 24/15969 ｜陈与义《雨》31/19514

《句》其十二 24/15969 ｜唐代李郢《即目》25/9993

《句》其十九 24/15970 ｜唐代郑谷《读李白集》20/7736

《句（其二十其二二其二三)》24/15970 ｜李复《观梅》19/12474

王安中

《湖山纪游》24/15989 ｜王执礼《湖山纪游》65/41070

《立春后作》24/16005 ｜王初《立春后作》3/2027

《晏起》24/16006 ｜唐代刘得仁《晏起》16/6304

《戒坛院东坡枯木张嘉夫妙墨童子告以僧不在不可见作此示》24/16010 ｜释德洪《戒坛院东坡枯木张嘉夫妙墨童子告以僧不在不可见作此示汪履道》23/15102

《题惠崇画四首》24/16013 ｜晁补之《题惠崇画四首》19/12801

《象州上元》24/16014 ｜王世则《高岩立春日》1/643

《句》其二十 24/16017 ｜王右丞《茉莉花》其一 72/45266

翟汝文

《焦山寺》24/16024 ｜李吕《题焦山寺》38/23818

储惇叙

《仙湖》24/16035 ｜朱胜非《石通洞》其二 27/17438

刘卞功

《题李公谟壁》24/16042 ｜小郗道人《书户》33/20913

张扩

《君山》24/16053 ｜张显《军山》64/40351

《送喻迪孺郎中知遂宁府》24/16082 ｜张广《送喻迪孺郎中知遂宁府》27/17941

释怀深

《偈一百二十首》其一〇〇 24/16124 ｜黄公度《谒守净禅师》36/22515 ｜释元易《偈二首》其一 19/12960 ｜释南雅《偈颂七首》其七 38/23732 ｜释崇岳《偈颂一百二十三首》其五三 45/27818 ｜释绍昙《偈颂十九首》其一五 65/40788 ｜唐代庞蕴《杂诗》23/9136

《念弥陀颂》其四 24/16129 ｜释慧远《不显名大檀越请偈》其五 34/21740

《达空大师始欲落发以偈止之》其一 24/16141 ｜释慧远《不显名大檀越请偈》其四 34/21740

释宗印

《题佛刹》24/16165 ｜释宗印《题佛刹》32/20444

陈公辅

《州宅》24/16169 ｜张伯玉《州宅》7/4735

《蓬莱阁归醉》24/16169 ｜张伯玉《蓬莱阁醉归》7/4736

释绍隆

《偈二十七首》其一六 24/16173 ｜释绍隆《送化士分卫》24/16174

章清

《句》24/16177 ｜王仲宁《句》43/26834

赵遹

《万松岭》24/16178 ｜赵史君《万松岭》72/45154

刘氏

《诗二首》24/16179 ｜刘克庄《榕台二绝》58/36223

《五月二十七日游诸洞》24/16179 ｜刘克庄《五月二十七日游诸洞》58/36215

毛友

《桑》24/16181 ｜毛达《题靖节祠堂》72/45110

李先辅

《题朱陵洞水帘》24/16184 ｜李元辅《留题招仙观》18/12056

叶梦得

《诗二首》其一 24/16209 ｜张景修《九月望夜与诗僧可久泛西湖》14/9742

《酴醿》24/16210 ｜范周《木香》18/12217

《皂镜册》24/16211 ｜傅梦得《皂镜册》72/45389

《虎丘》24/16211 ｜叶适《虎丘》50/31203

卢襄

《登三贤堂（三首）》24/16214 ｜韦骧《过笠泽三贤堂诗三首》13/8612

《太上皇帝御制题扇面所画红木犀赐从臣荣蕟》24/16216 ｜宋高宗《题丹桂画扇赐从臣》其一 35/22215

《再登接山堂》其一 24/16220 ｜王大受《游鹿苑寺》52/32782

《句》其五 24/16222 ｜徐似道《句》其三 47/29107

《句》其一三 24/16222 ｜陆游《小园四首》其二 39/24538

《句》其一四 24/16222 ｜蔡襄《漳南十咏·西湖》7/4780

苏元老

《赠抚琴刘伯华》24/16227 ｜蔡沈《赠琴士刘伯华》54/33644

第二十五册

程俱

《九日写怀》25/16334 ｜唐代高适《重阳》6/2234

《会稽旅舍言怀》25/16352 ｜程宿《旅舍述怀》2/852

李光

《琼惟水东林木幽茂予爱此三士所居虽无亭馆之胜而气象清远连日水涨隔绝悠然遐想各成一诗目为城东三咏》其一 25/16388 ｜李先《与杜秀才》》3/2049

《九日登楼二首》25/16402 ｜陈渊《九日登庄楼二首》28/18332

《海南气候与中州异群花皆早发至春时已尽独荷花自三四月开至穷腊与梅菊相接虽花头小而香色可爱顷岁苏端明谪居此郡尝和渊明诗其略云城南有荒池琐细谁复采幽姿小芙蕖香色独未改即此池也今五十余年池益增广临川陈使君复结屋其上名宾燕堂今夏得雨迟七月末花方盛开因成此诗约胜日为采莲之集云》25/16433 ｜陈觉《桄榔庵宾燕亭》34/21330

释妙喜

释妙喜 25/16476 ｜释宗杲 30/19364

《偈》25/16476 ｜释宗杲《示祖元禅人》30/19399

《和觉禅师赋六湛堂》25/16476 ｜释宗杲《又六湛堂》30/19397

《偈》25/16476 ｜释宗杲《证通身一具金锁骨偈》30/19417

《和冯济川题枯髅图》25/16476 ｜释宗杲《画髑髅颂》30/19416

释守珣

《颂古四十首》其一七 25/16488 ｜释清远《颂古六十二首》其二五 22/14709

汪藻

《尤袤大暑留召伯埭》25/16506 ｜尤袤《大暑留召伯埭》43/26861

《晚发吴城山》25/16533 ｜欧阳澈《晓发吴城山》32/20689

《送杜文仲微赴山阳倅》25/16535 ｜周孚《送杜丈仲微赴山阳倅》46/28778

《送廷藻兼呈楚州通守杜丈》25/16542 ｜周孚《送廷藻兼呈楚州通守杜丈》46/28771

《杂诗》二首 25/16554 ｜黄庭坚《杂诗七首（其六其七）》17/11667

《霜余溪上绝句》25/16556 ｜释祖可《霜余溪上》22/14610

《句》其五 25/16563 ｜洪刍《句》其十 22/14505

王珩

《梦中作》25/16568 ｜王珩《梦中作》33/20913

张宰

《翠云山》25/16569 ｜张元观《翠云山》51/32018

吴表臣

《句》25/16571 ｜吴开《句》其二 22/14769

左誉

《崇教寺筠轩》25/16572 ｜罗适《崇教寺筠轩》11/7737

马永卿

《赠申孝子世宁》25/16575 ｜辛弃疾《赠申孝子世宁》48/30012

钱绅

《游惠山一首》25/16577 ｜袁植《游惠山》22/14971

韩驹

《上陈莹中右司生日诗》25/16580 ｜强至《贺陈右司生辰》10/6908

《次韵翁监再来馆中》25/16618 ｜韩琦《次韵翁监再来馆中》6/4123

《世谓七夕后雨为洗车雨又七夕后鹊顶毛落俗谓架桥致然戏作二绝》其一 25/16631 ｜唐代杜牧《七夕》16/6034

《送范生》25/16631 ｜范季随父《寄范季随》34/21571

《题孙邵王摩诘渡水罗汉》25/16637 ｜吕本中《题孙子绍所藏王摩诘渡水罗汉》28/18163

《绝句》25/16637 ｜李彭《岁晚四首》其一 24/15959

《岩桂花》25/16640 ｜谢逸《桂花》其一 22/14856

《上辛太尉生辰诗》25/16640 ｜李商《叟寿辛太尉》49/30951

《上鲜于使君生辰诗》25/16641 ｜秦观《鲜于子骏使君生日》18/12091

《上何太宰生辰诗二首》25/16642 ｜强至《上何太宰生日二首》10/6958

《上陈龙图生辰诗》25/16643 ｜曾丰《寿陈龙图》48/30332

《上太师公相生辰诗十首》25/16646 ｜无名氏《上太师公相生辰诗十首》

71/45082

《去黄州日》25/16648 ｜韩驹《登赤壁几》25/16622

《题李白画像》25/16648 ｜韩驹《题王内翰家李伯时画太一姑射图二首》其一 25/16590

《句》其二 25/16649 ｜韩驹《顷知黄州墨卿为州司录今八年矣邂逅临川送别二首》其一 25/16628

《句》其三 25/16649 ｜韩驹《送范叔器次路公弼韵》25/16631

《句》其六 25/16649 ｜韩驹《再次韵兼简李道夫》25/16625

《句》其九 25/16649 ｜吕本中《宿田舍》28/18126

《句》其十二 25/16650 ｜吕本中《庵居》28/18051

《句》其十四 25/16650 ｜吕本中《小园》28/18038

《句》其十五 25/16650 ｜华岳《岩桂》55/34399

《句》其十六 25/16650 ｜唐庚《芙蓉溪歌》23/15034

《句》其十七 25/16650 ｜吕本中《寄宣城故旧》28/18138

《句》其十九 25/16650 ｜韩驹《上何太宰生辰诗二首》其二 25/16642

《句》其二十一 25/16650 ｜陈袭善《渔家傲·忆营妓周子文》（参四库本明陈耀文编《花草稡编》卷十三）

《句》其二十二 25/16650 ｜塞驹《句》38/23847

赵善伦

《京口多景楼》25/16660 ｜刘过《题京口多景楼》51/31869 ｜赵汝馂《多景楼》50/31174

释法如

《偈》25/16664 ｜释智愚《偈颂二十一首》其一二 57/35962 ｜释子淳《偈五首》其一 21/13849

王庭珪

《和刘美中尚书听宝月弹桃源春晓》25/16732 ｜许志仁《和宝月弹桃源春晓》35/22067

《丽人行》25/16737 ｜赵善扛《丽人行》48/30103

《谢张钦夫机宜惠灵寿杖》25/16738 ｜许志仁《谢张学士惠灵寿杖》35/22067

《读韩文公猛虎行》25/16797 ｜胡铨《诗一首》34/21589

《夜蛾儿》25/16876 ｜施清臣《夜蛾儿》62/39027

《牵牛》25/16876 ｜施清臣《牵牛花》62/39026

《绯桃》25/16876 ｜曾季狸《桃花》38/24245 ｜施清臣《绯桃》62/39026 ｜李龏《绯桃》其二 59/37412

《明堂侍祠诗》25/16877 ｜杨简《明堂侍祠十绝（其四其五）》48/30102 ｜王庭《明堂侍祠十绝（其四其五）》64/40428

石懋

《杨花》25/16883 ｜元代石敏若《柳花诗》67/322

《梅花》25/16884 ｜陆游《梅花》39/24318

《成都岁暮始微寒小酌遣兴》25/16885 ｜陆游《成都岁暮始微寒小酌遣兴》39/24319

陈克

《与叔易过石佛看宋大夫画山水》25/16894 ｜崔鶠《与叔易过石佛看宋大夫画山水》20/13480

《阳羡春歌》25/16899 ｜唐代李郢《阳羡春歌》18/6846

《句》其十 25/16901 ｜林遹《送闻义师谒池阳郡守》2/1201

《句》其二七 25/16902 ｜邵雍《和商守郎中早梅》7/4465

第二十六册

孙觌

《萍乡县》26/16933 ｜彭大年《楚萍歌》35/22092

《过慧山见旧题二首》26/16951 ｜孙迪《见旧题》16/11149

《过慧山方丈皞老酌泉试茶赋两诗遗之》26/16959 ｜孙迪《过惠山皞老试茶二

首》16/11149

《武进王丞二首·告春亭》26/17010 ｜朱翌《告春亭诗》33/20818

李质

《句》26/17038 ｜唐代李质《宿日观东房诗》17/6535

释文准弟子

《偈》26/17041 ｜僧某《以偈问文准禅师》21/14270 ｜唐代云表《寒食日》23/9293

宋徽宗

《宫词》其九一 26/17061 ｜王绅《太皇太后生日》18/12055

《宫词》其九二 26/17061 ｜王绅《太后幸景灵宫驾前露面双童女》18/12055

《诗一首》26/17078 ｜唐苏郁《步虚词》14/5362

周紫芝

《越台曲》26/17082 ｜周邦彦《越台曲》20/13424

《白苎歌》26/17082 ｜许志仁《白苎歌》35/22069

《莫愁歌》26/17095 ｜元代周竹坡《莫愁歌》65/264

《次韵次卿林下行歌十首》其一 26/17135 ｜李之仪《偶书》17/11281

《次韵次卿林下行歌十首》其二 26/17135 ｜李之仪《题隐者壁》17/11206

《次韵次卿林下行歌十首》其七 26/17135 ｜李之仪《题渔家壁》17/11206

《访张元明山斋》26/17181 ｜陈天麟《访张元明山斋》37/23268

《题吕节夫园亭十一首·越香堂》26/17188 ｜陈天麟《越香台》37/23268

《题南金慎独斋》26/17240 ｜陈天麟《题南金慎独斋》37/23267

《寒食前五日作二绝》其二 26/17255 ｜周弼《题湖上壁》60/37772

《赵观察作斋名烟艇孙耘老作唐律相邀同赋乃次其韵》26/17311 ｜陈天麟《赵观察作斋名烟艇孙耘老作唐律相邀同赋乃次其韵》37/23268

《题王季共蓬斋》26/17329 ｜陈天麟《题王季恭蓬斋 37/23268

《题吕伸友寓安堂》26/17409 ｜陈天麟《吕仲及适安堂》37/23269

《湖州》26/17433 ｜俞紫芝《吴兴》11/7377

《元忠作胡人下程图》26/17435 ｜梅尧臣《元忠示胡人下程图》5/3206

第二十七册

朱胜非
《石通洞》其二 27/17438 ｜储惇叙《仙湖》24/16035

释法具
《春日》27/17452 ｜释蕴常《春日》22/14617

《绝句二首》其二 27/17453 释惟谨《诗二首》其二 49/30960 ｜吴曾《冬》36/22582

李正民
《春日城东送韩玉汝赴两浙转运以池塘生春草园柳变鸣禽为韵分得生字》27/17458 ｜曾巩《送韩玉汝》8/5560

《句》其一 27/17505 ｜李廌《黄杨林诗》20/13560

《句》其二 27/17505 ｜李廌《题峻极下院列岫亭诗》其二 20/13636

黄宣
《应制咏菊》27/17513 ｜唐释广宣《九月菊花咏应制》23/9270

郑之才
《南龛山》27/17516 ｜□公才《次庭倚怀古韵》72/45617

李纲
李纲 27/17520 ｜李左史 72/45140

《幔亭峰》27/17537 ｜李左史《幔亭峰》72/45141

《天柱峰》27/17537 ｜李左史《天柱峰》72/45141

《三姑石》27/17537 ｜李左史《三姑石》72/45140

《仙迹石》27/17538 ｜李左史《仙迹岩》72/45141

《钟模石》27/17539 ｜刘子羽《题武夷山钟模石》33/20775

《大隐屏》27/17539 ｜李左史《大隐屏》72/45141

《寒食五首》27/17560 ｜葛胜仲《余谪沙阳地僻家远遇寒食如不知盖闽人亦不甚重其节也感而赋诗五首以杜子美无家对寒食五字为韵》24/15605

《种荔枝核有感》27/17585 ｜李若水《种荔枝核有感》31/20114

《诸刹以水激硙磨殊可观为赋此诗》27/17671 ｜李若水《诸刹以水激硙磨殊可观为赋此诗》31/20103

《十二咏·桂亭》27/17808 ｜吕颐浩《桂斋二首》其二 23/15391

《句》27/17833 ｜李纲《海南黎人作过据临皋县惊劫傍近因小留海康十一月望闻官军破贼二十日戒行戏作两绝句》其二 27/17736

胡舜陟

《题秋香亭》27/17851 ｜苏洵《菊花》7/4374

释士珪

《颂古六首》其一 27/17859 ｜释道颜《颂古》其七 32/20300

《颂古六首》其二 27/17859 ｜释道颜《颂古》其十 32/20301

《颂古六首》其三 27/17859 ｜释道颜《颂古》其二六 32/20303

《颂古六首》其四 27/17860 ｜释道颜《颂古》其三四 32/20304

《颂古六首》其五 27/17860 ｜释道颜《颂古》其六四 32/20309

《颂古六首》其六 27/17860 ｜释道颜《颂古》其九九 32/20314

《颂古七十六首》其一 27/17861 ｜释道颜《颂古》其二 32/20299

《颂古七十六首》其二 27/17861 ｜释道颜《颂古》其一 32/20299

《颂古七十六首》其三 27/17861 ｜释道颜《颂古》其一一〇 32/20316

《颂古七十六首》其四 27/17861 ｜释道颜《颂古》其一〇七 32/20315

《颂古七十六首》其五 27/17862 ｜释道颜《颂古》其一〇六 32/20315 ｜释师一《颂古十八首》其一六 35/22238

《颂古七十六首》其六 27/17862 ｜释道颜《颂古》其一〇四 32/20315

《颂古七十六首》其七 27/17862 ｜释道颜《颂古》其一〇五 32/20315

《颂古七十六首》其八 27/17862 ｜释道颜《颂古》其一〇九 32/20315

《颂古七十六首》其九 27/17862 ｜释道颜《颂古》其三 32/20300

《颂古七十六首》其十 27/17862 ｜ 释道颜《颂古》其五 32/20300

《颂古七十六首》其十一 27/17862 ｜ 释道颜《颂古》其六 32/20300

《颂古七十六首》其十二 27/17862 ｜ 释道颜《颂古》其八 32/20300

《颂古七十六首》其十三 27/17863 ｜ 释道颜《颂古》其九二 32/20314

《颂古七十六首》其十四 27/17863 ｜ 释道颜《颂古》其九 32/20301

《颂古七十六首》其十五 27/17863 ｜ 释道颜《颂古》其四四 32/20306

《颂古七十六首》其十六 27/17863 ｜ 释道颜《颂古》其十三 32/20301

《颂古七十六首》其十七 27/17863 ｜ 释道颜《颂古》其十四 32/20301

《颂古七十六首》其十八 27/17863 ｜ 释道颜《颂古》其七四 32/20311

《颂古七十六首》其十九 27/17863 ｜ 释道颜《颂古》其五四 32/20308

《颂古七十六首》其二十 27/17863 ｜ 释道颜《颂古》其一〇三 32/20315

《颂古七十六首》其二一 27/17864 ｜ 释道颜《颂古》其五五 32/20308

《颂古七十六首》其二二 27/17864 ｜ 释道颜《颂古》其十五 32/20302

《颂古七十六首》其二三 27/17864 ｜ 释道颜《颂古》其八五 32/20313

《颂古七十六首》其二四 27/17864 ｜ 释道颜《颂古》其四六 32/20307

《颂古七十六首》其二五 27/17864 ｜ 释道颜《颂古》其二一 32/20302

《颂古七十六首》其二六 27/17865 ｜ 释道颜《颂古》其二七 32/20303

《颂古七十六首》其二七 27/17865 ｜ 释道颜《颂古》其二三 32/20303

《颂古七十六首》其二八 27/17865 ｜ 释道颜《颂古》其三五 32/20304

《颂古七十六首》其二九 27/17865 ｜ 释道颜《颂古》其三三 32/20304

《颂古七十六首》其三十 27/17865 ｜ 释道颜《颂古》其三七 32/20305

《颂古七十六首》其三一 27/17865 ｜ 释道颜《颂古》其三十 32/20304

《颂古七十六首》其三二 27/17865 ｜ 释道颜《颂古》其二八 32/20304

《颂古七十六首》其三三 27/17865 ｜ 释道颜《颂古》其三二 32/20304

《颂古七十六首》其三四 27/17866 ｜ 释道颜《颂古》其二九 32/20304

《颂古七十六首》其三五 27/17866 ｜ 释道颜《颂古》其二二 32/20303

《颂古七十六首》其三六 27/17866 ｜ 释道颜《颂古》其二四 32/20303

《颂古七十六首》其三七 27/17866 ｜释道颜《颂古》其二十 32/20302

《颂古七十六首》其三八 27/17866 ｜释道颜《颂古》其六一 32/20309

《颂古七十六首》其三九 27/17866 ｜释道颜《颂古》其十九 32/20302

《颂古七十六首》其四十 27/17866 ｜释道颜《颂古》其十八 32/20302

《颂古七十六首》其四一 27/17867 ｜释道颜《颂古》其十七 32/20302

《颂古七十六首》其四二 27/17867 ｜释道颜《颂古》其八一 32/20312

《颂古七十六首》其四三 27/17867 ｜释道颜《颂古》其五八 32/20309

《颂古七十六首》其四四 27/17867 ｜释道颜《颂古》其五九 32/20309

《颂古七十六首》其四五 27/17867 ｜释道颜《颂古》其七六 32/20311

《颂古七十六首》其四六 27/17867 ｜释道颜《颂古》其四三 32/20306

《颂古七十六首》其四七 27/17867 ｜释道颜《颂古》其四一 32/20306

《颂古七十六首》其四九 27/17868 ｜释道颜《颂古》其五七 32/20309 ｜唐代王播《题木兰院二首》之一 14/5302

《颂古七十六首》其五十 27/17868 ｜释道颜《颂古》其七三 32/20311

《颂古七十六首》其五一 27/17868 ｜释道颜《颂古》其二五 32/20303

《颂古七十六首》其五二 27/17868 ｜释道颜《颂古》其八二 32/20312

《颂古七十六首》其五三 27/17868 ｜释道颜《颂古》其八八 32/20313

《颂古七十六首》其五四 27/17868 ｜释道颜《颂古》其六三 32/20309

《颂古七十六首》其五五 27/17868 ｜释道颜《颂古》其四十 32/20306

《颂古七十六首》其五六 27/17869 ｜释道颜《颂古》其八七 32/20313

《颂古七十六首》其五七 27/17869 ｜释道颜《颂古》其六五 32/20310

《颂古七十六首》其五八 27/17869 ｜释道颜《颂古》其八三 32/20312

《颂古七十六首》其五九 27/17869 ｜释道颜《颂古》其六八 32/20310

《颂古七十六首》其六十 27/17869 ｜释道颜《颂古》其四二 32/20306

《颂古七十六首》其六一 27/17869 ｜释道颜《颂古》其八四 32/20312

《颂古七十六首》其六二 27/17869 ｜释道颜《颂古》其七九 32/20312

《颂古七十六首》其六三 27/17869 ｜释道颜《颂古》其六二 32/20309

《颂古七十六首》其六四 27/17870 ｜释道颜《颂古》其十二 32/20301

《颂古七十六首》其六五 27/17870 ｜释道颜《颂古》其七七 32/20311

《颂古七十六首》其六六 27/17870 ｜释道颜《颂古》其四五 32/20307

《颂古七十六首》其六七 27/17870 ｜释道颜《颂古》其六六 32/20310

《颂古七十六首》其六八 27/17870 ｜释道颜《颂古》其四七 32/20307

《颂古七十六首》其六九 27/17870 ｜释道颜《颂古》其一〇一 32/20315

《颂古七十六首》其七十 27/17870 ｜释道颜《颂古》其七十 32/20310

《颂古七十六首》其七一 27/17870 ｜释道颜《颂古》其七八 32/20311

《颂古七十六首》其七二 27/17871 ｜释道颜《颂古》其九八 32/20314

《颂古七十六首》其七三 27/17871 ｜释道颜《颂古》其九一 32/20313

《颂古七十六首》其七四 27/17871 ｜释道颜《颂古》其九十 32/20313

《颂古七十六首》其七五 27/17871 ｜释宗杲《颂古一百二十一首》其九六 30/19390

《颂古七十六首》其七六 27/17871 ｜释道颜《颂古》其九五 32/20314

喻汝砺

《锦江思》27/17878 ｜李新《锦江思》21/14231

张纲

《归乡》27/17892 ｜沈与求《归乡》29/18802

刘涛

《五峰岩》27/17927 ｜宋涛《题白云岩》2/856

张斛

《卢台哨帆亭》27/17936 ｜张德容《芦台哨帆亭》72/45498

《海边亭为浩然赋》27/17937 ｜元代张斛《海边亭为浩然赋》66/205

《句》其三 27/17938 ｜张斛《寓中江县楼》27/17936

张广

《送喻迪孺郎中知遂宁府》27/17941 ｜张扩《送喻迪孺郎中知遂宁府》24/16082

第二十八册

朱淑真

《掬水月在手》28/17977 ｜朱少游《掬水月在手》第 70/44454

《吊林和靖二首（其一）》28/17978 ｜钱选《题观梅图》68/42804

《对雪一律》28/17990 ｜易祓妻《对雪》51/32122

《长春花》28/17992 ｜董嗣杲《长春花》68/42729

《送人赴试礼部》28/17996 ｜黄少师女《送人赴举》72/45641

《雪晴二首》28/18000 ｜白玉蟾《雪晴（二首）》60/37596

张守

《送秦楚材使高丽二首》其二 28/18019 ｜秦观《客有传朝议欲以子瞻使高丽大臣有惜其去者白罢之作诗以纪其事》18/12101

《罢酒》28/18029 ｜陈起《罢酒》58/36780

吕本中

《济阴寄故人》28/18074 ｜张载《忆别》9/6286

《赴海陵行次宝应》28/18108 ｜吕存中《过宝应湖》50/31094

《牧牛儿》28/18111 ｜张载《牧牛儿》9/6286

《再和兼寄奉符大有叔》28/18113 ｜王之道《寄奉符大有叔》32/20212

《墨梅》28/18147 ｜吴居仁《咏梅》43/26835

《题孙子绍所藏王摩诘渡水罗汉》28/18163 ｜韩驹《题孙子邵王摩诘渡水罗汉》25/16637

《尹穑少稷方斋》28/18214 ｜吕祖谦《方斋行》47/29153

《绝句》其一 28/18237 ｜陈师道《绝句》19/12730

《暮雨》28/18256 ｜白玉蟾《安仁县问宿》60/37618

《寄傲轩》28/18256 ｜罗从彦《寄傲轩用陈默堂韵》23/15590

《丹桂轩》28/18257 ｜罗愿《日涉园次韵五首·丹桂轩》46/28972

《松》28/18257 ｜明代胡居仁《松》（参四库本胡居仁《胡文敬集》卷三）

《句》其二 28/18265 ｜ 韩驹《送海常化士》25/16616

《句》其六 28/18265 ｜ 吕本中《送谦上人回建州三首》其二 28/18160

释显万

《庵中自题》28/18277 ｜ 释志芝《山居》72/45525

释法忠

《颂古五首》其五 28/18283 ｜ 释宗琏《颂古三首》其二 33/20782

富直柔

《次方德顺和贫士韵》28/18283 ｜ 李弥逊《暇日约诸友生饭于石泉以讲居贫之策枢密富丈欣然肯顾宾至者七人次方德顺和贫士韵人赋一章》其一 30/19247

陈楠

《金丹诗诀》其八九 28/18302 ｜ 白玉蟾《华阳吟》其一三 60/37606

郭允升

《灵龟洞》28/18304 ｜ 元代郭允升《灵龟洞》66/328

释冲邈

《翠微山居诗（其三、其四、其五、其七、其十二、其十七、其二三、其二四）》28/18308 ｜ 赵彦端《翠微山居八首》38/23747

陈渊

《重阳后送谨常兄之符离》28/18327 ｜ 章粲《重阳后送谨常兄之符离》64/40360

《九日登庄楼二首》28/18332 ｜ 李光《九日登楼二首》25/16402

《廖成伯奉议生辰》28/18362 ｜ 仲并《廖成伯奉议生辰》34/21554

《提举生辰》28/18363 ｜ 仲并《提举生辰》34/21554

《俞宪生辰》28/18363 ｜ 仲并《俞宪生辰代庞几先作》34/21554

《耿宪生辰》28/18364 ｜ 仲并《耿宪生辰》34/21557

《郑漕生辰二首》其一 28/18364 ｜ 仲并《郑漕生辰代几先作》34/21533

《郑漕生辰二首》其二 28/18364 ｜ 仲并《郑漕生辰》34/21556

《唐大夫生辰》28/18364 ｜ 仲并《唐大夫生辰》34/21556

《黄兵部生辰四首》28/18365 ｜ 仲并《黄兵部生辰》34/21561

赵鼎

《暮村》28/18431 ｜ 赵钺夫《暮村》38/24213

《醉和颜美中元夕绝句》28/18432 ｜ 赵钺夫《醉和颜美中元夕绝句》38/24213

《灵岩寺》28/18432 ｜ 赵抃《题灵山寺》6/4148

《和聂之美重游东郡》28/18432 ｜ 司马光《和聂之美重游东郡二首》其一 9/6135

第二十九册

李邴

《行田同安题康店铺》29/18436 ｜ 李炳《题康店铺》68/42913

《句》其一 29/18437 ｜ 李炳《句》33/21237

《句》其六 29/18437 ｜ 唐代刘禹锡《乐天少傅五月长斋广延缁徒谢绝文友坐成暌间因以戏之》33/21237

向子諲

《题王文孺臞庵》29/18438 ｜ 沈与求《草堂二首》其二 29/18802

释元素

《偈二首》其一 29/18448 ｜ 释清远《偈颂一一二首》其八〇 22/14721

释洵

《偈二十二首》其二二 29/18450 ｜ 释守净《偈三首》其三 31/20045

释祖珍

《偈三十五首》其一一 29/18452 ｜ 释宗杲《偈颂一百六十首》其二 30/19364 ｜ 释昙华《偈颂六十首》其一 34/21663 ｜ 释智愚《偈颂二十五首》其二三 57/35904

《偈三十五首》其一七 29/18452 ｜ 广利寺僧《中秋》55/34807 ｜ 释梵言《偈三首》其一 21/14270 ｜ 唐代寒山《诗三百三首》23/9069

释法泰

《偈七首》其六 29/18463 ｜南朝傅大士《法身颂》（四库本《五灯会元》卷十四）

《颂古十二首》其九 29/18465 ｜唐代韦蟾《赠商山僧》17/6558

释安民

《偈二首》其一 29/18473 ｜释銮《偈二首》其一 22/14799

《偈二首》其二 29/18473 ｜释悟真《偈五首》其二 11/7364

释梵思

《颂古九首》其一 29/18475 ｜释绍昙《颂古五十五首》其四九 65/40796 ｜释慧开《颂古四十八首》其一九 57/35679

《颂古九首》其八 29/18476 ｜释可湘《偈颂一百零九首》其六七 63/39306 ｜唐代东方虬《春雪》4/1075

释明辩

《颂古十六首》其六 29/18482 ｜唐代李白《忆东山二首》之一 6/1859

《颂古三十二首》其二三 29/18487 ｜唐代金昌绪《春怨》22/8724

曾幾

《相马图呈杜勉斋左司》29/18506 ｜元代曹伯启《相马图呈杜勉斋左司》17/316

《清樾轩》29/18514 ｜曾逮《清樾轩》38/24217

《和刘圣俞顾龙山约客韵》29/18521 ｜刘宰《和刘圣与顾龙山约客韵》53/33408

《雨二首》29/18526 ｜陆游《雨二首》41/25641

《夕雨》29/18527 ｜陆游《夕雨二首》其一 39/24492

《雨夜》29/18527 ｜陆游《雨夜》39/24486

《晚雨》29/18528 ｜陆游《晚雨》39/24331

《苦雨》29/18528 ｜陆游《苦雨二首》其一 40/25208

《蛱蝶》29/18529 ｜赵蕃《蛱蝶》49/30531

《萤火》29/18529 ｜赵蕃《萤火》49/30535

《太湖石》29/18538 ｜唐代王贞白《太湖石》25/10006

《秋雨排闷十韵》29/18547 ｜陆游《秋雨排闷十韵》39/24582

《凤凰台》29/18589 ｜曾肇《凤凰台》18/11887

《再题天衣寺》29/18592 ｜秦观《游鉴湖》18/12100

《放猿》29/18595 ｜唐代曾麻几《放猿》22/8724

《三霄亭和韵》29/18595 ｜曾惇《次韵李举之玉霄亭》其一 34/21769

《蟹》29/18595 ｜陆游《糟蟹》40/24882

《把酒思闲事二首》29/18598 ｜唐代白居易《把酒思闲事二首》14/5140

《晚春酒醒寻梦得》29/18598 ｜唐代白居易《晚春酒醒寻梦得》14/5179

《句》其五 29/18600 ｜赵庚夫《读曾茶山诗集》55/34296

《句》其八 29/18601 ｜曾幾《种竹》29/18535

郭印

《题苏庆嗣睡乐轩》29/18643 ｜冯时行《题苏庆嗣睡乐轩》34/21610

《中秋日与诸公同游宝莲院分韵得尘字》29/18683 ｜冯时行《游宝莲寺分韵得尘字》34/21627

《舟中见月》29/18691 ｜冯时行《舟中见月》34/21626

《游灵泉寺》29/18699 ｜冯时行《游云泉寺》34/21634

沈与求

《草堂二首》其一 29/18802 ｜王铚《王文孺膙庵》34/21326

《草堂二首》其二 29/18802 ｜向子諲《题王文孺膙庵》29/18438

《归乡》29/18802 ｜张纲《归乡》27/17892

《膙庵》29/18802 ｜程敦厚《草堂》35/22082

《南漪堂》29/18802 ｜沈遘《南漪堂》11/7512

王阗

《在京思故园见乡人问》29/18806 ｜唐代王绩《在京思故园见乡人问》

2/481

谢彦

《留题骊山》29/18812 ｜元代谢彦《骊山》68/186

左纬

《九峰》29/18823 ｜孟大武《题紫岩寺》34/21764

《趋石桥初登山岭》29/18824 ｜赵岘《趋石桥初登山岭》13/8714

《送别》29/18826 ｜无名氏《题丹阳玉乳泉壁》71/45059

《春日晓望》29/18826 ｜孟大武《春日晚望》34/21764

刘才邵

《苏文饶往昌国意颇惮之送以诗因勉之》29/18857 ｜陈瓘《苏文饶往昌国意颇惮之送以诗因勉之》20/13470

释道闲

《颂古二首》其二 29/18878 ｜释法薰《偈颂一百三十三首》其一一五 55/34157

释善悟

《颂古九首》其一 29/18878 ｜释文琏《偈四首》其四 24/15730

释祖觉

释祖觉 29/18880 ｜觉禅师 17/11313

《呈圆悟》29/18880 ｜觉禅师《偈一首》17/11313

《寄圆悟》29/18880 ｜觉禅师《寄圜悟偈》17/11313

赵鯱之

《句》29/18886 ｜周子雍《句》24/15723

李宏

《舟中》29/18893 ｜陈天麟《舟中》37/23265

《青山道中》29/18893 ｜陈天麟《青山道中》37/23265

第三十册

王洋

《十月十七日雨霁复至仙隐》30/18920 ｜谢枋得《仙隐观》66/41416

《曾竑父约游南岩短韵奉呈》30/18925 ｜汪应辰《和游南岩》38/23573

《病眼》30/18977 ｜张方平《病眼》6/3858

《以越笺与三四弟有诗次韵》30/19015 ｜方岳《以越笺与三四弟有诗次韵》61/38355

《目疾》30/19019 ｜陈与义《目疾》31/19473

《题前寺中洲茶》30/19042 ｜倪思《游黄蘖山三首》其三 55/34307

《琵琶洲》30/19043 ｜汪应辰《琵琶洲》38/23580

《琼花》30/19043 ｜王信《咏扬州后土祠琼花》47/29563

郑刚中

《沈商卿砚》30/19163 ｜张孝祥《赋沈商卿砚》45/27734

《范达夫砚》30/19163 ｜张孝祥《近得一二砚示范达甫笑以为堪支床也许送端州大砚作诗以坚其约》45/27733

《牡丹》30/19163 ｜陈孔硕《牡丹》50/31042

《海棠》30/19163 ｜陈孔硕《海棠》50/31043 ｜何基《海棠》59/36841 ｜杜汝能《海棠》67/42023

《句》其一 30/19163 ｜张孝祥《德庆范监州以子石砚宠假虽小而奇戏作》其一 45/27789

洪皓

《题黄氏所居》30/19186 ｜冯时行《题黄氏所居》34/21634

张于文

张于文 30/19218 ｜张子文 35/22211

《次韵何文缜墨梅二绝》30/19218 ｜张子文《次韵何文缜墨梅二绝》35/22211

《墨梅三绝》30/19218 ｜张子文《墨梅三绝》35/22211

《次韵秦会之题墨梅二首》30/19218 ｜李若水《次友人韵题墨梅（二首）》31/20118

释道行

《偈十首》其七 30/19222 ｜释道行《颂古十七首》其一五 30/19227

李弥逊

《早行》30/19242 ｜李弥逊《白马寺》30/19344

《暇日约诸友生饭于石泉以讲居贫之策枢密富丈欣然肯顾宾至者七人次方德顺和贫士韵人赋一章》其一 30/19247 ｜富直柔《次方德顺和贫士韵》28/18283

《丞厅后圃双梅一枝发和似表弟韵》30/19253 ｜王十朋《丞厅后圃双梅一枝发和以表弟韵》36/22961

《次韵舍弟游本觉寺》30/19271 ｜葛绍体《游本觉寺》60/37957

《寄题福州程进道止戈堂二首》30/19297 ｜林希逸《止戈堂》59/37364

《近闻诸山例关堂石门老偶煮黄精以诗为寄次韵以戏之》30/19328 ｜林希逸《近闻诸山例关堂石门老偶煮黄精以诗为寄次韵以戏之》59/37364

《忠显刘公挽诗》30/19338 ｜张嵲《忠显刘公挽诗四首（其一、其二）》32/20524

释宗杲

《偈颂一百六十首》其二 30/19364 ｜释祖珍《偈三十五首》其一一 29/18452 ｜释昙华《偈颂六十首》其一 34/21663 ｜释智愚《偈颂二十五首》其二三 57/35904

《偈颂一百六十首》其四三 30/19367 ｜释云《偈颂二十九首》其二九 35/22056 ｜释咸杰《偈颂六十五首》其三五 38/23588 ｜释允韶《偈七首其四》47/29667

《偈颂一百六十首》其九三 30/19371 ｜释思慧《偈八首》其七 23/15431

《偈颂一百六十首》其九九 30/19371 ｜释心月《偈颂一百五十首》其一一五 60/37697 ｜释咸杰《偈颂六十五首》其四二 38/23588

《偈颂一百六十首》其一〇六 30/19372 ｜释洪寿《闻堕薪有省作偈》1/509 ｜黄庭坚《寿禅师悟道颂》17/11731 ｜释了演《偈颂十一首》其二 31/20052

《偈颂一百六十首》其一一七 30/19373 ｜释慧空《偈十三首》其八 32/20593

《颂古一百二十一首》其九六 30/19390 ｜释道颜《颂古七十六首》其七五 27/17871

《颂古一百二十一首》其一〇六 30/19391 ｜释师范《偈颂一百四十一首》其一一三 55/34774 ｜释普宁《偈颂四十一首》其五 65/40641

《颂古一百二十一首》其一一〇 30/19391 ｜释如珙《偈颂三十六首》其八 66/41216

《又六湛堂》30/19397 ｜释妙喜《和觉禅师赋六湛堂》25/16476

《示鼎需禅人》30/19399 ｜释鼎需《偈》31/20038

《示祖元禅人》30/19399 ｜释妙喜《偈》25/16476

《画髑髅颂》30/19416 ｜释妙喜《和冯济川题枯髅图》25/16476

《颂古六首》其一 30/19416 ｜释宗杲《布袋和尚赞二首》其一 30/19403

《颂古六首》其二 30/19416 ｜释宗杲《六祖大鉴禅师赞》30/19402

《颂古六首》其三 30/19416 ｜释宗杲《偈颂一百六十首》其一四四 30/19376

《颂古六首》其四 30/19416 ｜释宗杲《船子和尚赞》30/19402

《证通身一具金锁骨偈》30/19417 ｜释妙喜《偈》25/16476

释昙贲

《颂古二十七首》其二三 30/19423 ｜释正觉《颂古一百则》其五一 31/19747

释了朴

《颂古》30/19425 ｜黄庭坚《题王居士所藏王友画桃杏花二首》其一 17/11585

陈纯

《句》30/19433 ｜王禹偁《中秋月》2/694

陆蒙老

《赴官晋陵别端禅师》30/19436 ｜释净端《答陆蒙老韵》12/8341

李长明

《海盐道中》30/19438 ｜何昌弼《横塘道中》72/45322

释法升

《颂》30/19440 ｜殊胜院僧《颂》24/15759

第三十一册

陈与义

《和张规臣水墨梅五绝》其三 31/19472 ｜元代吴镇《题墨梅二首》其一 30/342

《目疾》31/19473 ｜王洋《目疾》30/19019

《道中寒食》其二 31/19489 ｜詹慥《道中寒食》34/21460

《西省酴醾架上残雪可爱戏同王元忠席大光赋诗》31/19501 ｜林一龙《西省荼蘼架上残雪可爱戏呈诸友人》69/43456

《种竹》31/19504 ｜宋高宗《诗四首》其四 35/22217

《对酒》31/19504 ｜宋高宗《诗四首》其三 35/22217

《咏西岭梅花》31/19523 ｜方蒙仲《咏西岭梅花》64/40065

《咏青溪石壁》31/19526 ｜无名氏《永青溪石壁》72/45444

《登岳阳楼》其一 31/19529 ｜詹体仁《登岳阳楼》48/30366

《寻诗两绝句》其一 31/19535 ｜吴可《偶赠陈居士》19/13024

《道中》31/19547 ｜晁冲之《道中》21/13904

《先寄邢子友》31/19548 ｜沈伯达《先寄邢子友》48/30113

《六月十七夜寄邢子友》31/19555 ｜沈伯达《六月十七日夜寄邢子友》48/30113

《和颜持约》31/19580 ｜李若水《题观城驿壁》31/20118

《早行》31/19580 ｜魏野《晓》2/968

《火蛾》31/19584 ｜唐代韩偓《火蛾》20/7806

《海棠》31/19584 ｜任希夷《海棠二首》其二 51/32087

《红葵》31/19585 ｜陈石斋《葵花》72/45262

《山居》31/19585 ｜冯去非《鹤山居靖》63/39735

《来禽》31/19586 ｜刘子翚《和士特栽果十首·来禽》34/21416 ｜苏泂《来禽诗》54/33981

周莘

《野泊对月有感》31/19587 ｜周尹潜《野泊对月有感》72/45492

折彦质

《雷州苏公楼》31/19607 ｜余淳礼《题遗直轩》32/20567

苏籀

《木樨花一首》31/19621 ｜苏大璋《蘪芜》50/31194

《题僧寮白瑞芗一首》31/19630 ｜苏大璋《瑞香花》50/31193

邓肃

《过黄杨岩》31/19726 ｜陈世卿《游黄杨岩》1/642

释正觉

《偈颂七十八首》其三二 31/19732 ｜释正觉《颂古二十一首》其一五 31/19888

《颂古一百则》其五一 31/19747 ｜释昙贲《颂古二十七首》其二三 30/19423

《偈颂二百零五首》其六六 31/19764 ｜释清远《偈颂一一二首》其四三 22/14718 ｜僧某《以偈问清远禅师》22/14725

《偈颂二百零五首》其七六 31/19765 ｜释正觉《颂古二十一首》其一四 31/19888

《偈十首》其一 31/19780 ｜释咸杰《偈颂六十五首》其五七 38/23590 ｜释祖钦《偈颂七十二首》其三五 65/40589

《偈二首》其二 31/19780 ｜唐代六祖慧能《说法偈》（四库本《五灯会元》卷一）

《禅人并化主写真求赞》其三十 31/19788 ｜释正觉《禅人写真求赞》其七三 31/19846

《禅人并化主写真求赞》其二〇五 31/19862 ｜释居简《应真赞三首》其二 53/33304

《禅人并化主写真求赞》其二一〇 31/19863 ｜释居简《应真赞三首》其三 53/33304

《颂古二十一首》其一三 31/19888 ｜释义青《第九十六德山上堂颂》12/8226

《雪窦中岩夜坐》31/19890 ｜释延寿《偈一首》1/28

张元干

《次韵唐彦猷所题顾野王祠与霍子孟庙对》31/19901 ｜张尧干《次唐彦猷顾亭林韵》56/35221

《范才元参议求酒于延平使君邀予同赋谨次其韵》31/19904 ｜吕陶《范才元参议求酒于延平使君邀予同赋谨次其韵》12/7769

《送前东阳于明府由鄂渚归故林》31/19931 ｜唐代许浑《送前东阳于明府由鄂渚归故林》16/6097

张毅

《行路难》31/19938 ｜唐代张籍《杂曲歌辞·行路难》2/345

胡理

《沧浪亭》31/19942 ｜胡理《沧浪咏》72/45296

林季仲

《墨梅》31/19967 ｜张道洽《墨梅》62/39256

《秉烛照红梅再次前韵即席》31/19969 ｜白玉蟾《红梅》其二 60/37626

邵彪

《压云轩》31/19975 ｜孙实《压云轩》20/13555

叶南仲

《七星岩》31/19976 ｜廖颙《游七星岩》35/22074

曹纬

《雁》31/19977 ｜洪适《赋孤雁》37/23533

《句（其一其三）》31/19978 ｜陆游《江楼》39/24423

张九成

《雨中海棠》31/20014 ｜程敦厚《雨中海棠》35/22082

《二月八日偶成》其一 31/20014 ｜程敦厚《惜海棠开晚》35/22082

杨璇

《咏西山广福院二首》其一 31/20030 ｜ 唐代章孝标《西山广福院》15/5759

《咏西山广福院二首》其二 31/20030 ｜ 唐代章孝标《题紫微山上方》15/5760

释鼎需

《偈二十首》其七 31/20036 ｜ 释鼎需《颂古十七首》其一一 31/20040

《偈二十首》其一五 31/20036 ｜ 释宝印《偈颂十五首》其三 36/22521 ｜ 五代僧人释义昭《偈》（四库本《五灯会元》卷八）

《偈》31/20038 ｜ 释宗杲《示鼎需禅人》30/19399

《颂古十七首》其一八 31/20041 ｜ 释清远《偈颂一一二首》其六三 22/14720

释守净

《偈三首》其三 31/20045 ｜ 释洵《偈二十二首》其二二 29/18450

释道谦

《颂古七首》其一 31/20046 ｜ 释咸杰《颂古六首》其二 38/23599

释法宝

释法宝 31/20047 ｜ 释法宝 8/5014

《偈》31/20047 ｜ 释法宝《偈》8/5014

释祖元

《竹篦》31/20048 ｜ 释景元《颂古四首》其四 32/20291

释了演

《偈颂十一首》其二 31/20052 ｜ 释洪寿《闻堕薪有省作偈》1/509 ｜ 黄庭坚《寿禅师悟道颂》17/11731 ｜ 释宗杲《偈颂一百六十首》其一〇六 30/19372

李祁

《题朱泽民山水》31/20082 ｜ 元代李祁《奉题朱泽民先生画山水图》41/139

李若水

《诸刹以水激硙磨殊可观为赋此诗》31/20103 ｜ 李纲《诸刹以水激硙磨殊可观为赋此诗》27/17671

《种荔枝核有感》31/20114 ｜ 李纲《种荔枝核有感》27/17585

《江行值暴风雨》31/20118 ｜唐代李中《江行值暴风雨》21/8536

《次友人韵题墨梅（二首）》31/20118 ｜张于文《次韵秦会之题墨梅二首》30/19218

《题观城驿壁》31/20118 ｜陈与义《和颜持约》31/19580

《闻卞氏旧有怪石藏宅中问其遗孙指一废井云尽在是矣井在室中床下不可得见乃赋此诗》31/20121 ｜苏辙《闻卞氏旧有怪石藏宅中问其遗孙指一废井云尽在是矣井在室中床下尚未能取先作》15/10126

《村落》31/20123 ｜李若水《次韵高子文村居》31/20116

《句》其一 31/20125 ｜李若水《次韵马循道游长安东池诗》31/20120

第三十二册

王之道

《闲眠二首》其二 32/20192 ｜司马光《光诗首句云饱食复闲眠又成二章·右闲眠》9/6198

《宁公新拜首座因赠》32/20198 ｜王禹偁《宁公新拜首座因赠》2/746

《寄奉符大有叔》32/20212 ｜吕本中《再和兼寄奉符大有叔》28/18113

《次韵和朗公见赠》32/20239 ｜王禹偁《次韵和朗公见赠》2/800

《赠省钦》32/20239 ｜王禹偁《赠省钦》2/768

《赠朗上人》32/20240 ｜王禹偁《赠朗上人》2/743

《赠赞宁大师》32/20240 ｜王禹偁《赠赞宁大师》2/697

《朗上人见访复谒不遇留刺而还有诗见谢依韵和答》32/20240 ｜王禹偁《朗上人见访复谒不遇留刺而还有诗见谢依韵和答》2/799

《寄赞宁上人》32/20241 ｜王禹偁《寄赞宁上人》2/699

黄泳

《题昼寝宫人图应制》32/20288 ｜李献可《赋宫人午睡》54/33765 ｜胡拂道《宫女睡》35/22207

释景元

《颂古四首》其四 32/20291 ｜ 释祖元《竹篦》31/20048

潘良贵

《赠方仁声》32/20295 ｜ 陈栖筠《赠泊宅翁方勺》43/27064

释道颜

《颂古》其一 32/20299 ｜ 释士珪《颂古七十六首》其二 27/17861

《颂古》其二 32/20299 ｜ 释士珪《颂古七十六首》其一 27/17861

《颂古》其三 32/20300 ｜ 释士珪《颂古七十六首》其九 27/17862

《颂古》其五 32/20300 ｜ 释士珪《颂古七十六首》其十 27/17862

《颂古》其六 32/20300 ｜ 释士珪《颂古七十六首》其十一 27/17862

《颂古》其七 32/20300 ｜ 释士珪《颂古六首》其一 27/17859

《颂古》其八 32/20300 ｜ 释士珪《颂古七十六首》其十二 27/17862

《颂古》其九 32/20301 ｜ 释士珪《颂古七十六首》其十四 27/17863

《颂古》其十 32/20301 ｜ 释士珪《颂古六首》其二 27/17859

《颂古》其十二 32/20301 ｜ 释士珪《颂古七十六首》其六四 27/17870

《颂古》其十三 32/20301 ｜ 释士珪《颂古七十六首》其十六 27/17863

《颂古》其十四 32/20301 ｜ 释士珪《颂古七十六首》其十七 27/17863

《颂古》其十五 32/20302 ｜ 释士珪《颂古七十六首》其二二 27/17864

《颂古》其十七 32/20302 ｜ 释士珪《颂古七十六首》其四一 27/17867

《颂古》其十八 32/20302 ｜ 释士珪《颂古七十六首》其四十 27/17866

《颂古》其十九 32/20302 ｜ 释士珪《颂古七十六首》其三九 27/17866

《颂古》其二十 32/20302 ｜ 释士珪《颂古七十六首》其三七 27/17866

《颂古》其二一 32/20302 ｜ 释士珪《颂古七十六首》其二五 27/17864

《颂古》其二二 32/20303 ｜ 释士珪《颂古七十六首》其三五 27/17866

《颂古》其二三 32/20303 ｜ 释士珪《颂古七十六首》其二七 27/17865

《颂古》其二四 32/20303 ｜ 释士珪《颂古七十六首》其三六 27/17866

《颂古》其二五 32/20303 ｜ 释士珪《颂古七十六首》其五一 27/17868

《颂古》其二六 32/20303 ｜释士珪《颂古六首》其三 27/17859

《颂古》其二七 32/20303 ｜释士珪《颂古七十六首》其二六 27/17865

《颂古》其二八 32/20304 ｜释士珪《颂古七十六首》其三二 27/17865

《颂古》其二九 32/20304 ｜释士珪《颂古七十六首》其三四 27/17866

《颂古》其三十 32/20304 ｜释士珪《颂古七十六首》其三一 27/17865

《颂古》其三二 32/20304 ｜释士珪《颂古七十六首》其三三 27/17865

《颂古》其三三 32/20304 ｜释士珪《颂古七十六首》其二九 27/17865

《颂古》其三四 32/20304 ｜释士珪《颂古六首》其四 27/17860

《颂古》其三五 32/20304 ｜释士珪《颂古七十六首》其二八 27/17865

《颂古》其三七 32/20305 ｜释士珪《颂古七十六首》其三十 27/17865

《颂古》其四十 32/20306 ｜释士珪《颂古七十六首》其五五 27/17868

《颂古》其四一 32/20306 ｜释士珪《颂古七十六首》其四七 27/17867

《颂古》其四二 32/20306 ｜释士珪《颂古七十六首》其六十 27/17869

《颂古》其四三 32/20306 ｜释士珪《颂古七十六首》其四六 27/17867

《颂古》其四四 32/20306 ｜释士珪《颂古七十六首》其十五 27/17863

《颂古》其四五 32/20307 ｜释士珪《颂古七十六首》其六六 27/17870

《颂古》其四六 32/20307 ｜释士珪《颂古七十六首》其二四 27/17864

《颂古》其四七 32/20307 ｜释士珪《颂古七十六首》其六八 27/17870

《颂古》其五四 32/20308 ｜释士珪《颂古七十六首》其十九 27/17863

《颂古》其五五 32/20308 ｜释士珪《颂古七十六首》其二一 27/17864

《颂古》其五七 32/20309 ｜释士珪《颂古七十六首》其四九 27/17868 ｜唐代王播《题木兰院二首》之一 14/5302

《颂古》其五八 32/20309 ｜释士珪《颂古七十六首》其四三 27/17867

《颂古》其五九 32/20309 ｜释士珪《颂古七十六首》其四四 27/17867

《颂古》其六一 32/20309 ｜释士珪《颂古七十六首》其三八 27/17866

《颂古》其六二 32/20309 ｜释士珪《颂古七十六首》其六三 27/17869

《颂古》其六三 32/20309 ｜释士珪《颂古七十六首》其五四 27/17868

《颂古》其六四 32/20309 ｜ 释士珪《颂古六首》其五 27/17860

《颂古》其六五 32/20310 ｜ 释士珪《颂古七十六首》其五七 27/17869

《颂古》其六六 32/20310 ｜ 释士珪《颂古七十六首》其六七 27/17870

《颂古》其六八 32/20310 ｜ 释士珪《颂古七十六首》其五九 27/17869

《颂古》其七十 32/20310 ｜ 释士珪《颂古七十六首》其七十 27/17870

《颂古》其七三 32/20311 ｜ 释士珪《颂古七十六首》其五十 27/17868

《颂古》其七四 32/20311 ｜ 释士珪《颂古七十六首》其十八 27/17863

《颂古》其七六 32/20311 ｜ 释士珪《颂古七十六首》其四五 27/17867

《颂古》其七七 32/20311 ｜ 释士珪《颂古七十六首》其六五 27/17870

《颂古》其七八 32/20311 ｜ 释士珪《颂古七十六首》其七一 27/17870

《颂古》其七九 32/20312 ｜ 释士珪《颂古七十六首》其六二 27/17869

《颂古》其八一 32/20312 ｜ 释士珪《颂古七十六首》其四二 27/17867

《颂古》其八二 32/20312 ｜ 释士珪《颂古七十六首》其五二 27/17868

《颂古》其八三 32/20312 ｜ 释士珪《颂古七十六首》其五八 27/17869

《颂古》其八四 32/20312 ｜ 释士珪《颂古七十六首》其六一 27/17869

《颂古》其八五 32/20313 ｜ 释士珪《颂古七十六首》其二三 27/17864

《颂古》其八七 32/20313 ｜ 释士珪《颂古七十六首》其五六 27/17869

《颂古》其八八 32/20313 ｜ 释士珪《颂古七十六首》其五三 27/17868

《颂古》其九十 32/20313 ｜ 释士珪《颂古七十六首》其七四 27/17871

《颂古》其九一 32/20313 ｜ 释士珪《颂古七十六首》其七三 27/17871

《颂古》其九二 32/20314 ｜ 释士珪《颂古七十六首》其十三 27/17863

《颂古》其九五 32/20314 ｜ 释士珪《颂古七十六首》其七六 27/17871

《颂古》其九八 32/20314 ｜ 释士珪《颂古七十六首》其七二 27/17871

《颂古》其九九 32/20314 ｜ 释士珪《颂古六首》其六 27/17860

《颂古》其一〇一 32/20315 ｜ 释士珪《颂古七十六首》其六九 27/17870

《颂古》其一〇三 32/20315 ｜ 释士珪《颂古七十六首》其二十 27/17863

《颂古》其一〇四 32/20315 ｜ 释士珪《颂古七十六首》其六 27/17862

《颂古》其一〇五 32/20315 ｜释士珪《颂古七十六首》其七 27/17862

《颂古》其一〇六 32/20315 ｜释士珪《颂古七十六首》其五 27/17862 ｜释师一《颂古十八首》其一六 35/22238

《颂古》其一〇七 32/20315 ｜释士珪《颂古七十六首》其四 27/17861

《颂古》其一〇九 32/20315 ｜释士珪《颂古七十六首》其八 27/17862

《颂古》其一一〇 32/20316 ｜释士珪《颂古七十六首》其三 27/17861

《颂古二十首》其六 32/20320 ｜石齐老《天尊铜像》12/7841

张炜

《题净众壶隐》32/20326 ｜释绍嵩《题净众壶隐》61/38619

《鞦韆》其一 32/20332 ｜俞桂《秋千》62/39044

《题村居》其二 32/20335 ｜叶茵《村居》61/38225

晁谦之

《南岩》32/20338 ｜晁补之《游信州南岩》19/12771

严有翼

《戏题河豚》32/20340 ｜洪刍《咏河豚西施乳》22/14505

邵棠

《新居成呈刘君玉殿院》32/20343 ｜邵雍《新居成呈刘君玉殿院》7/4455

李谊

《题钓台》32/20350 ｜李谊《钓台》50/31088

李处权

《送庚侄亲迎延平李先生家》32/20398 ｜刘学箕《送庚侄亲迎延平李先生家》53/32928

释宗印

《题佛刹》32/20444 ｜释宗印《题佛刹》24/16165

张嵲

《庚辰二月雪夜作》32/20457 ｜张孝祥《庚辰二月夜雪》45/27751

《咏雪得光字》32/20458 ｜张孝祥《咏雪》45/27742

第五章 《全宋诗》重出总目　891

《即事》32/20504 ｜张孝祥《即事简苏廷藻》45/27773

《雪晴》32/20514 ｜张孝祥《雪晴成五十六字》45/27763

《枕上闻雪呈赵郭二公》32/20514 ｜张孝祥《枕上闻雪呈赵郭二丈》45/27759

《三月二日奉诏赴西园曲宴席上赋呈致政开府太师三首》32/20516 ｜苏颂《三月二日奉诏赴西园曲宴席上赋呈致政开府太师三首》10/6399

《忠显刘公挽诗四首（其一、其二）》32/20524 ｜李弥逊《忠显刘公挽诗》30/19338

《临桂令以荐当趋朝置酒召客戏作二十八字遣六从事莅之寿其太夫人》32/20550 ｜张孝祥《临桂令以荐当趋朝置酒召客戏作二十八字遣六从事佐之寿其太夫人》45/27792

《句》其一 32/20557 ｜张孝祥《呈枢密刘恭父》45/27767

张邵

《横江》32/20558 ｜柯芝《横江》70/44468

张祁

《答周邦彦觅茶》32/20559 ｜张孝祥《以茶芽焦坑送周德友德友来索赐茶仆无之也》45/27784

《渡湘江》32/20562 ｜宋祁《渡湘江》4/2422

《田蕳杂歌》32/20562 ｜张孝祥《大麦行》45/27804

《广福寺》32/20563 ｜张祈《秀聚亭》54/33795

余淳礼

《题遗直轩》32/20567 ｜折彦质《雷州苏公楼》31/19607

陈成之

《句》32/20569 ｜赵范《绝句》50/35250

释晓莹

《句》其六二 32/20579 ｜唐代卢肇《风不鸣条》17/6383

释慧空

《偈十三首》其八 32/20593 ｜释宗杲《偈颂一百六十首》其一一七 30/19373

《书觉待者空寂会铭后》32/20640 ｜释智朋《偈颂一百六十九首·白首儒生困路歧》61/38534

欧阳澈

《是日郊亭和晏尚书韵》32/20680 ｜欧阳修《和晏尚书夏日偶至郊亭》6/3783

《晓发吴城山》32/20689 ｜汪藻《晚发吴城山》25/16533

第三十三册

朱松

《谒普照塔》33/20692 ｜洪迈《庚戌正月十四日同友人丁晋年王蔚之谒普照塔》38/23984

《晓过吴县》33/20692 ｜洪迈《晓过吴县》38/23984

《陪余杭张无隅先生饮》33/20692 ｜洪迈《陪余杭张无垢先生饮》38/23984

《于潜道中》33/20692 ｜洪迈《于潜道中》38/23985

《度芙蓉岭》33/20693 ｜洪迈《度芙蓉岭》38/23985

《信州禅月台上》33/20693 ｜洪迈《信州禅月台上》38/23985

《送深师住妙香寺元住云溪》33/20693 ｜洪迈《送禅师往妙香寺元住云溪》38/23985

《坐睡》33/20693 ｜洪迈《坐睡》38/23985

《游山光寺》33/20694 ｜洪迈《游山光寺》38/23986

《送建州徐生》33/20694 ｜洪迈《送建州徐生》38/23986

《赠觉师》33/20694 ｜洪迈《赠觉师》38/23986

《休宁村落间有奇石如弹子涡所出者宜养石菖蒲程德藻许以馈我以诗督之》33/20694 ｜洪迈《休宁村落间有奇石如弹子涡所出者宜养石菖蒲程德藻许以馈我以诗督之》38/23987

《效渊明》33/20694 ｜洪迈《效渊明》38/23987

《酬冯退翁见示之什》33/20695 ｜洪迈《酬马退翁见示之什》38/23987

《戏答胡汝能》33/20695 ｜ 洪迈《戏答胡汝能》38/23987

《谒吴公路许借论衡复留一日戏作》33/20695 ｜ 洪迈《谒吴公路许借论衡复留一日戏作》38/23988

《新秋》33/20695 ｜ 洪迈《新秋》38/23988

《道中得雨》33/20696 ｜ 洪迈《道中得雨》38/23988

《道中》33/20696 ｜ 洪迈《道中》38/23988

《陈伯辨为张氏求醉宾轩诗》33/20696 ｜ 洪迈《无题》38/23988

《书窗对月》33/20696 ｜ 洪迈《书窗对月》38/23989

《宿野人家》33/20696 ｜ 洪迈《宿野人家》38/23989

《度石栋岭》33/20697 ｜ 洪迈《度石栋岭》38/23989

《用退之韵赋新霁》33/20697 ｜ 洪迈《用退之韵赋新霁》38/23989

《送金确然归弋阳》33/20697 ｜ 洪迈《送金确然归弋阳》38/23989

《至节日建州会詹士元》33/20697 ｜ 洪迈《至节日建州会詹士元》38/23990

《用前韵答翁子静》33/20698 ｜ 洪迈《用前韵答翁子静》38/23990

《微雨》33/20698 ｜ 洪迈《微雨》38/23990

《寄题叔父池亭》33/20698 ｜ 洪迈《寄题叔父池亭》38/23990

《赠谢彦翔建安人九岁异人与药至今不食建安有梅子真升仙处》33/20698 ｜ 洪迈《赠谢彦翔》38/23991

《考亭陈国器以家酿饷吾友人卓民表民表以饮予香味色皆清绝不可名状因为制名曰武夷仙露仍赋一首》33/20698 ｜ 洪迈《考亭陈国器以家酿饷吾友人卓民表民表以饮予香味色皆清绝不可名状因为制名曰武夷仙露仍赋一首》38/23991

《久旱新岁乃雨》33/20699 ｜ 洪迈《久旱新岁乃雨》38/23991

《春日与卓民表陈国器步出北郊》33/20699 ｜ 洪迈《春日与卓民表陈国器步出北郊》38/23991

《蔬饭》33/20699 ｜ 洪迈《蔬饭》38/23992

《戏赠吴知伯》33/20700 ｜ 洪迈《戏赠吴知伯》38/23992

《送僧》33/20700 ｜洪迈《送僧》38/23992

《书僧房》33/20704 ｜洪迈《书僧房》38/23993

《题芦雁屏》33/20704 ｜洪迈《题芦雁屏》38/23993

《题临赋轩》33/20704 ｜洪迈《题临赋轩》38/23993

《答保安江师送米》33/20704 ｜洪迈《答併安江师送米》38/23994

《陈德瑞馈新茶》33/20705 ｜洪迈《陈德瑞馈新茶》38/23994

《次韵希旦喜雨》33/20705 ｜洪迈《次韵希旦喜雨》38/23994

《古风二首寄汪明道》33/20705 ｜洪迈《古风二首寄汪明道》38/23994

《建安道中》33/20706 ｜洪迈《建安道中》38/23995

《书事呈元声如愚起华三兄》33/20706 ｜洪迈《书事呈元声如愚起华三兄》38/23995

《寄题起莘家义轩》33/20706 ｜洪迈《寄题起莘家义轩》38/23995

《梅花》33/20706 ｜洪迈《梅花》38/23995

《十一月十九日与仲猷大年绰中美中饮于南台》33/20707 ｜洪迈《十一月十九日与仲猷大年绰中美中饮于南台》38/23996

《春社斋禁连雨不止赋呈梦得》33/20707 ｜洪迈《春社斋禁连雨不止赋呈梦得》38/23996

《次韵梦得见示长篇》33/20707 ｜洪迈《次韵梦得见示长篇》其一 38/23996

《久雨短句呈梦得》33/20708 ｜洪迈《次韵梦得见示长篇》其二 38/23997

《牡丹酴醾各一首呈周宰》33/20708 ｜洪迈《牡丹酴醾各一首呈周宰》38/23997

《次韵梦得浅红芍药长句》33/20708 ｜洪迈《次韵梦得浅红芍药长句》38/23997

《宿禅寂院》33/20708 ｜洪迈《宿禅寂院》38/23998

《诗约范直夫游万叶寺观瀑泉》33/20709 ｜洪迈《诗约范直夫游万叶寺观瀑泉》38/23998

《次韵梦得见示之什》33/20709 ｜洪迈《次韵梦得见示之什》38/23998

《送瓯宁魏生赴武举》33/20709 ｜ 洪迈《送瓯宁魏生赴武举》38/23998

《陈仲仁止止堂》33/20709 ｜ 洪迈《陈仲仁止止堂》38/23999

《送志宏西上》33/20710 ｜ 洪迈《送志宏西上》38/23999

《有怀舍弟逢年时归婺源以诗督之》33/20710 ｜ 洪迈《有怀舍弟逢年时归婺源以诗督之》38/23999

《九月十七日夜度蔡道岭宿弥勒院》33/20710 ｜ 洪迈《九月十七日夜度蔡道岭宿弥勒院》38/24000

《游郑圃》33/20711 ｜ 洪迈《游郑圃》38/24000

《女贫苦难妍》33/20711 ｜ 洪迈《女贫苦难妍》38/24000

《溪南梅花》33/20711 ｜ 洪迈《溪南梅花》38/24000

《再和求首座》33/20711 ｜ 洪迈《再和求首座》38/24001

《奉酬令德寄示长句》33/20712 ｜ 洪迈《奉酬令德寄示长句》38/24001

《答林康民见和梅花诗》33/20712 ｜ 洪迈《答林康民见和梅花诗》38/24001

《上丁余膰置酒招绰中德粲德懋逢年》33/20712 ｜ 洪迈《上丁余膰置酒招绰中德粲逢年》38/24002

《用绰中韵送正臣正臣欲归隐而无资故广其意以告识者云尔》33/20713 ｜ 洪迈《用绰中韵送正臣正臣欲归隐而无资故广其意以告识者》38/24002

《秋怀六首》33/20713 ｜ 洪迈《秋怀六首》38/24002

《逢年与德粲同之温陵谒大智禅师医作四小诗送之》33/20714 ｜ 洪迈《逢年与德粲同之温陵谒大智禅师医作四小诗送之》38/24003

《与陈彦时会华严道人偶书》33/20714 ｜ 洪迈《与陈彦时会华严道人偶书》38/24004

《书栟榈院壁》33/20715 ｜ 洪迈《书栟榈院壁》38/24004

《次志宏韵督成寿置酒》33/20715 ｜ 洪迈《次志宏韵督成寿置酒》38/24004

《楚江观梅》33/20759 ｜ 陆游《樊江观梅》39/24624

《春晚书怀》33/20759 ｜ 陆游《春晚书怀》39/24392

《负暄》33/20760 ｜ 刘子翚《负暄》34/21356

《饮租户》33/20760 ｜刘子翚《新凉》34/21386

《种菜》33/20760 ｜刘子翚《种菜》34/21346

刘子羽

《题武夷山钟模石》33/20775 ｜李纲《钟模石》27/17539

沈大廉

《鼓山》33/20778 ｜元代黄镇成《鼓山灵源洞》35/82

释宗琏

《颂古三首》其二 33/20782 ｜释法忠《颂古五首》其五 28/18283

张隐

《嘲宰相赏花》33/20806 ｜唐代张隐《万寿寺歌词》21/8377

朱翌

《告春亭诗》33/20818 ｜孙觌《武进王丞二首·告春亭》26/17010

《与林大夫谢灵寿杖》33/20849 ｜韩维《与林大夫谢灵寿杖》8/5245

《竞秀阁》33/20858 ｜朱昱《竞秀阁二首》其一 38/23850

《石芥》33/20867 ｜陆游《以石芥送刘韶美礼部刘比酿酒劲甚因以为戏二首》39/24263

《芥》33/20873 ｜朱翌《送山芥与徐稚山》33/20810

《句》其二 33/20877 ｜朱翌《简宗人利宾》33/20823

《句》其五 33/20877 ｜朱翌《告春亭》其三 33/20834

《句》其八 33/20877 ｜朱昱《示江子我》38/23849

李传正

《通山（其一其二其三）》33/20902 ｜蒋之奇《爱山堂（其一其二其三）》12/8027

何麒

《外大父丞相初登科为雒县主簿经摄垎窑镇税官留诗护国寺中令狐监征录以见寄谨再拜追和而记其后》33/20904 ｜何麟《外大父丞相初登科为雒县主簿经摄垎窑镇税官留诗护国寺中令狐监征录以见寄谨再拜追和而记其后》34/21760

《虎丘》33/20904 ｜ 何麟《生公讲堂》34/21760

《句》其一 33/20905 ｜ 何麟《句》其三 34/21760

《句》其二 33/20905 ｜ 何麟《句》其四 34/21760

康与之

《鹭》33/20908 ｜ 许志仁《鹭》35/22068 ｜ 李春伯《鹭》72/45216

《琵琶》33/20908 ｜ 拾遗《琵琶》72/45406

释有规

《临终诗》33/20912 ｜ 元代释有规《绝句》68/286

小郯道人

《书户》33/20913 ｜ 刘卞功《题李公谟壁》24/16042

王珩

《梦中作》33/20913 ｜ 王珩《梦中作》25/16568

胡寅

《和唐寿隆上元五首（其一其三其五）》33/20970 ｜ 家铉翁《和唐寿隆上元三首》64/39954

《和玉泉达老饷笋》33/20984 ｜ 李洪《和玉泉达老饷笋》43/27170

《句》其一 33/21024 ｜ 胡寅《游武夷赠刘生》33/20997

李颙

《舟泊太湖》33/21029 ｜ 晋李颙《涉湖》

刘锜

《题昭陵》33/21030 ｜ 无名氏《题寝宫诗》71/45064

曹勋

《谢赐丹桂》33/21166 ｜ 宋高宗《题丹桂画扇赐从臣》其二 35/22215

《春暮》33/21226 ｜ 林景熙《春暮》69/43479

《酬陈居士》33/21226 ｜ 林景熙《酬潘景玉》69/43479

《浴罢》33/21226 ｜ 许月卿《浴罢》65/40557

《仲春初五日报谒》33/21226 ｜ 许月卿《仲春初五日报谒》65/40560

《多谢》33/21227 ｜许月卿《多谢》65/40560

《厌厌》33/21227 ｜许月卿《厌厌》65/40560

《辞贾徽州》33/21227 ｜许月卿《辞贾徽州二首》其一 65/40552

《三月二首》其二 33/21227 ｜许月卿《次韵朱塘三首》其二 65/40550

《翠玉楼晚雨》33/21227 ｜文天祥《翠玉楼晚雨》68/42978

《中秋雨过月出》其一 33/21228 ｜杨万里《中秋雨过月出》42/26112

《中秋雨过月出》其二 33/21228 ｜方岳《春日杂兴》其一四 61/38381 ｜胡仲弓《春日杂兴》其一四 63/39828

《山中二首》33/21228 ｜方岳《山中（其一其三）》61/38381

《立春》33/21228 ｜方岳《立春》其一 61/38374

《泊冷水浦》33/21228 ｜杨万里《泊冷水浦》42/26078

《夜雨独觉》33/21228 ｜杨万里《夜雨独觉》42/26210

《夜闻风声》33/21229 ｜杨万里《夜闻风声》42/26211

《三月十日》33/21229 ｜杨万里《三月十日》42/26187

《过秀溪长句》33/21229 ｜杨万里《过秀溪长句》42/26140

《雪后》33/21229 ｜方岳《雪后》61/38360

《卜居》33/21229 ｜郑起《卜居》61/38253

《茧窝》33/21230 ｜方岳《茧窝》61/38384

《赵周卿送菜》33/21230 ｜方岳《赵尉送菜》其一 61/38387

《今乃和以报之》33/21230 ｜杨万里《和贺升卿云庵升卿尝上书北阙既归去岁寄此诗今乃和以报之》42/26131

《七年十二日夜登清心阁》33/21230 ｜杨万里《七月十二日夜登清心阁醉吟》42/26143

《灯下读山谷诗》33/21230 ｜杨万里《灯下读山谷诗》42/26170

张宪

《黄天荡》33/21233 ｜元代张宪《黄天荡》57/96

《玩鞭亭》33/21233 ｜元代张宪《玩鞭亭》57/14

李炳

《句》33/21237 ｜李邴《句》其一 29/18437

俞处俊

《句》33/21249 ｜无名氏《句》71/45043

史才

《送别任龙图》33/21253 ｜史浩《次韵任龙图留别》35/22161

《雪窦飞雪亭》33/21253 ｜史浩《题雪窦飞雪亭》35/22151

鲁訔

《春词》33/21256 ｜释道潜《春晚》其一 16/10724

吴说

《句》其二 33/21259 ｜王安石《登越州城楼》10/6574

释法空

《乞赏曹勋》33/21267 ｜释法空《乞赏曹勋》45/27730

郭世模

《乌夜啼》33/21271 ｜许志仁《乌夜啼》35/22068

沈长卿

《楚州》33/21271 ｜芮烨《从沈文伯乞娑罗树碑》37/23217

《书壁四韵》33/21272 ｜张镃《道院书壁》50/31583 ｜张镃《游九锁山》其一 50/31675

施宜生

《严子陵钓台》33/21273 ｜杨万里《题钓台二绝句》42/26118

李衡

《乐庵所藏柳影及松梅二画因作二绝摹作砑花笺至今盛行于吴门》其一 33/21282 ｜唐代无名氏《粉笺题诗》22/8865

刘章

《蒲鞋》33/21283 ｜唐代刘章《咏蒲鞋》22/8658

第三十四册

王铚

《追和周昉琴阮美人图诗》34/21290 ｜高荷《和山谷题李亮功家周昉画美人琴阮图》21/14243

《雪作望剡溪》34/21321 ｜释仲皎《雪作望剡溪》34/21337

《即事》34/21322 ｜王铚《山村》34/21326

《宿华岳观》34/21325 ｜王钦臣《宿华岳观》13/8704

《又二年经此再题》34/21325 ｜王钦臣《再题华岳观》13/8704

《王文孺䑋庵》34/21326 ｜沈与求《草堂二首》其一 29/18802

陈觉

《桄榔庵宾燕亭》34/21330 ｜李光《海南气候与中州异群花皆早发至春时已尽独荷花自三四月开至穷腊与梅菊相接虽花头小而香色可爱顷岁苏端明谪居此郡尝和渊明诗其略云城南有荒池琐细谁复采幽姿小芙蕖香色独未改即此池也今五十余年池益增广临川陈使君复结屋其上名宾燕堂今夏得雨迟七月末花方盛开因成此诗约胜日为采莲之集云》25/16433

建炎民谣

《讥刘豫》34/21334 ｜马宋英《至钱塘净慈寺写古松于壁因题》59/37167

韦谦

《题常乐寺五云堂》34/21335 ｜唐代韦谦《题常乐寺五云堂》487（《全唐诗补编》）

释仲皎

《游西白山一禅师二禅师道场》34/21336 ｜沈括《游二禅师道场》12/8019

《雪作望剡溪》34/21337 ｜王铚《雪作望剡溪》34/21321

刘子翚

《早行》34/21345 ｜詹慥《早行》34/21460

《种菜》34/21346 ｜朱松《种菜》33/20760

《负暄》34/21356 ｜朱松《负暄》33/20760

《少稷赋十二相属诗戏赠一篇》34/21376 ｜赵端行《少稷赋十二相属诗戏赠》45/27856

《新凉》34/21386 ｜朱松《饮租户》33/20760

《有感》34/21397 ｜项安世《有感》44/27332

《和士特栽果十首·来禽》34/21416 ｜苏洞《来禽诗》54/33981 ｜陈与义《来禽》31/19586

《邃老寄龙涎香二首》其一 34/21439 ｜杨炎正《蘧老寄龙涎香》50/31037

《有感三首》34/21443 ｜项安世《有感三首》44/27236

《江上寺》34/21457 ｜戴复古《湘西寺观澜轩》54/33599

《题丞厅》34/21457 ｜杨方《题武宁丞厅》46/28609

《馆中简张约斋》34/21457 ｜项安世《雪寒百司作暇独入局观雪简张直阁》44/27255 ｜杨方《馆中简张约斋》46/28609

《花椒》34/21458 ｜明代释宗林《花椒》（参钱谦益《列朝诗集》闰集卷二）

詹慥

《和晁应之大暑书事》34/21458 ｜张耒《和晁应之大暑书事》20/13195

《桐江吊子陵》34/21459 ｜詹慥《渡湘江吊严子陵》34/21461

《月夜》34/21459 ｜孔平仲《月夜》16/10864

《上巳后一日登快哉亭》34/21459 ｜贺铸《上巳后一日登快哉亭作》19/12520

《客谈荆渚武昌慨然有作》34/21460 ｜陆游《客谈荆渚武昌慨然有作》39/24486

《道中寒食》34/21460 ｜陈与义《道中寒食》其二 31/19489

《舟行遣兴》34/21460 ｜陈与义《舟行遣兴》31/19560

《春怀示邻里》34/21460 ｜陈师道《春怀示邻里》19/12718

《南浦》34/21460 ｜王安石《南浦》10/6678

《早行》34/21460 ｜刘子翚《早行》34/21345

《寄胡籍溪》34/21461 ｜元代朱希晦《寄友》50/4

苏缄

《诗一首》34/21470 ｜苏某《和钟守宴建昌耋老》65/40661

李鼎

《句》34/21474 ｜李鼎《句》37/23233

仲并

《寒食日归吴兴寄鲁山》34/21528 ｜张耒《寒食》20/13411

《郑漕生辰代几先作》34/21533 ｜陈渊《郑漕生辰二首》其一 28/18364

《花前有感兼呈崔相公刘郎中》34/21542 ｜唐代白居易《花前有感兼呈崔相公刘郎中》13/5048

《廖成伯奉议生辰》34/21554 ｜陈渊《廖成伯奉议生辰》28/18362

《提举生辰》34/21554 ｜陈渊《提举生辰》28/18363

《俞宪生辰代庞几先作》34/21554 ｜陈渊《俞宪生辰》28/18363

《郑漕生辰》34/21556 ｜陈渊《郑漕生辰二首》其二 28/18364

《唐大夫生辰》34/21556 ｜陈渊《唐大夫生辰》28/18364

《耿宪生辰》34/21557 ｜陈渊《耿宪生辰》28/18364

《黄兵部生辰》34/21561 ｜陈渊《黄兵部生辰四首》28/18365

晁公武

《荆州即事》其二 34/21568 ｜范成大《发荆州》41/25886

范季随父

《寄范季随》34/21571 ｜韩驹《送范生》25/16631

赵善晤

《句（其一其二）》34/21572 ｜赵善晤《题贡院》53/32975

胡铨

《刘仙岩》34/21579 ｜胡铨《游白龙洞》34/21588 ｜胡长卿《禁烟日陪经略焕章丈游白龙洞得所赋新诗次韵以呈》47/29127

《吏隐堂》34/21583 ｜韩维《初春吏隐堂作》8/5109

《诗一首》34/21589 ｜王庭珪《读韩文公猛虎行》25/16797

《句》其一三 34/21592 ｜张孝祥《同胡邦衡夜直》45/27763

《句》其一四 34/21592 ｜胡铨《长卿见过赋美人插花用其韵》34/21582

岳飞

《送轸上人之庐山》34/21595 ｜释德洪《送轸上人之匡山》23/15208

毛国英

《投岳侯》34/21595 ｜毛伯英《诗一首》22/14622

挂笠道人

《诗一首》34/21596 ｜唐代吕岩《绍兴道会》24/9698

许顗

《秋雨》34/21597 ｜许彦国《秋雨叹》18/12399

《紫骝马》34/21597 ｜许彦国《紫骝马》18/12399

冯时行

《西北有高楼》34/21608 ｜杨冠卿《西北有高楼》47/29615

《东方有一士》34/21608 ｜杨冠卿《东方有一士》47/29615

《题苏庆嗣睡乐轩》34/21610 ｜郭印《题苏庆嗣睡乐轩》29/18643

《旅兴寄张惠之》34/21625 ｜杨冠卿《始觉》47/29642

《舟中见月》34/21626 ｜郭印《舟中见月》29/18691

《游宝莲寺分韵得尘字》34/21627 ｜郭印《中秋日与诸公同游宝莲院分韵得尘字》29/18683

《题黄氏所居》34/21634 ｜洪皓《题黄氏所居》30/19186

《游云泉寺》34/21634 ｜郭印《游灵泉寺》29/18699

《石漕生辰》34/21635 ｜唐庚《石漕生日》23/15041

《万州》34/21653 ｜冉居常《上元竹枝歌和曾大卿》其三 72/45497

释昙华

《偈颂六十首》其一 34/21663 ｜释宗杲《偈颂一百六十首》其二 30/19364 ｜释祖珍《偈三十五首》其一一 29/18452 ｜释智愚《偈颂二十五首》其二三 57/35904

《偈颂六十首》其一九 34/21665 ｜ 释祖先《偈颂四十二首》其三三 47/29023

《偈颂六十首》其二五 34/21665 ｜ 僧某《偈》其二 19/12908 ｜ 释崇岳《偈颂一百二十三首》其六 45/27815 ｜ 释师观《偈颂七十六首》其三四 48/30374

《偈颂六十首》其三八 34/21667 ｜ 释守端《偈七首》其五 11/7359

《颂古十首》其六 34/21670 ｜ 释法薰《偈颂十五首》其一三 55/34168

《行者求颂》34/21678 ｜ 释慧开《颂古四十八首》其九 57/35677

王之望

《郢守乔民瞻寄襄阳雪中三绝因追述前过石城杯酒登临之胜为和二首》34/21715 ｜ 王之望《过石城二首》34/21717

释慧远

《偈颂一百零二首》其一二 34/21719 ｜ 释达观《颂古五首》其三 47/29658

《偈颂一百零二首》其七六 34/21725 ｜ 释慧远《颂古四十五首》其二一 34/21732

《偈颂一百零二首》其九四 34/21727 ｜ 释慧远《船子和尚赞》其二 34/21737

《颂古四十五首》其九 34/21730 ｜ 苏轼《六月二十七日望湖楼醉书五绝》其一 14/9154

《颂古四十五首》其二六 34/21733 ｜ 李氏《汲水诗》72/45565

《不显名大檀越请偈》其四 34/21740 ｜ 释怀深《达空大师始欲落发以偈止之》其一 24/16141

《不显名大檀越请偈》其五 34/21740 ｜ 释怀深《念弥陀颂》其四 24/16129

何麟

《外大父丞相初登科为雒县主簿经摄垍窑镇税官留诗护国寺中令狐监征录以见寄谨再拜追和而记其后》34/21760 ｜ 何麒《外大父丞相初登科为雒县主簿经摄垍窑镇税官留诗护国寺中令狐监征录以见寄谨再拜追和而记其后》33/20904

《生公讲堂》34/21760 ｜ 何麒《虎丘》33/20904

《句》其三 34/21760 ｜ 何麒《句》其一 33/20905

《句》其四 34/21760 ｜何麒《句》其二 33/20905

张登

《朱槿花》34/21761 ｜唐代张登《小雪日戏题绝句》10/3526

《洞石岩》34/21761 ｜唐代张登《洞石岩》383（《全唐诗补编》）

《句》34/21761 ｜唐代张登《句》10/3526

孟大武

《题紫岩寺》34/21764 ｜左纬《九峰》29/18823

《春日晚望》34/21764 ｜左纬《春日晓望》29/18826

曾惇

《次韵李举之玉霄亭》其一 34/21769 ｜曾幾《三霄亭和韵》29/18595

葛立方

《省习堂偶题》34/21831 ｜葛胜仲《省习堂偶题》24/15690

《次韵刘无言寿山中五绝句敢请诸僚和之》34/21831 ｜葛胜仲《次韵刘无言山中五绝句敢请诸僚和之》24/15697

第三十五册

吴芾

《寄隐者》35/21849 ｜黄裳《寄隐者》16/11027

《寄朝宗二首》其二 35/21976 ｜吴芾《寄朝宗海棠》35/21992

《海棠》35/22010 ｜吴中复《江左谓海棠为川红》7/4708

余某

《句》35/22011 ｜余嗣《辞官》27/17516

陈棣

《题竹友轩》35/22014 ｜谢薖《竹友轩》24/15781

郑弼

《定光南安岩（其一其二）》35/22051 ｜宋思远《定光南安岩》其一 50/31352

《定光南安岩》其三 35/22051 ｜宋思远《定光南安岩》其二 50/31352

《定光南安岩（其一）》35/22051 ｜唐代郑元弼《汀州定光南安岩诗二首》其一 1468（《全唐诗补编》）

《定光南安岩（其二其三）》35/22051 ｜唐代郑元弼《汀州定光南安岩诗二首》其二 1468（《全唐诗补编》）

释云

《偈颂二十九首》其一二 35/22054 ｜释慧开《颂古四十八首》其二七 57/35680 ｜释悟真《偈五首》其三 11/7365 ｜释智愚《偈颂十七首》其一三 57/35961

《偈颂二十九首》其二九 35/22056 ｜释宗杲《偈颂一百六十首》其四三 30/19367 ｜释咸杰《偈颂六十五首》其三五 38/23588 ｜释允韶《偈七首其四》47/29667

许志仁

《系冠船蓬自戏》35/22066 ｜周承勋《系冠船蓬自戏》45/28274

《和宝月弹桃源春晓》35/22067 ｜王庭珪《和刘美中尚书听宝月弹桃源春晓》25/16732

《谢张学士惠灵寿杖》35/22067 ｜王庭珪《谢张钦夫机宜惠灵寿杖》25/16738

《天竺道中》35/22067 ｜释蕴常《天竺道中》22/14616

《雁荡道中》35/22067 ｜潘柽《雁荡道中》38/24223

《湖上吟》35/22068 ｜章甫《湖上吟》47/29083

《折杨柳》35/22068 ｜李元膺《折杨柳》18/11796 ｜李新《折杨柳》21/14235

《采莲吟》35/22068 ｜许彦国《采莲吟》18/12400

《杜宇》35/22068 ｜周承勋《杜宇》45/28274

《鹭》35/22068 ｜康与之《鹭》33/20908 ｜李春伯《鹭》72/45216

《乌夜啼》35/22068 ｜郭世模《乌夜啼》33/21271

《临高台》35/22069 ｜许彦国《临高台》18/12400 ｜吴沆《临高台》其三 37/23246

《架壁》35/22069 ｜郑克己《架壁》50/31447

《东门行》35/22069 ｜许彦国《东门行》18/12400

《窗间》35/22069 ｜杜耒《窗间》54/33637

《和虞智父登清溪阁》35/22069 ｜徐珩《和虞智父登金陵清溪阁》37/23049 ｜徐照《青溪阁》50/31403

《白苎歌》35/22069 ｜周紫芝《白苎歌》26/17082

廖颙

《游七星岩》35/22074 ｜叶南仲《七星岩》31/19976

季南寿

《句》35/22078 ｜李南寿《句》38/23741

程敦厚

《雨中海棠》35/22082 ｜张九成《雨中海棠》31/20014

《惜海棠开晚》35/22082 ｜张九成《二月八日偶成》其一 31/20014

《草堂》35/22082 ｜沈与求《臞庵》29/18802

郑厚

《登东山》35/22090 ｜林嶔《登潮阳东山》51/32029

彭大年

《楚萍歌》35/22092 ｜孙觌《萍乡县》26/16933

史浩

《次韵孙季和东湖二诗》其一 35/22141 ｜史弥应《过东吴》57/35839

《雪消得寒字》35/22142 ｜史嵩之《雪后》60/37915

《上曹守徽猷生日》35/22147 ｜戴栩《曹徽猷生日二首》56/35116

《下水庵晓望偶题》35/22149 ｜史浚《偶作》43/27205

《次韵馆中秋香》其一 35/22150 ｜史弥忠《秋桂》53/33314

《题雪窦飞雪亭》35/22151 ｜史才《雪窦飞雪亭》33/21253

《和九日赐宴琼林苑》35/22155 ｜史嵩之《宴琼林苑》60/37915

《和竹里》35/22155 ｜史浚《竹村居》43/27205

《弥坚小圃小春见梅》35/22158 ｜史弥应《小春见梅》57/35839

《次韵唐太博重过西湖》35/22160 ｜ 史定之《同唐太傅重过西湖》54/33795

《次韵任龙图留别》35/22161 ｜ 史才《送别任龙图》33/21253

《次韵张台法元日书事》35/22163 ｜ 史吉卿《谢王仲仪元日书字》65/41063

《题墨花》35/22196 ｜ 史尧弼《题墨花》43/26915

《尽心堂》35/22197 ｜ 史尧弼《静心堂》43/26897

赵琥

《密老》35/22202 ｜ 赵鸣铎《寄萍乡密老》50/31286

胡拂道

《宫女睡》35/22207 ｜ 李献可《赋宫人午睡》54/33765 ｜ 黄泳《题昼寝宫人图应制》32/20288

李弼

《七星山》35/22208 ｜ 元代李弼《七星岩》67/172

张子文

张子文 35/22211 ｜ 张于文 30/19218

《次韵何文缜墨梅二绝》35/22211 ｜ 张于文《次韵何文缜墨梅二绝》30/19218

《墨梅三绝》35/22211 ｜ 张于文《墨梅三绝》30/19218

宋高宗

《题丹桂画扇赐从臣》其一 35/22215 ｜ 卢襄《太上皇帝御制题扇面所画红木犀赐从臣荣薿》24/16216

《题丹桂画扇赐从臣》其二 35/22215 ｜ 曹勋《谢赐丹桂》33/21166

《崇恩显义院五首》其一 35/22215 ｜ 秦观《春日五首》其四 18/12112

《崇恩显义院五首》其二 35/22215 ｜ 王安石《别和甫赴南徐》10/6726

《崇恩显义院五首》其四 35/22215 ｜ 唐代白居易《听歌》14/5193

《崇恩显义院五首》其五 35/22215 ｜ 唐代李白《横江词六首》其四 5/1720

《秋日》35/22216 ｜ 唐代李世民《秋日二首》其二 1/14

《诗四首》其一 35/22216 ｜ 苏轼《虎丘寺》14/9199

《诗四首》其二 35/22217 ｜ 黄庭坚《赠郑交》17/11334

《诗四首》其三 35/22217 ｜陈与义《对酒》31/19504

《诗四首》其四 35/22217 ｜陈与义《种竹》31/19504

《题李唐画赐王都提举并赐长寿酒》35/22217 ｜唐代权德舆《敕赐长寿酒因口号以赠》10/3681

《题马麟亭台图卷》35/22217 ｜杨皇后《宫词》其十一 53/32890

《题马麟画》35/22217 ｜唐代韦应物《雪夜下朝呈省中一绝》6/1914

《题马远画册五首》其二 35/22217 ｜宋光宗《题张萱游行士女图》50/31080 ｜唐代曹唐《小游仙诗九十八首》其二六 19/7347

《题马远画册五首》其三 35/22218 ｜王安石《次韵和张仲通见寄三绝句》其一 10/6739

《题马远画册五首》其四 35/22218 ｜唐代陆龟蒙《洞宫夕》18/7224

《题画册花草四首·蜡梅》35/22218 ｜杨巽斋《蜡梅》72/45254

《题马麟画册》35/22219 ｜梅尧臣《四月三日张十遗牡丹二朵》5/3136 ｜宋光宗《题徐崇嗣没骨牡丹图》50/31080

《题阎次平小景》35/22219 ｜苏辙《河上莫归过南湖二绝》其一 15/9921

《幸天长赐僧广宝》35/22219 ｜唐代释广宣《驾幸天长寺应制》23/9270

《赐僧守璋二首》35/22219 ｜宋孝宗《赐圆觉寺僧德信》43/26867

《诗二首》其一 35/22219 ｜唐代白居易《自咏》14/5087

《诗二首》其二 35/22219 ｜苏轼《小圃五咏·地黄》14/9524

《题唐郑虔山居说听图》35/22220 ｜唐代白居易《读老子》14/5150

《题赵幹北窗高卧图》35/22220 ｜邵雍《偶得吟》7/4633

《题刘松年竹楼说听图》35/22220 ｜唐代白居易《竹楼宿》13/4966

《题刘松年画团扇二首》其一 35/22220 ｜张耒《洛岸春行二首》其二 20/13271

《题刘松年画团扇二首》其二 35/22220 ｜邹浩《湖上杂咏》其一 21/13985

《题黄筌芙蓉图》35/22220 ｜舒亶《和刘理西湖十洲·芙蓉洲》15/10395

《赐刘能真三首》其二 35/22220 ｜王安石《太白岭》10/6571

《句》其四 35/22229 ｜宋孝宗《句》其二 43/26870

《句》其五 35/22230 ｜宋高宗《绍兴己巳南郊礼成》35/22216

《句》其八 35/22230 ｜李昭玘《北园书事三首》其一 22/14638

释师一

《颂古十八首》其一六 35/22238 ｜释士珪《颂古七十六首》其五 27/17862 ｜释道颜《颂古》其一〇六 32/20315

李石

《天彭行县》35/22288 ｜文同《彭山县君居》8/5354

《过永寿县》35/22288 ｜文同《过永寿县》8/5347

《舟次湖口追忆任明府》35/22293 ｜张弋《舟次湖口追忆任明府》54/33625

《古柏二首》其二 35/22303 ｜邵桂子《古柏行》69/43462

《到夔门呈王待制》35/22305 ｜邵桂子《到夔门呈王待制》69/43462

《扇子诗》其六五 35/22323 ｜唐代高适《听张立本女吟》6/2243 ｜唐代张立本女《诗》23/8992

释师体

《颂古十四首》其十 35/22333 ｜苏庠《惠安寺》22/14607

释仲安

《颂古四首》其四 35/22346 ｜唐代灵岩《颂石巩接三平》1552（《全唐诗补编》）

黄昇

《萍乡道中》35/22351 ｜赵祯《路入武阳》67/42134 ｜黄大临《入萍乡道中》17/11328

方翥

《次韵郑汉仲讲书》35/22456 ｜方翥《次韵郑夹漈题林时隐霆芹斋诗》35/22453

第三十六册

黄公度

《和泉上人》36/22486 ｜辛弃疾《和泉上人》48/30009

《御赐阁额二首》36/22489 ｜辛弃疾《御书阁额》48/30016

《赠延福端老二绝》36/22498 ｜辛弃疾《赠延福端老二首》48/30002

《西园二首》其二 36/22504 ｜黄度《隆荫堂》47/29660

《自恩平还题嵩台宋隆馆二绝》36/22508 ｜刘敞《自恩平还题嵩台宋隆馆》9/5942

《谒守净禅师》36/22515 ｜释怀深《偈一百二十首》其一〇〇 24/16124 ｜释元易《偈二首》其一 19/12960 ｜释南雅《偈颂七首》其七 38/23732 ｜释崇岳《偈颂一百二十三首》其五三 45/27818 ｜释绍昙《偈颂十九首》其一五 65/40788 ｜唐代庞蕴《杂诗》23/9136

《岳阳楼》36/22515 ｜王十朋《岳阳楼》36/22876

释宝印

《偈颂十五首》其三 36/22521 ｜释鼎需《偈二十首》其一五 31/20036 ｜五代僧人释义昭《偈》（四库本《五灯会元》卷八）

李靓

《雾》36/22527 ｜李靓《雾》7/4313

胡仔

《咏苕溪水阁》36/22528 ｜沈括《自题水阁绝句》12/8017

刘仪凤

《饮王龟龄瑞白堂秉烛观跳珠分韵得珠字》36/22568 ｜王十朋《仪凤得珠字》36/22831

吴曾

《冬》36/22582 ｜释法具《绝句二首》其二 27/17453 ｜释惟谨《诗二首》其二 49/30960

王十朋

《送凌知监赴玉环次觉无象韵》36/22588 ｜王十朋《玉环山》36/22960

《游箫峰》36/22596 ｜王十朋《白鹤禅寺》36/22960

《札上人许赠山丹花且云此花三月尽开俟蕊成移去至上巳日以诗索之》

36/22655 ｜无名氏《山丹花二首》其二 72/45265

《兄弟邻里日讲率会因书一绝且戒其早纳租税也》36/22656 ｜王十朋《兄弟邻里日讲率会因书一绝且戒其早纳租税也》36/22962

《书不欺室》36/22747 ｜苏邦《不欺堂》37/23278

《癸未守岁》36/22767 ｜阳枋《癸未守岁》57/36124

《仪凤得珠字》36/22831 ｜刘仪凤《饮王龟龄瑞白堂秉烛观跳珠分韵得珠字》36/22568

《中秋对月用昌黎赠张功曹韵呈同官》36/22841 ｜宋肇《中秋对月用昌黎先生赠张功曹韵》20/13449

《梁彭州与客登卧龙山送酒二尊》其一 36/22848 ｜梁介《登卧龙山送酒》43/26883

《岳阳楼》36/22876 ｜黄公度《岳阳楼》36/22515

《知宗生日》36/22904 ｜范一飞《寿知宗》72/45641

《知宗柑诗用韵颇险予既和之复取所未用之韵续赋一首三十韵》36/22931 ｜林景熙《知宗柑诗用韵颇险予既知之复取所未用之韵续赋一首三十韵》69/43529

《腊月二十八日与知宗提举分岁郡中啜茶于北楼赏梅于忠献堂知宗即席有诗次韵并简提舶》36/22937 ｜阳枋《腊月二十八日与知宗提举分岁郡中啜茶于北楼赏梅于忠献堂知宗即席有诗次韵并简提舶》57/36123

《红梅》36/22959 ｜朱熹《红梅》44/27660

《石夫人》36/22961 ｜唐代白居易《新妇石》1090（《全唐诗补编》）

《过鉴湖》36/22961 ｜赵抃《次韵程给事会稽八咏·鉴湖》6/4228

《丞厅后囿双梅一枝发和以表弟韵》36/22961 ｜李弥逊《丞厅后囿双梅一枝发和似表弟韵》30/19253

《云安下岩》36/22961 ｜杜柬之《云安下岩》72/45344

《大龙湫》36/22961 ｜明代沈周《天台石梁图》（参明汪砢玉《珊瑚网》卷三十八）

《句》其一 36/22962 ｜王镃《访梅》68/43218 ｜王梅窗《梅花》72/45250

《句》其二 36/22962 ｜王十朋《郁师赠海棠酬以前韵》36/22655

《句》其三 36/22962 ｜赵抃《退居十咏·水月阁》6/4244

第三十七册

林之奇

《示张直温》37/22965 ｜刘敞《示张直温》9/5675

《朝乘》37/22965 ｜刘敞《朝乘》9/5740

《田漏》37/22966 ｜王安石《和圣俞农具诗十五首·田漏》10/6551

《杂咏》37/22966 ｜王安石《杂咏三首》其一 10/6512

《看白云爱而成诗》37/22966 ｜狄遵度《看白云爱而成诗》4/2312

《举举媚学子》37/22966 ｜王令《举举媚学子》12/8105

《呼鸡》37/22966 ｜王令《呼鸡》12/8142

《秋怀》37/22966 ｜王令《秋怀》12/8104

《四事》37/22967 ｜邵雍《四事吟》7/4598

《高竹》37/22967 ｜邵雍《高竹八首》其四 7/4458

《村居》37/22967 ｜文同《村居》8/5324

《新晴山月》37/22967 ｜文同《新晴山月》8/5380

《属疾梧轩》37/22967 ｜文同《属疾梧轩》8/5414

《谢公定和二范秋怀》37/22968 ｜黄庭坚《谢公定和二范秋怀五首邀予同作》其一 17/11349

《宿旧彭泽怀陶令》37/22968 ｜黄庭坚《宿旧彭泽怀陶令》17/11332

《题宛陵张待举曲肱亭》37/22968 ｜黄庭坚《题宛陵张待举曲肱亭》17/11336

《春日杂书》37/22968 ｜张耒《春日杂书八首》其七 20/13350

《贺雨拜表》37/22968 ｜张耒《贺雨拜表》20/13316

《雨后出城马上作》37/22969 ｜邢居实《雨后出城马上作》22/14809

《江月图》37/22969 ｜崔鶠《江月图》20/13479

《送葛都官南归》37/22969 ｜梅尧臣《送葛都官南归》5/3263

《沧洲亭怀古》37/22969 ｜沈辽《沧洲亭怀古》12/8283

《纵步湘西》37/22969 ｜张舜民《纵步湘西》（参宋吕祖谦编《宋文鉴》卷二十一）

《谒客》37/22969 ｜张耒《谒客》20/13110

《墨染丝》37/22970 ｜郭祥正《墨染丝》13/8787

《豫章别李元中宣德》37/22970 ｜谢逸《豫章别李元中宣德》22/14835

《闻徐师川自京师还豫章》37/22970 ｜谢逸《闻徐师川自京师归豫章》22/14846

《早春偶题》37/22970 ｜崔鶠《早春偶题》20/13479

《梦访友生》37/22970 ｜李彭《梦访友生》24/15967

刘望之

《题三学山》37/22986 ｜刘西园《题三学山》72/45153

王秬

《登历下古城员外新亭二首》其一 37/22994 ｜唐代杜甫《同李太守登历下古城员外新亭亭对鹊湖》7/2253

《登历下古城员外新亭二首》其二 37/22994 ｜唐代李邕《登历下古城员外孙新亭》4/1168

释安永

《洋屿庵造水笕》37/23037 ｜释某《石篷》72/45140

张维

《题张公洞》37/23046 ｜张维《题张公洞》2/829

《次韵同经略舍人登七星山》37/23046 ｜张维《次经略舍人韵》2/829

陈俊卿

《句》其三 37/23048 ｜陈康伯《送叶守》33/20807

徐珩

《和虞智父登金陵清溪阁》37/23049 ｜许志仁《和虞智父登清溪阁》35/22069 ｜徐照《青溪阁》50/31403

《日暮望泾水》37/23050 ｜唐代徐珩《日暮望泾水》2/547

林光朝

《次韵奉酬赵校书子直》37/23067 ｜林光宗《次韵奉酬赵校书子直》48/30023

《九日同出真珠园再用前韵》37/23067 ｜林光宗《九日同出真珠园再用前韵》48/30023

《芹斋诗》37/23069 ｜林光宗《芹斋诗》48/30022

蔡清臣

《广惠寺》37/23081 ｜叶清臣《题溪口广慈寺》4/2650

高袭明

《瀛岩》37/23081 ｜无名氏《题宁海瀛岩》71/45092

吕愿中

《假守睢阳吕愿中叔恭机宜祥符刘襄子思通守鄱阳朱良弼国辅经属建安陈廷杰朝彦因祈晴乘兴游中隐岩留题以记胜游》37/23086 ｜李师中《中隐岩》其二 7/4871

张昭远

张昭远《喜雨诗三首》37/23088 ｜张如远《澹山岩三首》22/14656

连久道

《翠微亭》其二 37/23093 ｜巩丰《翠微亭》50/31152

林宪

《寓天台水南四首》其四 37/23094 ｜陈柏《盛雪巢》60/37990

李焘

《龙鹄山》37/23215 ｜魏了翁《次韵李参政壁湖上杂咏录寄龙鹤坟庐》其五 56/34879

《句》其四 37/23216 ｜李简《句》71/45082

芮烨

《从沈文伯乞娑罗树碑》37/23217 ｜沈长卿《楚州》33/21271

吴皇后

《题徐熙牡丹图》37/23220 ｜蔡襄《华严院西轩见芍药两枝追想吉祥赏花慨然有感寄呈才翁》其一 7/4802

胡彦国

《三老堂》37/23222 ｜刘挚《三老堂》12/7998

李鼎

《句》37/23233 ｜李鼐《句》34/21474

叶仪凤

《句》37/23236 ｜袁毂《句》其四 12/8058

吴沆

《临高台》其三 37/23246 ｜许彦国《临高台》18/12400 ｜许志仁《临高台》35/22069

李浩

《出疏山》37/23253 ｜李商叟《疏山》49/30949

释道枢

《颂古三十九首》其二七 37/23260 ｜唐代无名氏《宫词》22/8866

陈天麟

《青山道中》37/23265 ｜李宏《青山道中》29/18893

《舟中》37/23265 ｜李宏《舟中》29/18893

《题南金慎独斋》37/23267 ｜周紫芝《题南金慎独斋》26/17240

《访张元明山斋》37/23268 ｜周紫芝《访张元明山斋》26/17181

《题王季恭蓬斋》37/23268 ｜周紫芝《题王季共蓬斋》26/17329

《赵观察作斋名烟艇孙耘老作唐律相邀同赋乃次其韵》37/23268 ｜周紫芝《赵观察作斋名烟艇孙耘老作唐律相邀同赋乃次其韵》26/17311

《越香台》37/23268 ｜周紫芝《题吕节夫园亭十一首·越香堂》26/17188

《吕仲及适安堂》37/23269 │ 周紫芝《题吕伸友寓安堂》26/17409

苏邦

《不欺堂》37/23278 │ 王十朋《书不欺室》36/22747

黄朴

《玉泉》37/23280 │ 黄璞《题玉泉》19/12980

陈中孚

《茶岭》37/23280 │ 徐安国《茶岭》46/28956

向滈

《莞尔堂春晚书怀呈同僚》37/23281 │ 赵祢《春晚书怀》67/42134

方希觉

《到官郡□之余即新众乐亭为州人游观之所因成拙句》37/23284 │ 东方某《众乐亭》72/45131

王灼

《句》37/23329 │ 王炎《句》48/29825

邓深

《送王敦素》37/23355 │ 晁冲之《送王敦素朴》21/13885

何熙志

《咏寰城景物之胜》37/23374 │ 雍某《广安》72/45153

何锡汝

《玉虹泉》37/23378 │ 李鍚《金紫岩》51/32085

赵夔

《桂山诸岩歌》37/23384 │ 汪应辰《桂林》38/23583

黄某

《乌石山》37/23409 │ □治中《绍兴丁丑题乌石山》72/45643

洪适

《送刘元忠学士还南京》37/23533 │ 梅尧臣《送刘元忠学士还南京》5/3240

《赋孤雁》37/23533 │ 曹纬《雁》31/19977

《雨中泊舟萧山县驿》37/23534 ｜陆游《雨中泊舟萧山县驿》39/24610

《送陆务观福建提仓》37/23537 ｜韩元吉《送陆务观福建提仓》38/23667

第三十八册

周麟之

《景灵宫乐章·皇帝还位乾安之曲》38/23568 ｜郊庙朝会歌辞《高宗郊前朝献景灵宫二十一首·还位用〈乾安〉》71/44929

《景灵宫乐章·尚书彻馔吉安之曲》38/23568 ｜郊庙朝会歌辞《高宗郊前朝献景灵宫二十一首·彻馔用〈吉安〉》71/44929

《景灵宫乐章·皇帝降殿乾安之曲》38/23568 ｜郊庙朝会歌辞《高宗郊前朝献景灵宫二十一首·降殿用〈乾安〉》71/44929

《景灵宫乐章·皇帝还大次乾安之曲》38/23568 ｜郊庙朝会歌辞《高宗郊前朝献景灵宫二十一首·还大次用〈乾安〉》71/44930

《太庙乐章·皇帝盥洗乾安之曲》38/23568 ｜郊庙朝会歌辞《高宗郊祀前朝享太庙三十首·盥洗用〈乾安〉》71/44903

《太庙乐章·奉俎丰安之曲》38/23569 ｜郊庙朝会歌辞《高宗郊祀前朝享太庙三十首·尚书奉俎用〈丰安〉》71/44903

《太庙乐章·皇帝再盥洗乾安之曲》38/23569 ｜郊庙朝会歌辞《高宗郊祀前朝享太庙三十首·皇帝再盥洗用〈乾安〉》71/44903

《句》其一 38/23571 ｜周麟之《观梅》38/23550

汪应辰

《和游南岩》38/23573 ｜王洋《曾纮父约游南岩短韵奉呈》30/18925

《琵琶洲》38/23580 ｜王洋《琵琶洲》30/19043

《桂林》38/23583 ｜赵夔《桂山诸岩歌》37/23384

释咸杰

《偈颂六十五首》其三 38/23586 ｜释祖钦《偈颂一百二十三首》其九

〇 65/40583

《偈颂六十五首》其三五 38/23588 ｜ 释宗杲《偈颂一百六十首》其四三 30/19367 ｜ 释云《偈颂二十九首》其二九 35/22056 ｜ 释允韶《偈七首其四》47/29667

《偈颂六十五首》其四二 38/23588 ｜ 释宗杲《偈颂一百六十首》其九九 30/19371 ｜ 释心月《偈颂一百五十首》其一一五 60/37697

《偈颂六十五首》其五七 38/23590 ｜ 释正觉《偈十首》其一 31/19780 ｜ 释祖钦《偈颂七十二首》其三五 65/40589

《颂古六首》其二 38/23599 ｜ 释道谦《颂古七首》其一 31/20046

韩元吉

《检详出示所赋陈季陵户部巫山图诗仰窥高作叹息弥襟范成大尝考宋玉谈朝云事漫称先王时本无据依及襄王梦之命玉为赋但云牖薄怒以自持曾不可乎犯干后世弗察一切涵以媒语曹子建赋宓妃亦感此而作此嘲谁当解者辄用此意次韵和呈以资拊掌》38/23622 ｜ 范成大《韩无咎检详出示所赋陈季陵户部巫山图诗仰窥高作叹息弥襟余尝考宋玉谈朝云事漫称先王时本无据依及襄王梦之命玉为赋但云牖颜怒以自持曾不可乎犯干后世弗察一切涵以媒语曹子建赋宓妃亦感此而用此嘲谁当解者辄用此意次韵和呈以资抚掌》41/25826

《送陆务观福建提仓》38/23667 ｜ 洪适《送陆务观福建提仓》37/23537

《送郭诚思归华下》38/23670 ｜ 张方平《送郭诚思归华下》6/3831

《次棹歌韵》38/23696 ｜ 黄中厚《隐逸》72/45217

《句》其一 38/23700 ｜ 韩元吉《次韵赵文鼎同游鹅石五首》其五 38/23696

周因

《送枢密相公楼仲晖归田》38/23724 ｜ 周古《赠胡侍郎荣归》5/3392

释昙密

《数珠》38/23728 ｜ 释慧开《人至收书知得心座元安乐蒙惠数珠水晶者金重十二钱一收讫山偈奉赠》57/35684

释南雅

《偈颂七首》其七 38/23732｜黄公度《谒守净禅师》36/22515｜释怀深《偈一百二十首》其一〇〇 24/16124｜释元易《偈二首》其一 19/12960｜释崇岳《偈颂一百二十三首》其五三 45/27818｜释绍昙《偈颂十九首》其一五 65/40788｜唐代庞蕴《杂诗》23/9136

李南寿

《句》38/23741｜季南寿《句》35/22078

范崇

《句》38/23741｜唐代范崇《句》1569（《全唐诗补编》）

赵彦端

《寿皇太子三首》《寿皇太子（七首）》38/23745｜杨万里《贺皇太子九月四日生辰十首》42/26345

《寿皇孙》38/23746｜杨万里《贺皇孙平阳郡王十月十九日生辰》42/26328

《梅花》38/23746｜赵师侠《梅花》50/31052

《翠微山居八首》38/23747｜释冲邈《翠微山居诗（其三、其四、其五、其七、其十二、其十七、其二三、其二四）》28/18308

《翠微山居八首》38/23747 其五｜释冲邈《翠微山居诗》其十二 28/18308｜唐代释法常《答盐官齐安国师见招》其一（参四库本《五灯会元》卷三）

《句》其二 38/23748｜陈轩《句》其一七 12/8403

《句》其四 38/23748｜陆游《东门外遍历诸园及僧院观游人之盛》39/24417

释德光

《颂古十三首》其四 38/23760｜释祖先《六祖赞》47/29024

《女真进千手千眼观音像颂》38/23761｜径山寺僧《千手眼白玉观音偈嘲金使》50/31068

赵公硕

《宰余杭游洞霄》38/23782｜余杭令《游洞霄》72/45428

林桷

《李白书堂》38/23789 ｜阜民《题太白五松书堂》72/45508

查籥

《访苏黄遗墨》38/23791 ｜张绩《云岩寺二首》其二 50/31082

萧德藻

《登岳阳楼》其一 38/23795 ｜元代于岩《登岳阳楼》66/59

叶衡

《昆山吕正之三男子连中神童科盖奇事也次严别驾韵》38/23805 ｜元代叶衡《昆山吕正之三男子连中神童科盖奇事也次严别驾韵》30/355

李吕

《题焦山寺》38/23818 ｜翟汝文《焦山寺》24/16024

《遣兴》38/23825 ｜杨蟠《春日独游南园》8/5040

《云庄耕者》38/23835 ｜李流谦《云庄耕者》38/23973

刘季裴

《寿朱守》38/23846 ｜周邦彦《寿宋守》其一 20/13430

朱昱

《竞秀阁二首》其一 38/23850 ｜朱翌《竞秀阁》33/20858

释坚璧

《偈颂二十一首》其二一 38/23853 ｜释心月《偈颂一百五十首》其一四五 60/37700

李流谦

《云庄耕者》38/23973 ｜李吕《云庄耕者》38/23835

洪迈

《秋日漫兴二首》38/23984 ｜元代陈基《秋日杂兴五首（其三其四）》55/210

《庚戌正月十四日同友人丁晋年王蔚之谒普照塔》38/23984 ｜朱松《谒普照塔》33/20692

《晓过吴县》38/23984 ｜朱松《晓过吴县》33/20692

《陪余杭张无垢先生饮》38/23984 ｜朱松《陪余杭张无隅先生饮》33/20692

《于潜道中》38/23985 ｜朱松《于潜道中》33/20692

《度芙蓉岭》38/23985 ｜朱松《度芙蓉岭》33/20693

《信州禅月台上》38/23985 ｜朱松《信州禅月台上》33/20693

《送禅师往妙香寺元住云溪》38/23985 ｜朱松《送深师住妙香寺元住云溪》33/20693

《坐睡》38/23985 ｜朱松《坐睡》33/20693

《游山光寺》38/23986 ｜朱松《游山光寺》33/20694

《送建州徐生》38/23986 ｜朱松《送建州徐生》33/20694

《赠觉师》38/23986 ｜朱松《赠觉师》33/20694

《休宁村落间有奇石如弹子涡所出者宜养石菖蒲程德藻许以馈我以诗督之》38/23987 ｜朱松《休宁村落间有奇石如弹子涡所出者宜养石菖蒲程德藻许以馈我以诗督之》33/20694

《效渊明》38/23987 ｜朱松《效渊明》33/20694

《酬马退翁见示之什》38/23987 ｜朱松《酬冯退翁见示之什》33/20695

《戏答胡汝能》38/23987 ｜朱松《戏答胡汝能》33/20695

《谒吴公路许借论衡复留一日戏作》38/23988 ｜朱松《谒吴公路许借论衡复留一日戏作》33/20695

《新秋》38/23988 ｜朱松《新秋》33/20695

《道中得雨》38/23988 ｜朱松《道中得雨》33/20696

《道中》38/23988 ｜朱松《道中》33/20696

《无题》38/23988 ｜朱松《陈伯辨为张氏求醉宾轩诗》33/20696

《书窗对月》38/23989 ｜朱松《书窗对月》33/20696

《宿野人家》38/23989 ｜朱松《宿野人家》33/20696

《度石栋岭》38/23989 ｜朱松《度石栋岭》33/20697

《用退之韵赋新霁》38/23989 ｜朱松《用退之韵赋新霁》33/20697

《送金确然归弋阳》38/23989 ｜朱松《送金确然归弋阳》33/20697

《至节日建州会詹士元》38/23990 ｜朱松《至节日建州会詹士元》33/20697

《用前韵答翁子静》38/23990 ｜朱松《用前韵答翁子静》33/20698

《微雨》38/23990 ｜朱松《微雨》33/20698

《寄题叔父池亭》38/23990 ｜朱松《寄题叔父池亭》33/20698

《赠谢彦翔》38/23991 ｜朱松《赠谢彦翔建安人九岁异人与药至今不食建安有梅子真升仙处》33/20698

《考亭陈国器以家酿饷吾友人卓民表民表以饮予香味色皆清绝不可名状因为制名曰武夷仙露仍赋一首》38/23991 ｜朱松《考亭陈国器以家酿饷吾友人卓民表民表以饮予香味色皆清绝不可名状因为制名曰武夷仙露仍赋一首》33/20698

《久旱新岁乃雨》38/23991 ｜朱松《久旱新岁乃雨》33/20699

《春日与卓民表陈国器步出北郊》38/23991 ｜朱松《春日与卓民表陈国器步出北郊》33/20699

《蔬饭》38/23992 ｜朱松《蔬饭》33/20699

《戏赠吴知伯》38/23992 ｜朱松《戏赠吴知伯》33/20700

《送僧》38/23992 ｜朱松《送僧》33/20700

《书僧房》38/23993 ｜朱松《书僧房》33/20704

《题芦雁屏》38/23993 ｜朱松《题芦雁屏》33/20704

《题临赋轩》38/23993 ｜朱松《题临赋轩》33/20704

《答併安江师送米》38/23994 ｜朱松《答保安江师送米》33/20704

《陈德瑞馈新茶》38/23994 ｜朱松《陈德瑞馈新茶》33/20705

《次韵希旦喜雨》38/23994 ｜朱松《次韵希旦喜雨》33/20705

《古风二首寄汪明道》38/23994 ｜朱松《古风二首寄汪明道》33/20705

《建安道中》38/23995 ｜朱松《建安道中》33/20706

《书事呈元声如愚起华三兄》38/23995 ｜朱松《书事呈元声如愚起华三兄》33/20706

《寄题起莘家义轩》38/23995 ｜朱松《寄题起莘家义轩》33/20706

《梅花》38/23995 ｜朱松《梅花》33/20706

《十一月十九日与仲猷大年绰中美中饮于南台》38/23996 ｜朱松《十一月十九日与仲猷大年绰中美中饮于南台》33/20707

《春社斋禁连雨不止赋呈梦得》38/23996 ｜朱松《春社斋禁连雨不止赋呈梦得》33/20707

《次韵梦得见示长篇》其一 38/23996 ｜朱松《次韵梦得见示长篇》33/20707

《次韵梦得见示长篇》其二 38/23997 ｜朱松《久雨短句呈梦得》33/20708

《牡丹酴醾各一首呈周宰》38/23997 ｜朱松《牡丹酴醾各一首呈周宰》33/20708

《次韵梦得浅红芍药长句》38/23997 ｜朱松《次韵梦得浅红芍药长句》33/20708

《宿禅寂院》38/23998 ｜朱松《宿禅寂院》33/20708

《诗约范直夫游万叶寺观瀑泉》38/23998 ｜朱松《诗约范直夫游万叶寺观瀑泉》33/20709

《次韵梦得见示之什》38/23998 ｜朱松《次韵梦得见示之什》33/20709

《送瓯宁魏生赴武举》38/23998 ｜朱松《送瓯宁魏生赴武举》33/20709

《陈仲仁止止堂》38/23999 ｜朱松《陈仲仁止止堂》33/20709

《送志宏西上》38/23999 ｜朱松《送志宏西上》33/20710

《有怀舍弟逢年时归婺源以诗督之》38/23999 ｜朱松《有怀舍弟逢年时归婺源以诗督之》33/20710

《九月十七日夜度蔡道岭宿弥勒院》38/24000 ｜朱松《九月十七日夜度蔡道岭宿弥勒院》33/20710

《游郑圃》38/24000 ｜朱松《游郑圃》33/20711

《女贫苦难妍》38/24000 ｜朱松《女贫苦难妍》33/20711

《溪南梅花》38/24000 ｜朱松《溪南梅花》33/20711

《再和求首座》38/24001 ｜朱松《再和求首座》33/20711

《奉酬令德寄示长句》38/24001 ｜朱松《奉酬令德寄示长句》33/20712

《答林康民见和梅花诗》38/24001 ｜朱松《答林康民见和梅花诗》33/20712

《上丁余腊置酒招绰中德粲逢年》38/24002 ｜朱松《上丁余腊置酒招绰中德粲德懋逢年》33/20712

《用绰中韵送正臣正臣欲归隐而无资故广其意以告识者》38/24002 ｜朱松《用绰中韵送正臣正臣欲归隐而无资故广其意以告识者云尔》33/20713

《秋怀六首》38/24002 ｜朱松《秋怀六首》33/20713

《逢年与德粲同之温陵谒大智禅师医作四小诗送之》38/24003 ｜朱松《逢年与德粲同之温陵谒大智禅师医作四小诗送之》33/20714

《与陈彦时会华严道人偶书》38/24004 ｜朱松《与陈彦时会华严道人偶书》33/20714

《书栟榈院壁》38/24004 ｜朱松《书栟榈院壁》33/20715

《次志宏韵督成寿置酒》38/24004 ｜朱松《次志宏韵督成寿置酒》33/20715

《宣琐》38/24007 ｜洪咨夔《六月十六日宣锁》55/34610

《琵琶亭》38/24007 ｜郭明复《题琵琶亭》45/28279

《诗一首》38/24008 ｜崔唐臣《书刺末》10/6444

《自鸣山》38/24010 ｜元代陈旅《为张真人赋象山》35/20

程大昌

《和刘侍郎九日登女郎台》38/24016 ｜程琳《和答刘夔咏茱萸二首》其一 3/1847

《冬至》38/24017 ｜程琳《冬近》3/1848

甄龙友

《岳阳楼望洞庭》38/24030 ｜元代甄良友《岳阳楼望洞庭》66/253

赵廱

《南湖》38/24033 ｜赵汝谈《南湖》51/32022

范端臣

《登钓台》38/24038 ｜李廌《钓台》其二 20/13616

郭见义

《句》38/24053 ｜张王臣《句》49/30948

姜特立

《北槛》38/24117 ｜陆游《北槛》41/25731

《幽事》38/24146 ｜陆游《幽事》41/25731

《云岑》38/24147 ｜姜特立《云岑》38/24205

《幽事》38/24150 ｜陆游《幽事》41/25730

《葺圃》38/24153 ｜陆游《葺圃》41/25730

《再赋如山》38/24167 ｜郑獬《再赋如山》10/6878

《二色芙蓉花》38/24209 ｜顾逢《二色芙蓉花》64/40019

赵钺夫

《盘斋》38/24213 ｜赵鼎臣《盘斋诗》22/14914

《冰斋》38/24213 ｜赵鼎臣《冰斋》22/14919

《暮村》38/24213 ｜赵鼎《暮村》28/18431

《醉和颜美中元夕绝句》38/24213 ｜赵鼎《醉和颜美中元夕绝句》28/18432

陈仲谔

《送新茶李圣喻郎中》38/24214 ｜杨万里《陈蹇叔郎中出闽漕别送新茶李圣俞郎中出手分似》42/26323

曾逮

《清樾轩》38/24217 ｜曾幾《清樾轩》29/18514

潘柽

《雁荡道中》38/24223 ｜许志仁《雁荡道中》35/22067

刘应时

《句》其一 38/24240 ｜刘应时《入夜》38/24230

《句》其二 38/24240 ｜刘应时《雪夜二首》其二 38/24239

曾季貍

《桃花》38/24245 ｜王庭珪《绯桃》25/16876 ｜施清臣《绯桃》62/39026 ｜

李龏《绯桃》其二 59/37412

第三十九册

陆游

《周洪道学士许折赠馆中海棠以诗督之》39/24261 ｜孙惟信《垂丝海棠》56/35148

《以石芥送刘韶美礼部刘比酿酒劲甚因以为戏二首》39/24263 ｜朱翌《石芥》33/20867

《出都》39/24263 ｜刘挚《出都二首》其二 12/7958

《法宝琎师求竹轩诗》39/24265 ｜释文珦《法宝琎师求竹轩》63/39657

《大安病酒留半日王守复来招不往送酒解酲因小饮江月馆》39/24306 ｜刘攽《大安病酒留半日王守复来招不往送酒解酲因小饮江月馆》11/7317

《即事》39/24316 ｜蒋之奇《即事》12/8022

《梅花》39/24318 ｜石懋《梅花》25/16884

《成都岁暮始微寒小酌遣兴》39/24319 ｜石懋《成都岁暮始微寒小酌遣兴》25/16885

《西郊寻梅》39/24320 ｜范成大《西郊寻梅》41/26059

《晦日西窗怀故山》39/24327 ｜黄庭坚《咏萍》17/11737

《雨夜怀唐安》39/24328 ｜郑獬《雨夜怀唐安》10/6867

《晚雨》39/24331 ｜曾幾《晚雨》29/18528

《听琴》39/24361 ｜元代洪希文《听琴歌》31/141

《春晚书怀》39/24392 ｜朱松《春晚书怀》33/20759

《梅花》39/24413 ｜丘葵《次放翁梅花韵》69/43855

《丁酉上元三首》其一 39/24417 ｜孙何《侍宴御楼》2/979

《城北青莲院方丈壁间有画燕子者过客多题诗予亦戏作二绝句》其一 39/24426 ｜彭汝砺《巢燕初至》16/10641

《江上散步寻梅偶得三绝句》其一 39/24447｜刘克庄《梅花》其一 58/36752

《看梅归马上戏作五首》其三 39/24450｜刘克庄《梅花》其二 58/36752

《看梅归马上戏作五首》其五 39/24450｜刘克庄《梅花》其三 58/36752｜陈亦梅《梅花》72/45249

《屈平庙》39/24461｜朱服《汨罗吊屈原》18/11955

《双桥道中寒甚》39/24476｜刘攽《双桥道中寒堪》11/7319

《雨夜》39/24486｜曾幾《雨夜》29/18527

《客谈荆渚武昌慨然有作》39/24486｜詹慥《客谈荆渚武昌慨然有作》34/21460

《桥南纳凉》39/24490｜秦观《纳凉》18/12153

《夕雨二首》其一 39/24492｜曾幾《夕雨》29/18527

《紫溪驿二首》39/24499｜辛弃疾《宿驿》48/30013

《步过县南长桥游南山普宁院山高处有塔院及小亭缥渺可爱恨不能到》39/24500｜陆九渊《过普宁寺》48/29844

《雪中寻梅二首》39/24504｜朱熹《梅二首》44/27658

《雪中寻梅二首》其二 39/24504｜朱熹《梅二首》其二 44/27658｜朱服《梅花》18/11954

《抚州上元》39/24506｜孙何《上元雨》2/979

《闵雨》39/24521｜郑獬《闵雨》10/6896

《雪霁归湖上过千秋观少留》39/24535｜苏洞《雪霁归湖山过千秋观少留》54/33917

《小园四首》39/24538｜宋庠《小园四首》4/2299

《秋日闻蝉》39/24540｜范成大《秋蝉》41/26060

《秋雨排闷十韵》39/24582｜曾幾《秋雨排闷十韵》29/18547

《雨中泊舟萧山县驿》39/24610｜洪适《雨中泊舟萧山县驿》37/23534

《山园草木四绝句·黄蜀葵》39/24616｜范镇《黄葵》6/4263

《一室》39/24621｜张载《一室》9/6289

《樊江观梅》39/24624 │ 朱松《樊江观梅》33/20759

《秋日泛镜中憩千秋观》39/24629 │ 苏泂《秋日泛镜中憩千秋观》54/33935

《春游绝句》39/24641 │ 明代陈洪绶《即事》(参吴敢点校《陈洪绶集》卷九)

《秋日步至湖桑埭西》39/24752 │ 周南《秋日步至湖桑埭西》52/32255

《糟蟹》40/24882 │ 曾幾《蟹》29/18595

《晓出至湖桑埭》40/25207 │ 周南《晚出至湖桑埭》52/32259

《苦雨二首》其一 40/25208 │ 曾幾《苦雨》29/18528

《纵游》40/25412 │ 赵汝回《纵游》57/35876

《雨二首》41/25641 │ 曾幾《雨二首》29/18526

《己巳正月十八九间雪复大作不止》41/25659 │ 李洪《己巳正月十八九间雪复大作不止》43/27145

《中阁》41/25723 │ 蔡元厉《中阁》65/40664

《冲虚宫》41/25724 │ 蔡元厉《孤青峰》65/40664

《罗浮山》41/25724 │ 陈俣《重登罗浮》8/5017

《幽事》41/25730 │ 姜特立《幽事》38/24150

《葺圃》41/25730 │ 姜特立《葺圃》38/24153

《幽事》41/25731 │ 姜特立《幽事》38/24146

《北槛》41/25731 │ 姜特立《北槛》38/24117

《句》其五 41/25743 │ 郑獬《寄题明州太守钱君倚众乐亭》10/6842

《句》其十 41/25744 │ 刘敞《句》其一五 9/5946 │ 苏轼《中秋月寄子由三首》其二 14/9261

第四十一册

范成大

《行路难》41/25747 │ 白玉蟾《行路难寄紫元》60/37572

《窗前木芙蓉》41/25750 │ 张镃《窗前木芙蓉》50/31665

《夜至宁庵见壁间端礼昆仲倡和明日将去次其韵》41/25785 ｜孙应时《夜深至宁庵见壁间端礼昆仲倡和明日次其韵》51/31725

《韩无咎检详出示所赋陈季陵户部巫山图诗仰窥高作叹息弥襟余尝考宋玉谈朝云事漫称先王时本无据依及襄王梦之命玉为赋但云頩颜怒以自持曾不可乎犯干后世弗察一切溷以媒语曹子建赋宓妃亦感此而作此嘲谁当解者辄用此意次韵和呈以资抚掌》41/25826 ｜韩元吉《检详出示所赋陈季陵户部巫山图诗仰窥高作叹息弥襟范成大尝考宋玉谈朝云事漫称先王时本无据依及襄王梦之命玉为赋但云頩薄怒以自持曾不可乎犯干后世弗察一切溷以媒语曹子建赋宓妃亦感此而作此嘲谁当解者辄用此意次韵和呈以资拊掌》38/23622

《题羔羊斋外木芙蓉》41/25954 ｜张镃《题羔羊斋外木芙蓉》50/31665

《藻侄比课五言诗已有意趣老怀甚喜因吟病中十二首示之可率昆季赓和胜终日饱闲也（其一其三其五其六其八其九）》41/25978 ｜陈师道《病中六首》19/12750

《初冬小园寓目》41/26058 ｜张耒《初冬小园寓目》20/13366 ｜韩琦《初冬小园寓目》6/4123

《西郊寻梅》41/26059 ｜陆游《西郊寻梅》39/24320

《田家》41/26059 ｜刘克庄《田舍》58/36148

《秋蝉》41/26060 ｜陆游《秋日闻蝉》39/24540

《村居即景》41/26060 ｜翁卷《乡村四月》50/31426

《句》其四 41/26061 ｜陆游《雨晴游洞宫山天庆观坐间复雨》39/24257

第四十二册

杨万里

《木犀二绝句》其二 42/26064 ｜谢逸《桂花》其二 22/14856

《普明寺见梅》42/26067 ｜陆梦发《梅花》66/41205

《泊冷水浦》42/26078 ｜曹勋《泊冷水浦》33/21228

《闲居初夏午睡起二绝句》其一 42/26109 ｜赵葵《初夏》其二 57/36003

《和昌英叔觅松枝作日棚》其一 42/26110 ｜洪刍《松棚》22/14497

《中秋雨过月出》42/26112 ｜曹勋《中秋雨过月出》其一 33/21228

《题钓台二绝句》42/26118 ｜施宜生《严子陵钓台》33/21273

《和罗巨济山居十咏》其五 42/26125 ｜严参《落梅》59/37216

《昌英知县叔作岁坐上赋瓶里梅花时坐上九人七首》其五 42/26128 ｜严参《瓶梅》59/37216

《和贺升卿云庵升卿尝上书北阙既归去岁寄此诗今乃和以报之》42/26131 ｜曹勋《今乃和以报之》33/21230

《过秀溪长句》42/26140 ｜曹勋《过秀溪长句》33/21229

《七月十二日夜登清心阁醉吟》42/26143 ｜曹勋《七年十二日夜登清心阁》33/21230

《灯下读山谷诗》42/26170 ｜曹勋《灯下读山谷诗》33/21230

《三月十日》42/26187 ｜曹勋《三月十日》33/21229

《夜雨独觉》42/26210 ｜曹勋《夜雨独觉》33/21228

《夜闻风声》42/26211 ｜曹勋《夜闻风声》33/21229

《郡圃残雪三首》42/26223 ｜章甫《郡圃残雪》47/29087

《十二月二十七日大雪中过吉水小盘渡西归三首》其三 42/26264 ｜杨皇后《题朱锐雪景册》53/32892

《陈蹇叔郎中出闽漕别送新茶李圣俞郎中出手分似》42/26323 ｜陈仲谔《送新茶李圣喻郎中》38/24214

《贺皇孙平阳郡王十月十九日生辰》42/26328 ｜赵彦端《寿皇孙》38/23746

《贺皇太子九月四日生辰十首》42/26345 ｜赵彦端《寿皇太子三首》《寿皇太子（七首）》38/23745

《寄题喻叔奇国博郎中园亭二十六咏·右亦好园》42/26351 ｜赵蕃《亦好园》49/30817

《张功父索余近诗余以南海朝天二集示之蒙题七字》42/26368 ｜张镃《题杨诚

斋南海朝天二集》50/31676

《田家乐》42/26421 ｜滕白《七绝三首》其一 1/301

《栟楮江滨芙蓉一株发红白二色二首》其一 42/26423 ｜杜衍《荷花》3/1599

《宿兰溪水驿前三首》其二 42/26428 ｜詹体仁《宿兰溪水驿前》48/30366

《盱眙军东山飞步亭和太守霍和卿韵》42/26439 ｜霍篪《飞步亭》46/28599

《和傅景仁游清凉寺》42/26497 ｜马之纯《清凉广惠禅寺二首》其二 49/30981

《圩田二首》42/26503 ｜滕白《七绝三首（其二其三）》1/301

《题王才臣南山隐居六咏·庄敬日强斋》42/26567 ｜李壁《庄敬日强斋二首》其二 52/32317

第四十三册

周必大

《胡季怀有诗约群从为秋泉之集辄以山果助筵戏作二叠》43/26703 ｜陈起《胡季怀有诗约群从为秋泉之集辄以山果助筵戏作二叠》58/36776

《次韵廷秀待制玉蕊》43/26770 ｜林迪《次韵廷秀待制玉蕊》53/32833

《林顺卿教授两为玉蕊花赋长韵富赡清新老病无以奉酬辄用杨使君韵为谢》43/26771 ｜林迪《教授两为玉蕊花赋长韵富赡清新老病无以奉酬辄用杨史君韵为谢》53/32833

《钱文季状元去春用杨吉州子直韵赋玉蕊诗老悖久稽奉酬今承秩满还朝就以为饯》43/26771 ｜钱文子《状元去春用杨吉州子直韵赋玉蕊诗老悖久稽奉酬今承秩满还朝就以为饯》53/32977

《去年孙从之示玉蕊佳篇时过未敢赓和今年此花盛开辄次严韵并以新刻辨证为献》43/26775 ｜林迪《去夏孙从之示玉蕊佳篇时过未敢赓和今年此花盛开辄次严韵并以新刻辩证为献》53/32833

欧阳鈇

《句》其五 43/26832 ｜彭汝砺《送和仲》16/10582

来梓

《子猷访戴》43/26833 ｜朱子仪《访戴图》55/34312

王仲宁

《句》43/26834 ｜章清《句》24/16177

吴居仁

《咏梅》43/26835 ｜吕本中《墨梅》28/18147

刘孝匙

《题佘山宣妙寺》43/26839 ｜刘正夫《宣妙院上方》22/14392

尤袤

《游阁皂山》43/26853 ｜刘遂初《阁皁山》72/45229

《落梅》43/26857 ｜张栻《落梅》45/27946

《大暑留召伯埭》43/26861 ｜汪藻《尤袤大暑留召伯埭》25/16506

《句》其一二 43/26863 ｜吴环《句》47/29134

宋孝宗

《赐赵士忠二首》其一 43/26867 ｜晋代傅玄《杂诗》（参四库本梁萧统编《文选》卷二十九）

《赐赵士忠二首》其二 43/26867 ｜汉代刘桢《杂诗》（参四库本梁萧统编《文选》卷二十九）

《柑橘》43/26867 ｜郭祥正《城东延福禅院避暑五首》其四 13/8982

《赐灵隐住持德光》43/26867 ｜宋理宗《偈颂》62/39244

《又赐颂》43/26867 ｜宋理宗《和灵隐长老颂》62/39244

《赐圆觉寺僧德信》43/26867 ｜宋高宗《赐僧守璋二首》35/22219

《西太乙宫陈朝桧》43/26868 ｜苏轼《孤山二咏·柏堂》14/9181

《题周文矩合乐士女图》43/26869 ｜唐代白居易《夜调琴忆崔少卿》14/5091

《句》其二 43/26870 ｜宋高宗《句》其四 35/22229

胡元质

《吴江怀古》43/26873 ｜唐代胡曾《咏史诗·吴江》19/7422

王益

《灵谷山》43/26879 ｜王益《灵谷》3/1991 ｜赵汝谈《灵谷》51/32022

梁介

《登卧龙山送酒》43/26883 ｜王十朋《梁彭州与客登卧龙山送酒二尊》其一 36/22848

李远

《赠写御真李长史》43/26885 ｜唐代李远《赠写御容李长史》15/5933

《失鹤》43/26885 ｜唐代李远《失鹤》15/5933

《咏壁鱼》43/26885 ｜唐代李远《咏壁鱼》15/5932

《句》其一 43/26885 ｜唐代李远《句》15/5936

《句》其二 43/26885 ｜唐代李远《送人入蜀》15/5931

《句》其三 43/26885 ｜唐代李远《立春日》15/5930

黄维之

《寿益垣丙午中元日生》43/26888 ｜李商叟《寿周益公》其一 49/30949

熊克

《韩魏公读书堂》43/26889 ｜游酢《韩魏公读书堂》19/12909

史尧弼

《静心堂》43/26897 ｜史浩《尽心堂》35/22197

《重题湖上》43/26902 ｜唐代刘禹锡《和重题》11/4040

《题墨花》43/26915 ｜史浩《题墨花》35/22196

喻良能

《乏酒》43/26962 ｜刘敞《乏酒》9/5800

《挽李靖少傅夫人》43/26980 ｜梅尧臣《李康靖少傅夫人挽词二首》5/3051

陈栖筠

《赠泊宅翁方勺》43/27064 ｜潘良贵《赠方仁声》32/20295

唐人鑑

《潇湘渔父歌》43/27072 ｜ 潇湘渔父《歌一首》70/44463

石鬻

《水濂洞》43/27077 ｜ 毕田《朱陵洞水帘》3/1725

江文叔

《桂林》43/27080 ｜ 元代江文叔《西湖》67/177

李洪

《己巳正月十八九间雪复大作不止》43/27145 ｜ 陆游《己巳正月十八九间雪复大作不止》41/25659

《和玉泉达老饷笋》43/27170 ｜ 胡寅《和玉泉达老饷笋》33/20984

石斗文

《答朱元晦》43/27202 ｜ 朱熹《寄石斗文》44/27664

史浚

《偶作》43/27205 ｜ 史浩《下水庵晓望偶题》35/22149

《竹村居》43/27205 ｜ 史浩《和竹里》35/22155

刘刚

《宫亭庙》43/27208 ｜ 刘删《泛宫亭湖》71/45036 ｜ 南朝刘删《泛宫亭湖》（参四库本唐代欧阳询《艺文类聚》卷九）

第四十四册

项安世

《有感三首》44/27236 ｜ 刘子翚《有感三首》34/21443

《雪寒百司作暇独入局观雪简张直阁》44/27255 ｜ 刘子翚《馆中简张约斋》34/21457 ｜ 杨方《馆中简张约斋》46/28609

《次韵杨金判潜室中竹枝》44/27266 ｜ 项安世《次韵杨金判室中竹枝》44/27295

《有感韩鲁一首》44/27298 ｜ 刘克庄《韩曾一首》58/36176

《有感》44/27298 ｜刘克庄《有感》58/36230

《有感七首之一》44/27298 ｜刘克庄《有感》58/36677

《闻城中募兵有感》44/27298 ｜刘克庄《闻城中募兵有感二首》58/36164

《读本朝史有感十首》44/27329 ｜刘克庄《读本朝事有感十首》58/36379

《有感》44/27332 ｜刘子翚《有感》34/21397

《濯足万里流》44/27360 ｜陈傅良《招隐二首》其二 47/29244

《闰月二十一日作落梅花》其一 44/27450 ｜项安世《为朱文公作》44/27455

《有感四首（其一其二）》44/27453 ｜刘克庄《有感二首》58/36623

《有感四首（其三其四）》44/27453 ｜刘克庄《有感》58/36645

《永州》44/27455 ｜元代项平父《绝句》67/3

《句》其二 44/27460 ｜项安世《钓台》其一 44/27315

朱熹

《虞帝庙迎送神乐歌辞》44/27462 ｜张载《虞帝庙乐歌辞》9/6285

《送刘甸甫之池阳省觐六十四丈遂如行在所上计》44/27466 ｜刘正之《送刘甸甫》54/33988

《读道书作六首》其一 44/27471 ｜游九言《读道书作》48/30125

《冬雨不止》44/27473 ｜游九言《冬雨不止》48/30128

《闻蝉》44/27485 ｜游九言《闻蝉》48/30124

《双髻峰》44/27486 ｜蔡模《题武夷》59/36831

《兼山阁雨中》44/27494 ｜张载《绝句》9/6283

《答王无功在京思故园见乡人问》44/27536 ｜唐代朱仲晦《答王无功问故园》2/494

《登定王台》44/27549 ｜林用中《敬夫用定王台韵赋诗因复次韵》47/29570

《次敬夫登定王台韵》44/27549 ｜林用中《十三晨起雪晴前言果验用定王台韵赋诗》47/29570

《自东湖至列岫得二小诗》其二 44/27564 ｜林用中《七日发岳麓道中寻梅不获至十日遇雪赋此》47/29570

《云谷二十六咏·云谷》44/27585｜朱熹《题米敷文潇湘图卷》44/27664

《云谷二十六咏·桃蹊》44/27587｜朱熹《桃溪》44/27668

《送许顺之南归二首》44/27590｜朱熹《两绝句送顺之南归》44/27654

《山北纪行十二章章八句》其五 44/27615｜周敦颐《天池》8/5065

《秋华四首·木芙蓉》44/27638｜欧阳修《芙蓉花二首》其二 6/3811

《次晦叔寄弟韵二首》44/27644｜朱熹《和王晦叔寄德莹弟韵》44/27658

《梅二首》44/27658｜陆游《雪中寻梅二首》39/24504

《秋日成诗》44/27659｜程颢《秋日偶成二首》其二 12/8237｜程颐《秋日偶成》12/8374

《竹》44/27659｜唐代许浑《秋日众哲馆对竹》16/6051

《红梅》44/27660｜王十朋《红梅》36/22959

《题陶渊明小像》44/27663｜方回《题渊明像》66/41805

《鹰山书院》44/27663｜游酢《诲子》19/12911

《寄石斗文》44/27664｜石斗文《答朱元晦》43/27202

《跋睢阳五老图卷》44/27665｜吕祖谦《睢阳五老图赞》47/29153

《方池》44/27665｜元代萨都剌《武夷馆方池》30/226

《山茶》44/27665｜陶弼《山茶花二首》其二 8/4984

《右军宅》44/27667｜赵抃《游戒珠寺悼右军故宅》6/4204

《书邵子尧夫游伊洛四首》其一 44/27669｜邵雍《治平丁未仲秋游伊洛二川六日晚出洛城西门宿奉亲僧舍听张道人弹琴》7/4495

《书邵子尧夫游伊洛四首》其二 44/27669｜邵雍《八日渡洛登南山观喷玉泉会寿安县张赵尹三君同游》7/4495

《书邵子尧夫游伊洛四首》其三 44/27669｜邵雍《七日溯洛夜宿延秋庄上》7/4495

《书邵子尧夫游伊洛四首》其四 44/27669｜邵雍《九日登寿安县锦屏山下宿邑中》其一 7/4495

《无题》44/27682｜唐代李群玉《言怀》17/6615

《句》其一 44/27682 ｜唐代韩愈《秋怀诗十一首》其七 10/3766

《句（其二其三）》44/27682 ｜张栻《曾节夫罢官归盱江以小诗寄别》45/27911

《句》其五 44/27682 ｜陆游《栈路书事》39/24314 ｜陆游《新晴》39/24664 ｜陆游《立冬日作》39/24997

《句》其六 44/27682 ｜朱熹《益公道人相见信安道温陵旧游出示近诗因次其韵》其一 44/27652

《句》其十一 44/27682 ｜朱熹《秋华四首·木芙蓉》44/27638

《句》其十五 44/27683 ｜唐僧元览《题竹》

第四十五册

徐逸

《梅花》45/27687 ｜释道潜《梅花》16/10816

林外

《题西湖酒家壁》45/27705 ｜仵磐《诗一首》18/12377 ｜蓝乔《怀霍山》72/45503

黄铢

《句》其一 45/27717 ｜晋代陶渊明《癸卯岁始春怀古田舍诗二首》之二

李辅

《真空寺》45/27723 ｜李熙辅《题真空阁》3/1998

释法空

《乞赀曹勋》45/27730 ｜释法空《乞赀曹勋》33/21267

张孝祥

《咏雪》45/27742 ｜张嵲《咏雪得光字》32/20458

《庚辰二月夜雪》45/27751 ｜张嵲《庚辰二月雪夜作》32/20457

《枕上闻雪呈赵郭二丈》45/27759 ｜张嵲《枕上闻雪呈赵郭二公》32/20514

《雪晴成五十六字》45/27763 ｜张嵲《雪晴》32/20514

《即事简苏廷藻》45/27773 │张嵲《即事》32/20504

《以茶芽焦坑送周德友德友来索赐茶仆无之也》45/27784 │张祁《答周邦彦觅茶》32/20559

《临桂令以荐当趋朝置酒召客戏作二十八字遣六从事佐之寿其太夫人》45/27792 │张嵲《临桂令以荐当趋朝置酒召客戏作二十八字遣六从事莅之寿其太夫人》32/20550

《西湖》45/27793 │阮阅《郴江百咏·西湖》19/13005

《山居》45/27803 │胡宿《山居》4/2062

《大麦行》45/27804 │张祁《田蕳杂歌》32/20562

释崇岳

《偈颂一百二十三首》其六 45/27815 │释昙华《偈颂六十首》其二五 34/21665 │僧某《偈》其二 19/12908 │释师观《偈颂七十六首》其三四 48/30374

《偈颂一百二十三首》其五三 45/27818 │黄公度《谒守净禅师》36/22515 │释怀深《偈一百二十首》其一〇〇 24/16124 │释元易《偈二首》其一 19/12960 │释南雅《偈颂七首》其七 38/23732 │释绍昙《偈颂十九首》其一五 65/40788 │唐代庞蕴《杂诗》23/9136

《偈颂一百二十三首》其九二 45/27822 │释绍昙《偈颂十九首》其九 65/40788

刘翰

《红窗怨》45/27842 │元代周竹坡《红窗怨》65/264

《句》其二 45/27845 │唐代刘沧《江城晚望》18/6789

沈端节

《吊于湖墓在秣陵》45/27846 │董道辅《绍熙庚戌中秋后三日拜张于湖墓》50/31492

陆九龄

《与僧净璋》45/27849 │陆九渊《与僧净璋》48/29844

高公泗

《峡塾讲中庸第二章》45/27852 │方逢振《峡塾讲中庸第二章诗》68/42808

赵端行

《少稷赋十二相属诗戏赠》45/27856 ｜刘子翚《少稷赋十二相属诗戏赠一篇》34/21376

《白鹤关》45/27856 ｜赵希迈《白鹤关》60/37897

张栻

《李仁父寄茯苓酥赋长句谢之》45/27862 ｜张镃《谢李仁父茯苓》50/31675

《游南岳风雪未已决策登山用春风楼韵》45/27868 ｜林用中《游南岳风雪未已决策登山用敬夫春风楼韵》47/29577

《和择之看雪》45/27940 ｜林用中《至上封》47/29571

《春日西兴道中五首》45/27944 ｜吕祖谦《春日七首（其一其二其三其六其七）》47/29137

《晚春》45/27945 ｜吕祖谦《晚春二首》其一 47/29138

《晚望》45/27945 ｜吕祖谦《晚望》47/29137

《八咏楼有感》45/27945 ｜吕祖谦《登八咏楼有感》47/29138

《游丝》45/27945 ｜吕祖谦《游丝》47/29139

《题刘氏绿映亭》45/27945 ｜吕祖谦《题刘氏绿映亭二首》47/29146

《和故旧招馆》45/27945 ｜张明中《和故旧招馆》58/36793

《落梅》45/27946 ｜尤袤《落梅》43/26857

陈造

《郡寮按乐饮赵判院有诗次其韵》45/27997 ｜袁说友《郡寮案乐饮赵判院有诗次其韵》48/29890

《游北山》45/28021 ｜王谌《张守送酒次敬字韵作诗谢之游北山》62/38806

《寄郑良佐》45/28042 ｜阮阅《寄郑良佐》19/13008

《谢朱宰借船》45/28065 ｜杨炎正《谢朱宰借船》50/31035

《饮寓隐》45/28117 ｜袁说友《饮寓隐轩》48/29968

《寄王仲衡尚书》45/28136 ｜王谌《寄王仲衡尚书》62/38813

《张守招隐》45/28154 ｜袁说友《张守招饮》48/29940

《陈主管招饮》45/28158 ｜袁说友《陈主管招饮》48/29941

《谢三提干召饮三首》45/28210 ｜袁说友《谢王提干召饮三首》48/29975

《到房交代招饮四首》45/28225 ｜袁说友《到房山交代招饮四首》48/29973

《再次韵四首》45/28225 ｜袁说友《再次韵四首》48/29973

《再次交代韵四首》45/28225 ｜袁说友《再次交代韵四首》48/29973

《再次交代韵四首》45/28225 ｜袁说友《再次交代韵四首》48/29973

《再次韵四首》45/28226 ｜袁说友《再次韵四首》48/29974

《复次韵四首》45/28226 ｜袁说友《复次韵四首》48/29974

《学宫诸生饮邀予与子野同之三首（其一其二）》45/28242 ｜袁说友《学宫诸生饮邀予与子野同之二首》48/29975

《招山阳高徐二生饮二首》45/28246 ｜袁说友《招山阳高徐二生饮二首》48/29972

周承勋

《题度门院》45/28273 ｜周某《题度门寺》72/45480

《食河豚》45/28274 ｜周晞稷《食河豚》72/45393

《杜宇》45/28274 ｜许志仁《杜宇》35/22068

《系冠船篷自戏》45/28274 ｜许志仁《系冠船蓬自戏》35/22066

郭明复

《题琵琶亭》45/28279 ｜洪迈《琵琶亭》38/24007

第四十六册

许及之

《次韵袁尚书同年巫山之什》46/28307 ｜许及之《客有自成都来者传制帅华学尚书年丈巫山诗辄次韵奉寄》46/28454

《白山茶》46/28335 ｜刘学箕《白山茶》53/32917

《喜德久从人使北来归》46/28363 ｜许及之《喜德久从人使虏来归》46/28454

《寄洪州新建知县》46/28378 ｜释保暹《寄洪州新建知县张康》3/1449

《汤婆子》46/28455 ｜许棐《汤婆子》59/36856

《废冢》46/28455 ｜许棐《古墓》59/36847

张良臣

《芳草复芳草》46/28456 ｜赵汝淳《芳草复芳草》55/34448

虞俦

《无眠》46/28481 ｜薛季宣《无眠》46/28621

《秋雨》46/28490 ｜苏舜钦《秋雨》6/3949

《夏芙蓉》其一 46/28536 ｜刘克庄《小圃有双莲夏芙蓉之喜文字祥也各赋一诗为宗族亲朋联名得隽之谶》其二 58/36375

《夏芙蓉》其二 46/28536 ｜刘克庄《自和二首》其二 58/36376

《雨花台》46/28594 ｜卢寿老《雨花台》72/45275

傅大询

《贺晚生子》46/28597 ｜李刘《贺晚生子》56/35133

霍箎

《飞步亭》46/28599 ｜杨万里《盱眙军东山飞步亭和太守霍和卿韵》42/26439

游少游

《宝云院》46/28603 ｜刘恕《题灵山寺》12/8329

李唐卿

《飞鱼港》46/28604 ｜唐代陆龟蒙《奉和袭美太湖诗二十首·初入太湖》18/7118

杨方

《题武宁丞厅》46/28609 ｜刘子翚《题丞厅》34/21457

《馆中简张约斋》46/28609 ｜项安世《雪寒百司作暇独入局观雪简张直阁》44/27255 ｜刘子翚《馆中简张约斋》34/21457

陈觊

《尊贤堂》46/28611 ｜陈正善《尊贤堂》72/45494

袁采

《县厅书事》46/28614 ｜赵泽祖《署中书怀》70/44450

薛季宣

《无眠》46/28621 ｜虞俦《无眠》46/28481

周孚

《与高伯庸同游王氏坟庵归而闻丘仲时诗至因次韵贻显庵主以纪一时事二首》46/28742 ｜董嗣杲《周孚与高伯庸同游王氏庵归而闻丘仲诗至因次韵贻显庵主以纪一时事》68/42637

《再到焦山示度书记》46/28748 ｜元代周信仲《登焦山》67/40

《送廷藻兼呈楚州通守杜丈》46/28771 ｜汪藻《送廷藻兼呈楚州通守杜丈》25/16542

《送杜丈仲微赴山阳倅》46/28778 ｜汪藻《送杜文仲微赴山阳倅》25/16535

王质

《过洞庭》46/28895 ｜张经《王质过洞庭》10/6804

蔡元定

《赠琴士邵邦杰》46/28925 ｜真德秀《赠邵邦杰》56/34850

《次晦翁韵》46/28926 ｜蔡渊《自咏》51/32119

《林居》46/28926 ｜蔡格《自咏》57/35688

徐安国

《茶岭》46/28956 ｜陈中孚《茶岭》37/23280

梁安世

《题壶天馆》46/28961 ｜戴复古《留守参政大资范公余同年进士往岁帅桂林题刻最多四方传之暇日尝与同寮遍观因即公所名壶天观题数语》54/33613

傅伯寿

《碧玉峡》46/28964 ｜张思《碧玉峡》11/7476

罗愿

《日涉园次韵五首·丹桂轩》46/28972 ｜吕本中《丹桂轩》28/18257

第四十七册

林亦之

《奉酬监仓李丈金橘银鱼之什》47/28994 ｜ 释文珦《奉酬盐仓李丈金橘银鱼之什》63/39635

《别林黄中帅湖南》47/29004 ｜ 陈藻《别林黄中帅湖南》50/31346

释祖先

《偈颂四十二首》其三三 47/29023 ｜ 释昙华《偈颂六十首》其一九 34/21665

《偈颂四十二首》其四十 47/29024 ｜ 释法薰《偈颂一百三十三首》其一〇七 55/34156

《六祖赞》47/29024 ｜ 释德光《颂古十三首》其四》38/23760

章甫

《湖上吟》47/29083 ｜ 许志仁《湖上吟》35/22068

《郡圃残雪》47/29087 ｜ 杨万里《郡圃残雪三首》42/26223

徐似道

《岩桂花》47/29101 ｜ 徐大受《岩桂花》51/32015

《句》其三 47/29107 ｜ 卢襄《句》其五 24/16222

李揆

《登县楼》47/29114 ｜ 赵蕃《登县楼有感二首》49/30924

胡长卿

《禁烟日陪经略焕章丈游白龙洞得所赋新诗次韵以呈》47/29127 ｜ 胡铨《刘仙岩》34/21579 ｜ 胡铨《游白龙洞》34/21588

刘志行

《离镡津》47/29129 ｜ 元代刘志行《离镡津》67/169

《尧山冬雪》47/29129 ｜ 元代刘志行《尧山冬雪》67/167

《舜洞秋风》47/29129 ｜ 元代刘志行《舜洞秋风》67/167

吴环

《句》47/29134 ｜ 尤袤《句》其一二 43/26863

吕祖谦

《晚望》47/29137 ｜张栻《晚望》45/27945

《春日七首（其一其二其三其六其七）》47/29137 ｜张栻《春日西兴道中五首》45/27944

《登八咏楼有感》47/29138 ｜张栻《八咏楼有感》45/27945

《晚春二首》其一 47/29138 ｜张栻《晚春》45/27945

《游丝》47/29139 ｜张栻《游丝》45/27945

《题刘氏绿映亭二首》47/29146 ｜张栻《题刘氏绿映亭》45/27945

《睢阳五老图赞》47/29153 ｜朱熹《跋睢阳五老图卷》44/27665

廖行之

《送春》47/29185 ｜刘学箕《感事怀人送春病酒晓起五首》其三 53/32945

《旧友家睹书札感成》47/29213 ｜廖齐《永州有感》71/45054

陈傅良

《招隐二首》其二 47/29244 ｜项安世《濯足万里流》44/27360

《送郑少卿景望知建宁》47/29256 ｜叶适《送郑丈赴建宁五首》50/31239

《寄题薛象先新楼》47/29292 ｜徐玑《登薛象先新楼》53/32887

《洛阳桥》47/29311 ｜陈偁《题泉州万安桥》8/5017

《句》其六 47/29312 ｜王十朋《种兰有感》36/22617

吕祖俭

《题史子仁碧沚》47/29314 ｜楼钥《史子仁碧沚》47/29468

李丙

《白纻辞》47/29316 ｜元代李仲南《歌白苎》65/255

《夜夜曲》47/29316 ｜元代李仲南《夜夜曲》65/255

楼钥

《水月园》47/29437 ｜黄裳《楼钥水月图》16/11116

《史子仁碧沚》47/29468 ｜吕祖俭《题史子仁碧沚》47/29314

《刘寺即事》其一 47/29478 ｜刘爚《刘寺即事》50/31020

《郭熙秋山平远用东坡韵》47/29561 ｜金代刘迎《郭熙秋山平远用东坡韵》(参四库本元好问编《中州集》卷三)

王信

《咏扬州后土祠琼花》47/29563 ｜王洋《琼花》30/19043

张孝伯

《视旱田赋呈上元簿杨明卿》47/29564 ｜张伯子《视旱田赋呈上元簿杨明卿》68/42597

林用中

《七日发岳麓道中寻梅不获至十日遇雪赋此》47/29570 ｜朱熹《自东湖至列岫得二小诗》其二 44/27564

《十三晨起雪晴前言果验用定王台韵赋诗》47/29570 ｜朱熹《次敬夫登定王台韵》44/27549

《敬夫用定王台韵赋诗因复次韵》47/29570 ｜朱熹《登定王台》44/27549

《至上封》47/29571 ｜张栻《和择之看雪》45/2794

《游南岳风雪未已决策登山用敬夫春风楼韵》47/29577 ｜张栻《游南岳风雪未已决策登山用春风楼韵》45/27868

滕岑

《甲申大水二首》47/29608 ｜曾丰《甲申大水二首》48/30331

《辛丑大水》47/29609 ｜曾丰《辛丑大水》48/30332

杨冠卿

《西北有高楼》47/29615 ｜冯时行《西北有高楼》34/21608

《东方有一士》47/29615 ｜冯时行《东方有一士》34/21608

《填维扬》47/29629 ｜杨冠《上扬州太守》50/31068

《始觉》47/29642 ｜冯时行《旅兴寄张惠之》34/21625

《麻姑之东涉千堆垅至射亭宿黄氏新馆》47/29652 ｜韩琦《新馆》6/4003

胡泳

《句》47/29653 ｜胡铨《哭赵公鼎》34/21577

释达观

《颂古五首》其三 47/29658 ｜ 释慧远《偈颂一百零二首》其一二 34/21719

黄度

《隆荫堂》47/29660 黄公度《西园二首》其二 36/22504

释允韶

《偈七首（其四）》47/29667 ｜ 释宗杲《偈颂一百六十首》其四三 30/19367 ｜ 释云《偈颂二十九首》其二九 35/22056 ｜ 释咸杰《偈颂六十五首》其三五 38/23588

赵善括

《送外舅杜侍御使陕西》47/29672 ｜ 晁补之《送外舅杜侍御使陕西自徐州移作》19/12825

第四十八册

王炎

《吕待制所居八咏·朝阳》48/29694 ｜ 宋祁《朝阳》4/2437

《句》48/29825 ｜ 王灼《句》37/23329

崔敦诗

《郊祀乐章·太祖皇帝位酌献登歌作大吕宫彰安之曲》48/29835 ｜ 郊庙朝会歌辞《绍兴亲享明堂二十六首·太祖位酌献用〈孝安〉》71/44872

《郊祀乐章·皇帝入小次宫架奏黄钟宫仪安之曲》48/29835 ｜ 郊庙朝会歌辞《绍兴亲享明堂二十六首·皇帝还小次用〈仪安〉》71/44872

《郊祀乐章·亚献宫架奏黄钟宫穆安之乐威功睿德之舞》48/29835 ｜ 郊庙朝会歌辞《绍兴亲享明堂二十六首·亚献用〈穆安〉》71/44872

《郊祀乐章·送神宫架奏圜钟宫诚安之曲一成》48/29835 ｜ 郊庙朝会歌辞《绍兴亲享明堂二十六首·送神用〈诚安〉》71/44873

《郊祀乐章·皇帝还大次宫架奏黄钟宫憩安之曲》48/29835 ｜ 郊庙朝会歌辞《绍

兴亲享明堂二十六首・还大次用〈憩安〉》71/44873

陆九渊

《和杨廷秀送行》48/29842 ｜杨时《送行和杨廷秀韵》19/12959

《过普宁寺》48/29844 ｜陆游《步过县南长桥游南山普宁院山高处有塔院及小亭缥渺可爱恨不能到》39/24500

《初夏侍长上郊行分韵得偕字》48/29844 ｜杨时《初夏侍长上郊行分韵得偕字》19/12959

《与僧净璋》48/29844 ｜陆九龄《与僧净璋》45/27849

《环翠台》48/29844 ｜释居简《杨园四题・环翠台》53/33210

醉道人

《吴太守》48/29879 ｜唐代吕岩《真人行巴陵市太守怒其不避使案吏具其罪真人日须酒醒耳倾忽失之但留诗曰》24/9691

袁说友

《郡寮案乐饮赵判院有诗次其韵》48/29890 ｜陈造《郡寮按乐饮赵判院有诗次其韵》45/27997

《张守招饮》48/29940 ｜陈造《张守招隐》45/28154

《陈主管招饮》48/29941 ｜陈造《陈主管招饮》45/28158

《善颂堂》48/29965 ｜文同《江原张景通善颂堂》8/5396

《饮寓隐轩》48/29968 ｜陈造《饮寓隐》45/28117

《招山阳高徐二生饮二首》48/29972 ｜陈造《招山阳高徐二生饮二首》45/28246

《到房山交代招饮四首》48/29973 ｜陈造《到房交代招饮四首》45/28225

《再次韵四首》48/29973 ｜陈造《再次韵四首》45/28225

《再次交代韵四首》48/29973 ｜陈造《再次交代韵四首》45/28225

《再次交代韵四首》48/29973 ｜陈造《再次交代韵四首》45/28225

《再次韵四首》48/29974 ｜陈造《再次韵四首》45/28226

《复次韵四首》48/29974 ｜陈造《复次韵四首》45/28226

《谢王提干召饮三首》48/29975 ｜陈造《谢三提干召饮三首》45/28210

《学宫诸生饮邀予与子野同之二首》48/29975 ｜陈造《学宫诸生饮邀予与子野同之三首（其一其二）》45/28242

《将至慎邑寄鼎》48/29980 ｜郭祥正《将至慎邑寄鼎》13/9001

辛弃疾

《赠延福端老二首》48/30002 ｜黄公度《赠延福端老二绝》36/22498

《和泉上人》48/30009 ｜黄公度《和泉上人》36/22486

《赠申孝子世宁》48/30012 ｜马永卿《赠申孝子世宁》25/16575

《宿驿》48/30013 ｜陆游《紫溪驿二首》39/24499

《御书阁额》48/30016 ｜黄公度《御赐阁额二首》36/22489

林光宗

《芹斋诗》48/30022 ｜林光朝《芹斋诗》37/23069

《次韵奉酬赵校书子直》48/30023 ｜林光朝《次韵奉酬赵校书子直》37/23067

《九日同出真珠园再用前韵》48/30023 ｜林光朝《九日同出真珠园再用前韵》37/23067

杨简

《明融》其三 48/30083 ｜杨简《绝句》48/30101

《偶作（其一其二其三其四其五其六其七其八其九其十其十一）》48/30083 ｜曹彦约《偶成（其十一其十二其十三其十四其十五其十六其十七其十八其十九其二十其二一）》51/32185

《偶作》其十一 48/30084 ｜曹彦约《偶作》其一 51/32190 ｜曹彦约《偶成》其二一 51/321845

《偶作（其十二其十三其十四其十五其十六其十七）》48/30084 ｜曹彦约《偶成（其一其二其三其四其五其六）》51/32184

《偶作》其十八 48/30084 ｜曹彦约《偶作》其二 51/32190 ｜曹彦约《偶成》51/32135

《偶作》其十九 48/30084 ｜曹彦约《偶成》其七 51/32184

《偶成（其一其二）》48/30086 ｜曹彦约《偶成（其一其二）》51/32169

《偶成（其三其四其五）》48/30086 ｜曹彦约《偶成（其八其九其十）》51/32184

《明堂侍祠十绝》48/30101 ｜王庭《明堂侍祠十绝》64/40428

《明堂侍祠十绝（其四其五）》48/30102 ｜王庭珪《明堂侍祠诗》25/16877 ｜王庭《明堂侍祠十绝（其四其五）》64/40428

《句》其一 48/30102 ｜杨简《偶成》其一 48/30086

《句》其二 48/30102 ｜杨简《宝莲官舍偶作》48/30081

赵善扛

《丽人行》48/30103 ｜王庭珪《丽人行》25/16737

沈伯达

《六月十七日夜寄邢子友》48/30113 ｜陈与义《六月十七夜寄邢子友》31/19555

《先寄邢子友》48/30113 ｜陈与义《先寄邢子友》31/19548

游九言

《闻蝉》48/30124 ｜朱熹《闻蝉》44/27485

《读道书作》48/30125 ｜朱熹《读道书作六首》其一 44/27471

《金陵野外废寺》48/30126 ｜游酢《金陵野外废寺》19/12911

《冬雨不止》48/30128 ｜朱熹《冬雨不止》44/27473

曾丰

《甲申大水二首》48/30331 ｜滕岑《甲申大水二首》47/29608

《辛丑大水》48/30332 ｜滕岑《辛丑大水》47/29609

《寿陈龙图》48/30332 ｜韩驹《上陈龙图生辰诗》25/16643

《疏山》48/30335 ｜曾渊子《疏山》65/41068

释德辉

《新笋》48/30337 ｜黄庭坚《观化十五首》其一一 17/11653

刘甲

《句》其二 48/30338 ｜刘申《句》63/39362

刘光祖

《鹤林寺》48/30340 ｜刘克庄《玉蕊花》58/36754

陈亮

《咏梅》其一 48/30363 ｜ 陆游《浣花赏梅》39/24448

《咏梅》其二 48/30363 ｜ 陆游《蜀苑赏梅》39/24448

詹体仁

《湘中》48/30365 ｜ 元代周权《湘中》30/19

《昔游诗》48/30365 ｜ 姜夔《昔游诗》其一 51/32055

《宿兰溪水驿前》48/30366 ｜ 杨万里《宿兰溪水驿前三首》其二 42/26428

《江夏寓兴》48/30366 ｜ 贺铸《江夏寓兴二首》其一 19/12556

《过广陵驿》48/30366 ｜ 元代萨都剌《过广陵驿》30/268

《登岳阳楼》48/30366 ｜ 陈与义《登岳阳楼》其一 31/19529

《解组自乐》48/30366 ｜ 刘褒《题小桨》50/31177 ｜ 武夷《题旅舍》72/45475

《游南台闽粤王庙》48/30366 ｜ 元代范梈《游南台闽粤王庙》26/429

《幽居》48/30367 ｜ 元代洪希文《幽居二首》其二 31/192

傅伯成

《拟和元夕御制》48/30369 ｜ 赵鼎臣《拟和元夕御制》22/14922

《拟和元夕御诗》48/30369 ｜ 赵鼎臣《拟和元夕御诗》22/14923

释师观

《偈颂七十六首》其三四 48/30374 ｜ 释崇岳《偈颂一百二十三首》其六 45/27815 ｜ 释昙华《偈颂六十首》其二五 34/21665 ｜ 僧某《偈》其二 19/12908

第四十九册

赵蕃

《蛱蝶》49/30531 ｜ 曾幾《蛱蝶》29/18529

《萤火》49/30535 ｜ 曾幾《萤火》29/18529

《别朱子大苏召叟昆仲》49/30729 ｜ 赵汝唫《别朱子大苏名叟》60/37846

《亦好园》49/30817 ｜ 杨万里《寄题喻叔奇国博郎中园亭二十六咏·右亦好园》

42/26351

《书李氏园亭》49/30873 ｜赵师秀《书李氏园亭》54/33862

《与世美奉诏旨分督决狱甲戌判袂之武阳壬午还宿中兴寺而得世美自延平所寄诗因次韵》49/30902 ｜韦骧《与世美奉诏旨分督决狱甲戌判袂之武阳壬午还宿中兴寺而得世美自延平所寄诗因次韵》13/8585

《登县楼有感二首》49/30924 ｜李揆《登县楼》47/29114

《闻李处州亡》49/30938 ｜唐代灵澈《闻李处士亡》23/9133

张王臣

《句》49/30948 ｜郭见义《句》38/24053

李商叟

《寿周益公》其一 49/30949 ｜黄维之《寿益垣丙午中元日生》43/26888

《疏山》49/30949 ｜李浩《出疏山》37/23253

《寿周少保》49/30949 ｜翁卷《寿周少保》50/31430

《寿辛太尉》49/30951 ｜韩驹《上辛太尉生辰诗》25/16640

游次公

《渔父》49/30956 ｜路德章《游寒岩钓矶》53/33307

释惟谨

《诗二首》其二 49/30960 ｜吴曾《冬》36/22582 ｜释法具《绝句二首》其二 27/17453

马之纯

《青溪二首》其一 49/30970 ｜马光祖《青溪》60/37935

《汝南湾》49/30972 ｜马光祖《汝南湾》60/37935

《清凉广惠禅寺二首》其二 49/30981 ｜杨万里《和傅景仁游清凉寺》42/26497

第五十册

刘熽

《上陈县尹》50/31019 ｜刘应李《上陈县尹二首》其一 70/43913

《刘寺即事》50/31020 ｜楼钥《刘寺即事》其一 47/29478

李訦

《咏松》50/31023 ｜李诚之《咏松》51/31685 ｜李师中《咏松》7/4870

陈映

《句》50/31027 ｜蒋之奇《苍玉洞》12/8033

吴璋

《句》其一二 50/31028 ｜葛立方《和道祖韵》34/21794

《牡丹》50/31029 ｜叶适《前日入寺观牡丹不觉已谢惜其秾艳故以诗悼之敢冀见和》50/31272

杨炎正

《谢朱宰借船》50/31035 ｜陈造《谢朱宰借船》45/28065

《邃老寄龙涎香》50/31037 ｜刘子翚《邃老寄龙涎香二首》其一 34/21439

《送竹根香炉与人》50/31037 ｜苏轼《送竹香炉》14/9634

《送纸笔与何庆远》50/31038 ｜王迈《送人纸笔》57/35793

《谢人送墨》50/31038 ｜苏轼《谢人送墨》14/9634 ｜洪咨夔《和续古谢送墨》55/34530

《句》其一 50/31038 ｜张镃《句》其二 50/31680

章森

《句》50/31039 ｜刘筠《句》其五 2/1286

陈孔硕

《牡丹》50/31042 ｜郑刚中《牡丹》30/19163

《海棠》50/31043 ｜郑刚中《海棠》30/19163 ｜何基《海棠》59/36841 ｜杜汝能《海棠》67/42023

赵师侠

《梅花》50/31052 ｜赵彦端《梅花》38/23746

彭蠡

《梅开一花》50/31060 ｜潘牥《梅花》其四 62/39206

王偁

《谒张文献公祠》50/31067 ｜明代王偁《曲江谒张文献祠》(参四库本明王偁《虚舟集》卷三) ｜明代解缙《过曲江谒张九龄祠》(参四库本明解缙《文毅集》卷三)

《余襄公祠》50/31067 ｜明代王偁《过皖城谒余忠宣祠》(参四库本明王偁《虚舟集》卷五)

杨冠

《上扬州太守》50/31068 ｜杨冠卿《填维扬》47/29629

径山寺僧

《千手眼白玉观音偈嘲金使》50/31068 ｜释德光《女真进千手千眼观音像颂》38/23761

宋光宗

《待月诗》50/31079 ｜林逋《林间石》2/1215

《题陆瑾渔家风景图》50/31080 ｜唐代郑谷《野步》20/7750

《题徐崇嗣没骨牡丹图》50/31080 ｜梅尧臣《四月三日张十遗牡丹二朵》5/3136 ｜宋高宗《题马麟画》35/22219

《题张萱游行士女图》50/31080 ｜宋高宗《题马远画册五首》其二 35/22217 ｜唐代曹唐《小游仙诗九十八首》其二六 19/7347

《句》其三 50/31081 ｜钱惟演《槿花》2/1057

《句》其四 50/31081 ｜张耒《舟行即事二首》其二 20/13177

张縯

《云岩寺二首》其二 50/31082 ｜查篯《访苏黄遗墨》38/23791

李谊

《钓台》50/31088 ｜李谊《题钓台》32/20350

李壄

《黄香橙》50/31093 ｜魏了翁《李参政壁折赠黄香梅与八咏俱至用韵以谢》其一 56/34934

《北园酌酒观鹤》50/31093 ｜魏了翁《李提刑壄李参政壁再和招鹤诗再用韵以

谢》其一 56/34933

吕存中

《过宝应湖》50/31094 ｜吕本中《赴海陵行次宝应》28/18108

王阮

《北固山望扬州怀古》50/31145 ｜刘宰《北固山望扬州怀古》53/33372

巩丰

《翠微亭》50/31152 ｜连久道《翠微亭》其二 37/23093

张釜

《游山七绝·曾公洞》50/31161 ｜张金《龙隐岩》其二 72/45341

《句》其四二 50/31164 ｜张釜《游山七绝·千山观》50/31161

《句》其四四 50/31164 ｜张釜《游山七绝·水月洞》其一 50/31161

熊以宁

《挽伯父二首》50/31167 ｜洪咨夔《挽伯父》55/34479

安丙

《游石门》50/31170 ｜文同《游石门诗》8/5463

赵汝佽

《多景楼》50/31174 ｜刘过《题京口多景楼》51/31869 ｜赵善伦《京口多景楼》25/16660

黄樵仲

《句》50/31175 ｜赵彦彬《句》其二 55/34442

刘褒

《题小桨》50/31177 ｜詹体仁《解组自乐》48/30366 ｜武夷《题旅舍》72/45475

张埏

《龙隐洞》50/31190 ｜陈叔信《游龙隐岩》其一 72/45338

《龙隐岩》50/31190 ｜陈叔信《游龙隐岩》其二 72/45338

苏大璋

《瑞香花》50/31193 ｜苏籀《题僧寮白瑞芗一首》31/19630

《蘼芜》50/31194 ｜苏籀《木樨花一首》31/19621

叶适

《虎丘》50/31203 ｜叶梦得《虎丘》24/16211

《毛希元隐居庐山卧龙瀑》50/31234 ｜叶述《毛希元隐居庐山卧龙瀑》56/35223

《送郑丈赴建宁五首》50/31239 ｜陈傅良《送郑少卿景望知建宁》47/29256

《前日入寺观牡丹不觉已谢惜其秾艳故以诗悼之敢冀见和》50/31272 ｜吴琚《牡丹》50/31029

《句》其三 50/31272 ｜邵雍《观三皇吟》7/4609

《句》其四 50/31272 ｜吕大临《送刘户曹》18/11759

饶延年

《无弦琴》50/31278 ｜止翁《无弦琴》72/45575

冯伯规

《登云间阁》50/31281 ｜赵希溎《题云间阁》53/33338

《无题》50/31284 ｜马某《游南山赋五十六言呈书记郎中教授大著》72/45617

赵鸣铎

《寄萍乡密老》50/31286 ｜赵琥《密老》35/22202

黄卓

《南剑州》50/31288 ｜胡器之《南剑州》72/45142

刘琰

《诘猫》50/31290 ｜刘克庄《诘猫》58/36217

《句》50/31290 ｜刘克庄《国殇行》58/36257

陈藻

《赠故乡人》50/31322 ｜沈括《赠故乡人》12/8014

《贺仲雨斗门》50/31326 ｜沈括《贺仲雨斗门》12/8017

《子畏惠诗用韵酬之》50/31333 ｜释文珦《子畏惠诗用韵酬之》63/39635

《别林黄中帅湖南》50/31346 ｜林亦之《别林黄中帅湖南》47/29004

释如琰

《颂古五首》其一 50/31350 ｜释了惠《维摩赞》61/38114

许源

《和题落笔峒》其一 50/31351 ｜元代许源《游洞天次云从龙诗韵》其一 10/241

宋思远

《汀州》50/31352 ｜蒋之奇《苍玉洞》12/8036

《定光南安岩》其一 50/31352 ｜郑弼《定光南安岩（其一其二）》35/22051

《定光南安岩》其二 50/31352 ｜郑弼《定光南安岩》其三 35/22051

徐照

《赠九华李丹士》50/31381 ｜徐玑《赠九华李丹士》53/32887

《柳叶词》50/31400 ｜谢子才《三眠柳》其二 72/45212

《青溪阁》50/31403 ｜许志仁《和虞智父登清溪阁》35/22069 ｜徐珩《和虞智父登金陵清溪阁》37/23049

翁卷

《送包释可抚机》50/31411 ｜元代陈天锡《送包释可入幕》25/374

《乡村四月》50/31426 ｜范成大《村居即景》41/26060

《偶题》50/31428 ｜葛天民《偶题》51/32068 ｜徐文卿《偶题》55/34188

《寿周少保》50/31430 ｜李商叟《寿周少保》49/30949

孙元卿

《与钱孝先游洞霄（其一其二）》50/31432 ｜韩松《游洞霄宫（其三其四）》54/33797

朱端常

《柳》50/31434 ｜宋自适《杨柳》56/35145

鲍掔

《初夏闲居》50/31435 ｜鲍鳌川《初夏闲居》72/45474

陈铭

《春波渔市》50/31442 ｜元代陈铭《春波渔市》67/155

龙旦

《句》50/31443 | 解旦《句》3/1839 | 刘仲达《小桃源用张师夔韵》48/29878

王用亨

《平绿轩》其二 50/31443 | 张揽《题资福院平绿轩》3/2046 | 张揽《题资福院平绿轩》72/45321

范子长

《南亭》50/31444 | 魏了翁《题李彭州埜南亭》56/34935

吕皓

《别荆州诸友》50/31444 | 吕殊《别荆州诸友》56/35093

《题青溪神女祠次东坡韵》50/31445 | 吕殊《题清溪神女祠》56/35093

《峨眉亭》50/31445 | 吕殊《蛾眉亭》56/35093

郑克己

《水国》50/31446 | 郑括苍《水国》51/32232

《架壁》50/31447 | 许志仁《架壁》35/22069

《芦花》50/31448 | 姜夔《过湘阴寄千岩》51/32037 | 唐许浑《三十六湾》16/61

张氏

《寄陈秋塘》50/31452 | 张弋《寄秋塘》54/33630

许尚

《华亭百咏·谷水》50/31460 | 张尧同《嘉禾百咏·谷水》56/35173

《华亭百咏·沪渎》50/31463 | 张伯玉《沪渎》7/4743

淳熙太学生

《刺陈贾》50/31491 | 淳熙太学生《诮陈贾》51/32236

董道辅

《绍熙庚戌中秋后三日拜张于湖墓》50/31492 | 沈端节《吊于湖墓在秣陵》45/27846

陈善

《句》其三 50/31451 ｜辛弃疾《鹧鸪天·鹅湖归病起作》（参四库本辛弃疾《稼轩词》卷三）

宗室某

《题客邸》50/31500 ｜赵某《大小寒》54/33814

曾极

《蔡西山贬道州》50/31518 ｜刘辰翁《挽蔡西山》67/42458

《文公先生挽词》50/31518 ｜刘辰翁《挽朱文公》67/42458

《春望》50/31519 ｜蔡沆《春日即事二首》其二 51/32238

《约友人赏春》50/31519 ｜刘子寰《约友人赏春》59/36815 ｜蔡沆《春日即事二首》其一 51/32237

张镃

《美人曲》50/31552 ｜周行己《美人曲》22/14382

《道院书壁》50/31583 ｜张镃《游九锁山》其一 50/31675 ｜沈长卿《书壁四韵》33/21272

《道经寒芦港》50/31633 ｜苏辙《和文与可洋州园亭三十咏·寒芦港》15/9893

《许道士房》50/31650 ｜张镃《游九锁山》其二 50/31675 ｜无名氏《题清隐堂》72/45467

《题羔羊斋外木芙蓉》50/31665 ｜范成大《题羔羊斋外木芙蓉》41/25954

《窗前木芙蓉》50/31665 ｜范成大《窗前木芙蓉》41/25750

《分韵赋散水花得盐字》其二 50/31668 ｜无名氏《散水花》72/45267

《谢李仁父茯苓》50/31675 ｜张栻《李仁父寄茯苓酥赋长句谢之》45/27862

《题杨诚斋南海朝天二集》50/31676 ｜杨万里《张功父索余近诗余以南海朝天二集示之蒙题七字》42/26368

《句》其九 50/31680 ｜张镃《买书》50/31573

第五十一册

李诚之

《咏松》51/31685 ｜李师中《咏松》7/4870 ｜李訦《咏松》50/31023

孙应时

《碧云即事》51/31720 ｜刘宰《碧云即事》53/33370

《夜深至宁庵见壁间端礼昆仲倡和明日次其韵》51/31725 ｜范成大《夜至宁庵见壁间端礼昆仲倡和明日将去次其韵》41/25785

《正月二十八日避难至海陵从先流寓兄弟之招仍邂逅冯元礼故人二首之一》51/31732 ｜晁说之《正月二十八日避难至海陵从先流寓兄弟之招仍邂逅冯元礼故人》其一 21/13808

《避难至海陵从先流寓兄弟之招仍邂逅故人冯元礼二首之一》51/31776 ｜晁说之《正月二十八日避难至海陵从先流寓兄弟之招仍邂逅冯元礼故人》其二 21/13808

《借韵跋林肃翁题诗》51/31778 ｜刘克庄《借韵跋林肃翁省题诗》58/36499

《闽宪克庄以故旧托文公五世孙明仲远征鄱文老退遗弃散逸荷伯宗用昭止善浩渊子勗至善及余表侄孙陈谊予兄子丰仲弟之婿贾熙用昭之从子大年等十余人寒冬连旬日夜录之得五十卷亦已劳矣赋此为谢》51/31795 ｜元代虞集《酬诸友编诗》26/133

刘过

《思故人》51/31821 ｜刘过《寄王巽伯》51/31870

《游郭希吕石洞二十咏·韬玉》51/31869 ｜丁谓《玉佩》2/1151

《题京口多景楼》51/31869 ｜赵汝仯《多景楼》50/31174 ｜赵善伦《京口多景楼》25/16660

敖陶孙

《仆以绍熙壬子中夏二十有五日始跻风篁讨龙井遂至广福谒三贤像阅旧碑追观一代风流为赋此诗适月林侬公留设茗并因书以遗之他日能为我揭诗板于壁间

使示来者亦山中之一助也》51/31878 ｜周端臣《仆以绍熙壬子中夏二十有五日始跻风篁探龙井遂至广福谒三贤像阅旧碑追观一代风流为赋此诗适月林依公留设茗供因书以遗之他日能为我揭诗板于壁间使示来者亦山中之一助也》53/32959

《登苏台用袁宪韵赠两赵提干》51/31883 ｜张榘《登苏台用袁宪韵赠两赵提干》62/39231

陈文蔚

《又和胡应祥游石井韵》51/31970 ｜洪炎《铅山县石井院》22/14749

吴柔胜

《送林明府》51/31975 ｜吴潜《送林明府》60/37894

高似孙

高似孙 51/31982 ｜高氏 72/45371

《梅》51/31986 ｜陈天锡《野梅》71/45065

《纪梦》51/31986 ｜钱舜选《纪梦》67/42026

《红梅花》51/32007 ｜高氏《红梅花》72/45371

《句》其五 51/32008 ｜高似孙《句》其四十 51/32010

《句》其六九 51/32011 ｜高氏《人日》72/45371

徐大受

《岩桂花》51/32015 ｜徐似道《岩桂花》47/29101

张元观

《翠云山》51/32018 ｜张宰《翠云山》25/16569

叶时

《还桑泽卿兰亭考二首》51/32020 ｜李兼《兰亭题咏》54/33702

赵汝谈

《南湖》51/32022 ｜赵鼎《南湖》38/24033

《灵谷》51/32022 ｜王益《灵谷山》43/26879 ｜王益《灵谷》3/1991

林嶧

《登潮阳东山》51/32029 ｜郑厚《登东山》35/22090

姜夔

《过湘阴寄千岩》51/32037 ｜郑克己《芦花》50/31448 ｜唐代许浑《三十六湾》16/6142

《姑苏怀古》51/32040 ｜明代张如兰《吴门夜泊》（参四库本清朱彝尊编《明诗综》卷五十四）

《次韵胡仲方因杨伯子见寄》51/32041 ｜朱继芳《次韵胡仲方因杨伯子见寄》62/39082

《昔游诗》其一 51/32055 ｜詹体仁《昔游诗》48/30365

《琵琶洲》51/32059 ｜晁补之《初上安仁滩清见毛发其中奇石五色可掇拾也从县令借图经溪曰云锦溪村曰玉石村》19/12876

《有送》51/32061 ｜周弼《送曲江友人南归》60/37766

《句》其三 51/32061 ｜姜夔《除夜自石湖归苕溪》其一 51/32037

葛天民

葛天民 51/32062 ｜释义铦 72/45297

《绝句》51/32062 ｜释月磵《偈颂一百零三首》其二三 67/42330

《偶题》51/32068 ｜翁卷《偶题》50/31428 ｜徐文卿《偶题》55/34188

《绝句》51/32077 ｜葛秋崖《绝句》72/45687

释普洽

《和葛天民南翔寺韵》51/32078 ｜明代溥洽《南翔寺次韵》（参四库本明释正勉等编《古今禅藻集》卷二十）

陈洪

《春雪》51/32084 ｜唐代陈子良《咏春雪》2/498

李锡

《金紫岩》51/32085 ｜何锡汝《玉虹泉》37/23378

任希夷

《小亭》51/32086 ｜秦观《春日五首》其一 18/12112

《海棠二首》其二 51/32087 ｜陈与义《海棠》31/19584

《寿丞相（其二其三）》51/32100 ｜刘子寰《寿史相（其一其二）》59/36814

湖州士子

《句》51/32118 ｜湖州士子《句》57/36067

蔡渊

《自咏》51/32119 ｜蔡元定《次晦翁韵》46/28926

易祓妻

《对雪》51/32122 ｜朱淑真《对雪一律》28/17990

张履信

《冷泉亭》51/32125 ｜姚铉《冷泉亭》2/1177

曹彦约

《红梅》51/32153 ｜毛滂《再赋四十字》21/14132

《偶成（其一其二）》51/32169 ｜杨简《偶成（其一其二）》48/30086

《海棠》51/32176 ｜徐积《海棠花》11/7688

《同官约赋红梅成五十六字》51/32181 ｜毛滂《曹彦约昌谷集同官约赋红梅成五十六字》21/14132

《偶成（其一其二其三其四其五其六其七）》51/32184 ｜杨简《偶作（其十二其十三其十四其十五其十六其十七其十九）》48/30084

《偶成（其八其九其十）》51/32184 ｜杨简《偶成（其三其四其五）》48/30086

《偶成（其十一其十二其十三其十四其十五其十六其十七其十八其十九其二十其二一）》51/32185 ｜杨简《偶作（其一其二其三其四其五其六其七其八其九其十其十一）》48/30083

《偶作》其一 51/32190 ｜曹彦约《偶成》其二一 51/321845 ｜杨简《偶作》其十一 48/30084

《偶作》其二 51/32190 ｜曹彦约《偶成》51/32135 ｜杨简《偶作》其十八

48/30084

危稹

《牵牛花》51/32195 ｜杨巽斋《牵牛花》72/45254

朱申首

《和金表叔中秋夜题月》51/32209 ｜朱申《和金表叔中秋题月》53/32827

王居安

《考试当涂次池阳崎岖山行石多可爱因用袁席之韵》51/32213 ｜元代王居安《考试当涂次池阳崎岖山行题石》68/234

《句》其二 51/32214 ｜陈埙《句》60/37988

缪瑜

《钓台》51/32215 ｜元代缪瑜《钓台》68/128

林宗放

《食兔》51/32220 ｜李兼《食兔诗》54/33704

何汝樵

《元旦》51/32226 ｜元代何汝樵《元旦》66/38

郑括苍

《水国》51/32232 ｜郑克己《水国》50/31446

淳熙太学生

《诮陈贾》51/32236 ｜淳熙太学生《刺陈贾》50/31491

蔡沆

《春日即事二首》其一 51/32237 ｜刘子寰《约友人赏春》59/36815 ｜曾极《约友人赏春》50/31519

《春日即事二首》其二 51/32238 ｜曾极《春望》50/31519

第五十二册

周南

《秋日步至湖桑埭西》52/32255 ｜陆游《秋日步至湖桑埭西》39/24752

《晚出至湖桑埭》52/32259 ｜陆游《晓出至湖桑埭》40/25207

《答静翁并以筇竹杖一枝赠行颂》52/32271 ｜黄庭坚《再答静翁并以筇竹一枝赠行四首》17/11712

李壁

《庄敬日强斋二首》其二 52/32317 ｜杨万里《题王才臣南山隐居六咏·庄敬日强斋》42/26567

《黄陵题咏二首》其一 52/32320 ｜唐代李群玉《湖中古愁三首》其三 17/6572

《北园酌酒观鹤》52/32325 ｜魏了翁《再和招鹤》其一 56/34933

《句》其八 52/32326 ｜李壄《句》53/32850

释如净

《偈颂三十四首》其一六 52/32362 ｜释如净《颂古五首》其二 52/32382

《偈颂三十四首》其三四 52/32364 ｜唐代杜甫《绝句漫兴九首》其七 7/2451

《偈颂三十八首》其九 52/32366 ｜释如净《颂古五首》其一 52/32382

《偈颂九首》其五 52/32373 ｜释如珙《偈颂三十六首》其二五 66/41217

《达磨赞》其二 52/32375 ｜释如净《颂古五首》其三 52/32383

韩淲

《邹道乡送幼安赴澶仓》52/32477 ｜邹浩《送幼安赴澶仓》21/13933

《大涤洞赠朱道士》52/32737 ｜陈振甫《赠冲虚斋朱道士》72/45399

《句》52/32778 ｜韩淲《梅雪》52/32395

王大受

王大受 52/32782 ｜王大受 72/45305

《游鹿苑寺》52/32782 ｜卢襄《再登接山堂》其一 24/16220

《客枕》52/32782 ｜王大受《客枕》72/45306

《玉山道中》52/32783 ｜王大受《玉山道中》72/45306

《曝书》52/32783 ｜王大受《曝书》72/45307

程准

《留题顶山上方绍熙元年》52/32795 ｜寇准《顶山》2/1041

徐侨

《虎邱谒和靖祠》52/32824 ｜李道传《谒和靖先生虎丘祠堂》54/33986

第五十三册

朱申

《和金表叔中秋题月》53/32827 ｜朱申首《和金表叔中秋夜题月》51/32209

林迪

《教授两为玉蕊花赋长韵富赠清新老病无以奉酬辄用杨史君韵为谢》53/32833 ｜周必大《林顺卿教授两为玉蕊花赋长韵富赠清新老病无以奉酬辄用杨使君韵为谢》43/26771

《次韵廷秀待制玉蕊》53/32833 ｜周必大《次韵廷秀待制玉蕊》43/26770

《去夏孙从之示玉蕊佳篇时过未敢赓和今年此花盛开辄次严韵并以新刻辩证为献》53/32833 ｜周必大《去年孙从之示玉蕊佳篇时过未敢赓和今年此花盛开辄次严韵并以新刻辨证为献》43/26775

陈与行

《句》其二 53/32845 ｜唐代陈叔达《咏菊》2/431

曾焕

《题飞雪亭》53/32845 ｜曾巩《千丈岩瀑布》8/5611

李皇

《竹斋题事》53/32849 ｜李觏《竹斋题事》7/4306

《句》53/32850 ｜李壁《句》其八 52/32326

徐玑

《初夏游谢公岩》53/32863 ｜徐德辉《初夏游谢公岩》72/45343

《檝途寄翁灵舒》53/32865 ｜唐代杜荀鹤《维扬冬末寄幕中二从事》20/7948

《又寄》53/32872 ｜徐德辉《寄隐士》72/45343

《酒》53/32883 ｜徐文澜《咏酒》72/45576

《登薛象先新楼》53/32887 ｜陈傅良《寄题薛象先新楼》47/29292

《赠九华李丹士 53/32887 ｜徐照《赠九华李丹士》50/31381

《句》53/32888 ｜徐月溪《句》其七 72/45253

杨皇后

《宫词》其十一 53/32890 ｜宋高宗《题马麟亭台图卷》35/22217

《宫词》其二十 53/32890 ｜卢秉《宫词十首》其八 12/8331 ｜无名氏《宫词二首》其一 72/45556

《宫词》其二一 53/32890 ｜卢秉《宫词十首》其十 12/8331

《宫词》其二二 53/32891 ｜唐代宋之问《苑中遇雪应制》2/656

《题朱锐雪景册》53/32892 ｜杨万里《十二月二十七日大雪中过吉水小盘渡西归三首》其三 42/26264

《题菊花册》53/32893 ｜关士容《寿客》72/45167

《句》其一 53/32893 ｜苏轼《八月十五日看潮五绝》其一 14/9182

杨娃

《题马和之画四小景》其二 53/32893 ｜贺铸《游庄严寺园》19/12593

《题马和之画四小景》其三 53/32893 ｜苏轼《题李伯时画赵景仁琴鹤图二首》其一 14/9410

《题马和之画四小景》其四 53/32894 ｜苏轼《东坡》14/9332

释慧性

《颂古七首》其一 53/32912 ｜刘元载妻《早梅》2/1261

刘学箕

《白山茶》53/32917 ｜许及之《白山茶》46/28335

《送庚侄亲迎延平李先生家》53/32928 ｜李处权《送庚侄亲迎延平李先生家》32/20398

《感事怀人送春病酒晓起五首》其二 53/32945 ｜刘克庄《怀人》58/36754

《感事怀人送春病酒晓起五首》其三 53/32945 ｜廖行之《送春》47/29185

《寄静庵》53/32948 ｜胡仲弓《寄懒庵》63/39748 ｜胡仲参《寄懒庵》63/39850

《和韵》53/32948 ｜胡仲参《和性之见寄韵》63/39851

《有所思》53/32949 ｜陈允平《有所思》67/41992

《观猿》53/32949 ｜陈允平《观猿》67/41993 ｜陈允平《猿》67/42009

《失鹤》53/32949 ｜陈允平《失鹤》67/41993

《宿大慈山悟真观》53/32949 ｜陈允平《宿大慈山悟真观》67/41993

《赋林景参梅屿》53/32950 ｜陈允平《赋林景参梅屿》67/41996

《怀潘鄮屋》53/32950 ｜陈允平《怀潘鄮屋》67/41996

《吴江道上》53/32950 ｜陈允平《吴江道上》67/41997

《登西楼怀汤损之》53/32950 ｜陈允平《登西楼怀汤损之》67/41997

《吴山雪霁》53/32950 ｜陈允平《吴山雪霁》67/41997

《双路》53/32950 ｜施枢《双路》62/39115

《宝际窗前睡香》53/32951 ｜施枢《宝际窗前睡香》62/39115

《石桥楼待》53/32951 ｜施枢《石桥楼待》62/39115

《闻寺中晓鼓》53/32951 ｜施枢《闻寺中晓鼓》62/39115

《跨水道间》53/32951 ｜施枢《跨水道间》62/39115

《崐山铺》53/32951 ｜施枢《崐山铺》62/39115

《杏塘》53/32951 ｜施枢《杏塘》62/39116

《四安焚惠藏殿》53/32951 ｜施枢《四安梵惠藏殿》62/39116

《上司谏曹先生》53/32952 ｜施枢《上司谏曹先生》62/39116

《池萍》53/32952 ｜施枢《池萍》62/39116

《和陆明叟》53/32952 ｜施枢《和陆明叟》62/39117

《夜窗听雨》53/32952 ｜施枢《夜窗听雨》62/39117

《破榴》53/32952 ｜施枢《破榴》62/39117

《登应天塔》53/32953 ｜施枢《登应天塔》62/39118

《鳗井》53/32953　｜施枢《鳗井》62/39118

《大能仁寺》53/32953　｜施枢《大能仁寺》62/39118

《留滞》53/32954　｜施枢《留滞》62/39118

《晓寒》53/32954　｜施枢《晓寒》62/39118

《晚思》53/32954　｜施枢《晚思》62/39118

《用明叟韵并寓山行未成之意》53/32954　｜施枢《用明叟韵并寓山行未成之意》62/39119

《苦雨》53/32954　｜施枢《苦雨》62/39119

《雨中用雪坡韵》53/32954　｜施枢《雨中用雪坡韵》62/39119

《雪坡以雨阻山行有诗用以次韵》53/32954　｜施枢《雪坡以雨阻山行有诗因以次韵》62/39119

《月丹和鹤庄韵》53/32954　｜施枢《月丹》62/39119

《禹庙》53/32954　｜施枢《禹庙》62/39119

《镜湖一曲》53/32954　｜施枢《镜湖一曲》62/39119

《用雪坡春色韵》53/32954　｜施枢《用雪坡春色韵》62/39120

《用梅溪镜湖韵》53/32955　｜施枢《用梅溪镜湖韵》62/39120

《天基瑞应宫》53/32955　｜施枢《天基瑞应宫》62/39120

《送东蒲张应发归永嘉》53/32955　｜施枢《送东蒲张应发归永嘉》62/39120

《碧桃》53/32955　｜施枢《碧桃》62/39120

《一春屡有阳明之约雨辄尼之将旋幙侍外舅来游邂逅二羽衣一能参上道一能知天丹竟日留话喜赋二解时清明日也》53/32955　｜施枢《一春屡有阳明之约雨辄尼之将旋幕侍外舅来游解后二羽衣一能参上道一能知天丹竟日留话喜赋二解时清明日也》62/39121

《道间见桃李花》53/32956　｜施枢《道间见桃李花》62/39121

《古寺》53/32956　｜施枢《祇园寺许询旧宅有戚公水》62/39122

《奉和龟翁送别》53/32956　｜施枢《奉和龟翁送别》62/39122

《萧山望城中遗漏》53/32956　｜施枢《萧山望城中遗漏》62/39122　｜胡仲参《萧

山望城中遗》63/39853

《唤渡旋幞》53/32956 ｜施枢《唤渡旋幕》62/39122

周端臣

《仆以绍熙壬子中夏二十有五日始跻风篁探龙井遂至广福谒三贤像阅旧碑追观一代风流为赋此诗适月林依公留设茗供因书以遗之他日能为我揭诗板于壁间使示来者亦山中之一助也》53/32959 ｜敖陶孙《仆以绍熙壬子中夏二十有五日始跻风篁讨龙井遂至广福谒三贤像阅旧碑追观一代风流为赋此诗适月林依公留设茗并因书以遗之他日能为我揭诗板于壁间使示来者亦山中之一助也》51/31878

《裴坟》53/32961 ｜俞桂《裴坟》62/39041

《简雪窗董寺丞》53/32969 ｜郑清之《简雪窗董寺丞》55/34656

钱文子

《状元去春用杨吉州子直韵赋玉蕊诗老悖久稽奉酬今承秩满还朝就以为饯》53/32977 ｜周必大《钱文季状元去春用杨吉州子直韵赋玉蕊诗老悖久稽奉酬今承秩满还朝就以为饯》43/26771

虞刚简

《游灵岩寺》其二 53/32993 ｜卢刚《灵岩感怀》72/45509

高某

《句》53/32994 ｜高载《句》其一 55/34264

释居简

《书智迁抵触图》53/33041 ｜释居简《智迁昼牛》53/33144

《柏堂》53/33079 ｜释居简《柏堂》53/33269

《酬嘉兴别驾谢司直》53/33119 ｜释居简《谢晦斋倅嘉兴》53/33164

《赠皓律师》53/33198 ｜释简长《赠浩律师》3/1459

《杨园四题·环翠台》53/33210 ｜陆九渊《环翠台》48/29844

《偈颂一百三十三首》其六七 53/33282 ｜苏庠《清江曲》其二 22/14604

《颂古二十一首》其九 53/33288 ｜唐代刘皂《旅次朔方》14/5359 ｜唐代贾岛《渡

桑干》17/6683

《颂古二十一首》其十 53/33289 ｜唐代杜甫《前出塞九首》之六 7/2292

《颂古二十一首》其一九 53/33290 ｜释居简《颂古五首》其四 53/33304

《应真赞三首》其二 53/33304 ｜释正觉《禅人并化主写真求赞》其二〇五 31/19862

《应真赞三首》其三 53/33304 ｜释正觉《禅人并化主写真求赞》其二一〇 31/19863

路德章

《游寒岩钓矶》53/33307 ｜游次公《渔父》49/30956

史弥忠

《秋桂》53/33314 ｜史浩《次韵馆中秋香》其一 35/22150

游九功

《送常老住疏山》53/33317 ｜谢逸《送常老住疏山》22/14845

赵希潌

《题云间阁》53/33338 ｜冯伯规《登云间阁》50/31281

赵希昼

《寄广南转运陈学士》53/33338 ｜释希昼《怀广南转运陈学士状元》3/1441

《寄潮州于公九流》53/33339 ｜陈尧佐《寄潮州于公九流》2/1091 ｜无名氏《寄潮州于公九流》72/45376

赵希鹗

《秦洞》53/33339 ｜元代赵希鹗《秦人三洞》68/212

刘宰

《答钟元达觅藕栽二首》53/33354 ｜刘敞《答钟元达觅藕栽二首》9/5912

《寄宝应丘大夫》53/33367 ｜刘华《寄宝应丘大夫敩》72/45504

《碧云即事》53/33370 ｜孙应时《碧云即事》51/31720

《北固山望扬州怀古》53/33372 ｜王阮《北固山望扬州怀古》50/31145

《寄潘子善上舍》53/33375 ｜徐宝之《寄潘子善》60/37912

《和刘圣与顾龙山约客韵》53/33408 ｜ 曾幾《和刘圣俞顾龙山约客韵》29/18521

吕声之

《游石城山》53/33441 ｜ 石声之《游南明山》7/4846 ｜ 石亨之《南明山》72/45524

詹师文

《泛舟》53/33444 ｜ 元代詹师文《武夷山》68/200

第五十四册

戴复古

《建昌道上》54/33484 ｜ 高翥《建昌道上》55/34142

《小畦》54/33498 ｜ 戴昺《小畦》59/36981

《有感》54/33498 ｜ 戴昺《有感》59/36981

《题新塗何宏甫江村》54/33521 ｜ 潘牥《江舍》62/39210

《登快阁黄明府强使和山谷先生留题之韵》54/33574 ｜ 邓林《登快阁黄明府强使和山谷先生韵》67/42042

《三山林唐杰潘庭坚张农师会于丁岩仲新楼》54/33576 ｜ 和请《林潘张三友会于新楼》72/45479

《灵洲梅花》54/33581 ｜ 方岳《探梅》61/38341

《题赵忠定公雪锦楼诗》54/33587 ｜ 高翥《赵忠定公帅蜀时题雪锦楼有扁舟衡岳问归程之句后来人以为谶题跋者甚多邵阳节使君以墨本见赠敬书其右》55/34141

《江村晚眺二首》其二 54/33596 ｜ 刘克庄《秋晚》58/36755

《湘西寺观澜轩》54/33599 ｜ 刘子翚《江上寺》34/21457

《绿阴亭自唐时有之到今五百年卢肇二三公题诗之后吟声寂寂久矣亭前古木不存绿阴之名殆成虚设今诗人李贾友山作尉于此实居此亭公事之暇与江山风景应

接境因人胜见于吟笔多矣友人石屏访之相与周旋于亭上题四绝句以记曾来（其二其三）》54/33601 ｜邓林《绿阴亭两首》67/42043

《寄刘潜夫》54/33604 ｜张弋《寄刘潜夫》54/33630

《东湖看花呈宋原父》54/33605 ｜宋自逊《东湖看荷花呈愿父》62/38833

《赣州上清道院呈姚雪蓬》54/33605 ｜邓林《赣州上清道院呈姚雪蓬》67/42043

《楼上观山》54/33609 ｜明代朱同《题画》（参四库本明朱同《覆瓿集》卷三）

《山村》54/33610 ｜苏轼《江村二首》其一 14/9634

《白鹤观》54/33610 ｜邓林《白鹤观》67/42042

《山村》54/33611 ｜苏轼《江村二首》其二 14/9634

《留守参政大资范公余同年进士往岁帅桂林题刻最多四方传之暇日尝与同寮遍观因即公所名壶天观题数语》54/33613 ｜梁安世《题壶天馆》46/28961

《句》其四 54/33614 ｜戴复古《岁暮呈真翰林》54/33477

张弋

《舟次湖口追忆任明府》54/33625 ｜李石《舟次湖口追忆任明府》35/22293

《寄秋塘》54/33630 ｜张氏《寄陈秋塘》50/31452

《寄刘潜夫》54/33630 ｜戴复古《寄刘潜夫》54/33604

赵时习

《题姚雪蓬骑牛像》54/33635 ｜赵东师《题姚雪蓬骑牛小照》59/37170

杜耒

《送胡季昭窜象郡》54/33637 ｜杜丰《送胡季昭谪象州》57/35976

《窗间》54/33637 ｜许志仁《窗间》35/22069

《句》其四 54/33640 ｜苏轼《竹䂣》14/9131

杜子更

《致爽轩》54/33640 ｜杜子更《致爽轩》72/45144

蔡沈

《赠琴士刘伯华》54/33644 ｜苏元老《赠抚琴刘伯华》24/16227

释文礼

《颂古五十三首》其三八 54/33695 ｜唐代灵澈《归湖南作》23/9131

《颂古五十三首》其五一 54/33697 ｜吕夷简《天花寺》3/1623

《颂马祖因僧问离四句绝百非》54/33698 ｜唐代韩愈《游城南十六首·赠同游》10/3850

李兼

《兰亭题咏》54/33702 ｜叶时《还桑泽卿兰亭考二首》51/32020

《食兔诗》54/33704 ｜林宗放《食兔》51/32220

赵由济

《谱乐歌》54/33711 ｜元代赵由侪《述祖诗》25/379

周文璞

《初至长干寺》54/33714 ｜李琏《题金陵杂兴诗后十八首》其一六 54/33984

《杜鹃花》54/33716 ｜赵戣《杜鹃花》其一 59/36823

《金陵怀古六首（其一其二其三其五其六）》54/33720 ｜李琏《金陵杂兴诗后十八首（其十五其十四其七其一其十）》54/33984

《下竺》54/33724 ｜周野斋《下竺寺》72/45480

《跋钟山赋二首》其二 54/33733 ｜张榘《秦淮》62/39233

《阴山》54/33741 ｜李琏《题金陵杂兴诗后十八首》其三 54/33984

《法宝寺》54/33741 ｜李琏《题金陵杂兴诗后十八首》其八 54/33984

《戒坛》54/33742 ｜李琏《题金陵杂兴诗后十八首》其十一 54/33984

《玉晨观二首》其二 54/33742 ｜周文璞《寄华阳道侣》54/33755

《暮雨》54/33744 ｜李琏《金陵杂兴诗后十八首》其六 54/33984

《金陵杂咏》54/33755 ｜李琏《题金陵杂兴诗后十八首（其二、其五）》54/33984

《句》其四 54/33755 ｜周文璞《访梅二首》其一 54/33729

宋宁宗

《赐状元蔡仲龙》54/33759 ｜唐代易重《寄宜阳兄弟》17/6458

《题马远踏歌图》54/33759 ｜王安石《秋兴有感》10/6679

李献可

《赋宫人午睡》54/33765 ｜黄泳《题昼寝宫人图应制》32/20288 ｜胡拂道《宫女睡》35/22207

许应龙

《次韵张太博方得余所遗二程先生集辨二程戏邵子语》54/33772 ｜魏了翁《次韵张太博方得余所遗二程先生集辩二程戏邵子语》56/34885

释道冲

《颂古六首》其一 54/33786 ｜释道冲《佛成道》54/33788

徐敏子

《呈痴绝庵主颂》54/33790 ｜徐敏《荐痴绝禅师》59/37037

史定之

《同唐太傅重过西湖》54/33795 ｜史浩《次韵唐太博重过西湖》35/22160

张祈

《秀聚亭》54/33795 ｜张祁《广福寺》32/20563

韩松

《崇寿院霜钟双阁》54/33796 ｜元代韩松《石钟山》65/433

《游洞霄宫（其三其四)》54/33797 ｜孙元卿《与钱孝先游洞霄（其一其二)》50/31432

《游大涤假宿鸣玉馆成》54/33797 ｜陈洵直《游大涤假宿鸣玉馆偶成》55/34191

郑硕

《早梅》54/33806 ｜郑上村《早梅》72/45463

黄枢

《代陈均辅赠马则贤》54/33809 ｜元代黄枢《代陈君辅赠马则贤诗》58/211

周师成

《吴大帝庙》54/33812 ｜王遂《吴大帝庙》55/34279

赵某

《大小寒》54/33814 ｜宗室某《题客邸》50/31500

释梵琮

《偈颂九十三首》其十 54/33816 ｜释梵琮《颂古四首》其三 54/33833

《偈颂九十三首》其二八 54/33818 ｜释梵琮《颂古四首》其四 54/33833

赵师秀

《书李氏园亭》54/33862 ｜赵蕃《书李氏园亭》49/30873

《夜宿江浦闻元八改官寄此》54/33863 ｜唐代白居易《夜宿江浦闻元八改官因寄此什》13/4885

《句》其八 54/33864 ｜徐玑《梅》其一 53/32883

苏泂

《老杜浣花溪图引》54/33883 ｜黄庭坚《老杜浣花溪图引》17/11575

《甘露歌上呈留守门下侍郎》54/33887 ｜米芾《甘露歌上呈留守门下侍郎》18/12244

《雪霁归湖山过千秋观少留》54/33917 ｜陆游《雪霁归湖上过千秋观少留》39/24535

《秋日泛镜中憩千秋观》54/33935 ｜陆游《秋日泛镜中憩千秋观》39/24629

《又南明示众》54/33961 ｜赵抃《南明示众》6/4245

《来禽诗》54/33981 ｜陈与义《来禽》31/19586 ｜刘子翚《和士特栽果十首·来禽》34/21416

李珏

《金陵杂兴诗后十八首（其十五其十四其七其一其十)》54/33984 ｜周文璞《金陵怀古六首（其一其二其三其五其六)》54/33720

《题金陵杂兴诗后十八首（其二、其五)》54/33984 ｜周文璞《金陵杂咏》54/33755

《题金陵杂兴诗后十八首》其三 54/33984 ｜周文璞《阴山》54/33741

《金陵杂兴诗后十八首》其六 54/33984 ｜周文璞《暮雨》54/33744

《题金陵杂兴诗后十八首》其八 54/33984 ｜周文璞《法宝寺》54/33741

《题金陵杂兴诗后十八首》其十一 54/33984 ｜周文璞《戒坛》54/33742

《题金陵杂兴诗后十八首》其一六 54/33984 ｜周文璞《初至长干寺》54/33714

李道传

《谒和靖先生虎丘祠堂》54/33986 ｜徐侨《虎邱谒和靖祠》52/32824

许奕

《题樊汉炳墓》54/33987 ｜魏了翁《冯校书挽诗》56/34986

刘正之

《送刘旬甫》54/33988 ｜朱熹《送刘旬甫之池阳省觐六十四丈遂如行在所上计》44/27466

赵善湘

《句》54/33989 ｜李清臣《句》其二 12/8337

陈宓

《题喻景山大飞书房》54/34034 ｜陈师服《和许伯翊访景山》57/36032

《予守南康适当旱岁睹东坡玉涧留题喜雨书之庶几新年三白之符也》54/34076 ｜苏轼《送酒与崔诚老》14/9617

《句》54/34116 ｜唐代师复《句》1130（《全唐诗补编》）

第五十五册

高翥

《夜过马当山》55/34133 ｜程公许《夜过马当山》57/35596

《赵忠定公帅蜀时题雪锦楼有扁舟衡岳问归程之句后来人以为谶题跋者甚多邵阳节使君以墨本见赠敬书其右》55/34141 ｜戴复古《题赵忠定公雪锦楼诗》54/33587

《建昌道上》55/34142 ｜戴复古《建昌道上》54/33484

《看弄潮回》55/34143 ｜无名氏《看弄潮》71/45093

《岩桂花》55/34144 ｜朱熹《奉酬圭父末利之作》44/27579

《寂上人禅房》55/34145 ｜唐代戎昱《寂上人禅房》8/3023

《崇圣寺斌公房》55/34145 ｜唐代贾岛《崇圣寺斌公房》17/6652

释法薰

《偈颂一百三十三首》其一〇七 55/34156 ｜释祖先《偈颂四十二首》其四〇 47/29024

《偈颂一百三十三首》其一一五 55/34157 ｜释道闲《颂古二首》其二 29/18878

《偈颂十五首》其一三 55/34168 ｜释昙华《颂古十首》其六 34/21670

徐文卿

《偶题》55/34188 ｜翁卷《偶题》50/31428 ｜葛天民《偶题》51/32068

陈洵直

《游大涤假宿鸣玉馆偶成》55/34191 ｜韩松《游大涤假宿鸣玉馆成》54/33797

赵汝鐩

《赠悟上人》55/34229 ｜胡仲弓《赠悟上人》63/39762

《郊行同张宰》55/34248 ｜胡仲弓《郊行同张宰》63/39829

《流杯池》55/34258 ｜元代赵汝遂《题梳杯池》68/214

郑性之

《落梅》55/34261 ｜刘克庄《梅花五首》其五 58/36243

《梅花》55/34261 ｜刘克庄《再和五首》其一 58/36197

高载

《句》其一 55/34264 ｜高某《句》53/32994

刘镇

《春暮》55/34268 ｜寇准《暮春感事》2/1027

《山中早行》55/34268 ｜寇准《早行》2/1038

《赠隐者》55/34268 ｜寇准《赠隐士》2/1015

陈襃

《李侍郎修路》55/34269 ｜陈襄《李侍郎修路》8/5103

陈俞

《雨后过玛瑙寺》55/34270 ｜元代陈俞《赠复至玛瑙寺》66/108

王遂

《吴大帝庙》55/34279 ｜周师成《吴大帝庙》54/33812

倪思

《游黄蘖山三首》其三 55/34307 ｜王洋《题前寺中洲茶》30/19042

朱子仪

《访戴图》55/34312 ｜来梓《子猷访戴》43/26833

华岳

《藕花》55/34387 ｜黄庭坚《出池藕花》17/11737

《后溪》其一 55/34419 ｜唐庚《舟航》23/15052

《桃花》55/34420 ｜赵希逢《和桃花》其三 62/38931

《弦月》55/34420 ｜华镇《弦月》18/12362

《花村》55/34422 ｜华镇《花村二首》18/12370

《冬暖》55/34430 ｜戴复古《冬暖》54/33546

《思故人》55/34430 ｜邵雍《思故人》7/4526

章槱

《千顷山（三首）》55/34435 ｜司马槱《千顷山（三首）》22/14387

卓田

《和姚监丞斫鲙》55/34437 ｜方岳《次韵姚监丞斫鲙》61/38299

范应铃

《明水寺》55/34440 ｜章藻之《明水寺》72/45562

黄顺之

《赠陈宗之》55/34441 ｜郑斯立《赠陈宗之》其二 56/35094

《题九曲尼院》55/34441 ｜黄樵逸《九曲尼院》72/45481

赵彦彬

《句》其二 55/34442 ｜黄樵仲《句》50/31175

赵立夫

《枫》55/34443 ｜赵戣《枫》59/36824

赵汝淳

《芳草复芳草》55/34448 ｜张良臣《芳草复芳草》46/28456

《玉树谣》55/34449 ｜刘垕《玉树谣》60/37992

留元刚

《武夷九曲棹歌（七首）》55/34458 ｜刘元刚《武夷九曲棹歌图（七首）》59/36796

洪咨夔

《挽伯父》55/34479 ｜熊以宁《挽伯父二首》50/31167

《口占》55/34481 ｜魏了翁《口占》56/35013

《赠相士郭少仙》55/34491 ｜谢枋得《赠相士郭少仙诗》66/41404

《偶成》55/34492 ｜魏了翁《偶成》其一 56/35013

《和续古谢送墨》55/34530 ｜苏轼《谢人送墨》14/9634 ｜杨炎正《谢人送墨》50/31038

《偶成》55/34580 ｜魏了翁《偶成》其二 56/35013

《六月十六日宣琐》55/34610 ｜洪迈《宣琐》38/24007

《寿刘宰》55/34615 ｜李刘《寿刘宰》56/35130

《太后挽诗》55/34616 ｜陈师道《大行皇太后挽词二首》19/12733

《挽谢叠山》55/34616 ｜洪光基《挽叠山先生》70/43985

《句》其三 55/34617 ｜洪咨夔《送客一首送真侍郎》55/34529

郑清之

《送姚提干行》55/34629 ｜张榘《送姚提干行》62/39226

《安晚轩竹》55/34631 ｜郑清之《三友》55/34673

《雪窗董寺丞将指平谳安晚来访因举似偃溪为下一则语》55/34656 ｜郑清之《调云岑》55/34675

《简雪窗董寺丞》55/34656 ｜周端臣《简雪窗董寺丞》53/32969

《书西湖雷峰云讲主草书》55/34662 ｜无名氏《书西湖雷峰云讲主草书》72/45557

《梅》55/34675 ｜郑清之《瑞香花》55/34681

《咏六和塔》55/34683 ｜李沆《题六和塔》1/579 ｜李宗勉《题秀江亭》56/35227

林千之

《赠水帘洞黄秀才》55/34728 ｜林千之《赠水帘洞黄秀才》67/42313

吴机

《喜凉亭》55/34730 ｜赵鼎臣《喜凉亭》22/14921

方信孺

《庆远龙隐洞》55/34762 ｜张自明《龙隐庵》56/35034

《题龙隐岩》55/34763 ｜李师中《龙隐岩》7/4866

释师范

《偈颂一百四十一首》其一一三 55/34774 ｜释宗杲《颂古一百二十一首》其一〇六 30/19391 ｜释普宁《偈颂四十一首》其五 65/40641

《偈颂十七首》其一三 55/34784 ｜释慧开《颂古四十八首》其三七 57/35682

《临济赞》其三 55/34801 ｜释师范《颂古三首》其二 55/34806

广利寺僧

《中秋》55/34807 ｜释梵言《偈三首》其一 21/14270 ｜释祖珍《偈三十五首》其一七 29/18452 ｜唐代寒山《诗三百三首》23/9069

李韶

《游司空山》55/34809 ｜李韶《题司空山观》1/251

第五十六册

薛师石

《寄赵叔鲁》56/34817 ｜戴师古《寄赵叔鲁》57/35841

真德秀

《赠邵邦杰》56/34850 │蔡元定《赠琴士邵邦杰》46/28925

魏了翁

《次韵李参政壁湖上杂咏录寄龙鹤坟庐》其五 56/34879 │李焘《龙鹄山》37/23215

《次韵张太博方得余所遗二程先生集辩二程戏邵子语》56/34885 │许应龙《次韵张太博方得余所遗二程先生集辨二程戏邵子语》54/33772

《李提刑壁李参政壁再和招鹤诗再用韵以谢》其一 56/34933 │李壁《北园酌酒观鹤》50/31093

《再和招鹤》其一 56/34933 │李壁《北园酌酒观鹤》52/32325

《李参政壁折赠黄香梅与八咏俱至用韵以谢》其一 56/34934 │李壁《黄香橙》50/31093

《题李彭州壁南亭》56/34935 │范子长《南亭》50/31444

《李参政壁生日》其五 56/34949 │史公亮《雁湖》56/35238

《冯校书挽诗》56/34986 │许奕《题樊汉炳墓》54/33987

《口占》56/35013 │洪咨夔《口占》55/34481

《偶成》其一 56/35013 │洪咨夔《偶成》55/34492

《偶成》其二 56/35013 │洪咨夔《偶成》55/34580

邹登龙

《采莲曲》56/35016 │俞桂《采莲曲》其二 62/39055

《梅花》56/35021 │徐经孙《梅花》59/37183

李遇

《咏西湖江湖伟观楼》56/35026 │刘辰翁《咏西湖伟观楼》67/42459

梁佐

《高山堂》56/35027 │梁佐厚《高山堂》72/45349

王宗道

《春闲》56/35032 │刘厚南《梅庄春间》56/35094

张自明

《龙隐庵》56/35034 ｜方信孺《庆远龙隐洞》55/34762

吴泳

《蜡梅》56/35078 ｜吴永济《蜡梅》72/45253

黄梦得

《拟虹亭》56/35087 ｜黄宏《题拟虹桥》70/44440 ｜元代黄宏《题拟虹桥》8/395

杨志

《石涧龙首山》56/35088 ｜钱熙《龙首山》1/637

赵善璙

《饯陈匦峰之廉泉》56/35092 ｜赵必瓛《饯陈匦峰之濂泉》70/43936

吕殊

《别荆州诸友》56/35093 ｜吕皓《别荆州诸友》50/31444

《题清溪神女祠》56/35093 ｜吕皓《题青溪神女祠次东坡韵》50/31445

《峨眉亭》56/35093 ｜吕皓《峨眉亭》50/31445

刘厚南

《梅庄春间》56/35094 ｜王宗道《春闲》56/35032

郑斯立

《赠陈宗之》其二 56/35094 ｜黄顺之《赠陈宗之》55/34441

戴栩

《曹徽猷生日二首》56/35116 ｜史浩《上曹守徽猷生日》35/22147

李刘

《寿刘宰》56/35130 ｜洪咨夔《寿刘宰》55/34615

《寿帅阃》56/35131 ｜张耒《上文潞公生日》20/13230

《寿先生》56/35131 ｜丁正持《寿先生》72/45357

《贺晚生子》56/35133 ｜傅大询《贺晚生子》46/28597

叶绍翁

《烟村》56/35136 ｜释妙伦《偈颂八十五首》其二五 62/38898

宋自适

《杨柳》56/35145 ｜朱端常《柳》50/31434

孙惟信

《垂丝海棠》56/35148 ｜陆游《周洪道学士许折赠馆中海棠以诗督之》39/24261

释净真

《句》56/35154 ｜唐代护国《许州郑使君孩子》23/9138

释普济

《偈颂六十五首》其一〇 56/35156 ｜释智愚《偈颂二十五首》其五 57/35903

《偈颂六十五首》其二五 56/35157 ｜释原妙《颂古三十一首》其八 68/43169 ｜唐代高骈《山亭夏日》18/6921

《偈颂六十五首》其三一 56/35157 ｜唐代杜甫《赠花卿》7/2447

《偈颂六十五首》其三四 56/35158 ｜释重显《迷悟相返》3/1649

张尧同

《嘉禾百咏·谷水》56/35173 ｜许尚《华亭百咏·谷水》50/31460

《嘉禾百咏·读书堆》56/35182 ｜唐询《华亭十咏·顾亭林》5/3450

《嘉禾百咏·陈贤良隐居》56/35182 ｜元代吴镇《陈贤良隐居》30/324

沈说

《食梅》56/35189 ｜赵汝腾《食梅》62/38874

《秋词》56/35189 ｜赵汝腾《秋词》62/38895

张尧干

《次唐彦猷顾亭林韵》56/35221 ｜张元干《次韵唐彦猷所题顾野王祠与霍子孟庙对》31/19901

叶述

《毛希元隐居庐山卧龙瀑》56/35223 ｜叶适《毛希元隐居庐山卧龙瀑》50/31234

林棐

《泛剡》56/35225 ｜许棐《泛剡》59/36850

李宗勉

《题秀江亭》56/35227 ｜郑清之《咏六和塔》55/34683 ｜李沆《题六和塔》

林自知

《句》56/35228 ｜林观过《句》其一 59/36801

杜北山

《寄薛泳》56/35234 ｜杜汝能《寄薛泳》67/42024

《寄吴梦鹤》56/35234 ｜杜汝能《寄吴梦鹤》67/42024

史公亮

《雁湖》56/35238 ｜魏了翁《李参政壁生日》其五 56/34949

王大烈

《王氏螺罗氏子》56/35240 ｜邵雍《王氏螺罗氏子》7/4700

李华

《鸱夷子皮赞》56/35247 ｜唐代李华《鸱夷子皮》

李知孝

《句》56/35248 ｜陈起《句》58/36783 ｜赵汝迕《句》其二 57/35840

徐良弼

《句》56/35249 ｜余良弼《教子诗》35/22200

杜范

《玉壶即事》56/35308 ｜黄文雷《玉壶即事》65/41086

岳珂

《苏文忠归颍帖赞》56/35435 ｜岳珂《苏文忠归颍帖赞》56/35440

第五十七册

程公许

《夜过马当山》57/35596 ｜高翥《夜过马当山》55/34133

翁元龙

《题曹娥墓》57/35651 翁元龙《咏孝娥》67/231

吴昌裔

《九吟诗·天柱》57/35657 ｜ □韫《天柱峰》72/45457

《九吟诗·石室》57/35657 ｜ □韫《石室》72/45458

《九吟诗·清音》57/35657 ｜ □韫《清音泉》72/45458

《九吟诗·翠蛟》57/35657 ｜ □韫《翠蛟峰》72/45458

释慧开

《偈颂八十七首》其六六 57/35663 ｜ 释慧开《三十二应赞》57/35667

《颂古四十八首》其九 57/35677 ｜ 释昙华《行者求颂》34/21678

《颂古四十八首》其一九 57/35679 ｜ 释绍昙《颂古五十五首》其四九 65/40796 ｜ 释梵思《颂古九首》其一 29/18475

《颂古四十八首》其二七 57/35680 ｜ 释云《偈颂二十九首》其一二 35/22054 ｜ 释悟真《偈五首》其三 11/7365 ｜ 释智愚《偈颂十七首》其一三 57/35961

《颂古四十八首》其三七 57/35682 ｜ 释师范《偈颂十七首》其一三 55/34784

《人至收书知得心座元安乐蒙惠数珠水晶者金重十二钱一收讫山偈奉赠》57/35684 ｜ 释昙密《数珠》38/23728

蔡格

《自咏》57/35688 ｜ 蔡元定《林居》46/28926

陈大用

《无题》57/35689 ｜ 陈允平《无题》67/41992

王迈

《岁晚》57/35755 ｜ 王安石《岁晚》10/6576

《除夕》57/35785 ｜ 刘克庄《除夕》58/36141

《送人纸笔》57/35793 ｜ 杨炎正《送纸笔与何庆远》50/31038

陈郁

《赋薛侯》57/35803 ｜ 周邦彦《薛侯马》20/13423

《天赐白》57/35803 ｜ 周邦彦《天赐白》20/13424

《商驿楼东望有感》57/35815 ｜唐代罗隐《商於驿楼东望有感》19/7550

李方子

《樵川郊行》57/35838 ｜李公晦《樵川江行》72/45591

史弥应

《过东吴》57/35839 ｜史浩《次韵孙季和东湖二诗》其一 35/22141

《小春见梅》57/35839 ｜史浩《弥坚小圃小春见梅》35/22158

赵汝迕

《句》其二 57/35840 ｜陈起《句》58/36783 ｜李知孝《句》56/35248

戴师古

《寄赵叔鲁》57/35841 ｜薛师石《寄赵叔鲁》56/34817

赵汝回

赵汝回 57/35868 ｜赵东阁 72/45402

《渔父》57/35868 ｜赵东阁《渔家》72/45402

《纵游》57/35876 ｜陆游《纵游》40/25412

《凌霄花为复上人作题》57/35876 ｜赵东阁《凌霄花为复上人作》72/45402

《寄圣水照讲师》57/35877 ｜赵东阁《寄圣水照讲师》72/45402

《春山堂》57/35877 ｜赵东阁《春山堂》72/45402

赵时韶

《浮来山》57/35895 ｜梅尧臣《浮来山》5/2962

释智愚

《偈颂二十五首》其五 57/35903 ｜释普济《偈颂六十五首》其一〇 56/35156

释智愚《偈颂二十五首》其二三 57/35904 ｜释宗杲《偈颂一百六十首》其二 30/19364 ｜释祖珍《偈三十五首》其一一 29/18452 ｜释昙华《偈颂六十首》其一 34/21663

《颂古一百首》其六八 57/35919 ｜范仲淹《青郊》3/1882

《偈颂十七首》其一三 57/35961 ｜释悟真《偈五首》其三 11/7365 ｜释云《偈颂二十九首》其一二 35/22054 ｜释慧开《颂古四十八首》其二七 57/35680

《偈颂二十一首》其一二 57/35962 ｜释子淳《偈五首》其一 21/13849 ｜释法如《偈》25/16664

杜丰

《送胡季昭谪象州》57/35976 ｜杜耒《送胡季昭窜象郡》54/33637

释永颐

《吕晋叔著作遗新茶》57/36000 ｜梅尧臣《吕晋》5/3227

《游张园观海棠戏作》57/36001 ｜释绍嵩《游张园观海棠戏作》61/38657

赵葵

《初夏》其二 57/36003 ｜杨万里《闲居初夏午睡起二绝句》其一 42/26109

《寺》其一 57/36005 ｜赵葵《惠山寺》57/36006

《竹》其一 57/36006 ｜赵崇渊《过杨子桥》59/37376

《荒城》其一 57/36007 ｜唐代江为《塞下曲》21/88448

《荒城》其二 57/36007 ｜元代廼贤《塞上曲》48/37

陈师服

《和许伯翊访景山》57/36032 ｜陈宓《题喻景山大飞书房》54/34034

张珪

《玉蝶泉》57/36065 ｜元代张珪《阴阳井》20/204

笃世南

《题赵千里夜潮图卷》57/36065 ｜元代偰哲笃《题赵千里夜潮图》37/454

湖州士子

《句》57/36067 ｜湖州士子《句》51/32118

曾由基

《病起幽园检校》57/36082 ｜周弼《病起幽园检校》60/37746

阳枋

《腊月二十八日与知宗提举分岁郡中啜茶于北楼赏梅于忠献堂知宗即席有诗次韵并简提舶》57/36123 ｜王十朋《腊月二十八日与知宗提举分岁郡中啜茶于北楼赏梅于忠献堂知宗即席有诗次韵并简提舶》36/22937

《癸未守岁》57/36124 ｜王十朋《癸未守岁》36/22767

《句》其五 57/36132 ｜阳枋《过九江望见庐山立雪一峰和全父弟韵》57/36095

《句》其六 57/36132 ｜阳枋《赴大宁司理贽俞帅》其二 57/36113

第五十八册

刘克庄

《赠川郭》58/36138 ｜严嘉谋《赠医者川郭》62/39269

《除夕》58/36141 ｜王迈《除夕》57/35785

《宫词四首》其二 58/36147 ｜彭耜《妃嫔》59/37387

《田舍》58/36148 ｜范成大《田家》41/26059

《老将一首》58/36151 ｜彭耜《将帅》59/37388

《送真舍人帅江西八首》其二 58/36152 ｜彭耜《知州》其六 59/37388

《送真舍人帅江西八首》其五 58/36153 ｜彭耜《知州》其七 59/37388

《方寺丞新第二首》58/36157 ｜彭耜《第宅》59/37389

《闻城中募兵有感二首》58/36164 ｜项安世《闻城中募兵有感》44/27298

《韩曾一首》58/36176 ｜项安世《有感韩鲁一首》44/27298

《辞桂帅辟书作》58/36183 ｜彭耜《幕职》59/37388

《送郑君瑞知闽清》58/36185 ｜彭耜《知县》59/37388

《七月九日二首》58/36191 ｜潘牥《雷鸣不雨》62/39208

《诗境楼观月》58/36193 ｜彭耜《楼》59/37389

《再和五首》其一 58/36197 ｜郑性之《梅花》55/34261

《黄黑岭》58/36207 ｜潘牥《登岭》其二 62/39209

《五月二十七日游诸洞》58/36215 ｜刘氏《五月二十七日游诸洞》24/16179

《诘猫》58/36217 ｜刘琰《诘猫》50/31290

《榕台二绝》58/36223 ｜刘氏《诗二首》24/16179

《有感》58/36230 ｜项安世《有感》44/27298

《梅花五首》其五 58/36243 ｜郑性之《落梅》55/34261

《送权郡詹通判》58/36245 ｜彭耜《知州》其一 59/37387

《送洪使君》58/36245 ｜彭耜《知州》其二 59/37387

《答惠州曾使君韵二首》其一 58/36250 ｜彭耜《知州》其三 59/37388

《和叶尚书解印二首》其一 58/36251 ｜彭耜《知州》其四 59/37388

《和叶尚书解印二首》其二 58/36251 ｜彭耜《知州》其五 59/37388

《小圃有双莲夏芙蓉之喜文字祥也各赋一诗为宗族亲朋联名得隽之谶》其二 58/36375 ｜虞俦《夏芙蓉》其一 46/28536

《自和二首》其二 58/36376 ｜虞俦《夏芙蓉》其二 46/28536

《读本朝事有感十首》58/36379 ｜项安世《读本朝史有感十首》44/27329

《余除铸钱使者居厚除尚书郎俄皆销印即事二首呈居厚》58/36437 ｜毕仲游《余除铸钱使者居厚除尚书郎俄皆销印即事二首呈居厚》18/11926

《借韵跋林肃翁省题诗》58/36499 ｜孙应时《借韵跋林肃翁题诗》51/31778

《记小圃花果二十首》其二 58/36605 ｜方岳《萱》61/38491

《记小圃花果二十首》其一七 58/36606 ｜方岳《杏》61/38491

《有感二首》58/36623 ｜项安世《有感四首（其一其二）》44/27453

《有感》58/36645 ｜项安世《有感四首（其三其四）》44/27453

《有感》58/36677 ｜项安世《有感七首之一》44/27298

《耳鼻六言二首》其二 58/36719 ｜宋庠《撚鼻》4/2283

《未开梅》58/36749 ｜严粲《未开梅》59/37402

《梅花》其一 58/36752 ｜陆游《江上散步寻梅偶得三绝句》其一 39/24447

《梅花》其二 58/36752 ｜陆游《看梅归马上戏作五首》其三 39/24450

《梅花》其三 58/36752 ｜陆游《看梅归马上戏作五首》其五 39/24450 ｜陈亦梅《梅花》72/45249

《蓼花》58/36752 ｜拾遗《蓼花》72/45406

《怀人》58/36754 ｜刘学箕《感事怀人送春病酒晓起五首》其二 53/32945

《玉蕊花》58/36754 ｜刘光祖《鹤林寺》48/30340

《秋晚》58/36755 ｜戴复古《江村晚眺二首》其二 54/33596

陈起

《迎月》58/36760 ｜陈起《迎月》5/3387

《胡季怀有诗约群从为秋泉之集辄以山果助筵戏作二叠》58/36776 ｜周必大《胡季怀有诗约群从为秋泉之集辄以山果助筵戏作二叠》43/26703

《罢酒》58/36780 ｜张守《罢酒》28/18029

《句》58/36783 ｜李知孝《句》56/35248 ｜赵汝迕《句》其二 57/35840

张明中

《谢叔子阳丈惠诗》58/36785 ｜胡宿《谢叔子阳丈惠诗》4/2104

《和故旧招馆》58/36793 ｜张栻《和故旧招馆》45/27945

《谢惠诗》58/36794 ｜胡宿《谢惠诗》4/2090

第五十九册

刘元刚

《武夷九曲棹歌图（七首）》59/36796 ｜留元刚《武夷九曲棹歌（七首）》55/34458

林观过

《句》其一 59/36801 ｜林自知《句》56/35228

赵崇滋

《句》其二 59/36804 ｜赵孟淳《题梅》61/38602

《句》其三 59/36804 ｜赵孟淳《句》61/38602

刘子寰

《寿周丞相益公(其三其四其五)》59/36807 ｜吴势卿《寿丞相(其一其二其三)》63/39729

《寿史相（其一其二）》59/36814 ｜任希夷《寿丞相（其二其三）》51/32100

《约友人赏春》59/36815 ｜曾极《约友人赏春》50/31519 ｜蔡沉《春日即事二首》其一 51/32237

冯取洽

《自题交游风月楼》59/36816 ｜吴势卿《风月之楼落成》63/39732 ｜冯艾子《风月楼》72/45215

康南翁

《句》59/36817 ｜元代康南翁《虎丘》67/103

林逢子

《镜香亭》59/36821 ｜郑士洪《牡丹亭》67/42048

赵戣

《杜鹃花》其一 59/36823 ｜周文璞《杜鹃花》54/33716

《枫》59/36824 ｜赵立夫《枫》55/34443

《悼鹤》59/36825 ｜吴锡畴《悼鹤》64/40410

《蓝溪道中》59/36825 ｜吴锡畴《蓝溪道中》64/40414

盛世忠

盛世忠 59/36827 ｜盛世忠 63/39855

《胡苇航寄古剑》59/36827 ｜盛世忠《胡苇航寄古剑》63/39855

《柴门》59/36827 ｜盛世忠《柴门》63/39855

《刘常簿席上》59/36827 ｜盛世忠《刘常簿席上》63/39855

《观棋》59/36827 ｜盛世忠《观棋》63/39856

《送吕东山之清漳》59/36828 ｜盛世忠《送吕东山之清漳》63/39856

《寄藏叟僧善珍》59/36828 ｜盛世忠《寄藏叟僧善珍》63/39856

《生涯诗》59/36828 ｜盛世忠《生涯诗》63/39856

《简贾户部》59/36828 ｜盛世忠《简贾户部》63/39856

《病起书院偶成》59/36828 ｜盛世忠《病起书院偶成》63/39856

《秦竹溪校书清漳未回》59/36829 ｜盛世忠《秦竹溪校书清漳未回》63/39857

《今是行呈刘以道》59/36829 ｜盛世忠《今是行呈刘以道》63/39857

《塞上闻角》59/36829 ｜盛世忠《塞上闻角》63/39857

《倦妆图》59/36829 ｜盛世忠《倦妆图》63/39857

《懒读书》59/36829 ｜盛世忠《懒读书》63/39857

《王昭君》59/36829 ｜盛世忠《王昭君》63/39857

蔡模

《题武夷》59/36831 ｜朱熹《双髻峰》44/27486

何基

《题定武兰亭副本》59/36839 ｜王柏《题定武兰亭副本》60/38014

《海棠》59/36841 ｜郑刚中《海棠》30/19163 ｜陈孔硕《海棠》50/31043 ｜杜汝能《海棠》67/42023

许棐

《郑介道见访》59/36843 ｜蔡槃《郑介道见访》72/45694

《书郭子度壁》59/36847 ｜许梁《书郭子度壁》20/13549

《古墓》59/36847 ｜许及之《废冢》46/28455

《泛剡》59/36850 ｜林棐《泛剡》56/35225

《汤婆子》59/36856 ｜许及之《汤婆子》46/28455

释元肇

《虎丘》59/36870 ｜释兴肇《游虎丘》72/45533

《题江心寺》59/36931 ｜文天祥《至温州》68/43121

徐鹿卿

《赠曾司户》59/36938 ｜徐经孙《赠曾司户》59/37181

《和黎丞梅关岭》59/36939 ｜徐经孙《和黎丞梅关岭》59/37182

《丙戌年新春偶成》59/36940 ｜徐经孙《丙戌新春偶成》59/37182

《小英石峰》59/36941 ｜徐经孙《小英石峰》59/37182

《送太庾黎丞》其二 59/36941 ｜徐经孙《送太庾黎丞》59/37182

《杂兴》其二 59/36943 ｜徐经孙《杂兴》59/37182

《月夜赴郡会归辗转不成寐触事感怀口占四古句》其一 59/36943 ｜徐经孙《月

夜赴郡会归鞭转不成寐触事感怀》59/37182

《史君赠所临蜀本三苏入京图诗以谢之》59/36958 ｜方回《谒东坡祠》66/41908

戴昺

《小畦》59/36981 ｜戴复古《小畦》54/33498

《有感》59/36981 ｜戴复古《有感》54/33498

黄棐

《黄陵庙》59/37021 ｜唐代黄文《湘江》22/8758

李翔高

《句》59/37022 ｜张氏《赠人》72/45372

林汝砺

《隐求斋》》其一 59/37022 ｜林锡翁《隐求斋》72/45420

陈梦庚

《仙鼓楼》59/37025 ｜元代陈梦庚《武夷山鼓楼岩》67/124

余晦

《曹娥江》59/37033 ｜元代余晦《吊曹娥》其二 67/198

徐敏

《荐痴绝禅师》59/37037 ｜徐敏子《呈痴绝庵主颂》54/33790

李义山

《毛竹》59/37038 ｜唐李商隐《武夷山》16/6190

姜应龙

《题湘湖》59/37050 ｜朱升之《相湖》72/45340

吴惟信

《赠隐者》59/37067 ｜蔡槃《赠江湖隐者》72/45692

《寄倪升之》59/37074 ｜蔡槃《雪中怀祝声之》72/45690

《竹》其一 59/37080 ｜蔡槃《竹》72/45689

《古寺》其二 59/37085 ｜吴惟信《废寺》59/37085 ｜蔡槃《游古寺》72/45689

姚镛

《怀云泉颐山老》59/37091 ｜ 冯去非《怀颐山老》63/39735

《北高峰》59/37096 ｜ 徐集孙《北高峰》64/40338

张侃

《有作》59/37164 ｜ 冯山《有作》13/8628

《偶成》59/37164 ｜ 冯山《偶成》13/8647

马宋英

《至钱塘净慈寺写古松于壁因题》59/37167 ｜ 建炎民谣《讥刘豫》34/21334

赵东师

《题姚雪蓬骑牛小照》59/37170 ｜ 赵时习《题姚雪蓬骑牛像》54/33635

徐经孙

《赠曾司户》59/37181 ｜ 徐鹿卿《赠曾司户》59/36938

《和黎丞梅关岭》59/37182 ｜ 徐鹿卿《和黎丞梅关岭》59/36939

《丙戌新春偶成》59/37182 ｜ 徐鹿卿《丙戌年新春偶成》59/36940

《小英石峰》59/37182 ｜ 徐鹿卿《小英石峰》59/36941

《送太庾黎丞》59/37182 ｜ 徐鹿卿《送太庾黎丞》其二 59/36941

《月夜赴郡会归鞭转不成寐触事感怀》59/37182 ｜ 徐鹿卿《月夜赴郡会归辗转不成寐触事感怀口占四古句》其一 59/36943

《杂兴》59/37182 ｜ 徐鹿卿《杂兴》其二 59/36943

《梅花》59/37183 ｜ 邹登龙《梅花》56/35021

严羽

《秋风入我户》59/37203 ｜ 徐宝之《秋风入我户》60/37913

《塗山操》59/37206 ｜ 元代严丹丘《涂山操》68/189

严参

《梅》59/37216 ｜ 张榮《早梅》其二 72/45207

《瓶梅》59/37216 ｜ 杨万里《昌英知县叔作岁坐上赋瓶里梅花时坐上九人七首》其五 42/26128

《落梅》59/37216 ｜杨万里《和罗巨济山居十咏》其五 42/26125

上官良史

《泊舟有怀》59/37217 ｜良史伟长《泊舟有怀》72/45411

林希逸

《夜坐偶成》59/37259 ｜林希逸《夜坐偶成》59/37278

《近闻诸山例关堂石门老偶煮黄精以诗为寄次韵以戏之》59/37364 ｜李弥逊《近闻诸山例关堂石门老偶煮黄精以诗为寄次韵以戏之》30/19328

《止戈堂》59/37364 ｜李弥逊《寄题福州程进道止戈堂二首》30/19297

赵崇渊

《过杨子桥》59/37376 ｜赵葵《竹》其一 57/36006

陈琰

《登法华台》59/37384 ｜陈琰《登法华台》66/41296

彭耜

《妃嫔》59/37387 ｜刘克庄《宫词四首》其二 58/36147

《知州》其一 59/37387 ｜刘克庄《送权郡詹通判》58/36245

《知州》其二 59/37387 ｜刘克庄《送洪使君》58/36245

《知州》其三 59/37388 ｜刘克庄《答惠州曾使君韵二首》其一 58/36250

《知州》其四 59/37388 ｜刘克庄《和叶尚书解印二首》其一 58/36251

《知州》其五 59/37388 ｜刘克庄《和叶尚书解印二首》其二 58/36251

《知州》其六 59/37388 ｜刘克庄《送真舍人帅江西八首》其二 58/36152

《知州》其七 59/37388 ｜刘克庄《送真舍人帅江西八首》其五 58/36153

《幕职》59/37388 ｜刘克庄《辞桂帅辟书作》58/36183

《知县》59/37388 ｜刘克庄《送郑君瑞知闽清》58/36185

《将帅》59/37388 ｜刘克庄《老将一首》58/36151

《第宅》59/37389 ｜刘克庄《方寺丞新第二首》58/36157

《楼》59/37389 ｜刘克庄《诗境楼观月》58/36193

《句》其二 59/37389 ｜刘克庄《答友生》58/36141

严粲

《未开梅》59/37402 ｜刘克庄《未开梅》58/36749

李龏

《绯桃》其二 59/37412 ｜王庭珪《绯桃》25/16876 ｜曾季貍《桃花》38/24245 ｜施清臣《绯桃》62/39026

《遣兴三首》59/37417 ｜吴汝弌《遣兴》63/39499

《倚栏》59/37430 ｜周弼《天津桥》60/37756

《山崦早梅》59/37432 ｜周弼《山崦早梅》60/37768

《采莲曲》59/37476 ｜俞桂《采莲曲》其四 62/39056

毛珝

《庐山栖贤寺》59/37479 ｜邓林《庐山栖贤寺》67/42042

《溢江》59/37487 ｜邓林《溢江》67/42042

《西兴寄呈》59/37490 ｜施枢《西兴寄呈东畎先生》62/39110

第六十册

白玉蟾

《靖通庵》60/37523 ｜江万里《龙虎山》61/38123

《蓝琴士赠梅竹酬以诗》60/37528 ｜白玉蟾《琴》60/37681

《奏章归》60/37528 ｜白玉蟾《步虚》60/37680

《行路难寄紫元》60/37572 ｜范成大《行路难》41/25747

《雪晴二首》60/37596 ｜朱淑真《雪晴二首》28/18000

《春晚行乐》其四 60/37599 ｜向敏中《春暮》其二 1/593

《晓巡北圃七绝》其三 60/37602 ｜向敏中《春暮》其三 1/593

《江亭夜坐》60/37602 ｜白玉蟾《诗一首》60/37684

《华阳吟》其一三 60/37606 ｜陈楠《金丹诗诀》其八九 28/18302

《华阳吟》其一七 60/37606 ｜白玉蟾《洞虚堂》60/37618

《冥鸿阁即事》其三 60/37617 | 潘纺《瑞香》其二 62/39207

《安仁县问宿》60/37618 | 吕本中《暮雨》28/18256

《红梅》其二 60/37626 | 林季仲《秉烛照红梅再次前韵即席》31/19969

《龙井》60/37679 | 王安石《龙泉寺石井二首》其一 10/6730 | 陈辅《山居》其二 10/6793 | 文天祥《题古磵》68/43120

《初夏》60/37681 | 贺铸《雨晴西郊寓目》19/12558

《立春》60/37681 | 白玉蟾《元旦在鹤林偶作》60/37621

《燕》60/37681 | 贺铸《和田录事新燕》19/12559

《雁阵》60/37681 | 白玉蟾《归雁亭》60/37681

《飞云顶》60/37682 | 葛某《飞云顶》72/45504

释心月

《偈颂一百五十首》其四 60/37688 | 释守端《偈七首》其二 11/7359

《偈颂一百五十首》其一一五 60/37697 | 释宗杲《偈颂一百六十首》其九九 30/19371 | 释咸杰《偈颂六十五首》其四二 38/23588

《偈颂一百五十首》其一四五 60/37700 | 释坚璧《偈颂二十一首》其二一 38/23853

《过河尊者赞》60/37719 | 释心月《颂古二十一首》其九 60/37732

周弼

《黄鹤楼歌》60/37735 | 夏竦《黄鹤楼歌》3/1769

《吴王试剑石》60/37738 | 胡仲参《吴王试剑石》63/39853

《病起幽园检校》60/37746 | 曾由基《病起幽园检校》57/36082

《天申宫苏文忠画像》60/37749 | 黄文雷《偕周伯弜题天申宫苏文忠公画像》65/41087

《天津桥》60/37756 | 李龏《倚栏》59/37430

《送曲江友人南归》60/37766 | 姜夔《有送》51/32061

《山崦早梅》60/37768 | 李龏《山崦早梅》59/37432

《久客思归感兴》60/37771 | 释斯植《思归感兴》63/39326

《鄱阳湖四十韵》60/37772 | 刘弇《鄱阳湖四十韵》18/12004

《题湖上壁》60/37772 ｜周紫芝《寒食前五日作二绝》其二 26/17255

赵汝唫

《别朱子大苏名叟》60/37846 ｜赵蕃《别朱子大苏召叟昆仲》49/30729

《朝山》60/37847 ｜唐代储嗣宗《和茅山高拾遗忆山中杂题五首·胡山》18/6883

朱承祖

《鹤林寺次岳侍郎韵》60/37853 ｜朱省斋《鹤林寺竹院》72/45481

吴潜

《宁川道中》60/37858 ｜潘献可《宁川道中》70/44451

《幽居》60/37859 ｜潘献可《端居》70/44451

《送何锡汝》60/37859 ｜吴复斋《送何推官》72/45633

《陆宣公祠》60/37862 ｜李曾伯《题宣公祠》62/38767

《舟檥娥祠敬留二绝》其一 60/37890 ｜元代吴观《过孝庙感古》67/196

《舟檥娥祠敬留二绝》其二 60/37890 ｜元代吴观《渡曹江》67/196

《送林明府》60/37894 ｜吴柔胜《送林明府》51/31975

《邳州》60/37895 ｜元代贡奎《邳州》23/169

《通州道中》60/37895 ｜元代贡奎《通州道中》23/167

《句》其三 60/37896 ｜易士达《句》其二 72/45248

赵希迈

《白鹤关》60/37897 ｜赵端行《白鹤关》45/27856

李涛

《杂诗十首（其一其二其三其四）》60/37907 ｜李涛《杂诗四首》1/8

徐宝之

《寄潘子善》60/37912 ｜刘宰《寄潘子善上舍》53/33375

《秋风入我户》60/37913 ｜严羽《秋风入我户》59/37203

洪梦炎

《高斋桂窟》60/37914 ｜洪扬祖《高斋桂窟》62/39029

罗大经

《黄绵襖》60/37921 ｜何颉之《黄绵襖绝句》20/13497

《陪桂林伯赵季仁游桂林暗洞列炬数百随以鼓吹市人从之者以千计巳而入申而出入自曾公岩出于栖霞洞入若深夜出乃白昼恍如隔宿异世季仁索余赋诗纪之》60/37923 ｜唐代无名氏《纪游东观山（山在桂林府城外三里)》22/8869

马光祖

《青溪》60/37935 ｜马之纯《青溪二首》其一 49/30970

《汝南湾》60/37935 ｜马之纯《汝南湾》49/30972

葛绍体

《游本觉寺》60/37957 ｜李弥逊《次韵舍弟游本觉寺》30/19271

萧元之

《还西里所居》60/37986 ｜陈必复《还西里所居》65/41099

陈埙

《句》60/37988 ｜王居安《句》其二 51/32214

陈柏

《盛雪巢》60/37990 ｜林宪《寓天台水南四首》其四 37/23094

刘屋

《玉树谣》60/37992 ｜赵汝淳《玉树谣》55/34449

王柏

《野兴》60/38007 ｜唐代殷尧藩《寄许浑秀才》15/5565

《自述》60/38008 ｜唐代殷尧藩《过友人幽居》15/5563

《过故家有感》60/38008 ｜唐代殷尧藩《陆丞相故宅》15/5565

《晚兴》60/38009 ｜唐代殷尧藩《奉送刘使君王屋山隐居》15/5566

《题定武兰亭副本》60/38014 ｜何基《题定武兰亭副本》59/36839

《韦轩游山遇雨》60/38043 ｜唐代殷尧藩《游山南寺二首》之二 15/5575

《秋兴》其二 60/38044 ｜唐代殷尧藩《经靖安里》15/5576

《湖上》其二 60/38044 ｜唐代殷尧藩《夜过洞庭》15/5575

赵崇嶓

《拟人生不满百》60/38073 ｜无名氏《拟人生不满百》72/45372

《除日万州临江亭》60/38082 ｜张俞《邛州青霞嶂·题西山临江亭》7/4718 ｜张俞《除日万州临江亭》7/4716

史嵩之

《雪后》60/37915 ｜史浩《雪消得寒字》35/22142

《宴琼林苑》60/37915 ｜史浩《和九日赐宴琼林苑》35/22155

第六十一册

释了惠

《维摩赞》61/38114 ｜释如琰《颂古五首》其一 50/31350

江万里

《龙虎山》61/38123 ｜白玉蟾《靖通庵》60/37523

江鈇

《隋堤柳》61/38150 ｜唐代江为《隋堤柳》21/8448

叶茵

《鲈乡道院》61/38208 ｜胡仲弓《耕田》63/39832

《风雨》61/38224 ｜宋祁《风雨》4/2353

《村居》61/38225 ｜张炜《题村居》其二 32/20335

《菊》61/38247 ｜宋祁《咏菊》4/2427

郑起

《卜居》61/38253 ｜曹勋《卜居》33/21229

《寄题梵才大士台州安隐堂》61/38261 ｜梅尧臣《寄题梵才大士台州安隐堂》5/2808

《寄题杭州广法善堂》61/38261 ｜梅尧臣《寄题杭州广公法喜堂》5/3053

《题画兰》61/38261 ｜郑思肖《墨兰图》69/43450

《句》61/38261 ｜郭震《莲花》1/305

方岳

《暑中杂兴》61/38285 ｜胡仲弓《暑中杂兴》63/39836

《答惠楮衾》61/38296 ｜谢枋得《谢惠楮衾》66/41402

《李监饷四物各以一绝答之·甘蔗》61/38298 ｜苏轼《甘蔗》14/9634

《次韵姚监丞斫鲙》61/38299 ｜卓田《和姚监丞斫鲙》55/34437

《探梅》61/38341 ｜戴复古《灵洲梅花》54/33581

《以越笺与三四弟有诗次韵》61/38355 ｜王洋《以越笺与三四弟有诗次韵》30/19015

《雪后》61/38360 ｜曹勋《雪后》33/21229

《雨花台》61/38365 ｜梁栋《雨花台》69/43631

《凤凰台》61/38365 ｜梁栋《凤凰台》69/43631

《白鹭亭》61/38365 ｜梁栋《白鹭亭》69/43631

《次韵陈料院（其三其四）》61/38365 ｜方岳《次韵（其一其二）》61/38394

《僧至》61/38369 ｜方岳《是夕雨再用韵》61/38391

《陪汪少卿游紫阳次梁倅韵》61/38372 ｜方岳《陪汪少卿游紫阳次梁倅韵》61/38399

《立春》其一 61/38374 ｜曹勋《立春》33/21228

《春日杂兴（15首）》61/38379 ｜胡仲弓《春日杂兴（15首）》63/39826

《春日杂兴》其一四 61/38381 ｜曹勋《中秋雨过月出》其二 33/21228 ｜胡仲弓《春日杂兴》其一四 63/39828

《山中（其一其三）》61/38381 ｜曹勋《山中二首》33/21228

《茧窝》61/38384 ｜曹勋《茧窝》33/21230

《赵尉送菜》其一 61/38387 ｜曹勋《赵周卿送菜》33/21230

《次韵》61/38406 ｜方岳《海棠落尽次谢司法韵》其二 61/38485

《杂兴》其一 61/38434 ｜胡仲弓《杂兴（其一其二）》63/39815

《杂兴》其二 61/38434 ｜胡仲弓《杂兴》其三 63/39815

《和放翁社日四首·社牲》61/38435 ｜ 汪元量《社牲》70/44045

《春暮》61/38445 ｜ 方岳《春暮（人生会有百年极）》61/38485

《隔墙梅》61/38490 ｜ 方蒙仲《隔墙梅》64/40066

《萱》61/38491 ｜ 刘克庄《记小圃花果二十首》其二 58/36605

《杏》61/38491 ｜ 刘克庄《记小圃花果二十首》其一七 58/36606

《月岩》61/38492 ｜ 陈天瑞《月岩》68/42907

赵宰父

《句》61/38493 ｜ 赵师秀《薛氏瓜庐》54/33845

释普度

《偈颂一百二十三首》其二九 61/38504 ｜ 释普宁《偈颂四十一首》其三七 65/40644

《偈颂一百二十三首》其六二 61/38507 ｜ 释慧南《偈二首》其一 5/3351

《偈颂一百二十三首》其一二三 61/38512 ｜ 唐代史青《应诏赋得除夜》4/1172 ｜ 唐代王諲《除夜》4/1471

释智朋

《偈颂一百六十九首·白首儒生困路歧》61/38534 ｜ 释慧空《书觉待者空寂会铭后》32/20640

《鱼篮观音赞》61/38538 ｜ 释朋《咏鱼篮观音》72/45526

杨栋

《游大涤栖真洞》61/38598 ｜ 章桂发《游栖真洞归舟带月泊市桥》72/45411

赵孟淳

《句》61/38602 ｜ 赵崇滋《句》其三 59/36804

释绍嵩

《题净众壶隐》61/38619 ｜ 张炜《题净众壶隐》32/20326

《散策》其二 61/38648 ｜ 郑獬《采江》10/6880

《游张园观海棠戏作》61/38657 ｜ 释永颐《游张园观海棠戏作》57/36001

《游西湖》61/38660 ｜ 释德洪《送讷上人游西湖》23/15101

赵孟坚

《江楼迟客》61/38677 ｜张方平《江楼迟客》6/3858

第六十二册

李曾伯

《题宣公祠》62/38767 ｜吴潜《陆宣公祠》60/37862

黄载

《晚泊》62/38801 ｜黄伯厚《泊舟》19/12987

王学可

《题苏端明书乳泉赋后》62/38804 ｜王亚夫《题苏子瞻书天庆观乳泉赋帖》64/40360

王谌

《张守送酒次敬字韵作诗谢之游北山》62/38806 ｜陈造《游北山》45/28021

《寄王仲衡尚书》62/38813 ｜陈造《寄王仲衡尚书》45/28136

《苕溪舟次》62/38816 ｜释斯植《苕溪舟次》63/39331

《嘉熙戊戌季春一日画溪吟客王子信为业愚诗禅上人作渔父词七首》62/38816 ｜薛嵎《渔父词七首》63/39899

曾原一

《作歌咏苏云卿》62/38827 ｜元代曾原一《题苏先生祠》66/149

《题贤女祠》62/38828 ｜元代曾原一《题贤女祠》66/149

《题瘦马歌》62/38828 ｜元代曾原一《题瘦马歌》66/150

《句》62/38828 ｜曾幾《海棠》29/18597

宋自逊

《东湖看荷花呈愿父》62/38833 ｜戴复古《东湖看花呈宋原父》54/33605

赵汝腾

《食梅》62/38874 ｜沈说《食梅》56/35189

《秋词》62/38895 ｜沈说《秋词》56/35189

《句》其一 62/38895 ｜陈棣《先春赋梅一首》35/22016

释妙伦

《偈颂八十五首》其一三 62/38897 ｜释法泉《偈七首》其二 9/6303

《偈颂八十五首》其二五 62/38898 ｜叶绍翁《烟村》56/35136

赵希逢

《九日舟中》62/38922 ｜赵希逢《和浦城买舟》其一 62/38932

《江楼》62/38922 ｜赵希逢《和登楼晚望》其二 62/38944

《和桃花》其三 62/38931 ｜华岳《桃花》55/34420

《和花村》62/38937 ｜赵逢《和华安仁花村二首》18/12395

林尚仁

《余种竹方成扁其室曰竹所友人以诗至用其韵》62/38986 ｜徐集孙《余种竹方成扁其室曰竹所友人以诗至用其韵》64/40346

释惟一

《颂古三十六首》其二 62/39013 ｜苏轼《赠刘景文》14/9433

施清臣

《绯桃》62/39026 ｜王庭珪《绯桃》25/16876 ｜曾季貍《桃花》38/24245 ｜李龏《绯桃》其二 59/37412

《牵牛花》62/39026 ｜王庭珪《牵牛》25/16876

《夜蛾儿》62/39027 ｜王庭珪《夜蛾儿》25/16876

洪扬祖

《高斋桂窟》62/39029 ｜洪梦炎《高斋桂窟》60/37914

俞桂

《裴坟》62/39041 ｜周端臣《裴坟》53/32961

《秋千》62/39044 ｜张炜《鞦韆》其一 32/20332

《采莲曲》其一 62/39055 ｜徐集孙《采莲曲》64/40344

《采莲曲》其二 62/39055 ｜邹登龙《采莲曲》56/35016

《采莲曲》其四 62/39056　｜李夔《采莲曲》59/37476

《采莲曲（其六其七）》62/39056　｜张至龙《采莲曲（其一其二)》62/39087

《香林洞》62/39056　｜董嗣杲《香林》68/42704

《石笋峰》62/39056　｜董嗣杲《石笋峰》68/42702

朱继芳

《闲观》62/39081　｜释斯植《观化》63/39337

《次韵胡仲方因杨伯子见寄》62/39082　｜姜夔《次韵胡仲方因杨伯子见寄》51/32041

张至龙

《采莲曲（其一其二）》62/39087　｜俞桂《采莲曲（其六其七)》62/39056

施枢

《所见》62/39100　｜史卫卿《所见》69/43273

《西兴寄呈东畎先生》62/39110　｜毛玨《西兴寄呈》59/37490

《双路》62/39115　｜刘学箕《双路》53/32950

《宝际窗前睡香》62/39115　｜刘学箕《宝际窗前睡香》53/32951

《石桥楼待》62/39115　｜刘学箕《石桥楼待》53/32951

《闻寺中晓鼓》62/39115　｜刘学箕《闻寺中晓鼓》53/32951

《跨水道间》62/39115　｜刘学箕《跨水道间》53/32951

《岷山铺》62/39115　｜刘学箕《岷山铺》53/32951

《杏塘》62/39116　｜刘学箕《杏塘》53/32951

《四安梵惠藏殿》62/39116　｜刘学箕《四安焚惠藏殿》53/32951

《上司谏曹先生》62/39116　｜刘学箕《上司谏曹先生》53/32952

《池萍》62/39116　｜刘学箕《池萍》53/32952

《和陆明叟》62/39117　｜刘学箕《和陆明叟》53/32952

《夜窗听雨》62/39117　｜刘学箕《夜窗听雨》53/32952

《破榴》62/39117　｜刘学箕《破榴》53/32952

《登应天塔》62/39118　｜刘学箕《登应天塔》53/32953

《鳗井》62/39118 │刘学箕《鳗井》53/32953

《大能仁寺》62/39118 │刘学箕《大能仁寺》53/32953

《留滞》62/39118 │刘学箕《留滞》53/32954

《晓寒》62/39118 │刘学箕《晓寒》53/32954

《晚思》62/39118 │刘学箕《晚思》53/32954

《用明叟韵并寓山行未成之意》62/39119 │刘学箕《用明叟韵并寓山行未成之意》53/32954

《苦雨》62/39119 │刘学箕《苦雨》53/32954

《雨中用雪坡韵》62/39119 │刘学箕《雨中用雪坡韵》53/32954

《雪坡以雨阻山行有诗因以次韵》62/39119 │刘学箕《雪坡以雨阻山行有诗用以次韵》53/32954

《月丹》62/39119 │刘学箕《月丹》53/32954

《禹庙》62/39119 │刘学箕《禹庙》53/32954

《镜湖一曲》62/39119 │刘学箕《镜湖一曲》53/32954

《用雪坡春色韵》62/39120 │刘学箕《用雪坡春色韵》53/32954

《用梅溪镜湖韵》62/39120 │刘学箕《用梅溪镜湖韵》53/32955

《天基瑞应宫》62/39120 │刘学箕《天基瑞应宫》53/32955

《送东蒲张应发归永嘉》62/39120 │刘学箕《送东蒲张应发归永嘉》53/32955

《碧桃》62/39120 │刘学箕《碧桃》53/32955

《一春屡有阳明之约雨辄尼之将旋幕侍外舅来游解后二羽衣一能参上道一能知天丹竟日留话喜赋二解时清明日也》62/39121 │刘学箕《一春屡有阳明之约雨辄尼之将旋幙侍外舅来游邂逅二羽衣一能参上道一能知天丹竟日留话喜赋二解时清明日也》53/32955

《道间见桃李花》62/39121 │刘学箕《道间见桃李花》53/32956

《祇园寺许询旧宅有戚公水》62/39122 │刘学箕《古寺》53/32956

《奉和龟翁送别》62/39122 │刘学箕《奉和龟翁送别》53/32956

《萧山望城中遗漏》62/39122 │刘学箕《萧山望城中遗漏》53/32956 │胡仲

参《萧山望城中遗》63/39853

《唤渡旋幕》62/39122 ｜ 刘学箕《唤渡旋幙》53/32956

《句》62/39123 ｜ 云隐《句》其一 72/45268

潘牥

《梅花》其四 62/39206 ｜ 彭蠡《梅开一花》50/31060

《瑞香》其二 62/39207 ｜ 白玉蟾《冥鸿阁即事》其三 60/37617

《雷鸣不雨》62/39208 ｜ 刘克庄《七月九日二首》58/36191

《登岭》其二 62/39209 ｜ 刘克庄《黄罴岭》58/36207

《江舍》62/39210 ｜ 戴复古《题新塗何宏甫江村》54/33521

张榘

《送姚提干行》62/39226 ｜ 郑清之《送姚提干行》55/34629

《登苏台用袁宪韵赠两赵提干》62/39231 ｜ 敖陶孙《登苏台用袁宪韵赠两赵提干》51/31883

《秦淮》62/39233 ｜ 周文璞《跋钟山赋二首》其二 54/33733

宋理宗

《题夏珪夜潮风景图》62/39244 ｜ 苏轼《八月十五日看潮五绝》其一 14/9182

《偈颂》62/39244 ｜ 宋孝宗《赐灵隐住持德光》43/26867

《和灵隐长老颂》62/39244 ｜ 宋孝宗《又赐颂》43/26867

张道洽

《岭梅》62/39255 ｜ 元代张道洽《岭梅》66/83

《千叶梅》62/39255 ｜ 元代张道洽《千叶梅》66/83

《照水梅》62/39255 ｜ 元代张道洽《照水梅》66/83

《瓶梅》62/39255 ｜ 元代张道洽《瓶梅》其一 66/84

《寻梅》62/39255 ｜ 元代张道洽《寻梅》其二 66/84

《墨梅》62/39256 ｜ 林季仲《墨梅》31/19967

李伯玉

《雪后》62/39263 ｜ 李之纯《雪后》15/10215 ｜ 金代李纯甫《雪后》3/157

严嘉谋

《赠医者川郭》62/39269 ｜ 刘克庄《赠川郭》58/36138

李迪

《萍》62/39273 ｜ 李觏《萍》7/4315

第六十三册

释可湘

《偈颂一百零九首》其六七 63/39306 ｜ 释梵思《颂古九首》其八 29/18476 ｜ 唐代东方虬《春雪》4/1075

释斯植

《思归感兴》63/39326 ｜ 周弼《久客思归感兴》60/37771

《苕溪舟次》63/39331 ｜ 王谌《苕溪舟次》62/38816

《观化》63/39337 ｜ 朱继芳《闲观》62/39081

《和子履雍家园诗》63/39341 ｜ 欧阳修《和子履游泗上雍家园》6/3804 ｜ 苏舜钦《和子履雍家园》6/3911

《送李容甫归北都》63/39341 ｜ 李昭玘《送李容甫归北都》22/14628

翁逢龙

《天津桥》63/39358 ｜ 石逢龙《天津桥》72/45273

《过齐山人居》63/39359 ｜ 石逢龙《过齐山人居》72/45273

《官满借居》63/39359 ｜ 石逢龙《官满借居》72/45274

《曹娥庙》63/39359 ｜ 元代翁逢龙《题孝庙二首》之一 67/193

《曹娥墓》63/39359 ｜ 元代翁逢龙《题孝庙二首》之二 67/193

《句》63/39360 ｜ 陈与义《以石龟子施觉心长老》31/19485

唐康

《潮阳尉郑太玉梦至泉侧饮之甚甘明日得之东山上作梦泉记令余作诗为赋此篇》63/39362 ｜ 唐庚《梦泉》23/14995

刘申

《句》63/39362 ｜刘甲《句》其二 48/30338

蒋廷玉

《叶梦麟往惟扬》63/39401 ｜薛廷玉《扬州送别》72/45327

刘次春

《凤凰台》63/39409 ｜刘汝春《凤凰台》67/42315

张志道

《西湖怀古》63/39410 ｜明代张以宁《钱塘怀古》

陈仁玉

《游洞霄》63/39414 ｜陈德翁《大涤洞天留题》72/45448

吴汝弌

《遣兴》63/39499 ｜李龏《遣兴三首》59/37417

释文珦

《题听松亭》63/39514 ｜释文珦《听松》63/39687

《古意（其一其二其三）》63/39520 ｜章云心《古意十四首（其八其十三其十四）》72/45439

《效陶四首用葛秋岩韵》其三 63/39543 ｜释文珦《效陶秋岩韵》63/39695

《访山家》63/39579 ｜释文珦《访山家》63/39693

《泽国幽居夏日杂题》其二 63/39589 ｜释文珦《端居》63/39689

《竹居》63/39598 ｜释文珦《竹居》63/39692

《荒径》其一 63/39625 ｜释文珦《荒径》63/39680

《荒径》其二 63/39625 ｜释文珦《幽径》63/39680

《奉酬盐仓李丈金橘银鱼之什》63/39635 ｜林亦之《奉酬监仓李丈金橘银鱼之什》47/28994

《子思惠诗用韵酬之》63/39635 ｜陈藻《子畏惠诗用韵酬之》50/31333

《晚泊》63/39646 ｜释文珦《江上》其一 63/39684

《法宝琏师求竹轩》63/39657 ｜陆游《法宝琏师求竹轩诗》39/24265

《春晓寻山家》63/39661 ｜释文珦《春晓寻山家》63/39693

《静处》63/39669 ｜释文珦《静处》63/39691

《赠云英院》63/39673 ｜唐代杜荀鹤《秋宿诗僧云英房因赠》20/7942

赵希梼

《句》其二 63/39702 ｜赵东山《句》70/44443

郑觉民

《游虎丘》63/39708 ｜元代郑觉民《和范文正公题虎丘》41/324

张汝锴

《题象鼻岩》63/39711 ｜张元仲《象鼻岩》22/14342

利登

《秋步述所见》63/39723 ｜史卫卿《秋步述所见》69/43272

吴势卿

《寿丞相（其一其二其三）》63/39729 ｜刘子寰《寿周丞相益公（其三其四其五）》59/36807

《风月之楼落成》63/39732 ｜冯取洽《自题交游风月楼》59/36816 ｜冯艾子《风月楼》72/45215

冯去非

《怀颐山老》63/39735 ｜姚镛《怀云泉颐山老》59/37091

《鹤山居靖》63/39735 ｜陈与义《山居》31/19585

胡仲弓

《梦黄吉甫》63/39739 ｜王安石《梦黄吉甫》10/6484

《寄懒庵》63/39748 ｜胡仲参《寄懒庵》63/39850 ｜刘学箕《寄静庵》53/32948

《赠悟上人》63/39762 ｜赵汝鐩《赠悟上人》55/34229

《寄梅臞》63/39777 ｜胡仲参《寄梅臞》63/39852

《寄黄云心》63/39777 ｜胡仲参《寄黄云心》63/39847

《杂兴（其一其二）》63/39815 ｜方岳《杂兴》其一 61/38434

《杂兴》其三 63/39815｜方岳《杂兴》其二 61/38434

《春日杂兴（15 首)》63/39826｜方岳《春日杂兴（15 首)》61/38379

《春日杂兴》其一四 63/39828｜曹勋《中秋雨过月出》其二 33/21228｜方岳《春日杂兴》其一四 61/38381

《郊行同张宰》63/39829｜赵汝鐩《郊行同张宰》55/34248

《耕田》63/39832｜叶茵《鲈乡道院》61/38208

《暑中杂兴（八首)》63/39836｜方岳《暑中杂兴》61/38285

胡仲参

《寄黄云心》63/39847｜胡仲弓《寄黄云心》63/39777

《寄懒庵》63/39850｜刘学箕《寄静庵》53/32948｜胡仲弓《寄懒庵》63/39748

《和性之见寄韵》63/39851｜刘学箕《和韵》53/32948

《寄梅臞》63/39852｜胡仲弓《寄梅臞》63/39777

《萧山望城中遗》63/39853｜刘学箕《萧山望城中遗漏》53/32956｜施枢《萧山望城中遗漏》62/39122

《吴王试剑石》63/39853｜周弼《吴王试剑石》60/37738

盛世忠

盛世忠 63/39855｜盛世忠 59/36827

《胡苇航寄古剑》63/39855｜盛世忠《胡苇航寄古剑》59/36827

《柴门》63/39855｜盛世忠《柴门》59/36827

《刘常簿席上》63/39855｜盛世忠《刘常簿席上》59/36827

《观棋》63/39856｜盛世忠《观棋》59/36827

《送吕东山之清漳》63/39856｜盛世忠《送吕东山之清漳》59/36828

《寄藏叟僧善珍》63/39856｜盛世忠《寄藏叟僧善珍》59/36828

《生涯诗》63/39856｜盛世忠《生涯诗》59/36828

《简贾户部》63/39856｜盛世忠《简贾户部》59/36828

《病起书院偶成》63/39856｜盛世忠《病起书院偶成》59/36828

《秦竹溪校书清漳未回》63/39857 ｜盛世忠《秦竹溪校书清漳未回》59/36829

《今是行呈刘以道》63/39857 ｜盛世忠《今是行呈刘以道》59/36829

《塞上闻角》63/39857 ｜盛世忠《塞上闻角》59/36829

《倦妆图》63/39857 ｜盛世忠《倦妆图》59/36829

《懒读书》63/39857 ｜盛世忠《懒读书》59/36829

《王昭君》63/39857 ｜盛世忠《王昭君》59/36829

叶采

《书事》63/39858 ｜周敦颐《暮春即事》8/5066

方岳

《感旧》63/39861 ｜米芾《从天竺归隐溪之南冈诗》18/12286

薛嵎

《渔父词七首》63/39899 ｜王谌《嘉熙戊戌季春一日画溪吟客王子信为亚愚诗禅上人作渔父词七首》62/38816

第六十四册

柴望

《白云庄四首·晚望台》64/39915 ｜赵抃《次韵毛维瞻白云庄三咏·眺望台》6/4206

潘玙

《蒼卜花》64/39918 ｜潘郑台《蒼卜花》72/45265

厉文翁

《无题》64/39933 ｜傅文翁《小孤山》72/45560

陈羽

《宿淮阴县作》64/39935 ｜唐代陈羽《宿淮阴县作》11/3897

《城下闻夷歌》64/39935 ｜唐代陈羽《犍为城下夜泊闻夷歌》11/3893

《梓州与温商夜别》64/39935 ｜唐代陈羽《梓州与温商夜别》11/3890

《广陵秋夜月》64/39935 ｜唐代陈羽《广陵秋夜对月即事》11/3895

《春暖》64/39936 ｜唐代陈羽《春日晴原野望》11/3889

《隐居》64/39936 ｜唐代陈羽《句》11/3897

《姑苏台览古》64/39936 ｜唐代陈羽《姑苏台览古》11/3894

《吴城览古》64/39936 ｜唐代陈羽《吴城览古》11/3892

《句》64/39936 ｜唐代陈羽《宴杨附马山亭》11/3891

家铉翁

《和唐寿隆上元三首》64/39953 ｜胡寅《和唐寿隆上元五首（其一其三其五)》33/20970

贾似道

《论真红色》64/39971 ｜贾似道《纯红》64/39976

《论真黑色》64/39972 ｜贾似道《黑青》64/39974

《乌麻》64/39977 ｜贾似道《乌麻头》64/39978

《梅花》其二 64/39985 ｜贾似道《天竺山行》64/39987

曹邍

《南徐怀古呈吴履斋》64/39993 ｜曾邍《边景》72/45435

顾逢

《赠僧》64/40000 ｜唐代罗邺《赠僧》19/7530

《二色芙蓉花》64/40019 ｜姜特立《二色芙蓉花》38/24209

方蒙仲

《咏西岭梅花》64/40065 ｜陈与义《咏西岭梅花》31/19523

《隔墙梅》64/40066 ｜方岳《隔墙梅》61/38490

王义山

《古意二首》其一 64/40077 ｜王实《古意》20/13446

《王母祝语·蔷薇花诗》64/40096 ｜韩琦《锦被堆二阕》其一 6/3999 ｜魏野《蔷薇》2/968

陈著

《新正过沙堤》64/40168 ｜明代陈献章《新年》其三

《至直学士院樊伯拶家》64/40168 ｜明代陈献章《至陈冕家》

《次韵答樊伯拶》64/40168 ｜明代陈献章《寄容一之》

《闻樊桂卿初归自镜湖寄之》64/40179 ｜明代陈献章《闻林缉熙初归自平湖寄之》

《樊学士送菊次韵答之》64/40180 ｜明代陈献章《吴明府送菊次韵答之》

《答直学士院见访》64/40189 ｜明代陈献章《答梅绣衣见访》

《次韵答樊伯拶见拉钓》64/40189 ｜明代陈献章《次韵答伯饶见拉出钓》

《东隐退永固龄叟留之慈云西堂》64/40217 ｜陈著《闻丹山主僧德周欲退慈云主僧龄叟留此作》64/40257

《次弟观与雪航韵》64/40225 ｜陈著《次韵前人似前人》64/40257

徐集孙

《北高峰》64/40338 ｜姚镛《北高峰》59/37096

《采莲曲》64/40344 ｜俞桂《采莲曲》其一 62/39055

《孤山访郑渭滨不值》64/40346 ｜邓林《孤山访郑渭滨不值》67/42043

《本心参政约游西山分韵得顶字》64/40346 ｜牟巘《文本心参政约游西山分韵得顶字》67/41921

《余种竹方成扁其室曰竹所友人以诗至用其韵》64/40346 ｜林尚仁《余种竹方成扁其室曰竹所友人以诗至用其韵》62/38986

张显

《军山》64/40351 ｜张扩《君山》24/16053

章采

《武昌江汉亭忆南轩》64/40356 ｜章云心《武昌江汉亭》72/45438

章粲

《重阳后送谨常兄之符离》64/40360 ｜陈渊《重阳后送谨常兄之符离》28/18327

王亚夫

《题苏子瞻书天庆观乳泉赋帖》64/40360 ｜王学可《题苏端明书乳泉赋后》

62/38804

韩似山

《聚八仙花歌赠江淮肥遁子》64/40391 ｜徐积《琼花歌》11/7562

林洪

《宫词》64/40392 ｜唐代王建《宫词》10/3445

《春宫》64/40393 ｜林龙远《宫词》72/45215

《冷泉》64/40394 ｜林積《冷泉》18/11775

吴锡畴

《悼鹤》64/40410 ｜赵戣《悼鹤》59/36825

《蓝溪道中》64/40414 ｜赵戣《蓝溪道中》59/36825

车若水

《江湖伟观》64/40426 ｜苏轼《西湖寿星院明远堂》14/9630

王庭

《明堂侍祠十绝》64/40428 ｜杨简《明堂侍祠十绝》48/30101

《明堂侍祠十绝（其四其五）》64/40428 ｜王庭珪《明堂侍祠诗》25/16877 ｜杨简《明堂侍祠十绝（其四其五）》48/30102

姚勉

《花障》64/40432 ｜姚中一《花障》72/45374

第六十五册

许月卿

《次韵朱塘三首》其二 65/40550 ｜曹勋《三月二首》其二 33/21227

《辞贾徽州二首》其一 65/40552 ｜曹勋《辞贾徽州》33/21227

《浴罢》65/40557 ｜曹勋《浴罢》33/21226

《仲春初五日报谒》65/40560 ｜曹勋《仲春初五日报谒》33/21226

《多谢》65/40560 ｜曹勋《多谢》33/21227

《厌厌》65/40560 ｜曹勋《厌厌》33/21227

释祖钦

《偈颂一百二十三首》其九〇 65/40583 ｜释咸杰《偈颂六十五首》其三 38/23586

《偈颂七十二首》其三五 65/40589 ｜释正觉《偈十首》其一 31/19780 ｜释咸杰《偈颂六十五首》其五七 38/23590

《偈颂七十二首》其三六 65/40590 ｜释祖钦《颂古四首》其三 65/40603

释普宁

《偈颂四十一首》其五 65/40641 ｜释宗杲《颂古一百二十一首》其一〇六 30/19391 ｜释师范《偈颂一百四十一首》其一一三 55/34774

《偈颂四十一首》其三四 65/40644 ｜释大通《偈二首》其二 24/15711

《偈颂四十一首》其三七 65/40644 ｜释普度《偈颂一百二十三首》其二九 61/38504

李彭老

《元夕》65/40659 ｜李彭《都城元夜》24/15967

《贾秋壑故居》65/40659 ｜李彭《吊贾氏园池》24/15968

苏某

《和钟守宴建昌耋老》65/40661 ｜苏缄《诗一首》34/21470

蔡元厉

《孤青峰》65/40664 ｜陆游《冲虚宫》41/25724

《中阁》65/40664 ｜陆游《中阁》41/25723

释绍昙

《偈颂一百零二首》其四六 65/40738 ｜释绍昙《偈颂一百零四首》其五〇 65/40767

《偈颂一百零二首》其六六 65/40740 ｜释绍昙《偈颂一百零四首》其一七 65/40763

《偈颂一百零二首》其八〇 65/40741 ｜释绍昙《偈颂一百一十七首》其七二

65/40782

《偈颂一百零二首》其八七 65/40742 ｜释绍昙《偈颂一百一十七首》其七五 65/40782

《偈颂一百零二首》其一〇〇 65/40743 ｜李锽《早梅》其一 24/15830

《送僧参太白痴绝和尚并石溪和尚挂牌》65/40749 ｜释绍昙《送清兄见天童并扣石溪》65/40802

《古樵》65/40749 ｜释绍昙《古樵》65/40804

《题老融群牛图》65/40751 ｜释绍昙《题直夫牛图》65/40821

《题坐禅虾蟆》65/40751 ｜释绍昙《为叔向题坐禅虾蟆》65/40821

《偈颂十九首》其九 65/40788 ｜释崇岳《偈颂一百二十三首》其九二 45/27822

《偈颂十九首》其一五 65/40788 ｜释怀深《偈一百二十首》其一〇〇 24/16124 ｜黄公度《谒守净禅师》36/22515 ｜释元易《偈二首》其一 19/12960 ｜释南雅《偈颂七首》其七 38/23732 ｜释崇岳《偈颂一百二十三首》其五三 45/27818 ｜唐代庞蕴《杂诗》23/9136

《颂古五十五首》其七 65/40790 ｜释慧懃《颂古七首·离四句绝百非》20/13458

《颂古五十五首》其二九 65/40793 ｜唐代刘得仁《悲老宫人》16/6303

《颂古五十五首》其三〇 65/40793 ｜士人某《题廨壁》68/42821

《颂古五十五首》其四九 65/40796 ｜释梵思《颂古九首》其一 29/18475 ｜释慧开《颂古四十八首》其一九 57/35679

陈存

《丹阳作》65/40850 ｜唐代陈存《丹阳作》10/3514

舒岳祥

《石台纪游》65/40906 ｜元代黄溍《石台分韵得下字》28/238

郑协

《钱塘晚望》其二 65/41064 ｜范协《年年》72/45300

曾渊子
《疏山》65/41068 ｜ 曾丰《疏山》48/30335

王执礼
《湖山纪游》65/41070 ｜ 王安中《湖山纪游》24/15989

黄文雷
《玉壶即事》65/41086 ｜ 杜范《玉壶即事》56/35308

《偕周伯弜题天申宫苏文忠公画像》65/41087 ｜ 周弼《天申宫苏文忠画像》60/37749

陈必复
《远游》65/41094 ｜ 陈必复《远游》65/41099

《还西里所居》65/41099 ｜ 萧元之《还西里所居》60/37986

陈杰
《读苏武传》65/41109 ｜ 陈杰《大窖啮旃》65/41159

《即事二首》其一 65/41138 ｜ 陈杰《登岳阳楼》65/41159

《无题》65/41156 ｜ 马廷鸾《无题三首》66/41271

第六十六册

陆梦发
《梅花》66/41205 ｜ 杨万里《普明寺见梅》42/26067

熊某
《嘲时事》66/41211 ｜ 熊朝《嘲贾似道》69/43469

松庵道人
《题真仙岩》66/41211 ｜ 松庵道人《真仙岩》72/45597

释如珙
《偈颂三十六首》其八 66/41216 ｜ 释宗杲《颂古一百二十一首》其一一〇 30/19391

《偈颂三十六首》其二五 66/41217 ｜释如净《偈颂九首》其五 52/32373

马廷鸾

《无题三首》66/41271 ｜陈杰《无题》65/41156

龚开

《一字至七字观周曾秋塘图有作》66/41278 ｜王沂孙《观周曾秋塘图有作》68/42823

释绍珏

《澹山岩》66/41300 ｜释绍瑶《澹山岩》72/45584

吴大有

《钱陈随隐归临川》66/41396 ｜壑大《西湖为陈世崇钱行》67/42022

谢枋得

《谢惠楮衾》66/41402 ｜方岳《答惠楮衾》61/38296

《赋松》66/41403 ｜谢枋得《题庆全庵》其二 66/41419

《赠相士郭少仙》66/41404 ｜洪咨夔《赠相士郭少仙》55/34491

《和游古意韵》66/41406 ｜周铨《答曾进士》4/2692

《荆棘中杏花》66/41412 ｜元代元好问《荆棘中杏花》2/44

《仙隐观》66/41416 ｜王洋《十月十七日雨霁复至仙隐》30/18920

方回

《题渊明像》66/41805 ｜朱熹《题陶渊明小像》44/27663

《谒东坡祠》66/41908 ｜徐鹿卿《史君赠所临蜀本三苏入京图诗以谢之》59/36958

《句》其五 66/41910 ｜方回《癸未至节以病晚起走笔戏书纪事排闷十首》66/41452

第六十七册

牟巘

《九日并序》67/41918 ｜谢翱《九日》70/44309

《文本心参政约游西山分韵得顶字》67/41921 ｜徐集孙《本心参政约游西山分韵得顶字》64/40346

陈允平

《无题》67/41992 ｜陈大用《无题》57/35689

《有所思》67/41992 ｜刘学箕《有所思》53/32949

《观猿》67/41993 ｜陈允平《猿》67/42009 ｜刘学箕《观猿》53/32949

《失鹤》67/41993 ｜刘学箕《失鹤》53/32949

《宿大慈山悟真观》67/41993 ｜刘学箕《宿大慈山悟真观》53/32949

《赋林景参梅屿》67/41996 ｜刘学箕《赋林景参梅屿》53/32950

《怀潘鄮屋》67/41996 ｜刘学箕《怀潘鄮屋》53/32950

《吴江道上》67/41997 ｜刘学箕《吴江道上》53/32950

《登西楼怀汤损之》67/41997 ｜刘学箕《登西楼怀汤损之》53/32950

《吴山雪霁》67/41997 ｜刘学箕《吴山雪霁》53/32950

何应龙

《木犀》67/42013 ｜何橘潭《木犀》72/45405

《有所见》67/42014 ｜史卫卿《有所见》69/43273

宝祐时人

《句》67/42021 ｜宝祐士人《句》68/43137

壑大

《西湖为陈世崇饯行》67/42022 ｜吴大有《饯陈随隐归临川》66/41396

杜汝能

《海棠》67/42023 ｜郑刚中《海棠》30/19163 ｜陈孔硕《海棠》50/31043 ｜何基《海棠》59/36841

《寄薛泳》67/42024 ｜杜北山《寄薛泳》56/35234

《寄吴梦鹤》67/42024 ｜杜北山《寄吴梦鹤》56/35234

钱舜选

《纪梦》67/42026 ｜高似孙《纪梦》51/31986

邓林

《白鹤观》67/42042 ｜戴复古《白鹤观》54/33610

《庐山栖贤寺》67/42042 ｜毛珝《庐山栖贤寺》59/37479

《溢江》67/42042 ｜毛珝《溢江》59/37487

《登快阁黄明府强使和山谷先生韵》67/42042 ｜戴复古《登快阁黄明府强使和山谷先生留题之韵》54/33574

《赣州上清道院呈姚雪蓬》67/42043 ｜戴复古《赣州上清道院呈姚雪蓬》54/33605

《绿阴亭两首》67/42043 ｜戴复古《绿阴亭自唐时有之到今五百年卢肇二三公题诗之后吟声寂寂久矣亭前古木不存绿阴之名殆成虚设今诗人李贾友山作尉于此实居此亭公事之暇与江山风景应接境因人胜见于吟笔多矣友人石屏戴复古访之相与周旋于亭上题四绝句以记曾来（其二其三）》54/33601

《孤山访郑渭滨不值》67/42043 ｜徐集孙《孤山访郑渭滨不值》64/40346

郑士洪

《牡丹亭》67/42048 ｜林逢子《镜香亭》59/36821

谢雨

《三井庙》67/42053 ｜陈襄《寄谢三井山祷雨二首》8/5085

王琪

《暮春游小园》67/42054 ｜王琪《暮春游小园》4/2138

赵祎

《路入武阳》67/42134 ｜黄大临《入萍乡道中》17/11328 ｜黄昇《萍乡道中》35/22351

《春晚书怀》67/42134 ｜向滈《莞尔堂春晚书怀呈同僚》37/23281

方一夔

《贺方逢辰得宣命》67/42308 ｜何昭德《赠山房先生得宣命》68/42812

林千之

《赠水帘洞黄秀才》67/42313 ｜林干之《赠水帘洞黄秀才》55/34728

刘济

《题梅花庄》67/42315 ｜元代刘济《梅花庄》24/393

刘汝春

《凤凰台》67/42315 ｜刘次春《凤凰台》63/39409

陈则翁

《闽峤军中》67/42316 ｜陈某《闽峤军中》68/43132

释月磵

《偈颂一百零三首》其二三 67/42330 ｜葛天民《绝句》51/32062

《偈颂四首》其二 67/42338 ｜释慧勤《颂古七首·南泉示众云文殊起佛见法见贬向二铁围山》20/13458

赵崇源

《九日山》67/42378 ｜赵源《九日山中宴集》72/45570

刘辰翁

《挽朱文公》67/42458 ｜曾极《文公先生挽词》50/31518

《挽蔡西山》67/42458 ｜曾极《蔡西山贬道州》50/31518

《咏西湖伟观楼》67/42459 ｜李遇《咏西湖江湖伟观楼》56/35026

《读杜拾遗百忧集行有感》67/42494 ｜元代张昱《读杜拾遗百忧集行有感》44/96

《赠制笔生许文瑶》67/42495 ｜元代张昱《赠制笔生许文瑶》44/86

第六十八册

张伯子

《视旱田赋呈上元簿杨明卿》68/42597 ｜张孝伯《视旱田赋呈上元簿杨明卿》47/29564

董嗣杲

《周孚与高伯庸同游王氏庵归而闾丘仲诗至因次韵贻显庵主以纪一时事》68/42637 ｜周孚《与高伯庸同游王氏坟庵归而闾丘仲时诗至因次韵贻显庵主

以纪一时事二首》46/28742

《石笋峰》68/42702 ｜俞桂《石笋峰》62/39056

《香林》68/42704 ｜俞桂《香林洞》62/39056

《李花二首》其二 68/42722 ｜司马光《李花》9/6132

《长春花》68/42729 ｜朱淑真《长春花》28/17992

《素馨花》68/42731 ｜董嗣杲《素馨》68/42736

潘从大

《赠无庵沈相师》68/42796 ｜元代贡奎《赠无庵沈相师》23/168

钱选

《五君咏（五首）》68/42803 ｜颜延之《五君咏》（参四库本梁萧统编《文选》卷二十一）

《题观梅图》68/42804 ｜朱淑真《吊林和靖二首》其一 28/17978

方逢振

《峡塾讲中庸第二章诗》68/42808 ｜高公泗《峡塾讲中庸第二章》45/27852

《凤潭精舍月夜偶成》68/42809 ｜方逢振《凤潭精舍偶成》68/42812

何昭德

《赠山房先生得宣命》68/42812 ｜方一夔《贺方逢辰得宣命》67/42308

士人某

《题廨壁》68/42821 ｜释绍昙《颂古五十五首》其三〇 65/40793

王沂孙

《观周曾秋塘图有作》68/42823 ｜龚开《一字至七字观周曾秋塘图有作》66/41278

陈天瑞

《月岩》68/42907 ｜方岳《月岩》61/38492

李炳

李炳《题康店铺》68/42913 ｜李邴《行田同安题康店铺》29/18436

史唐卿

《凤鸣洞》68/42922 ｜史昌卿《凤鸣洞》72/45665

陈虞之

《送别》68/42922 ｜ 元代陈虞之《送别》66/24

吕徽之

《春景》《夏景》《秋景》《冬景》68/42930 ｜ 明代王绂《题静乐轩（四首）》

文天祥

《用前人韵赋招隐》68/42970 ｜ 文天祥《赠黄终晦》68/43123

《翠玉楼晚雨》68/42978 ｜ 曹勋《翠玉楼晚雨》33/21227

《怀赵清逸》68/43025 ｜ 文天祥《怀友人二首》其二 68/43120

《怀中甫》68/43034 ｜ 文天祥《怀友人二首》其一 68/43120

《汶阳馆》68/43043 ｜ 文彦博《汶阳馆》6/3551

《题古碉》68/43120 ｜ 白玉蟾《龙井》60/37679 ｜ 王安石《龙泉寺石井二首》其一 10/6730 ｜ 陈辅《山居》其二 10/6793

《至温州》68/43121 ｜ 释元肇《题江心寺》59/36931

《送河间晁寺丞》68/43122 ｜ 王安石《送河间晁寺丞》10/6599

《太白楼》其一 68/43122 ｜ 元代曹伯启《济州登太白楼怀郑从之御史二首》其一 17/320

陈某

《闽峤军中》68/43132 ｜ 陈则翁《闽峤军中》67/42316

宝祐士人

《句》68/43137 ｜ 宝祐时人《句》67/42021

释原妙

《颂古三十一首》其八 68/43169 ｜ 释普济《偈颂六十五首》其二五 56/35157 ｜ 唐代高骈《山亭夏日》18/6921

《偈颂十二首》其一一 68/43176 ｜ 释原妙《示徒》其一 68/43174

艾可翁

艾可翁《书罗公碑阴》68/43184 ｜ 艾性夫《过长林书罗文恭公碑阴》70/44414

赵文

《次分宜》68/43252 ｜蒋之奇《按行分宜》12/8037

第六十九册

史卫卿

《秋步述所见》69/43272 ｜利登《秋步述所见》63/39723

《所见》69/43273 ｜施枢《所见》62/39100

《有所见》69/43273 ｜何应龙《有所见》67/42014

蔡必荐

《观葵有感》69/43276 ｜唐代岑参《蜀葵花歌》6/2062 ｜唐代刘慎虚《莪葵花歌》8/2871

范晞文

《湖上》69/43276 ｜范仲淹《春日游湖》3/1917

彭九成

《界牌铺》69/43313 ｜彭九万《界牌铺》70/43955

刘壎

《句》其一 69/43325 ｜元代刘壎《喜清堂》9/390

方凤

《仙华招隐》69/43332 ｜谢翱《仙华山招隐》70/44302

《句》69/43345 ｜刘边《句》71/44648 ｜傅宣山《句》71/44734

连文凤

《菊》69/43354 ｜连文凤《载菊分题》69/43373

郑思肖

《墨兰图》69/43450 ｜郑起《题画兰》61/38261

林一龙

《西省荼蘼架上残雪可爱戏呈诸友人》69/43456 ｜陈与义《西省酴醾架上残雪可爱戏同王元忠席大光赋诗》31/19501

熊瑞

《句》69/43459 ｜李处权《次韵德孺感怀》32/20416

邵桂子

《古柏行》69/43462 ｜李石《古柏二首》其二 35/22303

《到夔门呈王待制》69/43462 ｜李石《到夔门呈王待制》35/22305

熊朝

《嘲贾似道》69/43469 ｜熊某《嘲时事》66/41211

林景熙

《春暮》69/43479 ｜曹勋《春暮》33/21226

《酬潘景玉》69/43479 ｜曹勋《酬陈居士》33/21226

《妾薄命六首》其一 69/43480 ｜黄庚《绿珠》69/43549

《妾薄命六首》其二 69/43480 ｜黄庚《燕子楼》69/43549

《妾薄命六首》其三 69/43480 ｜黄庚《潘淑妃》69/43549

《妾薄命六首》其五 69/43480 ｜黄庚《秋胡妻》69/43549

《赋双松堂呈薛监簿》69/43484 ｜黄庚《侍郎亭》69/43593

《仙坛寺西林》69/43488 ｜黄庚《鹤林仙坛寺》69/43569

《杂咏十首酬汪镇卿》其三 69/43492 ｜黄庚《纪梦是岁太旱》69/43549

《杂咏十首酬汪镇卿》其四 69/43492 ｜黄庚《偶书》其二 69/43551

《杂咏十首酬汪镇卿》其九 69/43493 ｜黄庚《读文丞相吟啸稿》69/43551

《陪王监簿宴广寒游次韵》69/43496 ｜黄庚《修竹宴客广寒游亭分韵得香字》69/43582

《渔舍观梅》69/43497 ｜黄庚《渔舍观梅寄修竹》69/43588

《毗陵太平院壁间画山水熟视之有飞动势殆仙笔也因题》69/43507 ｜林景清《毗陵太平院壁间画山水熟视之有飞动势殆仙笔也》72/45572

《蔡琰归汉图》69/43509 ｜林景清《蔡琰归汉图》72/45573

《知宗柑诗用韵颇险予既知之复取所未用之韵续赋一首三十韵》69/43529 ｜王十朋《知宗柑诗用韵颇险予既和之复取所未用之韵续赋一首三十韵》

36/22931

《题陆秀夫负帝蹈海图》69/43530 ｜元代姚燧《陆秀夫抱王入海图诗》9/176

《句》69/43530 ｜唐珏《冬青行二首》其二 70/44265

释云岫

《金山头陀岩》69/43535 ｜张商英《头陀岩》16/11004

黄庚

《绿珠》69/43549 ｜林景熙《妾薄命六首》其一 69/43480

《燕子楼》69/43549 ｜林景熙《妾薄命六首》其二 69/43480

《潘淑妃》69/43549 ｜林景熙《妾薄命六首》其三 69/43480

《秋胡妻》69/43549 ｜林景熙《妾薄命六首》其五 69/43480

《纪梦是岁太旱》69/43549 ｜林景熙《杂咏十首酬汪镇卿》其三 69/43492

《读文丞相吟啸稿》69/43551 ｜林景熙《杂咏十首酬汪镇卿》其九 69/43493

《偶书》其二 69/43551 ｜林景熙《杂咏十首酬汪镇卿》其四 69/43492

《鹤林仙坛寺》69/43569 ｜林景熙《仙坛寺西林》69/43488

《修竹宴客广寒游亭分韵得香字》69/43582 ｜林景熙《陪王监簿宴广寒游次韵》69/43496

《渔舍观梅寄修竹》69/43588 ｜林景熙《渔舍观梅》69/43497

《侍郎亭》69/43593 ｜林景熙《赋双松堂呈薛监簿》69/43484

梁栋

《凤凰台》69/43631 ｜方岳《凤凰台》61/38365

《白鹭亭》69/43631 ｜方岳《白鹭亭》61/38365

《雨花台》69/43631 ｜方岳《雨花台》61/38365

戴表元

《自居剡源少遇乐岁辛巳之秋山田可拟上熟吾贫庶几得少安乎乃和渊明贫士七首与邻人歌而乐之》69/43642 ｜唐代唐彦谦《和陶渊明贫士诗七首》20/7677

《六月十三日寿陈子徽太博十首以无官一身轻有子万事足为韵(其一其二其三)》69/43649 ｜唐代唐彦谦《六月十三日上陈微博士》20/7677

《春风》69/43650 ｜唐代唐彦谦《春风四首》20/7676

《九日与儿辈游中溪》69/43651 ｜唐代唐彦谦《九日游中溪》20/7677

《舟中望紫岩》69/43652 ｜唐代唐彦谦《舟中望紫岩》20/7677

《感物二首》69/43652 ｜唐代唐彦谦《感物二首》20/7676

《证道寺》69/43677 ｜唐代唐彦谦《题证道寺》20/7669

《丁亥岁除前二日书事》69/43677 ｜唐代唐彦谦《岁除》20/7665

《寄雪窦同长老》69/43677 ｜唐代唐彦谦《寄同上人》20/7668

《夜坐》69/43678 ｜唐代唐彦谦《夜坐》20/7669

《晦亭》69/43678 ｜唐代唐彦谦《梅亭》20/7664

《夜坐示友》69/43683 ｜唐代唐彦谦《夜坐示友》20/7664

《方处士挽诗二首》69/43684 ｜唐代唐彦谦《吊方干处士二首》20/7669

《宿赵崃丞家》69/43684 ｜唐代唐彦谦《宿赵崃别业》20/7669

《闻应德茂先离棠溪有作》69/43684 ｜唐代唐彦谦《闻应德茂先离棠溪》20/7665

《逢翁舜咨》69/43688 ｜唐代唐彦谦《逢韩喜》20/7664

《乙亥岁毗陵道中》69/43690 ｜唐代唐彦谦《毗陵道中》20/7672

《东湖第三溪》69/43690 ｜唐代唐彦谦《第三溪》20/7672

《越城待旦》69/43691 ｜唐代唐彦谦《越城待旦》20/7672

《过应浩然先生墓》69/43692 ｜唐代唐彦谦《过浩然先生墓》20/7672

《游阳明一洞天呈王理得诸君》69/43692 ｜唐代唐彦谦《游阳明洞呈王理得诸君》20/7670

《拜袁越公墓因游定水寺有怀源老》69/43693 ｜唐代唐彦谦《拜越公墓因游定水寺有怀源老》20/7671

《次韵任起潜谋隐之作》69/43693 ｜唐代唐彦谦《任潜谋隐之作》20/7671

《晚秋游中溪四首》69/43694 ｜唐代唐彦谦《晚秋游中溪》20/7671

《次韵寄陈达观少府兼简叔高》69/43695 ｜唐代唐彦谦《寄陈少府兼简叔高》20/7671

《过清凉寺王参预墓下》69/43695 ｜唐代唐彦谦《过清凉寺王导墓下》20/7671

《戊子岁晚赠应德茂》69/43701 ｜唐代唐彦谦《赠孟德茂》20/7672

《九日在迩索居无聊取满城风雨近重阳为韵赋七诗以自遣》其六 69/43719 ｜戴表元《送官归作》69/43648

《九日在迩索居无聊取满城风雨近重阳为韵赋七诗以自遣》其七 69/43719 ｜戴表元《七阳字》69/43648

丘葵

《次放翁梅花韵》69/43855 ｜陆游《梅花》39/24413

《与所盘诸君会石幡还和杜老曲江韵》69/43871 ｜丘葵《与所盘诸君会石幡还和杜老曲江韵》其二 69/43894

《御史马伯庸与达鲁花赤征币不出》69/43901 ｜元代杨维桢《答詹翰林同》39/265

《芝山》69/43906 ｜唐代贾岛《宿村家亭子》17/6668

第七十册

杨发

《宿黄花馆》70/43910 ｜唐代杨发《宿黄花馆》15/5906

刘应李

《上陈县尹二首》其一 70/43913 ｜刘爚《上陈县尹》50/31019

赵必璆

《饯陈匝峰之濂泉》70/43936 ｜赵善璙《饯陈匝峰之廉泉》56/35092

彭九万

《界牌铺》70/43955 ｜彭九成《界牌铺》69/43313

洪光基

《挽叠山先生》70/43985 ｜洪咨夔《挽谢叠山》55/34616

汪元量

《秋日酬王昭仪》70/44005 ｜王清惠《诗一首》70/44059

《和人贺杨仆射致政》70/44040 ｜唐代许浑《和人贺杨仆射致政》16/6096

《社牲》70/44045 ｜方岳《和放翁社日四首·社牲》61/38435

王清惠

《诗一首》70/44059 ｜汪元量《秋日酬王昭仪》70/44005

林昉

《答王学士》70/44065 ｜林石田《答王学士》72/45351

《答黎教授》70/44065 ｜欧阳修《七言二首答黎教授》6/3718

聂守真

《题汪水云诗卷（其二其三）》70/44086 ｜元代廼贤《读汪水云诗集（二首）》48/50

仇远

《樵李亭》70/44251 ｜郑獬《樵李亭》10/6864

邓牧

《汉阳郎官湖》70/44262 ｜元代李洞《汉阳郎官湖歌》27/88

白珽

《题洞霄宫药圃》70/44279 ｜唐代白元鉴《药圃》299（《全唐诗补编》）

谢翱

《仙华山招隐》70/44302 ｜方凤《仙华招隐》69/43332

《九日》70/44309 ｜牟巘《九日并序》67/41918

《题翁征君集后》70/44321 ｜胡楚材《青山怀古》8/5054

罗太瘦

《题鹤林宫》70/44381 ｜江南剑客《题鹤林宫》72/45593

艾性夫

《古意（六首）》70/44384 ｜章云心《古意十四首（其二、其三、其四、其五、其六、其七）》72/45438

《过长林书罗文恭公碑阴》70/44414 ｜艾可翁《书罗公碑阴》68/43184

《赠僧》70/44425 ｜唐代杜荀鹤《赠僧》20/7979

《赠头陀僧》70/44425 ｜唐代张乔《赠头陀僧》19/7330

陈自新

《瑞迹山》70/44439 ｜元代陈自新《瑞迹山》65/62

《瑞龙寺》70/44439 ｜元代陈自新《瑞龙寺》65/62

《坐叹》70/44439 ｜元代陈自新《坐叹》65/62

黄宏

《题拟虹桥》70/44440 ｜黄梦得《题拟虹桥》56/35087 ｜元代黄宏《题拟虹桥》8/395

赵东山

《题海月岩》70/44443 ｜元代赵汸《海月岩二首》（参四库本清张豫章等编《御选宋金元明四朝诗·御选元诗》卷五十八）

《句》70/44443 ｜赵希桀《句》其二 63/39702

王安之

《寄友》70/44444 ｜蔡槃《寄雪蓬姚监丞》72/45693

赵泽祖

《署中书怀》70/44450 ｜袁采《县厅书事》46/28614

潘献可

《宁川道中》70/44451 ｜吴潜《宁川道中》60/37858

《端居》70/44451 ｜吴潜《幽居》60/37859

朱少游

《掬水月在手》第 70/44454 ｜朱淑真《掬水月在手》28/17977

潇湘渔父

《歌一首》70/44463 ｜唐人鑑《潇湘渔父歌》43/27072

柯芝

《横江》70/44468 ｜张邵《横江》32/20558

黎廷瑞

《又》70/44520 ｜黎廷瑞《城中别徐山玉先生归归后奉寄》70/44495

第七十一册

缪鉴

《句》其四 71/44622 ｜缪鉴《端居》71/44620

刘边

《句》71/44648 ｜方凤《句》69/43345 ｜傅宣山《句》71/44734

傅宣山

《句》71/44734 ｜方凤《句》69/43345 ｜刘边《句》71/44648

郊庙朝会歌辞

《咸平亲郊八首·皇帝升降用〈隆安〉》71/44841 ｜杨亿《太常乐章三十首·皇帝行奏隆安之曲》3/1396

《咸平亲郊八首·奠玉币用〈嘉安〉》71/44841 ｜杨亿《太常乐章三十首·皇帝奠玉币奏隆安之曲》3/1396

《咸平亲郊八首·酌献用〈禧安〉》71/44841 ｜杨亿《太常乐章三十首·初献奏禧安之曲》3/1396

《咸平亲郊八首·饮福用〈禧安〉》71/44841 ｜杨亿《太常乐章三十首·皇帝饮福酒奏禧安之曲》3/1396

《元符亲郊五首·退文舞、迎武舞用〈正安〉》71/44842 ｜杨亿《太常乐章三十首·退文舞出奏正安之曲》3/1394

《绍兴二十八年祀圜丘·还内用〈采茨〉》71/44849 ｜郊庙朝会歌辞《御楼》其一 71/45034

《冬至孟春孟夏季秋四祀上公摄事七首·太尉行用〈正安〉》71/44854 ｜郊庙朝会歌辞《绍兴淳熙分命馆职定撰十七首·盥洗用〈正安〉》71/44874 ｜郊庙朝会歌辞《常祀皇地祇五首·升降用〈正安〉》71/44878

《冬至孟春孟夏季秋四祀上公摄事七首·司徒奉俎用〈丰安〉》71/44854 ｜郊庙朝会歌辞《常祀皇地祇五首·奉俎用〈丰安〉》71/44878

《冬至孟春孟夏季秋四祀上公摄事七首·饮福用〈广安〉》71/44854 ｜杨亿《又七首·饮福酒广安曲》3/1398

《景德以后祀五方帝十六首·白帝降神用〈高安〉》71/44855 ｜杨亿《又七首·白帝迎神高安曲》3/1397

《景德以后祀五方帝十六首·奠玉币、酌献用〈嘉安〉。景祐用〈祐安〉,辞亦不同》

71/44856｜杨亿《又七首·奉币嘉安曲》3/1397

《景德以后祀五方帝十六首·送神用〈高安〉》71/44856｜杨亿《又七首·送神理安曲》3/1397

《元符亲享明堂十一首·彻豆用〈歆安〉》71/44870｜王安石《明堂乐章二首·歆安之曲》10/6764

《元符亲享明堂十一首·归大次用〈憩安〉》71/44870｜王安石《明堂乐章二首·皇帝还大次憩安之曲》10/6764

《绍兴亲享明堂二十六首·太祖位酌献用〈孝安〉》71/44872｜崔敦诗《郊祀乐章·太祖皇帝位酌献登歌作大吕宫彰安之曲》48/29835

《绍兴亲享明堂二十六首·皇帝还小次用〈仪安〉》71/44872｜崔敦诗《郊祀乐章·皇帝入小次宫架奏黄钟宫仪安之曲》48/29835

《绍兴亲享明堂二十六首·亚献用〈穆安〉》71/44872｜崔敦诗《郊祀乐章·亚献宫架奏黄钟宫穆安之乐威功睿德之舞》48/29835

《绍兴亲享明堂二十六首·送神用〈诚安〉》71/44873｜崔敦诗《郊祀乐章·送神宫架奏圜钟宫诚安之曲一成》48/29835

《绍兴亲享明堂二十六首·还大次用〈憩安〉》71/44873｜崔敦诗《郊祀乐章·皇帝还大次宫架奏黄钟宫憩安之曲》48/29835

《景德朝日三首·降神用〈高安〉，六变》71/44882｜杨亿《又七首·朝日迎神》3/1397

《景德朝日三首·奠玉币、酌献用〈嘉安〉》71/44882｜杨亿《又七首·奉币》3/1397

《景德朝日三首·送神用〈高安〉》71/44882｜杨亿《又七首·送神》3/1398

《建隆以来祀享太庙十六首·饮福用〈禧安〉》71/44891｜杨亿《太常乐章三十首·皇帝饮福酒奏禧安之曲》3/1394

《摄事十三首·降神用〈礼安〉》71/44892｜杨亿《太常乐章三十首·皇帝南郊前一日朝飨太庙奏理安曲迎神》3/1393

《摄事十三首·太尉行用〈正安〉》71/44892｜杨亿《太常乐章三十首·皇帝

行奏隆安之曲》3/1393

《摄事十三首·奠瓒用〈瑞安〉》71/44892｜杨亿《太常乐章三十首·皇帝奠币奏瑞文之曲》3/1393

《摄事十三首·奉俎用〈丰安〉》71/44892｜杨亿《太常乐章三十首·迎俎奏丰安之曲》3/1393

《摄事十三首·酌献僖祖室用〈大善〉》71/44892｜杨亿《太常乐章三十首·皇帝酌献第一室奏大善之舞曲》3/1394

《摄事十三首·顺祖室用〈大宁〉》71/44892｜杨亿《太常乐章三十首·酌献第二室奏大宁之舞曲》3/1394

《摄事十三首·翼祖室用〈大顺〉》71/44893｜杨亿《太常乐章三十首·酌献第三室奏大顺之舞曲》3/1394

《摄事十三首·宣祖室用〈大庆〉》71/44893｜杨亿《太常乐章三十首·酌献第四室奏大庆之舞曲》3/1394

《摄事十三首·太祖室用〈大定〉》71/44893｜杨亿《太常乐章三十首·酌献第五室奏大定之舞曲》3/1394

《摄事十三首·太宗室用〈大盛〉》71/44893｜杨亿《太常乐章三十首·酌献第六室奏大盛之舞曲》3/1394

《摄事十三首·送神用〈理安〉》71/44893｜杨亿《太常乐章三十首·亚献终献送神并奏理安之曲》3/1395

《绍兴以后时享二十五首·高宗室用〈大德〉》71/44899｜郊庙朝会歌辞《孝宗明堂前享太庙三首·高宗室用〈大德〉》71/44913

《绍兴以后时享二十五首·光宗室用〈大和〉》71/44899｜郊庙朝会歌辞《宁宗朝享三十五首·光宗室用〈大和〉》71/44908

《高宗郊祀前朝享太庙三十首·盥洗用〈乾安〉》71/44903｜周麟之《太庙乐章·皇帝盥洗乾安之曲》38/23568

《高宗郊祀前朝享太庙三十首·尚书奉俎用〈丰安〉》71/44903｜周麟之《太庙乐章·奉俎丰安之曲》38/23569

《高宗郊祀前朝享太庙三十首·皇帝再盥洗用〈乾安〉》71/44903 ｜周麟之《太庙乐章·皇帝再盥洗乾安之曲》38/23569

《高宗郊前朝献景灵宫二十一首·还位用〈乾安〉》71/44929 ｜周麟之《景灵宫乐章·皇帝还位乾安之曲》38/23568

《高宗郊前朝献景灵宫二十一首·彻馔用〈吉安〉》71/44929 ｜周麟之《景灵宫乐章·尚书彻馔吉安之曲》38/23568

《高宗郊前朝献景灵宫二十一首·降殿用〈乾安〉》71/44929 ｜周麟之《景灵宫乐章·皇帝降殿乾安之曲》38/23568

《高宗郊前朝献景灵宫二十一首·还大次用〈乾安〉》71/44930 ｜周麟之《景灵宫乐章·皇帝还大次乾安之曲》38/23568

《景祐祭文宣王庙六首·初献升降用〈同安〉》71/44974 ｜郊庙朝会歌辞《大晟府拟撰释奠十四首·初献盥洗用〈同安〉》71/44976

《景祐祭文宣王庙六首·饮福用〈绥安〉》71/44975 ｜郊庙朝会歌辞《大晟府拟撰释奠十四首·彻豆用〈娱安〉》71/44977

《景德中朝会十四首·皇帝升坐用〈隆安〉》71/44989 ｜杨亿《太常乐章三十首·皇帝御殿迎升御座奏隆安之曲》3/1396

《景德中朝会十四首·公卿入门用〈正安〉》71/44989 ｜杨亿《太常乐章三十首·引群官作正安之曲》3/1396

《景德中朝会十四首·上寿用〈和安〉》71/44989 ｜杨亿《正冬御殿上寿乐章八首·皇帝举寿酒宫悬奏和安之曲》3/1398

《景德中朝会十四首·皇帝初举酒用〈祥麟〉》71/44989 ｜杨亿《正冬御殿上寿乐章八首·皇帝举第二爵酒登歌奏祥麟之曲》3/1398

《景德中朝会十四首·再举酒用〈丹凤〉》71/44989 ｜杨亿《正冬御殿上寿乐章八首·皇帝举第三爵酒登歌奏丹凤之曲》3/1398

《景德中朝会十四首·三举酒用〈河清〉》71/44989 ｜杨亿《正冬御殿上寿乐章八首·皇帝举第四爵酒登歌奏河清之曲》3/1398

《景德中朝会十四首·群臣举酒用〈正安〉》其一 71/44989 ｜杨亿《正冬御殿

上寿乐章八首·赐群臣第一盏酒宫悬奏正安之曲》3/1398

《景德中朝会十四首·群臣举酒用〈正安〉》其二 71/44989 ｜ 杨亿《正冬御殿上寿乐章八首·赐群臣第二盏酒宫悬作正安之曲》3/1398

《景德中朝会十四首·群臣举酒用〈正安〉》其三 71/44989 ｜ 杨亿《正冬御殿上寿乐章八首·赐群臣第三盏酒宫悬作正安之曲》3/1399

《景德中朝会十四首·初举酒毕用〈盛德升闻〉（二首）》71/44989 ｜ 杨亿《太常乐章三十首·皇帝正冬御殿文舞（二首）》3/1396

《景德中朝会十四首·再举酒毕用〈天下大定〉（二首）》71/44990 ｜ 杨亿《太常乐章三十首·武舞（二首）》3/1396

《景德中朝会十四首·降坐用〈隆安〉》71/44990 ｜ 杨亿《正冬御殿上寿乐章八首·礼毕降坐宫悬奏隆安之曲》3/1399

《熙宁中朝会三首·皇帝初举酒用〈庆云〉》71/44991 ｜ 王珪《皇帝冬至御大庆殿举一盏酒奏庆云之曲》9/5948

《元符大朝会三首·皇帝初举酒用〈灵芝〉》71/44991 ｜ 苏颂《正月一日皇帝御大庆殿受文武百僚朝贺行上寿之仪乐章曲名·皇帝举第一盏酒奏灵芝之曲》10/6440

《元符大朝会三首·再举酒用〈寿星〉》71/44991 ｜ 苏颂《正月一日皇帝御大庆殿受文武百僚朝贺行上寿之仪乐章曲名·皇帝举第二盏酒奏寿星之曲》10/6440

《元符大朝会三首·三举酒用〈甘露〉》71/44991 ｜ 苏颂《正月一日皇帝御大庆殿受文武百僚朝贺行上寿之仪乐章曲名·皇帝举第三盏酒奏甘露之曲》10/6440

《咸平御楼四首·〈采茨〉》71/44994 ｜ 杨亿《太常乐章三十首·皇帝回仗乾元殿奏采茨之曲》3/1396

《咸平御楼四首·索扇用〈隆安〉》71/44994 ｜ 杨亿《太常乐章三十首·皇帝南郊回御楼将索扇奏隆安之曲》3/1396

《咸平御楼四首·升坐用〈隆安〉》71/44994 ｜ 杨亿《太常乐章三十首·皇帝

御楼奏隆安之曲》3/1397

《咸平御楼四首·降坐用〈隆安〉》71/44994｜杨亿《太常乐章三十首·皇帝御楼毕奏隆安之曲》3/1397

《朝会》其二 71/45035｜王珪《皇帝冬至御大庆殿举二盏酒奏嘉禾之曲》9/5948

刘删

《泛宫亭湖》71/45036｜刘刚《宫亭庙》43/27208｜南朝刘删《泛宫亭湖》（参四库本唐代欧阳询《艺文类聚》卷九）

石道士

《句》其一 71/45039｜石仲元《句》其二 1/218｜释清《颂》33/20797

王衮

《句》其二 71/45039｜释普济《颂古十一首》其九 56/35161

无名氏

《赠日本僧寂照礼天台山》71/45043｜王砺《赠日本僧》1/598

无名氏

《句》71/45043｜俞处俊《句》33/21249

从朗

《归寂颂》71/45045｜唐代从朗《将归寂有偈》1154（《全唐诗补编》）

村寺僧

《蒸豚》71/45046｜紫衣师《蒸豚》1/60

郑魁

《端砚铭》71/45048｜郑獬《紫花砚》10/6894

林杰

《王仙君坛》71/45051｜唐代林杰《王仙坛》14/5360

《七夕》71/45051｜唐代林杰《乞巧》14/5361

杨轩

《一日曲》71/45052｜梅尧臣《一日曲》5/2784

张宗尹

《题陈相鄂杜别业壁》71/45054 ｜张宗永《题陈相别业》7/4395

《句》71/45054 ｜张宗永《句》7/4395

廖齐

《永州有感》71/45054 ｜廖行之《旧友家睹书札感成》47/29213 ｜唐代廖匡齐《游零陵见父题壁感而成诗》1484（《全唐诗补编》）

朱定国

《戏张天骥》71/45055 ｜苏轼《次韵送张山人归彭城》14/9426

孙山

《句》其五 71/45057 ｜唐代孙魴《句》其三 21/8455

无名氏

《题阳羡溪亭壁》71/45059 ｜蒋堂《题山亭》3/1704

《题丹阳玉乳泉壁》71/45059 ｜左纬《送别》29/18826

刘禹锡

《句（其一其二)》71/45062 ｜掌禹锡《句（其一其二)》3/1933

无名氏

《回文（其一其二其四)》71/45064 ｜孔平仲《题织锦璇玑图（其一其三其五)》16/10966

无名氏

《题寝宫诗》71/45064 ｜刘锜《题昭陵》33/21030

陈天锡

《野梅》71/45065 ｜高似孙《梅》51/31986

无名氏

《黄山》71/45065 ｜朱彦《游黄山》18/11771

王驾

《永和县上巳》71/45069 ｜唐代王驾《永和县上巳》443（《全唐诗补编》）

许存我

《次韵吴叔廉山村》71/45070｜元代许存我《次韵吴叔廉山村回文》65/58

无名氏

《陶公醉石》71/45071｜孙勴《题靖节祠》其二 18/12233

释惟茂

《绝句》71/45072｜元代释惟茂《绝句》53/254

徐忻

《剑池》71/45079｜徐辅《剑池》18/11773

李荣

《句》71/45079｜唐代李嵘《献淮南师》18/6912

蔡光启

《挽敦夫》71/45080｜蔡肇《过邢惇夫墓下作》20/13644

无名氏

《诗一首》71/45080｜苏辙《游庐山山阳七咏·简寂观》15/9950

《句》71/45080｜苏辙《游庐山山阳七咏·白鹤观》15/9951

程端

《句》71/45081｜程敦临《简州》28/18305

崔仰之

《句》71/45081｜释惠崇《句》其四三 3/1469

李简

《句》71/45082｜李焘《句》其四 37/23216｜唐代李简《句》1536（《全唐诗补编》）

无名氏

《上太师公相生辰诗十首》71/45082｜韩驹《上太师公相生辰诗十首》25/16646

郭明甫

《题仙居县南峰》71/45091｜郭三益《题仙居南峰寺蓝光轩》20/13553

无名氏

《题宁海瀛岩》71/45092 ｜高袭明《瀛岩》37/23081

无名氏

《看弄潮》71/45093 ｜高翥《看弄潮回》55/34143

第七十二册

许民表

《句》72/45101 ｜许彦国《句》其一 18/12401

李公昇

《北固楼》72/45104 ｜释仲殊《京口怀古》其一 14/9720

《句》72/45104 ｜释仲殊《句》其四 14/9722

鲜于能

《句》72/45104 ｜鲜于侁《扬州》9/6231

胡致能

《咏润州》72/45105 ｜释仲殊《京口怀古》其二 14/9720

《句》72/45105 ｜胡致隆《登铁瓮城》22/14623

无名氏

《金鳌山善际寺题壁》其一 72/45106 ｜徐守信《诗一首》12/8381

曾子公

《水西寺》72/45107 ｜曾纡《宣州水西作》24/15725

毛达

《题靖节祠堂》72/45110 ｜毛友《桑》24/16181

无名氏

《玉笥山萧子云宅》72/45112 ｜黄庭坚《萧子云宅》17/11514

崔仰

《句》72/45113 ｜释惠崇《句》其五四 3/1470

许表时

《项羽庙》72/45115 ｜许彦国《咏项籍庙二首》其二 18/12401

石仙

《句》其一 72/45116 ｜唐代石恪《赠雷殿直》24/9786

《句》其二 72/45116 ｜苏轼《临城道中作》14/9495

高华

《章华台碑》72/45120 ｜高道华《章华台碑》21/14136

蔡昆

《善卷坛》72/45121 ｜唐代蔡昆《善卷先生坛》22/8806

无名氏

《句》72/45123 ｜王十朋《楚塞楼》36/22815

林頠

《汉阳》72/45124 ｜林邵《诗一首》13/8725

毕公信

《汤家市》72/45125 ｜毕仲游《信阳道中避暑》18/11905

《环翠堂》72/45125 ｜无名氏《环翠堂》72/45126

《环碧堂》72/45125 ｜无名氏《涵碧堂》72/45126

无名氏

《环翠堂》72/45126 ｜毕公信《环翠堂》72/45125

卢明甫

《过檀溪》72/45127 ｜唐代孟浩然《冬至后过吴张二子檀溪别业》5/1664

《九日怀襄阳》72/45127 ｜唐代孟浩然《九日怀襄阳》5/1636

李善美

《大堤曲》72/45127 ｜唐代刘禹锡《堤上行》之一 11/4110

释无本

《行次汉上》72/45128 ｜唐代贾岛《行次汉上》17/6692

《马嵬》72/45128 ｜唐代贾岛《马嵬》17/6692

无名氏

《题旌忠亭》其一 72/45131 ｜元绛《赵潜叔殉节诗》7/4378 ｜曾公亮《吊曹覲》4/2642

东方某

《众乐亭》72/45131 ｜方希觉《到官郡□之余即新众乐亭为州人游观之所因成拙句》37/23284

秦密

《迁江纪实》72/45136 ｜陶弼《宾州二首》其一 8/4998

释某

《石篷》72/45140 ｜释安永《洋屿庵造水筧》37/23037

李左史

李左史 72/45140 ｜李纲 27/17520

《三姑石》72/45140 ｜李纲《三姑石》27/17537

《大隐屏》72/45141 ｜李纲《大隐屏》27/17539

《幔亭峰》72/45141 ｜李纲《幔亭峰》27/17537

《天柱峰》72/45141 ｜李纲《天柱峰》27/17537

《仙迹岩》72/45141 ｜李纲《仙迹石》27/17538

《句》其一 72/45141 ｜李纲《别武夷途中偶成寄观妙法师》27/17618

《句》其二 72/45141 ｜李纲《洞天穴》27/17537

胡器之

《镡溪阁》72/45142 ｜廖刚《题胡器之镡溪阁》23/15399

《南剑州》72/45142 ｜黄卓《南剑州》50/31288

杜子更

《致爽轩》72/45144 ｜杜子更《致爽轩》54/33640

王克逊

《金泉寺》72/45149 ｜杨克让《依韵攀和通判员外题金泉观之作》1/53

刘西园

《题三学山》72/45153 ｜刘望之《题三学山》37/22986

雍某

《广安》72/45153 ｜何熙志《咏賨城景物之胜》37/23374

赵史君

《万松岭》72/45154 ｜赵遹《万松岭》24/16178

崔觐

《骆谷》72/45159 ｜文同《骆谷》8/5396

《兴元》其一 72/45159 ｜文同《北城楼上》8/5405

《兴元》其二 72/45159 ｜文同《寒食书事感怀》8/5406

《句》其一 72/45159 ｜文同《汉中城楼》其一 8/5406

《句》其二 72/45159 ｜文同《汉中城楼》其二 8/5406

《句》其三 72/45159 ｜文同《过廉水渡二首》其一 21/1423

《句》其四 72/45159 ｜文同《中梁山寺》8/5400

关士容

《寿客》72/45167 ｜杨皇后《题菊花册》53/32893

李安期

《诗一首》72/45167 ｜李觏《戏题玉台集》7/4330

李时可

《雪行》72/45173 ｜李时《途中遇雪》24/15721

释惠璘

《多雨》72/45192 ｜饶节《春》22/14599

《句》72/45192 ｜饶节《红梅》22/14600 ｜释璘《红梅》72/45208

释南越

《石佛寺》72/45193 ｜唐代释南粤《题宝相寺》1624（《全唐诗补编》）

张祠部

《瑞香花》72/45202 ｜张景修《睡香花》14/9739 ｜张耒《睡香花》20/13418

季昭史

《冬》72/45205 ｜李昭玘《暮冬书怀赠次膺四首》其一 22/14632

张棨

《早梅》其二 72/45207 ｜严参《梅》59/37216

释璡

《红梅》72/45208 ｜饶节《红梅》22/14600

邵清甫

《金钱花》72/45210 ｜唐代来鹄《金钱花》19/7358

任斯

《牡丹》72/45211 ｜谢逸《春词》其五 22/14851

谢子才

《三眠柳》其二 72/45212 ｜徐照《柳叶词》50/31400

李庭

《咸阳怀古》72/45213 ｜元代李庭《咸阳怀古》2/426

《送裴子法北行》72/45213 ｜元代李庭《送裴子法北行》2/437

《游广胜寺东岩》72/45213 ｜元代李庭《游广胜寺东岩》2/403

冯艾子

《风月楼》72/45215 ｜冯取洽《自题交游风月楼》59/36816 ｜吴势卿《风月之楼落成》63/39732

林龙远

《宫词》72/45215 ｜林洪《春宫》64/40393

李春伯

《鹭》72/45216 ｜康与之《鹭》33/20908 ｜许志仁《鹭》35/22068

黄中厚

《隐逸》72/45217 ｜韩元吉《次棹歌韵》38/23696

杨修

《新宫》72/45218 ｜杨备《新宫》3/1429

《灵和殿》72/45218 ｜杨备《灵和殿》3/1429

《台城》72/45218 ｜杨备《台城》3/1429

《石阙》72/45218 ｜杨备《石阙》3/1429

《卫玠台》72/45218 ｜杨备《卫玠台》3/1429

《九日台》72/45218 ｜杨备《九日台》3/1430

《东冶亭》72/45219 ｜杨备《东冶亭》3/1430

《三山亭》72/45219 ｜朱存《金陵览古·新亭》1/4 ｜杨备《新亭》3/1430

《仪贤堂》72/45219 ｜杨备《仪贤堂》3/1430

《听筝堂》72/45219 ｜杨备《听筝堂》3/1430

《蚕室》72/45219 ｜杨备《蚕室》3/1430

《驰道》72/45219 ｜杨备《驰道》3/1430

《齐云观》72/45219 ｜杨备《齐云观》3/1431

《层城观》72/45219 ｜杨备《层城观》3/1431

《秦淮》72/45220 ｜朱存《金陵览古·秦淮》1/3 ｜杨备《秦淮》3/1431

《直渎》72/45220 ｜朱存《金陵览古·直渎》1/5 ｜杨备《直渎》3/1431

《横塘》72/45220 ｜杨备《横塘》3/1431

《青溪》72/45220 ｜杨备《青溪》3/1431

《北渠》72/45220 ｜朱存《金陵览古·北渠》1/4 ｜杨备《北渠》3/1432

《覆杯池》72/45220 ｜杨备《覆杯池》3/1432

《三岩石》72/45220 ｜杨备《三岩石》3/1432

《半阳湖》72/45220 ｜朱存《金陵览古·半阳湖》1/5 ｜杨备《半阳湖》3/1432

《桃叶渡》72/45220 ｜杨备《桃叶渡》3/1432

《麾扇渡》72/45221 ｜杨备《麾扇渡》3/1432

《长命洲》72/45221 ｜杨备《长命洲》3/1432

《应潮井》72/45221 ｜杨备《应潮井》3/1432

《天阙山》72/45221 ｜朱存《金陵览古·天阙山》1/4 ｜杨备《天阙山》

3/1433

《白杨路》72/45221｜杨备《白杨路》3/1433

《射雉场》72/45221｜杨备《射雉场》3/1433

《铜螭署》72/45221｜杨备《铜螭署》3/1433

《焚衣街》72/45221｜杨备《焚衣街》3/1433

《三断石》72/45222｜朱存《金陵览古·段石冈》1/4｜杨备《三断石》3/1434

《独足台》72/45222｜杨备《独足台》3/1434

《燕雀湖》72/45222｜杨备《燕雀湖》3/1434

《洞玄观》72/45222｜杨备《洞玄观》3/1435

《白都山》72/45222｜杨备《白都山》3/1434

《春碉》72/45222｜杨备《东碉》3/1434

《明庆寺》72/45222｜杨备《明庆寺》3/1435

无名氏

《蔡忠惠祀歌·道边松》72/45225｜郭祥正《临漳台》13/9021｜福建士人《颂蔡君谟》7/4860

张顗

《清淮楼》72/45226｜苏轼《题清淮楼》14/9629

张碧

《题祖山人池上怪石》72/45227｜唐代张碧《题祖山人池上怪石》14/5339

《鸿门》72/45227｜唐代张碧《鸿沟》14/5338

吴僧

《句》72/45228｜唐代处默《圣果寺》24/9613

刘遂初

《阁皂山》72/45229｜尤袤《游阁皂山》43/26853

□革

《句》72/45236｜李度《句》其二 1/257

易士达

《句》其二 72/45248 ｜吴潜《句》其三 60/37896

陈亦梅

《梅花》72/45249 ｜陆游《看梅归马上戏作五首》其五 39/24450 ｜刘克庄《梅花》其三 58/36752

释辉

《润州》72/45251 ｜释仲殊《润州》14/9719

《题洞灵观》72/45251 ｜释仲殊《题洞虚观》14/9720

徐月溪

《句》其七 72/45253 ｜徐玑《句》53/32888

吴永济

《蜡梅》72/45253 ｜吴泳《蜡梅》56/35078

姚西岩

《金樱子》72/45254 ｜谢薖《采金樱子》24/15789

杨巽斋

《蜡梅》72/45254 ｜宋高宗《题画册花草四首·蜡梅》35/22218

《牵牛花》72/45254 ｜危稹《牵牛花》51/32195

《紫竹花》72/45256 ｜晏殊《紫竹花》3/1964

陈石斋

《葵花》72/45262 ｜陈与义《红葵》31/19585

释子兰

《华严寺望樊川》72/45264 ｜唐代子兰《华严寺望樊川》23/9287

无名氏

《山丹花二首》其一 72/45265 ｜苏轼《和文与可洋川园池三十首·披锦亭》14/9224

《山丹花二首》其二 72/45265 ｜王十朋《札上人许赠山丹花且云此花三月尽开俟蕊成移去至上巳日以诗索之》36/22655

潘郑台

《薝卜花》72/45265 ｜潘玙《薝卜花》64/39918

无名氏

《散水花》72/45267 ｜张镃《分韵赋散水花得盐字》其二 50/31668

张无咎

《句》72/45268 ｜张商英《句》其二一 16/11009

云隐

《句》其一 72/45268 ｜刘学箕《句》62/39123

徐伉

《赠李安抚发》72/45270 ｜徐俯《上郡守》24/15836

薛然

《答贾支使寄鹤》72/45271 ｜唐代薛能《答贾支使寄鹤》17/6504

释莹彻

《新莺歌》72/45271 ｜唐代灵澈《听莺歌》23/9131

李方敬

《秋蝶》72/45272 ｜李廌《秋蝶》20/13615

唐观

《南郊回仗》72/45272 ｜唐代无名氏《观南郊回仗》22/8873 ｜唐代薛存诚《观南郊回仗》14/5295

石逢龙

《天津桥》72/45273 ｜翁逢龙《天津桥》63/39358

《过齐山人居》72/45273 ｜翁逢龙《过齐山人居》63/39359

《官满借居》72/45274 ｜翁逢龙《官满借居》63/39359

林逋叟

《华阳洞》72/45274 ｜林逋《华阳洞》2/1245

卢寿老

《雨花台》72/45275 ｜虞俦《雨花台》46/28594

无名氏

《句》72/45276 ｜滕珂《谒梅都官墓》其一 56/35028

李商

《记化蝶异闻》72/45277 ｜李彭《蝴蝶诗》24/15913

白元鉴

《大涤山》72/45292 ｜唐代白元鉴《大涤山》987《全唐诗补编》)

《大涤洞》72/45292 ｜唐代白元鉴《大涤洞》297《全唐诗补编》)

刘霆午

《题梅坛》72/45288 ｜甘邦俊《题梅坛》72/45549

胡理

《沧浪咏》72/45296 ｜胡珵《沧浪亭》31/19942

范协

《年年》72/45300 ｜郑协《钱塘晚望》其二 65/41064

王大受

王大受 72/45305 ｜王大受 52/32782

《客枕》72/45306 ｜王大受《客枕》52/32782

《玉山道中》72/45306 ｜王大受《玉山道中》52/32783

《曝书》72/45307 ｜王大受《曝书》52/32783

陈良孙

《自紫极观过天柱》72/45313 ｜陈良《自紫极观过天柱》14/9750

《雪中浴冷泉示诸友》72/45313 ｜陈良《雪中浴冷泉示诸友》14/9750

杨氏

《联句》72/45319 ｜杨氏《缔盟》72/45695

张揆

张揆 72/45321 ｜张揆 3/2046

《题资福院平绿轩》72/45321 ｜王用亨《平绿轩》其二 50/31443 ｜张揆《题资福院平绿轩》3/2046

何昌弼

《寄题寿师塔南轩》72/45321 ｜何执中《题寿师塔南轩》17/11318

《横塘道中》72/45322 ｜李长明《海盐道中》30/19438

袁瓘

《鸿门行》72/45325 ｜唐代袁瓘《鸿门行》4/1208

薛廷玉

《扬州送别》72/45327 ｜蒋廷玉《叶梦麟往惟扬》63/39401

薛秉

《七夕》72/45329 ｜张秉《戊申年七夕五绝》其二 1/634

吴涧所

《赵宰别业》72/45330 ｜元代吴涧所《赵宰别业》66/421

曹亨伯

《浔州行部》72/45331 ｜陈遘《贵州》22/14732

谢隽伯

《秋日杂兴二首》72/45333 ｜元代谢隽伯《秋日杂兴二首》66/1

《西湖偶成》72/45333 ｜元代谢隽伯《西湖偶成》66/1

周光岳

《长沙》72/45337 ｜唐代胡曾《咏史诗·长沙》19/7422

陈叔信

《游龙隐岩》其一 72/45338 ｜张埏《龙隐洞》50/31190

《游龙隐岩》其二 72/45338 ｜张埏《龙隐岩》50/31190

朱升之

《相湖》72/45340 ｜姜应龙《题湘湖》59/37050

张金

《龙隐岩》其二 72/45341 ｜张釜《游山七绝·曾公洞》50/31161

徐德辉

《初夏游谢公岩》72/45343 ｜徐玑《初夏游谢公岩》53/32863

《寄隐士》72/45343 | 徐玑《又寄》53/32872

陶金

《过全州》72/45344 | 陶弼《全州》8/4994

杜柬之

《云安下岩》72/45344 | 王十朋《云安下岩》36/22961

梁佐厚

《高山堂》72/45349 | 梁佐《高山堂》56/35027

谢无竞

《效香奁体》72/45350 | 元代谢无竞《效香奁体》66/427

林石田

《答王学士》72/45351 | 林昉《答王学士》70/44065

彭应寿

《石桥寺》72/45353 | 明彭梦祖《石梁》(《天台山全志》卷十七)

张国衡

《水帘洞》72/45355 | 元代张国衡《游水帘洞》68/272

丁正持

《寿先生》72/45357 | 李刘《寿先生》56/35131

房灏

《别西湖》其一 72/45365 | 元代房皞《别西湖》2/377

董天吉

《惠安桥》72/45366 | 元代贡奎《惠安桥》23/170

《采石矶》72/45366 | 元代贡奎《采石矶》23/170

王宗贤

《茶岭》72/45370 | 无名氏《仙迹岩题诗二十三首·茶岭》72/45417

高氏

高氏 72/45371 | 高似孙 51/31982

《红梅花》72/45371 | 高似孙《红梅花》51/32007

无名氏

《金华山人》72/45371 ｜陈襄《金华山人》8/5078

无名氏

《拟人生不满百》72/45372 ｜赵崇嶓《拟人生不满百》60/38073

姚中一

《花障》72/45374 ｜姚勉《花障》64/40432

无名氏

《寄潮州于公九流》72/45376 ｜赵希昼《寄潮州于公九流》53/33339 ｜陈尧佐《寄潮州于公九流》2/1091

李龙高

《黄香梅》72/45377 ｜李龙高《黄香梅》72/45384

《和任比部忆梅》72/45386 ｜邵雍《和任比部忆梅》7/4530

傅梦得

《皂镜册》72/45389 ｜叶梦得《皂镜册》24/16211

周晞稷

《食河豚》72/45393 ｜周承勋《食河豚》45/28274

谢安国

《素曲送酒》72/45395 ｜唐代李群玉《索曲送酒》17/6614

《次韵智伯寄茶报酒三斗》72/45395 ｜谢薖《次韵季智伯寄茶报酒三解》其一 24/15799

王翊龙

《煎茶》72/45396 ｜元代王翊龙《煎茶》65/174

陈振甫

《赠冲虚斋朱道士》72/45399 ｜韩淲《大涤洞赠朱道士》52/32737

张简

《禅窝》72/45400 ｜元代张简《师子林十二咏·禅窝》46/287

赵东阁

赵东阁 72/45402 ｜赵汝回 57/35868

《寄圣水照讲师》72/45402 ｜赵汝回《寄圣水照讲师》57/35877

《凌霄花为复上人作》72/45402 ｜赵汝回《凌霄花为复上人作题》57/35876

《春山堂》72/45402 ｜赵汝回《春山堂》57/35877

《渔家》72/45402 ｜赵汝回《渔父》57/35868

何橘潭

《木犀》72/45405 ｜何应龙《木犀》67/42013

拾遗

《蓼花》72/45406 ｜刘克庄《蓼花》58/36752

《琵琶》72/45406 ｜康与之《琵琶》33/20908

何麟瑞

《画角辞》72/45408 ｜元代何麟瑞《画角辞》65/243

《天马歌》72/45408 ｜元代何麟瑞《天马歌》65/243

《后天马歌》72/45408 ｜元代何麟瑞《后天马歌》65/244

章桂发

《游栖真洞归舟带月泊市桥》72/45411 ｜杨栋《游大涤栖真洞》61/38598

良史伟长

《泊舟有怀》72/45411 ｜上官良史《泊舟有怀》59/37217

无名氏

《仙迹岩题诗二十三首·茶岭》72/45417 ｜王宗贤《茶岭》72/45370

舒道纪

《浩然观》72/45418 ｜唐代舒道纪《兰溪灵瑞观》24/9673

范心远

《常庵题》72/45418 ｜元代范心远《南山书院》67/26

林锡翁

《隐求斋》72/45420 ｜林汝砺《隐求斋》》其一 59/37022

陈元英

《天游观》72/45421 ｜元代陈元英《天游观》24/253

余杭令

《游洞霄》72/45428 ｜赵公硕《宰余杭游洞霄》38/23782

曾邃

《边景》72/45435 ｜曹邃《南徐怀古呈吴履斋》64/39993

章云心

《武昌江汉亭》72/45438 ｜章采《武昌江汉亭忆南轩》64/40356

《古意十四首（其二其三其四其五其六其七）》72/45438 ｜艾性夫《古意（六首）》70/44384

《古意十四首（其八其十三其十四）》72/45439 ｜释文珦《古意（其一其二其三）》63/39520

石建见

《武夷》72/45440 ｜元代石建中《武夷山》68/174

聂铁峰

《寄题武夷》72/45442 ｜元代聂铁峰《武夷山》68/191

赵承禧

《题武夷》72/45442 ｜元代赵承禧《武夷山》41/333

无名氏

《永青溪石壁》72/45444 ｜陈与义《咏青溪石壁》31/19526

陈德翁

《大涤洞天留题》72/45448 ｜陈仁玉《游洞霄》63/39414

□韫

《天柱峰》72/45457 ｜吴昌裔《九吟诗·天柱》57/35657

《翠蛟峰》72/45458 ｜吴昌裔《九吟诗·翠蛟》57/35657

《清音泉》72/45458 ｜吴昌裔《九吟诗·清音》57/35657

《石室》72/45458 ｜吴昌裔《九吟诗·石室》57/35657

魏麟一

《天游峰》72/45459 ｜元代魏麟一《武夷山》68/190

郑上村

《早梅》72/45463 ｜郑硕《早梅》54/33806

陶应雷

《古诗二首》72/45466 ｜元代张师愚《古诗》41/114

无名氏

《题清隐堂》72/45467 ｜张镃《许道士房》50/31650 ｜张镃《游九锁山》其二 50/31675

虞子万

《晚对亭》72/45473 ｜虞亿《晚对亭》72/45671

鲍鳌川

《初夏闲居》72/45474 ｜鲍埜《初夏闲居》50/31435

武夷

《题旅舍》72/45475 ｜刘褒《题小桨》50/31177 ｜詹体仁《解组自乐》48/30366

皇甫□

《句》72/45475 ｜唐代贾岛《过海联句》22/8915

郑隼

《题宛陵北楼》72/45477 ｜唐代郑准《题宛陵北楼》20/7993

徐太玉

《西窗》72/45477 ｜徐献可《书斋》72/45682

和请

《林潘张三友会于新楼》72/45479 ｜戴复古《三山林唐杰潘庭坚张农师会于丁岩仲新楼》54/33576

释朋来

《清明游玉堂轩》72/45480 ｜唐代来鹄《清明日与友人游玉粒塘庄》19/7357

周野斋

《下竺寺》72/45480 | 周文璞《下竺》54/33724

周某

《题度门寺》72/45480 | 周承勋《题度门院》45/28273

黄樵逸

《九曲尼院》72/45481 | 黄顺之《题九曲尼院》55/34441

朱省斋

《鹤林寺竹院》72/45481 | 朱承祖《鹤林寺次岳侍郎韵》60/37853

潘景良

《游金山》72/45486 | 元代潘景良《金山》65/259

童童

《题王子晋》72/45491 | 元代童童《题王子晋》36/439

周尹潜

《野泊对月有感》72/45492 | 周莘《野泊对月有感》31/19587

陈正善

《尊贤堂》72/45494 | 陈说《尊贤堂》46/28611

冉居常

《上元竹枝歌和曾大卿》其三 72/45497 | 冯时行《万州》34/21653

张德容

《芦台峭帆亭》72/45498 | 张斛《卢台峭帆亭》27/17936

刘弼

《句》72/45499 | 刘公弼《句》11/7470

蓝乔

《怀霍山》72/45503 | 林外《题西湖酒家壁》45/27705 | 仵磐《诗一首》18/12377

葛某

《飞云顶》72/45504 | 白玉蟾《飞云顶》60/37682

刘华

《寄宝应丘大夫敛》72/45504 ｜刘宰《寄宝应丘大夫》53/33367

张叔敏

《延真秋屏轩》72/45507 ｜张景修《延真秋屏轩》14/9743

阜民

《题太白五松书堂》72/45508 ｜林桷《李白书堂》38/23789

卢刚

《灵岩感怀》72/45509 ｜虞刚简《游灵岩寺》其二 53/32993

释昭辑

《广福寺偶题》72/45511 ｜刘一止《广福寺二绝》其一 25/16724

冯戴

《句》72/45511 ｜唐代马戴《易水怀古》17/6451

狄焕

《句》72/45512 ｜唐代狄焕《题柳》22/8722

于本大

《诗一首》72/45515 ｜唐代许大《西山吟》24/9747

王隐

《谢竹堂先生见过》72/45518 ｜金代王礀《谢竹堂先生见过》（参四库本元好问编《中州集》卷四）

《次韵之秋日雨后韵》72/45518 ｜金代王礀《次友之秋日雨后韵》（参四库本元好问编《中州集》卷四）

释景云

《老僧》72/45522 ｜唐代景云《老僧》23/9120

释尚颜

《夷陵即事》72/45522 ｜唐代尚颜《夷陵即事》24/9598

《句》其一其三 72/45522 ｜唐代尚颜《寄方干处士》24/9600

《句》其二 72/45522 ｜唐代尚颜《言兴》24/9598

石亨之

《南明山》72/45524 ｜石声之《游南明山》7/4846 ｜吕声之《游石城山》53/33441

释志芝

《山居》72/45525 ｜释显万《庵中自题》28/18277

释朋

《咏鱼篮观音》72/45526 ｜释智朋《鱼篮观音赞》61/38538

内院官

《题马远四景图》其一 72/45528 ｜邵雍《寄李景真太博》7/4525

《题马远四景图》其二 72/45528 ｜释道潜《维王府园与王元规承事同赋》其二 16/10724

《题马远四景图》其三 72/45528 ｜邵雍《闲居述事》其三 7/4489

《题马远四景图》其四 72/45528 ｜邵雍《安乐窝中看雪》其一 7/4542

释兴肇

《游虎丘》72/45533 ｜释元肇《虎丘》59/36870

释清尚

《赠樊川长老》72/45540 ｜唐代可止《赠樊川长老》23/9291

龚复

《题韩干马》72/45541 ｜元代丁复《宝林丈室所藏子昂饮马图》27/373

吕量

《题韩干马》72/45542 ｜元代吕量《题干马图》67/327

阎钦爱

《宿濠州高塘馆》72/45548 ｜唐代阎敬爱《题濠州高塘馆》25/9875

邵梅溪

《曹娥江》72/45549 ｜元代邵梅溪《过曹江》67/225

甘邦俊

《题梅坛》72/45549 ｜刘霆午《题梅坛》72/45288

洛浦道士

《绝句》72/45554 ｜唐绩《灵岩寺呈锐公禅师》22/14974

无名氏

《石刻诗》72/45556 ｜唐代无名氏《河中石刻》22/8866

《宫词二首》其一 72/45556 ｜卢秉《宫词十首》其八 12/8331 ｜杨皇后《宫词》其二十 53/32890

《宫词二首》72/45556 ｜卢秉《宫词十首（其八其九）》12/8331

《书西湖雷峰云讲主草书》72/45557 ｜郑清之《书西湖雷峰云讲主草书》55/34662

《裴公亭》72/45558 ｜钱若水《济源县裴公亭》2/975

罗处纯

《泛太湖》72/45559 ｜罗处约《题太湖》2/847

释道章

《偃松》72/45559 ｜焦千之《偃松》12/8063

傅文翁

《小孤山》72/45560 ｜厉文翁《无题》64/39933

辛好礼

《笔架山》72/45562 ｜元代辛敬《笔架山》45/498

章藻之

《明水寺》72/45562 ｜范应铃《明水寺》55/34440

李氏

《汲水诗》72/45565 ｜释慧远《颂古四十五首》其二六 34/21733

邱道源

《钱塘》72/45569 ｜丘濬《咏钱塘》4/2325

赵源

《九日山中宴集》72/45570 ｜赵崇源《九日山》67/42378

林景清

《毗陵太平院壁间画山水熟视之有飞动势殆仙笔也》72/45572 ｜林景熙《毗陵太平院壁间画山水熟视之有飞动势殆仙笔也因题》69/43507

《蔡琰归汉图》72/45573 ｜林景熙《蔡琰归汉图》69/43509

止翁

止翁《无弦琴》72/45575 ｜饶延年《无弦琴》50/31278

徐文澜

《咏酒》72/45576 ｜徐玑《酒》53/32883

丁带

《吴山县》72/45582 ｜元代丁带《吴山县十首》之二 24/387

释绍瑶

《儋山岩》72/45584 ｜释绍珏《儋山岩》66/41300

李公晦

《樵川江行》72/45591 ｜李方子《樵川郊行》57/35838

江南剑客

《题鹤林宫》72/45593 ｜罗太瘦《题鹤林宫》70/44381

松庵道人

《真仙岩》72/45597 ｜松庵道人《题真仙岩》66/41211

金涓

《舟次严滩》72/45598 ｜元代金涓《舟次严滩》60/301

李咸

《游均庆寺》72/45600 ｜季咸《均庆寺》2/1316

徐秋云

《题明皇》72/45603 ｜元代徐秋云《明皇》24/418

朴通

《恩德寺》72/45603 ｜林逋《风水洞》2/1244

徐钓者

《自吟》72/45606 ｜唐代徐钓者《自吟》24/9737

郝显

《湘山寺》72/45606 ｜元代郝显《湘山寺》67/174

苏頔

《望太湖》72/45608 ｜苏舜钦《望太湖》6/3941 ｜蒋堂《望太湖》3/1712

张监

《题荆溪图》72/45608 ｜元代张监《题陈汝言荆溪图》31/110

袁正

《㟖山晓云歌》72/45609 ｜元代袁正《巴山晓云歌》68/30

哀谦

《句》72/45611 ｜袁谦《句》23/15438

吴杭

《磨崖颂》72/45611 ｜毛杭《读唐中兴颂》13/9042 ｜许抗《读唐中兴颂》9/6251

无名氏

《咏古树》72/45615 ｜方惟深《古柏》15/10186

李伯先

《句》72/45615 ｜李熙载《句》19/12986

马某

《游南山赋五十六言呈书记郎中教授大著》72/45617 ｜冯伯规《无题》50/31284

□公才

《次庭倚怀古韵》72/45617 ｜郑之才《南弇山》27/17516

黄蛾

《新月》72/45618 ｜唐代缪氏子《赋新月》22/8845

吴复斋
《送何推官》72/45633 ｜吴潜《送何锡汝》60/37859

郭之义
《游东禅院》72/45640 ｜郭某《游东禅院》72/45643

范一飞
《寿知宗》72/45641 ｜王十朋《知宗生日》36/22904

黄少师女
《送人赴举》72/45641 ｜朱淑真《送人赴试礼部》28/17996

□治中
《绍兴丁丑题乌石山》72/45643 ｜黄某《乌石山》37/23409

郭某
《游东禅院》72/45643 ｜郭之义《游东禅院》72/45640

释元昉
《曹孝女庙》72/45645 ｜元代释元昉《过孝江》67/195

梁白
《题徐氏金湖书院》72/45647 ｜张孝隆《题义门胡氏华林书院》1/249

杨徽
《题徐氏金湖书院》72/45647 ｜宋白《题义门胡氏华林书院》1/291

黄均瑞
《赞驿亭壁墨龙》72/45651 ｜元代黄复圭《赞龙》51/75

许杭
《咏麻姑山》72/45655 ｜许抗《麻姑山》9/6251

赵永言
《紫麟峰》72/45660 ｜赵令松《游紫麟峰》18/11957

李栎
《寄赠华阳洞隐者》二首 72/45663 ｜元代李栎《寄赠华阳洞隐者》二首 42/302

史昌卿

《凤鸣洞》72/45665 ｜史唐卿《凤鸣洞》68/42922

虞亿

《晚对亭》72/45671 ｜虞子万《晚对亭》72/45473

徐献可

《书斋》72/45682 ｜徐太玉《西窗》72/45477

葛秋崖

《绝句》72/45687 ｜葛天民《绝句》51/32077

蔡槃

《游古寺》72/45689 ｜吴惟信《古寺》其二 59/37085 ｜吴惟信《废寺》59/37085

《竹》72/45689 ｜吴惟信《竹》其一 59/37080

《雪中怀祝声之》72/45690 ｜吴惟信《寄倪升之》59/37074

《越州早行》72/45691 ｜元代陈孚《越上早行》18/349

《瓜州》72/45692 ｜元代陈孚《瓜州》18/352

《金陵》72/45692 ｜元代陈孚《金陵》18/353

《赠江湖隐者》72/45692 ｜吴惟信《赠隐者》59/37067

《寄雪蓬姚监丞》72/45693 ｜王安之《寄友》70/44444

《郑介道见访》72/45694 ｜许棐《郑介道见访》59/36843

杨氏

《缔盟》72/45695 ｜杨氏《联句》72/45319

参考书目

一般图书

[1] 傅璇琮等主编：《全宋诗》，北京大学出版社，1998。

[2] 中华书局点校：《全唐诗》，中华书局，1980。

[3] 陈尚君辑校：《全唐诗补编》，中华书局，1992。

[4] 杨镰主编：《全元诗》，中华书局，2013。

[5] 陈贻焮主编：《增订注释全唐诗》，文化艺术出版社，1997。

[6] 陈永正主编：《全粤诗》，岭南美术出版社，2008。

[7] 邓子勉编：《宋金元词话全编》，凤凰出版社，2008。

[8] 何文焕主编：《历代诗话》，中华书局，1981。

[9] 李修生主编：《全元文》，凤凰出版社，2004。

[10] 唐圭璋编：《全宋词》，中华书局，1965。

[11] 唐圭璋编：《词话丛编》，中华书局，1986。

[12] 吴洪泽、尹波主编：《宋人年谱丛刊》，四川大学出版社，2003。

[13] 朱易安等编：《全宋笔记》，大象出版社，2003。

[14] 曾枣庄、刘琳主编：《全宋文》，上海辞书出版社、安徽教育出版社，2006。

[15] 吴文治主编：《宋诗话全编》，江苏古籍出版社，1998。

[16] 任渊注，冒广生补笺，冒怀辛整理：《后山诗注补笺》，中华书局，1999。

[17] 白敦仁校笺：《陈与义集校笺》，浙江古籍出版社，2014。

[18] 范成大撰，陆振岳校点：《吴郡志》，江苏古籍出版社，1999。

[19] 李勇先点校：《范仲淹全集》，四川大学出版社，2007。

[20] 方勇辑校：《方凤集》，浙江古籍出版社，1993。

[21] 李庆甲集评校点：《瀛奎律髓汇评》，上海古籍出版社，2005。

[22] 秦效成校注：《秋崖诗词校注》，黄山书社，1998。

[23] 孙菊园校点：《中吴纪闻》，上海古籍出版社，1986。

[24] 尚成校点：《青箱杂记》，上海古籍出版社，2012。

[25] 郑永晓整理：《黄庭坚全集辑校编年》，江西人民出版社，2011。

[26] 孙玄常笺注：《姜白石诗集笺注》，山西人民出版社，1986。

[27] 孔延之编、邹志方点校：《会稽掇英总集点校》，人民出版社，2006。

[28] 王国轩点校：《李觏集》，中华书局，1981。

[29] 刘克庄编，李更等校证：《分门纂类唐宋时贤千家诗选校证》，人民文学出版社，2002。

[30] 刘克庄撰，王秀梅点校：《后村诗话》，中华书局，1983。

[31] 罗大经撰，孙雪霄校点：《鹤林玉露》，上海古籍出版社，2012。

[32] 施林良校点：《历代笔记小说大观：青琐高议》，上海古籍出版社，2012。

[33] 钱仲联、马亚中主编：《陆游全集校注》，浙江教育出版社，2011。

[34] 朱东润校注：《梅尧臣集编年校注》，上海古籍出版社，1980。

[35] 钱仲联校注：《剑南诗稿校注》，上海古籍出版社，2005。

[36] 释普济辑，朱俊红点校：《五灯会元》，海南出版社，2011。

[37] 傅平骧、胡问陶校注：《苏舜钦集编年校注》，巴蜀书社，1991。

[38] 冯应榴辑注，黄任轲等校点：《苏轼诗集合注》，上海古籍出版社，2001。

[39] 王文诰辑注，孔凡礼点校：《苏轼诗集》，中华书局，1982。

[40] 李之亮笺注：《司马温公集编年笺注》，巴蜀书社，2009。

[41] 周羲敢等注：《秦观集编年校注》，人民文学出版社，2001。

[42] 蒲积中编，徐敏霞校点：《古今岁时杂咏》，辽宁教育出版社，1998。

[43] 李之亮笺注：《欧阳修集编年笺注》，巴蜀书社，2007。

[44] 李壁注，李之亮补笺：《王荆公诗注补笺》，巴蜀书社，2002。

[45] 王明清撰，田松青校点：《挥麈录》，上海古籍出版社，2012。

[46] 王象之撰，李勇先校点：《舆地纪胜》，四川大学出版社，2005。

[47] 脱脱等撰：《宋史》，中华书局，1977。

[48] 单庆修，徐硕编纂：《至元嘉禾志》，上海古籍出版社，2010。

[49] 周密撰，张茂鹏点校：《齐东野语》，中华书局，1983。

[50] 祝穆撰，祝洙增订，施和金点校：《方舆胜览》，中华书局，2003。

[51] 叶梦得：《避暑录话》，中华书局，1985。

[52] 王琦珍整理：《杨万里诗文集》，江西人民出版社，2006。

[53] 上官涛校勘：《〈溪堂集〉〈竹友集〉校勘》，中山大学出版社，2011。

[54] 邱居里、邢新欣点校：《吴师道集》，浙江古籍出版社，2012。

[55] 吴茂云校注：《戴复古全集校注》，中国文史出版社，2008。

[56] 罗时进：《丁卯集笺证》，江西人民出版社，1998。

[57] 程杰、王三毛点校：《全芳备祖》，浙江古籍出版社，2014。

[58] 陈起辑：《增广圣宋高僧诗选》，国家图书馆出版社，2013。

[59] 程敏政辑撰，何庆善、于石点校：《新安文献志》，黄山书社，2004。

[60] 胡应麟：《少室山房笔丛》，上海书店出版社，2009。

[61] 李庆立校释：《怀麓堂诗话校释》，人民文学出版社，2009。

[62] 解缙等：《永乐大典》，国家图书馆出版社，2004。

[63] 杨慎编，刘琳、王晓波点校：《全蜀艺文志》，线装书局，2003。

[64] 佚名：《诗渊》，书目文献出版社，1984。

[65] 董天工修，方留章等点校：《武夷山志》，方志出版社，1997。

[66] 纪昀等纂：《四库全书总目提要》，河北人民出版社，2000。

[67] 陈庆元：《文学：地域的观照》，上海远东出版社，2003。

[68] 陈新等：《全宋诗订补》，大象出版社，2005。

[69] 程崇勋：《巴中石窟》，文物出版社，2009。

[70] 程章灿：《刘克庄年谱》，贵州人民出版社，1993。

[71] 傅璇琮总主编：《中国古代诗文名著提要》，河北教育出版社，2009。

[72] 韩天雍：《中日禅宗墨迹研究：及其相关文化之考察》，中国美术学院出版社，2008。

[73] 徐邦达：《古书画伪讹考辨》，江苏古籍出版社，1984。

[74] 徐规：《王禹偁事迹著作编年》，中国社会科学出版社，1982。

[75] 张如安：《〈全宋诗〉订补稿》，群言出版社，2005。

[76] 祝尚书:《宋人别集叙录》,中华书局,1999。

[77] 祝尚书:《宋人总集叙录》,中华书局,2004。

[78] 祝尚书:《宋代文学探讨集》,大象出版社,2007。

[79] 孔凡礼:《孔凡礼文存》,中华书局,2009。

[80] 李贵录:《北宋三槐王氏家族研究》,齐鲁书社,2004。

[81] 李朝军:《家族文学史的建构——宋代晁氏家族文学研究》,人民出版社,2013。

[82] 李致忠:《昌平集》,上海古籍出版社,2012。

[83] 刘蔚:《宋代田园诗研究》,人民文学出版社,2012。

[84] 罗凌:《无尽居士张商英研究》,华中师范大学出版社,2007。

[85] 罗鹭:《〈元诗选〉与元诗文献研究》,巴蜀书社,2010。

[86] 欧小牧:《陆游年谱补正本》,天地出版社,1998。

[87] 束景南:《朱熹佚文辑考》,江苏古籍出版社,1991。

[88] 束景南:《朱熹年谱长编》,华东师范大学出版社,2001。

[89] 唐圭璋:《词学论丛》,上海古籍出版社,1986。

[90] 佟培基:《全唐诗重出误收考》,陕西人民教育出版社,1996。

[91] 汤江浩:《北宋临川王氏家族及文学考论:以王安石为中心》,人民文学出版社,2005。

[92] 王兆鹏:《两宋词人年谱》,文津出版社,1994。

[93] 王兆鹏、王可喜、方星移:《两宋词人丛考》,凤凰出版社,2007。

[94] 魏平柱:《米襄阳年谱》,湖北人民出版社,2013。

[95] 韦海英:《江西诗派诸家考论》,北京大学出版社,2005。

[96] 萧东海:《杨万里年谱》,上海三联书店,2007。

[97] 谢稚柳主编:《中国书画鉴定》,东方出版中心,2010。

[98] 陆心源:《宋诗纪事补遗》,山西古籍出版社,1997。

[99] 陆增祥:《八琼室金石补正》,文物出版社,1985。

[100] 汪森编,黄振中等校:《粤西丛载校注》,广西民族出版社,2007。

[101] 王昶：《石刻史料新编（第一辑）·金石萃编》，新文丰出版社，1977。

[102] 曾唯辑，张如元、吴佐仁校补：《东瓯诗存》，上海社会科学院出版社，2006。

[103] 余嘉锡著，戴维标点：《四库提要辨证》，湖南教育出版社，2009。

[104] 孙绍远：《声画集》，文渊阁《四库全书》本。

[105] 王十朋：《梅溪集》，文渊阁《四库全书》本。

[106] 史尧弼：《莲峰集》，文渊阁《四库全书》本。

[107] 王禹偁：《小畜集》，文渊阁《四库全书》本。

[108] 王铚：《雪溪集》，文渊阁《四库全书》本。

[109] 魏了翁：《鹤山全集》，文渊阁《四库全书》本。

[110] 魏齐贤、叶棻编：《五百家播芳大全文粹》，文渊阁《四库全书》本。

[111] 文彦博：《潞公文集》，文渊阁《四库全书》本。

[112] 吴潜：《履斋遗稿》，文渊阁《四库全书》本。

[113] 吴曾：《能改斋漫录》，文渊阁《四库全书》本。

[114] 徐鹿卿：《清正存稿》，文渊阁《四库全书》本。

[115] 徐积：《节孝集》，文渊阁《四库全书》本。

[116] 谢薖：《竹友集》，文渊阁《四库全书》本。

[117] 谢逸：《溪堂集》，文渊阁《四库全书》本。

[118] 孙应时：《烛湖集》，文渊阁《四库全书》本。

[119] 许棐：《梅屋集》，文渊阁《四库全书》本。

[120] 许及之：《涉斋集》，文渊阁《四库全书》本。

[121] 许应龙：《东涧集》，文渊阁《四库全书》本。

[122] 袁说友：《东塘集》，文渊阁《四库全书》本。

[123] 阳枋：《字溪集》，文渊阁《四库全书》本。

[124] 杨杰：《无为集》，文渊阁《四库全书》本。

[125] 杨万里：《诚斋集》，文渊阁《四库全书》本。

[126] 史浩：《鄮峰真隐漫录》，文渊阁《四库全书》本。

[127] 游九言：《默斋遗稿》，文渊阁《四库全书》本。

[128] 尤袤：《梁溪遗稿》，文渊阁《四库全书》本。

[129] 释道潜：《参寥子诗集》，文渊阁《四库全书》本。

[130] 叶适：《水心集》，文渊阁《四库全书》本。

[131] 曾幾：《茶山集》，文渊阁《四库全书》本。

[132] 曾慥：《类说》，文渊阁《四库全书》本。

[133] 张耒：《柯山集》，文渊阁《四库全书》本。

[134] 张嵲：《紫微集》，文渊阁《四库全书》本。

[135] 张栻：《南轩集》，文渊阁《四库全书》本。

[136] 张舜民：《画墁集》，文渊阁《四库全书》本。

[137] 张孝祥：《于湖集》，文渊阁《四库全书》本。

[138] 张镃：《南湖集》，文渊阁《四库全书》本。

[139] 赵抃：《清献集》，文渊阁《四库全书》本。

[140] 赵鼎臣：《竹隐畸士集》，文渊阁《四库全书》本。

[141] 赵与虤：《娱书堂诗话》，文渊阁《四库全书》本。

[142] 郑刚中：《北山集》，文渊阁《四库全书》本。

[143] 郑清之：《安晚堂集》，文渊阁《四库全书》本。

[144] 郑獬：《郧溪集》，文渊阁《四库全书》本。

[145] 仲并：《浮山集》，文渊阁《四库全书》本。

[146] 朱熹：《晦庵集》，文渊阁《四库全书》本。

[147] 朱翌：《潜山集》，文渊阁《四库全书》本。

[148] 陈与义：《简斋集》，文渊阁《四库全书》本。

[149] 祝穆：《古今事文类聚》，文渊阁《四库全书》本。

[150] 周必大：《文忠集》，文渊阁《四库全书》本。

[151] 周弼：《端平诗隽》，文渊阁《四库全书》本。

[152] 周孚：《蠹斋铅刀编》，文渊阁《四库全书》本。

[153] 陈渊：《默堂集》，文渊阁《四库全书》本。

[154] 周文璞:《方泉诗集》,文渊阁《四库全书》本。

[155] 周紫芝:《太仓稊米集》,文渊阁《四库全书》本。

[156] 邹浩:《道乡集》,文渊阁《四库全书》本。

[157] 郭豫亨:《梅花字字香》,文渊阁《四库全书》本。

[158] 刘应李:《事文类聚翰墨大全》,文渊阁《四库全书》本。

[159] 释绍嵩:《亚愚江浙纪行集句诗》,文渊阁《四库全书》本。

[160] 陶宗仪:《说郛》,文渊阁《四库全书》本。

[161] 释文莹:《湘山野录》,文渊阁《四库全书》本。

[162] 释文珦:《潜山集》,文渊阁《四库全书》本。

[163] 曹学佺:《石仓历代诗选》,文渊阁《四库全书》本。

[164] 陈藻:《乐轩集》,文渊阁《四库全书》本。

[165] 陈著:《本堂集》,文渊阁《四库全书》本。

[166] 程颢、程颐:《二程文集》,文渊阁《四库全书》本。

[167] 彭大翼:《山堂肆考》,文渊阁《四库全书》本。

[168] 钱榖:《吴都文粹续集》,文渊阁《四库全书》本。

[169] 田汝成:《西湖游览志》,文渊阁《四库全书》本。

[170] 汪砢玉:《珊瑚网》,文渊阁《四库全书》本。

[171] 晁说之:《景迂生集》,文渊阁《四库全书》本。

[172] 陈傅良:《止斋集》,文渊阁《四库全书》本。

[173] 蔡正孙:《诗林广记》,文渊阁《四库全书》本。

[174] 陈焯:《宋元诗会》,文渊阁《四库全书》本。

[175] 卞永誉:《式古堂书画汇考》,文渊阁《四库全书》本。

[176] 曹庭栋:《宋百家诗存》,文渊阁《四库全书》本。

[177] 董棻:《严陵集》,文渊阁《四库全书》本。

[178] 嵇曾筠:(雍正)《浙江通志》,文渊阁《四库全书》本。

[179] 晁补之:《鸡肋集》,文渊阁《四库全书》本。

[180] 厉鹗:《宋诗纪事》,文渊阁《四库全书》本。

[181] 陈思编:《两宋名贤小集》,文渊阁《四库全书》本。

[182] 陈造:《江湖长翁集》,文渊阁《四库全书》本。

[183] 穆彰阿等:《大清一统志》,文渊阁《四库全书》本。

[184] 王安石:《临川文集》,文渊阁《四库全书》本。

[185] 戴复古:《石屏诗集》,文渊阁《四库全书》本。

[186] 吴之振:《宋诗钞》,文渊阁《四库全书》本。

[187] 沈季友:《檇李诗系》,文渊阁《四库全书》本。

[188] 谢旻等修:(康熙)《江西通志》,文渊阁《四库全书》本。

[189] 王珪:《华阳集》,文渊阁《四库全书》本。

[190] 苏辙:《栾城集》,文渊阁《四库全书》本。

[191] 张英等:《御定渊鉴类函》,文渊阁《四库全书》本。

[192] 张豫章:《御选宋金元明四朝诗》,文渊阁《四库全书》本。

[193] 张玉书等:《御制佩文斋咏物诗选》,文渊阁《四库全书》本。

[194] 赵宏恩等修:《江南通志》,文渊阁《四库全书》本。

[195] 陈起编:《江湖小集》,文渊阁《四库全书》本。

[196] 陈起编:《江湖后集》,文渊阁《四库全书》本。

[197] 释惠洪:《石门文字禅》,文渊阁《四库全书》本。

[198] 董嗣杲:《庐山集》,文渊阁《四库全书》本。

[199] 董嗣杲:《西湖百咏》,文渊阁《四库全书》本。

[200] 戴栩:《浣川集》,文渊阁《四库全书》本。

[201] 范成大:《石湖诗集》,文渊阁《四库全书》本。

[202] 范纯仁:《范忠宣公文集》,文渊阁《四库全书》本。

[203] 范仲淹:《范文正集》,文渊阁《四库全书》本。

[204] 方回:《桐江续集》,文渊阁《四库全书》本。

[205] 方岳:《秋崖集》,文渊阁《四库全书》本。

[206] 郭祥正:《青山集》,文渊阁《四库全书》本。

[207] 韩淲:《涧泉集》,文渊阁《四库全书》本。

[208] 贺铸:《庆湖遗老诗集》,文渊阁《四库全书》本。

[209] 胡仔:《苕溪渔隐丛话》,文渊阁《四库全书》本。

[210] 华岳:《翠微南征录》,文渊阁《四库全书》本。

[211] 黄㽦:《山谷年谱》,文渊阁《四库全书》本。

[212] 江少虞:《事实类苑》,文渊阁《四库全书》本。

[213] 姜夔:《白石道人诗集》,文渊阁《四库全书》本。

[214] 姜特立:《梅山续稿》,文渊阁《四库全书》本。

[215] 李彭:《日涉园集》,文渊阁《四库全书》本。

[216] 李心传:《建炎以来系年要录》,文渊阁《四库全书》本。

[217] 李曾伯:《可斋续稿》,文渊阁《四库全书》本。

[218] 李廌:《济南集》,文渊阁《四库全书》本。

[219] 李之仪:《姑溪居士前后集》,文渊阁《四库全书》本。

[220] 刘攽:《彭城集》,文渊阁《四库全书》本。

[221] 刘敞:《公是集》,文渊阁《四库全书》本。

[222] 刘克庄:《后村集》,文渊阁《四库全书》本。

[223] 刘宰:《漫塘集》,文渊阁《四库全书》本。

[224] 刘子翚:《屏山集》,文渊阁《四库全书》本。

[225] 陆游:《剑南诗稿》,文渊阁《四库全书》本。

[226] 陆游:《老学庵笔记》,文渊阁《四库全书》本。

[227] 林季仲:《竹轩杂著》,文渊阁《四库全书》本。

[228] 林亦之:《网山集》,文渊阁《四库全书》本。

[229] 吕本中:《东莱诗集》,文渊阁《四库全书》本。

[230] 吕颐浩:《忠穆集》,文渊阁《四库全书》本。

[231] 吕祖谦:《宋文鉴》,文渊阁《四库全书》本。

[232] 楼钥:《攻媿集》,文渊阁《四库全书》本。

[233] 米芾:《宝晋英光集》,文渊阁《四库全书》本。

[234] 潘自牧:《记纂渊海》,文渊阁《四库全书》本。

[235] 阮阅编:《诗话总龟》,文渊阁《四库全书》本。
[236] 邵伯温:《闻见录》,文渊阁《四库全书》本。
[237] 司马光:《传家集》,文渊阁《四库全书》本。
[238] 苏洞:《泠然斋诗集》,文渊阁《四库全书》本。
[239] 苏舜钦:《苏学士集》,文渊阁《四库全书》本。
[240] 苏颂:《苏魏公文集》,文渊阁《四库全书》本。

论文集

[241] 北京大学中国古文献研究中心:《北京大学中国古文献研究中心集刊》(第1辑至12辑),北京大学出版社,2002—2013。
[242] 程章灿主编:《中国古代文学文献学国际学术研讨会论文集》,凤凰出版社,2006。
[243] 复旦大学中国语言文学系古典文学教研室编:《中国古典文学丛考》(第2辑),复旦大学出版社,1987。
[244] 蒋寅、张伯伟主编:《中国诗学》(第5辑),南京大学出版社,1997。
[245] 南京大学古典文献研究所编:《古典文献研究》(第9辑),凤凰出版社,2006。

论文

[246] 朱腾云:《〈全宋诗〉重出误收研究》,河南大学2011年博士论文。
[247] 辛更儒:《法式善·知稼翁集·稼轩集抄存》,《人文杂志》1986年第4期。
[248] 陶敏:《〈全唐诗·殷尧藩集〉考辨》,《湘潭师范学院学报》1990年第5期。
[249] 陈庆元:《〈全宋诗〉札记》,《中国韵文学刊》2001年第2期。
[250] 萧东海:《〈全宋诗〉勘误小札》,《井冈山师范学院学报》2002年第1期。
[251] 刘蔚:《〈全宋诗〉误收二则》,《江海学刊》2002年第2期。

[252] 房日晰:《〈全宋诗〉小札》,《咸阳师范学院学报》2002 年第 5 期。

[253] 马德富:《苏轼佚诗辨正》,《文学遗产》2002 年第 5 期。

[254] 百川:《〈全宋诗〉误收唐诗一束》,《江苏大学学报（社会科学版）》2003 年第 1 期。

[255] 胡传志:《〈全宋诗〉补正》,《安徽教育学院学报》2003 年第 1 期。

[256] 李裕民:《〈全宋诗〉辨误》,《文献》2003 年第 2 期。

[257] 邹陈惠仪:《曾巩诗文版本概况与辑佚》,《古籍整理研究学刊》2003 年第 2 期。

[258] 岳珍:《王灼诗文辑佚》,《南京师范大学文学院学报》2003 年第 3 期。

[259] 房日晰:《〈全宋诗〉错讹举隅（一）》,《西北大学学报（哲学社会科学版）》2003 年第 3 期。

[260] 谢世洋:《苏轼佚诗考论》,《南昌大学学报（人文社会科学版）》2003 年第 4 期。

[261] 张如安、傅璇琮:《求真务实严格律己——从关于〈全宋诗〉的订补谈起》,《文学遗产》2003 年第 5 期。

[262] 金程宇:《〈全宋诗补〉榷正》,《北京大学学报（哲学社会科学版）》2003 年第 6 期。

[263] 刘蔚:《〈全宋诗〉重出误收甄辨》,《扬州大学学报（人文社会科学版）》2003 年第 6 期。

[264] 陈庆元:《〈全宋诗〉札记（二）》,《中国韵文学刊》2004 年第 2 期。

[265] 谢世洋:《苏轼被误判误编诗考论》,《南昌大学学报（人文社会科学版）》2004 年第 2 期。

[266] 金程宇:《〈全唐诗补编〉订补》,《学术研究》2004 年第 5 期。

[267] 方健:《〈全宋诗〉证误举例》,《学术界》2005 年第 1 期。

[268] 过常职:《〈全宋诗·王之道诗〉订误》,《巢湖学院学报》2005 年第 1 期。

[269] 李裕民:《对〈全宋诗补榷正〉的几点辨证》,《北京大学学报（哲学社会科学版）》2005 年第 2 期。

[270] 陈庆元:《〈全宋诗〉札记（三）》,《中国韵文学刊》2005年第3期。

[271] 胡可先:《〈全宋诗〉误收唐诗考》,《中国典籍与文化》2005年第3期。

[272] 毛建军:《〈全宋诗〉〈全宋文〉重出及失收的郭祥正诗文》,《新乡师范高等专科学校学报》2005年第3期。

[273] 张如安:《〈全宋诗〉订补疏失续举》,《中国典籍与文化》2005年第3期。

[274] 任群:《周紫芝〈太仓稊米集〉版本考补叙》,《湖北师范学院学报（哲学社会科学版）》2005年第5期。

[275] 尹楚兵:《〈全宋诗〉疏失举正》,《学术研究》2005年第7期。

[276] 娄胜芳:《〈全宋诗·曾幾诗〉订误》,《上饶师范学院学报（社会科学版）》2006年第1期。

[277] 侯体健:《〈全宋诗〉指瑕四例》,《古籍整理研究学刊》2006年第2期。

[278] 李一飞:《宋集小考三题》,《中国韵文学刊》2007年第1期。

[279] 李裕民:《也谈求真务实严格律己——答张如安、傅璇琮对〈全宋诗〉订补的批评》,《社会科学评论》2007年第1期。

[280] 岳振国:《晁补之佚作辑补与辨误》,《中国文学研究》2007年第2期。

[281] 谢洁瑕:《〈全宋诗〉校勘订误献疑》,《中国韵文学刊》2007年第2期。

[282] 许红霞:《〈全宋诗〉所收僧诗致误原因探析》,《中华文史论丛》2007年第4期。

[283] 曹海花:《〈全宋诗〉重出举例》,《古籍整理研究学刊》2007年第3期。

[284] 叶舟:《〈全宋诗〉补正》,《古籍整理研究学刊》2007年第3期。

[285] 徐永明:《〈全宋诗〉订误二则》,《文艺研究》2007年第5期。

[286] 王岚:《周紫芝文集版本特征的比较及其渊源考辨》,《中国诗学》1997年第5期。

[287] 王三毛:《〈全宋诗〉作者重出考辨四则》,《图书馆杂志》2007年第9期。

[288] 胡建升:《苏轼佚诗小考》,《文献》2008年第2期。

[289] 李小龙:《杨万里佚诗考辨》,《中国典籍与文化》2008年第2期。

[290] 胡建升:《苏轼佚诗辨伪》,《社会科学论坛(学术研究卷)》2008年第3期。

[291] 束景南、秦佳慧:《〈诗渊〉"宋陈状元"诗考》,《文献》2008年第3期。

[292] 曾维刚:《〈全宋诗〉虞俦佚诗二首考录》,《甘肃广播电视大学学报》2008年第4期。

[293] 马丽梅:《姜夔诗集校正》,《苏州教育学院学报》2009年第2期。

[294] 阮堂明:《〈全宋诗〉重出举隅辨考》,《苏州科技学院学报(社会科学版)》2009年第2期。

[295] 王建生:《〈濂洛风雅〉问题举隅》,《中国典籍与文化》2009年第2期。

[296] 何泽棠:《黄庭坚补遗诗数种误录辨正》,《古籍整理研究学刊》2009年第5期。

[297] 胡建升、杨茜:《苏辙佚诗辨伪》,《古籍整理研究学刊》2009年第5期。

[298] 韩震军:《〈全宋诗〉误收同姓名唐人诗文举正(一)》,《江海学刊》2009年第6期。

[299] 韩震军:《〈全宋诗〉误收同姓名唐人诗文举正(二)》,《江海学刊》2010年第1期。

[300] 阮堂明:《〈全宋诗〉误收金元明诗考》,《苏州科技学院学报(社会科学版)》2010年第1期。

[301] 阮堂明:《〈全宋诗〉苏轼卷辨正辑补》,《殷都学刊》2010年第1期。

[302] 王开春:《林之奇诗辨伪——兼论〈拙斋文集〉的版本源流》,《合肥师范学院学报》2010年第1期。

[303] 韩震军:《〈全宋诗〉误收同姓名唐人诗文举正(三)》,《江海学刊》2010年第2期。

[304] 张福清:《李翺〈梅花衲〉对〈全宋诗〉校勘、辨重和辑佚的文献价值》,《古籍整理研究学刊》2010年第3期。

[305] 常德荣:《〈全宋诗〉重出作品21首及其归属》,《殷都学刊》2010年第4期。

[306] 张焕玲:《〈全宋诗〉〈全宋诗订补补遗〉辨正》,《南京师范大学文学院学报》2010年第4期。

[307] 胡建升：《〈全宋诗·梅询诗集〉辑考》，《古籍整理研究学刊》2010年第6期。

[308] 侯体健：《两部宋刻本中的刘克庄佚诗佚文辑述》，《中国典籍与文化》2011年第1期。

[309] 史广超：《南宋郊庙歌辞作者考》，《郑州航空工业管理学院学报（社会科学版）》2011年第2期。

[310] 申振民：《〈全宋诗〉误收重出考辨及补遗》，《广西师范学院学报（哲学社会科学版）》2011年第3期。

[311] 李建军：《叶适文集版本源流考》，《图书馆理论与实践》2011年第4期。

[312] 王雪枝：《宋代真定韩氏家族文献辑佚增补斠考》，《河北师范大学学报（哲学社会科学版）》2011年第4期。

[313] 周小山：《〈全宋诗〉重出误收诗丛考》，《中国韵文学刊》2011年第4期。

[314] 朱腾云：《〈全宋诗〉误收唐诗考辨》，《河南大学学报（社会科学版）》2012年第2期。

[315] 李懿：《中华本〈永乐大典〉陈瓘诗文辑考》，《古籍整理研究学刊》2012年第3期。

[316] 史广超：《大典辑本〈矔轩集〉误收诗考》，《古籍整理研究学刊》2012年第3期。

[317] 申利：《文彦博作品综考》，《古籍整理研究学刊》2012年第4期。

[318] 王宏生：《〈全宋诗〉疏误小札》，《福建江夏学院学报》2012年第5期。

[319] 房厚信、张明华：《王铚著述考》，《东岳论丛》2012年第6期。

[320] 阮堂明：《〈梁溪集〉中的宋人佚诗》，《古籍整理研究学刊》2013年第1期。

[321] 张昌红：《〈全宋诗〉指瑕27例》，《嘉兴学院学报》2013年第1期。

[322] 张焕玲：《〈全宋诗〉及〈全宋诗订补〉辨证补遗》，《古籍整理研究学刊》2013年第1期。

[323] 张福清：《南宋史铸〈百菊集谱〉辑佚的文献价值》，《古籍整理研究学刊》2013年第1期。

[324] 张福清:《绍嵩〈江浙纪行集句诗〉对〈全宋诗〉的辑佚价值》,《韩山师范学院学报》2013年第1期。

[325] 陈伟庆:《〈全宋诗〉重出考辨十二首》,《中国韵文学刊》2013年第4期。

[326] 史礼心:《〈永乐大典索引〉辨误》,《北方工业大学学报》2013年第4期。

[327] 阮堂明:《〈全宋诗〉误收唐人诗新考》,《苏州科技学院学报（社会科学版）》2013年第6期。

[328] 王媛:《陈世隆〈宋诗拾遗〉辨伪》,《文学遗产》2014年第2期。

[329] 李成晴:《〈全宋诗〉重收诗考辨》,《贵州师范大学学报（社会科学版）》2014年第4期。

[330] 左福生:《宋代寺院题诗的存佚与变迁——以〈全宋诗〉的辑录现象为例》,《重庆师范大学学报（哲学社会科学版）》2014年第5期。

[331] 连国义:《〈全宋诗〉重出诗歌考辨12则》,《兰台世界》2014年第31期。

[332] 李成晴:《全宋诗重出诸例勘订》,《北京化工大学学报（社会科学版）》2015年第1期。

[333] 林阳华:《〈全宋文〉〈全宋诗〉补正——以沈辽、沈括、蒋之奇为考察对象》,《新余学院学报》2015年第1期。

[334] 石勖言:《〈全元诗〉误收诗人考》,《古典文献研究》2015年第1期。

[335] 李成晴:《范仲淹、苏轼、黄庭坚轶诗辑考——以方志文献为中心》,《重庆师范大学学报（哲学社会科学版）》2015年第2期。

[336] 阮堂明:《〈全宋诗〉王安石卷辨正》,《常熟理工学院学报》2015年第3期。

[337] 李成晴:《"误置"的两宋诗人——〈全宋诗〉重列作者考辨》,《湖南大学学报（社会科学版）》2016年第1期。

[338] 李旭婷:《〈全宋诗〉补遗与勘误——据宋画中所见题画诗》,《中国韵文学刊》2016年第1期。

[339] 戎默:《汪藻〈浮溪集〉误收诗文考》,《中国典籍与文化》2016年第1期。

本人已发表的相关文章

[340]《〈全宋诗〉之吕本中、曾几、白玉蟾诗重出考辨》,《河南教育学院学报(哲社版)》2016年第6期。

[341]《〈全宋诗〉之许及之、陈傅良、叶适、永嘉四灵、高似孙、葛天民诗重出考辨》,《云南楚雄师范学院学报》2017年第1期。

[342]《〈全宋诗〉之钱惟演、杨杰、张商英诗重出考辨》,《华北电力大学学报(社科版)》2017年第1期。

[343]《〈全宋诗〉之张嵲、张孝祥、戴复古、邓林诗重出考辨》,《三峡大学学报(人文社科版)》2017年第2期。

[344]《〈全宋诗〉之释道潜、贺铸、释文珦、董嗣杲诗重出考辨》,《宁波大学学报(人文科学版)》2017年第2期。

[345]《〈全宋诗〉之李之仪、周紫芝诗重出考辨》,《山西师范大学学报(社科版)》2017年第2期。

[346]《〈全宋诗〉之晏殊、谢薖、谢逸、李彭诗重出考辨》,《山东理工大学学报(社科版)》2017年第2期。

[347]《〈全宋诗〉之郭祥正、朱翌、王铚诗重出考辨》,《重庆师范大学学报(哲社版)》2017年第2期。

[348]《〈全宋诗〉之仲并、陈渊、刘子翚、项安世诗重出考辨》,《集美大学学报(哲社版)》2017年第2期。

[349]《〈全宋诗〉之梅尧臣诗重出考辨》,《北京化工大学学报(社科版)》2017年第2期。

[350]《〈全宋诗〉之司马光、范纯仁、赵鼎臣、赵鼎诗重出考辨》,《西南交通大学学报(社科版)》2017年第3期。

[351]《〈全宋诗〉之史浩、黄公度、辛弃疾、王十朋诗重出考辨》,《太原师范学院学报(社科版)》2017年第3期。

[352]《〈全宋诗〉之王珪、郑獬、王安国诗重出考辨》,《湖南工业大学学报(社

科版)》2017 年第 4 期。

[353]《〈全宋诗〉之晁补之、晁说之、晁冲之诗重出考辨》,《西南石油大学学报（社科版）》2017 年第 5 期。

[354]《〈全宋诗〉之周文璞、魏了翁、洪咨夔诗重出考辨》,《绵阳师范学院学报》2017 年第 6 期。

[355]《〈全宋诗〉之杨时、游酢、李纲、陈藻、张镃诗重出考辨》,《湖南人文科技学院学报》2017 年第 6 期。

[356]《〈全宋诗〉之宋祁、宋庠诗重出考辨》,《图书馆研究》2017 年第 6 期。

[357]《〈全宋诗〉之姜特立、苏泂、郑清之、陈起、许棐、陈著诗重出考辨》,《北方工业大学学报（社科版）》2017 年第 6 期。

[358]《〈全宋诗〉十八人诗句重出举隅》,《南阳师范学院学报》2017 年第 11 期。

[359]《〈全宋诗〉之朱熹、张栻、陆九渊、刘克庄诗重出考辨》,《古籍整理研究学刊》2018 年第 1 期。

[360]《〈全宋诗〉诗句重出十二人举隅》,《阜阳师范学院学报（社科版）》2018 年第 1 期。

[361]《〈全宋诗〉之韩驹诗重出考辨》,《文学与文化》2018 年第 1 期。

[362]《〈全宋诗〉之释鼎需、范成大、杨万里诗重出考辨》,《重庆师范大学学报（哲社版）》2018 年第 1 期。

[363]《〈全宋诗〉诗句重出十七人举隅》,《南华大学学报（社科版）》2018 年第 1 期。

[364]《〈全宋诗〉诗句重出十一人举隅》,《福建师大福清分校学报》2018 年第 1 期。

[365]《〈全宋诗〉诗句重出十五人举隅》,《五邑大学学报（社科版）》2018 年第 1 期。

[366]《〈全宋诗〉诗句重出十人举隅》,《沈阳大学学报（社科版）》2018 年第 1 期。

[367]《〈全宋诗〉之范仲淹、邹浩、王谌、文天祥诗重出考辨》,《天中学刊》

2018 年第 1 期。

[368]《〈全宋诗〉之刘敞、刘攽诗重出考辨》,《中国石油大学学报（社科版）》2018 年第 2 期。

[369]《〈全宋诗〉中刘过、姜夔、王大受、徐经孙、陈杰、谢枋得诗重出考辨》,《河北工业大学学报（社科版）》2018 年第 2 期。

[370]《〈全宋诗〉所收僧诗重出考辨》,《宁波大学学报（人文科学版）》2018 年第 3 期。

[371]《〈全宋诗〉诗句重出十二人考辨》,《南昌航空大学学报（社科版）》2018 年第 3 期。

[372]《〈全宋诗〉之唐庚、释德洪、王庭珪诗重出考辨》,《阴山学刊》2018 年第 3 期。

[373]《〈全宋诗〉之陆游诗重出考辨》,《北京化工大学学报（社科版）》2018 年第 4 期。

[374]《〈全宋诗〉诗句重出十四人考辨》,《山东理工大学学报（社科版）》2018 年第 6 期。

[375]《〈全宋诗〉诗句重出十九人举隅》,《乐山师范学院学报》2018 年第 10 期。

[376]《〈全宋诗〉之王禹偁、陈与义诗重出考辨》,《齐鲁师范学院学报》2019 年第 2 期。

[377]《〈全宋诗〉之王安石、王令、黄庭坚诗重出考辨》,《厦大中文学报》2019 年第 6 辑。

[378]《〈全宋诗〉之韩维、陈造诗重出考辨》,《集宁师范学院学报》2020 年第 1 期。

[379]《〈全宋诗〉与〈全元诗〉同名诗人误收考》,《集宁师范学院学报》2022 年第 2 期。

[380]《〈全元诗〉与〈全宋诗〉同名诗人误收考》,《乐山师范学院学报》2022 年第 5 期。

后 记

本书缘于我的2016年博士后出站报告，但在我的导师及答辩委员会专家当时意见的指导下，经过不断的修改，此书已与出站报告颇为不同。本书增加了《全宋诗》重出类型及原因分析、《全宋诗》与《全唐诗补编》《全元诗》同名诗人比较分析、《全宋诗》重出总目等诸多内容。另外，宋代诗人重出诗歌考辨的人数也从当时的92人拓展到了421人，全书字数也从二十来万字扩展到七十余万字。

本书的完成要特别感谢我的导师杜泽逊教授及答辩委员会徐传武、刘培、何朝晖等诸位老师的辛苦付出。另外，还要感谢江曦兄提供的诸多事务性帮助。博士毕业蒙杜老师收留。我去山大，亦常住在老师在山大的旧宿舍。出站后，还欲帮助我去山东工作。此后又让我参与《中华三千年文学通史》的撰写及《永乐大典》存卷综合整理研究的标点、复审、定稿等工作，如此种种，皆蒙老师提携，必将永记于心。

另外，此书的出版还要感谢江西教育出版社学术出版中心主任陈骥兄的帮忙与绍介，我的博士论文《宋代诗社研究》及《参寥子诗集编年校注》皆经其手编辑出版，今又帮我出版博士后出站报告，亦算是人生难得之缘分。此外，方超、高磊编辑也对此书给出了大量的修订建议，付出尤多，在此亦一并表示感谢！

此书从动笔到出版已近十年时间，因疫情等诸多原因，此书在出版社也放了快三年，其中的内容陆陆续续已发表论文四十余篇，今日想来亦颇多感慨，以诗一首志之：

十年容易等飞蓬，苦雨依然穗市东。
岂效班超得投笔，应如扬子老雕虫。
世情苍狗茫乎似，亥豕鲁鱼纷不同。
独坐楼台自检校，与谁悃款话深衷。